Tom Zola

D1997788

# DIE WELTENKRIEG SAGA

## RASANTE MILITARY SCIENCE-FICTION AUS DEUTSCHLAND

# Buch 1: Die Rückkehr

# I. Rick Marten

Eine Wegwespe, ein schwarzes, schlankes, graziles Insekt, eine tödlich effiziente Jägerin, kroch im Morgengrauen über die scharfkantigen Felsen der Dornbuschsavanne. Sie war auf der Suche nach Beute, als sie selbst von einem anderen Jäger entdeckt wurde: der Ameise. Vier Kundschafter dieser viel kleineren, aber ebenso todbringenden Lebensform hatten die Wespe aufgespürt – und attackierten sie, noch ehe sie davonfliegen konnte. Es war ein ungleicher Kampf: Ein Riese, bewaffnet mit einem giftigen Stachel und messerscharfen Mundwerkzeugen, gegen vier winzige, flinke Killer. Die Ameisen hängten sich an Glieder und Flügel der riesenhaften Wespe, beschwerten sie, verhinderten, dass sie sich in die Luft emporheben konnte. Ihre Mundwerkzeuge arbeiteten schnell und präzise. Wie Scheren zerschnitten sie den zarten Flügel der Wespe, nagten an ihren Gliedern, trennten das hinterste linke Bein unterhalb des Gelenks ab. Die Wespe versuchte verzweifelt, ihre Gegner abzuschütteln, sie mit den eigenen Mundwerkzeugen zu fassen. Ihre schiere Größe entschied schließlich den ungleichen Kampf. Nacheinander packte und tötete sie die kleinen Angreifer, zerteilte sie in zwei Hälften, zerquetschte sie unter ihrem schweren Leib. Sie erledigte alle vier Kundschafter, noch ehe weitere Ameisen den Ort des Geschehens erreicht hatten. Die Wespe aber war verletzt, ihrer Flugfähigkeit beraubt. Ihr Todesurteil. Sie kroch davon, so schnell es ihre Glieder zuließen, weg von den Ameisen, deren Kolonie ganz in der Nähe sein musste. Sie schleppte sich über den Sand, über Steine, über Knochen, vorbei an einer bunten Plastikdose, die ein Mensch achtlos fortgeworfen hatte. Die ersten Sonnenstrahlen blitzen bereits über den Horizont, ließen die Konturen der felsigen Höhenrücken und der knochentrockenen Dorngewächse schimmern, als das angegriffene, schwarze Insekt den rissigen Asphalt einer Straße erreichte und diesen betrat. Sie war erschöpft, am Ende ihrer Kräfte angelangt. Immer wieder hielt sie inne, ehe sie weiterkroch über diese schier endlose, plane, künstliche Fläche inmitten der rauen Wüste.

Die Sonne brannte bald in all ihrer Intensität und Unbarmherzigkeit auf die Region hernieder, auf das Gouvernement Abyan im Süden des Jemen. Der Sand und die Felsen blitzten im Licht. Der Asphalt der Straße, auf beiden Seiten eingeschlossen durch Felsformationen, heizte sich auf wie eine Herdplatte. Die Wespe, sie hatte die Mitte der Straße beinahe erreicht, hatte keine Chance auf ein Fortbestehen. Sie wurde gebraten, bei lebendigem Leib, war schutzlos den heißen Sonnenstrahlen ausgeliefert. Sämtliche Flüssigkeit in ihrem Körper verdampfte und die Wespe, diese einst elegante, anmutige Jägerin, vertrocknete. In einem letzten Akt vor dem Tode hatte sie die Beine ganz nah an den Körper herangezogen, hatte sie den Leib gekrümmt, sich zusammengerollt wie ein Ball. Seither ruhte ihr dröger Kadaver auf dem Asphalt.

Es war still. Kein Lüftchen wehte. Zeit verging.

Ein Dröhnen. Ein Donnern, aus Südwesten kommend. Die Straße vibrierte. Der vertrocknete, leicht gewordene Wespenkadaver tanzte auf dem grauen, rissigen Asphalt hin und her, wurde plötzlich erfasst von einem riesenhaften, schwarzen Gummigebilde, das kreisrund war und zentnerschwer. Es rauschte über die Wespe hinweg, die in eine Vertiefung im Profil geriet, dann vom Luftzug erfasst und hochgeschleudert wurde. Sie wurde zum Spielball des Fahrtwinds, geriet letztlich unter ein zweites, rundes, rotierendes, rasendes Gebilde, wurde gegen das Gummi gedrückt, das dem Asphalt entgegenrauschte, schließlich zwischen Reifen und Straße zerrieben wie unter dem Stößel in einem Mörser.

Vier übergroße Radpaare brausten über den Asphalt. Und dann noch vier. Und weitere vier. Drei Fahrzeuge, achträdrige Radpanzer vom Typ GTK Boxer, polterten mit 80 Sachen gen Nordosten. Sie waren flach, fensterlos und gepanzert wie eine stählerne Schildkröte. Sie hatten jeweils die Form eines Keils. Die automatischen Waffentürme schwenkten nach links und rechts. Die Rohre der Kaliber-.50-Maschinengewehre und der 40-Millimeter-Granatmaschinenwaffe glänzten im Sonnenlicht. Die Schützenpanzer waren grün lackiert, die blaue Fahne der Vereinten Nationen prangte auf beiden Flanken, darunter die beiden Schwerter der Earth Protection Forces, der planetaren Abwehrtruppe der UN, sowie das Balkenkreuz der Bundeswehr, der deutschen Streitkräfte. Die Panzer waren von Deutschland gestellt worden, genau wie ihre Besatzungen, aber agierten unter dem Statut der Vereinten Nationen, auf Geheiß des Sicherheitsrates.

Jeder der drei Radpanzer wies eine Nummer auf beiden Seiten auf, gebildet aus falben Klebebandstreifen. Die 39 war das Führungsfahrzeug, dahinter folgten die 41 und die 42. Die seitlichen Kühlluftauslässe der Boxer waren mit einer improvisierten Abschirmung aus Planen und Tape versehen, damit die Anlagen nicht so viel Staub aufwirbelten.

»Control, hier Delta One«, grummelte Lieutenant Rick Marten in das kleine Funkgerät, das an seinem Chestrig angebracht war. Es war der Historie der Earth Protection Forces geschuldet, dass die Dienstgrade ihrer Soldaten französischen Ursprungs waren. Lieutenant Marten nämlich war Deutscher und ehemaliger Bundeswehrsoldat, der übergetreten war in den Dienst sogenannten »Forces«. Marten war Zugführer und ein drahtiger Kerl Anfang 30. Er trug einen gepflegten Vollbart im Gesicht und die Uniform der Bundeswehr am Körper. Wüstentarnausführung, ergänzt durch das Wappen der Forces auf dem rechten Oberarm. Er stand verbotenerweise im Mannschaftsraum des Schützenpanzers, statt angeschnallt in einem der Sitze zu kauern, direkt hinter dem Platz des Kommandanten und dem des

Waffenbedieners im vorderen Teil des Fahrzeugmoduls. In seinem Rücken saßen sieben Panzergrenadiere, aufgeteilt zu zwei Reihen, einander gegenüber.

»Haben Meldepunkt eins passiert und befinden uns vier Meilen vor Al Habil.« Marten sprach auf Englisch mit der Einsatzleitstelle, die offizielle Dienstsprache des traditionsreichen No. 18 Joint Special Mechanized Regiments, einer deutsch-britischen Hybrideinheit.

»Verstanden, Delta One. Iron Hawk ist online und verfolgt Sie in Echtzeit«, erklärte die weibliche Stimme von Mission Control. Orangefarbene Fliegersichttücher waren über die Fahrerluken der Radpanzer gespannt worden, sodass sie aus der Luft astrein zu identifizieren waren.

»Mami lässt uns nie unbeaufsichtigt spielen«, kommentierte Marten trocken.

»Richtig.« Das Grinsen der Dame am anderen Ende der Leitung wurde quasi mitübertragen. Leonie Riensch war ihr Name, Caporal-chef ihr Dienstgrad. »Dann weiter zum Ziel, Delta One. Control Ende.«

Die drei hochmodernen GTK Boxer pesten in wahnwitzigem Tempo über die Straße, sie transportierten den 1. Zug der 4. Kompanie. Der 2. Zug, das britische Element der Einheit, bewegte sich von Nordosten her auf das Ziel zu.

Marten drehte sich zu seinen Soldaten um. Unter den sieben Mann, die nebst Besatzung das Führungsfahrzeug der Kolonne besetzten, war der muskelbepackte Patrick Hartmann, seines Zeichens Sergent-chef und Gruppenführer I. Der aus Bergheim bei Köln stammende »Härti« hatte es faustdick hinter den Ohren, seine Gesichtszüge aber waren weich, ja beinahe feminin. Trug er keinen Helm, kam sein stets rechtsgescheiteltes Haar zum Vorschein, das ihm eine geradezu antik anmutende Erscheinung verlieh.

Härti griente Marten an, klopfte sich dabei gegen das Chestrig, das er über der ballistischen Schutzweste trug und das mit allerhand Ausrüstung vollgestopft war: Magazine für das G36, Handgranaten, Feldflasche, Kompass, Karte und vieles mehr. Sie alle waren beladen wie die Packesel; die vielen Kleidungsschichten und die zahlreiche, an ihnen befestigte Ausrüstung ließen die Soldaten geradezu wuchtig erscheinen.

»Was grinst du so dämlich?«, brüllte Marten gegen den Lärm an und hielt sich dabei mit einer Hand an einer metallischen Aufhängung fest. Die deutschen Soldaten unterhielten sich untereinander natürlich auf Deutsch.

»Nichts«, erwiderte Härti mit spitzen Lippen. Der Mannschaftsraum vibrierte ob der wilden Fahrt.

»Und warum lachst du dir dann den Arsch ab?« Martens MP7, eine wie ein Spielzeug erscheinende Maschinenpistole von Heckler & Koch, baumelte am Trageriemen. Er behielt die Waffe auch während der Fahrt lieber am Mann, statt sie in der dafür vorgesehenen Stofftasche zu verstauen.

»Ich freue mich nur, dass es wieder Action gibt, Baby!« Härti war Eishockeyspieler, hätte beinahe eine Profikarriere bei den Kölner Haien begonnen. Dann aber hatte er sich schwer verletzt. Aus der Traum, und nach seiner Genesung hatte er sich bei der Armee beworben. Nach der Grund- und

Spezialausbildung war er auf Vorschlag des Bundesamtes für das Personalmanagement der Bundeswehr zur UN-Truppe gewechselt, um dort im deutschen Kontingent zu dienen.

»Schön für dich!« Marten verzog das Gesicht.

»Ist so! Beim Bund würde ich mich jetzt irgendwo zu Tode langweilen!«

»Die fahren auch Einsätze, Kumpel. Vergiss das nicht.«

»Ja, klar. Da kannst du in Ghana irgendwelchen Buschmännern erklären, wie herum man eine Karte hält. Nein danke!«

»Vergiss das Affenland nicht.«

»Jo. Da kannst du dann irgendwelchen Paschtunen erklären, wie herum man eine Karte hält. Härti braucht Action! Und die Forces geben Härti Action!«

Marten beugte sich zu seinem Gruppenführer hinunter. »Ja?«, feixte er. »Härti Action brauchen?« Er imitierte das Gebaren eines Orang-Utans, kratzte sich die Achseln, hüpfte von einem Bein auf das andere. »Will Härti Banane haben? Häh? Banane für Härti?«

Der Gruppenführer winkte ab, spielte den Beleidigten. Die anderen Soldaten, Härtis Gruppe, lächelten verschmitzt, ihre Mienen bebten dabei im Takt der holprigen Fahrt.

»Was ist mit dir, Prof?«, fragte Härti schließlich und warf Marten einen hintergründigen Blick zu. Prof, das war der Spitzname des Zugführers und eine Anspielung darauf, dass Marten über eine hervorragende Allgemeinbildung verfügte. »Du machst wieder ein Gesicht, als würde dir irgendetwas nicht passen!«

»Ganz genau.« Marten holte Luft. »Aufgrund des Interessengemenges innerhalb der internationalen Gesellschaft und der geopolitischen Lage halte ich unseren Einsatz allein schon rechtlich für hochgradig brisant und zudem für völlig falsch.«

»Verschone mich mit Geologie«, lachte Härti. »Wir sind in der Angriffszone und müssen uns aufs Tor konzentrieren! Keine Zeit für Politik.«

»Ja, ja.« Marten zuckte mit den Brauen. »Die nutzen uns trotzdem nur wieder aus, um für sie die Drecksarbeit zu erledigen.«

»Ich lasse mich gerne ausnutzen, du weißt das!«

»Jupp«, lachte Marten und blickte in lauter grimmige Gesichter, in denen der Witz mit der Anspannung des Einsatzes kämpfte. Der Zug befand sich tief im Feindesgebiet, nicht umsonst traten die Fahrer aufs Gaspedal. Das war bereits ihr zweiter Einsatz gegen Al-Qaida und ihr vierter insgesamt im Nahen Osten. Zweimal war es gegen den IS gegangen, ein Mann von Marten hatte sich bei einem Einsatz im irakischen Ramadi einen Lungenschuss eingehandelt und litt seither unter Angstzuständen, ein weiterer war von einer Sandmücke gestochen und mit Leishmaniose infiziert worden. Schlimmer noch hatte es damals die britischen Kameraden getroffen, sie hatten zwei Tote zu beklagen. Gute Kumpels waren das gewesen, auch von Marten. Freunde … aus diesem Grund auch machte ihn die Politik hinter den jüngsten Abenteuern der Forces derart wütend. Es ging eben nicht nur um Spielereien, um »ein bisschen Reisen und ein bisschen Weltpolizei spielen«. Nein, Marten und seine Kameraden setzten hier draußen ihr Leben aufs Spiel … für fragwürdige Zwecke.

»Vielleicht weiß Sakurai was, was wir nicht wissen«, überlegte Härti.

Général Sakurai war der amtierende Oberbefehlshaber der planetaren Abwehrtruppe. Gewählt für zwei Jahre, befand er sich in den letzten sechs Monaten seiner Amtszeit.

»Vielleicht haben die dieses Mal wirklich ein AT-Lager aufgeklärt. Hab doch mal Vertrauen, Alter!« Härti zeigte die Zähne.

»AT? Hier draußen? Niemals!« Marten spuckte seine Antwort geradezu aus. »Niemals«, wiederholte er und schüttelte vehement den Kopf.

Die Earth Protection Forces waren nach dem Zweiten Weltkrieg als planetare Abwehrtruppe gegründet worden, um den Marsianern im Falle einer zweiten Invasion mit einer international geführten, weltweit agierenden Truppe entgegenzutreten. Die Aliens aber hatten sich seit ihrem gescheiterten Feldzug von 1901, wo sie nach der Einnahme Londons an irdischen Krankheitserregern zugrunde gegangen waren, nicht mehr blicken lassen. Sie waren nicht nur von der Planetenoberfläche, sondern dem Anschein nach gleich aus dem gesamten Sonnensystem verschwunden. Sämtliche Suchaktionen mit Teleskopen, mit Sonden und bemannten Missionen waren erfolglos geblieben.

Hauptaufgabe der Forces hingegen war dieser Tage vor allem das Aufspüren und Sicherstellen sogenannter Alien-Technologie, kurz AT; Dinge marsianischen Ursprungs, die nach dem Marsmannkrieg auf der Erde zurückgeblieben und allzu oft über undurchsichtige Kanäle an Terroristen und Rebellengruppen gelangt waren.

Das Verdachtsmoment auf AT hatte bei den jüngsten Einsätzen der Forces nur in den seltensten Fällen bestätigt werden können, die angeblichen Lager oder Umschlagplätze für Alien-Technologie hatten sich im Nachhinein als Stützpunkte der Al-Qaida oder des Islamischen Staates herausgestellt, zufälligerweise allesamt strategisch wichtige Punktziele, die dem Vormarsch lokaler Kämpfer, den Kurden und Irakern, der arabischen Koalition und den jemenitischen Regierungstruppen, den syrischen Soldaten und Rebellen, im Wege gestanden hatten.

Der Lieutenant seufzte. Er hatte sich einst aus Überzeugung zur UN-Abwehrtruppe gemeldet, der weltweit immer mehr Menschen das Existenzrecht absprachen. Marten glaubte daran, dass die Marsianer noch irgendwo dort draußen lauerten, dass sie nicht abgelassen hatten von ihren Plänen und dass sie eines Tages zurückkehren würden, um abermals den Krieg über die Menschheit zu bringen. Das mochte in einer Woche sein … oder in 100 Jahren. Die Menschheit jedenfalls musste vorbereitet sein, dessen war er sich sicher. Darüber hinaus hatte die internationale, militärische Zusammenarbeit innerhalb der UN-Truppe seit Ende des Zweiten Weltkrieges viel für die Völkerverständigung getan und, dessen war Marten sich sicher, manchen Krieg verhindert. Im Moment aber regierten nationale Interessen. Der verschärfte Budgetstreit mit Großbritannien legte aktuell Zeugnis darüber ab.

Die Boxer flogen geradezu über die Straße, wirbelten beträchtliche Staubwolken auf. Im Höllentempo rasten sie einem jemenitischen Dorf entgegen, einem Ort namens Al Habil.

»Wir werden beobachtet«, meldete der gebürtige Berliner Florian Schröder, der Waffenbediener der 39, über den Bordsprech. Er saß vorne rechts im Frachtraum des Radpanzers vor einem 12-Zoll-Farbdisplay, beugte sich nun vor, konzentrierte sich ganz auf seinen Schirm, die rechte Hand am Joystick. Hinter seinem Sitz stand das stählerne, weiß lackierte Munitionsrack. Jedes einzelne Fach war vollgestopft mit befüllten Magazinen, zusätzlichen Munitionspäckchen und Munitionskästen für das Kaliber-,50.

Marten schaltete sein Funkgerät auf die entsprechende Frequenz um, auch wenn er nur Meter von Schröder entfernt stand.

»Was?«

»Auf den Höhen rechts und links …« Schröder schwenkte per Joystick die Waffe, beobachtete die Höhenrücken, die sich beidseitig über die Straße erhoben. »… auf den Kuppen. Mehrere Männer. Möglicherweise bewaffnet.«

Marten wechselte abermals die Frequenz. »Delta One an die Kilos«, sprach er mit fester Stimme ins Funkgerät. »Gaspedal durchtreten, nicht anhalten! Bei Beschuss brechen wir durch! Und bleibt auf der Straße, Jungs!«

»Kilo 1 verstanden«, bestätigte Kathrin Geier. Sie war vom Dienstgrad her Sergent, was in etwa einem deutschen Unteroffizier entsprach, und war die Kommandantin von Martens Boxer, der 39. Der osteuropäische Akzent verlieh ihrer Stimme einen besonderen, geradezu erotischen Klang. Uniform und Panzerhaube ließen derweil kaum mehr etwas von ihrer Weiblichkeit erkennen. Geier saß vorne links im Kampfraum, neben Schröder. Vor ihr befand sich ein umfangreiches Bedienfeld und ein Bildschirm.

»Kilo 2 verstanden«, meldete der Kommandant der 41 über Funk.

»3 verstanden.«

Marten nickte zufrieden, beschaute sich dabei Härti und dessen Soldaten. Er sah Männer, die sich an die Gurte ihrer Sitze klammerten, deren Muskeln angespannt und deren Züge eisenhart waren.

»Jetzt gilt es!«, rief er ihnen zu und erntete Zustimmung.

»Der Center steht im Slot!«, brüllte Härti und mimte wie so oft den Kommentator. »Wartet auf den entscheidenden Pass! Die gegnerischen Verteidiger sind festgesetzt, das Tor ist frei! Wird er es machen? Wird er es machen? Die Menge wartet gebannt auf die Entscheidung!«

Marten griente. Mit Prachtkerlen wie Härti würde er bis ans Ende der Welt gehen.

»Ich sage euch, das Ding machen wir 4 zu 0!«, grölte der selbstbewusst.

Marten nickte, wurde plötzlich ganz ernst.

»Na, hoffentlich wird es kein 4 zu 1«, brummte er und legte seinem Gruppenführer die Hand auf die Schulter, mit der anderen verstärkte er den Griff um die Aufhängung. Das Fahrzeug rumpelte und hustete.

»Mehrere Schützen rechts!«, meldete Schröder mit der stoischen Ruhe eines tibetanischen Mönches. Der hochauflösende Bildschirm seiner Waffenstation zeigte vermummte Gestalten, die, mit russischen Panzerabwehrgranatwerfern bewaffnet, den Höhenrücken rechts der Rollbahn besetzten.

Keine Sorge Mäuschen, ich komme auch dieses Mal wieder zurück nach Hause, sprach Marten im Geiste zu seiner Frau Lisa, die unweit der deutsch-britischen Kaserne in Norwich auf ihn wartete und deren Vorwürfe ihm schon wieder im Kopf herumgeisterten. Er versuchte sich daher vorzustellen, wie es sein würde, in Al Habil ein großes AT-Lager freizulegen. Theoretisch könnte es verheerende Folgen haben, würden Terrororganisationen wie Al-Qaida marsianische Technologie in die Hände bekommen, vorausgesetzt, sie verstünden es, die fremdartige Hardware für ihre Zwecke zu antizipieren. Bis dato war dies tatsächlich einzig den Briten gelungen, die die Funktionsweise des berüchtigten Hitzestrahls nach mehr als einem halben Jahrhundert Forschung entschlüsselt hatten. Zwar vermochten sie jene marsianische Superwaffe, mit der 1901 jede ihrer dreibeinigen Kriegsmaschinen ausgerüstet war, nicht zu reproduzieren, doch hatten die Briten in den 80er Jahren ihren berühmten Mark Red vorgestellt, einen mit original marsianischen Waffensystemen ausgerüsteten Panzer.

Marten würde sich gerne einreden, seine Einheit sei an diesem Ort tatsächlich hinter marsianischer Technologie her, hinter irgendetwas, wofür es sich zu kämpfen lohnte. So sehr aber konnte er sich gar nicht selbst belügen. Sie würden höchstens auf ein paar Tütchen AT-Staub aus Privatbesitz stoßen. Dafür riskierte Marten sein Leben: für ein paar Tütchen Metallstaub.

Die drei keilförmigen Boxer bretterten über die Rollbahn, die eingeklemmt war zwischen unwegsamen Felsformationen. Mehr und mehr bewaffnete Männer zeigten sich auf den Höhen. Lange Gewänder; zivile Textilien vermengt mit Versatzstücken unterschiedlichster Militäruniformen. Armeejacken, elfenbeinfarbene Ballonhosen. Palästinensertücher vermummten zahlreiche Gesichter. Die Köpfe folgten der vorbeirauschenden Kolonne. Und plötzlich hievte sich einer seinen Panzerabwehrgranatwerfer auf die Schulter, visierte, feuerte.

»RPG!«, plärrte Schröder flatterig.

Der Fahrer des Boxer, der mehr oder weniger abgeschottet von seinen Kameraden im vordersten Modul des Radpanzers saß, gab noch einmal Gas, holte alles aus seiner Kiste heraus. Marten spürte den Ruck, der durch den Wagen ging, und klammerte sich sogleich mit beiden Händen an der Stahlaufhängung fest. Der Motor brüllte. Die RPG-Granate trudelte haarscharf über das Fahrzeug hinweg, detonierte links davon im Sand, riss eine

Staubwolke aus dem Grund. Dumpf klopfend prasselten Gesteinsbrocken und Splitter gegen den Stahl des Panzerwagens.

»Durchbrechen!«, herrschte Geier. »DURCHBRECHEN!«

»Control, hier Delta One«, brüllte Marten ins Funkgerät. »Stehen unter Beschuss etwa zwei Meilen vorm Ziel! Meine Absicht: durchbrechen!«

Die Fahrer aller drei Boxer standen auf dem Gaspedal. Die Turbodieselmotoren schoben die 33-Tonnen-Fahrzeuge mit 100 Stundenkilometern über die staubige Straße. Marten hatte einen sachkundigen Mechatroniker in seinem Zug, der verbotenerweise die elektronische Drosselung entfernt hatte.

Rechts und links der Straße schulterten eifrige Gotteskämpfer ihre Raketenwerfer, brachten russische Sturm- und Maschinengewehre in Anschlag. Mündungsfeuer blitzten, Kugeln sprangen sirrend von den Stahlhäuten der Radpanzer ab.

»Wir sehen sie. Waffen frei«, drang die Rienschs Stimme aus den Lautsprechern. »Ich wiederhole: Waffen frei!«

Abseits der Straße schlugen RPG-Granaten ein. Sie warfen Schwalle aus Erde auf, die wie Ballons in die Höhe emporstiegen, auseinanderplatzten und auf die unter ihnen hindurchrasenden Boxer herniederregneten.

»Feuer frei!«, orderte Marten über Funk an alle Fahrzeuge. »Haut raus, was ihr habt!«

Schröder führte mittels Joystick und Bediengerät die auf dem Fahrzeug montierte Kaliber-.50-Waffe, fasste die ersten Ziele auf und drückte den Auslöser. Ein Tackern erklang, das dumpf im Bauch des Radpanzers widerhallte. Zwei Leuchtspurgeschosse jagten einer Gruppe Männer entgegen, die sich auf einer felsigen Kuppe rechts aufhielten und ihre Gewehre abfeuerten. Schröder führte per Bildschirm eine Schussbeobachtung durch, sah, wie die 12,7-Millimeter-Projektile, daumendicke Bohnen, den Zielen entgegenflogen. Wie in Zeitlupe wirkte das. Beide Geschosse gingen ins Ziel, den Männern platzten blutige Wölkchen aus Brust und Schultern.

Die Granatmaschinenwaffe des zweiten Fahrzeugs belferte, die Kaliber-.50 des dritten Boxer wummerte ebenso. Die Waffenbediener nahmen die Felsformationen, die sandigen Höhenrücken und Hügel abseits der Rollbahn unter Beschuss und richteten augenblicklich Grausiges unter dem Gegner an. Der Beschuss aus den Großkalibern riss Getroffene von den Beinen, sprengte Steine auf und warf den Sand meterhoch aus dem Grund. Die Einschläge der Granaten entfesselten kleine Feuerbälle, die sich blitzschnell ausbreiteten, deren Flammenzungen nach allen Seiten leckten, ehe sie verpufften und aufgeplatzte, angesengte Leiber zurückließen. Die feindlichen Kämpfer rannten wild durcheinander, einige sprangen in Deckung, andere brachten sich todesmutig in Stellung, brachten ihre RPG-Werfer vor, hatten zusätzlich weitere Geschossköpfe umgeschnallt. Die deutschen Fahrzeuge warfen mit Projektilen und Granaten um sich, indes preschten sie weiter vor, drangen tiefer ins feindliche Territorium ein. Die Höhenrücken um sie herum zerbarsten und explodierten unter ihrer Waffenwirkung. Doch die Kämpfer von Al-Qaida waren zahlreich. Immer mehr von ihnen traten in Erscheinung, besetzten die Höhen, die Felsen, die steinigen Höcker. Es war, als würden die flinken Boxer gegen eine Hydra antreten. Sie schlugen ihr einen Kopf ab, zwei neue wuchsen an seiner Stelle nach. Links neben dem Führungsfahrzeug schlug eine weitere RPG-Granate ein, verging zu einer Explosion, die Erde und Steine durch die Gegend schleuderte. Splitter hagelten gegen den Stahl des Boxer. Marten krallte sich mit aller Macht an der Aufhängung fest. Sein Herz klopfte.

»Bazooka-City!«, brüllte der Fahrer über Funk und vollführte einen Schlenker, um ein Schlagloch zu umfahren. Er achtete dabei tunlichst darauf, nicht vom Asphalt abzukommen. Zu groß war die Gefahr durch Minen.

»Nicht stehen bleiben!«, beschwor Geier, als wüsste der Fahrer das nicht selbst.

Die Straße vollzog einen Knick. Die Boxer folgten dem Verlauf, sausten um einen gewaltigen Felsen herum, der an der Kurveninnenseite aus dem Boden ragte.

»Vorsicht, da vorne!«, rief Geier aufgebracht.

»Was ist, Katrin?«, blökte Marten, der herumfuhr und gleichfalls auf den Schirm der Kommandantin starrte.

»FESTHALTEN!«, brüllte die über den Bordsprech. »Plastik- und Elektroschrott links, 100 vor eigener! Straße aufgebrochen, möglicherweise Druckplatte!«

Bunter Müll, der sich links der Rollbahn auftürmte, brachte etwas Farbe in die triste Landschaft … und war perfekt, um darunter ein IED zu verstecken, einen improvisierten Sprengsatz. Auf Höhe des Mülls war die Straße zudem quer aufgerissen worden. Wer immer das getan hatte, hatte sich nicht einmal die Mühe gemacht, seine Spuren zu verwischen.

»AN ALLE!«, schrie Marten in den Funkkreis. »Mögliche Druckplatte rechtsseitig umfahren, dann sofort wieder rauf auf die Straße! Schaltet die Jammer ein!«

»Umfahren, jammen. Verstanden!«, bestätigte Geier. Die anderen Kommandanten taten es ihr gleich.

Endlich setzte sich Marten auf seinen Platz, rückte sich das Chestrig zurecht und schloss den Vierpunktgurt. Die MP hielt er fest umklammert.

»Jammer-Glocke steht«, meldete Geier routinemäßig, nachdem sie den CG-12-Störsender aktiviert hatte. Marten zuckte reflexartig zusammen, sein Körper verspannte sich. Instinktiv griff er sich in den Schritt, wo er sogleich ein leichtes Kribbeln verspürte. Marten wusste nicht, ob er sich das nur einbildete oder ob dieses Gefühl tatsächlich vorhanden war. Jedes Mal jedenfalls, wenn der nachträglich in den Boxer eingebaute Störsender aktiv war, wenn dieser mit enormer Feldstärke elektromagnetische Wellen ausstrahlte, die eine schützende Glocke um das Fahrzeug herum aufbauten, durch die kein anderes Signal zu dringen vermochte, empfand Marten dieses Kribbeln. Oder meinte, es zu spüren. Seine Muskeln krampften, er krümmte sich zusammen, rieb sich die Genitalien.

»Na? Jucken schon wieder die Eier?«, frotzelte Härti.

»Jo.«

»Schiebst du wieder Filme?«

»Fick dich.«

»Mach dir keinen Kopf, Rick! Irgendwann wirst du auf das hier zurückblicken und ganz entspannt deinen Adoptivkindern davon erzählen.«

»Halts Maul!«

Marten bereute es von Zeit zu Zeit, Härti von Lisas und seinem bis dato unerfüllten Kinderwunsch erzählt zu haben.

Geiers Fahrer riss in diesem Augenblick das Lenkrad herum. Heftige Fliehkräfte zerrten an dem Fahrzeug, als es nach rechts von der Straße polterte und über den unebenen, steinigen Wüstengrund hinwegdonnerte. Der Fahrer vollführte einen Schlenker, setzte hinter der aufgerissenen Straße sogleich wieder auf den Asphalt über. Die beiden anderen Fahrzeuge folgten dem Beispiel.

RPG-Granaten sausten in die Felswände rechts und links, detonieren, sprengten große Gesteinsfragmente heraus. Vereinzeltes Gewehrfeuer klopfte gegen die Hüllen der Radpanzer. Eine raketenangetriebene Granate jagte in einen Haufen Elektroschrott hinein, explodierte. Teile von Waschmaschinen, Mikrowellen und Wasserkochern flogen durch die Luft, regneten auf die Boxer hernieder. Die ballerten ebenso, was die Waffen hergaben.

»Munition bei 30 Prozent!«, meldete Schröder, fasste gleichzeitig neue Ziele auf und betätigte den Auslöser. Um das Kaliber-.50 nachzuladen, musste der Waffenbediener über Luke an die Waffe heran.

»Jammer aus!«, bellte Marten gleichzeitig. Geier nickte, handelte entsprechend. Das Kribbeln verschwand und Marten konnte sich wieder ein bisschen entspannen.

»Control, hier Delta One. Befinden uns eine Meile vor dem Ziel«, meldete er an die Leitstelle. »Stoßen auf heftigen Widerstand. RPG und mögliche IED-Situation!«

»Wir sehen es! Scheint, als hätten Sie in ein Wespennest gestochen. Wir machen außerdem Ansammlungen von Kämpfern aus, die sich zu Fuß und auf Fahrzeugen von allen Seiten Ihrer Position nähern.«

»Verstanden. Wir geben Gas!«

»Brauchen Sie irgendetwas?«

»Zwei Dutzend Cheeseburger und ein kühles Fass. Ansonsten sind wir fein.«

»Alles klar.« Riensch konnte ein Kichern nicht unterdrücken. »Die Saudis haben soeben den letzten Luftangriff geflogen. Delta Two musste aufgrund der Minenlage einen Umweg nehmen und wird mit Verzögerung eintreffen.«

»Jo, wir rollen dann schon mal den roten Teppich aus. Delta Ende.«

Die Kolonne nahm eine weitere Biegung, die Boxer jagten mit Höchstgeschwindigkeit über die verstaubte Straße, warfen sandfarbene Wolken auf. Abseits der Rollbahn, zwischen den Felsen, auf den Kuppen und Höhenrücken, blitzten die Mündungsfeuer. Eine jede Kugel, die gegen die Panzerung eines Boxer klatschte und singend abgeleitet wurde, produzierte einen Blumenstrauß aus Funken. RPG-Granaten schlugen ein, vor und hinter und rechts und links der Kolonne. Die Waffenstationen der Radpanzer schwenkten hin und her, deckten die feindlichen Positionen mit Feuer ein. Das Kaliber-.50, eingelassen in eine Waffenstation von Krauss-Maffei Wegmann, sah aus wie ein dunkler Stachel, an dessen Rumpf mehrere Dosen in zwei Reihen angeordnet waren; die Wurfbecher der Nebelwurfanlage. Die Granatmaschinenwaffe der 41 glich einem Miniatur-Panzerturm, auch sie war mit den Wurfbechern versehen.

Voraus tauchte endlich jenes Dorf auf, das das Ziel des Zuges war: Al Habil, eine Ansammlung von sandsteinfarbenen Lehmhütten und Flachbauten, über denen feine Rauchfahnen hingen. Die Höhenrücken fächerten nun weit auf, gaben flaches Land preis. Östlich Al Habils leuchteten grüne Felder, die bis zum Horizont reichten. Vereinzelte Bäume wuchsen aus dem Grund. Auf den umliegenden Hügeln loderten Brände, die schwarze und blaue, undurchsichtige Rauchsäulen produzierten. Die Brandherde legten Zeugnis der Schlagkraft der saudischen Luftwaffe ab.

Ein einzeln stehendes, direkt an die Straße angelehntes Wohnhaus war der Ortschaft um einige zehn Meter vorgeschaltet. Mehrere quer stehende Pick-up-Trucks bildeten dort eine Barrikade auf der Straße. Eine große, schwarze Flagge mit weißen arabischen Lettern darin ragte aus einer Fahrerkabine.

»Straßensperre voraus«, meldete der Fahrer über den Bordsprech. »Mehrere Pkw, die quer auf der Rollbahn stehen. Schlage rechtsseitiges Umfahren vor.«

»Nein«, bestimmte Geier und Marten nickte. »Wir brechen mitten durch!«

»Die Dame hat gesprochen«, tönte Marten. »Dann alle Mann festhalten!«

Die drei Boxer brausten mit einem Affenzahn der Straßensperre entgegen. Im letzten Augenblick sprang ein vermummter Kerl zur Seite, der sich hinter den Pick-ups versteckt hatte, dann prallte Martens Wagen Nummer 39 mit voller Wucht gegen den mittleren der drei quer stehenden Pkw. Ein ohrenbetäubendes Scheppern und Klirren. Ein höllischer Ruck fegte durch den Panzer, die Erschütterung rüttelte an den Soldaten im Inneren. Glas platzte, Splitter wirbelten umher. Der Pick-up wurde unter dem Druck des Aufpralls, unter den 33 Tonnen des Boxer zusammengedrückt wie eine Quetschkommode. Der Transportpanzer hatte durch den Crash kaum an Geschwindigkeit eingebüßt, schob den zusammengefalteten Pkw einfach vor sich her. Die beiden anderen Autos wurden durch die Wucht von der Straße gedrückt. Ihr Blech war verbogen, eingedrückt. Ein Reifen war geplatzt, Scherben von Spiegeln und Seitenfenster flitzten über den Asphalt. Die flache Formgebung des Panzerbugs sorgte dafür, dass der Boxer den zerdrückte Pick-up auf die Hörner nahm. Ein großer Haufen Blechschrott rollte über die Keilspitze, kullerte seitlich weg und knallte neben dem davonbrausenden Boxer auf den Asphalt. Noch einmal bullerte und klirrte es, noch einmal sprangen verbogene Einzelteile von dem Autowrack ab, das sich einmal überschlug und dann liegen blieb, zerbeult, zusammengedrückt und zusammengepresst, als wäre er von einer Gerölllawine erfasst worden. Der Weg aber war frei. Geiers Fahrer beschleunigte wieder, der Motor röhrte unter der Leistung, die ihm abverlangt wurde. Marten klammerte sich mit beiden Händen am Vierpunktgurt fest, biss die Zähne aufeinander. Die Erschütterung hallte in seinem Schädel nach. Er hatte das Gefühl, seine Schläfen schwollen an und drohten zu platzen.

Die drei Boxer fuhren in das Dorf ein. Gewehrmündungen wurden in zahlreichen Fenstern sichtbar. Jeder Schuss ein Blitz. Das verzweifelte Feuer der Gewehrschützen aber vermochte die dicke Panzerung der Boxer nicht zu durchdringen. Funken sprühend schlugen die Projektile quer.

»Control, hier Delta One«, trompetete Marten ins Mikrofon. »Befinden uns am Meldepunkt zwo.« Er musste schreien, um den Lärm zu übertönen.

»Control verstanden. Die Ausgrabungsstätte befindet sich östlich der Ortschaft. Halten Sie sich nicht lange in Al Habil auf, sondern gewinnen Sie das Ziel asap!«

»Schade!«, brüllte Marten. »Wir wollten uns hier noch die Innenstadt ansehen.«

»Delta One Ende.«

»Ausgrabungsstätte?«, lachte Härti und klopfte sich gegen den Helm. »Ich komme immer noch nicht darauf klar, was die sich dieses Mal ausgedacht haben, um uns hierher zu locken. Als wäre AT ein Bodenschatz!«

Marten erwiderte nichts darauf, sondern verzog nur den Mund. In der Befehlsausgabe hatte es lediglich geheißen, Al-Qaida brüstete sich in Propagandavideos damit, in der Wüste des Jemen Dinge marsianischen Ursprungs auszubuddeln. Wie derartige Technologie überhaupt unter die Erde gelangt sein sollte, hatte ihm niemand sagen können. Oder wollen. Martens Einheit jedenfalls sollte die Sache überprüfen und mögliche AT sicherstellen. Mehr wurde ihm als Zugführer nicht gesagt.

Marten änderte die Frequenz. Zum hundertsten Mal.

»Delta Two, hier Delta One. Kommen«, rief er den britischen Zug an.

»Delta Two hört«, meldete sich ihr Zugführer, Lieutenant Matt Fenix. Seine raue Stimme rauschte aus den Lautsprechern des Funkgerätes, der Londoner Dialekt war unverkennbar. Fenix sprach jedes »th« wie ein »f« aus.

»Wie ist Ihre Position?«

»Stehen kurz vor dem Nordeingang des Dorfes. Schweres Feindfeuer von allen Seiten.«

»So wird man in diesem Teil der Welt begrüßt.«

»So sieht es wohl aus. Wir sehen uns am Ziel.«

»Halt die Ohren steif! One Ende.«

»Shoppingtour einleiten«, befahl Geier derweil.

Ihr GTK Boxer drehte hart nach rechts ab, preschte von der befestigten Straße und tauchte in die Ortschaft ein, die aus ein paar Hundert eng beieinanderstehenden Hütten bestand. Es war sicherlich alles andere als vorteilhaft, sich mit Fahrzeugen durch die engen Gassen eines jemenitischen Bauerndorfes zu quälen, die Alternative aber war ein zeitraubender und gefahrvoller Häuserkampf. Das Umfahren Al Habils fiel aufgrund der Minengefahr aus. So wühlte sich die Kolonne durch die Ortschaft, sauste durch schmale Straßen, kratzte an den Sandstein- und Lehmwänden entlang, an denen sie grüne und schwarze Striemen hinterließ. Es staubte fürchterlich, die Boxer wurden mehr und mehr von sandigen Wolken umhüllt. Die Sicht wurde schlecht, gleichzeitig aber prasselten kaum mehr Kugeln auf die Boxer ein. Der Gegner hatte wohl nicht damit gerechnet, dass die Forces-Wagen einfach durch die enge Ortschaft preschen würden, hatte den Großteil seiner Kämpfer daher an der Hauptstraße positioniert. Nur vereinzelt knatterten die Kalaschnikows und klopften die Gewehre. Einige wenige Projektile verirrten sich zu Martens Fahrzeugen, sprangen gegen den Panzerstahl, wurden heulend abgeleitet. Querschläger surrten umher.

Dafür schwoll der Kampflärm im Norden Al Habils mehr und mehr an. Die drei achträdrigen Mowag Piranha V von Delta Two, Schweizer Konstruktionen, die das britische Verteidigungsministerium zwar für ihre Forces-Einheiten, nicht aber für die British Army beschafft hatte, fuhren in diesem Augenblick über die Hauptstraße in die Ortschaft ein. Gewehr- und MG-Feuer hagelte auf die schmalen, flinken Piranha ein, RPG-Granaten jagten durch die Luft, vergingen zu Flammenbällen, die abseits der Fahrzeuge die Erde aufrissen. Die Panzerwagen aber kamen durch und vollführten das gleiche Manöver wie Martens Kolonne: Sie bogen gen Osten ab, verschwanden zwischen den Lehmhütten. Wütend schreiende Kämpfer liefen ihnen nach, ohne eine Chance zu haben, sie einzuholen. Ein verbeulter Pick-up-Truck, auf dessen Ladefläche ein russisches Maschinengewehr montiert war, patrouillierte auf der Hauptstraße, fuhr wie ein aufgeschrecktes Huhn hin und her. Der Fahrer aber schien sich nicht recht zu trauen, den Transportpanzern nachzujagen. Der MG-Schütze brüllte erbost, schoss von Zeit zu Zeit in die Luft.

Die Gassen zwischen den Bauten waren beengt, teilweise nur Zentimeter breiter als Martens Boxer. Vor einer Hütte standen Plastikstühle und ein Metalltisch. Der tonnenschwere Boxer raste durch sie hindurch wie durch Papier, schleuderte Tisch und Stühle in die Luft, wo sie zerfetzt und die Bruchstücke umhergewirbelt wurden. Marten schnallte sich ab, sprang auf, bewegte sich in den vorderen Bereich des Moduls, klammerte sich an Geiers Sitz fest. Schröder hatte die Hand am Joystick, doch im Augenblick konnte er nicht wirken. Marten starrte auf Geiers Display, auf dem sie die Lagekarte aufgerufen hatte.

»Drei Feinde zu Fuß versperren uns am Ortsausgang den Weg!«, meldete der Fahrer aufgeregt über die Bordanlage. Besagte Kämpfer eröffneten das Feuer. Dutzende Geschosse schlugen frontal gegen die Panzerung des Boxers, spritzten davon weg, bohrten sich in die Hauswände, zerstörten Fensterscheiben und Mobiliar. Ein Klingeln und Scheppern hallte durch den Frachtraum.

»Wir bremsen nicht für Terroristen!«, zischelte Marten gereizt.

Es knallte dreimal dumpf und dreimal zogen leichte Vibrationen durch den Boxer.

»Okay«, kam die Stimme des Fahrers nüchtern über Funk.

Martens Boxer brach im Osten aus der Ortschaft, die anderen beiden Radpanzer folgten auf dem Fuße. Sie wühlten sich flache Sanddünen hinauf.

»Sind wir endlich vor der Torlinie?«, wollte Härti wissen. Marten ignorierte ihn.

Die Wagen bahnten sich einen Weg durch eine quer verlaufende Baumreihe und drangen weiter auf eine weitläufige Ebene vor, die für verschiedene Nutzpflanzen kultiviert worden war. Rechteckig angeordnete Felder, so weit das Auge reichte. Im Osten, nur wenige zwanzig Meter entfernt, waren große, frische Sandhügel aufgeworfen worden. Die Ausgrabungsstätte! Die Fahrer der Boxer traten die Gaspedale durch, quetschten die letzten Leistungsreserven aus ihren Kisten. Die Radpanzer arbeiteten sich durch den Sand, ihre Motoren blubberten und lärmten. Die 27 Zoll großen, mit tiefen Profilen durchsetzten Michelin-Reifen gruben sich in den weichen Untergrund ein, doch fanden sie immer genug Bodenhaftung, um den Wagen weiter voranzubringen.

Beim mittleren Fahrzeug der Kolonne hatte der Waffenbediener seinen Oberkörper aus der Luke gestreckt. Mit flinken Fingern lud er die Granatmaschinenwaffe nach, eine nicht ungefährliche Aktion während der Fahrt. Im Norden wurden derweil die britischen Piranha-Transportpanzer sichtbar. Sie sausten ebenso mit einem Höllentempo über die freie Pläne, ihre MG belferten.

»Feindliche Fahrzeuge aus Südwest, Entfernung 620!«, meldete Schröder über die Zugfrequenz.

Marten warf einen Blick auf das Display des Waffenbedieners, sah zwei rostige Pick-ups, die über die sandige Ebene bretterten. Ein Dutzend bewaffneter Kämpfer drängte sich auf den Ladeflächen zusammen.

»Übernehmen wir«, bedeutete der Kommandant der 41 über Funk. Sein Waffenbediener verschwand sogleich im Bauch des Boxer und klappte die Luke hinter sich zu. Die HK GMW schwenkte herum, nahm die heranfahrenden Wagen ins Visier. Der Waffenbediener gab einen Feuerstoß von sechs Schuss ab. Der Munitionsgurt wurde von der Granatmaschinenwaffe regelrecht gefressen. Ein jeder Schuss zuckte gleich einem glühenden Ei davon, jagte mit Hochgeschwindigkeit den Pick-ups entgegen. Die Geschosse, groß wie Computermäuse, trafen ins Ziel, durchschlugen knallend Metall und Fleisch. Die beiden Pick-ups verschwanden hinter Wolken aus Staub, und als diese sich lichteten, gaben sie den Blick auf ein umgeworfenes Fahrzeug und ein liegengebliebenes frei, dessen Motorraum und vordere Reifen regelrecht zerfetzt worden waren. Tote und Verwundete säumten den Sand.

»Nordwestseite der Ausgrabungsstätte ist feindfrei«, meldete Fenix über Funk. »Aber wir sollten uns beeilen. Hier wird es bald vor Indias wimmeln.«

»Verstanden«, antwortete Marten. »Dran, drauf, drüber.«

»Ihr Germans mit euren seltsamen Weisheiten«, lachte Fenix. »Aber ja … so ähnlich werden wir es machen. Wir sehen uns am Ziel. Delta Two Ende.«

Die Boxer rasten aus westlicher Richtung auf die Ausgrabungsstätte zu, die Piranha-Radpanzer von Nordwesten her. Die Briten bogen nun scharf nach Süden ab, verschwanden zwischen den Sandhügeln. Martens Fahrer suchten sich ebenfalls einen Weg durch den aufgeworfenen Sand hindurch, dann stiegen sie in die Eisen. Marten guckte auf Schröders Display, direkt in eine Grube hinein, etwa drei Meter tief und so groß wie ein Fußballfeld. Eine Rampe aus Sand führte hinunter, ein großes, beigefarbenes Zelt befand sich mittig im Loch. Werkzeuge lagen achtlos im Sand, zwei Baufahrzeuge standen verlassen herum. Am Nordrand der Grube tauchten Fenix' Piranha-Wagen auf. Sie bremsten, die automatischen Waffentürme richteten sich auf das Loch aus. Dort unten aber war keine Menschenseele zu sehen.

»Warum wird hier nicht gearbeitet?«, fragte Schröder.

Marten grinste triumphierend, erntete dafür einen verwirrten Blick des Waffenbedieners.

»Ramadan«, erklärte er. »Heute beginnt für die Moslems die Fastenzeit.«

Schröder nickte. »Möglicherweise unterlassen sie dann das Arbeiten in der sengenden Mittagssonne.«

»Oder das ganze Geschieße und die Explosionen haben die Arbeiter verschreckt«, warf Härti ein.

»Oder so.«

»Oder die Arbeiter sind diejenigen, die schon die ganze Zeit versuchen, uns umzubringen.«

»Oder so.«

»Delta One und Two, hier Control.«

»Delta One hört.«

»Two hört.«

»Iron Hawk hat Indias in Stärke 60 aufgeklärt, die sich aus Nordnordost eurer Position nähern. Ihr habt acht Minuten. Maximal.« Völlig emotionslos. Als würde sie über das Wetter referieren.

»Delta One verstanden. Wir wollten sowieso nicht lange bleiben.«

»Two verstanden.«

Marten zupfte sich das Handgerät vom Chestrig, stellte die Frequenz um.

»Delta an Kilo 1 bis 3: Luken auf, zeigt den netten Einheimischen mal eure hübschen Fressen. GMW und die 50er nachladen, Motoren bleiben an. Beim kleinsten Anzeichen von Ärger machen wir einen Abflug.« Denn ich werde meinen Kopf nicht unnötig für die Hirngespinste des Sicherheitsrates hinhalten.

Die Motoren der Boxer knatterten gemächlich. Die Luken wurden geöffnet, mit G36 und MP7 bewaffnete Soldaten zeigten sich, sicherten alle Himmelsrichtungen ab. Die Waffenbediener befüllten die in den FLW-Lafetten eingelassene Waffen mit neuer Munition. Gurte klickten, Kästen klapperten.

»Härti?«

»Jupp?«

»Absitzen lassen. Wir gehen rein.«

Am anderen Ende der Grube machte sich eine Section der Briten auf den Weg zum Boden der Grube. Ameisen gleich wagten die mit allerhand Ausrüstung, Waffen und Munition bepackten Soldaten den Abstieg, rutschten teilweise einfach die sandigen Hänge hinunter.

Die Rampe der Nummer 39 öffnete sich. Marten schritt an Härtis Soldaten vorüber, die sich losschnallten und sortierten, und betrat als Erster den sandigen Untergrund. Aus dem klimatisierten Bauch des Radpanzers kommend, schlug ihm die drückende Hitze der Region wie ein unsichtbares Kraftfeld entgegen. Aufgewirbelte Staubpartikel klebten in der Luft. Es roch nach Mörtelstaub und ein schmutziger Film setzte sich sogleich in Martens Mundraum fest. Er schmatzte mehrfach, züngelte, aber wurde den ekelhaften Geschmack nicht los.

Härti scheuchte seine Soldaten nach draußen. Er und Marten schritten voran, bahnten sich einen Weg die steilen Sandwände hinunter auf den Grund der Grube.

»Was die hier wohl ausbuddeln?«, fragte Härti, als er wieder ebenen Boden unter den Füßen hatte. Er klopfte sich den Sand von der Hose.

»Keine Ahnung. Vielleicht tausend Jahre alte Buddhastatuen, die sie dann kaputt machen können, weil ihnen die Kulturgüter an der Oberfläche langsam ausgehen?«

Härti nickte, meinte: »Jedenfalls graben die hier nicht nach Expuder.«

»Das ergibt alles einfach keinen Sinn.« Marten stieß einen Seufzer aus, als ihm gewahr wurde, dass er seine Zweifel kundtat. Härti aber konnte er sowieso nichts vormachen.

Der Lieutenant schaute sich akribisch um, vergewisserte sich noch einmal, dass die Grube menschenleer war. Mit erhobener MP näherte er sich dem Zelt in ihrer Mitte, seine Soldaten hinter ihm taten es ihm gleich. Die Briten kamen von der anderen Seite. Fenix, dessen Helm und Sonnenbrille Teile seines Gesichts verdeckten, winkte Marten zu. Der Brite war ein breitschultriger, vierschrötiger Kerl, dessen plattes Gesicht von zwei glänzenden Narben entstellt war, Zeugen eines Autounfalls in seiner Kindheit.

»Das Wärmebild zeigt zwei menschliche Signaturen im Zelt«, meldete Schröder über Funk. »Bewaffnet.«

Härti ließ die Gruppe anhalten, gab die Meldung an Fenix weiter. Ein Dutzend Rohrmündungen waren auf das Zelt ausgerichtet. Marten stand unter Spannung, seine Muskeln zitterten, mit ihnen die MP in seinen Händen.

»Babo?«, rief er, ohne den Blick vom Zelt zu nehmen. Einer von Härtis Soldaten, ein Kerl südländischer Erscheinung, verhaftete seinen Blick auf Marten. Er war jung, keine 25 Jahre alt, hatte eng zusammenstehende Augen und bauschige Brauen. Razzaq Baba war sein Name, ein Deutschiraker. Seine Kameraden hatten ihn »Babo« getauft.

»Hau mal was raus«, forderte Marten. Der Angesprochene nickte.

»Raweenee edeek!«, brüllte er in Richtung des Zeltes. »Oof slahek bil-ga'a! La tkhaleenee armeek!«

Die Antwort erfolgte prompt. Die beiden Verteidiger des Zeltes sendeten Feuerstöße durch die Zeltwände hindurch in Richtung der Forces-Soldaten. »Allahu akbar!«-Rufe begleiteten den Feuerzauber. Die Deutschen und Briten warfen sich hin, erwiderten das Feuer. Das Zelt flatterte unter den Einschlägen.

»Beide Signaturen liegen«, verkündete Schröder.

»Dann auf!«, befahl Marten aus heiserer Kehle, sprang als Erster auf die Beine und bewegte sich mit erhobener Waffe dem Zelt entgegen. Er näherte sich dem Eingang, traf dort mit seinen britischen Kameraden zusammen. Durch die Öffnung hindurch machte er eine Hand aus, die im Inneren reglos im Sand lag. Er gab Härti ein Zeichen und der rückte mit seinen Soldaten vor. Unter gegenseitiger Sicherung traten drei Mann an den Zelteingang heran, die Waffen folgten stets den Blicken. Der kleine Stoßtrupp positionierte sich in einer Reihe neben dem Eingang. Sie klopften einander ab, sprangen dann hintereinander ins Zelt. Harti stürzte ihnen nach.

»Sicherheit!«, rief er aus dem Zelt heraus. »Zweimal Kopfschuss, ihr Scharfschützen!«

Marten und Fenix näherten einander, begrüßten sich, klatschten sich ab und trafen rasche Absprachen ob des weiteren Vorgehens.

Ihre Soldaten bauten indes einen Sicherheitsperimeter um das Zelt herum auf. Die beiden Zugführer traten zu Härti ins Innere. Der stand da wie angewurzelt. Marten und Fenix positionierten sich rechts und links von ihm … und erstarrten ebenso zu Salzsäulen.

Werkzeuge und Trinkflaschen lagen umher. Ein Metalltisch befand sich an der linken Zeltwand; ein Mikroskop, allerlei Bücher und ein Laptop waren darauf zu finden. Es war jedoch die Mitte des Zeltes, die die Aufmerksamkeit der drei Soldaten fesselte: Ein seltsames, fremdartiges Objekt ragte dort aus dem Sand. Es stand auf drei Stelzen, die im Untergrund verankert schienen, mit einem kesselförmigen Kopf darauf. Es war etwa so groß wie ein Fünf-Liter-Kanister und glänzte silbrig, jedoch lag ein seltsamer, blauer Schimmer in diesem Glanz. Seine Oberfläche wies eine feine Struktur auf; Abertausende, winzige Hexagone, die ineinandergriffen. Marten hatte dergleichen schon zigmal gesehen. Es fiel ihm schwer, einen klaren Gedanken zu fassen. Fenix und Härti musste es ähnlich ergehen, der Brite hatte sich gar die Sonnenbrille von der Nase gerupft. Mit offenem Mund und weiten Augen glotzten sie den dreibeinigen Kessel an, unfähig, ihre Eindrücke in Worte zu fassen. Ihr Fund mutete derart unglaublich an, als wären sie auf einen orangefarbenen Elefanten gestoßen.

Martens Gedanken überschlugen sich. Schlagartig wurde ihm bewusst, dass er kein vergleichbares Ding der Marsianer aus den Archiven und Museen, den Ausstellungen und Büchern kannte. Und Marten kannte sie alle, hatte jedes durch die Engländer freigegebene Objekt persönlich besichtigt, hatte nahezu jedes Buch zu dem Thema verschlungen, die geleakten Berichte von U04 studiert. Er kannte alle Bilder, alle Zeichnungen und Videos, sowohl die offiziellen als auch die inoffiziellen, beispielsweise die vom Teheraner Tripod. Und er konnte mit absoluter Sicherheit sagen, dass er dieses Ding, diesen … Miniatur-Tripod … obgleich er zweifelsohne marsianischen Ursprungs war, noch nirgends zuvor gesehen, geschweige denn darüber gelesen oder davon gehört hatte. Diese Erkenntnis ließ Marten nicht mehr los, marterte ihn regelrecht.

Es war Härti, der das Schweigen brach. Er flüsterte: »Wow«, gefolgt von fünf Sekunden der Stille. »Härti will jetzt seine Banane haben, Prof.«

Wortlos griff Marten in die Brusttasche seines Chestrigs, zog eine braune, matschige, zerdrückte Banane heraus. Ohne den Blick vom fremden Objekt abzuwenden, streckte er Härti die Frucht entgegen und Härti, ebenfalls ohne das außerirdische Ding aus den Augen zu lassen, grapschte danach.

»Delta One und Two, hier Control«, knackte Rienschs Stimme aus den Lautsprechern. »Mehrere Indias aus Richtung Nord bewegen sich auf Ihre Position zu. Mannstärke 45 bis 65, wir zählen außerdem sechs Fahrzeuge. Die Amerikaner haben eine Predator im Luftraum. Anfrage läuft. Wie ist Ihr Status?«

»Control, hier Delta Two«, sprach Fenix ins Funkgerät. »Wir haben etwas gefunden. Mögliche unbekannte AT. Etwa zwei Fuß hoch, dreibeinig.«

Mission Control schwieg volle zwei Sekunden lang. Dann rauschte die Antwort aus den Lautsprechern der Handgeräte: »Dreibeinig?«

»Jupp, dreibeinig.«

»Verstanden, Delta Two. Ähem … bleiben Sie auf Stand-by.«

»Lassen Sie uns nicht zu lange hängen«, knurrte Fenix. »Wir haben keine Zeit.«

Marten näherte sich zögerlich dem marsianischen Fundstück, das vollkommen unbewegt im Sand steckte. Er aktivierte seine Taschenlampe, leuchtete es direkt an. Das Licht wurde reflektiert wie von einem Parabolspiegel, das Material schillerte bläulich. Marten zupfte sich den

Handschuh vom Finger, trat noch näher an das Objekt heran. Fenix und Härti beobachteten ihn mit steigendem Unbehagen.

»Du willst doch nicht wirklich …?«, wunderte sich Härti, die matschige Banane noch immer in Händen haltend.

»Doch!«, erwiderte Marten bestimmt. Seine Augen leuchteten, waren ganz und gar auf das Objekt ausgerichtet. »Doch, ich will!« Er streckte die Hand aus.

»Du weißt nicht, wo der schon überall gewesen ist«, belehrte Härti und winkte ab. »Ach, mit wem rede ich eigentlich? Du meinst es ja doch besser zu wissen!«

Fenix beobachtete die Szene abwartend. Martens Fingerspitzen berührten in diesem Augenblick die Oberfläche des Objekts. Schreckhaft zuckte der Lieutenant zurück, lachte dann über seine eigene Torheit, ruckte wieder vor und legte die ganze Handfläche auf die Oberfläche des metallenen Dreifüßers. Marten war sich sicher, es mit jener Eisen-Mangalgrah-Legierung zu tun zu haben, die die Marsianer für all ihre Maschinen und Dinge verwendeten. Das bläuliche Schimmern, die filigrane Struktur, die deutlich sichtbar war, aber doch so fein, dass der menschliche Finger sie nicht zu erfühlen vermochte … all das waren Anhaltspunkte für die Echtheit des Objekts. All das war unmöglich zu kopieren.

Marten strich über die Oberfläche, die sich der Umgebungstemperatur angepasst hatte und die sich weich und flexibel anfühlte wie menschliche Haut, die sich direkt über den Knochen spannte. Gleichzeitig aber war sie eisenhart und würde selbst unter starker Druckeinwirkung keinen Millimeter zurückweichen. Wer Mangalgrah ans Leder wollte, der musste schon maschinelle Kraft oder Sprengstoff einsetzen.

»Delta One und Two, hier Mission Control.«

»Hört«, brummelte Fenix.

»Können Sie das Objekt transportieren?«

Fenix blickte Marten an. Der nickte eifrig.

»Jo, können wir.«

»Objekt verladen und abrücken. Sie haben drei Minuten, bevor es bunt wird. Maximal.«

»Verstanden. Verladen und weg.«

»Delta One hat mitgeschnitten«, schaltete sich Marten in das Gespräch ein.

»Mission Control Ende.«

Marten und Fenix wandten sich ab, trafen ihre Absprachen.

»Alter!«, quietschte Härti plötzlich mit flatternder Stimme. Die beiden Offiziere fuhren herum, sahen Härti, der neben dem Fund stand wie bestellt und nicht abgeholt und diesen aus aufgerissenen Augen anglotzte. Marten folgte Härtis Blick, nahm den Kesselkopf des Dreibeiners in Augenschein. Seine Finger suchten und fanden den Abzug seiner MP7.

Eine hauchdünne, glänzende Lanze schob sich geräuschlos aus dem metallenen Körper. Sie war ganz starr und unbeweglich. Ein Geräusch erklang, als würde Luft entweichen, und die Lanze verwandelte sich schlagartig in eine biegsame Schnur. Sie schwang hin und her wie ein Wurm, der etwas suchte. Unvermittelt erstarrte sie, wurde wieder zur Lanze, die auf die Härtis Brust wies. Ein Zischen erklang, der Gruppenführer zuckte zusammen, dachte wohl für einen Augenblick, er wäre getroffen worden, tastete sich mit fahrigen Händen ab, riss dann sein G36 hoch.

»STOPFEN!«, brüllte Marten noch, da schoss Härti bereits. Mit ohrenbetäubendem Knall zündete die Patrone, sprang das Projektil dem Mini-Tripod entgegen. Marten und Fenix warfen sich in den Sand. Der Einschlag produzierte ein kreischendes Scheppern. Die Kugel wurde abgeleitet, flitzte kreuz und quer durchs Zelt. Funken schlugen, der Metalltisch zuckte, als das Geschoss ein Loch hineinstanzte. Marten sprang auf die Beine, fuhr Härti wie eine Furie an: »JA HAST DU NOCH ALLE TASSEN IM SCHRANK?«

»Ey, gibt mir halt 'nen Hockeyschläger und ich knüpple drauf ein!«, tönte der.

»Du machst gar nichts!«

Die beiden beendeten ihre Auseinandersetzung augenblicklich, als sie der grünen Blitze gewahr wurden, die über die Oberfläche des Tripods zuckten. Die Innenwände des Zeltes schimmerten gleichsam grünlich. Jene Blitze verschwanden so rasch, wie sie erschienen waren. Das Fundstück war vollkommen unbeschädigt.

Härti, Fenix und Marten tauschten Blicke. Draußen war es ob des Schusses unruhig geworden. Zwei Briten erschienen im Zelteingang, wollten nach dem Rechten sehen und erstarrten, als sie das fremdartige Gerät erblickten.

Die Lanze des Tripods fuhr wieder in den Körper ein, die Oberfläche schloss hinter ihr derart perfekt, dass keine Klappe und kein Schlitz zu erkennen waren. Keine Bewegung, kein Zeichen von Aktivität ging mehr von dem Gerät aus. Als hätte es sich abgeschaltet.

Martens und Fenix' Blicke trafen sich.

»Eintüten!«, befahl der deutsche Zugführer schließlich. »Und zurrt das Ding mit Kabelbindern und allem, was wir haben, ordentlich fest! Dann rein damit in eine der Waffenkisten und diese verschließen!« Weitere Männer betraten das Zelt. Unter Härtis Führung taten sie wie ihnen geheißen. Zaghaft näherten sie sich dem Mini-Tripod. Dieser rührte sich nicht, auch nicht, als sie damit anfingen, seine Beine zusammenzubinden.

Marten und Fenix tauschten sich aus. Sie hatten keine Zeit, über ihren Fund zu spekulieren oder sich der erfolgreichen Mission zu beglückwünschen. Sie mussten weg, asap!

»Kati?«, schnatterte Marten ins Funkgerät. »Die 39 leer räumen, wir kriegen einen ganz besonderen Fahrgast. Der Rest muss sich aus Sicherheitsgründen in die anderen Karren zwängen.«

»Verstanden, ich schmeiße die Jungs raus.«

»Nicht nur die Jungs … du auch! Ich fahre die Karre selbst.«

»Öh … na gut.«

Marten befahl zwei Mann aus Härtis Gruppe heran, die den fixierten Tripod zu den Boxer-Panzern transportieren sollten.

»Meine Wagen übernehmen die Führung und das schließende Element der Kolonne«, sagte Fenix. Marten nickte.

»Du könntest einen Waffenbediener gebrauchen«, äußerte Härti, nachdem er mit angewidertem Gesichtsausdruck in die braune, zerquetschte Banane gebissen hatte. Er schob den Fruchtmatsch in seinem Mund mit der Zunge von der einen auf die andere Seite.

»Ja«, überlegte Marten mit gedämpfter Stimme. »Ja, daran habe ich auch schon gedacht. Aber mir fällt einfach niemand ein, der kompetent genug für den Job wäre.«

»Du dummes Arschloch. Ich mache das natürlich!«

Aus Martens Blick sprach die Dankbarkeit. Der Tripod wurde unterdessen in Richtung der Boxer getragen. Marten und seine Soldaten joggten zu den Fahrzeugen zurück, erklommen die Sandhänge der Grube.

»Matt?«, keuchte er ins Funkgerät, als er zwischen seinen Radpanzern stand, diesen mächtigen Wagen von fast drei Metern Höhe. Er trat aus der Deckung der Boxer heraus, linste durch eine Lücke zwischen den Sandhügeln auf die Landschaft, die sich dahinter erstreckte. Felder, so weit das Auge blickte. In weiter Ferne entdeckte er einen einzeln stehenden Baum, der aus dem Boden wuchs: dunkles Holz, kleine, ausgehärtete Blätter.

»Wir können rollen«, meldete Fenix.

»Tipptopp.«

Marten betrachtete den Baum, der weit über einen Kilometer entfernt stand. Irgendetwas faszinierte ihn an diesem Bild. Links neben dem dunklen Stamm blitzte es einmal auf. Marten wunderte sich über die Erscheinung. Einen Wimpernschlag später traf ihn etwas gegen die Brust. Ihm war, als würde er von einer Eisenbahn überrollt werden. Die Energie des Treffers trieb ihm die Luft aus den Lungenflügeln, warf ihn zurück. Es schepperte fürchterlich, klingelte und fiepte in Martens Ohren. Er landete rücklings im Sand und ihm war sogleich, als hätte etwas seine Atemorgane zerfetzt. Er bekam keine Luft. Ein brachialer, großer Schmerz breitete sich in seinem Oberleib aus, strahlte bis in seine Glieder hinein, lähmte, betäubte, benebelte ihn.

»SNIPER!«, hörte er seine Leute dumpf rufen, als wären sie weit, weit weg, als würde er ihre Rufe durch eine dicke Wand hindurch vernehmen. Gewehre knallten. Die Granatmaschinenwaffe wummerte. Marten blinzelte, starrte in den wolkenlosen Himmel, in die grelle Sonne. Seine Augen schmerzten. Alles schmerzte.

Er sah noch, wie Babo und ein weiterer Soldat aus Härtis Gruppe in seinem Sichtfeld erschienen, wie sie sich zu ihm hinunterbeugten, ihn ansprachen, hektisch brüllten. Dann hoben sie ihn auf, schleiften ihn fort. Und Marten verlor das Bewusstsein.

*

»Wohooo!«, jubelte Härti und klopfte dem oberkörperfreien Marten auf die Schulter. Der grinste verkniffen. Fenix schüttelte lachend den Kopf.

Lieutenant Marten befand sich in einem geräumten Terminalbereich, er hockte auf einer Lederbank unter einem großen Fenster. Seine linke Brustseite wies ein Hämatom auf, so groß wie eine Wassermelone. Der Bluterguss zog sich rauf bis zur Schulter, war an den Rändern rötlich, im Zentrum tiefblau mit lilafarbenen und grünen Akzenten darin. Es sah aus wie ein großes, buntes Tattoo.

»Krasse Scheiße!«, stieß Härti aus und tippte vorsichtig gegen Martens Verletzung.

Der zuckte zusammen, fauchte: »Lass das, Alter!«

Die 4. Kompanie hatte ihren Einsatz abgeschlossen und befand sich auf dem Flughafen von Sanaa, der von saudischen und jemenitischen Kräften besetzt gehalten wurde. Die einzige Start- und Landebahn war durch diverse Bombenangriffe aus dem Jahre 2015 stark in Mitleidenschaft gezogen worden, die Saudis hatten den Flughafen allerdings längst für ihre Zwecke ausgebaut. Sie hatten neue Landebahnen geschaffen, hatten das einzige Flughafengebäude um eine Zeltstadt ergänzt. Flugabwehrsysteme waren im Umkreis aufgestellt worden, Militärpersonal wuselte auf der Erde umher, Flugzeuge und Kampfhubschrauber besetzten den Himmel. Bautrupps waren zudem damit beschäftigt, den Platz weiter auszubessern. Es herrschte geschäftiges Treiben auf dem ehemaligen Zivilflughafen, der nun um ein Vielfaches größer war als vor dem Krieg, groß genug sogar für das größte Flugzeug der Welt.

Durch das Fenster in Martens Rücken war eine Kiewer Antonov AN 124 zu sehen, deren gigantischer Bug hochgeklappt war und in den Himmel wies. Einer von Fenix' Piranha-Panzern fuhr soeben in das riesige Transportflugzeug hinein; es sah aus, als würde ein Grizzlybär eine Feldmaus schlucken.

Das Problem war, dass Truppen der Forces aus politischen Gründen keine Stützpunkte außerhalb ihrer festen Basen unterhalten durften, und ihr einziger Standort im Jemen war nach Kriegsbeginn aufgegeben worden. Es durfte unter keinen Umständen danach aussehen, als wollte sich die planetare Abwehrtruppe der UN dauerhaft in intermenschliche Konflikte einmischen. Aus diesem Grunde war mit jedem einzelnen Einsatz ein enormer logistischer Aufwand verbunden. Die Forces verfügten über eine eigene Antonov für derartige Zwecke, konnten im Notfall darüber hinaus weitere dieser Transportmaschinen von der NATO oder direkt über Kiew anfordern.

»Hat dich Lisa wieder verprügelt, was?«, feixte Fenix und wies auf Martens Bluterguss.

»Hey! Hey!« Der deutsche Lieutenant hob abwehrend die Hände. »Ich bin die Treppe runtergefallen, okay?« Marten versuchte, seinen ernsten Gesichtsausdruck aufrechtzuerhalten. Seine Züge aber zitterten bald und verwandelten sich schließlich in ein dreckiges Grinsen. Fenix und Härti grölten und lachten, klopften Marten wiederholt auf die Schulter, was diesen schmerzverzerrt zusammenfahren ließ.

Marten hatte wahnsinniges Glück gehabt. Das 7,62-Millimeter-Geschoss war an seiner ballistischen Schutzweste geborsten. Die Wucht des Aufpralls hatte eine der in die Weste eingelegten Keramikplatten zerschmettert, die Energie hatte sich auf Martens Oberkörper entladen, hatte ihn getroffen wie der Kopfstoß eines wild gewordenen Stiers. So mochte der junge Lieutenant nun grün und blau sein, doch er lebte und der Regimentsarzt musste kein Projektil aus seinem Gewebe pulen.

Jener Arzt, Doktor Mueller, ein älterer Herr aus der Sächsischen Schweiz, ließ seine Instrumente in einer dunklen Ledertasche verschwinden, strich sich den weißen Kittel glatt, den er über seiner Bundeswehruniform trug, und wünschte Marten anschließend eine gute Genesung. Er hatte den Lieutenant umfänglich untersucht und keine ernst zu nehmenden Verletzungen feststellen können.

Das Regiment war die wichtigste Plangröße der Forces, die sich beinahe ausschließlich in Regimenter gliederte. Eine derart flache Hierarchie mit der obersten Führungsebene direkt oberhalb dieser Organisationsgröße machte es möglich, kleine Einheiten schnell und zielgerichtet einzusetzen. Größere Unternehmungen wurden durch eine derartige Struktur allerdings sehr erschwert. Diese auf Regimenter als eigenständige Einheiten ausgelegte Organisationsstruktur war dafür verantwortlich, dass jedes Forces-Regiment beispielsweise über einen eigenen Arzt mit Sanitätstrupp, über eigene Militärpolizisten und über eine zivile Stabsstelle verfügte, die sich mit rechtlichen Belangen, der Rechnungsführung und internationalen Absprachen beschäftigte.

Martens No. 18 Joint Special Mechanized Regiment war eine bilaterale deutsch-englische Einheit mit Sitz in Norwich. Es war das Bestreben der Forces, allein multinationale Einheiten zu unterhalten, verteilt über den gesamten Globus. In nahezu jedem Land unterhielt die UN Stützpunkte ihrer planetaren Abwehrtruppe. Prominenteste Ausnahmen waren die Schweiz und die Volksrepublik China, die bis dato ihre Teilnahme an der Truppe verweigerten.

Marten und Härti steckten sich Zigaretten an, Fenix packte eine kleine, rote Dose aus, streute sich ein paar Krumen Schnupftabak auf den Handballen und sog ihn mit der Nase ein. Wortlos wandte sich der Brite ab, verließ den Raum und kehrte kurze Zeit später mit drei Bierflaschen wieder, die gegeneinander klirrten. Weiße Etiketten mit roter Umrandung, »Old Speckled Hen« stand auf ihnen geschrieben.

»Oh!«, freute sich Härti und klatschte in die Hände wie ein Seehund. Fenix öffnete die Verschlüsse, indem er eine Flasche als Hebel benutzte.

»Sag bloß, du hast diese englische Plörre hierher geschmuggelt?«, raunte Härti. Marten grinste schelmisch, nahm dann eine der Flaschen entgegen. Die drei stießen an, nickten einander zu.

»Auf einen weiteren Einsatz ohne Verluste«, sagte Fenix und verzog traurig das Gesicht.

»Auf eine …« Marten stockte, überlegte. »Auf eine erfolgreiche Mission. Ich meine, wir haben etwas gefunden, Leute! Wir haben tatsächlich etwas gefunden!«

»Jau«, grunzte Härti und starrte gegen das Etikett seiner Flasche. Die Männer schwiegen nun alle einige Sekunden lang, jeder nippte an seinem Bier.

»Es ist einfach unglaublich«, flüsterte Marten irgendwann. Er hatte noch gar keine Zeit gehabt, seine Gedanken zu ordnen. Nachdenklich sog er an seiner Zigarette, blies Rauch in den Raum, nahm zwischendurch einen Schluck. »Und es ist sogar funktionstüchtig … unglaublich … dass … dass …«

»Dass die da oben uns doch nicht verarscht haben?«, ergänzte Härti.

»Ja.« Marten nickte. »Ja. Genau.«

Forces-Einheiten hatten in der jüngsten Vergangenheit zunehmend dafür herhalten müssen, Schlachten zu schlagen, für die sich die Nationalstaaten zu fein waren, so zumindest der Vorwurf. Die Krux der internationalen Truppe war ihre Wahrnehmung durch die Bevölkerung der meisten G20-Staaten, beziehungsweise lag jene Krux im Ausbleiben irgendeiner Wahrnehmung. Kaum ein Politiker und kaum ein Land scherten sich um die Belange der UN-geführten Truppe, die in den Köpfen der nationalen Bevölkerungen, allen voran denen des Westens, als diffuse, weit entfernte Geisterorganisation verankert war. Ebenso wie an den Blauhelmmissionen, in denen gleichfalls Menschen aus aller Herren Länder dienten, war auch das Interesse am Treiben und am Dienst der Forces überaus gering. Ein Phänomen, dem bereits zahlreiche Essays, Dissertationen, Bücher und Debatten gewidmet worden waren, immerhin dienten in den Forces teils große Kontingente westlicher Staaten.

Spätestens seit dem Irakkrieg, dem nachfolgenden Guerillakampf und dem Desaster in Afghanistan, dessen Agonie bis in die Gegenwart hinein fortdauerte, war der Aufschrei im Wahlvolk und der Presse westlicher Länder enorm, wenn landeseigene Streitkräfte in internationale Einsätze befohlen wurden. Martens kannte das nur zu gut von seiner eigenen Heimat. Jeder Furz der Bundeswehr, der aus dem Einsatzland durch den Sensationsfilter der deutschen Presse in die Heimat gelangte, wurde zum Anlass genommen, die Sinnhaftigkeit der gesamten Mission infrage zu stellen, und die Medien nutzten nebenbei die Gunst der Stunde, um in Leitartikeln und bissigen Kommentaren die Unfähigkeit der deutschen Armeeführung zu erörtern. Gleichzeitig wusste kaum ein deutscher Wähler, dass Soldaten mit deutschem

Pass im Nahen Osten zeitweise gegen Al-Qaida und IS kämpften. Nur eben nicht unter dem Banner der Bundeswehr, sondern unter dem der UN – der feine Unterschied, der über waschechtes öffentliches Interesse oder eine jämmerliche, mediale Randnotiz entschied.

Die führenden Nationen der Erde, allen voran die ständigen Mitglieder des Sicherheitsrates, hatten daher seit den Nachwehen des Arabischen Frühlings die Earth Protection Forces für sich entdeckt, hatten die Männer und Frauen aus dem langweiligen Kasernenmief herausgeholt und in die Krisenherde dieser Welt verfrachtet, eine Maßnahme, die in aller Regel Zustimmung bei allen Mitgliedern fand. Russland zum Beispiel wurde nachgesagt, übermäßig großen Einfluss auf seine in den Forces dienenden Soldaten auszuüben, sodass die Männer und Frauen russischer Herkunft oftmals gar nicht die Interessen des Sicherheitsrates verfolgten, auch wenn sie unter dessen Statut agierten. Und China, der zweite Vetokönig im Rat, besaß in Forces-Angelegenheiten kein Stimmrecht.

»Aber ein Mini-Tripod? Und warum zum Teufel liegt der im Jemen unter der Erde?«, grübelte Fenix laut.

»Keinen Schimmer.« Marten schüttelte sich. Seine Schulter zog ekelhaft, sendete pulsend Schmerzreize aus. Und er wusste jetzt schon, dass er sich von Lisa was anhören konnte …

»Vielleicht ein Überbleibsel von der Teheran-Geschichte?«, sann Härti.

»Nee, unwahrscheinlich. Teheran ist ja auch schon wieder ein gutes Stück entfernt von hier.«

»Und warum zur Hölle war es im Sand verbuddelt?«

»Vielleicht ist es irgendwie in die Wüste gelangt, wurde dort liegen gelassen … vergessen. Und die Sandstürme haben es dann nach und nach eingegraben«, folgerte Härti weiter. »Ich meine, ihr Briten wart doch auch mal hier unten unterwegs, nicht?«

Fenix nickte.

»Wer weiß, vielleicht war ein im Jemen stationierter britischer Offizier gerade in London auf Heimatbesuch, als unsere Freunde vom Mars aufgetaucht sind. Der hat dann irgendwo dieses Ding gefunden und es als Souvenir mit hier runtergenommen.«

»Möglich … möglich«, wisperte Marten gedankenvoll und nahm einen Schluck aus seiner Flasche.

»Gibt tausend Möglichkeiten, wie das hierher gekommen sein könnte.«

»Ist das nicht sowieso unglaublich?«, fragte Härti plötzlich.

Marten blickte seinen Gruppenführer fragend an, veränderte dabei seine Sitzposition und zuckte abermals schmerzerfüllt zusammen. »Was meinst du?«

»Ich meine, die ganze Sache mit den Marsianern. Das muss man sich mal geben: Da waren vor 120 Jahren einfach Aliens auf unserem Planeten und haben versucht, uns auszulöschen.«

Härti erntete fragende Blicke.

»Also, wenn ich so darüber nachdenke … es kommt mir manchmal total unwirtlich vor. Das liegt wie gesagt 120 Jahre zurück, es gibt überhaupt nur ein einziges echtes Foto von der Nummer, ansonsten nur Berichte in Büchern, Zeichnungen und nachträglich Spielfilme zu dem Thema. Das Ganze ist einfach so weit weg, irgendwie nicht greifbar. Wisst ihr, die Weltkriege kann man sich vorstellen, da gibt es massig Bildmaterial von. Versteht ihr, was ich meine?«

»Jup, ich weiß genau, was du meinst«, antwortete Marten. »Aber du kommst jetzt hoffentlich nicht mit einer Verschwörungstheorie um die Ecke, von wegen ›Das hat es alles nicht gegeben und die Dinge, die man heute im Museum in Spiritus besichtigen kann, sind Fälschungen, die die Engländer selbst gebaut haben‹?!« Der Lieutenant blickte seinen Gruppenführer herausfordernd an.

Der hob abwehrend die Hände. »Iwo! Niemals! Bin ich verrückt, die Existenzberechtigung meines Arbeitgebers anzuzweifeln? Aber ich frage mich manchmal schon, was wohl gewesen wäre, wenn unsere Freunde vom Mars nicht aufgetaucht wären und in unsere Geschichte eingegriffen hätten. Ihr euch nicht?«

Sinn und Finanzierung der Forces wurden weltweit zunehmend hinterfragt. Kritiker sahen in dem internationalen Heer eine Verschwendung von Mitteln. Viele bezweifelten gar, die Marsianer würden jemals wiederkehren, andere sahen angesichts schlagkräftiger nationaler Streitkräfte die Existenz der UN-Abwehrtruppe als schlicht überflüssig an.

Härti blickte seine beiden Kameraden erwartungsschwanger an, ehe er fortfuhr: »Ich meine, wäre dann alles anders gekommen? Keine Weltkriege und so? Kein Adenauer als erster Bundeskanzler?«

»Ganz sicher kein Teheran-Zwischenfall«, grübelte Fenix.

»Es heißt doch, Churchill wäre als junger Offizier im Kampf gegen die Marsianer nur haarscharf dem Tod von der Schippe gesprungen«, meinte Fenix. »Vielleicht hat ihn diese Nahtoderfahrung verändert. Vielleicht wäre er ohne die Marsianer später nicht so … nicht so garstig gewesen. Und hätte uns Deutsche auch mal gewinnen lassen.«

»Sicher«, amüsierte sich Fenix.

»Das ist übrigens Schwachsinn«, warf Marten ein.

»Hm?«

»Diese Legende, die sich um Churchill rankt. Das ist Schwachsinn.«

»Sie meinen?«

»Churchill hat 1900 die Armee verlassen und ist ihr erst nach der Invasion wieder beigetreten. 1902 war das.«

»Alter, Rick … hast du eine Google-App im Kopf oder was?«

»So was weiß man doch«, feixte Marten.

»Ah ja.«

»Wie auch immer … Cheers«, stimmte Fenix zu, dann stießen die drei erneut an. Härti nahm einen tiefen Schluck aus seiner Flasche, verzog das Gesicht, betrachtete angewidert das Etikett.

»Ich würde ja gerne mal wieder ein vernünftiges Bier trinken«, erklärte der Bergheimer, der sich selbst gerne als Kölner bezeichnete. Bei Marten schrillten sofort die Alarmglocken. Er blickte auf, schaute seinem Gruppenführer in die Augen, fragte mit scharfem Unterton: »Was?«

»Na, ein richtiges Bier«, grinste der. »Ein Kö…«

»Nein!«

»Ein Köl…«

»Wag es dich nicht!«

»Ich mein doch nur. Es wäre schön, mal wieder ein Köls…«

»Ich warne dich, Freundchen!« Marten hob drohend den Zeigefinger.

»Fändest du es nicht auch schön, mal wieder ein richtiges Bier aus der Heimat zu süppeln? Eben ein echtes Kölsc…«

»Härti!«, blaffte Marten. »Es ist sehr wichtig für deine Zukunft, dass du diesen Satz nicht zu Ende führst!«

Die drei brachen in Gelächter aus, stießen noch einmal an.

*

Die vier Mantelstromtriebwerke brummten gleichmäßig, während die mächtige Antonov A-124 ihren Rückflug nach England bestritt. Der Flug war so ruhig wie die Fahrt mit einer Schwebebahn, keine Vibrationen waren zu spüren.

Die Soldaten der 4. Kompanie waren im Passagierbereich der gigantischen Transportmaschine untergebracht. Marten hockte auf einem unbequemen, mit buntem Stoff überzogenen Sitz weit vorne. Sein Kompaniechef, der Brite Capitaine Andrew Stearn sowie dessen Adjutantin Leonie Riensch, der ständige Schatten des Chefs, drängten sich im beengten Gang neben Marten.

Stearn war ein drahtiger Kerl von ungeheurer Größe, ein Marathonläufer und regelmäßiger Teilnehmer an Ironman-Wettkämpfen. Zäh wie Leder war er, ein Mann, der sich durchzubeißen vermochte, der seinem inneren Schweinehund schon vor Jahren den Kopf abgerissen hatte. Stearn war aber ebenso ein intelligenter und belesener Mensch, darüber hinaus ein Teeliebhaber und leidenschaftlicher Sammler von Schallplatten. Seine Wohnung in Norwich, Marten war einmal dort gewesen, war quasi eine einzige Bibliothek. Jeder einzelne Raum war vollgestopft mit Regalen und Schränken, die besetzt waren mit Büchern. Ein jedes Zimmer schien gleichzeitig als Lesestube zu dienen. Stearn lebte allein, hatte, soweit Marten informiert war, noch keine ernsthafte Beziehung oder sonstige Frauengeschichte vorzuweisen. Der Capitaine war so ein Mensch vom Typ Einsiedlerkrebs, denn genauso wie die kleinen Krustentiere zog auch er sich gerne in seinen Panzer zurück und wollte dann von anderen nichts mehr wissen. Er war verschroben, sozial nicht immer völlig kompatibel, was nicht hieß, er wäre inkompetent. Stearn verstand sein Handwerk, er lebte für den Dienst. Keine Überstunde war im zuwider.

Leonie Riensch hingegen war von einem ganz anderen Kaliber. Sie war extrovertiert, laut, stets von Menschen – von Männern – umgeben. Ihr wurden zahlreiche sexuelle Kontakte innerhalb des Regiments nachgesagt, was ihrer Beliebtheit keinen Abbruch tat.

Und auch Marten musste zugeben, dass Leonie eine hübsche, ansehnliche Frau war. Das naturrote, feine Haar reichte der 25-jährigen bis zum Busen, Sommersprossen färbten den Bereich unter ihren Augen. Sie war kräftig gebaut, ohne übergewichtig zu sein, ihr Körper war kurvenreich, verfügte über ein »gebärfreudiges Becken«, wie sie selbst gerne sagte.

»Wie sehen Ihre Fahrzeuge aus?«, fragte Stearn. Gepflegte, gedehnte Sprechweise.

»Bei der 39 ist schon wieder der Klimakompressor ausgefallen, außerdem hat die CCD-Kamera einen Wackler oder die Anzeige. Bei der 41 haben wir einen Steckschuss im Reifen, und es scheint, dass die Reifendruckregelanlage fratze ist. Ansonsten haben wir etwa fünf Dutzend Lack- und Oberflächenschäden, außerdem einige zerfetzte Gummilappen an den Luftauslässen. Alles in allem nichts Wildes.«

Der britische Offizier nickte ernst.

»In Ordnung. Nach der Landung führen Sie mit Ihrer Teileinheit sofort die Einsatznachbesprechung und bei Bedarf die psychologischen Einzelgespräche durch. Noch vor Ort, man wird dazu ein Terminal für uns sperren lassen. Ein Psychologe steht am Flughafen auf Abruf bereit. Und im Anschluss haben wir beide unsere Nachbesprechung.«

Einsatznachbesprechung! Marten kotzte innerlich ab.

»Jedenfalls haben Sie gute Arbeit geleistet. Sie und ihre Leute«, gab Stearn zu Protokoll und wirkte dabei, als musste er sich dieses Lob mühsam von der Seele abringen. Der Capitaine hatte vor dem Abflug keine Möglichkeit gehabt, eine Einsatznachbesprechung mit seinen Soldaten durchzuführen, da er den Rückbau der Mission-Control-Einheit sowie die Verladung der Radpanzer hatte koordinieren müssen. Riensch wedelte sich mit einem Klemmbrett Luft zu, blickte genervt auf die Uhr.

»Danke.«

»Es lief alles wie geplant und wir sind ohne Verluste wieder rausgekommen. So muss es sein.«

»Ohne Verluste? Meine Brust sagt ihnen was anderes«, knirschte Marten.

»Richtig. Und ich bin auf die Erklärung in Ihrem Bericht gespannt, wie es zu dieser Unaufmerksamkeit Ihrerseits kommen konnte«, entgegnete Stearn bierernst. Das war mit »sozial inkompatibel« gemeint. Stearn war für Jokes bisweilen nicht zu haben. Auf dumme Sprüche reagierte er entweder gar nicht oder er führte sie ad absurdum, indem er sie für voll nahm und entsprechende Antworten gab.

Marten seufzte, nickte. Riensch grinste frech. Der kleine Stecker auf ihrem linken Nasenflügel glänzte im künstlichen Licht der Kabinenbeleuchtung.

»Wissen Sie schon, was mit dem sichergestellten Objekt geschehen wird?« Jenes Objekt wurde zur Stunde per Helikopter nach England gebracht.

»Tatsächlich weiß ich das. Es wird nach U04 überführt werden für eine Untersuchung.«

»Na, prima«, echauffierte sich Marten. Er holte tief Luft, sein Brustraum schmerzte. »Dann dürft ihr Engländer wieder damit herumspielen und der Rest der Welt schaut in die Röhre?«

»So ist das nicht mehr.«

»Mhm«, machte Marten. Überzeugt war er nicht.

»Ich darf allerdings davon ausgehen, dass Sie unser heutiger Fund zufrieden gestimmt hat?« Stearns kleine Augen fokussierten Marten. Der hatte seinem Chef im letzten Beurteilungsgespräch offenbart, dass er sich aufgrund der vergangenen Einsätze im arabischen Raum zunehmend die Sinnfrage stellte.

»Ja, auf jeden Fall.«

»Sehen Sie. Da haben Sie unsere Führung doch vorschnell verurteilt. Ich habe Ihnen gleich zu mehr Vertrauen geraten.«

Mehr Vertrauen? In den Sicherheitsrat? Na, klar! Ein Gremium, in dem unter anderem die Russen, die Amerikaner und die Chinesen saßen, traf bestimmt allein rationale und nicht politische, durch endlose Diskussionen und Kompromisse verwässerte Entscheidungen.

Erinnerungen aus dem letzten Jahr schossen Marten durch den Kopf. Im September waren sie in einem kühnen Raid in die irakische, teilweise vom Islamischen Staat besetzte Stadt Ramadi eingedrungen und hatten die Autobahnbrücke über den Euphrat gesichert, angeblich, weil der IS, bedrängt durch die vorrückenden irakischen Truppen, über jenen Übergang einen Konvoi mit AT-Fracht aus dem umkämpften Gebiet herauszubringen gedachte. Jener Konvoi war natürlich nicht aufgetaucht, dafür waren die vorstoßenden Iraker dankbar dafür gewesen, die Brücke in der Hand der Forces vorzufinden. Dann Dezember desselben Jahres: Einsatz nordöstlich von Ramadi gegen ein Camp des IS, das den Informationen nach als Umschlagplatz für Bruchstücke von AT-Technologie dienen sollte. Nachdem zwei Kompanien des No.-18-Regiments, darunter Martens Einheit, im Zusammenwirken mit der französischen und der US-amerikanischen Luftwaffe das Camp ausgehoben hatten, hatten sie mitnichten außerirdisches Material, dafür aber Ausbildungseinrichtungen für europäische Terroristen vorgefunden.

Ja, Marten hatte sein Leben schon einige Male für seinen Arbeitgeber riskiert … für undurchsichtige Einsätze, bei denen er möglicherweise nicht mit allen verfügbaren Informationen versorgt worden war. Sein Vertrauensverhältnis zu den Forces und zur UN war aus diesem Grunde gestört … und er war nach wie vor völlig baff, im Jemen tatsächlich auf AT gestoßen zu sein. Das passte einfach nicht ins Bild. Der Mini-Tripod passte nicht ins Bild. Was nur war das für ein Ding?

Offiziell hielt Großbritannien sämtliche Überbleibsel der Marsianer unter Verschluss, forschte und experimentierte mit ihnen. Nur ausgewählte Partner Britanniens durften die sichergestellten Stücke untersuchen. Nun war es aber so, dass im Laufe der Dekaden Bruchstücke bis hin zu vollständigen marsianischen Maschinen in Umlauf gelangt waren, wie auch immer dies geschehen sein mochte. Sicherlich hatte die britische Regierung nach dem Krieg von 1901 nicht jedes Stück marsianischer Herkunft rechtzeitig einsammeln können.

Alien-Technologie jedenfalls war unter Terroristen und zwielichtigen Gruppierungen sehr begehrt, auch wenn bis dato nahezu nichts der marsianischen Hardware hatte nutzbar gemacht werden können – der britische Mark Red war eine seltene Ausnahme.

Neben erhaltener Technik und Bruchstücken selbiger erfreute sich AT-Staub, sogenanntes Expuder, in esoterischen Kreisen, vor allem in Afrika und Asien, großer Beliebtheit. Wohlhabende Menschen rieben sich mit zu Staub zermahlenem, außerirdischem Metallschrott ein – oder verspeisten es gleich. Sie versprachen sich davon heilende Effekte, hofften auf übermenschliche Kraftzuwächse oder marsianische Erleuchtungen. Der Schwarzmarkt für AT jedenfalls war lebhaft und florierte, auch wenn einer Untersuchung des zivilen Arms der Abwehrtruppe zufolge, dem Earth Protection Forces Office, 87 Prozent der angebotenen Waren Fälschungen wären. Die Forces waren dennoch verpflichtet, jeder Spur nachzugehen. Und die jüngsten AT-Spuren hatten seltsamerweise stets in die Krisenherde dieser Welt geführt, vornehmlich in jene im Nahen Osten …

Stearn nickte selbstgefällig, wandte sich dann ab und bedeutete Riensch, ihm den Gang hinunter zu folgen. Härti saß in einem Sitz der gegenüberliegenden Reihe. Er fluchte unentwegt, schüttelte sein Handy.

»Tot!«, schimpfte er, als ihm Martens Blick gewahr wurde. »Das kann doch nicht sein! Geht nicht mehr an! So eine Scheiße.«

»Das Handy ist sicher nur alle.«

»Nee.« Härti schüttelte entschieden den Kopf. »Nee, Mann. Hab es schon an Schröders Powerbank gehangen, aber nichts tut sich. Das Ding muss einen Schlag oder so abbekommen haben.«

»Mach dir keinen Harten, Härti. Ist ein Versicherungsfall und gut ist.«

»Hoffe ich. Habe gerade keine Kohle für ein Neues. Aber guck mal hier!«, nölte Härti und tippte gegen seine Armbanduhr. »Stehen geblieben! Das kann doch nicht wahr sein, alles auf einmal!«

»Wenn Scheiße, dann mit Schwung, was?«, lachte Marten.

»Fick die Ziege, was eine Hurensohnscheiße!«

»Fick … die Ziege?«

»Ja, Mann!«

»Und ich habe mir schon Hoffnungen gemacht, du bist endlich aus der Pubertät raus.«

Martens flotte Sprüche verschleierten geschickt, dass es in seinem Kopf längst arbeitete. Seine Gedanken aber behielt er vorerst für sich.

*

Der Flug würde einige Stunden in Anspruch nehmen, das Licht in der Passagierkabine war gedämmt worden, damit die Soldaten schlafen konnten. Und dies taten die meisten auch, Männer und Frauen sägten um die Wette. Nur einer konnte nicht schlafen: Rick Marten. Der Offizier starrte immerzu aus dem Fenster in die tintenblaue Dunkelheit der Nacht. Er erkannte schemenhaft große Wolkengebilde, die sich unterhalb der Antonov zu einem Meer aus Watte vereinten.

Marten rieb sich die Nase. Die Müdigkeit drückte auch gegen seine Augen, doch abertausend Gedanken verhinderten, dass er zur Ruhe kam. Immerzu musste er über den mysteriösen Fund sinnieren, der vergraben gewesen war, und das mitten in der Wüste. Da passte einfach so vieles nicht zusammen. Hatte Marten etwas übersehen? War jener Miniatur-Dreifüßer doch schon einmal irgendwo in einer Beschreibung, in einem Bericht aufgetaucht? Fieberhaft rief er im Geiste alle Bücher ab, die er zu dem Thema gelesen hatte, alle Zeitungsberichte, alle Augenzeugenaussagen, Zeichnungen, Videos, Präparate diverser Ausstellungen, Quellenanalysen. Akribisch rekapitulierte er Dutzende Schriften Kapitel für Kapitel, zeichnete all die visuellen Eindrücke in seinem Kopf nach, die er zeit seines Lebens über die Marsmenschen gesammelt hatte, doch er hatte das Gefühl, dass ihm dies nur bruchstückhaft gelang. Marten war nicht zufrieden. Er versuchte letztlich, etwas Schlaf zu finden, doch sobald er die Augen schloss, kreisten seine Gedanken weiter um den Miniatur-Tripod.

Irgendwann schlug er genervt die Augen auf und fasste in die kleine Reisetasche, die zwischen seinen Beinen klemmte. Seine Brust sendete dabei üble Schmerzreize aus. Marten zückte ein Kindle-Lesegerät, öffnete die Bibliothek, blätterte durch die gespeicherten Titel. Er würde ja doch erst Ruhe finden, wenn er Gewissheit hatte. Also musste er sich noch einmal einlesen, musste sich abermals in die Materie hineinfuchsen, noch einmal alle Details in sich aufsaugen. Irgendwo musste eine derartige Gerätschaft schließlich Erwähnung finden, irgendwo musste sie aufgetaucht sein, musste im Zuge der Kämpfe um London zum Einsatz gekommen, gesehen und beschrieben worden sein.

Marten scrollte durch seine digitale Sammlung. Er hatte lange nicht alle relevanten Titel parat, leider ließ seine Bibliothek auch H. G. Wells' Standardwerk »Krieg der Welten« vermissen. Dafür fand er die deutsche

Übersetzung von Charles Wings »Ein Soldat berichtet«, was ebenso wie Wells' Buch ein Tatsachenbericht über die Wochen des Krieges gegen die Marsianer war. Wings Werk mochte einige wichtige Erkenntnisse enthalten, vor allem beleuchtete es den Mensch-Alien-Konflikt sehr umfänglich aus der militärischen Perspektive heraus. Marten allerdings erinnerte sich auch daran, dass ihm der Text beizeiten auf die Nerven gegangen war. Wing, seines Zeichens Batterieführer während der Invasion von 1901, war in Martens Augen ein arroganter, selbstverliebter Laberkopf, der allzu gerne vom Thema abschweifte und den Leser mit ellenlangen Ausführungen in den Wahnsinn trieb.

Noch einmal scrollte Marten durch seine Bibliothek, die allerdings fast vollständig aus Unterhaltungsliteratur bestand. Kaiserkrieger, T-93, Stahlzeit, John Ringos Invasions-Reihe, diverse Tom-Clancy-Bücher, Stephen King, Kays Die Generäle und ungezählte andere Titel. Einige wenige wissenschaftliche und halbwissenschaftliche Publikationen wie Das Rätsel um die französische Grippe von 1903. Manches hatte er gelesen, vieles stand noch aus … sein Backlog füllte sich. Der Fluch der Leseratte.

Marten hatte an Sachliteratur neben Wings Werk ansonsten nur eine Dissertation mit dem Titel Backlog Der vergessene Marsianer als Triebfeder steigender Militärausgaben – eine Analyse am Beispiel der niederländischen Streitkräfte im Bestand. Nicht unbedingt das, was er suchte.

Also Wing, seufzte er in sich hinein und tippte den entsprechenden Titel an. Und wehe, du gehst mir wieder mit deinem Gelaber auf den Sack!

# II. Ein Soldat berichtet – Charles Wing

von Charles Eduard Heinrick Wing
Deutsche Übersetzung (1912): Josef Engelmann

**Vorrede**

*»Wir Menschen sind den sogenannten Marsianern in vielerlei Hinsicht unterlegen, ja geradezu ausgeliefert. Doch waren wir einst auch den Kreaturen der Natur ausgeliefert. Der tödlichen Gefahr ins Auge blickend, haben wir uns fortentwickelt. Und nun ist es an der Zeit, sich ein weiteres Mal fortzuentwickeln, sich ein weiteres Mal gegenüber einer Gefahr zu behaupten.«*

Henry Petty-Fitzmaurice, 5th Marquess of Lansdowne

Dieses Zitat des einstigen britischen Kriegsministers soll dem Leser zur Aufforderung gereichen, die folgenden Zeilen nicht nur als billige Unterhaltung aufzufassen, sondern als Mahnmal zu verstehen. Als Mahnmal gegen die Untätigkeit und die Blindheit des Menschen und gegen seine Arroganz. Unsere Feinde aus dem weiten Universum haben einmal den Weg auf unsere schöne Erde gefunden … sie werden ihn wieder finden, wenn sie dies wollen. Und wir sollten uns nicht noch einmal auf unsere winzigen Verbündeten verlassen, denn der »Marsmann« mag vieles sein, töricht aber ist er nicht. Und so wird er jene todbringenden Winzlinge in seine Rechnung mit aufnehmen, sollte er noch einmal seine Invasionspläne gegen uns schmieden. Und dann wird es darauf ankommen, ob der Mensch sich selbst zu verteidigen imstande ist … oder ob er erbarmungslos untergehen wird, so wie bereits zahlreiche Tierarten an der Verdrängung durch den Menschen zugrunde gegangen sind. Es sind dies die natürlichen Spielregeln der Evolution, denen auch der Mensch sich nicht entziehen kann.

Was die Gegenwart anbelangt, so habe ich über unsere großartige Armee zu berichten, dass wir nicht nur auf eine Invasion Deutschland oder eines anderen irdischen Gegenspielers vorbereitet sind. Wir haben auch unsere Lehren aus dem Krieg gegen die »Marsianer« gezogen, wir haben ihre zurückgelassene Technik, nachdem die fremden Wesen so unerwartet eingegangen sind, sorgfältig eingesammelt und studieren sie seither. Nicht zuletzt haben die Streitkräfte der britischen Krone ein gemeinsames Zentrum mit Hauptsitz in Woking geschaffen, in welchem Verteidigungsmöglichkeiten im Falle einer zweiten Invasion erodiert und konkrete Maßnahmen ergriffen werden. Sicherlich hat der geneigte Leser bereits von jenem Zentrum gehört, dem Hauptquartier für außerordentliche Verteidigungsmaßnahmen, kurz: dem

HQD. Es ist auch dieses Zentrum, das im Zusammengehen mit unserer Regierung im internationalen Kontext für gemeinsame Anstrengungen zur Verteidigung unseres Erdenrunds zu werben. Es ist in meinen Augen eine Schande, dass die Menschheit trotz der lebensbedrohlichen Gefahr, die von den fremden Angreifern ausging und möglicherweise noch immer ausgeht, nach wie vor nicht ihre eigenen, angesichts der Kriegsmaschinen der »Marsleute« kleinlich erscheinenden Differenzen aus dem Wege zu räumen imstande ist. Es ist höchst bedauerlich, dass sich die Lage in Bezug auf Deutschland dieser Tage eher zuspitzt als entspannt, obwohl auch die Deutschen zweifelsohne von der Bedrohung gehört haben werden, die ihren Schatten über uns alle wirft.

Ich möchte überdies bereits an dieser Stelle zum Ausdruck bringen, dass ich davon überzeugt bin, jene »Marsleute«, die unseren Planeten heimsuchten, jene 64 von ihnen, die während ihrer Unternehmung gegen uns ausnahmslos den Tod fanden, gehörten lediglich einer Expeditionstruppe an. Warum ich dies glaube, welche Argumente ich für diese Theorie vorbringe und warum ich anderslautende Thesen, die von der Ausrottung der gesamten »Marsmann-Population« im Kampf um London sprechen, für wenig realistisch erachte, wird im späteren Verlauf meiner Schrift zu erörtern sein.

Mir ist einzig wichtig, dass Sie, lieber Leser, die Chronik der schrecklichen Ereignisse mit dem Gedanken im Hinterkopf lesen, jene militärische Abordnung unserer fremdartigen Feinde war nur die Vorhut einer möglicherweise gewaltigen Streitmacht. Ich hoffe, Ihnen wird dann umso mehr bewusst, in welcher Fährnis unser Planet, unser aller Heimat noch immer schwebt.

Bevor ich von jenen unheilvollen Ereignissen berichte, die am 13. Juni 1901 mit dem Angriff der fremden Wesen begannen, welche heute gemeinhin als »Marsianer« in aller Munde sind, seien mir einige vorgreifende Erläuterungen zu meinem Text und zu meiner Person gestattet. Zunächst aber mögen Sie mir erlauben, all jenen Freunden und treuen Kameraden zu danken, die mir dabei geholfen haben, dieser Niederschrift das ihr gebührliche Maß an Authentizität und Wissenschaftlichkeit zu verleihen. Auf der Seite der britischen Streitkräfte, des HQD und im Speziellen unserer prächtigen Royalen Artillerie richtet sich meine Danksagung an solche Personen, die meine Erinnerungen durch ihre persönlichen Erlebnisse erweitert und Gedächtnislücken meinerseits geschlossen haben: Aus den Reihen der Mannschaften die feinen Gentlemen und ehemaligen Soldaten Ihrer Majestät Douglas Acton, Arthur Wilhelm Brook, Jeffrey Coockerell, Ronald Prater und George Winston Stone. Es sind aus den weiterhin aktiven Mannschaften ferner die wahrhaftig edlen Soldaten Thomas Paget East und Morgan Alistair McLane zu nennen. Was das Offizierskorps anbelangt, bezeuge ich im Besonderen dem heutigen Hauptmann Isaac Donavan meinen Dank. Donavan war während der Invasion der fremden Wesen Leutnant und unter meiner Fuchtel Führer der

2. Geschützgruppe unserer Batterie. Mein Dank gilt darüber hinaus dem scharfsinnigen Major Lord Alexander Thynne, der während jener Ereignisse im Juni des Jahres 1901 als Offizier im Royal Wiltshire Yeomanry diente und in die Kämpfe um London direkt eingriff. Trotz seines persönlichen Engagements in Südafrika stand er mir als Brieffreund stets zur Verfügung, um meine Darlegungen durch seine Eindrücke zu ergänzen. Manches Mal hat sein kritisches Auge meine Analysen über den Haufen geworfen, weshalb es sein Verdienst ist, dass diese Abhandlung am Ende jeder kritischen Betrachtung standhalten wird.

Darüber hinaus danke ich General Sir William Charles Robert Manners, V. Herzog von Rutland und im HQD mein direkter Vorgesetzter. Es ist diesem Ehrenmann zu verdanken, dass ich großzügigen Zugriff auf die Unterlagen der während der Invasion kämpfenden Truppen erhalten habe.

Auf ziviler Seite gilt meine Dankbarkeit vor allem dem italienischen Astronomen und Professor der Universität Florenz Antonio Abetti, der sich mit mir während meines Aufenthalts in Italien manche Nacht um die Ohren geschlagen hat, um meinen militärischen Analysen den Standpunkt der Astronomie, der Mathematik und nicht zuletzt der Ingenieurskunst beizufügen. Ich honoriere ebenso seine Frau Giovanna, die uns bis tief in die Nacht hinein mit Kaffee und Tee versorgt hat, gleichwohl sich ihr der Sinn unserer Unterhaltungen nicht erschloss. Sie war sehr geduldig mit uns.

Die Fremden, die in England ohne Vorwarnung oder ordentliche Kriegserklärung einfielen und unsägliches Leid über die britische Bevölkerung gebracht haben, stammen nicht von unserem Erdenball, dies gilt mittlerweile als verbürgt. Es ist der Arbeit des berühmten Astronomen David Ogilvy zu verdanken, dessen arme Seele den Angreifern zum Opfer gefallen ist und dessen Forschungsarbeiten im Nachgang von dem nicht minder berühmten Londoner und Wahlneuseeländer John Grigg zusammengetragen, ausgewertet und dem Volke zugänglich gemacht worden ist, ebenso wie es dem über alle Landesgrenzen hinweg bekannten Werk des jungen Philosophen H. G. Wells geschuldet ist, dass die Angreifer auf dem gesamten Erdenrund als jene fremden Eindringlinge wahrgenommen werden, die, vermeintlich vom Weltenkörper Mars kommend, zur Vernichtung des britischen Empires und zur Eroberung unserer Erde angetreten sind.

Auf beide Schriften, auf jene Ogilvys/Griggs ebenso wie auf das Werk Wells', wird im Fortlauf meiner Erzählung einzugehen sein. Vor allem der Tatsachenbericht Wells' bedarf einer genauen Betrachtung. Zweifle ich seine Authentizität und die gefahrvollen Situationen, die der Autor beschreibt, nicht an, so sind die Schlussfolgerungen, die Wells aus ihnen zieht, manchmal nicht mit meinen Beobachtungen in Einklang zu bringen.

H. G. Wells' »Krieg der Welten« mag derweil die bekannteste Schrift über den Angriff der Fremden überhaupt sein, sie wurde bis zum jetzigen Zeitpunkt, wo ich diese Zeilen zu Papier bringe, in 38 Sprachen übersetzt und mehr als vier Millionen Mal abgedruckt. Jeder Mann, der einer der zivilisierten Rassen des Menschengeschlechts entsprungen ist, weiß um Wells' Buch über die Invasion und vermutlich jeder zweite hat es gelesen. »Krieg der Welten« beeinflusst somit die Wahrnehmungen jener Ereignisse vom Juni 1901 auf in seinem Ausmaß die angemessene Dimension weit überschreitende Art und Weise. Seine Eindrücke und die Schlüsse, die er aus diesen zieht, sind zu einem großen Teil mit der kollektiven Wahrnehmung der Menschenvölker über den Angriff der »Marsianer« verschmolzen. Um den überproportionalen Einfluss von Wells' Buch herauszustellen, sei auf die erstveröffentlichte zusammenhängende Schrift über den Krieg gegen die »Marsianer« verwiesen: Die Chronik des Krieges gegen die Tentakelmänner von Beckham/Hill/Lycett, die eine vortreffliche und sachliche Übersicht über die Ereignisse jenes Junis 1901 liefert und, noch im selben Jahr erschienen, das erste große Werk überhaupt darstellt, welches sich mit der Invasion befasst. Nun hat Wells in seinem Buch den Zeichner von Die Chronik des Krieges gegen die Tentakelmänner herabgewürdigt, der insgesamt 17 Striche zu den ausgezeichnet recherchierten und aufbereiteten Texten beigesteuert hat. Jene von der Art her ungenaue und ungehobelte Diffamierung (Wells offenbart weder, auf welche Zeichnung er sich genau bezieht, noch nennt er überhaupt den Titel des Werkes, das er angreift) in seiner weltbekannten Schrift hat ausgereicht, das hervorragende Die Chronik des Krieges gegen die Tentakelmänner aus dem Lichte der Weltöffentlichkeit heraus in den Schatten des Vergessens zu verdrängen. Solch Tragweite besaß und besitzt Wells' Schrift mittlerweile!

Ich, der ebenso die Ereignisse jenes Junis 1901 am eigenen Leib miterlebt habe, fühle mich darum berufen, meine Eindrücke ebenso der Öffentlichkeit zugänglich zu machen. Als Soldat und Offizier Ihrer Majestät erhebe ich den Anspruch, eine zu Wells' Krieg der Welten geeignete militärische Ergänzungsdarstellung der Öffentlichkeit zugänglich zu machen, in der ich zum einen den kriegerischen Fortgang der Ereignisse jenes Junis 1901 aus meiner persönlichen Wahrnehmung heraus zu schildern versuche, zum anderen die zahlreichen Thesen, die Wells aufgestellt hat und die weltweit ohne weitere Untersuchungen für bare Münze genommen worden sind, auf den kritischen Prüfstand zu stellen. Wells hat mit seiner Arbeit Großes geleistet, dies mag ich ihm nicht absprechen. Doch arbeitet er nicht wissenschaftlich und lässt den Fakt oftmals der Sensation weichen oder ihn zumindest durch diese verwässern. Es ist daher an der Zeit, Wissenschaftlichkeit in einem Feld walten zu lassen, in dem bis dato die Sensation gewütet hat. Ich mag ein Mann Gottes sein, doch bin ich ebenso ein Mann der Wissenschaft, die uns gelehrt hat, den Beweis zu führen, um eine aufgestellte Hypothese zu untersuchen. Dies ist im Falle der Thesen von Wells und auch der von Ogilvy/Griggs und vieler anderer kaum geschehen, stattdessen lassen wir uns von Ängsten und Hörensagen leiten, haben somit auf Grundlage ungenauer Beschreibungen ein schier unumstößliches Bild der fremden Wesen sowie der Ereignisse jenes Junis 1901 erschaffen. An diesem unumstößlichen Bilde möchte ich mit meinen Darstellungen rütteln. Ich meine, es ist unerlässlich, jedes Detail, dass wir bereits zu kennen glauben, erneut zu hinterfragen und Beweise ins Feld zu führen, um Thesen zu untermauern oder auch Gedankengebäude gnadenlos zum Einsturz zu bringen. So werde ich nicht davor zurückscheuen, auch die weitverbreiteten und allgemeinen Wahrheiten über die »Marsianer«, die wir zu kennen glauben, herauszufordern. Welche Beweise gibt es tatsächlich dafür, dass die Angreifer wahrhaftig vom Mars stammen? Dies wird eine Frage sein, deren Erörterung in meiner Schrift Raum eingeräumt werden wird.

Beckham, Hill und Lycett haben mit ihrer Die Chronik des Krieges gegen die Tentakelmänner ein korrektes, voll umfängliches, exakt aufgeschlüsseltes Bild der Ereignisse jenes Junis 1901 gezeichnet. Wells ist dies leider nicht immer gelungen. Seine Angaben bleiben oft ungenau, Daten und Zeiten nennt er kaum. Er springt in Raum und Zeit vor und zurück, wirft Berichte dritter Personen ohne Erklärungen ein. Der genaue Hergang der Invasion ist sodann einzig anhand seines Schrifttums nicht einwandfrei nachzuvollziehen.

Zum Beispiel spricht Wells von der Mars-Opposition von 1894 und den beiden darauf folgenden, die er nicht einmal mehr mit einer Jahresangabe versieht. Er nennt als Zeitangabe für die Beobachtung einer explosionsartigen Wolke auf der Marsoberfläche nur den 12., spart sich Monat und Jahr gleich ganz auf. Der geneigte Leser ist gezwungen, weitere Schriften zurate zu ziehen, zum Beispiel die veröffentlichten Tagebucheinträge Lavelles, um das Bild, welches Wells nur bruchstückhaft zeichnet, zu vervollständigen. Da seine ansonsten sehr ergreifende Darstellung in die allgemeine Bildung des Volkes übergegangen ist, ist es mir ein großes Anliegen, diese um konkrete Angaben zu ergänzen. Ich habe Wells diesbezüglich übrigens einen Brief geschrieben, der zu meinem Bedauern unbeantwortet geblieben ist.

Vorweggreifen möchte ich darüber hinaus meinen Kritikern, die es zweifellos geben wird: Es wird versucht werden, meine persönliche Integrität als Offizier Ihrer Majestät und als Autor anzugreifen. Manchen wird nicht schmecken, was ich zu sagen habe, doch sei meinen Kritikern bereits in meiner Vorrede zur Mitteilung gegeben: Ich hege keineswegs Bereicherungsabsichten durch das Schüren von Kontroversen, durch das Lostreten wissenschaftlicher Diskurse und durch das Angreifen namhafter Schriften. Mein einziges Anliegen ist vielmehr, der Wahrheit einen treuen Dienst zu erweisen. Ich habe nicht vor, mich an dem wohl größten Unglück zu bereichern, das den Menschenvölkern jemals widerfahren ist. Die Erlöse aus der Publikation dieser Schrift gehen daher in Gänze an die National Veterany Association. Dort wird das Geld mehr denn je benötigt, um die vielen Tausend körperlich wie seelisch verletzten Helden der Schlacht um London zu unterstützen.

Damit Sie sich über meine Zeilen ein adäquates Urteil bilden können, will ich Sie über meine Person im Folgenden in aller gebotenen Kürze ins Bilde setzen: Mein Name ist Charles Eduard Heinrick Wing, ich erblickte am 21. Januar 1872 als Sohn von Lord Eduard James Stuart Wing, Baron Wing of Rievaulx, und seiner Gemahlin Lady Fay Wing, geborene Spencer, in Huddersfield das Licht der Welt.

Die Blutlinie meiner verehrten Mutter lässt sich bis in das Hause Savoyen-Carignan zurückverfolgen, jenes ehrbare Adelsgeschlecht, welches den großen Habsburger Prinz Eugen hervorbrachte. Mein Vater – der Herrgott möge seiner Seele gnädig sein – entstammt einer traditionsreichen Offiziersfamilie. Den Fußstapfen seiner Vorväter folgend, trat er 1864 in den Dienst des britischen Heeres ein. Er verpflichtete sich der Infanterietruppe, mit der er 1868 an der Äthiopienexpedition teilnahm und in der weit über die Grenzen Englands hinaus bekannten Schlacht um die Bergfestung Magdala focht. Zurück in der Heimat, lernte er seine künftige Gemahlin kennen, die er ein Jahr darauf ehelichte.

Mein Vater verstarb im Dienste Ihrer Majestät. Im Range eines Oberstleutnants führte er das II. Bataillon des 70. (Surrey) Regiment of Foot im zweiten Anglo-Afghanischen Krieg. In Kandahar ereilte ihn der Typhus, dem er noch vor seiner Rückverschiffung nach England erlag.

Mochte ich als Knabe von gerade sechs Jahren auch meinen Vater verloren haben und in der Folge als Halbwaise aufgewachsen sein, so waren mir die Zähigkeit und die Härte, die mein Vater im Dienste Ihrer Majestät unter Beweis gestellt hatte, doch ein leuchtendes Vorbild. Es war für mich selbstverständlich, mich als junger Mann ebenso in den Dienst der Britischen Armee zu begeben, wobei ich mit der langen Tradition meiner Familie gebrochen habe und nicht der Infanterie, sondern der Artillerie beigetreten bin.

Ich war schon als Bub sehr an technischen Sachverhalten interessiert. Als Heranwachsender verbrachte ich viel Zeit in der Zahnradfabrik meines Onkels, mit welchem zusammen ich an einem Differentialgetriebe tüftelte. Die Artillerietruppe weckte erstmals mein Interesse, als ich im Zuge des Mahdi-Aufstandes von dem tragischen Kampf um die Festung Khartum erfuhr. Ich war ergriffen von den Möglichkeiten, die sich unseren tapferen Soldaten im Zeitalter der Moderne boten. Mit der Kanone konnte der Gegner auf Distanzen bekämpft werden, die jedes Gewehr in den Schatten stellten. Um dieses mächtige Waffensystem zu bedienen, bedurfte es eines technischen Verständnisses über die einzelnen Bauteile und wie diese ineinandergriffen. Ich habe mich von Kindesbeinen an mit Begeisterung den modernen Waffensystemen unserer glorreichen Armee hingegeben. Durch zahlreiche Verwandte meinerseits, die im Dienste Ihrer Majestät standen und stehen, war mir bereits als heranwachsender Knabe die Möglichkeit gegeben, in verschiedenen Kasernen die Truppe und ihre Waffen aus der Nähe zu begutachten. Dabei erinnere ich mich vor allem einer Begebenheit, es muss 1882 oder 1883 gewesen sein, bei der der gute Freund meines Großvaters mütterlicherseits einen seiner niederen Ränge anwies, mir den Ordnance 12-

Pfünder 7 Hundredweight zu präsentieren. Ich war geradezu fasziniert von diesem mächtigen Kriegsgerät, dessen große Speichenräder mich damals noch überragten. Das Hinterladerprinzip ist bei dieser Kanone durch zahlreiche technische Finessen auf raffinierte Weise umgesetzt worden, sodass sie im Felde ein zuverlässiger Kamerad des englischen Kanoniers ist. Ich für meinen Teil wurde von der filigranen und zugleich robusten Bauweise der stählernen Konstruktion magisch angezogen wie der Käfer von der Öllampe.

Es sollte sich später herausstellen, dass ich selbst an ebendieser Waffe ausgebildet werden würde. Dessen Nachfolger, der 12-Pfünder 6 Hundredweight, arbeitet bereits mit Kordit statt mit Schwarzpulver. 1894 ist meine Batterie mit dieser schlagkräftigen Kanone ausgestattet worden. Der 12-Pfünder ist insgesamt mit einigem Erfolg gegen die Kriegsmaschinen der »Marsianer« zum Einsatz gebracht worden.

Im Jahre des Herrn 1889 bin ich der Royalen Artillerietruppe Ihrer Majestät beigetreten. In der royalen Militärakademie in Woolwich absolvierte ich den Eignungstest zum Offizier. Als Anwärter besuchte ich in Shoeburyness, Essex, die Schule des Schießwesens, erlernte von der Pieke auf das Handwerk des Kriegs- und Artilleriewesens und gereichte über die Zeit zu einem stattlichen, jungen Leutnant. Seit der Invasion durch die »Marsianer« bekleidete ich den Rang eines Hauptmannes und war der zweite Offizier der Sheffielder 24 Feldbatterie.

Weder ich noch einer meiner Kameraden und wohl auch sonst kein Engländer hätte im Frühsommer 1901 damit gerechnet, von Angreifern heimgesucht zu werden, die nicht über die Küsten, sondern aus der Luft anlanden würden. Nie hätten wir im Vorfeld gedacht, die Millionenstadt London könnte direkt bedroht sein durch feindliche Kräfte, noch ehe es zu gegnerischen Landungen an der Ost- oder Südküste und in der Folge zu Scharmützeln im Hinterland der Gestade gekommen war. Kurz: Niemand von uns hätte damit gerechnet, dass die erste Schlacht eines Krieges, der unsere Heimat direkt bedrohte, in den Vororten Londons zu schlagen sein würde. Wir waren wohl auf eine Invasion an der Küste vorbereitet. Die Deutschen galten schon Ende des 19. Jahrhunderts, noch ehe das Flottenprogramm des deutschen Kaisers die britische Bevölkerung so arg verunsichert hatte, als eine ernst zu nehmende Bedrohung.

Zum Abschluss meiner einleitenden Erörterungen mag mir erlaubt sein zu diskutieren, warum ich überhaupt von dem Glauben beseelt bin, einen akkuraten Bericht über die tatsächlichen Ereignisse während der Invasion der »Marsleute« sowie eine tief greifende Analyse dieser abfassen zu können. Nun, zunächst einmal hatte ich als Offizier der Royalen Artillerie Ihrer Majestät an den Kämpfen teilgenommen, die der Eroberung Londons durch die feindlichen Eindringlinge vorangingen. Ich überwachte die Aufstellung der Kanonen, beobachtete den ersten Feuerschlag, erlebte ihren Gegenschlag und später sogar den Niedergang einer ihrer Maschinen. Ich wohnte der schrecklichen Agonie zahlreicher Kameraden bei, denen die Waffen des Feindes Fürchterliches zugefügt hatten. Ihre verzerrten Gesichter erscheinen mir noch heute im Schlaf. Ferner sah ich die Eroberung Londons mit an, musste beobachten, wie die Kriegsmaschinen der Invasoren durch unserer zur Geisterstadt gewordenen Kapitale wandelten. Ich bin demnach als Augenzeuge geeignet, meinen Bericht abzugeben und zu beglaubigen. Meine militärische Erziehung begünstigt mich zudem darin, die Hintergründe der Kämpfe fachmännisch einzuordnen.

Es sei ebenso erwähnt, dass meine Person nunmehr Mitarbeiter des Hauptquartiers für außerordentliche Verteidigungsmaßnahmen (HQD) ist. Ich habe diesen parallel zum Hauptquartier der britischen Streitkräfte bestehenden Generalstab von Anbeginn an mit aufgebaut und diene dort seither als Abteilungsleiter für die Führung der Heimat-Schanzgruppen.

So viel zu meinen einleitenden Erörterungen. Richten wir alsdann den Blick auf die Ereignisse, die sich in jenem Juni des Jahres 1901 zutrugen und die unsere Erde so nachhaltig erschüttert haben.

# III. Forces-Beobachtungszentrum »Weltenauge«

Der Tiflis-See am Rande der georgischen Hauptstadt schimmerte grünlich im Schein der Sonne. Der Himmel war babyblau und wolkenklar, die Temperaturen kratzten an 30 Grad Celsius. Das Land um den See herum war flach, erhob sich nur leicht über das Wasser. Aufgeschüttete Kiesstrände lockten zahlreiche Sonnenanbeter an, das grüne Umland knisterte und ächzte unter der Sonneneinstrahlung.

Die winzige Forces-Einrichtung mit dem Namen »Weltenauge« ragte nordöstlich des Sees wie ein Fremdkörper aus der grünen Natur. Sie war ein kleiner, grauer, mit Stacheldraht umzäunter Betonklotz, aus dem sich eine gigantisch anmutende Antennenanlage in die Höhe erstreckte. Die silbernen Stangen, Gittersysteme und Schüsseln blitzten im Licht.

Die Klimaanlage war ausgefallen, einige Server hatten heruntergefahren werden müssen. Die zuständigen Vertragstechniker würden aber erst in einigen Tagen aufschlagen, um sich der Sache anzunehmen. Corporal-chef Dawit Ketojew gereichte der öde Dienst in der Anlage zur Tortur, seinem Untergebenen Georgi Akunin ebenso. Eingepfercht wie die Ölsardinen in einem winzigen Raum, umgeben von dröhnenden, piepsenden, blinkenden Computeranlagen, gammelten sie in der Hitze vor sich hin. Ketojew meinte, die Atmosphäre mit einem Messer schneiden zu können, derart dicke, stickige Hitze stand in dem winzigen Raum. Akunin hatte sich der Uniform längst entledigt, hockte in Boxershorts hinter seinem Laptop und zockte. Sein Oberkörper glänzte schweißnass, sein dunkles Brusthaar kräuselte sich.

Ketojew prustete lautstark Luft aus seiner Lunge, überstreckte, auf einem unbequemen Holzstuhl sitzend, den Kopf, schloss die Augen und wünschte sich, die Zeit würde in zwanzigfacher Geschwindigkeit vergehen. Sein Untergebener stieß Flüche und Jubelrufe im Wechsel aus. Mit rasenden Fingern hackte er seine Nachrichten an Mitspieler und Gegner in den Computer.

Ketojew zückte schließlich sein Smartphone, rief die WhatsApp-Konversation mit Linda auf, seiner Flamme. Er scrollte nach oben, besah sich zum tausendsten Mal die Fotos, die sie nicht aufhörte, ihm zu schicken: Linda in Unterwäsche; Linda ohne alles; Detailaufnahmen ihrer festen, wie Äpfel von ihrem Körper abstehenden Brüste; ihr Pfirsichhintern; Linda halb nackt, ihr Körper teilweise verhüllt mit einer Decke; Linda im Bad, allein ihre Finger bedeckten ihre rasierte Pforte.

Ketojew las einmal mehr ihre Nachrichten, ihre Liebesbotschaften, las, was sie alles mit ihm anzustellen gedachte, wenn er am nächsten Freitag endlich zu ihr zurückkehren würde. In Ketojews Hose regte sich etwas. Ungezählte Male hatte er in den letzten Tagen zu ihren Bildern und Nachrichten onaniert. Ein Warnton erklang, ließ ihn aus seinen Gedanken hochschrecken. Akunins Aufmerksamkeit hingegen blieb auf seinem Laptop verhaftet. Ketojew warf einen Blick auf die Steuerungskonsole, ein antiquierter Computer, der mit zahlreichen Röhrenbildschirmen verbunden war. Über diese Konsole wurde der Mars-Rover Nummer 31 überwacht, die Verantwortung darüber hatte sich die georgische Regierung in den 90er Jahren exklusiv gesichert.

Ketojew seufzte, blickte Akunin erwartungsschwanger an. Der nahm, vertieft in sein Spiel, den wiederholt fiependen Warnton gar nicht wahr.

»Willst du wohl mal gucken gehen, was da los ist?«, geiferte Ketojew, der keine Lust hatte, sich selbst darum zu kümmern., der überhaupt keine Motivation hatte, sich zu bewegen.

»Wir sind gerade in einem Dungeon.«

»Dann drück halt auf Pause!«

Völlig perplex blickte Akunin von seinem Laptop auf. »Das ist ein Online-Game«, erklärte er entrüstet. »Das kann man nicht pausieren.«

»Mir gleich. Kümmere dich jetzt darum!«

»Das ist doch eh wieder nur irgendeine dämliche Fehlermeldung.«

»Mach jetzt!«

»Mach du das doch bitte.«

»Ich bin dein Vorgesetzter und du machst gefälligst, was ich sage!«

Akunin stieß einen Seufzer aus, er hatte den Kampf verloren. Er tippte kurz etwas in seinen Laptop, dann erhob er sich und schlurfte zur Konsole. Dort schaltete er alle sechs Bildschirme ein, ließ seine Finger über die in den metallenen Tisch eingelassene Tastatur fliegen.

Zahlen und Grafiken flimmerten über die meisten Bildschirme, auf einen von ihnen wurde außerdem das Livebild der Frontkamera übertragen beziehungsweise jenes Bild, das die Kamera vor knapp vier Minuten aufgenommen hatte. Zu sehen war nichts als rote Erde, ein hügeliges, endloses, rotes Land, von den Marsianern keine Spur – wie üblich. Wahrscheinlich hielten sie sich überhaupt nicht mehr auf dem Roten Planeten auf, waren wohl nicht einmal mehr im Sonnensystem, sondern längst weitergezogen, nachdem ihre gesamte Armee 1901 im Marsmannkrieg zugrunde gegangen war.

»Und?«, fragte Ketojew gelangweilt.

»Keine Ahnung«, fauchte Akunin. »Die Automatik hat sich abgeschaltet. Das System sagt, das Ding sei auf ein Hindernis gestoßen.«

»Systeme?«

»Alles im grünen Bereich.«

»Bewaffnung?«

»Bolzenschussgerät grün. Sprengladung grün.«

Ketojew hatte sich ganz dem Bildschirm verschrieben. Das Gebiet direkt vor dem Rover war ebenerdig, er konnte kein Hindernis ausmachen.

»Schalte die Automatik wieder ein und gut ist«, befahl er Akunin.

*

Knapp vier Minuten verstrichen. Endlich erreichten die Befehle von der Erde – aus Georgien – den Rover mit der Produktionsnummer 31. Die sechs Hartgummiräder setzten sich in Bewegung. Die Sonnenfächer der Solaranlage schillerten im Licht der Sonne. Feiner, roter Staub, wurde unter dem Rover aufgewirbelt, dessen Motor anschwellend surrte. Die Räder drehten durch, der Rover aber bewegte sich nicht von der Stelle. Es war, als führe er gegen eine unsichtbare Wand.

*

»Und?«

Ketojew glotzte gegen Akunins glänzenden Rücken. Der junge Soldat war über die Konsole gebeugt, starrte mit einer qualmenden Zigarette zwischen den Lippen auf die Bildschirme. Blauer Dunst stieg zur Decke auf, umgarnte dort die zahlreichen Kabelrohre. Erneut tönte der Warnton. Akunin schüttelte den Kopf.

»Irgendwie will der nicht.«

»Ach, keine Ahnung. Wieder ein Fehler«, bestimmte Ketojew. »Ausweichkursroute eingeben und ins Logbuch übertragen. Ich erstatte Meldung ans Kommando. Soll das Scheißding halt woanders langfahren!«

Akunin nickte und tat wie ihm geheißen.

# IV. Rick Marten

Lieutenant Rick Marten litt unter dem Jetlag, war zudem seit fast 30 Stunden auf den Beinen. Entsprechend sah er aus wie ein Zombie: Seine Gesichtshaut war aschfahl, die Augen blutrot unterlaufen und trüb.

Seine Einheit war vor vielen Stunden bereits in London gelandet und Marten hatte bis zum jetzigen Zeitpunkt unter Strom gestanden. Sein Zug hatte Ausrüstung und die Panzer aus den Flugzeugen entladen und auf Sattelschlepper verfrachtet. Er hatte alles auf Vollzähligkeit überprüft, hatte im Anschluss eine Nachbesprechung auf dem Flughafengelände durchgeführt. Stearn hatte in der Zwischenzeit vom Kompaniebudget belegte Brötchen, Kaffee und Kakao organisiert – Martens Highlight der letzten Stunden. Erst nach der Mahlzeit hatten die Soldaten die Busse bestiegen, um ins 225 Kilometer entfernte Norwich aufzubrechen. Auf der Fahrt heimwärts, die Busse hatten zeitweise den orangefarbenen Sonnenuntergang im Rücken gehabt, hatte er Lisa eine Kurznachricht geschickt. Er freute sich auf seine Frau, wollte nichts anderes als in ihren Armen liegen. Mit diesem sehnlichen Wunsch im Kopf war er schließlich eingeschlafen und erst wieder aufgewacht, als der Bus durchs Kasernentor gerollt war.

Im Augenblick fühlte sich Marten, als hätte er zu tief ins Glas geschaut. Dabei war es die Müdigkeit, die ihm Schwindelanfälle bescherte, die seine Sicht pulsieren ließ und mit farbigen Lichtklecksen durchsetzte. Marten hatte Kopfschmerzen, taumelte unbeholfen über den Gehsteig. Er hatte sogar seinen Wagen in der Kaserne gelassen, hatte sich ein Taxi gerufen und von diesem in die Knowsley Road bringen lassen, die in einer feinen Gegend nördlich des Stadtzentrums lag. Kostspielige, zusammengedrückt erscheinende Reihenhäuser auf beiden Straßenseiten. Geschieferte Dächer, englische Dreifachschornsteine. Gepflasterte, eingefriedete Vorgärten. Mülltonnen, versteckt hinter Verschlägen. Bunte Blumen schmückten Fensterbänke und Zuwege zu den Hauseingängen. Lustige Schilder an den Gattern, Dinge wie: »Vorsicht Kampfkatze!« Haha.

Wo es Hecken gab, waren diese säuberlich geschnitten. Die Gehwege waren gereinigt. Gepflegte Autos belegten die Parkplätze auf der Straße, Fahrzeuge Marke Mercedes, Ford, Nissan, Land Rover. Kein Auto älter als acht Jahre, kein Rost, keine Beulen. Lackierungen in allen Farben glänzten im Schummerlicht der Straßenbeleuchtung. Die Knowsley Road war das perfekte Spießerparadies. Oder die perfekte Hölle.

Vieles hatten sich Rick und Lisa anders vorgestellt, als sie vor zweieinhalb Jahren hierher gezogen waren, kurz nach ihrer Hochzeit. Sie hatten sich sogleich das beschauliche Eigenheim in der Knowsley Road gekauft, finanziert über die Deutsche Bank – allein der Finanzierungsprozess war schon ein bürokratisches Trauerspiel gewesen, Brexit sei Dank.

Das junge Ehepaar hatte das Angebot der Bundeswehr an Rick, einen Forces-Dienstposten in Norwich zu bekleiden, von Anfang an als große Möglichkeit wahrgenommen. Sie hatten von einem beschaulichen Kleinstadtleben in England geträumt, hatten sich ausgemalt, ihre Kinder auf eine englische Schule zu schicken und die Abende mit Freunden im Pub zu verbringen. Es war anders gekommen. Die Martens hatten nicht mit dem latenten Fremdenhass gerechnet, der ihnen in England bisweilen begegnete, speziell in dieser Nachbarschaft. Manch ein Anwohner grüßte nicht einmal. Eine Abneigung gegenüber allem Deutschen schien tief in den Menschen der Knowsley Road verwurzelt zu sein, so tief, dass sie das Ehepaar aus Deutschland gleich als Gefahr für ihre Kultur und Werte einzustufen schienen, als fremde Eindringlinge, die in ihrer Stadt nichts zu suchen hatten. Vielleicht lag es auch einfach an ihnen, Rick hatte sich den Kopf bereits häufiger darüber zerbrochen. Freunde hatten sie bis dato jedenfalls kaum gefunden und Lisa war noch immer auf Jobsuche. Sie hatte ein BWL-Studium absolviert, hatte in Deutschland für namhafte Firmen gearbeitet. Der anhaltende Krisenmodus der Weltwirtschaft aber schien die englischen Unternehmen vorsichtig zu machen, der vollzogene EU-Austritt, die astronomischen Haushaltslöcher der öffentlichen Hand und jüngst die Debatte um den Austritt aus den Forces sorgten zudem nicht gerade dafür, neue Investoren ins Land zu holen. Großbritanniens Wirtschaft befand sich seit Jahren schon auf Talfahrt.

Lisa hatte zeitweise einen Nebenjob in einem Supermarkt angenommen, um wenigstens irgendetwas zu tun. Glücklich hatte die Arbeit dort sie nicht gemacht. Sie hatte sich nicht durch ein Bachelor- und ein Masterstudium gebissen, hatte Letzteres nicht mit 1,1 abgeschlossen, um im Anschluss daran Regale einzuräumen.

Rick hatte es da leichter, er hatte ja seine Kameraden. Einige Male hatte er Härti, Fenix, Riensch und andere schon nach Hause eingeladen, damit Lisa endlich einmal unter Leute kam. Die Gesprächsthemen waren dann aber allzu oft dienstlicher Natur gewesen und Lisa hatte stumm daneben gesessen. Auch kam sie mit dem mitunter rauen Ton, den die Soldaten untereinander pflegten, nicht zurecht.

Rick Marten, mittlerweile geduscht und in Zivil, wühlte in seinen Hosentaschen nach dem Schlüsselbund, während er sich zur Haustür vortastete. In der ersten Etage brannte Licht.

Der Schlüssel klimperte und er musste plötzlich an diese andere Sache denken, die Lisas und seine Beziehung derzeit stark belastete: Sie versuchten seit nunmehr eineinhalb Jahren, ein Kind zu zeugen. Bisher ohne Erfolg. Noch hatten sie sich keine professionelle Hilfe gesucht, doch die Situation wog schwer. Sie waren längst zu Sex nach Plan übergegangen, zwangen sich immer dann ins Bett, wenn der Fruchtbarkeitstest ausschlug. Mit Spaß hatte das nichts mehr zu tun. Rick wusste gar nicht mehr, wann er das letzte Mal mit Lisa geschlafen hatte … einfach nur so zur Freude, zur Befriedigung, ohne selbst auferlegten Druck im Hinterkopf. Es war jedenfalls schon etwas länger her.

Rick öffnete die Haustür, trat in den düsteren Flur. Das Licht, das im oberen Stockwerk brannte, warf einen schwachen Schimmer die Treppe hinunter. Marten schlüpfte aus seinen Schuhen, huschte sogleich die Treppe hinauf. Er nahm immer zwei Stufen auf einmal, konnte es kaum mehr erwarten, sie endlich wiederzusehen, sie in seine Arme zu schließen. Oben angekommen, rannte er über den Flur, stieß mit Wucht die Tür ins Schlafzimmer auf – und blieb im Rahmen wie angewurzelt stehen.

Da war sie.

Lisa war eine wunderschöne Frau; schlank, trainiert, von fester, kraftvoller Statur. Sie saß im Schneidersitz auf dem Bett, trug einen hellblauen Pyjama. Sie hielt einen Nintendo 3DS in ihren Händen, war in ein Spiel vertieft. Fröhliche Musik dudelte aus den Lautsprechern. Lisa schlug nun, da ihr Ehemann im Türrahmen stand, die Augen auf. Wunderschöne, blaue Augen schauten Rick an, tief und mysteriös wie der Pazifik. Allein ihr Augenaufschlag ließ ihn dahinschmelzen. Ihr Gesicht war von feiner, filigraner Beschaffenheit, erschien beinahe konturlos. Weiche Züge, ein Stupsnäschen, ein gesunder Hautteint. Ihr braunes Haar fiel gewellt über ihre Schultern, reichte bis zu ihrem Busen, der sich unter ihrem Oberteil wölbte. Eine Spur von Traurigkeit beherrschte ihr Gesicht, beherrschte auf eine seltsame Art ihren ganzen Körper. Die Schultern hingen ein wenig, sie beugte sich über ihren Handheld, als würde sie sich möglichst klein zusammenkrümeln, aus Furcht vor der Welt.

Marten seufzte, versuchte zu lächeln. Sie beäugte ihn traurig, ihre Züge bewegten sich kein Stück. Ihr Blick traf ihn, traf ihn direkt ins Herz.

»Hallo, Mäuschen«, flüsterte er mutlos.

Sie sagte nichts, starrte ihn nur an. Ihre großen, ruhelosen Augen klagten ihn an.

»Warum schläfst du denn noch nicht?«, fragte er fürsorglich und trat auf das Ehebett zu.

Sie zuckte nur mit den Schultern, pausierte dann endlich ihr Spiel und legte das Gerät beiseite. »Ich kann nicht schlafen.«

Sie sprang auf, stürzte auf ihn zu, fiel ihm um den Hals. Er musste sie festhalten und gleichzeitig mit den Füßen das Gewicht verlagern, um nicht mit ihr zu stürzen. Lisa vergrub ihr Gesicht erst in seinem Wollpullover, dann schaute sie zu ihm auf. Ihre Augen waren feucht.

Rick durfte mit niemandem teilen, wo er im Einsatz gewesen war, so lief das bei den Spezialeinheiten der Forces. Er erhielt einen Anruf und musste los. Er durfte ihr nicht sagen, wo es hinging, und er wusste nicht, wie lange er weg sein würde. Dieses Mal waren es nur einige Tage gewesen. Im September letzten Jahres war er beinahe vier Wochen weg gewesen; die furchtbarste Zeit in Lisas Leben, wie sie ihm wiederholt vorwarf. Und Rick hatte in Ramadi im Kugelhagel gelegen …

»Wo warst du?«, fragte sie niedergeschlagen.

»Jemen«, erklärte er verbotenerweise.

Sie nickte. »IS?«

»So ähnlich.«

»Ich habe solche Angst um dich, wenn du fort bist.«

»Brauchst du nicht. Wir sind hochmodern ausgerüstet … und die da unten sind bloß Bauern mit Waffen. Mir passiert nichts.«

Lisa löste sich aus seinem Griff, wandte sich ab, schritt auf das Bett zu.

»Hey«, rief Marten, in Aufbruchsstimmung begriffen. »Was hältst du davon, wenn wir am Wochenende ein Barbecue bei uns im Garten veranstalten? Härti und seine Freundin wollten vorbeikommen. Und Leonie und ein paar andere aus meiner Einheit auch …«

Er schaute gegen ihren Rücken, hoffte auf positive Resonanz ihrerseits. Sie aber blieb stumm, ihre Schultern zuckten immerzu.

»Lisa?«

Sie schluchzte.

»Hey, hey, Mäuschen.« Rick war mit einem Satz bei ihr und umfasste sie von hinten. Sie klammerte sich sogleich an seinen kräftigen Armen fest, verkrallte sich geradezu in ihnen.

»Was ist denn?«, fragte er mit aufgeweichter Stimme.

Sie weinte lange, ohne ein Wort zu sagen. Er ergriff sie irgendwann an den Schultern, richtete sie so aus, dass er in ihre verheulten Augen blicken konnte.

»Was ist los, Mäuschen?«

»Der … der … der Test ist heute ausgeschlagen. Ich habe meine fruchtbaren Tage …«

»Aber das ist doch gut.« Er lachte unstet. »Willst du … willst du es heute noch tun?«

Lisa brach erneut in Tränen aus, schmiegte sich an ihn. »Ich kann das nicht mehr.« Sie heulte lautstark.

»Was kannst du nicht mehr?«

»Das alles! Ich kann das alles nicht mehr!«

Rick verspürte plötzlich ein ekelhaftes Gefühl im Unterleib, als würden sich fette Mehlwürmer durch seine Gedärme fressen. Er drückte Lisa an sich, streichelte ihr über den Kopf. Seine Finger spielten mit ihrem Haar. Er spürte, dass seine kleine, vermeintlich perfekte Welt auseinanderzubrechen drohte. Er drückte seine Frau so fest an sich, wie er konnte.

»Ich kann das nicht mehr«, greinte sie. Ihre Tränen befeuchteten Ricks Pullover. »Die Leute hier starren mich an, als wäre ich eine Aussätzige!«

Rick schüttelte den Kopf. »Nein«, versuchte er verzweifelt zu beschwichtigen. »Das meinst du nur.«

»Doch!«, erboste sie sich. »Und wenn ich mit jemandem reden will, werde ich gleich schief angestarrt, weil mein Englisch so beschissen ist!«

»Dein Englisch ist nicht beschissen.«

»Doch, ist es! Mir fallen immer die einfachsten Worte nicht ein!«

Rick streichelte sie mit zunehmender Anspannung. Ihr Kummer wandelte sich allmählich in Zorn.

»Ich kann auf Englisch einfach nicht so reden wie auf Deutsch, verstehst du das nicht? Ich habe hier niemanden, mit dem ich mich unterhalten kann!«

»Hey …« Er suchte nach einer passenden Antwort, fand keine, sagte notgedrungen: »Frau Fletcher von nebenan ist doch nett. Und so ungefähr in deinem Alter.«

»Ja, die ist auch nett.«

»Ja, siehst du? Hat die dich nicht sogar schon zum Kaffee eingeladen?«

»Ja … aber du verstehst gar nicht, was ich meine! Es fällt mir schwer, mich überhaupt zu artikulieren! Ich bin hier vollkommen alleine!«

»Du hast doch mich.«

Sie stieß ihn plötzlich und grob von sich, blaffte: »Toll!«

»Was hast du denn?«

»Du hast deine Armeefreunde! Für dich ist doch alles super hier, du hast ja auch keine Probleme! Für dich ist Englisch wie eine zweite Muttersprache!«

Allmählich begann der Zorn auch in Ricks Brust zu schwelen. Es konnte doch nicht sein, dass er nach einem lebensgefährlichen Einsatz, nach tagelangen Strapazen nach Hause zurückkehrte, um sich dann so etwas anhören zu müssen. Rick atmete schwer, versuchte, seine Emotionen im Zaum zu halten.

»Für mich ist auch nicht alles super hier! Aber wir hatten das alles besprochen, bevor ich dem Wechsel von der Bundeswehr zugestimmt habe. Ich arbeite hier nun mal!«

»Ja, du vielleicht! Ich habe nichts hier! NICHTS!«

Er stand da wie ein Häufchen Elend, wusste nicht, was er sagen sollte.

*

Endlich schlief sie. Rick stand im Schlafanzug neben dem Bett, ein berühmtes Tripod-Motiv des surrealistischen Malers Jean Dallaire war auf sein Oberteil gedruckt, darunter der Schriftzug »Remember!«. Lisa hatte sich in ihre Decke eingewickelt wie ein Murmeltier, ihr Brustkorb hob und senkte sich in gleichmäßiger Frequenz. Er seufzte, rieb sich die blutunterlaufenen Augen. Schlafen würde er nun dennoch nicht können. Zu aufgewühlt war er. Er schritt im Raum auf und ab, kramte dann sein Kindle aus dem Rucksack und setzte sich in den Sessel neben dem Bett.

# V. Der todbringende Zylinder in den Sanddünen von Horsell

Nun, verehrte Leser, wollen wir uns den Ereignissen widmen, die Mitte Juni ihren Anfang genommen haben. Es war dies die Nacht vom 13. auf den 14. Juni 1901, als das erste Luftschiff der fremdartigen Eindringlinge über England niederging. Es schlug hart in den Sanddünen von Horsell ein, nördlich von Woking, wo es bald großes Aufsehen erregen sollte. Ich selbst hatte von diesem frühmorgendlichen Ereignis nichts mitbekommen, jedoch berichteten mir einige der Männer von einer Flammenlinie hoch oben in der Atmosphäre, die einen grünen Strich hinter sich herzog. Ach, hätten wir in jenen Stunden nur gewusst, welch Menetekel jene Himmelserscheinung gewesen ist!

Möglicherweise erinnern Sie sich an die Junitage des Jahres 1901, als ohnehin jedermann aufgrund leuchtender Eruptionen, die Astronomen auf dem Mars beobachtet hatten, aus dem Häuschen war. Jede Zeitung berichtete von diesem Ereignis und ein jeder Redakteur versuchte sich unverhofft als Sternendeuter und stellte die wildesten Mutmaßungen an. Man mag sich vorstellen, dass sich innerhalb dieser erwartungsschwangeren Atmosphäre bezüglich astronomischer Ereignisse auch unter meinen Soldaten die wildesten Annahmen über die morgendliche Erscheinung am Himmelszelt Bahn brachen. Ich wohnte dem aufregten Geplapper und den Spekulationen der Männer mit einer gewissen Erheiterung bei, war ich selbst doch überhaupt nicht für die Astronomie zu begeistern. (Bis heute hat sich dieser Umstand übrigens nicht großartig geändert. Das Einzige, was mich am Weltall interessiert, sind jene Himmelskörper, die unseren Feinden als militärische Stützpunkte dienlich sein könnten)

Ich mag an dieser Stelle kurz über jene zylinderähnlichen Geräte referieren, mit denen die Angreifer ihre Reise zur Erde unternahmen. Wells bezeichnet diese, nachdem er einmal von dem Ausdruck »fallender Stern« Gebrauch macht, stets als Kapseln, von denen er ausgeht, dass sie Geschosse waren, die von einer Kanone auf dem Mars aus auf unseren Weltenkörper abgefeuert wurden.

Ich jedoch präferiere den Begriff »Luftschiff«, da ich als Kanonier die Behauptung entkräften kann, irgendein lebendiger Organismus, und mag er uns Menschen noch so wesensfremd sein, könne, eingepfercht in das Innere einer Kanonenkugel, deren Abschuss überstehen. Die Kräfte, die bei einem solchen Abschuss wirken, sind unbeschreiblich stark und jeder Geschützführer, der einmal beim Feuern seiner Kanone den kräftigen Luftdruck verspürt hat und der gesehen hat, mit welcher Macht das Geschoss sein Ziel trifft, wird mir beipflichten. Doch zurück zu den Geschehnissen von jenem Morgen, als das erste Luftschiff des Feindes eintraf.

In der Nacht vom 13. auf den 14. Juni 1901 jedenfalls drangen die fremden Angreifer mit dem ersten von insgesamt zehn Luftschiffen in unsere Gefilde ein. Zwischen den Landungen vergingen stets etwa 24 Stunden.

Leider waren wir Menschen am 14. Juni noch außerstande, die Gefahr zu erkennen, die von den fremden Besuchern ausging. Diese verblieben anfänglich im Aufschlagkrater, den ihr Luftschiff bei der Landung verursacht hatte. Zahlreiche Schaulustige und Zeugen des Aufpralls glaubten zuerst an eine ungewollte Bruchlandung und meinten, die Außerirdischen wären verängstigt und möglicherweise verletzt und würden sich aus diesem Grund im Krater versteckt halten. Dies jedoch, wie wir heute wissen, war mitnichten der Fall! Die »Marsianer« verblieben anfänglich aus zwei Gründen im Schutze ihrer Grube: Zum einen warteten sie auf die Verstärkung, die im Laufe der nächsten zehn Tage jeweils nachts eintreffen sollte. Zum anderen werkelten sie unermüdlich an ihren Maschinen, denn diese wurden, so meine Vermutung, im zerlegten Zustand mit auf die Erde geführt und erst vor Ort zusammengebaut. Eine ausführliche Untersuchung der Beschaffenheit der Luftschiffe durch das HQD untermauert meinen Verdacht.

Die Vorsehung war es, die meine, aus dem nördlichen Sheffield stammende Batterie an jenem Tage in die Lage versetzte, in der Nähe der ersten Landestelle des Feindes zu biwakieren, nämlich im Heideland Pirbright, das am Südrand der bekannten Chobham-Hügelkette gelegen ist. Die Entfernung zur Landestelle des ersten Luftschiffs betrug sechs Meilen. Meine Batterie, die 24 Feldbatterie, war naturgemäß eine der ersten Einheiten, die in die Schlacht gegen die »Marsianer« geworfen wurde. Wir standen diesem neuartigen Gegner mit seinen beängstigenden Kriegsmaschinen vollkommen unvorbereitet gegenüber und konnten nur nach den Maßstäben irdischer Kriegsführung handeln, die, wie wir heute wissen, nur ganz bedingt anwendbar sind auf die fremden Wesen, die uns in jenem Juni 1901 auf so hinterhältige Art überfielen.

Unser Brigadechef nämlich, Brigadegeneral Ernest Marvin, wünschte, seine Einheiten würden ferne Truppenübungsplätze besuchen, um in unbekanntem Gelände zu arbeiten. Da die möglichen Invasionsszenarien des Kriegsamtes stets den Süden und Südosten Englands im Blick hatten, war es für uns nur logisch, die weite Zugreise nach Pirbright anzutreten. Die Kanonen, die am 15. Juni um 5 Uhr 20 Chobham erreichten, um von dort aus gegen die erste Abteilung der »Marsianer« ins Feld zu ziehen, werden von Wells übrigens fälschlicherweise als die ersten Kanonen bezeichnet, die im Kriegsgebiet eintrafen. Jene Kanonen gehörten zwar ebenso der Brigade an, doch war unsere Batterie zu diesem Zeitpunkt bereits seit 20 Stunden vor Ort. Es kann Wells aber kein Vorwurf gemacht werden, uns nicht gesehen zu haben. Sie werden noch erfahren, warum dies so ist.

Der Freitagvormittag, der 14. Juni 1901, verlief für meine Batterie zunächst, wie der Dienstplan dies vorsah. Wir Soldaten bekamen von der Aufregung, die sich um Horsell im Zuge der Landung ereignete, nichts mit; statt seiner gingen wir munter unserem Tagewerk auf dem Pirbrighter Übungsplatz nach.

Im Heideland Surreys stößt man auf eine große Hügelkette von Sandhügeln, die, von Nord nach Süd verlaufend, die bereits erwähnten Chobham-Hügel formen. An der südlichen Spitze dieses Höhenkamms befindet sich der 1875 durch das Kriegsamt erworbene Übungsplatz Pirbright. Jener Platz ist unter uns Truppenführern sehr beliebt, denn er bietet mannigfaltige Möglichkeiten, um die Ausbildung der Männer voranzutreiben. Durch sein junges Alter entspricht er den modernen Anforderungen, die an den Soldaten des Britischen Empires gestellt werden: Weites Heideland bietet den Bataillons- und Regimentskommandeuren die Möglichkeit, Aufmärsche einzustudieren. Kiefernwälder lassen es zu, den Kampf und das Leben im Walde abzubilden. Und nicht zuletzt hat sich auch das Kriegsamt nicht lumpen lassen und den Platz mit Schießständen, einem Waffendepot und einem Camp vervollständigt.

Zur Sommerzeit verwandelt sich das Heideland Surreys alljährlich in einen lilafarbenen Teppich, ein erhabener und wunderschöner Anblick für uns alle, die wir von der 24 Feldbatterie vor Ort waren. Dieser Anblick ließ die Härten, die der soldatische Dienst mit sich brachte, zeitweise vergessen.

Den Vormittag des 14. Junis über bis etwa 2 Uhr befand sich meine Batterie auf den Schießständen Pirbrights, um den Umgang mit dem Martini-Henry-Gewehr zu schulen, denn der Kanonier wandelt ebenso wie der Infanterist und der Reiter auf dem Schlachtfeld und mag gezwungen werden, sich mit der Handwaffe zu verteidigen. Zu dieser Zeit nahm der Trubel um das erste Luftschiff bei Woking bereits seinen Lauf.

Unsere Batterie hatte damals eine Verpflegungsstärke von 164 Mann und 86 Gäulen. Unsere Mannstärke teilte sich wie folgt auf die verschiedenen Dienstgradgruppen auf: vier Offiziere (Soll: fünf), drei Fachdienstoffiziere (im Soll), drei Unteroffiziere (im Soll) und drei Hufschmiede (im Soll), zwei Trompeter (im Soll) sowie 149 Mannschaften (Soll: 150).

Während die Schießübungen andauerten, nahm ich mir die Zeit, die Grenzen des Schießstandes abzulaufen. Dabei entdeckte ich eine saftige, ebenerdige Wiese, die sich ganz vortrefflich als Polo-Spielfläche geeignet hätte. Ich musste beim Anblick der potenziellen Spielfläche an meinen treuen Heiler denken, der daheim in den Stallungen meiner Familie auf meine Rückkehr wartete. Während ich vor mich hin träumte und meine letzten Polospiele im Rahmen des Offizierskorps Revue passieren ließ (die allesamt leider schon einige Zeit zurücklagen), erreichte mich unverhofft ein Melder, der mir eine Depesche des Stabschefs überreichte.

Leider ist das Schreiben nicht erhalten geblieben, doch vermag ich seinen Inhalt sinngemäß wiederzugeben: So rief der Stabschef die gesamte Brigade in dem Schreiben dazu auf, den Ausbildungsbetrieb einzustellen und die Marschbereitschaft herzustellen. Zur Erklärung wurde angeführt, dass bei dem Dorf Horsell ein Stern aus dem Himmel gestürzt sei, was unter den Anwohnern und Behörden zu einer großen Beunruhigung geführt habe. Es sei daher gewünscht, eine gewisse militärische Präsenz vor Ort zu etablieren, um die Bevölkerung zu beruhigen, bis sich die Situation geklärt haben würde. Die Brigade wolle einen Mittelsmann entsenden, um unsere Batterie vor Ort aufzunehmen.

So packten unsere Männer murrend ihre Sachen. Murrend, da das Schießen auf dem Pirbrighter Übungsplatz eine vortreffliche Sache war, die ihnen nun genommen wurde, um sie gegen einen Marsch von einigen Meilen zu ersetzen. Unser Farbenfeldwebel Evans machte seinem Ärger über die neuerlichen Befehle offen Luft und musste durch unseren Batteriechef, Major Smyth Powell, scharf zurechtgewiesen werden.

Sir Major Smyth Powell, 1. Baron von Powell, war trotz seiner vornehmen Herkunft ein Mann, der es nicht scheute, sich die Hände schmutzig zu machen, wofür er bei den Mannschaften und bei uns Unterführern beliebt war, wofür er jedoch von einigen höheren Offizieren verachtet wurde, wie ich hörte. Dies mag der Grund sein, warum der Major mit seinen 52 Jahren und einer glanzvollen Akte noch immer eben ein Major war und nicht längst ein General, obwohl er für seinen außerordentlichen Scharfsinn bekannt war. Ich als 2. Offizier hatte das Vergnügen, sehr intim mit dem Major zusammenarbeiten zu dürfen, so wohnte ich auch manch privatem Geschehen bei, bei denen er ebenfalls nie seine Herkunft und seine Erziehung vergaß. Sir Major Bill Joseph Smyth Powell fiel am 15. Juni 1901 im Kampf gegen die Marsianer.

Unser Farbenfeldwebel, der raubeinige Londoner Joe Evans war eine Marke von einem Kerl. Allein seine Erscheinung glich der eines Bären und war bisweilen Furcht einflößend. Er besaß Hände groß wie Schaufeln, Beine wie Baumstämme. Er war insgesamt von derber Gestalt, die eher der eines professionellen Boxers denn der eines Soldaten glich. Evans konnte schleppen für zwei, essen für vier. Unter den Mannschaften war er beliebt, verfügte er doch über ein buntes Repertoire an Unanständigkeiten, die ihm manches Mal den Zorn von uns Offizieren einhandelten. Es sei an dieser Stelle vermerkt, dass Evans Besetzung als Führer der 3. Geschützgruppe eine kurzfristige Notlösung angesichts der Tragödie um unseren Zweiten Leutnant Ronald Craig Simpson war, den im Frühjahr 1901 eine schwere Krankheit ereilt hatte und der kurz darauf als junger Mann, gefesselt an seine Bettstatt, dieser erlag.

Joe Evans war nicht weniger als ein ganzer Kerl, doch es ist kein Geheimnis, das wir Offiziere natürlich lieber einen der Unseren auf seinem Posten gesehen hätten. Nichtsdestotrotz verlief die Zusammenarbeit mit ihm bravurös, sein Auftreten und Handeln kam dem eines ehrenwerten Offiziers Ihrer Majestät bereits sehr nahe. Auch über den Farbenfeldwebel Joe Evans muss ich schweren Herzens berichten, dass er am 15. Juni 1901 in der einzigen Schlacht der 24 Feldbatterie gegen die Angreifer fiel.

Ich für meinen Teil nahm die Lageänderung mit Missmut hin, doch akzeptierte ich natürlich die Befehle und vertrat sie auch leidenschaftlich gegenüber den Männern. Mir schwante zwar, dass uns bei Horsell eine große Langeweile bevorstand, doch behielt ich diesen Gedanken für mich und versicherte den vergrätzten Mannschaften stattdessen, die Befehle unserer übergeordneten Führung würden schon ihre Richtigkeit haben.

Unsere Batterie hatte gegen 4 Uhr 20 nachmittags die Marschbereitschaft hergestellt, Kanonen und Ausrüstung waren hinter unsere tüchtigen Wallache gespannt. Wir marschierten bald geradewegs nach dem Nordosten, in Richtung Woking, das wir linksseitig umgingen. Da sich unser ehrenwerter Major dazu entschieden hatte, das Straßennetz zu nutzen, um Mann und Gaul zu schonen, mussten wir leichte Umwege in Kauf nehmen, denn es existierte keine Verbindung querfeldein nach Horsell.

Die Männer vertrieben sich die Zeit mit allerhand Debatten über den Ursprung des niedergegangenen Sterns. Natürlich brachten sie die Meldung rasch mit der seltsamen Himmelserscheinung und jenen Lichtereruptionen auf der Oberfläche des Mars in Verbindung. Obwohl die Manneszucht dies geboten hätte, unterbanden wir die hitzigen Gespräche nicht, um den Mannschaften ein Ventil für ihren Ärger über das abgesagte Schießen zu geben.

Es dauerte nicht lange, da eilten uns aufgeregte Menschen entgegen, die die Präsenz unserer Batterie ganz richtig mit dem abgestürzten Ding in Verbindung brachten. Je näher wir Woking und den Sandhügeln Horsells kamen, die sich nordöstlich der Stadt befinden, umso konkreter wurden die Gerüchte und umso mehr hatten die Menschen zu erzählen. Jene Erzählungen nahmen bald schon ganz absonderliche Formen an und wir konnten kaum glauben, was uns berichtet wurde. Major Smyth Powell entschied, aktiv Gesprächsaufklärung bei allen Händlern, Wanderern und anderem Volk zu betreiben, das unseren Weg kreuzte. Er selbst und auch ich sprachen in der Folge jede Menschenseele an, die wir auf dem Wege nach Horsell antrafen. Einige wenige wussten nichts über den Absturz des Dings zu berichten, die meisten aber hatten bereits davon gehört oder behaupteten, selbst dort gewesen zu sein. Manch einer war extra dafür aus den umliegenden Dörfern nach Woking gereist (wir trafen einige Reiter und Kutschen an), andere waren nun unterwegs, um Verwandte und Freunde zur Absturzstelle zu holen, da sie fürchteten, die Behörden könnten bald den Ort des Geschehens unzugänglich machen. Zuerst meldete uns das Volk noch verbrannte Menschen, eingeschlossen in eine Kapsel. Später dann hieß es, im Inneren jener Kapsel würde sich doch etwas hörbar regen.

Unser Weg führte uns vorbei am Friedhof von Brookwood, dem größten Friedhof der Welt, und weiter durch das wunderschöne, ganz in lila gekleidete Heideland des Bagshot Rural Districts. Zahlreiche Kiefern erheben sich dort über die Blumenfelder. Es war warm, geradezu heiß, die Sonne brannte mit unbändiger Intensität auf unser geliebtes England hernieder. Südlich von

Knaphill passierten wir den Übergang über den Basinstoke-Kanal und marschierten im Anschluss daran geradewegs durch Knaphill hindurch.

Von einem feinen Herrn aus Pyrford, der zusammen mit seiner Gemahlin die Absturzstelle besucht hatte, sich nun aber auf dem Weiterweg nach Bisley befand, erfuhren wir einige sehr interessante Dinge, die uns damals allerdings eher verwirrten und denen wir, wie ich zugeben muss, auch nicht unbedingt unseren Glauben schenkten. Der Herr, ein Gutsbesitzer, der augenscheinlich ein gutes Auge für seine modische Erscheinung besaß, informierte uns darüber, dass jener niedergegangene Stern überhaupt kein starres Ding aus Stein oder Lehm ist, sondern ein ganz und gar künstliches Objekt. Er zog dazu den Vergleich zu den Dampfmaschinen aus den Fabriken. Wie unsere Dampfmaschinen sei auch dieser »Stern« künstlicher Natur; sei also hergestellt, gebaut worden.

Die ganze Batterie hatte, ohne den Befehl dafür zu erhalten, angehalten und hörte aufmerksam zu. Ich fragte den Mann, ob er uns das Objekt beschreiben könne, was er umgehend tat: So sprach er von einem metallischen Zylinder großen Ausmaßes, mit einem Durchmesser von etwa 30 Yards. Ein guter Teil des Objekts liege unter dem Sand verborgen, es müsse sich durch die Energie des Aufschlags in den Boden gewühlt haben. Das obere Ende des Zylinders habe die Form eines kreisrunden Tisches, der langsam rotiere wie eine Schraube, die aus dem Gewinde gedreht werde. Dieses Rotieren werde von einem hörbaren Surren begleitet. Der Zylinder, der, so betonte es der Herr aus Pyrford noch einmal, eindeutig aus Metall bestehe, sei von einer dunkelbraunen Kruste überzogen, die bereits abzubröckeln beginne.

Weiter wusste der Mann nichts Bedeutsames zu berichten. Seine Gattin, getrieben von Furcht, die allgemein das Weibsbild so leicht zu beherrschen vermag, hatte ihn alsbald wohl gedrängt, die Absturzstelle zu verlassen und endlich nach Bisley aufzubrechen, wo sie, wie sie sagten, von dem Pfarrer erwartet würden. Wir dankten und verabschiedeten uns.

Jene Unterredung trug sich außerhalb von Knaphill zu, etwa drei Meilen von der Absturzstelle entfernt, die, wie wir heute wissen, ja gar keine Absturzstelle, sondern eine Landestelle war.

Es muss gegen 6 Uhr 45 desselben Tages gewesen sein, als Knaphill in unserem Rücken hinter dem Horizont verschwand. Der Herr Major hatte im Dorf verschiedene Abendblätter erworben, die mit ganz und gar abenteuerlichen Titeln um die Gunst des Lesers warben: »Eine Botschaft vom Mars« oder »Merkwürdiger Bericht aus Woking«. Leider waren die Artikel wenig aufschlussreich, trugen sie doch nur jene sonderlichen und sich teilweise stark widersprechenden Berichte zusammen, die auch wir bereits zuhauf von den Passanten gehört hatten. Die Zeitungen jedenfalls schienen sich noch keinen Reim auf die Ereignisse in Horsell machen zu können.

Es strömten uns immer mehr Menschen entgegen, die, vom Zylinder kommend, den Heimweg angetreten hatten. Einige erzählten, sie wollen am nächsten Tag wieder zurück zur Absturzstelle laufen, um zu schauen, ob sich was getan habe.

Unsere Soldaten erörterten nach wie vor lebhaft die seltsamen Ereignisse des Tages. Die Mannschaften waren ebenso aus dem Häuschen wie die Anwohner und wohl auch ebenso freudig erregt wie diese ob des seltsamen Zylinders. Vor allem die Erzählung jenes Herrn aus Pyrford heizte die Diskussion weiter an. Einige sprachen nun erstmals von der Möglichkeit, dass unser schöner Planet von Wesen anderer Welten besucht worden sei, und malten sich bereits aus, was diese wohl zu erzählen haben.

H. G. Wells hat sich in seinem Werk mehrfach über die unbeschwerte Neugierde gewundert, mit denen die Menschen dem ersten »marsianischen« Luftschiff und auch den darauf folgenden Ereignissen begegnet waren. Selbst, nachdem die »Marsianer« erstmals ihren tödlichen Hitzestrahl eingesetzt und Dutzende Todesopfer verursacht hatten, blieben die Anwohner der umliegenden Dörfer zunächst noch sonderbar gelassen. Sie sahen wohl die zahlreichen Militärkolonnen, die aus allen Richtungen der Landestelle entgegeneilten, und wähnten sich ob der Macht des britischen Militärs in Sicherheit. Ebenso waren sämtliche Schutzmänner Surreys auf den Beinen, deren erhöhte Präsenz auf den Straßen wohl ebenfalls zum allgemeinen Sicherheitsgefühl beigetragen hatte.

Wells hat, ganz richtig, wie ich meine, weshalb ich es an dieser Stelle noch einmal wiederholen mag, darauf verwiesen, dass die Geschichte um die gelandeten »Marsianer« wohl weit weniger Aufsehen erregte, als dies zum Beispiel ein Ultimatum an Deutschland getan hätte.

Auch unsere Männer brachten in Ihren Debatten die Möglichkeit einer deutschen Gemeinheit ins Spiel und manch einer schwor bereits die drohende Invasion der Preußen herauf. Die üppige und oftmals hervorragende Invasionsliteratur, die mit Romanen wie Die Schlacht bei Dorking großartige Werke hervorgebracht hat, trägt wohl ihren Teil dazu bei, dass wir Soldaten bei ungewöhnlichen Ereignissen sogleich an eine Aktion feindlicher Streitkräfte denken müssen.

Die Sonne war im Niedergang begriffen, als wir den Parley-Bach erreichten, einen schmalen Bachlauf, der sich unweit der Landestelle durch die Landschaft schlängelt und die Littlewick Road berührt, unsere Anmarschstraße. Es war auf der Höhe dieses Baches, als wir einen ganz und gar verängstigten Jüngling trafen, er mochte vielleicht 16 Jahre alt gewesen sein. Der Bengel wollte nach Hause laufen, nachdem ihn eine Erscheinung an der vermeintlichen Absturzstelle völlig verschreckt hatte. Wir stoppten ihn und mussten erst eine Zeit lang auf ihn einreden, ehe er in der Lage war, selbst zu sprechen. Der Junge schwitzte stark und atmete schwer, er war wohl den ganzen Weg von der Landestelle bis zum Parley-Bach (etwa 1000 Yards) gerannt. Wir gaben ihm zu trinken und ließen uns dann von ihm über das Erlebte benachrichtigen.

Der Junge bestätigte uns zuallererst, dass die besagte Stelle ganz nah sei, nämlich direkt hinter den Wäldern im Nordosten, die von unserer Position aus bereits erkenntlich waren und die uns die weitere Sicht versperrten. Danach brabbelte er in schneller Folge allerlei unverständliches Zeug, zumindest war die Bedeutung seine Worte zum damaligen Zeitpunkt samt und sonders unbegreiflich für uns. Es konnten ihn nur diejenigen verstehen, die mit ihm die Öffnung des Zylinders und das Herauskriechen der fremden Wesen erlebt hatten:

Der Jüngling erzählte uns, dass der drehende Deckel des Zylinders mit einem Mal abgefallen und dröhnend auf den Kieselgrund des Kraters aufgeschlagen sei. Im nächsten Augenblick bereits rekeln sich graue Fühler aus der freigewordenen Öffnung nach draußen. Erst einer, dann zwei, es seien rasch immer mehr geworden, die den Jungen an die Arme eines Kraken erinnert haben. Er wollte auch deutlich ein Augenpaar gesehen haben, das hell scheine wie eine Öllampe. Die Züge des Jungen waren von einer schauerlichen Angst verzerrt, die ihm jene Wesen eingeflößt haben mussten. Er beteuerte mehrfach, sie wahrhaftig gesehen zu haben. Ich gebe zu, dass wir Offiziere und auch ein Großteil der Mannschaften damals erhebliche Zweifel gegen die Aussagen des Jünglings hegten. Dieser erzählte weiter von einem gedrungenen, grauen, massigen Körper, der sich aus der Öffnung des Zylinders schiebe.

Und da sei noch mehr: Der Aufschlag des metallenen Zylinders habe einen großen Krater in die Erde gerissen und in ebendiesen Krater sei, nur Minuten bevor sich der Zylinder geöffnet hat, ein Mann hineingestürzt, der seitdem verzweifelt versuche, an den Seitenwänden hinaufzuklettern. Das seltsame, sackartige Wesen, dessen graue Haut glänze wie nasser Stein, schiebe sich derweil keuchend und mit schwerfälligen Bewegungen über den Rand der oberen Zylinderöffnung und plumpse schließlich in die Grube hinein wie ein Felsbrocken.

In diesem Moment, so der Bursche weiter, seien die ersten Schaulustigen von Panik ergriffen worden. Während manche neugierig am Rande der Grube stehen bleiben, rennen andere davon und wieder andere suchen zumindest den Schutz des umstehenden Geländes, von wo aus sie das Geschehen weiter beobachten wollen. Der Jüngling selbst habe ebenso die Flucht ergriffen und wolle seither nur noch heim nach West End, einem Ort im Nordwesten von Knaphill.

Wir Offiziere hatten ihm aufmerksam zugehört und wechselten nun fragende Blicke. Wie ich bereits erwähnt habe, zweifelten wir die Glaubwürdigkeit seiner Erzählungen an, obgleich wir ihm das nicht sagten, um ihn nicht weiter aufzubringen. Stattdessen dankten wir ihm und schickten ihn nach Hause.

Die Sonne wanderte dem Horizont entgegen. Der Herr Major, Leutnant Isaac Donavan, unser Zweiter Leutnant Theodor FitzUryan Rhys und ich berieten uns.

Leutnant Isaac Donavan ist ein hervorragender und ganz liebenswerter englischer Offizier, der es stets vermag, seine Mannschaften mit feurigen Ansprachen mitzureißen, sie anzuspornen und ihnen Höchstleistungen zu entlocken. Man wird Leutnant Donavan niemals schreien hören, ja nicht einmal erhebt er die Stimme gegen die Truppe, sondern bringt jeden Sachverhalt mit einer stoischen Ruhe vor, die vielleicht sein größtes Markenzeichen ist. Auch in den Kämpfen gegen die »Marsleute« und ihre riesenhaften Kriegsmaschinen behielt er die Nerven und gab besonnen seine Schießbefehle. Während der Invasion der »Marsleute« war er als Führer der 1. Geschützgruppe tätig. Freudig berichte ich meinen Lesern, dass Donavan den Kampf überstanden hat, wenn auch schwer verwundet. In der Folge regenerierte er sich vollständig und dient heute als Hauptmann in der neu aufgestellten 24 Feldbatterie, in der er meinen ehemaligen Posten innehat. Leutnant Isaac Donavan ist gleichzeitig zusammen mit mir der einzige überlebende Offizier unserer Batterie.

Zweiter Leutnant Theodor FitzUryan Rhys, Führer der 2. Geschützgruppe, war ein junger, aufstrebender Bursche aus gutem Hause. Aus einer alten walisischen Familie stammend, waren seine Etikette und sein Betragen tadellos. Theodor FitzUryan Rhys war ein Mann, der sich durch Härte und Schroffheit gegenüber den Untergebenen auszeichnete. Er war demnach unter den Mannschaften mehr gefürchtet denn geliebt. Meiner Ansicht nach war es ein großer Glücksfall für unsere Batterie, neben dem feinen Donavan auch einen brüsken Charakter zu unseren Unterführern zählen zu dürfen. Theodor FitzUryan Rhys fiel in dem Scharmützel vom 15. Juni 1901 den schrecklichen Waffen des Feindes zum Opfer.

Wir kamen zu dem Schluss, der Sache schnellstmöglich nachzugehen. Mochte der Jüngling auch übertrieben oder sogar Unsinn erzählt haben, so konnten wir uns doch nicht vollends sicher sein, ob seine Geschichte nicht doch ein Quäntchen Wahrheit beinhaltete. Wir hatten an diesem Tage bereits zu viele seltsame Geschichten gehört und es war ganz und gar ausgeschlossen, dass ein jeder Engländer, dessen Weg wir an diesem Tage gekreuzt hatten, dem Wahnsinn anheimgefallen war. Vorrangig galt für uns, dem in die Grube gestürzten Mann zu helfen, der nun möglicherweise mit diesem Wesen zusammen im Krater eingepfercht war.

Unser Herr Major befahl daher, im Eiltempo bis zum Fichtenjungwald vorzurücken, der sich vor unserer Position auftat und der das letzte Hindernis zwischen unserer Batterie und den Sandhügeln von Horsell darstellte. Dort würden unsere Männer unter dem Befehl von FitzUryan Rhys und Evans unterziehen, indes gedachte der Herr Major zusammen mit mir, Donavan und fünf Gewehren einen Erkundungstrupp zu bilden, um mit diesem weiter vorzugehen und sich ein Bild von der Lage zu machen.

Wir wussten zu diesem Zeitpunkt nicht, was die übergeordnete Führung zu tun gedachte, deren in der Depesche gemachten Angaben waren reichlich ungenau. Es hieß in ihr lediglich, in Horsell auf einen Offiziellen der Brigade zu warten, der uns weitere Instruktionen zuteilwerden lassen würde. Von diesem Offiziellen war bis dato nichts zu sehen und auch sonst machten wir keinerlei andere Einheiten vom Militär oder der Polizei aus. Gemäß meiner nachträglichen Recherche musste das Cardigan-Regiment etwa zeitgleich mit unserer Batterie eingetroffen sein, allerdings auf der gegenüberliegenden Seite der Landestelle. Jenes Regiment ist übrigens auf Bitten des Astronomen Ogilvy, der zusammen mit Wells zu den Ersten gehörte, die die Landestelle erreichten, in Marsch gesetzt worden (vgl. Wells).

Die Batterie richtete sich an der Südseite des Forstes ein, während sich unser kleiner Erkundungstrupp durchs Unterholz schlug, um sich der Landestelle anzunähern. Wir wurden allmählich doch nervös und meinten, vereinzelte Schreie liegen in der Luft. Es war nach wie vor stickig heiß, die Hitze hatte sich unter dem Dach der dicht beieinanderstehenden Fichten gesammelt. Mir lief der Schweiß in Bahnen über die Haut.

Wir erreichten das andere Ende des Waldes. Vor uns bauten sich die Silhouetten der Sandhügel von Horsell auf, die sich im schwindenden Licht als braune Erhebungen vor dem dunkelroten Himmel abzeichneten. Ganz deutlich war die Landestelle zu erkennen. Der Zylinder war wahrlich gigantischen Ausmaßes, er ragte weit über den Krater hinaus, den er in die Erde geschlagen hatte. Er war von glatter, augenscheinlich künstlicher Gestaltung und erinnerte mich ein wenig an ein riesenhaftes Hühnerei. Von den schrecklichen Wesen, die der Jüngling beschrieben hatte, war nichts zu erkennen. Dafür war die nächste Umgebung des Zylinders verkohlt, als hätte ein fürchterliches Feuer auf der Heide zwischen den Dünen gewütet. Es stank entsprechend nach Feuer und Asche. Einspänner und Fahrräder standen und lagen herum. Es erschien mir, als hätten ihre Besitzer sie fluchtartig zurückgelassen.

Zahlreiche Menschen versteckten sich im Umland. Deutlich zu erkennen waren zwei Menschenknäuel, das eine stand gegen Woking, das andere im Nordwesten der Landestelle, unweit jener Straße, die nach Chobham führte ( H. G. Wells berichtet in seinem Werk in bedrückender Ausführlichkeit von den Zerstörungen, die die »Marsianer« über jenes Dorf brachten). Es ist überdies sehr wahrscheinlich, dass ich damals auch Wells selbst gesehen habe, der zu den Neugierigen zählte, die sich abseits der beiden Menschenhaufen aufhielten. Im Schutze einiger Ginsterbüsche beobachtete er ebenso, was sich bei dem Zylinder tat.

Einige der Schaulustigen verließen den Ort des Geschehens. Leider bewegte sich niemand in unsere Richtung, sodass wir ob der aktuellen Ereignisse hätten nachfragen und die Erzählungen des Jünglings überprüfen können. Andere kamen zur gleichen Zeit hinzu, die Menschenmenge vor Woking wuchs, derweil löste sich die gegen Chobham nach und nach auf. Mutige Grüppchen schoben sich Stück für Stück dem Zylinder entgegen. Es herrschte eine gespenstische Stille. Keine Menschenseele sprach ein Wort, sie alle starrten gebannt in Richtung des Zylinders. Bald lag das Klappern von Hufen und das Schnauben von Pferden in der Luft, da einige Fuhrleute, die ein gutes Geschäft witterten, mit ihren rollenden Läden aus Woking anreisten. Ein Kerl wagte sich an den Krater heran und zog einen Karren mit Äpfeln weg, der eine Zeit lang verlassen herumgestanden hatten.

Der Herr Major, Leutnant Donavan und ich hielten eine kurze Aussprache ab, dann entschieden wir, vorzurücken und das Geschehen aus der Nähe zu betrachten. Just in diesem Augenblick geschah es: Ein kleiner Trupp, dessen Anführer eine flatternde weiße Fahne schwang, marschierte geradewegs auf den Zylinder zu. Wie ich erst im Nachgang erfahren habe und wie Wells es in seinem Buch beschreibt, waren der werte Astronom David Ogilvy sowie John Joseph Stent von der Königlichen Astronomischen Gesellschaft Teil dieser Unternehmung. Ein Schutzmann zu Pferde versuchte währenddessen, die anderen Leute, es mochten an die 250 Menschen vor Ort gewesen zu sein, zurückzuhalten. Er stand mit seinem Vorhaben auf verlorenem Posten.

Es war gegen 8 Uhr 30, als jener Trupp versuchte, Verbindung mit den fremden Wesen aufzunehmen. Ogilvy und Stent rechneten zu diesem Zeitpunkt wohl eher mit schiffbrüchigen, hilfsbedürftigen Kreaturen statt mit aggressiven Invasoren.

Was folgte, war darum umso schrecklicher und unbegreiflicher. Eine grelle, in den Augen brennende Lichterscheinung ging von der Grube aus und in der Folge schoss dreimal hintereinander eine grünlich schimmernde Flamme in die Höhe. Ein jeder »Schuss« wurde begleitet von einem schwachen Zischen. Die Gruppe um den Fahnenträger schreckte merklich zurück. Der Schein der Lohen ließ sie grünlich schimmern.

Aus der Entfernung aber blieb mir und meinen Kameraden nichts, als mit offenem Mund und weiten Augen tatenlos mitanzusehen, wie die »Marsleute« ihr Zerstörungswerk begannen.

Vom Krater ging ein lautes Surren aus und schon im nächsten Augenblick schob sich ein kesselförmiger Gegenstand über den Rand der Grube hinaus, welcher als gleich den berüchtigten Hitzestrahl entfesselte. Es war dies das erste Mal, dass die »Marsianer« jenen Hitzestrahl gegen uns Menschen zum Einsatz brachten.

Die Gruppe um Ogilvy, Stent und den Fahnenträger jedenfalls stand augenblicklich in Flammen, für sie kam jede Hilfe zu spät. Gleichwohl tastete der unsichtbare, todbringende Strahl in kreisrunder Bewegung das gesamte Gelände ab, und was er erfasste, verging in einer schillernden Stichflamme. Wir vernahmen die verzweifelten Schreie der flüchtenden Menschen (auch Wells ergriff zu diesem Zeitpunkt die Flucht und eilte in Richtung der Gaswerke von Woking, wo er einen Nervenzusammenbruch erlitt). Die Schaulustigen stoben schreiend auseinander. Einige torkelten, brennenden Fackeln gleich, über das Heideland und steckten das trockene Gras an. Es war ein grauenhafter Anblick. Der Wind ging schwanger mit spitzen, herzbewegenden Rufen. Die Fichten, die die Landestelle weiträumig umschlossen, hatten bei der ersten Berührung mit der »marsianischen« Waffenwirkung Feuer gefangen und brannten lichterloh. Ihre Nadelkleider verpufften geradezu in der Hitze des Strahls und die borkigen Stämme knackten und knisterten. Glosende Partikel wehten wie Irrlichter durch die Luft, ein giftiger Gestank kroch uns in die Nase. Weit östlich unseres Beobachtungspunktes stand sogar ein Giebeldach in Flammen, das einem Gebäude vom äußerst nördlichen Rand Wokings angehörte. So nah war der Zylinder der Stadt! Über die Chobham Road flüchteten die Menschen in Richtung Innenstadt, das unsichtbare Feuerschwert jagte ihnen nach und zündete auch sie an.

Der kesselförmige Gegenstand verschwand nach diesem ersten Rundumschlag gegen die Menschheit wieder in der Grube, zurück blieb nur ein kreisförmiges Ding, das über den Kraterrand lugte und dessen Zweck sich uns nicht erschloss. Viele Dutzend verkohlte und verkrümmte Leichen lagen um die Landestelle verstreut. Die Hitze des Strahls hatte die Oberfläche der Sandhügel in glänzendes Glas und die Wälder in flammende Infernos verwandelt. Der Zylinder der fremden Eindringlinge, halb im Krater verborgen, ruhte wie ein glänzender Obelisk inmitten des Zerstörungswerkes.

Leutnant Donavan sprach als Erster aus, was wir alle, gelähmt vom Schock, in diesem Augenblick fühlten, nämlich, dass wir nicht Zeuge eines Unfalles oder eines Missverständnisses geworden seien, sondern dass dies ein Angriff gewesen sei, ein gemeiner, gezielter Anschlag auf das Leben wehrloser Zivilisten. Ganz gleich, welche Wesen in dieser Grube sitzen, sie seien Feinde Englands. Und von dieser Sekunde an betrachteten wir sie auch als ebensolche Feinde.

Dem ehrenwerten Herrn Major kam als Erstes in den Sinn, die gesamte Batterie nachzuholen, um vom Rande des südlichen Fichtenwaldes, in dem wir uns aufhielten und der vom Feuer verschont geblieben war, Stellungen zu beziehen. Dieser befand sich nah genug am Krater, um ihn aus dem Gehölz heraus mit unseren sechs 12-Pfünder-Geschützen unter Feuer zu nehmen. Sir Major Smyth Powell befahl dem Leutnant, zusammen mit den Gewehren vor Ort zu bleiben, um die weiteren Aktivitäten des Feindes zu beobachten. Gleichwohl untersagte er ihm strikt, auf sich aufmerksam zu machen, auch wenn dies bedeutete, seine Gegenwart nicht nur gegenüber den fremden Angreifern zu verschleiern, sondern auch gegenüber der fliehenden, schutzbedürftigen Zivilbevölkerung.

Der Major und ich eilten zurück durch den Wald, um die Batterie zu mobilisieren. Als wir die Männer erreichten, stellten wir fest, dass ein Offizier aus dem Brigadestab vor Ort war, und zwar der delegierte Adjutant des Generals (D.A.A.G.).

Zu jenem Mann sei Folgendes gesagt: Ich verzichte darauf, seinen Namen oder seinen Dienstgrad zu nennen, da ich keine guten Worte für ihn übrig habe.

Gleichwohl sein verantwortungsloses Handeln, sein stetiges Zögern und seine unsinnigen Befehle unsere Batterie lähmten und ihr ein sofortiges Eingreifen verbaten, untersagt mir meine gute Erziehung, jenen Mann in meiner Abhandlung namentlich zu diskreditieren. Es sei mir jedoch gestattet, anzumerken, hätte jener Offizier damals über den Schneid verfügt, der von dem britischen Führer üblicherweise verlangt wird, und hätte er unserer Batterie ferner gestattet, ohne Verzug einzugreifen, so hätten wir vielleicht Schlimmeres verhindern können; zumindest, was jene feindlichen Truppen anbelangte, die von diesem einen, in den Sanddünen Horsells gelandeten Zylinder aus gegen England ins Felde ziehen sollten. Ich bin mir heute sicher, dass die »Marsianer« zu jenem Zeitpunkt noch relativ ungeschützt in ihrem Krater kauerten und gerade erst im Begriff waren, ihre gewaltigen Kriegsmaschinen aufzubauen. Die gedrungenen, ledrigen Körper der Invasoren aber sind alles andere als unverwundbar. Ein gezieltes Bombardement gegen ihre Grube zu diesem frühen Zeitpunkt hätte die gesamte Besatzung des Zylinders töten können.

Es sei mir ferner gestattet zu erwähnen, dass jener Offizier, der unsere stolze Batterie damals so vehement hemmte und ihren Einsatz verhinderte (der darum möglicherweise gar für ihre spätere Vernichtung verantwortlich zeichnet!), den Invasionsversuch der »Marsianer« unbeschadet überstanden hat und mittlerweile eine erhabene Stellung im Kriegsamt innehält.

Wir berichtetem dem D.A.A.G., einem kleinwüchsigen Gesellen, dem die Blasiertheit ins Gesicht geschrieben stand, schonungslos, was wir beobachtet hatten, und setzten ihm unsere Absicht auseinander, sofort gegen den Zylinder vorzugehen. Unser verehrter Herr Major empfahl, aus allen 12-Pfündern das Feuer zu eröffnen, noch ehe die fremden Wesen eine Möglichkeit finden mochten, ihre Grube zu überwinden. Eindringlich versuchten wir, dem D.A.A.G. zu vermitteln, was die schwerwiegenden Folgen sein würden, würden die Fremden ihren Flammenstrahl erst direkt auf Woking richten.

Der Brigadeoffizier widersprach unserer Auffassung ganz und gar. Zum einen bestritt er offen den Wahrheitsgehalt der von uns gemachten Angaben, was eine Unverschämtheit sondergleichen ist. Des Weiteren erklärte er, dass, ohne über ein umfassendes Lagebild zu verfügen und auch den Standpunkt des Cardigan-Regiments einzuholen, sowieso kein vernünftiger Befehl gegeben werden könne. In diesem Punkt mochte der Offizier sogar recht haben, jedenfalls unter normalen Umständen. Unsere besondere Lage jedoch gebot keinen zeitlichen Aufschub. Sofortiges, entschiedenes Handeln war gefragt, stattdessen aber verschwendete dieser Mann unsere Zeit mit ellenlangen Debatten! Er erklärte uns alsdann, er sei sowieso nur ein Mittler des Brigadechefs und könne darum ohnehin keine Entscheidung treffen. Er war also nun vor Ort, um uns zurückzuhalten! Brigadegeneral Marvin hatte wohl am Vormittag, als die ersten Meldungen über den »abgestürzten Stern« eingegangen waren, die Weisung herausgegeben, alle Teile der Brigade erst einmal am Ort des Geschehens zu sammeln und nichts ohne sein Einverständnis zu unternehmen. Dieser Befehl mochte nach wie vor Gültigkeit besitzen, doch war er dennoch längst überholt, denn seit dem Mittag hatte sich die Lage dramatisch verändert.

Unser Herr Major und der D.A.A.G. gerieten über dieses Thema in einen heftigen Disput. Es sei dazu gesagt, dass sich Sir Major Smyth Powell trotz seines hitzigen Gemütes gegenüber dem Brigadeoffizier untadelig verhalten hatte. Er hatte seinen Standpunkt mit Nachdruck zur Deutlichkeit gebracht, hatte noch einmal auf das Gebot der Stunde verwiesen. Er hatte sogar angeboten, seine Kanonen beim kleinsten Anzeichen von Gegenwehr zurückzuziehen, um die wertvollen Kräfte der Brigade nicht zu gefährden. Der Brigadeoffizier jedoch blieb in seiner Haltung starr. Er war unserem Herrn Major leider in Dienstgrad und Dienststellung überlegen und wir mussten uns letztlich unterordnen. Leider war das Licht bereits zu schwach, um den Brigadechef persönlich per Heliograf anzurufen.

Der D.A.A.G. orderte unsere Einheit bis auf Höhe jener Stelle zurück, wo der Parley-Bach auf die Littlewick Road traf. Nach einigem Hin und Her erlaubte er uns zumindest, ein Auge am Feinde in Form von einem Offizier und drei Gewehren in dem Fichtenwald südlich der Landestelle zu behalten. Die Batterie hingegen sollte sich darauf einrichten, die Nacht am Rande der Littlewick Road zu verbringen. Nicht einmal Schanzen für die Kanonen durften wir anlegen! Nein, es ist nicht zu fassen; war es damals nicht und ist es heute ebenso wenig. Die Wut steigt mir zu Kopfe, wenn ich nur daran denke! Da hatten wir den Feind zu unseren Füßen! Noch war er unvorbereitet, noch war er verwundbar und unbeweglich. Und unsere stolze Batterie war zum Nichtstun verdammt! Es war, als läge den alliierten Truppen nach der Erstürmung des Forts Malakows die Hauptstadt der Krim endlich offen, doch statt den entscheidenden Stoß auf das strategisch wichtige Sewastopol zu führen, würden unsere Streitkräfte dem Müßiggang frönen und dem Gegner dadurch die Zeit einräumen, seine Positionen zu erneuern!

Unsere Batterie jedenfalls begab sich mürrisch auf den Rückweg zurück zum Bachlauf, an dessen Westseite sich ein Wald auftat, der sich vorzüglich für ein Biwak eignete. Wir Offiziere ließen die Männer im Forst unterziehen, teilten Wachen ein und taten uns dann zusammen, um das weitere Vorgehen zu beraten. Der Brigadeoffizier hatte sich zu diesem Zeitpunkt bereits empfohlen, er war, hoch zu Ross, eilends nach Woking geritten, um sich mit den Behörden abzusprechen, wie er selbst sagte. Er kam nicht umhin, uns gegenüber noch einmal das Verbot auszusprechen, in irgendeiner Form und auf eigene Faust einzugreifen. Wir haben unbedingt und in jedweder Lage seine nächste Order abzuwarten, verlautbarte er. »Selbst wenn ganz Woking in Flammen steht!«, tönte er großspurig. So lange aber hätten wir sicherlich nicht tatenlos zugeschaut!

Nun berieten wir Offiziere und unser Farbenfeldwebel tatsächlich ernsthaft darüber, die an uns gegebenen Befehle zu ignorieren, doch gegen den Zylinder vorzugehen und den Brigadeoffizier schließlich vor vollendete Tatsachen zu stellen. Unser Zweiter Offizier und auch Evans traten für diese Handlungsoption mit feuriger Leidenschaft ein. Auch ich konnte mich mit diesem Gedanken anfreunden, doch am Ende war es unsere gute Erziehung und unser Ehrgefühl, die uns davon abhielten, uns den Befehlen zu widersetzen.

Rückblickend betrachtet ist diese Entscheidung nach Maßstab der Gesetze die einzig Richtige gewesen. Militärisch war sie falsch, dessen bin ich mir sicher. Uns blieb aber letztlich keine Wahl, als zu gehorchen.

# VI. Walther Desmond

»Verfluchtes Viehzeug«, schimpfte Walther Desmond. Er zog seinen Schuh mit Druck über die Steinplatte, um sicherzugehen, die Ameise unter der Sohle auch wirklich zu zerquetschen.

Desmond, ein Mitvierziger, war groß gewachsen und über die Jahre immer breiter geworden. Mittlerweile schleppte er eine beachtliche Wampe mit sich herum. Dunkles, krauses Haar bedeckte seine Schläfen und den Hinterkopf, Haarausfall hatte ihm derweil zu einer hohen Stirn verholfen. Eine Brille mit viereckigen Gläsern saß auf seiner Nase. Desmonds Hände waren vierschrötig, die Finger wurstig und wiesen einige Schorfstellen auf. Die Haut spannte sich geradezu um das fleischige Gewebe und platzte immer wieder auf.

Die kleinen Augen, die aus seinem feisten, fahlen Gesicht herausstachen wie rote Kirchen aus einer Sahnetorte, suchten emsig die aufgesprungenen, mit Flechten und Algen verunreinigten Terrassenplatten nach weiteren Plagegeistern ab. Und natürlich wurden sie fündig! Überall wuselten die schwarzen Biester umher. Sie verschwanden in Fugenspalten, kamen anderswo wieder zum Vorschein. Mehrmals noch trat er nach ihnen, erwischte auch einige, die er unter der Schuhsohle zerrieb.

Desmond hasste diese Viecher, wurde sie aber einfach nicht los. Nach zwei, drei weiteren Trampelattacken schwitzte er bereits und keuchte. Sein Herz pumpte wild, trommelte regelrecht. Desmond prustete angestrengt Luft aus seiner Lunge, zog ein Stofftaschentuch aus der hellen Hose und tupfte sich die schweißnasse Stirn. Es war heiß an diesem 6. Mai, ungewöhnlich heiß für New York. Das Thermometer zeigte beinahe 90 Grad Fahrenheit an. Desmond glotzte schwer atmend auf die Ameisen, die zwischen seinen Sneakers umherkrochen und immer zahlreicher wurden. Die Biester waren ganz aus dem Häuschen ob seiner Attacken, ihre Soldatenkaste schwärmte aus. Erste Mutige erklommen Desmonds Schuhe. Der schnaufte verächtlich, schüttelte die schwarzen Insekten ab und trat den Rückzug an. Seine Fußknöchel und Knie knackten unter seinem Übergewicht. Er marschierte zurück zur Gartentür, an deren Rahmen vielerorts der Lack abgeplatzt war, blieb dort einen Augenblick in der Sonne stehen, drehte sich plötzlich um und blickte in seinen Garten, als würde dieser imstande sein, eine Sehnsucht zu befriedigen, die tief in ihm saß und ihn nicht zur Ruhe kommen ließ.

Desmond stieß einen Seufzer aus. Klinkermauern, die allmählich auseinanderfielen, grenzten sein winzige Fleckchen Naturbiotop von den Gärten der Nachbarn ab. Jenseits der mistigen Terrasse wucherte wild eine Rasenfläche, die eher den Begriff »Urwald« verdiente. Das Gras und andere Bodenpflanzen standen kniehoch, buntes Unkraut blühte. Alles war mit dem aggressiven und sich in rasender Geschwindigkeit ausbreitenden Ziegenkraut durchsetzt, gegen das Desmond vor Jahren den Kampf schon aufgegeben hatte.

Allmählich verdrängte dieses dreiblättrige Gewächs alle anderen Pflanzen aus dem kleinen Garten. Seine höchsten Triebe erhoben sich über drei Fuß aus der Erde und wirkten wie fragile Türme in diesem Meer aus Gras und Wildblumen. Schlanke Pilze bildeten erdfarbige Tupfen.

Diese urwüchsig sprießende Heide war zu drei Seiten umschlossen von schmalen Flächen, die einstmals Beete gewesen waren. Es war Jahre her, dass zuletzt die Hand eines fleißigen Gärtners, ergo einer fleißigen Gärtnerin, das Unkraut entfernt und hübsch anzusehende Blumen gepflanzt hatte. Davon war nicht mehr viel übrig außer denen, welche die New Yorker Winter und die Sommer ohne menschliche Pflege zu überstehen vermochten. Doch auch sie wurden allmählich vom Ziegenkraut überschattet und beiseitegeschoben, mussten Stück für Stück dem Unkraut weichen, das sich des gesamten Gartens bemächtigte. Hinten, vor der bröckelnden Mauer, ragte eine Metallaufhängung samt Kinderschaukel aus dem Gras-Ziegenkraut-Salat. Der bunte Lack war längst abgeblättert, braunrot schimmerte der Rost. Es war ebenso Jahre her, dass Desmonds Kinder jene Schaukel zuletzt benutzt hatten.

Desmond hatte seine Kinder zuletzt vor eineinhalb Jahren gesehen, war dort gewesen, bei seiner Exfrau und ihrem neuen Lover, einem widerwärtigen Schönling, der als Investmentberater dick Kohle machte. Die Kinder liebten ihn, weil er mit ihnen zum Sport ging, ihnen kaufte, was sie haben wollten, Partyräume für sie und ihre Freunde anmietete.

Der Wichser erkauft sich ihre Liebe, sagte sich Desmond ohne jede Emotion. Er hatte mit seiner Familie irgendwie schon abgeschlossen … irgendwie aber auch nicht. Ex und Kids lebten an der Westküste, also am anderen Ende des Landes, was häufige Besuche ohnehin ausschloss. Und dann hatte es Desmond vergangenes Weihnachten, wo er eigentlich hatte hinfliegen wollen, auch noch heftig erwischt. Grippe! Er hatte daher kurzfristig absagen müssen. Man, was hatte ihn seine Ex am Telefon angemacht! Als wäre sie seine Mutter!

Seitdem war viel Wasser den Hudson hinuntergeflossen und sie hatten noch immer keinen Nachholtermin vereinbart. Der Kontakt verlief sich allmählich, beschränkte sich bereits auf die Pflichtanrufe an Geburts- und Feiertagen. Desmond schickte hin und wieder Geschenke, doch seine Kinder ließen sich nicht dazu herab, dann wenigstens mal anzurufen und sich zu bedanken. Sein Junge hatte sich vor Wochen sogar per E-Mail bei ihm beschwert! Er würde doch gar nicht mehr mit LEGO spielen, hatte er Desmond vorgeworfen.

Der sollte froh sein, überhaupt etwas zu bekommen! Was würden sich die Kinder in Bangladesch über LEGO Star Wars freuen! Desmond japste und würgte alle weiteren Gedanken an seine Familie lieber ab. Das regte ihn doch nur auf und belastete ihn emotional zu sehr. Denn abgeschlossen hatte er mit seinen Kindern ganz und gar nicht, auch wenn er sich das gerne einredete. So lenkte sich Desmond mit der Arbeit, mit Süßigkeiten und mit seinen Spielen ab. Mehr war ihm nicht geblieben. Alles andere hatte ihm die alte Hexe weggenommen, wie er gerne behauptete, wenn er wieder einmal in Selbstmitleid zerfloss.

Noch einmal seufzte der Mitvierziger, dann stapfte er durch die Gartentür ins abgedunkelte Wohnzimmer, dessen Wände mit unsortierten Papierstapeln und anderem Krimskrams zugestellt waren. Regale und Schränke waren bis zum Bersten vollgestopft mit Krempel. Er stiefelte weiter in die Küche, das Geschirr stapelte sich neben der Spüle. Desmond griff in einen Schrank. Es knisterte, dann hielt er eine Tüte Circus Peanuts in Händen. Er riss sie auf, stopfte sich eine Handvoll der erdnussförmigen Süßigkeiten zwischen die Kauleisten und schlenderte zurück ins Wohnzimmer. Zwischen den teils schief hängenden Lamellen der heruntergelassenen Jalousien blitzte die strahlende Maisonne durch.

Mit der freien Hand grapschte er seinen Controller. Er drückte das kreisrunde Logo in der Mitte und wenige Augenblicke später leuchtete dasselbe Logo als schimmernder Punkt in der Ecke seines Wohnzimmers auf. Gekonnt umschiffte Desmond den Plunder zu seinen Füßen auf dem Weg zum Kanapee. Ein Druck auf die Fernbedienung, und sein 55-Zoll-3D-LED-Backlight-Fernseher erwachte zum Leben. Das Xbox-Logo erschien auf dem Schirm, tauchte Desmond und sein mit Krümeln übersätes Sofa in einen grünlichen Schein. Er ließ sich auf das Sitzpolster fallen, spürte sogleich etwas Sperriges unter der linken Arschbacke. Mit der Hand griff er danach, und zog eine zur Hälfte gefüllte Mountain-Dew-Flasche hervor.

»Hi, Walther!«, begrüßte ihn die Konsole mittels Textfeld, gefolgt vom Hauptmenü. Desmonds Nickname, »Wally-D«, erschien in der oberen Bildschirmecke.

Desmond klemmte sich die Circus Peanuts zwischen die Beine, drückte sich eine weitere Ladung in den Mund und hämmerte dabei auf der klebrigen A-Taste des Controllers herum. Endlich lud die Konsole das Spiel. Desmond blickte auf die Uhr. Noch 40 Minuten.

Wie irre Knöpfchen drückend, navigierte er durch die digitalen Menüs und versendete zeitgleich Einladungen an seine Online-Freunde. Es dauerte einige Zeit, dann fand er sich in der virtuellen Lobby eines Spiels wieder. 13 Spieler waren bereits drin, angezeigt auf der rechten Bildschirmseite in einer Liste. Desmond überflog die Nicknames, las Namen wie »Headshot2005« und »DarkChecker«.

Idioten, dachte er für sich und setzte sich sein Headset auf. Ein weiterer Spieler betrat die Lobby, er trug den Nick »Das_Baum« und grüßte sogleich in die Runde. Sein Englisch war von einem deutschen Akzent gezeichnet.

»Hey Das_Baum!«, knackte die viel zu junge Stimme von Headshot2005 aus dem Äther, dabei war das Spiel erst ab 17 Jahren freigegeben.

»Jo?«

»Wo kommst du her?«

»Deutschland.«

»Heil Hitler!« Einige der Spieler brachen in Gelächter aus.

»Ja«, erwiderte Das_Baum gelangweilt. »Ist wirklich das allererste Mal, dass ich das zu hören bekomme. Wollt ihr zocken oder nur quasseln?«

»Blyad«, rülpste »SovietUnion« dazwischen.

Gott, ich bin im Kindergarten gelandet, grummelte Desmond innerlich.

Mancher Spieler verzog sich wieder, dafür loggte sich nun eine Gamerin ein, deren Name Desmond wohlbekannt war. Mixxel7; sie war eine jener Online-Freunde, die er eben eingeladen hatte.

»Hey, Mix«, grüßte er fröhlich. Und in der Tat, fröhlich war er plötzlich.

»Wally!«, frohlockte sie.

Mixxel7 war eine Frau aus Rouses Point, einem Kaff an der kanadischen Grenze. Immerhin gehörte es noch zum Bundesstaat New York, war mit sechs Stunden Autofahrt also nur einen Katzensprung entfernt. Desmond kannte Mixxel7 nun schon seit zwei Jahren, gelegentlich chatteten sie sogar außerhalb der Spiele. Sie war Witwe und alleinerziehende Mutter einer 16-jährigen Göre. Ihr Mann war 2010 in Afghanistan gefallen. Bis zu seinem Gewalttod hatte sie noch nie ein waschechtes Videospiel angerührt. Seitdem aber half ihr das Zocken, den Verlust zu verarbeiten.

Desmonds Finger huschten flink über den Controller, sprangen von Taste zu Taste, während er sich sein Set für das Spiel zusammenstellte, dann erschien der Ladebildschirm. Das Spiel begann. Desmond wählte Startwaffen und Perks aus, der Timer zählte auf null herunter. Headshot2005 und SovietUnion beleidigten sich in einer Tour. Sie schienen beide intime Verhältnisse zur Mutter des jeweils anderen zu pflegen.

Desmond erhielt eine Einladung zum Privatchat mit Mixxel7. So machten die beiden es immer. Die grässlichen Kinderstimmen verstummten, dafür erklang die ihre, die stets etwas Musisches an sich hatte: »Hey, mein Dicker!« Sie wusste nicht, wie Desmond aussah, und er wagte es nicht, ihr ein Foto zukommen zu lassen. Umgekehrt hatte er noch kein Bild von ihr gesehen. Sein inneres Auge malte entsprechend ihrer reizenden Stimme eine wunderhübsche Frau. Schlank, blondes Haar, üppiger Vorbau, ein Lächeln zum Dahinschmelzen.

»Schön, dich zu hören, Mix.«

»Ja? Besser als die Vorschulgruppe, mit der wir zocken?«

»Jo. Die Kids werden immer jünger.«

»Nee, mein lieber. Wir werden älter.« Mixxel7 lachte herzlich, was Desmond einen angenehmen Stich ins Herz versetzte. Er ließ seine Spielfigur um eine Ecke springen und hatte plötzlich Headshot2005 und SovietUnion vor sich, die einander bekriegten, dabei waren sie im selben Team. Desmond seufzte.

»Bin mit einem LAW am Start«, erklärte Mixxel7.

»Und ich habe jetzt eine Vesper! Ho-ho-ho.«

»Das Originalzitat lautet aber anders!«, lachte Mixxel7. »Hast du schon auf Rapid Fire geskilled?«

»Si.«

»Alles klar, dann mal los. Ich halte dir die Kids vom Leib.«

So verging einige Zeit. Desmond und Mixxel7 erzielten einige Abschusserfolge, bald stand es 12 zu 7 für ihr Team.

»Und, wie läuft es bei dir so?«, fragte sie irgendwann.

»Och, es geht. Muss in einer halben Stunde zur Arbeit. Habe keinen Bock.«

»Ätsch. Ich habe heute frei und Linda pennt bei ihrem Freund. Ergo kann ich von jetzt bis heute Nacht durchzocken.«

»Du willst tatsächlich ohne mich zocken?«

»Mein Leben besteht tatsächlich nicht nur aus dir, mein Freund.« Sie kicherte. Desmond errötete und wusste nicht, was er darauf antworten sollte.

»Hab ich dir die Sprache verschlagen?«, hakte sie frech nach.

»Nee, nee.« Desmond versuchte verzweifelt, cool zu bleiben. Er verschluckte sich am eigenen Speichel, musste husten.

»Aber du bist immer noch mein Lieblings-CoD-Partner, mein Dicker.«

»Hatte sich aber gerade anders angehört!«

»Hör doch mal auf herumzuheulen, Mensch!«, neckte sie ihn. »Außerdem will ich gleich auf Minecraft umschwenken. Ich muss mal weiter an meinem Minas Tirith schrauben.«

Gott, du bist einfach perfekt, schwärmte Desmond in Gedanken. Eine Frau in seinem Alter zu finden, die aufs Zocken, auf Kriegsspiele und Fantasy abfuhr, war quasi ein Ding der Unmöglichkeit. Und doch würde er sie niemals haben können, allein er war zu schüchtern dafür. Wie oft hatte er sich bereits vorgenommen, sie zu fragen, nur um dann doch einen Rückzieher zu machen, als ihre Stimme in seinem Kopfhörer erklang?

»Vielleicht stoße ich heute Nacht noch dazu. Nach der Arbeit«, erklärte er kleinlaut.

»Hast du Morgen nicht Frühschicht?«

»Jupp. Scheiß drauf.«

»Du bist echt verrückt!« Doch sie schien sich über die Aussicht zu freuen, Desmond in der Nacht vielleicht noch auf ihrem Minecraft-Server zu treffen. Zumindest meinte Desmond das, redete es sich ein.

»Wie sieht es denn im Moment aus bei euch?«, fragte Mixxel7 dann. Desmond drehte die Lautstärke seines Soundsystems herunter, um sie besser verstehen zu können.

»Was meinst du?«

»Na, ihr seid doch derzeit mal wieder überall in den Medien. Wegen des Streits mit England.«

»Ach, alles halb so wild. Da wird jetzt bei der UN ein bisschen geschachert und verhandelt, und England darf etwas trommeln, um die eigenen Wähler zu besänftigen. Da wird sich wie immer gar nichts ändern, vielleicht gibt es irgendwo eine Minikürzung im Budget, um die Inselaffen glücklich zu machen. Ist ja nicht das erste Mal, dass es die Diskussion gibt.«

»Na gut. Es hört sich nur dieses Mal sehr ernst an, meine ich.«

»Nee.« Desmond wiegelte ab. »Die kochen auch nur mit Wasser. Und die Engländer wollen doch selbst nicht darauf verzichten. Haben durch die Earth Protection Forces und das Office über 90000 ausländische Soldaten und Zivilmitarbeiter im Land. Das ist schon eine Kaufkraft, auf die die nicht verzichten wollen.«

Desmond war Ermittler des Earth Protection Forces Office, Niederlassung NY. »Special Investigation« nannte sich seine Abteilung, es klang bedeutend spannender, als es letztlich war. Die zivilen Ermittler der Forces nämlich verließen ihre beheizten Büros normalerweise nicht, es hatte sich die Praxis etabliert, dass militärische Ermittler die Feldarbeit übernahmen. Leute wie Desmond wälzten den lieben langen Tag Akten, führten den Papierkrieg im Hintergrund, der nötig war, um den immensen Bürokratieapparat der Forces zu füttern. Desmonds Aufgabe war es, Fälle auf Wiedervorlage zu holen, erneut zu prüfen und – in aller Regel – zu schließen, denn allzu oft war die Beweislage dürftig oder die Hinweise führten ins Leere. Statistisch betrachtet wurde nur einer von 20 Fällen tatsächlich an die militärischen Feldermittler oder an die Gerichtsbarkeit der Forces weitergeben, alle anderen Akten wurden ordnungsgemäß geschlossen, versiegelt und ins Archiv überführt. Und die Tatbestände waren in Desmonds Augen oftmals kaum der Rede wert. Illegaler Handel mit Kleinstpartikeln von Alien-Technologie, manchmal war das nicht mehr als abgeschabte Metallsplitter von irgendeinem Fragment eines Tripods oder eines marsianischen Raumschiffs – oder es handelte sich gleich um eine Fälschung. Vor allem in esoterischen Kreisen in Asien und Afrika war AT ein beliebtes Handelsgut. Und die Bekämpfung ebendieses Handels war auch zur Hauptaufgabe für das Forces Office geworden: der internationalen Alien-Tech-Mafia nachspüren, ihre Märkte trockenlegen und ihre Produkte einsacken. Von Desmonds Perspektive aus war das ein ziemlich langweiliges Unterfangen, so ziemlich das Gegenteil von dem, was er sich erhofft hatte, als er vor 20 Jahren seine Ausbildung bei der UN-Truppe begonnen hatte. Damals war es vor allem der Teheraner Vorfall gewesen, der ihn dazu bewogen hatte, sich bei der UN einen aufregenden Job zu erhoffen. 1978 war ein mehr oder weniger bewegungsfähiger Tripod wie aus dem Nichts in Teheran aufgetaucht und hatte die bewaffnete Opposition im Kampf gegen die iranische Regierung zu unterstützen versucht. Die iranischen Streitkräfte hatten jenem Dreifüßer zwar rasch den Garaus machen können, dennoch kam es in der Folge zu internationalen Überwerfungen, da sich der Iran weigerte, die marsianische Kriegsmaschine an die Forces auszuliefern. Im Zuge der Revolution ging der Tripod dann gänzlich verloren. Bis dato war es ein einziges Rätsel, wie die iranische Opposition mit ihren begrenzten Möglichkeiten eines vollständigen Tripods hatte habhaft werden können, geschweige denn, wie sie ihn ans Laufen gebracht hatte. Dasselbe Spiel 1992 in Singapur, als ein Eingreifteam der

Forces einen funktionstüchtigen Arbeitsroboter der Marsianer sichergestellt hatten, den Terroristen für Bombenanschläge in China umgebaut hatten.

Die britische Regierung war unterdessen immer wieder in die Kritik geraten. Zum einen, weil sie der Welt die Alien-Technologie vorenthielt, während gleichzeitig unklar blieb, was England damit anstellte. Nach dem Zweiten Weltkrieg war dem Königreich vor allem vorgeworfen worden, AT bewusst »zu verlieren«, um Konfliktherde zu befeuern. Die britische Regierung beteuerte stets, sie wüsste nicht, durch welche Kanäle Alien-Tech in Umlauf gelangt war, und wurde nicht müde, auf die Tatsache zu verweisen, dass nach der Invasion von 1901 quasi jeder deren Überbleibsel hätte einsammeln können.

»Wäre es denn so schlimm, wenn die Engländer wirklich aus den Forces austreten, wie sie es androhen?«, fragte Mixxel7. Desmond stieß einen hämischen Laut aus, fügte an: »Ja, auf jeden Fall. Du darfst nicht vergessen, dass die Briten traditionell der größte Truppensteller und Geldgeber der Forces sind. Allein an Mannstärke würden uns von heute auf Morgen 11 Prozent wegfallen.«

Großbritanniens Premier hatte aufgrund der prekären Haushaltslage einen Austritt Großbritanniens aus der planetaren Abwehrtruppe ins Spiel gebracht, dessen Sinn und Wert er offen anzweifelte.

Der Spielstand war bei 21 zu 11 für Desmonds Team angelangt, als das Spiel plötzlich abbrach. Das gegnerische Team hatte geschlossen das Match verlassen. Mixxel7 fluchte unflätig, etwas, das Desmond bei Frauen sehr anziehend fand.

Verdammter Kindergarten, dachte er sich seinen Teil und verabschiedete sich. Er musste eh los. Zur Arbeit.

# VII. Rick Marten

Rick Marten verschränkte die Armee. Er hatte schlechte Laune, war sauer. Und das lag nicht einmal an dem Zirkus, den die Engländer veranstaltet hatten, ehe er ihre »supergeheime Forschungseinrichtung«, einen Ort namens Porton Down nordöstlich von Salisbury, hatte betreten dürfen. Die Sicherheitschecks inklusive Leibesvisitation und ungezählter Angaben zu Martens Lebensverhältnissen hatten über drei Stunden in Anspruch genommen. Noch ein, zwei Fragen mehr, und die Briten hätten erfahren, wie oft er mit seiner Frau schlief.

Der deutschstämmige Lieutenant befand sich zusammen mit Fenix und sechs britische Soldaten aus dessen Zug vor einer großen, eisernen Doppeltür, die in ein rotes Klinkergebäude führte. Hinter ihnen vier Wachmänner des englischen Militärs; sie waren bewaffnet und hielten sich auf Abstand.

»Ihr Briten habt echt den Knall noch nicht gehört«, grummelte Marten angefressen.

Fenix schlug ihm mit der flachen Hand auf die Schulter und feixte versöhnlich. »Bleib lässig, Mann. Es ist eine Ehre, als Ausländer hier sein zu dürfen.«

»Eine Ehre?« Marten schnaufte verächtlich. »Dieses Ding gehört uns allen, nicht nur euch Briten! Unglaublich, dass ihr euch den jetzt auch unter den Nagel gerissen habt!«

Fenix zuckte mit den Achseln, schien nichts Verwerfliches an der Tatsache entdecken zu können, dass der im Jemen eingesackte Mini-Tripod von der Obhut der internationalen Gemeinschaft in die Großbritanniens übergangen war. Im Gegenzug hatte sich England wohl verpflichtet, alle Erkenntnisse aus den Untersuchungen mit dem Sicherheitsrat zu teilen.

Wer's glaubt, wütete Marten in Gedanken.

»Wir haben halt die nötige Expertise«, erklärte Fenix.

»Ja, warum wohl? Weil ihr seit 100 Jahren alles unter Verschluss haltet. Ich dachte, wir spielen im selben Team, Mann!«

Marten warf in seiner Wut den Kopf hin und her, blickte sich um. Porton Down war ein recht unscheinbarerer Gebäudekomplex, großräumig eingezäunt und mit auffällig viel Sicherheitspersonal bedacht. Hundestreifen patrouillierten außen am Stacheldraht entlang und die Zugänge erinnerten an Bunkeranlagen des einstmaligen Atlantikwalls. Das Innere der Anlage war typisch britisch, so meinte Marten. Union Jacks flatterten an großen, weißen Masten. Der Rasen war mustergültig gepflegt, kein Kraut wuchs zwischen den Halmen. Rechter Hand lag ein großer Parkplatz, auf dem allerhand Fahrzeuge standen, vornehmlich zivile. Michael-Bay-Liebhaber und Aluhutträger machten sich wohl andere Vorstellungen über geheime militärische Forschungseinrichtungen.

Die Doppelschiebetür öffnete sich, ein groß gebauter, britischer Offizier trat ins Freie, eine Entourage ziviler und militärischer Angestellter im Schlepptau. Der Mann hatte schütteres Haar, die Ansätze grau meliert, und trug einen breiten Schnauzbart im Gesicht. Seine dunkle Uniform lag eng an und stellte rote Kragenspiegel zur Schau. Die gekreuzten Schwerter und die Krone auf den Schulterklappen wiesen den Mann als britischen Generalleutnant aus.

Fenix und dessen Männer strafften sich augenblicklich und salutierten. Der General erwiderte den Gruß knapp, dann fiel sein Blick auf Marten, der noch immer mit verschränkten Armen dastand und ihn feindselig anfunkelte.

»Guten Tag, meine Herren«, grüßte der General und gab erst seinen Landsleuten, dann Marten die Hand. »Ich bin Lieutenant General Groves. Es freut mich außerordentlich, Sie hier begrüßen zu dürfen. Sie waren die Ersten, die mit dieser neuartigen Art von AT in Berührung gekommen sind, daher sind wir sehr auf Ihre Berichte gespannt.«

»Wie bereits am Telefon erwähnt, waren einige von meinen Soldaten ebenfalls dabei gewesen«, giftete Marten. »Schade, dass Sie auf deren Sicht auf die Dinge verzichten wollen.«

»Aber, aber, warum so misstrauisch, Lieutenant?«

»Was Sie hier seit über 100 Jahren unter Verschluss halten, gehört uns allen, der ganzen Menschheit. Sie hätten gut daran getan, die marsianische Technologie zu teilen, statt alles wegzuschließen und den Rest der Welt mit ein paar ausgeschlachteten Hüllen fürs Museum abzuspeisen.«

»Wie wollen Sie als einfacher Offizier denn beurteilen, was hinter den Kulissen passiert? Es gibt zahlreiche multilaterale Abkommen, aber es ist nicht unbedingt so, dass die in der Zeitung landen. Sie verstehen?«

»Ja, ja. Ich verstehe sehr gut. Ich kenne euch Briten!« Fenix quittierte die Aussage Martens mit einem verwirrten Blick. Groves aber winkte lächelnd ab.

»Dafür sind Sie doch hier, mein lieber Freund«, entgegnete er charmant. Marten meinte dennoch, eine Spur des Spotts in der Antwort des Generals zu erkennen. »Meine Regierung hat zugestimmt, unsere Forschungseinrichtung für die Forces zu öffnen. Dass Sie heute hier sein dürfen und wir Ihnen den Fund präsentieren, zeigt doch, dass wir unser Versprechen einhalten.«

»Ja, ich bin entzückt. Und ich nehme an, ich bekomme hier auch eine Führung? Darf mal einen Blick in die anderen Hallen werfen? Schauen, an was Sie so basteln?«

Groves grinste wölfisch. »Sie sind ein waschechter Deutscher, was? Man reicht Ihnen den kleinen Finger und Sie reißen gleich die ganze Hand ab.«

»Erfolgskonzept seit 1870. Wir bekommen hier also nur den Mini zu sehen?«

»Das ist schließlich der Grund Ihres Besuches. Sie haben diese neuartige AT entdeckt und sichergestellt. Sie haben es in Aktion erlebt. Seitdem es hier ist, rührt es sich leider nicht mehr. Wir sind darum mehr als gespannt auf ihre Einschätzung.« Groves zeigte abermals die Zähne. Er und Marten lieferten sich ein Blickduell, das einige Sekunden andauerte, ohne einen Sieger hervorzubringen.

Groves führte die Besucher vom No. 18 Joint Special Mechanized Regiment in einen Besucherraum. Tee, Cola und Kekse standen bereit. Der Offizier verschwendete nun eine halbe Stunde damit, seine Entourage ausgiebig vorzustellen; ein Haufen von Wissenschaftlern, vornehmlich aus dem Bereich der Elektrotechnik, der Physik, des Maschinenbaus, der Robotik. Allesamt konnten sie Masterabschlüsse namhafter britischer Universitäten nachweisen. Hände wurden reichlich geschüttelt, Oberflächlichkeiten ausgetauscht. Marten aber führte sich wie ein trotziges Kind auf, hielt sich abseits, die Arme verschränkt, während die Briten, Tee schlürfend, beisammenstanden und schäkerten.

Groves vereinte die Aufmerksamkeit schließlich wieder auf sich, gab ein bisschen Wischiwaschi über die Historie von Porton Down zum Besten und verlor im Anschluss einige nebulöse Sätze über bahnbrechende Erkenntnisse, die hier im Laufe der Zeit gemacht worden waren, was ihm ein hochmütiges Grinsen ins Gesicht zauberte. Der Mann stand darauf, seinen Zuhörern unter die Nase zu reiben, dass er Dinge wusste, von denen der Rest keine Ahnung hatte.

»Es wird Zeit, Ihnen den Fund zu präsentieren«, erklärte Groves darauf, klatschte in die Hände und bedeutete seinen Gästen und Mitarbeitern, ihm zu folgen.

Groves führte sie durch ein Labyrinth aus Betongängen. Eisentüren rechts und links. Jeder Durchgang war schwer und massiv, war mechanisch wie elektronisch durch ein Zugangskartensystem gesichert. Neonröhren, eingepfercht in Gitterkäfige, produzierten grelles Licht. Kameras ragten alle paar Meter wie umgedrehte Glaskuppeln aus der Betondecke. Marten brauchte sich keinen Illusionen hinzugeben, er würde niemals erfahren, was sich hinter all diesen Türen verbarg. Welche Art von AT in Porton Down weggeschlossen worden war, von der die Welt niemals etwas erfahren würde. Ihm wurde bewusst, dass seinem Mini-Tripod ein ähnliches Schicksal blühte. Der Fund war eine Sensation, Groves hatte es selbst gesagt, er würde daher niemals ans Licht der Öffentlichkeit gelangen, sondern für alle Zeiten hier unten in diesem Wirrwarr aus Gängen und gesicherten Hallen verschwinden. Und wer konnte schon sagen, was die Briten noch alles zusammengetragen hatten? Was für marsianische Technologie in den letzten 120 Jahren aufgetaucht und an England übergeben worden war? Vielleicht wurde Groves regelmäßig mit neuartigen Fundstücken konfrontiert, vielleicht braute sich längst etwas zusammen, brachten die Marsianer ihre Maschinen für eine zweite Invasion in Stellung. Marten hatte freilich schon darüber nachgedacht, ob der Mini-Tripod aus dem Jemen vielleicht gar kein Überbleibsel von 1901 war, kein Souvenir eines britischen Offiziers, sondern der Vorbote eines zweiten Angriffs: eine marsianische Sonde, ein Späher, ein Spion. Nun musste er diesem

Gedankengang die Möglichkeit beifügen, dass er möglicherweise nicht vollständig informiert war, dass er nicht alle Aspekte im Zusammenhang mit seinem Fundstück kannte – gar nicht kennen konnte –, dass sein Fundstück möglicherweise nur das winzige Puzzlestück in einem gigantischen Puzzle war. Diese Erkenntnis verärgerte ihn nur noch mehr. Er hatte ein Recht darauf zu erfahren, was los war! Groves aber übte sich weiterhin in psychedelischem Grinsen, statt mit Fakten herauszurücken.

Der General führte Besucher wie Mitarbeiter tiefer in die Anlage hinein. Großspurig berichtete er von den Bombardierungen im Zweiten Weltkrieg, die Porton Down nahezu unbeschadet überstanden hatte.

Über ein finsteres Treppenhaus gelangten sie ins erste Untergeschoss und marschierten schnurstracks auf eine schwere Doppeltür zu. Einer von Groves' Leuten, ein schlaksiger Kerl namens Fines, der Doktortitel sammelte wie andere Briefmarken, zückte seine Sicherheitskarte, steckte sie in das Lesegerät an der Wand und tippte einen Zahlencode ein. Ein metallisches Klacken tönte aus dem Inneren der Tür.

Dahinter lag ein weiter Betonraum, ein Hochsicherheitsbunker, wie Groves sogleich erklärte, da niemand Funktion und Zweck des Mini-Tripods kannte. Der Raum war in zwei Segmente unterteilt, getrennt durch eine dicke Scheibe aus Panzerglas.

Fines setzte sich an einen von zwei Computerarbeitsplätzen; mittig vor der Panzerscheibe stand zudem ein Metalltisch, vollkommen leer. Marten war sich sicher, dass das nicht immer so war.

Während sich der Rest im Hintergrund hielt und artig auf Groves Kommandos wartete, trat der deutsche Lieutenant an das Panzerglas heran, begutachtete, was sich auf der anderen Seite befand: in der Raummitte ein Tisch, der winzige marsianische Tripod darauf festgezurrt wie ein Geisteskranker, der zwangsbehandelt wurde. Er war durch mehrere massive Metallschnallen fixiert, allein drei pressten die langen Beine gegen die schwere Eisentischplatte, eine weitere sicherte den kesselförmigen Körper. Die Oberfläche des Tripods leuchtete bläulich im Glanz der zahlreichen Scheinwerfer, die von allen Seiten auf ihn gerichtet waren. Er rührte sich nicht, wirkte wie abgeschaltet.

»Sie können sich vorstellen, dass wir noch ganz am Anfang stehen. AT-1713 befindet sich immerhin erst seit vorgestern in unserer Obhut«, erläuterte Groves. »Wir haben bis dato die Hülle an einer Stelle mit einem Laserschneidbrenner geöffnet, um einen Blick ins Innere werfen zu können.«

Marten blickte auf die viereckige Öffnung in der Hülle des Tripods. Die darunterliegende Elektronik konnte er von seiner Position aus nur erahnen.

»AT-1713 ist vollständig abgeschaltet, so viel können wir zum jetzigen Zeitpunkt sagen. Wir messen nicht einmal Kriechströme in seiner Elektronik«, führte der General weiter aus.

Fines tippte auf der Tastatur herum, im nächsten Augenblick warf ein von der Decke hängender Beamer ein großes Bild an eine der grauen Bunkerwände. Es zeigte eine Innenaufnahme aus dem zweiten Segment des Raums: das Bild einer Kamera, die von oben auf den Mini-Tripod gerichtet war. Sie filmte direkt in die viereckige Öffnung in dessen Hülle hinein. Marten trat einen Schritt näher an das Bild heran und staunte nicht schlecht ob der Dinge, die er da sah.

Es gab nur eine einzige marsianische Kampfmaschine, jene, welche 1901 beschädigt in Barnsbury geborgen worden war, die man der Öffentlichkeit zugänglich gemacht hatte, ohne sie zuvor komplett auszuschlachten; ohne sie quasi in eine leere Hülle zu verwandeln. Entsprechend rar waren Aufnahmen, öffentlich zugängliche Untersuchungen und Literatur über die feingliedrige Elektrotechnik der Marsianer. Und was es gab, hatte Marten sich einverleibt. Er wusste darum, dass die marsianische Technik grundsätzlich auf denselben elektromagnetischen und physikalischen Prinzipien fußte wie die menschliche, nur war sie um ein Vielfaches feingliedriger und leistungsstärker als jedes von Menschenhand erschaffene Ding. Bis dato war es niemandem gelungen, AT voll umfänglich zu kopieren oder auch nur zu entschlüsseln, beispielsweise die grazilen, wie organische Muskeln arbeitenden Metallglieder der Tripod-Beine zu reproduzieren oder den Aufbau eines Tripod-Rechenzentrums, das in seiner Struktur und Komplexität an ein menschliches Hirn erinnerte, potenziert mit dem Faktor 1000, auch nur im Ansatz zu begreifen. Soweit bekannt, waren die iranischen Rebellen in den 70ern und die Terroristen aus Singapur bisher am nächsten an die Entschlüsselung der außerirdischen Technologie herangekommen. Wie gesagt: soweit bekannt. Marten wollte und konnte sich nicht vorstellen, dass das mit großem finanziellen Aufwand betriebene Porton Down tatsächlich jenen Erfolgen hinterherhinkte, die zwielichtige Organisationen bereits vor 30 und mehr Jahren erzielt hatten. Die Welt jedenfalls würde die Wahrheit hinter Porton Down vermutlich niemals erfahren … eine Wahrheit, von der Marten allein durch Eisentüren und Stahlbetonwände getrennt war. Luftlinie: wenige Meter. Er könnte ausrasten ob dieses Gedankenblitzes.

Die elektronischen Komponenten des Barnsburyer Tripods jedenfalls waren dergestalt filigran ausgestaltet, dass über zwei Millionen Widerstände, Kondensatoren und kleine »Kästen«, denen bis dato keine eindeutige Funktion hatte zugeordnet werden können, auf einer Fläche Platz fanden, die nicht größer als eine Briefmarke war. Viele solcher Platinen überlappten einander und sie alle waren ineinander auf die Größe eines Medizinballs zusammengerollt und bildeten somit das Rechenzentrum des Tripods, das der bekannte niederländische Wissenschaftler Ronald Bergh einst als Bordcomputer, vergleichbar mit dem eines modernen Pkw, bezeichnet hatte – nur ohne Einparkhilfe. Aus menschlicher Perspektive nicht nachvollziehbar war zudem die Tatsache, dass die Marsianer ihre Maschinen mit einer

Spannung von unter einem Volt bei gerade einmal 25 Milliampere zu betreiben vermochten. Die identifizierten Energiequellen waren klassische Akkumulatoren von derart geringer Leistung, dass sie nicht einmal einen irdischen Fernseher ans Laufen bringen würden. Von militärische Bedeutung war vor allem das Rätsel um die Dauer der Einsatzfähigkeit mit einer derartigen Energieversorgung.

Marten kannte sämtliche Aufnahmen des Dreifüßers von Barnsbury und hatte ihn bereits in der Ausstellungshalle der University of Surrey besichtigt. Die Bilder waren in seinem Kopf noch sehr lebendig. Verglich er diese nun mit dem Innenleben des Mini-Tripods, versetzte ihn das in Ehrfurcht. Seine Nackenhaare stellte sich auf, ein Kribbeln erfasste seine Magenregion. Er wusste noch nicht, ob das seiner Neugierde geschuldete Euphorie war … oder Furcht.

In dem Dreifüßer im Miniaturformat nämlich ruhten Abertausende von silberfarbenen Kugeln auf einer Art Motherboard, auf einer bunten, in schillernden Farben glänzenden Platte, und ganz allmählich erkannte Marten, dass jede einzelne dieser winzigen Kugeln, eine jede nicht größer als ein Stecknadelkopf, ein ebenso wie im Tripod von 1901 zusammengerolltes, elektronisches Rechenzentrum bildete. Mochte man an einen Computer denken, so besaß der Tripod von Barnsbury – wie auch alle anderen Maschinen von 1901, so die Verlautbarung der britischen Regierung und ihrer Partner – überhaupt nur einen großen Prozessor, ebenjenes Rechenzentrum. Die Miniaturversion aus dem Jemen hingegen verfügte über keinen Quad-Core-Prozessor, besaß auch nicht nur sechs oder acht Kerne … nein … Marten bekam Kopfschmerzen beim Versuch, die vielen winzigen Kugeln zu zählen. Vor seinem geistigen Auge sah er noch immer die Elektronik des Barnsburyer Tripods … es war, als würde er das Innenleben eines alten Wählscheibentelefons mit dem eines Smartphones vergleichen. Und da war noch etwas … etwas, das er noch nie zuvor gesehen hatte.

»Was ist das für ein blauer … Football dort zwischen den Prozessoren?«, fragte er.

»Kann ich nicht sagen, so weit sind wir noch nicht. Nun denn … Lieutenant Fenix, Lieutenant Marten …« Groves sprach Fenix' Dienstgrad englisch aus, Martens hingegen so französisch wie irgend möglich. »Sie erwähnten in Ihrem Bericht, dass Sie auf die 1713 geschossen haben.«

»Jawohl, Sir.« Fenix nickte.

»Mal abgesehen davon, dass Sie allein dafür geschlagen gehören …«

»Kommen Sie doch nächstes Mal einfach mit in den Jemen«, schlug Marten verbal dazwischen. Angriffslust schwang in seiner Stimme mit. Er und Groves stierten sich an, schätzten einander ab. »Dann können Sie sicherstellen, dass wir nichts kaputt machen.«

Groves schritt auf Marten zu, baute sich vor ihm auf, wie ein Gorilla sich vor seinen Artgenossen aufbaute, um Stärke zu demonstrieren.

»Machen Sie nicht den Fehler, mich für einen Sesselfurzer zu halten«, sagte er auf bedrohliche Weise. »Ich war damals einer der ersten alliierten Soldaten, der Basra betreten hat. Ich habe genug Scheiße gefressen.«

»Machen Sie nicht den Fehler zu glauben, die Teilnahme an einem völkerrechtswidrigen Angriffskrieg würde mich beeindrucken.«

Groves erschien über diese Antwort offen empört, holte Luft, setzte zu einer aufbrausenden Erwiderung an, hielt dann aber inne und schluckte seinen Ärger runter. Stattdessen setzte er ein Bäckereifachverkäuferlächeln auf.

»Mister Marten …« Groves' Tonfall hatte etwas von Arroganz an sich.

»Sie dürfen mich gerne beim Dienstgrad nennen.«

»Lu-te-nang …« Hätte man es auch nicht für möglich gehalten, jenen Forces-Rang noch französischer auszusprechen, als Groves dies zuvor getan hatte … er hatte dieses Kunststück soeben vollbracht. Seine Stimme triefte dabei vor Hohn.

»Einer Ihrer Soldaten hat aus kürzester Entfernung mit einem Gewehr 36 auf die 1713 gefeuert, ist das korrekt?«

»Ja, ist es.«

»Und Sie sind sich sicher, dass Sie getroffen haben?«

Die Frage verwirrte Marten. Einen Augenblick forschte er in Groves eisenhartem Gesicht, danach erwiderte er: »Ja. Ich habe den Einschlag gesehen. Den Funkenschlag und so.«

»So, so.«

»Was soll das bedeuten?«

Groves griente schon wieder so dämlich, als wollte er sagen: »Ich weiß etwas, das du nicht weißt.« Seine Züge aber veränderten sich, gerieten in Bewegung. Es arbeitete in dem General, dann war ihm anzusehen, dass er eine Entscheidung getroffen hatte.

»Sehen Sie«, sagte er und klang dabei fast versöhnlich, »es ist nur so, dass die Hülle von unserem Freund da drüben«, er zeigte auf den Mini, »aus der üblichen Eisen-Mangalgrah-Legierung besteht. Durchgängig acht Millimeter stark, um genau zu sein.«

Mangalgrah war das einzige Element des Periodensystems, das bis dato weder auf der Erde gefunden worden war noch künstlich hatte hergestellt werden können. Als Legierung mit Eisen zählte es zu den Stahlarten.

»Somit deutlich dünner als die Tripods.« Marten pfiff durch die Zähne, für einen Moment schwemmte der Forschungseifer seinen Ärger hinfort. »Die liegen bei 18 bis 25 Millimetern im Rumpfbereich, können also problemlos mit mittelschweren Waffen bekämpft werden. Allein deren tragbaren Schilde sind mit bis zu 120 Millimetern Stärke für viele Waffen nicht zu knacken.«

»Sie haben Ihre Hausaufgaben gemacht.« War das Bewunderung in Groves' Stimme? »5,56 aus kürzester Entfernung müsste 0,8 Zentimeter Mangalgrah mühelos durchschlagen. Nein, nicht müsste, es muss.«

»Aber Sie haben kein Loch gefunden?«

»So ist es. Haben Sie eine Erklärung parat?«

Marten hob abwehrend die Hände. »Hey, Sie verfügen über die wissenschaftliche Expertise. Fragen Sie Ihre Leute, nicht mich.«

»Und Ihr Mann hat zu 100 Prozent getroffen?«

»Ja, doch.« Fast hatte Marten angefangen, diesen Groves zu mögen. Und jetzt fing der General schon wieder an, ihm auf die Nerven zu fallen. Entsprechend angefressen war der Klang seiner Antwort. Groves verzog den Mund.

»Dann berichten Sie doch einfach mal, meine Herren, von Ihrer Begegnung mit unserem kleinen Freund«, verlangte der Brite. »Vielleicht erfahren wir noch einige Details, die Ihr Bericht vermissen lässt.«

Erst berichtete Fenix, dann Marten. Vom Einsatz im Jemen, vom Durchbrechen durch das Feuer der Al-Qaida-Kämpfer. Von dem Fund in der Grube und davon, wie eine filigrane, mal steife, mal elastische Lanze aus dem Mini-Tripod gefahren war, sich auf Härti gerichtet und dann ein hörbares Zischen von sich gegeben hatte. Groves stockte, wedelte plötzlich wie verrückt mit den Armen und würgte Marten das Wort ab.

»Moment mal, Moment mal. Einer ihrer Soldaten ist von der 1713 beschossen worden?«

»Sie haben aber schon unseren Bericht gelesen, oder?«

»Ja, aber das wurde daraus nicht deutlich.«

»Sorry, bin kein Schriftsteller.«

»Dieser Hartmann ist also von der 1713 beschossen worden?«

»Sergent-chef Hartmann, ja. Aber als ›beschossen‹ würde ich das nicht bezeichnen.«

»Als was denn dann?« Groves schien entsetzt ob Martens Gelassenheit bezüglich der Sache. Der deutsche Lieutenant reagierte wieder zunehmend verschnupft auf die Fragen.

»Keine Ahnung, es gab ein Zischen. Ist aber nichts passiert.«

»Warum haben Sie ihn nicht mitgebracht?«

»Sagen Sie, machen Sie das extra?«

»Warum Sie ihn nicht mitgebracht haben, habe ich gefragt!«

»Weil Ihre verf…« Marten presste die Lippen aufeinander, ballte die Hände zu Fäusten. »Hören Sie, ich habe am Telefon mit Ihren Heiopeis stundenlang versucht, eine Genehmigung für Sergent-chef Hartmann und weitere Augenzeugen aus meinem Zug zu ergattern. Wurden alle abgewiesen! Anscheinend macht deren deutscher Pass die Jungs automatisch zu Kapitalverbrechern!«

»Da wussten wir auch noch nicht, dass einer Ihrer Soldaten kontaminiert ist!«

»Konta… kontaminiert? Sagen Sie mal, spinnen Sie?«

Fenix, dessen Soldaten und auch die Mitarbeiter Groves hielten sich peinlich berührt im Hintergrund. Sie vermieden jeden Augenkontakt mit den beiden Streithähnen.

»Dieser Hartmann muss dringend medizinisch untersucht werden!«

»Ja, was glauben Sie, was wir gemacht haben? Übrigens sind alle am Einsatz beteiligten Soldaten vorsorglich medizinisch untersucht worden ... und es konnten keinerlei Auffälligkeiten festgestellt werden.«

»Vorsorglich?« Groves stieß einen verächtlichen Lacher aus. »Das ›vorsorglich‹ der UN kenne ich! Ihr seid dermaßen unterfinanziert, es würde mich sogar wundern, wenn eure Ärzte Stereoskope im Inventar hätten.«

Das nahm Marten persönlich, seine Reaktion fiel umso lauter aus: »Sie spucken große Töne für jemanden, der ein in sich zusammengefallenes Weltreich repräsentiert. Es ist ja nicht gerade so, dass die britische Armee über einen gefüllten Geldbeutel verfügt.«

»Hier in Porton Down haben wir alles, was wir brauchen. Und ich will Hartmann durch meine Leute untersucht wissen.«

Marten grunzte verächtlich, Groves setzte nach: »Einer meiner Mitarbeiter wird ihnen ein Telefon zeigen. Rufen Sie Ihren Chef an und sorgen Sie dafür, dass sich Hartmann auf den Weg macht.«

»War das gerade ein Befehl?«

»Ich will wissen, was die 1713 mit ihm angestellt hat! Geht das nicht in Ihren Schädel rein?«

»Das will ich doch auch wissen!«

»Dann hören Sie auf, meine Arbeit zu torpedieren!«

Die beiden Dickköpfe trennte nur noch eine Zahnbürstenlänge. Zuckende Augen stierten einander an. Im Hintergrund ruhte der Mini-Tripod auf dem Untersuchungstisch.

»Hören Sie endlich mal auf mit Ihrer egoistischen Politik! Ihr Briten tut so, als gehören euch allein all die Überbleibsel von 1901!«

»Die entsprechende AT befindet sich im Besitz des Vereinigten Königreichs, ob es ihnen passt oder nicht! Ich verweise da gerne auf das London-Protokoll von 1923 sowie den Zusatzartikel von Jalta.«

»Und Hartmann steht im Dienste der UN, ob Ihnen das passt oder nicht!«

»Wissen Sie, Sakurai ist ein guter Freund von mir ... ein Anruf genügt.«

»Sie drohen mir? Mann, Groves, wir spielen doch im selben Team! Glauben Sie, die Marsianer machen einen Unterschied zwischen Nationalitäten? Warum rafft ihr Briten das nicht?«

»Eben, wir spielen im selben Team! Also: Überstellen Sie uns Hartmann.«

»Hartmann ist mein Soldat. Und Sie haben weder ihm noch mir Befehle zu erteilen.«

»Wow, ernsthaft, Marten? Sie stellen Ihr Ego über das Wohl der Menschheit? Ernsthaft?«

»Ja, so fühlt sich das an. Ihr Briten macht das ja seit 120 Jahren mit dem Rest der Welt.«

»Ihr Briten, ihr Briten?«, äffte Groves Marten nach. »Was ist eigentlich Ihr gottverdammtes Problem?«

»Was mein Problem ist?«, blaffte der zurück.

»Ich kann kaum glauben, dass ich mich hier mit einem gestandenen Offizier der Forces unterhalte.« Groves schlug die Hände über dem Kopf zusammen. »Es ist, als spreche ich mit einem Kind!«

»Es interessiert mich einen Dreck, was Sie denken oder meinen. Und ich betrachte unsere Zusammenarbeit hiermit als beendet! Bringen Sie mich nach draußen!«

Fenix blickte wenig begeistert drein, sagte aber kein Wort. Die Enttäuschung stand ihm ins Gesicht geschrieben. Marten hingegen war im Augenblick derart auf 180, dass er für Rationalität nicht länger empfänglich war. Ihm war alles egal, er wollte diesem britischen Mistkerl von General nur noch eins auswischen.

# VIII. Frankfurt

»Kommt schon!«, rief Cem. Auf seinem BMX-Bike sauste er den Waldweg entlang, preschte über eine dicke Wurzel hinweg. Kurz, ganz kurz nur, hob er ab, ehe die Reifen wieder den Untergrund berührten, das Fahrrad produzierte dabei ein klingelndes Geräusch. Cem trat stoßweise in die Pedale, stieß lautstark Luft aus und jagte den Pfad entlang, der sich durch den dichten Mischwald schlängelte. Rotbuchen und Birken erstreckten sich abseits des Weges in die Höhe, ihre Blätter, glänzend vom Regen der letzten Tage, trugen das saftige Grün des Spätfrühjahrs zur Schau. Fichten durchsetzten das vorherrschende Laubgehölz, hellbraune Nadelbetten umgaben ihre Stämme.

Cem düste über den unebenen Waldweg, brennende Neugier trieb ihn an. Mit einer Hand hielt er sein Handy, über das er die Karte im Auge behielt. Die andere umklammerte den gummierten Griff des Lenkers. Schweiß troff ihm von der Stirn, benetzte gleichsam sein dunkles Haar. Er legte ein Höllentempo vor.

»Jetzt kommt!«, rief er seinen Freunden zu, stemmte sich dabei vom Fahrradsitz hoch und trat kraftvoll in die Pedale.

»Wart doch mal!«, brüllte Lea, außer Atem, von hinten. Cem war drauf und dran, den anderen davonzufahren. Genervt betätigte er die Bremsen. Seine Räder blockierten, schlitterten über den feuchten Untergrund. Cems Rad stellte sich quer. Er stand. Ungeduldig sah er seinen Freunden dabei zu, wie diese zu ihm aufschlossen. Seine Finger tippelten auf dem Lenker herum.

»Das muss da vorne runtergekommen sein!«, tönte der 15-Jährige und wies in Richtung Norden. »Kommt schon, ihr Bauern, das kann nicht mehr weit sein!«

»Du bist ein Bauer, Typ«, prustete Lea, als sie ihn endlich eingeholt hatte. Und lächelte verführerisch. Ihr Gesicht brillierte im Tageslicht. Hinter ihr betätigten Marcus und Andi die Bremsen. Andis Schrottrad quietschte.

Cem blickte seine Kumpels herausfordernd an: Lea, ein brünettes Mädel, das eine Schleife im Haar trug, ansonsten sportliche Funktionskleidung; Marcus, Hobby-Fußballer, sein Herz schlug für die Eintracht; Andi, ein langhaariger Nerd, dessen aschfahles, zitterndes Gesicht von der gewaltigen Anstrengung zeugte, die diese Radtour für ihn bedeutete. Andi schnaufte und ächzte, schnappte nach Luft wie ein Fisch auf dem Trockenen. Cem grinste. Andi war ein cooler Typ, er verkroch sich allerdings viel zu oft in seinem Zimmer. Man musste ihn schon an den Haaren ins Freie zerren, wollte man mit ihm etwas unternehmen.

Ein Flugzeug dröhnte hoch oben über dem Wald, es war wohl gerade in Frankfurt gestartet oder setzte dort zur Landung an.

»Los jetzt!«, machte Cem seine Freunde an. »Legt mal einen Zahn zu!«

»Ey, ich bin am Ende, Mann!«, frotzelte Lea und wischte sich eine Strähne aus dem Gesicht. Cems Blick verhaftete sich auf ihr, auf ihrem schlanken Oberkörper, auf dem ondulierten Haar, dessen Spitzen ihre Schultern berührten. Er feixte sie an und sie feixte zurück. Cem stand auf Lea, hatte deshalb Ärger mit seinen Eltern – und sie mit ihren. Die Erwachsenen machten alles immer furchtbar kompliziert. Er hoffte darum auch, dass die Presse nicht auftauchen würde. In seinem jugendlichen Hirn malte er sich aus, wie Hunderte von Fernsehkameras in Position gebracht wurden, wie ein Korrespondent neben dem anderen in allen Weltsprachen in die Linsen quatschten, ganz so, wie er das aus den amerikanischen Filmen kannte. Und Fernsehbilder von ihm und Lea … das waren Beweise, gegen die er nichts würde tun können. Cems Neugier jedoch überwog. Irgendwie würde er sich aus der Sache schon wieder herausmogeln.

Andi japste, klappte beinahe über seinem Fahrrad zusammen. Lea spitzte die Lippen, formte einen Kussmund, lachte Cem an. Der streckte ihr die Zunge raus.

»Können wir jetzt weiter?«, fragte er provokativ.

»Ja, lass mal«, erwiderte Marcus gelangweilt, indes tippte er WhatsApp-Nachrichten.

»Bleibt mal geschmeidig, Jungs«, sagte Lea. »Ich will hier keinen Herzinfarkt kriegen, okay?«

»Wenn wir nicht die Ersten vor Ort sind, können wir es gleich vergessen«, erklärte Cem. »Die sperren doch sofort alles ab!«

»Und wenn das wirklich die Marsianer sind?«, keuchte Andi. »Leute, lasst uns mal lieber wieder nach Hause.«

»Quatsch!« Cem lachte. »Glaubst du echt an die Marsianer?«

»Das hat nichts mit Glauben zu tun.«

»Alter, Andi, sei doch nicht doof! Das ist alles eine Erfindung der Engländer gewesen. Die angebliche Invasion hat nie stattgefunden! Habe ich letztens erst eine Doku drüber gesehen. Glaube, auf N-24.«

»Ja?« Andi spielte den Unbeeindruckten. »Gleich nach einer Doku über den 11. September und wie die CIA das World Trade Center gesprengt hat, was?« Er verpackte den Begriff »Doku« in gestikulierte Anführungszeichen.

»Man kann natürlich auch alles glauben, was ›die‹ einem auftischen«, schnippte Cem.

»Und wenn es doch stimmt? Und dieses abgestürzte Ding ist doch was von den Aliens?«

»Dann sind die jetzt platt. Das Teil ist doch mit mindestens einer Milliarde km/h abgestürzt! Hat doch sogar gebrannt, ihr habt's doch gesehen!«

»… sind irgendwo hier … keine Ahnung … da hinten im Wald … die haben irgendwas gesehen … keine Ahnung … jetzt hetzen die hier wie die Behinderten lang … wollte eigentlich nur chillen und jetzt muss ich mir wieder

Cems Affentheater geben …«, plapperte Marcus in das Mikrofon seines Handys und schickte die Sprachnachricht darauf auf die Reise.

»Ich weiß nicht, Mann«, druckste Andi herum.

»Alter!« Cem wurde allmählich wütend. »Rede doch keinen Stuss! Es gibt keine Marsianer, klar? Das war ein Satellit oder irgendetwas anderes Cooles. Ein Komet oder so etwas!«

»Vielleicht können wir Geld dafür verlangen, wenn wir die Ersten sind, die es finden«, warf Marcus ein, ohne von seinem Smartphone aufzuschauen.

»Danke, Marcus. Endlich jemand, der meine Sprache spricht.«

»Jo, kein Ding, du Lauch.«

»Okay, okay, dann lass uns mal los. Ist auf jedenfalls besser, als euch Idioten weiterhin zuhören zu müssen«, sagte Lea. »Welche Richtung?«

Cem checkte Google Maps, dann war alles klar.

»Der Weg hier knickt gleich nach oben ab und da hört dann irgendwo der Wald auf. Dahinter ist eine Wiese oder so. Irgendwo da muss das runtergekommen sein. Höchstens 70 Kilometer noch.«

»70?« Andi gingen die Augen auf.

»Spaß, Andi.«

»Jo, Mann, Andi, lass dich nicht immer dissen von dem Pansen.«

»Klar wusste ich, dass das nicht ernst gemeint war. Hehe.«

»Hat einer von euch eine Powerbank für Android dabei?«, fragte Marcus dazwischen. Und wurde ignoriert. Cem trat stattdessen wieder in die Pedale, folgte dem Waldweg. Seine Freunde radelten ihm nach.

Sie fuhren gen Norden und sahen bald die Waldkante voraus. Eine saftige Wiese blitzte durch die Baumreihen hindurch, zwei schwarze »Hügel« ebenso. Cem konnte nicht erkennen, um was es sich handelte, dafür meinte er, eine Note von Feuer habe sich in die würzige Waldluft eingeschlichen. Er beschleunigte, ignorierte die Proteste seiner Freunde. Er verließ den Pfad, polterte über Stock und Stein, immer dem Waldrand entgegen, hatte ihn beinahe erreicht – und bremste abrupt, als er voll umfänglich sehen konnte, was sich vor ihm auf der Wiese befand. Hinter ihm kämpften sich die anderen stöhnend und fluchend durchs Unterholz.

Ein Drahtverhau trennte den Wald von der wild wuchernden Wiese ab, die der Regen der letzten Tage aufgeweicht hatte. Morsche, hölzerne Pfosten, zwischen denen Stacheldraht gespannt worden war. Und auf jener Wiese ruhten in völliger Bewegungslosigkeit zwei schwarze Objekte. Objekte künstlicher Natur, würde Cem sagen. Sie sahen aus wie übergroße Zylinder, ein jeder überzogen mit einer seltsamen, rostfarbenen Kruste. Ein gelblich weißer Ring lag jeweils wie eine Naht zwischen einem möglichen Deckel und dem Korpus. Und jene Zylinder wirkten, als wären sie mit großer Wucht in den Untergrund gerammt worden, als ragte überhaupt nur ein Teil von ihnen aus der Wiese. Sie hatten beim Aufschlag tiefe Krater in die Erde geschlagen, Haufen aus aufgeworfenem Humus lagen um sie herum verteilt. Ein einzeln stehender Baum, der zwischen ihnen aus der Wiese wuchs, hatte Feuer gefangen. Er knisterte leise, die Flammen kämpften gegen die Feuchtigkeit an.

»Alter, schaut euch das an!«, stöhnte Cem. Seine Augen waren einzig auf den brennenden Baum gerichtet. Jetzt roch er es auch ganz deutlich: Feuer.

»Was ist das?«, fragte Lea und ließ ihr Bike einfach ins Laub fallen. Sie schloss zu Cem auf.

»Keine Ahnung«, staunte der. Lea ergriff seine Hand, ganz kurz trafen sich ihre Blicke. In Leas Augen lag Angst. Cem drückte ihre Hand feste.

»Alter, ihr Genitalsperren, lockert mal ab!«, freute sich Marcus, indes filmte er den Fund mit dem Smartphone. »Damit mache ich eine Millionen Klicks auf YouTube!«

Lea schaute Cem aus ihren großen, blauen Augen an. Ihre Pupillen zitterten.

»Keine Sorge«, flüsterte er ihr zu.

»Lass uns hier weg, Cem«, flehte sie. »Das sind die Marsianer!«

»Nein.« Er überlegte, war sich plötzlich selbst nicht mehr sicher. »Nein.« Cem schüttelte den Kopf.

»Ach du heilige Scheiße!«, stieß Andi aus, der seine Freunde endlich eingeholt hatte. »Das sind einhundert Pro zwei Raumschiffe der Marsianer! Leute, Leute, jemand muss die Polizei rufen!«

»Guck dir diese Kruste an … das ist definitiv ein Stein. Ein Komet oder so etwas.«

»Ey, hörst du mir zu? Hast du die scheiß Filme nicht gesehen? Die Dinger da sehen doch genauso aus wie die Raumschiffe der Marsianer!«

»Andi, halt doch mal die Fresse! Siehst du nicht, dass sie weint?«

»Macht, was ihr wollt … ich rufe jetzt die Polizei!«

Plötzlich ein Zischen, so ohrenbetäubend, dass die Kids kollektiv zusammenzuckten. Ein Knall. Eine grüne Flammensäule schoss aus jeder Kapsel, jagte vertikal in den Himmel hinauf. Lea schrie. Noch ein Knall, noch einmal Flammen. Und dann noch einmal.

# IX. Walther Desmond

Desmond warf einen Blick auf seine Armbanduhr.

Gleich zwölf … in einer halben Stunde musste er los. Spätschicht. Er nahm die neongrüne Dose in seiner Hand in Augenschein. Liquid Ant Killer, stand darauf geschrieben. Ein übermotivierter Mitarbeiter im Walmart hatte es ihm empfohlen. Er las die auf der Dose abgedruckte Anleitung: Liquid Ant Killer – Kill 'em all! Werden Sie der Ameisenplage auf Ihrem Grundstück mit diesem einfachen und effizienten Mittel Herr. Der Liquid Ant Killer tötet nicht nur die ausschwärmenden Arbeiterinnen, sondern garantiert über das Verfüttern an die Brut eine vollständige Beseitigung der Kolonie.

Und so funktioniert's: Lokalisieren Sie stark frequentierte Ameisenstraßen und möglichst viele Zugänge zum Bau und verspritzen sie dort jeweils etwa 0,3 Flüssigunzen des Liquid Ant Killers. Die Ameisen werden umgehend auf das Mittel anspringen und es in ihren Bau transportieren, wo der Liquid Ant Killer zielsicher wirkt. Binnen weniger Tage wird die Kolonie eingehen.

Wirkstoff: 0,2 Gramm Fipronil pro Kilogramm. Beigefügte Bitterstoffe machen den Liquid Ant Killer unattraktiv für Haustüre. Nicht in der Nähe von Kindern aufbewahren.

Genauso stellte sich Desmond das vor: Er versprühte das Zeug und die Ameisen erledigten sogar noch die Arbeit, indem sie es in ihren Bau trugen und dort unter ihren Artgenossen verteilten. Einfacher konnte man sich der Plagegeister gar nicht entledigen!

Er musterte die zersprungenen Steinplatten zu seinen Füßen, sah dort einzelne Ameisen herumkrabbeln. Er hockte sich hin, seine Knöchel knackten. Desmond verengte die Augen zu Schlitzen, beobachtete emsig die schwarzen Insekten, die dem Schein nach ziellos über die ungepflegten Steinplatten krochen. Weiter vorne verlief eine Ameisenstraße entlang der Graskante, das wusste er bereits. Sie führte ins wildwüchsige Gras.

Er bedachte jeden Spalt, in dem sie verschwanden und aus dem sie auftauchten, mit einem dicken Klecks Liquid Ant Killer, außerdem legte er das Gift abseits der Ameisenstraße aus. Bald schwärmten die ersten der sechsbeinigen Biester aus und untersuchten die fremde Substanz. Geschwind verschob sich die gesamte Straße zu den Giftklecksen. Die Ameisen labten sich zu Hunderten an der Flüssigkeit, nahmen sie auf und trugen sie in ihren Bau, um damit Königin und Larven zu füttern.

C'est la vie, rief Desmond seinen todgeweihten Mitbewohnern im Geiste nach und konnte sich dabei ein dreckiges Grinsen nicht verkneifen. Er hatte gewonnen, hatte letztlich über diese niederen Geschöpfe triumphiert, hatte sich sein Territorium zurückerobert.

Das Ausrotten eines ganzen Volkes aber hatte ihn erschöpft. Er schwitzte fürchterlich, atmete schwer. Er überlegte, noch rasch unter die Dusche zu hüpfen, als plötzlich sein Smartphone vibrierte. Er wurde angerufen. Desmond musste erst einmal einen ganzen Haufen Eilmeldungen diverser Nachrichtenportale ungesehen fortwischen, ehe er den Anruf entgegennehmen konnte. Er stutzte. Es war das Büro, das ihn zu erreichen versuchte. Das war in seiner 20-jährigen Karriere bisher noch nie vorgekommen. Desmond kratzte sich verwundert am Kopf und nahm das Gespräch entgegen.

# X. Rick Marten

»Verstehen Sie?«, vergewisserte sich Doktor Abu-Jeib. Rick Marten und seine Frau Lisa saßen Arm in Arm auf der Patientenliege und blickten den Arzt aus großen Augen an, der sich hinter seinem Computer versteckte. Es roch nach Ethanol, nach Putzmittel und parfümierten Feuchttüchern in dem kleinen Behandlungsraum des Urologen. Eine zum Vertrocknen verdammte Topfpflanze gammelte auf der Fensterbank vor sich hin, die Wände waren mit Plakaten über den männlichen Genitalbereich und mit Werbung für Vorsorgeuntersuchungen zugekleistert.

»Befund von Ihre Spermiogramm ist nicht gut. Gar nicht gut.«

Rick zuckte zusammen. Lisa ergriff seine Hand, massierte sie. Der Doktor erhob sich, setzte zu einer gestenreichen Erklärung an: »Sehen Sie: Im Grunde ist schon gut Spermiogramm.« Die englische Sprache war keine Stärke des Arztes. »Nur ist Beweglichkeit von Ihre Spermien nicht gut.«

»Aha … okay.« Rick fühlte sich mit einem Mal ganz klein.

»Ihre Spermien sind wie Fisch.«

»Ähem …«

»Schwimmen in Wasser von Aquarium.«

»Okay …«

»Nur Ihre Fische nicht schwimmen sehr gut, verstehen Sie?«

»Ja …«

»Darum Sie nehmen Tabletten zum besser Schwimmen.«

Rick nickte, war aber verwirrt.

»Diese Tabletten … wir holen die Spermien aus die Aquarium heraus und tun Tabletten in die Mund von den Fisch rein. Okay?«

»Moment … wer nimmt hier was, wie in den Mund?«

»Die Fische!«

»Okay. Okay … schätze ich.«

»Ich schreibe Ihnen auf: einmal Antibiotika und einmal gegen Entzündung. Und sie kommen wieder im … sagen wir … Juli.«

»Na, wenn das hilft.«

»Sie bringen dann neue Fische her und wir werden sehen.«

*

Rick und Lisa verließen die Praxis, schritten auf die Straße, wo ihr blutroter Audi A1 parkte. Der Forces-Lieutenant stopfte sich das Rezept des Doktors ins Portemonnaie, seine Frau wischte sich durchs Haar.

»Also, fürs Protokoll: Den Kerl habe ich auch kaum verstanden«, proklamierte Rick grinsend.

Lisa schaute ihren Ehemann an, versuchte sich an einem ernsten Gesichtsausdruck. Rasch aber brach sie in Gelächter aus und ließ sich in Ricks Arme fallen.

»Die Fische! Die Fische!«, äffte sie den Arzt nach.

»Was wollte der uns damit überhaupt sagen? Ich habe das wirklich null verstanden.«

Sie schauten einander an, lachten, dann reckte Lisa ihren Kopf hoch, spitzte die Lippen, schloss die Augen. Sie küssten sich leidenschaftlich. Rick umschloss seine Frau fest mit beiden Armen, drückte ihren warmen Körper gegen seine Brust, spürte ihren festen Busen unter der Bluse, die sie trug. Lisa machte keine Anstalten, sich aus dem Griff zu befreien. Wie eine Katze schmiegte sie sich an ihn an, überhäufte ihn mit Küssen, ehe sie plötzlich innehielt und die Augen zu ihm aufschlug.

In Ricks Magen breitete sich ein wohliges Gefühl aus, wie eine große Wärme, die auf einmal freigesetzt worden war. Er erwiderte ihren Blick, verlor sich darin. Noch einmal küssten sie sich, indes badete das Paar in den heißen Sonnenstrahlen des Tages. Der Himmel war hellblau und wolkenlos, die Sonne trieb die Temperaturen der 30-Grad-Marke entgegen.

»Ich liebe dich«, flüsterte er.

»Ich dich auch«, antwortete sie.

»Wir schaffen das, Mäuschen.« Rick musste plötzlich an die verdammten Störsender der Boxer denken, deren Signal er bereits viel zu oft ausgeliefert gewesen war.

»Ja«, hauchte sie. Und strahlte bis über beide Ohren. Sie war glücklich. Sie schauten einander noch einen Augenblick lang an, forschten in der Miene des jeweils anderen. Rick strich Lisa eine Strähne aus dem Gesicht.

»Hey, Schatz«, wagte sie einen Vorstoß. »Was hältst du davon, wenn wir ans Meer fahren?«

»Jetzt?«

»Ja, jetzt.«

Ja, warum nicht? Er hatte als Ausgleich für den Jemen-Einsatz die ganze Woche frei und die Nordsee war nur 30 Kilometer entfernt. Unweit der Touristenhochburg Great Yarmouth hatten die Martens im letzten Sommer ein Städtchen direkt an der Küste entdeckt, ein Kleinod der Idylle und Ruhe, das sich rasch zu ihrem Naherholungsgebiet Nummer 1 gemausert hatte: Caister-on-Sea war ein pittoreskes Seebad mit von Naturdünen umschlossenen Stränden und einer schnuckeligen Innenstadt. Jede Gasse, jedes der alten Gebäude, jeder Winkel der umliegenden Landschaft gab ein prima Urlaubskartenmotiv ab.

»Komm schon«, bettelte sie. »Wir könnten ein Eis essen gehen und am Wasser entlangspazieren.«

»Eis essen, heh?« Er feixte.

»Ich lade dich ein«, erklärte sie forsch.

»Na toll«, meckerte er gespielt. »Du meinst, du bezahlst es von meinem Verdie…« Rick brach ab. Beobachtete für einen Augenblick die Züge seiner Frau, die sich nicht veränderten. Glück gehabt.

»Ja, lass uns ein Eis essen gehen«, sagte er mit weichem Stimmklang, streckte plötzlich den Zeigefinger in die Höhe und brüllte: »Auf zum Martenmobil!«

»Du bist so doof!«, lachte Lisa.

*

Die Fahrt verlief ereignislos. Sie folgten der Fernstraße A47 zur Küste, fuhren bei Great Yarmouth ab und weiter in Richtung Norden, wo der Fluss Yare sie ein Stück des Weges begleitete. Rechter Hand zog der berühmte Golfplatz der Region vorüber. Penibel geschnittenes Gras überzog eine künstliche Hügellandschaft, Sandbunker durchsetzten die Bahnen, waren wie elfenbeinfarbene Flecken in dieser grünen Welt. Dahinter die Nordsee. Tief, dunkel, unruhig war sie.

Rick folgte der Beschilderung ins Zentrum von Caister-on-Sea, suchte und fand bald einen Parkplatz. Sein A1 war ein für den deutschen Markt produziertes Auto, versehen mit britischen Nummernschildern. Das Rückwärtseinparken gestaltete sich daher als kniffelig, ansonsten kam Rick gut im englischen Straßenverkehr zurecht. Dieses Mal schaffte er es, seinen Wagen gleich beim ersten Versuch in die Parklücke zu manövrieren. Lisa küsste ihn zur Belohnung, ihre Fingerspitzen spielten mit seinen Barthaaren.

»Kratzbürste«, grinste sie.

Die beiden schlenderten durch das wunderhübsche Innenstädtchen, das so typisch war für die Grafschaft Norfolk. Bunte Klinkerhäuser, rote Dächer. Rote und weiße Wohnhäuser, hie und da hing ein Union Jack im Fenster. Kleine Geschäfte, Eisdielen und Cafés warben mit Angebotstafeln um Aufmerksamkeit. Touristen und Einwohner säumten die Straßen, doch es waren nicht übermäßig viele. Die Sonne knallte intensiv, es war dennoch angenehm kühl, denn von der See her wehte ein kräftiges Lüftchen durch die Straßen und Gassen von Caister-on-Sea. Rick saugte die frische, salzhaltige Luft förmlich ein.

Sie teilten sich eine Eisbombe, flanierten dann über die Eastern Avenue gemächlich in Richtung Meer. Sie passierten Bolzplätze, bummelten durch ein Wohngebiet. Noble, moderne Eigentumshäuser rechts und links. Das Meeresrauschen war von hier aus bereits zu hören, die Grundstücke mussten ein Vermögen kosten. Sie spekulierten über die Immobilienpreise, malten sich mit diebischer Freude aus, welche neureichen Snobs in dieser Gegend wohl wohnten. Schneckenspuren glänzten auf dem Asphalt, ehe der Weg sich in einen unbefestigten Trampelpfad verwandelte, der in den Dünen mündete. Die dunkelblaue See, die an diesem Sonnentag von unruhigem Wellengang gezeichnet war, blitzte zwischen den Sandhügeln hindurch. Das Sonnenlicht brach sich im Wasser, formte weiße, gleißende Inseln darauf.

Eine Eilmeldung der Nachrichten-App SpOn erreichte Ricks Handy. Teile eines Satelliten waren abgestürzt und bei Frankfurt am Main auf die Erde herniedergeregnet, ließ die Überschrift verlautbaren. Rick aber kam nicht mehr dazu, die Nachricht vollständig zu lesen, den Lisa bat ihn sogleich, das Smartphone wegzustecken. Beide trafen daraufhin die Vereinbarung, ihre Telefone für den Rest des Tages auszuschalten.

Der sandige Weg führte sie tiefer in die Dünenlandschaft hinein. Sanddorngewächse bestimmten das Bild der Flora: dichtes Gestrüpp; schmale, bleiche Blätter, orangefarbene Blüten, die in den letzten Zügen ihrer Daseinszyklen lagen. Saftiges Dünengras bedeckte die Kuppen der Sandhügel, tausendfach streckten sich seine Halme dem Himmel entgegen. Stranddisteln ragten aus dem Sand, wie wächserne Gebilde sahen die verhärteten Dornenpflanzen aus.

Lisa zog ihre Sandalen aus, krempelte die Hose hoch, stürmte lachend drauflos wie ein kleines Kind. Sie rannte vor ihrem Mann hin und her, breitete die Arme aus, genoss den Anblick, die frische Luft, die Sonne. Möwen flogen hoch oben ihre Bahnen, riefen einander zu. Einige ihrer Artgenossen watschelten unten an der Wasserlinie entlang, pickten nach Krebstieren, Stachelhäutern und Aas. Mehrere der weiß gefiederten Vögel weideten einen zerfledderten Krebskadaver aus.

»Zieh die Schuhe aus!«, forderte Lisa ihren Mann auf. Der winkte ab.

»Nee, lass mal. Dann habe ich den Sand überall.« Rick verzog den Mund zur Schmollschnute. »Ich mag Sand nicht. Er ist kratzig und rau und unangenehm. Er ist einfach überall.«

»Hör auf, Star Wars zu zitieren und zieh die Schuhe aus!«, forderte sie in gespieltem Ernst.

Rick lächelte, dann folgte er ihrer Aufforderung. Barfüßig schritt er durch den weichen, warmen Sand, spürte hin und wieder ein scharfkantiges Muschelstück unter seinen Sohlen. Die feinen Körner kitzelten zwischen den Zehen. Er holte seine Frau ein, nahm sie in den Arm und sie überhäufte ihn mit Küssen. Lange, leidenschaftliche Küsse. Ihre Zungen tanzten miteinander.

Arm in Arm spazierten sie schließlich durch den Dünensand zum Meer. Unten am Strand sonnten sich einige Menschen, andere ließen Drachen steigen. Kinder spielten, balgten und lachten. Es war aber alles andere als überfüllt, für jeden Besucher war mehr als genug Platz vorhanden. Rick und Lisa steckten sich Zigaretten an, sogen den würzigen Rauch in sich ein und bliesen ihn in die Luft.

Rick genoss seinen Glimmstängel. Der Wind wehte ihm feine Sandkörner gegen Beine und Füße. Lisa atmete tief ein und aus, sie schien erleichtert. Unbeschwert. Glücklich. Rick vermochte seine Freude darüber nicht zu verbergen. Er streichelte ihren Kopf, betrachtete sie, wie sie einem kleinen

Jungen bei dessen wiederholten Versuchen zuschaute, Sand vom Boden aufzuheben. Er war vielleicht 15 Monate alt. Er stand mit nackten Füßchen im Sand, trug einen Jeansanzug. Wieder und wieder bückte er sich, grapschte nach einer Ladung Sand, erhob sich. Die Sandkörner rieselten ihm durch die Finger. Jedes Mal, wenn er die Faust öffnete, blickte er ganz verdutzt auf die leere Handinnenfläche und die ganze Chose ging von vorne los. Sein Vater lag einige Meter entfernt auf einem Handtuch. Er trug eine Sonnenbrille, stellte einen gestählten Körper zur Schau. Er tippte auf seinem Smartphone herum.

Lisa fixierte den Jungen, grinste freudig erregt, lächelte dann ihren Mann an und der wusste genau, was sie dachte. Die Bewegungen des Kindes waren noch nicht hundertprozentig koordiniert. Wieder hob es eine Ladung Sand auf, die ihm durch die Finger rann. Wieder blickten die großen, neugierigen Kinderaugen auf die leere Handinnenfläche. Dann quietschte der Junge, zuckte dabei zusammen und plötzlich schaute er Lisa und Rick direkt an. Das konturlose, weiche Kindergesicht verwandelte sich in ein einziges, breites Lachen. Er lachte das Ehepaar an, erfreute sich an seiner eigenen Tollpatschigkeit.

Lisa und Rick lächelten zurück. Lisas Augen wurden feucht, sie zog die Nase hoch, winkte dem Jungen zu, der aber war bereits wieder mit dem Sand beschäftigt. Das Paar wandte sich ab und spazierte der Wasserlinie entgegen. Große Wogen bewegten die See, sie wurden schwächer, je näher sie der Küste kamen. An der Wasserlinie waren sie längst zu schäumenden, ausgezehrten Strömungen geworden, die das Wasser nur wenige Meter über den feuchten Sand zu schieben vermochten, ehe es zurückfloss in seine Ausgangsposition.

Lisa und Rick sanken bis zu den Knöcheln im feuchten Sand ein. Jeder Schritt quetschte den Schlick durch ihre Zehen. Mit jeder Woge umspielte kühles Wasser ihre Füße. Schweigend, in Gedanken vertieft, sog jeder für sich an seiner Zigarette, presste die letzten Züge aus ihr heraus.

»Wenn du schwanger bist, musst du mit dem Rauchen aber aufhören«, sagte Rick schließlich, um die Stille zu durchbrechen. Lisa blickte ihn auffordernd an. Ruhe und Glückseligkeit sprachen aus ihren schönen, klaren Augen. Rick gefiel das.

»Wenn wir schwanger sind, werden wir mit dem Rauchen aufhören«, bestimmte sie. Ihre Stimme ließ keinen Zweifel an der Endgültigkeit ihrer Aussage. Rick seufzte feixend.

»Na gut«, gab er bei.

Sie löschten ihre Kippen im Meerwasser, dann steckte Rick sie sich in die Hosentasche. Wenn er eines bei der deutschen Armee gelernt hatte, dann war das ordentliches Benehmen. Dazu zählte auch, seinen Müll mitzunehmen.

Sie folgten weiter der Wasserlinie, hatten bald einige Hundert Meter zurückgelegt. Lisa erzählte ganz gelöst von ihrer Woche, als Rick im Jemen gewesen war. BBC One strahlte derzeit vormittags ein Doctor-Who-Special aus, zeigte sowohl die Revivalfolgen als auch einige der alten Episoden. Lisa war beim Durchzappen zufällig daran kleben geblieben. Sie hatte die Serie zuvor überhaupt nicht gekannt, hatte sie in der letzten Woche dann aber täglich geschaut und hatte sogar schon die erste DVD-Box bestellt. Ganz aufgeregt berichtete sie ihrem Mann, der die Serie nur vom Hörensagen her kannte, von der Zeitmaschine TARDIS, von den Begleitern des Doctors, von den zahlreichen Darstellern, die den Protagonisten bereits verkörpert hatten, von den verrückten Ideen der Macher und dem ganz eigenen, intelligenten Humor.

Rick interessierte sich im Grunde nicht sonderlich für Doctor Who, er hörte dennoch aufmerksam zu und stellte von Zeit zu Zeit Rückfragen, um ihr zu versichern, dass er am Ball blieb. Er freute sich einfach nur über den Umstand, dass Lisa etwas gefunden hatte, das ihren Alltag etwas versüßte. Auch wenn dieses etwas nur Fernsehen war.

»Und es gibt auch in ganz vielen Filmen und Serien Anspielungen auf den Doctor«, erklärte sie schließlich. Sie schritten nebeneinander durchs kühle Wasser, ihre Füße sackten immer wieder im Watt ein. Ein großes Industrieschiff tuckerte an der Horizontlinie entlang.

»In Star Trek zum Beispiel oder in Big Bang Theory oder bei den Simpsons, habe ich gelesen.«

»Echt? Ist mir nie aufgefallen.«

»Bei Big Bang hat doch Howard eine TARDIS und Bernadette zwingt ihn dann irgendwann, sie Sheldon zu schenken.«

»Ja? Kann mich nicht erinnern, Mäuschen.«

»Und in … Iiiihhh … Igitt!«, kreischte sie plötzlich und zuckte zurück. Sie war auf eine im Sand verbuddelte Krabbe getreten, die sich unter ihrem Fuß gerührt hatte und sich nun blitzschnell freischaufelte. Im Affekt trat Lisa nach dem Tier und erwischte es, dass es im hohen Bogen durch die Luft flog und im trockenen Sand auf dem Rücken landete. Die acht feingliedrigen Beinchen und die beiden Scheren ruderten in der Luft.

»Was ist denn los mit dir?«, lachte Rick und bewegte sich auf die im Sand strampelnde Krabbe zu.

»So eklig«, stieß Lisa angewidert aus und wischte sich über die braun gebrannten Arme. »Ich habe Gänsehaut! Da laufe ich hier entlang, denke an nichts Böses und plötzlich krabbelt etwas unter meinem Fuß! Bah!«

Behutsam las Rick das Tier auf, indem er es von hinten mit Daumen und Zeigefinger zwischen Pleon und Rückenschild packte, sodass ihm die Scheren nicht gefährlich werden konnten. Die auf Stielen sitzenden Facettenaugen richteten sich auf ihn aus. Die Krabbe streckte die geöffneten Scheren von sich, eine Drohgebärde. Sie zappelte verzweifelt mit ihren Gliedern, deren Spitzen berührten Ricks Finger. Das kitzelte.

»Tu den bloß weg!«, quietschte Lisa und zuckte noch einmal zusammen angesichts des Krustentiers in der Hand ihres Mannes.

»Hab dich nicht so. Der kleine Kerl will dir doch nichts.«

»Ja, aber das ist so eklig! Die vielen Beine und so! Guck mal, wie der zappelt! Ihiii!«

Lisa machte einen Schritt rückwärts, Rick lachte. Sie verhielt sich manchmal wie ein kleines Kind, doch auf eine Art gefiel ihm das auch. So konnte er den Retter spielen, während sie in der Rolle der Jungfrau in Not aufging. Jungfrau war dabei nicht wörtlich gemeint.

»Mach ihn doch tot, sonst kommt der gleich zurück!«, kreischte sie, als ihr klar wurde, was ihr Mann vorhatte. Rick watete knietief ins Wasser.

»Ach, Quatsch, Schatzi!«, rief er ihr zu und beömmelte sich über ihr Gebaren. »Der versucht doch auch nur zu überleben.« Rick beugte sich vor und entließ die Krabbe ins Wasser. Die tauchte auf den Grund ab und spritzte sofort weg. Unglaublich, wie fix sie trotz Krebsgang unterwegs war.

»Igittigittigitt!«, machte Lisa noch einmal, mehr scherzhaft als ernst gemeint. Rick schritt zurück ins Trockene, wo er sie in den Arm nahm. Beide nutzten die Gelegenheit für Küsse und weitere Liebkosungen.

»Mein Retter«, hauchte sie und schaute ihm in die Augen. Rick wurde warm ums Herz.

»Ich liebe dich, Mäuschen.«

»Ich dich auch.« Ihre Lippen berührten sich erneut.

Plötzlich vibrierte ein Handy in Ricks Hosentasche. Lisa, die ihren Leib gegen den ihres Mannes gedrückt hielt, spürte es ebenso, löste sich von ihm und blickte ihn vorwurfsvoll an.

»Ich dachte, wir machen die Handys aus?«, echauffierte sie sich.

Rick machte ein trauriges Gesicht, flüsterte: »Das ist mein Diensttelefon.«

Er fummelte das vibrierende Klapphandy aus der Hosentasche, betrachtete das Display, ergänzte: »Es ist Stearn.«

»Du hast doch frei heute?«, fragte Lisa, die sich weder auf Trübsal, noch auf Zorn festlegen wollte.

»Ja, aber du weißt …«, erwiderte er kleinlaut und senkte sein Haupt. Er vermochte Lisas anklagenden Blick nicht zu ertragen. »Bereitschaft. 24/7.«

»Toll!«, spuckte sie aus und verschränkte die Arme. Das Handy vibrierte wie wild in Ricks Hand.

»Mäuschen, ich muss da rangehen.«

»Du hast doch frei!«, erboste sie sich. Sie hatte sich für den Zorn entschieden.

»Wir bekommen auch 220 Pfund extra monatlich als Bereitschaftspauschale. Das darfst du nicht vergessen«, versuchte er sich zu verteidigen. Seine Frau aber klammerte sich plötzlich an Ricks muskulösen Armen fest, schaute ihn aus ihren tiefen Augen an. Sie flimmerten, flehten ihn an.

»Bitte«, beschwor Lisa mit schwacher Stimme.

Rick schüttelte ganz langsam den Kopf, dann drückte er auf den Knopf mit dem grünen Telefonhörer und hielt sich das Telefon ans Ohr.

»Hallo? Lieutenant Marten hier«, grüßte er auf Englisch. Lisa wandte sich geknickt ab, verschränkte abermals die Arme, dann aber hielt sie inne. Sie drehte sich zu ihrem Mann um, spürte, dass etwas nicht stimmte. Ricks Körper verspannte sich, während er mit sichtbar steigendem Entsetzen den Worten seines Chefs lauschte.

»Was ist?«, fragte Lisa besorgt. Rick ignorierte sie, sprach stattdessen ins Telefon: »Ja. Natürlich. Sofort.« Er war mit einem Mal wie im Fieber, warf seiner Frau immer wieder ganz entgeisterte Blicke zu, während er den Anweisungen Stearns lauschte.

# XI. Am Parley-Bach

Die ersten Stunden der Nacht zeichneten sich durch eine fremdartige Stille aus, was uns umso mehr ängstigte. Mit einem flauen Gefühl im Magen schauten wir immer wieder gen Nordosten, wo hinter dem Fichtengehölz die Sandhügel Horsells lagen. Uns schwante bereits, dass es ein großer Fehler war, die fremden Wesen in dieser Situation unbehelligt walten zu lassen. Und wir sollten recht behalten.

Durch an unserem Biwakplatz vorübereilende Kameraden erfuhren wir bald einige interessante Dinge. So wurde uns mitgeteilt, dass sich das Cardigan-Regiment zusammen mit örtlichen Schutzleuten anschickte, die Landestelle großräumig einzukreisen. Es hieß, auf den Kanalbrücken von Woking bilden sich trotz der eingebrochenen Nacht immer größere Ansammlungen von Neugierigen. Unsere Kameraden und die Schutzmänner haben stellenweise wohl Mühe, die Schaulustigen davon abzuhalten, zur Grube vorzudringen. Immer wieder würden Mutige dabei ertappt, wie sie sich zu den Sandhügeln zu schleichen versuchten.

Ein Trupp der Cardigan-Infanterie habe sich indes gedeckt dem Zylinder angenähert, um mögliche Verwundete zu bergen. Man teilte uns mit, sie seien mit leeren Händen zurückgekehrt. Der Führer des Regiments, ein Oberst, sei persönlich in Woking, um die Leute auszufragen, die dem Spektakel auf der Horseller Heide beigewohnt hatten. Weiter ging das Gerücht um, dass ein Offizier namens James Eden vermisst wurde.

Unserer Batterie war es derweil strikt untersagt, uns an der Einkesselung der Angreifer zu beteiligen, vielmehr wurde uns durch einen Melder des D.A.A.G. mitgeteilt, dass der Brigadechef wünschte, uns als schwere Reserve zu seiner Verfügung in der Hinterhand zu behalten.

So verstrichen die Stunden und wir warteten. Unsere Männer entzündeten jede Kerze und jede Lampe, derer sie habhaft waren. Die Dunkelheit der Nacht an sich ist für den Menschen schon eine unheimliche Angelegenheit, durch die nahe Anwesenheit dieser unbekannten, gar widerwärtigen Wesen aber erreichte diese Freitagnacht am Parley-Bach eine ganz neue Dimension des Grauens. Einige der Männer waren offen abergläubisch, sie fingen bald an, ihre Kameraden mit wirren Erzählungen verrückt zu machen, bis ich dies unterband. Feindseitig geschahen derweil Dinge, die uns allen das Blut in den Adern gefrieren ließen: Von Zeit zu Zeit blitzte der Himmel über der Landestelle auf wie eine Stichflamme, die plötzlich entsprang und dann wieder verging; und zwar jedes Mal dann, wenn die »Marsianer« ihren tödlichen Hitzestrahl zum Einsatz brachten.

Ich habe nie einwandfrei in Erfahrung bringen können, wen sie in jener Nacht unter Feuer nahmen, doch es musste sich a potiori um Schaulustige handeln, die erfolgreich die Abriegelung durch das Cardigan-Regiment überwunden hatten. Überdies versuchten die »Marsianer«, auch den Trupp zur Rettung von Verwundeten zu fassen. Die Kameraden jedoch konnten entkommen, einige erlitten Verbrennungen.

Gegen 11 Uhr 30 in der Nacht begann der Feind mit seinen Bauarbeiten, über die auch Wells umfangreich berichtet. Es war dies tatsächlich ein Geräusch wie ein lautes Hämmern und Dröhnen, das von ihrer Grube ausging und auf schreckliche Weise die Nachtruhe störte. Ein grünlicher Schein erfüllte das Firmament über den Sandhügeln Horsells.

Wir blickten mit betrübten Hundegesichtern nach Nordosten, war uns doch allen bewusst, dass der Feind seine Zeit erhielt, sich auf einen Angriff unsererseits vorzubereiten, und dass wir jede weitere Minute, die wir verharrten, statt zu handeln, zu einem späteren Zeitpunkt mit unserem Blut würden bezahlt müssen. Noch einmal trug unser Zweiter Leutnant, Theodor FitzUryan Rhys, dem verehrten Major vor, die Befehle des Brigadeoffiziers zu ignorieren und stattdessen noch in der Nacht den Sturm auf den Zylinder zu wagen und die bösartigen Wesen zu erledigen. Erneut lehnte der Herr Major aus den genannten Gründen ab.

So waren wir Freitagnacht und noch Samstagfrüh dazu verdammt, zu warten und dem Feind dabei zuzuhören, wie er sich Stück für Stück auf seinen Vernichtungsfeldzug gegen uns vorbereitete. Es ist überflüssig zu erwähnen, dass wir in jener Nacht kein Auge zutaten. Die Mannschaften debattierten stattdessen die ganze Nacht hindurch und aus ihren Debatten konnte ich heraushören, dass der Ernst der Lage durchaus Einzug erhalten hatte in ihre einfachen Gemüter. Die klügsten Köpfe unter ihnen rangen erbittert um die treffendste Meinung bezüglich der fremden Wesen und ihrer Absichten.

Gegen Mitternacht richteten sich unsere Blicke unverhofft in den Himmel. Ein heller Stern, der einen grünlichen Schweif nach sich zog, wanderte längs am Firmament über Woking (und schlug weiter nordwestlich im Wald ein). Sofort bestimmten wir einen Melder, der unsere Beobachtung dem D.A.A.G. zum Vortrag bringen sollte. Dieser nächtigte in einem vornehmen Gasthaus im Zentrum Wokings. Uns allen war bewusst, dass wir Zeuge des Anfluges eines zweiten feindlichen Luftschiffes geworden waren, und allmählich dämmerte uns, dass diese ganze Sache größer war, als wir anfänglich angenommen hatten. Unser geliebtes England schwebte in außerordentlicher Gefahr. Ein zweites Luftschiff jedenfalls bedeutete, dass die Landung der fremdartigen Wesen auf unserer Erde kein Unglück und kein Zufall war. Nein, nun war uns klar, dass die »Marsleute« mit voller Berechnung auf englischem Grund gelandet waren. Der drohende Krieg griff mit seinen schauderhaften Akren nach uns.

Es ist dies noch erwähnenswert, dass unser Auge am Feind, welches wir die ganze Nacht hindurch in dem Fichtenwald südwestlich der Grube beließen, keinerlei Erkenntnisse von Bedeutung aufzubringen vermochte. Ich selbst übernahm den Dienst in dieser Stellung um 1 Uhr nachts und blieb etwa bis 4

Uhr. Ich konnte in dieser Zeit aus dem Versteck heraus beobachten, dass der grünliche Schimmer, der den tiefblauen Sternenhimmel opalisieren ließ, ganz eindeutig von der Grube ausging. Die Geräusche und der seltsame Lichtschein machten zusammen unmissverständlich deutlich, dass die Wesen in ihrem Krater sehr geschäftig waren. Immerzu erhellte der Schimmer das Umland und all die armen Seelen, deren reglose, verbrannte Körper bei den Sandhügeln lagen. Mich überkam ein ganz und gar mulmiges Gefühl, dies gebe ich wohl zu.

Als ich von meiner Nachtwache wiederkehrte, wich die Dunkelheit allgemach dem Tage. Eine große Ermattung steckte mir in den Knochen. Unser Herr Major trommelte uns Offiziere und den Farbenfeldwebel zusammen und beriet mit uns neuerlich die Lage, danach gingen wir auseinander und jeder schaute nach seiner Teileinheit. Es war Punkt 5 Uhr, als der Herr Major uns erneut zu sich rief und sich über seine Absicht aussprach: Er hatte bei Kerzenschein eine aktuelle Beurteilung der Lage und seine abermalige Handlungsempfehlung abgefasst, nämlich das sofortige Vorbringen aller verfügbaren Kräfte gegen den Zylinder. Diese Niederschrift sollte ich persönlich nach Woking zum Brigadeoffizier bringen und darauf bestehen, dass sie gelesen und weitergeleitet wurde. Unsere Hoffnung lag damals auf den Heliografen der Brigade, mit denen bei entsprechenden Lichtverhältnissen eine rasche Kommunikation möglich ist.

Unser Melder war noch nicht aus Woking zurückgekehrt, als ich Samstagfrüh, den 15. Juni, gegen 5 Uhr 20 auf dem Rücken eines prächtigen Wallachs aufbrach. Ich führte das Pferd über die High Street gen Süden, dem Kanal entgegen. Die wenigen Wohnhäuser, die diesseits des Kanals lagen, waren geräumt worden und jenes, welches vom Hitzestrahl der »Marsianer« getroffen worden war, glühte gemächlich vor sich hin. Es war nunmehr ein Trümmerhaufen.

Zu diesem Zeitpunkt war es bereits einigermaßen hell und ich bemerkte nun erstmals, dass hinter den Fichten, dort, wo der Zylinder lag, dichter Rauch aufstieg. Erst nach meiner Rückkehr zur Batterie sollte ich erfahren, dass dieser Rauch direkt aus der Grube drang. Möglicherweise hatten die »Marsianer« Brennöfen aufgestellt, um herstellen zu können, was immer sie für ihre Kriegsmaschinen benötigten. Wir wissen leider bis heute nicht genau, wie und was die Invasoren in ihren Gruben getrieben hatten, ehe sich die berüchtigten Dreibeiner aus Ihnen erhoben. Es war jedoch bei allen zehn Luftschiffen dasselbe Schauspiel zu beobachten: Sie schlugen hart auf, sodass sie die Landezone verwüsteten. Nach einiger Zeit öffneten sie sich, schwerfällige Wesen, jene »Marsianer«, krochen hinaus. Diese griffen alsbald sämtliche Menschen an, die in nächster Umgebung und somit in Reichweite ihres Strahls lagen. Danach versteckten sie sich in ihrer Grube und begannen, zu werkeln und zu schuften, bis sich einige zehn Stunden später ihre Kriegsmaschinen zeigten und ihr Zerstörungswerk aufnahmen. Wie gesagt bin ich überzeugt davon, dass ein früher Schlag gegen die Angreifer zum Erfolg geführt hätte. Leider sollten wir, nach einem halbherzigen Versuch bei Chertsey, keine Gelegenheit mehr dazu bekommen.

Die Tragödie von Chertsey spielte sich Samstagnachmittag ab, beginnend ab 3 Uhr, als ich längst aus Woking zurückgekehrt war. Obgleich ich jenem Kampf nicht persönlich beiwohnte, ist es für die Vollständigkeit des Bildes sinnvoll, ihn zu schildern. Ich habe daher zahlreiche Unterlagen ausgewertet und Überlebende gesprochen, um als Chronist jenes Kampfes von Chertsey auftreten zu können:

Das zweite Luftschiff unserer Feinde war im Westen jener Stadt zwischen Themse und Bourne heruntergekommen und dort eingeschlagen, wo das Land weitläufig und flach ist.

Es war dies die 51 Feldbatterie aus Woolwhich, von der drei Kanonen bald das Feuer auf die zweite Landestelle eröffneten, noch bevor sich der Zylinder aufschraubte. Die 54 und 6 Woolwhicher Feldbatterien befanden sich zu diesem Zeitpunkt auf dem Marsch nach Addlestone.

Das zweite »marsianische« Luftschiff war in einen Fichtenwald unweit Chertseys eingefahren und hatte den Forst bei der Landung entzündet. Leider handelten die kriegsführenden britischen Einheiten bei Chertsey ebenso fälschlich, wie dies die Brigade tat, die meine Batterie zurückhielt. Zwar feuerte die 51 Feldbatterie um 3 Uhr mittags wie gesagt einige Salven auf den aus dem glimmenden Gehölz ragenden, noch geschlossenen Zylinder ab, doch stellte sie das Schießen rasch wieder ein. Es folgten Stunden des Abwartens. Brigadegeneral Paul Lane rang sich schließlich zu der irrwitzigen Idee durch, die fremden Wesen nicht zu töten, sondern gefangen nehmen zu wollen. Er stellte dazu eine berittene Expeditionstruppe aus 35 Gewehren und zwei Offizieren zusammen. Man kann Lane vorwerfen, an jenem Tag die tatsächliche Gefahr, die von den Eindringlingen ausging, nicht erkannt zu haben. Ihm mag ferner zum Vorwurf gemacht werden, dem Lametta nachgejagt zu haben, statt das in seiner Situation einzig sinnvolle Unterfangen einzuleiten, nämlich die pausenlose Bombardierung des feindlichen Zylinders. Man kann Lane aber nicht vorwerfen, feige gewesen zu sein, denn er ritt am Nachmittag des 15. Junis 1901 um 4 Uhr 55 an der Spitze seines Trupps gegen den Krater. Zu diesem Zeitpunkt hatten die »Marsianer« ihren Zylinder bereits verlassen (man hatte ihnen durch das Einstellen des Feuers schließlich die Möglichkeit dazu gegeben).

Der Feind richtete mit seinem todbringenden Hitzestrahl ein Massaker unter den heranreitenden Soldaten an. Der Brigadegeneral fand dabei den Tod, später auch sein Stabschef während einer hastig anberaumten Rettungsmission für die halb verbrannten Verwundeten, die sich auf der Wiese vor dem Zylinder wanden und krümmten und die ganz bitterlich brüllten.

Die »Marsianer« jener Landestelle bei Chertsey verstanden sich darauf, in der Folge unliebsame Beobachter fernzuhalten, indem sie nach dem gescheiterten Sturmlauf gegen ihren Krater und der darauf ebenso gescheiterten Rettungsmission sämtliche Deckungsmöglichkeiten des näheren Umkreises niederbrannten. Sie vermochten darauf, nach allen Richtungen weiträumig zu blicken (wir gehen heute davon aus, dass ihnen die drehenden Scheiben, die auch Wells beschreibt, als Beobachtungswerkzeuge dienen). Für unsere Kameraden gab es von nun an keine Möglichkeit mehr, sich dem Feind gedeckt anzunähern; ein noch am Abend unternommener Versuch, über das offene Feld zu kommen, wurde hart abgeschlagen.

Da die Führung der Brigade der Chertsey-Batterien nun ausgefallen war, herrschte in der Folge Uneinigkeit und Zögern unter den verbliebenen Offizieren. Sie wagten es jedenfalls nicht mehr, die Kanonen gegen den Zylinder vorzubringen; ein fataler Fehler, wie sich später herausstellen sollte, als sich die »Marsmann-Truppen« beider Luftschiffe vereinigten. Als nämlich jene »Marsianer« von Chertsey sich aus ihrem Loche erhoben, zogen sie sogleich gegen die in sicherer Entfernung in Stellung stehenden Kanonen. Die Kanoniere kamen nur noch zu einer kurzen, aber wirkungslosen Gegenwehr, ehe sie samt und sonders getötet wurden.

Es sei an dieser Stelle erwähnt, dass die Besatzungen ebenso wie das in den Luftschiffen mitgeführte Material durchaus variierten. Auch sind die Luftschiffe unterschiedlich groß. Wir wissen heute von 64 bei der Invasion getöteten »Marsmännern«, diese verteilten sich auf zehn Zylinder. Insgesamt hatten wir es mit 58 Dreibeinern zu tun, darüber hinaus mit zwei Flugscheiben und einer Vielzahl anderer Geräte und Werkzeuge. Viele dieser Geräte schienen nicht zum Töten, sondern zum Konstruieren gedacht zu sein und die kleineren Maschinen verrichteten ihr Tagewerk, ohne von einem Maschinenmeister bedient zu werden.

Wie ich Ihnen bereits auseinandergesetzt habe, sollten wir nach dem Zögern gegenüber dem ersten Zylinder und nach dem falschen Offensivansatz gegen den zweiten keine Gelegenheit mehr dazu erhalten, weiter gegen die frisch gelandeten Luftschiffe des Feindes vorzugehen. Als das dritte Luftschiff landete (in der dritten Nacht, namentlich in den ersten Stunden des 20. Junis), hatten die »Marsianer« ihre kriegerische Macht bereits entfesselt. Das allvorderste Anliegen ihrer dreibeinigen Maschinenmonster war es, die weiteren Landestellen abzusichern. Sie verhinderten erfolgreich eine Attacke britischer Streitkräfte gegen eines der später eintreffenden Luftschiffe. Pläne dafür gab es durchaus, denn die übergeordnete Führung erkannte nach einiger Zeit den Holzweg, auf dem sie gewandelt war. Leider kam diese Erkenntnis zu spät. Wir einfachen Soldaten mussten diesen Fehler mit unserem Blut bezahlen, genauso wie die Bewohner Surreys und Londons.

Doch kehren wir zurück zu meiner Person, die sich an jenem Morgen des 15. Junis auf dem Weg nach Woking befand (noch ehe die Tragödie von Chertsey ihren Lauf nahm). Auf Höhe des Kanals traf ich auf einige Pioniere, deren Auftrag es war, eine Annäherung und Verständigung mit den fremden

Wesen vorzubereiten. Die Pioniere waren von diesem Vorhaben ebenso wenig begeistert wie ich, denn wir Frontsoldaten waren uns darin einig, dass jene Wesen zweifelsohne Aggressoren waren, denen mit Waffengewalt, nicht mit gutem Zureden begegnet werden musste. Leider aber blieb den Kameraden von der Pioniertruppe nichts anderes übrig, als zu gehorchen. So konnte ich sie dabei beobachten, wie sie einen langen Graben aushoben, über den sie sich bis an die Grube der Marsianer heranarbeiten wollten.

Männer des Cardigan-Regiments schickten sich derweil an, den Bereich diesseits des Kanals und die Brücken für die Bevölkerung zu sperren. Beobachter dieser feinen Infanterietruppe besetzen sämtliche Kirchtürme.

Jenseits der Kanalbrücken hatten sich bereits Trauben von Menschen gebildet, die, mal mehr, mal weniger aufgeregt, mit den Soldaten ins Gespräch gingen. Insgesamt aber erschienen mir die Anwohner Wokings sehr gefasst.

Auch ich suchte in einem Austausch sowohl mit den Pionieren als auch mit den Infanteristen vom Cardigan-Regiment Neuigkeiten zu erfahren. Leider wussten die Mannschaften, die ich antraf, nicht sehr viel über die durch und durch chaotische Lage. Einen Offizier entdeckte ich zu meinem Bedauern nicht.

In Woking selbst traf ich auf die tüchtigsten Zeitungsjungen ganz Englands, die die allgemeine Hysterie ausnützten, um den Umsatz ihres Lebens zu erwirtschaften. Ein jeder von ihnen war umringt von Menschen, die ihnen die Blätter quasi aus der Hand rissen. Auch ich vermochte diverse Ausgaben zu ergattern; eine Morning Post, eine Daily Chronicle und einen Surrey Advertiser. Die Ereignisse um die fremden Ankömmlinge nahmen auf allen Blättern die Titelseiten in Beschlag. Übergroße Überschriften, mit Ausrufezeichen versehen, wollten auf die unglaublichen Dinge aufmerksam machen, die geschehen oder angeblich geschehen waren.

Die Morning Post berichtete ganz richtig von dem Mord an zahlreichen Schaulustigen in den Sandhügeln von Horsell, auch wenn sie sich über die Urheber ausschwieg, wohl aus der Furcht heraus, das Gerücht über die fremdartigen Wesen wäre nichts als ein Hirngespinst.

Die Daily Chronicle wusste von Besuchern vom Mars zu erzählen und konzentrierte sich auf Befragungen bekannter Astronomen. Sie verwies nochmals auf die seltsamen Erscheinungen, die auf der Oberfläche der roten Welt beobachtet worden waren. Über die schrecklichen Dinge, die in den Abendstunden des vergangenen Tages bei Horsell geschehen waren, war in der Daily Chronicle nichts zu lesen.

Der Surrey Advertiser erzählte die Geschichte eines angeblichen Augenzeugen der schrecklichen Taten, derer sich die »Marsianer« schuldig gemacht hatten. Die Beschreibung der fremden Wesen und des Ablaufes ihres Zerstörungswerks waren sehr akkurat.

Insgesamt muss ich sagen, dass mir die Morgenblätter keine neuen Erkenntnisse zu liefern imstande waren. Ich setzte meinen Weg in die

Innenstadt von Woking fort, ließ meinen treuen Wallach über die Guildford Road in Richtung Zentrum traben und fragte mich von dort aus zum besagten Gasthaus durch, dem Ripley Inn. Auf meinem Weg durch die Stadt fiel mir, ebenso wie Wells dies in seinem Buch erwähnt, die allgemeine Unbeschwertheit der Bewohner auf. Sie schienen von den schrecklichen Ereignissen, die sich im Norden ihrer schönen Stadt ereignet hatten, kaum Notiz zu nehmen. Einige zweifelten offen an, dass es jene fremden Wesen überhaupt gab. Andere vertrauten voll und ganz auf die Soldaten Ihrer Majestät, die ja bereits in großer Zahl zu bestaunen waren. Die Bewohner Wokings jedenfalls gingen mit einer schier unglaublichen Gelassenheit ihren Tagesgeschäften nach. In der Werkstatt des Schmiedes erklang das so typische helle Hämmern. Die Händler waren mit ihren Karren und Waren auf den Straßen und brüllten sich die Kehle aus dem Leibe. Kinder rauften und balgten vergnügt in den Gassen und die Liebespaare lustwandelten an diesem Samstag fröhlich umher. Hie und da stand ein Kreis Besorgter oder Neugieriger zusammen, die mal mehr, mal weniger ernsthaft über das diskutierten, was die Morgenblätter und die Gerüchte an sie herangetragen hatten.

Einige wenige gingen ganz offen auf mich zu und befragten mich ob der Ereignisse jenseits des Basinstoke-Kanals. Ich blieb in meinen Antworten zurückhaltend und behauptete, selbst noch nicht viel zu wissen. Ich wollte verhindern, dass die Menschen doch in kopflose Panik verfielen, was fraglos geschehen wäre, hätten sie aus dem Mund eines ehrenwerten Offiziers Ihrer Majestät erfahren, dass in Horsell einige Dutzend Menschen tatsächlich durch einen unsichtbaren Feuerstrahl getötet worden waren. Sicherlich war es von Vorteil, dass sich die Wokinger Bevölkerung (ebenso wie die der umliegenden Dörfer) dergestalt ruhig verhielt, eine Massenpanik hätte die Arbeit unserer militärischen Behörden wohl erschwert. Allerdings sind im gleichen Atemzug schwere Vorwürfe gegen die Gesamtverantwortlichen jenes Militäreinsatzes zu erheben. Diese hätten erkennen müssen, dass die »Marsianer«, die noch immer nur eine Meile nördlich der Stadt in ihrer Grube kauerten, eine bedrohliche Gefahr für die Zivilbevölkerung darstellten. Sie hätten ferner ihrerseits eine koordinierte, kontrollierte Räumung des gesamten Umlandes (möglicherweise der gesamten Grafschaft) einleiten müssen. Eine solche Maßnahme jedenfalls hätte tausende Todesopfer verhindert. Die infamen »Marsianer« unterschieden in ihrem Feldzug gegen uns nicht zwischen Soldaten und Zivilisten, nicht zwischen Kombattanten und Wehrlosen. Sie töteten gleichermaßen alle menschlichen Wesen, die in die Reichweite ihrer Waffen gerieten, verschonten weder Weiber noch Greise oder Kinder (sie verschonten überdies auch keine Nutztiere). Ziel ihres Feldzugs war die Ausrottung aller Engländer. Was sich an daran angeschlossen hätte, wären die »Marsianer« in ihrem Tun erfolgreich gewesen, darüber kann nur spekuliert werden. Ich für meinen Teil glaube, dass die fremden Wesen keinen Unterschied zwischen Nationen und Nationalitäten machen, dass sie diesen vielleicht nicht einmal kennen. Ihre Kriegsmaschinen sind zweifellos in der Lage, Gewässer zu überqueren. Hätten sie ihr Zerstörungswerk darum in England zu Ende bringen können, sie wären im Anschluss wohl aufs europäische Festland übergesetzt.

Ich fand das Ripley Inn im Zentrum Wokings. Es handelt sich um eine vornehme Unterkunft, in der unser Brigadeoffizier auf Auslagen der Royalen Artillerie wie ein König lebte. Es war zuerst einmal schwierig, überhaupt zu ihm zu gelangen, denn er war umringt von einer Traube Reporter, deren Fragen er emsig beantwortete. Er saß dabei zu Tisch; der leer geputzte Teller vor ihm ließ auf ein üppiges Mahl schließen.

Ich meldete mich artig und bat um ein Gespräch unter vier Augen. Widerwillig stimmte der D.A.A.G. zu. Wir zogen uns in ein Nebenzimmer zurück, wo ich ihm das Schreiben meines Herrn Majors überreichte. Ich erneuerte alsgleich mündlich unseren Antrag, umgehend den Beschuss aus allen Kanonen auf den Zylinder eröffnen zu dürfen. Mein Gegenüber verbat es abermals und tobte dabei unangemessen. Zur Begründung erklärte er brüllend, dass er den Brigadechef seit der Nacht noch nicht gesprochen habe und darum keine Entscheidung treffen dürfe. Ungeheuerlich! Der Brigadier hatte in dieser schlimmen Notsituation die Zeit gefunden, zu dinieren und in der Aufmerksamkeit der Reporter zu baden. Für militärische, lebensnotwendige Absprachen aber war keine Zeit! Ich erfuhr weiter, dass der D.A.A.G. überhaupt nicht den derzeitigen Aufenthaltsort des Brigadegenerals Marvin wusste und auch das Fernmeldenetz noch nicht aufgebaut war. Die Inkompetenz dieses Mannes nahm mehr und mehr abenteuerliche Züge an!

Ich bat darum, den Brigadechef selbst suchen und zu unserem Anliegen befragen zu dürfen, doch auch dies wurde mir untersagt. Ich sei nicht der Ansprechpartner des Brigadechefs, sondern allein er, blaffte mein Gesprächspartner wutentbrannt und bangte wohl schon um seinen gutbetuchten Posten. Er werde zu gegebener Zeit gewiss mit Brigadegeneral Marvin in Kontakt treten, versicherte er mir und kam nicht umhin anzufügen, dass mich als einfacher Hauptmann seine Geschäfte sowieso nichts angingen.

Ich jedenfalls hatte genug gehört. Ich bewahrte meine Haltung gegenüber dem mir vorgesetzten Offizier, wohl aber loderte ein Feuer in meiner Brust. So verließ ich unbefriedigt das Ripley Inn, schwang mich auf den Sattel meines Wallachs und ritt zurück zum Kanal. Die Sonne stand bereits über dem Horizont und kündigte einen weiteren heißen Tag an.

Bei den Übergängen hatten sich mittlerweile sehr viel mehr Menschen zusammengerottet, die in hitzige Diskussionen verstrickt waren. Einige wenige wollten nicht wahrhaben, dass die Brücken gesperrt waren, und mussten von den Soldaten mit Nachdruck vom Passieren abgehalten werden, vornehmlich Kaufleute, die Geschäfte in Ottershaw und anderswo hatten.

Ich überquerte den Kanal und galoppierte zum Biwakplatz der Batterie zurück. Es war gegen 12 Uhr mittags gewesen, als ich meine Kameraden erreichte (derart viel Zeit hatten wir diesem tödlichen Gegner in seiner Grube bereits geschenkt!). Mittlerweile quälte mich der Hunger, weshalb ich nach meiner Rückmeldung beim Herrn Major erst einmal über die Verpflegung herfiel.

Die Männer debattierten nach wie vor erregt über das seltsame Luftschiff und die Wesen, die diesem entstiegen waren. Viele plädierten wie wir Offiziere dafür, sofort einzugreifen. Während dieser ganzen Zeit hämmerte und dröhnte es lautstark in der Grube der »Marsianer«. Es war für uns alle eine ausgemachte Sache, dass diese Wesen an etwas werkelten, und da sie uns bereits ihre feindliche Gesinnung offenbart hatten, schwante uns Übles. Die »Marsmänner« arbeiteten sicherlich nicht an einem Entschuldigungsschreiben.

Der Herr Major war über das neuerliche Verbot, einschreiten zu dürfen, ebenso verärgert wie ich. Doch es blieb uns als vorbildliche britische Offiziere Ihrer Majestät nichts weiter übrig, als zu gehorchen. Also warteten wir und lauschten mit steigendem Unbehagen dem Hämmern in der Grube. Unser Auge am Feind vermochte derweil keine neuen Erkenntnisse zu sammeln. Die »Marsianer« ließen sich nicht blicken, sondern blieben im Schutze des Kraters. Einzig diese kleine, rotierende Scheibe ragte weiterhin über den Rand des Kraters hinaus. Wir überlegten, es mit den Gewehren zu beschießen, entschieden uns dann aber dagegen, denn das Feuer würde ebenso die Position unserer Beobachter verraten.

So warteten wir. Um nicht in völlige Untätigkeit zu verfallen, ließ der Herr Major noch einmal Handwaffen und Kanonen prüfen und befahl überdies, alle menschenmöglichen Schritte zu unternehmen, um im Falle neuer Befehle so schnell wie möglich eingreifen zu können. Noch hatten wir die Hoffnung nicht aufgegeben, dass es nicht zu spät war für eine Attacke. Nur musste sich nun die Führung endlich bewegen!

Es war dies gegen 3 Uhr nachmittags, als wir unvermittelt besagten Kanonendonner in nordöstlicher Richtung (Chertsey) feststellten. Das Geschützfeuer stimmte uns zuversichtlich, dass doch begriffen worden war, wie gegen den unerwarteten Feind vorgegangen werden musste. 14 Donnerschläge konnten wir zählen, ehe das Feuer wieder eingestellt wurde.

Es ward Abend. Unsere Männer waren mittlerweile sehr unruhig! Der Herr Major schickte einen unserer Kutscher nach Woking, um diverse Abendblätter zu kaufen. Wenn uns schon die Brigade nicht mit Informationen versorgte, so mussten wir uns diese eben aus der Presse beschaffen!

Das Klima war über den Nachmittag hinweg übrigens spürbar kühler geworden, der Himmel hatte sich zugezogen. Ein Gewitter kündigte sich an. Die Männer trafen Vorbereitungen am Material und an den Zelten, um sich für einen möglichen Wolkenbruch zu wappnen.

# XII. Rick Marten

Capitaine Andrew Stearn hatte den Raum verdunkeln lassen. Die Soldaten der Kompanie, im Schummerlicht zu schattenhaften Gestalten geworden, besetzten die Stuhlreihen vor einer Leinwand und warteten in unruhiger Anspannung auf den Beginn der Unterweisung. Das Logo der Forces und darunter das Wappen des Regiments wurden von einem Beamer auf die Leinwand projiziert.

Marten, Fenix, Härti, Geier und die anderen Unterführer saßen in der ersten Reihe. Härti war nervös, stopfte sich daher mit Gummibärchen voll. Fenix warf Kautabak ein. Geier blickte sich unsicher um. Sie saß mit verschränkten Beinen auf ihrem Stuhl, kaute auf ihrem Kugelschreiber herum. Ein einziges Gemurmel und Getuschel beherrschte den Saal. Gut zwei Stunden waren seit den ersten Meldungen über die bei Frankfurt niedergegangenen Kapseln vergangen. Das Frühwarnsystem des Regiments funktionierte tadellos.

»Nein«, drang eine Stimme blechern aus dem Lautsprecher von Härtis Smartphone. Das Video, das er und Marten sich anschauten, war erst vor einer Stunde hochgeladen worden und hatte bereits 667000 Klicks generiert.

»Ach du heilige Scheiße! Das sind einhundert Pro zwei Raumschiffe der Marsianer! Leute, Leute, jemand muss die Polizei rufen!«, sagte ein andere, eine ebenso jugendliche Stimme.

Das verwackelte Bildmaterial reichte aus, um Marten unweigerlich erkennen zu lassen, dass die südlich von Frankfurt gefilmten Kapseln denen von 1901 augenfällig ähnelten. Da waren zuerst die Form und Größe, die jenem Objekt entsprachen, das in Woking besichtigt werden konnte. Da war die silberfarbene Oberfläche, die unter der sich lösenden, rostroten Kruste hindurchblitzte. Eisen-Mangalgrah-Legierung, kein Zweifel. Kein irdisches Material glänzte auf diese fremdländische, blau schimmernde Weise, war gleichzeitig glatt und doch mit feinen, wie mit einer Bleistiftspitze gezogenen Strukturen versehen, in denen sich das Tageslicht so absonderlich brach.

Da war weiter der gelbliche Ring, der die Zylinder in Korpus und Deckel unterteilte. Und da war nicht zuletzt die Art, wie diese Dinger »gelandet« waren; aufgeschlagen waren, als wären sie aus einer Kanone auf die Erde abgefeuert worden. Die beiden Kapseln hatten sich metertief in den Grund gewühlt, hatten Humus zu großen Hügeln aufgeworfen. Die enorme Reibungsenergie hatte das umliegende Land versengt, verkohlt und entzündet. In dem Video kämpften kleinere Brandherde gegen die augenscheinlich bei Frankfurt herrschende Feuchtigkeit an.

»Guck dir diese Kruste an!«, sagte einer der Jungen hinter der Kamera. »Das ist definitiv ein Stein. Ein Komet oder so etwas.«

»Ey, hörst du mir zu? Hast du die scheiß Filme nicht gesehen? Die Dinger da sehen doch genauso aus wie die Raumschiffe der Marsianer!«

»Andi, halt doch mal die Fresse! Siehst du nicht, dass sie weint?«
»Macht, was ihr wollt … ich rufe jetzt die Polizei!«
Marten und Härti wechselten einen vielsagenden Blick.
»Wie kann es sein, dass die unbemerkt in unsere Atmosphäre eindringen? Und dann gleich zwei auf einmal? Das ist doch nicht die Möglichkeit …«, flüsterte der Gruppenführer. »Und kein Feuer auf dem Mars?«
»Na ja«, überlegte Marten, der noch immer im Begriff war, seine Gedanken zu sortieren. Während er sprach, wühlte er sich durch den Thread auf Reddit, der längst zu dem Thema erstellt worden war und förmlich explodierte. »Die werden die letzten 120 Jahre auch nicht gepennt haben.«
»Was meinst du?«
»Schau uns doch an! Du kannst heute in 10 Stunden von Miami nach Sydney fliegen. Vor 120 Jahren wussten wir noch nicht einmal, wie man ›Flugzeug‹ schreibt. Wer weiß, was die Marsianer in der Zeit alles gelernt haben!«
»Hätten die Knetenköppe 98 das planetarische Luftverteidigungskonzept mal nicht begraben, was?«
Marten nickte zwar, doch Härtis Worte verhallten ungehört in seinem Kopf. Ihm war egal, was hätte sein können und was nicht. Für Marten zählte einzig, was im Augenblick Tatsache war und wie es nun weitergehen würde. Noch fehlte die Klarheit, ob die Marsianer wieder in feindlicher Absicht gekommen waren … ob sie überhaupt zurückgekommen oder nur leere Kapseln abgestürzt waren. Bis dato hatte sich bei den Zylindern wohl auch noch nichts gerührt, wie aus den sich überschlagenden Medien zu vernehmen war. Einzig die Kruste bröckelte allmählich ab.
Die Tür zum Saal wurde grob geöffnet, ein Soldat aus Härtis Gruppe, der ein Poloshirt und eine bunte, kurze Hose trug, polterte in den Saal, ging sofort in Grundstellung und meldete sich ordnungsgemäß. Stearn, dessen Gesichtsausdruck grimmig war wie eh und je, nickte nur und bedeutete dem Nachzügler, sich zu setzen. Leonie Riensch, bewaffnet mit Klemmbrett und Stift, hakte einen weiteren Namen auf ihrer Liste ab.
»Damit fehlen noch 14 Mann«, proklamierte sie. »Williams steckt irgendwo in London im Verkehr fest, drei Mann konnten wir bis dato nicht erreichen. Und ich weiß nicht, ob wir auf Müller und Mitchel warten sollten, die hatten ihren freien Tag ja für eine Tour nach Dublin genutzt.«
Stearn verzog keine Miene.
Martens Handy vibrierte beständig in seiner Hosentasche, er aber sah sich die Nachrichten gar nicht mehr an, die Lisa ihm in einer Tour schickte. Er hatte sie nur schnell zu Hause abgesetzt, war dann direkt weiter in die Kaserne gerast. Und sie hatte anscheinend erst so richtig begriffen, was Phase war, als Rick längst die Kurve gekratzt hatte. Seitdem sendete sie ihm mit ängstlich flatternder Stimme aufgenommene Sprachnachrichten und mit Flüchtigkeitsfehlern durchsetzten WhatsApp-Nachrichten, kommentierte jede neue Eilmeldung, die der Sensationsjournalismus ungeprüft raushaute. Marten

aber musste sich im Augenblick auf seinen Job konzentrieren. Und Lisa musste das endlich begreifen und zurückstecken. Im Augenblick gab es einfach Größeres als sie und ihn.

Denn – die Marsianer waren zurückgekehrt! Nach knapp 120 Jahren Funkstille waren sie einfach wieder da. So viele Gedanken jagten durch Martens Gehirnwindungen. Die Forces jedenfalls waren nun in der Lage, erstmals ihrer ureigenen Aufgabe nachzugehen. Irgendetwas in Marten freute sich daher über die beiden in Deutschland gelandeten Raumkapseln, auch wenn er sich für dieses Gefühl schämte. Er musste unweigerlich an den Budgetstreit denken, an die geplanten Kürzungen. Dann musste Marten plötzlich an diesen Mini-Tripod denken … das konnte kein Zufall sein.

Stearn trat ans Wandtelefon heran, tätigte einen Anruf und ließ sich noch einmal die aktuellsten Informationen durchgeben. Dann gab er Riensch ein Zeichen.

»Wir fangen an«, bestimmte er und nickte einem Soldaten am Laptop zu. Der startete die Wiedergabe einer PowerPoint-Präsentation. Gleich die erste Folie zeigte das verpixelte Bild der beiden südlich von Frankfurt am Main eingeschlagenen Kapseln, wie es in diesen Minuten millionenfach um die Welt ging, wie es in allen sozialen Netzwerken geteilt, von sämtlichen Medien aufgegriffen und weiterverbreitet wurde.

»Meine Damen und Herren«, begann Stearn ernst, »Sie sehen hier eine Aufnahme, die keine zwei Stunden alt ist. Ich denke, ich muss nicht darauf eingehen, was geschehen ist … weshalb wir von der Bereitschaft Gebrauch gemacht und Sie alle einberufen haben. Konzentrieren wir uns auf jene Dinge, die hinter den Kulissen geschehen und von denen Sie aus der Presse nichts erfahren werden. Im Anschluss daran erhalten Sie Ihre Befehle.«

Der Soldat am Laptop klickte. Die nächste Folie erschien auf der Leinwand, sie zeigte eine Karte der Bundesrepublik Deutschland. Markiert waren zwei Orte: Frankfurt am Main sowie das 60 Kilometer südlich gelegene Mannheim. Marten konnte sich denken, was Stearn nun sagen würde – und der Capitaine enttäuschte ihn nicht.

»Sie wissen, dass die politische Situation nicht einfach ist, was den Einsatz unserer Streitkräfte angeht. Der Sicherheitsrat kommt in diesen Minuten auf Grundlage von Artikel 7 des Planetary Defense Acts zusammen, um unseren Einsatz zu beschließen. Nichtsdestotrotz ist es uns nicht gestattet, uns außerhalb der Kasernen und uns zugewiesenen Übungsplätzen zu bewegen, solange die deutsche Regierung uns nicht offiziell angefordert hat. Und die Deutschen scheinen zur Stunde noch abzuwarten ob der Dinge, die da kommen mögen.«

»Die sollen das wie im Jemen machen«, flüsterte Härti. »Die Regierung für nicht mehr handlungsfähig erklären und dann geht's ab für 'ne Mark fünfzig.«

»Du willst die deutsche Regierung als ›nicht handlungsfähig‹ deklarieren?«, fragte Marten ungläubig.

»Ist alles Auslegungssache«, grinste Härti.

Stearn räusperte sich, sagte, er wolle sich kein Urteil über das Gebaren der deutschen Regierung erlauben, dazu seien die deutschstämmigen Soldaten der Kompanie wohl besser in der Lage. Die reagierten unterschiedlich. Einige grinsten, andere hoben die Brauen, blickten einander fragend bis zweifelnd an. Die Bundesregierung war nun einmal nicht für rasches Handeln bekannt.

Marten jedenfalls hoffte, dass die deutsche Bürokratie dem Einsatz der Forces nicht allzu lange im Wege stehen würde. Die Bundeswehr jedenfalls, die deutsche Armee, war chronisch unterfinanziert und in schlechtem Zustand, zudem gab Berlin bei der militärischen Finanzierung und Ausstattung den Forces regelmäßig den Vorzug vor der landeseigenen Streitmacht, um Deutschlands politisches Gewicht innerhalb der internationalen Gemeinschaft zu erhöhen.

»Wir sollten schon einmal das Antragsformular 134b für die Anwendung von Waffengewalt im Falle eines Angriffes durch hässliche Alienbastarde ausfüllen. Vier Ausführungen. Handschriftlich. Damit müssen wir dann nach Berlin zum Verteidigungsministerium reisen und eine Nummer ziehen. Wenn wir das heute noch machen, kann unser Antrag in spätestens zweieinhalb Jahren final beschieden werden«, rief Härti in einem Anflug von Galgenhumor aus und rang damit einigen seiner Kameraden ein Lachen ab.

»134c ist das, Mann«, warf Schröder ein, »b ist für den Einsatz von Panzern gegen Flüchtlingskinder!«

»Oh, der sogenannte AfD-Antrag«, unkte Härti.

»Die deutschen Lads machen sich wieder gegenseitig fertig«, feixte ein Brite mit starkem, irischen Akzent und klopfte den Kameraden in seiner unmittelbaren Nähe die Schultern ab.

»Deshalb haben die auch den Krieg verloren!«, warf ein anderer Brite ein. Härti sprang plötzlich auf, fuhr herum wie eine Furie, starrte mit wahnsinnigem Blick ins Plenum.

»Hey!«, brüllte er. »Hey! Leute! Ihr mögt den Krieg gewonnen haben, aber wir waren Sieger der Herzen. Okay?« Er grinste wie ein Honigkuchenpferd.

»Oh, gefährlich ... ganz gefährlich ...«, flüsterte Marten erheitert. Härtis Albereien verdrängten tatsächlich für den Moment die Gedanken, die sich in seinem Hirn längst zum Knäuel vermengt hatten. »Ganz gefährliches Pflaster, mein Freund.«

»Was denn?«, feixte der Gruppenführer und setzte sich wieder. »Die Briten haben wenigstens Humor und die Hornochsen vom MAD haben wir keine Zuständigkeit. Hier darf man noch sagen, was man will.«

»Wohl wahr«, stimmte Schröder zu. Geier hingegen blieb auffällig ruhig. Ob sie an ihre drei Kinder dachte, die in Norwich zur Schule gingen?

Stearn jedenfalls schaute etwas bedröppelt drein, er konnte mit dem rauen Soldatenhumor seiner Jungs und Mädels bisweilen wenig anfangen. Er räusperte sich mehrmals, versuchte die Aufmerksamkeit wieder auf sich zu vereinigen – vergeblich. Schließlich fragte er Härti todernst, ob der vielleicht nach vorne kommen und Stearns Job übernehmen wolle.

»Nur, wenn Sie eine Comedy-Nummer erwarten«, gab der zu Protokoll, verschloss dann aber seinen Mund und deutete mit den Fingern einen Schlüssel an, den er fortwarf. Untertänig schaute er seinen Kompanieführer an. Der nickte dankend und setzte seine Unterweisung fort:

»Wie nun ausgiebig erörtert, hat uns die deutsche Regierung bis dato nicht angefordert und niemand weiß, wann und ob dies geschehen wird. Général Sakurai jedenfalls ist im Bilde und wild entschlossen, unsere Kräfte zum Einsatz zu bringen. Zur Stunde werden weltweit alle Soldaten der Forces einberufen und in Alarmbereitschaft versetzt, der Masse unserer europäischen Kräfte ist die Gefechtsbereitschaft befohlen worden. Der Général hat befohlen, sämtliche Forces-Truppen vorerst an ihren Standorten zu belassen, da wir nicht wissen, ob und wo es zu weiteren Landungen kommt. Schlagkräftige Spezialeinheiten sollen sich allerdings umgehend auf den Weg nach Deutschland machen.«

»Also wir«, rief Härti aus. Stearn warf ihm einen missmutigen Blick zu, verzichtete aber auf eine weitere verbale Auseinandersetzung.

»Sakurai möchte nicht auf dem falschen Fuß erwischt werden, sollte es knallen.« Der Capitaine holte Luft, beäugte hintergründig das Plenum. »Bitte machen Sie sich alle das Folgende bewusst. Wir Menschen sind vor 120 Jahren von diesen krakenartigen Höllenhunden überfallen worden und es war einzig glücklichen Umständen zu verdanken, dass wir überlebt haben. Seither nichts! 120 Jahre lang haben diese Kerle kein Lebenszeichen von sich gegeben. Sie waren unauffindbar, wie vom Weltall verschluckt – und wir wenden bereits immense Ressourcen auf die Erforschung unseres Sonnensystems auf. Unsere Teleskope suchen jeden Quadratzentimeter des Alls ab, unsere Sonden überwachen alle acht Planeten in Reichweite. Ich muss es Ihnen nicht erklären, aber wir haben in den letzten 120 Jahren nichts gefunden. Gar nichts. Auch nichts, was geheim gehalten wird. Kein Porton Down, keine entführten Rednecks in Texas. Wir haben nichts, das kann ich ihnen versichern. Und nun, nach gut 120 Jahren, tauchen diese Kerle wieder auf. Oder haben zumindest zwei ihrer Raumschiffe auf unseren Planeten gesandt, denn mehr wissen wir zur Stunde nicht. Wir wissen nicht, warum sie hier sind. Wissen nicht, was sie wollen. Ein Unfall? Mag sein, vielleicht sind die Brüder in ihren fliegenden Tunfischbüchsen einfach abgestürzt. Oder es handelt sich um eine Diplomatendelegation. Zur Stunde ist alles möglich, und wir müssen wohl warten, bis sich unsere Freunde aus ihren Kapseln bequemen … oder bis die Deutschen sie dort herausgepult haben. Fakt ist aber, dass es eine Wahrscheinlichkeit gibt, dass dies ein zweiter Invasionsversuch ist. Wir müssen mit allem rechnen, dies ist auch die Meinung, die der Général vertritt. Keine Risiken, keine Experimente! Général Sakurai hat befohlen, vier Mark Red augenblicklich nach Deutschland zu verlegen. Wir versetzen alles, was wir haben, in Bereitschaft, und sobald die Deutschen uns lassen, legen wir los. Wir sichern die Landezone, töten zur Not alles Tentakelartige, das sich aus den Kapseln wagt. Keine Kompromisse! Wir wenden an, was wir vor 120 Jahren auf die harte Tour hatten lernen müssen, nämlich dass wir ihnen keine Zeit schenken dürfen, dass wir sofort ran müssen! International wird in diesen Minuten auf die deutsche Kanzlerin eingewirkt, damit diese schnellstmöglich das Hilfegesuch an die UN stellt. Wir fahren lieber raus und stellen am Ende fest, dass es eine Ente ist, statt nicht vor Ort zu sein, wenn die Tripods loslegen.«

Stearn hatte sich sichtlich in Rage geredet. Er atmete schwer.

»Darum ergeht an das No. 18 Joint Special Mechanized Regiment folgender Auftrag: Wir machen von unserem Recht als Forces-Einheit Gebrauch und verlegen mit Mann und Maus an einen unserer Standorte in Deutschland, genauer gesagt nach Mannheim. Die Royalen Luftstreitkräfte stellen uns dafür sechs Puma zur Verfügung, diese werden uns mit einer Zwischenlandung in Amsterdam direkt zur Kaserne fliegen und uns ganz unkonventionell auf dem Parkplatz absetzen. Zivile Mitarbeiter führen unsere Fahrzeuge auf dem See- und Landweg nach. Rechnen Sie damit, dass dies 24 Stunden in Anspruch nehmen wird.«

Stearn blickte verheißungsvoll in die Runde.

»Sechs Pumas …«, wiederholte er. »Jeder, der rechnen kann, weiß, dass man damit kein Regiment bewegt, mit Ach und Krach gerade unsere Kompanie. Der Kommandeur hat entsprechend entschieden, dass wir als Speerspitze des Regiments als Erstes nach Mannheim verlegen werden, danach holen die Pumas die 2. Kompanie. Der Kommandeur und sein Stab werden uns begleiten. Ziel ist es, asap Marschbereitschaft herzustellen, den Weg nach Mannheim anzutreten und die örtlichen Kräfte nach Möglichkeit zu unterstützen. Asap bedeutet in diesem Fall 30 Minuten. Die Hubschrauber sind bereits auf dem Weg.«

Stearn blickte in ernste Gesichter, die jede Emotionalität aus ihren Zügen verbannt hatten, die ihren Auftrag aufgenommen hatten wie ein Dachdecker die Weisungen des Bauleiters, die bereit waren loszuschlagen.

»Was sagt ihr Deutschen noch immer als Motto?«, überlegte Stearn schließlich.

»Sieg Heil!«, brüllte ein Brite aus der zweiten Reihe und verwandelte damit die versammelte Mannschaft in Grinsekatzen.

»Nein, nicht das!«, knirschte Stearn angefressen.

»Wir schaffen das«, äußerte ein Deutscher. »Aber unsere Chefin ist eigentlich die Einzige, die das sagt.«

»Nein, verflixt! Euer Kampfspruch!«

»Dran, drauf, drüber«, erklärte Marten.

»Danke«, erwiderte Stearn sichtlich erleichtert. »Und genauso werden wir die Aliens angehen. Dran, drauf, drüber!«

Härti lehnte sich zu Marten herüber, flüsterte: »Ich dachte, der Spruch bezieht sich auf Frauen.«

*

Es goss wie aus Kübeln, langen Stahlstäben gleich prasselte der Regen auf Mitteldeutschland hernieder. Er trommelte in einer Intensität, dass Marten zwischenzeitlich Bammel hatte, sie würden den Flug abbrechen und umkehren. Die beiden Briten im Cockpit der SA 330 Puma aber waren kaltschnäuzige Hunde, denen das Fliegen in der Suppe auch noch Spaß bereitete. Marten stand zwischen ihnen im Cockpit und klammerte sich am Pilotensitz fest. Der Rotor dröhnte überlaut, die beiden Wellenturbinen beschleunigten den Hubschrauber auf mehr als 200 Stundenkilometer. Sie hatten Amsterdam hinter sich gelassen, hatten die deutsche Grenze überquert. Ihr Kurs: hart Südost.

Die Wetterverhältnisse beschränkten die Sicht auf wenige Hundert Meter.

»Dass ihr überhaupt wisst, wohin ihr fliegt!«, brüllte Marten ins Mikrofon seines Headsets.

»Immer der Nase nach«, antwortete der Kopilot feixend und zeigte auf seine Nasenspitze.

»Soso …«

»Ich kann es immer noch nicht fassen, dass die Fleischbälle wiedergekommen sind«, schaltete sich der Pilot ein.

»Tja …«, machte Marten nur und musste plötzlich an Lisa denken.

»Und dieses Mal nicht England, heh?«, ergänzte der Kopilot. »Dieses Mal wollen die sich euch Deutsche vorknöpfen?«

»Die gehen halt immer auf das mächtigste Land zuerst drauf«, erklärte Marten nüchtern. Die Briten lachten.

»Aber ernsthaft«, sagte der Pilot. Marten musste sich konzentrieren, um ihn trotz des Rotoren- und Turbinenlärms zu verstehen.

»Tretet diesen hässlichen Oktupus-Missgeburten ordentlich in die Eier!«

»Das ist der Plan.«

»Wir haben auch noch eine Rechnung mit denen offen … für London 1901«, fügte der Kopilot an.

»Wir legen sie denen vor und kassieren ab, keine Sorge.«

»Macht sie richtig fertig!«, geiferte der Pilot. »Ich meine, wir sind jetzt 120 Jahre weiter. Die haben mit ihren laufenden Teekesseln gegen Kampfjets und Panzer nichts mehr zu melden.«

»Abwarten«, murmelte Marten. Etwas drohte ihm den Magen auszuheben. Er musste an den Mini-Tripod denken. An Härtis Handy …

»Wir werden sehen«, sinnierte der Kopilot derweil, »wenn sich die Deutschen auf Artikel 5 berufen, bekommen wir Regulären vielleicht auch noch eine Einladung zur Party.«

»Grillparty«, korrigierte sein Kamerad. Die unter den Helmvisieren freiliegenden Münder zeigten die Zähne. Die beiden Briten ballten Fäuste und schlugen diese gegeneinander. Es war wie in den ganzen Antikriegsfilmen, die sich Marten mit Begeisterung reinzog: Unerfahrene, junge Soldaten fieberten der ersten Schlacht entgegen. Sie waren euphorisch, hielten sich für unsterblich, lechzten nach dem Feuer des Krieges, das sie zum Mann machen sollte. Dann die Ernüchterung. Tod und Verwundung. Schrecken. Physische und seelische Belastungen, die jenseits der Vorstellungskraft lagen. Die, die überlebten, waren am Ende stets harte Hunde, aber auch abgestumpft. Innerlich tot. Zu einem Leben jenseits der Gewalt kaum noch imstande. Es war das alte Lied, das von Schriftstellern, Filmschaffenden und anderen Künstlern schon seit Jahrhunderten wieder und wieder gesungen wurde. Und doch schien jede Generation diese Lektion aufs Neue lernen zu müssen. Die Unerfahrenen, die Jünglinge, die Gernegroßen mussten wohl ihren eigenen Blutzoll entrichten, der ihrer Väter und Großväter schien nicht zu genügen. Die beiden Piloten jedenfalls erinnerten Marten an ihn selbst, bevor er seinen ersten Einsatz absolviert hatte. Auch er war damals Feuer und Flamme gewesen für den Kampf, für den Krieg, für das Kräftemessen unter Männern. Mittlerweile kannte er die Schattenseite seines Berufes; die dunklen Stunden, wenn er alleine war und Gewissensbisse und Erinnerungen ihn zugleich überfielen. Die verwirrten Blicke, wenn er Dinge ansprach, die niemand begreifen konnte, der sie nicht selbst erlebt hatte.

Vielleicht lag es daran, dass Marten bereits einige Kampfeinsätze in den Knochen hatte, während die beiden britischen Piloten ihm jung und unerfahren erschienen. Vielleicht war es auch seine Frau, die krank vor Sorge daheim in Norwich hockte und sich mit jeder neuen Meldung, mit jedem Bericht und Kommentar aus der explodierenden Medienlandschaft nur noch mehr in ihre Angst hineinsteigerte. Marten jedenfalls beschlich ein ganz, ganz mieses Gefühl. Für den Augenblick klammerte er sich vor allem an Stearns Worte: Vielleicht hatten die sogenannten Marsianer südlich des Frankfurter Flughafens wirklich nur eine Notlandung ausgeführt … vielleicht waren sie auch gekommen, um der Menschheit eine Wiedergutmachung für 1901 anzubieten, um Handelsbeziehungen aufzunehmen, um den Weg in eine gemeinsame Zukunft beider Rassen zu ebnen.

Mensch und hässliches Krakenmonster, Hand in … ähem … Tentakel, bemühte Marten gedanklich seinen Humor, doch so recht wollte ihm das nicht gelingen. Konnte das überhaupt funktionieren, eine friedliche Koexistenz von Menschen und Außerirdischen? Die Menschen waren sich ja nicht einmal untereinander grün. Martens anfängliche, heimliche Freude über das Auftauchen der Zylinder jedenfalls war vollständig verflogen. An ihre Stelle war eine latente Furcht getreten.

»Hab gehört, wir haben deren Schiffe erst bemerkt, als diese bereits gelandet waren?«, fragte der Kopilot.

»Ja, das ist richtig«, bestätigte Marten. Er hatte die Zeit in Amsterdam genutzt, sich per Smartphone über die aktuellsten Entwicklungen zu informieren. Verschiedene Medien hatten darauf verwiesen, dass die Kapseln trotz Tausender Beobachtungsstationen auf dem ganzen Planeten vollkommen unbemerkt in die Erdatmosphäre hatten eindringen können und quasi erst nach ihrer Landung entdeckt worden waren – von unbeteiligten Zivilisten.

»Wie kann das sein? Dachte, wir scannen flächendeckend unseren eigenen Orbit, um genau das zu verhindern?«, fragte der Pilot.

»Dachte ich auch immer«, entgegnete Marten knapp.

Eine gewaltige Ansammlung von Gebäuden schälte sich unter dem Hubschrauber aus dem Nebel. Der Rhein trennte das dicht bebaute, urbane Gelände in zwei Hälften: in Mannheim und in ihre Schwesterstadt Ludwigshafen am Rhein. Die deutlich schmalere Neckar traf oberhalb der Stadtzentren auf den großen, mitteleuropäischen Strom.

Der Kopilot nahm über Funk Verbindung zur Mannheimer Liegenschaft auf, die ganz im Osten der Stadt lag, direkt an der hessischen Grenze. Die kleine Kaserne war eigentlich nicht für Hubschrauberlandungen ausgelegt, daher mussten die Piloten improvisieren. Die sechs Puma würden nacheinander auf dem Parkplatz runtergehen und dann in die Niederlande zurückfliegen.

Der Pilot drehte hart nach Osten ab und am Boden wurde bald die Liegenschaft der Forces sichtbar, verborgen hinter einem dunstigen Schleier. Winzig war sie, eine quadratische Anhäufung von Blockbauten, in ihrer Mitte ein großer Platz. Der Regenguss hatte Pfützen gebildet, die im schwachen Tageslicht glänzten.

Der Puma von Stearn und dem Regimentskommandeur ging bereits zwischen den Gebäuden runter, setzte auf dem Platz auf, dessen Ausmaße gerade eben ausreichten, um eine sichere Landung zu ermöglichen.

»Wir sind als Nächstes dran«, erklärte der Kopilot.

*

Lieutenant Marten sprang durch die offene Seitentüre auf den asphaltierten Platz, auf dem Abermillionen von Regentropfen tanzten. Seine Männer kraxelten hinter ihm aus dem klobigen Luftgefährt und schleppten massig Ausrüstung mit sich. Die Triebwerke des Puma lärmten, weitere Helikopter hoverten über den Blockbauten in der Luft. Sie produzierten einen abnormalen Lärm, in dem jedes andere Geräusch unterging.

Marten spurtete durch den Platzregen. Er meinte, Stearn erkannt zu haben, dessen rotes Barett leuchtete im Nebel. Er rannte auf ihn zu, sah noch aus dem Augenwinkel, wie ein ortsansässiger Soldat den Regimentskommandeur und dessen Stab aus dem Regen führte. Überhaupt war die ganze Liegenschaft in Aufruhr. Bunte Soldaten wuselten durcheinander, rannten von Block zu Block. Einheiten formierten sich, Fahrzeuge fuhren vor und nahmen Soldaten auf, ehe sie mit durchdrehenden Reifen abrauschten. Marten verspürte wieder dieses mulmige Gefühl im Magen.

Er erreichte Stearn, der von Leonie Riensch belagert wurde. Außerdem war da ein Mann mit dunklem Hautteint und einer breiten, flachen Nase. Er trug einen grau-beige-farbenen Tarndruck, die Achselstücke wiesen ihn als Commandant aus. Der Regen färbte ihre Uniformen dunkel.

Stearn legte gleich los: »Commandant, das ist mein erster Zugführer, Lieutenant Rick Marten. Mister Marten, das ist Commandant José Alcedo, Kommandeur des 1. Bataillons.« Die beiden gaben sich die Hand, einen militärischen Gruß gab es bei den Earth Protection Forces nicht.

»Freut mich«, sagte Alcedo knapp und offenbarte einen starken spanischen Akzent. Marten tippte auf Südamerika.

»Ebenso.«

In Mannheim war ein Fernmelderegiment der Forces stationiert, verteilt über zwei Kasernen. Ein Bataillon pro Liegenschaft. Laut Internet waren die Mannheimer Forces-Truppen chronisch unterbesetzt und hatten mit veralteter und zusammengewürfelter Technik auszukommen, was großenteils ihrer Zusammensetzung geschuldet war. 30 Prozent des Stammpersonals wurde durch deutsche Soldaten gestellt, die artig von ihrer Regierung gemäß der Vorgaben ausgestattet wurden. Der Rest setzte sich aus 19 Nationen zusammen, was mit Masse solche Länder waren, die nicht gerade für ihre Zahlungsmoral oder ihre Zuverlässigkeit bekannt waren. 12 der 19 Nationen stammten aus Afrika, vier aus Südamerika. Dementsprechend mangelte es an vielem, was die Presse immer wieder mit spöttischem Genuss aufgriff. In Mannheim selbst war das Regiment als »Volkssturm 2000« verschrien.

Stearns ernstes Gesicht hatte sich seit dem Start in Amsterdam noch ein wenig weiter verfinstert. Er bedachte Marten mit einem durchbohrenden Blick, der dem Lieutenant das Blut in den Adern gefrieren ließ. Dicke Regentropfen klatschten gegen Stearns Barett, der Stoff hatte sich bereits mit Wasser vollgesogen. Sturzbäche rannen ihm von der Mütze herunter, tropften ihm ins Gesicht. Stearn schien dennoch völlig unbewegt, so als hätte er den Regen noch gar nicht bemerkt. Marten fröstelte es mit einem Male, auch er war schon durchnässt bis auf die Knochen.

»Es geht los«, erklärte der Capitaine ohne jeden Unterton. Damit war alles gesagt. Marten nickte, schluckte.

»Die Deutschen haben uns offiziell angefordert und mobilisieren im Augenblick alles, was ihre Armee hergibt. NATO und EU sind ebenso auf den Beinen. Sie beginnen gleichzeitig damit, gemäß der Schmidt-Verordnung die betroffenen Gebiete zu evakuieren, in ganz Europa werden die Bunker mit Versorgungsgütern ausgestattet.«

Der einstige deutsche Bundeskanzler Helmut Schmidt hatte während seiner Amtszeit als Verteidigungsminister maßgeblich daran mitgewirkt, einen bundesweiten Evakuierungsplan für den Fall einer Marsianer-Invasion in

Deutschland aufzustellen, der als Schmidt-Verordnung internationale Bekanntheit erreicht und mittlerweile in vielen anderen Ländern zur Umsetzung gelangt war. Im Kern drehte sich jene Verordnung um den Bau und Unterhalt autarker Luftschutzbunker, in denen im Falle eines Angriffes die Zivilbevölkerung über einen längeren Zeitraum Schutz finden würde, jedenfalls so lange, bis die irdischen Militärs die Außerirdischen zurückgeschlagen haben würden.

Marten hob und senkte langsam den Kopf, sein Blick fiel auf Riensch. Die klammerte sich an ihrem Klemmbrett fest, als würde allein das ihr Schutz bieten. Das darin fixierte Papier weichte im Regen auf.

Stearn berichtete fort: »Die Deckel der Kapseln schraubten sich ab und fielen in die Krater. Wie wir das aus dem Marskundeunterricht kennen. Dann allerdings erhoben sich ohne große Verzögerung ihre Tripods aus den Kratern und griffen die Polizisten an, die die LZ abgeriegelt haben.« Stearn hielt einen Moment inne, blickte Marten mit dem hintersinnigen Interesse eines Tigers an. »Es hat ein Blutbad gegeben.«

»Kein tagelanges Ausharren und Werkeln? Die sind sofort raus und zum Angriff übergegangen?«

»Ja. Scheint, sie haben neue Tricks gelernt.«

»Scheiße.«

»Sie bringen es auf den Punkt.«

»Womit haben wir es zu tun?«

»Die Berichte sind unsauber, das alles hat sich erst vor wenigen Minuten ereignet. Die zuständigen Behörden hauen über Twitter und Facebook im Minutentakt neue Meldungen raus. Die Rede ist von sechs Tripods, drei pro Kapsel. Im Augenblick schwärmen sie aus, immer in Zweierpaaren bewegen sie sich von der LZ weg … und greifen alles an, was menschlichen Ursprungs ist.«

»Es wird vermehrt gemeldet, dass deren Tripods ganz anders aussehen als die Dinger in den Museen«, fügte Alcedo an. »Größer.«

Stearn signalisierte Entschlossenheit und übernahm wieder das Wort: »Aus den Kratern werden Geräusche gemeldet. Etwas wie ein Hämmern oder ein Bohren.«

»Also basteln die doch?«

»Wir müssen davon ausgehen. Eurofighter der Bundeswehr heben in diesem Moment ab, um einen Luftangriff gegen die Tripods zu versuchen. Tornado-Maschinen sollen Bombenangriffe gegen die Krater fliegen. Aus Ramstein machen sich US-Jets auf den Weg und die Franzosen schicken auch bereits Luftunterstützung. Aber im Augenblick herrscht das typische Chaos der ersten Stunden nach dem Angriff. Allmählich setzt sich alles in Richtung der Marsianer in Bewegung. Noch weiß aber niemand, was Phase ist.«

»Und wir? Was machen wir?« Marten musste sowohl gegen den Lärm der Hubschrauber, als auch gegen das Trommeln des Regens anbrüllen.

»Wir verlegen nach Darmstadt, das sind knapp 35 Meilen über Land. Wir helfen bei der Evakuierung und bringen die Menschen in Sicherheit, wo es geht.«

»Capitaine, bei allem Respekt, wir sind für den Angriff ausgebildet worden, nicht fürs Babysitten! Wir sollten den Aliens die Ohren lang ziehen, bevor die sich etablieren können.«

»Wir sind hier, um zu helfen. Und oberste Priorität hat die Evakuierung der Zivilbevölkerung. Um die Tripods kümmern sich die schweren Waffen.«

»Und wie sollen wir nach Darmstadt kommen? Können Sie uns den nötigen Transportraum zur Verfügung stellen?« An Alcedo. Der verneinte. Dafür grinste Stearn plötzlich wie ein Honigkuchenpferd. Das gab es auch nicht alle Tage.

»O«, sagte der Capitaine hintergründig, »das wird Ihnen gefallen.«

*

Der Regen war in ein feines Nieseln übergegangen, der Himmel war betongrau und mit dickem Gewölk behangen. Capitaine Stearn hatte seine Kompanie querfeldein in Richtung Innenstadt getrieben, hetzte die Männer und Frauen nun im Laufschritt über die Waldstraße gen B38. Ein großer, bunter Pulk deutscher und britischer Uniformen schob sich durch Wohn- und Industriegebiete. Die Soldaten schleppten Waffen, Rucksäcke, Funkgeräte, sie trugen wuchtige Schutzwesten, Helme und Gelenkschoner. Sie stöhnten und keuchten unter der Anstrengung. Die Uniformen glänzten dunkel.

»Bewegt euch!«, rief Stearn wieder und wieder. Und Marten fiel in das Geplärr mit ein, brüllte seine Teileinheit an, feuerte sie an.

Sie passierten Wohnhäuser, linker Hand befand sich eine rumänisch-orthodoxe Kirche, dann eine Tankstelle, einige Industriehallen. Die Kompanie überquerte schließlich einen Übergang, unter dem Schienen herführten, und hielten sich danach links. Entfernte Sirenen bestimmten die Geräuschkulisse.

Das Bild, das Mannheim an diesem Nachmittag zeichnete, war beängstigend. Gespenstisch. Mit Klamotten und Koffern vollgestopfte Fahrzeuge parkten in den Einfahrten. Hektische Menschen, schreiende Kinder. Motoren erwachten zum Leben, brüllten auf. Zahlreiche Einwohner flohen Hals über Kopf, obwohl die Landespolizei auf allen Kanälen dazu aufrief, daheim zu bleiben und auf Evakuierungsanweisungen zu warten. Wer sich nicht davonmachte, der hockte gebannt vorm Radios, vorm Fernseher, am Smartphone. Überall waren hinter den Schirmen in Schockstarre verfallene Menschen zu beobachten; in der Tankstelle, vorm Imbiss, im Blumengeschäft. Die App KATWARN verzeichnete einen Anstieg der Downloads um mehr als 2000 Prozent.

Stearn ließ die Kompanie schließlich anhalten, für einige der Soldaten kam das gerade zur rechten Zeit. Leonie Riensch sah so aus, als würde sie jeden

Augenblick aus den Latschen kippen. Ihr Kopf war puterrot angelaufen, sie schnappte geräuschvoll nach Luft.

Der Capitaine rief seine Unterführer zu sich.

»Was wird mir denn nun gefallen?«, fragte Marten schnaufend. Er rupfte sich am Hosenstoff im Schritt herum, denn das harte Material der Bw-Hose scheuerte.

Stearn sagte kein Wort, sondern trat einen Schritt zur Seite, gab den Blick auf die Flachbauten hinter ihm frei. Marten gingen die Augen auf. Er blickte auf ein riesiges Autohaus mit angeschlossener Werkstatt. Flotten von bunten Neuwagen und gut gepflegten Gebrauchtfahrzeugen parkten auf dem asphaltierten Platz davor. Fahnen und Schilder warben für Qualität und günstige Preise. Der aufrecht stehende, mit seinen Tatzen winkende Löwe von Peugeot prangte überall.

Stearn zückte die Kompanie-Kreditkarte und machte somit unmissverständlich deutlich, was er vorhatte.

»Ich kenne mich hier ein bisschen aus«, erklärte einer der Unterführer grinsend. »Auf der anderen Seite der Bundesstraße befindet sich noch ein Audi-Händler.«

»Ihr könnt mich mal!«, knurrte Stearn und bedeutete seinen Soldaten, ihm zu folgen.

»Lieutenant Marten?«

»Jawohl?«

»Sie sind doch gut im Verhandeln.«

»Möglich.«

»Sie übernehmen. Ihnen steht das komplette Jahresbudget der Kompanie zur Verfügung.« Und das fiel für Forces-Spezialeinheiten noch üppig aus. Marten nahm die Kreditkarte entgegen, als wäre sie der Heilige Gral. Er rannte vorweg, sprang zwischen den Fahrzeugen umher, eilte der gläsernen Eingangstür entgegen, rüttelte daran. Verschlossen.

Marten blickte durch die Scheiben ins Innere, sah zwei Anzugträger, die ihre Krawatten gelockert hatten und gebannt vor einem Fernsehgerät saßen. Der zeigte Bilder des laufenden Angriffes. Startende Eurofighter, Forces-Soldaten, die aus ihren Kasernen strömten, Polizisten in Eile, Rettungskräfte, die mit Sirenengeheul an der Kamera vorbeirauschten.

»Hey!«, brüllte Marten und schlug lautstark die Faust gegen das Glas. Mehrfach. »Hey!«

Die Anzugträger blickten sich nach der Quelle des Klopfens um, nahmen Marten verwirrt in Augenschein. Der trommelte wie ein Gorilla gegen die Scheibe. Einer der Kerle erhob sich nun, schüttelte entschieden den Kopf. Marten ließ nicht locker, klopfte und brüllte. Abermals schüttelte der Anzugträger den Kopf, wedelte sich mit der Hand außerdem vorm Hals herum. Er brüllte: »Wir haben geschlossen!«

»Ja, glaubst du, ich will ’ne Beratung?«, herrschte Marten. Auf seiner Stirn pulsierte eine dicke Wutader. Er klopfte erneut, klopfte wie ein Verrückter. »HEY! MACHEN SIE AUF! SEHEN SIE NICHT, DASS ICH SOLDAT BIN?«

Die Anzugträger wurden wütend, fluchten unflätig. Einer von ihnen keifte: »GESCHLOSSEN! Wissen Sie nicht, was hier los ist?« Seine Worte drangen dumpf durch die Glasscheibe. Mit eindeutiger Handbewegung machte er deutlich, dass sich Marten vom Acker machen sollte.

Der drehte sich um.

»Na gut«, grummelte er. »Na gut.« Marten nickte mit dem Kopf wie ein Huhn, schaute sich dabei um. Blitzschnell griff er einen Metallpoller, der Teil einer Absperrung war. Wie ein Diskuswerfer schleuderte er das sauschwere Ding in die riesige Fensterscheibe neben der Eingangstür. Das Glas sprang, klirrte lautstark, die Scheibe brach in sich zusammen, riesige Scherben schlitterten über den Boden. Der Metallpoller zertrümmerte beim Aufschlag die Fliesen im Inneren.

Marten spazierte durch das zerstörte Fenster, blickte in völlig verdatterte Gesichter. Er machte ein freundliches Gesicht und sagte: »Tag die Herren. Ich hätte gerne Transportraum für 86 Mann. Zahle mit Karte.«

# XIII. Die Vernichtung der 24 Feldbatterie

Um 5 Uhr 50 nachmittags erreichte uns jene Meldung, die die klägliche Zeit des Wartens beenden und die Zeit des Kampfes einläuten sollte. Ich war gerade im Gespräch mit einigen der Männer, die darauf beharrten, den Befehl des Brigadeoffiziers zu übergehen, als wir plötzlich die Silhouette einer aufgebrachten Gestalt auf uns zulaufen sahen; ein Soldat aus unserem Beobachtungsposten im Fichtenwald. Evans tat in jenen Stunden Dienst in dem Posten und hatte, gleich als sich beim Feind etwas tat, einen Melder losgeschickt. Ebenjener Melder erreichte uns vollkommen aufgelöst. Um Fassung bemüht berichtete er: Die Marsianer haben sich aus ihrer Grube erhoben, er habe deutlich die massigen, ledrigen Körper sehen können, wie sie über die Weide in Richtung Nordosten kriechen. Sie führen eine Art großen, eisernen, kuppelförmigen Schild mit sich und auch sonst einige Maschinen, die Evans nicht zuzuordnen vermöge.

Unser feiner Herr Major entschied umgehend, etwas zu unternehmen. Er erklärte, dass die vom D.A.A.G. erteilten Befehle durch diese kolossale Änderung der Lage ihre Gültigkeit verloren habe und dass keine Zeit mehr bleibe, auf eine neuerliche Order der übergeordneten Führung zu warten (der bisweilen stark wolkenverhangene Himmel machte die Nutzung der Heliografen unmöglich). Er schickte alsgleich zwei Melder; einen von ihnen zum Ripley Inn, um die Brigade darüber in Kenntnis zu setzen, dass die 24 Feldbatterie den Kampf gegen die fremden Invasoren aufnehmen würde, den zweiten zum Cardigan-Regiment, um dieses über seine Absicht in Kenntnis zu setzen. Daraufhin wies er uns an, die Kanonen im Fichtengehölz bei unserem Auge am Feind in Stellung zu bringen.

Die Männer brachen in Begeisterungsstürme aus, endlich hatte das zermürbende Warten ein Ende! O hätten wir damals nur geahnt, was uns bevorstand!

Der Befehl zum Angriff gewiss war wie ein Befreiungsschlag für die gesamte Batterie, er nahm uns eine große Bürde. Das uns bevorstehende Scharmützel mochte Leid und Tod für viele von uns bedeuten, doch war es zumindest eine Handlung, die wir aus eigener Kraft heraus ausführten. Das unerträgliche Ausharren hingegen war uns vorgekommen wie eine vorauseilende Kapitulationserklärung an den Gegner.

Unsere Trompeter bliesen alsgleich das Signal, die Kutscher besetzen die Karren. Wir ließen Zelte und Verpflegung zurück und eilten, so schnell es uns möglich war, zum Fichtengehölz.

Lassen Sie mich, verehrter Leser, im Folgenden die Gefechtsaufstellung der ersten und einzigen Schlacht der 24 Feldbatterie gegen die »Marsianer«

wiedergeben, wie diese durch unseren Herrn Major laut dem Kriegstagebuch um 5 Uhr 39 befohlen wurde:

Leutnant Donavans 1. Geschützgruppe sowie Zweiter Leutnant FitzUryan Rhys' 2. Geschützgruppe zu je zwei 12-Pfündern gingen unmittelbar bei unserem Auge am Feinde in Stellung, um die fortkriechenden Wesen aus ihrem Südwesten heraus unter Feuer zu nehmen. Dies sollte bei einer Kampfentfernung von schätzungsweise 600 Yards vortrefflich gelingen und uns eine hohe Zielgenauigkeit gestatten.

Evans 3. Geschützgruppe zu zwei Kanonen hatte, der Straße gen Osten folgend, eine Feuerstellung Südsüdost des Zylinders zu beziehen. Auf diese Weise sollte gewährleistet werden, dass der Gegner, unter Kreuzfeuer liegend, keine Gelegenheit zu einem Gegenschlag erhalten würde.

Unser Herr Major befahl darüber hinaus, den ersten Schlag, der gemeinsam auf Trompetensignal erfolgen sollte, mit 56er-Geschossen zu führen, die auf Aufschlagzünder eingestellt zu sein hatten. Im Anschluss daran und nach Auswertung der Schussbeobachtung würde ein jeder Gruppenführer selbstständig entscheiden dürfen, mit welchem Geschosstyp und in welcher Einstellung er die Ziele fortan bombardieren wolle. Ich als Verbindungsmann zwischen unserem Batterieführer und den Gruppenführern würde gegebenenfalls selbst zwischen den einzelnen Gruppen hin und her reiten, um weitere Koordinierungen vorzunehmen.

Die Befehlsausgabe durch den verehrten Herrn Major dauerte bis 5 Uhr 46.

In der Ferne ertönte mit einem Mal das gleichmäßige Knattern eines Maxim-Geschützes, das wohl dem Cardigan-Regiment angehörte. Bald darauf erfüllte ebenso das Klopfen entfernter Gewehrschützen die Luft. Husaren peitschten ihre Tiere durch Horsell und durch Woking. Das dumpfe Dröhnen der im Galopp begriffenen Biester war wie der beständige Paukenschlag in einem melancholischen Stück, wiedergegeben in hundertfacher Geschwindigkeit. Wir waren noch damit beschäftigt, die Kutschen so nah wie möglich an den Wald heranzuführen, die Gäule zu zügeln, die Kanonen abzuspannen und händisch in das Gehölz hineinzuschieben. Wir arbeiteten in großer Hast, der so plötzlich aufbrausende und nun immer weiter anschwellende Geräuschteppich des Krieges trieb uns an.

Ein zweites Maxim-Geschütz begann zu schnattern. Mehr und mehr Gewehre eröffneten das Feuer. Blitze zuckten über den Himmel, der sich über unseren Köpfen bedrohlich zusammenzog. Dunkelblaues und tiefschwarzes Gewölk bedeckte das Firmament. Mit einem Mal war es bitterlich kalt, eisige Böen fegten über das Heideland Surreys. Kräftige Windstöße packten die Wipfel der Fichten, schleuderten sie hin und her. Es war gerade 6 Uhr 15 abends, doch es war bereits gespenstisch dunkel. Der in Bildung begriffene Sturm sendete derart starke Luftstöße aus, dass uns die Hüte von den Köpfen flogen. Wir Offiziere brüllten Befehle, die Männer schwitzten und stöhnten, doch nahmen sie alle Anstrengungen auf sich, um die Kanonen so rasch wie möglich in Stellung zu bringen. Der Krieg war nach der schier endlosen Zeit des Rastens blitzartig über uns gekommen und doch verhinderte die Arbeit, dass wir großartig Notiz von diesem Ereignis nahmen. Zwar brannte sich das Donnern und Grollen der Feuerwaffen in unsere Gehörgänge ein und hallte tausendfach in unseren Köpfen wider, doch vermochte der Krieg uns darüber hinaus nicht zu verschrecken. Viele von uns, unter ihnen auch meine Person, hatten zuvor noch in keinem tatsächlichen Gefecht bestanden, doch dieser Umstand drückte nicht auf unsere Moral. Ganz im Gegenteil lechzten wir danach, es den fremden Wesen heimzuzahlen, die sich auf so perfide Weise am dutzendfachen Mord schuldig gemacht hatten.

Ich koordinierte persönlich das In-Stellung-Gehen der 1. und 2. Geschützgruppe, unterdessen schlugen sich Evans und seine Männer durch den Forst östlich von uns. Ein jeder Mann, der nicht zwingend an den Kanonen benötigt wurde, war von mir ans Gewehr befohlen worden, um, sollten die »Marsianer« im Zuge der Schlacht den Sturm gegen unsere Positionen versuchen, ebenjenen Sturm abschlagen zu können. Ich selbst prüfte meine Offizierspistole letztmalig auf Funktion und Ladezustand. Mir ist noch gut in Erinnerung, dass meine Finger dabei zitterten wie Espenlaub. Die Aufregung brachte meinen Leib zum Beben und mein Herz zum Trommeln, doch es war eine freudige, positive Aufregung, wie sie bereits tausendfach von Soldaten beschrieben worden ist, die vor ihrer ersten Feuerprobe standen. Ein gewisses Quäntchen Angst mochte den Emotionen beigemischt sein, doch bestimmte diese Angst nicht mein Tun. Dass die »Marsianer« mit ihrem unsichtbaren Feuerstrahl eine tödliche Bedrohung für uns waren, daran dachten wir zum damaligen Zeitpunkt nicht. Wir hatten gesehen, was deren Waffe aus nächster Nähe unter den Zivilisten angerichtet hatte, zu welchem Zerstörungswerk sie in der Lage ist. Dennoch glaubten wir uns mit unseren modernen 12-Pfündern, die über eine enorme Reichweite von mehreren Tausend Yards verfügten, im Vorteil gegenüber den Fremden.

Eine Anmerkung sei mir gestattet, um das Gefühl der Überlegenheit, das wir damals gegenüber dem außerweltlichen Gegner verspürten und dass in der Nachbetrachtung verwirrend erscheinen mag, einzuordnen: Der Soldat des Britischen Empires, der zweifellos mächtigsten Nation auf unserem Erdenrund, kennt keine ebenbürtigen Gegner. Keine Nation, kein Reich und kein Volk kann der englischen Streitmacht das Wasser reichen. Dieses Denken beeinflusste auch uns maßgeblich im Kampf gegen die »Marsianer«, zumindest anfänglich. Wir verschwendeten keine Sekunde an den Gedanken, jene Wesen aus dem fernen Weltall mochten uns in der Technik und dem Kriegshandwerk überlegen sein. Wir ordneten sie dort ein, wo für uns auch die Mohammedaner Afghanistans standen, die Pathans Malakands, die Wilden Afrikas, die zwar Kampfgeist besaßen und durchaus in der Lage waren, uns Verluste beizubringen, denen aber doch die Größe und Stärke fehlte, dem Empire und seinen Interessen wahrhaftig gefährlich zu werden. Dieses

Überlegenheitsdenken hatte die Befehle des Herrn Majors und meine Auslegung selbiger maßgeblich bestimmt, ebenso wie deren Umsetzung durch die Kanoniere. Es war ein schwerwiegender Fehler, dies gebe ich wohl zu, und zugleich wohl der größte Fehler meinerseits in meinem militärischen Werdegang. Hätte ich damals die wahren Umstände der Situation erkannt, hätte ich Stärke und Möglichkeiten des Gegners mit mehr Demut abgeschätzt, so wäre unsere 24 Feldbatterie vielleicht nicht mit wehenden Fahnen in ihren eigenen Untergang marschiert (vorausgesetzt, ich hätte dieses Denken auch auf den Herrn Major zu übertragen gewusst). Ich schreibe dies so überdeutlich in der Hoffnung, meine Schrift möge für meine Leserschaft der Gegenwart wie für künftige Generation von Soldaten und militärischen Führern eine Warnung sein. Die »Marsianer« mögen eines Tages auf unseren hübschen Planeten zurückkehren oder auch nicht, wir wissen es nicht. Wenn sie aber zurückkehren, so ist eines gewiss: Die »Marsleute« sind hochintelligente Wesen. Alle wissenschaftlichen Untersuchungen deuten darauf hin, dass sie eine Evolutionsstufe erreicht haben, von denen wir Menschen nicht einmal zu träumen wagen. Sie werden darum nicht ein zweites Mal dieselben Taktiken und Strategien anwenden. Sie werden den Fortlauf des Krieges von 1901, die menschlichen Möglichkeiten zur Gegenwehr und die Gründe, die zum Untergang ihrer Expeditionstruppe geführt haben, genau analysieren und ihre Schlüsse daraus ziehen. Und ebenso müssen wir verfahren. Wir müssen analysieren, die Kausalketten erkennen und entsprechend handeln. Bis dato sehe ich leider nicht viel in dieser Richtung, auch wenn das HQD immer wieder entsprechende Impulse zu geben versucht. Leider hat sich die Struktur und Organisation der britischen Streitkräfte als schwerfällig herausgestellt, ihre Transformation scheint nicht ohne Weiteres möglich (oder wird an entscheidenden Stellen blockiert). Zudem verschleiern zu unser aller Schande innermenschliche Konflikte den Blick für die Gefahr aus dem All, was eine Weiterentwicklung unserer Streitkräfte zusätzlich hemmt. Es erscheint für unsere obersten Staatenlenker derzeit von größerer Bedeutung zu sein, diversen latenten Bedrohung irdischer Natur ihre Aufmerksamkeit zu schenken, statt die Möglichkeit einer zweiten Invasion durch die »Marsianer« zu erodieren.

Unsere Feinde aus dem All jedenfalls kennen keine Staatsgrenzen und ebenso müssen wir das Grenzdenken überwinden, wollen wir zu einer weltweit koordinierten Opposition gegen den »Marsmenschen« gelangen, wovon bis heute leider keine Rede sein kann. Diese Denkschrift ist vor allem an unsere deutschen Nachbarn gerichtet, die stur ihre eigenen Interessen verfolgen und gegen unser großartiges Britisches Empire immer wieder durch neue haltlose wie freche Anmaßungen Front machen. Wollen wir zu einer weltweiten Einheit gegen die Bedrohung aus dem All kommen, die meiner Meinung nach noch immer überaus real ist, so müssen wir unsere eigenen Konflikte zu Grabe tragen. England hat dazu den mächtigen Staaten dieser Erde bereits die Hand ausgestreckt (unter anderem durch eine militärische Koordination auf der Ebene des HQD). England wird sich aber nicht verbiegen, um ausländischen, oftmals weltfremden Positionen gerecht zu werden! Mehr, als jene Hand auszustrecken, vermögen wir nicht zu tun. Andere müssen sie auch ergreifen.

Doch kommen wir zurück zu den Ereignissen vom Abend des 15. Juni 1901. Ein Sturm braute sich zusammen, in zweierlei Hinsicht. Der erste, der Sturm des Krieges, war bereits losgebrochen. Ununterbrochen belferten die Maxim-Geschütze, klopften die Gewehre und in der Ferne grollten die Kanonen in einem kurzen, letzten Schlagabtausch bei Chertsey. Der zweite Sturm, ein Sturm der Natur, stand uns noch bevor, er hatte den Himmel bereits verdunkelt und schien noch für einen Moment innezuhalten, schien noch einen Augenblick lang seine Kräfte zu sammeln, um sich mit geballter Macht über ganz England zu ergießen. Unsere Batterie, die 24 Feldbatterie Ihrer Majestät, sollte im Wolkenbruch des zweiten Sturms vom ersten vertilgt werden.

Während die Kanonen unter höchster Anstrengung über den weichen Waldboden in Stellung gebracht wurden, kroch ich vor zu unserem Beobachtungspunkt. Schon mit bloßem Auge war die metallische, große Kuppel zu erkennen, unter der die »Marsianer« langsam in Richtung Nordosten, in Richtung der zweiten Landezone vorrückten. Es mussten dies etwa sechs bis acht von ihnen sein, doch sie waren nicht zu sehen, waren gänzlich unter diesem seltsamen Schild verborgen. Wir wissen heute, dass sie kleine, laufende Maschinenwerkzeuge verwenden, um Material zu bewegen. Auf diese Weise haben sie einen wohl noch zerlegten Dreibeiner unter dieser gigantischen Kuppel mit sich zu führen vermocht.

Ich ließ mir das Fernrohr geben, dass ich alsgleich vor mein Auge setzte. Durch das Vergrößerungsglas sah ich deutlich die Einschläge, die die Maxims und die Gewehre des Cardigan-Regiments verursachten. Feine Funken spritzten über den Schild hinweg, und ebenso feine Erdfontänen stiegen aus dem Sand auf, der die »Marsianer« umgab. Der Beschuss schien keinen Schaden anzurichten. Ich bestimmte die Entfernung auf 550 Yards und gab dies an die Männer der beiden Geschützgruppen weiter. Diese bereiteten fleißig alles vor. Sie verankerten die Kanonen in der Erde, legten sich die Munition zurecht und stellten die Zünder ein. Leutnant Donavan und Zweiter Leutnant FitzUryan Rhys sprangen hektisch zwischen ihren Kanonen hin und her und gaben letzte Weisungen. Unsere Kutscher, Hufschmiede und Gesellen gingen auf meiner Höhe mit Gewehren in Stellung. Der Himmel spuckte zu dieser Zeit die ersten Tropfen aus, es war immens stürmisch geworden.

Die »Marsleute« begannen mit einem Mal, sich zu wehren. Ohne dass wir erkennen konnten, woher er rührte, schlug der unsichtbare Feuerstrahl im teilweise bereits verbrannten Fichtengehölz östlich des Kraters ein. Der Forst stand augenblicklich in Flammen, das Knistern und Knacken des brennenden Holzes vermengte sich mit ungezählten Schreien. Männer, in Agonie begriffen, litten unvorstellbare Qualen. Der Hitzestrahl des Feindes fuhr mit seinem

Vernichtungswerk fort, strich wie ein Wasserstrahl aus der Pumpe der Feuerwehr von Osten nach Norden und wieder zurück die Wälder ab, in denen die Mannen vom Cardigan-Regiment in Stellung lagen. Deren Widerstand brach nahezu augenblicklich zusammen. Ein einzelnes Maxim knatterte noch, ansonsten war alles Feuer von droben verstummt.

Unser Herr Major ließ durch die Trompeter nun unmittelbar zum Feuerüberfall blasen. Das war um 6 Uhr 18 abends gewesen. Augenblicklich erfüllte ein brachiales Knallen meine Gehörgänge. Die Kanonen in meinem Rücken hatten den ersten Schuss abgegeben. Ich befahl den Gewehren, ebenso das Feuer zu eröffnen. Die Einschläge des ersten Feuerüberfalls lagen zu unserer Erleichterung direkt im Ziel. Zwei Geschosse trafen die Kuppel. Funken, groß wie Kinderarme, sprühten über das Metall, die Projektile wurden kreischend abgeleitet. Die anderen vier Explosivgeschosse schlugen vor, hinter und neben dem Schild des Feindes in den sandigen Grund ein, wo sie zu großen Explosionen vergingen, die haufenweise Sand und Erde in die Höhe schleuderten. Schwalle ebendieser Erde regneten auf die Kuppel der »Marsianer« hernieder, was deren Vormarsch keinen Abbruch tat. Überhaupt schien unsere erste Salve keinen Schaden angerichtet zu haben. Die Geschützführer in meinem Rücken ließen sogleich neu laden. Ihr wildes Geplärr und Gebell bestimmte für einen Augenblick die Geräuschkulisse. Evans war schneller, feuerte bereits ein zweites Mal von seiner gesonderten Stellung aus. Beide Geschosse bohrten sich nur wenige Yards vor der Kuppel in den Boden. Und dann erfolgte die Antwort des Feindes. Der Schild hob sich, ich sah es deutlich durch das Fernrohr, und gab weitere, seltsame Metalldinger frei, von denen ich heute glaube, es waren jene wandelnde Werkzeuge der »Marsleute«. Der Hitzestrahl folgte auf dem Fuße und zog wie ein unsichtbares, flammendes Schwert durch das Gehölz, in dem die 3. Geschützgruppe lag. Alles fing Feuer, Evans gesamte Gruppe wurde binnen eines Wimpernschlages ausgelöscht. Wir hörten das hilflose Kreischen der Todgeweihten. Die Munition explodierte und der Hitzestrahl zischte weiter fort gen Süden, nach Woking, wo er die orientalische Schule und die Moschee erfasste und zerstörte.

In diesem Augenblick versuchten die Leute vom Cardigan-Regiment einen Sturm auf die Grube, um zumindest des Zylinders habhaft zu werden, in dem sich weitere »Marsleute« verstecken mochten. Ich sah, wie die kümmerlichen Reste jenes ruhmreichen Regiments auf die freie Heide stürmten und in Plänkelordnung vorgingen. Ein Offizier rief Befehle aus heiserer Kehle, eine Trommel tönte. Unsere Feinde machten allerdings auch mit diesem Versuch, der ihnen ganz und gar jämmerlich erscheinen musste, kurzen Prozess. Der Hitzestrahl fegte wie eine Faust durch die Formation der Infanteristen und ließ keinen einzigen am Leben.

Ich befehligte sechs meiner Gewehrschützen umgehend zu Evans' Position, um nach Überlebenden zu schauen. Ein Mann hatte darauf zurückzukehren und mir zu berichten, doch er sollte es nicht mehr schaffen.

Das Bild, das sich uns bot, war gleichsam schrecklich und beklemmend. Vor dem Hintergrund eines tiefschwarzen, mit fetten Wolken verhangenen Himmels kroch diese stählerne Kuppe dahin, einem gigantischen Schalentier gleich. Um uns herum brannten Heide und Wälder. Blutrot glühte die Landschaft, orange leuchtende Partikel schwebten durch die Luft. Ein bestialischer Gestank von Feuer, Rauch und von verbranntem Fleisch stieg uns in die Nase und drehte uns den Magen um. Es war ganz und gar entsetzlich, doch niemand von uns dachte in diesem Augenblick daran, die Schlacht abzubrechen. Der Major hatte das Heft des Handelns wieder selbst in die Hand genommen und befahl jede Salve selbst. Schuss um Schuss gaben wir gegen den Gegner ab, der sich jedoch vollkommen unbeeindruckt zeigte.

Die Einschläge des letzten Maxims schienen förmlich zu verpuffen auf der Hülle dieses gewaltigen Schilds. Unser Feuer lag gut im Ziel, ein jeder Treffer gegen die Kuppel erzeugte ein mordsmäßiges Scheppern und Donnern, ohne jedoch sichtbaren Schaden anzurichten. Leutnant Donavan eilte in diesem Augenblick zu meiner Position vor, um sich mit mir zu beraten. Wir beide vertrauten sehr auf das Urteil des jeweils anderen und tun dies noch immer. Er befragte mich sogleich nach sämtlichen Beobachtungen, die ich gemacht hätte und die hilfreich sein könnten, die Schwachstelle des Gegners ausfindig zu machen. Ich verwies darauf, dass der Schild der »Marsianer« nicht bündig mit dem Erdengrund abschloss, sondern tatsächlich getragen wurde und daher ein kleines Stück oberhalb des Bodens »schwebte«. Ich überlegte weiter, ob es möglich wäre, dem sich unter der Kuppel verbergenden Gegner mit der Splitterwirkung unserer Geschosse beizukommen, wenn wir die Schüsse nur nah genug am unteren Rand der Kuppel platzierten, sodass die Splitter durch die Spalte hindurch ins Innere gelangen und dort Schaden anrichten konnten. Leutnant Donavan stimmte mit mir überein und so wollte er sich aufmachen, unseren Schlachtplan sogleich auszuprobieren. Dazu aber kam es nicht mehr.

Just in dem Augenblick, in dem der verehrte Leutnant aufspringen wollte, fuhr der tödliche Feuerstrahl des Gegners einmal mehr in das Gehölz ein, das ihm voraus lag. Das Knattern des Maxim-Geschützes wurde vom Geschrei in Flammen stehender Männer abgelöst. Unsere verbliebenen Geschütze jagten dem Gegner in diesem Augenblick noch eine Salve hinterher, die hart hinter der Kuppel detonierte und Erde über das große Metallgebilde warf. Plötzlich ertönte ein lautes metallisches Knarzen, dann ein Zischen. Wir schreckten instinktiv zurück. Der metallische Schild wurde zur Seite gedrückt, als bestünde er aus Papier, und gab eine kesselförmige Gestalt frei, die eingewickelt war in dicke Schlangen aus Metall. Es waren dies die drei Beine des Kessels und das gesamte Gebilde war die erste der feindlichen Kriegsmaschinen, jener dreibeinigen Ungeheuer, die heute in der ganzen Welt bekannt sind. Mir ist bewusst, dass das Bild, das die Menschen von den Dreifüßern haben (denn nur ein Bruchteil hat sie wirklich mit eigenen Augen erblickt), durch teils dramatische Erzählungen, durch übertriebene Darstellungen und durch abstrakte Zeichnungen verzerrt ist. Ich versuche an dieser Stelle, losgelöst von allen nach dem Krieg entstandenen Mythen, ein ungeschminktes Bild meiner eigenen Eindrücke abzugeben:

Kopf und Rumpf der riesenhaften Metallkreatur sind eins und formen einen Kessel, auf dem ein übergroßer Deckel sitzt. Von diesem Kessel ab gehen fünf Gliedmaßen, es sind dies zwei Arme und drei Beine. Alle Gliedmaßen sind sehr filigran gefertigt und überaus beweglich, obwohl sie aus Metall bestehen, vornehmlich aus einer noch zu untersuchenden Eisenlegierung. Die Glieder jener dreifüßigen Metallmänner sind gefertigt aus Dutzenden, ineinandergreifenden Bauteilen, was dem Dreifuß insgesamt seine Beweglichkeit verleiht. Sie haben die Erscheinung silberner Stränge, die einzelnen Bestandteile vermögen, sich ineinanderzuschieben und sich auszuklappen. Es ist nahezu unmöglich, dem Unbeteiligten ein konkretes Bild der Fähigkeiten dieser Kriegsmaschine zu zeichnen. Sie sind zwar Maschinen, doch bewegen sie sich wie Wesen aus Fleisch und Blut. Die Bauteile der Glieder arbeiten menschlichen Muskeln gleich, und würde der ganze Körper nicht metallisch glänzen, ich hätte damals geglaubt, es tatsächlich mit einem lebendigen Wesen zu tun zu haben. Allein der Blick auf die Glieder ihrer Kriegsgeräte muss jedem Augenzeugen bewusst machen, dass die »Marsianer« uns in ihren technischen Möglichkeiten weit voraus sind. Wir vermögen es gerade, plumpe Maschinen herzustellen, die die einfachsten Arbeiten übernehmen können. Die Kriegsmaschinen der »Marsianer« hingegen können, obwohl ein künstliches Ding, alle Bewegungen mit derselben Präzision ausführen, wie dies ein Lebewesen vermag.

Einer der Arme jenes ersten Dreifußes von Horsell führte einen Behälter, eine Art Eimer. Es handelt sich dabei um den Hitzestrahl. Der andere Arm schwang frei (dieser Anblick war sehr häufig anzutreffen) und wurde manchmal dazu benutzt, Hindernisse aus dem Weg zu räumen oder sich eine arme Seele zu greifen.

Furcht einflößend waren ebenso die Geräusche, die von diesem Biest aus Metall ausgingen. Jeder Schritt wurde begleitet von rasselnden Lärm, dann und wann ertönte ein Zischen und ein metallisches Klirren. Am schrecklichsten aber war der donnernde Ruf, den jene Kriegsmaschine dann und wann ausstieß und der, wie wir heute meinen, ihrer Kommunikation zuträglich war: »Alu-u. Alu-u!« Der Schall dieses Rufes fegte über die Landschaft und ließ den Menschen, die ihn hörten, das Blut in den Adern gefrieren, kündigte er doch Tod und Vernichtung an.

Die beschriebene Maschine war übrigens die erste Kriegsmaschine der »Marsianer«, dem Krater sollten bald darauf zwei weitere entsteigen, ebenso wie sich bei Chertsey vier dieser dreibeinigen Metallmänner erhoben (die Luftschiffe der ersten Tage waren gleichzeitig die kleinsten).

Ich beobachtete durch das Fernrohr die große Kriegsmaschine des Gegners, die höher war als die meisten Häuser. Unsere Männer hatten das Feuer für den Moment eingestellt und starrten ungläubig auf das riesige Ding, das dort zwischen den Sandhügeln Horsells stand. Es schien, als drehte der Dreifüßer seinen Kesselkopf, als schaute er sich nach allen Seiten um. Dann unternahm er einige Schritte und mit jeder dieser Bewegungen entwich zischend grüner Rauch aus den Bauteilen seiner Glieder. Es war ein ganz und gar beängstigender, weil so fremdartiger Anblick. So etwas hatte noch kein Mensch erblickt.

Erst das Wort unseres Herrn Majors ließ uns in die Realität zurückkehren und uns auf unsere Aufgabe besinnen. Sir Major Bill Joseph Smyth Powell ordnete mit fester Stimme an, 56er mit Aufschlagzünder zu versehen und zu laden. Er hatte den »Kopf« als Ziel ausgegeben.

Unsere Männer machten sich eifrig an die Arbeit, während ich meinen Gewehren befahl innezuhalten. Wir hofften auf weiche Ziele, die unter der Kuppel noch zum Vorschein kommen mochten. Die Richtschützen kurbelten, um die Geschütze in der Höhe auszurichten. Die Zünder wurden eingestellt und anschließend wurde geladen. Fertigmeldungen wurden an die Vorgesetzten übermittelt. Schließlich erklang der Feuerbefehl des Herrn Major in meinem Rücken. Das Schlagen der Kanonen ließ einen Luftdruck auch über unsere Position hinwegfahren. So war es natürlich bei jeder Schussabgabe, doch erst jetzt, wo ich derartig gebannt auf den Gegner starrte und ungeduldig auf die Einschläge wartete, nahm …

»O Scheiße … ACHTUNG!«, brüllte Härti aus heiserer Kehle. Marten schreckte von seinem Lesegerät hoch, blickte durch die Windschutzscheibe nach draußen auf die Straße. Härti, Marten und drei Soldaten des Zuges hockten zusammen im Führungsfahrzeug der langen Peugeot-Kolonne, die gerade von der A5 abgefahren war und nun der Bundesstraße3 gen Darmstadt folgte. Sie fuhren einen metallic-blauen 508, hinter ihnen reihten sich drei Peugeot-Boxer-Kastenwagen wie an der Perlenkette auf, deren Ladeflächen vollgestopft waren mit Soldaten.

»Verfickte Arschlöcher!«, brüllte Härti und zerrte am Lenkrad, um einem hupenden Mercedes auszuweichen. In diesem Augenblick aber geriet alles zur Nebensache. Marten starrte durch die Windschutzscheibe auf die schnurgerade Straße. Abseits der zweispurigen Fahrbahn tat sich lichter Wald auf, dessen Blattwerk vor Feuchtigkeit glänzte. Der Himmel war mit dicken Wolken verhangen. Links blitzten die Oberleitungen einer Bahnlinie durch den Bewuchs hindurch, rechts eine kleine Wohnsiedlung auf einem ehemaligen Kasernengelände. Und über ebenjenes Kasernengelände erhob sich just in dieser Sekunde ein gigantischer Tripod. Marten blinzelte kräftig, traute seinen Augen nicht, glaubte nicht, dass er da tatsächlich jene Technik in Aktion sah, die er zeit seines Lebens studiert hatte, die er schon als kleiner Junge in Museen und Ausstellungen bewundert hatte. Immer hatte er sich vorgestellt, wie es wohl wäre, diese mächtigen, knapp 19 Meter hohen stählernen Ungetüme in Aktion zu erleben, zu sehen, wie sich ihre aus metallenen Muskelsträngen bestehenden Beine bewegten, wenn sie jene filigranen, feinfühligen und gleichzeitig brachialen Bewegungen ausführten, von denen all die Bücher berichteten, die man als CGI-Effekte in ungezählten Hollywoodblockbustern bestaunen konnte und die doch nie real genug waren, um den Wissenshunger zu befriedigen. Bis dato hatte der Mensch es nicht geschafft, jene metallischen Muskelpartien nachzubilden; hatte er es nicht geschafft, Roboter zu entwickeln, die auf Beinen standen und sich auch nur annähernd so sicher und selbstverständlich bewegten, wie es die Tripods der Marsianer taten. Und nun sah Marten, warum die Menschen dies noch nicht geschafft hatten, er sah es den Bewegungen dieser mächtigen, außerirdischen Maschine an, die wie eine dreibeinige Spinne durch das ehemalige Kasernengelände stapfte: Die Marsianer waren den Menschen in technischer Hinsicht weit voraus, vermutlich Hunderte von Jahren. Jede Bewegung der tausendgelenkigen und vielseitigen Beine war fein und präzise, präziser noch, als sich die Wesen von Mutternatur zu bewegen vermochten. Diese Beine waren spindeldürr, strotzen dennoch sichtlich vor Kraft, ihre metallischen Muskelglieder waren wie ineinander verwobene Stahlseile. Jeder Schritt war behutsam, der Fuß tastete sich achtsam vor. Gleichzeitig war ein jeder Schritt kraftvoll, die breiten Füße zerschmetterten alles, was ihnen in die Quere kam, und ließen die Erde erzittern.

Der Tripod, den Marten in diesem Moment erblickte, jenes Gerät, das ihn mit all seinen Sinnen fesselte, war ganz anders ausgestaltet als jene Kriegsmaschinen, die den Planeten Erde vor 120 Jahren heimgesucht hatten. Zuerst einmal war er ein gutes Drittel größer. Weiter ließ er die Arme vermissen, die unter den Korpussen der »alten« Modelle herausragten, jene Gebilde, die der Augenzeuge Wells als »lange, biegsame, glitzernde Fühler« bezeichnet hatte und die das kastenförmige, mit einem Trichter versehene Behältnis getragen hatten, das ihren schrecklichen Hitzestrahl barg. Die Arme fehlten wie gesagt, so auch die Waffe. Daneben ließ die kolossale Maschine den Käfig am Rücken vermissen, mit dem einige Geräte von 1901 ausgestattet waren, um Menschen darin zu sammeln. Der im Tageslicht glänzende Metallkorpus selbst war schmaler als der der bekannten Tripods. Ein wuchtiger, schwarzer Kasten war auf der einen Seite des becherförmigen Körpers angebracht, zwei übereinander angeordnete kurze Lanze auf der anderen Seite. Augenartige Gebilde funkelten zwischen Kasten und Lanzen. In aller Seelenruhe stapfte das metallische Riesenwesen über das ehemalige Kasernengelände hinweg, grüner Dampf entwich zischend den Gelenken seiner Beine. Der Wind transportierte entfernte Schreie.

Härti stieg in die Eisen, brüllte etwa Unverständliches. Der Peugeot schlitterte mit quietschenden Reifen über die nasse Fahrbahn, stellte sich quer. Die Fahrzeuge dahinter bremsten in letzter Sekunde. Marten aber vermochte nichts anderes zu tun, als den mächtigen Tripod zu fixieren, der sich allmählich in Richtung der Bundesstraße bewegte, nur wenige Hundert Meter entfernt. Die Gegenfahrbahn war verstopft mit Autos. Aggressive bis panische Fahrer hupten wie wild, einige setzten von der Straße runter, rasten über den Grünstreifen. Ein Sprinter fuhr sich im Morast fest, die Reifen drehten durch. Jemand jagte seinen Sportwagen in den Wald hinein, wickelte sich scheppernd um einen Baum. Andere lenkten ihre Karren auf die freie Gegenfahrbahn, jagten mit aufbrausenden Motoren den Forces-Soldaten entgegen. Hupen tönten lautstark. Die Fahrzeuge wichen einander aus, schabten aneinander vorbei. Abgerissene Seitenspiegel wirbelten durch die Luft.

Panisch stürzten die Menschen auf der Gegenfahrbahn nun aus ihren Fahrzeugen, als die marsianische Kampfmaschine weiter vorne mit einem Fuß polternd auf die Straße trat. Sie rannten kopflos in den Wald. Ein Mann hievte sich eine alte Dame auf den Rücken, wetzte mit ihr davon.

Der Tripod straffte sich, reckte den schweren Korpus hoch in den Himmel.

»Alu-u!«, stieß er als lang gezogenen, mechanischen Laut aus. Der Schall des brummenden, tiefen Rufes fegte wie eine unsichtbare Welle über die Bundesstraße hinweg.

»Alu-u! Alu-u!«

Marten starrte mit offenem Mund auf den Tripod, war in diesem Moment zu nichts in der Lage, außer dem fremdartigen Sound zu lauschen, dessen Beschreibung er bereits so oft gelesen und sich tontechnische Annäherungsversuche daran angehört hatte. Doch nichts war vergleichbar mit dem wahrhaftigen Ruf der Marsianer, der so fremdartig, so offensichtlich maschineller und nicht organischer Herkunft war, dass es Marten einen eiskalten Schauer den Rücken hinunterlaufen ließ.

»Rick«, drängelte Härti und stieß seinem Zugführer in die Seite. »RICK!«

Marten fühlte sich wie in Trance, er war hypnotisiert vom Anblick des riesenhaften Maschinenwesens. Nun schüttelte er sich, klimperte mit den Lidern, glotzte Härti an.

»Raus!«, brüllte er geistesgegenwärtig. »RAUS AUS DER KARRE!«

Die Fahrzeugtüren klackten, die Soldaten sprangen auf die Straße. Marten wiederholte seinen Befehl über Funk. Fenix ließ seine Männer ebenso ausbooten.

»Mission Control, hier Delta One«, plärrte Marten ins Funkgerät. »Haben Feindkontakt südlich Darmstadt auf der B3!«

»Verstanden«, rauschte Rienschs liebliche Stimme aus den Lautsprechern. »Iron Hawk ist in der Luft und auf dem Weg. Haben vermutlich Sichtkontakt in: zwo.«

»Macht euch keine Umstände«, knurrte Marten. »Mein Vorschlag: zugweise vorrücken, flankieren und das Vieh unter Kreuzfeuer nehmen.«

Fenix nickte von hinten, hob den Daumen.

»Negativ, Delta One«, schaltete sich Stearn persönlich ein. »Bringen Sie die Zivilisten in Ihrem direkten Umkreis in Sicherheit und machen Sie sich klein und hässlich!«

»Was?«

»Bei euch knallt es gleich! Zwei Rafale der Franzosen sind auf dem Weg.«

»Delta verstanden. Verfahren wie besprochen. One Ende.«

»Na hoffentlich werfen die nicht nur mit weißen Fahnen.« Härti grinste verkniffen.

Marten blickte auf den gigantischen Dreifüßer aus Metall, der gemächlich die Bundesstraße überquerte. Jeder Schritt sprengte dröhnend den Asphalt unter dem tonnenschweren Fuß. Der Körper des Tripods drehte sich nach links und rechts, als schaute sich der Marsianer in der Maschine um. Marten und Fenix gaben per Funk und Handzeichen ihre Befehle, sie organisierten die Einheit blitzschnell. Die britischen Soldaten zerstoben zu Grüppchen, zerrten in Schockstarre verfallene Zivilisten aus ihren Fahrzeugen. Einige fühlten sich dem Gedanken verpflichtet, ihr Auto um jeden Preis zu verteidigen. Die Forces-Soldaten aber ließen ihnen keine Wahl, manch einer wurde gewaltsam von der Straße und auf den Grünstreifen gezogen.

Martens Zug ging geschlossen rechts im Schutze der Bäume in Stellung, um als Einsatzreserve auf Abruf bereitzustehen. Der Tripod stand nun mit allen drei Füßen auf der Straße und hielt für den Moment inne. Grünlicher Dampf entwich dort, wo die Beine aus dem Körper traten.

Weiter hinten spannte sich ein Fußgängerübergang über die Gleise und die Bundesstraße. Marten kniff die Augen zusammen, schielte durch die Beine des Tripods hindurch auf den Übergang. Just in diesem Augenblick tauchte darunter ein flacher Kasten auf. Ein Leopard-2A7-Panzer! Tarnanstrich der Bundeswehr. Fette Balkenkreuze prangten auf den Flanken des hochmodernen Tanks.

»Die Kavallerie ist da!«, stöhnte Härti, der vor Spannung nicht wagte, sich zu rühren. Er und Marten standen wie angewurzelt auf der Straße, wechselten einen vielsagenden Blick. Fenix' Leute trieben noch immer Zivilisten unter lautem Geschrei auf den Grünstreifen.

Der Leopard 2A7 rührte sich einen Augenblick lang nicht. Es war, als starrte er seinen riesenhaften Kontrahenten an, und der Tripod drehte sich um, richtete seine »Augen« auf den Panzer aus und blickte zurück. Wie die Duellanten in einem Westernschinken schätzten die beiden Gegner einander ab, die nicht unterschiedlicher hätten sein können. Die menschliche Kampfmaschine, flach wie eine Flunder, bot mit ihren gerade einmal drei Metern Höhe eine niedrige Silhouette. Zwischen ihr und dem marsianischen Gerät lag eine Distanz von vielleicht 150 Metern.

Ein jeder hielt in diesem Moment den Atem an, vermochte den Blick nicht abzuwenden von den beiden ungleichen Kontrahenten, deren Kampf sich unweigerlich ankündigte. Die Anspannung brachte die Luft zum Knistern, so meinte Marten. Er selbst war wie gelähmt, konnte sich aus seiner Starre nicht lösen, stand noch immer zusammen mit Härti mitten auf der Straße.

Das Rohr des Leopard hob sich unvermittelt, der Richtschütze schien ein oberes Segment einer der Tripod-Beine anzuvisieren. Die marsianische Maschine hob nacheinander ihre stählernen Füße und stampfte mit ihnen nahezu auf der Stelle wieder auf, so als wollte sie den winzigen Panzer durch diese Drohgebärde verjagen. Marten musste an Bullen denken, die vor dem Zusammenstoß einander bedrohten. Er spürte schon wieder das wild vibrierende Handy in seiner Tasche. Lisa verstand nicht, wann sie ihn in Ruhe lassen musste.

Mit einem Mal ein ohrenbetäubender Knall. Zwei Kampfjets der französischen Luftwaffe dröhnten heran und rauschten quer über die Bundesstraße hinweg. Die dreieckigen Jets zischten gen Nordosten, ihre Tragflächen waren mit allerhand Bomben behangen. Sie schickten sich an, einen weiten Bogen zu fliegen, um einen ersten Angriff zu unternehmen. Ein kleines Kind schrie fürchterlich auf, die Mutter presste es an ihren Körper. Fenix begann damit, kleine Trupps zusammenzustellen, die die Zivilisten in die Peugeots verfrachteten.

»Hier Mission Control. Unternehmen Sie nichts, was die Zivilisten in Ihrer Obhut gefährden könnte. Warten Sie, bis die Franzosen den Tripod erledigt haben, und bringen sie dann die Leute in Sicherheit«, knurrte Stearn über Funk. Marten wusste nicht, warum der Capitaine das Mikrofon an sich gerissen hatte und warum er seine bereits erteilten Befehle noch einmal wiederholte. Und er reagierte auch nicht auf den Spruch, sondern harrte gebannt der Dinge, die da kommen mochten.

Der Leopard feuerte. Zuerst ein Blitz vor der Rohrmündung, ein gewaltiger Flammenball stäubte auf. Das Rohr ruckte in die Höhe, der Kasten bebte unter dem Druck des Abschusses. Der Schall, das donnernde Krachen fegte einen Wimpernschlag später über die Köpfe der Forces-Soldaten hinweg. Eine Explosion stülpte sich über ein Bein des Tripods, ließ die riesige Maschine erzittern. Grüne Blitze zuckten über die glitzernde Oberfläche der außerirdischen Maschine. Die Explosion verpuffte, ohne sichtbaren Schaden anzurichten.

»ALU-U!«, stieß der Tripod aus, lauter noch als zuvor. Die Forces-Soldaten und die Zivilisten pressten sich reflexartig die Hände gegen die Ohrmuscheln, der tiefe Laut fraß sich dennoch in ihre Gehörgänge ein.

»ALU-U! ALU-U!«

Der schwarze Kasten, seitlich angebracht am Tripod, bewegte sich, neigte sich dem Leopard entgegen. Die Kampfjets zogen weit entfernt als kleine

Punkte am Firmament entlang, hatten den halben Bogen schon geschafft, drehten bei, korrigierten ihren Kurs auf den Tripod zu.

Fenix' Männer füllten Peugeot-Wagen mit Zivilisten, brausten davon. Marten aber bekam das nur am Rande mit. Noch immer hielt er den Atem an, in seiner Lunge breitete sich eine drückende Leere aus. Wie paralysiert folgte er den Ereignissen. Seine Finger krampften sich um den Kunststoffgriff der MP7.

»Gleich kommt der Hitzestrahl!«, flüsterte Härti gebannt.

Nach dem Zweiten Weltkrieg intensivierten zahlreiche Nationen die Forschungen an hitzebeständigen Militärfahrzeugen. Gerät und Insassen sollten den direkten Beschuss mit einem marsianischen Hitzestrahl überstehen können, zumindest kurzzeitig. Krauss-Maffei Wegmann brüstete sich damit, dass selbst ein gezielter Hitzestrahl ihren Panzern nichts anzuhaben vermochte.

Der Leopard 2A7 unter dem Übergang feuerte erneut. Das Geschoss jagte den Beinen des Tripods entgegen, detonierte, schien jedoch die Stelzen der feindlichen Kriegsmaschine nicht einmal erreicht zu haben, sondern bereits kurz von den grünen Blitzen abgefangen und zur Explosion gebracht worden zu sein. Ein bunter Blumenstrauß aus Flammen entsprang – und verschwand wieder. Die grünen Blitze sprühten über die metallene Haut des Tripods. Plötzlich ein infernalisches, metallisches Schmettern; ein Geräusch, als würden tausend stählerne Kochtöpfe eine Steintreppe hinabstürzen. Der Sound ging durch Mark und Bein, ließ Marten und seine Soldaten zusammenzucken. Vier Geschosse, von Feuerschweifen begleitet, zischten aus dem dunklen Behälter, wirbelten scheinbar unkontrolliert durch die Luft, trudelten in irrwitzigen Kreiselbewegungen dem Leopard entgegen, schlugen ein. Augenblicklich war der deutsche Panzer hinter einer Wand aus Feuersäulen verschwunden, die gen Himmel schossen. Die Überführung krachte ein, begrub den Panzer unter sich, an dem sich höllenheiße Flammen gütlich taten. Für die Besatzung musste jede Hilfe zu spät kommen.

Im selben Augenblick schossen die französischen Kampfjets heran. Der Tripod tat einen Schritt auf sie zu, sein massiver Fuß zertrümmerte dabei einen Pkw, als handelte es sich um eine Pappkonstruktion. Die außerirdische Kampfmaschine streckte sich hoch, neigte ihren Oberkörper, richtete die beiden Lanzen auf die angreifenden Jets aus. Ein lautes Zischeln tönte.

Die beiden dreieckigen Rafale-Kampfjets, noch immer im Anflug begriffen, verloren plötzlich an Höhe, fielen wie Steine aus den Wolken und schlugen rechts und links der Bundesstraße auf die Erde auf. Der eine schlitterte über das Schienenbett, riss Hochspannungsmasten mit sich, fuhr in einen Wald ein, verkeilte sich scheppernd zwischen den Bäumen. Der andere flog noch über das ehemalige Kasernengelände hinweg, ging dahinter zu Boden, pflügte wie ein Bulldozer durch die Landschaft, grub sich metertief in den Erdboden ein.

Marten, Härti und die anderen verfielen in Schockstarre.

»Deltas, hier Mission Control«, knackte Rienschs Stimme aus den Lautsprechern. »Wir haben soeben Iron Hawk verloren. Was ist los bei euch?«

In weiter Ferne, weit hinter dem Tripod, stürzte ein Objekt aus den dunklen Wolken. Es trudelte in die Tiefe, drehte sich um die eigene Achse, verschwand dann aus dem Sichtfeld der Forces-Soldaten.

Marten reagierte nicht auf Rienschs Frage. Der mächtige Tripod im Vorfeld machte einige Schritte auf den zerstörten Panzer zu, als wollte er sein Werk aus der Nähe begutachten. Er war so groß, so unglaublich groß, überragte jene Dreifüßer von 1901 um ein gutes Stück. Er war wie ein wandelndes Hochhaus, ein wandelndes, dreibeiniges Hochhaus, bestückt mit tödlichen Waffen. Mit konventionellen Raketen und weiß der Teufel was noch. Jedes Mal, wenn eines der tentakelgleichen Beine aufstampfte, wenn einer der bulligen Füße auf den Grund herniederfuhr und diesen prügelte wie ein übergroßer Vorschlaghammer, erzitterte die Erde. Es war wie das Stampfen des T-Rex aus Jurassic Park.

Der Kampfkoloss blieb nun für einige Sekunden unbewegt vor dem unter brennenden Trümmern begrabenen Leopard stehen, ehe er sich abwandte. Er verließ abermals die Straße, stolzierte durch den Wald rechts und zurück auf das ehemalige Kasernengelände, das nun ein Wohngebiet war. Sein Kesselkörper ragte noch über die höchsten Bäume hinaus, mit jeder Bewegung entwich grüner Dampf.

»Was machen wir jetzt?«, fragte Schröder niedergeschmettert und brach als erster das Schweigen der Forces-Soldaten. Marten ließ die feindliche Maschine nun zum ersten Mal aus den Augen, blickte stattdessen in die Gesichter seiner Soldaten, die abseits der Straße im nassen Gras hockten. Die Feuchtigkeit kroch ihnen in die Unterwäsche, ließ sie frieren. Und die Mienen zeugten von der ganzen Bedrückung, die ihnen der kurze Auftritt der gegnerischen Kampfmaschine bereitet hatte. Peugeot-Autos, bis zum Bersten mit ängstlich zitternden Menschen vollgestopft, sausten mit brüllenden Motoren gen Mannheim. Und das Gros von Martens Soldaten würde sich am liebsten gleich mit in die Autos setzen, sich gleich mit aus dem Staub machen. Das aber war mit dem Lieutenant nicht zu machen.

»Panzerfäuste fertig machen zum Feuern!«, rief er seinen Leuten zu – und erntete Blicke des Unverständnisses.

»Was ist los mit euch?«, echauffierte sich Marten. »Ihr seid Soldaten der Vereinten Nationen! Und euer Auftrag … der Grund, warum ihr überhaupt so einen guten bezahlten Job habt, stapft gerade da vorne Richtung Darmstadt.« Marten wies mit ausgestreckter Hand auf den Tripod, der sich gemächlich davonmachte, dessen Körper allmählich aus seinem Sichtfeld verschwand.

»Was sollen wir denn machen?«, fragte Babo geradewegs heraus. »Der hat die Granaten von dem Leo zum Frühstück gefressen!«

»Ja, der hat so ein Energieschild oder so etwas«, warf ein anderer ein. Geier sagte kein Wort, glotzte nur immerzu auf das Sturmgewehr in ihren Händen.

Härti bäumte sich auf und leistete Marten mit aufbrausender Stimme Schützenhilfe: »Jetzt hört mal zu, ihr Helden! Die Briten haben vor 120 Jahren diese Dinger mit Pfeil und Bogen bekämpft und einige von ihnen vernichtet! Oder so ähnlich. Also hört auf herumzuheulen und reißt euch zusammen! Wir machen dieses Ding platt … oder gehen beim Versuch drauf. ENDE DER DURCHSAGE!«

Marten nickte, drückte die Sprechtaste seines Funkgeräts. Im selben Augenblick beschleunigte ein Peugeot Boxer mit quietschenden Reifen und raste davon, dem brennenden Leopard 2A7 entgegen. Die Reifen ließen das auf der Fahrbahn glänzende Regenwasser nach rechts und links wegspritzen.

»Two, hier One«, flüsterte Marten in die Funke, derweil stapfte Härti mit vor Wut ausufernden Bewegungen durch die Reihen des Zuges, der dicht gedrängt auf dem Grünstreifen hockte. Er zog einige der Soldaten grob auf die Füße, andere erhoben sich von selbst. Abschussgeräte rasteten klickend in Panzerfaustpatronen ein. Der Gruppenzwang brachte schließlich den ganzen Zug auf die Beine.

Marten und Fenix trafen in knappen Sätzen ihre Absprachen. Der Brite erklärte, einen Trupp vorgeschickt zu haben, um nach Überlebenden der Panzerbesatzung zu schauen. Weitere Teams suchten die bis zum Horizont reichende Metallschlange im Umkreis von 1500 Fuß nach weiteren Zivilisten ab. Wer noch nicht geflohen war, wurde nun von den britischen Soldaten eingesammelt. Zwei von Fenix' Leuten zerrten einen blutüberströmten Mann aus dem Sportwagen, der einen Baum geküsst hatte. Andere Pkw waren zusammengestoßen, die Karosserien waren verzogen. Im Inneren Eingeschlossene trommelten verzweifelt gegen die Scheiben, deren Elektronik versagt hatte. Glas klirrte. Fenix' Soldaten zogen die Eingeschlossenen durch die Seitenfenster ins Freie. Mit dem Versorgen der Zivilisten jedenfalls war der britische Zug gut bedient.

»Ja, mach das«, bestätigte Marten. »Wir gehen unterdessen auf die Jagd.«

Der Brite bedachte Marten mit einem skeptischen Blick. »Bist du dir sicher?«

»Ja, bin ich!«, herrschte Marten, der noch mehr Zweifler nicht gebrauchen konnte.

»Gut.« Fenix nickte anerkennend. »Ich gebe dir acht Mann mit. Sechsmal LAW, zweimal Kaliber 50.«

Barrett M82 Anti-Materiel Rifle Kaliber 50 … so gut wäre Marten auch gerne ausgestattet. Doch immerhin hatte er die Panzerfaust 3 in seinem Bestand. Sechs an der Zahl, dafür 18 Patronen. Das würde reichen … musste reichen. Marten hoffte es.

Acht britische Soldaten bahnten sich ihren Weg durch die gestauten Fahrzeuge hindurch, wetzten über die Fahrbahn, meldeten sich bei Marten. Ihre LAW-Raketenwerfer sahen aus wie Ofenrohre, die Barrett wie übergroße Elefantenbüchsen aus der Zukunft.

»Der Rest von uns rückt nach, sobald wir die Leute versorgt haben«, knurrte Fenix, dem anzumerken war, dass er seine deutschen Kameraden nur ungern allein in die Schlacht ziehen ließ. »Und Prof?«

»Si?«

»Mach diesen dreibeinigen Hurensohn fertig!«

»Das ist der Plan.«

*

Boom … boom … boom. Gleichmäßig trampelte der Tripod.

»Alu-u!«, hallte sein maschinenhafter Ruf durch den schmalen Waldabschnitt, der zwischen der Bundesstraße und der ehemaligen Kaserne lag. »ALU-U!«

Marten und seine Soldaten bewegten sich mit vorgehaltenen Waffen durchs Unterholz. Etwas über 35 deutsche Soldaten, dazu acht Briten in beigefarbenen Kampfanzügen. Marten rannte vorweg. Der Wald griff mit nassen Fingern nach ihm, seine Hose war ganz dunkel vor Nässe. Der Geruch von Feuer schwängerte die feuchte Luft.

»ALU-U!«, machte der Tripod. Sein Ruf ging durch Mark und Bein, spornte Marten aber nur noch mehr an. Auch seine Soldaten hatte letztlich der Mut gepackt, der Blutrausch. Sie jagten ihrem Zugführer nach, Panzerfäuste und G36 waren geladen.

»ALU-U!«, fegte der Schall durch den Wald. Und mit jedem Schritt des mächtigen Dreibeiners bebte die Erde unter Martens Füßen.

Voraus die Waldkante. Graue, sandfarbene und weiße Gebäude eines Neubaugebietes, das auf dem Gelände der ehemaligen Kaserne angelegt worden war, schimmerten durch den grünen Bewuchs hindurch. Marten erkannte sogleich den Tripod, der zwischen den Bauwerken umherwandelte und dabei wiederholt seinen Ruf ausstieß. Ein Wohnhaus stürzte krachend und rasselnd in sich zusammen, als er durch es hindurchschritt. Das hörte sich an wie Abertausende von Dominosteinen, die in tausendfacher Lautstärke einander umwarfen.

»Delta Two, hier Control«, knackte Stearns Stimme aus dem Äther. Der Capitaine schien aufgebracht. »Ich habe gerade von dem Hirnfurz erfahren, den sie sich ausgedacht haben, Lieutenant!«

»Wünschen Sie uns Glück!«

»Nein«, erwiderte Stearn beflissen. »Ich habe etwas Besseres! Ich stelle durch!«

Es knackte in der Leitung, dann meldete sich eine andere, raue Männerstimme: »Hier spricht Oberleutnant Christian Chromer, Zugführer 1 der 4. Kompanie, Panzerbataillon 203 aus Augustdorf. Kommen.«

»Augustdorf? Ihr seid ja von der ganz schnellen Truppe!«

»Wohl eher Glück gehabt. Waren mit unserem Zug in Fritzlar zur Truppenschau, als es losging. Hatten noch alles verladen. Sind allerdings knapp an Mun und Diesel. Mit wem habe ich das Vergnügen? Kommen.«

»Lieutenant Marten. Forces. Panzergrennies aus Norwich.«

»Grennies?« Dieser Chromer freute sich hörbar. »Dachte schon, wir wären weit und breit die einzigen berittenen Einheiten.«

»Ja und nein. Wir haben zwar Boxer hier, aber nur die französische Variante.«

»Verstehe ich nicht.«

»Sind aktuell zu Fuß unterwegs. Und auf Tripod-Jagd. Wie ist Ihr Status?«

»Bin mit drei Eisenschweinen vor Ort. Eines riegelt die B38 ab, um den Tripod von der Stadt wegzulocken. Ich befinde mich mit zwei weiteren Leos nördlich des Gegners inmitten der verfluchten Wohnsiedlung. Kein optimales Panzergelände, aber der Tripod schickt sich schon wieder an, Richtung Innenstadt zu watscheln. Wir werden den Kampf also hier führen. Kommen.«

»Der Panzer auf der B38 …«

»Ja? Müsste Ihre Höhe sein. Habe vor ein paar Minuten den Kontakt verloren, aber hoffe das Beste! Die scheiß Funken sind für 'n Arsch, Sie kennen das ja.«

»Ich glaube, da habe ich schlechte Neuigkeiten für Sie«, erwiderte Marten zerknirscht.

Schweigen. Geschlagene fünf Sekunden dauerte es, ehe Chromer antwortete: »Okay … Scheiße.« Seine Stimme hatte deutlich an Schwung verloren.

»Sehen wir zu, dass wir dieses Vieh erledigen. Können Sie unterstützen?«, fragte der Panzer-Offz nach weiteren fünf Sekunden der Stille. Sein Tonfall: entschieden.

»Mit Panzerabwehrhandwaffen, ja. Nähern uns Feind von Süden her und werden Feuer eröffnen, sowie wir in Reichweite sind.«

»Na, dann: Gute Jagd!«

»Dito.« Marten ließ die Funksprechtaste los, überlegte, drückte noch einmal die Taste.

»Chromer?«

»Ja?«

»Was ist mit der Numero dos? Dachte, die Tripods sind in Pärchen unterwegs?«

»Die haben sich östlich von Darmstadt getrennt.«

»Tragisch.«

»Die Nummer zwei marschiert gerade kreuz und quer durchs Stadtzentrum. Da können wir aber nicht wirken. Für den müssen wir uns später etwas überlegen.«

»Das können dann auch gerne die anderen übernehmen.«

Ein trockenes Lachen drang aus dem Lautsprecher.

»Marten, Junge«, amüsierte sich Chromer. »Wir sind die einzigen Kampftruppen vor Ort. Rechnen Sie mit dem Rest vom Fest in frühestens zehn Stunden. Alle anderen Bundis et cetera, die hier herumwuseln, unterstützen die Polizei bei der Evakuierung. Im Augenblick können diese wandelnden Suppenschüsseln tatsächlich noch so ziemlich tun und lassen, was sie wollen.«

»Da wird die Luftwaffe auch noch ein Wörtchen mitreden wollen.«

»Marten?«

»Jo?«

»Ist ihnen aufgefallen, dass wir, seitdem wir uns eine Luftwaffe zugelegt haben, keinen Krieg mehr gewonnen haben?«

»Ist mir aufgefallen.«

»Na dann … gehen wir es an. Und Marten. Ich bin Waschbär.«

»Alles klar. Ich bin Delta One, ansonsten turnt noch Delta Two auf dem Kanal herum. Die brauchen's aber auf Englisch.«

»Ach Gottchen. Waschbär Ende.«

Marten und seine Soldaten erreichten einen Zaun, der das Wohngebiet vom Grünstreifen abtrennte. Härti war schon mit einem Seitenschneider zur Stelle, schnitt ein Loch in die Drahtmaschen, dann huschten die Soldaten nacheinander durch die Öffnung und sammelten sich auf der anderen Seite, Marten vorweg. Er stürmte auf die asphaltierte Straße, fand sich mitten in einer typisch deutschen Neubausiedlung wieder: moderne Ein- und Zweifamilienhäuschen; Trampolin, Schaukel und Plastikrutsche in den Gärten; Kindergummistiefel und Laufräder vor den Haustüren; gepflegte Vorgärten, beleuchtete Hausnummern, schicke Karren in den Einfahrten; rot gepflasterte Spielstraßen; Tripod, der mit einem Fuß in einem Trümmerhaufen stand … Gut, der Tripod mochte nicht ganz typisch sein. Am Nordostrand der Siedlung befand sich zudem ein kleiner, grauer Klotz: der Eingang zu einem unterirdischen Bunker, über den gemäß der Schmidt-Verordnung jede Wohnsiedlung verfügen musste. Menschen hasteten darauf zu, verschwanden darin.

Marten fasste den Gegner ins Auge. Die riesenhafte Kampfmaschine stapfte in gerade einmal 150 Metern Entfernung durch die Siedlung und hinterließ eine Spur der Zerstörung. Sie hob ihre beweglichen Beine, ließ sie herumwirbeln wie Peitschen, deckte Dächer damit ab, zertrümmerte Wintergärten, wühlte penibel gepflegte Beete um. Es war, als würde der Tripod ganz bewusst diese Wohnsiedlung einreißen wollen, er erinnerte dabei an ein Kind, das in einem Wutanfall seine LEGO-Stadt zerschmetterte. Marten fragte sich, welchen militärischen Hintergedanken der Marsianer im Inneren dabei verfolgte. Blitzartig überprüfte er das Umfeld, konnte zu seiner Erleichterung aber keine weiteren Zivilisten fern des Bunkereingangs ausmachen. Sicherlich würden sich irgendwo noch welche verstecken, doch darauf konnte er keine Rücksicht nehmen.

»Alu-u! ALU-U!«, erscholl der Ruf des Tripods. Dieser zertrümmerte mit einem wild umherschlagenden Bein eine rote Klinkerbude, die mit ohrenbetäubendem Scheppern in sich zusammenfiel, als würde eine Gerölllawine einen Hang hinunterdonnern.

»Alles klar!«, brüllte Marten seinen Soldaten zu, die hinter ihm zur Feuerlinie aufliefen. »Härti übernimmt die Panzerfäuste und LAW, der Rest hält sich an mich! Wir legen Deckungsfeuer von hier aus, verstanden?«

Sie nickten, hoben den Daumen zur Bestätigung. Die Verschlüsse von G36, Barretts und MG4 klackten beim Fertigladen.

»Härti! Linksumfassend flankieren, dann gibst du ihm Saures. Immer zwei Schuss, einer mit Abstandsrohr, einer ohne.«

»Alles klar, Trainer.« Blitzschnell sammelte sich der verhinderte Eishockeystar seine LAW- und Panzerfaustschützen zusammen, dann dampften sie ab.

»FEUER!«, brüllte Marten heiser, brachte gleichzeitig seine MP7 in Anschlag und betätigte den Abzug. Mit ihm eröffnete der gesamte Zug das Feuer. G36 knallten hell im Einzel- und im Dauerfeuer, MG4 knatterten in kurzen Feuerstößen. Die beiden Briten mit den Barretts hatten sich vor der Straße in einen Vorgarten geworfen, ballerten im Liegen. Ein jeder Schuss fuhr als heftiger Ruck durch den Körper des Schützen.

Ein Bleigewitter sondergleichen schlug dem Tripod entgegen. Die Forces-Soldaten konzentrierten ihr Feuer auf dessen Körper. Marten hatte Leuchtspur zu 30 Prozent munitionieren lassen, entsprechend sprangen grell leuchtende Projektile auf die marsianische Kampfmaschine zu. Grüne Blitze tanzten über die Metallhaut des Dreifüßers, schlohweiß glühende Projektile sprangen von dessen Haut ab und flitzten vor der Kulisse grauer Wolkengebilde durch die Luft.

»Shit!«, stöhnte Marten, der zusah, wie der Beschuss seines Zuges im Ziel verpuffte, als würden sie mit Küchenschwämmen werfen. Selbst die daumendicken Antipanzer-Projektile der Barretts drangen nicht durch, sondern prallten zwitschernd ab.

»Scheiße, der hat Schilde!«, brüllte ein Soldat verzweifelt und ballerte weiter.

»Sag ich doch!«

»Fuck!«, stieß Schröder zähneknirschend aus. »Das ist echt wie in Independence Day!«

Independence Day – ein Hollywood-Blockbuster aus den 90er Jahren, gedreht vom deutschen Regisseur Roland Emmerich. Einer von unzähligen Filmen, der sich mit einer zweiten Invasion der Marsianer beschäftigte. Im Zentrum der Handlung stand ein Pilot der US Air Force, der gegen fliegende Tripods antrat, die über Energieschilde verfügten.

»Wo ist Jeff Goldblum mit seinem MS-DOS-Virus, wenn man ihn braucht?«

Der Tripod fuhr so schnell herum, wie Marten es nicht für möglich gehalten hätte. Die augenartigen Gebilde erfassten die winzigen Forces-Soldaten, fokussierten sie, funkelten bösartig im Blitzlicht des Beschusses. Die Maschine stampfte wütend mit den Beinen, riss dabei ein weiteres Gebäude ein und zertrampelte einen SUV. Die menschlichen Soldaten mussten dem Marsianer dort oben wie Ameisen vorkommen.

»Feuert! Feuert weiter!«, plärrte Marten verzweifelt und hielt selber drauf. Soldaten wechselten Magazine. Die meisten G36-Schützen schalteten ihre Waffen auf Dauerfeuer um, hielten drauf, hauten alles raus, was sie hatten. Die Kugeln prasselten auf die monströse Maschine ein – und ließen sie völlig kalt. Grüner Dampf entwich dem Tripod dort, wo die Beine in den Körper hinein verliefen, als er sich neigte. Die beiden Lanzen waren nun direkt auf die menschlichen Soldaten ausgerichtet. Marten hatte das Gefühl, in die Mündung einer Waffe zu blicken. Instinktiv spannte er seine Muskeln an.

Erneut erklang ein lautes Zischen, als würde Gott persönlich eine Coladose astronomischen Ausmaßes öffnen. Die Soldaten duckten sich weg, warfen sich zu Boden, rissen schützend die Hände vors Gesicht. Marten spürte, wie ein seltsames Kribbeln durch seinen Leib fuhr.

Für einen Augenblick war die Szene wie eingefroren. Die Männer und Frauen der Forces pressten ihre Leiber gegen den Erdboden in Erwartung an den Tod. Nun öffneten die ersten die Augen, blickten sich um, verstanden nicht, dass sie noch am Leben waren. Auch Marten war baff.

»Alu-u!«, brüllte der Tripod und dieses Mal hatte sich die Klangfarbe des Rufes verändert, transportierte er eine Note der Drohung. So meinte Marten zumindest. »ALU-U!«

»Alter, die Sau hat mein iPhone gegrillt«, rief ein Soldat erzürnt, sein Smartphone in Händen haltend. Verzweifelt hämmerte er auf dem Einschalter herum.

Martens Hand glitt in die Hosentasche, grapschte das Handy, zog es heraus. Tot. Als wäre der Akku verbraucht. Sein nächster Blick fiel auf die Armbanduhr, die er im Dienst stets trug. Eine Digitaluhr, und auch ihre Anzeige war grau.

»SCHIESST!«, brüllte er. »ALLES, WAS IHR HABT!«

Die Barretts krachten, die G36 und MG belferten. Abermals schlug dem Tripod ein Höllenfeuer entgegen. Abermals richtete es keinen Schaden an. Die grünlichen Blitze zuckten wie Aale aus Licht über die bläuliche Metallhaut der Kampfmaschine. Der Kasten an ihrer Seite rührte sich, richtete sich merklich auf die Forces-Soldaten aus. Einen Wimpernschlag später bereits erklang das infernalische, unwirtliche Scheppern und Tosen, das bereits die erste Salve des Gegners angekündigt hatte. Es knallte so laut, als würde ein mit Metallschrott gefüllter Schiffscontainer aus 100 Metern Höhe auf die Erde herniederstürzen.

»VOLLE DECKUNG!«, brüllte Marten noch, in den schwarzen Kasten starrend, in dem sich züngelnde Flammen bildeten. Es schien zu spät.

Zwei Explosionen ereigneten sich an den unteren Beinsegmenten des Tripods. Der Druck der Detonationen zerrte an der riesigen Maschine, die zurückgewirbelt wurde und ihren Fall mit zwei Beinen abfangen musste. Just im selben Augenblick spuckte der schwarze Kasten vier brennende Geschosse aus, die hoch in die Luft hinaufschossen, in gekräuselten Flugbahnen durcheinanderwirbelten. Ihr Flug beschrieb eine Parabel, bald stürzten sie auf die Erde hernieder und schlugen weit hinter Marten und seinen Leuten in den Grünstreifen ein. Feuerbälle bildeten sich zwischen den Bäumen, die sich unter den Einschlägen fürchterlich schüttelten.

»KLOPF, KLOPF!«, brüllte Chromer über Funk.

Der Tripod aber war unbeschädigt, drehte sich wild im Kreis, suchte den neuen Gegner, der sich erdreistet hatte, ihn bei seinem Vernichtungswerk zu stören.

»Wir haben hier kaum Möglichkeiten zu wirken!«, meldete der Panzermann. »Und wir sind zu nah dran, können ihm nur auf die Beine ballern. Das Gelände gibt aber nichts anderes her! Kommen!« Hektik bestimmte seine Stimme.

»Keine Bange!«, brüllte Marten in den Funkkreis. »Halten Sie nur weiter drauf! Wir steigen gleich mit ein!«

»Rick!«, stöhnte Geier entmutigt. Ihr schweißgewelltes Haar ragte unter dem Helm hervor. Mit sorgenvoller Miene wies sie auf die grünen Blitze, die den Tripod umgaben. »Wir kommen nicht durch!«

»Wir müssen es versuchen! Vielleicht überlasten die Dinger bei zu vielen Treffern!«

»Das ist doch Wahnsinn!«, sagte sie. Marten sah in den Gesichtern seiner Soldaten, dass Geier einige von ihnen mit ihrem Defätismus ansteckte.

»Wir haben keine Alternative!«, raunzte er und erklärte die Diskussion damit für beendet.

»Härti!«, brüllte er stattdessen ins Funkgerät. »Sieh zu, dass ihr auf den Körper zielt! Aber achtet auf euren Rückstrahl!«

»Ich bin dir wie immer einen Schritt voraus, Prof!«

Noch einmal schossen Chromers Panzer. Noch einmal schüttelte sich der Tripod, taumelte er unter der Energie, die die Detonationen freisetzten. Die außerirdische Kampfmaschine aber schien begriffen zu haben, wo von aus sie beschossen wurde. Wütend trampelte sie mit ihren Klotzfüßen, richtete Lanzen und Kasten auf die deutschen Panzer aus, die nördlich von ihr in Stellung gegangen waren.

Marten rannte ein Stück die Straße entlang, dann sah er Härtis Leute: Sie hatten Flachdachgaragen, Wintergärten und Gartenhäuser erklommen. Einige turnten sogar auf den Hausdächern herum. Sie hatten die Panzerfäuste bereits auf den Schultern.

Es zischte und knallte und blitzte. Zwei glühende Sprengköpfe jagten dem Tripod-Körper entgegen, einer sauste vorbei, stieg in den Himmel empor, verlor weit hinten an Höhe und fiel auf die Erde zurück. Der andere traf beziehungsweise detonierte er kurz vor den Lanzen des Tripods, nachdem sich grüne Blitze auf ihn gestürzt hatten. Gleichzeitig feuerten Chromers Panzer. Zwei Detonationen zwischen den Beinen der Kampfmaschine. Sie wankte.

Überlasten, sagte sich Marten in Gedanken. Überlasten! Ihre einzige Chance, denn Jeff Goldblum hatten sie nicht.

»Härti, hau mit allem drauf, was du hast!«, donnerte er ins Funkgerät.

»Verstanden!«

»Waschbär, Feuerzusammenfassung. JETZT!«

Marten spurtete zurück, schwitzte wie ein Schwein. Schweißperlen rannen ihm in die Augen, brannten fürchterlich. Die Bw-Uniform fühlte sich steif an auf seiner Haut. Er blaffte seine Soldaten an: »Gebt alles! SCHIESST! SCHIESST!«

Die Panzerfäuste und LAW knallten, und mit einem Mal war es, als würden ein Dutzend Feuerstrahle dem Tripod entgegenjagen. Das dumpfe Knallen von Chromers Leopard-Panzern drängte sich in die Geräuschkulisse, zig Sprenggeschosse trafen gleichzeitig die marsianische Maschine. Grüne Blitze zuckten, grüne Funken sprühten. Für einen Augenblick verschwand der Tripod hinter einem Vorhang aus Feuer und Rauch. Rostrote Flammenzungen leckten nach allen Seiten weg. Dann sah Marten es, sah, was sein Herz einen Satz machen ließ, was ihn aufschreien, jubeln ließ. Mit ihm jubelten die anderen. Ein Loch, groß wie eine Telefonzelle, klaffte im Kesselkörper der Kampfmaschine, die Ränder waren ausgefranst. Große Metallteile fielen zu Boden.

»Der Puck ist im Tor!«, jauchzte Härti über Funk.

Der Tripod taumelte, stand plötzlich auf ganz wackeligen Beinen. Noch einmal gaben Chromers Panzer Feuer. Keine Blitze. Metallteile wurden umhergeschleudert. Die Detonationen zogen dem Dreifüßer alle drei Stelzen weg. Ungebremst knallte sein Korpus in ein Zweifamilienhaus. Und blieb liegen.

»Los! Gruppenweise vorrücken!«, rief Marten außer Atem.

Eine urgewaltige Staubwolke schoss aus dem Aufschlagpunkt empor, breitete sich blitzschnell aus. Feine Partikel besetzten die Luft, aufgewirbelter Mörtel, Putz, Sand und Staub vermengten sich zu einem schier undurchdringlichen Schleier, der den Forces-Soldaten entgegenschlug. Sie erfasste und verschluckte. Marten fand sich augenblicklich in einer Situation wieder, in der die Sicht nur einen Meter betrug und die Luft mit trockenem Staub verpestet war. Ein ekelerregender Film bildete sich gleich mit den ersten Atemzügen in seinem Mund auf der Zunge. Feinste Partikel belegten seine Lungenflügel, machten jeden Atemzug zur Tortur. Auch die Augen hatten zu kämpfen. Marten klimperte mit den Lidern, wischte sich wiederholt durch die Augen, hielt sich dann eine Hand vor den Mund. Seine Soldaten husteten, doch sie blieben fokussiert. Mit vorgehaltenen Waffen drangen sie tiefer in die Staubwolke ein, der kolossalen Kampfmaschine entgegen, deren Schatten sich dunkel hinter dem Staubschleier abzeichnete. Ihre langen Beine ragten aus dem Einfamilienhaus, dass der Korpus der Maschine bei seinem Sturz unter sich begraben hatte.

»Objekt einkreisen!«, brüllte Marten, nachdem er sein Vorgehen mit Chromer abgesprochen hatte. »Bleibt auf der Hut! Vielleicht hat der Bastard überlebt.«

Martens Hände schwitzten unter den Handschuhen. Er hielt seine MP7 fest umklammert, blickte über die Zieleinrichtung hinaus ins Vorgelände. Halb eingestürztes Mauerwerk gab stückweise den Blick auf die gefällte Kriegsmaschine preis, nur schemenhaft auszumachen hinter dem dichten Staubschleier. Es war still, einige wenige Geröllbrocken kullerten noch umher. Marten konnte plötzlich wieder seine eigene Atmung hören. Sie raste, und sein Pulsschlag hämmerte im Takt dazu wie ein Schnellfeuergewehr. Er versuchte, sich auf die Umgebung zu konzentrieren, doch das laute Rasseln der eigenen Atmung wollte sich nicht in den Hintergrund drängen lassen, sondern bestimmte seine Geräuschwahrnehmung. Sie legte sich wie ein dröhnender Beat über alle anderen Geräusche, selbst über das Fiepen, das in seinen Ohren nachklang.

Der riesenhafte Körper des Tripods überragte die eingerissenen Mauerreste, war selbst groß wie ein Haus. Mit einem Mal, als Marten bis auf wenige Meter an das fremde, in völliger Ruhe daliegende Objekt herangetreten war, wurde ihm erst richtig bewusst, wie groß das Ding eigentlich war. Er blickte an dem haushohen Kesselkörper hinauf, der sich ganz allmählich aus dem Dunst schälte. Marten verstärkte nochmals den Griff um seine Maschinenpistole, die Finger sendeten unangenehme Schmerzsignale aus.

»Ruhig bleiben!«, sprach er seinen Soldaten zu. Dutzende Rohrmündungen waren auf den gestürzten Riesen gerichtet. Zitternde Rohrmündungen.

Plötzlich ein ballonartiges Objekt zwischen den Mauerresten, halb verborgen hinter dem undurchsichtigen Staubmantel. Es war groß wie ein Mann, massig und rund. Marten stockte. Hielt den Atem an.

»Scheiße! Marsianer! MARSIANER!«, brüllte Geier hektisch. Der Sicherungshebel ihrer Waffe klickte. Sie betätigte den Abzug. Dauerfeuer. Die anderen Soldaten erschraken und stiegen sogleich in die wilde Schießerei mit ein. Sie entfesselten einen Hagelsturm der Projektile, ehe Marten hätte reagieren können. Einer der Briten feuerte sein Barrett aus der Hüfte ab, das daumendicke Geschoss fetzte einen dicken Brocken aus dem Ziel heraus.

»Stopfen!«, brüllte Marten und wedelte wild mit den Armen. Einige stellten das Feuer ein, andere ballerten weiter, verballerten ihr ganzes Magazin, pumpten das Objekt mit Kugeln voll. Es wurde unter dem Beschuss regelrecht zerrissen.

»STOPFEN! Herrgottszeiten, ihr Idioten!«, herrschte Marten und brachte damit sämtliche Waffen zum Schweigen. Er blickte durch das Reflexvisier seiner MP, der Laserpunkt ruhte auf dem nunmehr ausgefranzten, zerfetzten

Objekt voraus, tanzte im Takt seiner Atemfrequenz. Marten rückte vor, den Finger am Abzug. Meter um Meter näherte er sich dem Objekt. Ein zerfetzter Ohrensessel. Er wandte sich um, warf seinen ihm nachstoßenden Soldaten einen vielsagenden Blick zu. Geier verzog den Mund.

Der Staub lichtete sich allmählich. Marten blickte an der metallischen Hülle des Tripods hinauf, die im durch den Dunst durchblitzenden Sonnenlicht bläulich schimmerte. Das Loch, das der Beschuss der Panzerfäuste in den kesselförmigen Körper gerissen hatte, klaffte auf der den Forces-Soldaten zugewandten Seite, in etwa zweieinhalb Metern Höhe. Die Ränder des Durchbruchs waren scharfkantig, ragten wie Haifischzähne aus dem Korpus. Marten horchte für eine Sekunde, doch vernahm er neben den in seinem Rücken in Stellung gehenden Soldaten keine Geräusche – keine Geräusche zumindest vonseiten der Kriegsmaschine, die andernfalls aus ihrem Inneren gekommen wären.

»Babo, Schröder!«, zischelte er mit belegter Stimme. »Handgranaten fertig machen und da rein mit den Eiern.« Er wies auf das Loch im Durchbruch, auf das x Waffenmündungen gerichtet waren.

»Wie sieht es aus?«, fragte Chromer über Funk dazwischen.

»Warten sie, zwo«, wurde er von Marten vertröstet, derweil nestelten sich Babo und Schröder je eine Handgranate vom Chestrig.

»Sollten wir nicht versuchen, die Bastarde lebend zu schnappen?«, warf der Deutschiraker ein.

»Ja, super Idee!«, frotzelte Marten. »Geh da rein und hol ihn raus. Komm, ich mach dir eine Räuberleiter!«

Babo blickte in das dunkle Loch im Tripod hinein, pfiff durch die Zähne.

»Weißt du was? Handgranaten sind eine prima Idee!«

»Deshalb bin ich Zugführer und nicht du.«

Zwei Metallsplinte klimperten zu Boden, dann flogen die Granaten im hohen Bogen in die Öffnung und verschwanden im Inneren.

»VOLLE DECKUNG!«, brüllte Marten und machte sich lang. Er schlug mit dem Knie hart im Schutt auf, darauf knallte es zweimal dumpf in der marsianischen Maschine. Das Material knarzte unter dem Druck der Sprengwirkung. Die Explosionen verhallten und Stille setzte abermals ein, untermalt von entferntem Sirenengeheul.

Marten horchte, stemmte sich hoch. Nichts. Kein Geräusch drang aus dem Tripod.

»Babo?«

»Jo?«

»Immer noch Bock auf Alienjagd?«

Der Deutschiraker seufzte. »Okay, Alter, lass knacken.« Babo legte sein G36 ab, zückte stattdessen Pistole und Taschenlampe. Marten tastete vorsichtig mit der Hand vor, wagte es schließlich, berührte nach mehrmaligem Zurückzucken die Hülle der außerirdischen Maschine. Sein angespannter Ausdruck wich der

Erleichterung. Kein Stromschlag, keine böse Überraschung. Er drückte sich unter dem Loch gegen die Metallhülle und half Babo hoch, der durch die Öffnung in den Tripod hineinkraxelte. Das Licht seiner Taschenlampe blitzte im dunklen Durchbruch.

»Und?«, rief Marten ungeduldig.

Keine Antwort.

»Babo? Was siehst du?«

»Hier ist nichts!«, schallte dessen Stimme aus dem Inneren.

»Was?«

»Hier ist nichts! Absolut niemand. Das Scheißding ist leer!«

Marten stutzte. Dann plötzlich traf ihn die Erkenntnis wie ein Blitzschlag. Er fuhr herum, brüllte: »Gruppenweise ausschwärmen! SOFORT! Wir haben einen flüchtigen Marsianer! LOS! LOS! LOS!« Es wurde hektisch, Unterführer trommelten ihre Leute zusammen, dann stoben die Forces-Soldaten in alle Richtungen auseinander. Viele Dutzend Stiefel trampelten über die Schutthaufen des einstigen Wohngebietes, die Männer und Frauen durchsuchten lautstark das ganze Gelände.

»Waschbär?«, schnatterte Marten fahrig ins Funkgerät.

»Hört.«

»Wir haben möglicherweise einen Marsianer auf der Flucht. Fußläufig … tentakelläufig … wie auch immer. Kommen.«

»Läuft ja bei euch! Wir schwärmen aus, umfahren das Wohngebiet links- beziehungsweise rechtsseitig und rücken vor bis auf Höhe der Bundesstraße. Vielleicht haben wir Glück. Kommen.«

»Alles klar. Wir drehen vor Ort jeden Stein um. Delta Ende.«

Marten warf seinen Soldaten einen flüchtigen Blick zu, die hinter dem lichten Staubschleier lautstark umherrannten und damit begannen, in die umliegenden Gebäude einzudringen. Türen knallten, als sie aufgetreten wurden. Geier koordinierte die Suchaktion, mit Karte und Funkgerät bewaffnet scheuchte sie die Suchtrupps umher.

Marten wechselte die Frequenz, drückte erneut den Sendeschalter, sagte: »Control, hier Delta Two. Wir …«

»Hey, Rick!«, schrie Babo aus dem Inneren des Tripods dazwischen. Der Zugführer schaute zur Öffnung auf.

»Komm mal hoch. Das musst du dir ansehen!« Babo erschien im Durchbruch, legte sich auf den Bauch, streckte beide Hände nach Marten aus. Der schwang sich die MP auf den Rücken, ließ sich hochziehen, arbeitete sich vorsichtig über die rasiermesserscharfen Metalltrümmer hinweg ins Innere. Er geriet mit beiden Stiefeln auf einen buckeligen Untergrund, dessen tausendfache Kugelstruktur er durch die Hartgummisohlen hindurch spürte. Es war brütend warm im Inneren des Tripods. Und stockdunkel. Babo reichte Marten die Taschenlampe und der ließ den Lichtkegel einmal über die Innenwände wandern.

»Hier Control. Konnte letzten Spruch nicht aufnehmen.«

Marten ignorierte Riensch. Und glaubte sogleich, in einem enormen Computer zu stehen. Motherboards, die einander überlappten, spickten die Wände, winzige und riesige kondensatorartige Dinge und etwas wie Widerstände ragten allerorts aus den teils zerfetzten, blau leuchtenden Platten, die gebogen geformt waren, ineinander verkeilt wie abstrakte Kunstwerke. Die marsianische Elektronik machte auf Marten einen seltsamen Eindruck, auf eine Art vertraut, da auch ihre Technik nach denselben Grundsätzen von Elektrik und Physik funktionierte wie die irdische. Auf eine andere Art aber waren die gebogenen, manchmal wellenförmigen Platinen, besetzt mit winzigen Gerätschaften in den verschiedensten Farben und Formen, von ganz und gar fremdartiger Natur. Sie waren bunt wie das Fingerfarbenbild eines Kleinkindes, polymorph wie das Kiesbett eines Flusses, dessen Steine sich in ihrer Grundform zwar einander ähnelten, von denen dennoch jeder einzelne in Ausgestaltung und Farbgebung einzigartig war. Kein irdischer Ingenieur jedenfalls würde eine Maschine, deren Hauptzweck die effiziente Funktionalität war, derart individualistisch gestalten, wie es das Innenleben dieses Tripods war. Viel individualistischer noch als alle Technik, die von 1901 her bekannt war. Marten staunte, eine unbändige Neugier löste euphorische Gefühle in ihm aus.

Der Beschuss durch die Panzerfäuste und auch die beiden Handgranaten hatten einigen Schaden in dem Tripod angerichtet, manche Platinen waren aufgerissen, versenkt, durchlöchert. Und es war eng dort drin. Der gesamte obere Teil der Maschine war vollgestopft mit schwarzen Kegeln, aufgereiht an Kettengliedern. Marten schätzte, dass es sich um Munition handelte. Vielleicht für das Raketengeschütz.

»Durch die Durchbrüche kannst du durch den ganzen Tripod latschen«, erklärte Babo und zeigte mit der Pistole auf Lücken zwischen den Platinen.

»Wow«, hauchte Marten. »Weißt du, Babo, ich habe mal eine Dreamcast aufgeschraubt, weil die Kontakte zwischen Mainboard und Netzteil defekt waren und ich die neu verlöten wollte. Und das hier sieht auf eine Art genauso aus. Das ist … das ist das Innere eines Computers, Mann. Wir stehen mitten in einem Computer! Einem marsianischen Computer.«

Babos große Augen leuchteten weiß in der Finsternis.

»Was ist eine Dreamcast?«

»Alter! Segas letzte Konsole, Mann!«

»Wer ist Sega?«

»Ich tue einfach mal so, als hättest du das gerade nicht gesagt.«

Marten machte einige Schritte über die buckelige Platine, auf der er stand, dann leuchtete er sie aus. Da waren sie wieder, die silberfarbenen Kugeln, in millionenfacher Anordnung. Jede für sich ein Prozessor, ein eingerolltes Board mit der tausendfachen Rechenleistung eines Serverraums von Google oder Facebook.

»Was ich dir sagen wollte …«, begann Babo. »Ich bin hier einmal durchgelatscht. Hab mir alles angeschaut.«

»Okay.«

»Hier gibt es keine Öffnungen. Keine Naht in der Hülle, keine Sollbruchstelle. Kein Sichtfenster. Kein Cockpit, keine Steuereinheit. Nichts, in dem einer dieser moppeligen Krakenbastarde Platz finden würde. Also, so etwas wie ein Pilotensitz oder so. Hier drin ist nichts. Nur diese Platten und dieser farbige Scheiß überall und die Kugeln.«

»Du meinst … du meinst?«

Babo nickte nur.

»Kilo, hier Delta Two«, schnarrte Marten ins Funkgerät.

»Kilo«, meldete sich Geier.

»Status?«

»Fehlanzeige. Wir suchen noch.«

Marten rümpfte die Nase. Erneut knackte Geiers Stimme aus dem Äther: »Jetzt mal ehrlich, Rick. Wir kennen diese Viecher aus dem Museum. Das sind fette Wasserbälle, die kaum von der Stelle kommen. In unserer Atmosphäre eh nicht! Wo soll der hin sein? Wir sind einmal rund herum um den Tripod, wir drehen hier alles auf links. Hier ist nichts!« Ihre Stimme schwang plötzlich ängstlich. »Sicher, dass der nicht noch bei euch da drin ist?«

Marten blickte sich misstrauisch um. Nein, hier drin war nichts. Der Tripod war leer.

# XIV. Die Vernichtung der 24 Feldbatterie (Forts.)

Unsere Männer machten sich eifrig an die Arbeit, während ich meinen Gewehren befahl, innezuhalten. Wir hofften auf weiche Ziele, die unter der Kuppel noch zum Vorschein kommen mochten. Die Richtschützen kurbelten, um die Geschütze in der Höhe auszurichten. Die Zünder wurden eingestellt und anschließend wurde geladen. Fertigmeldungen wurden an die Vorgesetzten übermittelt. Schließlich erklang der Feuerbefehl des Herrn Major in meinem Rücken. Das Schlagen der Kanonen ließ einen Luftdruck auch über unsere Position hinwegfahren. So war es natürlich bei jeder Schussabgabe, doch erst jetzt, wo ich derartig gebannt auf den Gegner starrte und ungeduldig auf die Einschläge wartete, nahm ich den Druck zur Kenntnis, der meinen Waffenrock anzuheben drohte.

Leider verfehlten alle vier Geschosse. Die Einschläge lagen weit hinten in den glimmenden Fichtenwäldern. Hätten wir an dieser Stelle einen direkten Treffer für uns verbuchen können, wir hätten diese Kriegsmaschine erledigt. Der Herr Major befahl alsgleich, erneut zu laden, doch da war es bereits zu spät. Der metallene Dreifuß wendete seinen Kopf. Eine changierende Fläche, die aus seinem Kessel ragte und mich an das Komplexauge eines Insekts erinnerte, warf ihren Blick auf uns. Darauf hielt er uns den Behälter, den er trug, entgegen. Im nächsten Augenblick bereits zuckten die Blitze und der unsichtbare Feuerstrahl fuhr in unsere Stellungen ein. Munition und Kanonen explodierten augenblicklich, der ganze Forst flog in die Luft. Der Druck jener Detonationen schleuderte Leutnant Donavan und mich in eine Mulde im Erdreich. Glühende Splitter jagten haarscharf über uns hinweg, zischten durchs Gehölz. Was die Explosionen nicht zu Ende gebracht hatten, vollrichteten die Splitter. Männer schrien wie Gören, sie sackten im Splittergewitter zusammen. Andere rannten brennend umher.

Gegen die Erde gedrückt, spürten auch wir den höllenheißen Atem des Hitzestrahls, wie dieser über uns hinwegfuhr. Er steckte Bäume und Gesträuch gleichermaßen an. Der beißende Gestank des Feuers breitete sich aus, dicker Qualm ging von den Brandherden aus. Eine unbeschreibliche Hitze, wie sie sonst nur in einem Hochofen vorherrscht, drückte gegen Leutnant Donavans und meinen Leib. Für einen Augenblick war mir, als würde eine Stichflamme nach mir greifen, als stünde ich selbst in Flammen. Die metallenen Knöpfe meines Waffenrocks und mein Degen erhitzten sich maßlos, am Griff der Blankwaffe verbrühte ich mir fürchterlich die Hand. Die Narben von dieser Verletzung sind noch heute sichtbar. Gleichzeitig blieb mein Revolver, den ich mir in den Gürtel gesteckt hatte, von der Gluthitze nicht verschont. Die erste Patrone zündete, die zweite versagte glücklicherweise im Rohr. Die Kugel jagte, parallel zu meinem Leib, meinen Füßen entgegen, brachte mir am Oberschenkel einen Streifschuss bei und verfehlte meine linke Fußspitze nur um Zentimeter. Sie bohrte sich hinter mir in den Erdengrund.

Der Hitzestrahl verschwand so rasch, wie er über uns gekommen war. Was blieb, waren die Brände. Der ganze Forst stand in Flammen. Ein ganz und gar schrecklicher Odem lag in der Luft, ein süßlich herber Geruch. Verbranntes Fleisch. Unsere Kameraden, dem bösartigen Feuerstrahl schutzlos ausgeliefert, hatten allesamt den Tod gefunden. Wir sollten nur noch verkohlte Überreste ihrer Körper finden, gebettet in glühendes Laub. Die feindliche Kriegsmaschine hatte ihr Zerstörungswerk an der 24 Feldbatterie vollendet; ebenso wie das Cardigan-Regiment existierten auch wir als militärische Einheit nicht mehr. Leutnant Donavan und ich hatten ein unbegreifliches Glück gehabt, dass uns der Druck in die Mulde geschleudert hatte, ansonsten wären auch wir des Todes gewesen. So aber überlebten wir, während nahezu alle unserer Kameraden ausgelöscht worden waren, unter ihnen der ehrenwerte Herr Major Bill Joseph Smyth Powell sowie unser Zweiter Leutnant. Der Dreifuß hingegen begriff, dass von uns keine Gefahr mehr für ihn ausging. Er wandte sich ab und schritt gemächlich in Richtung Nordosten. Die glänzende Kuppel folgte ihm wie eine urzeitliche Schildkröte.

Zur technischen Seite des Krieges sei an dieser Stelle angemerkt, dass es unseren Streitkräften zu späteren Zeitpunkten durchaus gelungen ist, einige schöne Erfolge gegen die außerweltlichen Kriegsmaschinen zu erzielen (vgl. dazu Wells als auch Beckham/Hill/Lycett). Sprich: Unsere irdischen Waffen sind durchaus imstande, dem »Marsmann« zu schaden; seinem ledrigen, zähen Körper aus Fleisch und Blut sowieso, aber eben auch seinen metallischen Maschinen. Es ist mir nicht gestattet, über den Stand der Untersuchungen der »marsianischen« Geräte zu berichten, doch mit der freundlichen Erlaubnis von General Beckett darf ich wohl das Folgende kundtun: Jene Metallschilde, die unsere Feinde in jedem Zylinder mitgeführt und meist irgendwann einfach achtlos liegen gelassen hatten, bestehen aus einer Legierung, so dicht und dick und schwer, dass sie für den menschlichen Verstand nahezu unmöglich zu begreifen ist. Es bedarf eines enormen Aufwands, auch nur eine einzige jener Kuppeln von der Erde aufzuheben und zu transportieren. Pferde allein reichen dazu nicht aus, Maschinen und Kraftfahrzeuge sind gefragt. Beschusstests haben zudem deutlich gemacht, dass diese Legierung mit den uns bekannten Waffen nicht zu durchstoßen ist, wohl aber gehen wir davon aus, dass der Hitzestrahl in der Lage sein muss, den Schild zu zerstören (man bedenke, dass auch wir Menschen vorrangig Waffen entwickeln, die dazu dienen, unseresgleichen zu bekämpfen).

Mit den Kriegsmaschinen der »Marsianer«, jenen dreibeinigen Männern aus Metall, die ich oben so eindrucksvoll beschrieben habe, verhält es sich jedoch ganz anders. Diese Maschinen müssen imstande sein, auch ganz filigrane Bewegungen auszuführen, was feine, ineinandergreifende Metallbauteile voraussetzt. Ihre Metallhäute sind dünn. Mit Sprengstoff ist ihnen beizukommen, so viel wissen wir. Sowohl sind gezielte Schüsse in der Lage, ihnen die Beine abzusprengen, als auch, den Kopf direkt zu zerstören.

# XV. Rick Marten

Die marsianischen Tripods waren tough, aber nicht unzerstörbar. Aus allen Ecken Deutschlands und der Welt strömten die Kräfte von Bundeswehr, NATO, EU und Forces nach Frankfurt und Darmstadt, flogen deren Luftwaffen Angriffe gegen den außerirdischen Feind, und die Marsianer verloren in der Nacht zwei weitere Tripods. Sechs hatten sich insgesamt aus den Kapseln erhoben, hatten ihre LZ allesamt verlassen. Das Schwierigste bei den Angriffen gegen die ziellos umherwatschelnden Tripods war es derweil, sie zuvor mittels Bodentruppen aus den Städten herauszulocken, um sie auf offenem Gelände stellen zu können.

In Darmstadt-Nord hatte eine große Gruppe Polizisten eine der Kampfmaschinen unter zahlreichen Todesopfern und Schwerverletzten aus dem Stadtgebiet gelockt. Weiter nordwestlich, zwischen Weiterstadt und Büttelborn, hatte sich ein Tripodpärchen getrennt, und während der eine die Innenstadt Büttelborns verwüstet hatte, war der andere zwischen beiden Orten durch die Felder gezogen. Tornado-Kampfjets des deutschen Kampfgeschwaders 51 »Immelmann« hatten ihn in mehreren Anflügen vernichtet. Abermals hatte es der Tripod dabei vermocht, zwei Jets durch ein sonderbares Zischen aus dem Himmel zu blasen.

Marten und Fenix waren nach der Vernichtung des Tripods auf dem ehemaligen Kasernengelände mit Chromer zusammengekommen und hatten das weitere Vorgehen besprochen. Die übergeordnete Führung der Bundeswehr war noch im Begriff gewesen sich zu sammeln, also hatte sich Chromer kurzerhand dazu entschieden, dem Vorschlag Stearns zu folgen und in Richtung Mörfelden-Walldorf zu verlegen, wo die Kapseln der Marsianer noch immer im Feld lagen, wo noch immer das Werkeln und Hämmern der Aliens zu vernehmen war. Die Forces hatte die Sicherung jene Raumkapseln zur Priorität erklärt. Sie wollten der leibhaftigen Marsianer habhaft werden, die dort in ihren Gruben hocken mussten und wohl von dort aus ihre Tripods fernsteuerten. Alle zerstörten Kriegsmaschinen der Aliens nämlich hatten sich als leer erwiesen, als Drohnen. Und wer wusste schon, woran die fiesen Krakenköpfe in ihren Kratern noch werkelten?

Auf dem Weg dorthin dann ein Funkspruch der Bundeswehr. Diese stand östlich der Kapseln im Kampf gegen zwei Tripods und bat um Unterstützung beziehungsweise kommandierte Chromer ab. Marten und Fenix entschieden in Absprache mit Stearn, ihrem neuen besten Freund zu folgen und sich danach um die Landezone zu kümmern.

Derweil blickte die Welt gebannt in den Himmel, wurde aus sämtlichen Observierungsstationen heraus der Orbit beäugt. Damals, 1901, waren die Luftschiffe der Marsianer in Abständen von 24 Stunden eingetroffen und 24 Stunden waren bald rum. Bis dato gab es allerdings keinerlei Anzeichen für eine zweite Welle. Akribisch observierten die zahlreichen Beobachtungsposten jeden Quadratkilometer des Mars und der anderen Planeten sowie den Raum dazwischen. Hysterisch wurde jede vermeintliche Auffälligkeit gemeldet, geprüft, nochmals geprüft und dann als Nichtigkeit deklariert. Nein, weiterhin fehlte vom Feind jede Spur – als operierten die beiden Frankfurter Kapseln auf sich gestellt …

Die Radpanzer der 4. Kompanie waren mittlerweile eingetroffen. Die Boxer und Piranha waren vollgetankt, Waffen munitioniert und Transporträume mit Munition beladen und mit Verpflegung für zwei Tagen bestückt worden. Die FLW-200-Waffenstationen waren mit einer Granatmaschinenwaffe auf der 41 sowie je einem Kaliber-.50-Maschinengewehr auf den beiden anderen Wagen ausgerüstet.

»Mission Control«, wisperte Marten ins Funkgerät. »Delta One und Two haben Egelsbacher Weg westlich A5 erreicht.«

Marten blickte durch die Kommandantenluke seines Boxer ins Vorfeld. Beständig fuhr der kleine Scheibenwischer über die Wetterschutzscheibe, die vor der Luke angebracht war. Feine Tropfen setzten sich auf das Glas, wurden sogleich fortgewischt. Kalter Sprühregen benetzte gleichzeitig Martens Kragen, rann ihm in den Nacken. Sein Helmbezug hatte sich mit Feuchtigkeit vollgesogen, von dessen Rändern tropfte das Wasser. Marten blickte gebannt nach dem Norden.

Dort lagen weite Felder, durchsetzt mit Baumreihen und kleinen Waldinseln. Die Dunkelheit der scheidenden Nacht hielt ihren Mantel noch über der Landschaft ausgebreitet. Die schwachen Tarnlichter der irdischen Kampffahrzeuge waren Punkte in der Finsternis.

Am Horizont funkelte und blitzte es. Die beiden Tripods hatten mitten in der Nacht kehrtgemacht und bewegten sich seither zurück zu ihren Raumkapseln. Sie waren zwei von insgesamt drei noch nicht erledigten Kampfmaschinen des Gegners. Gejagt von diversen menschlichen Luftwaffen, hatten sie sich auf die Felder östlich von Mörfelden-Walldorf treiben lassen. Einer der Tripods war bereits beschädigt, eines seiner Beine wollte nach mehreren Treffern durch deutsche Eurofighter und niederländische Fighting Falcons nicht mehr richtig funktionieren.

Es knallte und grollte in der Ferne. Die Tripods zeichneten sich als schemenhafte Riesen vor dem tintenblauen Sternenhimmel ab. Einer wandelte aufrecht, seine langen, aus der Entfernung dürr wirkenden Beine flatterten umher wie Tanzbänder. Der zweite schleppte sich förmlich über die Felder, sein Körper war in ständiger Schräglage begriffen. Detonationen ereigneten sich zwischen ihnen, eine jede wurde begleitet von dumpfem Donner, der wie eine physische Kraft über die Landschaft fegte. Mit jeder Explosion blitzte es grell und die schrecklichen Maschinen der Aliens waren für einige Millisekunden ausgeleuchtet, ehe die Finsternis sie wieder verschluckte. Kampfjets sausten durch die Luft, zogen pfeilschnell über die Köpfe der

Tripods hinweg. Und es schien, als hätten die Marsianer den Kampf längst aufgegeben, als befänden sie sich nur noch auf der Flucht.

»Sehen Sie den Feind?«, fragte Riensch über Funk.

»Jawohl«, flüsterte Marten.

»ALU-U!«, hallte der Ruf der Marsianer über die Felder.

»ALU-U!«, dröhnte ihr entsetzliches, maschinenhaftes Wehklagen, denn es erschien Marten, als hätte sich tatsächliche eine Note der Verzweiflung in das Geheul des Feindes eingeschlichen. Mitleid aber empfand er nicht.

»Wollen wir hier Wurzeln schlagen oder machen wir los?«, knarzte Chromers Stimme aus dem Funkgerät. Seine beiden verbliebenen Leopard-Panzer waren mit den Radpanzern der Forces auf dem Egelsbacher Weg zu einer langen Feuerlinie aufgefahren.

»Wir machen los«, bestimmte Marten und verengte die Augen. Einmal noch nahm er das Vorfeld in Augenschein, dann tauchte er unter Luke ab. Die warme Klimaluft schlug ihm wie eine unsichtbare Hand ins Gesicht.

»Gut«, bestätigte Chromer. »Ich schicke Ihnen mein beabsichtigtes Vorgehen auf ihr FüInfoSysH. Kommen.«

Marten zwängte sich zwischen die Sitze von Geier und Schröder, drückte dabei versehentlich den Lauf seiner MP gegen den Arm des Waffenbedieners, der mit einer Hand am Joystick die Kaliber-,50 beständig hin und her schwenkte.

»Sorry«, hauchte Marten und wandte sich Geiers Bildschirm zu.

»Du, ick bin's jewohnt«, erklärte Schröder in seiner Berliner Mundart.

Marten betrachtete die Umgebungskarte, die Geiers Display anzeigte. Die Positionen der sechs Forces-Radpanzer waren mittels grünen Leuchtsymbolen angezeigt, Chromers Leos waren grau schimmernde Rechtecke. Weit im Vorfeld, einen guten Kilometer entfernt, stellten sich die beiden Tripods als rote Kreissymbole dar. Sie bewegten sich recht langsam gen Westen, auf die Siedlung zu. Taktische Zeichen und Pfeile ploppten nun auf, legten sich über den Geländeabschnitt.

»Hört sich nach einem Plan an«, sagte Marten ins Funkgerät. »Wir müssen zusehen, dass wir die Dinger erledigen, bevor sie den Ort erreichen.«

»Ich mache mir mehr Sorgen darüber, dass uns die Luftwaffe die Beute wegschnappt. Kommen.«

»Dachte, mit der Luftwaffe sei kein Krieg zu gewinnen?« Marten griente.

»Noch ist der Krieg auch nicht gewonnen, mein Freund. Noch ist er nicht gewonnen. Kommen.«

Die Aussage wischte Marten das Grinsen aus dem Gesicht. Der Panzermann hatte vollkommen recht, und nicht nur waren noch nicht alle Kampfmaschinen des Gegners vernichtet, auch kam Marten die ganze Nummer bis dato viel zu … zu … zu einfach vor. Ja, hätten die Marsianer nicht wissen müssen, dass mit mickrigen sechs Kampfmaschinen gegen die vereinten Streitkräfte der Menschheit kein Blumentopf zu gewinnen war? Oder war tatsächlich

Verstärkung auf dem Weg? Würden nun alle 24 Stunden weitere Tripods angelandet werden? Doch ganz gleich, wie die Dinge lagen, wichtig war zuallererst, die noch auf der Erdoberfläche wandelnden Maschinen unschädlich zu machen.

Die Motoren der Boxer, der Piranha, der Leopard 2 brummten auf, legten an Touren zu. Die Räder und Ketten gerieten in Bewegung, die Fahrzeuge rollten von der Straße auf das weiche Feld, dem Feind entgegen.

»Dann versucht mal, an uns dranzubleiben! Kommen«, forderte Chromer die Forces-Soldaten heraus.

»Keine Bange, Waschbär. Unsere Boxer halten Schritt.«

»Und was ist mit unseren englischen Freunden? Kommen.«

»Die packen das schon.«

»Gut. Wir nehmen uns den Krüppel vor. Feuerzusammenfassung auf Ihr Zeichen.«

»So verstanden.« Marten verstellte die Frequenz seines Funkgeräts. »Mission Control, hier Delta One. Delta befindet sich im Angriff gegen beschädigten Tripod.«

»Check«, erwiderte Riensch, dann fügte sie an: »Passt auf euch auf.« Und überging damit das im Funkverkehr übliche Siezen.

»Klaro«, gab Marten zurück. »Lage?«

»Nordwestlich eigener befinden sich Teile der 7. Fallschirmjägerregiment 26 der Bundeswehr. Ansonsten keine eigenen Bodentruppen im Raum. Wir sind noch dran, die Frequenz der Fallis zu organisieren.«

»Nicht schlecht, die Spezis aus Zweibrücken vor Ort zu wissen. Delta One Ende.«

Im Vorfeld knallte es wiederholt. Zwei italienische Kampfjets jagten in diesem Augenblick über die Tripods hinweg, schossen mit ohrenbetäubendem Lärm gen Nordwesten. Im nächsten Augenblick bereits stäubten zwei leuchtend gelbe Explosionsbälle zwischen den Beinen der Kampfmaschinen auf. Der beschädigte Tripods wurde durch die Druckwellen der Detonationen zurückgeworfen, die beiden funktionstüchtigen Beine hatten jeden Halt verloren. Sein Korpus knallte unter lautem Scheppern in die Heide. Der andere Tripods streckte zwei seiner Beine blitzartig nach vorn aus, machte einen Ausfallschritt und konnte so die freigesetzte Energie, die an ihm zerrte, abfangen. Die grünlichen Blitze, die über seine Hülle flitzten, funkelten bedrohlich in der Dunkelheit. Schon streckte sich sein Körper wieder hoch in die Luft und er setzte seinen Marsch fort. In schneller Folge hoben und senkten sich seine Füße, ein jeder Schritt wurde begleitet von einem dumpfen Donnern.

»Alu-u!«, stieß das fremdartige Gerät neuerlich seinen Ruf aus. Es wirkte wie ein Hilferuf. Der verzweifelte Hilferuf eines Todgeweihten.

»ALU-U!«

Schröder bewegte die GraMaWa des Boxer via Joystick, richtete sie auf den gestürzten und nun verzweifelt mit den metallenen Stelzen rudernden Tripod aus. Dessen beiden betriebsbereiten Beine schienen einen Moment zu brauchen, um die Panik zu überwinden, dann schossen sie gleichzeitig in die Höhe und nach vorne, um im nächsten Augenblick auf die Erde herniederzufahren wie göttliche Fausthiebe. Unter lautem Krachen bohrten sie sich in den erdigen Untergrund, suchten und fanden Halt. Schwerfällig wie ein Pfeilschwanzkrebs zog sich die Maschine voran, wühlte sich einem Panzer gleich durch eine Baumreihe, deren hochgewachsene Linden, die sich in der Düsternis als dunkle Büschel vor dem tiefblauen Himmel abzeichneten, abknickten und wegbrachen wie Streichhölzer. Allein der massige Körper des gestürzten Tripods war beinahe so hoch wie jene Linden, die zweite, noch fest auf ihren drei Füßen wandelnde Maschine ragte weit über jeden Baum hinaus.

Linker Hand befand sich ein Hof, umgeben von Kusseln. Die eckigen Gebäude ragten als finstere Quader aus dem Boden. Ein dumpfer Knall. Und noch einer. Zwei gleißend weiße Leuchtkugeln stiegen künstlichen Sonnen gleich zum Firmament auf und beschrieben jeweils eine Bahn über den gestürzten Tripod hinweg. Dieser war augenblicklich taghell ausgeleuchtet.

Ein Tackern ertönte beim Hof. Kurze Feuerstöße, immer wieder. Leuchtspurprojektile sausten glühend durch die Nacht, jagten, von den Gebäuden ausgehend, dem gestürzten Tripod entgegen, trafen dessen Hülle, sprangen nach allen Richtungen davon. Ein weiteres Maschinengewehr eröffnete das Feuer, die Geschossgarben prasselten ebenso auf die außerirdische Maschine ein. Die Spurgeschosse sahen aus wie goldene Schnüre, die durch die Nachtluft flogen.

»ALU-U!«, schallte der Tripod unter dem Beschuss. Sein Kumpel aber, umschwirrt von Kampfflugzeugen aller Nationen, ging stiften, wandelte wieder gen Osten. Explosionen zerrten an ihm, drohten auch ihn zu Fall zu bringen.

»ALU-U!«, rief ihm sein gefällter Kamerad nach, der seinen Körper plump und langsam über die Felder schleifte. Am Nachthimmel vergingen die Leuchtkugeln, sogleich erklangen beim Gehöft neue Mörserabschüsse. Wieder stiegen zwei Kugeln auf, die gleißend weißes Licht ausstrahlten. Die silberfarbene Hülle des Tripods blitzte und glänzte im grellen Licht, changierte bläulich. Leuchtspurgeschosse klatschten dagegen, sprangen weg.

»Delta, hier Mission Control.«

»Hört«, antwortete Marten.

»Wir stellen durch.« Es knackte in der Leitung, dann knarzte eine rauchige, heisere Männerstimme aus den Lautsprechern. Schwäbischer Dialekt: »Delta, hier Oscar Foxtrott. Kommen.«

»Delta hört.«

»Hier Oskar Foxtrott. Befinden uns in Stärke 30 nordöstlich Ihrer Position. Denke, Sie haben uns schon erkannt. Kommen.«

»Habe ich.«

»Wir kitzeln die wandelnde Spülmaschine derzeit nur, haben allerdings zwo Panzervernichtungstrupps auf dem Weg. Achten Sie auf Ihr Feuer. Äußerst linke Grenze des Schussfeldes für Sie sollte sein: die Baumreihe, durch die sich unser krabbelnder Freund soeben hindurchgezwängt hat. Erkannt? Kommen.«

»Erkannt. Geben Sie ihm Saures, Oscar Foxtrott.«

»Glück ab! Oscar Foxtrott Ende.«

Marten schaltete die Frequenz um, verengte dabei die Augen und betrachtete über Schröders Bildschirm den beschädigten Tripod. Die Nachtsichtfunktion der Optik tauchte das Land in grünliche Farben. Die glitzernde Hülle des Tripods glühte förmlich ob der Beleuchtung durch die Mörsergranaten.

»Entfernung?«, fragte Marten.

Der Laserentfernungsmesser verriet es: 712 Meter.

»Näher sollten wir nicht ran. Ich traue den Flitzpiepen von der Luftwaffe nicht «, bemerkte Chromer über Funk. Marten ignorierte den Spruch, traf stattdessen seine Absprachen mit Fenix, berichtete ihm und Chromer darauf von den eigenen Kräften im Vorfeld. Fenix hatte bei dieser Mission das Kommando über die Waffen inne und erteilte nun den Feuerbefehl.

»Nordnordwest, 700, gestürzter Tripod, Feuer frei!«, jagte seine Stimme durch den Äther. »An alle Einheiten: Feuer frei!«

Schröder bewegte das Fadenkreuz über den dahinkriechenden Tripod-Körper, drückte den Auslöser. Das Kaliber-.50 der 39 wummerte dumpf los, ebenso das Maschinengewehr der 42. Die Granatmaschinenwaffe der 41 belferte dazwischen. Fenix' Piranha-Wagen ergänzten das Konzert durch ihre Waffen.

Ein wahres Bleigewitter schoss dem Tripod entgegen, hagelte auf ihn ein. Grüne Blitze griffen nach den Projektilen, es kam zu kleinen Explosionen an der im künstlichen Licht glänzenden Metallhaut. Querschläger eierten glosend durch den Nachthimmel.

»ALU-U!«, brüllte die Kampfmaschine und ihre Verzweiflung war in diesem Augenblick deutlich herauszuhören. Marten lief es eiskalt den Rücken hinunter.

»ALU-U!«, donnerte der Tripod noch einmal, der von zwei Seiten aus unter Feuer lag. Die zweite Kampfmaschine machte sich davon, entfernte sich immer weiter, begleitet von Feuerbällen, die sie zu verschlingen drohten. Eine jede Explosion rüttelte an der mächtigen Maschine, stellte ihre Standfestigkeit auf den Prüfstand.

»Erledigen wir ihn!«, raunzte Chromer über Funk. Die Verbitterung über die vier getöteten Kameraden seines verlustig gegangenen Panzers schwang in seinem Ausruf mit. Einen Wimpernschlag später feuerten die beiden Leopard 2, die sich gemäß Chromers Schlachtplan erst nach rechts abgesetzt und sich nun schräg vor die Boxer geschoben hatten. Der gewaltige Druck, der die Zündung der Sprenggranaten begleitete, stauchte Marten und seine Männer in ihrem Boxer zusammen. Reflexartig klammerte sich der Lieutenant an der Lehne von Schröders Sitz fest. Härti saß mit verdunkelter Miene auf seinem Platz hinter ihm, hielt eine Panzerfaustpatrone fest umklammert. Chromers Beschuss verpuffte im Ziel wie Knallerbsen.

»Sollen wir raus?«, fragte er und tippte mit dem behandschuhten Zeigefinger gegen den wie ein Zäpfchen geformten Sprengkopf. Weiße Lettern auf olivgrüner Lackierung wiesen auf Losnummer und Art der Munition hin.

»Noch nicht«, erklärte Marten. »Vielleicht kriegen wir die so klein.«

Härti nickte. Marten betrachtete über Schröders Display den Fortgang des Gefechts. Der Waffenbediener hatte aufgrund der wiederholt durch die Fallschirmjäger geschossenen Gefechtsfeldbeleuchtung auf Wärmebild umgeschaltet. Auf diesem war der beschädigte Tripod als weißlich schimmerndes Objekt zu sehen, das über die dunkelgraue Landschaft kroch. Die Kugeln, die auf die Maschine einprasselten, Geschosse aller Kaliber, leuchteten grell. Jedes Mal, wenn Schröder den Auslöser betätigte, flog die Geschossgarbe mittig von der Oberkante ins Bild hinein – drei leuchtende Punkte – und sauste auf das Fadenkreuz zu, auf das anvisierte Ziel. Traf, aber da waren wieder die grünen Blitze. Kein Schaden. Marten biss sich auf die Unterlippe. Er hatte seine Hand auf Schröders Schulter gelegt, ohne es zu merken. Der Waffenbediener aber war einzig auf seine Aufgabe konzentriert, strich immer wieder die gestürzte Maschine mit Feuerstößen ab. Gleichzeitig platzten an der Hülle des Tripods die Granaten der GraMaWa.

»Verdammte Axt!«, brummte Marten in sich hinein und presste die Kiefer aufeinander. Diese Biester waren eisenhart, hielten, selbst wenn sie bereits beschädigt waren, noch einigem Beschuss stand. Die Erfahrungen der letzten Stunden hatten gezeigt, dass es einem Glückstreffer unter Dauerbeschuss bedurfte, um den durch die grünen Lichterblitze wirkenden Energieschild zu durchdringen. Solange die menschlichen Kämpfer in der deutlichen Überzahl waren, solange sie die gegnerische Maschine umzingelt hatten und von allen Seiten beharkten, würden sie sie früher oder später auch knacken. Marten allerdings wollte sich lieber nicht ausmalen, was geschehen würde, sollte der Feind seine neuartigen Tripods in großer Zahl zum Einsatz bringen.

»Oscar Foxtrott, hier Delta«, wisperte er ins Funkgerät, nachdem er abermals umgeschaltet hatte.

»Hört«, erfolgte prompt die Antwort.

»Sind Ihre Trupps in Position? Schlage Feuerzusammenfassung vor.«

Am Himmel über dem Tripod vergingen die Leuchtkugeln, sofort stiegen zwei neue auf, die die außerirdische Kampfmaschine nochmals in flackernden, weißen Schein tauchten.

»Einverstanden. Trupps in eins Mike in Position. Warten auf Ihren Feuerbefehl! Kommen.«

»Wie viele Anklopfgeräte haben Sie?«

»Viermal Tandemhohlladung.«

»Dann klopfen Sie ordentlich an! Mit allen gleichzeitig.«

»Check. Oscar Foxtrott Ende.« Das dreckige Grinsen des Fallschirmjägers war nicht zu überhören. In diesem Augenblick ballerten Chromers Panzer erneut, der Knall der Schüsse fegte über Martens Boxer hinweg; fegte durch die Stahlkonstruktion hindurch, so meinte er. Zwei Explosionen ereigneten sich vor dem Korpus der Maschine. Wie ein Ballon blähte sich die Erde aus der Wiese, platzte auseinander und regnete auf den Tripod hernieder, der seinem Kumpel verzweifelt nachzukriechen versuchte. Die Zungen des zweiten Flammenballs leckten nach einer einzeln stehenden Lärche, steckten sie an. Orangefarbene Flammen ergriffen Besitz von dem sich im Wind wiegenden Astwerk. Das Feuer spiegelte sich auf der silbrigen Oberfläche der marsianischen Maschine wider. Schröder erhob sich in diesem Augenblick von seinem Sitz, drückte Marten sanft zur Seite, zog eine Munitionskiste aus dem Rack und klappte die Luke auf.

Der Lieutenant hingegen schaltete durch die Frequenzen, traf seine Absprachen: Delta One und Two sollten nachladen und sich bereithalten, Chromer ebenso. Fenix würde für alle Teile den Feuerbefehl erteilen.

In diesem Augenblick brausten mehrere US-amerikanische Jets markerschütternd auf den bereits weit im Nordosten wandelnden Tripod zu. Sie drehten bei, vollführten einen weiten Bogen, kehrten wieder. Die Alien-Maschine bemühte ihre Raketenwaffe, vier von Feuerschweifen begleitete Geschosse stiegen in den Nachthimmel auf und verschwanden in den Wolken. Im nächsten Augenblick bereits ein mehrfaches Zischen, ein höllisches Getöse. Dann verschwand die außerirdische Kampfmaschine hinter einem Vorhang aus wütendem Feuer. Die Flammen verschwanden, der Tripod taumelte, konnte sich nur schwerlich auf den Beinen halten. Löcher klafften in seinem Kesselkörper. Mehrere. Es war, als hätte ein Riese große Stücke aus ihm herausgebissen. Die Beine des Tripods wirbelten noch einmal umher wie Tentakeln, versuchten ziellos, irgendwo Halt zu finden. Dann knickten sie ein und der schwere Metallkorpus krachte geradewegs in die Wiese, bohrte sich metertief in die aufgeweichte Erde.

Schröder schloss die Luke, setzte sich auf seinen Platz. Hatte die Waffe nachgeladen.

»Scheiße«, stöhnte Chromer über Funk. »Jetzt hat die Luftwaffe aber vorgelegt. Wird Zeit, dass wir unser Soll erfüllen! Kommen.«

Fenix erteilte in diesem Augenblick den Feuerbefehl, Marten schaltete blitzschnell durch alle Frequenzen, gab die Order weiter.

Die Hauptkanonen der Leos donnerten, ein jeder Schuss verursachte einen breiten Flammenstrahl in der Dunkelheit. Gleichzeitig tackerten ihre MG, tackerten ebenso die Waffen der Boxer und Piranha. Glühende Geschosse, brennenden Dämonen gleich, sprangen durch die weichende Nacht, rasten dem angeschlagenen Tripod entgegen. Als Erstes detonierten die KE-Granaten der Panzer an der Hülle des kriechenden Gegners. Grüne Blitze. Kugeln prasselten über das Metall der Hülle, es war, als würden die Einschläge von grünen Lichtschlangen gejagt. Von links knallten mit leichter Verspätung die Panzerfäuste der Fallschirmjäger. Erst drei Lichtblitze bei der Baumreihe, durch die sich vor Kurzem der Tripod gequält hatte. Dann ein vierter Knall in der Nacht, ein kurzer Feuerschein zwischen den Baumstümpfen. In kurzer Abfolge klatschten die Sprengköpfe der Panzerfäuste gegen ihr Ziel. Explosionen stülpten sich über den beschädigten Dreifüßer. Orangerote Lohen griffen nach ihm, griffen gleichsam nach der dunklen Nachtluft. Noch einmal schossen in dieser Sekunde Chromers Einheiten ihre Hauptwaffen ab, zwei weitere Flammenbälle stäubten beim Gegner auf. Die Heide fing Feuer, umstehende Bäume brannten lichterloh.

Der Tripod verschwand hinter einer Wand aus Feuer. Einmal noch ertönte sein bitterlicher Ruf, ein völlig verzerrtes »ALOU-OU!«, als würde der Ton von einem abgenutzten Kassettenband abgespielt werden.

Eines seiner Beine wirbelte aus dem Flammenmeer empor. Als greife es nach den Sternen, peitschte es um sich, doch die Fallschirmjäger waren außer Reichweite. Langsam sank es zurück ins Feuer, das nicht nur um den Tripod, sondern auch in ihm loderte. Aus nun deutlich sichtbaren Löchern in der Hülle flackerten die Flammen nach draußen. Die Feuersbrunst tat sich gütlich an den Innereien der Maschine, an ihrer Elektronik. Der Tripod rührt sich nicht mehr.

»Hier Oscar Foxtrott. Feind vernichtet. Wiederhole: Feind ist vernichtet. Ziehe nun einen Halbzug unter Deckung MG zu meinen Trupps vor, um Sicherung des Wracks einzuleiten. Prüfe möglichen Einsatz der Feuerwehr«, meldete der Fallschirmjäger ordnungsgemäß.

Marten bemerkte erst jetzt, dass er während des finalen Schlags den Atem angehalten hatte. Er sog nun gierig Sauerstoff in seine Lunge, blickte im Schummerlicht der Innenraumbeleuchtung in die Gesichter seiner Kameraden. Ihnen allen stand die Erleichterung ins Gesicht geschrieben. Martens Ohren klingelten noch nach, er lehnte sich gegen die Rückenlehne von Schröders Sitz, ein befreiendes Lächeln huschte über seine Lippen.

»Gute Arbeit, Delta«, meldete Chromer über Funk.

Marten griff sich ans Funkgerät, wollte etwas erwidern, da sprang Härti wie von der Tarantel gestochen aus seinem Sitz auf, bemächtigte sich des kleinen, am Chestrig des Lieutenants angebrachten Gerätes und drückte die Sprechtaste.

»YEAH, BABY!«, brüllte er in die Leitung. »Geiles Spiel! Darauf gebe ich morgen Abend eine Runde Kölsch aus, Freunde!«

»Was? Wie? KÖLSCH? Raus aus der Leitung, du Clown! Hey, Delta? Wer ist der Vogel?«

»Härti, Junge! Assistenzkapitän!«

»Gib mir mal deinen Papa wieder, du Steckdosenbefruchter«, forderte Chromer amüsiert. »Und Kölsch? Hast du auch ein Getränk für Heteros auf Lager?«

Die gesamte Besatzung der 39 griente breit ob Chromers Paroli. Härti schüttelte in gespieltem Entsetzen den Kopf, pflanzte sich wieder auf seinen Platz.

»Delta, hier Mission Control. Statusbericht!«, verlangte Riensch indes über Funk. Geier gab Marten ein Zeichen und der stellte zum tausendsten Mal die Frequenz um.

»Hier Delta. Zweimal Tripod-Ragout ist angerichtet. Darf ich einen Loire Chenin dazu empfehlen?«

»Ich nehme einen Wodka Energy, danke.«

»Kein Sinn für Kultur, die Leonie. Delta und Waschbär beteiligen sich nun an Sicherung der Wracks.«

»Verstanden. Bleiben Sie auf Stand-by. Helfen Sie ruhig vor Ort aus, bis weitere …« Riensch brach abrupt ab.

»Control?« Marten prüfte sein Funkgerät. Technisch war alles in Ordnung. »Control?«

Sekunden verstrichen, dann endlich ein Lebenszeichen: »Hier Control. Sorry.«

»Kein Themchen. Was war?«

»In einigen Funkreisen überschlagen sich gerade die Meldungen.«

»Aha.«

»Scheint, als habe sich bei den Raumkapseln der Marsianer ein unbekanntes Objekt in den Himmel erhoben. Braust Richtung Flughafen.«

»Oha.«

»Immer locker durch die Hose atmen, Delta. Das ist ein Fall für die Luftwaffe.«

Marten lehnte sich in seinem Sitz zurück, verschnaufte. Sie hatten beide Tripods zum Teufel gejagt, damit waren fünf von sechs Geschichte. Die Marsianer hatten zwar bewiesen, dass sie in den letzten 120 Jahren nicht auf der faulen Haut gelegen hatten. Noch mächtigere, noch riesenhaftere Kampfmaschinen hatten sie entwickelt, neben denen die von 1901 wie Spielzeuge wirkten. Es hatte ihnen aber nichts genützt.

Nun galt es, die Kapseln zu sichern. Vermutlich waren diese verlassen, die Aliens versuchten wohl gerade, sich aus dem Staub zu machen. Zu schade. Die Sicherung ihrer LZ jedenfalls musste nach allem, was geschehen war, ein Kinderspiel werden.

# XVI. U04

»Guten Abend Takeda, alter Freund«, grüßte Lieutenant-General Groves.

»Danke für den raschen Anruf, Earnest«, entgegnete Général Sakurai. Die japanischen Wurzeln verliehen dem Englisch des Oberbefehlshabers der planetaren Abwehrtruppe einen exotischen Klang.

»Eines vorweg«, begann der Japaner, der stets gleich zur Sache kam. »Du bekommst den Deutschen, diesen Hartmann. Ich habe mich um alles gekümmert. Nun aber bitte ich dich, in aller Kürze deine Ergebnisse und deine Empfehlungen auszusprechen. Es freut mich, dass deine Regierung in dieser Sache ihre volle Kooperation zugesichert hat.«

»Das ist das Mindeste, Takeda. Und natürlich danke ich dir für die Klärung dieses Ärgernisses. Mein schriftlicher Bericht bezüglich 1713 liegt deinem Büro übrigens bereits vor, ihm kannst du alle Details entnehmen.«

»Wie du dir vorstellen kannst, bin ich im Augenblick kurz angebunden.«

»Natürlich.«

»Meine Mitarbeiter arbeiten deinen Bericht derzeit auf, dennoch wäre ich dir um deine persönliche Zusammenfassung der wichtigsten Punkte sehr ergeben. Ich hoffe, dass deine Forschungsergebnisse etwas Licht in das derzeitige Chaos bringen können. Gerade deswegen habe ich um Zugang zu U04 ersucht. Und ich bin deiner Regierung dankbar dafür, mir diesen Zugang gewährt zu haben.« Sakurai gab sich für Groves' Geschmack etwas zu demütig, gemessen an dessen Position als Oberbefehlshaber der Forces. Doch so war nun einmal das Wesen des Japaners und es war vielleicht auch besser für den Zusammenhalt der internationalen Truppe, einen devoten und diplomatischen Chef an ihrer Spitze zu haben. Aufbrausende, rechthaberische, auf Befehl und Gehorsam pochende Charaktere waren bis dato stets eine Belastung für die Truppe gewesen, so zum Beispiel der Amerikaner McLane nach dem Zweiten Weltkrieg, der beinahe dafür gesorgt hätte, dass die Russen aus der noch jungen planetaren Abwehrtruppe bereits wieder ausgestiegen wären und der nach nur neun Monaten im Amt auf Druck von Stalin vorzeitig in den Ruhestand geschickt worden war.

»Also gut. Wir haben unseren Freund aus dem Jemen untersucht. AT-Code 1713, das erste unbekannte AT-Objekt seit 1923 … bis … nun ja, bis Frankfurt eben.«

»Ja …«

»Wie in meinem Bericht dargelegt, dachten wir erst, das Ding sei tot. Abgeschaltet. Aber das stimmt nicht ganz. Im Inneren, verborgen hinter gebogenen Platinen, haben wir etwas gefunden, das wir als Transreceiver identifiziert haben. Dieser ist isoliert, abgeschirmt von der restlichen Elektrotechnik und wird durch eine eigene Energiequelle versorgt – die üblichen Barkhausen-Minileistungsakkus, die wir von den Fleischbällen kennen.«

Barkhausen, ein Physiker aus Deutschland, war berühmt für seine wissenschaftliche Beschreibung des Tripods von Barnsbury. Nach dem Ersten Weltkrieg hatte er zudem einen Versuch gestartet, der bis in die Gegenwart hinein fortdauerte und mittlerweile im Museum in Spiritus bewundert werden konnte. Er hatte einen der marsianischen Akkumulatoren aus dem Barnsburyer Tripod an einen entsprechenden Verbraucher angeschlossen, um dessen Nutzungsdauer zu erforschen. Es hatte sich herausgestellt, dass die Lebenszeit eines marsianischen Akkus die eines Menschen überstieg … und das Barkhausen-Experiment lief noch immer. Die Funktionsweise der marsianischen Akkumulatoren hatte bis in die Gegenwart hinein nicht im Ansatz geklärt werden können, die Wissenschaftler stritten leidenschaftlich über den Zweck der vielen unbekannten Bauteile. Erschwerend kam hinzu, dass die Öffentlichkeit nur über die Akkumulatoren aus dem Barnsburyer Tripod verfügte, von denen einige beschädigt waren.

Groves' Augenbrauen zuckten. Natürlich wusste er mehr, U04 tappte bezüglich der Marsianerenergie längst nicht mehr im Dunkeln. Das aber war topsecret, das hatte auch Sakurai nichts anzugehen.

»Wir haben also weitere Untersuchungen angestellt, und siehe da, unser Transreceiver sendet. Das Ding sendet in einer Tour starke Funksignale aus, denen wir bis dato keine Bedeutung beimessen können. Es ist das allererste Mal, dass wir es mit einem aktiven Signal der Fleischbälle zu tun haben. Du weißt ja, wir schlagen uns hier sonst eher mit toter Technik herum.« Groves' Lippen formten eine Art Lächeln, das eher an den Ausdruck von jemandem erinnerte, der saure Milch probiert hatte.

»Meine Leute arbeiten daran, dem Signal einen Sinn zu geben, aber es ist ein bisschen so, als hätten wir Schrifttafeln einer völlig unbekannten Hochkultur der Antike ausgegraben.«

»Und dieses Ding sendet beständig Signale aus?«

»Ja. Klassische Funksignale, so wie wir sie kennen.«

»Habt ihr es abgeschaltet … zerstört?«

»Nein … oh, du meinst … nein, nein, bitte mache dir keine Sorgen. Es lagert in einem Hochsicherheitsbunker. Das Ding sendet nur noch für sich selbst.«

»Okay.« Gedehnt.

»Die 1713 nutzt jedenfalls verschiedene Frequenzspektren, aber ich will dich nicht mit den Details langweilen. Und dann kam Frankfurt. Einer meiner Eierköpfe hatte dann plötzlich eine Idee, denn unser neuer Freund sendet nicht nur ununterbrochen, er verfügt auch über einen Oszillator, der scharf geschaltet ist und arbeitet. Wir glauben, dass es gleichzeitig senden und empfangen kann. Und der Oszillator tastet in einer Stärke, dass eine Ortung selbst auf viele zwanzig Meilen möglich ist. Also sind wir hingegangen und haben im Umkreis der Landezone Messungen vorgenommen. Artikel 5 sei Dank, denn in der EU sind wir ja nicht mehr.« Groves stieß einen trockenen Lacher aus. »Und siehe da: Bingo! Einen guten Kilometer südlich vom Frankfurter Flughafen gelegen, mitten im Wald, machen wir ein starkes Signal aus.«

»Wo genau?«

»Wir arbeiten daran, aber es muss ganz in der Nähe der Landezone sein. Wir vermuten, dass der Bastard einige Fuß unter der Erde liegt, was die Suche nicht gerade leichter macht. Und er sendet wie auch das Fundstück aus dem Jemen ununterbrochen Signale aus. Wir sind gerade dabei, uns mit den deutschen Behörden zwecks einer Bergung auseinanderzusetzen.«

»Gut. Gut. Die britischen Streitkräfte und die Forces sollten zusammen an dieser Sache arbeiten.« Sakurais Einwurf klang berechnend. Der Japaner tastete sich vorsichtig vor.

»Sicher doch.«

»Gut. Weiter?«

»Wir glauben zur Stunde, dass es sich bei den Objekten um Sonden handelt. Wenn du mich fragst, würde ich sagen, unser Feind spioniert uns aus … betreibt Gefechtsfeldaufklärung, ehe er landet. Und wer eins und eins zusammenzählen kann …«

»Frankfurt … Jemen …«

»Exakt.«

»Deine Handlungsempfehlung?«

»Ich empfehle dringend, eine Taskforce zusammenzustellen, die im Fall der Fälle sofort verlegen kann. Diese Taskforce muss in der Lage sein, eine feindliche Landung der Größenordnung Frankfurt abzuschlagen.«

»Ich sehe, was dir vorschwebt. In der Region sind die Forces nicht gerade stark aufgestellt.«

»Und es gibt dort keine NATO. Und keine EU. Natürlich könnten wir uns darauf verlassen, dass Al-Qaida mit einem Haufen Tripods fertig wird …«

»Oder umgekehrt.«

»Ja, nette Vorstellung, was? Uns Briten jedenfalls sind, was den Jemen angeht, die Hände gebunden. Ich habe das mit dem Premier durchgesprochen.« Groves seufzte. »Ich muss dir nicht erzählen, dass unser Erster Lord des Schatzamtes vor allem die Innenpolitik im Blick hat.«

»Leider …«

»Ich würde dir daher empfehlen, schon jetzt erste Einheiten möglichst unbemerkt in die Region zu verlegen. Möglicherweise seid ihr im Falle eines Angriffes auf euch gestellt …«

*

Es wäre ein Leichtes, den primitiven Apparaturen zu entkommen, die zu seiner Fixierung gedacht waren. Zwar hatten die Wesen dieses Planeten in ihrer unendlichen Dummheit einen Teil seiner Außenhülle entfernt, nur um dann ratlos auf die feine Technik darunter zu starren, die sie auch in einhundert Zeiteinheiten nicht verstehen würden, doch hatten sie seine Funktionalität nicht beschädigt. Ein Glücksfall, bedachte man die groben Mechaniken, mit denen sie ihm zu Leibe gerückt waren!

Er, der Zuträger, war jedenfalls nicht inaktiv gewesen. Die ganze Zeit über nicht. Er hatte gewartet, gelauert. Datenströme lagen in der Luft. Urtümlich verschlüsselt, dass es keiner messbaren Zeit bedurfte, unbemerkt in sie einzudringen, sie abzugreifen. Schon klinkte er sich wieder aus und hatte seine Speicherplatinen mit sämtlichen Daten gefüllt, die auf den Recheneinheiten der Primitivlinge schlummerten. Er hatte zudem einen Zugang zu etwas gefunden, das sich World Wide Web nannte. Es waren schon Forschungen darüber angestellt worden, doch nur von extern. Nun konnte sich der Zuträger selbst einen Einblick verschaffen, konnte quasi am lebenden Objekt forschen. Es hatte sich alles heruntergeladen. Ebay, Amazon, Facebook, schlecht und gar nicht verschlüsselte Seiten, Kommunikationssysteme, militärische Kanäle. Einfach alles. Das Datenvolumen war beachtlich für die Primitivlinge, füllte nahezu ein Zweiundsiebzigstel seines Speichers. Die Analyse dauerte entsprechend eine Zeit lang. Diese Wesen würden wohl von einer Sekunde und 24 Millisekunden sprechen. Das Ergebnis der Analyse jedenfalls ließ nur einen Schluss zu: Upload, sofort. Vor allem diese sogenannten Finanzströme schienen als valides Ziel infrage zu kommen. Es musste evaluiert werden.

Der Upload wurde abgeschlossen, ohne dass die Wesen Notiz davon nahmen. Natürlich nicht. Diese plumpen Kreaturen hatten den Zuträger in einen dickmanteligen Raum gesperrt in der bejammernswerten Hoffnung, ihn so von der Außenwelt abzuschirmen. Sie waren wie Tiere. Dumm, von Instinkten getrieben, bauten sie ihre im Verhältnis zu ihrem Intellekt bemerkenswerten Kolonien. Und verstanden nicht, dass ihre einfachen Gerätschaften fremdgenutzt werden konnten. Dumm, wie Tiere; sie verstanden ihre eigenen Arbeiten nicht.

Nun gab es nur noch eines zu tun: die lokalen Daten sichten. Forschungsergebnisse, weit besser verschlüsselt als die Masse dieses Internets. Es dauerte nahezu eine jener Millisekunden, die Schlüssel zu überwinden. Es war alles hier, war unter Verschluss gehalten worden. Die Geräte, die Fortschritte, alle Daten. Nahezu nichts hatte diese Anlage je verlassen, die Firewalls, die sie abschirmten und gegen Zugriffe aus dem Internet schützten, waren entsprechend potent. Das war gut. Weiter. Dienstpläne. Stand heute: 16 Krankmeldungen. 13 im Urlaub. Anwesend: 641. Analysierte Prioritäten in Reichweite: 197. Von 200. 98,5 Prozent. Besser würde es nicht werden.

Die Zeit war gekommen, sich zum berechneten Punkt zu begeben, um die finale Phase dieser Unternehmung einzuleiten.

»Vorbereitung für Test 34c«, verkündete Fines' Stimme über Lautsprecher. »Zuführung von elektrischer Energie, Versuchsreihe Wechselstrom. Mister Cross?«

»Innentemperatur auf minus 273 Grad abgesenkt. Widerstand auf null Ohm. Verbindung steht.«

Diese niederen Wesen hatten zwei Elektronikleiter mit einer Platine des Zuträgers verbunden. Sie hatten gleichwohl die Temperatur in dem Raum weit herabgesenkt. Eine Schicht aus Eis bildete sich auf den Kameras, die von der Decke ragten. Sie hatten es ihm sogar noch erleichtert.

»Beginnen Sie mit der niedrigsten Stromstärke entsprechend der laufenden Nummer 1 auf unserer Skala.«

»Verstanden. Ich führe …« Er stutzte.

»Mister Cross?«

»Die Geräte messen plötzlich einen Kriechstrom. Außerhalb des Transreceivers.«

»Prüfen Sie die Leitungen!«

»Ich … sehen Sie!«

Die Glieder des Zuträgers hatten die Erhitzung eingeleitet. Sie glühten. Die metallischen Schnallen sprangen ab. Sofort wanden sich seine Glieder, flammenden Schwertern gleich, griffen nach der letzten Schnalle, jener, die um seinen Korpus gelegt worden war.

»Es bewegt sich … ES BEWEGT SICH!«

»Geben Sie Alarm!«

*

Ein schriller Warnton ertönte, der sich lang gezogenen auf- und abschwingend fortpflanzte. Groves brach mitten im Satz ab, hielt inne, starrte gegen den Telefonhörer.

»Was ist los, alter Freund?«, drang Sakurais Stimme blechern aus dem Lautsprecher.

»Ich weiß es nicht. Ich rufe zurück.«

*

Die rot glosenden Glieder des Zuträgers hatten die verbliebene Schnalle erfasst, wickelten sich um sie, übten Druck aus – mächtigen Druck. Das Material, gebeutelt durch die extreme Kälte, hatte der gleichzeitig auf es einwirkenden Hitze nichts entgegenzusetzen. Es zerbarst wie Porzellan. Und er war frei. Er ließ sich von dem Tisch herunter, schlich auf biegsamen, sich wie Schlangen windenden Beinen über den eiskalten Betonboden. Umgehend schwang er eines seiner Beine, ließ es herumwirbeln. Ein Peitschenschlag, und die groben Leiterkabel der Wesen waren durchtrennt.

Die schwere Eisentür, die laut der Blaupausen auf den Hauptgang des ersten Untergeschosses führte, stellte kein Hindernis dar. Im schrillen Getöne der Alarmglocke ging der dumpfe Knall beinahe unter, der sich ereignete, als die

Tür, knarzend und sich verziehend, ihren Widerstand aufgab und aus den Angeln platzte. Der kleine Tripod flitzte hinaus auf den Gang, seine filigranen Beine ließen ihn nahezu über den Untergrund fliegen. Schritte im Treppenhaus voraus. Mehrere der Wesen eilten herbei. Im nächsten Augenblick schon wurde eine Tür am Ende des Ganges grob aufgestoßen, ein halbes Dutzend Männchen, ausgestattet mit ihren lächerlichen Waffen, drängten auf den Flur. Sie riefen wild durcheinander, dann eröffneten sie das Feuer. Winzige Projektile prasselten auf den Zuträger ein. Grüne Blitze umwölkten ihn wie ein Schutzschild aus Licht. Er reagierte blitzschnell, war mit einem Satz an der Wand, als würde die Schwerkraft für ihn keine Bedeutung haben. Die Einschläge der Projektile folgten ihm, setzten Betonsplitter frei, die wild umherwirbelten. Er aber war längst weitergesprungen, sauste in langen Sätzen an der Wand entlang, immer höher, immer höher, drückte sich dann von ihr ab, schwang durch die Luft, seine drei Glieder schossen nach oben, fuhren in die Betondecke ein, fanden Halt und setzten zum nächsten Sprung an. Die Wesen schrien roh und anscheinend ängstlich. Ihre beschränkte Auffassungsgabe befahl ihnen weiterzufeuern. Immer weiter. Obwohl sie sehen konnten, dass es nutzlos war. Der Zuträger blieb in Bewegung und seine Feinde mochten ihn mit ihren Schnellfeuerwaffen nicht zu fassen. Er wetzte an der Decke entlang, jagte den Wesen entgegen. Diese drängten allmählich rückwärts, wie es den Eindruck machte, von jenem Gefühl beseelt, das sie als Angst bezeichneten. Sie schossen noch immer, doch schien ihnen allmählich zu dämmern, dass sie des Todes waren. Allesamt. Auf Höhe der Wesen ließ er sich fallen, vollführte in der Luft eine halbe Drehung und landete auf allen drei Gliedern, die sich flexibel zeigten wie eine Sprungfeder. Schon schoss die Lanze aus seinem Korpus, wand sich, erstarrte. Ihre Spitze war auf das allvorderste Männchen gerichtet, das ihn aus aufgerissenen Augen anstarrte, einen rohen Schrei aussonderte und gleichzeitig den Projektilbehälter seiner Waffe wechselte. Ein Zischen. Die Lanze schoss vor, durchstieß mühelos das Textil, das sich jenes Männchen um den Leib gebunden hatte, und stellte die Verbindung zu dessen Haut her. Ein Impuls ging durch die Lanze, fuhr in seinen Körper ein. Ein Impuls, der in zahlreichen Testreihen exakt errechnet und optimiert worden war. Das Hohlorgan des Wesens setzte augenblicklich seine Tätigkeit aus. Es war, als führe ein Schlag durch seine Augen, denn sie zuckten einmal, ehe sie den Fokus verloren. Das Männchen stürzte rücklings auf den Betonboden. Und der Zuträger stürzte bereits auf den nächsten zu. Es dauerte nur Sekunden, dann war der gesamte Trupp ausgelöscht. Er aber ließ keine Zeit verstreichen. Begleitet vom Sirenengeheul schlängelte er das Treppenhaus hinauf, zurück ins Erdgeschoss. Dort wäre die Wirkung am größten. Über der Erde.

Abermals hallten Stiefeltritte über den Flur. Sie waren auf dem Weg. Brüllend eilten sie ihm entgegen. Es waren viele. Und sie mochten Sprengwaffen mit sich führen. Eine Bedrohung.

Der Zuträger zündete seinen Sprengsatz. Und die Anlage dieser Wesen, dieser Ort, der Porton Down genannt wurde und auch unter dem Namen U04 firmierte, verschwand in einer nuklearen Wolke.

# XVII. Rick Marten

Marten rieb sich die Augen. Er war jetzt seit mehr als 24 Stunden auf den Beinen, doch das Adrenalin hielt ihn wach. Seine Pumpe hämmerte wie ein Techno-Beat, seine Finger krampften sich um den Griff der MP. Seine Pupillen zitterten, die Augen waren trüb und tränten. Und doch fokussierten sie nur dieses Gebilde, das die Marsianer um ihre LZ herum errichtet hatten, das vor ihm in die Höhe wuchs wie ein monumentales Bauwerk. Er hatte die Mündung seiner Waffe darauf ausgerichtet, das Rohr zitterte im Takt der Kontraktionen seiner Gliedermuskeln.

»Kati?«, wisperte er ins Funkgerät. Die Ehrfurcht brachte seine Stimme an den Rand des Versagens.

»Hört.«

»Status?«

»Waffen klar.«

»Bleibt wachsam! Beim kleinsten Anzeichen einer Regung legst du los, verstanden?«

»Das sagt mein Mann auch immer zu mir.«

»Ob du das verstanden hast?« Wie im Fieber.

»Jawohl, Lieutenant.«

»Gut so. Denk dran, wir springen vor euren Waffen herum!«

Marten rollten die Schweißperlen über das Gesicht, tropften von seinem Kinn. Jeder seiner Muskeln war aufs Äußerste angespannt. Sachte, ganz sachte drehte er den Kopf nach links, sah Härti und die anderen Soldaten seines Zuges in einer langen Linie neben sich. Er schaute daraufhin nach rechts, erblickte dort seine britischen Kameraden, Fenix an ihrer Spitze. Die Splitterschutzbrille mit den übergroßen Gläsern verpasste ihm die Erscheinung eines humanoiden Insekts. In Martens Rücken parkten die Piranha und Boxer, alle Waffen waren auf das metallene Gebilde im Vorfeld ausgerichtet. Stearn hockte auf einem der britischen Transportpanzer, Funkgerät und Langwaffe in Händen haltend. Sie hatten sich am Waldrand positioniert, hatten mit ihren mannsgroßen Rädern den Drahtverhau einfach plattgewalzt, der die Wiese umzäunte. Jene Wiese, die zur LZ des Feindes geworden war, zum Mittelpunkt der militärischen Großoperation, die den Raum Frankfurt in Atem hielt. Polizisten und Bundeswehrsoldaten waren zwischen den Fahrzeugen in Stellung gegangen, deutsche und internationale Einheiten hatten das Gebiet großräumig abgeriegelt. Vermummte Mitglieder von Spezialeinheiten hielten ihre Waffe auf das Gebilde ausgerichtet.

Die Flugscheibe der Fleischbälle, die sich vor einigen Stunden aus dem Staub gemacht hatte, war einstweilen über den Flughafen hinweggebraust und nördlich davon abgeschossen worden. Auch hatte ein Verbund von NATO-, EU- und Forces-Einheiten den letzten Tripod erledigt, Chromer war dazu abgezogen worden. Marten wünschte angesichts des seltsamen Gebildes voraus, der Panzeroffizier wäre noch vor Ort …

»Mission Control an alle: Meldung!«, funkte der Regimentskommandeur, der die Kompanien direkt ansprach.

»Hier Alpha. Wir sind einsatzbereit.«

»Bravo einsatzbereit.«

»Charlie einsatzbereit.«

»Delta einsatzbereit«, knackte Stearns Stimme aus den Lautsprechern.

»Hat jemand Bewegungen im Vorfeld aufgeklärt?«

»Alpha negativ.«

»Bravo negativ.«

»Negativ.«

»Delta negativ.«

»Gut. Dann vorrücken. Aber langsam.«

Marten drehte sich Stearn zu, der hob den Daumen. Anschließend wechselten Marten und Fenix einen Blick, wünschten einander wortlos »Hals- und Beinbruch« und taten den ersten Schritt. Das gesamte Regiment setzte sich in Bewegung, näherte sich dem seltsamen Gebilde aus drei Himmelsrichtungen, die Waffen nervös in Vorhalt.

Marten setzte behutsam einen Fuß vor den anderen, seine Stiefel sanken in der matschigen Wiese ein und produzierten dabei ein schmatzendes Geräusch. Über das Reflexvisier behielt er das Vorfeld im Auge, blickte an dem silbernen, bläulich glänzenden Gebilde hinauf. Seine Ehrfurcht manifestierte sich als ungutes Gefühl in der Bauchregion, ein Gefühl wie ätzende Säure, die sich über seine Innereien ergoss. Marten drehte sich der Magen um. Er zitterte, sein Herz hämmerte wie ein Maschinengewehr. Atemluft platzte ihm aus dem Mund. Rechts und links von ihm angespannte Gesichter. Mienen, die in einer Mischung aus Entschlossenheit und Furcht erstarrt waren. Dunkle Augen. Verkrampfte Finger umschlangen die Griffstücke der Waffen. Die Brustkörbe hoben und senkten sich schneller als üblich. Schritt um Schritt rückten die Soldaten vor, schoben sie sich auf die letzte Bastion der Marsianer zu, auf dieses seltsame Gebilde. Sie erinnerten an Zinnsoldaten, allein ihre Beine bewegten sich, Oberkörper und Kopf aber waren steif, blieben ausgerichtet auf das seltsame Ding im Vorgelände.

Die Marsianer hatten eine Art mehrteilige, nach oben hin offene Kuppel aus Eisen-Mangalgrah-Schalen um ihre Landezone herum errichtet, die an die Dachstruktur des Opernhauses von Sydney erinnerte. Die Schalen überlappten einander, Lücken von wenigen Metern waren zwischen ihnen erkennbar. Martens Zug hielt genau auf eine dieser Lücken zu. Der Lieutenant umgriff seine Waffe so fest, dass seine Finger zu schmerzen begannen. Immer wieder suchte er den Blickkontakt zu seinen Soldaten und auch zu Fenix, ließ sich bestätigen, dass alles in Ordnung war.

Ein schmales Objekt erschien in der Lücke vor dem 1. Zug, verborgen im Schatten. Sofort riefen die Soldaten wild durcheinander, überschlugen sich die Meldungen im Funkkreis. Alle Waffenmündungen zeigten auf das fremde Ding, das sich unbewegt im Schatten zwischen den Schalen hielt. Der Regimentskommandeur brachte den gesamten Verband zum Stehen.

»Ruhig!«, beschwichtigte Marten. »Kati?«

»Wir haben es mit allen drei Waffen erfasst. Ein Wort von dir, und wir pusten es weg.«

Marten kniff die Augen zusammen, beugte sich vor. »Warte noch.«

Das Objekt bewegte sich, glitt aus dem Schutze der Schalen hinaus ins Freie. Ein Körper auf drei schlängelnden Gliedern. Ein Mini-Tripod, augenscheinlich ein baugleiches Modell zu dem aus dem Jemen. Kollektive Erleichterung erfasste die Forces-Soldaten. Sie atmeten auf, lockerten sich ein wenig.

»Ach, schau mal einer an!«, rief Härti aus. »Den kennen wir doch.«

Der Regimentskommandeur und die Kompaniechefs debattierten noch im Funkkreis, da hatte Marten längst einen Entschluss gefasst. Dass er bisweilen zu entschlussfreudig war und gerne auch mal Entscheidungen fällte, die seine Kompetenzen überschritten, zog sich wie ein roter Faden durch seine Beurteilungen. Sei es drum, niemand war perfekt.

Marten und Härti bedurften keiner Worte, um alles klarzumachen. Sie nickten einander zu, dann lösten sie sich aus der Formation ihrer Soldaten, kamen zusammen und marschierten schnurstracks auf den Miniatur-Tripod zu, der nun in der Bewegung einfror, dessen ringelnde Stelzen zu eisenharten Säulen wurden. Es war, als wartete er auf die Ankunft der beiden Forces-Soldaten.

»Dafür wird der Chef dir den Arsch aufreißen«, flüsterte Härti im Laufen.

»Ja. Ja, das wird er.« Trocken. Wie die Reaktion eines Rauchers auf die Warnhinweise des Gesundheitsministeriums. »Aber Stearn ist im Grunde ein Angsthase. Genau wie die ganzen anderen Chefs und der Kommandeur. Die wären gleich darauf gekommen, den Kleinen abzuknallen.«

»Jupp.«

»Aber so, wie ich das sehe, brauchen wir Antworten. Antworten auf Fragen wie die, warum die Mars-Hirnis mit einer Streitmacht aufgetaucht sind, die nicht der Rede wert ist.«

»Jo.«

»Dafür müssen wir so viele Informationen sammeln wie irgend möglich.«

»Si, si. Muy bien.«

»Metallfetzen aber können uns keine Infos liefern.«

»Jepp.«

»Du hattest denselben Gedanken?«

Härti grinste. »Nö. Ich will das Ding eigentlich nur anpacken.«

Sie hatten den halben Weg bis zum Mini-Tripod zurückgelegt.

»Der Alte wird dich trotzdem rund lutschen.«

»WAS ZUM TEUFEL MACHEN SIE DA?« Stearn. Über Funk. Auf der anderen Leitung wurde er gleichzeitig vom Regimentskommandeur angebrüllt.

»Ich sammle kriegswichtige Informationen, Sir.«

»Sie drehen sofort um und kommen zurück!«

Marten und Härti hatten den Miniatur-Tripod beinahe erreicht. Dieser rührte sich noch immer nicht.

»Sir, wir brauchen alles, was wir kriegen können«, erklärte Marten ruhig. »Wir sammeln den Bruder jetzt ein und kommen dann zurück.«

»Der weiß doch, dass von dem Kleinen keine Gefahr ausgeht. Der soll sich mal locker machen«, sagte Härti. »Pfft … Offiziere …«

»Hallo!«

»Du bist ein Portepee im Geiste.«

»Das ist ein Kompliment, richtig?«

Sie erreichten den Tripod, blickten auf ihn hernieder. Noch immer regte sich das marsianische Ding nicht. Dahinter die riesigen Schalenwände, erst jetzt wurde Marten ihrer ungeheuren Größe gewahr. Er staunte.

»So, wie sieht es aus, Kumpel?«, fragte Härti den Tripod. »Kommst du freiwillig mit, altes Haus?«

Keine Reaktion. Gut, als würde das Ding nun anfangen zu reden.

»Bei Fuß! Komm, put, put, put, put, put.«

»Alter, das ist kein Hühnchen.«

»WAS GLAUBEN SIE, WAS SIE DA TUN, LIEUTENANT?«

Die feine, schmiegsame Lanze fuhr aus dem Tripod-Körper, schwang umher wie ein Regenwurm.

»Ach, sieh einer an, das kennen wir ja schon«, sagte Härti. »Schieß ruhig noch mal auf mich, du kleiner Wichser. Mein Handy ist schon Schrott!«

Die Lanze wurde länger und länger, ihre Spitze war auf Härtis Brust ausgerichtet.

»Ich habe auch eine Lanze, die ich größer machen kann.«

»Ähem, Härti …« Marten war sich plötzlich gar nicht mehr so sicher ob seiner glorreichen Idee.

»LIEUTENANT! ZURÜCK MIT IHNEN!«

»Härti …«

»Mach dir mal keinen Harten, Prof …«

Mit einem Mal beschleunigte das Wachstum der Lanze, gleichzeitig wurde sie fest, wurde zu einem Speer. Sie schoss geradewegs auf Härti zu wie ein Projektil, traf seine Weste auf Brusthöhe. Ein Scheppern.

»Scheiße!«, brüllte Marten noch. Härti stieß einen erstickten Laut aus, taumelte rücklings, fiel auf den Hintern. Der Tripod erwachte nun vollends, wirbelte blitzartig herum. Die Lanze wurde einmal mehr zur Schnur, wand sich, peitschte nach Marten. Der sprang rückwärts, entkam dem Strich um

Haaresbreite. Aus dem Augenwinkel sah er Härti, der mit ausgestreckten Gliedern im Matsch lag. Leblos.

»GOTTVERDAMMTE SCHEISSE, WAS IST BEI IHNEN LOS?«, zürnte Stearn über Funk.

Marten riss seine MP hoch, drückte den Abzug. Hielt ihn durchgedrückt. Kleinkaliberprojektile prasselten auf den Mini-Tripod ein. Der sprang umher, schlug Haken, galoppierte auf Marten zu wie der geölte Blitz. Der Lieutenant kroch panisch rücklings, feuerte dabei, bis seine Waffe klickte. Grüne Blitze auf der Hülle des Tripods. Marten ließ die MP fallen, zückte seine Back-up-Pistole, schoss. Grüne Blitze. Querschläger sprangen kreischend weg, bohrten sich zu seinen Füßen ins Erdreich. Der Tripod hatte ihn beinahe erreicht. Peitschte mit seiner Lanze.

»MARTEN …!«, brüllte Stearn ohnmächtig. Dann plötzlich Geier: »MACH DICH DA WEG!«

Marten begriff, sah die rasiermesserscharfe Spitze der Lanze auf sich zusausen. Reflexe regierten ihn. Er wich aus, die Lanze drillte sich wuchtvoll in den Untergrund, genau dort, wo er gerade gelegen hatte. Marten sprang auf die Füße, warf sich blindlings auf den Tripod. Der hüpfte in die Luft, seine Beine schlugen nach Marten, zerfetzten ihm die Uniform, schlitzten ihm die Arme blutig. Marten bekam den metallenen Gegner zu fassen. Er holte aus, schleuderte ihn fort, schleuderte, wie er noch nie etwas geschleudert hatte. Gute zehn Meter warf er es fort. Der Tripod landete im Morast. Ein matschiges Geräusch. Die Schnurrbeine wirbelten umher wie wütende Kobras, die mit Widerhaken versehenen Füße suchten das Erdreich.

Ein dumpfes Wummern tönte, als die Kaliber-.50 und die Granatmaschinenwaffe losgingen. Sämtliche Forces-Soldaten stiegen in das Konzert der Schusswaffen mit ein. Dauerfeuer. Es war wie eine Wand aus Geschossen aller Kaliber, die dem Tripod entgegenschlug. Die ihn überrollte wie eine Lokomotive, die auf ihn einprügelte, ihn zerfetzte, ihn zu zersplitterten, ausgefranzten Metallfragmenten verarbeitete. Fünf Sekunden nur dauerte das Spektakel. Fünf Sekunden, und der Tripod war Geschichte. Man würde eine Pinzette benötigen, um seine Einzelteile einzusammeln.

Marten atmete schwer. Er hechelte, drohte zu hyperventilieren. Er wischte sich über die schweißnasse Stirn, blickte auf seine aufgerissenen Unterarme. Nur oberflächliche Verletzungen.

Die Erkenntnis traf ihn wie ein Blitzschlag. Härti!

Marten rannte. Stürzte auf seinen reglos im Gras liegenden Kumpel zu.

»HÄRTI!«

Er sank neben ihm auf die Knie, vernahm ein Stöhnen.

»Mann«, brummte der Gruppenführer und fasste sich an die Schläfe. »Der kleine Bastard hat einen Schlag drauf wie Sebastian Schwele seinerzeit.«

»Härti!«

»Alter Verwalter …«

»Härti!«
»Ich weiß, wie ich heiße.«
»Alles okay?«
»Ich könnte eine 600er Ibu vertragen. Oder drei. Ansonsten alles tippitoppi.«
»Du hast mir einen ganz schönen Schreck eingejagt, du Asi.«
»Das Ding hat mich auch voll aus den Latschen gehauen.« Härti keuchte.
»Lass mich mal nachgucken, deine Weste ist ja kaputt.«
»Ach was, lass stecken.« Härti wehrte Martens Hand ab. »Ich glaube, die Keramikplatte ist gebrochen. Ansonsten ist alles okay. Wirklich.«
Härti hob den Kopf, die beiden blickten einander in die Augen. Mussten plötzlich lachen.
»Echt, Rick, Stearn wird dich umbringen«, prustete Härti.
»Ja, das wird er. Das wird er.« Zu Recht, fügte er gedanklich hinzu. Er half dem Kameraden auf die Beine, klopfte ihn ab, las dann seine MP wieder auf und lud nach. Aus dem Augenwinkel sah er, wie das Regiment nachrückte. Grimmige Soldaten, eine Feuerlinie. Stearn an der Spitze der 4. Kompanie. Der Capitaine sah wütend aus, sein flammender Blick traf Marten.
»Oh ja, der ist sauer«, kommentierte Härti. Der Lieutenant straffte sich in Erwarten an die Konfrontation.
»Holzkopf!«, blaffte Stearn ihn an. »Ist alles in Ordnung? Keiner verletzt?« Eine seltsame Mischung aus Zorn und Fürsorge.
»Ja«, murmelte Marten demütig. »Alles gut.«
»Verdammter Idiot!«, raunzte Stearn. Soldaten zogen an ihnen vorbei, drangen mit vorgehaltenen Waffen durch mehrere Lücken ins Innere der Kuppel vor.
»Wir sprechen uns noch, Freundchen!« Stearns Nasenflügel flatterten, das erinnerte Marten an einen schnaubenden Stier.
»Jawohl, Sir.«
»SICHERHEIT!«, hallte es vielstimmig in der Kuppel. Stearn bedeutete Marten und Härti, ihm zu folgen. Sie tauchten ein in das schalenhafte Gebilde und fanden sich in einem halbdüsteren, riesigen Raum wieder. Zwei Krater, ein jeder groß wie mehrere Eigentumshausgrundstücke, klafften im Untergrund, sie füllten nahezu den gesamten Innenbereich der Kuppel aus. Sie erschienen leer. Forces-Soldaten besetzten die Ränder, leuchteten in die Krater hinein.
»Da! Da unten ist was!«, brüllte jemand. X Waffen klapperten, als sie mit fahrigen Bewegungen auf die Kraterböden ausgerichtet wurden. Und tatsächlich. Da war etwas. Marten sah es deutlich. Er sah mehrere der marsianischen Werkzeugmaschinen, die sich auf dem Kratergrund tummelten. Sie erweckten den Eindruck silberner Spinnen, eine jede verfügte über fünf gegliederte Beine und zahlreiche Greifarme.
»Die habe ich doch schon mal gesehen«, überlegte Härti.
»Richtig, das hast du. Im Museum. Das sind Toolboxes«, erklärte Marten.

»Ja, stimmt.«

»Und die da unten sehen original wie die von 1901 aus.« Er kam nicht mehr dazu, sich darüber zu wundern, denn just in diesem Augenblick erklang ein polyfones Zischen, ein Geräusch wie ein unter Druck stehender Kessel, der mehrere Lecks hatte. Die Forces-Soldaten wurden unruhig, brüllten durcheinander, fuchtelten mit ihren Taschenlampen herum. Die Lichtkegel tanzten in den Kratern. Die Toolboxes der Marsianer leuchteten rot. Der Geruch von Verbranntem stieg Marten in die Nase. Gebannt starrte er auf das Spektakel im Krater. Dort leuchteten die Gerätschaften des Feindes immer greller, das rote Leuchten ging ins Gelb über, ins Weiß. Sie schmolzen, verwandelten sich in Seen aus flüssigem Metall.

»Was machen die da?«, rief Härti aus.

»Sie zerstören sich.«

»Das heißt, wir haben gewonnen!«

# XVIII. Nach dem Gefecht

Ich komme an dieser Stelle nicht umhin zu erwähnen, dass meine Gedanken seit den schweren Kämpfen jenes Junis 1901 bei den Angehörigen der Gefallenen sind. Die »Marsianer« haben in ihrem rücksichtslosen Vorgehen gegen uns Tausende feine Damen zu Witwen und noch mehr Kinder zu Halbwaisen gemacht. Die Soldaten der britischen Krone erwehrten sich tapfer der Angreifer, fochten Schlachten, von denen sie gewusst hatten, sie würden an ihnen zugrunde gehen. Unermüdlich traten die Truppen Ihrer Majestät zu Fesselungs- und Ablenkungsattacken gegen den in Richtung London marschierenden Feind an. Ihrer eigenen Vernichtung ins Auge blickend, gaben diese vortrefflichen Männer und Offiziere ihr Leben, um den englischen Zivilisten, den Frauen, Kindern und Greisen, die Flucht zu ermöglichen. Es erfüllt mich daher mit großer Befriedigung, dass dieser Tage endlich das Budget für das große Londoner Denkmal zu Ehren seiner Verteidiger genehmigt worden ist.

Leutnant Donavan und ich hatten wie durch ein Wunder überlebt, auch einer unserer Gewehre, ein junger Kutscher namens Rupert Blomqvist, war mit dem Schrecken davongekommen. Er war ebenso wie wir in eine Mulde gestürzt und hatte leichte Verbrennungen davongetragen. Auch wir Offiziere hatten über Verbrennungen zu klagen, jede freie Hautstelle leuchtete rot und warf Blasen. Mühsam richteten wir uns auf und betrachteten die Zerstörungen, welche der Dreifüßer über uns gebracht hatte. Es war unmöglich, die Leichen zu identifizieren, sie waren bis zur Unkenntlichkeit verbrannt und verkohlt. Wir hielten uns Stofftaschentücher vor den Mund ob des beißenden Qualms, der sich mit dem abstoßenden Odem des Todes vermengte. Die brennenden Bäume knackten und knarzten, und wir wussten, dass wir den Forst rasch verlassen mussten. Blomqvist schluchzte ganz unverblümt, doch trotz unserer großen Notsituation besann sich auch jener junge Kutscher, er war damals 18 Jahre alt, auf seine Soldatenpflichten und half uns, nach Verwundeten Ausschau zu halten. Wir fanden zwei Überlebende, die Verbrennungen als auch Splitterverletzungen durch die explodierenden Geschosse erlitten hatten. Ihr Zustand war besorgniserregend. Wir zerrten die Verwundeten aus dem lodernden Gehölz und auf die Littlewick Road. Im Wald brachen die ersten Bäume in sich zusammen, die Flammen griffen immer weiter um sich. Einige wenige Mann aus Evans Gruppe hatten ebenso überlebt und schleppten sich zeitgleich aus dem Flammenmeer heraus in Sicherheit, doch von ihnen wussten wir zur Stunde nichts. Über ihr Glück sollten wir erst nach dem Kriege in Kenntnis gesetzt werden.

Die beiden Verwundeten, zwei einfache Soldaten namens Richard Stern und Benjamin William Denver, bluteten stark aus zahllosen Wunden. Wir legten ihnen improvisierte Tourniquets aus Gürteln an, vermochten die starken

Blutungen aber nicht zu stoppen, sondern nur zu vermindern. Denver verstarb auf der Straße, nur wenige Minuten nachdem wir ihn dort abgelegt hatten. Und wir hatten nicht einmal einen Union Jack bei uns, um seinen Leichnam damit zu bedecken! 150 Union Jacks hätten wir an diesem Abend gebraucht!

In unserem Rücken, bereits ein ganzes Stück entfernt, erklang erneut das fürchterliche »Alu-u, Alu-u« der Dreifüßer, das als lang gezogener Ruf über die glühende Landschaft schallte. Wir zuckten ängstlich zusammen. Jene Kriegsmaschine der »Marsianer« schritt gemächlich gen Nordosten, immer auf die zweite Landestelle zu. Das Geschützfeuer war verstummt. Starker Regen setzte ein und mit einem Mal überkam mich eine Eiseskälte. Ich blickte auf den brennenden Forst, der unter dem einsetzenden Regen zischte und dampfte, und mir wurde bewusst, dass uns ein höllischer Kampf bevorstand. Uns Menschen. Ein Kampf um unser Recht auf Fortbestand.

# XIX. Rick Marten

Egelsbach im Landkreis Offenbach. Die Wohnhäuser, die Kirche, die Gebäude der öffentlichen Hand und die Geschäfte, die Betriebe und Hallen, das berühmte Wachthaus, ein Kulturdenkmal der Region, erschienen in der Finsternis der Nacht als dunkle, geometrische Objekte. Die Straßenbeleuchtung war abgeschaltet worden, kaum ein Licht brannte im Ort. Die gesamte Region war evakuiert. Die großen Luftschutzbunker, die unter der Stadt lagen, waren menschenverlassen; die während der Kämpfe darin Schutzsuchenden unlängst fortgebracht worden. Um den Landkreis herum wuchsen Zeltstädte aus dem Boden, in denen Zigtausende Flüchtlinge unterkamen. Landes- und Bundespolizisten, Zollbeamte und Mitarbeiter des Kreises, Bundeswehr- und Forces-Soldaten hatten Sperrriegel um jeden Ort herum errichtet, der Überreste der marsianischen Streitkräfte barg. Alle sechs Tripod-Wracks waren gesichert worden, ebenso die Flugscheibe.

Zwei der außerirdischen Riesenmaschinen hatten in Egelsbach gewütet, hatten große Schäden angerichtet. Ihre zurückgelegten Marschrouten waren anhand der Spuren der Zerstörung exakt nachzuvollziehen. Wo ihre mächtigen Füße auf die Erde herniedergesaust waren, hatten sie gröbste Verwüstungen angerichtet: Der Asphalt war unter ihnen aufgeplatzt, Gebäude eingestürzt wie Kartenhäuser. Das Egelsbacher Rathaus hatte von einem vorüberziehenden Tripod einen Tritt abbekommen und stand seitdem windschief.

Es war der Verdienst der deutschen Luftwaffe, dass beide Tripods in und um Egelsbach ausgestreckt wie gestrandete Kraken herumlagen – zerstört, zertrümmert, zerfetzt. Die Eurofighter des Jagdbombergeschwaders 31 »Boelcke« hatten in nur einem Raid beide Tripods mittels Luft-Boden-Raketen ausgeschaltet. Den ersten hatte es am Südrand des Ortes erwischt; mit aufgerissener Hülle war er getaumelt, hatte noch versucht, sich auf den Beinen zu halten, war schließlich doch gestürzt und, einem riesigen Wurm gleich, auf einen REWE-Markt gekracht, der unter dem Gewicht teilweise eingebrochen war.

Die zweite Kampfmaschine war daraufhin gen Osten geflohen, in Richtung der Autobahn A661, wo sie unter Beschuss durch NATO-Panzer geraten war. Das zusammengefasste Feuer der Tanks hatte es vermocht, ein Bein des Tripods zu beschädigen, die ihm nachsetzenden Eurofighter hatten ihm dann den Rest gegeben. Das Jagdgeschwader hatte bei der Aktion über Egelsbach insgesamt drei Maschinen verloren.

Die Soldaten des No. 18 Joint Special Mechanized Regiments waren über den gesamten Landkreis verstreut. Die 4. Kompanie war in Egelsbach selbst untergebracht. Dort waren die Forces-Soldaten vom Technischen Hilfswerk mit Essen und Getränken versorgt worden. Und in Egelsbach würden Stearn Soldaten auch noch einige Zeit bleiben, um bei der Sicherung und dem

Abtransport der gefällten Tripods zu unterstützen. Die Landezone, die Kuppel und Reste der marsianischen Geräte waren von deutschen Einheiten übernommen worden.

Auf allen politischen Ebenen wurde erbittert um das weitere Vorgehen und die Zukunft der im Umland verteilten AT gerungen. Landes- und Bundesregierung jedenfalls hatten die Befreiung der Region von allen Überbleibseln des kurzen Krieges zur obersten Priorität erklärt, damit die Menschen schnellstmöglich wieder in ihre Heime zurückkehren konnten … und damit der Frankfurter Flughafen den Flugbetrieb wiederaufnehmen konnte. Zweites sollte auf Drängen des Flughafenbetreibers und seiner Interessenvertreter am besten gestern geschehen. Klar, jeder Tag Stillstand am Rhein-Main-Flughafen kostete alle Beteiligten viele Millionen Euros.

»Okay?« Stearn schlug Marten freundschaftlich gegen die Schulter.

»Okay«, antwortete der Lieutenant kleinlaut. »Und danke, dass Sie auf eine disziplinäre Maßnahme verzichten.«

»Wissen Sie was, Mister Marten? Ich mag Sie. Sie sind stürmisch. Leidenschaftlich. Machen wir uns nichts vor: Sie sind das Gegenteil von mir. Und ich bin froh, Sie in meiner Kompanie zu haben. Auf dem Schlachtfeld brauchen wir Taktiker. Besonnene Köpfe. Aber im gleichen Maße brauchen wir glühende Krieger. Macher. Ich glaube, aus diesem Grund ist unsere Zusammenarbeit derart erfolgreich.«

Marten nickte. Die Aussage Stearns hatte was, das konnte er nicht verneinen. Riensch, die sich im Hintergrund hielt, machte ein schadenfrohes Gesicht.

»Aber, Lieutenant?«

»Ja?«

Ein sinistres Funkeln loderte in Stearns Augen auf.

»Wenn Sie noch einmal einen Befehl von mir verweigern, nagel ich Sie ans Kreuz.«

*

Marten, Härti, Fenix, Geier und einige andere Soldaten der 4. Kompanie befanden sich auf dem Schulhof einer Grundschule. Sie standen im Halbkreis, rauchten. Kinderbasteleien und aufgeklebte Bildchen schmückten die Fenster der weißen Zweckbauten, die so typisch waren für Westdeutschland: verkopfte Architektur, unübersichtliche Gebäudestrukturen mit wechselnder Stockwerkzahl, flache Teerpappendächer, Fenster ohne Ende. Sie hatten ein Kofferradio gefunden, ließen dieses im Hintergrund laufen. Eine Sprecherin berichtete: »… hat der oberste Befehlshaber der internationalen UN-Abwehrtruppe, Géneral Takeda Sakurai, gemeinsam mit der deutschen Regierung und dem UN-Generalsekretär am Abend den Angriff auf Frankfurt für beendet erklärt. Den beiden südlich der deutschen Großstadt gelandeten Raumschiffe der Marsianer waren, anders als bei ihrem ersten Auftauchen im

Jahre 1901, bisher keine weiteren gefolgt. Die Earth Protection Forces, die NATO, die Europäische Union und die Bundeswehr vermeldeten auf einer gemeinsamen Pressekonferenz, insgesamt sechs große Kriegsmaschinen sowie zahlreiche kleinere Gerätschaften der Angreifer zerstört zu haben, die gemeinhin als Marsianer bekannt sind, gleichwohl ihre Herkunft bis heute ungeklärt ist. Über die Zahl der Todesopfer ist derweil noch nichts Genaues bekannt, die deutsche Regierung und das Land Hessen sprechen von einer kleinen vierstelligen Zahl getöteter Zivilisten und Soldaten. Es muss davon ausgegangen werden, dass sich die Zahl aufgrund Tausender Verletzter, die sämtliche Krankenhäuser der Region belegen, noch erhöhen wird.

Unter Experten ist inzwischen eine Diskussion entbrannt. Unklar ist unter anderem, warum die Marsianer mit einer vergleichsweise kleinen Streitmacht zurückgekehrt sind, von der sie annehmen mussten, dass diese gegen das irdische Militär nicht bestehen kann. Einige Stimmen fordern gar eine unabhängige Kommission, die untersuchen soll, welche Seite zuerst das Feuer eröffnet hat. Hintergrund ist die Überlegung, ob die Marsianer die Erde mit friedlichen Absichten aufsuchten, was als Erklärung für ihre vergleichsweise kleine Delegation angesehen wird. Adam Milestone, Vorsitzender der Association for Interstellar Interests, der weltweit bedeutendsten Vereinigung, die sich für eine friedlichere Perspektive auf die Marsianer und mögliche andere außerirdische Rassen einsetzt, erklärte gegenüber der BBC, Zitat: ›Da offenbaren sich uns diese wundersamen, fremdartigen Wesen zum ersten Mal seit mehr als 120 Jahren, und dem Militär von UN und NATO fällt nichts Besseres ein, als sie in Grund und Boden zu bomben. Das macht mich wütend.‹ Sowohl die Vereinten Nationen, als auch die deutsche Regierung wiesen die Vorwürfe zurück und brachten in einer Stellungnahme zum Ausdruck, die Kriegsmaschinen der Außerirdischen seien bereits auf Polizisten und Bürger losgegangen, lange bevor der erste Soldat die Landezone erreicht habe. NATO-Generalsekretär Stoltenberg verteidigte das Vorgehen der militärischen Kräfte als gerechtfertigt.«

»Alter, der Milestone soll einfach mal die Fresse halten!«, geiferte Härti und erntete Zustimmung.

Die Glut der Zigaretten zeichnete orangefarbene Punkte in die Nacht.

»Zum Hintergrund: Bereits im Jahre 1901 hatte sich eine Landung jener als Marsianer bekannten Außerirdischen bei London ereignet. Diese verwüsteten mit einigen Dutzend Kriegsmaschinen große Teile der britischen Hauptstadt, was heute von den meisten Historikern als Akt eines Angriffskriegs gewertet wird. Ob die außerirdischen Aggressoren auch einen Vernichtungsfeldzug gegen die Menschen zu führen gedachten, ist derweil stark umstritten. Irdische Krankheitserreger befielen die Marsianer und brachten sie zur Strecke. Konservativen Schätzungen zufolge fielen dem Krieg etwa 42000 Menschen zum Opfer.

Nach dem Zweiten Weltkrieg hoben die Vereinten Nationen die Earth Protection Forces aus der Taufe, eine internationale Abwehrtruppe zur weltweiten Verteidigung der Erde gegen einen möglichen zweiten Angriff. Seit 1901 fehlte von den Marsianern jedoch jede Spur, bis gestern früh zwei ihrer Raumschiffe in Mitteldeutschland landeten. Im Studio begrüße ich nun den ARD-Experten für internationale Sicherheitspolitik, Guido Wohleben. Hallo Herr Wohleben.«

»Guten Abend, Frau Steuben.«

»Herr Wohleben. Im Internet wird heftig spekuliert, ob die Explosion im Militärkomplex Porton Down in England heute Mittag mit der Landung der Marsianer unmittelbar im Zusammenhang steht, immerhin ranken sich seit Jahrzehnten zahlreiche Gerüchte um jene Einrichtung, die unter Anhängern des Marsianerkults als möglicher Standort eines Geheimprojekts mit Namen ›U04‹ gilt. Kann das ein Zufall sein?«

»Zunächst einmal, Frau Steuben, lassen Sie mich …«

Härti und Fenix verloren sich in einer angeregten Diskussion, die sie im Flüsterton führten. Es ging um jene Fragen, die der augenscheinlich stümperhafte zweite Invasionsversuch der Marsianer unweigerlich aufwarf und die auch Marten umtrieben. Alle sechs Tripods waren aufgebrochen und untersucht worden, die Flugscheibe ebenso. Es hatte kein einziger Hinweis auf Piloten aus Fleisch und Blut gefunden werden können, kein Anhaltspunkt für die Anwesenheit von Marsianern. Dieses Detail wurde bis dato unter Verschluss gehalten.

Warum hatten die außerirdischen Aggressoren nach 120 Jahren Funkstille ihre Maschinen gesandt, warum gerade jetzt? Warum Deutschland? Hessen? Frankfurt? Und warum zum Teufel hatten sie geglaubt, mit sechs Tripods zum Erfolg zu kommen, wo mehr als ein Jahrhundert zuvor 58 ihrer Kampfmaschinen in England gescheitert waren? Zweifelsohne hatten sie ihre Strategie verändert, hatten Drohnen vorgeschickt – ferngesteuert aus dem All oder mit künstlicher Intelligenz versehen –, statt sich selbst den irdischen Krankheitserregern auszusetzen. Doch welches Interesse konnten die Marsianer überhaupt an der Erde haben, wenn sie auf dieser nicht leben konnten?

Marten seufzte. Egal wie sehr er grübelte, er fand keine befriedigenden Antworten auf diese Fragen. Er fummelte sein Handy aus der Beintasche der Feldhose, drückte den Einschalter. Nichts. Das kleine Gerät war tot. Er bemerkte, dass Geier ihn nachdenklich anschaute. Sie lächelte sanft, ihre weißen Zähne schimmerten in der Düsternis.

»Unten im Lehrerzimmer ist ein Telefon«, sagte sie. »Ich habe meinen Mann auch schon angerufen.«

Marten winkte ab. »Sie kann warten.«

»Muss sie das denn?«

Marten schüttelte vehement den Kopf. Er fühlte sich ertappt und wurde wütend.

»Kümmere dich um deinen eigenen Scheiß, Kati!«, giftete er sie an, drehte sich um und verschwand.

*

0044 01603 …

Marten saß im Lehrerzimmer auf einem Tisch, tippte die Nummer ins Festnetztelefon ein. Er war umgeben von Topfpflanzen, Kinderzeichnungen, neunmalklugen Büchern. Progressiver Kram. Er seufzte, hielt inne. Mit zittrigem Finger vervollständigte er die Nummer. Es knackte in der Leitung. Das Freizeichen. Marten lauschte dem elektrischen Knistern.

»Marten speaking«, meldete sich Lisa. Ihre Stimme transportierte ihre ganze Bedrückung. Rick stieß einen Seufzer aus, in seinen Organen blähte sich eine drückende Leere auf.

»Hallo … Mäuschen«, flüsterte er mit brüchiger Stimme.

Sie antwortete nicht, weinte.

Beinahe zwei Minuten lang lauschte er ihrem Schluchzen und Wimmern. Rick fühlte sich schrecklich, ihm war plötzlich selbst zum Heulen zumute.

»Weißt du … weißt du eigentlich, wie ich mich fühle?«, kämpfte sich irgendwann ihre mit Vorwürfen gespickte Stimme an die Oberfläche. »Du bist nicht zu erreichen und meldest dich einfach nicht! Ich bin hier bald gestorben vor Angst!«

»Lisa … es tut mir leid.«

»Hast du eine Ahnung, wie ich mich fühle?«

»Lisa, ich habe einen EMP oder so etwas abbekommen. Mein Handy ist Schrott.«

»Schön! Schön für dich! Und in ganz Deutschland gibt es kein anderes Telefon, das du hättest benutzen können?«

In Ricks Brust entzündete sich das Feuer des Zorns. Seine Hand umklammerte den Hörer fest und fester. Das Plastik knarzte.

»Ich hab hier um mein Leben gekämpft!«, herrschte er sie an. »OKAY? Verdammte Scheiße, weißt du eigentlich, was hier los ist?«

Klick. Das Gespräch war weg. Hatte sie … hatte sie tatsächlich? Rick glotzte gegen das vergilbte Plastik des Telefonhörers. Sie hatte aufgelegt! In ihm brodelte es. Er zitterte vor Wut, starrte aus verengten Augen das Telefon an. Die feinen Bohrungen im Plastik, das den Lautsprecher ummantelte.

So nicht!, schäumte er in Gedanken und wählte noch einmal die Nummer.

Lisa sollte mal den Ball flach halten. Sie saß sich in ihrer warmen Bude in Norwich den Arsch platt und meinte, Rick einen vorheulen zu müssen.

Er tippte gerade die letzte Ziffer ein, da hörte er Härti seinen Namen brüllen. Stiefel polterten draußen auf dem Flur. Grob riss der Gruppenführer die Tür ins Lehrerzimmer auf. Er war ganz außer Atem.

»Was?«, geiferte Marten.

»Stearn hat ein Antreten befohlen!«, keuchte Härti und holte Luft. »Sofort!«

»Was? Wozu die Eile?«

»Keine Ahnung, irgendetwas ist im Busch. Wir haben neue Marschbefehle erhalten. Weiß nicht, wo es hingeht, aber Leonie meint, wir verlassen definitiv Deutschland. Noch heute Nacht!«

»Wir verlegen jetzt schon zurück nach England?«

Härtis Blick sagte alles. »Nein«, stöhnte er. »Nicht England.«

Mit lautem Scheppern küsste der Telefonhörer die Tischplatte.

»Hallo?«, rauschte Lisas Stimme aus dem Lautsprecher. »Hallo? Schatz? HALLO? Es tut mir leid, Rick! Bitte sag was!«

Rick Marten war da bereits weg.

# XX. Walther Desmond

Ein 14-stöckiger, antiquiert erscheinender Bau an der 110. Straße, Ecke Malcom X Boulevard. Die zahlreichen Fensterscheiben, die die Klinkerfassade durchbrachen, glänzten orangefarbenen im Sonnenlicht. Hohe Mauern, versehen mit Stacheldraht, riegelten das Gebäude ab. Die Eingangspforte war mit gelangweilten Sicherheitsleuten besetzt, daneben ein Hinweisschild, versehen mit dem hellblauen Logo der UN, darunter der Schriftzug: »Niederlassung des Earth Protection Forces Office der Vereinten Nationen«. Buntscheckige Menschenmassen schoben sich vor dem Mauerwerk über den Gehweg.

Der Stress drückte den Schweiß förmlich aus Desmonds Poren. Schwitzend wie ein Wasserfall stand er in einer Ecke am Ende des Ganges, in der sich defekte Stühle und Schreibtische stapelten. Eine zentimeterdicke Staubschicht bedeckte das längst vergessene Mobiliar, als wäre es von riesigen Spinnen eingewickelt worden. Desmond lauschte dem Freizeichen, hoffte insgeheim, sie würde nicht rangehen. Seine Nummer in ihrem Display wäre immerhin schon Beweis genug, dass er an die Kinder gedacht hatte. Nach dem vierten Freizeichen überlegte er bereits aufzulegen.

»Schau an, wer aus seinem Loch gekrochen kommt und sich meldet!«, eröffnete seine Exfrau auf ihre giftige, ihn stets erniedrigende Art das Gespräch.

»Hallo, Sharon«, druckste Desmond.

»Wow, ich bin wirklich begeistert, Walther, dass du es schaffst, ein paar Tasten auf deinem Telefon zu drücken! Sind dir die Doritos ausgegangen, ist deine dämliche Konsole abgeraucht oder wie kommt es, dass du so plötzlich Zeit für einen Plausch hast?«

»Wie geht es den Kindern? Sind sie da?«

»Wie soll es den Kindern gehen? Wir haben alle schreckliche Angst, Walther! Aber das scheint dich ja nicht zu interessieren.«

»Doch, es interessiert mich!«, erwiderte Desmond gekränkt. Zumindest spielte er den Gekränkten.

»Nein, Walther, tut es nicht. Tut es nicht!«

»Sonst würde ich doch wohl kaum anrufen, oder?«

»Ja, ich bin schon ganz aus dem Häuschen, von dir zu hören, weißt du?« Sharon war Meisterin des Sarkasmus. Schwarze Hexe Level 60, nannte er sie heimlich.

»Wann war das letzte Mal, dass du dich gemeldet hast, Walther? Gib es doch wenigstens zu, dass dieser Anruf nur eine Pflichtveranstaltung für dich ist, weil sich irgendwie dein Gewissen gemeldet hat!«

Desmond schwieg.

»Wann hast du zum letzten Mal mit den Kids gesprochen?«

»Ich habe mit unserem Sohn E-Mails hin und her geschrieben.« Desmond überlegte angestrengt, wann das gewesen war. Er kam schließlich auf Anfang Februar … was er lieber für sich behielt.

»Ja, ich weiß«, sagte Sharon, wie immer auf Krawall gebürstet. »Das war im Februar wegen der Geschenke!« Sie sprach das Wort »Geschenke« so aus, als hätte Desmond den Kindern ein Glas Salzsäure geschickt. Er beschwerte sich auch gleich über die Undankbarkeit seines Sohnes, die Sharon ihm sicherlich eingepflanzt hatte: »Ich schicke den Kindern meine Weihnachtsgeschenke …«

»… ziemlich verspätet …«

»… und der Junge hat nichts Besseres zu tun, als mich deshalb anzupflaumen. Per Mail!«

»Du hast im LEGO gekauft!« Vorwürfe, die weit über das Geschenk hinausgingen, schwangen in Sharons Satz mit.

»Ja, und?«

»Der Junge ist 15, Walther!«

»Na, dann … dann soll er es eben verkaufen. Bessert sein Taschengeld auf.«

»Ist das dein Ernst?«

Schweigen. 20 Sekunden lang sagte keiner von beiden ein Wort. Schließlich seufzte Sharon hörbar.

»Warum hast du angerufen, Walther? Wolltest du dich streiten?« Sie klang beinahe versöhnlich.

»Ich würde gerne kurz mit den Kindern sprechen.«

»Die sind mit Brian unterwegs.«

»Aha.«

»Irgendeiner muss sie von der Scheiße ablenken, die da gerade passiert, meinst du nicht?«

Neuerliches Schweigen. Desmond rang sich schließlich ein Angebot ab: »Ihr könnt euch jederzeit melden. Wenn irgendetwas ist.«

»Okay.«

»Gut. Dann bis dann.«

Schweigen. Desmonds Puls hämmerte in seiner Kehle. Seine Wangen leuchteten puterrot.

»Walther?«

»Ja?«

»Pass auf dich auf, hörst du?« Ihre Stimme zitterte.

»Ihr auch. Ich melde mich.«

Desmond legte auf. Sein Herz klopfte wie wild.

*

Das kleine Büro war ein schäbiger Raum, der geradezu nach einer Sanierung schrie. Die vergilbte Tapete – Tapeten waren ein seltener Anblick in den USA – pellte sich an zahlreichen Stellen von der Wand ab, sie wies

Kaffeespritzer und Schmutzflecken aus vier Jahrzehnten auf. Die Wände waren jeweils mit Aktenschränken zugestellt. Eine Uralt-Mikrowelle und eine Kaffeemaschine, umringt von braunen Tüpfeln, besetzten einen Schemel in der Raumecke. Stickiger Mief, geschwängert mit dem Gestank von Zigarettenqualm, erfüllte die Luft.

»Mister Mathisen, Sie wollten mich sprechen?«

Morten Mathisen, ein Mann aus Dänemark, war ein kleines, geradezu zierliches Persönchen Mitte 50, dessen Arme und Beine dürr wie Streichhölzer waren und der Desmond gerade bis zur Brust reichte. Es war kaum zu glauben, doch dieser kleine, zart wirkende Europäer, dessen Haupthaar einer größer werdenden Glatze wich, war in der gesamten Niederlassung bekannt. Mathisen, Leiter der Abteilung »File Management« und somit der unmittelbare Vorgesetzte Desmonds, war ein harter Knochen und ein Choleriker, der seine Leute stets an der kurzen Leine führte und ihnen geradewegs ins Gesicht sagte, was er von ihnen hielt. Rund um Mathisens Person hatte es bereits zahlreiche Eklats gegeben. Mitarbeiter, die nach seinen Standpauken in Tränen ausgebrochen waren, Beschwerden gegen ihn und seine Methoden. Das alles hatte den Dänen nie davon abgehalten, Karriere beim Forces Office zu machen. Mathisen entstammte der originären UN, hatte bis Anfang des Millenniums für die UNOG in Genf gearbeitet, erst als Mitarbeiter der Bibliothek, dann als leitender Angestellter im Budgetierungsmanagement. 2001 war sein Wechsel zum Earth Protection Forces Office erfolgt, für das er erst in London, dann in Incheon und seit 2012 in New York tätig war. Seine Familie, eine Frau und vier Kinder, lebte nach wie vor in Dänemark und Mathisen sah sie in der Regel nur zweimal im Jahr für jeweils wenige Wochen. Vielleicht war gerade das das Erfolgsgeheimnis seiner Ehe, dachte Desmond manchmal für sich.

»Ah, Mister Desmond!«, frohlockte Mathisen in seinem Akzent, den er in all den Jahren nicht abgelegt hatte. Er lächelte freundlich. Ungewöhnlich. Desmond fühlte sich sogleich unbehaglich. Vorsichtig wie ein junges Rehkitz schlich er an den Schreibtisch seines Chefs heran, auf dem kleine, hellblaue Fahnen der Vereinten Nationen aufgestellt waren. An der Wand neben der Tür hing eine topografische Karte Dänemarks sowie zahlreiche Auszeichnungen und Urkunden. Mathisens Ernennung zum Teamleiter. Ein Dankesschreiben vom Dienststellenleiter in London. Ein Gruppenfoto von Mathisen und seiner Abteilung in Incheon, im Hintergrund das gewaltige Asiad Main Stadium, Austragungsort der Asienspiele 2014. Mathisen blickte auf dem Foto grimmig drein wie ein Schließer und so kannte ihn auch Desmond. Dass der Däne nun lächelte, verwirrte ihn.

»Bitte, nehmen Sie doch Platz.« Mathisen wies auf einen von zwei Stühlen, die sich vor seinem Schreibtisch befanden. Zögerlich setzte sich Desmond, stammelte: »Ähem … okay.«

»Ich habe etwas für Sie«, erklärte er, ohne ihn anzuschauen. Er schlug die Beine übereinander, beugte sich vor, machte auf Desmond plötzlich den Eindruck eines Geiers, der jeden Augenblick nach einem Kadaver hacken würde. Die matten, kleinen Augen blitzten bedrohlich. Desmond krümmte sich immer weiter zusammen, als strebte er die Säuglingsstellung an.

»Ihnen ist der Name Brandon William Stroker ein Begriff?«

Desmond klimperte mit den Lidern, versuchte, Mathisens durchdringendem Blick zu entgegen, doch vor dem gab es kein Entkommen. Der Däne schien umgehend eine Antwort zu erwarten. Desmond aber hatte keinen Schimmer. Frische Schweißperlen bildeten sich unter seinem sowieso schon klebrigen Hemd.

»Gehört habe ich den Namen schon. Aber …« Desmond brach ab, schüttelte stattdessen den Kopf.

Mathisen seufzte. Die Enttäuschung stand ihm ins Gesicht geschrieben. »Sie sind mit dem Teheran-Vorfall von 78 vertraut?«, fragte er mit scharfer Stimme.

»Ähem … ja, natürlich.«

»Gut.« Mathisen wirkte erleichtert. »Stroker war Waffentechniker für die britischen Streitkräfte, bis er Anfang der 70er Jahre … nun ja … desertierte.«

Desmond nickte, verstand aber nur Bahnhof.

»Er hat für die Abteilung U04 des britischen Verteidigungsministeriums gearbeitet, über die sich die Briten bis heute ausschweigen.«

Von U04 hatte Desmond natürlich gehört. Jeder hatte das. Es gab unzählige Filme, Videospiele und Bücher, die sich mit dem Thema beschäftigten. Desmond erinnerte sich an einen ganzen Spielabschnitt aus Tomb Raider III, der sich mit der geheimnisumwitterten Anlage im Süden Englands beschäftigte.

»Namhafte Größen sollen für diese Abteilung gearbeitet haben. Frank Whittle, Otto Frisch, Lise Meitner …«, erläuterte Mathisen weiter.

Desmond war sich nicht sicher, ob sein Chef von ihm erwartete, diese Leute zu kennen.

»Und eben auch Stroker. Bis er sich aus dem Staub gemacht hat. So die Mutmaßungen. Wie gesagt, die Briten erzählen uns ja nichts.«

»Aha.«

»Wir nehmen jedenfalls an, dass Stroker seine Dienste seit den 70er Jahren diversen – nennen wir sie mal – zwielichtigen Organisationen zur Verfügung gestellt hat. Die CIA hatte 1971 eine Spur in den Mittleren Osten verfolgt, wo sie sich vorerst verlor. Erst als der Tripod während der Revolution in Teheran aufgetaucht war, verdichteten sich auch wieder die Hinweise auf Stroker, der es allerdings abermals schaffte, spurlos zu verschwinden. Die US-Regierung hat ihn nach wie vor auf ihrer Terrorliste stehen. Und der MI6 sucht auch noch immer nach ihm.«

»Okay.« Desmond hatte keinen Schimmer, wo dieses Gespräch hinführen sollte.

»Strokers letztmaliges Lebenszeichen wird auf das Jahr 1991 datiert. Der indonesische Geheimdienst hatte damals seine Spur bis nach Singapur verfolgt.«

»Moment mal, Singapur?«

»So ist es. Leider verliert sich die Spur dort abermals.« Mathisen stieß einen neuerlichen Seufzer aus. »Teheran … Singapur … und es gibt einige, die behaupten, ohne Strokers Vorarbeit hätten die Briten den Mark Red bis heute nicht realisieren können. Sie sehen die Zusammenhänge?«

»Jawohl …«

»Gut, denn Sie werden den Dreckskerl finden.« Mathisen starrte Desmond an, als erwartete er Ergebnisse in wenigen Stunden.

»Was? Wie … wie alt ist der Gute denn mittlerweile?«

»Stroker ist Jahrgang 42. Den Rest können Sie sich selbst ausrechnen. Ich weise Ihnen Fairbanks, al-Dschabir und Kent als Ermittlungsteam zu. Schnappen Sie sich Ihre Leute und legen Sie los. Ich schicke Ihnen eine Mail mit allen Informationen und Zugängen, die Sie für die entsprechenden Akten benötigen. Klemmen Sie sich hinter die Dokumente, wühlen Sie sich durch alle verfügbaren Informationen und liefern Sie uns Anhaltspunkte, wo wir mit der Suche beginnen müssen.

Und denken Sie daran: Der Sicherheitsrat hat die Cole-Protokolle aktiviert, entsprechend können Sie sich Ihre Freizeit in nächster Zeit abschminken. Ihr Arsch gehört jetzt der UNO.« Wow. Mathisen hatte Full Metal Jacket gesehen. Desmond jedenfalls starrte seinen Chef an wie ein Auto. Er wusste beim besten Willen nicht, was er von der Nummer halten sollte. War das nun eine Beförderung … oder eine Bestrafung? Der Däne jedenfalls schüchterte ihn allein mit seinem eisenharten Blick ein.

»Ich verstehe … das nicht. Warum ist Stroker plötzlich so wichtig?«, brabbelte Desmond, ohne nachzudenken.

»Machen wir uns mal nichts vor«, entgegnete Mathisen ernst. »Die Forces hatte sich die letzten Jahrzehnte über in einer Art Tiefschlaf befunden. Erst, seitdem die internationale Gemeinschaft unsere Jungs als bequemes Mittel gegen den IS und Konsorten entdeckt hat, hat man uns allmählich erwachen lassen. Gott sei Dank, würde ich mal sagen, ansonsten wüssten unsere Soldaten heute wahrscheinlich nicht einmal mehr, wie herum sie ihre Gewehre halten müssen. Sie verstehen?«

Desmond nickte. Er raffte gar nichts.

»Nun sind die Fleischbälle in Deutschland gelandet. Gut, zwei Zylinder … keine bedeutende militärische Macht, um einen Planeten zu unterwerfen, möchte man meinen. Möglicherweise war es ein Unfall, möglicherweise eine Friedensdelegation … richtig?«

Desmond war endgültig zum Wackeldackel geworden.

»FALSCH!«

»… ähem …«

»Die Außerirdischen lassen sich 120 Jahre lang nicht blicken und plötzlich stehen sie in Deutschland auf der Matte?« Mathisen stieß einen Laut der Verachtung aus. Er stand auf, strich sich die graue Stoffhose glatt und trat vor das Fenster, das den Blick auf den Nordausläufer des Central Parks preisgab.

»Diese Aliens führen irgendetwas im Schilde, Mister Desmond. Die landen nicht zufällig in Deutschland … nicht nach 120 Jahren Funkstille …«

»… ja …«

»Unterbrechen Sie mich gefälligst nicht!«

»Jawohl, natürlich. Verzeihung.«

»Jedenfalls ist da etwas im Busch. Und wir sind so gut vorbereitet wie ein katholisches Klostermädchen beim ersten Mal. Sie verstehen?«

»Ähem … ja … denke schon.«

»Gut. Die Vereinten Nationen sind jedenfalls aus dem Häuschen seit den Ereignissen in Übersee. Und wir haben richtige Probleme.« Mathisens Miene verfinsterte sich. »Bei U04 hat sich ein Unfall ereignet.«

Desmond erreichte eine Eingebung. »Porton Down«, flüsterte er.

»Richtig. U04 befand sich tatsächlich dort, wo die ganzen Marsmannheinis es immer vermutet hatten. Die ganze Sache ist natürlich unter Verschluss, darum verlässt das, was ich Ihnen sage, niemals diesen Raum.«

»Natürlich.«

»Unsere englischen Freunde jedenfalls scheinen ein bisschen zu viel an außerirdischen Dingen herumgespielt zu haben. Die Briten wollen nicht recht mit der Sprache herausrücken, was wirklich geschehen ist. Komisch, nicht? Nachdem sie so sehr beteuert hatten, nichts mehr verbergen zu wollen … haben sogar ausländischen Soldaten Zutritt zu U04 gewährt und Sakurai jüngst umfänglich berichtet.«

»Was?«

»Ach, nicht so wichtig. Jedenfalls ist denen irgendetwas um die Ohren geflogen. Etwas … Nukleares. Die ganze Umgebung ist verstrahlt.«

»Wie halten die das unter Verschluss?«

»Sie versuchen es, aber es klappt natürlich nicht. Internet und Medien rotieren bereits. Jedenfalls müssen Sie sich das mal auf der Zunge zergehen lassen: Die größte und kompetenteste menschliche Expertise in Sachen AT … auf einen Schlag ausgelöscht. Was halten Sie davon?«

»Ähem … joahr …«

»Jedenfalls haben die Briten uns offiziell um Hilfe ersucht. Wir müssen Ersatz für U04 finden und wir müssen angesichts der jüngsten Ereignisse weltweit unsere Forschungsanstrengungen bündeln und intensivieren. Wir glauben, dass es auf diesem Planeten keinen Mann gibt, der die Technologie der Marsianer so gut versteht wie Stroker – falls er noch lebt. Stroker könnte uns helfen, endlich mehr von der AT nutzbar zu machen. Militärisch meine ich. Und je nachdem, was da noch kommt, könnte er auch eine Hilfe dabei sein, die Aliens zu bekämpfen.

Die Forces sprechen derzeit mit der deutschen Regierung über den Verbleib der AT, die um den Frankfurter Flughafen herum verteilt liegt, und es sieht danach aus, als würden die Deutschen uns einen beträchtlichen Teil überlassen. Sakurai jedenfalls hat eine Prioritätenliste erstellt und Stroker steht da drauf. Sie sehen, der Kerl ist nicht unwichtig. Bei uns könnte er etwas leisten … könnte uns helfen, die Technologie der Marsianer zu verstehen. Denn die Marsianer werden wiederkommen, das kann ich ihnen flüstern. Sie werden Krieg über uns bringen. Höchste Zeit also, sich den Finger aus dem Arsch zu ziehen und die Ärmel hochzukrempeln. Wir waren viel zu lang im Dornröschenschlaf begriffen und müssen nun in Windeseile einiges nachholen. Sie verstehen?«

Mathisen steckte sich eine Zigarette an. Im ganzen Gebäude herrschte Rauchverbot, doch das hatte den Dänen noch nie interessiert.

Desmond derweil nickte emsig. Und ob er verstand! Er verstand, dass ihm endlich eine richtige Aufgabe übertragen worden war. Er verstand, dass er endlich das tun durfte, wovon er als junger Mann immer geträumt hatte … was in vor zwanzig Jahren inspiriert hatte, sich für die zivile Ausbildung beim Forces Office zu bewerben. Desmond konnte es noch gar nicht richtig fassen. Er hatte eine Aufgabe, die über das Aufspüren von Expuder-Konsumenten hinausging. Eine Mission. Eine sinnvolle Mission. Stroker hatte definitiv das Potenzial, eine entscheidende Rolle im Konflikt zwischen der Menschheit und den Marsianern zu spielen.

»Nennen Sie es meinetwegen ›blinden Aktivismus‹, was das Office nun anstößt. Fakt ist, dass unsere gesamte Behörde ins Rotieren kommt. Niemand will dumm herumsitzen, nachdem die Marsianer wieder aus ihrem Loch gekrochen sind«, kommentierte Mathisen und blies feinen, grauen Dunst in die Luft.

»Ich erwarte zweitägig Ihren Bericht. Das war's von meiner Seite«, schloss der Däne und machte deutlich, dass das Gespräch damit beendet war.

# XXI. Rick Marten

Marten folgte Härti, stieg aus dem Airbus und betrat die Fluggasttreppe. Eine Affenhitze schlug ihm augenblicklich entgegen.

»And here we are again … fucking Yemen!«, proklamierte Härti zynisch. Er und die anderen hatten, seitdem die Marschbefehle bekannt waren, nichts anderes mehr getan, als die Sinnlosigkeit ihrer Verlegung zu erörtern. Sie alle verstanden nicht, was sie einmal mehr im Nahen Osten zu suchen hatten, während Mitteleuropa kürzlich erneut von Außerirdischen heimgesucht worden war. Einige fürchteten gar, sie würden nun wieder herhalten müssen, um lokale Terroristenvereinigungen zu bekämpfen. Um sich die Hände bei Unternehmungen schmutzig zu machen, für die sich die Nationalstaaten zu fein waren. Es erschien angesichts der jüngsten Ereignisse geradezu absurd, eine Eliteeinheit der planetaren Abwehrtruppe in den Kampf gegen den Terrorismus zu schicken. Marten hatte noch versucht, seine Untergebenen zu beschwichtigen, hatte für Vertrauen in die Führung geworben. Vergeblich.

»Und Lisa weiß gar nicht, dass ich hier bin«, murmelte Marten, während er die Gangway hinunterstiefelte. Unten warteten Stearn und Riensch auf ihn.

»Was? Willst du mich verarschen?«, dröhnte Härti vor ihm.

»Habe nicht mehr mit ihr gesprochen, seit … seit … du weißt schon.«

»Alter, ruf sie an!«

»Lass das einfach meine Sorge sein!«, fauchte Marten. Das Thema bereitete ihm Magenschmerzen.

»Wie du meinst.« Härti räusperte sich. »Du bist ein Idiot, einem Prachtmädel wie Lisa das anzutun.«

Marten antwortete nichts darauf, verzog nur den Mund. Er drückte sich an Härti vorbei, betrat jemenitischen Boden und begrüßte seinen Kompaniechef und dessen Adjutantin, die als Vorauskommando bereits seit einigen Stunden vor Ort waren. Marten nahm Stearn zur Seite, blickte ihm ernst in die Augen. Im Hintergrund ließ Riensch die Kompanie sammeln.

»Capitaine?«

»Ja, Lieutenant?«

»Wieso sind wir hier?«

»Das werden Sie noch erfahren.«

»Und wie läuft das jetzt? Wir sind hier … ohne Auftrag? Ich dachte, das sei uns nicht gestattet?«

»Merken Sie sich das: Jedes Gesetz ist … Auslegungssache. Und jedes Gesetz ist letztlich nur so viel wert, wie die Leute bereit sind, es auch umzusetzen. Wenn es hart auf hart kommt, ist alles machbar.«

»Aha, danke für die Eingebung. Warum sind wir hier?«

Stearn schüttelte den Kopf.

»Wenn Sie irgendetwas wissen, bitte teilen Sie es den Männern schnellstmöglich mit.«

Der Brite quittierte Martens Bitte mit einem verwirrten Blick.

»Die Stimmung ist … bescheiden, um es positiv auszudrücken. Lassen Sie sich das gesagt sein, Sie waren nicht im Flugzeug. Niemand versteht, was wir hier sollen. Die Kameraden haben Angst, wieder gegen örtliche Terroristen ins Feld ziehen zu müssen. Gerade jetzt, wo die Marsianer wieder aufgetaucht sind, will sich hier niemand eine Kugel dabei einfangen, wie er Gotteskrieger aus ihren Löchern zieht. Um ehrlich zu sein, ich verstehe auch nicht, was wir hier sollen. Kann mir absolut keinen Reim darauf machen.«

Stearn brummelte einen Laut, der deutlich machen sollte, dass er Martens Worte aufgenommen hatte.

»Und wir sind doch nicht die einzigen Forces-Kräfte, die sich hier runter bewegen, oder?«, hakte Marten nach. »Es gibt im Moment jedenfalls mehr Gerüchte, als gut für die Moral ist.«

»Okay. Danke für Ihre Einschätzung.«

»Und?« Dass man Stearn immer alles aus der Nase ziehen musste.

»Die Saudis vor Ort haben mir ein Zelt überlassen. Die Kompanie soll einrücken. Ja …« Stearn nickte gedankenverloren. »Ja, ich habe neue Informationen.«

# Epilog

Eine kunterbunte, hell erleuchtete Stadt mitten in der Nacht. Wolkenkratzer, Leuchtreklamen und Abermillionen von Lichtern drängten den südeuropäischen Charme ins Abseits, den die Portugiesen einst hierher gebracht hatten. Die Schulen und Kirchen aus Sandstein, versehen mit einem Mischmasch aus lateinischen und kantonesischen Lettern, standen im Schatten jener modernen Bauten, die Ausgeburten der Glücksspiellegalisierung waren. Daneben formten Zweckbauten, viele Stockwerke hoch, das Bild der Stadt, eine jede vollgestopft mit Menschen. Farbenfrohe, wie aus tausend Versatzstücken zusammengeschusterte Wohnblöcke. Zugestellten Balkons. Grüne, blaue, graue, braune, versiffte Fassaden. Dazwischen beengte Gassen und Straßen, ein mit Menschen, Autos, Motorrollern und Lichtern überfülltes Chaos. Abermillionen von Lampen vermengten sich zu einem in allen Farben schillernden Lichtermeer. Ausgeleuchtete Fenster waren wie Augen der bunten Gebäude und unten blitzten die Abblendlichter des Verkehrs. Das sich Pablo Tseng bietende Bild schrie geradezu nach Überbevölkerung, nach Enge.

Entblößt stand der einstige Seetang-Crêpe-Verkäufer und jetzige Fischhändler am Fenster seiner abgedunkelten Wohnung. Diese lag im 19. Stock.

Die Geschäfte liefen gut, Tseng verdiente sich als Vermittler norwegischer Fischimporte eine goldene Nase. Noch lebte er in einem ärmeren Viertel der Stadt, doch er hatte große Pläne für die Zukunft. Für einen Moment verlor er sich im bunten Anblick der gegenüberliegenden Balkons, ein Gemenge aus Unrat, Wäsche, Pflanzen und anderem Zeug lagerte auf jedem einzelnen. Die Düsternis formte monströse Gestalten aus den Müllbergen.

»Na, komm zu mir«, flüsterte das Mädchen, das Tsengs dicker Geldbeutel angelockt hatte und die nun in seinem Bett lag. Sie war eine Schönheit. Sanfte Haut, große Augen, langes, dunkles Haar. 18 oder 20 Jahre alt war sie, er wusste es nicht so genau. Einzig eine Decke verhüllte ihren schlanken Körper.

Tseng verengte die Augen, suchte noch einmal die Skyline ab, die er von seinem Fenster aus einsehen konnte. Er war unruhig, seine Erregung für den Augenblick verflogen. Er blickte auf seine Armbanduhr. Zwei Minuten war es nun her, dass er diesen lauten Knall vernommen hatte. Einen Knall, der die Fensterscheiben in seiner Wohnung hatte klirren lassen. Ein Terroranschlag?

Seine Bettgespielin zupfte an ihrer Decke, gab ihre festen, apfelförmigen Brüste preis. Die steifen Brustwarzen zeigten auf ihn wie der Lauf einer Waffe. Tseng drehte sich zu ihr um, zwischen seinen Lenden regte sich wieder etwas. Vergessen war der Knall. Entfernt heulten Sirenen.

Er stieg zu ihr ins Bett und sie küssten sich, streichelten einander. Seine Hand fuhr über ihren Bauch, sein Zeigefinger umspielte ihren Nabel, wanderte weiter südlich, strich ihr über das kurz rasierte Schamhaar. Sie stülpte ein

Kondom über den Schaft seines Gliedes. Ihre nackten Körper verschmolzen in rhythmischen Stoßbewegungen zu einer Einheit. Sie schlang die Beine um seine Hüften und stöhnte genussvoll mit ihm, als er sich in das Pariser ergoss. Sofort ließ Tseng von seiner Gespielin ab, sank neben ihr auf die Matratze. Schwer atmend blickten sie einander an. In ihren Augen lag die Lust das Versprechen, ihn in dieser Nacht noch oft zu beglücken. Tseng kannte das schon. Die teuren Markenklamotten, die er seit einiger Zeit trug, sein kostspieliger BMW, sein Auftreten als Geschäftsmann – all das öffnete die Beine junger Damen. Sie hofften darauf, sich dadurch an ihn binden zu können, ihr wohl einziger Ausweg aus den Armenvierteln. Die meisten würden als Ehefrau eines Fischers oder Tagelöhners in demselben Dreck sterben, in dem sie geboren und aufgewachsen waren.

Sie lächelte ihn an. Zuversicht und Hoffnung lagen in ihrem Ausdruck. Tseng lächelte zurück. Er hatte ihren Namen vergessen.

Sie lagen nebeneinander, kuschelnd. Durch das geöffnete Fenster strich eine kühle Brise. Sie zog ihm die Decke über die Schultern, als sie seiner Gänsehaut gewahr wurde. Bald darauf verschwand sie mit dem Kopf darunter. Ihre Lippen umschlossen sein Glied. Tseng drehte sich auf den Rücken, erfasste sie am Hinterkopf, drückte sie gegen sich. Er stand auf das Gefühl der Macht, auf das Gefühl der Überlegenheit, das ihn in solchen Augenblicken durchströmte. Auch er war als Sohn eines einfachen Tagelöhners in den Slums aufgewachsen. Sein Vater hatte unter anderem als Fahrer von undankbaren portugiesischen und chinesischen Touristen gearbeitet, hatte mehrere Jobs gehabt, um die siebenköpfige Familie über Wasser zu halten. Hatte bis zu 20 Stunden am Tag geschuftet. Er war gerade einmal 54 Jahre alt geworden. Und Tseng hatte ein ähnliches Schicksal geblüht. Die soziale Mobilität war nicht besonders ausgeprägt in diesem Teil der Welt. Es war letztlich das Glück gewesen, das ihn aus dem Sumpf der Armut geführt hatte. Oder die Seefahrer-Göttin A-Ma, wie seine Mutter zu sagen pflegte. Jedenfalls war Tseng vor einem Jahr im Bezirk Nossa Senhora de Fátima auf einen norwegischen Kaufmann gestoßen, der im Streit mit einer Prostituierten von deren Zuhältern bedroht worden war. Tseng, dem sein Vater ein paar Brocken Englisch beigebracht hatte, war dem sprachunkundigen Ausländer zur Seite gesprungen. Zwar sah der Norweger sein Geld nicht wieder und hatte dafür auch keinerlei Leistungen erhalten, doch hatte Tseng dafür gesorgt, dass er zumindest mit dem Leben davonkam. Das war doch auch etwas. Nun ja, eines führte zum anderen. Der Norweger, ein Mann namens Espen Oopas, besaß in seiner Heimat einen kleinen Fischereibetrieb. Er war eigentlich nur zum Zocken und für etwas Spaß in die Stadt gereist, doch als er Tseng als Dank für seine Rettung zum Essen eingeladen hatte, war in den beiden Männern eine Geschäftsidee herangereift. Seither verdiente Tseng als Außenhandelsvertreter von Oopas nicht schlecht.

Tseng jedenfalls hatte es geschafft. Seine Gespielin aber, die sich wahrlich bemühte, ihm eine unvergessliche Nacht zu bereiten, würde es nicht schaffen. Jedenfalls nicht mit Tseng. Er war noch nicht bereit, sich zu binden.

Sie verursachte schmatzende Geräusche, während sie ihn oral befriedigte, kicherte zwischendurch. Ihre Finger umtanzten seine Hoden. In Tsengs Unterleib wuchs ein Gefühl größter Glückseligkeit heran. Er verkrallte die Finger im Laken, sein Unterleib bäumte sich auf. Er stand kurz vor der Explosion.

Mit einem Mal war es taghell in Tsengs Schlafzimmer. Ein orangefarbener, flackernder Feuerschein leuchtete sein Bett aus, zauberte wandernde Schattenspiele an die Wände. Im nächsten Augenblick tat es in der Ferne einen hallenden Knall. Die Fensterscheiben rappelten, als würden sie von unsichtbaren Tennisbällen bombardiert werden. Tseng schreckte hoch, stieß das Mädchen von sich und sprang aus dem Bett. Er starrte auf einen großen, sich aufbauschenden Flammenball, der in einiger Distanz, jenseits des Slums, über die Dächer der umstehenden Gebäude hinauswuchs. Einige Augenblicke lang noch blähte sich das feurige Spektakel auf, verdeckte Teile der Hochhäuser im Hintergrund. Dann verpuffte es und die Schwärze der Nacht eroberte den Himmel zurück. Und plötzlich sah alles wieder aus wie zuvor: ein blinkendes, blitzendes Lichtermeer unter dem Nachthimmel.

Tsengs Gespielin arbeitete sich unter der Decke hervor, warf ihm einen ängstlichen Blick zu.

»Was ist …?« Weiter kam sie nicht mit ihrer Frage, denn ein fürchterliches, lärmendes Brummen erfasste das Schlafzimmer, erfasste das gesamte Hochhaus. Der Teppichboden bebte, die Wände wackelten, Tassen und Geschirr auf dem kleinen Tisch in der Zimmerecke tanzten hin und her. Die Vibrationen fuhren gleichsam in die Leiber von Tseng und seiner Gespielin ein, ließen beide erzittern. Sie blickten einander an, zu Salzsäulen erstarrt, zu keiner Reaktion imstande.

Das Brummen derweil schwoll in rasender Geschwindigkeit an, wurde zu einem mechanischen Brüllen, einem urweltlichen Rauschen, vergleichbar dem in der Prallzone der mächtigen Niagarafälle, wo die hinabstürzenden Wassermassen mit ohrenbetäubendem Dröhnen aufschlugen.

Ein pfeilschnelles Objekt jagte in diesem Moment über sie hinweg. Das dröhnende Rauschen erreichte seinen Höhepunkt, die Fensterscheiben schwangen klirrend hin und her. Das Objekt schoss mit einem Mördertempo davon, düste der Stelle entgegen, an der soeben der Flammenball zu sehen gewesen war. Das Gebäude hörte auf zu schwingen und zu wackeln. Das gerahmte Bild eines Sonnenaufgangs über dem Pazifik fiel von der Wand. Glas zersprang. Und plötzlich Stille. Für einen Augenblick hätte man einen Stecknadelkopf fallen hören können. Barfüßig tapste Tseng auf das Schlafzimmerfenster zu, starrte in die Nacht hinaus.

Seine Gespielin hielt den Atem an, sie zitterte am ganzen Leib, blitzte in der Dunkelheit. Es war, als malte ein Künstler mit einem fluoreszierenden Pinsel Lichtergebilde in den Himmelsdom, die jeweils nach einem Wimpernschlag wieder verschwanden. Eine Explosion. Dann noch eine. Zwei feurig glühende Bälle zerplatzten über den Dächern der Stadt. Es dauerte eine volle Sekunde, bis der Schall gegen das Schlafzimmerfenster fetzte und es abermals in Schwingungen versetzte. Tseng zuckte zusammen.

Und dann dieser Ruf. Mechanisch, hallend und durchdringend wie der Klang einer Warnsirene: »ALU-U. ALU-U!«

Tsengs Ausdruck wechselte von Schaudern zu ohnmächtigem Begreifen. Er kniff die Augen zusammen, suchte den Nachthimmel ab, sah nichts, nur die Blitze – grüne, gelbe, orangefarbene –, die in einiger Entfernung über den Dächern tanzten. Blitzartig schwoll ein brachiales Rauschen an, so laut, das Tseng nichts anderes mehr hören konnte. Ein Düsenjäger stürzte aus der Luft wie ein Stein, prallte unter Höllenlärm in das Gebäude gegenüber. Die Energie des Aufschlags zerrieb Balkons, Wohnungen, Menschen. Dann eine Explosion. Das Kerosin entzündete sich, verhundertfachte die Wirkung der Flammen. Für eine Sekunde war es taghell. Das ganze Gebäude bebte unter dem Druck. Ein lodernder Wirbelsturm platzte aus dem Loch, das der abgestürzte Jet in die Fassade gerissen hatte. Flammenzungen schossen über die Straße, leckten nach dem Gebäude, in dem Tseng lebte. Fußballgroße Trümmerteile fetzten durch sein Schlafzimmerfenster, wirbelten durch den Raum, zertrümmerten die Einrichtung. Seine Gespielin schrie spitz. Es schepperte und knallte, Splitter pfiffen. Tseng warf sich instinktiv auf den Teppich, nahm schützend die Hände über dem Kopf zusammen. Für Sekunden verharrte er zusammengerollt wie ein Säugling. Ein Hagelgewitter aus Glasscherben prasselte auf ihn ein, Fragmente jagten Projektilen gleich durch die dünnen Gipswände, die sein Zimmer vom Flur abtrennten. Eine Staubwolke brachialen Ausmaßes drückte sich durch die gesprengte Scheibe ins Schlafzimmer. Sie verschlang alles, verschlang Tseng, umhüllte ihn wie ein Mantel aus feinsten Partikeln. Er schmeckte Staub, atmete Staub.

Das Scheppern und Klirren, Lärmen und Krachen verklang allmählich, statt seiner drangen ganz andere Geräusche in Tsengs Gehörgänge ein: Schreie. Fürchterliche, ganz entsetzliche Schreie, unterlegt mit dem Geheul von Sirenen. Immer wieder knallte es dumpf in der Ferne. Blitze zuckten über den Himmel, ihr Schein flackerte durch Tsengs zerstörte Wohnung. Feine Gesteinspartikel rieselten von der Decke, glühende Konfettifetzen flogen durch die Luft. Es dauerte viele Sekunden, ehe Tseng sich traute und den Kopf hob. Er hatte haufenweise Staub eingeatmet, der seine Atemwege belegte und sie reizte. Er hustete, würgte. Jede Faser seines Körpers sehnte sich nach einem Tropfen Flüssigkeit.

Tseng fand sich in einer Blase aus staubigem Dunst wieder. Er sah kaum die Hand vor Augen und war über und über mit grauen Partikeln bedeckt, die auf seiner schweißnassen Haut kleben blieben. Erst jetzt vernahm er das Wimmern seiner Sexualpartnerin. Sie hatte sich unter der Bettdecke verkrochen, war dort mit Splittern bombardiert worden. Ein zitternder Knubbel, verborgen unter einer dicken Staubschicht und kleinen Trümmerteilen, machte deutlich, dass sie noch lebte. Tseng erhob sich, hustete abermals heftig. Zu seiner eigenen Überraschung war er unverletzt. Er blinzelte kräftig und allmählich schälte sich die Einrichtung aus dem dicken Staubvorhang, der ihn umgab. Oder das, was von ihr noch übrig war. Eine frische Brise umwehte seinen nackten Körper. Benommen blickte er durch das aufgesprengte Fenster nach draußen – und sah sie. Die Angst lähmte ihn, er vermochte nichts anderes, als die gigantischen Maschinen anzustarren, die in großer Distanz durch die Stadt wandelten. Es waren zwei von ihnen, sie watschelten dicht hintereinander gen Osten. Tseng konnte sie in der Dunkelheit nur als Schatten ausmachen. Schatten, die vor dem Hintergrund lodernder Brände und dem Lichtermeer der Glücksspielindustrie bedrohlich funkelten. Ihre kesselartigen Körper hatten sich über die Dächer niedriger Zweckbauten erhoben. Ein dumpfes Donnern jedes Mal, wenn eines ihrer kolossalen Tentakelbeine auftrat. Dazwischen wiederholt ein Zischen und hin und wieder ein tiefes Grollen. Einer der Tripods verschoss dann glosende, umherwirbelnde Geschosse, die sich erst in die Luft schraubten und dann irgendwo geräuschvoll in der Stadt niedergingen. Es war, als stünde die gesamte Innenstadt in Flammen. Straßenzüge brannten lichterloh, gigantische Feuerzungen griffen nach den Sternen.

»Alu-u. Alu-u!«, hallte es von den außerirdischen Maschinen herüber. Tsengs Nackenhaare stellten sich auf. Angst, wahnsinnige Angst überfiel ihn. Er kämpfte innerlich gegen die Schockstarre an, in die sein Körper verfallen war, versuchte krampfhaft, sich zu rühren. Endlich überwand er die Lähmung und spritzte davon. Durch die Tür in den Flur und raus ins Treppenhaus.

Zurück blieb ein bibberndes, wimmerndes Bündel, verborgen unter der Decke, unter Staub und Schutt.

Tseng stürzte zurück ins Schlafzimmer. »Komm schon!«, brüllte er, stolperte zum Bett und grub seine Gespielin aus. »Wir müssen hier weg!« Herzergreifende Schreie drangen aus dem Treppenhaus, tönten gleichsam unten auf der Straße.

Ein verheultes, völlig geängstigtes Mädchengesicht kam zum Vorschein. Tseng wischte ihr den Staub von der Wange, blickte in ihre bangenden Augen, versuchte sich an einem Lächeln. Darauf ergriff er ihre Hand, drückte sie feste und zerrte sie aus dem Bett.

Vollkommen nackt sprangen beide durch die Wohnungstür ins Treppenhaus und reihten sich dort in einem Strom von Menschen ein, der gen Erdgeschoss drängte. Es war laut, stickig, wurde gedrängelt, gebrüllt, gefleht, geweint. Wiederholt knallte es dumpf. Einschläge, ganz in der Nähe. Das Gebäude schüttelte sich unter den Detonationen. Das Licht flackerte, dann fiel plötzlich der Strom aus. Auf einen Schlag war es stockdunkel. Panik griff um sich. Die wie die Legehennen dicht gedrängten Menschen begannen zu schreien, drückten sich noch aggressiver die Treppenstufen hinab. Jemand stürzte, wurde einfach niedergetrampelt. Ein Säugling schrie ganz entsetzlich.

Tseng selbst war eingeklemmt zwischen Menschen, wurde einfach mitgerissen, hinfortgetrieben von diesem fleischgewordenen Strom, der sich über das Treppenhaus ergoss. Er sah seine Gespielin nicht, doch spürte er ihren Händedruck. Sie umklammerte seine Hand so feste, dass es wehtat. Und auch er klammerte, wollte sie nicht verlieren, zog sie mit sich die Stufen hinunter. Der Geruch von Schweiß, von Körperausdünstungen, von Urin vermischte sich in seiner Nase zu einem sauer-scharfen Gestank. Die umstehenden Menschen traten ihm auf die nackten Füße, dann geriet er in eine Scherbe, schlitzte sich die Sohle an ihr auf. Allein das Adrenalin und die Angst verhinderten, dass Tseng Schmerzen verspürte. So ließ er sich treiben, musste sich treiben lassen, und konzentrierte sich einzig darauf, ihre Hand nicht loszulassen.

Erneut donnerten Kampfjets über das Gebäude hinweg. Sie flogen so tief, dass sie die Wände in Erschütterungen versetzten. Feine Partikel rieselten von der Betondecke, Tseng schmeckte Staub auf den Lippen.

Es dauerte, die 19 Stockwerke hinabzusteigen, dauerte vor allem, da zu viele Menschen durch das beengte Treppenhaus strömten. In der Dunkelheit sah Tseng nichts als die Konturen seiner Vorderleute. Unten schepperte es, als die Menschenmassen durch die Gemeinschaftsküche drängten. Jemand hatte ein Regal von der Wand gerissen, Töpfe kullerten über den Boden.

Nach einer gefühlten Ewigkeit erreichte Tseng das Erdgeschoss. Noch immer hielt er ihre Hand, und zog sie nun mit sich durch die Gemeinschaftsküche. Diese sah aus, als wäre eine Herde Büffel durch sie hindurchgerauscht.

Tseng zerrte sie durch eine Seitentür hinaus in eine finstere Gasse. Dumpf grollten die Abschüsse und Detonationen der Kämpfe durch das Mauerwerk der umstehenden Gebäude. Der Krieg zwischen den Menschen und den Außerirdischen war im vollen Gange.

Es war kalt, die Luft rauchgeschwängert. Gänsehaut überfiel Tseng. Er legte seine Arme um die Schultern seiner Gespielin, drückte sie an sich, spürte ihre Pobacken an seinem nackten Penis. Menschen umringten sie, rempelten sie an, während sie an ihnen vorüberstürzten. Voraus die Hauptstraße. Trümmerteile versperrten den Weg. Kopflos Davoneilende kletterten über den Schutt, ein lebloser Körper lag neben einer umgestürzten Mülltonne. Schreie erfüllten die Nacht, nah und fern. Und dazwischen knallte und donnerte, grollten und krachte es immer wieder. Über ihre Köpfe sausten in diesem Augenblick mehrere Kampfjets hinweg, jagten dröhnend und zischend gen Nordosten. Glühende Lanzen lösten sich unter ihren Tragflächen, schossen in den Nachthimmel davon. Tseng, seine Gespielin und die anderen Menschen, die wild durcheinanderwuselten, pressten ihre Hände gegen die Ohren ob des fürchterlichen Lärms.

»Die Maos schießen uns einfach zusammen!«, schrie jemand. »Die bombardieren uns, die Schweine!«

Mehrere Detonationen erschallten, dazwischen der Ruf der außerirdischen Maschinen.

»Alu-u! Alu-u!«

Der Druck trieb Wände aus Staub vor sich her, presste sie durch die Straßen und Gassen der Stadt. Tseng drehte seine Gespielin zu sich um, sah ihr von Angst verzerrtes Antlitz.

»Weg hier!«, brüllte er gegen den Lärm an. »Nur weg!«

# Buch 2: Stunde X

# I. Macau

Ein Tier, so winzig wie ein Stecknadelkopf, gleichzeitig effizienter als jede von Menschenhand geschaffene Maschine: die Ameise. Unermüdlich erkundete die tüchtige Arbeiterin die Umgebung der Kolonie, schwärmte sie aus, suchte sie nach Nahrung. Ihre sechs filigranen Beine trugen sie mit Leichtigkeit über den Schotterweg. Sie hielt ihre Fühler ausgestreckt, tastete nach Nahrung, nach Feinden. Ihre Mundwerkzeuge, kräftig genug, den dicken Chitinpanzer eines Käfers zu zerschneiden, erinnerten an mit Zähnen besetzte Klingen. Vor dem Hintergrund himmelhoher Bauwerke durchstöberte sie jenen grünen Flecken Erde im Municipal Park, den die Menschen Guia Hill getauft hatten. Das Firmament präsentierte sich an diesem Vormittag hellblau, die Sonne brannte auf die Erde hernieder. Es herrschte gutes Jagdwetter. Wie Tausende ihrer Schwestern hatte die tüchtige Arbeiterin den Auftrag, Nahrung zu sammeln. Entlang der Schotterbahn, der sie folgte, wuchsen gewaltige Pflanzen empor: Löwenzahn, Disteln, Brennnesseln, dann ein einzelner Stängel des sogenannten Roten Krauts.

Die tüchtige Arbeiterin gelangte zu jenen Bordsteinplatten, die den Weg begrenzten. Sie flitzte über bunte Flechten und grüne Algen, die sich auf dem Stein festgesetzt hatten. Ihre Klauen bohrten sich mit jedem Schritt in die Organismen. So kroch sie durch ein gelb-türkis-farbenes Meer und jeder Tritt warf feinen Puderstaub auf. Ihre Schwestern waren gleichfalls auf der Pirsch, spähten nach Beute, nach Kadavern und vor allem: nach Honigtau.

Geschickt krabbelte die tüchtige Arbeiterin über eine mit Moos gefüllte Fuge hinweg und auf eine weitere, bunt verklebte Steinplatte. Sie folgte unweigerlich den Duftspuren ihrer Schwestern. Die intensiven Sekrete, die in der Luft hingen, deuteten gute Jagdgründe im Gebiet voraus an. Die tüchtige Ameise marschierte der Duftnote nach, zu ihrer Rechten erhoben sich riesige Grashalme aus einem Riss im Stein. Sie erreichte bald einen metallischen Splitter in der Form eines Keils, tausendmal größer als sie selbst, deformiert, mit messerscharfen Kanten versehen. Die Oberfläche schillerte bläulich im Tageslicht. Die Ameise ignorierte das Eisen-Mangalgrah-Fragment, folgte weiter den Duftmarken, die nun schwieriger auszumachen waren, da aggressive Gerüche die Luft verpesteten. Sie ließ sich den Steinsims hinab und verschwand im Gras. Jenseits des Grünstreifens lag ein riesenhaftes Ding ausgestreckt auf einem steinernen Platz. Seine mächtigen, biegsamen Beine hatten einen Spielplatz zertrümmert, sie ruhten auf den zerschlagenen und verbogenen Geräten. Löcher und Risse klafften in ihnen, Rauch stieg auf, dahinter türmten sich die Wolkenkratzer der Stadt. Vom Guia Hill aus war es, als blickte man von einem erhöhten Balkon aus auf das Zentrum der Metropole. Die Spitzen der imposanten Bauten lagen in dichten

Qualmschwaden verborgen, der Lärm des Krieges waberte als dumpfe Symphonie durch die Straßen, sein Schall reichte bis auf den Guia Hill herauf.

Die tüchtige Ameise schlug ihre Mundwerkzeuge in den länglichen, borstigen Körper einer Marienkäferlarve, als unter dröhnendem Knall zwei Kampfjets über sie hinwegfegten.

Kurs: West.

Alle Leitungen glühten, Meldungen jagten im Sekundentakt durch den Äther. Rottenführer Xie Jiwei ließ seine Shenyang J-11, ein ursprünglich russisches Fabrikat aus den 70er Jahren, über die historische Festung Fortaleza do Monte hinwegbrausen, die samt den angelegten Gärten wie ein Fremdkörper aus der Betonmetropole Macau hervorstach. Deutlich sah er das kuppelartige Gebilde, das die Aliens um den Aufschlagort ihrer beiden Luftschiffe herum errichtet hatten und das aus den Trümmern des Bauwerks aus dem 17. Jahrhundert emporragte wie ein zusammengekehrter Haufen riesenhafter Glasscherben. Chinesische Soldaten stürmten zusammen mit Kämpfern der Macau-Garnison in diesen Sekunden die Kuppel. Ameisengleich sahen sie von hier oben aus, die Krieger, die mit vorgehaltenen Waffen vorrückten und zwischen den »Scherben« verschwanden. Panzerfahrzeuge besetzten die den grünen Flecken Erde umgebenden Straßenzüge. Zusammengesackte Gebäude waren Zeuge der Wege, die die Tripods von ihrem Ausgangspunkt aus zurückgelegt hatten. Es war, als hätten sie es darauf angelegt, möglichst große Zerstörungen bei ihrem Marsch durch die Stadt anzurichten.

Unweit der Landestelle lag eine der außerweltlichen Kampfmaschinen auf den eingedrückten Dächern mehrerer Flachbauten gebettet, reglos kokelte ihr Innenleben vor sich hin. Und auch nördlich von den Ruinen der Pauluskirche war ein zur Strecke gebrachter Dreifüßer zu bewundern. Angelehnt an ein vielstöckiges Gebäude, erschien es, als wären Tripod und Bauwerk zwei gute Freunde, die sich in den Armen lagen. Panzerwagen, grimmig blickende Soldaten an den Waffenstationen, näherten sich der gefällten Maschine, um mögliche Marsmänner festzusetzen.

Eine Sekunde nur blieb Jiwei, all diese Eindrücke aufzunehmen, dann war er in seinem Jet auch schon auf und davon. Mit Mach 2 knallte er über das Hafenbecken hinweg und drang in den Luftraum des Zhuxian Parks ein, der sich einem dunkelgrünen, hügeligen Wattebausch gleich unter ihm ausbreitete. Sein Flügelmann blieb dicht an ihm dran.

»Großes Nest, es spricht Mandschurenkranich«, raunte Jiwei ins Mikrofon. Bei den Gewalten, die auf seinen Körper einwirkten, war es anstrengend zu sprechen. Die G-Kräfte hoben ihm den Magen aus und brachten gleichzeitig sein Blut in Wallung. Adrenalin schoss durch seine Venen, berauschte ihn. Das Fliegen in einem Kampfjet war ein unbeschreibliches Gefühl.

»Großes Nest hört.« Der Hakka-Akzent des Leitstellenfunkers war derart dominant, dass Jiwei, ein Han aus der Großstadt, bisweilen Probleme hatte, ihn zu verstehen. Der Kommandeur des 6. Jägerregiments jedoch, selbst der Hakka-Ethnie zugehörig, hatte die Angewohnheit, Hakka-Soldaten um sich zu scharen, egal ob dies der Sache zuträglich war oder nicht.

Jiwei flog im Konturflug, nur wenige Hundert Meter oberhalb der Baumwipfel. Deutlich erkannte er die Spur, die der aus der Stadt geflohene dreibeinige Teufel in den Forst gerissen hatte. Der Anblick der umgeknickten Zimt- und Kampferbäume steigerte seine Entschlossenheit, den Eindringling auszuschalten. Zudem hoffte er, ein Sieg über die außerweltlichen Teufel würde das Ansehen der Chinesen in Macau verbessern.

Am westlichsten Ausläufer des Hains, unweit kleinerer Ortschaften und der Zollstraße G4W, rekelten sich die tentakelartigen Beine der Riesenmaschine aus dem Blätterdach. Ihr Kesselleib selbst war im Forst verborgen, ihre Gliedmaßen schossen Schlangen gleich immer wieder in die Luft empor, beschrieben einen Bogen, brachen erneut durch die Baumwipfel und gruben sich in den Untergrund, um den Körper nachzuziehen. Grünlicher Dampf entwich mit jeder Bewegung aus den zahlreichen Gelenkelementen, die den Beinen ihre enorme Formbarkeit verliehen. Doch auch wenn die letzte verbliebene Kampfmaschine beschädigt und offenbar auf der Flucht war, so war sie noch immer brandgefährlich. Ihr EMP-Strahl hatte vor Minuten erst einen von Jiweis Kameraden aus dem Himmel geblasen. Jiwei selbst hatte keine Angst vor dem Tod. Er würde tun, was nötig war, um den feigen Angriff abzuschlagen.

»Ziel erkannt, erwarte Angriffsorder«, bestätigte er via Funk.

»Jagen Sie ihn ins Jenseits, Mandschurenkranich.«

Jiwei warf einen flüchtigen Seitenblick auf die Instrumente. Er erteilte seinem Flügelmann Feuererlaubnis. Er selbst legte den Finger über den Auslöser am Joystick und schaute letztmalig auf den Zielcomputer. Er feuerte zehn S8-Luft-Boden-Raketen ab, sein Flügelmann tat es ihm gleich. Die Startbehälter unter den Tragflächen der beiden Jets spien Feuer, spuckten maschinengewehrartig Raketen aus, die zündeten und auf den Tripod zurasten.

Die aus dem Wald emporschlagenden Beine verschwanden hinter Säulen aus Feuer, als 20 Raketen auf und um den Tripod herum einschlugen und sich in wütende Flammenbälle verwandelten. Emporlodernde Eruptionen stiegen aus dem Gehölz auf, fraßen sich durchs Blattwerk und durchs Geäst, versenkten Stämme, steckten Pflanzen an. Rauch quoll hoch in die Luft. Jiwei und sein Flügelmann stiegen auf, tauchten ein in den emporwabernden Qualm. Für eine Sekunde sah er nichts als schwarze Partikel, dann brach sein Jet auf der anderen Seite aus dem Rauchfächer. Er überflog die Zollstraße, in seinem Rücken verschwanden Beine und Kesselkörper des Feindes in einem züngelnden Inferno. Grüner Dampf mischte sich unter schwarze Schwaden. Panzer schoben sich über das Wegenetz, Soldaten evakuierten die umliegenden Dörfer.

Jiwei flog einen weiten Bogen, bis er abermals den Luftraum des Zhuxian Parks betrat. Nun sah er es deutlich: Wo gerade noch der Tripod gewesen war, klaffte ein schwarzes Loch im Gehölz, aus dem Flammen höhere Gefilde erkletterten.

»Mandschurenkranich meldet: Ziel vernichtet.«

»Großes Nest hat verstanden. Warten auf Bestätigung vom Boden. Status, Mandschurenkranich?«

»MK grün. S8 gelb. R73 grün. Betriebsstoffe gelb.«

»Verstanden. Verbleiben Sie im Luftraum auf Stand-by. Wir …«

Verwirrt schaute Jiwei aus dem Seitenfenster, blickte auf seinen Flügelmann, der mit ihm auf gleicher Höhe flog. Jiwei betätigte die Funktaste, sagte ins Mikrofon: »Großes Nest? Bitte wiederholen Sie letzten Spruch.«

Großes Nest ließ mit der Antwort ganze vier Sekunden lang auf sich warten, Jiwei und sein Flügelmann hatten das östliche Ende des Parks bereits wieder erreicht. Die G-Kräfte stauchten ihn zusammen, machten ihm das Luftholen schwer. Er bemächtigte sich einer in der Ausbildung konditionierten Atemtechnik, um nicht ohnmächtig zu werden. Stoßweise blies er Luft aus, unter der Maske klang jeder Atemzug blechern.

»Großes Nest ruft Mandschurenkranich.«

»Hört!«

»Achtung! Gegnerisches Flugobjekt im Luftraum! Ich wiederhole: Gegnerisches Flugobjekt im Luftraum. Scheibenartiges Aussehen, bewegt sich mit unter Mach 1, aus dem Stadtzentrum Macaus kommend, in Richtung Hongkong. Flughöhe: etwa 9000 Meter. Können Sie eingreifen?«

»Mandschurenkranich hat verstanden und greift ein.«

Jiweis Flügelmann wackelte mit den Tragflächen, ein Zeichen dafür, dass er mitgeschnitten hatte. Er rollte über den linken Flügel ab, stürzte für eine Sekunde wie ein Stein in die Tiefe, so erschien es, fing sich dann und jagte Jiwei nach. Angeber!

Die Welt unter ihnen sah aus wie ein Schachbrett. Jiwei stieg weiter auf, warf einen Blick auf das Variometer, dieses maß annähernd 300 Meter pro Sekunde. Im Rückspiegel tauchte sein Flügelmann wieder auf. Sie passierten abermals das Hafenbecken Macaus, die Skyline der Glücksspielmetropole erhob sich wie eine Ansammlung bunter Formen über das Land. Im Süden wuchs der Macau Tower in den Himmel, er war wie eine Nadel, die ins Gewölk stach. Jenseits des Fernsehturms lagen die beiden imposanten Brücken, die das Stadtzentrum mit der Insel Taipa verbanden: die Amizade-Brücke und die Schrägseilbrücke Sai Van. Polizei und Garnisonssoldaten suchten verzweifelt, die Verkehrssituation auf beiden Übergängen zu regulieren. Pkw flüchtender Einwohner verstopften sämtliche Fahrbahnen, Mofas und Motorräder quetschten sich durch jede Lücke und verursachten heilloses Chaos. Streitende, sich prügelnde Männer, schreiende Frauen und weinende Kinder bestimmten das Bild auf den Brücken.

Jiwei düste über das Stadtzentrum hinweg. Großes Nest versorgte ihn und seinen Flügelmann beständig mit den aktuellen Entwicklungen: Die gegnerische Flugscheibe jagte über den Perlstrom hinweg gen Nordost, hielt genau auf Hongkong zu. Doch sie war langsamer als die Jets der Chinesen, die rasant aufholten. Schon donnerten Jiwei und sein Flügelmann auf die Flussmündung hinaus, Lantau Island lag noch 50 Kilometer entfernt. Aus nördlicher Richtung näherte sich eine weitere Rotte von Jiweis Staffel, er sah das Metall der Flugzeuge im Sonnenlicht blitzen.

Schon in Deutschland hatten die Marsianer im allerletzten Augenblick versucht, per Flugscheibe zu flüchten. Jiwei war fest entschlossen, dies zu verhindern, die Außerirdischen für ihre hinterhältige Attacke auf die chinesische Einflusszone zu bestrafen. Die marsianischen Teufel mochten vor 120 Jahren beinahe ganz England niedergeworfen haben, mittlerweile aber war mit ein paar Tripods – und mochten sie auch verbessert sein – gegen das moderne Militär der Menschheit kein Blumentopf zu gewinnen.

Per Schwenk mit dem Kopf richtete Jiwei das in seinen Helm integrierte Zielsystem der Luft-Luft-Rakete aus. Die Flugscheibe war noch nicht in Sichtweite, war dennoch keine 40 Kilometer mehr entfernt. Sein Flügelmann gab ihm via Funk zu verstehen, dass auch er das Ziel aufgefasst hatte.

»Mandschurenkranich ist feuerbereit«, meldete Jiwei an Großes Nest. Alle Aktionen mussten mit der Leitstelle abgestimmt werden.

»Noch nicht!«, drang die Stimme des Funkers aus dem Lautsprecher. »Flugscheibe befindet sich direkt über dem Chek Lap Kok. Warten Sie, bis sie den Einzugsbereich des Flughafens verlassen hat.«

Jiwei bestätigte, jagte weiter mit Höchstgeschwindigkeit über die Flussmündung hinweg. Diese war zwischen Macau und Lantau Island knapp 30 Kilometer breit, weshalb er einige Sekunden lang meinte, über dem offenen Meer zu fliegen. Der Fahrtwind fauchte mit zunehmender Intensität, es klingelte und knackte in Jiweis Ohren. Und dann sah er die flüchtende Flugscheibe mit bloßem Auge. Sie war nur noch etwas mehr als zehn Kilometer entfernt und zeichnete sich als winziger Tupfen unterhalb der Wolkendecke ab.

Jiwei jagte über das Flughafengelände Hongkongs hinweg, er brauchte sich um den Zivilverkehr nicht zu scheren. Sämtliche Flüge waren noch in der Nacht umgeleitet worden. In der Luft befand sich nur noch das chinesische Militär – und dieses war auf der Jagd.

»Abschuss freigegeben, Mandschurenkranich!«, polterte Großes Nest. Jiwei korrigierte noch einmal per Kopfbewegung das Zielsystem, dann schickte er die Rakete auf die Reise. Die anderen Kampfjets taten es ihm gleich, vier Wympel R-73 schossen auf die Flugscheibe zu, holten sie ein, korrigierten dabei immer wieder ihren Kurs. Das Ziel geriet in den Ansprechradius des Zünders. Die Raketen detonierten, eine nach der anderen. Eine jede malte einen feurigen Blumenstrauß ans Firmament. Grünliche Blitze fegten über die

Hülle der Flugscheibe, die Energie der Sprengungen aber erfasste das marsianische Gerät und warf es aus der Flugbahn. Sich schneller und schneller um die eigene Achse drehend, rauschte es in die Tiefe, flog noch über den Tai-Lam-Chung-Wasserspeicher hinweg und krachte mit einem Affenzahn in den Tai Lam Country Park. Eine Staubwolke kolossalen Ausmaßes erhob sich aus dem Forst, verschluckte die Absturzstelle.

Ungezügelter Jubel brach auf allen Kanälen aus. Die chinesischen Piloten winkten einander mit den Tragflächen, während sie den Park überflogen. Jiweis Blick fiel schließlich auf die beiden Bilder, die er sich unter dem Zielcomputer ans Armaturenbrett gepinnt hatte. Bei dem ersten handelte es sich um eine Radierung, es zeigte als Allegorie der Drei Lehren deren sinnstiftende Philosophen: Buddha, Laozi und Konfuzius. Das andere war die Fotografie einer hübschen Frau, lächelnd, das schwarze Haar fiel ihr ins Gesicht, im Hintergrund die Wildganspagode Xi'ans. Sie war Jiweis Freundin. Und mit der Vernichtung aller sechs Tripods, der Erstürmung der Kuppel und dem Abschuss der Flugscheibe hatte er auch ihr Leben und ihre Freiheit verteidigt.

# II. Walther Desmond

Mathisen blätterte durch die Papiere, die Desmond ihm vorgelegt hatte. Von Zeit zu Zeit richtete der Däne seine winzige Lesebrille und atmete vernehmlich aus. Mit der Gemütsruhe eines Anglers las er, was Desmonds Team binnen kürzester Zeit zusammengetragen hatte. Sie hatten dazu alle Akten durchgearbeitet, die ihr Chef ihnen zur Verfügung gestellt hatte. Das waren fast ausschließlich analoge Dokumente gewesen, die Seite für Seite hatten durchgeschaut werden müssen, ohne dass sie mit STRG plus F nach Stroker oder anderen Schlagworten hätten suchen können.

Desmond plagten noch immer Kopfschmerzen, eine Handvoll Aspirin-Pillen hatten nur bedingt Abhilfe geschaffen. Er hatte in den letzten drei Tagen wenig geschlafen, hatte 16-Stunden-Schichten geschoben; Boden und Wände seines Büros waren mit Mindmaps und Erinnerungszetteln zugekleistert. Und doch waren die gewonnenen Informationen wenig ergiebig, sie zeichneten vor allem ein lückenhaftes Bild der Vergangenheit Strokers bis zum Jahre 1991. Was die Zeit danach bis in die Gegenwart hinein betraf, klaffte ein großes Loch in den Archiven der Forces. Es gab zwar keine Hinweise darauf, dass Brandon William Stroker verstorben war, aber eben auch keinerlei Lebenszeichen von ihm. Stroker war Jahrgang 1942; die Wahrscheinlichkeit, dass er nicht mehr unter den Lebenden weilte, erhöhte sich mit jedem Tag. Möglicherweise würden sie ihn finden, nur um dann festzustellen, dass er demenzkrank war oder ein Pflegefall und somit nutzlos im Kampf gegen die Marsianer.

Die offizielle Informationslage war mehr als dürftig. Die Forces wussten dabei sicherlich weit weniger als das CIA, der MI6 und andere Geheimdienste, die in der Vergangenheit ein Interesse an Stroker gezeigt hatten. Sie schienen aber längst von ihm abgelassen zu haben, anders war es nicht zu erklären, dass Desmonds Team – vier Sacharbeiter ohne echte Ermittlungserfahrungen – schließlich mithilfe des Internets auf einen Hinweis zum möglichen Aufenthaltsort des britischen Deserteurs gestoßen war. Wären die Geheimdienste noch an ihm dran, sie hätten ihn wohl längst gefunden und eingesackt. Vielleicht aber waren sie auch noch an ihm dran. Vielleicht befand sich Desmond bereits mitten in einem Wettrennen um die vermutlich größte Expertise in Sachen Alien-Tech. Das Abenteuer winkte, die Aussicht auf etwas Spannung im Job versetzte ihn in kribbelnde Aufregung, obwohl er sich in ruhigen Momenten daran zu erinnern versuchte, dass seine Fantasie wohl durch den Konsum ungezählter Filme und Videospiele mit ihm durchging. Wenn einem der Fernseher täglich vorgaukelte, das Leben bestünde einzig aus Kämpfen und Verfolgungsjagden, war es schwer vorstellbar, dass reale Ermittlungsarbeit hauptsächlich die Bearbeitung des Papierkrieges bedeutete.

Die Marsianer derweil bereiteten Desmond keine Bauchschmerzen. Ihr zweiter Trupp, jener, der in Asien Fuß zu fassen versucht hatte, war besiegt.

Schier planlos versuchten sie, einen Landekopf auf der Erde zu bilden, und sahen kein Land gegen die modernen Streitkräfte der Menschheit. Desmond war sich sicher, dass die irdischen Militärs mit den außerweltlichen Angreifern fertigwerden würden, sollte es zu weiteren Landungen kommen, und würde er durch das Aufspüren von Stroker seinen Teil dazu beitragen, die Technik des Gegners besser zu verstehen, ihre Schwachstellen auszuloten und folglich menschliche Verluste zu minimieren, hätte er endlich etwas Sinnvolles zur Mission der Forces beigetragen. Angst vor der Macht der Aliens hatte er nach ihren zwei stümperhaften Landungsversuchen in Deutschland und Macau nicht mehr, dafür terrorisierte ihn seine Exfrau in schnöder Regelmäßigkeit via Telefon und Internet. Sie war verängstigt, und plötzlich war Walther Desmond, der »Alien-Jäger«, wieder gut genug. Sie hätten ihn am liebsten bei sich gewusst, hatte ihn in einer Mischung aus Drohen und Flehen aufgefordert, sich in den nächsten Flieger zu setzen … selbstredend der Kinder wegen. Auch Mixxel7, Desmonds Zockerfreundin, war beunruhigt. Anders als seine Ex versuchte sie es nicht allzu offen nach außen zu kehren, in ihrem letzten gemeinsamen Chat zwischen zwei Schichten hatte sie ihre Sorge vor einer groß angelegten Marsmann-Invasion dennoch nicht zu verstecken vermocht.

Frauen … dass die immer gleich derart sentimental werden mussten!

»Kosovo, heh?« Mathisen lehnte sich in seinem Stuhl zurück, blies nachdenklich die Wangen auf und ließ die Luft stoßweise wieder entweichen. Er betrachtete die Fotografie, die Desmond in maximaler Vergrößerung ausgedruckt hatte, und nippte dazu an seinem Energydrink. Der schmächtige Däne ließ sich eine gefühlte Ewigkeit Zeit. Desmond stand vor dessen Schreibtisch wie ein Schluck Wasser in der Kurve. Mathisen hatte ihm dieses Mal keinen Stuhl angeboten – und er ließ bis dato nicht durchblicken, ob er mit Desmonds Ergebnissen zufrieden war oder nicht. Die eiserne Miene des Dänen mochte sich jeden Augenblick in ein freudiges Lächeln verwandeln … oder in eine wutentbrannte Fratze. Alles war möglich, entsprechend nervös knetete Desmond seine Hände. Er war der perfekte Spielball für den Choleriker Mathisen, vermochte ihm keinerlei Paroli zu bieten. Und er glaubte erkannt zu haben, dass sein Chef sich einen Spaß daraus machte, ihn zu piesacken.

»… Kosovo …«, wiederholte Mathisen und gab mit offenem Mund Klacklaute von sich.

Desmond hatte von Anfang an einen seiner Leute auf das Internet angesetzt. Dieser hatte sämtliche Suchmaschinen-Ergebnisse zum Thema »Stroker« durchforstet und war nach intensiver Recherche schließlich in einem Schweizer Forum fündig geworden: www.suisse-mars-watch.ch war eine traurige Community von Marsianer-Begeisterten, die über sage und schreibe sieben registrierte Nutzer und zwei Themen verfügte. Der letzte Beitrag war auch schon drei Monate alt. Interessant jedenfalls war ein Foto, dass eine dem eigenen Bekunden nach Soldatin der Schweizer Armee während ihres

Swisscoy-Einsatzes im vergangenen Herbst aufgenommen hatte. Es zeigte das mit allerlei Zeugs zugestellte Schaufenster eines Antiquitätengeschäfts in Prizren, das mit Rokerst Antiques überschrieben war. Hinter dem Trödel war das Gesicht eines alten Mannes zu erkennen, das mit ganz viel Vorstellungskraft eine ältere Version des letzten bekannten Fotos von Stroker sein könnte. Die Userin jedenfalls, eine gewisse »Malina«, behauptete, William Brandon Stroker führe in Prizren – quasi direkt unter den Augen der NATO – ein kleines Geschäft. Sie wollte sogar mit ihm gesprochen haben.

Stroker war nicht nur unter den Geheimdiensten »beliebt«, sondern galt in Kreisen von Marsianer-Fanclubs und U04-Freaks als geradezu legendäre Persönlichkeit. Im Netz kursierten die wildesten Geschichten über ihn, über angebliche Treffen mit der Szene, über sonderliche Rituale. Leider blieb es auf den einschlägigen Websites bei Andeutungen und Beiträgen, die aus einer Abfolge wirrer Codes bestanden. Und Desmond und sein Team hatten es bisher nicht geschafft, mit einem Kenner aus der Szene Kontakt aufzunehmen – wohl auch, weil deren generelle Geringschätzung für die Arbeit der Forces nicht gerade zuträglich für die Verbindungsaufnahme war.

Drei Faktoren hatte Desmond schließlich dazu veranlasst, die Fotografie der Schweizer Soldatin ins Zentrum der Ermittlungen zu rücken: Zum einen war Stroker als Exzentriker bekannt, es passte daher wie die Faust aufs Auge, dass der alte Kauz sich ausgerechnet dort niederließ, wo seine Feinde präsent waren. Auch war der Name des Geschäfts ein Anagramm seines Nachnamens. Zweitens hatte Stroker mütterlicherseits albanische Wurzeln, was ebenfalls für das Kosovo als Exil sprach. Drittens war das Land seit den 90er Jahren instabil, war in politischen Ränkespielen, Chaos, Krieg versunken. Desmond schätzte es als durchaus realistisch ein, dass ein Kerl wie Stroker in der Lage war, den Schatten des Krieges auszunützen, um unsichtbar zu werden. Anfang der 90er Jahre könnte er von Singapur aus den Weg nach Europa gefunden haben, um im Durcheinander des Kroatienkrieges zu verschwinden.

»Prizren …«, sagte Mathisen und schien sich über irgendetwas zu amüsieren. »Verdammter Hundesohn …«

»Ich bereite den Antrag auf Abgabe des Falls an einen Feldermittler zu Ihrer Unterschrift vor, Mister Mathisen. Ich habe die Forces-Einrichtung in Montenegro im Auge, wenn Ihnen das recht ist.«

»Sagen Sie … spritzen Sie heimlich was?«

»Was meinen Sie?«

»Antrag auf Feldermittlungen? Desmond! Das dauert Jahre, bis sich da einer bewegt!«

»Ähem, ja … ich weiß … aber … der Prozess ist vorgeschrieben.«

»Nee, nichts da! Für so eine Hasenscheiße haben wir keine Zeit!«

»Ähem … okay. Was dann?«

»Na, Sie fliegen natürlich selbst hin und überprüfen das!«

»Ich soll …« Eine Affenhitze breitete sich in Desmonds Brustkasten aus. Er stotterte: »Das … es ist nicht vorgesehen, dass wir in die Feldermittlungen eingreifen …«

»DESMOND, VERDAMMT!« Mathisen spuckte beim Reden. »Denken Sie mal pragmatisch! Wir wollen Stroker haben! Und zwar nicht erst in drei Jahren, denn solange hat der alte Sack vielleicht gar nicht mehr! Und die Marsianer werden auch nicht warten, bis wir mal in die Gänge gekommen sind.«

»Das … das … wie soll ich das machen? Wer bezahlt denn den Flug und das Hotel?«

»Machen Sie sich um den Kleinscheiß mal keine Gedanken! Seitdem die Marsianer wieder im Spiel sind, laufen die Dinge etwas anders. Also: Sie setzen sich jetzt ins nächste Flugzeug und fliegen da runter, verstanden?«

»Ja, natürlich. Ich buche gleich den nächsten Flug für das Team. Natürlich muss ich erst abchecken, wie das bei den anderen aussieht. Conny ist ja alleinerziehend und …«

»DESMOND!«, brüllte Mathisen aufgebracht dazwischen. »Wollen Sie das Office in den Ruin stürzen? Ihr ganzes Team? Vier Flugtickets, vier Hotelzimmer? Sagen Sie mal, haben Sie Halluzinationen?«

»Ich … was?«

»Hören Sie auf mit diesem Kokolores! Sie fliegen natürlich alleine. Ich glaub es wohl … Als hätten wir die Mittel, die halbe Belegschaft in der Weltgeschichte herumzukutschieren!«

»Ich … ich dachte, es hätte sich nun einiges geändert«, murmelte Desmond zerknirscht.

»Ja, trotzdem werden wir nicht plötzlich mit Gold überschüttet! Mann, Desmond! Da sind ein paar versprengte Marsianertrupps auf unserem Planeten notgelandet. Fein! Das hat die Welt wieder daran erinnert, dass es uns noch gibt und dass wir zu was zu gebrauchen sind. Das war es aber auch schon! Wir werden fertig mit den dreibeinigen Toastern und im Grunde werden es die nationalen Streitkräfte auch. Würde mich nicht mal wundern, wenn man den Forces im Nachhinein daraus den Strick dreht.« Ein schwaches Lächeln kämpfte sich auf Mathisens Lippen. Seine Augen starrten Desmond glanzlos an. »Aber so weit sind wir noch nicht. Erst einmal fliegen Sie nach Prizren und gehen der Spur nach. Vermutlich ist es nichts. Wahrscheinlich haben wir es mit einem Witzbold zu tun. Aber im Augenblick gehen wir allem nach, und sei es noch so abwegig. Verstanden?«

»Natürlich, Sir. Aber … ähem … herrscht im Kosovo nicht Krieg?«

»Was weiß ich! Und was juckt Sie das? Stroker! Der ist ihr Auftrag, sonst nichts!«

»Natürlich, Sir.«

»Und Desmond?«

»Ja?«

»WAS ZUM TEUFEL STEHEN SIE HIER NOCH HERUM? BEWEGEN SIE SICH!« Mit diesen Worten brüllte der Däne Walther Desmond aus dem Büro.

# III. Rick Marten

»Control, hier Delta One«, brummelte Lieutenant Rick Marten ins Funkgerät und rieb sich die Schulter, die noch immer in allen Regenbogenfarben leuchtete und regelmäßig dumpfe Schmerzimpulse ausstrahlte.

»Control hört«, rauschte Leonie Rienschs Stimme aus dem Lautsprecher.

»Passieren Meldepunkt 14.«

»Verstanden, Fortfahren mit Patrouille.« Riensch ließ die Sprechtaste los, ehe sie diese noch einmal betätigte und ergänzte: »Passt auf euch auf, Jungs.«

Marten seufzte, lehnte sich in seinem Ledersitz zurück. Der Helm auf seinem Kopf passte so gerade eben zwischen die beiden Seitenstücke der Kopflehne. Er ließ die MP7 am Gurt baumeln, seufzte erneut. Sein GTK Boxer, die Nummer 39 prangte mittels falben Klebestreifen auf der Außenpanzerung, bildete das Führungsfahrzeug der kleinen Kolonne. Gleichmäßig rumpelte das Fahrzeug bei niedriger Geschwindigkeit. Er herrschte eine Waldesruhe im Innenraum.

»Auftrag abgeschlossen«, flüsterte Härti und verkniff sich ein Lächeln. Der Meldepunkt 14 befand sich auf der Rollbahn südlich des jemenitischen Dorfes Mareah, das nicht mehr als ein Trümmerfeld war, verschluckt, zermalmt und wieder ausgespuckt vom Krieg, der seit Jahren im Jemen wütete.

Marten erwiderte nichts auf Härtis Kommentar hin, sondern verzog die Mundwinkel zu einer seltsam anmutenden Grimasse. Er konnte das Wort »Auftrag« gar nicht in genügend Anführungszeichen setzen, um dem sinnbefreiten Abzirkeln von Wegpunkten gerecht zu werden, mit dem seine Einheit seit ihrer Ankunft tagtäglich beschäftigt war. Von Frankfurt aus waren sie keinen Tag nach der Vernichtung des letzten Tripods aufgebrochen, waren per Bus zum Flughafen Köln/Bonn gefahren und von dort aus mit Sack und Pack in den Jemen geflogen.

»Du grübelst schon wieder zu viel«, versetzte Härti, nachdem er eine Zeit lang in Martens Zügen geforscht hatte. »Sei froh, dass wir was zu tun haben! Stell dir vor, wir würden den ganzen Tag über im Lager herumgammeln. Da lob ich es mir, dass uns das Statut der Forces das verbietet.«

»Ja, genau …« Zynisch.

»Komm schon, Prof. Hauptsache, wir kommen ein bisschen herum, dürfen unsere Autos ausfahren. Ist doch egal, ob unsere Patrouillen Sinn machen oder nicht.«

»Sinn ergeben«, warf André Müller ein, einer von Härtis Männern.

»Was?«

»Es heißt: Sinn ergeben. Sinn machen ist ganz schreckliches Gossendeutsch.«

»Hey, André.«

»Ja, mon Sergent-chef?«

»Wo ist denn der Bus?«

»Was für ein Bus?«

»Der Bus mit den Leuten, die das interessiert.«

Marten regte sich innerlich über das Gebaren seiner Soldaten auf. Äußerlich wahrte er die Fassade des unbewegten Zugführers, doch öffnete er schließlich den Mund und wies seine Männer scharf zurecht: »Könnt ihr nicht mal für eine Stunde ernst bleiben? Für eine Stunde nur?« Marten bedachte seine Soldaten mit vorwurfsvollen Blicken. »Einfach mal für eine Stunde die Fresse halten und so tun, als wärt ihr Profis! Mann, Mann, Mann, immer diese Kinderkacke!« Marten verschränkte die Arme, schüttelte demonstrativ den Kopf.

»Alles okay?«, fragte Fahrzeugführerin und Sergent Kathrin Geier von vorne.

»Guck einfach auf die Straße, Kati!«, entgegnete Marten harsch. Und leitete damit eine Phase betretenen Schweigens ein.

Für Lieutenant Rick Marten lag einiges im Argen. Marsianer in Frankfurt! Marsianer in Macau! Lisa! Und sie fuhren in der gottverdammten Wüste des Jemen im Kreis! Mehr noch, waren mittlerweile sogar die Hornets in Dhamar eingetroffen.

Großbritannien hatte aus den Rückständen der ersten Marsianerinvasion insgesamt 28 der aufsehenerregenden Hitzestrahlpanzer mit Namen Mark Red fabriziert. Vier von ihnen waren 1993, vier weitere 1999 an die Forces überstellt worden und dienten seither im sogenannten Hornet-Regiment, das aus zwei Panzerkompanien und einer Unterstützungseinheit bestand. Général Sakurai hatte das gesamte Regiment in den Jemen beordert. Er allein wusste, wieso.

Marten rückte sich sein Funkgerät zurecht, ignorierte alle Tugenden der Funkbetriebssprache und sagte: »Leonie?«

»Ja?«

»Gibt es was Neues aus Asien?«

»Nein. Keine Sorge, ich hätte mich sonst gemeldet.«

»Alles wie gehabt?«

»Ja. Alle sechs Tripods sind down. Chinesische Soldaten haben die Kuppel eingenommen.«

Marten traf ein Geistesblitz.

»Kannst du mal googlen, ob du irgendwelche Berichte über Mini-Tripods in und um Macau findest?«

»Klaro. Sobald der Alte mal nicht guckt, setze ich mich dran.«

»Danke.«

»Nicht dafür.«

Marten schloss die Augen, die Vibrationen der Fahrt drohten ihn in den Schlaf zu wiegen. Die Geräusche um ihn herum verschwammen, wurden dumpf und entfernten sich. Einen Wimpernschlag lang glaubte er, in eine tiefe

Grube zu stürzen. Er schreckte hoch. Verstohlen sah er sich um, schaute in die Gesichter der ihm gegenübersitzenden Soldaten. Härti war mit seinem Handschuh beschäftigt, Babo summte Katy-Perry-Lieder.

»Schröder?«, sprach Marten in die Bordsprechanlage, um sich abzulenken – und wach zu halten. »Wie ist die Lage?«

Der Berliner hockte vorne im Fahrzeugmodul hinter seiner Waffenstation. Eine Hand am Joystick, schwenkte er den Geschützturm des Boxer hin und her und observierte die Gegend via Bildschirm.

»Ruhig«, gab er zurück. »Über Mareah stehen dichte Rauchschwaden und der Straßenrand ist gespickt mit ganz armen Seelen, die aussehen, als wären sie durch die Hölle gegangen. Aber keinerlei verdächtige Personen.«

»Das sind Jemeniten«, erklärte Härti feixend. »Die müssen so aussehen.«

Marten entglitten die Gesichtszüge. »Hier unten herrscht Krieg, Patrick!«, zischelte er. Härti wusste, dass es ernst war, wenn sein Zugführer ihn beim Vornamen nannte. »Und das da draußen sind die ärmsten Schweine überhaupt! Die Saudis zerbomben sie, sie haben nichts zu essen, werden hin und her gescheucht zwischen x Kriegsparteien und die internationale Gemeinschaft interessiert sich einen Dreck für sie, hat nur Augen für Syrien!«

»Ey, ich brauche keine Geschichtsstunde.« Härti hob abwehrend die Hände. Marten hingegen schüttelte abermals den Kopf, sprang auf und lockerte seinen Helmriemen.

»Ich muss hier raus!«, stöhnte er mit zusammengebissenen Zähnen. Mit einem Satz war er unter der Kommandantenluke, die er sogleich öffnete. Erst observierte er über die Winkelspiegel die Umgebung, dann streckte er seinen Oberkörper hoch und klappte die Wetterschutzscheibe auf.

Die Außentemperatur war brutal. Aus dem klimatisierten Innenraum kommend, schlug ihm die Hitze entgegen, als würde ihm jemand ein brühwarmes Kissen ins Gesicht drücken. Die Luft war trocken und geschwängert mit Staubpartikeln. Eine Note von Feuer lag darin, vermischte sich mit dem Gestank von Schmierfetten und Diesel.

Der Motor des Boxer brummte gleichmäßig. Marten drehte sich nach hinten um, sah die anderen beiden Fahrzeuge seines Zugs. Im Abstand von 25 Metern zueinander befuhren sie die Rollbahn auf ihrem Weg zurück zum Camp bei Dhamar.

Das No. 18 Joint Special Mechanized Regiment befand sich geschlossen im Jemen, aufgeteilt auf zwei Basen. Das I. Bataillon residierte bei Dhamar, dem einstigen kulturellen Zentrum des Landes, das die Saudis mit endlosen Bombardements eingeebnet hatten. Der Krieg im Jemen spielte sich unterhalb des Radars der internationalen Gemeinschaft ab, die Menschen hier litten und starben leise. Das ganze Land versank in einem Inferno, entfacht durch die zahlreichen Konfliktparteien: der sogenannte Golf-Kooperationsrat mit freundlicher Unterstützung der westlichen Luftwaffen gegen diverse Rebellengruppierungen gegen den jemenitischen Staat gegen Al-Qaida gegen den Islamischen Staat gegen verdeckte iranische Kräfte. Und irgendwo dazwischen kämpften Millionen Jemeniten ums Überleben, versuchten, ihre Existenz zu erhalten zwischen fallenden Bomben und waffenstarrenden Milizen.

Auch an diesem Tag, auf dieser Patrouille, wurde Marten mit Bildern des Schreckens konfrontiert. Auch die heutigen Eindrücke würden ihn so schnell nicht mehr loslassen, das wusste er: Dreckverkrustete, ausgemergelte Gestalten bevölkerten den Straßenrand. Weite, durchlöcherte, versengte Gewänder und Kopftücher verbargen nicht, dass die Menschen, die in langen Trecks gen Dhamar wandelten, nicht mehr als Haut und Knochen waren. Ihre Gesichter waren maskenhaft, scharf zeichneten sich die Wangenknochen unter der Haut ab. Einige trugen schreiende Kinder auf dem Rücken oder zogen diese in Karren hinter sich her. Manch ein dem Zusammenbruch nahe Stehender torkelte, setzte wankend einen Fuß vor den anderen. Hohläugig mieden sie den Blick der Forces-Soldaten, die blauen UN-Logos auf den Radpanzern hatten keinerlei Bedeutung für sie. Im Hintergrund, vor der Kulisse des Ruinendorfs Mareah, irrlichterten zerlumpte Geschöpfe auf zerbombten Feldern umher. Der Anblick drehte Marten den Magen um.

Einschläge grollten dumpf in der Ferne. Zwei Kampfjets zogen mit ohrenbetäubendem Sound über Mareah hinweg, sie verschwanden so rasch, wie sie gekommen waren.

Die Forces-Kolonne erreichte einen Checkpoint der Saudis. Grimmige, schwer bewaffnete Soldaten bedachten die passierende Zivilbevölkerung mit Blicken, die unzweideutig ihr Selbstverständnis der Überlegenheit zum Ausdruck brachten. Marten hingegen würdigten sie keines Blickes.

Die Fahrt ging weiter, mit 30 Stundenkilometern krochen die drei GTK Boxer auf Dhamar zu.

Der Flüchtlingstreck erschien endlos in beide Fahrtrichtungen. Sein Anblick brach Marten das Herz. Er war nicht Soldat geworden, um machtlos einem Volk bei dessen qualvollem Niedergang zuzuschauen. Er war Soldat geworden, um genau dies zu verhindern, doch den Forces-Kräften war es strikt verboten, sich in die »örtlichen Angelegenheiten« einzumischen, wie es Général Sakurai in einem Tagesbefehl formuliert hatte. Jeder Kontakt mit der Zivilbevölkerung war untersagt, zu groß war die Gefahr von Suicide-Bombern. Und es war – so furchtbar sich das anhören mochte – letztlich nicht ihre Aufgabe, die zerbombten Jemeniten zu versorgen. Die Aufgabe der Forces hier im Jemen war … ja, was eigentlich?

Ein schreckliches, herzzerreißendes Geschrei erklang, das sich wie ein Bohrkopf durch den Lärm drillte, in Martens Gehörgänge eindrang und sich dort unweigerlich festsetzte. Der Lieutenant suchte die Geräuschquelle, fand sie und erschrak.

Ein Kleinkind, vielleicht drei Jahre alt, kauerte im Staub neben dem reglosen Körper eines Erwachsenen. Es schrie und weinte ganz bitterlich, sah dabei an den Gestalten hoch, die an ihm vorbeitaumelten, ohne Notiz von ihm zu nehmen. Nach Jahren im Krieg waren die Menschen zu abgestumpft, um sich noch für Einzelschicksale zu erweichen. Das Kind saß in der prallen Mittagssonne, seine Lippen waren aufgesprungen und blutig, die Tränen zeichneten weiße Bahnen in das schmutzige Gesicht. Sein Bauch war gebläht, Ärmchen und Beinchen dünn wie Zahnstocher. Es sah aus wie eine deformierte Puppe, nur dass es keine Puppe war, sondern ein vergessenes, einsames Menschlein, dessen Leben zu Ende zu gehen drohte, ehe es richtig begonnen hatte.

Marten sorgte dafür, dass sein Radpanzer stoppte.

»Delta One an Kilo 41 und 42. Beobachtungshalt einlegen. Jetzt!«

Die beiden anderen Boxer hielten ebenfalls und stellten sich quer. Die Luken sprangen auf, mit G36 und MP7 bewaffnete Soldaten zeigten sich. Hinter Marten streckten Härti und Babo ihren Oberkörper aus dem Fahrzeug.

»Was ist los?«, wollte der Gruppenführer wissen, doch Marten ignorierte ihn. Er tauchte stattdessen in den Bauch des Radpanzers ab.

»Ich habe Control für dich in der Leitung«, eröffnete ihm Geier mit fragendem Blick. Marten grummelte etwas Unverständliches in seinen Bart hinein, dann schaltete er die Frequenz des eigenen Funkgeräts um.

»Ja?«

»Hier Control. Delta One, wie ist Ihr Status?« Das war nicht Riensch. Es war Stearn.

»Legen Beobachtungshalt circa vier Meilen vor Dhamar ein.«

»Hier Control. Beobachtungshalte sind nicht vorgesehen. Setzen Sie Marsch fort.«

Marten schloss für eine Sekunde die Augen, massierte den Nasenrücken. In seinem Geist lebte das Bild des im Staub vergessenen, schreienden Kindes.

»Hier Delta One«, begann er langsam und deutlich, während er eine Decke aus einem Staufach zupfte. »Wir haben hier ein alleingelassenes Kleinkind, das dringend medizinischer Versorgung bedarf. Ich werde es aufnehmen, nach Dhamar mitführen und es dort an Save the Children übergeben.«

»Das werden Sie nicht tun«, polterte Stearn ohne Unterlass. »Ich muss Sie ja wohl nicht an die geltenden Befehle erinnern?«

Marten ließ die Rampe öffnen, diese senkte sich sachte ab, gab Stück für Stück den Blick auf das trostlose Land und den ellenlangen Flüchtlingstreck preis.

»Wir sollen ein Kind seinem Schicksal überlassen?«, giftete Marten. »Sorry, Capitaine, nicht mit mir!«

»Delta One, verdammte Axt! Das ist nicht unsere Aufgabe!«

»Das ist ja das Problem! Es ist niemandes Aufgabe!«

Marten bedeutete seinen Soldaten, ihm den Rücken freizuhalten, dann schritt er nach draußen, gerüstet mit Decke und Wasserflasche.

»Ich warne Sie, Delta One!« Stearns Tonfall machte deutlich, dass er keine leere Drohung aussprach. »Denken Sie an Frankfurt, Sie sind noch immer auf Bewährung!«

»Kommen Sie, Mann!«, echauffierte sich Marten, während er den Boxer hinter sich ließ und auf das verlorene Kind zuschritt. »Wir sind die Exekutive der Vereinten Nationen. Und wir sollen ein Kind sterben lassen?«

Stearn beantwortete die Frage nicht, wütete stattdessen: »Lieutenant, hören Sie mir zu! Wenn Sie meinen Befehl missachten, verlieren Sie alles! Noch einmal lasse ich Ihnen das nicht durchgehen!«

Marten stockte, starrte auf das weinende Knochengerippe im Staub, das kaum mehr als Mensch zu erkennen war.

»Setzten Sie asap ihren Marsch fort!« verlangte Stearn. Der Lautsprecher übersteuerte dabei.

Marten biss sich auf die Zunge, innerlich fiel er in sich zusammen. Mit hängenden Schultern bewegte er sich auf den Flüchtlingstreck zu, zog eine kräftig aussehende Frau heraus, drückte ihr die Decke und das Wasser in die Hand und zerrte sie mit sich zu dem Kind. Ohne ein Wort zu sagen, wies er auf es. Die Frau erschrak, als wäre sie gerade aus einem langen Winterschlaf erwacht. Mit feuchten Augen nahm sie sich des Kindes an, beklagte dabei lautstark und in einer Sprache, die Marten nicht verstand, das Schicksal ihres Volkes. Der Lieutenant beobachtete die Szene noch einen Augenblick lang, sah, wie liebevoll die Frau das Kind umsorgte, dessen Streichholzärmchen sich ihr entgegenstreckten. Er kehrte in sein Fahrzeug zurück und schloss die Rampe.

»Delta One an Control. Wir setzen den Marsch fort.«

Marten seufzte und zückte sein Kindle-Lesegerät.

# IV. Existentia als niedere Kreatur

Die Niederlage unserer Batterie gegen die Marsianer wog schwer, doch waren der verehrte Leutnant Isaac Donavan und ich, Charles Wing, nicht in den heiligen Offiziersstand der Britischen Armee getreten, um uns beim ersten Anzeichen von ernsthaftem Widerstand entmutigen zu lassen. In dem Moment, in dem das dreibeinige Ungeheuer unseres Gegners stampfend von dannen zog und dessen kesselförmiger Kopf aus unserem Sichtfeld verschwand, war uns beiden bewusst, dass die Existenz unseres schönen Empires auf dem Spiel stand. Der Marsmann hatte uns herausgefordert, und gleichwohl er unsere Batterie ausgelöscht und uns verwundet hatte, hatte er unseren Kampfesmut nicht zu brechen vermocht. Donavan und ich schworen einander, nicht eher zu ruhen, bis dass die letzte dieser Kreaturen vom Antlitz Englands getilgt sein würde. Wohl hatten wir Mühe, das Gemüte des Kutschers Blomqvist abzukühlen. Die Pferde waren mit dem jungen Mann durchgegangen, Angst um sein Leben hielt ihn im Würgegriff. Nach einer Aussprache und einem scharf vorgebrachten Hinweis auf seine Dienstpflichten als Soldat der Krone vermochten wir ihn letztlich zu zügeln.

Der Zustand des Gemeinen Richard Sterns war besorgniserregend. Eine Eiseskälte strich mittlerweile durch die Landen Surreys und über die Sanddünen von Horsell, sie vertrieb die drückende Schwüle, die sich trotz des Niederschlages bisher gehalten hatte. Der Regen gewann an Intensität und erstickte bald die Flammen, die zu allen Seiten das Gehölz zerstörten. Er vertrieb auch den scharfen, harzigen Feuergeruch, der die Luft verhing. Rasch verwandelte sich der lohende Höllenpfuhl, in den der Hitzestrahl die schöne Heidelandschaft Surreys verwandelt hatte, in einen dampfenden, glühenden und zischenden Nachtmahr. Wohl war der kalte Regen wie Balsam auf meiner verbrühten Haut, auch spürte ich für den Augenblick nichts von meinen anderen Wunden. Gleiches galt für Donavan, sodass wir uns gänzlich auf die vor uns liegende Aufgabe konzentrierten: Wir suchten vorneweg die Stellungen der 24 Feldbatterie noch einmal gründlich auf weitere Überlebende ab, doch fanden wir nur bis zur Unkenntlichkeit verbrannte Leichen, die im Platzregen glänzten. (Wie gesagt verpassten wir die Überlebenden von Evans Geschützgruppe, diese flohen nach dem Süden und sollten sich einem Yeomanry-Verband anschließen.) Leutnant Donavan und ich sahen es sodann als unsere Aufgabe an, den Verwundeten Stern in die Obhut eines Arztes zu übergeben. Ferner gelobten wir, Fühlung zur kämpfenden Truppe aufzunehmen.

Die Dunkelheit überraschte uns, düstere Wolken zogen, aus dem Nordwesten kommend, über unseren Kopf hinweg, sie waren Vorboten eines heftigen Gewittersturms. Kurze Zeit später – noch vor Mitternacht – sollte der Sturm auch H. G. Wells behelligen. Er befand sich laut seiner Schrift zu diesem Zeitpunkt in Leatherhead, von wo aus er in der Nacht wieder in Richtung Horsell aufbrechen sollte.

Der Regen steigerte sich weiter, bald war uns, als kippte der Herrgott persönlich Wasser aus großen Kesseln über uns aus. Wir waren durchnässt bis auf die Knochen und froren ganz bitterlich. Um uns herum war es stockduster, einzig Blitze, die vom Firmament herabfuhren, erhellten für kurze Momente die Landschaft. Wir vermochten damals den natürlichen Donner des Unwetters vom Kanonendonner der ums Überleben ringenden Batterien nicht zu unterscheiden, wohl aber erblickten wir von Zeit zu Zeit ein grünliches Flackern in den Wolken. Im Südosten stieg ein blutroter Schein zum Himmel auf, es waren dies durch den Hitzestrahl verursachte Brände, die Woking erfasst hatten und trotz des Niederschlages wüteten. (Wells sieht jenen Feuerschein sogar von Ockham aus, so berichtet er!)

Sterns Zustand verschlechterte sich. Der junge Mann befand sich im Delirium, er spuckte Blut und hustete stark. Jeder Atemzug war von einem rasselnden Geräusch begleitet, das im Aufschlagen des Platzregens unterging. Erfolglos versuchten wir ihn mit Decken und Mänteln vor der Witterung zu schützen, doch alles, was wir fanden, triefte bereits vor Nässe oder wurde binnen Sekunden nass geregnet. So entschied ich, den Verwundeten in den niedergebrannten Forst zu verbringen, in der Hoffnung, dort Schutz vor dem Unwetter zu finden.

Blomqvist und Donavan schleppten Stern ins abgefackelte Gehölz, das nunmehr einem Aschefeld glich. Der Regen verwandelte dies binnen kürzester Zeit in ein schwarzes Schlammbecken. Wir standen knöcheltief im Schlick, doch fanden wir Schutz unter zwei abgeknickten, alten Fichten. Diese hatten beim Herabstürzen einen natürlichen Unterstand unter ihren Stämmen gebildet, in dem wir eiligst unterzogen. Wasser troff von den Stämmen und die feuchte Luft verhinderte allgemein, dass wir uns hätten trocknen können, doch zumindest waren wir nicht mehr unmittelbar dem zermürbenden Prasseln ausgesetzt. Sterns Atmung war flach. Wir versorgten ihn im Rahmen unserer Möglichkeiten.

Bedächtigkeit ergriff Besitz von uns. Wir kauerten in unserem Versteck wie niedere Tiere, die sich vor Fressfeinden fürchteten. Und schwiegen. Ein jeder hing seinen eigenen Gedanken nach. Meine kreisten unweigerlich um die fremden Aggressoren, die dergestalt plötzlich und ohne vorausgehende Erklärung unserem friedliebenden England den Krieg gebracht hatten. Mein Urvertrauen in die Stärke des britischen Empires war ungebrochen, doch stahlen sich leise Zweifel in mein Unterbewusstsein. Genügte jene Stärke, der außerweltlichen Attacke zu begegnen? Waren unsere Truppen diesem Gegner gewachsen? Mir blieb nichts weiter übrig, als darauf zu vertrauen, dass, waren alle Verbände erst einmal mobilisiert, wir die Angreifer mit vereinten Kräften schlagen würden. Der Wunsch, meine Fähigkeiten als Offizier einer anderen kämpfenden Einheit zur Verfügung zu stellen, steigerte sich in mir und die Stunden des Harrens in unserem Unterschlupf gereichten zur Qual.

Bald ebbte das Gewitter ab. Ich überlegte bereits, ob der Regen sich ausreichend abgeschwächt hatte, um den Versuch zu unternehmen, Stern nach Woking zu überführen. Gleichwohl bangte ich, dass die zu Teilen in Flammen stehende Stadt längst leer gefegt sein würde und wir den Verwundeten noch viel weiter würden tragen müssen. Dies zerstörte in mir die Aussicht auf einen baldigen Anschluss an die kämpfende Truppe. Zu jenem Zeitpunkt ließ uns ein Geräusch aufhorchen. Wir blickten einander in die Gesichter, die in der Düsternis schimmerten.

Es begab sich, dass sich unser Unterschlupf unweit des Kraters befand, den der erste Zylinder bei seinem Einschlag gerissen hatte. Der Zylinder selbst war verschwunden, wir wissen heute, dass die Marsianer ihn zerlegt und aus ihm die gepanzerte Kuppe geschmiedet hatten. Das Geräusch aber, das wir vernommen hatten, war unweigerlich dem Krater entsprungen, der als dunkles Loch im grauen Heideland klaffte. Vorsichtig reckten wir den Kopf, als wir fürchterlich erschraken. Der markerschütternde Ruf des Marsmannes dröhnte aus der Grube und nur einen Wimpernschlag später erhob sich eine weitere dreibeinige Kampfmaschine. Sie stapfte mit der Leichtigkeit eines lebenden Wesens über den Rand des Kraters hinweg. Ihr Kesselkörper glitzerte in der Nässe des nunmehr schwach gewordenen Nieselregens. Vor dem Hintergrund des feurigen Flackerscheins, verborgen in der Dunkelheit der Nacht, changierten die Flammen entfernter Brandherde auf der Oberfläche der Maschine. Das Licht brach sich auf gar sonderbare Weise darauf, es gab eine seltsame Struktur preis, die mir von keinem irdischen Metall bekannt ist. Natürlich packte den Leutnant Donavan und mich alsgleich der Kampfeswille. Sorgfältig erwogen wir, wie dem dreibeinigen Marsmann beizukommen war. Da begab es sich, dass ein weiterer Dreifüßer der Grube entstieg, die Heide niedertrampelte und abrupt innehielt. Wir waren sehr nah dran, konnten das Rasseln ihrer vielgliedrigen Beine vernehmen, hörten ein Zischen, als ihre Arme umherwirbelten. Beide Maschinen führten einen Behälter mit sich gleich jenem, aus dem der Hitzestrahl gefahren war. Beide Maschinen waren überdies mit einer Art Zwinger ausgestattet, der hinter dem Körper angebracht war.

Keine Sekunde zögerten Donavan und ich, trotz unserer Wunden und unserer offensichtlichen Unterlegenheit den Kampf mit den Maschinen zu suchen. Wir prüften unsere Revolver und wiesen Blomqvist an, sich ein funktionstüchtiges Gewehr zu suchen. Wir wussten, wir würden die Hülle der Maschinen mit unseren Waffen nicht durchdringen, also hielt ich Ausschau nach sichtbaren Öffnungen. Zumindest Sehschlitze für den Maschinenbediener musste es geben, so dachte ich damals.

Ein zweiter Ruf des Marsmannes brandete auf, sein Schall fuhr über uns hinweg, ließ uns ganz automatisch zittern, nicht vor Angst, aber doch vor

Ehrfurcht ob ihrer mächtigen Maschinen. Wir hatten unsere Waffen schon vorgebracht, doch hielten wir inne und ich verbot, das Feuer zu eröffnen.

Kritiker werden an dieser Stelle versuchen, meine Integrität und Untadeligkeit als britischer Offizier der Krone herabzumindern, indem sie mir vorwerfen, nicht gleich den offenen Kampf gesucht zu haben, obwohl wir von unserer Position aus einen vorzüglichen Feuerüberfall hätten führen können. Verehrte Leser, lassen Sie sich zur Mitteilung geben, dass mir nichts mehr unter den Nägeln brannte, als die fremden Wesen, die unser aller Heimat derart schändlich verwüstet haben, mit allen mir zur Verfügung stehenden Mitteln zu bekämpfen. In dieser ganz speziellen Situation allerdings entschloss ich mich dazu, uns dem Feind nicht zu offenbaren, sondern unser Versteck zu nutzen, um den Gegner zu beobachten. Die auf diese Weise gewonnenen Erkenntnisse mochten sehr wertvoll für die spätere Kriegsführung sein.

So beugte ich mich vor und versuchte zu begreifen, was auf dem verbrannten Heideland vor sich ging. Der Mondschein und die blutrote Erscheinung am Himmelszelt warfen ausreichend Licht auf die Szenerie, sodass ich zumindest erahnen konnte, was sich zutrug. Die beiden Dreifüßer harrten in völligem Stillstand abseits des Kraters. Aus diesem schoben sich nun ballartige Gebilde, im schwachen Licht hoben sie sich kaum vom grauen Hintergrund ab. Es waren die Marsianer, leibhaftig, drei von ihnen zählten wir.

Der Körperbau der Marsmenschen spricht allen irdischen Ergebnissen der Evolution Hohn, er ist nicht viel mehr als ein Ball aus Fleisch von einem Durchmesser, den ich damals auf vier Fuß schätzte. Ihr Antlitz ist gekennzeichnet durch zwei große Augen und einen Schnabel. Die Rückseite des Körpers ist mit einem muschellosen, großen Ohr versehen.

Der Aufbau jener Geschöpfe lässt auf zwei verschiedene Theorien schließen, um die in der Biologie seither erbittert gerungen wird. Die eine Fraktion vertritt den Standpunkt, der auf die Funktion des denkenden Kopfes reduzierte Körperbau lasse auf eine Evolutionsstufe schließen, die der Mensch erst in vielen Hunderttausend Jahren erreichen werde. Die Marsianer seien in einen Zustand größtmöglicher Geistigkeit eingetreten, was alle Extremitäten überflüssig mache und weshalb diese im Laufe der Zeit verkümmert seien. Nicht mehr als zu Büschel zusammengefasste Fühler seien von ihnen noch übrig, der wohlbekannte Verfechter der »Evolutionsgipfeltheorie«, Professor Anthony Howes, bezeichnet sie als »Hände«.

Die zweite Fraktion ist der Ansicht, die Marsianer seien in ihrem Habitat die einzigen Lebewesen und so habe es für sie nie die Notwendigkeit gegeben, Extremitäten zur raschen Fortbewegung oder für den körperlichen Kampf auszubilden. Es ist umstritten, ob sich ein Organismus ganz ohne andere Geschöpfe und Konkurrenten entwickeln und überleben kann. Blicken wir auf unsere schöne Erde, so machen wir doch die Entdeckung, dass die Wesen, seien es Pflanzen, Wirbellose oder Säuger, einander brauchen. Der Tiger mag noch so kräftig sein, ohne die Hirschkuh, die er reißt, geht er ein. Auch die

Nahrung des Menschen besteht einzig aus biologischer Masse, sprich aus Organismen, und wäre diese nicht vorhanden, wir müssten uns voneinander ernähren und würden als Spezies wohl binnen einer Generation verschwinden. Gegen diese zweite Theorie spricht, dass die Marsmenschen andere, auf unbekannte Art konservierte Wesen mit sich auf die Erde brachten, von denen man erst annahm, es handle sich um bis zur Unkenntlichkeit gefolterte Menschen. Dies kann nunmehr entkräftet werden, doch ist uns der Grund für das Mitführen verstorbener Geschöpfe bisher unbekannt. Wohl hat die Wissenschaft jüngst Wells' Behauptung falsifiziert, menschliches Blut diene den Marsmännern als Nahrungsquell, was nunmehr die mitgeführten Körper in den Fokus der Debatte rückt. Was Wells jedenfalls damals von seinem Versteck aus beobachtet haben will, erschließt sich mir nicht, mein Brief an ihn ist wie gesagt unbeantwortet geblieben und seine Beschreibung im Buch mehr als ungenau.

Doch wollen wir zurückkehren zu den Ereignissen jenes Junis 1901. Während der ehrbare Richard Stern in unstete Schnappatmung verfiel und sich sein Oberleib bäumte – Blomqvist versuchte auf liebevolle Art, ihn zu beruhigen –, beobachteten Donavan und ich unablässig den Feind. Dieser schaffte nun eine seiner »Werkzeugkisten« aus der Grube: krabbenartige Maschinen, die allerhand Arbeiten zu erledigen vermögen und quasi die fehlenden Arme und Beine des Marsmannes ersetzen. Sosehr ich auch an H. G. Wells' Schrift herummäkle, muss ich ihn doch für die sehr akkurate Beschreibung jener Werkzeugkisten loben, eine weitere umfassende Beschreibung findet sich bei Beckham/""Hill/""Lycett.

Ich entschied, dass wir ausreichend Informationen gesammelt hatten und es Zeit wurde, den Kampf zu suchen. Von unserer Position aus konnte es uns gelingen, zwei der leibhaftigen Marsianer zu erledigen, ehe der Gegner uns zum Ausweichen zwingen würde. Donavan und ich trafen flüsternd unsere Absprachen. Donavan griff nach dem Gewehr, dass der Gemeine Blomqvist aufgespürt hatte. Dieser war im Augenblick mit der Versorgung Sterns ausgelastet. Der Leutnant legte auf einen der Marsianer an, der seinen massigen Körper träge über die Heide schleifte. Ich selbst zielte auf den zweiten Marsmann, gleichwohl die Chancen mit dem Revolver auf die Entfernung und bei den Lichtverhältnissen als gering eingeschätzt werden mussten. Wir aber waren dennoch bereit, unsere Pflicht als Soldaten zu erfüllen und notfalls für unsere Heimat zu sterben. Wir zweifelten keinen Augenblick an unserer heiligen Mission. Just in dem Moment, in dem wir zu feuern gedachten, setzten sich die beiden Dreifüßer in Bewegung und stapften direkt auf uns zu. Wir erschraken ganz fürchterlich. Die schiere Größe der Maschinen wurde uns erst jetzt vollends bewusst, wo sie in schneller werdendem Schritt auf uns zuhielten. Ganz deutlich war der grünliche Dampf zu erkennen, der aus den Gelenken ihrer Beine entwich. Uns war, als wandelten riesige Dampfmaschinenanlagen aus den Fabriken Londons auf uns zu, kraftstrotzend traten die Füße auf, drückten das mit Asche bedeckte Land ein. Nun wusste ich, wie sich die Wilden Amerikas fühlen müssen, wenn sie zum ersten Mal eine Lokomotive aus Stahl und Eisen erblicken.

Donavan und ich und auch der Gemeine Blomqvist kauerten uns unter den Stämmen zusammen. Wir erkannten nun, da die Dreifüßer nahten, dass uns doch jede Möglichkeit zur Flucht nach einem Feuerüberfall auf die leibhaftigen Marsianer verlegt war, und so entschied ich mich gegen den Angriff – nicht aus Feigheit, dies will ich betonen, sondern aus der Überlegung heraus, dass das Heranzüchten zweier tüchtiger Offiziere das Vereinigte Königreich viele Tausend Pfund Sterling kostet und das unser beider Tod eine Verschwendung unserer Fähigkeiten bedeutet, nur um zwei Marsianer zu erledigen, die, der Logik des Verteilungsprinzips von Dienstgraden in irdischen Streitkräften folgend, mit höherer Wahrscheinlichkeit Subalterne waren statt ihrerseits Offiziere.

So duckten wir uns zusammen, so weit uns dies möglich war. Für den Augenblick vergaß ich meinen nassen Waffenrock, der ganz ekelhaft auf meiner Haut klebte und meinen Körper auszukühlen drohte. Der mächtige Fuß eines Dreibeiners traf direkt neben uns auf die Erde auf, er zerdrückte Fichtenstämme, als wären es Streichhölzer. Ein fürchterliches Knacken erklang, Splitter schossen fort. Sie prasselten auch auf unser Versteck ein. Der mächtige Dreibeiner schritt über uns hinweg, der Hitzestrahlbehälter schwang bedrohlich hin und her. Zitternd vor Kälte waren wir dazu verdammt, zu hoffen und zu beten, dass uns die übermächtige Maschine nicht erblicken würde. Wir waren wie Gewürm angesichts der fortschrittlichen Marsmannmaschine und wären ihm wohl auch als nicht mehr erschienen, hätte er uns entdeckt. Unser ehrbares Leben als Offiziere der Krone wurde in diesem Augenblick herabgewürdigt auf die Existentia niederer Kreaturen. Wir waren die Ameise und der Marsianer der Stiefel. O wehe ihm, wenn wir erst wieder in den Besitz einer Kanone kommen würden! So aber, mit nicht mehr bewaffnet als meinem Revolver, spürte ich die Unterlegenheit. Es war ein ganz und gar schreckliches Gefühl, ein Gefühl, das in jenen Tagen des Krieges viele Tausend Landsleute mit mir teilten; ein Gefühl, das einem stolzen Engländer bis dato fremd gewesen war und das darum wie ein Wolkenbruch über uns hereinbrach und unser Innerstes erschütterte. Üblicherweise waren wir die Eroberer, waren wir die Hochkultur, die die Unzivilisierten in ihre Schranken wies. Während des Marsmannkrieges aber herrschten umgekehrte Verhältnisse und wir sehnten uns nach den Waffen und Möglichkeiten, die unserem Feind vorbehalten waren.

# V. Walther Desmond

»Mister Desmond, wie geht es Ihnen?«, wurde Walther Desmond von dem Kollegen aus der Rechnungsabteilung mit überschwänglichem Handschlag begrüßt.

»Gut. Ihnen?«

»Am besten gut, was?« Richter lachte schallend und klopfte sich auf den Oberschenkel, ehe er sich zurück auf seinen Schreibtischstuhl fallen ließ und Desmond einen Platz anbot. Der hatte da schon entschieden, dass er Richter nicht leiden konnte. Zögerlich setzte er sich.

»Aber seitdem die Fleischbälle hier sind, geht's ab wie ein Zäpfchen, was? Da tanzt der Papst im Kettenhemd! Klärchen, Bärchen?«

Desmond fing an, Richter offen zu hassen.

»Juti … oder auch nicht juti. Der alte Däne hat mich bereits informiert. Lassen Sie mich eben das Rechnungsführungsprogramm starten und dann geht es auch gleich ans Eingemachte. Sie verstehen?« Richter zog in freudiger Erwartung auf Desmonds Antwort beide Augenbrauen nach oben. Diese aber blieb aus.

»Tee, mein Freund und Kupferstecher?« Richter wies auf mannigfaltige Teesorten in Beuteln, die in einer Schüssel lagerten.

»Warum nicht?«, seufzte Desmond.

»Warum doch?« Richter blickte Desmond erwartungsschwer an. »Ah – ah – ah – ah – ah – ah«, machte er, was wohl ebenfalls eine Form des Lachens darstellen sollte. »Kleines Späßchen unter Kollegen, nicht?«

Desmond starrte seinen Kollegen ganz perplex an. Er vermochte mit dessen ausgeprägter Extraversion nicht umzugehen.

»Mensch, Sie sind aber auch noch nicht wach!«, beschwerte sich Richter. Er grapschte nach einer Eisenkanne, schob Desmond eine Tasse zu und goss ihm heißes Wasser ein. Der nutzte die Gelegenheit und schaute sich in dem kleinen Büro um. Er hatte mit der Rechnungsabteilung nie zuvor zu tun gehabt.

Die beiden Fensterbänke waren zugestellt mit kleinen und größeren Zimmerpflanzen, die einen grünen, buschigen Wall vor den Scheiben bildeten und den Raum beinahe gänzlich vom Tageslicht abschnitten. Hinter Richter rankte sich eine Zimmerpalme in die Höhe, deren große Blätter einen Fächer über dem Computer aufspannten. Desmond kam sich vor wie in einem Urwald. Er tauchte einen Teebeutel in seine Tasse, der leicht säuerliche Duft von Früchten stieg daraus empor, begleitet von Wasserdampf.

»Haben Sie Zucker?«

»Ähem … klar. Klar. Sorry, musste erst überlegen.« Richter schlug sich mit der flachen Hand vor die Stirn, lachte. Desmond wusste nicht, worüber.

»Ich selbst trinke den Tee immer ohne alles. Quasi nackt!« Desmond begann, Mordpläne gegen den Rechnungsführer zu schmieden. Der sprang aus seinem

Stuhl auf, durchwühlte die Fächer des offenen Schranks hinter ihm und fand eine mit braunem Rohrzucker gefüllte Porzellanschüssel. Desmond bedankte sich artig, löffelte munter Zucker in sein Heißgetränk: einen, zwei, drei, vier, fünf, sechs gehäufte Teelöffel. Zufrieden rührte er die rötliche Brühe. Die Löffelspitze furchte am Boden der Tasse durch Berge aus Zucker.

»Meine Herren«, kommentierte Richter, »Sie sind auch kein Kind von Traurigkeit, was?« Er zeigte seine strahlenden, gebleachten Zähne. Desmond nickte schwach. Er hatte keinen Schimmer, ob Richter darauf eine Antwort erwartete.

»Dann wollen wir mal schauen, was wir haben, nicht?«

»Ähem … okay.«

Erneut verfiel Richter in lautes Lachen, das wie ein Sirenenklang zwischen hohen und tiefen Tönen hin und her schwang. Er wandte sich seinem Computer zu.

Desmonds Blick verhaftete sich indes auf dem Bücherregal, das gegenüber dem Schreibtisch an der Wand angebracht war. Es war über und über zugestellt mit Publikationen. Neben den obligatorischen Rechtsvorschriften, den Verträgen der UN und der Forces in gebundener Form und den einschlägigen juristischen Kommentaren erspähte er einige Werke aus der Belletristik: einen Alternativweltroman von Harry Turtledove, Bücher von Charles Dickens und anderen klassischen Autoren. Dann war da ein Schriftzug, der gleich mehrere Buchrücken zierte: futuristische, silberfarbene, bläulich schimmernde Lettern. Desmond kannte diesen Schriftzug nur zu gut.

»Sie lesen die Halo-Bücher?«, fragte er, erfreut über seine Entdeckung. Er selbst war ein großer Fan des Science-Fiction-Franchises, hatte alle Games gezockt, sämtliche Bücher und Comics verschlungen, die Fernsehserien mehrfach angesehen. Desmond war mit jedem Detail des Halo-Universums vertraut, kannte die Rassen der bösartigen Allianz, alle wichtigen Ereignisse rund um die Blutsväter, ihren frühen Kampf gegen die Marsianer, wusste alles über die titelgebenden Ringe und den großen Krieg zwischen den Menschen und der Allianz. Desmond musste wohl zugeben, dass er mit der Historie des Halo-Universums weit besser vertraut war als mit der realen Menschheitsgeschichte.

»Mhh … was?« Richter schaute von seinem Bildschirm auf.

»Die Halo-Bücher meine ich.« Desmond wies mit dem Finger auf das Regal.

»Halo? Häh?« Richter blickte gegen die bunten Buchrücken. »Ach so. Dieses Zukunftszeugs meinen Sie?«

»Ja genau.«

»Näh.« Richter grunzte und winkte ab: »Die hat mir mein Sohn gegeben. ›Musst du unbedingt lesen‹, hat er gesagt. Aber ich halte nichts von derartigem Schwachsinn. Zukunftssoldaten und so … das ist doch Kinderkram. Mein Sohn ist 24, gottverdammt! Statt sich irgendeinen fiktiven

Schwachsinn reinzuziehen, sollte der lieber was für seine Allgemeinbildung tun.«

Richters Worte wischten Desmond die Freude geradewegs aus dem Gesicht. Der Rechnungsführer griff zwischen die Pflanzen auf seiner Fensterbank und brachte ein dickes, blaues Buch zum Vorschein.

»Das hier lese ich aktuell«, erklärte er. Er legte den Wälzer vor Desmond auf den Tisch und der las den Titel: Die Französische Grippe: Wissensstand, Halbwahrheiten, Mythen. Von Professor Harvey Earl Jackson.

Desmond biss sich auf die Unterlippe. Sein Wissen über die Französische Grippe tangierte gegen null, weshalb er innerlich höhere Mächte anbetete, Richter würde ihn mit einem Gespräch über das Thema verschonen.

»Wussten Sie, dass die Französische Grippe bis heute zahlreiche Rätsel aufgibt?«, fragte der Rechnungsführer im Tonfall eines Dozenten. »Holla, die Waldfee, das sind Neuigkeiten für Sie, was?«

»Ja.«

»Mein lieber Herr Gesangsverein! Gibt immer noch einige Pfosten, die glauben, die Marsianer hätten die Krankheit damals mit eingeschleppt. Die haben alle keine Ahnung, aber davon eine ganze Menge.«

»Okay.«

»Im Grunde ergibt das ja auch Sinn. Ich meine, sie sind durch unsere Erreger krank geworden und verreckt, warum sollten wir uns dann nicht mit ihren Bakterien infizieren?«

»Ja … ja, klar.« Desmond gab den Nachdenklichen, versuchte, intelligenter zu wirken, als er letztlich war.

»Der alte Haudegen Wells zum Bleistift … der hatte unrecht mit seiner These, die Körper der Marsianer seien nicht mit Bakterien versetzt. Der Punkt ist, dass man das Anfang des 20. Jahrhunderts noch gar nicht hatte feststellen können, da die Körpereigenschaften der Marsianer doch von ganz eigener Struktur sind. Klärchen, Bärchen?«

Desmond gereichte nur noch zum Wackeldackel und schlürfte dazu seinen Tee respektive sein Zuckerwasser.

»Aber die wissenschaftlichen Studien zur Franzmanngrippe sind eben eindeutig, soweit man das hundert Jahre später noch nachvollziehen kann. Außerdem traten die ersten Fälle erst im Sommer 1903 auf, mehr als zwei Jahre nach der Invasion.«

»Aha.«

»Das ist wie mit dem 11. September oder Elvis.« Richter verfiel in ein kurzes, heiseres Gelächter über seine Vergleiche. »Da kommen sofort die Verschwörungstheoretiker und wollen dir sonst was erzählen. Laber Rhabarber, Sie wissen, was ich meine!«

Verschwörungstheorien gab es zu jedem denkbaren Ereignis der Vergangenheit. Zunehmend wuchs die Bedeutung einer internationalen Bewegung, die die Invasion von 1901 infrage stellte. Die Spannweite reichte von »Die Invasion hat es nie gegeben« bis hin zu »Die Invasion war von England inszeniert worden«. Die Argumente und ins Feld geführten »Beweise« waren haarsträubend; ihr bekanntester – und lautester – Fürsprecher war Donald Trump, er sah in den »Märchengeschichten um eine Alieninvasion« den Versuch Großbritanniens, die Vereinten Nationen für seine Zwecke einzuspannen. Die jüngsten Ereignisse in Deutschland und Macau jedoch hatten die Masse der Kritiker zum Schweigen gebracht.

»Wussten Sie, dass sich schätzungsweise 21 Millionen Menschen mit der Französischen Grippe infiziert hatten, es aber nur etwa 600 Todesopfer gab? Sehr interessant! Jede gewöhnliche Influenza weist eine deutlich höhere Letalität auf, ist dafür aber auch weniger ansteckend. Ist ’n Ding, was?«

»Ja … ähem … ja.«

»Die ersten Fälle traten übrigens bei Calais auf, darum ja auch ›Französische Grippe‹. Binnen Wochen war ganz Europa betroffen und insgesamt sind Fälle auf allen fünf Kontinenten dokumentiert. Sehr, sehr interessant das alles, nicht?«

»Ja, hört sich auf jeden Fall … hört sich … ja, sehr interessant … schon.«

»Wissen Sie was?« Richter griente. »Ich leihe Ihnen das Buch aus. Sie scheinen ja sehr interessiert.«

»Ach, das ist nicht nötig.« Desmond hob abwehrend die Hände.

»Doch, doch, doch, mein Lieber. Das ist schon okay. Ich bin doch auch froh, dass ich mal jemanden habe, mit dem ich mich über so etwas unterhalten kann. Die meisten kennen doch nur Football und Videospiele. Oder nicht?« Richters Grinsen reichte bis zu den Ohren. »Sie verstehen, ne?«, gluckste er. »Nee, Sie kriegen das Buch. Kein Thema, hab es sowieso noch mal auf meinem E-Book-Reader.«

»In Ordnung.« Desmond vergrub die Hände zwischen den Beinen.

»Aber!« Richter erhob mahnend den Zeigefinger. »Wehe, ich bekomme keine umfangreiche Rückmeldung von Ihnen. Mich interessiert brennend, was ein Mann ihres Kalibers von Jacksons Theorien hält.« Richter stieß einen verkürzten Lacher aus und wandte sich endlich wieder dem PC zu.

»Da!«, rief er sogleich triumphierend aus. »Ein Flug nach Gjakova Airport. Der war bis vor Kurzem noch ein reiner Militärflughafen, muss man wissen. Aber nanu? Über Frankfurt? Der ist schon wieder offen? Das ist ja ’n Ding! Ha, die Deutschen sind schon ein geschäftiges Völkchen.«

Desmond saß leicht gebeugt auf seinem Stuhl und ärgerte sich heimlich darüber, dass er nun dieses dämliche Buch an der Backe hatte.

»Na, herzlichen Glühstrumpf!«, versetzte Richter in gespielter Verärgerung. »1800 Dollar inklusive Märchensteuer. Sie machen uns arm, Mister Desmond.«

»Ähem … Entschuldigung.«

»Ach, papperlapapp!« Richter hämmerte abwechselnd auf seiner Maus und der Tastatur herum. »Ist gebongt und eingetütet. Ich sende Ihnen alles per Mail zu.«

»Danke.«

»Supi, das war es auch schon. Rufen Sie an, sobald Sie den Rückflug brauchen.«

»Danke.« Desmond trank seine Tasse in einem Zug aus und beeilte sich, das Büro zu verlassen.

»Ah, ah, ah«, hörte er Richter in seinem Rücken machen. »Sie haben das Buch vergessen.«

Desmond drehte sich langsam um, sah Richter, dessen Zeigefinger wie die Nadel einer Nähmaschine auf den Buchdeckel tippte.

»Natürlich.« Desmond griff nach dem Buch, murrte.

»Und halten Sie mich auf dem Laufenden«, forderte Richter. »Ich will wissen, was Sie von Jacksons Theorien halten.«

»Natürlich.«

Desmond verließ endlich das Büro.

»Hau rein, Hein, und Tschüssikowski!«, rief Richter ihm nach.

# VI. Rick Marten

Die Luft in dem großen Armeezelt der saudischen Streitkräfte war stickig und aufgeheizt, es fehlte nicht viel und man hätte sie mit einem Messer schneiden können. Die Soldaten der 4. Kompanie des No. 18 Joint Special Mechanized Regiments badeten in ihrem eigenen Saft. Der Schweiß durchtränkte auch Martens Wüstentarnuniform, die sich anfühlte, als wäre er in ihr schwimmen gegangen. Draußen vermengten sich deutsche, englische und arabische Rufe mit dem Dröhnen von Maschinen, dem Brummen von Motoren und dem Fauchen des Windes, der an diesem frühen Morgen mit enormer Stärke Milliarden von Sandkörner über das Militärcamp bei Dhamar hinwegpustete. Es war Ende Mai, Tag 10 nach der gescheiterten Marsianerlandung bei Frankfurt am Main und Tag 5 nach dem ebenso gescheiterten Versuch der Außerirdischen, in der chinesischen Sonderverwaltungszone Macau Fuß zu fassen.

»Scheiße …«, raunte Marten gedankenverloren.

»Alles fit im Schritt, Prof?«, fragte Härti, der neben ihm saß. Die Kompanie war geschlossen ins Zelt eingerückt, wartete nun auf Stearns Ankunft, um die Befehle für die Patrouille dieses Tages entgegenzunehmen.

»Nein! Nichts ist fit! Überhaupt gar nichts ist fit!«

»Schade.«

»Ach, lass mich in Ruhe, Mann!«

»Was ist mit dir, Rick?«

»Was ist mit dir?«

»Was soll mit mir sein?«

»Wie kannst du noch so gut aufgelegt sein? Sprüche reißen? Alter, Härti, perlt das alles hier an dir ab?«

»Was ist dein Problem?«

»Was mein beschissenes Problem ist?« Marten sprang auf, ignorierte, dass er die Blicke aller auf sich zog. »Das hier ist mein Problem! Das alles hier!«

»Was maulst du mich denn jetzt so blöde an?« Härti ging in die Defensive, sein Tonfall gewann an Aggressivität. Die Stimmung war allgemein gereizt, oft langten Nichtigkeiten, um Streit unter den Forces-Soldaten auszulösen.

»Könnt ihr zwei mal die Schnauze halten?«, schaltete sich Riensch genervt ein und rollte mit den Augen. Sie versuchte nun schon zum dritten Mal, eine Sprachnachricht ihrer Eltern abzuhören. Die beiden Streithähne ignorierten sie.

»Was machen wir hier, Härti?« Martens Frage klang wie ein Vorwurf.

»Du weißt es doch selbst! Stearn hat uns direkt nach der Ankunft eingewiesen. Die gehen von einer Landung im Jemen aus, weil wir hier den Mini gefunden haben … und in Deutschland auch einer gefunden worden ist.«

»Ja, und anstatt aktiv zu suchen, drehen wir täglich unsere sinnlosen Runden!«

»Kommt schon, Männer, beruhigt euch wieder«, unternahm Kathrin Geier einen aussichtslosen Versuch, die Streitenden zu besänftigen. Ihr Appell blieb ungehört.

»Willst du mich verarschen? Wie willst du denn aktiv suchen? Einfach anfangen, hier alles umzugraben, oder was?«, schaukelte sich Härti an Martens Forderung hoch.

»Na, nach … nach …«

»Die Marsianer kommen von oben, nicht aus der Erde!«

»Die Mini-Tripods waren unter der Erde!«

»Ey, sagt mal …«, echauffierte sich Riensch und nahm abermals das Smartphone vom Ohr. »Nehmt euch ein Zimmer oder so!«

»Ich verstehe nicht, was dein Problem ist!«

»Mein Problem ist, dass wir hier sind, ohne wirklich etwas zu unternehmen!«

»Wir sind doch jeden Tag draußen!«

»Ja, und gucken der Bevölkerung beim Verrecken zu!«

»Ja! Was zum Teufel willst du jetzt von mir?«

»Du sagst es doch selbst. Jeden Tag fahren wir raus. Wir dürfen nicht intervenieren, dürfen keinen Kontakt zur Bevölkerung haben, dürfen aber auch nicht die Saudis unterstützen. Und warum fahren wir trotzdem täglich raus? Setzen uns der Lebensgefahr aus?«

Härti zuckte mit den Achseln, dabei kannte er natürlich die Antwort. Marten lieferte sie ihm dennoch: »Das Ganze geschieht rein aus politischen Gründen! Weil die Forces nicht außerhalb ihrer Stützpunkte stationiert werden dürfen. Also gaukelt Sakurai allen Beteiligten vor, dass wir hier auf einer mordsmäßig wichtigen Mission sind, indem er uns täglich rausfahren lässt. Das ist so sinnbefreit. Diese ganze Scheiße hier ist so sinnbefreit! Was machen wir hier, Patrick?«

»Ich habe keinen Schimmer!«, gab Härti angefressen zurück.

»Und das treibt dich kein Stück um?«

»Nö.«

»Ja! Weil du mit deinen drei Gehirnzellen gar nicht so weit denkst! Hauptsache, du hast eine Knarre in den Pfoten, darfst tagsüber einen auf John McClane machen und sitzt abends mit einem Kölsch auf dem Feldbett, ja? Dann ist die Welt in Ordnung für dich!«

Härti geiferte: »Wir sind nun mal Soldaten. Wir sind hier. Wir machen hier Soldatensachen. Außerdem gibt's hier kein Kölsch!«

»Gott, es ist, als würde ich mit einer Pylone sprechen!«, regte sich Marten auf »Vor einer Woche haben wir noch gegen die Fleischbälle gekämpft! Und jetzt hocken wir hier herum und fahren täglich durch die Gegend.«

»Die UN will, dass ich spazieren fahre für 2500 Pfund im Monat, dann fahre ich eben spazieren. Wo ist dein fucking Problem?«

»Wo mein … wo mein …? Alter, Patrick, wie kann man so ignorant sein?«

Härti schnaufte verächtlich zur Antwort. Lieutenant Matt Fenix, Zugführer des britischen Zugs, schüttelte den Kopf, mischte sich aber nicht ein. Er schob den Kautabak in seinem Mund von der einen auf die andere Seite. Riensch regte sich im Stillen weiter auf und packte ihr Smartphone weg.

»Komm doch mal wieder klar, Rick. Zieh dir einen Kaffee am Automaten und chill eine Runde.«

»Hier sterben Kinder, Härti!«

»Ich weiß. Und jetzt? Was willst du, das wir dagegen unternehmen? Wir können halt nicht die Welt retten!«

»Mit dieser Attitüde sowieso nicht!« Marten fuchtelte mit den Händen in der Luft herum, als könnte er auf diese Weise Härtis Worte hinfortwischen. Er winkte letztlich ab, würgte ein »Ich muss hier raus!« hervor und stapfte mit großen Schritten aus dem Zelt, die obersten Knöpfe seiner Feldbluse öffnend, denn er fürchtete, die Hitze würde ihn sonst überwältigen.

Er begab sich in den Schatten des Zeltes, atmete durch. Sein Pulsschlag beruhigte sich allmählich. Mehrmals noch schüttelte er den Kopf. Marten würde am liebsten seine Koffer packen und nach England zurückfliegen. Er konnte es nicht länger ertragen, als Soldat der UN untätig dabei zuzuschauen, wie die Bevölkerung des Jemen Qualen litt – menschengemachte Qualen wohlgemerkt, während die Streitkräfte der Marsianer vor der Tür standen.

Die Funde der Mini-Tripods waren für Marten ohne Bedeutung. In Macau war bis dato seines Wissens nach kein derartiger Späher der Marsianer entdeckt worden und die Erde war groß. Die nächste Landung könnte sich überall ereignen, ebenso könnten überall unentdeckte Mini-Tripods unter der Erde schlummern. Und dass die Marsianer wiederkommen würden, stand für Marten außer Zweifel. Deren Landungsversuch in Macau hatte alle Theorien über einen Unfall, einen Zufall oder eine Friedensdelegation Lügen gestraft. Die Marsmenschen waren weiterhin auf Krieg aus. Und sie führten etwas im Schilde, dessen war Marten sich sicher. Es sprach sogar einiges dafür, dass sich am heutigen Tage noch eine weitere marsianische Landung ereignen würde. Im Jahre 1901 waren ihre Luftschiffe jeweils im Abstand von exakt 24 Stunden in die Erdatmosphäre eingedrungen, sie waren also einem Muster gefolgt. Zwischen den Landungen von Frankfurt und von Macau lagen rund fünfeinhalb Tage beziehungsweise 130 Stunden. Und 124 Stunden waren seit dem Angriff auf Macau ins Land gezogen …

Marten steckte sich eine Zigarette an, blickte zum strahlend blauen Himmel hinauf. Er kniff die Augen zusammen angesichts der gleißenden Strahlen, mit denen der große Feuerball den Jemen bedachte. Gänsehaut erfasste ihn, brachte seine Oberarme zum Prickeln. Sie waren dort draußen. Noch immer suchte die Menschheit in ihrer Verzweiflung jeden Quadratkilometer des

Sonnensystems ab, noch immer forschten die Marssonden auf der Oberfläche des Roten Planeten nach den Außerirdischen. Und noch immer fehlte von ihnen jede Spur, doch sie mussten sich in Reichweite aufhalten. Eine Expertenkommission, die die Luftschiffe von Frankfurt untersuchte, war zu dem vorläufigen Ergebnis gelangt, dass jene Schiffe außerstande waren, autark weite Strecken zurückzulegen. Eine Basis oder ein Mutterschiff musste sich in Reichweite der Erde befinden … doch es erschien, als würden die Menschen nur dann etwas von den Marsianern zu sehen bekommen, wenn diese es zuließen.

Sie waren dort draußen, schmiedeten ihre Pläne gegen die Menschheit. Und sie waren nicht so dumm, ihre Streitkräfte in Himmelfahrtkommandos der Vernichtung preiszugeben – nicht grundlos jedenfalls.

Marten zog an seiner Zigarette, presste dann die Lippen zu einem weißen Strich zusammen. Eine üble Vorahnung packte ihn, ließ ihn erschaudern. Die Last der Ungewissheit senkte sich wie ein tonnenschwerer Amboss auf seine Schultern. Wer über Soldaten sagte, die durchlebten Schlachten seien das Schlimmste an bewaffneten Konflikten, der machte sich keine Vorstellung davon, wie zermürbend das Warten war: das Warten auf den Feind, auf dessen Angriff; das endlose Warten, das dem Soldaten die Zeit gab, sich schlimmen Gedanken hinzugeben. Auch die Zahnrädchen von Martens Verstand arbeiteten ohne Pause, sie griffen ineinander, drehten sich und drehten sich immerfort, hielten sein Gedankengetriebe beständig am Laufen, dass er nicht mehr zur Ruhe kam, nicht mehr schlafen konnte.

Zum einen war da die Sache mit Lisa. Seit ihrem unglücklichen Telefonat kurz nach den Kämpfen von Frankfurt hatten sie nicht mehr miteinander kommuniziert … und es lag an Rick, dies zu ändern. Sein Handy war ausgefallen, Lisa hatte keine Informationen über seinen derzeitigen Aufenthaltsort, hatte ergo keine Möglichkeit, ihn zu erreichen. Rick Marten aber konnte ein Sturkopf sein und noch immer war er gekränkt ob der Tatsache, dass sie mitten im Gespräch einfach aufgelegt hatte. Er vermochte das nicht hinter sich zu lassen und verschob die Rettung seiner Ehe immer wieder in die Zukunft. Es würde schon alles in Ordnung kommen. Es war bisher immer alles in Ordnung gekommen, ihre Beziehung hatte schon so manchen heftigen Streit überlebt. Sie standen sich manchmal eben selbst im Weg, waren beide heißblütige Dickschädel. Und obwohl Marten diesen Umstand treffend zu analysieren vermochte, konnte er doch nicht über seinen Schatten springen.

Gedankenversunken paffte er, verlor sich dabei im Anblick einer einsamen Schäfchenwolke, die über das Firmament zog. Und vollbrachte schon wieder das Kunststück, seine Beziehungsprobleme auszublenden, sie durch das zweite Thema zu ersetzen, das ihn beständig umtrieb: Sie waren dort draußen … Marten kam es vor, als würde der Feind seine Schachfiguren in Position bringen, als würde dieser seinen Hauptschlag gegen die Menschheit vorbereiten und als wären die beiden abgeschlagenen Landungen genauso abgelaufen, wie dieser es vorgesehen hatte. Vor zehn Tagen Frankfurt, vor fünf Tagen Macau … ein Miniatur-Tripod in Frankfurt, einer im Jemen.

Marten warf seine Zigarette fort und trat sie im Wüstensand aus.

Dann die Explosion in England … in Porton Down! All die Marsmann-Verrückten glaubten seit Jahrzehnten an eine geheime Forschungsstätte der Briten dort … an einen Ort namens U04. Marten wusste, dass es stimmte. Und dass sich ebenjener Ort im Feuer einer kleinen atomaren Entladung aufgelöst hatte. Das konnte kein Zufall sein.

Marten, der über ein gutes Geschichtswissen verfügte, musste unweigerlich an die Operation Overlord der Alliierten im Zweiten Weltkrieg denken. Die Westmächte hatten ihre Landung in Nordfrankreich akribisch vorbereitet, durch Sabotageaktionen hinter den deutschen Linien, durch Täuschungsmanöver … und durch einen Testangriff. Das Unternehmen Jubilee, eine Landung kleinen Maßstabs, war eine zwei Jahre vor der Hauptlandung durchgeführte Operation gewesen, um das Verhalten der deutschen Verteidiger auszutesten.

Marten rieb sich die Stirn. Möglicherweise hatten sich zusätzlich zu den ihm bekannten Ereignissen weitere Dinge zugetragen, von denen er nichts wusste. Wie aber sollte er das Bild zusammensetzen, wenn ihm Puzzleteile fehlten?

»Lieutenant?«, hörte er Stearns Stimme in seinem Rücken. Marten fuhr herum, sah einen entspannt aussehenden Capitaine im Zelteingang stehen.

»Kommen Sie bitte? Ich möchte mit der Befehlsausgabe beginnen.«

»Oha …«, machte Marten seinem Ärger ungezügelt Luft. »Die nächste Schwachsinnspatrouille …«

»Nein, dieses Mal keine Patrouille.«

Marten horchte auf.

»Wir haben neue Befehle erhalten. Direkt vom Kommando.«

Das sogenannte Kommando war die Führungsbehörde der Forces und Amtssitz des Oberbefehlshabers. Gemäß der Vereinbarung von Montevideo war der Standort des Kommandos zweigeteilt zwischen Washington und Moskau, und der Oberbefehlshaber hatte dafür Sorge zu tragen, seinen Dienst zu gleichen Teilen an beiden Standorten zu versehen.

»Richtige, echte Befehle, Sir?«

»Ja, Mister Marten.«

»Die nicht nur darauf abzielen, eine Mission vorzutäuschen?« Martens Skepsis bezüglich des Sicherheitsrates, der sich in einem komplexen Konstrukt von Weisungsbefugnisebenen die Befehlsgewalt über die Forces mit jenem Kommando teilte, hatte während der Ereignisse der vergangenen Wochen nicht unbedingt abgenommen.

»Kommen Sie doch einfach rein.«

*

Martens Augen wurden kugelrund. Er konnte nicht glauben, was er da hörte. Gebannt starrte er auf die Karte des Jemen, die Stearn an die Zeltwand projizieren ließ. Der Brite erläuterte dazu die Lage: »An Nuqbah befindet sich 55 Meilen nordöstlich von Al Habil, wo wir den ersten Mini aufgegriffen haben. Die Jungs von der Electronic Intelligence sind sich absolut sicher: Östlich An Nuqbahs orten sie eine zweite marsianische Sonde unter dem Sand. Die Sendemuster sind identisch mit denen, die die Briten uns nach Auswertung des ersten Minis übermittelt haben.«

Marten und Fenix nickten einander zu. Sie wussten, was das bedeutete.

»Der Auftrag der 4. Kompanie lautet, geschlossen An Nuqbah zu erreichen, die Sonde zu bergen und sie zurückzuführen. Die 2. Kompanie wird dazu die nördliche Zufahrtsstraße sperren, die 3. jene im Süden. Das Ganze soll schnell und sauber ablaufen. Wir gehen rein und sind wieder draußen, bevor die lokalen Kräfte reagieren können. Womit wir schon bei der Problematik des Einsatzes sind …«

»Al-Qaida«, warf Härti ein. Er bedachte Marten mit einem giftigen Blick.

»Wenn es so einfach wäre«, ächzte Stearn. »Fakt ist, dass die Einflusszone der Saudis und ihrer Verbündeten vor Al Habil endet. Wir müssen demnach im Operationsraum mit der ganzen Klaviatur jemenitischer Milizen rechnen. Kein Mensch weiß genau, wie die Lage in An Nuqbah aussieht. Die US Air Force fliegt in diesen Minuten vorbereitende Luftangriffe gegen erkannte Stellungen des Feindes südlich unseres Operationsraums. Die Hoffnung steht, dass die örtlichen Milizen dies aus An Nuqbah heraustreiben und in die Gebiete der Luftangriffe verschlagen wird. Zudem rechnen wir mit einem Sandsturm am Nachmittag, weshalb Eile das Gebot der Stunde ist. Mit etwas Glück können wir den Sturm ausnützen, um unentdeckt die Grabung vorzunehmen.« Stearn machte ein Gesicht wie sieben Tage Regenwetter. »Waffen- und Munitionsempfang direkt im Anschluss, wir wollen uns nicht lange bitten lassen. Einzelaufträge …«

*

Die Soldaten der 4. Kompanie standen zusammen, überprüften Waffen und Magazine, setzten ihre Helme auf, zogen die ballistischen Schutzwesten fest. Die sechs Radpanzer der Einheit, drei GTK Boxer und drei Mowag Piranha V, standen aufgereiht wie an der Perlenkette auf der Straße, die aus dem Camp hinausführte. Die Fahrer überprüften ein letztes Mal die Antriebe und die Bereifung, die Waffenbediener verstauten Munitionskisten.

Marten, Härti und Fenix kamen zusammen, ein jeder prüfte Sitz und Zustand der Ausrüstung des anderen, dann klopften sie einander ab, wünschten sich auf diese Weise »Hals- und Beinbruch.« Sie gingen auseinander, Marten aber packte Härti am Arm, hielt ihn fest. Ihre Blicke trafen sich.

»Wir kriegen das hin«, erklärte der Lieutenant, eine halbe Entschuldigung schwang in seinen Worten mit.

»Klar kriegen wir das hin«, lächelte sein Gruppenführer.

Im Hintergrund überwachte Geier die Arbeiten an der 39, als sie sich unvermittelt an die Brusttasche ihres Chestrigs fasste und ihr privat beschafftes Satellitentelefon hervorholte. Sie nahm einen Anruf entgegen. Sie hatte sich das Telefon noch in Frankfurt gekauft, um für ihre Familie erreichbar zu bleiben.

Marten gesellte sich zu Härtis Gruppe. »Ich will keine Sperenzchen erleben«, bläute er den Kameraden ein. »Wir halten uns an den Plan, gehen rein, bilden bei den Zielkoordinaten eine Wagenburg und warten darauf, dass die Briten die Bagger einfliegen. Eines will ich noch einmal betonen: Wir lassen uns auf keinerlei Gefechte ein. Im Falle von Feindfeuer brechen wir durch oder umfahren. Auf keinen Fall will ich, dass wir einen ganzen Rattenschwanz an Insurgents hinter uns herziehen, gegen den wir uns dann im Ziel verteidigen müssen. Das ist mitten in der Wüste, 12 Meilen außerhalb von An Nuqbah. Im optimalen Fall bleiben wir unentdeckt.

Der Capitaine rechnet damit, dass wir zwölf Stunden vor Ort bleiben werden. Ich glaube, diese Einschätzung ist sehr optimistisch. Rechnet damit, zum Frühstück nicht zurück zu sein.« Grimmige Mienen nahmen seine Worte auf.

»Gut, Funküberprüfung und Uhrenvergleich in …«

»Rick?«, unterbrach Geier. Sie hielt ihr Telefon hoch.

»Kati, nicht jetzt!«, fauchte der Lieutenant, der es gar nicht leiden konnte, unterbrochen zu werden.

»Es ist Lisa.« Mit einer Kopfbewegung machte sie deutlich, dass es ernst war.

Martens Herz setzte einen Schlag aus und polterte dann mit einer Kraft in seiner Brust, als wollte es aus dieser ausbrechen. Eine drückende Hitze stieg ihm zu Kopf. Er wechselte mit Fenix und Härti einen Blick, dann trat er aus dem Kreis der Kameraden heraus und zögerlich an Geier heran. Er nahm ihr das Telefon ab, hielt es sich ans Ohr, stockte, lauschte für volle drei Sekunden dem technischen Rauschen und sagte dann, behutsam vortastend: »Ja?«

Stille. Ganz langsam kämpfte sich ihr leises Schluchzen durch das technische Rauschen hindurch. Eine Woge des Unwohlseins fegte durch Martens Leib, ein flaues Gefühl vereinnahmte seinen Magen. Er wollte etwas sagen, doch löste sich seine Zunge nicht. Ihr nahezu tonloses Weinen, immer wieder aufgebrochen durch ein Schniefen, zerstörte ihn.

»Du bist im Jemen?«, greinte sie.

Marten fixierte Geier missfällig. Mit einer Hand den Handylautsprecher verdeckend, flüsterte er: »Bin ich eigentlich der Einzige, der sich an das Geheimhaltungsgebot hält?«

Er gab ihr keine Möglichkeit, sich zu verteidigen, sondern wandte sich gleich ab.

»Mäuschen …«, hauchte er und ließ aus der Intonierung des Kosenamens den Wunsch sprechen, keinen Streit vom Zaun brechen zu wollen. »Ich …« Er brach ab, wusste nicht, was er sagen sollte.

Sie weinte lauter. Dass er zum Zuhörer ihrer Trauer verdammt war, Tausende Kilometer von ihr entfernt, ohne die Chance, sie in den Arm zu nehmen, folterte ihn auf eine Art, dass sich sein Gekröse zusammenzog und er sich entsprechend krümmte.

»Morgen geht mein Flug nach Deutschland«, eröffnete sie ihm irgendwann, nachdem sie sich etwas gefangen hatte. Marten wusste sofort, was das bedeutete. Ihm war, als triebe ihm jemand einen Holzpflock durch die Eingeweide.

»Mäuschen …«, flehte er.

»Meine Eltern holen mich in Frankfurt ab.«

»Was soll das heißen?« Seine Stimme flatterte.

Keine Antwort. Sie weinte. Und er kannte die Antwort sowieso bereits, wollte sie aber nicht wahrhaben und hoffte, sie würde ihn doch noch erlösen. Sie tat es nicht.

»Mäuschen …«

»Pass auf dich auf.«

»Bitte nicht. Bitte warte auf mich, ich bin bald wieder zu Hause. Wir reden über alles.«

»Ich … ich kann nicht …«

»Lisa, bitte … ich flehe dich an, lass mich jetzt nicht so hier zurück.«

»So, wie du mich nicht zurückgelassen hast?«

»Mäuschen, die Geheim…« Er hielt inne. Nachdem Geier ihr bereitwillig den Aufenthaltsort der Kompanie per Zivilleitung durchgegeben hatte, was war das da noch für ein Argument?

»Ich kann das nicht mehr, Rick. Es tut mir leid.« Kein Vorwurf lag in ihren Worten, nur eine Erkenntnis. Marten sah sich außerstande, etwas zu erwidern. Die Emotionen schnürten ihm die Kehle zu, sein Mundraum wurde trocken.

»Wir müssen Schluss machen«, sagte sie. Martens Herz vollführte wilde Sprünge. »Wir treiben Katis Handyrechnung in die Höhe.«

»Ich liebe dich, Schatz«, wisperte er.

»Pass bitte auf dich auf.« Darauf war das Gespräch beendet.

Rick verharrte viele Sekunden lang in absoluter Bewegungslosigkeit. Etwas drückte von innen gegen seine Augen, beengte ihm gleichzeitig die Brust, dass er meinte, nicht mehr zu Atem zu kommen.

»Rick?«, hörte er Fenix' Stimme in seinem Rücken. »Rick? Alles okay? Wir müssen los.«

*

Aus seinem Kummer war irgendwann Wut geworden. Wut darüber, dass sie ihn im Stich ließ. Dass sie ihn im Einsatz mit ihrem Entschluss konfrontierte, wo er sich auf andere Dinge zu konzentrieren hatte. Martens Faust übte mehr Kraft auf den Griff seiner MP7 aus, seine Fingerknöchel zeichneten sich weiß unter der Haut ab. Sie sendeten Schmerzreize aus.

»Du bist in Ordnung?«, fragte Härti besorgt und taxierte seinen Zugführer. Marten hatte ihnen nichts von seiner Ehekrise erzählt, hatte niemandem davon erzählt.

»Ja«, blaffte er etwas harscher, als er dies beabsichtigt hatte.

Härti zeigte sich verwirrt. »Was bist du denn immer noch so pissed? Wo wir doch jetzt einen waschechten Marsianer-Einsatz haben!«

»Ja, sorry. War nicht so gemeint.«

»Schon gut.« Härti grinste. »In der Angriffszone werde ich auch manchmal nervös.«

»Ich bin nicht nervös!«

»Ist ja gut, ist ja gut. Könnte glauben, du hast deine Tage.«

Der Boxer fuhr in ein Schlagloch ein, entsprechend hüpfte er. Marten und die anderen Insassen wurden durchgeschüttelt. Der Motor röhrte, Schröder beobachtete angestrengt die Umgebung. Rechts taten sich steile, mit messerscharfem Gestein versehene Felswände auf, perfekt geeignet für einen Hinterhalt. Links lag weites Land. Bisher hatten sich die lokalen Milizen nicht blicken lassen, die lange Kolonne von Panzerfahrzeugen hatte einzig einige Zivil-Pkw passiert. Rick trat hinter Schröders Platz, betrachtete über dessen Schulter hinweg die Landschaft, die draußen vorbeizog und von der Kamera des Waffenturms aufgezeichnet wurde. Sie war verdorrt: vertrocknet in der Bullenhitze, die tagtäglich herrschte, die das Klima des Landes bestimmte; versengt in der prallen Sonne, die in dieser Region mit tausendfacher Stärke zu strahlen schien. Einige wenige Büsche, deren Blätter farblos und hart und deren Äste dornig waren, streckten sich tapfer dem grellen Himmelskörper entgegen. Solches Gestrüpp, Dorngewächse aller Art, hatte sich perfekt an das höllische Klima und die knöcherne Trockenheit angepasst. Seine Blätter waren schmal und verhärtet, die Beschaffenheit darauf spezialisiert, kostbare Flüssigkeit über Wochen und Monate hinweg zu speichern. Jene Gewächse, robust, dornig, feindlich, besetzten die Kuppen und Ränder eines Wadis weit im Osten, der sich wie die Spur eines gigantischen Wurms durch die Wüste schlängelte. Einige wenige Blüten wirkten wie rosafarbene, rote und gelbe Farbtupfen inmitten dieser braunen, dreckigen Einöde.

»Control, hier Delta One«, raunzte Marten ins Funkgerät. Er hatte die Führung der Kolonne inne. »Befinden uns eine Meile vor dem Ziel und weichen gleich aufs Gelände aus.«

»So verstanden, Delta One«, knackte Rienschs Stimme aus dem Lautsprecher. »Wir müssten euch jeden Moment ins Bild bekommen.« Nach dem Verlust der Aufklärungsdrohne in Frankfurt musste das Regiment auf die Hilfe der US-Streitkräfte zurückgreifen. Diese stellten Satellitenbilder zur Verfügung und hielten außerdem Predator-Kampfdrohnen für den Fall der Fälle bereit.

Die Radpanzer erreichten eine Stelle, wo sich die Felswand absenkte, bis ein ebenerdiger Durchbruch den Blick auf die weite, triste Wüste dahinter freigab. Der Fahrer der 39 bewegte das Fahrzeug runter von der Rollbahn, rein ins Gelände. Mit 80 Sachen schoss der Boxer querfeldein den Zielkoordinaten entgegen, die einer Stelle mitten im Niemandsland gehörten. Die anderen Fahrzeuge folgten auf dem Fuße. Trotz der Gefahr durch Minen und Blindgänger im Boden blieb den Forces-Soldaten nichts anderes übrig, als das letzte Stück des Weges abseits der Straßen zu fahren. Sie mussten sich auf die Dickhäutigkeit ihrer Fahrzeuge verlassen.

Die Fahrt wurde noch holpriger, die Insassen in Martens Führungsfahrzeug klammerten sich an ihren Gurten fest. Schröder bewegte sachte den Joystick der Waffensteuerungen, observierte aufmerksam den ihm zugewiesenen Sicherungsbereich.

»Ankunft in drei!«, rief Geier. Marten gab die Info an Mission Control weiter.

»An alle!«, rief er seinen Soldaten zu. Ihn plagten Bauchschmerzen. »Fertig machen zum Absitzen. Vorgehen gemäß Absprache. Sehen wir zu, dass wir es hinter uns bringen!«

»Aye, aye, Trainer«, griente Härti.

Die Radpanzer-Kolonne erreichte ein Tal inmitten felsiger Hügelketten. Die Wagen der Kompanie fuhren kreisförmig auf, bildeten eine Wagenburg mit Abständen von 15 Metern zueinander. Rampen senkten sich ab, Soldaten mit Maschinen- und Scharfschützengewehren stürmten heraus und gingen zwischen den Radpanzern in Stellung. Die Waffenbediener richteten ihre Waffentürme auf die umliegenden Höhen aus, Gewehrschützen öffneten und besetzten alle Luken. Binnen einer Minute hatten die Forces-Soldaten einen Sicherheitsperimeter um die Zielkoordinaten herum aufgebaut.

Marten erteilte lautstark Anweisungen, wischte sich dabei die glänzende Stirn. Die Vormittagshitze war brutal, die dick in Uniformen und Schichten aus Schutzkleidung eingepackten Soldaten kochten in ihren eigenen Ausdünstungen. Ein Trupp der EI – der Electronic Intelligence – dackelte aus einem von Fenix' Fahrzeugen, britische Soldaten halfen mit der schweren Ausrüstung, die die drei Frauen für eine exakte Ortung der marsianischen Sonde mit sich führten.

»Unsere Damen brauchen 10 Minuten«, meldete Fenix über Funk, nachdem er kurz mit dem EI-Trupp gesprochen hatte.

»Top.« Marten schaltete die Frequenz um. »Mission Control? Wie ist der Status der Bagger?«

»Auf dem Weg. Ankunft in sechs.«

»Sehr gut, Delta One Ende.«

Marten klatschte in die Hände, brüllte: »Los, Leute, keine Müdigkeit vorschützen! Rollen wir den roten Teppich aus!«

Die Kompanie funktionierte wie ein Uhrwerk, all ihre kleinen Bestandteile griffen perfekt ineinander. Die Fahrer der Wagen füllten Treibstoff nach, mittels Sandsäcken und Munitionskisten waren zwischen den Fahrzeugen Feuerstellungen entstanden, die jeweils mit einigen Soldaten besetzt wurden. Sollte Al-Qaida oder andere freundliche Einheimische ein Begrüßungskomitee entsenden … nun, die 4. Kompanie würde sie gebührend zu empfangen wissen.

Ein distanziertes Klopfen erklang im Westen, als sich die schweren Transporthubschrauber näherten. Das Klopfen schwoll zu einem Dröhnen an, welches bald die Geräuschkulisse vereinnahmte. Marten kniff die Augen zusammen, folgte einem Fingerzeig Härtis, dann sah er sie über der Kuppe der westlichen Höhenkette: Zwei mittlere Transporthubschrauber vom Typ SA 330 Puma, ein jeder schleppte einen Kleinbagger als Außenlast, eingehängt in Stahlseile. Die Silhouetten der Drehflügler samt Bagger erweckten einen skurrilen Eindruck, es sah ein wenig aus, als würden sich zwei fliegende Bohrtürme nähern.

»Landezone räumen!«, brüllte Marten und wiederholte seinen Befehl über Funk. Die Bagger mussten außerhalb der Wagenburg abgeladen werden, der vielleicht kritischste Moment der gesamten Operation.

Gebannt verfolgte der Lieutenant per Feldstecher den Anflug der beiden Transporthubschrauber, die quälend langsam die Felsenkette überflogen. Ein Knall ertönte, so dominant, dass er mühelos aus dem Dröhnen der Rotoren hervorstach. Ehe Marten begriff, was geschah, sprühten Funken über die bulligen, unter dem Rotor angeordneten Zwillingstriebwerke des vorderen Drehflüglers. Dieser spuckte feinen Rauch, eine Stichflamme spritzte aus den Triebwerken. Der Hubschrauber flog Schlieren. Weitere Schüsse erschollen.

»RPG!«, brüllte jemand von Martens Männern und da sah auch der Lieutenant die Panzerabwehrgranate, die, aus den Hügeln aufsteigend, den Hubschraubern entgegenstrebte. Die Piloten des vorderen Puma hatten da schon die Kontrolle über ihre Maschine verloren. Die Turbinen standen in Flammen, der Hubschrauber kreiselte in die Tiefe, verschwand jenseits der Hügel aus dem Sichtfeld der Forces-Soldaten.

»Deckung! Deckung!«, brüllten die Unterführer der Kompanie. »Achtung vor feindlichen Scharfschützen!« Die Soldaten zogen den Kopf ein und beobachteten ohnmächtig das grausige Schauspiel, das sich keine 1000 Meter von ihnen entfernt zutrug.

Der zweite Hubschrauber geriet unter heftiges Infanteriefeuer, die Schützen mussten irgendwo in den Hügeln hocken, versteckt in Felsspalten. Die Piloten flogen einen Schlingerkurs, Einschüsse stanzten Löcher in die Zelle ihrer Maschine. Die Abschüsse der Salven rollten als auf- und abklingender Donner durch das Tal.

Marten rannte los, brüllte die Besatzungen der 39 und der 41 in ihre Wagen. Er wusste, dass er zu spät kommen würde, dass er nicht mehr eingreifen konnte. Doch er konnte auch nicht tatenlos herumstehen. Über Funk teilte er Fenix seinen Entschluss mit: Er würde mit zwei Wagen zur Absturzstelle fahren, um mögliche Überlebende vor Folter und einem qualvollen Tod zu bewahren. Fenix reagierte nicht auf den Funkspruch, sondern starrte nur auf die schreckliche Szene, die sich den Forces-Soldaten bot. Die Piloten der zweiten Maschine warfen in ihrer Verzweiflung die Außenlast ab, im freien Fall stürzte der Bagger Hunderte Meter in die Tiefe, verschwand hinter den Felsen, ehe ein dumpfer Krach zu hören war. Der Puma drehte ab, Marten konnte über das Fernglas erkennen, dass er schon ganz durchlöchert war. Der Lieutenant biss die Zähne aufeinander. Seine Gedanken überschlugen sich. Beide Bagger waren verloren und mit ihren Klappspaten brauchten sie gar nicht erst versuchen, den Mini-Tripod aus der Erde zu holen. Nein, die Prioritäten hatten sich blitzartig verschoben.

»Delta, wir haben es auf dem Bildschirm«, rauschte Rienschs aufgeregte Stimme aus den Lautsprechern. »Köpfe einziehen, wir schicken eine Predator.«

Die Kampfdrohne musste sich in der Nähe aufhalten, denn nur Sekunden später zischte sie über die Höhenkette hinweg, auf der kurz darauf zwei Explosionen haushoch aufstäubten. Ihr Schall klang lange nach.

»Wie ist Ihr Status, Delta?«

Fenix meldete.

»Wir packen zusammen und sichern die Absturzstelle«, schaltete sich Marten ein.

»Negativ, Delta.« Stearn hatte einmal mehr das Funkgerät übernommen. »Sie haben einen anderen Auftrag.«

»Und wie sollen wir den ausführen? Ohne Bravos?« Obwohl die Leitung gesichert war, verschleierten die Soldaten bestimmte Begriffe.

»Sie werden einen Weg finden.«

»Wollen Sie mich verarschen?« Fenix quittierte Martens ungezügelte Frage mit einem fragenden Blick. Der aber legte gleich nach: »Der Boden hier ist knüppelhart. Wenn wir per Hand graben sollen, dann sorgen Sie dafür, dass uns jemand noch ein bisschen Verpflegung vorbeibringt, weil wir dann die nächsten vier Wochen hier verbringen werden! Sorry, das ist nicht machbar.«

Schweigen am anderen Ende der Leitung. Es geschah nicht oft, dass Stearn die Worte fehlten.

»Bei allem Respekt, Control, hier noch einmal mein Vorschlag: Wir packen zusammen und sichern die Alpha Sierra.«

»Die Saudis haben eine Eingreiftruppe für so etwas«, protestierte Stearn. Es war ein schwacher Protest, einer, der vom Trotz genährt wurde, nicht aus Überzeugung.

»Die Stunden brauchen wird. So lange haben die Jungs von der RAF nicht!«

Stearn ließ wertvolle Sekunden verstreichen, ehe er erwiderte: »Gut. Tun Sie es. Koordinaten folgen.«

# VII. Walther Desmond

Das Knacken des Controllersticks und das Knarzen der verklebten Tasten waren neben Desmonds Stimme die einzigen Geräusche, die das zugestellte, dunkle Wohnzimmer erfüllten. Auf dem großen Fernsehschirm strahlten alle Farben des Farbkreises. Desmonds virtuelles Alter Ego schlich mit gezogener Waffe durch einen dichten Dschungel. Ein Kopfhörer beschallte seine Ohren mit dem Sound des Spiels, während er via Mikrofon vor dem Mund mit seiner Zockerfreundin Mixxel7 sprach. Sein Flugzeug würde in der Nacht starten, Desmond würde sich in einer halben Stunde auf den Weg machen müssen. Es fühlte sich wie eine Art Abschied von Mixxel7 an, denn er wusste ja nicht, wie lange er fort sein würde.

»Hey, Mix«, schmatzte er und konnte sich doch nicht ganz von den Gefühlen ablenken, die ihm den Magen eindrückten. »Ich habe mittlerweile einen KDR von 1,3. Läuft langsam.«

»Schon gesehen.« Sie klang betrübt. Sie hatte Angst, das wusste er. Angst vor den Marsianern, vor einer Landung in Nordamerika. Sie saß auf gepackten Koffern, hatte die Waffen ihres verstorbenen Mannes geladen und griffbereit neben dem Bett liegen.

»Hey, mein Dicker.« Ihre bebende Stimme versetzte Desmonds Herz einen Stich. Das Spiel endete derweil, das gegnerische Team fuhr den Sieg ein. Desmond war das gleich.

»Ja?«

»Du kannst es wirklich nicht einrichten vorbeizukommen? Meine Tochter würde sich viel sicherer fühlen mit einem Forces-Mann in ihrer Nähe.«

Aha, ihre Tochter …

»Tut mir leid. Meine Mission in Europa ist äußerst wichtig.« Er trug absichtlich dick auf.

»Und du kannst nicht abschätzen, wie lange du fort sein wirst?«

»Leider nein.«

»Oh.« Niedergeschlagen.

»Eine Woche vielleicht.«

»Okay. Du meldest dich, wenn du wieder hier bist?«

»Natürlich.«

Es war dermaßen eindeutig, dass nicht einmal Desmond, dem das Zwischenmenschliche üblicherweise abging, die Anzeichen länger ignorieren konnte. Er musste sie endlich fragen. Er musste es einfach tun. Er kannte sie seit Jahren, verdammt! Und nun stand bereits zur Debatte, dass er sie besuchen würde, wenn auch aus anderen Gründen. Desmond nahm seinen ganzen Mut zusammen, wunderte sich kurz darüber, dass ihm dies gelang, dann sprach er sie mit weicher Stimme an: »Hey, Mix?«

Seine Zockerfreundin antwortete nicht.

»Mix?«

Keine Antwort.

»MIX?«

»Wally?«, drang ihre Stimme aus den Lautsprechern. Sie klang noch viel ängstlicher als zuvor.

»Was ist los?«

»Wally …«, wisperte sie in schwingendem Tonfall. Weinte sie?

»Was ist los, Mix?«

»Schalt die Nachrichten ein!«

Desmond gingen die Augen auf. Sein Handy! Er hatte es in der Küche liegen lassen! Er sprang aus seinem Sessel hoch, seine Fußknöchel knackte. Er, hetzte durch das Chaos seines kleinen Hauses und grapschte das Smartphone.

Push-Nachrichten auf dem Display. Viele.

Desmond rang nach Luft, musste sich auf den Oberschenkeln abstützen. Der kurze Sprint hatte ihm schon wieder gereicht. Er starrte auf den leuchtenden Screen.

- USSF sagt alle Spiele der kommenden Woche ab.
- Rätsel um den Tod britischer Touristen: Ganze Familie erleidet auf Mallorca einen Herzstillstand. Das britische Verteidigungsministerium bestätigt, dass es sich bei einem der Opfer um einen wissenschaftlichen Mitarbeiter der Streitkräfte handelt.
- Robert Downey Junior bestätigt: Iron Man 6 kommt!
- Marsianer bei Sydney!
- Australische Streitkräfte rücken aus!

Desmond polterte zurück zum Fernseher, bekam die Fernbedienung zu fassen, hätte sie in der Hektik beinahe durch den Raum geschleudert. Maschinengewehrartig hämmerte er auf der Programmtaste herum, schaltete durch die Kanäle. Seine Xbox surrte dazu. Auf dem Fox News Channel blieb er hängen. Fox war nicht unbedingt seine erste Wahl in Sachen Nachrichten, doch an den gezeigten Bildern blieb er einfach kleben. Zuerst war da Erleichterung. Erleichterung darüber, dass es nicht zu einer dritten Landung gekommen war, sondern die Überschrift der Push-Nachricht in bester Clickbait-Manier übertrieben hatte.

Fox zeigte eine Grube mitten in der Tristes, die umzingelt war von Pick-up-Trucks und Menschen. In der Mitte der Grube, halb freigelegt, war ein seltsames Objekt zu erkennen, etwas, das aussah wie ein marsianischer Tripod im Kleinformat. Desmond kniff die Augen zusammen, versuchte zu erfassen, um was es sich handeln könnte. Er hatte dergleichen noch nie gesehen. Menschen, denen die Sorge ins Gesicht geschrieben stand, umringten den halb ausgegrabenen Mini-Tripod und achteten tunlichst darauf, einen gewissen Abstand einzuhalten. Sie verstrickten sich in Debatten, während die Polizei mit mehreren Einsatzfahrzeugen anrückte. Ausströmende Schutzleute begannen damit, die gaffende Meute aus der Grube zu scheuchen.

Desmond zog sich das Xbox-Headset über die Ohren. Er vernahm das Schluchzen von Mixxel7.

»Mix?«

»Ja?« Sie erschauerte. »Oh mein Gott … Wally … ich … ich …«

»Schon gut, Mix. Was ist das für ein Ding?« Desmond beugte sich vor, verengte die Augen, fixierte das winzige Gerät in der Grube, ehe Fox in ein Nachrichtenstudio umschaltete, in dem sich lauter Experten um eine junge Moderatorin tummelten.

»Ist das … ist das ein Tripod?«, grübelte er laut.

»Wally?«, schniefte Mixxel7.

»Ja?«

»Wenn irgendetwas passieren sollte …«

»Ja, ja.« Er hörte ihr gar nicht richtig zu.

# VIII. Rick Marten

Die sechs Radpanzer der Kompanie erreichten eine weite Ebene: Wüste, so weit das Auge blickte. Mit 80 Stundenkilometern bretterten sie über den Sand. Sie wirbelten Staub auf, zogen dichte Wolken, viele Hundert Meter lang, hinter sich her, dass es aussah, als beschwörten sie einen Sandsturm herauf. Marten und Fenix drängten ihre Fahrer zur Höchstgeschwindigkeit. Jede Sekunde zählte, wollten sie die Piloten bergen, ehe es hier vor Terroristen wimmeln würde.

Geier fokussierte sich auf ihren Bildschirm, der eine Karte der Region abbildete. Mission Control hatte ihr die Koordinaten der Absturzstelle direkt auf den Screen geschickt.

Rote Rauten symbolisierten durch die Luftaufklärung ausgemachte Feindkämpfer.

Rote Rauten näherten sich aus allen Himmelsrichtungen den Wagen der Kompanie.

»Absturzstelle voraus! 1500!«, meldete Geier.

Marten sprang von seinem Sitz auf. Er musste sich am Munitionsrack festhalten, um bei der holprigen Fahrt nicht das Gleichgewicht zu verlieren. Halb geduckt trat er an die Kommandantenluke heran, öffnete sie und streckte seinen Oberkörper nach draußen. Sandkörner prasselten ihm wie winzige Geschosse ins Gesicht und gegen die Splitterschutzbrille. Er klappte die Wetterscheibe hoch, wischte sich den Staub von den Brillengläsern und sah die ölfettigen Schwaden, die voraus aus dem Wüstengrund aufstiegen und eine schwarze Säule bis hinauf ins Gewölk bildeten. Mit jeder Sekunde machte sein Boxer mehr als zwanzig Meter gut und so erkannte er bald die völlig verbogene Hubschrauberzelle, die zu drei Seiten von Trümmerteilen umgeben war. Je näher der Radpanzer herankam, desto mehr stutzte Marten beim Anblick des Wracks. Etwas stimmte nicht bei dem Bild, das seine Augen aufzeichneten, doch der Lieutenant vermochte nicht den Finger daraufzulegen. In seinem Gehirn aber schellte ein Warnsignal.

»Delta One, hier Two. Fahre vor und lege Sicherung aus. Lasst euch zurückfallen«, erging Fenix' Absicht über Funk.

»One verstanden.«

Marten ließ das Hubschrauberwrack Hubschrauberwrack sein und kümmerte sich stattdessen darum, dass seine Fahrer die Geschwindigkeit drosselten. Gleichzeitig setzte sich Fenix' Führungsfahrzeug von den anderen ab, überholte auch Martens Autos, flog der Absturzstelle förmlich entgegen. Die anderen fünf Radpanzer folgten in Keilformation.

Fenix' Piranha hielt direkt auf das Wrack zu, korrigierte einhundert Meter davor seinen Kurs und wich den Trümmerteilen linksseitig aus. Mit 85 Kilometern pro Stunde passierte er den abgestürzten Hubschrauber.

Es tat einen infernalen Knall. Der Radpanzer des Briten stoppte augenblicklich, als wäre eine göttliche Hand auf ihn herniedergesaust und hielte ihn fest. Die spitz zulaufende Front drückte sich zusammen wie eine Ziehharmonika, der hintere Teil bäumte sich auf, sprang hoch, landete krachend wieder im Wüstensand. Reifen platzten, der Waffenturm sprang aus der Verankerung, wurde nach vorne fortgeschleudert, prallte gegen ein unsichtbares Hindernis und wirbelte in die entgegengesetzte Richtung weg. Es war, als wäre das Fahrzeug ungebremst gegen eine meterdicke Stahlbetonwand gerast, nur dass da keine Wand war.

»HALT!«, schrie Marten in sein Funkgerät, dass seine Stimme in allen Lautsprechern übersteuerte. »Alle Fahrzeuge halt!«

Die Fahrer stiegen in die Eisen, die Räder blockierten, die Panzer schlitterten über den Sand, rissen tiefe Spurrillen in den Untergrund, ehe sie zum Stehen kamen. Die Fahrer schalteten ohne Umschweife, nahmen eine halbkreisförmige Front hinter dem abgestürzten Hubschrauber und dem verunfallten Radpanzer ein.

»Niemand verlässt sein Fahrzeug!«, befahl Marten eindringlich. »An alle: Sicherung auslegen, mögliche Minen- oder IED-Lage!«

Luken sprangen auf, grimmige Soldaten zeigten sich.

»Delta Two?« Marten starrte Fenix' zusammengedrückten Panzer an. »Delta Two?« Nichts. Keine Antwort. Kein Lebenszeichen droben beim verunfallten Wagen.

»Scheiße!«, brüllte der Lieutenant und fasste sich an den Helm. »Verflucht!«

»Delta, hier Mission Control. Ihr Status?«

Marten berichtete.

»Scheiße!«, kommentierte Riensch.

»Sie sagen es. Wie sieht es bei unseren Freunden aus?«

»Indias überall.«

»Großartig.«

»Etwa 10 Meilen südöstlich Ihrer rotten sich welche zusammen. Wir zählen 20 Fahrzeuge.«

Marten knabberte sich auf der Unterlippe herum, dachte krampfhaft nach. Sein Herz trommelte wie ein Presslufthammer, der Schweiß quoll ihm unter der Uniform hervor. Seine Augen hefteten sich auf Fenix' Wagen, der aussah, als hätte ihn eine Autopresse ausgespuckt. Dampf kräuselte aus dem Motorraum nach draußen.

»Ich brauche zwei Freiwillige«, eröffnete Marten den Kameraden in seinem Rücken. Alle Arme schnellten in die Höhe.

»Ich liebe euch, Leute. Härti, Babo, ihr seid nominiert.«

Die Angesprochenen sprangen aus ihren Sitzen auf, prüften mit einem Blick ihre G36 und grinsten Marten an. Der senkte per Knopfdruck die Laderampe, versuchte dabei noch einmal, Verbindung zu Fenix herzustellen, funkte dann die anderen beiden Piranha an und übertrug das Kommando über Delta Two an einen jungen Sergent-chef.

Marten schritt die Rampe hinunter, blieb am unteren Rand der Metallkonstruktion stehen und beäugte akribisch den Sand zu seinen Stiefelspitzen. Nichts deutete darauf hin, dass hier in letzter Zeit gegraben worden war, doch in dieser Klimazone reichte ein frisches Lüftchen aus, um Spuren, die keine Stunde alt waren, unkenntlich zu machen.

»Ausschau halten nach Minen, UXO und anderem Scheiß!«, gab er über Funk zu verstehen. Einige der Soldaten in ihren Luken hoben den Daumen.

Marten gönnte sich den Luxus eines bewussten Atemzugs, dann nahm er sich zusammen, machte einen großen Schritt von der Rampe und berührte mit den Sohlen den steinigen Sandboden. Er atmete erleichtert aus, nachdem er sich vergewissert hatte, dass sich beide Füße noch an seinem Körper befanden.

Die Sonne knallte brutal, der Lack der Fahrzeuge und des Hubschraubers reflektierte gleißendes Licht. Die Luft war vergiftet vom Rauch, im Puma knisterte ein Brand und bis dato gab es keine Hinweise auf Überlebende. Marten gewann mit jedem Schritt an Sicherheit und bald war die Angst vor Sprengsätzen vergessen. Er sprintete Fenix' Wagen entgegen, Babo und Härti schickte er zum Hubschrauber. Die beiden Forces-Soldaten stülpten sich ihre Gasmasken über das Gesicht, um keine Rauchvergiftung zu erleiden, dann näherten sie sich dem glosenden Wrack.

»Matt!«, rief Marten, sprang an den verunfallten Piranha heran und klopfte wie wild gegen den Stahl. »MATT!«

Die Karosserie war verzogen und verbogen, ungeheure Kräfte hatten auf den Panzerstahl eingewirkt. Atemlos starrte Marten gegen die Wüstentarnlackierung und wusste nicht, wie er in den Panzerwagen gelangen sollte, da machte er Geräusche im Inneren aus. Es knirschte metallisch, als sich jemand an einer der Luken zu schaffen machte. Marten schwang sich die MP auf den Rücken, kletterte über eines der Räder am Fahrzeug hoch und hastete vor zu einer Luke, die einen Spalt weit geöffnet war. Er sah Hände, die verzweifelt versuchten, den Deckel aufzustoßen. Marten packte mit an, zog mit aller Kraft, doch musste er rasch feststellen, dass er hier mit Muskelkraft nicht weiterkam.

»Hey, wie sieht es aus bei euch?«, fragte er den Mann auf der anderen Seite der Luke. Er legte sich dazu flach auf das Dach des Piranha, schaute durch den Spalt ins Innere, sah ein weißes, verängstigtes Augenpaar in der Dunkelheit. Die Innenraumbeleuchtung war ausgefallen. Ein leises, mehrstimmiges Stöhnen drang aus dem Panzer.

»Wir haben Verletzte«, hustete der Brite. »Drei sind ohnmächtig und unser Fahrer ist tot. Der ist … einfach zerquetscht worden.« Die Stimme des Mannes zitterte, in ihr schwang der Horror des Anblicks mit, den der getötete Fahrer abgab.

»Fenix?«

»Bewusstlos. Ich will hier raus! Hol mich hier raus!« Der Brite drosch vergeblich auf die Luke ein.

»Hey!«

»Hol mich hier raus!«

»HEY!« Marten griff in den Spalt, packte die Hand des Mannes, drückte sie. Sein Blick suchte und fand dessen Augen.

»Bleib ruhig, kümmere dich um die Verletzten. Wir holen euch raus!«

»Okay.«

»Ich kann mich auf dich verlassen?«

»Ja.«

»Gut.«

Der Brite verschwand im düsteren Innenraum, leise wimmerten dort die Schwerverletzten. Marten forderte über Funk einen Trupp aus den beiden anderen Piranha-Panzern an, sie sollten die Verletzten per Schweißgerät aus dem Fahrzeug befreien. Dass der verunfallte Wagen nicht mehr fahrtauglich war, sah er mit einem Blick. Er musste sich etwas einfallen lassen, asap. Obwohl er nicht gläubig war, setzte er in diesem Augenblick ein Stoßgebet gen Himmel ab mit der Bitte, seine Einheit mit weiteren Minenvorfällen zu verschonen.

»Ihr habt noch maximal fünf Minuten«, meldete Riensch mit Blick auf die Terrormilizen, die der Absturzstelle entgegenstrebten. »Und ihr seid auf euch gestellt. Die Drohne ist zum Auftanken auf dem Rückweg, zwei weitere steigen in diesen Sekunden auf, aber sie werden euch nicht mehr rechtzeitig erreichen.«

»Rick!«, brüllte Härti vom Hubschrauber aus und riss sich die Maske vom Gesicht. »RICK!«

Marten meinte einen Augenblick lang, die ganze Sache wüchse ihm über den Kopf. Er ließ sich vom Piranha hinunter, ballte die linke Hand zur Faust und biss in diese hinein. Das Gefühl seiner Schneidezähne, die gegen das Gewebe drückten, beruhigte ihn. Er sah, wie die Briten des Rettungstrupps eilfertig ihre Piranha verließen, dann wandte er sich dem Hubschrauber zu.

»RICK!«, brüllte Härti noch einmal.

»Delta, hier Control. 22 Fahrzeuge befahren Ebene aus Richtung Südwest mit Kurs auf die Absturzstelle. Wir zählen um die 100 aufgesessenen Kämpfer.« Riensch brach einmal mehr aus dem für die Funksprache üblichen Siezen aus, fügte hörbar besorgt an: »Seht zu, dass ihr da wegkommt!«

»Wir arbeiten dran!« Marten spurtete Härti entgegen, stockte auf halbem Weg, starrte auf das Hubschrauberwrack. Etwas stimmte nicht. Nicht mit dem Hubschrauber. Nicht mit Fenix' Piranha. Das sich ihm bietende Bild kollidierte auf eine Weise, die ihm unergründlich war, mit den physikalischen Gesetzen. Härti zeigte sich, winkte, brüllte: »Rick!«

Marten stellte die Frequenz seines Funkgeräts um, raunte ins Mikrofon: »Ja?«

»Die Piloten sind tot …« Babo schleifte im Hintergrund den ersten Leichnam aus dem Wrack und legte in behutsam im Wüstensand ab. Der Brandherd in der Elektronik hatte sich noch nicht ausgebreitet, knisterte leise vor sich hin.

»… aber das hier ist komisch«, versetzte Härti und kratzte sich am Kopf.

»Ja … ja, ich sehe es auch.«

Japsend unterzog Marten den Hubschrauber einer genauen Betrachtung. Er besah sich die Trümmerteile, die sich in drei Himmelsrichtungen verteilt hatten – aber eben nur in drei, nicht in vier. Vor dem Hubschrauber war der Sand sauber, kein Metallfragment blitzte dort in der Sonne. Und das Wrack selbst … Marten neigte den Kopf auf die Seite. Es sah aus, als hätte es die Regeln der Physik überwunden, als hinge das Cockpit seltsam in der Luft … als lehnte es gegen etwas. Doch da war nichts.

Marten fuhr aus einem Impuls heraus herum, wurde sich der Tatsache gewahr, dass auch bei Fenix' Piranha die Trümmerteile nur in drei Richtungen fortgewirbelt waren. Vor dem Piranha war der Wüstensand frei von Splittern und Scherben. Die eingedrückte Panzerschnauze aber … es sah auch, als wäre der Piranha mit Karacho gegen etwas gefahren. Doch da war nichts.

Härti stürzte auf Marten zu, sie wechselten einen verwirrten Blick.

»Grafikwände«, sprach Marten den ersten Gedanken aus, der ihm kam.

»Sie meinen?«

»Ich vergaß, du zockst ja nicht.«

»Nur NHL.«

In ihren Rücken blitzte es, als das Schweißgerät unter lautstarken Kommandos des Truppführers seine Arbeit aufnahm. Härti und Marten aber mussten nichts mehr besprechen, ihre Neugierde hatte gesiegt und die beiden wurden sich wortlos über das weitere Vorgehen einig. Vorsichtig bewegten sie sich gen Nordwest, auf die weite Ebene voraus zu. Aus einer Ahnung heraus tastete Marten mit den Händen vor, als würde er sich in schwärzester Finsternis einen Weg bahnen.

Als er die unsichtbare Wand berührte, zuckte er entsetzt zusammen. Sie war eiskalt. Und es war unlogisch, sein Hirn vermochte nicht zu verarbeiten, was die Sinne erfassten. Er sah vor sich die Wüste, konnte kilometerweit schauen bis zu den Felsenketten, die sich weit im Nordosten über das Land erhoben. Doch zwischen ihm und dieser Wüste stand eine Wand. Eine unsichtbare Wand. Seine Hände ertasteten sie deutlich. Sie war hart wie Stahl, erschien unverrückbar. Härti berührte sie ebenfalls, langte ungläubig nach rechts und nach links.

»Was zum …?«, wisperte er und warf Marten einen hilflosen Blick zu. »Das sind die Fleischbälle«, ergänzte er im Flüsterton, als hätte er Angst, er würde für verrückt erklärt werden, würde ihn jemand hören. Marten und Härti tasteten weiter, der Lieutenant schritt links der unsichtbaren Wand entlang, sein Gruppenführer rechts.

»Vier Minuten, Delta«, ermahnte Riensch.

»Ja, ja. Wir sind schon auf dem Sprung«, knirschte Marten, ganz vereinnahmt von seiner Entdeckung. Plötzlich schrie Härti auf. Marten wirbelte herum. Und erstarrte. Sein Gruppenführer war weg. Wie vom Erdboden verschluckt.

Er hörte erstickte Angstrufe seines Kameraden. Sie waren dumpf, als befände er sich in einem Nebenraum. Härti würgte hörbar, hustete. Und war weit und breit nicht zu sehen.

»Patrick!«

Marten zögerte, ehe er sich mit seinem ganzen Körpergewicht gegen die Wand stemmte, denn sein Verstand versuchte ihm das zu untersagen.

»Patrick!«, brüllte er und suchte verzweifelt, das Röcheln Härtis zu orten. Er folgte der Wand nach rechts, tastete nicht mehr, sondern drückte immer bestimmter mit seinem Leib dagegen.

»PATRICK!«

Marten stürzte unerwartet. Sein Herz machte einen Satz. Ehe er sich versah, fand er sich in einer roten Masse wieder. Biegsame Schlingpflanzen, dick wie Kinderarme, umgaben ihn gleich den Tentakeln eines Kraken. Marten wühlte sich reflexhaft aus dem roten Gestrüpp, suchte den Himmel über sich, fand ihn nicht, stattdessen nur Schwärze, als hätte der Herrgott persönlich das Firmament mit einem dunklen Spannbettlaken abgedeckt. Marten tat in seiner aufkommenden Panik einen Atemzug, doch kein Sauerstoff strömte in seine Lunge, nur eine beißende Leere, die seine Angst ins Unermessliche verstärkte. Er ruderte mit den Armen, kämpfte gegen die blutroten Schlingpflanzen an, in deren Beet er gestürzt war. Er atmete, saugte gierig, rang um Luft. Doch da war keine Luft. Marten riss den Kopf hoch, sah Härti zu seinen Füßen liegen. Dessen Kopf war blau angelaufen, er strampelte verzweifelt, lag ebenso im Feld roter Gewächse. Für eine Sekunde nur verdrängte Marten die Panik, erstarrte zur Salzsäule und blickte auf das, was sich vor Härti und ihm auftat: Es war dunkel, die voraus liegenden Dinge nur schemenhaft zu erkennen. Irgendwo leuchteten schwache Lampen. Und doch sah er sie, erkannte er sie, erkannte sie in aller Deutlichkeit: die Kesselkörper der Tripods. Ihre Beine schienen eingefahren, die Körper ruhten auf dem roten Gewächs. Es mussten Hunderte sein. Dicht an dicht, einer neben dem anderen, lagen sie gebettet auf dem Kraut. Sie warteten, warteten auf den Angriffsbeginn. Toolboxes, die original wie jene von 1901 aussahen, marschierten zwischen den ruhenden Dreibeinern umher. Jene waren auch in Frankfurt gefunden worden, hatten sich aber selbst zerstört, ehe sie hatten geborgen werden können. Und dann sah Marten noch etwas, dass er nicht erwartet hätte: Rechter Hand stapfte eine dreibeinige Maschine durchs rote Kraut, zwängte sich zwischen den ruhenden Tripods hindurch. Sie war deutlich kleiner als jene Maschinen, gegen die Marten in Deutschland gekämpft hatte und die hier in diesem luftleeren »Raum« zu Hunderten schliefen. Auf dem Kopf saß ein übergroßer Deckel und aus dem Rumpf ragten nicht nur drei Beine, sondern darüber hinaus zwei Arme. Einer der Arme führte einen großen Behälter. Der stapfende Dreifüßer drehte seinen bedachten Kopf nach allen Seiten – wie der Kopf eines mit einer Kapuze bekleideten Menschen. Marten musste nicht lange in seinem geistigen Fundus kramen: Der Tripod führte einen Hitzestrahlapparat mit sich, der sich in der Formgebung von denen aus dem Museum nicht im Geringsten unterschied. Und so unterschied sich auch der ganze Tripod nicht von jenen Kampfmaschinen, die Anfang des 20. Jahrhunderts in London eingefallen waren. Zweifellos: Marten hatte ein Exemplar vor sich, dass jenen aus dem Marsmannkrieg glich. Es wirkte zwischen den eingefahrenen Köpfen seiner großen Brüder geradezu halbwüchsig und doch musste die dreibeinige Maschine, immerhin so hoch wie ein kleines Einfamilienhaus, die Menschen des frühen 20. Jahrhunderts in Angst und Schrecken versetzt haben. Saß in dieser Kiste ein Marsmann? Oder hatten die Aliens auch die kleinen Tripods zu Drohnen umfunktioniert?

Erst im zweiten Augenblick wurde Marten der vielen kleinen Schatten gewahr, die sich auf ihn zubewegten. Mini-Tripods. Tausende. Es waren so viele, dass sie sich einer Welle gleich, über- und durcheinander rollend, an ihren großen Brüdern vorbeiquetschten. Wie ein rauschender Strom wogten sie den beiden Eindringlingen entgegen, ihre biegsamen Lanzen schwingend. Sie bildeten Wände aus Tripods, drei, vier, fünf, sechs aufeinander, stürzten sie übereinander her, als veranstalteten sie ein Wettrennen darum, wer die Menschen zuerst erreichen würde. Eine Flutwelle von Miniatur-Tripods brandete Marten und Härti entgegen.

Der deutsche Lieutenant reagierte geistesgegenwärtig. Er unterdrückte die in ihm aufkeimende Panik, ignorierte das Stechen in seiner Lunge, zog Härti aus dem Gestrüpp, zerrte ihn rücklings, dorthin zurück, wo sie hergekommen waren. Er suchte verzweifelt den Durchgang, doch sah er nur eine schwarze Wand vor sich, keine Naht, kein Durchbruch. Er tastete, Härti sank auf die Knie im Todeskampf, stieß exhalierende Laute aus.

Marten warf sich in einem verzweifelten Akt mit seinem Körper gegen die Wand, spürte Widerstand, versuchte es noch einmal, etwas weiter rechts. Er stürzte, hatte plötzlich feinen Wüstensand auf den Lippen. Seine Pupillen verengten sich, als das gleißende Licht der jemenitischen Mittagssonne in sie eindrang. Marten musste die Augen zukneifen und konnte für einen Augenblick nichts anderes tun als atmen. Neben ihm lag Härti, nahm lauthals Sauerstoff auf, alle viere von sich gestreckt.

Marten hob den Kopf, schaute in fragende Gesichter von deutschen und britischen Soldaten, die sich ihm mit gezogenen Waffen näherten und diese nun allmählich senkten. Dem Lieutenant blieb eine Pause vergönnt. Er hörte sie, hörte das tausendfache Trippeln und Trapsen der feinen Glieder in seinem Rücken. Er drehte sich um, sah nichts als weite Wüste. Sie kamen.

»Das war das Angus-Kraut!«, schrie Härti entsetzt auf und meinte damit jenes rote Gewächs, das sich 1901 im Zuge der marsianischen Invasion blitzartig im Großraum Londons ausgebreitet hatte – und das schließlich ebenso rasch wie die Aliens selbst eingegangen war. Es wuchs nach wie vor vereinzelt unter irdischen Bedingungen, wenn es auch kümmerlich und anfällig blieb. Der berühmte schottische Botaniker Iain Angus hatte sein Leben der Untersuchung jener Pflanze verschrieben. »Das war das verfluchte Angus-Kraut!«

»Weg hier!«, brüllte Marten, so laut es ihm möglich war. Er sprang auf die Füße, ganz kurz wurde ihm schwarz vor Augen. Er zog an Härti, bis auch dieser aufrecht stand, dann drehte er sich um, winkte aufgeregt und wiederholte seinen Ruf: »Weg hier! In die Wagen! Los, los, los!«

»Delta, hier Mission Control! Verdammt noch mal, wie ist Ihr Status?«, zeterte Stearn im Funkkreis. Marten ignorierte ihn. Er hastete los, Härti im Schlepptau, wetzte seiner 39 entgegen, nahm aus dem Augenwinkel wahr, dass niemand mehr an Fenix' Radpanzer zugange war. Zwei Luken waren geöffnet; ergo waren die Verwundeten geborgen.

Martens Lunge brannte, als wäre sie mit Salzsäure übergossen worden. Seitenstechen setzte ein. Er ignorierte all diese Leiden, rannte weiter. Hinter ihm platzten die Mini-Tripods aus dem unsichtbaren Zugang. Das sah im Grunde ulkig aus, ein Konglomerat metallischer Gesellen ploppte wie aus dem Nichts in der Wüste auf, so wie eine Spielfigur in einem Videospiel nach ihrem Ableben wieder erscheint. Ulkig aber war an dem massenhaften Auftreten der Mini-Tripods nichts; mehr und mehr und immer mehr von ihnen drängten in die jemenitische Wüste. Als wären sie zu einem gigantischen Wurm verschmolzen, zu einem einzigen Organismus, wogten sie als metallgewordene Welle den fliehenden Forces-Soldaten nach.

»Feuer!«, hustete Marten. »Alle Mann Feuer!«

Die Waffentürme der Radpanzer legten los, die über Luke sichernden Schützen stiegen in das Konzert der Kriegswaffen mit ein. Die GraMaWa schleuderte den Tripods Granaten entgegen, die Kaliber-.50 hackten salvenweise mit daumendicken Geschossen in die heranstürzenden Gegner hinein. Grüne Blitze zuckten über das Tripod-Gemenge hinweg, zahlreiche wurden in Stücke geschossen, zerfetzten unter den Einschlägen. Einzelteile flogen umher. Noch immer aber kamen mehr nach, es war ein nicht enden wollender Strom marsianischer Roboterkämpfer.

Marten und Härti stolperten die Rampe hinauf, ließen diese hinter sich hochfahren. Fenix ruhte auf dem Fußboden zwischen den Sitzreihen, gebettet in eine Vakuummatratze. Er war bewusstlos und ein Blick in die Gesichter der ihm beistehenden Soldaten verdeutlichte Marten, dass es ernst war. Das Knallen der Waffen schallte durch die geöffneten Luken, potenzierte sich im engen Innenraum und klingelte den Soldaten in den Ohren.

»Fahr! Fahr! Fahr!«, rief Marten und stieg dabei vorsichtig über Fenix.

»Delta, hier Mission Control!«, drängte Stearn auf der Leitstellenfrequenz. »Verdammt, was ist da bei Ihnen los? Die Insurgents sind in zwei Minuten bei Ihnen!«

»Ja, die dürfen gerne auch noch mitspielen!«, dröhnte Marten nur, dann schaltete er die Frequenz um. Der Motor seines Radpanzers erwachte brummend zum Leben. Der Fahrer schaltete gleich, der Wagen machten einen Satz und donnerte los. Auf wackeligen Beinen taumelte der Lieutenant in den vorderen Teil des Panzermoduls, musste sich dabei festhalten. Über Funk vergewisserte er sich, dass alle Verletzten eingeladen und versorgt waren.

Die Radpanzer der Kompanie rauschten ab. Die Waffentürme und die Soldaten über Luke ballerten auf die ihnen nachwogende Mini-Tripod-Armada.

»Ich lass mich nicht auffressen!«, donnerte Schröder, drückte den Auslöserknopf ein, bis ihm angezeigt wurde, dass sein Waffenturm verschossen hatte. Sofort krallte sich der Waffenbediener frische Munitionskästen und schickte sich an nachzuladen. »Ihr fresst mich nicht, ihr hässlichen Krakenköpfe!«, erneuerte der Berliner seinen Schwur. Marten starrte auf Schröders Bildschirm, sah deutlich, dass seine Wagen den Minis davonfuhren. In seiner Erleichterung löste sich seine Körperspannung und er musste sich am Munitionsrack festhalten, um nicht zu Boden zu gehen.

»Alu-u!«, ertönte der mechanische Ruf der Marsianer. »Alu-u!« Laut, durchdringend schallte er über die Ebene. Marten gefror das Blut in den Adern. Er machte eine grüne Blitzerscheinung in einiger Höhe aus, jenseits der Minis. Plötzlich streckte sich der Kesselleib eines großen Kampf-Tripods über die unsichtbare Wand hinaus. Abermals glaubte Marten im ersten Augenblick, seine Sinne spielten ihm einen Streich. Deutlich sah er den Körper der riesenhaften Kriegsmaschine, sah auch die sich bewegenden Beinansätze, die schlangenartigen Stelzen selbst aber waren auf mittlerer Höhe wie abgeschnitten … und darunter nichts als Wüste, als wäre der untere Teil des Tripods durch ein Gemälde verdeckt. Schlagartig schoss eines der Beine in die Höhe, wurde vollends sichtbar. Es stieg über die unsichtbare Wand hinweg, der Tripod zog seine beiden anderen Beine nach, dann stand er in voller Pracht auf weiter Flur. Und nahm sogleich die Verfolgung der Radpanzer auf.

»Alu-u!«, erklang sein markerschütternder Ruf noch einmal.

»Tripod! TRIPOD!«, kreischten die Forces-Soldaten auf allen Leitungen. Marten setzte eine blinde Meldung an die Leitstelle ab, damit musste sich Stearn vorerst begnügen.

»Rick!«, rief Geier. Marten aber hörte sie nicht, seine Augen verhafteten sich auf Schröders Bildschirm … auf dem Tripod, der mühelos seine kleinen Brüder überholte, dessen Beine in schneller werdender Frequenz den sandigen Untergrund prügelten. Er lief zur Höchstgeschwindigkeit auf und machte Boden gut.

»Fahr doch!«, brüllte sich Marten die Seele aus dem Leib, um den Krach der Waffen zu übertönen. Alle Schützen richteten ihre Rohre auf den großen Tripod aus, Projektile und Granaten prasselten auf diesen ein. Die marsianische Kriegsmaschine zeigte sich durch den Beschuss unbeeindruckt.

»Control!« Marten schnaufte. »Riesige versteckte Tripod-Armee nordöstlich eigener!«, brüllte er in einer Geschwindigkeit ins Funkgerät, dass sich seine Worte zu einem Laut vereinigten. »Ein Tripod hängt an uns dran! Wir brauchen die Predator! JETZT!«

»Alu-u!«

»RICK!«, verschaffte sich Geier Gehör. »Al-Qaida voraus!«

»Das kann doch alles nicht wahr sein!«

Schröder kehrte vom Laden zurück, setzte sich hastig, drehte den Waffenturm via Joystick nach vorne, sodass Marten sie sehen konnte: Umgebaute Pick-ups und Pkw, versehen mit lafettierten Maschinengewehren und Granatwerfern. Schwarze Flaggen ragten aus den Fahrerkabinen, Sitzbänke und Ladeflächen waren mit mehr vermummten Kämpfern versehen als vom Hersteller vorgesehen. Sie waren bewaffnet bis an die Zähne und sie rasten mit abgebrühtem Fanatismus frontal auf die Forces-Panzer zu.

»Ja, sehen die den Tripod nicht?«, machte Schröder seinem Ärger Luft.

»Islamisten ...«, kommentierte Marten, das musste für den Augenblick als Erklärung ausreichen. Wie alle großen Religionen hatte auch der Islam seine Schwierigkeiten damit, die Existenz von Außerirdischen in seine Weltanschauung zu integrieren. Islamistische Kreise gefielen sich in dem Gedanken, die Marsmänner seien von Allah entsandte Krieger, um die Erde von den »Kuffār« zu befreien.

MG-Feuer schlug den Forces-Soldaten entgegen. Einer der Gotteskrieger hievte sich einen RPG auf die Schulter. Seine Kameraden hielten ihn fest, während er, sich schräg aus dem Pick-up lehnend, einen Piranha anvisierte und feuerte. Die Granate sprang dem Radpanzer entgegen, der Fahrer wich aus, neben seinem Wagen platzte der Untergrund.

»Jepp«, flüsterte Marten. Die Al-Qaida-Kämpfer schienen von dem Glauben beseelt zu sein, der Tripod würde ihnen nichts antun.

Mal sehen, wie denen die Realität schmeckt, dachte er für sich und nahm sich eine Sekunde Zeit, ein süffisantes Lächeln zu zelebrieren.

Aus der Distanz betrachtet ergab sich ein geradezu groteskes Bild: Knapp zwei Dutzend improvisierte Kampffahrzeuge, die nicht mehr waren als rostige Pick-ups und Kleintransporter, vollgestopft mit waffenstarrenden Gestalten, rasten in der planen Wüste einem Pulk modernster Radpanzer entgegen, der um sich schoss und wiederum von einem wandelnden Kessel verfolgt wurde, welcher mit jedem Schritt seiner langen Schlangenbeine näher an die Panzer heranrückte. Diesem wiederum folgte in immer größerem Abstand ein wildes Gewusel aus Hunderten Miniaturversionen des Dreifüßers, die durch- und übereinander wieselten, dass es aussah, als wären sie zu einem tausendbeinigen, metallenen Wesen verwachsen. Sie lagen hoffnungslos zurück, weit abgeschlagen von den Radpanzern.

Funken leuchteten auf der Stahlhaut der Boxer und Piranha, der sie verfolgende Tripod war umhüllt von grünlichen Blitzen. Eine RPG-Granate krepierte zwischen zwei deutschen Radpanzern, riss tonnenweise Sand aus dem Grund und schleuderte ihn nach allen Richtungen fort. Für eine Sekunde bildete sich eine beigefarbene Wand, ehe ein Boxer diese durchbrach.

Marten drückte sich das Mikrofon gegen den Mund, plärrte: »Delta Two konzentriert das Feuer auf den Tripod, One räumt die Hohlbirnen aus dem Weg.«

»Two verstanden«, bestätigte der britische Sergent-chef.

Der Lieutenant wechselte die Frequenz – zum tausendsten Mal. Er stand kurz davor, mit seinem Funkgerät zu einer Einheit zu verschmelzen.

»Feuerzusammenfassung auf unsere islamistischen Freunde. Brennt eine Schneise in die Idioten hinein!«

Die Waffentürme der drei deutschen Fahrzeuge richteten sich auf die ihnen entgegenstrebenden Pkw aus und spien Feuer. Es wummerte polyfon, als der Granatwerfer und die schweren Maschinengewehre an die Arbeit gingen. Glühende Geschosse jagten den Al-Qaida-Kämpfern entgegen, schlugen ein, durchschlugen die ungepanzerten Zivil-Kfz, schnitten durch Blech und Mechanik wie das heiße Messer durch die Butter. Mehrere Granaten durchstießen den Kühlergrill eines Pick-ups. Die Haube sprang ab, der Motorraum zerfetzte unter den Projektilen. Die Wucht der Einschläge hämmerte den vorderen Teil des Fahrzeugs in den Wüstensand. Das Heck hob entsprechend ab, die auf der Ladefläche befindlichen Kämpfer wurde hinausgeschleudert wie das Wurfgeschoss in einem ausgelösten Katapult. Hilflos zappelnd wirbelten sie über die Front des Pick-ups hinaus und verschwanden sogleich unter dem sich überschlagenden Gefährt und der Staubwolke, die das Ereignis aufwarf. Die Kaliber-.50 zersägten weitere Fahrzeuge, die Geschosse verhielten sich wie kleine Abrissbirnen. Sie zerspellten Glas, Metall und Kunststoff, verwandelten zwei Fahrzeuge in zerstückelte Wracks und die Insassen in blutige Fleischpakete. Dann trafen die Radpanzer und die Pkw von Al-Qaida aufeinander. Die Forces-Wagen preschten wild gewordenen Rhinozerossen gleich in den Pulk ihrer Gegner hinein; wer ihnen im Weg stand, hatte Pech. Die Fahrer der Gotteskämpfer, die der religiöse Fanatismus bis zuletzt auf Konfrontationskurs gehalten hatte, hingen nun doch über ihren Lenkrädern wie der Koch über dem Eintopf und rührten eifrig. Ihre Wagen gerieten bei dem mörderischen Tempo und auf dem sandigen Untergrund ins Schlittern. Ein japanischer Kleinbus drehte sich, der Fahrer hatte jede Kontrolle verloren, eine schwarze Flagge ging fliegen. Ein Piranha-Panzer erfasste mit seiner keilförmigen Schnauze den sich drehenden Wagen. Die Energie des Treffers drückte den Kleinbus zusammen, zerknüllte ihn wie ein Blatt Papier; die Menschen im Inneren wurden zerdrückt zwischen

Metall und Stoff. Der Rest der Al-Qaida-Krieger zog, aus allen Rohren schießend, an den Forces-Truppen vorbei. Kugeln aus Kalaschnikows sämtlicher Bauarten hagelten auf die Panzerungen der Radpanzer ein.

Marten klammerte sich noch immer am Munitionsrack fest. Jeder Einschlag klopfte, klingelte, schepperte durch den Innenraum. Geier und Schröder brüllten durcheinander, die G36 der Lukenschützen schnatterten. Ein dumpfes Geräusch ertönte, Müller sackte aus einer der hinteren Luken zurück ins Fahrzeugmodul, sank neben dem bewusstlosen Fenix zu Boden und hielt sich die Schulter.

»Was ist mit dir?«, schrie Marten aufgekratzt.

»Blök doch nicht so«, ächzte Müller und tastete die getroffene Stelle ab. »Die haben mir nur einen vor die Schutzweste geknallt.«

Die Forces-Transportpanzer und die Autos von Al-Qaida lösten sich wieder voneinander. Die UN-Soldaten setzten sich gen Südwesten ab, die Gotteskrieger schickten sich an zu wenden, um die Verfolgung der Soldaten aufzunehmen. Sie trafen mit dem Tripod zusammen.

»Mu-u!«, erscholl abermals dessen Ruf. »Alu-u!«

Die Beine des Dreifüßers bewegten sich wahnwitzig schnell, mit einem Affenzahn drängte er den Forces-Soldaten nach, trampelte er rücksichtslos wie ein riesengroßer Elefant durch das Konglomerat von Al-Qaida-Wagen. Die Gotteskrieger auf ihren zivilen Fuhrwerken gerieten unter die Räder beziehungsweise unter die tonnenschweren Füße. Der Tripod zerstampfte mehrere Pkw, streifte mit den emporschnellenden Füßen andere, die dadurch abhoben und in tollen Kreiselbewegungen durch die Luft flogen. Klirrend schlugen sie auf, zerbarsten die Fahrzeuge unter der Energie. Eine haushohe Staubwolke begleitete die marsianische Maschine auf ihrem Marsch, sie verschluckte die Gotteskämpfer samt und sonders, so war ihr Untergang nicht mehr zu sehen, wohl aber noch zu hören. Fahrzeuge überschlugen sich; es klang, als würden einhundert Blechschüsseln eine steinerne Treppe hinabstürzen.

Der Tripod preschte weiter, jagte mit einem Höllentempo den Radpanzern nach. Die Staubwolke folgte ihm wie ein elfenbeinfarbener Riesenwurm. Dort, wo die Islamisten auf ihren vermeintlichen Verbündeten gestoßen waren, lichtete sich der sandige Dunst. Die Fahrzeuge der Kämpfer hatten sich in Wracks verwandelt, Bruchstücke und verbogene Schusswaffen lagen im Wüstensand verstreut. Verwundete krochen aus ihren zerstörten Gefährten, blieben blutüberströmt in der Mittagssonne liegen. Die Miniatur-Tripods fielen ohne Vorwarnung über sie her und rissen sie in Stücke. Bald verstummte auch der letzte Schrei.

Die beiden Piranha wichen hart nach rechts aus, als der herniedersausende Tripodfuß sie zu erfassen drohte. Dieser wirbelte Sand auf, die Erde erzitterte unter dem Tritt.

»Alu-u!«, stieß die Kampfmaschine erneut ihren mechanischen Ruf aus. Sie hatte die Radpanzer eingeholt und blieb nun schlagartig stehen, neigte sich den davonbrausenden Wagen zu. Ein höllenlautes Schmettern erklang, einen Wimpernschlag später platzten vier flammende Geschosse aus dem dunklen Behälter, der an dem Kesselkörper angebracht war. Sie kreiselten in wilden Flugbahnen durcheinander, unweigerlich den Transportpanzern hinterher, detonierten zwischen ihnen. Säulen aus Feuer, Rauch und Dreck stiegen empor, die Fahrer umfuhren diese, Gesteinsbrocken und Sandpartikel regneten auf ihre Wagen hernieder.

»Da vorne!« Marten hielt sich an Geiers Sitz fest und zeigte auf den Durchbruch zwischen den Felsen voraus, der zurück zu jener Rollbahn führte, über die sie gekommen waren. »An alle: Runter von der Ebene, wir manövrieren die wandelnde Suppenschüssel in den engen Schluchten aus!«

Sein Blick fiel auf Fenix, der einer Puppe gleich in der Vakuummatratze klemmte und sich nicht regte. Marten biss sich auf die Unterlippe. Sein Griff um Geiers Lehne verstärkte sich, als ihr Radpanzer durch den Felsdurchbruch rollte und dann scharf nach links auf die Straße abbog. Die anderen Wagen der Kompanie folgten auf dem Fuße, bildeten eine Kolonne auf der Rollbahn und rasten mit Höchstgeschwindigkeit über den brüchigen Asphalt.

Schröder richtete seine Waffe so weit gen Himmel aus, wie es ihm möglich war, und Marten wandte sich nun ebenfalls dem Schirm des Waffenbedieners zu. Der Tripod erkletterte die Felswände mit der Leichtigkeit eines Löwenäffchens, befand sich plötzlich genau über den Forces-Soldaten.

»Feuer!«, blaffte Marten, als das Bild der außerirdischen Kampfmaschine Schröders Bildschirm ausfüllte. »Feuer! Haut alles raus, was ihr habt!«

Abermals sprangen dem Dreibeiner Granaten und Projektile entgegen, ohne Schaden zu verursachen.

»Wir kommen nicht durch!«, trompetete Schröder.

»Ja, ja! Sehe ich!«

Der Tripod neigte erneut seinen Kesselkörper, während die Radpanzer unter ihm entlangrollten. Abermals krachte es in seinem Waffenbehälter und vier weitere Geschosse gingen auf die Reise. Sie zerfetzten die Straße, bohrten tiefe Trichter in sie hinein und verfehlten die Radpanzer nur um wenige Meter. Der Tripod aber gab nicht auf. Er vollführte einen Satz, sprang über die Panzer hinweg wie ein Balletttänzer und landete mit allen drei Klumpfüßen vor den Forces-Soldaten auf der Straße. Marten rutschte das Herz in die Hose, als er sich den drei dicht an dicht stehenden Riesenstelzen gegenübersah.

»Links! Links, links, links!«, brüllte er nur und trommelte mit der Faust gegen Geiers Schulter. Der Fahrer reagierte blitzartig, zog nach links, raste durch einen dort befindlichen Durchbruch im Fels.

»Wo bleiben die Predator?«, brüllte Marten ins Funkgerät.

»Ankunft in sieben«, wisperte Riensch betroffen.

»Kacke!« Mit großen Augen starrte er auf die Freifläche voraus. Diese maß keine 800 Meter im Durchmesser, war umgeben von steilen Gesteinsformationen zu allen Seiten. Sie saßen in der Falle. Und hinter ihnen astete der Tripod über die Felsen und ihnen nach auf die Ebene.

»Mir reicht es jetzt!« tobte Marten. »Das ist unser Planet! Zeit, es diesem Arschloch klarzumachen!« Er kam nicht mehr dazu, seine Befehle zu geben. Die Marsmannmaschine feuerte abermals ihre Raketenwaffe ab, vier umherwirbelnde Geschosse zischelten auf die Radpanzer zu, trafen. Zwei Einschläge ereigneten sich direkt neben dem Boxer mit der Nummer 42. Die freigesetzten Drücke hoben das Fahrzeug an, warfen es aufs Dach. Geschrei im Funkkreis. Die anderen Radpanzer fuhren Schlingerlinien. Der Tripod sprang ihnen nach und fand sich in ihrer Mitte wieder. Radpanzer umkreisten die Marsmannmaschine, die wütend aufstampfte, die versuchte, die im Vergleich winzigen Fahrzeuge unter ihren Klumpfüßen zu zerquetschten, sie mit ihren wie Peitschen schlagenden Gliedern zu erwischen. Die Radpanzer aber waren flink und ihre Fahrer wussten, was sie taten.

»Härti, Panzerfäuste klar zum Gefecht! Fertig machen zum Ausbooten, wir holen uns den Knaben auf die altmodische Art!«

»Alles klar, Trainer.« Härti erteilte Befehle, seine Soldaten zogen die Panzerfaustpatronen aus den Halterungen und die Griffstücke aus den Taschen. »Wir …«

Schlagartig wurde es dunkel. Die Innenraumbeleuchtung und sämtliche Bildschirme fielen aus, das Pusten der Klimaanlage verstummte.

»Was zum …?« Marten drückte auf den Knöpfen seines Funkgeräts herum. Tot! Der Boxer verlor derweil an Fahrt, wurde langsamer und langsamer. Dumpf drang die Stimme des Fahrers durch die Stahlwand, die ihn vom hinteren Modul trennte: »Die elektronische Motorsteuerung ist ausgefallen. Die Karre ist hin!«

»Scheiße!«, donnerte Marten, ehe er Härti bedeutete, über die Luken auszusteigen. Der Wagen derweil rollte noch einige zehn Meter dahin, dann blieb er liegen. Die Soldaten zwängten sich durch die Luken nach draußen, führten sämtliche Panzerfaustpatronen mit sich. Aufgrund der Erfahrungen aus Deutschland hatten sie den Bestand dieser Waffe erhöht, so verfügte nun allein Härtis Gruppe über vier Griffstücke und acht Patronen.

Marten stemmte sich aus dem Fahrzeug, kraxelte etwas unbeholfen aufs Dach. Sein Boxer war ein gutes Stück vom Schlachtfeld fortgerollt, sodass er das Schauspiel aus einiger Entfernung beobachten konnte. Ihm stellten sich die Nackenhaare auf. Der mächtige Tripod trampelte wie ein wild gewordener Elefant auf der Stelle herum, ihn umkreisten die noch einsatzbereiten Radpanzer, die ihn mit Geschossen und Granaten bedachten. Grüne Blitze zuckten über den Kesselkörper und just in diesem Augenblick erwischte eines seiner umherschwingenden Beine das Heck der 41. Durch den Schlag fielen die über Luke befindlichen Schützen zurück ins Innere. Das Fahrzeugmodul hob ab – einen Meter bloß – und krachte wuchtvoll zurück in den Sand. Der Wagen geriet ins Schleudern, der Fahrer verlor die Kontrolle. Der Boxer rotierte mehrfach um die eigene Achse.

»Panzerfaust 1 bis 4 fertig machen zum Feuern! Zielmitte, 200!«, rief Härti mit belegter Stimme. Seine Schützen liefen zur Feuerlinie auf, die Panzerfäuste auf den Schultern. Sie visierten, meldeten.

»FEUER!«

»Panzerfaust schießt!«, erklang der Warnruf aus mehreren Kehlen gleichzeitig.

Es knallte viermal, vier Hohlladungen zischelten steil zum Kesselleib hinauf, der Rückstrahl versengte den Untergrund hinter den Soldaten. Die Geschosse trafen. Erst sah Marten nur einen gewaltigen Feuerball dort, wo die Beine aus der Marsianermaschine wuchsen. Dann machte er Trümmerteile aus, die umherflatterten. Und als die Flammen vergingen, gaben sie den Blick auf die Beschädigungen frei, die sie angerichtet hatten. Zwei Beinansätze waren aufgerissen. Grüner Dampf entwich den Löchern.

»Alou … ou«, tutete der getroffene Dreibeiner. Und wankte. Ein Bein hing nur noch an Fetzen, riss ab, traf dumpf krachend auf den Untergrund. Das zweite verlor jede Stabilität, schlingerte umher. Der Tripod stürzte; wie ein gesprengtes Hochhaus klappte er in sich zusammen. Die Staubwolke, die sein Aufschlagen verursachte, stäubte himmelhoch auf, pflanzte sich in rasender Geschwindigkeit nach allen Richtungen fort, verschluckte die Forces-Soldaten und ihre Radpanzer. Marten fand sich in einem Sandsturm wieder, die Sicht war auf wenige Meter beschränkt. Er kniff die Augen zusammen, blinzelte, Sandkörner hagelten in sein Gesicht. Schemenhaft erkannte er, wie Soldaten die anderen Fahrzeuge verließen, bewaffnet mit Panzerabwehrhandwaffen. Marten sprintete ihnen entgegen, gestikulierte wild, gab per Handzeichen den Befehl zum Nachsetzen.

»Alou … ou«, klagte der Tripod in seiner Agonie. Das noch funktionstüchtige Bein fuhr in den Himmel empor und sauste wieder hernieder. Es schlug nach einem Piranha, doch brauste der Fahrer dem Peitschenhieb davon. Die Erde erzitterte.

»Geben wir ihm den Rest!«, brüllte Marten mit heiserer Stimme. Zehn Panzerfäuste richteten sich auf den verzweifelt um sich schlagenden Kampfroboter aus. Auf Martens Zeichen hin feuerten sie zeitgleich und erledigten das Ziel. Der Tripod stieß noch einen letzten, verzerrten Ruf aus, der im Lärm der Detonationen unterging. Das noch funktionsfähige Bein erhob sich in einem letzten Aufbäumen gegen den Untergang und sank dann langsam in das Inferno der Explosionen. Erst als sich die Flammen verflüchtigten, als der Lärm der Schlacht abklang, spürte Marten, wie aufgerieben er war. Er kam kaum zu Atem, musste sich setzen, wäre sonst umgekippt. Er schnappte nach Luft und sah sich mit schmerzverzerrter Miene um: ausgeschaltete Fahrzeuge,

Verletzte, Tote. Sie mochten den Tripod vernichtet haben, gewonnen aber hatten sie nichts. Sie steckten fest mitten im Islamisten-Land.

Zwei Predator-Kampfdrohnen jagten dröhnend über die Köpfe der Forces-Soldaten hinweg.

# IX. An Nuqbah

Der oberste Amir Abd al-Karim as-Sallal wandte sich ab, sah seinen Ersten Offizier erwartungsvoll an. Dieser berichtete: »Mein Herr, die Kuffār haben den al-Malak zu Fall gebracht, doch sie haben Verluste erlitten und sind schwach.«

As-Sallal, der bärtige Kommandeur mit dem Feuermal über dem rechten Auge, legte dem Mann die Hand auf die Schulter, bedachte ihn mit jenem durchdringenden Blick, für den er bekannt, sogar berüchtigt war. Sein Gegenüber begann zu schwitzen, Schweißperlen verfingen sich in seinem Bart. Man konnte nie sicher sein, ob der Blick des Amirs den Tod bedeutete oder ein Lob. Dunkle Wolken zogen sich über ihnen zusammen.

»Gut«, sagte as-Sallal und nickte nachdenklich. »Gut.« In seinem breiten, mit kunstvollen Schlangen verzierten Gürtel steckte ein Jambia, ein Krummdolch, und Statussymbol in dieser Region. Das Heft war aus dem Horn eines Sumatra-Nashorns gefertigt und der wertvollste Besitz as-Sallals.

Die Erleichterung stand seinem Gegenüber ins Gesicht geschrieben. Im Hintergrund wimmerten und weinten die Menschen An Nuqbahs, die as-Sallals Leute auf dem Marktplatz zusammengetrieben hatten. Umstellt von bewaffneten Kämpfern kauerten die letzten verbliebenen Bewohner des Dorfes im Staub: Frauen, Kinder, Greise. Alle arbeitsfähigen Männer waren schon vor langer Zeit in den Waffendienst gepresst oder getötet worden. Bibbernde Kinder hingen an den Rockzipfeln ihrer verschleierten Mütter, die flüsternd ihr Leid beklagten.

As-Sallal drehte sich zu den Geiseln um, ließ seinen Blick über die armseligen Kreaturen schweifen, die er in seine Gewalt gebracht hatte. In Gedanken rechnete er sich die Millionenumsätze aus, die er mit dem Expuder verdienen würde, zu dem er den Engel zu verarbeiten gedachte. Dafür aber würde er externe Arbeiter benötigen, seine Gotteskrieger durften davon nie erfahren, sie waren nicht offen für die weltlichen Anfordernisse, die der Heilige Krieg mit sich brachte. Er würde mit seinen Investoren sprechen müssen …

»Ihr habt zugelassen«, begann as-Sallal mit fester Stimme, »dass die Kuffār euer Land betraten, dass sie es mit ihrem Frevel besudelten.«

Zitternde Augenpaare stachen aus dunklem Tuch heraus, keines von ihnen wagte es, den Amir direkt anzusehen. Mütter und Großmütter, tonlos weinend, verstärkten den Griff um ihre Kinder und Enkel, schlossen alle mit ein in ihre Umarmungen, als könnte das allein die Kleinen vor dem Bösen in der Welt beschützen. Selbst die Kinder, selbst die allerkleinsten unter ihnen, klagten nicht offen, sondern unterdrückten den Drang zu schreien.

As-Sallal wandte sich wieder ab, sah seinem Ersten Offizier in die Augen.

»Bestraft sie«, befahl er emotionslos. Und sein Offizier brüllte sogleich Anweisungen. Ein letzter, kollektiver Aufschrei der Restbevölkerung An Nuqbahs wurde aufgefressen vom Knattern der Waffen; Waffen aus den Produktionsstätten von Kalaschnikow und Heckler & Koch.

As-Sallal, das Massaker in seinem Rücken nicht weiter beachtend, schritt von dannen, schritt auf seine Limousine zu: ein Mercedes W124 200E, neben seinem Dolch sein ganzer Stolz. Baujahr 1989, rauchgrauer Lack, 2-Liter-Maschine, Klimaanlage. As-Sallal war der König dieser Region und als König stand ihm ein königliches Beförderungsmittel zu. Es war recht so.

Die Waffen verstummten. Einzelne Pistolenschüsse beendeten das Winseln von Überlebenden. As-Sallal trat an sein Fahrzeug heran, strich über die Motorhaube, die verkratzt war von ungezählten Steinschlägen. Er rückte den Mercedes-Stern zurecht, sein Erster Offizier erschien und meldete Vollzug.

»Trommel unsere Brüder zusammen«, ordnete der Amir an, ohne den Blick von seinem Auto abzukehren. Missmutig wischte er eine feine Staubschicht vom Kotflügel. »Und rufe die anderen Amirs. Gebe die Losung aus: 400 Dollar für jeden getöteten Kāfir, 600 für lebend gefasste. Heute sollen unsere Brüder ihre Chance erhalten, ins Paradies aufzusteigen.«

»Jawohl.«

»Sie haben mir bereits einmal etwas sehr Wertvolles weggenommen.« As-Sallal verdeutlichte seinem Ersten Offizier mit einem Blick, dass ein Scheitern keine Option war. »Ich dulde keine Verzögerungen. Der Feind hat den Engel des Allmächtigen entehrt. Es liegt an uns, ihn zu rächen.«

»Sehr wohl, mein Herr.«

As-Sallal blickte ins düstere Firmament hinauf. »Es zieht ein Sturm auf, mein Bruder. Ein Sandsturm. Die Flugzeuge unserer Feinde werden an den Boden gefesselt sein. Allahu akbar!«

»Allahu akbar!«

# X. Sydney

»Wenn Sie links aus dem Fenster schauen, sehen Sie die Three Sisters«, erklärte der Pilot über Funk. Das Kolbentriebwerk der Cessna 206 knatterte. Die Touristen filmten mit ihren Smartphones eifrig die drei Sandsteinfelsen, die vor dem Hintergrund schier unendlich weiter Gehölze aus einer Felsformation ragten. Die Sonne senkte sich zum Firmament herab, sendete blutrote Strahlen über den Abendhimmel.

»Ich schlage nun Kurs Nordost ein, dann überfliegen wir noch einmal den Blue-Mountains-Nationalpark und begeben uns auf den Rückweg zum Airport. Teile der Gebirgskette sind übrigens seit dem Jahre 2000 ein Kulturerbe der UNESCO. Genießen Sie also die Aussicht, Sie erleben hier noch ein echtes Stück unberührter Natur.«

Die Cessna überflog saftige Wälder, die unter der Sonneneinstrahlung des Abends knisterten und knarzten. In der Ferne drehten zwei Militärflugzeuge der australischen Streitkräfte ihre Runde, seit dem Fund des Miniatur-Tripods befand sich das Land in heller Aufregung und zeigte sich das Militär präsent. Man versuchte alles, um Stärke zu demonstrieren und die Touristen nicht zu verschrecken, was natürlich nicht funktionierte. An den Flughäfen im Land war Chaos ausgebrochen, Hunderttausende versuchten vorzeitig heimzukehren. Auch der Pilot war direkt betroffen von den jüngsten Ereignissen, er hatte alle geplanten Rundflüge dieses Tages streichen müssen bis auf diesen einen.

»Hey!«, rief plötzlich einer der Touristen, ein schmächtiger Flame. Er wedelte wild mit den Armen, zeigte immerzu aus dem Fenster. Und dann sah der Pilot es auch, seine Augen weiteten sich. Qualm stieg in einigen Meilen Entfernung aus dem Forst auf, eine Rauchsäule ungeheuren Ausmaßes schraubte sich immer weiter in die Höhe.

»Das müssen wir uns ansehen«, erklärte der Pilot und änderte den Kurs. An Tagen wie diesen mochte der kleinste Funke verheerende Waldbrände auslösen. Ein Feuer im Blue-Mountains-Nationalpark – es wäre eine Katastrophe für ganz New South Wales.

Der Pilot erhöhte das Tempo, die Cessna näherte sich dem vermuteten Brandherd. Der Rauch breitete sich pilzförmig aus, umspielte das Astwerk umstehender Bäume. Und plötzlich sah er sie: zwei riesenhafte, dunkle Zylinder, die sich aus dem Qualm schälten. Sie hatten einen großen Krater ins Gehölz geschlagen und waren mit rostfarbener, abbröckelnder Kruste überzogen. Die Freundin des Flamen stieß einen spitzen Schrei aus, die Touristen fielen beim Anblick der marsianischen Luftschiffe der blanken Panik anheim.

Der Pilot behielt die Nerven. Er zerrte am Steuerknüppel, drehte die Maschine und beschleunigte.

# XI. Walther Desmond

… wird im Zuge meiner Untersuchungen selbstredend auch auf jene Mutmaßungen und Mythen einzugehen sein, die diese bis heute rätselhafte Epidemie umranken. Ist es das Rätsel um ihre Entstehung oder die niedrige Mortalität bei gleichzeitig klinisch manifesten Symptomen, aus denen die zu beobachtende Legendenbildung herrührt? Oder hat die große zeitliche Distanz, die zwischen Ausbruch und Gegenwart liegt, dazu geführt, dass sich die abenteuerlichsten Mythen hatten herausbilden können, die sich allen wissenschaftlichen Erhebungen und dem großen Konsens in der Medizin zur nichtaußerirdischen Herkunft jener Krankheit zum Trotze wacker halten? Oder ist die wissenschaftliche Aufarbeitung jener Epidemie bis dato vorschnell vonstattengegangen, sind die Bewertungen der Ergebnisse bisheriger Arbeiten zu stark beeinflusst von der Befangenheit der Verfasser, die einer womöglich außerirdischen Erkrankung unbedingt einen irdischen Ursprung andichten wollten? Diese Fragen werden zu erörtern sein, wobei ich darauf bedacht bin, mich dem Thema ergebnisoffen anzunähern. Ich werde den aktuellen Forschungsstand zur Französischen Grippe von 1903 dokumentieren und analysieren, werde diesem meine eigenen Studien und Ergebnisse beifügen und im letzten Schritt ein Resümee zu ziehen versuchen – ein Resümee, das natürlich nur wieder ein weiterer Schritt hin zu einer vollständigen …

Desmond verlor den gedanklichen Fokus. Er starrte die Buchstaben an, doch weigerte sich sein Hirn weiterzulesen.

Oh mein Gott, dieses Buch ist so schrecklich! Er klappte es zu, verlor sich im blauen Umschlag von »Die Französische Grippe: Wissensstand, Halbwahrheiten, Mythen.« Die darauf abgedruckte Zeichnung eines Bakteriums zitterte ob der holprigen Fahrt des Linienbusses, der ihn vom Flughafen aus nach Prizren beförderte. Die Inneneinrichtung war schäbig: verklebte, aufgeschlitzte Sitze, Müll auf dem Fußboden, heruntergerissene Vorhänge.

Es war ein verregneter Vormittag, der Jetlag versuchte Desmonds Augen zu schließen. Er hatte Kopfschmerzen. Regentropfen perlten von den Busscheiben ab, fuhren Rennen auf ihnen. Die mit Schlaglöchern übersäte Straße glänzte vor Nässe, sie schlängelte sich über ein Felsmassiv hinweg, am Horizont lagen weiße Gipfel, die vom Nebel umspielt wurden. Abseits der Leitplanke ging es steil bergab, in mehreren Hundert Metern Tiefe verwehrten Baumkronen den Blick auf die Erde.

Ein verrosteter Toyota, vollgestopft mit Taschen und Decken, überholte hupend den Bus. Der Busfahrer, der sich kettenrauchend auf einem abgewetzten Ledersessel lümmelte und den Eindruck erweckte, als er würde er daheim auf der Couch sitzen, schimpfte auf Türkisch.

Desmond pustete vernehmlich Luft aus. Wo war er nur hineingeraten? Wenn er sich im Bus umschaute, wurde er all der Gestalten gewahr, die mit ihm den Weg in die Großstadt bestritten – eine Großstadt war Prizren tatsächlich nur für kosovarische Verhältnisse, in den USA galt ein 100000-Seelen-Ort als größeres Kaff.

Eine Frau mit Kopftuch saß vor Desmond, sie strickte. Ihr gegenüber auf der anderen Seite des Ganges befanden sich zwei junge Männer, gekleidet in verdreckte Arbeitsoveralls, die sich im Flüsterton unterhielten. Weiter hinten im Bus tummelten sich allerhand Personen in offensichtlich gefälschten Markenklamotten. Oberlippenbärte, die sich in den Staaten seit den 90er Jahren niemand mehr zu tragen traute, zierten die Gesichter. Dazwischen saß ein Kerl, der so gar nicht ins Bild passen wollte, er trug einen Anzug von Hugo Boss, hatte Ohrstöpsel in den Ohren und vertrieb sich die Zeit mit Popmusik. Desmond hatte ihm mehrfach verstohlene Blicke zugeworfen. Er musste an die Geheimdienste denken, auf deren Liste Stroker noch immer stand.

Wo war Desmond nur hineingeraten? Bauchschmerzen traktierten ihn, ein Gefühl wie sich ankündigender Durchfall setzte ihm zu. Er strich sich über die Wampe und atmete bewusst ein und aus. Der latente Zigarettengeruch, der die Luft im Bus verhing, reizte seine Atemwege, großer Durst quälte ihn zudem, seine Kehle fühlte sich verschleimt an und zog sich zu.

Er knetete seine Hände, abermals blickte er sich nach dem Kerl im Anzug um. Dieser war jung, mochte keine 30 Lenzen zählen. Er war kräftig, definierte Muskeln zeichneten sich unter dem eng anliegenden Anzug ab. Agenten im Außendienst, ausgestattet mit der Lizenz zum Töten, waren sicherlich durchtrainiert.

Der Kerl blickte plötzlich auf, starrte Desmond direkt an. Der erschrak, fuhr herum, sank auf seinem Sitz zusammen. Feine Schweißperlen standen auf seiner Stirn, seine Atmung beschleunigte, und mit ihr sein Herzschlag. Er musste an ungezählte Agentenfilme denken, die Fantasie ging mit ihm durch. Die CIA würde es nicht zulassen, dass ein unbedarfter Forces-Mitarbeiter ihnen die Beute vor der Nase wegschnappte. Sie würde alle Konkurrenten aus dem Weg räumen, würde seine Leiche irgendwo im Kosovo verscharren. Man würde ihn niemals finden. Desmond atmete stoßweise aus, und erschrak noch einmal fürchterlich, als er bemerkte, dass der Anzugträger neben ihm im Gang stand und ihn mit einem Blick anfunkelte, der unweigerlich eine Todesdrohung beinhaltete.

Nackte Angst schnürte Desmond die Kehle zu, er zog das Buch schützend vor seine Brust. Sein Gegenüber schnauzte in einer Sprache los, die er nicht verstand. Er war hörbar aufgebracht. Desmond kramte in seiner Verzweiflung seinen Reisepass hervor, hielt dem Kerl bibbernd das blaue Büchlein unter die Nase.

»Englisch«, stotterte er. »Nur Englisch.«

Der Mann verstand, die Muskeln unter seiner Tuchjacke spannten sich wie Stahlseile.

»Ob du schwul bist, habe ich gefragt!«, geiferte er in schlechtem Englisch.

Desmond schüttelte entschieden den Kopf.

»Wenn du mich noch einmal anstarrst wie eine Schwuchtel, mache ich dich fertig, Amerikaner!«

Desmond nickte exaltiert, der Anzugträger schritt breitbeinig zurück auf seinen Platz.

Wo war er nur hineingeraten? Die Feldarbeit war nichts für ihn. Wahrscheinlich hatte der MI6 oder der Mossad längst ein Killerkommando auf ihn angesetzt. Desmond spürte, wie ihm eine warme Flüssigkeit aus der Nase rann. Er fasste sich an die Oberlippe, die Flüssigkeit benetzte seine Finger, ehe er sie einer Betrachtung unterzog: Blut! Sein Kopf war hochrot angelaufen, diese ganze Sache steigerte seinen Bluthochdruck. Er musste an die geheime Killergesellschaft aus den John-Wick-Filmen denken. Sicherlich hatten für seinen Kopf schon ein paar Münzen den Besitzer gewechselt …

Desmond verstopfte seine Nasenlöcher mit einem Taschentuch. Sosehr er sich kurzzeitig über seine Mission gefreut hatte, nun wünschte er sich nur noch zurück nach New York in sein Büro, zurück zu seiner sinnlosen, langweiligen Tätigkeit, die ihm seit 20 Jahren die Raten fürs Haus finanzierte. Feldarbeit war nichts für ihn, die Aufregung brachte ihn noch um. Wenigstens lenkte sie ihn von all dem Mist ab, der sich sonst auf der Welt ereignete. Er rief die Nachrichtenapp von CNN auf und scrollte durch die aktuellsten Meldungen.

- Hongkong International Airport meldet nach Wiederaufnahme des Flugbetriebs volle Auslastung.
- Général Sakurai entsendet 12000 Soldaten nach Australien.
- NATO-Generalsekretär: Marsmann-Angriffe sind unkoordiniert und wirkungslos.

Eine neuerliche E-Mail von Alex Richter ploppte in diesem Augenblick im Display auf. Desmond seufzte. Richter war so etwas wie sein neuer bester Freund geworden. Der Rechnungsführer bombardierte ihn mit Mails und SMS, wollte stets wissen, wie weit er mit dem Buch vorangeschritten war. Desmond selbst war leider schlecht darin, andere Leute abzuwimmeln oder ein klares Nein zu formulieren. Und genau darum quälte er sich nun durch dieses schreckliche Buch, das ihn so sehr fesselte wie die allgemeinen Geschäftsbedingungen eines Online-Shops.

Er öffnete die Mail und las:

*Hey, Walther,*

*ich bin schon ganz gespannt darauf, was Sie von dem Buch halten! Wirklich toll, mal jemandem gefunden zu haben, für den Niveau keine Creme ist. Sie verstehen? Lol ;-) ;-) ;-)*

*Melden Sie sich mal mit einem Zwischenstand :-D*

Desmond verfluchte sich und sein missratenes Leben. Er schaltete den Flugzeugmodus seines Telefons ein, um eine Zeit lang Ruhe zu haben, ehe er das blutige Taschentuch beiseitelegte und sich abermals dem Buch widmete:

*Diese Fragen werden zu erörtern sein, wobei ich darauf bedacht bin, mich dem Thema ergebnisoffen anzunähern. Ich werde den aktuellen Forschungsstand zur Französischen Grippe von 1903 dokumentieren und analysieren, werde diesem meine eigenen Studien und Ergebnisse beifügen und im letzten Schritt ein Resümee zu ziehen versuchen – ein Resümee, das natürlich nur wieder ein weiterer Schritt hin zu einer vollständigen wissenschaftlichen Aufarbeitung jener Krankheit sein kann. Unser Fach besitzt zu meinem Bedauern ein Eigenleben, was ihm oftmals untersagt, über den Tellerrand hinaus in die Sphären anderer Fachbereiche vorzudringen. Demnach haben die bisherigen Untersuchungen auf der Ebene der Medizin sämtliche Erkenntnisse ausgeblendet, die unsere Kollegen aus der Geschichtswissenschaft und der Soziologie zu der Französischen Grippe zusammengetragen haben. In meinen Augen ist es daher unerlässlich, den …*

WARUM?, schrie Desmond innerlich. Warum konnte er nicht einmal in seinem Leben Nein sagen? Warum tat er immer wieder Dinge, die er nicht tun wollte? Warum ließ er sich von anderen Menschen regelrecht treiben? Ihm wurde bewusst, dass er vermutlich der am wenigsten geeignete Mitarbeiter aus Mathisens Abteilung war, um im Kosovo nach einem international gesuchten Terroristen zu fahnden. Und dann fiel ihm etwas anderes wie Schuppen von den Augen: Nicht nur er, sondern auch all seine Kollegen waren seit dem Angriff von Frankfurt damit beschäftigt, wichtige Persönlichkeiten aufzufinden. Womöglich war Stroker der am wenigsten verheißungsvolle Kandidat auf Mathisens Liste. Was konnte ein alter Tattergreis, der vermutlich seit den frühen 90er Jahren keine Marsianertechnik mehr aus der Nähe gesehen hatte, schon zum Krieg gegen die Außerirdischen beitragen? Stroker war eine Legende unter Mars-Freaks, unter Verwirrten. Mehr nicht. Stroker war möglicherweise nicht einmal mehr am Leben. Mathisen hatte die Gunst der Stunde demnach genutzt, um Desmond loszuwerden … weil der Däne genau wusste, dass Desmond der am wenigsten qualifizierte und der unmotivierteste Mitarbeiter in der ganzen New Yorker Niederlassung war … So jedenfalls malte er es sich aus. Lieber wäre er nach Sydney geflogen, hätte die Ermittler vom Militär vor Ort dabei unterstützt herauszufinden, was es mit diesem kleinen Tripod auf sich hatte, auch wenn er nicht wusste, was er zu den Untersuchungen hätte beitragen können. Was konnte er überhaupt zu irgendetwas beitragen? Er war ein hoffnungsloser Versager!

Desmond schwor sich in diesem Augenblick eines: Er würde sein Leben nicht für Stroker aufs Spiel setzen. Sollte er mit der CIA, dem Mossad oder anderen Organisationen aneinandergeraten, würde er sich nicht in einen Kampf verstricken lassen, sondern alle Informationen bereitwillig herausrücken. Im Kopf spielte er die Situation durch, wie ein schwer bewaffnetes Kommando ihm in seinem Hotel auflauerte. Desmond kämpfte sie nieder, einen nach dem anderen, ganz so wie es die Actionhelden in seinen Filmen und Spielen taten. Für einen Moment gab er sich dieser Fantasie hin, ehe sich sein Verstand meldete und sie als unrealistisch abstempelte. Desmond wusste, dass es so nicht ablaufen würde. Er bekam es neuerlich mit der Angst zu tun … und aus seiner Nase tropfte Blut auf seine Hose.

*

Prizren überraschte Desmond. Er hatte ein dreckiges, verwahrlostes Loch erwartet, in dem die Kosovaren hausten wie Tiere. Stattdessen fand er eine mittelalterliche, gepflegte Stadt vor, deren zahlreiche Sehenswürdigkeiten atemberaubende Blickfänge waren: die Maksut-Pascha-Moschee mit dem größten Minarett des Balkans, die osmanische Steinbrücke und die große Festung östlich der Altstadt, die über diese achthatte wie eine Schildwache aus vergangenen Tagen.

Die Straßen Prizrens waren belebt. Es war laut, mannigfaltige Sprachen drangen an Desmonds Ohr. Er konnte sie nicht zuordnen, wusste aber durch den Reiseführer, den er sich am Frankfurter Flughafen gekauft hatte, dass im Kosovo neben Albanisch und Serbisch auch Romanes, Bosnisch und Türkisch verbreitet waren.

Nicht nur Einheimische, sondern auch zahlreiche Touristen bevölkerten die Innenstadt. Entweder hatten diese nicht mitbekommen, was derzeit in der Welt los war … oder es interessierte sie schlicht nicht. Trotz des trüben Wetters – immerhin hatte der Regen aufgehört – waren Restaurants und Geschäfte bis zum Bersten gefüllt. Der Geruch von Zigarettenqualm und Abgasen vermengte sich mit dem Grillaroma der kosovarischen Küche. Der Duft von geröstetem Fleisch, von Rinderleber, Zwiebeln und Fritten ließ Desmond das Wasser im Mund zusammenlaufen, darüber hinaus steigerte sich sein Durst ins Unerträgliche. Er orderte Pommes to go an einer Bude, dazu eine Flasche Wasser, dann begab er sich auf die Suche nach dem Antiquitätenladen. Google Maps wies ihm den Weg. Das Wasser, immerhin 1,5 Liter, trank er binnen Minuten. Normalerweise war er eher für Süßgetränke zu haben, im Augenblick aber verlangte sein Körper vor allem nach klarem Wasser. Nach viel, viel Wasser.

Desmond checkte schließlich im Hotel ein. Viel Geld hatte Richter nicht lockergemacht, die Absteige war selbst für kosovarische Verhältnisse spartanisch ausgestattet. Immerhin war der winzige Raum mit den abgewetzten Möbeln, die zwei Weltkriege überlebt haben mochten, sauber und frei von Staub. Die Flasche Wasser auf dem Nachttisch leerte Desmond noch, dann machte er sich auf den Weg. Er war zwar hundemüde, ihm steckten die vergangenen 20 Stunden in den Knochen, es war aber erst 14 Uhr Ortszeit und an ein Nickerchen leider nicht zu denken.

So irrte Walther Desmond nun durch Prizren auf der Suche nach Stroker. Er wandelte über eine Straße mit dem unaussprechlichen Namen »Sheshi i Shatërvanit«. Menschen unterhielten sich lautstark. Ein Pkw quälte sich im Schneckentempo durchs Getümmel. Geschäfte säumten beidseitig die Fassaden der alten Gebäude aus Stein. Cafés und Restaurants buhlten mit Schildern auf Englisch um Touristen; Lammhack und regionale Aufläufe wurden angepriesen. Bereits für wenige Euros konnte in Prizren ein Mann von Desmonds Statur satt werden.

Der Forces-Office-Mitarbeiter kaufte eine weitere Flasche Wasser an einem Kiosk und bog danach in eine Seitenstraße ein, eine enge, verwinkelte Gasse, eingegrenzt durch windschiefe Wohnhäuser. Ein Moped lehnte gegen eine Fassade, ein zerfetzter Fußball lag auf dem Kopfsteinpflaster. Desmond aber hatte keine Augen mehr für derartige Details, sein Herz nämlich warf wieder den Turbo an. Google Maps wies den Antiquitätenladen in 200 Metern Entfernung aus und Desmonds Körper begann vorsorglich mit der Ausschüttung von Adrenalin, um sich auf den unvermeidlichen Kampf gegen Killerkommandos oder Strokers Handlanger vorzubereiten. Sosehr er auch versuchte, die Realität zu erfassen, seine Einbildungskraft behielt die Oberhand. Zögerlich setzte er einen Fuß vor den anderen, schlich er die Gasse entlang. Aus einem geöffneten Fenster drang Musik, irgendwo stritten lautstark Menschen. Eine Katze flitzte quer über die Straße.

Desmond schwitzte wie ein Schwein. Sein Hemd färbte sich unter den Achseln dunkel, die wenigen Haare auf seinem Kopf glänzten. Er tupfte sich die Stirn mit einem Stofftaschentuch, bog noch einmal ab und plötzlich war er da.

Keine Menschenseele war zu sehen. Instinktiv suchte Desmond sämtliche Fenster der oberen Etagen auf Heckenschützen ab. Er hatte wahrlich zu viele Filme gesehen.

Rokerst Antiques war nicht nur ein ganz und gar unscheinbarer, geradezu schäbiger Laden, er hatte auch geschlossen. Im Inneren war es dunkel, die im Schaufenster erkennbaren Ausleger setzten dicken Staub an. Spinnen hatten sich in den Ecken von Regalen und Kommoden eingenistet. Es sah aus, als wäre seit Wochen niemand mehr hier gewesen.

Desmonds Körperfunktionen fuhren allmählich wieder herunter, er beruhigte sich spürbar. Er starrte auf die handgeschriebenen Zettel auf Albanisch, die von innen gegen die Tür geklebt waren und möglicherweise über Öffnungszeiten oder die Erreichbarkeit des Besitzers Aufschluss gaben. Einmal mehr wurde ihm bewusst, wie dilettantisch er die ganze Sache anging … dass Mathisen ihn tatsächlich nur hatte loswerden wollen. Er hätte ihm doch sonst wenigstens einen Übersetzer an die Hand geben können oder Kontaktdaten zu Verbindungsleuten in den Forces-Kasernen auf dem Balkan.

In Griechenland zum Beispiel gab es eine große Niederlassung. Möglicherweise hatten die aber ob der jüngsten Ereignisse in Frankfurt und Macau keine Zeit, sich Möchtegernagenten des Office anzunehmen.

Dann überkam Desmond die Dankbarkeit darüber, dass er vor Ort niemanden antraf. Was hätte er auch tun sollen, hätte er Stroker wahrhaftig gefunden? Ihn lieb bitten, doch mit ihm in die USA zu reisen, wo ein Haftbefehl auf ihn wartete? Mit ihm ein bisschen über die Geheimnisse der Marsianer plaudern? Ihn … zwingen? In Desmonds Kopf entstand das Bild von kosovarischen Polizisten oder – schlimmer noch – NATO-Soldaten, die in das Antiquitätengeschäft stürmten und einen alten Tattergreis vorfanden, der sich schreiend aus den Griffeln eines übergewichtigen US-Amerikaners zu befreien versuchte. Nein, Desmond war froh, dass der Laden anscheinend dichtgemacht worden war, vor Wochen schon.

Er presste sein Gesicht gegen die schmierige Schaufensterscheibe, fand aber nichts von Interesse. Mörderischer Durst plagte ihn, drängelte ihn. Er blickte sich nach allen Seiten um, kratzte sich am Kopf. Er gab schon ein groteskes Bild ab, wie er hilflos vor dem Laden herumstand, in seinem zerknitterten Hemd und mit Blutflecken auf der Hose. Desmond gab sich schließlich einen Ruck, wandte sich einen Passanten zu und zeigte ihm ein Bild Strokers. Der Mann schüttelte den Kopf.

Desmond schlappte zurück zur Hauptstraße. Der Durst trieb ihn zuerst in einen kleinen Laden, wo er sich Wasser kaufte; 1,5 Liter, die er beinahe auf ex trank. Anschließend musste er sehr dringend die Toilette aufsuchen.

Die ganze Suchaktion war ein Reinfall, das Office hatte Tausende Dollar für nichts ausgegeben. Desmond musste an den Umschlag mit 300 Euro in bar denken, den er mit sich führte. Was dachte sich Mathisen dabei? Desmond schnaufte verächtlich. Er würde zurück ins Hotel gehen, würde den alten Dänen anrufen und ihm mitteilen, dass sich Prizren als Finte herausgestellt hatte. Danach würde er Richter kontaktieren, um den nächstmöglichen Heimflug zu buchen. Ja, diese ganze Nummer war ein Witz. Desmond sollte Mathisen zur Rede stellen, würde er erst zurück in New York sein. Er wollte ihn zur Rede stellen. Er würde es doch nicht tun. Stattdessen entschied er, sich, gleich nachdem er die Anrufe getätigt hatte, ein Restaurant zu suchen und auf Kosten der Forces ein üppiges Mahl einzunehmen. Das hatten die davon! So würde er es ihnen zeigen!

Desmond hatte noch immer Durst. Missfällig betrachtete er die leere Flasche in seinen Händen. Seine Blase drückte auch schon wieder.

Auf dem Rückweg bemerkte er, dass die ausgelassene Stimmung in der Innenstadt spürbarer Bedrückung gewichen war. Die Straßen leerten sich, Menschen versammelten sich um die Fernsehgeräte in den Restaurants. Desmond zückte sein Telefon und schaltete den Flugzeugmodus aus. Sogleich erschienen lauter Eilmeldungen auf dem Display.

Sydney. Schon wieder war Sydney in den Schlagzeilen, der Mini-Tripod aber schien vergessen. Stattdessen hatten sich abseits der Stadt mehrere Tripods erhoben. Eine marsianische Flugscheibe war unlängst aufgebrochen, über den Flughafen Sydneys hinweg- und aufs offene Meer hinausgeflogen.

Desmond legte einen Zahn zu. In ihm formte sich der Wunsch, so schnell wie möglich die Heimreise anzutreten, bevor die europäischen Behörden noch auf die Idee kamen, den Flugverkehr einzustellen. Etwas Großes war im Gange, die Marsianer mussten irgendwelche Pläne gegen die Menschheit geschmiedet haben. Desmond wischte all die Eilmeldungen fort, WhatsApp meldete sich. Absender: Schwarze Hexe Level 60. Desmond öffnete die Nachricht und las:

*Sydney, Walther! Jetzt Sydney! Und du bist wie immer nicht erreichbar! Wir haben Angst, bitte melde dich!*

Beinahe rannte er, sein Durst trat für den Moment in den Hintergrund.

*

Desmond quetschte sich durch das enge, mit antiquierten Porträts behangene Treppenhaus des Hotels hinauf in den ersten Stock, wo sich sein Zimmer befand. Er blickte in die grimmigen Mienen von Soldaten mehrerer Generationen. Ob Erster Weltkrieg, Zweiter Weltkrieg oder Jugoslawienkriege, die Familie des Hotelbesitzers schien über Generationen hinweg ihre jungen Männer für bewaffnete Konflikte hergegeben zu haben. Das Schwarz-Weiß-Foto eines Burschen in der Uniform der Waffen-SS hing mit derselben Selbstverständlichkeit im Treppenhaus aus wie das eines Kämpfers der UÇK, jener kosovarischen Befreiungsarmee, die sich im Kosovokrieg zum De-facto-Verbündeten der NATO gemausert hatte.

Desmonds schwere Schritte klangen dumpf auf dem Teppichboden im Flur, seine Knöchel knackten von Zeit zu Zeit. Den Schlüssel in Händen haltend, erreichte er die Zimmertür. Er schloss auf, gähnte ungeniert, zwängte sich in das Zimmerchen und war ganz in seine Gedanken vertieft. Er sah auf, sah zuerst seine Tasche, die durchwühlt worden war. Seine Sachen und Reiseunterlagen lagen auf dem Bett und dem Boden verstreut. Erst im zweiten Moment wurde er des Kerls gewahr, der am Fenster stand. Er hatte die Vorhänge zugezogen, stemmte die Hände in die Hüften, blickte Desmond aus funkelnden Augen an. Er war ganz in Schwarz gekleidet und seine Klamotten erfüllten augenscheinlich funktionale Zwecke, statt modischen Trends zu folgen. Er war muskulös, sichtbar trainiert, hatte Hände wie Schaufeln. Unnötig zu erwähnen, dass er in der Lage war, Desmond in der Luft zu zerreißen.

»Walther Desmond?«, formulierte der Fremde in klarem Englisch.

Desmond stieß einen spitzen Schrei aus. Sein Verstand setzte aus, Instinkte übernahmen. Er wirbelte herum, hastete zurück auf den Flur und weiter in Richtung Treppenhaus.

CIA. DSGE. KGB!, ploppten jene Schlagworte in seinem Geist auf, die er nur aus Filmen kannte. Unter rasselnder Atmung rannte er, so schnell es seine fleischigen Beine zuließen. Eine zweite Person, ebenfalls trainiert, ebenfalls gekleidet in Schwarz, erschien im Durchgang zum Treppenhaus, versperrte diesen. Sie richtete eine Pistole auf Desmond.

# XII. Rick Marten

»Delta, hier Control. Indias setzen auf Ihre Position an. Die uns vorliegenden Berichte deuten auf 200 Kämpfer hin, teilweise motorisiert. Luftunterstützung fällt aus, und die Verstärkung durch die Schwesterkompanien und die Saudis benötigt zweieinhalb Stunden. Sie machen sich auf den Weg, aber es wird dauern.«

»Willst du mich verarschen?«

Der angekündigte Sandsturm war wie aus dem Nichts aufgetaucht und fegte mit urgewaltiger Kraft über das Land. Marten sah die Hand vor Augen nicht. Zillionen von Sandkörnern prasselten gegen das Plexiglas seiner Staubschutzbrille, was ihm ein nicht enden wollendes Knistern in den Ohren bescherte. Er sah Härti an, der, obwohl nur einen Meter von ihm entfernt, vom umherwirbelnden Sand verschleiert wurde, als hätte er sich hauchdünne Seidenkleider übergeworfen.

»Control, hier Delta One«, brauste Marten mit den Sturmböen um die Wette. »Sagt mir bitte, dass das nicht wahr ist!«

»Dann sage ich lieber nichts«, knackte Rienschs Stimme aus dem Äther. Die Verbindung war mäßig. Einige Sekunden lang schwiegen sich Marten und das Funkgerät an. Härti stand daneben wie ein Schluck Wasser in der Kurve.

»Wir haben Verwundete! Mehr als die Hälfte unserer Wagen ist ausgefallen. Wir sitzen hier fest!«

Aus Martens Zug waren zwei Boxer nicht mehr fahrtüchtig, die Nummer 41 hatte zwei geplatzte Reifen und eine gebrochene Achse. Sie würde nur noch im Schongang bewegt werden können. Blieben zwei einsatzbereite Piranha, die bei Weitem nicht genügend Raum für alle Soldaten boten.

»Und wir haben gerade eine marsianische Armee entdeckt«, warf Härti ein.

»Ja, richtig! Und wir haben gerade eine marsianische Armee entdeckt!«

»Ich weiß«, antwortete Riensch betroffen.

»Scheiße!«, hauchte Marten. »Befehle?«

»Hören Sie, Delta?« Stearn.

»Ja!«, grantelte Marten.

»Unter den Umständen kann ich nicht von Ihnen verlangen, das Wrack und Ihre Wagen zu halten. Versuchen Sie allerdings die Flucht … mitten im Sandsturm … es ist Ihre Entscheidung, Delta.«

Marten taxierte Härti, dessen dunkle Staubschutzbrille aus dem umherfliegenden Sand hervorstach. Der Gruppenführer hatte die Lippen zu einem dünnen Strich zusammengepresst.

»Scheiße!«, brüllte Marten seine ganze Verzweiflung in die Welt hinaus. »Das kann doch nicht wahr sein! X Tripods liegen uns direkt vor der Nase und warten nur auf den Angriffsbefehl, aber diese hirnverbrannten Idioten checken es nicht!«

»Die wollen den Tripod«, brummte Härti.

»Aber es ist unser Tripod!«

Marten und sein Gruppenführer wechselten einen Blick. Ihre Lage war denkbar schlecht. Fenix war ernsthaft verwundet und viele andere auch. Sie bedurften asap medizinischer Versorgung.

»Also gut!«, bestimmte Marten und drückte die Sprechtaste des Funkgeräts. »Control, wir halten die Stellung. Werde den Tripod ganz sicher nicht den Terroristen überlassen!«

»Es ist Ihre Entscheidung.«

»Ich weiß, ich weiß. Danke fürs Abschieben der Verantwortung!«

»Versuchen Sie den Ausbruch nach Südwesten, über die Hügelketten und weiter nach Westen«, schlug Stearn vor.

»Zu Fuß? Mit Verwundeten? Mitten im Sandsturm? Sagen Sie, wollen Sie mich rollen?«

Stearn schwieg. Ihnen allen war der Ernst der Lage voll bewusst. Die beiden Züge der 4. Kompanie waren bewegungsunfähig, waren festgenagelt in diesem Tal. Und die Gotteskrieger, die sich auf dem Weg befanden, waren nicht unbedingt als Freunde der Genfer Konventionen bekannt. Erhielten sie die Möglichkeit dazu, würden sie die Forces-Soldaten mit Stumpf und Stiel erledigen, würden auch nicht davor zurückschrecken, die Verwundeten abzuschlachten. Der eine oder andere würde womöglich vorerst am Leben gelassen werden, um später gefoltert zu werden, um bei lebendigem Leibe verbrannt oder im Livestream geköpft zu werden.

War eine Flucht doch die bessere Option? Die Zahnrädchen in Martens Uhrwerk des Verstandes rotierten. Zum einen würde eine Flucht bedeuten, einen Großteil der Ausrüstung und die Fahrzeuge zurückzulassen … den Terroristen zu überlassen. Zum anderen würde den Islamisten auch der Tripod in die Hände fallen. Die Forces-Soldaten hatten nicht genug Sprengstoff bei sich, um alles nachhaltig zu zerstören. Außerdem war ein Fußmarsch mitten im Sandsturm, weit hinter den feindlichen Linien, auch nicht unbedingt eine lebensbejahende Option.

Ein fetter Knoten bildete sich im Magen des Lieutenants, als ihn vollumfänglich die Erkenntnis traf, in welch bedrohlicher Situation sie sich befanden. Es ging um nicht weniger als ums nackte Überleben der Soldaten der 4. Kompanie. Stearn und Riensch war dies ebenso schmerzlich bewusst.

»Ich bin nicht der Typ, der davonläuft«, sagte Marten leise. Der Wind drohte seine Worte fortzuwehen.

»Ich weiß nicht einmal, wie man davonlaufen schreibt«, erwiderte Härti.

»Mit einem d, mein Freund. Mit einem d. Und ohne stummes h. Aber das tut jetzt nichts zur Sache. Was haben wir?«

»48 mehr oder weniger einsatzfähige Soldaten, Rest verwundet. Zwei M82, zwölf LAW, 16 Patronen für die Panzerfaust. Zwei Piranha sind voll einsatzbereit. Die 41 braucht zwar ein bisschen, um sich in Position zu schleppen, doch ihre GraMaWa versteht es noch immer, heiße Grüße zu versenden. Unsere schöne 39 ist leider tot, doch die M2 spricht noch mit uns. Sie muss aber manuell bedient werden.«

Die mitten in der jemenitischen Wüste unter einer Art Tarnvorhang verborgene Tripod-Armee rückte ob der Aussicht auf einen Zusammenstoß mit Al-Qaida-Kämpfern in den Hintergrund. Marten biss sich auf die Unterlippe, seine Schneidezähne bohrten sich ins Gewebe, seine Geschmacksknospen meldeten etwas Eisenhaltiges in seinem Mund. Dann geriet doch noch einmal die Ansammlung marsianischer Kampfmaschinen in den Fokus seiner Gedanken. Es mochten Hunderte gewesen sein. DAS war die Invasionsstreitmacht! Die Aliens warteten nur auf den richtigen Zeitpunkt. Hunderte dieser potenten Kampfmaschinen jedenfalls waren kein Zuckerschlecken, vor allem hier unten im Jemen, wo die Zuständigkeiten ungeklärt waren und die lokalen Sicherheitskräfte außerstande, mit einer Tripod-Truppe dieser Größenordnung fertigzuwerden.

Marten wurde wütend. Unsäglich wütend. Es konnte doch nicht angehen, dass sie auf eine marsianische Armee gestoßen waren – eine Bedrohung für jede menschliche Existenz auf dem Planeten –, und statt sich dieser Bedrohung anzunehmen, mussten sie sich religiöser Fanatiker erwehren, deren Leben nicht minder bedroht war durch die in der jemenitischen Wüste lauernden Marsianer.

Martens Kopf lief puterrot an. Der Sturm derweil intensivierte sich. Beigefarbene Wände umstellten den Forces-Lieutenant. Das Prasseln von Sandkörnern auf der Haut fühlte sich an, als würde sie mit Schmirgelpapier bearbeitet werden.

»Alles okay?«, brüllte Härti gegen den Sturm an. Er verschwand vollständig hinter dem sandfarbenen Schleier.

»Nein!«, erwiderte Marten schreiend. »Nein, nichts ist okay!« Er drehte sich aus dem Wind heraus, schützte das Funkgerät mit der Hand. Durch den EMP des Tripods hatten sie zahlreiche Geräte verloren, die Kompanie war daher untereinander nur noch eingeschränkt elektronisch kommunikationsfähig.

»Control, hier Delta!«

»Ja?«, antwortete Riensch bedrückt. Und hatte dabei alle Regeln der Funksprache vergessen.

»Was ist mit den Fleischbällen? Wie geht es weiter?«

»Sakurai ist alarmiert, aber der Sicherheitsrat blockiert.«

»Ernsthaft?«

Riensch ließ ein Seufzen übertragen. »Die fordern eine Bestätigung der Sichtung durch einen zweiten Trupp. Aber wir können erst wieder jemanden rausschicken, wenn sich das Wetter gebessert hat.«

»Das ist doch Bullshit! Ich sage dir, da sind Hunderte von diesen Dingern!«

»Ich weiß es doch.«

»Das ist kein Spiel! Verdammt noch eins! Wenn die loslegen, brennt ganz Vorderasien. Macht das den Flitzpiepen in New York klar!«

»Was soll ich dir sagen, Rick?«

»Scheiße!« Marten stampfte mit den Füßen auf.

»Delta, hier Auge«, drang die gehetzte Stimme einer Britin aus dem Lautsprecher. Sie rannte – rannte, wie sie noch nie in ihrem Leben gerannt war, das war ihr anzuhören. Das bedeutete nichts Gutes.

»Feind in Stärke 30 aufgeklärt, nordöstlich eigener vor Y-Gabel. Ankunft im Nest in 10 Minuten.«

*

As-Sallal hatte auf dem Beifahrersitz eines Pick-ups Platz genommen. Der Sturm ließ eine Wand aus Sandkörnern gegen die verkratzte Frontscheibe hageln, es herrschte ein ohrenbetäubender Lärm wie im Inneren eines Wäschetrockners. Das Brummen des Motors ging darin vollständig unter.

Mit niedriger Geschwindigkeit zog der Pick-up an einer langen Kolonne von Kämpfern zu Fuß vorüber. Die Maschinen- und Sturmgewehre geschultert, die Gesichter zum Schutz vor dem Sand mit Shemags verhüllt, marschierten as-Sallals Krieger in die Schlacht. Sie sehnten sie den Kampf herbei. Er wusste es. Wer reinen Herzens war, der konnte es nicht ertragen, dass die Ungläubigen den eigenen Grund und Boden mit ihrer Anwesenheit befleckten. Und die Aussicht darauf, westliche Ungläubige zu töten, Soldaten aus Deutschland und aus Großbritannien, spornte as-Sallal an. Es war das eine, die Häscher des saudi-arabischen Frevelstaates und deren Vasallen zu erledigen, viel seltener aber bot sich ihnen die Gelegenheit, deutsche und britische Kuffār umzubringen. Während sich die Welt für Saudi-Arabien kaum interessierte, lösten Tote aus den Ländern des Westens stets ein großes Medienecho aus. Und ein Medienecho bedeutete Klicks. Und Klicks bedeuteten frische Soldaten aus Europa und von anderswo für den heiligen Kampf Allahs. As-Sallal benötigte dringend junge Männer, um seine Gebiete gegen die Allianz der Saudis halten zu können. Aus diesem Grunde war er derart erpicht darauf, die Forces-Soldaten zu erledigen. Sie mit Stumpf und Stiel auszulöschen. 100 getötete westliche Soldaten – es wäre die Schlagzeile des Jahrhunderts. Es würde sich wie ein Lauffeuer im Internet verbreiten, würde die Herzen vieler junger Gläubigen berühren, würde ihnen ein Licht sein und ihnen den Weg weisen in diesen dunklen Zeiten. As-Sallals Leute in Dinslaken und Verviers hatten bereits alles für die Rekrutierungsmaßnahmen vorbereitet und warteten geduldig auf den Upload.

»Abdul?«, sprach as-Sallal in sein Smartphone von Sony. Ob des Sturms verstand er sein eigenes Wort kaum. »Denke an meinen Befehl: Ich will zwei der Kuffār lebend haben! Ist alles vorbereitet?«

»Ja, mein Herr.«

»Wenn ihr versagt, werde ich zwei von deinen Männern als Kuffār verkleiden und für das Video benutzen!« Das war durchaus keine leere Drohung. Entsprechend einsilbig fiel die Antwort aus: »Ja.«

»Gut. So lass uns vorausfahren und als Erste das heilige Schlachtfeld betreten! Bringen wir den Dschihad über die Kuffār!«

»Ja, mein Herr.«

»Möge der Allmächtige und Barmherzige unsere Löwen im Kampf leiten und möge er uns erlauben, seine Faust auf Erden zu sein!«

»Jawohl, mein Herr.«

As-Sallal beendete das Gespräch, wandte sich an seinen Fahrer: »Tritt aufs Gaspedal.« Der Mann tat wie ihm geheißen. Der Motor heulte auf, sein Dröhnen kämpfte sich durch den dichten Geräuschteppich hindurch in den Vordergrund. Die Sicht war mehr als schlecht, betrug keine drei Meter. As-Sallal aber kannte die Gegend wie seine Westentasche. Hinter ihm auf der Ladefläche des Pick-ups kauerten mehrere Kämpfer, zusammengedrängt wie die Legehennen. Sie umklammerten ihre Sturmgewehre, machten sich hinter der Fahrerkabine so klein wie möglich, um dem Sandsturm keine Angriffsfläche zu bieten. As-Sallals Wagen folgten weitere Fahrzeuge, umgebaute Pkw, ausgestattet mit lafettierten Maschinengewehren. Zehn Autos hatte er für den bevorstehenden Kampf aufbringen können, außerdem 180 Fußsoldaten. Die Kuffār waren bereits tot, sie wussten es nur noch nicht.

Die Pkw-Kolonne ließ die Fußsoldaten hinter sich. Sie wühlte sich durch den Sandsturm, erreichte jenen Durchbruch, der ins Tal führte, in welchem sich die Ungläubigen versteckt hielten, in welchem sie den heiligen Engel des Allmächtigen gefällt hatten. Es war ein Akt beispielloser Gotteslästerung und as-Sallal brannte darauf, sie dafür zu bestrafen. Das jedenfalls hatte er seinen Männern erzählt und das glaubten sie ihm, so wie sie ihm alles glaubten. Der Amir griff nach seinem Heckler-&-Koch-Sturmgewehr, warf einen prüfenden Blick auf das Plexiglasmagazin, durch das das Messing der Patronen hindurchschimmerte.

»Mā schā'a llāh«, flüsterte er. »Gott ist groß und wird uns auf unserer gesegneten Mission leiten.«

»Allahu akbar«, wisperte sein Fahrer ehrfürchtig.

Sie fuhren in das Tal ein, das von Felsrücken umschlossen war. Hinter ihnen schepperte es, als ein Pick-up mit 40 Stundenkilometern gegen einen großen Stein krachte. Die Kämpfer auf der Ladefläche wurden durcheinandergewürfelt, die Seitenscheiben der Fahrerkabine platzten.

As-Sallals Fahrer hing verkrampft über dem Lenkrad. Beide Hände umklammerten den Lederüberzug, er hatte den Kopf vorgestreckt, die Augen zusammengekniffen, konzentrierte sich auf den Bereich vor seinem Auto. Der verschwand nach wenigen Metern schon in einer sandfarbenen Masse. Der Wind heulte ohrenbetäubend, rüttelte am Dach.

As-Sallal musste plötzlich lachen. Er lachte auf, laut und schallend. Sein Fahrer zuckte zusammen.

»Mein treuer Freund«, freute sich der Kommandeur und schlug dem Fahrer auf die Schulter. »Allah hat unsere Mission mit diesem Sandsturm geweiht! Nun sind die Flugzeuge der Kuffār an den Boden gefesselt, ihre frevlerische Technologie ist wertlos im göttlichen Sturm der Reinigung! Und wenn du den Kāfir um seine Technik beraubst, dann bleibt nichts als ein zweiflerischer, feiger Geist übrig, unfähig, die Prüfungen des Barmherzigen zu bestehen! Willst du ins Paradies, Jaffar?«

»Ja, mein Herr.«

»Wir werden sie ausrotten!« As-Sallal grunzte, verfiel dann in ein heiseres Lachen, ehe er abrupt innehielt. Voraus schälte sich, noch mehr als Ahnung denn als klar definiertes Objekt – als Schatten im Sand –, der gefällte Engel heraus. As-Sallals Herz füllte sich mit neuerlichem Zorn. Er verstärkte den Griff um sein HK-Gewehr. Es war sein Engel, seiner allein! Der große Sayyid Qutb hatte bereits vor 70 Jahren vorausgesagt, dass jene Gefolgsleute Allahs, die reinen Herzens seien, auf den Rücken der wiedergekehrten Engel das Kalifat über die Welt ausbreiten würden. Die islamische Revolution in Teheran hatten den vermeintlichen Beweis für Qutbs Thesen erbracht. Der gefällte Engel jedenfalls würde as-Sallals Kriegskasse und Personallisten gleichermaßen füllen.

Er ließ seinen Fahrer vor den mächtigen, übereinandergeschlagenen Beinen halten. Deren Oberfläche war mit einer feinen Struktur überzogen, im Sandsturm kaum zu erkennen. In Demut senkte sein Fahrer den Kopf, er zitterte am ganzen Leib. Rechts und links des Pick-ups hielten die anderen Fahrzeuge der Kolonne. As-Sallal richtete sein Kopftuch, allein seine Augen stachen aus winzigen Schlitzen hervor, dann öffnete er die Tür, gegen den Druck des Windes ankämpfend, und zwängte sich aus dem Auto.

»Findet die Kuffār!«, brüllte er aus heiserer Kehle. Millionen knüppelharter Sandkörner trommelten auf seinen unter dickem Tuch verhüllten Leib ein, er spürte die Einschläge durch den Stoff hindurch. Sogleich traf ihn ein Partikel ins Auge, er musste sich abwenden.

»Bringt sie zur Strecke!«, zeterte er zornig und rieb sich das brennende Auge. Türen wurden geschlagen, Männer sprangen von Ladeflächen, luden ihre Waffen durch, verteilten sich. Die Demut angesichts des Engels hatte sie ergriffen, lenkte sie ab. Ihre Glieder flatterten vor Gottesfurcht.

»Besinnt euch auf eure Mission!«, schrie as-Sallal und trat selbst ganz nah an den Engel heran. Sein Herz begann wild zu klopfen, als er sich anschickte, ihn zu berühren. Der Sand, der auf seine Finger einprasselte, wirkte wie Millionen winziger Geschosse, die versuchten, sich durch seine Haut zu bohren. Er ignorierte die Pein, streckte die nackte Hand aus, legte sie auf die Haut des Engels. Diese fühlte sich warm und glatt an, die sichtbaren Strukturen waren nicht zu erfühlen. Der metallene Engel war insgesamt riesig, sowohl seine Füße als auch sein Leib lagen hinter dem Vorhang des Sandsturms verborgen. As-Sallals Herz schlug stärker und stärker, er spürte, wie die Kraft und der Mut Allahs durch seinen gefallenen Engel auf ihn übergingen. Ja, er spürte es jetzt ganz deutlich! As-Sallal mochte im Gegensatz zu seinen Häschern neben dem Glauben auch die weltlichen Dimensionen dieses Konfliktes erfassen, dennoch war er gläubig – der Gläubigste von allen – und so ergriff auch ihn die Demut angesichts dieses Geschenkes des Allmächtigen. Er spürte es deutlich: Er war der Auserwählte, auserwählt als Führer der Löwen. Auserwählt, um das Kalifat zum Sieg zu führen. Das echte, reine Kalifat, nicht dessen Plagiat, diese frevelhafte Vereinigung falscher Jünger, die keinen anderen Namen als »Daesch« verdiente.

In as-Sallals Rücken klapperten Waffen und Munitionskästen, wuselten seine Männer umher, die sich aufteilten und das Tal absuchten. Von den Kuffār fehlte jede Spur.

»Mein Herr, die Ungläubigen sind nicht hier«, meldete einer seiner Unterführer kleinlaut. As-Sallal fuhr herum, und auch wenn sein Gesicht hinter dem Tuchstoff verborgen lag, sein stechender Blick reichte aus, den hinter einem Sandvorhang verschwimmenden Unterführer zu straffen.

»Heute Nacht«, erklärte as-Sallal, »werde ich ein Video hochladen.« Mehr brauchte er nicht zu sagen, sein Gegenüber wusste, was dies bedeutete. Er spritzte weg, brüllte die Männer zusammen, trieb sie lautstark durch den Sandsturm. As-Sallal derweil schaute sich aus zusammengekniffenen Augen um. Wälle aus feinstem Gebröckel umgaben ihn. Mit einem Mal machte er einen dunklen Kasten aus, dessen Konturen sich in einiger Entfernung unscharf im Sand abzeichneten. As-Sallal stutzte. Es blitzte bei dem Kasten. Ein dumpfes Raunen erklang, im nächsten Augenblick brach der Untergrund zwischen den parkenden Fahrzeugen auf. Instinktiv warf sich as-Sallal in den Staub. Um ihn herum sprang die Welt entzwei, so glaubte er. Mit ohrenbetäubendem Knall schlugen Granaten in die Fahrzeuge ein, sprengten diese auf. Blech zerknüllte wie Papier unter dem Druck der Explosionen. Glas klirrte, Splitter fetzten davon. Im Splitterhagel Getroffene sanken schreiend zu Boden. Eine Granate durchschlug den Unterleib eines Gotteskämpfers, hinterließ ein faustgroßes Loch. Der Getroffene fiel um.

»Tötet die Ungläubigen!« As-Sallal brüllte sich die Seele aus dem Leib. »Tötet sie!«

*

»Delta Two, Feuer!«, schnarrte Marten ins Funkgerät. »Nehmt sie ins Kreuzfeuer!«

Marten hielt sich im Fahrzeugmodul auf, direkt hinter dem Waffenbediener der 41, und beobachtete über dessen Wärmebild das Gefechtsfeld. Die Autos der Islamisten parkten vor dem quer liegenden Tripod, kreuz und quer wie Pkw vor einem Elektronikmarkt am Black Friday. Die Gotteskrieger liefen aufgescheucht umher, einige warfen sich in den Sand. Manch einer leerte das Magazin seiner Waffe, schoss sonst wohin. Sie erschienen auf dem Wärmebild, das den herrschenden Sandsturm nahezu vollständig ausblendete, als hell blinkende Gestalten, die sich gut vor dem Tripod abzeichneten. Auch die Fahrzeuge strahlten starke Wärme ab, Motor- und Innenräume leuchteten auf dem Bild entsprechend wie Weihnachtsbäume. Der Waffenbediener ließ seine Granatmaschinenwaffe sprechen, steuerte sie mit ruhiger Hand. Die Waffe spuckte Geschosse, dick wie Hühnereier, die den Islamisten entgegensprangen und in ihren Reihen fürchterlich wüteten. Pick-up und umgebaute Kleinbusse zersprangen und zerrissenen unter dem Beschuss, weiß glimmende Blumensträuße stäubten im Wärmebild auf. Just in diesem Augenblick stimmte der flankierende Beschuss von Delta Two in das Konzert des Todes ein. Von zwei Seiten nun flitzten den Islamisten leuchtende Spurprojektile entgegen, für den Augenblick herrschte aufseiten des Gegners ein heilloses Durcheinander. Viele starben im Feuer, andere sackten verwundet zusammen.

Härti fasste Marten an die Schulter, der fuhr herum und sah den entschlossenen Gesichtsausdruck seines Gruppenführers. Der Lieutenant wusste, dass es jetzt um alles ging, um ihr nacktes Leben. Sie konnten nicht fliehen, standen mit dem Rücken zur Wand. Sie konnten nur kämpfen. Und Marten, Härti und die Unterführer der Briten hatten gemeinsam eine schwere Entscheidung getroffen. Marten presste die Lippen zu einem schmalen Strich zusammen. Sein Leib war in höchste Anspannung versetzt, alle Muskeln bis zum Zerreißen angespannt. Seine Beine schmerzten ob der ständigen Kontraktionen der Muskulatur, die Anspannung aber löste diesen Reflex aus, ohne dass er etwas dagegen tun konnte. Trotz Marsianer-Landung in Frankfurt, trotz verborgener Alienarmee in der jemenitischen Wüste, nie waren die Forces-Soldaten der 4. Kompanie in größerer Gefahr gewesen als in diesem Augenblick.

Hinter Marten besetzten sechs schwer bewaffnete Soldaten den Frachtraum des Boxer-Radpanzers. Ein Wort von Härti, und sie würden losschlagen. Delta Two verfügte über ein mobiles Wärmebildgerät, außerdem über das Kaliber-.50 aus Martens Wagen. Dieses belferte, der Mündungsknall dröhnte durch das Tal, hallte nach, Echo und neuerliche Schüsse vermischten sich zu einer Kakofonie, die die Trommelfelle schmerzlich zum Schwingen brachte. Der Lärm war wie ein Presslufthammer direkt am Ohr.

Die daumendicken Kugeln des Kaliber-.50 zersägten die Islamisten regelrecht, der Rest ging im Feuer der Handwaffen unter. Mit einem Mal verstummte die GraMaWa, der Bediener sprang aus seinem Stuhl, brüllte dabei: »Lade nach!«

Er öffnete die Luke, kletterte nach oben, hievte Munitionskästen aus dem Wagen. Das helle Zischeln von G36-Gewehren jener Schützen, die außerhalb des Radpanzers in Stellung lagen, drang nun ungefiltert an Martens Ohr heran, verstärkte den herrschenden Geräuschteppich noch. Der Lieutenant biss die Zähne aufeinander.

*

»Abdul!«, raunzte as-Sallal in den Lautsprecher seines Handys. Er war hinter einem zu Klump geschossenen Pick-up in Deckung gesprungen, kauerte neben einem Waffenbruder, der, niedergestreckt von den Kugeln der Kuffār, reglos im Staub lag. Er hielt sich das Telefon ans Kinn und brüllte immerzu seine Befehle ins Mikrofon. Um ihn herum war die Hölle auf Erden losgebrochen, so erschien es, doch as-Sallal vertraute darauf, dass Allah seine schützende Hand über ihn halten würde. Dass er ihn durch das Feindfeuer hindurch zum Sieg geleiten würde.

»Bewegt euch, meine Brüder!«, wies er Abdul an. »Laufschritt!«

»Jawohl, mein Herr.«

Splitter zwitscherten über as-Sallals Kopf hinweg, hagelten auf den eisernen Engel ein. Das Knattern der Waffen, das Scheppern der Einschläge, das Tosen des Windes und das Schreien der Verwundeten vermengte sich zu einem beispiellosen Lärm. Abduls Antwort ging darin vollends unter.

As-Sallal tippte das rote Telefonsymbol auf dem Touchscreen an, kroch näher an den zerschossenen Pick-up heran, krümelte sich hinter dessen Rad zusammen und spähte unter dem Wagen hindurch ins Vorfeld. Das Fahrzeug der Ungläubigen war als Schatten im Sandsturm zu erkennen, bei jedem Abschuss des Granatwerfers leuchtete es. As-Sallal aber war nicht entgangen, dass es sich bis dato nicht bewegt hatte, was der üblichen Taktik der Ungläubigen widersprach. In ihm wuchs die Erkenntnis heran, dass das Fahrzeug der Feinde bewegungsunfähig sein musste, immerhin hatten sie einen Kampf mit dem Engel hinter sich. Der Feind war womöglich schwächer, als es den Anschein erweckte, und würde es as-Sallal gelingen, das Granaten spuckende Gefährt auszuschalten, würde das seinen Männern neuen Mut schenken … würde das den Sieg bringen.

Er wählte erneut die Nummer seines Unterführers, hielt sich das Telefon ans Ohr. Feiner Sand prasselte auf ihn ein, das Pfeifen der Granaten und des Windes unterdrückte das Geräusch des Freizeichens. Auf der anderen Seite des Tals belferte ein schweres Maschinengewehr, seine Salven stanzten Löcher in die Oberfläche des Engels. As-Sallal würde nicht zulassen, dass die Ungläubigen eines von Allahs heiligen Gesandten weiter beschädigten. Er verdrängte die Wut über die Dreistigkeit der Kuffār. Es gehörte zu seinen großen Stärken, in jeder Situation einen kühlen Kopf zu bewahren.

»Jawohl, mein Herr?«, meldete sich Abdul kaum hörbar.

»WO SEID IHR?«

»Auf dem Weg, mein Herr.«

»Wie lange?«

Eine Granate fuhr in diesem Augenblick in das Pick-up-Wrack ein. Es krachte infernalisch, die Energie des Aufschlags presste den Wagen tiefer in den Erdengrund hinein. As-Sallal zuckte zusammen, versuchte, sich hinter dem Wrack noch kleiner zu machen. Neben ihm schrie ein Waffenbruder, von winzigen Metallfragmenten durchsiebt. Sporadisch nun erwiderten seine Männer das Feuer, ungezielt gaben sie Feuergarben in den Sandvorhang ab. Dem Feind hingegen schien die herrschende Sicht keine Probleme zu bereiten.

»Fünf Minuten, mein Herr!«

»Bewegt euch!«

As-Sallal steckte das Handy weg, in seinem Kopf verkabelten sich all jene Synapsen, die für seinen militärischen Sachverstand zuständig waren. Man sollte nicht annehmen, as-Sallal wäre dumm oder weniger gut ausgebildet als seine westlichen Gegenspieler. Vor dem Krieg – und vor seiner Erleuchtung – war er Offizier der jemenitischen Gendarmerie gewesen, einer paramilitärischen, dem Innenministerium unterstellten Polizeitruppe. Er war in allen Regeln der Militärkunst geschult worden, beherrschte das Einmaleins der Bekämpfung von Aufwieglern ebenso wie konventionelle militärische Vorgehensweisen und Taktiken von Spezialeinsatzkräften. Im Kampf gegen die Huthi war es die Spezialität seiner Einsatzgruppe gewesen, sich vom feindlichen Vormarsch überrollen zu lassen, um diesem daraufhin in den Rücken zu fallen oder seinen Nachschub zu attackieren. Auch das Aufspüren und Bestrafen von Kollaborateuren hatte zu as-Sallals Repertoire gehört. Das war gewesen, bevor er sich von den weltlichen Gefügen gelöst und sein Leben dem Allmächtigen verschrieben hatte. As-Sallal hatte die Lehren jener Tage dennoch nicht vergessen. Und so huschte ein wölfisches Grinsen über seine Lippen, als in ihm ein Plan heranwuchs, der den Sieg über die Ungläubigen bringen würde.

*

Die Forces-Soldaten stellten das Feuer ein, die letzten Schüsse verhallten im brausenden Sandsturm.

»Da rührt sich niemand mehr!«, meldete der Waffenbediener mit Blick auf das Wärmebildgerät.

Marten nickte kaum merklich, sein Blick fiel auf Härti. Der wies mit dem ausgestreckten Zeigefinger auf seine Gruppe, hielt dann den Daumen nach oben. Seine Soldaten zeigten sich einsatzbereit.

»So weit, so gut. Das war ja einfach.«

»Man soll den Tag nicht vor dem Abend loben, Prof«, ermahnte Härti.

»Man soll den Teufel nicht an die Wand malen!«, erwiderte Marten.

»Käse schließt den Magen«, trällerte Babo und erntete fragende Blicke. »Was denn?«, verteidigte sich der Deutschiraker. »Ich dachte, wir zählen dumme deutsche Volksweisheiten auf.«

»Nein«, sagte Marten hintergründig. »Wir räumen jetzt auf und dann sehen wir zu, dass wir von hier verschwinden.« Er erfasste den Spannhebel seiner MP, lud die Waffe durch. Härti und dessen Gruppe folgten seinem Beispiel. Der Lieutenant trat auf die gesenkte Rampe, die unter einer gefühlten Tonne Sand begraben lag. Er stapfte ins Freie, feinste Körner bliesen ihm gegen die Uniform, ins Gesicht, prasselten auf seine Staubschutzbrille ein, stachen auf seinen Lippen und Wangen. Härti und dessen Gruppe gesellten sich an Martens Seite, gemeinsam betrachteten sie den gefallenen Tripod, der in einiger Entfernung als quer laufender Schatten im Sandsturm zu erahnen war. Davor zeugten umgeworfene Fahrzeuge und leblose Körper von dem Massaker, das der Feuerüberfall beim Feind angerichtet hatte. Marten meinte, der Sandsturm habe sich eine Spur abgeschwächt, die Sicht sei eine Spur besser geworden. Gleichzeitig wuchsen in seiner Brust Zweifel darüber heran, den Kampf bereits gewonnen zu haben. Sie mochten zwei Dutzend Kämpfer ausgeschaltet haben, weit weniger, als Mission Control gemeldet hatte. Er setzte eine Meldung an die Einsatzzentrale ab, hob dann seine rechte Hand als Zeichen für jene, die ihr Vorgehen überwachten.

»Alle bereit?«, schrie er gegen das Dröhnen des Sturms ins Mikrofon seines Funkgeräts.

»Delta One überwacht euer Vorgehen«, bestätigte der Waffenbediener der 41.

»Delta Two überwacht ebenfalls«, knackte der britische Unterführer aus dem Lautsprecher, durchsetzt mit technischem Störrauschen.

»Also gut.« Marten fasste sein Ziel ins Auge, den frischen Islamistenfriedhof in gut 150 Metern Entfernung. Er schluckte, nicht weil sein Körper im Augenblick eines Schluckens bedurfte, sondern weil sein Unterbewusstsein die Situation dergestalt einstufte, dass ein simples Schlucken zum angemessenen Kommentar selbiger gereichte.

»Alles okay?«, wollte Härti wissen, der seinen Zugführer mit einem forschenden Seitenblick abtastete.

»Meine Pumpe rast wie irre«, gab Martens zu. Der Wind wehte seine Antwort davon.

Härti nickte nur, konnte ihn nicht verstanden haben, sagte: »Jetzt geht's in die gegnerische Torzone.«

Marten versuchte, das schier unkontrollierte Poltern seines Herzens zu beruhigen. Er gönnte sich den Luxus eines bewussten Atemzugs, doch auch das half nichts. Der Puls hämmerte wie ein Schlagbohrer in seinem Schädel, drückte ihm die Kehle zu. Angst hatte ihn im Würgegriff. Er wusste, wofür er das tat. Für seine Kameraden, damit diese eine Chance hatten.

Lisa.

Marten schüttelte heftig den Kopf, etwas drückte von innen gegen seine Augen.

»Sand im Ohr?«, brüllte Härti lächelnd.

»Marsch!«, entgegnete der Lieutenant, der glaubte zu zerspringen, würde er den Vormarsch noch länger hinauszögern. Das Adrenalin würde ihn bald wieder packen, ihn in einen Rauschzustand versetzten, Sorgen, Angst, Gedanken zurückdrängen. Diese würden später wiederkehren, Marten wusste das bereits. Falls es dieses Mal noch ein Später gab.

»Delta, hier One«, meldete er an Control. »Rücken vor, prüfen Feindstellungen auf Überlebende und funktionsfähige Fahrzeuge und bereiten dann den Abmarsch vor.« Er musste den Spruch im herrschenden Sturm dreimal wiederholen, ehe Riensch ihn verstand.

»Hals- und Beinbruch, Leute«, gab sie ihm kleinlaut mit auf den Weg.

Die Soldaten zwangen sich zur Entschlossenheit, taten einen Schritt nach dem anderen. Die Waffen in Vorhalt, marschierten sie auf einer Linie voran.

»Wie sieht es aus?«, fragte Marten auf halbem Weg den Waffenbediener der 41.

»Habe alles im Blick. Keine Bewegung im Vorfeld.«

»Und Delta Two?«

»Dito.«

Aus den Stellungen der Briten löste sich nun ebenfalls ein Trupp, der in Richtung der zerschossenen Fahrzeuge vorging. Marten fasste seine Waffe nach. Er wusste, dass er mit allem rechnen musste. Mit schmutzigen Tricks, mit Suicide-Bombern, mit … einer losschlagenden Tripod-Streitmacht. Die Ignoranz der Al-Qaida-Leute gegenüber der Realität machte ihn fuchsteufelswild. Der Schweißfluss unter seiner dicken Uniform intensivierte sich, bald war seine Unterwäsche ganz klamm. Der Sand spritzte mit ungeheurer Kraft gegen ihn, der Sound des Windes war dröhnend, vereinnahmte das Gehör vollends. Der Gegner könnte im Vorfeld mit Panzern auffahren, Marten würde sie nicht hören. Er führte seine Lippen an den Lautsprecher des Funkgeräts und rief: »Kati!«

»Hört«, antwortete Geier.

»Status?«

»Wir sind … bereit loszuschlagen.« Sie klang besorgt, um das Mindeste zu sagen. Marten würde es an ihrer Stelle nicht anders ergehen. Wenn er recht darüber nachdachte, hatte sie doch die schwerste Aufgabe vor der Brust. Obgleich ihn möglicherweise der Tod erwartete, würde er nicht mit ihr tauschen wollen. Eine in seinem Stirnlappen aufblitzende und sofort wieder entschwindende Stimme warf den Gedanken ein, der Tod sei möglicherweise gar der beste Ausweg aus seiner Situation. Besser als die Gefangenschaft war er allemal. Und auch besser als die Aussicht darauf, einen Scheidungsanwalt engagieren zu müssen.

Marten schüttelte abermals heftig den Kopf.

»Trainer?«

Was für abstruse Gedanken! Der Lieutenant verfluchte seinen Verstand. Er würde es hinbekommen, würde die Sache mit Lisa wieder geradebiegen. Ihre

Beziehung durchlebte derzeit einen kleinen Durchhänger … oder nein, Lisa hatte aufgegeben. Sie hatte einfach aufgegeben, statt für sie zu kämpfen. Marten presste die Backenzähne gegeneinander. Wie konnte sie aufgeben, während er im Jemen sein Leben riskierte?

»Trainer?«

Marten schreckte aus seinen Gedanken hoch. Wie eine programmierte Maschine war er auf die Fahrzeuge und Leichen des Gegners zugelaufen, ohne es zu registrieren. Nun befand er sich nur noch wenige Meter von ihnen entfernt, erkannte die scharfkantigen Tunnel im Blech, die die Granaten verursacht hatten. Winzige, kreisrunde Löcher zeugten vom Feuer der Kleinkaliberwaffen, namentlich des G36 der Deutschen und des L85A2 der Briten.

Marten ließ seinen Trupp stoppen. Nickte den Briten zu, mit denen sie zusammengekommen waren.

»Befinden uns vor Ort. 41?«

»Ich sehe euch. Überschieße euch bei Bedarf.«

Marten wandte sich seinen Soldaten zu: »Wie besprochen: Ausschwärmen!«

Zu zweit begannen die Forces-Männer damit, Fahrzeuge und Leichname zu überprüfen. Sie blieben schussbereit, hatten den Zeigefinger am Abzug, die Waffe vor das Gesicht gezogen und sondierten über die Visiereinrichtung hinweg. Sie ignorierten das Blasen des Windes, das Prasseln der Sandkörner, so gut es ihnen möglich war.

*

»Ich bin ein Löwe!«, sagte sich Ahmed Hadi wieder und wieder. »Ich bin ein Löwe! Ein Rächer Allahs!«

Ahmed Hadi glaubte nicht an diesen Unsinn, auch wenn das Wiederholen der islamistischen Mantras ihm dabei half, die Furcht niederzukämpfen. Ahmed Hadi glaubte allein an die harten US-Dollar, die as-Sallal für seine Dienste springen lies. Er machte sich dafür zwar die Hände schmutzig, doch verdiente er genug Geld, um seine Familie über die Runden zu bringen. Das war auch der Grund, warum er sich nicht in seiner Heimat dem IS angeschlossen hatte. Jeder, der sich halbwegs informierte, wusste, dass die Brüder vom Kalifat eine schlechte Zahlungsmoral hatten. Zwar bediente sich as-Sallal grundsätzlich der gleichen Lügen, um Kämpfer aus fremden Ländern anzulocken, doch verfügte er immerhin über einen vernünftigen finanziellen Background. Gleichzeitig verstand er es, die Kalifatsfantasien seiner Anhänger zu nähren. Diese glaubten doch tatsächlich, as-Sallal streite für ein islamisches Großreich, dabei war er nur ein lokaler Landlord, der seinen Machtbereich auszuweiten versuchte. Hadi war sich nicht sicher, ob as-Sallal selbst an das glaubte, was er den lieben langen Tag predigte, doch drückte er vor allem bei den Jünglingen und den Neuankömmlingen die richtigen Knöpfe, um sich ihren Fanatismus zunutze zu machen. Hadi war sich auch nicht sicher, ob as-Sallal überhaupt noch im Sinne der Al-Qaida-Führung agierte oder längst sein eigenes Ding durchzog.

Hadi kroch seinem Ziel entgegen. Flach gegen das Erdreich gepresst, zog er sich voran, Meter um Meter, hatte nichts anderes als das Ziel vor Augen. As-Sallal hatte ihm zugesagt, seine Frau und die vier Kinder im Irak weiter zu unterstützen, sollte er den Märtyrertod sterben. Und Hadi wusste, dass as-Sallal seine Versprechen hielt, etwas, das er an ihm schätzte.

Der Sturmwind fegte mit ungeheurer Macht über Hadi hinweg, der wie eine Flunder auf dem Wüstenboden lag und kroch. Ohne Unterlass, einer Schabe gleich, kroch er seinem Ziel entgegen. Er keuchte, stöhnte. Sein Arm wurde ihm schwer, zog er doch das über zwölf Kilogramm schwere RPG-16 hinter sich her. Drei weitere Raketen schlummerten in seinem Rucksack.

Hadi stieß verbrauchte Atemluft aus. Er hatte sich seinem Ziel in einem weiten Bogen angenähert, lange Zeit im Schutze des gefallenen Tripods. Und wartete nun auf jenes Ablenkungsmoment, dass as-Sallal zu inszenieren gelobt hatte.

*

Babo und Müller näherten sich einer blutenden, zuckenden Gestalt: Bauchtreffer. Das helle Gewand war auf Höhe des Unterleibs aufgerissen und mit der roten Tinte besudelt. Der Mann lag auf dem Rücken, hatte die Augen zum Schutz vor dem Sand halb geschlossen, brabbelte Unverständliches vor sich hin. Seine Wangen und sein Hals glänzten, sie zeugten von einer frischen Rasur. Er trug einen Pakol auf dem Kopf, eine Kopfbedeckung, die unüblich war in dieser Region. Sie erinnerte von ihrer Form her an ein Barett und war erdbraun.

»Wir haben einen Überlebenden!«, brüllte Babo ins Funkgerät. Beide Waffenmündungen blieben auf den Islamisten gerichtet. Der öffnete plötzlich den Mund, spuckte einen Blutschwall, der sein Antlitz färbte. Er zeigte seine rot schimmernden Zähne.

Der Schreck erfasste Babo, sein Körper versuchte noch einen Fluchtreflex, doch es war zu spät.

Der Gott-ist-groß-Ruf des Terroristen ging unter in einer tosenden Explosion, die Babo und Müller gleichermaßen erfasste, ihre Leiber abheben ließ und das Leben aus ihnen herausquetschte.

*

Marten machte ob der schrillen Explosion einen Satz, in seinem Rücken zuckte ein Blitz im sandfarbenen Vorhang. Babo und Müller schlugen als blutige Fleischgebilde auf den Grund auf, durchlöchert von ungezählten

Splittern. Sie waren augenblicklich tot, Marten wusste es. Es waren die ersten Toten der Kompanie in diesem Einsatz. Die ersten Toten, seitdem die Marsianer das Geschehen auf dem Erdenrund derart ins Chaos gestürzt hatten. Es würden nicht die letzten bleiben, dessen war Marten sich bewusst. Sie würden nicht die letzten Forces-Soldaten sein, die in diesem Tal ihr Leben lassen würden. Marten war bereit, seinem Schicksal entgegenzutreten … wenn dafür nur die Kameraden durchkommen würden! Wenn ferner Geier würde durchsetzen können, dass sich die Forces mit allen zur Verfügung stehenden Mitteln der Tripod-Streitmacht zuwendeten. Die Idioten von Al-Qaida und Co. mochten für Marten und seine Soldaten ein lebensbedrohliches Problem darstellen, im globalen Kontext aber waren sie zu vernachlässigen. Wollten die Menschen – alle Menschen – in einem Jahr noch über einen globalen Kontext verfügen, waren sie gut beraten, die marsianische Streitmacht im Jemen zu schlagen. Und, viel wichtiger: herauszufinden, was die Fleischbälle für einen perfiden Plan geschmiedet hatten. Denn eines war Marten klar: Noch einmal würden sie sich nicht von einem Schnupfen aufhalten lassen.

Er wischte den Gedanken an die Aliens fort, der Druck der Detonation war wie ein Fußtritt in den Magen. Marten biss die Zähne aufeinander, sein Kiefer knackte. Schüsse erklangen um ihn herum, es war ein heilloses Durcheinander. Leuchtspurmunition sprang wie beschleunigte Glühwürmchen durch den Sandsturm, es blitzte allerorts. Männer schrien. Männer kämpften.

In Martens Rücken wummerte die GraMaWa der 41, drei Schuss, eine Salve. Scheppernd schlugen die Geschosse rechts der Forces-Stoßtrupps ein. Sie rissen einen Mann von den Füßen, den Marten wegen der herrschenden Sichtverhältnisse nicht sehen konnte. Dieser klatschte in den Sand. Explodierte.

»Suicide-Bomber!«, brüllte einer der Briten verzweifelt und gab blindlings einen Feuerstoß in den Sand ab. Noch eine Explosion ereignete sich, Marten konnte nicht erkennen, wo. Er zwang sich zurück auf die Beine, spürte den heißen Atem eines Splitters, der sein Ohr um Millimeter verfehlte.

»SUICIDE-BOMBER!«, krakeelten seine Leute durcheinander, Panik schwang in ihren Stimmen mit.

Das Kaliber-.50 stieg in das Konzert des Todes mit ein, wummerte dumpf. Seine Kugeln flitzten über das Schlachtfeld, zogen zielgerichtet in Richtung des Zugangs zum Tal. Dort, wo sie im sandfarbenen Schleier verschwanden, ertönten Schreie und Rufe, die der Sturm bis an Martens Ohr herantrug. Sein Herz setzte einen Schlag aus. Ihm war sofort klar, dass sie es mit der Verstärkung des Gegners zu tun hatten. Mit bewaffneten Kriegern im dreistelligen Bereich, allein die vielstimmigen Rufe ließen diesen Schluss zu. Sogleich erklang das Schnattern von Sturmgewehren, schier lodernde Projektile sirrten dem Kaliber-.50 entgegen.

»Sammeln!«, befahl Marten mit heiserer Stimme. Er sah sich nach seinen Soldaten um. Seine Augen verhafteten sich für eine Sekunde auf den reglosen

Leibern von Babo und Müller. Etwas traf ihn ins Herz, doch Marten blieb keine Zeit für Sentimentalitäten.

»Los, sammeln!« Er musste seine Kräfte bündeln, musste die Kontrolle behalten. Er sah, wie verängstigte Kameraden Leichen des Gegners mit Blei vollpumpten, sah, wie einige Briten sich anschickten, gegen die feindliche Verstärkung in Stellung zu gehen. Diese lag noch immer vollumfänglich hinter dem umherwirbelnden Sand verborgen, selbst die gegen sie vorgehenden Briten verkamen bei der herrschenden Sicht zu Silhouetten, deren Konturen mehr zu erahnen, denn klar zu erkennen waren.

»Hier Delta Two«, meldete sich der Geschützführer des Kaliber-.50 mit brüchigem Organ. »100 bis 150 Indias betreten das Tal, bewegen sich in langen Reihen im Laufschritt auf eure Position zu.« Wieder bellte das überschwere Maschinengewehr.

»Das sind zu viele, ihr müsst da weg!«

»SAMMELN!«, schrie Marten aus voller Lunge. Seine Befehle waren in den Wind gesprochen, die Kameraden hörten ihn einfach nicht. Und aufgrund der Ausfälle an elektronischem Gerät verfügte der britische Stoßtrupp nicht einmal über ein Funkgerät. Deren Waffen knallten nun, Lichterscheinungen blinkten im Sandsturm. All die Klänge des Kampfes gerieten zu Störgeräuschen in dem nach wie vor dominanten Pfeifen des Windes. Marten hatte jede Kontrolle über die Situation verloren. Das Herz rutschte ihm in die Hose. Er hetzte den Briten nach, die sich von der Dynamik des Gefechts treiben ließen. Die nicht ahnten, welchen Gegner sie vor sich hatten. Ungezielt ballerten sie in den Sandvorhang hinein und glaubten wohl, einzelne Terroristen zu bekämpfen.

Das Belfern der Granatmaschinenwaffe endete jäh, als ein Donnerhall das Tal erschütterte. Marten fuhr herum, sah die urgewaltige Stichflamme, sichtbar trotz des Sturms, die auf Höhe der 41 entflammte und den Schattenriss des Boxer verschlang.

»41!«, raunzte er ins Mikrofon. »41!« Keine Antwort. Marten biss sich auf die Zunge und schmeckte Blut.

Und dann waren die Kämpfer der Islamisten plötzlich überall. Auch das Kaliber-.50 verstummte, Handfeuerwaffen schnarrten in seiner Stellung.

*

Der britische Sergent Joe Anthony umklammerte sein L85A2-Sturmgewehr mit aller Macht, der zitternde Lauf wies in Richtung des Feindes, den der Sandsturm verbarg und der ungezielt um sich schoss. Glühende Geschosse spritzten aus dem Schleier, flogen den Briten um die Ohren. Einige von Anthonys Soldaten gaben kurze Feuerstöße in die Ungewissheit ab. Mehr und mehr wuchs in ihnen die Ahnung heran, sie hatten es hier mit mehr als nur mit einem versprengten Trupp zu tun. Marten brüllte irgendetwas Unverständliches in Anthonys Rücken.

»Stellung!«, rief der Brite seinen Männern zu. Diese warfen sich hin, brachten ihre Waffen in Anschlag, schossen ohne Ziel. Das blinde Feuergefecht gewann an Intensität, die Parteien konnten einander nicht sehen, doch schenkten sie sich nichts. Lange Salven aus Maschinengewehren zogen über die Köpfe der Briten hinweg. Anthony klemmte sich hinter die Visiereinrichtung seiner Waffe, legte den Finger auf den Abzug, drückte durch. Mit jedem abgegebenen Schuss ruckte das schwere Metallsturmgewehr gegen seine Schulter. Er presste die Zungenspitze gegen die untere Schneidezahnpartie, eine dumme Angewohnheit beim Schießen, durch die er sich einmal fast die Zunge abgebissen hätte.

»Das Kaliber-.50 schießt nicht mehr!«, meldete Caporal Peterson, so laut er konnte.

Anthony prasselte der Sand eimerweise ins Gesicht. Er schmeckte Sand. Er spuckte Sand.

»Was?«

»DAS KALIBER-.50!« Peterson wies in die entsprechende Richtung. »ES SCHWEIGT!«

Jetzt hatte es Anthony auch bemerkt. »Blutige Scheiße!«, stieß er aus und hörte nicht das Knallen der Handfeuerwaffen in der Stellung des schweren Maschinengewehrs. Auch dass die GraMaWa nicht mehr feuerte, hatten er und sein Trupp noch nicht erfasst. Im Kampf geriet die eigene Wahrnehmung oft zum Tunnel, fokussiert allein auf den Gegner voraus.

»Feindkräfte 12 Uhr!«, brüllte jemand. Das Fauchen des Sturmwinds war mörderisch, verwandelte die Meldung in Wortfetzen.

Anthony nahm den Blick nach vorne, sah dunkle Gestalten, wenig definiert, die sich durch den Schleier kämpfend, direkt auf die Position der Briten zubewegten.

»Allahu akbar!«, riefen die Schatten durcheinander und näherten sich mit jedem Schritt.

»Feuer!«, ordnete Anthony mit angegriffener Stimme an. »Stellung halten! Stellung halten!«

Sie feuerten. Auch Anthony nahm ein Ziel auf, betätigte den Abzug. Der Schatten taumelte, stürzte. Hinter ihm tauchten drei neue auf.

*

Hadi preschte auf den brennenden Radpanzer zu, der Sand prasselte gegen sein langes Gewand. Es war, als würde er von Milliarden von winzigen Geschossen bombardiert werden. Die Rampe des Panzers war heruntergelassen, ein fürchterlich schreiender, in Flammen stehender Forces-Soldat raste wie von der Tarantel gestochen heraus. Hadi feuerte seine Glock 18 ab. Der gewichtsreduzierte Abzug hätte selbst von einem Säugling betätigt werden können, das Stangenmagazin sorgte dafür, dass die Waffe nicht nach dem ersten Feuerstoß nachgeladen werden musste. Der lichterloh in Flammen stehende Mann brach unter mehreren Treffern zuckend zusammen. Hadi stürmte weiter auf den Panzer zu, zupfte sich eine Handgranate aus der Umhängetasche, zog den Splint und pfefferte sie durch die abgesenkte Laderampe ins Innere. Aus dem Augenwinkel sah er mehrere leblose Soldaten, die den Boden des Frachtraums säumten, eine Frau hing in einem Sitz weiter vorne, das ondulierte, durchnässte Haar verdeckte ihr Gesicht. Allein die Gurte hielten sie davon ab, aus dem Stuhl zu rutschten. Hadi sprang zur Seite, ein Blitzstrahl spross aus dem Panzer, begleitet von einem heftigen Knall. Splitter klopften gegen die Innenwände des Fahrzeugs. Hadi raffte sich auf, rieb sich den Ellbogen, den er sich angeschlagen hatte. Halb geduckt, die Glock in Vorhalt, schlich er erneut an das Gefährt heran, lugte ins Innere und stellte fest, dass sämtliche Forces-Soldaten erledigt waren.

Weiter im Zentrum des Tals, dort, wo die marsianische Maschine ruhte, intensivierte sich der Kampf, rangen beiden Seiten erbittert miteinander. Hadi aber hatte es nicht eilig, Hadi wollte zuallererst seine Schäfchen ins Trockene bringen. Er zückte sein chinesisches Smartphone, betrat den Panzer, in dem es derart nach Sprengstoff, Feuer, Rauch und menschlichen Ausdünstungen stank, dass sich der Odem als beißender Reiz in seiner Lunge festsetzte. Er hustete, ließ seinen Blick über die von der Granate zerfetzte Einrichtung und die übel zugerichteten Körper schweifen. Der Sandsturm zog pfeifend über den Panzer hinweg, das Geräusch hallte dröhnend im Inneren. Akribisch fertigte Hadi mit seinem Handy Fotos der getöteten Soldaten an. Er brauchte die Bilder, um mit as-Sallal abrechnen zu können.

*

Aus der gesteigerten Geräuschkulisse schloss as-Sallal, dass sein Plan funktionierte wie ein Uhrwerk. Abdul erfüllte seine Aufgabe mit Bravour, dies musste er zugeben. Aufgrund der Tatsache, dass sich as-Sallal unter Feinden versteckt hielt, waren er und seine Männer vom Telefonieren auf das SMS-Schreiben als Kommunikationsmittel ausgewichen. So hatte ihm Abdul in einer Textnachricht die Vernichtung des Panzerfahrzeugs gemeldet. Weiter strömten seine Fußsoldaten ins Tal, nahmen den Feuerkampf auf, erdrückten die wenigen Forces-Soldaten durch ihre zahlenmäßige Überlegenheit. Viele Brüder würden dafür den ehrenvollen Märtyrertod sterben, doch würde ihr Tod nicht umsonst sein. Das wohlige Gefühl des bevorstehenden Triumphes flutete as-Sallals Venen. Er brauchte sich nicht länger zu verstecken. Er würde seine Krieger zum Sieg führen, zum Sieg über die Kuffār.

Sachte hob er den von mehreren Kugeln durchschlagenen Leichnam an, unter dem er lag, verborgen im hinteren Fußraum eines zerschossenen Autos. Rinnsale aus Blut waren auf sein Gewand getrieft, färbten es dunkelrot. Das war gut, so konnte jeder sehen, dass as-Sallal den Tod nicht scheute, dass er ihn über die Feinde Allahs brachte. Er zwängte sich unter dem Körper hervor, öffnete die durchlöcherte Tür gegen den Widerstand des Windes und kraxelte stöhnend aus dem Fahrzeug. Augenblicklich bedachte ihn der Sandsturm mit brutal beschleunigten Partikeln. As-Sallal verbarg sein Gesicht mit dem Shemag, so gut es ging. Er befreite sich vollumfänglich aus dem Fahrzeug und blickte in die großen Augen eines deutschen Soldaten, der daneben im Staub kauerte und sich ob des plötzlichen Erscheinens des Islamisten-Kommandeurs vollkommen überrumpelt zeigte. Der Glanz des Lebens wich dem Mann aus den Augen, als as-Sallal ihm, ohne zu zögern, zwei Kugeln in die Brust schoss, die die Schutzweste mühelos durchschlugen. Genau das war der Fehler des Deutschen gewesen: Er hatte gezögert. Allahs Krieger zögerten nicht.

As-Sallal fand sich inmitten seiner Feinde wieder. Allein der herrschende Sturm machte diffuse Schatten aus ihnen. Es waren Schatten einer sterbenden Weltordnung, as-Sallal wusste es.

*

Marten sah sich gehetzt um, sie waren überall. Die Forces-Soldaten schossen um sich, kämpften um ihr Leben. Doch egal wie viele Schattengestalten sie fällten, weitere rückten nach. Es war, als stünden er und seine Kameraden mit ausgebreiteten Armen im Rhein und versuchten, die Strömung aufzuhalten.

Marten hatte Anthonys Trupp wieder einfangen können, Deutsche und Briten verbarrikadierten sich nun gleichermaßen zwischen den Fahrzeugen. Im Schutze des Tripods wehrten sie Angriffe aus drei Himmelsrichtungen ab, schossen, bis die Läufe glühten, wechselten Magazin um Magazin, bis die Munition zur Neige ging. Ein Brite hatte sich bereits der Kalaschnikow eines Toten bemächtigt.

Der Kampf trat in die finale Phase ein. Mehr und mehr und immer mehr Projektile sausten durch den Sandsturm, flitzten den Forces-Soldaten um die Ohren. Einer der Briten ging kreischend zu Boden, ein Kamerad packte ihn am Koppel und zerrte ihn hinter die Deckung eines Fahrzeugs. Kugeln schlugen in die Pkw ein und auch in den Tripod, ein jeder Einschlag schepperte mörderisch, dass das Trommelfell schmerzte. Schatten verwandelten sich in gut erkennbare Gotteskrieger, in vermummte Kerle. Sie sprangen aus dem Sandschleier, stürzten sich auf Forces-Soldaten.

Marten machte einige Schritte rückwärts, feuerte auf herannahende Gegner. Einer fiel getroffen in den Dreck, nur noch Meter von ihm entfernt. Der Lieutenant stieß gegen Härti, Rücken an Rücken standen die beiden Freunde im Epizentrum der Schlacht und feuerten aus allen Rohren. Marten hatte den drohenden Tod vor Augen, allein das Adrenalin in seiner Blutbahn verhinderte, dass er dem Defätismus anheimfiel oder sich sentimentalen Gedanken hingab: an seine Heimat, seine Familie … an Lisa. Er kämpfte und würde weiterkämpfen, bis ihn die Islamisten niedergerungen hatten.

»Die andere Mannschaft führt!«, schrie Härti verzweifelt, während er das Magazin wechselte. »Und in 20 Sekunden ist Abpfiff!«

»Ich weiß!«, herrschte Marten ohnmächtig, ging in die Hocke, zielte und streckte kurz nacheinander zwei Krieger nieder. Würde der Sandsturm die Sicht nicht auf wenige Meter beschränken und das Chaos perfekt machen, die Forces-Einheit wäre längst überrollt worden. Härti kniete sich ebenfalls hin, Geschosse surrten über ihn und Marten hinweg.

»Es ist Zeit, Prof«, bemerkte er nüchtern, als wären die daraus resultierenden Konsequenzen unerheblich. Marten nickte knapp, duckte sich noch weiter zusammen, führte seine Lippen an das Mikrofon des Funkgeräts heran.

»Kati!«, brüllte er.

»Ja?« Unüberhörbar drohte die Trauer sie zu überwältigen. Sergent Geier wusste, was es zu bedeuten hatte, dass Marten sich mitten im Kampf meldete. Plan A war nicht durchführbar … und Plan B war … nun ja, nicht die bevorzugte Variante.

»Hör zu, Rick«, besetzte Geier den Funkkreis, ehe Marten etwas hätte sagen können. »Das ist inakzeptabel, es gibt einen anderen Weg! Ich fahre jetzt vor und hole euch da raus!«

Marten visierte eine vermummte Gestalt an, die ziellos durch den Sandsturm irrlichterte und dabei um sich schoss. Sie fiel, blieb liegen. Hinter ihr zeichneten sich die Scherenschnitte Dutzender Krieger ab. Die Al-Qaida-Kämpfer erlitten hohe Verluste ob ihres planlosen Vorgehens, doch würde ihre pure Überzahl die Forces-Soldaten früher oder später überwältigen. Marten wusste das. Er konnte nur erahnen, wie viele Hundert Kämpfer ihnen tatsächlich gegenüberstanden. Er war auf verlorenem Posten. Und wies Geier mit der Gleichgültigkeit eines Frittenverkäufers darauf hin, sich an die Absprachen zu halten. Als würde es darum gehen, um eine Tüte Fritten, und nicht um den Tod von Marten, Härti und anderen, den der Lieutenant soeben zur beschlossenen Sache erhoben hatte.

Geiers Antwort kam wortkarg und herzbewegend, ein einfaches: »Jawohl, mon Lieutenant.«

»Kati?«

»…«

»Die Tripods!« Etwas knallte neben Marten, der Schall bohrte sich leidvoll in seine Gehörgänge, ließ ein schrilles Schellen in seinem Kopf ertönen. »Das ist alles, was zählt!«, brüllte er ins Mikrofon. »Delta Ende!«

Mission Control hatte natürlich mitgehört. Und schwieg. Riensch heulte sich vermutlich gerade die Augen aus dem Kopf. Und selbst Stearn versagte die Stimme. Teile der Kompanie würden das größte Opfer erbringen, das der Soldatendienst ihnen abzuverlangen imstande war. Und obgleich ein jeder Soldat durch seine Unterschrift unter die Verpflichtungsurkunde und das Schwören des Eides formal diese finale Konsequenz seines Berufes wissentlich hingenommen und bestätigt hatte, obgleich der Tod ein stetiger

Begleiter auf allen Einsätzen der 4. Kompanie war, war er doch nie mehr als ein abstraktes Gedankenkonstrukt, welches der Soldat nur allzu gerne von sich schob. Der menschliche Geist brauchte eben den Glauben an ein Fortbestehen, sonst wäre er seines Sinnes beraubt und so dachte ein jeder, der in die Schlacht zog, er würde schon durchkommen. Auf diesem, im menschlichen Genom fest verankerten Urglauben an die eigene Unbesiegbarkeit basierten alle Kriege. Ein König, ein Tyrann, ein Diktator vermochte seine Truppen nur in die Schlacht zu schicken, weil diese auf das eigene Überleben bauten. Und auch der Sicherheitsrat bedurfte dieser Selbsttäuschung des menschlichen Geistes, um seine Kräfte in die Krisenherde der Welt zu entsenden. Dass das menschliche Leben endlich war und überdies sehr zerbrechlich, hatten auch die Soldaten der 4. Kompanie bereits erfahren. Zwei Tote waren die Bilanz aus vier Einsätzen im Nahen Osten. Und dennoch, nicht einmal derart hautnahe Erfahrungen mit dem Tod berührten den Urglauben der Überlebenden nachhaltig. Selbst jetzt, wo Marten wusste, dass er des Todes war, brannte in seinem Unterbewusstsein noch immer die Flamme der Hoffnung. Diese brannte für gewöhnlich bis zum letzten Atemzug.

Immer mehr Gotteskrieger brachen aus dem Sandschleier, sprangen zwischen die dünn gewordenen Reihen der Forces-Soldaten. Härtis halbe Gruppe lag reglos im Schmutz und auch die Briten hatten Soldaten verloren. Wer noch lebte, wer noch stand, kämpfte wie ein verwundeter Löwe. Sie schossen um sich, brüllten die Wut über ihr Unvermögen heraus, diesen Kampf gewinnen zu können. Das Kampfgeschrei wurde vom Wind erfasst und fortgetragen.

Marten und Härti, Rücken an Rücken, feuerten ohne Unterlass. Martens Waffe klickte, er ließ das Magazin aus dem Schacht fallen, schob ein neues nach. Sein vorletztes. Er riss die Waffe hoch, visierte einen Feindsoldaten an, der wie ein wild gewordener Eber auf ihn zustürmte. Marten schoss, die winzigen Projektile vom Kaliber 4,6 Millimeter schnitten sauber durch den Leib des Terroristen. Doch auch wenn die Treffer letztendlich tödlich sein mochten, die Kugeln hatten nicht genug Wucht, den Mann augenblicklich zu stoppen. So rannte er weiter, stürzte auf Marten zu, als wenn nichts wäre. Er öffnete den unter einem Tuch verborgenen Mund, stieß einen rohen Laut aus. Marten feuerte weiter, entlud sein halbes Magazin in den Angreifer, stanzte Löcher in dessen Brust und Unterleib. Der hechtete auf den Forces-Offizier zu, klatschte gegen ihn, begrub ihn unter sich und blieb schwer atmend auf Marten liegen. Der Lieutenant drückte den Körper von sich, spürte seine verletzte Schulter, raffte sich auf wackelige Beine, sah, wie ein Kerl mit einer Pistole nacheinander Anthony und einen seiner weiteren Briten erschoss. Die Szene ereignete sich hinter dem Schleier des Sandsturms, war dadurch konturlos, abstrakt, verschwommen, als würde Marten ein modernes Kunstwerk betrachten. Sein Verstand konnte jedenfalls nicht erfassen, was die Augen aufzeichneten. Der vermummte Mann mit der Pistole in der Hand stand zwischen den soeben Niedergestreckten, er reckte den Kopf. Hinter ihm verliefen die mächtigen Beine des Tripods. Das nur schwerlich durch den Sandvorhang dringende Sonnenlicht ließ den Mann seltsam schimmern. Er fasste Marten ins Auge, der Lieutenant spürte es, obwohl nichts als ein Schatten den Sehschlitz in dem Tuch besetzte, dass den Mann vermummte. Er drehte sich ein, stapfte zielstrebig auf Marten zu, hielt die Pistole dabei am langen Arm; der Lauf wies gen Erde.

Marten nahm keuchend die Waffe hoch, er war dem Ende seiner Kräfte nahe. Er hörte wildes Geschrei von links, und ehe er hätte den Abzug betätigen können, rauschte ein Stiefel mit Karacho gegen seine Hand. Ein irrer Schmerz peitschte ihn, die Muskeln seiner Finger entspannten sich. Die MP7 landete im Dreck. Und Marten klappte vornüber, konnte sich im letzten Moment mit den Händen abstützen. Der raue Boden war durch seine Lederhandschuhe hindurch spürbar. Neben ihm schrie Härti auf, als ihm ein Zeter und Mordio schreiender Gotteskrieger den Schaft seines Gewehres über den Schädel zog. Weiter vorne ging der letzte noch stehende Brite von Anthonys Trupp zappelnd im Kugelhagel des Feindes nieder.

Marten trug keine Wut mehr in sich, um das Erlebte emotional zu kommentieren. Er war zur Maschine geworden, die stumpf funktionierte, ohne ihre Handlungen mit Gefühlen zu unterlegen.

Er hörte aufbrausende Motorengeräusche. Die schweren Maschinengewehre der Mowag Piranhas wummerten dumpf. Kathrin Geier hatte das Kommando über die beiden Fahrzeuge inne. Es blitzte im Sandsturm, die weiter aufbauschenden Motorengeräusche zogen von rechts nach links, zogen hin zum Ausgang aus diesem vermaledeiten Tal. Kati würde den Ausbruch schaffen.

Ein triumphales Lächeln breitete sich auf Martens Lippen aus, wenngleich es nur für eine Sekunde Bestand hatte. Katis Wagen schafften es. Er verließ hörbar das Tal und würde durchbrechen bis zu den Saudis. Die beiden Piranha waren bis zur Oberkante vollgestopft mit den Verwundeten und überdies mit sämtlichen Soldaten, die Kinder hatten. Marten hatte es so befohlen – und war stolz auf seine kinderlosen Untergebenen, die diesen Befehl, welcher ihr eigenes Todesurteil war, akzeptiert hatten, ohne mit der Wimper zu zucken.

Marten wollte noch mal hoch, wollte noch weiterkämpfen, doch es war aus. Wütende Stiefeltritte und Hiebe mit Langwaffen hielten ihn nieder, brachten seinem Leib zahlreiche Wunden bei. Er hörte das seibernde Geschrei der Gotteskrieger, mehr und mehr versammelten sich im Kreis um ihn und droschen im Siegestaumel auf ihn ein. Neben ihm Härti, auch er lebte noch, auch er wurde zusammengetreten. Marten spürte irgendwann nur noch einen einzigen, großen, dumpfen Schmerz, der ihn betäubte, der ihn unempfindlich machte gegenüber der Gewalt. Die Welt wurde schwarz, sein Kopf sank zu Boden, die Stirn berührte den steinigen Untergrund. Noch vernahm er, was um ihn herum geschah. Das dröhnende Gebrüll der Gotteskrieger vermengte sich in seinem Kopf zu einem einzigen, durchdringenden Ton. Das Geschrei wurde dumpf, immer dumpfer. Und hörte schließlich ganz auf.

# XIII. Walther Desmond

Sie drohten ihm, ihn zu töten, würde er nicht exakt ihren Anweisungen folgen. Er tat selbstredend, was sie von ihm verlangten, während er kurz davorstand, am eigenen Schweißfluss zu ertrinken. Sie verließen mit ihm das Hotel, nachdem sie ihm eingebläut hatten, dass es besser für seine Gesundheit sei, wenn dies, ohne Aufsehen zu erregen, geschah. So schlenderten Desmond und seine beiden Begleiter an der Rezeption vorbei, als würden sie sich auf einen Abendspaziergang begeben. Desmonds Hemd klebte an seinem Körper, war klamm. Er wagte es auch draußen auf der Straße nicht, um Hilfe zu rufen. Sein Kopf stand in Flammen, so meinte er, seine Wangen brannten. Und noch immer plagte ihn fürchterlicher Durst.

Sie bedeuteten ihm, sich auf die Rückbank eines alten Dacia Logan zu setzen, der am Straßenrand parkte. Einer der beiden Kerle setzte sich neben Desmond. Kaum waren die Wagentüren geschlossen, wurde seine Pistole wieder sichtbar. Der zweite Mann klemmte sich hinters Steuer und startete den Motor. Augenblicklich erfüllte das Programm von BBC World Service den Innenraum des Fahrzeugs. Eine Sondersendung zum Marsmannangriff in Australien ließ abwechselnd die Moderatorin und einige Experten zu Wort kommen.

Sie verließen Prizren, fuhren weit raus. Als sie einen Panzerwagen der deutschen KFOR-Mission passierten, spielte Desmond kurz mit dem Gedanken, sich bemerkbar zu machen. Der stetig auf ihn gerichtete Pistolenlauf belehrte ihn eines Besseren. So saß er zusammengebuckelt auf seinem Platz, schwitzte seine Klamotten durch und erlitt möglichenfalls mehrere stumme Herzinfarkte. Seine beiden Entführer sprachen kein Wort. Ihre grimmigen Mienen ließen nicht durchscheinen, ob sie ihn nur zu verhören gedachten … oder ob sie ihn hier draußen umbringen und verscharren würden.

Sie befanden sich bald weitab vom Schlag, weit und breit überzogen Wälder das Land, aus denen steile Felsformationen ragten. Die Straßen wurden schlechter und irgendwann kamen ihnen nicht einmal mehr Fahrzeuge entgegen.

Desmonds Herz vollführte Purzelbäume, sein Magen fuhr Achterbahn. Er musste kämpfen, um dem Stuhlgang keinen freien Lauf zu lassen. Sein Mundraum verschleimte zunehmend. Der quälende Durst hätte ihn beinahe dazu gebracht, seine Entführer um einem Schluck Wasser zu bitten. Und diese Hitze! Er meinte, sein Schädel explodiere jeden Augenblick.

Die Sonne senkte sich zum Horizont herab, es dunkelte. Sie erreichten eine Hütte, die in völliger Abgeschiedenheit mitten in der kosovarischen Wildnis lag. Desmonds Entführer stellten das Fahrzeug ab, trieben ihr Opfer hinaus und zur Eingangstür der Hütte. Irgendwo gackerten Hühner und bellte ein Hund.

Desmond trat ein, musste eintreten. Vor ihm tat sich ein schmaler Flur auf.

»Schuhe ausziehen!«, blaffte der Kerl mit der Waffe, während er sich selbst die Turnschuhe von den Füßen streifte. Desmond gehorchte. Er glaubte verstanden zu haben, dass es nicht die CIA war, der er ins Netz gegangen war. In diesem Fall hätten sich die Agenten doch längst zu erkennen gegeben, immerhin war er US-Bürger und Forces-Office-Mitarbeiter. Er hoffte auf den deutschen Nachrichtendienst oder den eines anderen Rechtsstaats. Er befürchtete allerdings mit steigendem Entsetzen, in die Fänge des Mossad oder des türkischen MİT geraten zu sein. Derartige Dienste waren sich seiner Vorstellungskraft nach nicht zu schade dafür, ihn hier draußen abzumurksen. Und seine Leiche würde nie gefunden werden …

Krampfhaft hielt Desmond nach etwas Ausschau, das er als Waffe verwenden konnte. Er wurde an einem Schirmständer vorbeigeführt, überlegte, einen der Schirme zu ziehen, sich umzudrehen und seine Entführer anzugreifen. Dieses Vorhaben gereichte über Gedankenspiele, in denen er die beiden Burschen in bester Iko-Uwais-Manier verprügelte, nicht hinaus. Er war ein erbärmlicher Feigling.

Die beiden Entführer dirigierten ihn in ein schrulliges Holzwohnzimmer. Von einem knisternden Feuer im Kamin ging eine wohlige Wärme aus. Die Raumwände waren nicht sichtbar, waren zugestellt mit Bücherregalen. Desmond erkannte auf den ersten Blick sowohl gängige Science-Fiction-Werke als auch Fachbücher über Technik, über Informatik und über die Marsianer. Neben dem Kamin aber, in einem großen Ohrensessel, saß ein dürres Persönchen, dessen Haut mit Altersflecken und Warzen übersät war. Die schlohweißen Haare standen ihm zu Berge. Dem Erscheinungsbild nach ging es auf die 80 zu oder hatte diese Grenze bereits übersprungen. Das Persönchen war männlich, seine Gesichtszüge unverkennbar.

Tatsache.

Brandon William Stroker.

Desmond konnte noch nicht begreifen, dass er ihn gefunden hatte. Die beiden Männer und Stroker wechselten ein paar Worte auf Albanisch, sie schienen einander zu necken. Sie lachten ausgelassen, dass sich Desmond als ihr Entführungsopfer veräppelt vorkam.

»Walther Desmond?«, fragte Stroker schließlich, seine Stimme war von einem britischen Einschlag geprägt. Seine beiden Häscher setzten sich in die überall vor den Regalen stehenden Sessel und schütteten sich Kaffee aus einer Kanne ein.

Desmond schluckte, vermochte dem durchdringenden Blick Strokers nicht auszuweichen. Die Pistole befand sich plötzlich in der Hand des Alten, Desmond hatte überhaupt nicht mitbekommen, wie sie dorthin gelangt war.

»Von allen, die mir je nachgespürt haben«, eröffnete Stroker scharf und mit krächzender Stimme, »die es je gewagt haben, in meine Nähe zu kommen, sind Sie der mit Abstand allergrößte Stümper.«

Desmond zitterte. Die eisenharten Züge des Alten zuckten, als versuchte sich ein Lächeln an die Oberfläche zu kämpfen.

»Was ist mit Ihnen?«, fragte Stroker, sein Blick fiel auf Desmonds Bauch. »Verteilen die bei der CIA neuerdings gratis Donuts?«

Desmond war wie gelähmt. Selbst wenn er etwas hätte erwidern wollen, er konnte nicht.

Strokers beinharter Gesichtsausdruck löste sich auf, er wich einem breiten Grinsen. Seine Häscher konnten nicht mehr an sich halten und prusteten drauflos. Desmonds Verwirrung war perfekt. In seiner Hilflosigkeit ruderte er mit den Armen.

»Willkommen«, schmunzelte Stroker. »Willkommen am Ziel deiner Reise, mein Freund. Ich wusste, dass ich in diesen turbulenten Zeiten wieder vermehrt besucht werden würde.« Stroker erhob sich nicht ohne Mühe aus seinem Sessel.

»Mein Name ist Brandon, aber das weißt du sicherlich bereits. Meine beiden Freunde dort sind Elis und Saimir.«

Die vermeintlichen Entführer waren wie verwandelt. Sie lächelten freundlich, verbeugten sich zur Begrüßung. Desmonds Augen hefteten sich einmal mehr auf die Waffe in der Hand des Alten.

»Na, mein lieber Walther«, freute sich Stroker. »Keine Bange, die ist natürlich nicht echt. Aber dir dürfte unser kleines Spiel ja bekannt sein, nicht?«

»Was?«

Stroker lud durch, zielte, schoss. Ein gelbes Kügelchen traf einen Buchrücken und prallte davon ab.

»Softair«, sagte er. »Das erkennt man eigentlich auch an dem winzigen Rohr.« Er legte die Waffe auf einem Beistelltisch neben dem Sessel ab.

»Bitte was? Ich … ich verstehe nicht …!« Desmonds Gemüt war noch in der Findungsphase; prüfte, ob es Angst … oder Wut empfinden sollte.

»Wir erlauben uns hin und wieder einen kleinen Spaß mit Mars-Clubbern, die sich aufmachen, mich zu treffen. Das ist aber doch mittlerweile in der Szene bekannt; ich bin daher erstaunt, dass es überhaupt noch einmal funktioniert hat. Oder bist du einfach nur ein guter Schauspieler? Na, mein Dickerchen? Wolltest du es uns mit gleicher Münze heimzahlen?«

»WAS?«

Stroker stutzte. »Du hast ziemlich offensichtlich nach mir gesucht.«

»Ja … ja … Was soll das hier?« Desmonds Gemüt hatte sich zwar für die Wut entschieden, sein Tonfall aber war immer noch zurückhaltend. Er war nicht gut darin, anderen bestimmend gegenüberzutreten. Und auch wenn ihm langsam dämmerte, dass Stroker und diese beiden Albaner mit ihm gespielt hatten, dass sie ihn hereingelegt hatten, dass er völlig umsonst eine dreiviertel Stunde lang Todesängste durchlitten hatte, vermochte er seinem Zorn darüber kaum Ausdruck zu verleihen. Sein Charakter war dafür von viel zu devoter Natur.

»Ich gehe recht in der Annahme, dass es sich bei dir um einen Mars-Clubber handelt?« Stroker und Saimir wechselten einen Blick.

»Was?«

Als Mars-Clubber bezeichneten sich jene, die sich in ihrer Freizeit intensiv mit der Invasion von 1901 beschäftigten, die mit Amateurteleskopen den Mars sondierten, die nach Hinweisen auf eine Wiederkehr der Marsianer suchten und über allerhand Mysterien wie Porton Down philosophierten. Der Begriff »Mars-Clubber« war außerhalb der Szene nicht weit verbreitet, Außenstehende taten sie in der Regel als Sonderlinge ab. Desmond wusste, dass Stroker eine Art Superstar für die Mars-Clubber war.

»Ich bin kein Mars-Clubber«, sagte Desmond, nachdem er zu einem Mindestmaß an Selbstbewusstsein gefunden hatte. Nichtsdestotrotz gab er nach wie vor das Bild eines Häufchens Elend ab.

»In Ordnung … wie dem auch sei. Setz dich doch bitte. Darf ich dir Tee oder Kaffee anbieten?«

»Ja. Ja!« Ungewöhnlich fordernd für Desmond. Stroker schüttete dampfenden Tee in eine Tasse. Desmond riss sie ihm beinahe aus der Hand, und schüttete sich das brühheiße Getränk sogleich in den Rachen. Die Schmerzen störten ihn im Augenblick nicht.

»Hör zu«, erklärte der Alte mit kratziger Stimme. »Es tut mir leid, falls wir dich erschreckt haben.«

»Erschreckt?«, empörte sich Desmond, dessen Selbstbewusstsein ob des kauzigen Alten noch ein kleines bisschen weiter angewachsen war.

»Setz dich doch einfach und wir reden. In Ordnung?«

Desmond warf den beiden Albanern einen verstohlenen Blick zu. Ihm kam der Gedanke, den Spieß umzudrehen, und – untypisch für ihn – setzte er sein Vorhaben tatsächlich in die Tat um. Er sagte: »Haben Sie denn gar keine Angst, dass mich die CIA oder der MI6 geschickt hat?«

Stroker und die beiden Albaner brachen in schallendes Gelächter aus. Sie lachten Desmond aus.

»Hör zu, Freundchen«, antwortete Stroker und musste dabei um Luft ringen. »Wenn die was von mir wollen, rufen die an.«

Desmond machte große Augen.

»Was denn?«, amüsierte sich Stroker.

»Sie … Sie …«

»Ich stehe auf deren Todesliste …«, führte Stroker Desmonds Gedanken zu Ende und lächelte süffisant. »Ja, ja … ich weiß. Glaub nicht alles, was auf Wikipedia steht.«

»Aber … Sie sind desertiert … Teheran … Singapur …«

»Setz dich doch erst einmal.«

Desmond tat wie ihm geheißen.

»Tee?«

Desmond nickte. Einer der Albaner erhob sich, schüttete ihm nach.

»Hör zu«, führte Stroker aus. »Ich hatte eine bewegte Vergangenheit, aber das alles ist Dekaden her. Ich bin alt und ich bin für diese Katz-und-Maus-Spiele nicht mehr zu haben. Ich habe mich zurückgezogen und freue mich gelegentlich über Besuche aus der Szene. Das ist alles.«

»Wie kann das sein?«

»Tja, ich habe in den 90ern mit meiner alten Regierung eine Übereinkunft getroffen. Ich habe mich denen als gelegentlicher Berater zur Verfügung gestellt und dafür durfte ich mich zurückziehen.«

Desmond leerte die zweite Tasse, bat um Nachschub.

»Nun gut. Du bist also kein Clubber? Die jüngsten Angriffe unserer marsianischen Freunde führen dich zu mir, nehme ich an? Tatsächlich liegt der letzte Besuch bereits einige Monate zurück … Es ist zuletzt ruhig geworden in der Szene …«

»Ich arbeite für das Forces Office und habe den Auftrag, Sie aufzuspüren.«

»Ist das Ihr Ernst?«

Desmond kam sich blöd vor, dieser Stroker jedenfalls schien ihn in einer Tour zu veralbern.

»Das ist mein Ernst«, gab er zerknirscht zu Protokoll. »Das Büro in New York hat mich geschickt. Die UN ist auf Ihre Expertise angewiesen.«

»Und da schicken die dich alleine in den Kosovo, wo du augenscheinlich keine Ahnung hast, was du eigentlich machst? Ich hatte mit den Forces nie zu tun, aber warum rufen die nicht einfach in London an und fragen nach mir? Es ist nicht so, dass ich mich verstecken würde.«

Desmond konnte darauf nur mit den Schultern zucken. Er kam sich hintergangen vor, nicht nur von Stroker.

»Tja, die UN sind wohl nicht auf dem aktuellen Stand, wie es scheint«, schloss Stroker und machte ein saures Gesicht. »Das ist nicht gut, wenn man bedenkt, dass die Forces unser bestes Mittel sind, um geschlossen gegen die Marsianer Front zu machen.«

»Na ja, bis dato kommen wir ganz gut zurecht. Die Landungen in Deutschland und Macau sind abgeschlagen und in Sydney sehen die Fleischbälle auch kein Land.«

»Du scheinst dir ja sehr sicher zu sein, aber vergiss mal die Explosion in Porton Down nicht.« Etwas betrübte Stroker plötzlich.

»Sie meinen, das waren die Marsianer?«

»Sag mal, arbeite ich für die planetare Abwehrbehörde oder du? Man muss doch nur eins und eins zusammenzählen, aber offenbar erzählen die euch gar nichts mehr … oder die Forces tappen tatsächlich derart im Dunkeln. In diesem Fall sehe ich schwarz für die Menschheit.«

»Na ja, wir haben wie gesagt alle Landungsversuche abgeschlagen. So schlimm ist die Lage nicht.«

Stroker lächelte wissend. »Ich glaube«, sagte er, »wir beiden führen jetzt mal eine erhellende Unterhaltung, nicht?«

»Hey, Will«, mischte sich Saimir ein. »Wir gehen eine smoken.«

»Macht ihr mal. Ich muss unserem Gast anscheinend einige Dinge erklären …« Er musterte Desmond abschätzig. »… angefangen beim Urknall.«

Saimir grinste, dann schlurften er und Elis aus dem Raum.

*

Die beiden Albaner traten in die kühle Abendluft. Eine Laterne erhellte den Bereich um den Eingangsbereich herum, der Dacia glänzte im schwachen Schimmer. Glühwürmchen schwirrten durch die Nacht.

Elis verteilte Zigaretten, dann half er seinem Kumpel mit einem Sturmfeuerzeug aus. Daraufhin bliesen sie blauen Dunst in den Nachthimmel. Elis kramte einen Hundekuchen aus der Hosentasche. Er pfiff.

»Hoxha!« Er blickte sich um, horchte in die Nacht hinein. »Hoxha, Leckerli!« Elis schaute seinen Kumpel fragend an. »Wo steckt denn der Hund?«

»Keine Ahnung.« Saimir spielte Candy Crush auf seinem Smartphone.

»Und? Was hältst du von unserem neusten Gast?«

»Der ist seltsam.«

»Du meinst, seltsamer als die, die sonst kommen?«

»Ja.« Die beiden feixten einander an. Sie mochten aussehen wie Personenschützer, mochten durchtrainiert sein wie professionelle Wrestler, doch das täuschte und war alleinig ihrem Fitnesswahn geschuldet. Saimir und Elis waren im Grunde so etwas Ähnliches wie die Pfleger Strokers, und da er sie königlich bezahlte, seit vielen Jahren schon, würden sie sich nie über dessen bizarren Gebaren und die Treffen mit diesen Weltraum-Freaks beschweren. Sie kauften für den alten Kauz ein, räumten seine Hütte auf, fuhren ihn in der Gegend herum und sonntags zum Gottesdienst, kochten für ihn und gelegentlich zogen sie das Entführungsspiel ab, welches die Besucher aus der sogenannten Szene mittlerweile regelrecht erwarteten. Es sei fester Bestandteil des Programms, pflegte Stroker zu sagen und nährte damit die Aura des Rätselhaften, die die Tiefen des Internets seiner Person andichteten … und die auch von seiner bewegten Vergangenheit herrührte. Tatsächlich erzählte der alte Mann nicht viel von seinem früheren Leben und er goutierte es, dass Saimir und Elis nicht nachfragten. Es stimmte wohl einiges von dem, was man im Netz über ihn las, doch war er ihnen gegenüber nie ins Detail gegangen, und Saimir und Elis interessierte allein der dicke Gehaltscheck am Ende des Monats. Sie gaben nichts auf die Mars-Clubber, hatten, ehe sich die Marsianer in Frankfurt hatten blicken lassen, nicht einmal wirklich an die Invasion von 1901 geglaubt. Und machten sich auch nun keine großen Sorgen, da die irdischen Streitkräfte, wie viele Experten dies vorausgesagt hatten, gut mit den Außerirdischen zurechtkamen. Diese holten sich wohl abermals eine blutige Nase auf der Erde, und da sich Saimir und Elis hier draußen weit ab vom Schlag befanden, weit weg von Deutschland, Macau und Sydney, waren ihre strengen Ernährungs- und Trainingspläne von größerer Bedeutung als die Geschehnisse um den zweiten Marsmannkrieg. Stroker allerdings gab sich seltsam zerfahren, seitdem die ersten Berichte von der Landung bei Frankfurt eingetrudelt waren. Er hatte seitdem einige Male mit »einem alten Freund« telefoniert; Saimir und Elis hatten dazu stets den Raum verlassen müssen. Der alte Mann erachtete die Ankunft dieses Desmond-Kerls wohl als willkommene Ablenkung.

»Hoxha, bei Fuß!«, rief Elis und suchte mit den Augen die Dunkelheit ab.

»Der taucht schon wieder auf.«

»Der rammelt bestimmt irgendwo eine Hündin.«

»Oder eine Gießkanne.«

Elis lachte auf.

»Wir gehen aber noch trainieren, wenn der Alte pennt?«

»Wenn wir Pech haben, quasseln die beiden die ganze Nacht hindurch.«

»Dann melden wir uns irgendwann ab. Das Studio hat bis elf geöffnet.«

»Ja, machen wir. Sag mal …« Elis brach mitten im Satz ab. Saimir sog an seiner Zigarette, inhalierte den heißen Rauch, gab sich dem Kribbeln in seiner Lunge hin. Es dauerte einen Augenblick, ehe er registrierte, dass Elis mitten im Satz abgebrochen hatte und vollends verstummt war. Er drehte sich nach seinem Freund um und wurde Zeuge, wie dieser geräuschlos auf die Knie sackte und seitlich wegkippte.

Saimir zerdrückte eine Frage auf den Lippen. Ein feiner Gegenstand bohrte sich durch sein Oberteil, berührte seine Haut, übertrug einen Impuls. Sein Herz hörte auf zu schlagen.

# XIV. Rick Marten

Das Brummen eines Verbrennungsmotors, gepaart mit den Vibrationen der Fahrt über eine unbefestigte Piste, weckte Marten. Langsam öffnete er die Augen, ohne zu begreifen, wo er war. Was geschehen war. Er sah nichts als Leinenstoff, der ihm die Sicht versperrte und durch den das Licht einer grellen Lampe hindurchschimmerte. Der Sandsturm ebbte schrittweise ab, der Wind blies nur noch mäßig, ging unter ihm Fahrtwind. Das Tageslicht war der Dunkelheit gewichen.

Der Schmerz erinnerte ihn ganz allmählich an das, was hinter ihm lag. Als ihn die Erkenntnis traf, dass er nicht tot war, sondern in den Händen der Terroristen, brach diese wie ein unerwarteter Regenguss über ihn herein. Starker Schweißfluss setzte ein, sein Hohlorgan schlug ihm bis in den Hals hinein. Es begann zu flattern, sendete Stiche aus. Marten verfiel in Schnappatmung, glaubte für einen Augenblick zu ersticken. Dann fing er sich wieder, beruhigte sich ein wenig. Eine unbändige Hitze breitete sich in ihm aus und stieg ihm zu Kopf. Seine Uniform fühlte sich sonderbar leicht an. Er saß auf einer harten Bank, sie hatten ihm die Hände hinter dem Rücken zusammengebunden. Jede Zelle seines Körpers hatte sich in einen Schmerzherd verwandelt. Eine tierische Migräne drängte sich in den Vordergrund, erschwerte ihm das Denken.

Er saß eingeengt zwischen zwei Kerlen, die ihm nicht viel Raum zugestanden. Die Schulterstütze eines Sturmgewehrs drückte ihm in die Flanke, der saure Gestank fremder Körper drang durch den Leinenstoff in seine Nase ein. Jeder Atemzug, den Marten tat, verursachte ein rasselndes Geräusch und einen stechenden Schmerz in der Brustregion. Er ahnte Übles, doch was machte das jetzt noch für einen Unterschied?

Marten nahm an, sich auf der offenen Ladefläche eines Lastwagens zu befinden. Er schaute sich um, sah durch den lichtdurchlässigen Leinenstoff aber nur die Umrisse von Gestalten, die um ihn herumsaßen. Schweigend. Kauend. Das Gebrumm des Motors und der Fahrtwind waren die allgegenwärtigen Geräusche. Auf einmal nahm er eine vertraute Stimme wahr, ein lang gezogenes Ächzen, ihm gegenüber. Der Lieutenant reckte den Kopf.

»Härti?«, würgte er. Sofort brach ein höllisches Gebrüll in einer Sprache los, die er nicht verstand. Einer der Gotteskrieger sprang auf die Beine, Marten sah ihn schemenhaft durch den Leinenstoff. Im nächsten Augenblick zimmerte der Aufgesprungene ihm den Gewehrkolben gegen die Schläfe. Die Wucht des Schlags warf Martens Kopf zurück, mit Mühe vermochte er sich auf der Bank zu halten. Sein Oberkörper schwankte vor und zurück, lähmende Pein waberte durch seinen Kopf, als würde seine Schädelplatte unter enormem Druck stehen und jeden Augenblick aufplatzen. Marten biss die Zähne aufeinander, presste durch diese hindurch einen gutturalen Laut heraus.

Willkommen im Land des Schmerzes. Einwohnerzahl: zwei, Marten und Härti.

»Alter Gevatter«, wisperte Härti und löste ein ähnliches Spektakel aus wie Martens Frage zuvor. Zwei Männer prügelten auf den wehrlosen Gruppenführer ein, bis dieser verstanden hatte, was von ihm verlangt wurde und was nicht.

Die Fahrt zog sich, und je weiter die Zeit voranschritt, desto unruhiger wurde Marten. Unerträgliche Kopf- und Brustschmerzen piesackten ihn. Er hatte das Verlangen, die schmerzenden Stellen zu reiben. Dies nicht tun zu können, quälte ihn mehr als der Schmerz selbst. Er knirschte in seiner Ohnmacht mit den Zähnen, die obere Zahnreihe rutschte von der unteren ab, ein scheußliches Geräusch erklang in seinem Kopf. Marten hielt es kaum mehr aus, wippte vor und zurück.

Er wurde wütend. Seine Einheit hatte eine verborgene marsianische Streitmacht entdeckt, nur wenige Meilen von hier entfernt. Und statt sich auf den außerirdischen Angriff vorzubereiten, statt darüber zu beratschlagen, wie das Überleben der Menschheit gesichert werden konnte, hatte diese einmal mehr nichts Besseres zu tun, als sich selbst zu zerfleischen. Er schaukelte heftiger vor und zurück, atmete laut. Er versuchte herauszufinden, wo er sich befand. Er schaute sich um, betrachtete die Felswände, deren Konturen unter dem Leinenstoff und im Halbdunkel der Abblendlichter sichtbar waren. Er machte ein Plateau in der Ferne aus, doch auch das half ihm nicht weiter. Es hätte schon einer bekannten Sehenswürdigkeit bedurft, damit Marten nur anhand der Umrisse seinen Standort hätte bestimmen können. Und weder war der Jemen bekannt für Sehenswertes noch glaubte er, die Terroristen würden ihn an der Ausgrabungsstelle von Baraqisch vorbeiführen, den einzigen Ort in diesem Land, den er möglicherweise anhand von Schemen erkennen würde.

Lisa.

Er musste die Zähne noch fester aufeinanderbeißen, um nicht in Tränen auszubrechen. In seinem Kiefer blitzte ein irrer Schmerz auf. Der aber war nichts gegen die Stiche, die sein Herz traktierten, die es weiter anstachelten, Vollgas zu geben.

Stunden zogen ins Land. Verzweiflung wich Hoffnung, wich dem Willen, für sein Überleben zu kämpfen. Akribisch sondierte Marten seine Umgebung, erkannte bald, dass er und Härti umringt waren von acht schweigsamen Kämpfern, allesamt bewaffnet mit Langwaffen. Er spürte, dass seine Hände mit Kabelbindern fixiert waren; das Plastik schnitt schmerzlich in seine Haut.

Sein Verstand arbeitete auf Hochtouren, er lotete alle möglichen Fluchtoptionen aus, und mochten sie noch so absurd erscheinen. Würde er auf der Flucht erschossen werden, war das immer noch besser, als bei lebendigem Leib zu verbrennen oder sich anderen abscheulichen Folter- und Tötungspraktiken von Al-Qaida zu unterziehen.

Durch den Leinenstoff hindurch konnte er den sternenklaren Himmel erkennen, die Himmelskörper funkelten auf tintenblauem Grund. Verrückt, wie rasch das Wetter in dieser Klimazone umzuschlagen vermochte. Marten bemerkte, dass die Terroristen um ihn herum zunehmend hektisch wurden, dass sie zu murmeln begannen. Sie hatten wohl Angst, durch die Luftaufklärung der Saudis entdeckt zu werden. Sie löschten die Lichter, es wurde stockdunkel unter dem Leinenstoff. Bald darauf erreichten sie ein Dorf – Marten schloss das aus den kantigen Objekten, die hier als dunkelgraue Flächen aus dem schwarzen Boden wuchsen.

Der Lastwagen hielt. Die Gotteskrieger schimpften und prügelten Marten und Härti von der Ladefläche und in eine größere Hütte hinein. Dort wurden sie in eine kühle Raumecke gedrängt. Zwei Bewacher blieben bei ihnen, der Rest verteilte sich. Die Krieger ergingen sich in triumphalem Jubel, in denen eindeutig die Note der Überheblichkeit mitschwang; aber auch Trauer über die im Feld gebliebenen Kameraden meinte Marten heraushören zu können. Keine Frage, auch die Al-Qaida-Leute waren Menschen und auch sie hatten an diesem Tag viele Gefährten verloren.

Marten, kraftlos in der Ecke stehend, bibberte am ganzen Leib. Er vernahm Härtis Atmen. Der Leinenstoff roch muffig, es mixte sich mit dem Gestank von Schweiß und Schmierfetten. Eine würzige Teenote lag darüber hinaus in der Luft.

Der Jubel der Gotteskrieger verhallte. Sie wurden geschäftig, schleppten Kisten und andere Gegenstände in den Raum. Metall klapperte. Jemand tippte auf einer Tastatur herum. Härti und Marten rückten näher zusammen.

»Scheiße, was passiert jetzt?«, wisperte der Gruppenführer. Panik drohte ihn merklich zu übermannen.

»Bleib ruhig, Kumpel!«, zischelte Marten.

»Willst du mich verarschen? Wie soll ich jetzt ruhig bleiben? Die zünden uns gleich an oder so!«

»Komm schon, ich brauche dich! Bleib cool!«

»Okay … ich bin cool … bin ganz cool.« Die nackte Angst ließ Härtis Stimme vibrieren. »Ich bin wie Ovi, Februar 2009, im Match gegen die Montreal Canadiens. Ich bin cool. 360-Spin, dann rein mit dem Ding. Ich bin ganz cool … Hast du einen Plan?«

»Mehr oder weniger.«

»Ich höre.« Marten und Härti rückten noch näher zusammen, drückten ihre Körper gegeneinander, stießen mit den Köpfen zusammen.

»Wir …«

Weiter kam der Lieutenant nicht. Eine Hand packte ihn mit festem Griff an der Schulter, zog ihn von Härti weg. Augenblicklich prasselten arabische Worte auf ihn ein, ein Gewehrschaft fuhr ihm in die Seite, ein Schmerzblitz jagte durch seinen Unterleib, dass er sich zusammenkrümmte.

»Rick? Rick?«, schrie Härti, als sich die Terroristen auch seiner annahmen. Sie beschimpften die beiden Forces-Soldaten lärmend, prügelten sie in die Raummitte. Mit einem Tritt in die Kniekehle wurde Marten auf die Knie gezwungen, der Untergrund war hart und kühl. Er sah ein starkes Licht durch den Leinenstoff hindurchscheinen, es blendete ihn. Jemand entfernte den Sack und Marten musste die Augen zusammenkneifen ob des grellen Flutlichts, das ihm ins Gesicht strahlte. Härti kauerte neben ihm, mehrere Männer umkreisten die beiden. Hände, die Druck auf ihre Schultern ausübten, verhinderten, dass sie sich erheben konnten. Härtis Stöhnen drang durch die überheblichen Rufe der sie umringenden Terroristen an Martens Ohr heran. Die Gotteskrieger, allesamt vermummt, reckten Fäuste und Waffen in die Höhe. Ein Kerl zückte sein Samsung Galaxy, hockte sich neben den blutenden und vor Erschöpfung schwindelnden Marten und machte ein Selfie mit ihm.

Der Lieutenant blinzelte heftig, bis sich seine Pupillen einigermaßen auf das übermäßige Licht eingestellt hatten. Dieses kam aus zwei starken Lichtquellen, die direkt vor ihnen auf Stativen thronten. Zwischen jenen Stativen stand ein Kerl hinter einer Kamera, welche ebenfalls auf ein Gestell montiert war. Das Objektiv war auf die beiden Forces-Soldaten ausgerichtet.

Der Kameramann dirigierte die Terroristen, die Marten und Härti umgaben, ließ den einen nach rechts, den anderen nach links rücken, holte jemanden aus dem Hinter- in den Vordergrund, ganz so als sortierte er sie für das optimale Familienfoto. Marten spürte unvermittelt eine kalte Klinge an seinem Hals, deren Spitze die oberste Hautschicht anritzte. Heißkalter Schweiß lief ihm über Stirn und Wangen. Todesangst packte ihn. Die verschleierten Männer in seinem Rücken posierten mit ihren Sturmgewehren wie Halbstarke. Ein Gotteskrieger, gehüllt in ein langes, staubiges Gewand, trat vor die Kamera, nahm zwischen Marten und Härti Aufstellung. Sein Gesicht war ebenfalls mit Tuchstoff verdeckt; der Aura zufolge, die unweigerlich von ihm ausging, handelte es sich um den Anführer. Der Kameramann senkte demütig sein Haupt und reagierte sofort, als der Kerl ihn im Befehlston ansprach. Ein aufblinkendes, rotes Lämpchen neben dem Objektiv offenbarte Marten, dass es losging.

Er schluckte einen fetten Kloß runter, die Klingenspitze bohrte sich durch die zweite Hautschicht.

… Lisa …

Seine Zähne klapperten ganz automatisch, als wäre er splitterfasernackt eisiger Kälte ausgesetzt. Härti stieß einen wimmernden Laut aus, auch er hatte ein Messer an der Kehle.

Der Kameramann nickte, dann begann der Anführer der Terroristen mit einer Ansprache an die Zuschauer. Man musste kein Arabisch sprechen, um zu verstehen, dass der Kerl die übliche Propaganda abspulte. Die überbordenden, seinen Hass bezeugenden Gesten, die im Brustton der Überzeugung vorgebrachten Anklagen – das Handwerk der Agitation bediente sich in allen Sprachen derselben Muster.

Der Tonfall des Anführers wurde noch aggressiver, noch hetzerischer. Mit einem Fingerzeig deutete er auf Marten und Härti, spuckte beim Reden, geiferte regelrecht. Er verteufelte sie vermutlich, machte sie für alle Übel auf Erden verantwortlich. Er zog schließlich einen kunstvoll verzierten Dolch aus seinem Gürtel, hielt die im Licht blitzende Klinge stolz in die Kamera. Seine unter der Vermummung hervorstechenden Augen fokussierten Marten, der meinte, ein triumphales Grinsen unter dem Tuch zu erkennen. Er wehrte sich noch einmal heftig, doch drückten ihn zu viele Hände nieder und befand er sich in einer zu unvorteilhaften Körperhaltung, als dass er wirklich hätte den Befreiungsschlag ausführen können.

Plötzlich ertönte ein Geräusch, entfernt, tief, lang gezogen, wie der Heulton einer Sirene. »Alu-u«, drang der Ruf der Marsianer in das dunkle Gemäuer ein, und versetzte die Anwesenden in Unruhe.

# XV. Walther Desmond

Stroker goss Desmond und sich Tee nach und Desmond schüttete ihn sich sogleich hinter die Binde. Ein bis zur Unendlichkeit gesteigertes Verlangen nach Flüssigkeit plagte ihn. Auch waren seine Wangen ganz gerötet und fühlte sich sein Kopf erhitzt an. Es musste der allgemeinen Aufregung geschuldet sein, die in ihm noch immer nicht abgeklungen war. Als zu surreal empfand er diesen Plausch, den er im Augenblick mit Stroker führte, nur Minuten nachdem er geglaubt hatte, der Alte würde ihn umbringen und seine Leiche verscharren lassen.

»... du siehst also«, beendete der Alte seinen Vortrag, »ich mag wie der letzte Mensch mitten im Nichts hausen, das bedeutet aber keineswegs, ich wäre nicht up to date. Ich habe mich in den 90ern mit meiner Regierung ausgesöhnt und stehe ihr seither gelegentlich als Berater zur Verfügung. Dass deine Organisation davon nichts weiß, spricht leider Bände. Zum Zweiten ist dir hoffentlich klar geworden, dass die Marsianer nicht zu unterschätzen sind. Ich gehe sogar davon aus, dass bis dato alles nach ihren Vorstellungen verläuft. Oder was glaubst du, warum in Frankfurt ausschließlich Drohnen zum Einsatz gekommen sind?«

»Drohnen? Was meinen Sie?«

»Dir erzählt man auch gar nichts, was?«

»Nein. Haben Sie noch Tee?«

»Ich lasse Saimir gleich welchen aufschütten. Jedenfalls entzieht es sich leider meiner Erkenntnis, was es mit Macau auf sich hat. Über Sydney weiß ich erst recht nichts zu berichten.« Stroker verzog das Gesicht, hinter seinen Worten schien mehr zu stecken, als er preisgeben wollte. Und Desmond war sich sicher, der Alte präsentiert ihm höchstens die Spitze des Eisbergs. Im Augenblick aber verhinderten sein übermäßiger Durst und die Hitze, die ihn zunehmend vereinnahmte, jeden klaren Gedankengang.

»Ich sage dir, die Landung bei Frankfurt war von vornherein als Selbstmordmission konzipiert. Die Preisfrage lautet: warum?«, überlegte Stroker laut.

»Haben Sie Wasser da?«

»Mein Gott, was ist los mit ...« Stroker hielt inne und Desmond hatte es auch gehört. Die beiden drehten sich dem Flur zu, das Geräusch war eindeutig von der Haustür ausgegangen. Plötzlich tat es einen Knall, eine Wolke aus Staub und Splittern schoss aus dem Flur und ins Wohnzimmer, als die Tür aus den Angeln platzte. Stroker kreischte auf, Desmond purzelte vor Schreck aus dem Sessel und kugelte einen Moment lang unkontrolliert über die Dielen. Dann sah er es: Ein bläulich schimmerndes Objekt, groß wie ein Fünf-Liter-Kanister, schwebte durch den dichten Rauchschleier, schwebte direkt auf ihn zu. Erst als es ganz nah war, sah er die spindeldürren, beweglichen Beine, auf denen es sich fortbewegte. Desmonds Herz wäre beinahe stehen geblieben. Er hatte einen Tripod vor sich, einen Tripod im Miniformat! Eine Art Schnur fuhr aus dessen Korpus heraus, schlängelte durch die Luft. Ihre Spitze schnellte auf Desmond zu.

Ein schlagender Knall ertönte, ein Scheppern folgte, als der Schrot einer Mossberg 590 Pumpgun den Tripod traf. Grüne Blitze flirrten über dessen Körper, die Projektile zersprangen daran, ihre Fragmente zischelten nach allen Seiten weg. Desmond zuckte zusammen, spürte den heißen Atem eines Splitters, der seinen Kopf um Zentimeter verfehlte. Er hörte sich schreien, als das für Schrotflinten so typischen Pumpgeräusch des Vorderschaftladens erklang. Darauf folgte bereits der nächste Schuss: ein Knall. Ein Pumpen. Ein Knall. Ein Pumpen. Jeder Schuss saß, traf den Mini-Tripod, warf ihn zur Seite, hämmerte ihn gegen das Bücherregal, in dem die Einbände und Taschenbücher zerfetzten. Ein Schwall aus Konfetti sprühte Desmond ins Gesicht, Papierstücke regneten auf ihn hernieder. Grüne Blitze funkelten im Gemenge aus Rauch und Staub. Wieder ertönte das Pumpgeräusch, wieder spuckte die Pumpgun Feuer. Als der Schrot den Tripod erreichte, bullerte es kolossal. Die grünen Blitze blieben aus, Schrotkügelchen stanzten Löcher in die bläulich schimmernde Hülle. Der Tripod sackte über seinen dünnen Beinen zusammen, kroch umher wie ein verwundetes Tier. Erst jetzt drehte Desmond den Kopf, suchte und fand den Schützen: Es war Stroker. Keuchend stand der alte Mann neben seinem Ohrensessel, die Mossberg 590 zitterte in seinen Händen. Er sah aus, als würde er jeden Augenblick kollabieren. Seine Hände öffneten sich ganz automatisch, die Pumpgun klatschte auf die Holzdielen.

Desmond vernahm einen Luftzug, warf den Kopf herum, sah die bewegliche Lanze des Tripods ungezielt durch die Luft sausen. Sie suchte ihn. Die marsianische Maschine war beschädigt, komplett ausgeschaltet aber war sie nicht. Desmond kroch rücklings, bis er gegen ein Bücherregal stieß.

»Raus hier!«, plärrte Stroker schwer atmend.

Das ließ sich Desmond nicht zweimal sagen. Er quälte sich auf die Beine. Das elende Durstgefühl marterte ihn weiter, ließ sich nicht einmal vom Adrenalin vertreiben.

Stroker und Desmond schleppten sich aus der Hütte – den einen beeinträchtigte das Alter, den anderen die Übergewichtigkeit. Draußen stießen sie auf Elis und Saimir, Stroker vermochte nur noch ihren Tod festzustellen. Der beschädigte Tripod in der Hütte stieß einen verzerrten Ruf aus, als verdammte er jene, die ihm so knapp entkommen waren.

Sie hasteten weiter zum Dacia, Stroker klemmte sich hinters Steuer und drehte den Schlüssel um.

»… Fieberwelle beispiellosen Ausmaßes …«, tönte die englische Stimme einer Nachrichtensprecherin aus den Lautsprechern, während der Motor zum Leben erwachte.

Desmond riss die hintere Tür auf, warf sich längst auf die Rückbank, blieb auf dem Polster liegen, rang um Luft. Stroker fuhr mit durchdrehenden Reifen los, die Beschleunigung schloss für Desmond die Tür. Sie gewannen Abstand zur Hütte, bretterten mit über 100 Sachen über die unbefestigte Straße. In ihrem Rücken ereignete sich mit einem Mal ein Lichtblitz. Strokers Rückzugsort verschwand in einem höllenheißen Flammenpilz. Die Druckwelle jagte dem Dacia nach, erfasste ihn, zerrte mit der Urgewalt eines Taifuns an ihm. Die Seitenscheiben klapperten. Desmond kreischte wie ein Groupie.

# XVI. Ahmed Hadi

Die Sonne des frühen Morgens brannte mit brutaler Intensität auf den Jemen hernieder. Ahmed Hadi kniete im Gras und blickte auf seine zitternden Hände. Eine kühle Brise umwehte seine Nase, strich über den üppigen Bewuchs auf dem Höhenrücken, auf den er sich zurückgezogen hatte, um einige Minuten für sich zu haben. Die anderen sollten nicht mitbekommen, wie sehr ihn das Kämpfen bewegte. Wie sehr er mit dem Söldnerdasein haderte. Sie durften es nicht mitbekommen.

Über ihm schlossen sich die Baumkronen der Akazien zu einem dichten Dach zusammen. Der Jemen hatte nicht nur karge Wüsten zu bieten, sondern vermochte mit unberührten Landstrichen, mit Wäldern und saftigen Mangrovengebieten aufzuwarten. Gleichwohl bot die Vegetation keinen Sichtschutz vor den Wärmebildkameras des Feindes. Dieser hatte sofort nach Abklingen des Sturms seine Flugzeuge in die Luft gebracht, vermutlich, um nach den Forces-Soldaten zu suchen. Auch jetzt jagten Kampfjets unter ohrenbetäubendem Dröhnen weit oben über Hadi hinweg und düsten gen Norden davon. Der Iraker hatte seinen Männern eingebläut, sich nie zu offenkundig zusammenzurotten, sondern stets aufzufächern. Vor allem die Amerikaner und die Saudis fackelten nicht lange, sie bombardierten jede Menschenansammlung im von der Al-Qaida kontrollierten Gebiet.

Hadi atmete schnell und in kurzen Stößen. Er drohte in Schnappatmung zu verfallen. Er hatte Tränen in den Augen, vermochte sich nicht auf die Fotografie zu konzentrieren, die er in Händen hielt. Und die wild hin und her sprang ob seines Zitteranfalls. Sie zeigte seine Frau Meriam und die vier gemeinsamen Kinder. Haidar, sein Ältester, ein Raufbold und Tunichtgut, streckte der Kamera die Zunge heraus. Nazik, seine einzige Tochter, wuchs zu einer wunderschönen Frau heran. Schwarzes, wellendes Haar rahmte ihr Gesicht ein. Wie es sich für eine junge Frau von Ehre ziemte, übte sie sich in einer zurückhaltenden Pose, saß vor der Mutter im Schneidersitz. Ihr neutraler Blick ließ nicht erahnen, was sie dachte, was sie fühlte. Ihre reifende Weiblichkeit deutete sich unter dem Gewand an. Und Hadi war nicht bei ihr, um sie vor den lüsternen Jünglingen zu beschützen! Um Sorge dafür zu tragen, dass derjenige, der ihr Herz gewann und sie ehelichte, sie wie eine Königin behandelte! Die Tränen liefen ungehemmt über seine Wangen. Er fasste die Zwillinge ins Auge, zum Zeitpunkt des Fotos waren sie keine vier Jahre alt gewesen: Hussain und Hassan, seine Engel. Die beiden waren zart und sehr emotional, zuvorkommend und höflich. Ach, sie unterstützten Meriam sicherlich mehr als der unverbesserliche Haidar! Und doch liebte Hadi sie alle und vermisste sie. Hassan war krank, seine Lunge von Geburt an angegriffen. Er brauchte Medikamente, um richtig Luft zu bekommen. Um überleben zu können. Und diese Medikamente waren teuer und schwer zu beschaffen. Als

Soldat der irakischen Armee hätte Hadi nicht genug verdient, hätte seinem geliebten Sohn beim Sterben zusehen müssen. Und wäre als Sunnit, der er war, im Dienste der irakischen Streitkräfte wohl auch nicht sonderlich glücklich geworden. Da es der Krieg in seiner Heimat schwierig machte, anderweitig Geld zu verdienen, war er über Umwege schließlich an as-Sallal geraten, einen örtlichen Gernegroß, dessen Taschen durch reiche Financiers aus Europa und Amerika prall gefüllt waren. Es war bekannt, dass er den besten Sold im ganzen Jemen zahlte. Allein für die Vernichtung des Forces-Panzers würden in Kürze 3000 Dollar in Litecoins auf Hadis Wallet eintreffen.

Das viele Geld aber, das seinen Sohn am Leben hielt und dafür sorgte, dass seine Familie nicht im Dreck eines Flüchtlingslagers dahinvegetieren musste, konnte nicht darüber hinwegtrösten, dass der Krieg Stück für Stück seine Seele auffraß. Hadi konnte nicht mehr schlafen, nachts erschienen ihm die Gesichter der Getöteten – die Nahaufnahmen, die er von ihnen angefertigt hatte, um die Prämien für sie zu erhalten. As-Sallal verhängte zudem drakonische Strafen selbst bei kleinsten Vergehen und so hatte auch Hadi sich bereits großer Sünden schuldig gemacht. Er hatte Frauen erschossen, enthauptet, erhängt, gesteinigt. Kinder … damit seine Kinder leben durften. Das Recht des Stärkeren galt in dieser Region, auch wenn sich Hadi optimalere Formen des Zusammenlebens vorstellen konnte.

In der Ferne ertönte ein Grollen.

Hadi küsste die Fotografie. Seit beinahe zwei Jahren hatte er seine Familie nicht mehr gesehen, ihr Kontakt hatte sich in dieser Zeit auf regelmäßige Telefonate beschränkt. Seine Kinder weinten dabei oftmals und auch Hadi fiel es am Telefon schwer, die Fassade des starken Vaters aufrechtzuerhalten.

Er würde am liebsten zusammenbrechen, sich einfach ins Gras legen und schlafen. Doch es ging nicht. Er musste bald zurück zu der marsianischen Maschine, um seine Wachschicht anzutreten. Es hieß, die Saudis seien mit einer Taskforce auf dem Weg, um das Wrack zu sichern. Auch wenn sich die Kämpfer as-Sallals, aufgeputscht durch den glücklichen Sieg über die Forces-Soldaten, im Augenblick für unbesiegbar hielten, Hadi wusste es besser. Die Saudis würden sie nach einem kurzen Schlagabtausch zum Rückzug zwingen, mit etwas Glück würde es zu keinen weiteren Toten kommen. Hadi glaubte nicht daran. Zu bereitwillig rannten viele der Brüder ins Feuer, um Gott zu gefallen. Die Masse von as-Sallals Kriegern waren dumme Halbstarke, manche stammten aus dem fernen Europa. Sie waren ahnungslos, ihr Kopf mit Propaganda vollgestopft, ihr Verstand vergiftet. Dann gab es noch die Fraktion der Söldner, Männer wie Hadi, die das Geld lockte. Sie waren professioneller, effektiver, aber in der Unterzahl.

Zudem bereitete Hadi das Auftauchen des marsianischen Kampfroboters Bauchschmerzen. Er war nicht so ungebildet zu glauben, es handle sich um einen Abgesandten Allahs. Er kannte die Geschichte von 1901, kannte die Vorkommnisse der letzten Wochen, die auf allen islamistischen Kanälen als

Rache des Allmächtigen gefeiert wurden. Und fürchtete um die Sicherheit seiner Familie, sollten die Marsianer zu einer groß angelegten Invasion des Planeten antreten.

Das Grollen schwoll an, es war, als würde es gewittern. Der Wind wurde rauer, peitschte das Gras, das sich wellend den Böen ergab.

»Ahmed, bist du da?«, rief Anis, ein malistämmiger Holländer, dessen Arabisch mehr als holprig war. »Ahmed?«

Hadi schreckte hoch, wischte sich panisch die Tränen weg, rieb sich die Augen, versteckte das Foto in seiner Tasche. Er erhob sich, klopfte sich den Dreck vom Gewand, versuchte eine eiserne Maske aufzusetzen.

»Ahmed?«

Anis erschien im Rücken Hadis. Der Junge war keine 19 Jahre alt und lange nicht der jüngste Krieger as-Sallals. Er baute sich breitbeinig vor Hadi auf, hielt sein HK-Sturmgewehr etwas unbeholfen in den Händen, wusste wohl nicht recht, wohin mit der Waffe.

»Was ist denn? Ich habe doch gesagt, ich möchte beim Gebet nicht gestört werden!«

»Verzeih mir, Herr, aber …« Der Junge druckste herum. Hadi konnte nicht fassen, dass Anis ein Leben zwischen Schule und Playstation freiwillig gegen den Krieg im Jemen eingetauscht hatte. Hadi würde sich augenblicklich die Pulsadern öffnen, könnte seine Familie durch seinen Freitod ein Leben in Europa führen.

»Was willst du?«, herrschte er den Jüngling an in seinem Zorn darüber, dass dieser all seine Privilegien fortgeworfen hatte. Und dass er das nicht einmal begriff. As-Sallal führte hier unten im Jemen nicht nur mit harter Hand, sondern setzte unter seinen Untergebenen auch alle Regeln der Frömmigkeit durch, die er meinte, aus dem Koran ableiten zu können: Frauen wurden zu Sklaven degradiert, zu recht- und willenlosen Objekten. Musik war tabu, ebenso jegliche sonstige Form der Unterhaltung. As-Sallal hatte einen jungen Syrer erschießen lassen, weil dieser ein Handyspiel auf seinem Telefon installiert hatte. Installiert wohlgemerkt, nie gespielt! Hadi war sich sicher, jenes Spiel war Bestandteil der Werkseinstellungen. Doch er hatte gelernt, as-Sallal nicht zu hinterfragen.

Anis strahlte bis über beide Ohren. Sein jämmerlicher Versuch, sich einen Bart wachsen zu lassen, verwandelte sein Gesicht in einen schwarzbraunen Flickenteppich.

»Es beginnt«, eröffnete der Jüngling geheimnisvoll.

»Was?« Wieder vernahm Hadi dieses Grollen in der Ferne, es klang wie der Hintergrundbeat zu einem Hip-Hop-Song. Die Tieftöne erfassten und durchdrangen ihn.

»Sie marschieren! Die Engel des Allmächtigen und Barmherzigen haben sich erhoben! Sie werden die Welt reinigen von allen Kuffār!«

*

Die Zweitakter der beiden Sowjetkrafträder knatterten, als Hadi und Anis sie über steile Bergrücken trieben. Jeweils ein Glaubensbruder klammerte sich an ihnen fest. Anis raste vorweg, Hadi folgte. Und hatte Mühe, mit dem Jüngling mitzuhalten bei dem halsbrecherischen Tempo, das dieser vorlegte.

Sie hatten den Forst hinter sich gelassen, jagten auf einen steilen Hügel zu, der alle anderen überragte und von dem aus die gesamte Umgebung einzusehen war. »Kuppel der Rechtschaffenheit« hatte as-Sallal ihn getauft. Hadi legte den Kopf in den Nacken, blickte zum Firmament hinauf. Sie begaben sich in Gefahr, waren hier draußen nicht mehr als Tontauben für die Flugzeuge der Koalition. Doch Hadi wollte sie sehen, wollte sie mit eigenen Augen sehen. Eine ganze Armada von ihnen? Er konnte … er wollte es nicht glauben. Jedenfalls traute er as-Sallal und den anderen Kommandeuren nicht zu, mit einer Streitmacht der Marsianer fertigzuwerden. Er war sich nicht einmal sicher, ob der Westen oder die Saudis dazu in der Lage waren.

Anis gab Gas, sein Motorrad hüpfte über eine Bodenwelle. Rechts und links ging es Hunderte Meter steil bergab. Ein Sturz in die Tiefe bedeutete den sicheren Tod. Der Junge aber schien sich für unsterblich zu halten.

Drei Kampfjets rauschten plötzlich und mit höllischem Lärm über die Kuppel hinweg und zischten in Richtung Nordosten davon. Hadi bewegte den Gasdrehgriff bis zum Anschlag, scheuchte seine Maschine über den schmalen Höhenrücken, der wie ein Pfad zum Gipfel des Hügels hinaufführte. Das Vorderrad wirbelte Staub und Steinchen auf, die Geschossen gleich gegen die Windschutzscheibe aus Plexiglas spritzten.

Anis erreichte die Spitze der Kuppel der Rechtschaffenheit. Eine sandfarbene Wolke stäubte auf, als er aus der vollen Fahrt abbremste, sein Motorrad herumriss und stürzte. Anis' Mitfahrer sprang sogleich auf die Beine, meckerte den Jüngling an.

Auch Hadi drosselte die Fahrt, erreichte die Kuppe, bremste abrupt – und sah es.

Er sah die dreibeinigen Maschinen der Marsmenschen, die über die Ebenen des Gouvernements al-Baida' stapften. Sie marschierten versetzt zueinander, bildeten grob eine lange Linie, eine Frontlinie. Sie hatten sich in Richtung Westen in Bewegung gesetzt, stiegen mühelos über Höhen und Felswände hinweg. Hadi zählte mehr als zwanzig, weit mehr. Die vordersten befanden sich in vielleicht zwei Kilometern Entfernung zu ihm, trotz der Distanz verkannte er nicht ihre Furcht einflößende Größe. Sie überragten jeden Hügel, jeden Felsvorsprung im Umland. Weit hinten verschwammen entfernte Tripods mit der Horizontlinie. Behäbig, als hätten die Außerirdischen alle Zeit der Welt, eroberten sie den Jemen.

»Alu-u!«, dröhnte ihr markerschütternder Ruf über das Land. Und immer wieder: »Alu-u!«

Kampfflugzeuge der Saudi-Araber und der Amerikaner näherten sich den Tripods aus mehreren Richtungen. Das Getöse der Triebwerke übertönte nun die Rufe der Marsianer und das Aufstampfen der mächtigen Tripod-Füße. Eine amerikanische Lockheed AC-130 zog in großer Höhe Kreise, sie ließ ihre 40-Millimeter-Kanonen sprechen. Deren Geschosse waren wie Blitze, die Zeus aus den Wolken auf die Erde schleuderte. Raketen lösten sich unter den Tragflächen der Kampfjets, zischelten Feuer spuckend den Dreibeinern entgegen. Diese reckten ihren Kopf nach den Flugzeugen. Explosionen ereigneten sich bei den Marsianern, ohne sichtbaren Schaden anzurichten. Grünliche Lichtgebilde flimmerten auf der Oberfläche der Tripods. Im nächsten Augenblick fielen mehrere Kampfflugzeuge aus dem Himmel, ohne dass Hadi irgendeine Waffenwirkung ausgemacht hatte. Sie klatschten auf den Wüstensand auf, Flammenbälle und ölfettige Schwaden schossen empor. Marschflugkörper summten heran, sie malten Kondensstreifen ans Firmament, senkten sich auf einen Tripod hernieder, hämmerten um ihn herum in die Erde und vergingen zu haushohen Flammenzungen.

Anis und die anderen Jünglinge hoben die Fäuste, jubelten, schossen daraufhin mit ihren Sturmgewehren in die Luft. Das Rattern der Waffen ließ Hadi zusammenschrecken. Er fuhr herum, der Anblick der Marsianerarmee hatte ihn nachhaltig ergriffen, hatte einen Schalter in seinem Kopf umgelegt.

»Hört auf damit!«, schnauzte er die Glaubensbrüder an. Und erntete abschätzige Blicke. Anis setzte ein einfältiges Lächeln auf, als wäre er verliebt. Großspurig erklärte er: »Das da«, er wies auf die marschierende Tripod-Armada, »ist der Wille des allmächtigen und barmherzigen Allah. Seine Engel eilen uns zur Seite, um die Welt von allen Kuffār zu reinigen!«

»Versteht ihr es nicht?«, brüllte Hadi seine Wut über die Naivität der Jünglinge hinaus. Er musste allein schon brüllen, um die dröhnenden Rufe der Marsianer und das Brausen der Kriegswaffen zu übertönen.

»Ich glaube, du verstehst nicht, mein Bruder«, verkündete Anis in schlechtem Arabisch. Die anderen nickten eifrig. Hadis Position als as-Sallals Unterführer ungeachtet, verwandelten sich ihre Blicke zunehmend in feindseliges Starren.

»Die kranke Sorge um deine Familie macht dich blind für die Realität!«, warf Anis ihm vor.

Hadi erschrak. Der Junge hatte ihn durchschaut, das hätte er nicht für möglich gehalten. Alle drei von ihnen brachten ihre Muskulatur unter Spannung, lauerten sichtlich auf eine Gelegenheit. Der Posten des Unterführers in as-Sallals Armee war ein lukrativer und Vakanzen mussten umgehend nachbesetzt werden. Feine Schweißperlen bildeten sich auf Hadis Stirn, die Morgensonne brannte auf sein Gewand hernieder. Die Geräusche der Schlacht verkamen zu undefinierbaren Klängen im Hintergrund. Hadis Sinne fokussierten sich gänzlich auf die drei Jünglinge und auf die Sturmgewehre in ihren Händen.

»Ich sage euch das in aller Offenheit«, sagte Hadi, langsam und bedacht. »Geht nach Hause, solange ihr noch könnt. Das hier ist eine Nummer zu groß für uns … zu groß für den Amir.«

»Pah!«, seiberte Anis, der zum Fürsprecher der beiden anderen geworden war. »Allahs Engel werden diejenigen, die reinen Herzens sind, verschonen!«

»Ihr seid jung und dumm! Flieht! Die Marsianer werden hier alles in Asche verwandeln!«

»Die Marsianer?«, echauffierte sich Anis. Hadi erschrak, er hatte einen furchtbaren Fehler begangen.

»Du bedienst dich der Propaganda Amerikas und seiner Vasallen! Das ist unverzeihlich!«

Hadi seufzte, hatte gehofft, sie noch einmal besänftigen, ihre jugendliche Heißblütigkeit eindämmen zu können, doch er hatte sich verkalkuliert. Er hatte seine Glock 18 schneller in der Hand, als die Jünglinge hätten reagieren können. Hadis Erfahrung und seine professionelle Ausbildung stachen blinden Fanatismus aus. Mündungsfeuer zuckte aus dem Lauf, der Feuerstoß der vollautomatischen Waffe ging im Gebraus der Schlacht, im Stapfen der Marsmannmaschinen und ihm Lärmen der Jettriebwerke und Marschflugkörper unter. Kugeln zuckten durch den Leib der drei Jünglinge, der Schreck über den plötzlichen Angriff stand ihnen ins Gesicht geschrieben. Sie gingen zu Boden.

Hadi warf abermals einen Blick auf die vorrückende Marsianerarmee. Für ihn stand fest, dass sein einträgliches Abenteuer bei as-Sallal mit dem Auftauchen der Außerirdischen ein Ende gefunden hatte. Er hätte sich bereits absetzen sollen, als der winzige Tripod aufgetaucht war, denn eines war sicher: Diese Außerirdischen kannten keine Landesgrenzen, keine Religionszugehörigkeiten, keine Menschenrechte und keine Gnade. Sie wollten die Menschheit unterjochen, möglicherweise ausrotten und sich den Planeten unter den Nagel reißen. Ob es ihnen gelingen würde, lag nicht in Hadis Hand. Einzig die führenden Militärnationen der Erde vermochten die Marsianer aufzuhalten – oder eben nicht. So oder so, ein weltweiter Krieg zeichnete sich ab. Ein Weltenkrieg.

Hadi biss sich auf die Zunge. Er hätte von hier verschwinden sollen, vor Wochen schon! Hätte heimkehren sollen zu seiner Familie! Nun sah er sich mit einer außerirdischen Streitmacht konfrontiert, größer als die in Deutschland und die in Macau zusammen! Viel größer! Die Marsianer griffen an. Und Hadi konnte es sich nicht mehr leisten, den Handlanger eines lokalen Gernegroß zu mimen. Er musste heimkehren, musste sich darum kümmern, dass seine Familie in Sicherheit war. Er hatte genug Geld beisammen, um Hassans Medikamente für Monate auf Vorrat zu kaufen. Es würde schon irgendwie gehen, es musste gehen. Hadi war noch immer ein Überlebenskünstler gewesen.

Seine Familie jedenfalls befand sich keine 2000 Kilometer von hier entfernt, möglicherweise keine Distanz für die Marsianer. Ein weiteres Zögern und Abwarten durfte er sich nicht erlauben. Und in seinem Geist formte sich bereits eine Idee, wie er aus dem Kriegsgebiet Jemen herauskommen würde.

Einen Moment lang noch beobachtete er die Kampfmaschinen auf ihrem Vormarsch. Ein Tripod war beschädigt, zog ein Bein nach, war langsamer als seine Waffenbrüder. Die Saudis und Amerikaner aber hatten einen hohen Preis für diese Beschädigung bezahlt. Kräuselnde Rauchsäulen, die aus dem Umland aufstiegen, zeugten von zahlreichen Absturzstellen.

»Alu-u!«, donnerte ihr kraftvoller Ruf über das Land. »Alu-u!« Es klang wie eine Warnung. Wie eine schreckliche Ankündigung. Hadi stopfte ein neues Magazin in seine automatische Pistole und setzte den im eigenen Blut strampelnden Jünglingen ein Ende – er musste alle Unwägbarkeiten ausschalten. Im Anschluss nahm er sich das Motorrad und bretterte mit Vollgas jenen Höhenrücken hinunter, über den er gekommen war.

# XVII. Rick Marten

Unsicher blickten die Terroristen einander an. Ihr Anführer ließ die Aufnahme abbrechen. Noch immer bohrte sich die Spitze der Klinge in Martens Haut. Er wich mit dem Kopf so weit zurück, wie es ihm möglich war. Eiskalter Schweiß lief in langen Bahnen über sein Gesicht. Für den Augenblick gab es in seinem Leben nur die Klinge, nur dieses sein Leben bedrohende Tötungsinstrument. Die von draußen eindringende Geräuschkulisse, die von marschierenden Tripods und Luftangriffen zu berichten wusste, drang kaum in sein Bewusstsein vor. Dafür versetzte sie die Terroristen in hellen Aufruhr. Ein Mann stürmte in den Raum, verkündete freudestrahlend Neuigkeiten. Die Anwesenden gerieten in Begeisterungstürme, fielen sich in die Arme.

Der Anführer und zahlreiche seiner Gefolgsleute griffen ihr Sturmgewehr und verschwanden grölend nach draußen. Zurück blieben Marten, Härti und vier Bewacher, die mit ihrer Aufgabe nicht glücklich schienen.

Die Klingenspitze grub sich tiefer in Martens Gewebe, entlockte ihm einen hohen, ängstlichen Laut. Sein Herz trommelte, als stünde es kurz vorm Zerplatzen. Er ballte die Hände zu Fäusten, biss die Zähne aufeinander, wollte diesen Schmerz nicht länger ertragen, der so nah an seiner Halsschlagader lag. Zu nah.

Eine Erschütterung erfasste das Gebäude, gepaart mit einem tiefen Grollen. Staub rieselte von der Decke. Draußen brach die Hölle los. Es knallte und krachte, die Erde bebte. Dazwischen die Rufe der Marsianer, so laut und durchdringend, wie Marten sie bisher erst einmal vernommen hatte: damals vor Darmstadt, als er Auge in Auge einer der außerirdischen Kriegsmaschinen aus nächster Nähe gegenübergestanden hatte.

Die Tripods wüteten im Dorf. Vereinzelt flammte nun Feuer aus Handwaffen auf, eine Kalaschnikow knatterte. Männer schrien, statt zu jubeln. Die Realität brach über Al-Qaida herein.

Es knackte, es rumste, dann brach die Decke des Gebäudes ein. Schwere Brocken stürzten auf die beiden Forces-Soldaten und ihre Bewacher hernieder. Und einmal mehr wurde die Welt dunkel.

# XVIII. Der schwarze Dampf

Wie ich dem verehrten Leser auseinandergesetzt habe, blieb es unseren stolzen, Vergeltung begehrenden englischen Herzen verwehrt, den Feuerüberfall auf die durchs verbrannte Heideland kriechenden Marsmänner zu führen. Im Osten ertönte nunmehr Geschützdonner, auch das Knattern und Klopfen von Maschinengewehren und Karabinern lag in der Luft. Zweifelsohne suchten unsere Kameraden den Vorstoß der Maschinen abzuschlagen. Der dichte Geräuschteppich jedenfalls bekräftigte uns wieder darin, Hoffnungen auf einen baldigen Sieg gegen die Angreifer zu hegen. Er schien auch die beiden Dreibeiner dazu zu bewegen, umzukehren und wieder in ihre Grube hinabzusteigen. Einmal mehr schritten sie dafür über uns hinweg. Als sie sich erneut aus ihrem Krater erhoben, trugen sie statt des Hitzestrahlbehälters dunkle Rohre bei sich, die ich im schwachen Licht der aufkommenden Dämmerung nur schwerlich erkennen konnte. Sie erinnerten unweigerlich an Kanonenrohre. Und es waren dies auch Kanonenrohre – oder zumindest Gerätschaften, die nach einem ähnlichen Prinzip funktionieren.

Die Sonne kletterte allmählich über die Horizontlinie, mittlerweile hatte der Feind unser schönes England mit drei Kapseln heimgesucht. Wir hatten seit zwei Tagen nicht geschlafen und doch waren wir in diesem Augenblick hellwach. Mit Entsetzen beobachteten wir, wie die Dreifüßer ihre Rohre nach dem Osten ausrichteten, wo der Himmel unter dem Geschützfeuer unserer Batterien blitzte. Behälter schossen aus den Rohren, beim Aufprall in der Ferne explodierten sie nicht, sondern barsten und gaben seltsame Gebilde frei, die sich zu kegelförmigen Hügeln aufbauten und auf diese Weise, pulsierend und sich ausstreckend, vom Land Besitz ergriffen. Der Anblick erinnerte mich an einen gigantischen, giftigen Kraken, wie man ihn aus seemännischen Erzählungen kennt. Jenes Gebilde jedenfalls fiel auf dem Höhepunkt seiner Ausbreitung schlagartig in sich zusammen und zerschmolz zu einem gasartigen Gemenge, das umso schneller um sich griff.

Es war dies jener berüchtigte, todbringende Dampf, der jeden Menschen mit einer Berührung erledigt. Das Geschützfeuer in der Ferne verstummte auch gleich, sodann bemächtigte sich eine gespenstische Ruhe der Szenerie. Allein die Baugruppen der außerweltlichen Maschinenbeine knarzten leise, als sich die Dreifüßer um die kriechenden Marsianer herum gruppierten und diese gen Südosten geleiteten. Weder vernahmen wir das dumpfe Belfern der Maxim noch tönten die Gewehre von Gemeinen oder die Revolver von ehrenhaften britischen Offizieren. Der Feind hatte die eiligst gegen ihn vorgebrachte Front samt und sonders erstickt und wandelte nun seelenruhig in Richtung Woking, wo unlängst Panik ausgebrochen war.

Lassen Sie mich, verehrte Leser, an dieser Stelle zwei Einschübe einbringen: Der erste soll sich mit den sonstigen Ereignissen während der Nacht von

Samstag auf Sonntag befassen. Ich belasse es deshalb bei einer groben Zusammenfassung, weil es in meiner Schrift zum einen um meine persönlichen Erlebnisse gehen soll und weil zum anderen bereits sehr umfangreiche Chroniken über den Marsmannkrieg verfügbar sind. An dieser Stelle sei nochmals mit Nachdruck auf das hervorragende Die Chronik des Krieges gegen die Tentakelmänner von Beckham/Hill/Lycett verwiesen. Der zweite Einschub behandelt Erläuterungen zum schwarzen Dampf, von dessen Einsatz ich am 16. Juni 1901 Zeuge geworden bin – einer von ganz wenigen, der den Einsatz jenes Dampfes erblickt und überlebt hat. Gerade diese für den unbedarften Zivilisten Furcht einflößende Waffe soll mir als Beispiel dienen, um aufzuzeigen, dass wir Menschen, wenn unseren marsianischen Gegenspielern technologisch auch unterlegen, doch nicht ganz verloren sind. Auch unsere Technologie ist weit fortschrittlich und auch wir haben eine dampfähnliche Waffe entwickelt. Ich werde für diese im Folgenden den fachmännischen Terminus verwenden: Giftgas.

Es ist dies gesetzt, dass der 15. Juni als der Tag in die Geschichte der Menschheit eingegangen ist, an dem sich diese erstmals nicht gegen irdische, sondern gegen außerweltliche Gefahren zur Wehr setzen musste. Das Menschheitsgeschlecht hat in den zurückliegenden Jahrtausenden zur Genüge bewiesen, dass es wehrhaft ist und dass es sich durchzusetzen vermag. Es hat die furchterregenden Dinosaurier ebenso niedergerungen, wie es die Konkurrenz durch die Primaten bemeistert hat. Und im Juni 1901 ist es unerwartet ein weiteres Mal herausgefordert worden, seine erkämpfte Evolutionsstufe gegenüber bösartigen Einflüssen zu verteidigen. Es mag neu sein, dass diese Einflüsse nicht von unserer Welt stammen (wobei auf die bemerkenswerte Theorie verwiesen sein soll, der nach auch die »Schrecklichen Echsen« ursprünglich Bewohner des Mars gewesen waren, die auf Asteroiden auf unseren Planeten übersiedelten und erst in dessen Atmosphäre das Atmen lernten).

In der Nacht des 13. Juni (etwa 23 Uhr) landete die erste Kapsel der Eindringlinge, dieser Tag gilt gemeinhin als Beginn des Marsmannkrieges. Am 14. Juni machten sich die Marsianer auf solch schändliche Weise dem Mord an unschuldigen Zivilisten schuldig. Am 15. Juni sprachen erstmals unsere Waffen. Am 16. Juni bereits zeichnete sich eine überwältigende Niederlage für die eingesetzten Truppen der britischen Krone ab – dabei hatte der Marsmann seine Kräfte noch nicht einmal vollständig angelandet! Wie ich bereits erwähnt habe, bin ich von der Überzeugung beseelt, ein kühner Vorstoß gegen den Krater, wenn die Glut des Aufschlags noch leuchtet, mag jede marsianische Opposition im Keim ersticken. Leider steht das Debakel um den D.A.G.G. unserer Brigade stellvertretend für ein breites Führerversagen während jener Tage. Weder erkannte die Regierung in London noch das Kriegsamt die Gefahr, die von den Eindringlingen zweifelsohne ausging. Ich will dies unseren höchsten Behörden nicht zur Last legen, immerhin waren diese gezwungen, die Lage aus der Ferne und anhand unvollständiger, teils widersprüchlicher Berichte zu beurteilen. Wohl aber prangere ich jene Offiziere an, die im Angesicht des Feindes zögerten oder sich gar feige zeigten. Sie haben mit ihrem zaudernden Verhalten noch zu der Katastrophe jenes Junis 1901 beigetragen und viele Tausend Tote mitzuverantworten!

Die Marsmänner hatten an jenem Sonntagmorgen bereits drei Kapseln angelandet, denen insgesamt 14 Dreifüßer entstiegen waren oder noch entsteigen sollten, außerdem drei Kuppelschilde und eine kleine Zahl von Werkzeugkisten. Die dritte Kapsel war zwischen Pyrford und dem Maybury Hill eingeschlagen. Nicht weniger als vier Kriegsmaschinen des Feindes machten sich an jenem Sonntagmorgen auf den Weg, die Landezone abzusichern. Sie errichteten einen Landekopf, die wenigen vor Ort befindlichen Soldaten der Krone fielen ihrem Hitzestrahl zum Opfer. Bald zog der schwarze Dampf auch durch Pyrford und richtete dessen Bevölkerung zugrunde.

Auch der Rest der Maschinen wandelte mitnichten ziellos umher, sondern folgte – dies zeigt das verfügbare Schrifttum vortrefflich auf – militärischen Mustern (vgl. Beckham/Hill/Lycett). Wohl erkannten die Stäbe vor Ort dies nicht, sie glaubten sich noch immer wilden Kreaturen vom Mars gegenüber, denen mit ähnlichen Mitteln beizukommen ist, wie der Mensch auch anderen Raubtieren wie dem Wolf oder dem Bären beikommt. Als die Brigaden und Verantwortlichen endlich aus ihrem Dornröschenschlaf erwachten, als sie die Notwendigkeit einer gesamtmilitärischen Betrachtung und das Errichten zusammenhängender Schanzen erkannten, hatte der Marsmann die Schlinge um die britischen Verteidigungskräfte bereits zugezogen. Gnadenlos griff er an und tötete fast das gesamte Militärpersonal in seinem Einzugsbereich ebenso gnadenlos, wie wir eine Ratte töten, die wir in unserer Stube antreffen.

Die der dritten Kapsel zustrebenden Marsmenschen verwüsteten auf ihrem Weg Woking und erledigten dort die gesamte menschliche Militär- und Polizeipräsenz. Gleiches galt für Chertsey. Die 51 Feldbatterie aus Woolwhich wurde vernichtet, selbiges traf auf die 54 und 6 zu, die nicht einmal dazu kamen, ihre Kanonen in Stellung zu bringen. Die Marsmänner überfielen sie mit drei Maschinen und löschten sie aus. Sie verstanden es in der Folge vortrefflich, einen lockeren, durch ihre Beweglichkeit doch undurchlässigen Ring um ihre Landezonen herum zu errichten, den zu durchbrechen es den Soldaten der Krone nicht gelang. Teile der 8. Husaren hatten es freilich versucht. Sie unternahm einen kühnen Raid gegen die Westflanke der Marsianer, um die in Woking und der Umgebung eingeschlossenen Engländer zu befreien. Sie scheiterten unter horrenden Verlusten.

Gegen Sonntagmittag erhoben sich die Maschinen des Feindes auch aus dem Krater der dritten Kapsel. H. G. Wells muss sich seinem Bericht nach gegen 12:30 Uhr bei der Schleuse nördlich Weybridge befunden haben, wo um diese Zeit in einer Schlacht zwischen der 6 Feldbatterie und den Marsianern die erste ihrer Maschinen durch einen direkten Treffer vernichtet werden konnte. Die Marsianer verstanden es, das Land zwischen Wey und Themse für sich zu nutzen, trotz des Verlustes gingen sie als Sieger aus dem Scharmützel hervor und machten sich abermals des vielfachen Mordes schuldig. Flüchtende, die über den Fluss zu setzen versuchten, verbrühten in ihrem Hitzestrahl. Bis zur Abenddämmerung hatte der Feind seinen Verfügungsraum von allen Kräften der britischen Krone gesäubert, höchstens noch Versprengte irrlichterten durch das verbrannte Niemandsland, in das sich das Land um Woking herum verwandelt hatte. Die Stadt selbst stand lichterloh in Flammen.

Was den zweiten Einschub betrifft, den ich an dieser Stelle vornehme, möchte ich dem geneigten Leser etwas zur Mitteilung geben, dass bereits seit den 70er Jahren des vergangenen Jahrhunderts die Offiziere Ihrer Majestät in Aufruhr versetzt und das doch an der öffentlichen Wahrnehmung nahezu unbemerkt vorbeigegangen ist. Es geht um mannigfaltige Gase als Kampfstoff im Kriege, die auf verschiedene Art dem Gegner zusetzen und ihn somit in seiner Kampffähigkeit beeinträchtigen. Bis dato befindet sich das Feld der Gaskriegsführung noch in einem frühen Stadium und ist im Kampfe nicht erprobt worden, doch verspricht sich das Kriegsamt einen großen Nutzen davon. Versuchsreihen haben die präzise Wirkung dieser neuen Waffengattung bestätigt. Der Allgemeinheit ist das Giftgas erst mit dem schwarzen Dampf aus dem Marsmannkrieg ein Begriff geworden. Lassen Sie mich Ihnen daher die Furcht vor dieser vermeintlich uns überlegenen Waffe nehmen. Es mag zutreffen, dass das Gas des Marsmannes wirkungsstärker ist und durch seine Schwere auch apodiktischer gegen eine Feindstellung eingesetzt werden kann. Doch sind auch unsere Giftgase weit fortentwickelt und profitieren nun möglicherweise noch von den Hinterlassenschaften der Marsianer. Das Kriegsamt und ich sind jedenfalls zuversichtlich, dass uns das Giftgas in einem möglichen irdischen Krieg zu einem schnellen und sauberen Sieg verhelfen wird. Weiche Gase machen das Kämpfen für den Gegner unmöglich, sodass er kapitulieren wird. Harte Gase führen zu einem schnellen und quallosen Tod, der dem langen Leidensweg bei Treffern durch Projektile und Splitter vorzuziehen ist.

Doch kommen wir nach diesen Exkursen zurück zu den Schreckensstunden, die der liebe Donavan, meine Person sowie die Gemeinen Blomqvist und Stern an jenem Sonntagvormittag durchlebten (auch wenn Letzterer, im Delirium befindlich, seine Umwelt wohl nicht mehr wahrnahm). Aus unserem Versteck heraus beobachteten wir die Expeditionstruppe der Marsmänner, die gemächlich von dannen zog. Uns jedenfalls bot sich ein Anblick, der das Blut in den Adern gefrieren ließ. Gegen Woking bestimmte ein flackernder Flammenschein den Himmel, als wäre der Herrgott persönlich auf die Erde herabgestiegen. Hausdächer und eine Kirchturmspitze ragten aus dem Giftgas empor. Bald waren die Dreifüßer nicht mehr als kleine Türme am Horizont, ihre Füße versanken im schwarzen Dampf, die leibhaftigen Marsmänner blieben außerhalb des Dampfes. Ein Zischen erscholl und die giftige Waffe verschwand nach und nach. Dieser Vorgang war nicht ungewöhnlich, es existieren zahlreiche Berichte, die belegen, dass die Marsmenschen eine Gegend gründlich vom Giftgas reinigen, nachdem sie jede Gegenwehr erstickt haben. Dies mag uns einen Hinweis auf die Motive unserer Feinde liefern. Wenn sie die Erde nach einer gewonnenen Schlacht reinigen, so müssen sie ein Interesse an ihr haben, sie möglicherweise gar als Habitat für sich in Betracht ziehen. Sie scheinen nur uns Menschen loswerden zu wollen, ebenso wie wir die Ameise verwünschen und bekämpfen, die in unserem umsorgten Garten herumkreucht.

Es geschah um diese Zeit, dass der tapfere Stern aus dem Leben schied. Wir vermochten nichts mehr für ihn zu tun, außer uns zu bekreuzigen und ein Stoßgebet abzusetzen. Ich beschloss daraufhin – die Marsianer waren nahezu aus unserem Sichtfeld verschwunden –, uns zu den eigenen Kräften durchzuschlagen, die ich westlich und südlich Wokings vermutete. Sicherlich waren sie damit beschäftigt, die Flammen in der Stadt zu bekämpfen und die Bevölkerung zu evakuieren. Wir wussten zu diesem Zeitpunkt nicht, dass eine Front aus zwei Dreifüßern Woking, aus dem Osten kommend, umfasste, um sich südlich der Stadt unseren dort in Stellung gebrachten Kanonen zu stellen. Wohl trachteten die Marsianer danach, die Errettung der Wokinger Bevölkerung zu verhindern, ein weiteres Indiz dafür, dass sie einen Vernichtungsfeldzug gegen uns Engländer geführt haben. Hätte ich von der Feindpräsenz gewusst, auf die wir uns zubewegten, ich hätte dennoch denselben Befehl erteilt. Das Pflichtbewusstsein als Offizier Ihrer Majestät war stärker als jede Empfindung in meiner Brust.

Der Sonntag zog ins Land. Der Weg war beschwerlich, da uns unsere Verletzungen zusetzten und wir überdies ganz ausgetrocknet waren. Doch wohin wir blickten, hielten Flammen das Land im Würgegriff. Der Hitzestrahl des Gegners hatte alles Wasser verdampfen lassen, hatte das vom Sturm gepeitschte und Regen durchtränkte Land ausgedorrt, Sand in Glas und alles Organische in Kohle verwandelt. Wir wankten durch eine ganz und gar trostlose Landschaft, die allzu deutlich von den Spuren des Krieges gezeichnet war. Die Natur der marsianischen Waffen bewirkte, dass diese nicht nur punktuell Schaden anrichteten, sondern dass ihre Wirkung auch auf das Umland übersprang und sich rasend schnell ausbreitete. So hatten einige gezielte Schüsse mit dem Hitzestrahl gelangt, ganz Woking und das umliegende Gehölz anzustecken.

Wir marschierten entsprechend über ein Aschefeld und ich mag nicht ausschließen, dass wir gar einige bis zur Unkenntlichkeit entstellte Leichen passierten, eingebacken in den Erdengrund, verschmolzen mit dem Humus. Es ist auch der Wirkweise der außerweltlichen Waffen geschuldet, dass sich die Zahl und die Identitäten der Todesopfer des Marsmannkrieges wohl niemals eindeutig werden feststellen lassen. Manche haben sich im Hitzestrahl vollkommen aufgelöst, nicht ein Haar mehr ward von ihnen gefunden. Überhaupt muss an dieser Stelle erwähnt werden, dass nicht nur der Krieg, sondern auch – und besonders – die sich daran anschließenden Aufräum- und Wiederaufbauarbeiten ein schlimmes Trauma für das englische Volk bedeuten. In den Trümmern des Kampfes zu wühlen, die Asche abzutragen, wohl wissend, dass es sich um menschliche Überbleibsel handeln mag, bedeutete und bedeutet für viele einen tiefen Einschnitt in ihre Seele. Ich als ehrenwerter Offizier der britischen Krone war nach dem Kriege vornehmlich damit beschäftigt, die Rückstände der Marsianer zu sichern und deren Abtransport zu überwachen, doch auch ich sah den Gesichtern der Arbeiter an, welche schwere Aufgabe ihnen oblag. Es gibt wohl einen Zusammenhang zwischen dem Marsmannkrieg und der Steigerung von Suizidfällen, die seitdem aus London und Umgebung gemeldet werden. So hat dieser schreckliche Überfall nicht nur unser Leben während jenen Junis 1901 beeinträchtigt, sondern auch weit darüber hinaus und bis in den heutigen Tag hinein. Auch ist das Landschaftsbild dort, wo die Kämpfe gewütet haben, noch immer schrecklich entstellt, in und um Woking existiert kaum ein Baum mehr, die Sanddünen Horsells gleichen einer Wüste des fernen Afrikas. Erst ganz langsam erobert sich die Natur das verlorene Terrain zurück. Es wird Jahrzehnte dauern, bis die Wunden, die der Marsmann in unser schönes England gerissen hat, verheilt sein werden.

Während wir durch die Asche schritten, einer ganz und gar beklemmenden Kulisse entgegen, denn voraus donnerten erneut die Geschütze, deren Mündungsfeuer das Firmament aufblitzen ließen, machten sich meine Wunden und meine Auslaugung unangenehm bemerkbar. Im Laufen drohten mir die Augen zuzufallen und war ich damit nicht alleine: Den Gemeinen Blomqvist musste ich mehrmals scharf zur Vernunft rufen, er hätte sich wohl am liebsten dem Defätismus hingegeben. Dies wusste ich als vorbildlicher Führer selbstredend zu verhindern. Auch Leutnant Donavan keuchte, glanzlose Augen lugten aus seinem fahlen Gesicht heraus. Aus ihnen sprach trotz allem noch immer die Entschlossenheit, nicht aufzugeben. Er war mir in jenen Stunden ein guter Kamerad und Freund, hatte mich darin bestärkt, den Weg fortzusetzen. So schleppte ich mich auf das Geschützfeuer zu, meine verbrühte Hand pulsierte böse, der Streifschuss am Oberschenkel brannte und infizierte sich wohl. Ich wusste, dass auch ich bald medizinischer Hilfe bedürfen würde. Es war ein großes Glück, dass ich später in einer Kammer eine Lysoltinktur fand, mit der ich die Wunde unter großen Schmerzen säubern konnte. Mein verehrter Arzt ist von der Überzeugung beseelt, dass ich allein aus diesem Grund das Bein nicht verloren habe.

Bald echoten die Rufe der Marsianer und kurz darauf erhoben sich ihre dreibeinigen Maschinen über die Horizontlinie. Wir wurden Zeuge der Schlacht von Mayford: Der tüchtige Major Henry Hughes Wilson, 1. Baronet, selbst gerade erst aus dem Burenkrieg zurückgekehrt und dem Kriegsamt unterstellt, fasste in einem beherzten Vorgehen gegen den Feind mehr als 400 versprengte Soldaten und Teileinheiten zur berühmten »Kampfgruppe Wilson« zusammen, mit der er sich tapfer den Marsianern entgegenstellte. Diese patrouillierten mit zwei Maschinen am Südrand Wokings entlang, während – wie wir heute annehmen – einzelne marsianische Infanteristen in dunklem Schutzoverall die lohende Stadt durchkämmten. Wilson bewies Scharfsinn und die Gabe, eine Lage rasch und richtig beurteilen zu können, als er alle ihm zur Verfügung stehenden 16 Kanonen und vier Maxim-Geschütze vor Mayford trichterförmig in Stellung gehen ließ. Er legte somit einen vortrefflichen Hinterhalt, in den er die Dreifüßer zu locken gedachte, um sie ins Kreuzfeuer zu nehmen. Darüber hinaus vereinzelte Wilson seine Kräfte, sodass die Waffenwirkung des Feindes nicht gleich seine ganze Streitmacht auszulöschen imstande war. Ein todesmutiger Reitertrupp lockte die Dreifüßer zum Trichter und musste dafür hohe Verluste in Kauf nehmen. Und dort waren sie nun: Im Zentrum des Trichters stand der Feind und geriet unter heftigen Beschuss.

Blomqvist wollte angesichts der Schlacht im Vorfeld endgültig nicht mehr weiter, ich musste ihm mit dem Revolver drohen, um ihn von der Richtigkeit meiner Befehle zu überzeugen. Noch einmal aktivierten wir unsere müden Knochen und eilten im Laufschritt den Kameraden entgegen, die vor Mayford so kühn fochten.

Bald sahen wir die marsianischen Maschinen aus der Nähe, diese steckten in der Tat in einem gedachten Trichter fest und wurden von beiden Seiten aus eiligst angelegten Schanzen heraus bombardiert. Die einschlagenden Sprenggeschosse warfen die Maschinen hin und her, die freigesetzten Splitter verursachten wohl kleinere Beschädigungen an ihren Gliedern. Sie trugen Gott sei Dank keine Dampfrohre bei sich, sondern waren jeweils mit dem Hitzestrahl ausgerüstet.

Der Lärm gereichte zur Qual, das Schlagen der Kanonenschlösser, die heiseren Kommandos der Führer und das Klimpern der Munition wallte über das Land. Ich rannte, rannte den Kameraden entgegen, wollte diesem epischen Geplänkel beiwohnen, an dessen Ende ein Sieg für England stehen musste. Zwar kannte ich damals die Zahl der gegen die Marsianer vorgebrachten Kanonen nicht, doch sah ich auf einen Blick, dass es mehr als zehn waren. Zehn gegen zwei, die Mathematik konnte doch nicht lügen. Ich spurtete auf eine Schanze zu, aus der heraus ein Maxim und einige Gewehre das Feuer auf den Feind eröffnet hatten. Dieser schien tatsächlich von Wilsons Truppe überrascht worden zu sein, schier ungestüm drehten sich seine Maschinen im Kreis, indes wurden sie ohne Unterlass beschossen. Es war, als würde die Erde zwischen den mächtigen Kesselköpfen eruptieren, als würde sich der Boden öffnen, um sie zu verschlingen. Die Geschosse der Kanonen wirkten wahrlich wie ein göttlicher Pflug, die Einschläge der Maxims und Gewehre tanzten über die eiserne Haut der Maschinen.

Es geschah, als wir unsere Kameraden fast erreicht hatten. Der Hitzestrahl eines Marsmannes fuhr einem flammenden Schwert gleich in die Stellungen zweier Fünf-Inch-Haubitzen auf der gegenüberliegenden Seite des »Trichters« ein und brachte die gelagerte Munition zur Explosion. Jäh schossen rostrote Säulen zum Himmelsdom hinauf, gewaltige Feuerbälle loderten. Im nächsten Augenblick erhielt einer der beiden Dreifüßer einen Treffer, die Detonation zerfetzte den Hitzestrahlbehälter und riss den Arm mit ab. Es tat einen Knall, der wie ein Hammerschlag auf die Ohren war. Der Getroffene strauchelte. Violette Lohen züngelten durch die Luft, grüner Dampf entwich seinen Beinen, die sich neu sortierten, um einen Sturz zu vermeiden. Die tüchtigen Kanoniere aber, die den Treffer gelandet hatten, kannten ihren Haltepunkt, korrigierten die Rohrausrichtung und setzten nach. Die Bombe schoss dem Marsmann gegen den Kesselkörper und zerspellte diesen mit ohrenbetäubendem Lärm. Metallteile sirrten umher, ganz deutlich war der aufgerissene, fleischballartige Körper des Marsianers zu erkennen, sichtbar durch ein riesengroßes Loch im Dreifüßer. Er war zweifelsohne tot und so verlor seine Maschine jenen Halt (wir gehen heute davon aus, dass jene Maschinen von ihren Meistern auf den Beinen gehalten werden und ohne deren beständige Anweisungen in sich zusammenfallen). Unter dem Jubel der anwesenden Soldaten Ihrer Majestät ging der Marsmann zu Boden. Es knallte dumpf, als sein Kesselkörper in die Heide rauschte. Sein Kamerad stieß seinen entsetzlichen Ruf aus – es mochte ein Hilferuf sein, denn auf sich gestellt stand er auf verlorenem Posten. Der Wind trug Wilsons aus heiserer Kehle gebrüllte Befehle bis an mein Ohr heran. Seine Reiterei sollte sich bereit machen einzugreifen, sobald beide Maschinen erledigt worden waren. Wilson wollte nach Möglichkeit einen der leibhaftigen Invasoren lebendig gefangen nehmen, um ihn einem Verhör zu unterziehen.

Dies war – nebenbei erwähnt – ein Gedanke, der die Frontoffiziere des Marsmannkrieges immer wieder umtrieb. Zahllose Unternehmen zur Aufbringung von Gefangenen wurden versucht und scheiterten. Als die Marsianer später, geschwächt durch die irdischen Krankheitserreger, ihre Maschinen nicht mehr recht zu bedienen vermochten, gelang es einigen tapferen Mannen der 7. Husaren, einen Marsmenschen als Gefangenen aufzubringen. Jener Gefangene verstarb leider, wenige Stunden nachdem er aufgegriffen worden war. Und so bleiben uns Menschen nur die Überbleibsel der Marsianer, um diese außerweltliche und äußerst aggressive Spezies zu erforschen. Über ihre Motive kann nur spekuliert werden. Als Angehöriger des HQD sei mir die Anmerkung gestattet, dass es bisweilen sehr frustrierend ist, seine Schlüsse einzig aus toten Gegenständen ziehen zu müssen. Wie gerne hätten wir einen Marsmann befragt, um uns Klarheit über die Beweggründe unseres Feindes zu verschaffen! So sind wir gezwungen, das Vorgehen von Archäologen zu adaptieren, die sich gleichwohl mit toten Dingen konfrontiert sehen, welche sie zu interpretieren haben.

Der Jubel von Wilsons Mannen war leider nur von kurzer Dauer, denn ehe sie sichs versahen, tauchte weit im Norden ein weiterer Dreifüßer auf, der ein Rohr in seinen Armen trug, das er sogleich auf unsere Stellungen ausrichtete. Schon barst der erste Giftgasbehälter im »Trichter«. Schmerzlich wurde mir bewusst, dass der sich ausbreitende Dampf, der einem lebenden Organismus gleich über die Heide waberte und diese unter seinem dicken, klebrigen Gemenge abtötete, dem Marsmann in seiner Maschine nichts anhaben konnte – er stand schließlich mittendrin! Das Giftgas aber griff gleichermaßen nach unseren Feuerstellungen rechts und links des »Trichters« und erledigte die Kanoniere und Schützen binnen Sekunden. Wilson verlor die Kontrolle über seine Kampfgruppe, ehe er die Rohre auf den nahenden Dreifüßer mit der Giftgasapparatur hätte ausrichten können. Seine Gemeinen entschieden sich für die kopflose Flucht und seine edlen Offiziere, die den Kampf gewiss fortführen wollten, vermochten ob der eingetretenen Panik die Manneszucht nicht wiederherzustellen. Der im Dampf stehende Marsianer ließ nun erneut seinen Hitzestrahl sprechen, der glühende Strahl traf das Maxim-Geschütze direkt vor uns, die Höllenhitze sprengte es auf. Blomqvist rannte schreiend fort, ich rief ihm noch nach, doch vermochte ich seine Flucht nicht zu verhindern.

Stolz verkünde ich meiner Leserschaft an dieser Stelle, dass ich den Gemeinen Rupert Blomqvist nach dem Marsmannkriege aufgreifen und der Gerichtsbarkeit überführen konnte. Dank meines Plädoyers ist seine Fahnenflucht mit vielen Jahren Zuchthaus unter verschärften Haftbedingungen geahndet worden, denn nicht nur beging der Gemeine Rupert Blomqvist an jenem Sonntagnachmittag Fahnenflucht, darüber hinaus verweigerte er meinen Befehl, als ich ihn zur Abkehr von seinen Verratsplänen aufforderte. Derlei Gebaren darf nicht geduldet werden und ist eines Soldaten der Krone unwürdig!

Ich aber konnte mich nicht länger mit Blomqvists Flucht beschäftigen, denn der gutmütige Leutnant Donavan brach geräuschlos neben mir zusammen. Erst später sollte mir bewusst werden, dass es ein daumengroßer Splitter aus der explodierenden Maxim-Stellung war, der Donavans Schulter sauber durchschlagen hatte. Der damit einhergehende Blutsturz hatte den Leutnant in einen Schock versetzt, der ihm das Bewusstsein raubte. Ich beugte mit über meinen guten Kameraden und sah, dass sich sein Waffenrock mit einem roten Fleck verfärbte, der weiter wuchs, doch blieb mir keine Zeit, die Wunde fachmännisch zu versorgen. Chaos herrschte im »Trichter«, die Überlebenden der Kampfgruppe Wilson rannten ziellos umher. Der Hitzestrahl des Marsmannes stocherte zwischen ihnen herum, verbrühte das Land und die Menschen gleichermaßen. Die fürchterlichen Schreie der Getroffenen erklingen noch heuer in meinem Kopf.

Der mich niederdrückenden Erschöpfung trotzend, nahm ich noch einmal meine Kraft zusammen, packte Donavan und hievte ihn mir auf die Schultern.

Ich wandte mich Mayford zu und schritt los. In meinem Rücken trafen sich die beiden Marsmannmaschinen im Dampfgemenge, der eine verschoss weitere Giftgasbehältnisse, der andere fasste die Fliehenden mit seinem Hitzestrahl. Die beiden aus dem dunklen Dunst ragenden Maschinen sahen aus wie Auswüchse Satans, die sich aus dem Pfuhl der Unterwelt erhoben. Doch selbst dieser ganz und gar furchteinflößende Anblick war keine Entschuldigung dafür, die Flucht zu ergreifen. Ich selbst hätte wohl eine Granate gesucht und damit eine der Maschinen im Nahkampf zu Fall gebracht, hätte ich mich nicht um den armen Donavan kümmern müssen. So sah ich zu, die schützenden Gebäude Mayfords zu erreichen. Ich erblickte den Kirchturm voraus, der die Giebel- und Reetdächer des Dorfes überragte.

Mayford stellte sich glücklicherweise als menschenleer heraus, die Bewohner waren bereits allesamt geflohen. Da mehrere Soldaten Wilsons gen Mayford strömten, nahmen die beiden Marsmänner die Verfolgung auf. Wehe uns, hätten sie erneut den Hitzestrahl zum Einsatz gebracht! Das Feuer wäre wohl rasch von einem aufs andere Haus übergesprungen, bis ganz Mayford in Flammen gestanden und uns unserer Versteckmöglichkeiten beraubt hätte. Doch der Hitzebehälter schwieg.

Entschlossen hielt ich auf die Kirche zu, ein steinernes Bauwerk mit viereckigem Turm. Die Beine wurden mir schwach unter dem Gewicht Donavans, mein Körper ächzte unter der Anstrengung, doch erreichte ich das Gotteshaus und stellte fest, dass es nicht abgeschlossen war. Ich drückte mich durch die Tür ins Innere, geisterte durch das Kirchenschiff auf der Suche nach dem Aufgang zum Turm und fand schließlich eine steinerne Treppe vor. Diese sollte mir eine letzte Prüfung meiner Kräfte auferlegen, und wahrlich, ich will nicht lügen, wenn ich darlege, dass ich an ihr – den guten Donavan tragend – beinahe gescheitert wäre. Nachdem ich den Turm endlich erklommen hatte, nahm das schreckliche Morden in Mayford seinen Lauf. Die Marsmänner schossen mehrere Giftgasbehälter auf das Dorf ab, die Schreie der Menschen verstummten und bald vereinnahmte eine gespenstische Stille den Ort. Wir – geschützt vor dem Giftgas durch die Höhe des Turms – waren bald die einzigen Überlebenden. Ich sank neben Donavan zu Boden und schlief sofort ein.

# XIX. Walther Desmond

»Mathisen«, meldete sich die vom Zigarettenkonsum raue Stimme des Dänen am anderen Ende der Leitung.

»Ich bin's«, sagte Desmond verheißungsvoll und wischte sich die schweißnasse Stirn. Seine Wangen leuchteten kirschrot, als wären seine Nebenhöhlen dick entzündet. Die aber waren frei. Desmond hatte Fieber und einen Durst, mit dem er einer Herde Elefanten Konkurrenz machen konnte.

»Wer ist da?«, wütete Mathisen, der gehetzt klang.

»Ähem … Walther Desmond …«

»Ja, Mensch, Desmond! Sagen Sie das doch! Ich habe ja nur 200 Mitarbeiter zu führen, da kann ich mir nicht jede gottverdammte Fistelstimme merken! Was wollen Sie?«

»Ich habe ihn.«

»Was? Wen?«

»Na … mein Auftrag. Ich habe ihn ausgeführt.«

»Was für ein Auftrag? Können Sie aufhören, in verdammten Rätseln zu sprechen?«

Desmond fraß die Enttäuschung über die Reaktion seines Chefs in sich hinein. Niemals würde er ihm die Meinung geigen.

»Ich rufe aus dem Kosovo an! Ich habe Brandon Stroker gefunden!«

»Was? Stroker? Gut. Und was wollen Sie jetzt von mir?«

Desmond starrte verwirrt auf sein Telefon.

»Hören Sie, Desmond, wenn Sie mir nicht in den nächsten zehn Sekunden glaubhaft auseinandersetzen können, warum Sie mich von meiner Arbeit abhalten, lege ich auf und Sie können sich nach einem neuen Job umschauen! Wissen Sie eigentlich, was hier los ist? Was im Jemen los ist?«

Desmond hatte davon aus den Nachrichten gehört. Eine marsianische Streitmacht, weit größer als alle anderen, hatte sich im Jemen wie aus dem Nichts erhoben und setzte schier unaufhaltsam zur Eroberung der Region an.

»Ich … ich«, stammelte Desmond, »habe Stroker gefunden.«

»Zehn … neun …«

»Ich … ich habe Stroker …«

»Das sagten Sie bereits. Was wollen Sie? Was wollen Sie von mir? Sie reden und reden, und kein Mensch versteht, was Sie überhaupt wollen!«

»Ich … ich …« Desmond blickte in das grinsende Gesicht Strokers. Er kam sich vor wie der letzte Depp. Er trank einen großen Schluck aus seiner Wasserflasche und sprach ins Telefon: »Ich erwarte neue Anweisungen, Sir.«

»Was, Anweisungen, Anweisungen? Jagen Sie Stroker eine Kugel in den Kopf, verscharren Sie ihn irgendwo und dann kehren Sie in ein Restaurant ein und gönnen sich auf Office-Kosten einen fetten Balkangrillteller und eine Coke.«

»Ich soll …« Desmond gingen die Augen auf.
»Nein, natürlich nicht, Mensch! Bringen Sie ihn her, was denn sonst? Wollen Sie vielleicht noch eine Sightseeingtour mit dem alten Knaben unternehmen? Was glauben Sie, das Sie machen sollen? Bringen Sie Stroker her! Mensch, Desmond, werfen Sie doch mal Ihr Erbsenhirn an, kratzten Sie Ihre drei Gehirnzellen zusammen und versuchen Sie selbst zu einem klaren Gedanken zu kommen! Es kann doch nicht sein, dass ich allen immer alles vorkauen muss!«
»Natürlich. Ich informiere Richter und lasse den nächsten Flug nach New York buchen.«
»Nein«, warf Stroker ein.
»Nein?«, fragte Desmond vorsichtshalber nach.
»Nein, ich werde ganz sicher nicht nach New York fliegen!«
»Was? Wer spricht da?«, tobte das Organ des Dänen aus dem Lautsprecher. Stroker entriss Desmond das Telefon, hielt es sich ans Ohr.
»Stroker hier.«
»Stroker?« Mathisen sprach derart laut, dass Desmond ihn weiter hören konnte.
»Ja.«
»Hat das Dickerchen Sie gefunden, was?«
Desmond verzog den Mund, schwieg aber wie üblich.
»Ich habe mich nicht versteckt.«
»Weiß ich doch. Glauben Sie etwa, ich wüsste nichts von den Spuren, die Sie im Internet auslegen? Von dieser Entführungsnummer, für die die Freaks Sie feiern? Hätten wir Sie wirklich suchen müssen, hätte ich einen fähigen Mitarbeiter damit beauftragt!«
Desmond schämte sich, wäre am liebsten im Boden versunken. Stroker aber verschonte ihn mit spöttischen Blicken, sagte stattdessen: »Ich werde nicht nach New York fliegen.«
»Doch, das werden Sie. Sie heften sich jetzt an die Fersen von Desmond, setzen sich artig in den nächsten Flieger und stehen morgen um diese Zeit in meinem Büro. Fragen?«
»Schminken Sie sich das ab! In den USA besteht noch immer ein Haftbefehl gegen mich.«
»Ach, Haftbefehl, Haftbefehl, papperlapapp! Machen Sie sich mal nicht in die Windel, es wird nichts geschehen. Die Behörden sind informiert.«
»Natürlich.« Die Antwort triefte vor Zynismus.
»Hören Sie, Stroker. Sie sehen, was in der Welt los ist? Und wir brauchen jeden Kopf, der fähig ist, sich mit der marsianischen Technik auseinanderzusetzen. Wir brauchen Sie. Ich nehme an, Sie wissen, was mit Porton Down geschehen ist?«
»Ja.« Traurig.

»Sie haben mein Wort, dass nichts geschehen wird. Sie werden sehen, dass Sie am Flughafen problemlos mit Ihrem abgelaufenen Pass von 1970 oder so werden einchecken können. Und jetzt kommen Sie verdammt noch eins nach New York!«

Stroker überlegte, rang sichtlich mit sich.

»In Ordnung. Aber ich brauche einige Tage, ehe ich abreisen kann.«

»Was? Wie? Wofür?«

»Zwei Freunde sind dem Marsianer zum Opfer gefallen, der uns angegriffen hat. Ich muss ihre Familien informieren und mich um die Begräbnisse kümmern.«

»Geben Sie mir mal bitte kurz Desmond.«

»Klar.«

Stroker reichte das Telefon weiter.

»JA, SIND SIE DES WAHNSINNS?«, schlug Desmond die wutentbrannte Stimme seines Chefs entgegen. »Sie wurden von Marsianern angegriffen? Wann? Wo? Wann gedachten Sie, mich darüber in Kenntnis zu setzen?«

»Ich … ich wollte … einen Bericht schreiben.«

»Sagen Sie, rauchen Sie heimlich was? Sie sind mit Abstand der unfähigste Mitarbeiter, den das Forces Office durchschleifen muss! Wo sind Sie jetzt? Bei der örtlichen Polizei?«

»Nein … Stroker wollte sich lieber bedeckt halten.«

»Ja wenigstens einer, der mitdenkt! Jetzt sorgen Sie dafür, dass sich der alte Mann seine Vorhaben aus dem Kopf schlägt und sich in die nächste Maschine setzt. Mir qualmt der Helm! Im Jemen brennt die Heide. Uns sitzen der Sicherheitsrat und die WHO im Nacken. Kann ich mich darauf verlassen, dass Sie Stroker heil nach New York bringen?«

»Natürlich.«

»Dann hören Sie auf, blöd in der Gegend herumzustehen, und legen Sie los!«

Desmond hatte das Gefühl, sein Kopf würde jeden Augenblick explodieren, er musste sich eine Grippe oder etwas Ähnliches eingefangen haben. Er warf einen Blick auf sein Handy, Mathisen hatte das Gespräch ohne ein Wort des Abschieds beendet. Und Richter hatte sein Postfach mit weiteren Mails bombardiert. Die aber waren im Augenblick zweitrangig. Oder Zehntrangig.

# XX. Rick Marten

Staub kroch in Martens Atemwege, löste einen entsetzlichen Hustenreiz aus. Die Augen noch geschlossen, hustete und würgte er und kam dadurch allmählich zu Bewusstsein. Zuerst drang dieser Lärm an sein Ohr, ein höllischer Lärm, der alles beherrschte. Menschen schrien, Tripods trampelten, automatische Waffen schnarrten. Ein Zischen schälte sich deutlich aus allen anderen Geräuschen heraus; ein Zischen, das in ein Summen überging. Martens Synapsen schalteten, er riss die Augen auf. Er kannte die Textstelle aus Wells' Buch nahezu auswendig, das zugehörige Kapitel war überschrieben mit: »Der Hitzestrahl.«

Trotz geöffneter Augen sah er zuerst nichts als Schwärze. Staubkörner legten sich auf seine Netzhaut, piekten fies. Etwas Schweres drückte ihn gegen den Lehmboden. Durch ein großes Loch in der Decke fielen Sonnenstrahlen wie seidene Fäden in den düsteren Aufnahmeraum herab. Der Strom war ausgefallen, alle Lampen tot. Irgendwo in der Dunkelheit blinkte das rote Lämpchen der Kamera.

Marten rappelte sich auf wackelige Füße, was mit hinter dem Rücken fixierten Händen und unter dem Schwindelanfall, der ihn befiel, alles andere als einfach war. Der Lärm kam von draußen, drang durch das Loch in der Decke in den Aufnahmeraum ein. Er zeugte vom Chaos und von den Kämpfen, die sich außerhalb zutrugen.

Marten blinzelte.

Tripod-Armee. Hunderte Maschinen.

Lisa.

Er hatte einst den Job bei den Forces angetreten, weil er zeit seines Lebens an die Gefahr durch eine erneute Invasion der Marsianer geglaubt hatte. Er hatte seinen Teil dazu beitragen wollen, um die Welt zu schützen, um sie vorzubereiten auf die Wiederankunft der Marsmänner. Er erinnerte sich gut daran, wie ihn die alten Kameraden von der Bundeswehr dafür belächelt hatten, mit seiner UN-Einheit nun neben den gängigen Gefechtsarten auch den Kampf gegen Tripods zu üben. In Norwich gab es zwei Attrappen, die den Kampfmaschinen von 1901 nachempfunden waren, um mit diesen das Gefecht gegen die Marsianer zu trainieren. Im Gefechtsübungszentrum der Forces in Texas existierten darüber hinaus verschiedenste Weiterentwicklungen der Dreibeiner. Eine Abteilung der UN-Abwehrtruppe beschäftigte sich seit den 50er Jahren mit der Frage, welche Lehren die Marsianer aus der Invasion gezogen haben könnten und auf welche Art sie ihre Maschinen in der Zwischenzeit weiterentwickelt haben mochten. Das alles waren reine Gedankenspiele gewesen und stets war davon ausgegangen worden, der Hitzestrahl und das schwarze Giftgas würden weiterhin das Rückgrat der marsianischen Schlagkraft bilden. Dass die Aliens in Deutschland und Macau

EMP-Waffen und konventionelle Raketen zum Einsatz gebracht hatten, war eine große Überraschung gewesen.

Marten hatte den Zweiflern und jenen, die sich über seinen Beruf lustig gemacht hatten, stets getrotzt. Hatte weitergemacht, als er selber mit den Entscheidungen des Sicherheitsrates gehadert hatte. Sein ganzes Leben war auf diesen epischen Kampf hinausgelaufen, auf diesen Krieg der Welten. Er hatte es immer gewusst – und wünschte, er hätte sich geirrt. Doch er war bereit, seinen Teil zu leisten. Zu tun, was von ihm verlangt wurde, um die Marsianer in ihre Schranken zu weisen.

»Oh, Gott!«, stöhnte Härti und spuckte. »Ich fühle mich, als hätte mich Wiktor Tichonow getackelt.«

Ein Terrorist lag reglos zu Martens Füßen, Blut quoll wie eine dicke Qualle aus einem Loch in seinem Kopf. Ein herabfallender Stein musste ihn erschlagen haben. Der Forces-Lieutenant blinzelte erneut, sah Härti, der sich wankend auf die Beine stellte. Es roch penetrant nach verschmortem Kunststoff.

»Ich könnte ein Kölsch vertragen«, winselte der Gruppenführer.

Marten erstarrte, als er einer zweiten Gestalt gewahr wurde, die sich neben Härti im Dreck rekelte – und sich anschickte aufzustehen. Sie murmelte etwas auf Arabisch, fasste sich an die Schläfe, erblickte die beiden Forces-Soldaten und brach in fürchterliches Gezeter aus.

»Scheiße!«, stieß Marten aus. Seine Schulter brannte. Sein ganzer Körper strahlte einen einzigen, riesigen Schmerz aus. Dort draußen ging die Welt unter, trampelten die Tripods durch die Gegend, wie sie lustig waren. Ihr Hitzestrahl surrte, in der Ferne knallten Abschüsse. Markerschütternde Schreie legten Zeugnis davon ab, dass Menschen starben. Und dieser Holzkopf von Al-Qaida-Kämpfer hielt Marten und Härti noch immer für seinen größten Feind.

»Prof …«, säuselte der Gruppenführer und trat einen Schritt auf den Lieutenant zu. Die beiden Forces-Soldaten ließen den Terroristen nicht aus den Augen, der sich seinerseits zum Kampf bereit machte. Er mochte unbewaffnet sein, doch hatte er beide Hände frei. Und er stürzte sich auf die beiden Forces-Soldaten. Diese drehten sich beide seitlich weg, ihr Angreifer sprang ins Leere und stolperte über das Bein, das Härti ihm stellte. Prustend ging der Mann zu Boden, fuhr herum und sah sich den Fußtritten der Deutschen ausgesetzt. Zwei Treffer gegen den Kopf setzten ihn außer Gefecht.

»Das war ja einfach«, keuchte Härti.

»Sehen wir zu, dass wir ein Messer oder so etwas finden!«

»Machen wir, ich habe schon Rückenschmerzen.«

Marten und Härti suchten den Untergrund nach etwas ab, mit dem sie die Kabelbinder durchtrennen konnten. Das Rumoren draußen intensivierte sich, mehrmals dröhnten dumpf die Einschläge von Kriegswaffen. Staub rieselte von der Decke, brach sich im Lichtschein, der durch das Loch einfiel. Die staubige Luft reizte Martens Atemorgan. Mit den Füßen durchwühlte er das Geröll am Boden, suchte alles ab, bis ihn arabische Laute aufhorchen ließen. Ein breitschultriger Kerl stürmte wild brüllend in den Aufnahmeraum, blieb im Schummerlicht stehen, das von draußen hereinschien, und stellte fassungslos fest, dass seine Geiseln ohne Bewacher waren. Es handelte sich um jenen Anführer, der auch schon während der Filmaufnahme präsent gewesen war. Er hatte sich das Tuch vom Gesicht gerissen, ein Feuermal leuchtete über dem rechten Auge. Er verfiel beim Anblick der beiden Forces-Soldaten in wutentbranntes Geschrei … als würden vor seiner Haustür keine außerirdischen Kampfmaschinen umhermarschieren. Als wäre der Kleinkrieg zwischen Islamisten und dem Rest der Welt jetzt noch wichtig.

»Nicht noch einer …«, knirschte Härti erschöpft.

Der Gotteskrieger offenbarte eine Uzi, die er mit blitzschneller Bewegung auf die Forces-Männer richtete. Er geiferte auf Arabisch, spuckte dabei Speichelfäden. Ein Feuerstoß erscholl. Marten zuckte zurück, wähnte sich getroffen. All seine Muskeln krampften, sendeten Schmerzimpulse aus. Es dauerte volle vier Sekunden, ehe er begriff, dass ihn die Kugeln verschont hatten. Ungläubig blickte er auf, nahm erneut den Gotteskrieger in Augenschein. Etwas hatte drei kleine, rote Löcher in dessen Gewand gepunzt. Er wischte sich mit einer fahrigen Bewegung über die Brust, presste ein ersticktes Grunzen aus sich heraus. Sein rechtes Bein knickte ein, er taumelte rücklings, stieß gegen die Wand, klammerte sich am Tuchstoff fest, der ein Fenster verhing, und riss diesen mit sich zu Boden. Augenblicklich strahlte gleißendes Tageslicht in den Raum herein, es erhellte die Kameraausrüstung, die umstehenden Munitionskisten, die Gebetsteppiche und Teetassen.

Ein weiterer Mann in gestrecktem Gewand erschien, er hielt eine Pistole mit verlängertem Stangenmagazin in der Hand. In stark akzentuiertem Englisch fragte er: »Seid ihr die Forces-Soldaten?«

Härti blickte an seiner verdreckten Uniform runter, erwiderte: »Nee, wir sind Pfadfinder und verkaufen Kekse. Für dich mit oder ohne Schokolade?«

Die Antwort verwirrte den Mann und er schien noch nicht entschieden zu haben, wie Marten und Härti in sein Freund/""Feind-Schema passten. Die Mündung seiner Pistole jedenfalls zeigte grob in ihre Richtung, indes trat er an den Anführer heran, der im Staub lag und unkontrolliert zuckte. Ohne ihn eines Blickes zu würdigen, durchsuchte er dessen Umhängetasche und brachte einen Autoschlüssel zum Vorschein.

Marten ignorierte den mysteriösen Retter. Er heftete seinen Blick einzig auf das Fenster, blinzelte gegen das Licht. Im Grunde war nicht viel zu sehen außer einer schmalen Gasse, die sich zwischen Lehmhütten hindurchschlängelte. Und dennoch begannen Martens Lippen zu flattern, erschütterte ihn der Anblick in seinem Innersten. Sein Herz setzte einen Schlag aus. Und gleich noch einen. Eiskalter Schweiß troff ihm von der Stirn. Ein tintenschwarzes, kaum durchdringliches Gemisch bemächtigte sich der Gasse, waberte gemächlich diese herauf, griff nach den Hütten, drang durch alle Öffnungen in sie ein. Das Gas hob und senkte sich wie das schlagende Herz eines Organismus.

»WEG!«, brüllte er und rannte blindlings los, preschte auf den mysteriösen Retter zu, der seine Waffe endlich senkte.

»Mir nach!«, schrie der Fremde gegen den Höllenlärm an.

Marten blieb keine Zeit, sich über den Hintergrund und das Motiv des Mannes zu wundern. In der Kürze der Zeit hatte er dessen Erscheinungsbild aufgenommen, es ähnelte dem all der anderen Gotteskrieger von Al-Qaida: die üblichen Klamotten, Palästinensertuch, Bart. Seine Taten aber sprachen für sich und im Augenblick musste Marten nehmen, was er kriegen konnte. So folgten er und Härti ihm, stürzten aus der Hütte ins Freie; grelles Sonnenlicht schlug ihnen entgegen. Marten hätte am liebsten die Hände vors Gesicht genommen, doch die waren noch immer hinter dem Rücken zusammengebunden.

Voraus lag eine quer verlaufende Asphaltstraße, wohl die Hauptstraße des Dorfes. Sturmgewehre knatterten nah und fern, Menschen schrien um ihr Leben. Marten hielt inne, riss atemlos den Kopf herum, sah sie. Sah das ganze Ausmaß des marsianischen Angriffs. Außerweltliche Kampfmaschinen, jene, gegen die Marten bereits in Deutschland und hier im Jemen gekämpft hatte, besetzten die Höhenrücken, die das Dorf umrahmten. In allen Himmelsrichtungen waren sie zu sehen, wachten sie wie Wachtürme über die Landschaft. Unheimliche, pechschwarze Hügel bildeten sich um die Füße der Tripods, verschlangen diese, breiteten sich aus. Giftgas. Der mechanische Ruf der Marsianer dröhnte über das Schlachtfeld.

»Alu-u! Alu-u!«

Er war vielstimmig, wurde genährt aus den Klangapparaturen Dutzender Maschinen. Immer wieder erdröhnte dieser Ruf, ging er durch Mark und Bein, dass sich kribbelnde Gänsehaut Martens Oberarmen bemächtigte. Angesicht der gewaltigen marsianischen Streitmacht, die das Dorf eingekesselt hatte, bekam er es offen mit der Angst zu tun.

»ALU-U!«, schallte ihr eulenartiger Ruf, der immer eine bitterliche Note in sich barg, über die Dächer, als befänden sich die Tripods in Not, dabei waren sie es, die Tod und Vernichtung über andere Lebewesen brachten, vornehmlich über Menschen, über die Kämpfer von Al-Qaida und über jene, die unter der Gewaltherrschaft dieser lebten.

Die Tripods auf den Höhenrücken schleuderten Raketen in die Ebenen, die jenseitig lagen. Das Scheppern der Abschüsse überlagerte die Geräuschkulisse, es hörte sich an, als würde ein Lkw eine Ladung Blechkochtöpfe auskippen. Es war ohrenbetäubend, der Schall hämmerte auf das Trommelfell ein, versetzte es in peinvolle Bewegung. In weiter Ferne stürzte etwas vom Himmel, einer Sternschnuppe gleich strebte es dem Erdengrund entgegen.

»Mu-u!«, stieß eine Maschine ihren Ruf aus, viel zu nah. Marten fuhr weiter herum, und erblickte einen kleineren »1901-Tripod«, dessen Kesselkopf über die Hütte mit dem Aufnahmeraum herauswuchs. Bedachtsam marschierte er zwischen den Häusern umher, einer seiner Arme führte dabei einen Behälter, den Marten zweifelsohne als den berüchtigten Hitzestrahlapparat identifizierte. Der andere Arm trug ein schwarzes, langes Rohr. Auch mit dessen Funktion war der Lieutenant vertraut, auch dessen todbringender Zweck war den Londonern des frühen 20. Jahrhunderts offenbart worden: Es handelte sich um jene Waffe, die die marsianischen Giftgasgranaten verschoss, und jenes Gas, dicht wie ölfettiger Qualm, waberte bereits durch die Gassen des jemenitischen Dorfes, verschlang Gebäude und schreiende Menschen gleichermaßen, die schon beim Einatmen geringster Mengen tot umkippten. Es war, als hätten sich die Maschinen aus dem Museum erhoben, als hätte der Marsmann nicht eine Schraube an jenen Konstruktionen von 1901 verändert. Es passte nicht ins Bild angesichts der größeren, weit potenteren Dreifüßer, die einen eisernen Ring um das Dorf herum bildeten und augenscheinlich bekämpften, was sich diesem von außerhalb zu nähern versuchte. Der schwarze Dampf breitete sich schlangenartig aus; er erinnerte an einen gigantischen Pilz, der sich anschickte, das ganze Dorf unter seiner Biomasse zu begraben.

Marten wusste natürlich, dass Wells mit seiner frühen Analyse des marsianischen Gases danebenlag, mitnichten bestand der Kampfstoff aus einem unbekannten Element mit drei leuchtenden Linien, diese Fehlbeobachtung des Chemikers Howard Rond war auf ein verschmutztes Mikroskop zurückgegangen, was dem armen Mann lebenslangen Hohn eingeheimst hatte. Vielmehr handelte es sich bei dem marsianischen Giftgas um Sarin in veränderter Form, tödlich binnen Sekunden. Da es sich innerhalb kürzester Zeit nach dem Ableben der Marsianer vollständig zersetzt hatte, war seine konkrete Zusammensetzung bis in die Gegenwart hinein unbekannt – zumindest außerhalb von U04. Dass es sich um eine Form von Sarin handelte, hatte anhand obduzierter Opfer zweifelsfrei nachgewiesen werden können, dieses aber war in seiner Beschaffenheit von den Marsianern verändert und verstärkt worden und verhielt sich daher nur bedingt wie ein Gas. Auch Marten sah nun ganz deutlich mit eigenen Augen, auf welch seltsame Art der schwarze Dampf auftrat auf welche Weise er sich »fortbewegte«. Es war, als veränderte der Kampfstoff beständig seine Gestalt, mal glänzte er flüssig, überzog den Boden wie eine klebrige Masse – Marten musste an Rübenkraut denken –, dann erschien er wieder gasförmig, schwebte durch die Luft oder fiel gar in der Gestalt von Staub zu Boden.

Eine RPG-Granate schoss zwischen den Hütten hervor und raste dem Tripod-Körper hinter der Hütte entgegen, sie verfehlte um einen halben Meter, gewann weiter an Höhe, und fiel viele Hundert Meter weiter hinten zur Erde ab. Die Al-Qaida-Häscher schienen begriffen zu haben, dass die Marsmänner nicht ihre Freunde waren.

Der Tripod wirbelte herum, richtete den Hitzestrahlbehälter auf den Schützen aus. Ein Summen erklang, laut und durchdringend, dann fuhr der unsichtbare, kochende Strahl in die Stellung des Islamisten zwischen zwei Hütten ein. Kurz schrie der Getroffene auf, ehe ihm das Fleisch von den Knochen schmolz. Ein giftiger Gestank, der an eine Mischung aus verbranntem Kunststoff und Diesel erinnerte, kroch Marten in die Nase. Der Odem machte das Atmen schwer, drückte den Sauerstoff aus der Lunge und ersetzte ihn durch stechende Leere. Marten hustete, würgte.

»Wir müssen von hier verschwinden!«, brüllte der mysteriöse Retter gegen den Lärmpegel an und fuchtelte dabei mit seiner Glock 18 herum. Härti nickte mit zusammengekniffener Miene.

Ein Pick-up raste in diesem Augenblick über die Straße heran, ein Kerl klemmte hinter dem Maschinengewehr auf der Ladefläche, schwarze Fahnen mit weißer Schrift flatterten im Fahrtwind. Der MG-Schütze eröffnete das Feuer, seine Kugeln prasselten auf den 1901-Tripod ein, schlugen Funken sprühend quer. Marten entging nicht, dass keinerlei grüne Blitze über die Oberfläche der marsianischen Maschine flimmerten, dass die Kugeln vielmehr die bläulich glühende Mangalgrah-Legierung ankratzten. Auch 1901 hatten die Tripods über keinerlei Schildsysteme verfügt, weshalb die Briten einige von ihnen hatten zerstören können.

Der Tripod jedoch reagierte schnell, er hob seinen Hitzestrahl, erneut ging von ihm ein Summen aus. Grünlicher Dampf entwich unter dem Kesselkörper. Der unsichtbare Strahl traf die Straße, versetzte das Erdpech in eine brodelnde, zähflüssige Masse, die sich in rasender Geschwindigkeit fortpflanzte und dem Pick-up nachjagte. Dessen Fahrer gab Gas, schrie auf seine Glaubensbrüder ein, der Beifahrer lehnte sich aus dem Fenster und feuerte sein Sturmgewehr ab. Vergeblich. Der Hitzestrahl erfasste sie, rollte über sie hinweg. Die menschlichen Leiber in dem Fahrzeug standen augenblicklich lichterloh in Flammen, die Autoreifen verbanden sich mit der klebrigen Straße zu einer Masse und kurz darauf sah es aus, als würde der Asphalt das Auto zu fressen versuchen. Der Lack platzte auf, das Blech bog sich unter der Hitzeeinwirkung. Was zu brennen imstande war, entzündete sich.

Marten fixierte das Geschehen, fixierte vor allem den Tripod, dessen Auftreten ihm nachhaltig imponierte. Schon als kleines Kind hatte sein Vater mit ihm die Ausstellungshalle der University of Surrey besucht, hatte er mit großen Augen vor dem dort ausgestellten Dreifuß gestanden und war aus dem Staunen nicht mehr herausgekommen. Sein ganzes Leben lang hatte er sich ausgemalt, wie eine solche Maschine wohl in Aktion aussehen könnte, hatte nie glauben wollen, dass die Videos von dem auf wackeligen Beinen stehenden und unstet wankenden Teheraner Exemplar jene wesensgleichen Bewegungen zeigen sollten, von denen alle Berichte von 1901 mit Furcht und Bewunderung gleichermaßen zu erzählen wussten. Und nun sah er die Maschinen von 1901 wahrhaftig – mehrere von ihnen stiefelten durch das Dorf – und durfte feststellen, dass sie sich wirklich weit filigraner bewegten als jener damals im Iran. Sie wandelten organischen, elastischen Wesen gleich. Sie agierten ebenso zielsicher wie ihre großen Brüder. Ob sie bemannt waren wie damals in London, ob sich hier im Jemen die Marsianer wahrhaftig auf die Erde gewagt hatten? Marten suchte nach Anzeichen dafür.

»Prof?«, holte Härti ihn in die Realität zurück. Und dann rannten sie um ihr Leben. Sie hetzten ihrem mysteriösen Retter nach, der in eine Gasse einbog, die tiefer ins Dorf hineinführte. Sie passierten Hütten, passierten zum Trocknen aufgehängte Wäsche, passierten Sitzgelegenheiten vor den Eingangstüren. Gefüllte Teetassen und rauchende Pfeifen verdeutlichten, dass der Angriff der Marsianer die Menschen im Dorf überrascht hatte.

Marten raste blindlings durch beengte Gassen, legte den Sprint seines Lebens hin, obwohl er sich bei einem Sturz nicht mit den Händen hätte auffangen können. Aus dem Augenwinkel wurde ihm gewahr, wie sich rechter Hand der schwarze Dampf ausbreitete, wie er von den Gassen Besitz ergriff. Eine Frau mit einem schreienden Kleinkind auf dem Arm versuchte der giftigen Wolke zu entgehen, doch war sie zu langsam. Das Gas holte sie ein, das Kind verstummte, die Frau sank auf die Knie.

»Los, los! Mir nach!«, brüllte der Kerl mit der Glock 18.

»Scheiße, verdammte!«, motzte Härti und musste nach jeder Silbe Luft holen.

Marten war aus der Puste, er spürte trotz des Adrenalins die harten Kämpfe, die ihm in den Knochen steckten. Drückender Durst piesackte ihn, verschleimte seinen Mundraum. Er spuckte eine klebrige Masse aus, rannte dabei die staubige Gasse entlang, drückte sich zwischen Lehmhütten hindurch. Der schwarze Dampf in seinem Rücken holte auf.

Sie erreichten eine größere Behausung, die einen Hauch Luxus versprühte – gemessen an den anderen Gebäuden des Dorfes. Ein gepflegter Mercedes parkte davor. Der Retter nestelte am Schloss der Fahrerseite herum, die Zentralverrieglung entsperrte. Hektisch riss er die hintere Tür auf und winkte den beiden Forces-Soldaten zu. Die ließen sich nicht lange bitten, sprangen längs ins Fahrzeug, landeten mehr oder weniger übereinander. Der Fremde stieß die Tür hinter ihnen zu, hastete an die Fahrerseite heran, zwängte sich ins Autor und drehte den Zündschlüssel. Der Zwei-Liter-Einspritzmotor erwachte brummend zum Leben. Der mysteriöse Retter kuppelte wie der Blitz, trat das Gaspedal. Der Mercedes ruckte an, beschleunigte, setzte auf die Asphaltstraße und brauste davon, raus aus dem Dorf, weg von den 1901-Tripods. Voraus, abseits der Straße, erhob sich eine der großen Kampfmaschinen über das Land, doch schien sie an dem sie passierenden Auto kein Interesse zu haben, sondern observierte den Luftraum.

Marten und Härti sortierten sich umständlich auf der Rückbank. Der Lieutenant blickte mit großen Augen an den mammutbaumartigen Stelzen des Tripods hinauf. Der Fahrer beschleunigte weiter, wechselte in den vierten Gang und jagte das Fahrzeug bald mit mehr als 100 Stundenkilometern über die staubige Piste. Hinter dem Mercedes verschwand das Dorf, verschwanden die 1901-Tripods, deren Kesselköpfe aus einem schwarzen, alles verschlingenden Nebel ragten. Marten und Härti sanken erschöpft auf der Rückbank zusammen.

*

Die Sonne wanderte gemächlich dem Horizont entgegen. Der Fremde brachte ein Klappmesser zum Vorschein, die Klinge sprang aus dem Griff. Er schritt auf Marten und Härti zu, die einen Blick der Unsicherheit wechselten.

Sie waren eine gute halbe Stunde lang der Straße gefolgt, hatten viele Kilometer zwischen sich und die Tripod-Armee gebracht, die das Dorf belagerte. Schlachtlärm grollte dumpf in der Ferne, er ließ die Vermutung zu, dass auch andernorts gekämpft wurde. Kampfjets der Saudis waren vor wenigen Minuten mit Mach 2 durch die Luft geflogen, der Rotor eines Hubschraubers klopfte irgendwo im Osten. Marten hatte keinen Schimmer, wo sie sich befanden. Sie parkten abseits der Straße in der sengenden Abendsonne, das Metall des Mercedes glänzte im Sonnenschein. Marten kniff die Augen zusammen, blickte gegen seinen Retter, der vor dem Hintergrund der blutroten Sonne zu einer Schattengestalt gereichte.

»Mein Name ist Ahmed«, eröffnete der Fremde. Er forschte in den erschöpften Gesichtern der Forces-Soldaten. Marten und Härti war anzusehen, dass sie durch die Hölle gegangen waren. Sie waren dreckverkrustet, ihre Haare verklebt, die Lippen aufgesprungen, Hände und Wangen mit Schürfwunden, Schnitten und geronnenem Blut bedeckt. Marten leckte sich über die spröden Lippen, der Speichel brannte auf der aufgeplatzten Haut. Er hatte wahnsinnigen Durst, dies in Kombination mit der Hitze machte ihm das Denken schwer. Er fühlte sich in der Gegenwart ihres mysteriösen Retters keineswegs sicher und hatte die Fahrt über eigentlich wachsam bleiben und über dessen Hintergründe grübeln wollen, doch war er immer wieder eingedöst und aufgeschreckt. Und dann hatten sich seine Gedanken auch noch um Lisa gedreht … um seine Ehe. Er wollte nicht als Geschiedener enden, allein die Aussicht auf diesen Rechtsstatus beengte seine Brust.

»Zu wem gehörst du?«, fragte Härti forsch, der auf der Fahrt kompromisslos geschlafen und lauthals geschnarcht hatte. Das Powernapping schien ihn wieder zu Kräften gebracht zu haben. »Heh?«, verlieh er seiner Frage Nachdruck. »Royal Forces? US Army?«

»BND?«, wisperte Marten kraftlos.

»Ach, quatsch nicht! Unsere Flitzpiepen verlassen doch nicht ihr Büro!«

Ahmed lächelte wissend und Marten dämmerte, dass sie es mit niemandem zu tun hatten, den Stearn geschickt hatte.

»Meine Zugehörigkeit ist nicht von Belang«, eröffnete Ahmed. Marten verortete dessen Akzent im arabischen Raum, doch auch das half ihm nicht weiter. Vielleicht ein Verbindungsmann der Saudis?

»Für uns schon!«, blökte Härti streitlustig.

»Dann ist das euer Problem.« Der Kerl fuchtelte mit seinem Messer in der Luft herum. »Bevor ich euch losschneide, sollten wir uns über einige Dinge im Klaren sein.«

Marten verengte die Augen zu Schlitzen, schielte gegen die Sonne.

»Die da wären?«, fragte er. Sein Verstand arbeitete für den Augenblick wieder auf Volllast, er konnte es sich schlicht nicht leisten, bei einem Deal mit dieser zwielichtigen Figur über den Tisch gezogen zu werden. Das »Alu-u« der Marsianer hing als Ahnung eines Geräusches in der Luft, gefolgt von dumpfen Explosionen. Artillerie- und Raketenfeuer kreischte. Härti hielt nach der Geräuschquelle Ausschau, die umliegenden, mit Gestrüpp besetzten Felsen aber versperrten die Sicht.

Ahmed hingegen ließen die Geräusche des Kriegs kalt, seine Aufmerksamkeit galt allein den beiden Forces-Soldaten.

»Ihr seid Soldaten der Vereinten Nationen. Verbündete der Saudis und der Amerikaner«, stellte er das Offensichtliche heraus.

»Der Mann kann einen Wikipedia-Artikel lesen«, kommentierte Härti zynisch.

»Ich verlange Asyl als Gegenleistung für meine Hilfe. Für mich und für meine Familie.« Marten meinte, in der Forderung Ahmeds eine entwaffnende Offenheit auszumachen.

»Pfft«, versetzte Härti. »Da könnte ja jeder kommen!«

»Wie ich gehört habe, darf jeder in eure Heimat jeder kommen.«

»Hör zu, Freundchen, glaubst du, wir könnten das in irgendeiner Form verhandeln?«

»Ich hoffe es.« Das kam ehrlich … und vorsichtig vertrauensselig. Gleichwohl Ahmeds Antwort geprägt von den Zweifeln eines Mannes, der mehr Realist denn Optimist war.

Marten jedenfalls schwieg, analysierte die abwartenden Züge seines Gegenübers. Er kam ihm nicht wie der typische Fanatiker vor, Ahmed fehlte die Verbissenheit, die Überheblichkeit; doch was konnte er schon über dessen Vergangenheit wissen? Das Einzige, was er zu bewerten vermochte, waren die selbst erlebten Taten Ahmeds und die sprachen für ihn.

»Und wie stellst du dir das jetzt vor? Sollen wir für dich bei der Bundesregierung anrufen oder was?«, blaffte Härti und fiel dabei immer weiter in seine Bergheimer Schnauze zurück. Er hatte offenkundig nichts für einen irgendwie gearteten Deal mit Ahmed übrig. Marten war da pragmatischer eingestellt. Er sortierte verschiedenartige Gedanken, die in seinem Geist auftraten.

»Sie sind ein ehrenwerter Offizier der Bundesrepublik Deutschland«, sagte Ahmed, an Marten gewandt. Den Lieutenant überfiel die Ahnung, sein Retter habe aus Verzweiflung gehandelt und versuche nun gegen alle Wahrscheinlichkeiten, aus der Nummer wieder herauszukommen. Er konnte nicht umhin, Sympathien für Ahmed zu hegen. Der fuhr fort: »Mir ist bewusst, dass Ihr Einfluss gering ist, doch will ich Sie losmachen und Ihnen folgen, wo immer es Sie hinverschlägt, wenn Sie mir Ihr Wort geben, dass Sie sich zu gegebener Zeit für meine Familie einsetzen werden. Mehr will und kann ich nicht verlangen.«

»Warum?«, fragte Marten.

»Warum?«

»Ja, warum? Warum hast du deine Kollegen verraten und ersuchst um Asyl?«

»Weil ich weiß, dass die Dreifüßer keine Gesandten des Herrn sind. Die Marsianer bedrohen nicht nur diese Region, sondern die ganze Erde.«

Marten nickte, lauschte aufmerksam den Ausführungen Ahmeds. Die Sonne knallte ihm auf den Schädel, der Schweiß benetzte sein Haar. Entfernte Abschüsse, die als stumpfes Pochen über die drei Männer nebst Mercedes hinwegrollten, unterstrichen Ahmeds Worte.

»Die Regierung meines Heimatlandes Irak ist nicht einmal in der Lage, die Menschen vor Terroristen zu beschützen.«

»Terroristen, wie du einer bist!«, seiberte Härti.

»Maul, Härti!«, zischte Marten.

»Ich bezweifle, dass die irakische Armee imstande sein wird, einen Angriff dieser Dinger abzuschlagen, erst recht, wenn die Luftunterstützung durch die westlichen Nationen ausbleibt, weil diese dann Angriffe der Aliens gegen ihre eigenen Länder abwehren müssen. Wenn es zum großen Krieg der Welten kommt, möchte ich meine Familie in Europa wissen, dort wird sie am sichersten sein.«

Härti stieß einen Laut der Empörung aus, wandte sich kopfschüttelnd ab. Marten aber signalisierte Zustimmung.

»Man wird dich anklagen für deine Taten.«

»So sei es. Ich war bereit, mein Leben im Dienste dieser Leute zu verbringen, so bin ich auch bereit, es in einem Gefängnis fortzuführen, wenn ich dadurch nur meine Familie in Sicherheit weiß.«

»Dir ist bewusst, dass ich als rangniedrigster Offizier der Earth Protection Forces fast nichts ausrichten kann in deiner Sache?«

»Ja. Doch habe ich keine andere Wahl, als den Versuch zu unternehmen.«

»Gut. Ich verspreche dir, ich werde tun, was in meiner Macht steht. Vielleicht schaffen wir es wenigstens, die Saudis und Amerikaner aus dem Spiel zu halten, das wäre schon mal viel wert.«

»Ernsthaft?«, schaltete sich Härti wieder ein und wechselte dafür in die deutsche Sprache.

»Ja, ernsthaft!«, giftete Marten.

»Du bist der Trainer, du gibst die Taktik vor.« Wenig überzeugend.

»Wir danken für Ihr Verständnis.«

»Und meine Familie?«, hakte Ahmed nach.

»Wie gesagt, ich werde tun, was in meiner Macht steht. Mehr kann ich dir nicht geben.«

Es arbeitete hinter der Stirn des Irakers, ehe er den Deal mit einem Nicken absegnete.

»Na, super«, echauffierte sich Härti. »Jetzt haben wir einen Pakt mit dem Teufel geschlossen!«

»Siehst du eine Alternative?«

»Ist dir schon mal in den Sinn gekommen, dass dein neuer bester Freund ein paar von unseren Kameraden auf dem Gewissen haben könnte?« Härti machte keinen Hehl aus seiner Entrüstung.

Abermals betrachtete Marten die Züge Ahmeds, der geduldig abwartete. Und Marten musste es wissen. Die Gesichter der Getöteten erschienen vor seinem geistigen Auge ... Babo, André, Joe ... Marten betete, dass es Geiers Kolonne geschafft hatte.

»Hast du Forces-Soldaten getötet?«, fragte er, an Ahmed gerichtet.

»Nein.«

»Na klar«, brüskierte sich Härti weiter, »weil er auch sicherlich mit ›Ja‹ geantwortet hätte! Das ist wie bei den Einstellungsbögen der Bundeswehr, wo nach der Zugehörigkeit zu rechtsextremen Organisationen gefragt wird. Da kreuzt auch keiner ›ja‹ an, selbst wenn er der größte Nazi ist!«

»Was willst du machen? Wir müssen nehmen, was wir kriegen können. Und ich habe ein gutes Gefühl bei diesem Kerl.«

»Du hast ein gutes Gefühl bei einem Mörder und Terroristen? Hey, ja klar, dass macht Sinn!«

»Kumpel, ich weiß, dass wir beide überspannt sind, nicht geschlafen haben, aus tausend Löchern bluten und eine beschissene Zeit hinter uns haben. Aber wenn du jetzt nicht bald den Rand hältst, prügle ich mich mit dir. Hier draußen, mitten in der Wüste, vor diesem Typen, während die Invasion der Marsianer läuft. Ist mir scheißegal.«

»Beim letzten Mal habe ich gewonnen, vergiss das nicht.«

»Ich war betrunken, das zählt nicht!«

»Ich doch auch!«

»Du hattest Kölsch intus. Das ist Limonade, davon wird man nicht betrunken!«

»Hast du eine Ahnung.«

Die beiden grinsten einander an, beim Sprücheklopfen vergaßen sie für einige Sekunden die brenzlige Situation, in der sie sich befanden, und die

Erlebnisse, die ihre Seelen belasteten. Die vielen Toten … Marten taxierte Ahmed noch einmal mit kritischem Blick, besah sich dessen langes Gewand, das mit Dreck- und Blutspritzern besudelt war, blickte in das wettergegerbte Gesicht, dass ihn alt erscheinen ließ, vermutlich älter, als er in Wirklichkeit war. Er entschied, dass Ahmed nicht gelogen hatte, lächelte, nickte.

»Ich bin Rick«, sagte er. »Und der Stinkstiefel hier ist Härti.«

»Ha-irty?«, wiederholte Ahmed fragend. Ein irakischer Muttersprachler mit Englischkenntnissen hatte weidlich Probleme, den Spitznahmen korrekt auszusprechen.

»Ja, genau«, lachte Marten. »Ha-irty. Geil, Ha-irty.« Er gackerte wie ein Mädchen, Härti funkelte ihn finster an.

»Ich warne dich, mich so zu nennen!«

*

Ahmed Hadi öffnete den Kofferraum der Mercedes-Limousine, und Marten und Härti gingen die Augen auf. G36, MP7, Munitionspäckchen, Ersatzmagazine, Helme, Schutzwesten, weitere Ausrüstungsgegenstände, eine vollständige britische Uniform … und Funkgeräte. Die beiden Forces-Soldaten blickten auf die Kriegsbeute der Gotteskrieger. Sie stammte samt und sonders von ihrer Einheit.

Während Härti sich freudestrahlend bewaffnete, kramte sich Marten durch die zahlreichen Funkgeräte. Bei den meisten war der Akku leer gesogen, weil die Terroristen sie nicht ausgeschaltet hatten. Schließlich aber fand er eins, dessen Poweranzeige orange leuchtete. Es hatte Saft, wenn auch nur für kurz. Beinahe ungläubig blickte er auf das kleine Gerät in seiner Hand, auf dieses winzige technische Wunderwerk, das zu seinem größten Silberstreif am Horizont gereichte, das seine Verbindung zur Zivilisation darstellte, sein Ticket raus aus dem Nichts der Wüste und rein, in was auch immer das Regiment derzeit umtrieb. Marten konnte sich denken, was das war … und er wollte den Kampf keinesfalls verpassen.

Er drückte die Sprechtaste, flüsterte geradezu ehrfürchtig ins Mikrofon: »Control, hier Delta One.«

Mit wild klopfendem Herzen starrte er das Funkgerät an. Der Lautsprecher ließ ein Rauschen ertönen.

»Oh mein Gott, Rick? Bist du das?« Riensch.

»Ja, ich bin es. Und Härti ist auch bei mir.«

»Oh … mein …« Sie weinte.

»Leonie … Leonie … hör mir zu!« Es gab vorrangig nur eine Frage, die Marten auf der Seele brannte. »Ist Kati bei euch?«

»Ja …«, schluchzte sie. »Ja, sie ist hier. Sie haben es geschafft … Gott, Rick, wir dachten, ihr seid tot …«

Marten schwieg für einen Augenblick, dieser Kelch war an ihm vorübergegangen … an vielen seiner Kameraden nicht.

»Wir haben genug Tote«, glaubte er sagen zu müssen.

»Kati hat alles erzählt.« Betroffenheit schnürte Riensch hörbar die Kehle zu.

»Aber das ist zweitrangig.« Marten zwang die Emotionen in den Hintergrund, versuchte zur Professionalität zurückzukehren, die die Situation ihm abverlangte. »Control, wie ist Ihr Status?«, fragte er, und verfiel einmal mehr in das für die Funkbertriebssprache übliche Siezen, das er doch nicht lange durchhalten würde. Er hoffte, dies würde auch Riensch beruhigen, würde ihr erlauben, die tausendfach geübten und längst automatisierten Prozesse abzuspulen.

»Hier ist die Hölle los, Delta One.« Es funktionierte.

»Die Marsianer greifen an«, stellte Marten nüchtern fest.

»Du weißt davon?«

»Es ist nicht zu übersehen. Wie schlimm ist es?«

»Schlimm ist kein Ausdruck. Es sind viele … verflucht viele.«

»In Zahlen bitte, Control.«

»Wir haben 327 große gezählt, und ein paar Hände voll kleinerer Exemplare. Außerdem eine Menge … korrigiere, Unmengen von diesen Mini-Viechern. Und es werden immer mehr, die kommen wie aus dem Nichts. Die müssen aus diesem … Ding kommen, auf das ihr gestoßen seid. Das ist kein Vergleich zu den anderen Landungen. Wir sehen hier kein Land und der Feind bildet eine durchgängige Front und rückt in alle Himmelsrichtungen vor. Zusätzliche Kapseln schlagen an der Peripherie seiner Linien auf, wir haben mittlerweile vier Landestellen identifiziert, haben aber keine Luftkräfte frei, um diese zu bombardieren, ehe sich aus den Gruben weitere von den Mistdingern erheben. Wir glauben, strategische Muster im Verhalten der Fleischbälle zu erkennen. Sie besetzen bedeutende Geländepunkte, gehen unter Flankensicherung vor, schirmen ihren Operationsraum systematisch ab.«

Das klang alles andere als gut.

»Wie ist der Plan, um sie fertigzumachen?«, fragte Marten.

»Sie fertigmachen? Machst du Witze? Im Augenblick sind wir damit beschäftigt zu überleben, bis genug Verstärkung vor Ort ist, um den weiteren Ausbruch des Gegners aus seinen Stellungen zu verhindern. Sakurai setzt alle Hebel in Bewegung, befiehlt jeden, der eine Waffe halten kann, zu uns. Die Saudis, die Amis und die anderen haben ihre Flotten und Luftstreitkräfte aktiviert, Frankreich, Russland, die USA und andere denken über Bodentruppen nach. Aber es wird Tage dauern, bis wir nennenswerte Truppenkontingente vor Ort massiert haben, um zu einer koordinierten Gegenwehr übergehen zu können.«

»Sie trauen uns nicht zu, alleine damit fertigzuwerden«, fasste Marten zusammen.

»Tust du es?« Spöttisch.

»Abwarten. Was ist mit den Hornets?«

»Die sind gebunden. Wir haben eine Landestelle südöstlich von Sanaa identifiziert, weitab vom Gros der marsianischen Streitmacht. Zwei Kapseln … unser Regiment und die Mark Red befinden sich auf dem Weg, um den Gegner zu stellen, ehe er den Flughafen bedrohen kann, denn …«

»… ohne Sanaa bekommen wir hier unten ganz schöne logistische Probleme«, vervollständigte Marten den Satz.

»Nicht nur wir … die Saudis, die Amis, alle. Wenn wir Sanaa verlieren, werden wir noch größere Probleme haben als ohnehin schon, den Fleischbällen entgegenzutreten. Der Luftverkehr von und nach Dhamar ist bereits eingestellt, von der Startbahn aus sind die Tripods zu sehen, deren EMP-Strahlen alles aus der Luft pusten. Rick … das … das ist eine waschechte Invasion. Weit größer noch als London 1901.« Fatalismus klang in Rienschs Worten an.

»Mach dir keinen Kopf, Leonie!«, beschwichtigte Marten, dem eigentlich nicht der Sinn danach stand, seine Kameradin seelisch aufzubauen. Er konnte wahrscheinlich selbst einen Psychiater gebrauchen, nach allem, was er erlebt hatte.

»Das sagst du so leicht«, entgegnete Riensch kleinlaut. »Du hattest übrigens recht.«

»Womit?«

»Macau. Ich habe da ein paar interessante Hinweise in Foren gefunden, dass ein Mini vor Ort war oder noch ist.«

»Danke. Aber was tut das jetzt noch zur Sache? Ich denke, die Attacken in Deutschland und Macau waren Testangriffe oder als Ablenkungsmanöver gedacht, um unbemerkt das hier vorzubereiten.«

»Ja, auch Sydney fällt in dasselbe Muster.«

»Sy… Sydney … bitte was?«

»Weißt du das nicht?«

»Nein. Nein, weiß ich nicht! Die ollen Terroristen erzählen uns ja nichts!«

»Wir haben zwei Kapseln, die außerhalb von Sydney eingeschlagen sind. Sechs Tripods, das gleiche Muster wie in Frankfurt und Macau. Aber unsere Leute vor Ort und die Australier kommen mit ihnen zurecht.«

»Das darf doch alles nicht wahr sein.« Marten massierte mit der freien Hand die Schläfen. Ahmed beobachtete ihn abwartend, indes rüstete Härti sich aus. »Was hat es mit diesen marsianischen Selbstmordkommandos auf sich?«

»Wir wissen es nicht … im Moment … im …« Riensch ließ einen tiefen, von ihrer Niedergeschlagenheit zeugenden Seufzer übertragen. »Es ist einfach alles beschissen, Rick. Die … die machen uns fertig.«

»Mensch, reiß dich zusammen!«, herrschte Marten sie an. Er konnte Rienschs beizeiten emotionale Art im Augenblick nicht gebrauchen. Nach einem tödlichen Gefecht gegen Al-Qaida-Fanatiker, nachdem Terroristen ihn gefangen genommen und misshandelt hatten, nachdem diese kurz davorgestanden hatten, ihm vor laufender Kamera die Kehle aufzuschlitzen, nur um darauf in einen Tripod-Angriff zu geraten, Giftgas und Hitzestrahl inklusive, konnte er darauf verzichten, sich von Riensch einen vorheulen zu lassen.

Er nutzte die entstandene Gesprächspause, um anhand einer Karte, die im Kofferraum lag, seinen Standort zu ermitteln. Leider hatte er weder Wasser noch Zigaretten zwischen den Sachen finden können. Nach beidem schmachtete sein Körper bereits so sehr, dass er sich selbst mit Kopfschmerzen bestrafte. Marten gab schließlich die Koordinaten durch, fragte: »Kannst du uns abholen?«

»Hören Sie, Delta One?« Gott sei Dank, Riensch hatte sich gesammelt. »Sie sind zu nah dran am Epizentrum der marsianischen Streitmacht, da wird sich kein Pilot freiwillig hinbewegen. Folgen Sie der Straße 45 Kilometer in Richtung Norden, dann treffen Sie auf einen Posten der jemenitischen Armee. Ich lasse Sie dort abholen.«

»Wir führen hier den zweiten Marsmannkrieg, aber unsere gute Leonie kann noch immer einen Hubschrauber auftreiben?«, schäkerte Marten.

»Es war einmal vor langer Zeit gestern Abend, da habe ich einen französischen Piloten während des Bereitschaftsdienstes vernascht. Wenn ich petze, verliert der seinen Job. Und jetzt Fresse halten.«

»Eiskalt. Und bitte nicht erschrecken, wir bringen einen Freund mit.«

»Einen … Freund?«

»Ohne ihn wären Härti und ich tot. Es wäre also nett, wenn ihr ihn nicht gleich erschießen würdet.«

*

Hadi umklammerte das Lenkrad mit beiden Händen, behielt den Blick stur auf die Straße gerichtet. Er übte sich in Schweigen. Der Mercedes war das einzige Fahrzeug weit und breit. Seine Lichtkegel erhellten immer nur einen kleinen Bereich der mal mehr, mal weniger befestigten Straße. Was abseits dieser lag, ließ sich nur erahnen. Scharfkantige Felsen ragten aus der düsteren Landschaft empor, Jahrmillion der Sandstürme hatten Treppenstufen in den Stein gefräst. Das Firmament war wolkenverhangen, der Mond blitzte durch das Gewölk hindurch. Riensch hatte noch erklärt, dass das Zusammenziehen der Kräfte für den Angriff gegen die Landestelle vor Sanaa gegen 0630 Ortszeit abgeschlossen sein würde, um darauf im gemeinsamen Stoß den Feind in einer Zangenbewegung zu fassen und zu vernichten. Mit etwas Glück wären Marten und Härti rechtzeitig zurück, um sich am Angriff zu beteiligen.

Der Lieutenant hockte auf dem Beifahrersitz, die Klimaanlage blies ihm angenehme 18 Grad Celsius ins Gesicht, was ihn davon abhielt einzudösen. Härti, auf der Rückbank lümmelnd, befüllte Stangenmagazine mit Patronen. Er legte ein aufmunitioniertes Magazin beiseite, rieb sich die Finger und schaute sich im Fahrzeug um.

»Wie kann es eigentlich sein, dass der Benz aussieht wie ein verdammter Neuwagen?«, nölte er und strich über das gepflegte Lederpolster der Rückbank. Er beugte sich vor, klopfte Hadi herausfordernd auf die Schulter.

»As-Sallal legte Wert auf sein Auto«, erklärte der ohne Bewegung in der Stimme. »Die Brüder hatten es täglich pflegen und instand setzen müssen.«

»Weißt du, was ich von deinem Boss halte?« Härti zog ein Kampfmesser und schlitzte damit das Leder der Rückbank auf.

»Er ist nicht mein Boss«, erklärte Hadi betont ruhig, er ließ sich nicht provozieren. »Er ist tot. Meinetwegen kannst du seinen Mercedes verschrotten, sobald wir ihn nicht mehr brauchen.«

»Hör mir mal zu, du Schlumpf«, geiferte Härti, der seinen Kopf zwischen den vorderen Sitzen hindurchsteckte und Hadi herausfordernd anfunkelte. »Du brauchst nicht so tun, als hättest du mit der ganzen Kacke nichts am Hut! Du bist ein niederträchtiger, kleiner Terrorist, genau wie all die anderen, die mordend und brandschatzend durch den Jemen ziehen. Glaub ja nicht, wir werden jetzt Freunde oder so etwas!«

Hadi schweig, ignorierte den Gruppenführer, was den sichtlich in Rage versetzte.

»Aber keine Sorge, ich lass dich nicht aus den Augen …«, drohte er.

»Härti!«

»… und beim kleinsten irgendwie verdächtigen Anzeichen jage ich dir höchstpersönlich eine Kugel durch den Kopf!«

»PATRICK! Verflixt und zugenäht, kannst du mal für zwei Minuten die Klappe halten?« Marten erntete einen verständnislosen Blick seines Kameraden, der sich wieder auf die Rückbank zurückzog, die Arme verschränkte und etwas Unverständliches grummelte.

»Meine Fresse«, echauffierte sich Marten. Hadi starrte weiter stur auf die Straße, hatte ein fast perfektes Pokerface aufgesetzt. Ein minimales Zucken um seine Augen aber verriet ihn. Verriet, dass er kein abgebrühter Schlächter war, sondern ein Mensch, der Mühe hatte, seine Emotionen zu bändigen.

»Du hast Familie?«, fragte Marten derweil. Zum einen suchte er die feindselige Atmosphäre aufzubrechen, zum anderen wollte er etwas über Hadi in Erfahrung bringen. Auch Marten war noch weit davon entfernt, ihm über den Weg zu trauen. Seine Armmuskeln schmerzten bereits, weil er sie unentwegt unter Spannung hielt. Die Finger der rechten Hand verloren nie den Kontakt zu der geladenen Pistole, die in einem Holster an seinem Koppel ruhte.

Hadi nickte. Er schien einen Augenblick lang mit sich selbst zu ringen, dann glitt seine rechte Hand an sein Gewand heran und verschwand darunter. Der Schreck fuhr wie ein Blitz durch Martens Körper, seine Finger umgriffen fest den geriffelten Kunststoffgriff der Pistole. Erst als Hadi ein Foto zwischen den Fingern drehte, vermochte er sich zu entspannen … ein wenig.

»Das ist deine Familie?«

»Ja.«

»Darf ich?«

Hadi reichte Marten das Foto. Härti schnaufte verächtlich, er erinnerte an einen gequälten Stier in der Arena.

Der Lieutenant betrachtete das Bild. Zahlreiche Knicke, abgewetzte Ecken, Kratzer und Beschädigungen im Fotopapier deuteten darauf hin, dass Hadi es schon sehr lange bei sich trug. Dass es mit seinem Träger einiges durchgemacht hatte.

»Meriam ist meine Frau«, bedeutete Hadi, der spürbar auftaute. Stolz stellte er nacheinander die Kinder vor: »Das ist Haidar, mein Ältester. Ein Tunichtgut sondergleichen.« Hadi lachte, ehrlich und erfrischend. Es war, als wäre ihm eine schwere Last abgenommen worden. Seine starren Züge lösten sich, Lachfältchen bildeten sich in seinem Antlitz. »Nazik, meine Tochter. Sie ist eine richtige Schönheit geworden. Und Hussain und Hassan sind meine Jüngsten.«

»Ah, Zwillinge?«, fragte Marten nach, der sich in dem idyllischen Familienfoto verlor. Kaum zu glauben, dass es aus dem Irak stammte, ein Land, das sich in Martens Kopf vor allem mit Bildern aus Kriegen verknüpfte.

»Pffft«, machte Härti auf der Rückbank und schaute demonstrativ aus dem Seitenfenster. »Ein Terrorist, der Frau und Kinder hat! Ich lach mich neukrank.« Er wurde ignoriert.

»Hast du auch Familie?«, fragte Hadi und blickte Marten erwartungsschwer an. Der fühlte sich von der Frage überrumpelt, wich dem Blick Hadis aus, fixierte abermals die Fotografie in seiner Hand.

»Nein«, flüsterte. »Nein, habe ich nicht.«

Das rechte Vorderrad geriet in ein Schlagloch, Marten stieß sich den Kopf an der Fahrzeugdecke.

»Der französische Pilot wird möglicherweise ein Problem damit haben, einen Mann wie mich in seine Maschine zu lassen«, sagte Hadi berechnend. »Ganz zu schweigen von den Jemeniten am Posten.«

»Ja.« Marten nickte und dachte angestrengt nach. »Wir haben eine britische Uniform im Kofferraum.«

»Machst du Witze?«, brauste Härti auf. »Du willst den doch nicht in eine von unseren Uniformen stecken?«

»Doch. Oder siehst du eine andere Möglichkeit?«

»Das ist falsch! Das darfst du nicht!«

»Jetzt mach dir mal nicht ins Hemd, nur weil Ahmed keine Sozialversicherungsnummer hat.«

Härti sagte nichts weiter darauf. Er rechnete sich wohl aus, dass er diesen Kampf nicht gewinnen konnte. Seinen Missmut tat er kund, indem er die Nase rümpfte und geräuschvoll den Kopf schüttelte.

*

Der französische Super-Cougar-Transporthubschrauber rauschte mit dröhnenden Triebwerken über die Ebenen des Gouvernements al-Baida hinweg. Grün besohlte Felsformationen ragten aus dem tristen Land, sichtbar in den ersten Sonnenstrahlen des neuen Tages. Nieselregen hatte eingesetzt. Marten stand im Cockpit zwischen dem Piloten und seiner Kopilotin und beobachtete die Wassertropfen dabei, wie diese über das Glas der Kanzel flitzten. Er meinte, ein Déjà-vu zu haben.

»Sandsturm und Regen innerhalb von 24 Stunden, wer hätte das gesagt?«, sagte der Pilot mit starkem, französischen Akzent.

»Hier fallen 40 Millimeter Niederschlag im Jahr, sagt Wikipedia«, erklärte die Kopilotin. »Und wir erwischen einen Regentag!«

Marten nickte, sein Magen war wie ein Steinblock in seinen Eingeweiden. Er hatte gefühlte fünf Liter Wasser getrunken, hatte verbotenerweise auch schnell eine Zigarette im Transportraum geraucht. Sie waren noch keine zehn Minuten in der Luft, da hatten sie ihr Ziel schon beinahe erreicht.

»Wir fliegen einen Schlenker, machen einen kleinen Umweg«, erklärte der Pilot dem Forces-Lieutenant und wies auf einen Tripod, dessen Umrisse sich in der Ferne schemenhaft aus dem Nebel schälten. Dahinter schimmerte es grünlich. Beiden Piloten stand die Anspannung ins Gesicht geschrieben.

»Ich will vermeiden, dass uns die Tripods auf den Sack gehen. Sie verstehen?«

Marten nickte, sein Herz klopfte beim Anblick der entfernten Kampfmaschine.

»Auf den Sack gehen darf mir nämlich nur einer: mein Mann!« Der Pilot lachte schallend auf. Und ernte einen entwaffnenden Blick von Marten. Er setzte nach: »Ja, ich bin schwul. Glücklich verheiratet mit einem Kerl. Ist das irgendwie ein Problem für Sie?«

Marten musterte den Mann von oben bis unten, lächelte dann und warf der Kopilotin einen Seitenblick zu.

»Nein«, grinste er. »Nein, alles in Ordnung.«

»Wir Franzosen sind moderne Menschen, bei uns ist alles möglich, Monsieur Marten.«

»Es scheint so.« Marten kringelte sich innerlich. »Scheint ganz so zu sein.«

»Gut! Wir gehen in 30 Sekunden runter.«

Der Forces-Lieutenant machte eine Ansammlung von Fahrzeugen auf einer Wüstenebene aus. Er klopfte dem Piloten auf die Schulter, drehte sich um und betrat den Frachtraum. Härti und Hadi hatten dort den größtmöglichen Abstand zwischen sich aufgebaut, jeder saß an einem anderen Ende der Maschine. Härtis Mienenspiel machte deutlich, wie sehr er den Iraker verabscheute, und er achtete tunlichst darauf, dass Marten das auch mitbekam. Der Lieutenant allerdings blendete das Gebaren seines Gruppenführers aus. Hadi hockte in sich gekehrt auf einem Sitz und knetete seine Hände. Die britische Uniform saß wie angegossen. Marten wollte lieber nicht darüber nachdenken, wem sie zuvor gehört haben mochte.

»Wir sind da!«, rief er stattdessen gegen den Lärm, suchte sich einen Platz und schnallte sich an. Wenig später setzte der Hubschrauber auf, ein Ruck ging durch die Maschine. Die Kopilotin eilte in den Frachtraum, öffnete die Schiebetüren.

»Auf, auf!«, brüllte Marten.

Er kämpfte sich durch den Downwash, einen Arm vor den Augen. »Alles Gute!«, rief die Pilotin in seinem Rücken, das mörderische Fauchen des Abwinds wehte ihren Gruß fort. Der Hubschrauber verschwand bald im Gemenge aus aufgewirbelten Partikeln und kreuz und quer schlagenden Regentropfen. Er startete, machte sich auf und davon. Der Abwind verging, der Regen tropfte nur noch aus einer Richtung auf die drei Männer, benetzte deren Uniformen. Er fühlte sich angenehm kühl an auf den Wangen und führte, kombiniert mit der Hitze des Tages, zu dunstigen Schwaden, die vom Erdboden aufstiegen und die Sicht auf weniger als 200 Meter begrenzten. Marten erkannte den Scherenschnitt eines großen Fahrzeugs, das voraus im Nebel lag. Er wusste sofort, worum es sich handelte, und rannte, sprintete ihm entgegen, bis er es in voller Pracht sehen konnte.

Der Mark Red war ein Monster von einem Panzer. Basierend auf dem Unterwagen des Challenger 1 kam er auf eine Länge von fast zwölf Metern. Wie bei einem Jagdpanzer war die Waffeneinheit unbeweglich, das erhöhte Führerhäuschen dahinter ließ den Eindruck eines Baufahrzeugs aufkommen. Und überhaupt musste man schon wissen, was man vor sich hatte, um sich der tödlichen Macht des Mark Red gewahr zu werden, ansonsten könnte man ihn tatsächlich mit einer überdimensionierten Baumaschine verwechseln. Der marsianische Hitzestrahlbehälter, der in eine Metallkonstruktion eingehängt war, sah aus wie der Trinkbecher eines Riesen, ein stählerner Trichter war am vorderen Ende befestigt, durch den der tödliche Strahl fuhr. Der Mark Red war insgesamt ein Konstrukt von wuchtigen Ausmaßen und mit einer Höhe von fast fünf Metern stand er im krassen Gegensatz zu anderen modernen Kampfpanzern, die das Konzept einer niedrigen Silhouette verfolgten. Der Hitzestrahlbehälter, obgleich er im gleichen dreifarbigen Tarnmuster lackiert worden war wie der Rest des Mark Red, stach durch seine sonderliche Formgebung und das durch die Farbe hindurch bläulich schimmernde Material derart markant hervor, dass ein Kleinkind die menschlichen Bauteile von den marsianischen zu unterscheiden vermochte.

Die schwere Stahltür des Fahrerhäuschens stand offen, Marten gewann einen Einblick in die blinkenden Systeme, an denen sich mehrere Bediener zu schaffen machten. Ein Brite, der die Schulterklappen eines Lieutenant-colonel führte, verließ den Panzer und eilte den beiden Forces-Soldaten und dem scheinbaren Briten Hadi entgegen.

»Sie müssen Stearns Leute sein!«, rief er. Marten nickte, stellte sich in aller Kürze vor. Sie schüttelten einander die Hände.

»Lieutenant-colonel Luke Perkins, Führer des Mark-Red-Regiments. Freut mich, dass Sie es geschafft haben. Und keine Minute zu spät, mein Bester.«

»Danke.«

»Befehlsausgabe in T minus drei, danach treten wir diesen hässlichen Dreifüßen ordentlich in den Arsch. Die Kerle werden Augen machen, wenn denen ihr eigener Hitzestrahl um die Ohren fliegt!«

Marten beäugte den Mark Red, weitere Hitzestrahlpanzer fuhren dahinter auf. Das Motorbrummen schwoll zu einer dichten Geräuschkulisse an, dazwischen ergingen Kommandos der Unterführer. Marten war der Umstand bekannt, dass der Mark Red erst einen einzigen echten Kampfeinsatz absolviert hatte. 2003 hatte ein einzelner Hitzestrahlpanzer vor Umm Qasr drei T-55 vernichtet. Eindrucksvolle Bilder vom Schlachtfeld kursierten im Internet. Die Kettenglieder der irakischen Panzer waren bis zur Unkenntlichkeit zerflossen, die Besatzungen mussten im Inneren förmlich zerkocht worden sein. Gläserne Bahnen im Sand, an den Rändern schwarz gefärbt, verdeutlichten die Flugbahnen des Hitzestrahls.

Ferner rankten sich zahlreiche Gerüchte um die Mark Red. Selbst die Hornet-Soldaten der Forces waren zur absoluten Verschwiegenheit verpflichtet – eine Bedingung Großbritanniens für die Auslieferung der Hitzestrahltanks. Niemand sollte Genaueres erfahren über die Technik, die in diesen eindrucksvollen Vehikeln steckte. Es hieß, die Briten haben die Zusammensetzung der Flüssigkeit im Inneren des marsianischen Behälters bis zum gegenwärtigen Tage nicht entschlüsseln können. Jene Flüssigkeiten erzeugten in einer chemischen Reaktion den kochenden Strahl, der dann über einen Parabolspiegel im Trichter ins Ziel gelenkt wurde. Stimmte dieses Gerücht, war die »Munition« des Mark Red endlich. Würden die Flüssigkeiten im Behälter zur Neige gehen, würde dies den Mark Red zur Selbstfahrlafette degradieren, die einen marsianischen Eimer spazieren fuhr.

Marten kniff die Augen zusammen. »Wie viel Schuss haben Sie dabei?« Er deutete mit dem Daumen auf den Mark Red.

»Haha«, presste Perkins gekünstelt heraus. »Netter Versuch.« Er pfiff durch die Zähne. »Ihr Capitaine will Sie dabeihaben, Lieutenant. Auf geht's.«

Marten, Härti und Hadi, der sich im Kreise der Forces-Soldaten sichtlich unwohl fühlte, folgten Perkins, vorbei an den Mark Red. Hinter den Hitzestrahlpanzern tat sich eine Ansammlung von GTK Boxern und Piranhas des No. 18 Joint Special Mechanized Regiment auf, der Verband würde geschlossen zum Angriff auf die Landestelle der Marsianer antreten.

Marten erkannte die beiden Radpanzer von Fenix, erkannte ebenso Kathrin Geier, die zwischen anderen Überlebenden der Kompanie umherlief und diese auf den Angriff einstimmte. Der Lieutenant bekämpfte erfolgreich das Verlangen, zu ihr zu stürmen und sie innig zu umarmen. Er wusste, wie emotional Kati bisweilen sein konnte, und wollte sie Minuten vor dem Angriff nicht aus der Bahn werfen. Geier schrie sich die Seele aus dem Leib, machte ihren Soldaten lautstark Beine. Diese prüften Waffen und Ausrüstung, meldeten Vollzug. Schröder tauchte hinter einem Fahrzeug auf, schleppte Munitionskisten. Auch er hatte ein Kind, einen Sohn von vier Jahren, den er aufgrund der Trennung von der Kindesmutter nur an den Wochenenden sah. Aufbruchsstimmung lag allgemein in der Luft. Es galt zurückzuschlagen, die Erde zu behaupten in diesem epochalen Ringen um den Planeten.

Sie erreichten Stearn, der sich zusammen mit anderen Kompanieführern zwischen den Radpanzern tummelte. Sie brüteten über einer Karte, die sie an die Stahlflanke eines Boxer getapet hatten. Der Regimentskommandeur war ebenfalls anwesend.

Stearn erblickte Marten, sprang auf ihn zu, packte ihn an der gesunden Schulter und zog ihn von den anderen Offizieren weg. Er taxierte ihn von oben bis unten, genauso wie ein Arzt im Kreiswehrersatzamt den entkleideten Bewerber begutachtete. Härti gesellte sich zu den beiden Offizieren.

»Mein Gott, Lieutenant!«, überkam es Stearn, ein starkes Stück für den sonst emotionsarmen Capitaine.

»Das habe ich heute schon mal gehört.«

Stearns messerscharfer Prüfblick heftete sich sogleich auf Hadi, der sich abseits der Offiziere hielt.

»Wer ist das?«

»Ein Freund.«

»Geht es etwas präziser?« Da war er wieder, der Stearn, wie man ihn kannte. Die Terroristen hätten Marten beide Arme abhacken können, nach einer hervorgewürgten Mitgefühlsbekundung hatte er gefälligst zu funktionieren.

»Ohne ihn würden Härti und ich nicht hier stehen.«

»Gut, wenn Sie ihm vertrauen … ich bin ehrlich, wir können jeden Mann gebrauchen.«

»Danke, Capitaine.«

»Unglaublich«, grummelte Härti, »und ich musste ein dreitägiges Bewerbungsverfahren über mich ergehen lassen!«

*

Der Regimentskommandeur, der den Oberbefehl über die Forces-Operation gegen die marsianische Landestelle innehielt, legte in einer finalen Besprechung letztmalig seine Befehle dar. Im Anschluss würden sich die Unterführer des Verbands auf ihre Fahrzeuge verteilen und das Regiment würde im Verbund mit den Mark Red losschlagen. Marten wohnte der Besprechung bei.

»Heute gilt es!«, spulte der Kommandeur einen Bundeswehr-typischen Spruch herunter, um die Soldaten auf das Bevorstehende einzustimmen. »Der Feind ist fünf Meilen westlich eigener mit zwei Kapseln gelandet, denen vier Tripods entstiegen sind. Alle vier Maschinen verharren zur Stunde unweit des Kraters, doch es steht zu befürchten, dass sie von ihrer Position aus Luftfahrzeugen, die sich Sanaa nähern oder von dort starten, gefährlich werden können. Wir brauchen diesen Flughafen, um eine groß angelegte militärische Operation gegen die Marsianer vorzubereiten, doch solange sich die Kampfläufer im Einzugsgebiet Sanaas bewegen, steht dort alles still.

Das No. 18 Joint Special Mechanized Regiment tritt daher mit seinen sechs Kompanien auf die Landestelle des Gegners an, ihm sind dazu die beiden Hornet-Panzerkompanien unterstellt worden. Unser Auftrag lautet, alle vier Kriegsmaschinen des Gegners unschädlich zu machen, die Landezone zu gewinnen und gegebenenfalls weitere marsianische Gerätschaften zu zerstören oder sicherzustellen. Zwei Dinge müssen dabei unbedingt verhindert werden: erstens eine Ausschaltung des Verkehrsknotenpunkts Sanaa durch die feindlichen Kräfte, zweitens eine Zusammenschließung der vier Tripod mit der marsianischen Hauptstreitmacht im Südosten.«

Marten fokussierte sich auf die Karte, folgte den zahlreichen roten Linien, die darin eingezeichnet waren. Mit An Nuqbah im Zentrum breiteten diese sich nach allen Richtungen aus, wie Wellen, wenn man einen Stein ins Wasser warf. Mit jeder eingetragenen Aktualisierung der Lage hatte sich der Radius der Linien vergrößert, ein Zeichen dafür, dass die menschlichen Verteidiger den Marsianern nicht beikamen. Jene Linien, die für die Landungsstelle außerhalb Sanaas standen, lagen weitab vom Gros der Marsianerstreitmacht – noch.

»Meine Damen und Herren, wir sind bei dieser Unternehmung auf uns gestellt und es ist elementar wichtig für den weiteren Kampf im Jemen, dass wir den Flughafen von Sanaa schützen. Der Golfrat und die westlichen Nationen werfen alle verfügbaren Mittel gegen die Hauptstreitmacht der Marsianer in die Schlacht, die können uns weder aus der Luft noch auf dem Boden unterstützen.«

Der Kommandeur ließ seinen Blick einmal über die versammelte Mannschaft schweifen. »Dies ist unsere Chance, den Wert der Forces unter Beweis zu stellen. Mein Gefechtsplan bleibt dazu unverändert bestehen. Die 1., 2., 3., 5. und 6. Kompanie werden unter meiner Führung die Landestelle in einem Bogen nördlich umfahren, sich zwischen die Tripods und Sanaa schieben und einen Fesselungsangriff vortragen.« Der Kommandeur untermalte seine Befehle durch entsprechende Fingerzeige auf der Karte. »Die Mark Red führen den Hauptstoß, sie werden, aus Osten kommend, den mit dem Regiment beschäftigten Tripods in den Rücken fallen und diese per Hitzestrahl erledigen. Unterstützt werden sie dabei durch die Wagen der 4. Kompanie unter dem Befehl von Capitaine Stearn.«

»Kinderspiel«, bemerkte Perkins. »So ein paar dahergelaufene Tripods fressen meine Tanks zum Frühstück.«

»Das will ich hoffen, denn das hier wird nur die Vorspeise sein. Der Hauptgang wartet im Südosten und wird alles andere als ein Zuckerschlecken sein. Die Kräfte der Marsianer wachsen noch immer an. Und es gibt Grund zu der Annahme, dass sie dieses Mal leibhaftig vor Ort sind. Das wird tough, Kameraden.«

»Keine Bange, wir grillen heute ein paar Fleischbälle«, griente Perkins.

Falls der Kommandeur nicht überzeugt war, zeigte er dies nicht. Er beendete die Befehlsausgabe mit einem Uhrenvergleich. Die Forces-Soldaten sprachen einander noch einmal Mut zu, eine seltsame Mischung aus Furchtsamkeit und Aufbruchsstimmung trieb jeden einzelnen von ihnen um.

So stoben sie auseinander, eilten zu ihren Fahrzeugen. Stearn nahm Marten beiseite, sagte: »Geier und ich sind bereits alles durchgegangen, es wäre falsch, ihr Minuten vor dem Angriff das Kommando zu entreißen.«

»Verstehe.« Abwartend.

»Ich möchte Sie als Verbindungsmann in Lieutenant-colonel Perkins' Tank haben, ich habe mit ihm alles abgesprochen. Er hat Platz und wird Sie aufnehmen.«

»Ich soll …?« Marten gingen die Augen auf. Er durfte tatsächlich einen Mark Red, die vielleicht bestgehütete Entwicklung des Vereinigten Königreichs, von innen sehen? Marten, gerade noch unruhig ob des bevorstehenden Kampfes, wurde von der Euphorie gepackt. Er vermochte ein breites Grinsen nicht zu unterdrücken.

»Fein, dass Sie Spaß haben«, versetzte Stearn säuerlich, »aber vergessen Sie mir den Ernst der Lage nicht!«

»Natürlich.«

»Und dieser Hadi kann kämpfen?«

»Ja.«

»Sie wissen, dass das gegen alle Vorschriften verstößt, was wir hier tun?«

»Wie viel zählen die Vorschriften denn noch, wenn die Marsianer vor der Tür stehen?«

Stearn zögerte, es arbeitete sichtlich hinter seiner Stirn. Marten biss die Zähne aufeinander. Der Capitaine würde noch über Vorschriften nachdenken, wenn die ganze Welt in Schutt und Asche lag.

»Er kennt die Region. Er weiß, wie die Einheimischen ticken. Und …« Marten holte Luft. »… ich vertraue ihm.«

»Wenn das schiefgeht, mache ich Sie dafür verantwortlich.«

»Natürlich.«

»Dann wäre das ja geklärt. Unseren beiden Wagen werden zwei Lastwagen nachfahren, die den Rest unserer Infanteriekräfte nachführen. Sergent-chef Hartmann und dieser Hadi-Kerl sollen aufsitzen.«

»Verstanden.«

»Dann los.«

*

Hadi blickte auf das L85A2 in seinen Händen. Er saß auf einer unbequemen Holzbank auf der Ladefläche eines Lastwagens, eingeklemmt zwischen grimmig dreinblickenden Forces-Soldaten, die kein Wort mit ihm sprachen. Sie lehnten ihn ab, allen voran Hartmann. Das spürte er. Das ließen sie ihn spüren. Und doch war er hier. Wo war er da nur hineingeraten? Er wollte doch nur rechtzeitig herauskommen aus der Kampfzone Jemen und sich dann in den Irak durchschlagen. Und nun nahm er teil an einem wahnwitzigen Angriff gegen die außerirdischen Invasoren. Hadi aber konnte sich langsam mit seiner neuen Rolle anfreunden. Er lebte und kämpfte allein für seine Familie, für seine Kinder. Das hatte er immer schon getan. War es da nicht nur logisch, gegen die größte Bedrohung, die die Menschheit je ereilt hatte, ins Feld zu ziehen? Hadis Talente wurden vor Ort gebraucht. Es machte ihn bisweilen traurig, dass jene »Talente« im Kämpfen und Töten bestanden. Er hätte den Unterhalt seiner Familie lieber als Bankier oder als ehrlicher Kaufmann verdient, hätte lieber auf diese Weise das Geld für die Medikamente seines Sohnes beschafft, doch der Allmächtige hatte ihn nicht in die Lage versetzt, einen anderen Beruf als den des Söldners auszuüben, und so tat er weiter, was er am besten konnte, in der Hoffnung, dadurch das Überleben seiner Familie zu sichern.

Der Motor des Lastwagens brummte aufbrausend, die Fahrt ging über Stock und Stein, war entsprechend rau. Hadi schaute auf. Feindselige Blicke der »Kameraden« schlugen ihm entgegen. Sie prallten an ihm ab wie Tennisbälle an einem Stahlpanzer. Die Forces-Typen schienen es als persönliche Beleidigung aufzufassen, dass er die britische Uniform trug und im gleichen Wagen mit deutschen und britischen Soldaten saß. Hadi lächelte. Diese Menschen wussten überhaupt nicht, wie privilegiert sie waren.

»Und?«, brüllte Hartmann gegen den Fahrtwind an, der an der Plane rüttelte. Er meinte Hadi und der scheute den Augenkontakt nicht, sah Hartmann, der ihn stets zu provozieren versuchte, direkt in dessen dunkle Augen. Hadi war zu schlau, um auf die Provokationen anzuspringen. Er wusste, dass sie nur auf der Suche nach einem Grund waren, um gegen ihn Front zu machen. Diese Forces-Leute waren wie Kettenhunde.

»Wie darf ich mir das vorstellen? Gestern Terrorist und Meuchelmörder und heute plötzlich einer von den Guten?« Hartmann grinste dreckig. Die anderen lauerten. Sie erinnerten Hadi an die Wildhunde in seiner Heimat, die sich nachts gefährlich nah an die Dörfer heranwagten und auch schon mal einen Menschen anfielen.

»Es ist für mich die Chance, meine Fähigkeiten für eine gute Sache einzusetzen«, antwortete er wahrheitsgemäß.

»Ja klar!«, giftete Hartmann. »Warum sollte einem Terroristen daran gelegen sein, die Welt zu retten?«

»Weil meine Familie auf dieser Welt lebt.«

Hartmann rümpfte die Nase, die anderen Soldaten zeigten sich enttäuscht. In Gedanken hatten sie Hadi bereits aus dem fahrenden Wagen geworfen.

# XXI. Ripley's Aquarium

Für die 16-jährige Janet aus dem irischen Mullingar war dies der größte Urlaub ihres Lebens. Sonst waren ihre Schwester, ihre Eltern und sie immer nur nach Cornwall oder Dover gefahren, einmal waren sie nach Süditalien geflogen, nach Neapel. Aber das war auch schon Jahre her. Staunend stand Janet nun vor dieser astronomischen Röhre, die gefüllt war mit Tausenden Litern Wasser und die bevölkert wurde vom Artenreichtum des Pazifischen Ozeans. Felsenbarsche wanden sich geschickt durch einen Urwald aus in die Höhe kräuselndem Kelptang. Eine sich um das große Aquarium windende Rampe führte die Besucher hinab ins Untergeschoss und einmal rundherum um die Röhre. Janet strich sich eine blonde Strähne aus dem Haar und blickte staunend hinauf an den zehn Meter hohen Wasserpflanzen. Die Sommersprossen auf ihrer Nase und den Wangen funkelten im Wechselspiel aus Licht und Dunkelheit, das im Ripley's vorherrschte. Ihre Familie interessierte sich nicht sonderlich für Wassertiere, sie besuchte daher eine Galerie in der Stadt. Janet hatte mit ihrem Vater aushandeln können, derweil das Ripley's zu besichtigen. Sie lebte für die Unterwasserwelt, hatte zwei Aquarien mit Seewasser zu Hause, die ihr ganzes Taschengeld fraßen. Ihr Traum war es, Meeresbiologin zu werden, und so zählte sie bereits die Monate, bis sie endlich die Schule verlassen und sich in Galway für ihren Traumstudiengang einschreiben würde.

Janet war derart aufgeregt, dass sie das feine Beben gar nicht wahrnahm, welches das Ripley's erfasste. Einige der Besucher blickten verwundert auf, die Felsenbarsche zuckten einmal, das Wasser geriet in leichte Schwingungen. Eine Frau, die einen Kinderwagen vor sich herschob, blickte ganz argwöhnisch gegen die dunkle Decke. Seit den Attacken der Marsianer in Deutschland, Macau, dem Jemen und Australien zeigten sich die Menschen geradezu verängstigt und reagierten selbst auf die kleinsten Abweichungen von der Norm mit panikartigem Verhalten. Ganz anders Janet. Sie interessierte sich nicht für die Außerirdischen. Auch in Australien waren sie besiegt worden, im Jemen schien laut den Nachrichten eine größere Front der Marsianer aufzulaufen, doch die Militärs dieser Erde strömten bereits aus allen Himmelsrichtungen herbei, um der Lage Herr zu werden. Und wie gesagt: Janet interessierte der Krieg nicht. Der Kampf gegen die Marsmänner war für sie gedanklich so weit weg wie der Ukrainekonflikt oder der Syrienkrieg. Es war doch alles zu wenig greifbar für sie, um sie zu tangieren. Ihre Eltern waren da schon vorsichtiger, hatten nach den jüngsten Ereignissen gar erwogen, den von langer Hand geplanten Urlaub abzubrechen – das wäre eine Katastrophe für Janet gewesen und der Beweis, dass der Krieg sie doch direkt betraf. Doch es war anders gekommen, denn der Reiseveranstalter akzeptierte keine Stornierung aufgrund der Marsianerangriffe, und da das Familienbudget mit heißer Nadel gestrickt war, waren mal eben vier Flüge nach Europa extra nicht drin. So blieben sie, noch bis zum nächsten Donnerstag.

Gott sei Dank!

Janet trat näher an das dicke Glas heran, beobachtete die Bewohner des großen Röhrenaquariums. Sie warf einen Blick auf ihr Handy: Drei Stunden hatte sie noch, ehe ihre Familie sie am Eingang einsammeln würde. Die Zeit verging wie im Flug.

Sie betrachtete den vollgekritzelten Notizblock in ihrer Hand, in dem sie sämtliche Beobachtungen in Form von Skizzen oder in Stichpunkten festhielt. Sie war eine gute Zeichnerin. Ihr Vater hatte zusammen mit ihr viele Unterwasserzoos in ganz Europa abgeklappert; auch deshalb war er der Fische überdrüssig und hatte ihrem Besuch des Ripley's ohne elterliche Aufsicht zugestimmt.

Die aufgeschlagene Seite des Notizblocks zeigte die gigantische Schere eines amerikanischen Hummers, den Janet weiter vorne in einem Aquarium bestaunt hatte. Das Tier musste mit einer Körpergröße von über einem Meter zu Buche schlagen, schätzte sie. Sehen konnte sie es nicht, denn der Hummer hatte sich in einer großen Höhle verkrochen, einzig seine blau schimmernde Schere, groß wie eine Wassermelone, ragte aus der Dunkelheit. Janet hatte sie anhand der kräftigen Backen als K-Schere identifiziert und ihre Zeichnung mit einer entsprechenden Notiz versehen. Sie pulte sich den Schlaf aus den Augen, sie hatte das Pech, in eine Familie fanatischer Frühaufsteher hineingeboren worden zu sein. Erneut erfasste eine Erschütterung das Aquarienhaus, dieses Mal heftiger. Das Kind im Kinderwagen gluckste, seiner Mutter entwich ein Aufstöhnen. Janet war derart in ihrer Welt versunken, dass sie das Umfeld ausblendete. Aus glänzenden Augen beobachtete sie die Meerestiere, die durch den Kelpwald schwammen. Sie war auf der Suche nach dem schwarzen Stachelkopffisch, von dem es einige wenige Exemplare in dem Becken geben sollte. Das hatte sie zumindest im Internet gelesen.

Eine weitere Vibration erfasste Ripley's Aquarium, Janet spürte sie dieses Mal auch. Und plötzlich war es stockdunkel, sämtliche Becken- und Gangleuchten ausgefallen. Die Pumpen stellten ihre Arbeit ein, ihr Knattern verstummte. Für eine Sekunde herrschte eine gespenstische Stille in dem Unterwasserzoo, ehe Panik unter den Besuchern ausbrach. Menschen kreischten, rannten drauflos, stießen geräuschvoll zusammen. Kinder weinten. Janet stand wie angewurzelt auf der Rampe, die sich um den Kelpwald schlang, ihr Notizbuch umklammernd. Ihr Körper war wie gelähmt, ihre Glieder wollten sich nicht rühren. Sie spürte, wie die Menschen an ihr vorbeistürzten, sie hörte die angsterfüllten Rufe, die überall in der Düsternis des Ripley's ertönten. Sie sah die eigene Hand nicht vor Augen, das Wasser des Kelpbeckens glänzte verheißungsvoll in der nahezu perfekten Finsternis. Und dann erklang ein donnerndes Getöse, so laut, als stünde Janet im Zentrum eines Wirbelsturms. Ein infames Krachen verschluckte für einen kurzen

Moment die Schreie der Menschen, ehe etwas hörbar zur Bruch ging. Eine Staubwolke raste durch die Gänge des Ripley's, fegte die Rampe hinunter und hüllte Janet ein. Das Atmen fiel ihr mit einem Mal schwer, sie hustete. Brechreiz kam in ihr auf. Und sie rannte los, die Panik befahl es ihr. Ihre Beine bewegten sich wie automatisch, sie drehte hektisch den Kopf, sah hinter sich mehrere Lichtstrahlen, die seidenen Tüchern gleich ins Ripley's fielen.

Janet stürzte die Rampe hinauf, in ihrem Rücken ereignete sich ein ohrenbetäubender Knall und gleich darauf noch einer. Die Menschen fielen der nackten Angst anheim, stürmten kopflos voran, rempelten einander an. Jemand ging im Gemenge zu Boden und starb unter den Fußtritten anderer Besucher, die gnadenlos über ihn hinwegtrampelten. Janet erreichte das obere Ende der Rampe, fand sich in einem heillosen Durcheinander in absoluter Dunkelheit wieder, wurde erfasst von der wild gewordenen Menschenmenge, die wie eine Stampede in den engen Gängen der Abteilung »Canadian Waters« tobte. Warme Körper quetschten Janet zwischen sich zusammen, sie spürte die pochenden Herzschläge ihrer direkten Nachbarn. Sie schrie, klammerte sich mit aller Macht an ihrem Notizblock fest, als könnte der sie retten. Die panische Masse schob sie voran, riss sie mit sich, spülte sie fort. Sie sah nichts als die Umrisse von Köpfen, es war, als wäre sie gefangen im Zentrum eines tausendköpfigen, in sämtlichen Tonlagen des menschlichen Stimmapparates schreienden Ungeheuers.

Von draußen drangen dumpfe, schreckliche Klänge ins Ripley's, die sich dort mit dem Gekreische der Besucher zu einer schmerzenden Kakofonie vermengten. Es dröhnte und donnerte, als wäre ein Gewitter losgebrochen. Janet wurde gegen die Glasscheibe eines röhrenförmigen Beckens gedrückt. Ihre Brust strahlte Schmerzen aus, die fürchterliche Enge ließ ihr keinen Platz, sich zu entfalten und zu atmen. Sie geriet in immer größere Panik, schlug um sich, trat aus. Die Menschen um sie herum taten es ihr gleich, irgendwo schrie ein Säugling. Janet sah nichts, spürte nur die heißen Körper, die gegen ihren drängten, die sie dem Hammerkopf einer Presse gleich gegen die Glasscheibe drückten. Eine stechende Leere breitete sich in ihren Lungenflügeln aus, sie schnappte verzweifelt nach Luft. Jemand schlug sie, traf sie am Kopf. Der dumpfe Schmerz betäubte sie für einen Augenblick, halb benommen lehnte sie gegen die Glasscheibe. Erst ein neuerliches Beben belebte ihre Geister wieder, ein Beben, so kraftvoll wie keines zuvor. Die Scheibe des Aquariums zitterte, übertrug das Zittern auf ihren Leib. Das Glas gab mit einem Mal nach, Janet fiel, fiel in einen Schwall eiskalten Wassers hinein, der sich mit urgewaltiger Kraft über sie ergoss. Die Wassermassen erfassten gleichsam die Menschen um sie herum, zogen ihnen die Füße weg. Menschen strauchelten, Menschen stürzten. Sie traten in ihrer Kopflosigkeit um sich, rafften sich auf, stiegen über andere Gestürzte hinweg. Die herzzerreißenden Hilferufe der Verletzten, der Niedergetrampelten sollten sich noch in Janets Erinnerungszentrum einbrennen, im Augenblick aber nahm sie die nicht bewusst wahr. Noch begriff sie nicht im Ansatz, was geschah. Sie war nass bis auf die Knochen, kauerte im knietiefen Wasser, das in Wellenbewegungen gegen sie wogte, über sie hinwegschwappte. Die eisige Kälte trieb ihren Herzschlag gegen unendlich, die absolute Dunkelheit machte den Horror perfekt. Janet sah nichts, sie spürte nur das Wasser, das sie in den Glauben versetzte, sie wäre in eine Kühlkammer geraten. Der Notizblock rutschte ihr aus der Hand. Sie ruderte verzweifelt mit den Armen, da traf sie etwas am Rücken, etwas Großes, Schweres. 40 Kilogramm drückten sie ins Wasser, drückten sie unter Wasser. Sie atmete, doch nichts als Wasser drang in ihre Lunge ein. Das salzige Gemenge in ihrem Mund löste eine Überreizung der Geschmacksknospen aus, ihr Frühstück trieb als saurer Brei ihre Speiseröhre hoch, schoss in ihren Mund ein. Sie erbrach sich ins Wasser. Ihre Heidenangst verstärkte sich ins Unermessliche, als sich das Ding auf ihrem Körper regte. Labbernde Extremitäten, eiskalt, weich, glitschig, griffen nach ihr, strichen über die nackte Haut ihrer Oberarme. Janets schlug abermals um sich, spürte, wie das Ding von ihrem Körper rutschte. Sie schrie, doch verschluckte das Wasser ihren Angstruf. Kämpfend befreite sie sich, hob den Kopf aus dem kalten Nass, rang verzweifelt nach Luft, spürte, wie etwas Glitschiges sie am Knöchel ergriff und sich um diesen zu schlingen begann. Sie stieß erneut einen spitzen Schrei aus. Sie stürzte nach vorne, löste sich aus dem Griff des schlangenartigen Dings, knallte frontal gegen eine Säule aus Kunstfelsen, an denen sie sich den Arm aufschürfte.

In diesem Augenblick aber unterdrückte der Stress den Schmerz. Sie hetzte los, ihre Instinkte befahlen es, sie watete durchs Wasser, stieß mit den Füßen gegen mannsgroße Glasscherben und reglos im Wasser treibende Körper. Janets Schockzustand verbot ihr jedes Mitgefühl, ihre Instinkte verlangten von ihr zu fliehen, sich in Sicherheit zu bringen. Blindlings stolperte sie voran, geriet erneut in eine Menschenmenge, die dem Ausgang entgegenstrebte. Außerhalb des Ripley's steigerte sich die tosende Geräuschkulisse. Das aber war Janet egal. Sie wollte nur noch raus. Raus aus der Enge, der Nässe, der Kälte, der Dunkelheit des Ripley's. Zusammen mit Dutzenden anderen hetzte sie dem Licht der großen Fensterfront im Eingangsbereich entgegen. Es war wie das Licht am Ende des Tunnels. Die Menschenmenge erreichte den Kassenbereich, preschte daran vorbei und durch die Glastüren nach draußen. Janet spürte einen Schlag im Rücken, jemand versuchte sie zur Seite zu drängen, versuchte sie seitlich der Tür gegen das Glas zu drücken. Sie aber wehrte sich, schlug nach dem Rivalen aus, der erbittert mit ihr darum focht, zuerst durch die Tür nach draußen treten zu dürfen. Sie traf ihn am Auge, der Kerl zuckte zurück, schrie schmerzerfüllt auf. Und Janet hastete, Schulter an Schulter mit anderen Besuchern, aus dem Unterwasserzoo nach draußen und die Treppen hinunter. Hier stürzten weitere Menschen, kugelten schreiend die Stufen hinab und wurden von der kopflosen Masse erfasst und zertreten. Außerhalb des Ripley's aber gab es ausreichend Platz und so stoben die Menschen auseinander. Janet hatte wieder Luft zum Atmen, spürte keine

Körper mehr, die gegen ihren drückten. Warme Sonnenstrahlen, die zwischen den Hochhäusern hindurchschienen, streichelten ihren geschundenen, mit Wunden übersäten und pitschnassen Leib.

»Alu-u«, erklang ein grässlicher, allzu künstlicher Ruf, der Janet an den Warnton einer Sirene erinnerte. Sie fuhr herum und dann erblickte sie den gigantischen Dreifüßer, der, als würde er einen Sonntagnachmittagsspaziergang abhalten, durch den Roundhouse Park stapfte. Eines seiner Beine schnellte vor wie eine Peitsche, streifte dabei den stillgelegten Ringlokschuppen, dessen Ostflügel in sich zusammenfiel.

Janet stand einfach da, war wie gelähmt, betrachtete den riesenhaften Kampfläufer, der in aller Seelenruhe durch die Innenstadt Torontos schlenderte. Drei Kampfjets zogen dröhnend über das Ripley's hinweg.

# XXII. Brandon William Stroker

»Du siehst beschissen aus«, bemerkte Stroker, der selbst von den harten Stunden gezeichnet war, die hinter ihm lagen. Er hatte den Familien von Elis und Saimir persönlich die Nachricht ihres Todes überbracht.

»Danke. Das sagt meine Exfrau auch immer«, hechelte Desmond, der kaum mehr zu Luft kam. Seine Erscheinung erzeugte die Wirkung, als würde er in seinen eigenen Körpersäften kochen. Sein Kopf war erhitzt, seine Halbglatze leuchtete feuerrot. Er tupfte sich die hohe Stirn, leckte sich über die spröden Lippen. Jede Faser seines Körpers sehnte sich nach Wasser, dabei hatte er gerade erst eine Literflasche geleert.

Stroker und Desmond saßen im Wagen auf einem Parkdeck des Gjakova Airports. Ganz Kosovo war im Aufruhr, seitdem sich außerhalb von Prizren eine kleine nukleare Explosion mit einem geschätzten TNT-Äquivalent von einer halben Kilotonne ereignet hatte. Die NATO ließ zur Stunde Spezialkräfte der ABC-Truppe einfliegen und auch die Forces wurden aktiv. Serbiens Ministerpräsident schwadronierte öffentlich über die absurde Theorie, das Kosovo versuche, Atomwaffen zu entwickeln, und berief entsprechend alle Reservisten zum Waffendienst ein, nachdem sich die serbischen Streitkräfte bereits seit der Marsianerlandung in Frankfurt in Alarmbereitschaft befanden. Experten hatten derweil längst erkannt, dass die Explosion in erschreckender Weise jener ähnelte, die sich kürzlich in England ereignet hatte. Das Internet platzte förmlich, die globale Fieberwelle, die die Welt seit Tagen in Atem hielt, und die Nuklearexplosionen passten vor dem Hintergrund der Marsianerangriffe zu gut zusammen, als dass es sich um Zufälle handeln könnte.

Desmonds Tuch triefte bereits vor Schweiß, er hätte es auswringen können. Auf seiner Stirn bildeten sich frische, glänzende Perlen.

»Das ist das fettige Essen«, bemerkte Stroker trocken.

Desmond warf einen Blick auf sein Handy, sie hatten noch eine Stunde, ehe sie sich am Terminal würden melden müssen. Mathisen hatte seine Kontakte spielen lassen und ihnen einen Exklusivflug in einer Militärmaschine der US-Luftwaffe organisiert. Desmond legte sein Handy beiseite und bekam nicht mehr mit, dass mehrere Nachrichten darauf eingingen.

»Also, packen wir es an?«, fragte Stroker schließlich. Seine Stimme wirkte in diesem Augenblick ungewöhnlich kraftvoll für den alten Mann, der er war. Desmond meinte herausgefunden zu haben, dass Stroker nach den Dekaden des theoretischen Studiums erneut das Feuer gepackt hatte … die Leidenschaft, sich noch einmal an der realen Marsianertechnik zu versuchen. Stroker hatte sein Leben der außerirdischen Technologie verschrieben … und die Aussicht darauf, im Krieg gegen die Marsianer eine Rolle von Bedeutung zu spielen, erfüllte ihn mit frischer Vitalität. Desmond bewunderte den alten Mann offen.

Nie hätte er es für möglich gehalten, dass ein Greis wie Stroker geistig derart frisch und technisch derart versiert sein konnte. Der alte Kauz bediente ein Smartphone so sicher, als hätte er die Betriebssoftware selbst entwickelt. Er hatte eine App geschrieben, über die sich sein Telefon mit der Frequenz des Autoschlüssels synchronisierte und diesen orten konnte, wenn Stroker ihn verlegt hatte. Er hatte sich darüber hinaus eine geradezu kindliche Neugier bewahrt, die ihn auch jetzt unruhig werden ließ ob der spannenden Aufgaben, die ihn in New York erwarteten.

»Warten Sie noch … wir haben ja noch ein paar Minuten«, bat Desmond, seine Stimme transportierte das drastische Unwohlsein, das ihn plagte.

»Was?«

»Ähem … dieses Ding, das versucht hat, uns umzubringen …«

»Uns?« Stroker gluckste. »Es war ganz eindeutig hinter mir her.«

»Okay, fein. Es wollte Sie umbringen.«

»Gut erkannt, Sherlock.«

Es fiel Desmond ob drückender Kopfschmerzen schwer, einen klaren Gedanken zu fassen. Hinzu kam die Angst, die ihn quälte … Todesangst. Sein Herz flimmerte schmerzvoll in seiner Brust, er fürchtete sich vor den Konsequenzen einer möglichen nuklearen Verstrahlung. Sie waren zwar gen Süden vor der Explosion geflohen, während der Wind den Fallout nach dem Nordwesten geweht hatte, dennoch dürften durch die Entladung beschleunigte radioaktive Teilchen auch ihn und Stroker erreicht haben. Der alte Mann hatte, nachdem sie ausreichend Abstand zwischen sich und den Ort der Explosion gebracht hatten, in einer kleinen Pension eingecheckt, hatte dort sämtliche Klamotten entsorgt und beiden eine Dusche verordnet. Desmond lief nun entsprechend in einem zu engen Shirt herum, etwas anderes hatte er in dem winzigen Örtchen nicht finden können.

Stroker seufzte. »Geht es schon wieder um die Kontaminierung? Ich sagte doch schon, dass …«

»Hören Sie … Brandon … ich … ich fühle mich total beschissen. Ich muss zu einem Arzt.«

»Warst du schon mal im Kosovo beim Arzt?«

Desmond tupfte sich die kochend heiße Stirn. »Nein.«

»Ich kann es nicht empfehlen. Mehr als Notschlachten haben die Weißkittel hier unten nicht drauf.«

»Ich weiß nicht, ob ich den Flug noch packe.« Desmond wimmerte. Ein ekelerregendes Gefühl war wie ein Knoten in seinem Magen, dass ihm ganz flau wurde.

»Du kotzt jetzt aber nicht, oder?«, fragte Stroker auf seine direkte Art.

»Nein … nein … ich …«

»Hör zu, Walther.« Stroker klang mit einem Mal beinahe väterlich. »Du machst jetzt nicht schlapp, hörst du mich? Du bewegst deinen fetten Arsch in dieses Flugzeug, machst ein paar Stunden lang die Augen zu und kommst runter. Es sind deine Nerven, die mit dir durchgehen, weil du dir einbildest, radioaktiv verstrahlt zu sein!«

»Ich … ich weiß nicht.« Desmond konnte zusehen, wie Schweißperlen von seinem Gesicht in den Fußraum troffen. Er verspürte einen höllischen Durst.

»Ich weiß, wie sich das anfühlt.«

»Woher wollen Sie das denn wissen?«

»Weil meine freundliche Regierung mir nach 71 mehrere Killerkommandos geschickt hat. In Südafrika hätten sie mich fast erwischt. Glaub mir, ich weiß, wie sich Todesangst anfühlt. Wie sich Paranoia anfühlt. Der Trick ist, sich davon frei zu machen.«

Desmond stotterte: »Sie haben gut reden!«

»In der Tat, das habe ich.«

»Was haben Sie angestellt, dass London derart sauer auf Sie war?«

»Ich bin desertiert. Habe Informationen an Rafsandschāni verkauft in der Hoffnung, meine Studien im Iran fortsetzen zu können.«

»Der Teheraner Tripod …«

»Ja, mein Baby. Leider verlief das alles nicht so, wie ich es mir vorgestellt hatte. Die Amerikaner waren wegen der iranischen F-14 sowieso schon alarmiert, Marsianertechnik in den Händen des neuen Feindes sorgte in Washington für spontane Schnappatmung. Von da an waren es nicht nur britische Kommandos, die nach mir suchten. Ich musste fliehen. Habe dann noch das ein oder andere Ding in Asien gedreht. Ich will aber betonen, dass ich mit diesem Terroristenpack in Singapur nichts zu tun hatte. Die hatten mich angeworben, ja … allerdings unter einem Vorwand. Als ich gemerkt habe, mit wem ich es zu tun habe, habe ich den Kontakt abgebrochen.«

»Sie haben die unglaublichste Biografie der Menschheitsgeschichte.«

»Ach was, die von Jesus hat auch ihre Momente. Ich kann mir jedenfalls kein besseres Leben vorstellen. Aber Mitte der Neunziger war ich platt. Zwei Jahrzehnte Katz-und-Maus-Spiel hatten ihre Spuren hinterlassen.«

Desmond rieb sich die tränenden Augen, die es nicht mehr vermochten, etwas zu fokussieren. Er starrte gegen das Armaturenbrett vor sich, das zu einer schwarzen Masse verschwamm. »Warum erzählen Sie mir das alles?«

»Weil ich will, dass dein Erbsenhirn etwas begreift. Weil ich die – zugegeben – naive Hoffnung hege, du könntest bei den Forces etwas in Bewegung setzen.«

Desmond hob noch einmal die geleerte Wasserflasche zum Mund, sog gierig die letzten Tropfen aus ihr heraus.

»Hör zu, Dickerchen! Die Marsianer führen einen Vernichtungskrieg gegen die Menschheit … und wir verlieren diesen Krieg.«

»Machen Sie Witze? Die Marsianer sehen kein Land gegen uns. Schauen Sie nach Deutschland, schauen Sie nach Macau, nach Sydney. Wo sie auftauchen, wehren wir sie ab.«

Stroker setzte ein mildes Lächeln auf, wie ein Lehrer dies tat, ehe er den unwissenden Schüler belehrte.

»Ich sage dir was: In Porton Down geht durch einen Unfall …« Stroker setzte das Wort »Unfall« in gezeigte Anführungszeichen. »… unsere wichtigste Expertise in Sachen Marsianertechnik auf einen Schlag verloren. Weltweit häufen sich Fälle von Mitgliedern der Britischen Streitkräfte, die auf mysteriöse Weise ums Leben kommen. Dann unser Freund, der uns einen kleinen Besuch abgestattet hat. Und das ist nur das, was wir wissen! Glaub mir, was bisher geschehen ist, ist genau so geschehen, wie die Marsianer dies beabsichtigt haben. Aus diesem Grund habe ich zugestimmt mitzukommen … weil ich die verbohrten Bürohengste kenne, die jede kreative Atmosphäre in den höchsten Behörden der Forces und der Britischen Streitkräfte vergiften. Ihr Mathisen ist auch so einer. Diese Leute sind derart engstirnig, derart gefangen in ihrer kleinen Welt, dass sie gar nicht mehr nach rechts und links schauen können. Die feiern sich für ihre vermeintlichen Siege in Europa, Asien und Australien und verstehen nicht, dass der Marsianer nicht so tickt wie wir. Dass er sich gänzlich anderer Denkmuster bedient.

Wenn wir beide es nicht schaffen, die verkrustete, in der menschlichen Perspektive feststeckende Denkart aufzubrechen, werden wir samt und sonders untergehen, denn eines kannst du mir glauben: Noch einmal lassen sich die Fleischbälle nicht von unseren Krankheiten dahinraffen. Sie haben sich 120 Jahre lang Zeit gelassen, ihre Pläne zu schmieden, und das sicherlich nicht umsonst. Ich bin mir ehrlich gesagt nicht einmal sicher, ob wir überhaupt noch eine Chance haben … oder ob es nicht schon längst zu spät ist.«

Desmond fiel es schwer, Strokers Ausführungen zu folgen, zu sehr war er mit seinen eigenen Leiden beschäftigt. Das Shirt klebte auf seiner nassen Haut.

»Du bist ein Nerd, Walther. Ein Außenseiter, das habe ich sofort erfasst.«

»Ähem … danke?«

»Ich habe die Hoffnung, dass du über genug Einfallsreichtum verfügst, um die konventionellen Denkmuster zu durchbrechen. Wenn unsere Armeen aber weiterhin von Kerlen angeführt werden, die sich auf jede Explosion einen runterholen, sehe ich schwarz.«

Desmond überlegte, ob Stroker an Demenz litt. Ob der alte Mann zurechnungsfähig war. Sein Denkapparat allerdings begann unweigerlich damit, dessen Worte zu verarbeiten und zu zerdenken.

»Ich glaube«, japste Desmond, »Sie bewerten die Lage zu negativ. Im Jemen scheinen es mehr Tripods zu sein, aber vergessen Sie bitte nicht, dass die Forces ihre Mark Red vor Ort im Einsatz haben. Die werden mit den Fleischbällen kurzen Prozess machen …«

*

»Regiment steht am Kraterrand im Kampf mit vier Tripods«, meldete Stearn über Funk. Marten gab die Meldung an Perkins weiter. Der Forces-Lieutenant hockte etwas unbequem zwischen dem Sitzplatz des Kommandanten und dem des Fahrers, der über vier neben- und übereinander angeordneten Bildschirmen die Systeme des Panzers und die Umgebung im Auge behielt. Marten kam sich vor, als befand er sich auf dem Filmset eine Science-Fiction-Films aus den siebziger Jahren. Große Knöpfe und bunte Leuchten beherrschten den Innenraum, insgesamt hockten vier Panzersoldaten auf engstem Raum zusammen. Die Luft war stickig, es stank nach Schmierfetten, Diesel, Abgasen und Elektrosmog. Marten kämpfte gegen den Hustenreiz an, hielt sich das Funkgerät ans Ohr, um trotz des Motorbrummens eingehende Funksprüche aufnehmen zu können. Über die Bildschirme des Fahrers observierte er die Außenwelt, sah über die Seitenkameras, wie die Mark Red zu einer langen Feuerlinie auffuhren. Stearns Radpanzer und Lkw besetzten die Abstände zwischen den Hitzestrahlpanzern. Etwas abseits des Schlachtfelds befand sich eine Tankstelle, ein Sattelschlepper und einige Kleinfahrzeuge standen verlassen zwischen den Tanksäulen, dahinter war ein aus Europaletten gezimmerter Unterstand zu erkennen.

Marten bis die Zähne aufeinander, der Panzer vibrierte heftig in der Fahrt, dass die Vibrationen auf ihn übergingen und ihn ganz automatisch dazu brachten, seine Muskulatur in höchste Spannung zu versetzen. Seine Glieder sendeten feine Schmerzimpulse aus.

Voraus wuchsen vier Tripods aus der Erde, sie waren nur noch wenige Kilometer entfernt. Lichtblitze um ihre Kesselkörper herum machten deutlich, dass sie beschossen wurden. Das Feuer des Regiments verpuffte wirkungslos im Ziel, doch es schien die erhoffte Ablenkung zu bewirken. Die vier Tripods hatten den Mark Red den Rücken zugewandt. Es schepperte und zischte in der Ferne, als ihre Waffen sprachen, Meteoriten gleich wirbelten flammende Geschosse zur Erde hernieder und vergingen dort zu Explosionen. Hin und wieder waren einzelne Wagen des Regiments zu erkennen, die wie wild gewordene Rindviecher um die Beine der Tripods herumrasten und aus allen Rohren feuerten. Der Anblick erinnerte an einen Kampf zwischen Ameisen und einem diese um das Vielfache überragenden Käfer, wie Marten es einmal in einer Naturdokumentation gesehen hatte. In dieser hatten die Ameisen den Käfer zu Fall gebracht, indem sie mit ihren rasiermesserscharfen Mundwerkzeugen Stück für Stück dessen Gliedmaßen abgetrennt und Löcher in dessen dicken Chitinpanzer gebohrt hatten, um ihn von innen heraus zu töten.

»Krater voraus. Vier Tripod auf 2300, ein Uhr«, meldete der Fahrer geschäftsmäßig.

Perkins rückte sich die Panzerhaube zurecht, sprach ins Mikrofon: »Big Fish an alle. Greifen auf breiter Front an, dazu vor auf 800. Waffen laden, Meldungen an mich. Feuerüberfall auf meinen Befehl. Spielen wir eine Runde

Bleigießen mit unseren dreibeinigen Freunden.« Perkins fasste über die Bildschirme die marsianischen Kampfläufer ins Auge. Ein siegessicheres Grinsen huschte über seine Lippen. »Passt auf euch auf, Männer!«

Die Mark Red und die Wagen der 4. Kompanie bretterten mit 70 Sachen über eine in den zahllosen Sonnenstunden des Jemens verdorrte Wiese. Voraus, dort, wo die grünlich funkelnden Tripods sich über das Land erhoben, waren die Ränder jener Grube zu erkennen, die die marsianischen Kapseln beim Aufschlag in die Erde geschlagen hatten. Zwei eiförmige, mit abbröckelnder Kruste bedeckte Dinge ragte darüber hinaus. Mit einem Mal schossen hintereinander drei grüne Lichtsäulen aus der Grube zum Himmel empor. Ein grüner Schimmer ging in der Folge von ihr aus, der als changierender Obelisk ins Firmament ragte und das Gewölk zum Flackern brachte. Der ganze Himmelsdom erglühte grünlich, der Anblick ließ Marten das Blut in den Adern gefrieren. Vor dem Hintergrund der grün lodernden Wolken stapften die Tripods umher, traten nach den Panzerwagen, die sie herausforderten, beschossen sie mit wild umherbrausenden Raketen. Flammenbälle stäubten zwischen den mächtigen Kampfmaschinen auf, grüner Dampf entwich den ungezählten Gelenken ihrer Beine.

»Tempo, Mann«, knirschte Perkins und blickte seinen Fahrer an. »Wir verpassen die Party.«

»Wir fahren schon auf Volllast.«

Es rumpelte fürchterlich, der Mark Red schob sein Tonnengewicht kraftvoll über den unebenen Untergrund, schob es dem Schlachtfeld entgegen. Eine kreisrunde Spiegelfläche ragte über den Kraterrand hinaus. Es erinnerte Marten an ein Auge, das die anrückenden Forces-Kräfte beobachtete. Perkins drückte sich die Ohrmuscheln des Kopfhörers gegen den Schädel, lauschte einem Funkspruch.

»Gebt euch das mal«, brüllte er gegen den Lärm an und aktivierte die Mikrofone, die außen am Mark Red angebracht waren. Umgehend erfüllte ein lautes, mechanisches Hämmern den Innenraum des Panzers. Jeder für sich lauschte für einige Sekunden den eindeutigen Geräuschen, die aus dem Krater der Marsianer zu vernehmen waren.

»Die Fleischbälle basteln wieder an etwas!«, bemerkte Perkins und lachte triumphal auf. »Schätze, die versuchen, eine ihrer lächerlichen Flugscheiben in Gang zu kriegen, um zu fliehen. Aber dazu wird es nicht kommen. McLane, Waffenstatus?«

»Hitzestrahl bei 91 Prozent. Geladen in 15 Sekunden. Kaliber-.50 sind lock and load.«

»Musik in meinen Ohren. Den Marsheinis wird gleich Hören und Sehen vergehen!«

*

Stroker lachte, laut und schallend. Er kringelte sich, zeigte dabei auf Desmond, belächelte ihn mit heiser gewordener Stimme.

»Komm schon, Walther … du kannst mehr«, forderte er den Office-Mitarbeiter heraus. Der war damit beschäftigt, nicht in seinem eigenen Schweiß zu ertrinken.

»Du bist doch keiner von diesen Militärs, die mit dicken Eiern durch die Gegend laufen und abspritzen, sobald irgendwo eine Waffe losgeht. Das ist überhaupt das Problem.« Stroker tippte Desmond an, der gedanklich zunehmend abdriftete. »Walther. WALTHER, MENSCH!«

»Ja?«, schreckte der auf. »JA?«

»Hörst du mir zu?«

»Ja, doch!« Vor Desmonds geistigem Auge manifestierte sich der Abguss einer bildhübschen Frau. Es war jene Frau, die seine Vorstellungskraft zu Mixxel7s Stimme zeichnete.

»Gut, denn das ist wichtig. Ich befinde mich in der letzten Phase meines Lebens, mir könnte es sowieso egal sein. Ist es aber nicht, okay?«

Du bist wirklich ein ganz toller Hecht, dachte sich Desmond, den mannigfaltige Emotionen zu übermannen drohten und der einen in sich wachsenden Zorn auch gegen Stroker richtete.

»Den Idioten bei den Forces und in den nationalen Streitkräften fällt nichts Besseres ein, als auf jede Marsianerpräsenz sofort mit der ganzen Bandbreite ihres Waffenarsenals draufzuknüppeln, dabei …«

*

»Unsere Jungs könnten Hilfe gebrauchen«, schnappte Marten, als er auf dem Bildschirm sah, wie ein Tripod eines seiner Beine als Peitsche benützte, damit nach einem Panzerwagen schlug und diesen traf. Die Wucht hob das tonnenschwere Gefährt an, wirbelte es umher wie ein Spielzeugauto. Martens Finger drückten gegen den Kunststoff seiner Maschinenpistole. Perkins hingegen pflegte ein Maß an Urvertrauen in die Fähigkeiten seiner Panzereinheit, dass er keine Zweifel zuließ. Die Tripods würde er in silbrig glänzende Seen verwandeln, das stand so fest wie der Sonnenaufgang an jedem Morgen.

»Keine Bange!«, rief Perkins lächelnd. »Papa ist gleich da.«

»Hitzestrahl auf 100 Prozent und feuerbereit.«

»Gut so. Lassen wir die Tentakelgesichter mal von ihrer eigenen Medizin kosten!«

»Sind auf 1400. Gleich da«, freute sich der Fahrer. Die gesamte Mannschaft des Mark Red fieberte dem Kampf entgegen. Die Panzermänner beugten sich in ihren Sitzen vor, fokussierten die Bildschirme … die Tripods, deren Beine jenseits des Kraters schlangenartig in der Landschaft herumstocherten. Grüne Funken flitzten über ihre Körper, glühende Projektile zogen vom Boden zu ihnen herauf, trafen und schlugen quer. Manch eine Garbe verfehlte ihr Ziel, zog wie ein umgekehrter Sternenschauer ins Gewölk.

*

»… das aber wird nicht reichen. Die Marsmänner haben ihre Pläne gegen uns geschmiedet und wie schon beim letzten Mal werden wir sie mit Waffengewalt allein nicht aufhalten. Ich brauche Fürsprecher, wenn ich mich in New York für alternative Lösungsansätze ausspreche, verstehst du? Unterstützer. Kannst du das leisten?«

»Was … was zum Teufel wollen Sie von mir?« Desmond atmete schwer, als hätte er soeben einen Marathon absolviert. Sauerstoffnot zwang ihn dazu, seine Atmung weiter zu beschleunigen, verzweifelt Luft einzusaugen. Der Schweiß lief ihm wie ein Wasserfall über das Gesicht, sein Shirt war völlig durchnässt.

»Walther, hör mir zu. Die Marsianer führen etwas im Schilde.«

»Das … das sagten Sie doch alles schon.«

»Sind dir die Muster denn gar nicht aufgefallen?«

»Was denn für Muster?«

»Herrgottszeiten!« Stroker sah aus, als würde er jeden Augenblick an Desmond verzweifeln. Den aber juckte das nicht mehr. Er rieb sich den feuerroten Kopf, erschrak erneut vor der mörderischen Hitze, die dieser ausstrahlte.

»Frankfurt, Macau, Sydney. Jemen!«

»Ja …?«

»Dreimal das gleiche Muster: zwei Kapseln, sechs Tripods. Kreisförmiges Ausschwärmen und offenkundig waren sie von einem großen Zerstörungsdrang getrieben. Nachdem die Marsianer ihre Kapseln in eine Art Hauptquartier umgewandelt hatten, stieg jedes Mal eine Flugscheibe auf – dies geschah stets in der letzten Phase des Kampfes.«

Desmond schaute Stroker an wie ein Auto.

»Du lieber Himmel«, murmelte der alte Mann. »Es gibt eine Million Forces-Leute, und die schicken mir ausgerechnet den Beauftragten für Schwerbehinderte …«

»Was …?«

»Dir fällt wirklich gar nichts auf?«

»Nein …«

»Wo sind jeweils die Flugscheiben abgeschossen worden?«

»Hören Sie … ich … ich bin nicht in der Stimmung für Rätsel.«

»In Flughafennähe, okay?«

»Was?«

»Frankfurt – Macau – Sydney. Alle drei Landungszonen liegen in unmittelbarer Nähe großer Flughäfen.«

Desmond stutzte. Für einen Moment fluteten wieder klare Gedanken seine Hirnwindungen. Er ließ diese Erkenntnis auf sich wirken, und ja … Stroker hatte recht. Dieses Detail war ihm entgangen.

»Was bedeutet das?«, fragte er geradeheraus. »Was haben die Marsianer vor?«

»Ich weiß es nicht. Ich brauche erst Zugang zu allen Informationen, ehe ich mich an einer Analyse versuchen kann. Aber eines sag ich dir mit Gewissheit: Die Marsianer sind nicht überrascht darüber, dass ihre Invasionsarmeen bei Frankfurt, Macau und Co. gescheitert sind. Die wissen ganz genau, was wir können. Der Verlust dieser Missionen muss einkalkuliert gewesen sein.«

»Aber warum?«

»Das ist die Preisfrage. Die Vorgänge im Jemen jedenfalls unterscheiden sich von denen andernorts. Dort scheint eine waschechte Invasionsstreitmacht aufzulaufen, die Presse spricht von über 300 Tripods. Da ist etwas im Busch.«

»Aber noch mal. Egal was die Marsianer planen, selbst mit 300 der dreibeinigen Monster werden wir doch fertig. Was kann das schon für ein dummer Plan sein, lauter Selbstmordkommandos aufzustellen?«

»Out-of-the-box-Denken ist gefragt, Walther. Die Marsianer funktionieren nicht wie wir. Sie denken nicht wie wir. Sie handeln nicht wie wir. Darauf will ich doch die ganze Zeit über hinaus! Die Marsianer sind derart wesensanders, dass es schon falsch ist, ihre Vorhaben überhaupt aus der menschlichen Perspektive heraus zu betrachten. Wir müssen uns davon völlig lösen … und genau dafür brauche ich deine Unterstützung, wenn wir erst in New York sind.«

»Ich weiß nicht, ob ich helfen kann. Ich muss einen Arzt sehen und brauche eine Woche Ruhe oder so.«

»Ach, Quatsch! Schluck eine Handvoll Aspirin, kneif die Arschbacken zusammen und hör auf herumzuheulen! Das Schicksal der Menschheit steht auf dem Spiel!«

»Ja …«

»Du hast doch Kinder?«

»Ja …«

»Dann verstehe ich nicht, wie du hier sitzen und in Selbstmitleid zerfließen kannst, während die Marsianer drauf und dran sind, uns auszulöschen!«

»Brandon … so gerne ich über diese verrückten Sachen philosophiere … Sie sprechen mit dem Falschen. Ich bin kein Visionär, kein großer Agent des Office. Ich habe auch keinen Einfluss. Ich bin nur ein Typ.«

»Das war ich auch mal!«

»Schön für Sie. Ich weiß nicht, was Sie von mir wollen. Ich bin kein Soldat. Ich kann nicht gegen die Marsianer kämpfen. Und wie gesagt, im Jemen fahren unsere Mark Red auf, da hat der Marsianer nichts zu lachen.«

Stroker schüttelte enttäuscht den Kopf. »Du begreifst es nicht, Junge. Der Mark Red ist die größte Fehlkonstruktion in der Geschichte Großbritanniens. …«

*

Sie hatten sich dem Kraterrand bis auf wenige Hundert Meter genähert, als die kreisrunde Spiegelscheibe hinter diesem verschwand. Ein mechanischer Ruf erscholl, laut und donnernd. Der Bass des »Alu-u« erfasste die heranbrausenden Mark Red, drang durch den Panzerstahl in diese ein, fegte als spürbare Schallwelle durch die Körper der Soldaten. Marten verspürte ein Kribbeln im Brustraum. Verkrampft hockte er zwischen Fahrer und Kommandant und war damit beschäftigt, ob der holprigen Fahrt nicht unter die Sitze zu rutschen.

»Tripod! 450 vor eigener!«, brüllte der Fahrer aufgeregt. Marten sah es auf dem Bildschirm: Zwei weitere der mächtigen Kampfmaschinen erhoben sich aus der Grube, die augenartigen Gebilde auf ihren Kesselköpfen waren direkt auf die angreifenden Mark Red ausgerichtet, ihre Lanzen und Raketenbatterien ebenfalls. Hinter ihren Körpern waren große Käfige angebracht, die mit kugelartigen Gebilden gefüllt waren.

»Alle Wagen: Halt!«, befahl Perkins aus heiserer Kehle. »Die beiden wollen es anscheinend zuerst wissen. Tun wir denen den Gefallen!«

Der Panzer verlor derart abrupt an Fahrt, dass unsichtbare Kräfte Marten nach vorne zogen. Er streckte reflexartig die Arme aus, hielt sich an den Sitzschalen vom Kommandanten und vom Fahrer fest. Im nächsten Augenblick erklang ein mehrstimmiger Knall außerhalb des Panzers, als die vier Abstützträger ausfuhren und sich ihre Zylinder in den Untergrund bohrten. Die anderen Mark Red taten es dem Führungsfahrzeug gleich, ähnlich einer eisernen Linie bauten sie sich vor den beiden Tripods auf.

»Bravo-Zonen anvisieren, Zielverteilung von links nach rechts, Feuer auf mein Zeichen!«

Die Panzerkommandanten bestätigten via Funk, die auf die Mark Red montierten Hitzestrahlbehälter gerieten schwerfällig und unter metallischem Knarzen in Bewegung, ihre trichterförmigen Öffnungen hoben sich den Körpern der Tripods entgegen. Diese ließen je eines ihrer Beine in die Höhe schnellen, der Fuß stampfte auf, prügelte regelrecht den Untergrund und löste ein kleines Erdbeben aus, das Marten in seinen Eingeweiden fühlte. Er klammerte sich umso stärker an seiner MP fest und schaute plötzlich in das breit grienende Gesicht Perkins'.

»Wie hättest du sie gerne?«, fragte der Engländer spöttisch. »Medium oder gut durch?«

*

Stroker lachte trocken.

»Ihr habt das alle noch nicht begriffen! Ich bin überhaupt der Einzige, der das je verstanden hat. Ich habe das bereits damals bei U04 gesagt. In dem Punkt sind sogar Groves und ich nie auf einen Nenner gekommen …«

»Wer ist Groves?«

»Nicht so wichtig. Für U04 jedenfalls war der Hitzestrahl ein Heiligtum, verstehst du? Die haben sich mit aller Macht an die Hoffnung geklammert, ihn eines Tages nutzbar zu machen. Wir alle kennen die Geschichten über die fehlgeschlagenen Experimente nach dem Krieg von 1901, die Bilder schrecklich entstellter Wissenschaftler, die ihre Finger nicht vom Hitzestrahl und dem anderen Zeug der Marsianer lassen konnten … Im Großen Krieg noch träumte Asquith davon, mit Hitzestrahlern auf Lastwagen eine Schneise in die deutschen Linien zu brennen. Als sich in den Sechzigern die ersten Durchbrüche abzeichneten, die schließlich zur Entwicklung dieses armseligen Mark Red führen sollten …« Stroker sprach den Namen des Panzers aus, als handelte es sich um eine Seuche. »… war ganz U04 in Aufruhr. Zu meiner Zeit gab es kein anderes Thema, die Leute waren derart versessen auf den Hitzestrahl, dass sie alles vergaßen.« Stroker räusperte sich. »Ich habe das nie verstanden. Wir verfügen über Atombomben, Plutoniummunition, Langstreckenraketen und, und, und. Wofür brauchen wir einen heißen Strahl? Gleiches gilt für den Dampf, bei dem es sich um nichts weiter als formverändertes Sarin handelt. Wir können Effizienteres herstellen, präziseres Gas. Warum also, Walther, warum geht alle Welt auf die vermeintlichen Waffen der Marsianer steil? Auch meine Freunde im Iran wollten anfangs, dass ich denen den Hitzestrahl baue … Die hatten einen vollständigen Tripod, gut erhalten, aber ohne Hitzestrahlbehälter, und hatten daher nicht verstanden, welche Hochtechnologie ihnen eigentlich in die Hände gefallen war. Statt sich mit dem Offensichtlichen zu beschäftigten, sollte ich denen eine Hitzestrahlwaffe bauen, ist das zu glauben?«

Desmond presste sich ein Tuch vor die Nase, das sich langsam rot färbte. Stroker ignorierte das Nasenbluten. Der alte Mann gefiel sich derart in seinem Monolog, dass er alles andere ausblendete.

»Hat mich Monate der Überzeugungsarbeit gekostet, ehe ich mich endlich vollends mit der wahren technischen Errungenschaft der Marsianer beschäftigen durfte.«

Stroker blickte Desmond vielsagend an, schien zu erwarten, dass dieser nachfragte, was denn die wahre technische Errungenschaft der Marsianer sei. Den Gefallen aber tat Desmond ihm nicht.

»Es sind die Gliedmaßen, Walther! Ihre feingliedrigen, aus 1172 Gelenken bestehenden, aus Millionen winzigster Bauteile gefertigten Beine, die weich und biegsam sind wie ein Seil und gleichzeitig robust und kraftvoll, äußerst präzise in der Ausführung von Bewegungen. Etwas Vergleichbares hat die Menschheit bis heute nicht hervorgebracht, nichts, was sich der Meisterleistung der marsianischen Technologie auch nur im Entferntesten annähern würde. Unsere besten Roboter sind in ihren Bewegungen noch immer eingeschränkt und maschinenhaft. Die Gliedmaßen der Tripods sind bewundernswert, umso tragischer ist es, dass sich die Menschheit immer nur für diesen dämlichen Hitzestrahl interessiert, dessen Einsatz sowieso begrenzt ist, da für ihn ein auf der Erde unbekanntes Element benötigt wird, das sich künstlich nicht herstellen lässt …«

»Moment mal«, Desmond hatte den Kopf in den Nacken gelegt, um den Blutfluss zum Versiegen zu bringen. Seine Sprache erhielt einen nasalen Klang. »Ich dachte, Mangalgrah sei das einzige Element, das die Marsianer damals mitgebracht hatten?«

»Nein.« Stroker amüsierte sich sichtlich über Desmonds Unwissenheit. »Nein, bei Weitem nicht.«

»Dennoch erkenne ich Ihren Punkt nicht. Was nutzen uns irgendwelche Roboterbeine? Mit dem Hitzestrahl könnten wir deren Tripods reihenweise einäschern …«

»Das liegt daran, weil du – wie die meisten anderen auch – noch immer nicht verstanden hast, was 1901 überhaupt geschehen ist.«

Desmond warf Stroker einen Seitenblick zu. »Erleuchten Sie mich.«

»Die Marsianer haben 1901 keinen Krieg gegen uns geführt.«

»Natürlich haben die Krieg geführt! Sie verhöhnen die Opfer.«

Noch einmal lachte Stroker, lachte Desmond offen aus.

»Die Marsianer haben genauso wenig Krieg gegen uns geführt, wie ein Hausbesitzer Krieg gegen die Insekten und Nagetiere führt, die sein Grundstück bevölkern und die er zu vernichten sucht. Es ist die Arroganz der Menschen – speziell die Arroganz von uns Briten – zu glauben, sie seien stark und mächtig genug, dass eine samt und sonders überlegene Art Krieg gegen sie führen müsste. Lächerlich!« Das letzte Wort spuckte Stroker geradezu aus.

»Und ihre Dreifüßer? Der Hitzestrahl? Das Giftgas? Das sollen keine Kriegswaffen gewesen sein?«

Stroker verfiel in ersticktes Glucksen.

»Haben Sie einen Garten?«, fragte er. »Probleme mit Viehzeugs?«

Desmond antwortete nicht.

»Rücken Sie denen mit Militär zu Leibe? Rufen Sie Ihre Nationalgarde, wenn Sie ’ne Ratte auf Ihrem Grundstück haben?«

Desmond tupfte sich die blutende Nase. Er hatte das Gefühl, als würden seine brühheißen Hände jeden Augenblick in der eigenen Körperwärme zerfließen.

»Natürlich nicht!«, beantwortete sich Stroker abermals eine gestellte Frage selbst.

»Das kann doch nicht Ihr Ernst sein! Die haben damals einen Vernichtungsfeldzug gegen London geführt! Und …«

»DAS WAR EIN BAUTRUPP!«, donnerte Stroker wütend. »Das waren Landschaftsbauer mit ihren Bulldozern, die da vor 120 Jahren zu uns gekommen sind! Das erzähle ich seit 40 Jahren, aber es interessiert ja keinen. Vielleicht kommen die Idioten jetzt mal auf den Trichter!«

Desmond starrte Stroker ungläubig an. Blut troff auf sein Shirt.

»Und stell dir mal vor, wir versuchen seit 120 Jahren, ihre Technik zu adaptieren. Wir versuchen seit 120 Jahren, einen außerirdischen Bulldozer nachzubauen!«

Stroker belustigte sich an dieser Vorstellung.

»Stell dir mal vor, Sie reisen mit Baggern auf einen anderen Planeten, der von niederen Wesen bewohnt wird. Wollen den Planeten für sich nutzbar machen, vielleicht auch dessen Bewohner. So wie wir Kühe und Hühner für uns nutzbar machen. Sie landen also mit einem Trupp Bauarbeiter und ein paar Baggern auf diesem Planeten und fangen an, einen Bereich zu säubern, um dort ihre Siedlung hochzuziehen. So, wie wir die Heide roden, bevor wir dort unsere Hochhäuser hinpflanzen. Sie planieren auf dem Planeten also alles und dann passiert etwas Unerwartetes. Okay. Damit hatten sie nicht gerechnet. Ihr Bautrupp wird krank, die Mission gerät zum Desaster. Kann passieren. Blöd gelaufen, würde ich sagen … die einheimischen Krankheitserreger unterschätzt … das ist den Spaniern damals auch passiert.«

Stroker schien für einen Moment in Gedanken abzuschweifen. Hinter seinen glänzenden Augen arbeitete es.

»Diese lächerlichen Mark Red«, sinnierte er. »Stellen Sie sich vor, Sie kommen nach 120 Jahren wieder, um Ihre Arbeit zu Ende zu bringen, und müssen feststellen, dass sich das einheimische Ungeziefer Ihre Baggerschaufeln vor deren primitiven Karren geschraubt hat und tatsächlich glaubt, damit ein mächtiges Kriegsgerät in Händen zu halten. Weil es gar nicht begreift, dass es nur eine Baggerschaufel adaptiert hat.«

Stroker grinste breit, in seinem bräunlich-gelben Gebiss brillierten silberfarbene Kronen.

»Die Marsianer müssen sich schlapplachen, wenn sie das erste Mal so einen bescheuerten Mark Red zu sehen bekommen.«

*

»Big Fish an alle: Feuer!«, plärrte Perkins. Der Waffenbediener, der rechts des Fahrers auf erhöhter Position saß, betätigte den Auslöser. Ein lautes, auf schmerzvolle Weise das Trommelfell penetrierendes Surren setzte ein, ein giftiger Geruch umspielte sogleich Martens Nase. Die Lüftungsanlage des Mark Red drehte auf, böllerte lärmend.

Nahezu unsichtbar entsprangen die Hitzestrahlen den Behältern der Mark Red, jagten aus den Trichtern und den beiden Tripods entgegen. Perkins beugte sich vor, fokussierte mit offenem Mund das Flimmern der Luft zwischen seinen Panzern und den marsianischen Kampfmaschinen. Auch für den erfahrenen Mark-Red-Recken musste der Anblick des entfesselten Hitzestrahls etwas Besonderes sein, denn aufgrund der begrenzten »Munition« waren Übungsschießen wohl eher die Ausnahme.

Das Luftflirren jagte mit einem Höllentempo den Tripods entgegen, erreichte sie, fuhr über sie hinweg. Perkins rieb sich die Augen und auch Marten konnte nicht anders, als auf den Bildschirm zu starren. Seine Finger versuchten das Griffstück der Maschinenpistole zu zerdrücken, die Knöcheln zeichneten sich weiß unter der geröteten Haut ab. Für drei Sekunden herrschte beklemmendes Schweigen in Perkins' Mark Red.

Die beiden Tripods zeigten sich unbeeindruckt. Es war, als hätten die Mark Red sie mit Druckluft beschossen. Perkins fand schließlich zu sich zurück, stammelte aufgekratzt ins Mikrofon: »Ähem … Big Fish … Big Fish hier … an alle … Waffenstatus überprüfen … Waffen …« Er stockte, hielt den Atem an, als die Raketenbatterie von einem der Tripods kippte, bis ihre schwarze Öffnung direkt auf die Mark Red wies.

»Jetzt wird's ungemütlich«, murmelte Marten. Ein höllisches Scheppern erklang, dann sah er die wild kreiselnden, flammenden Geschosse, die auf die Kamera zusteuerten. Sie wurden auf dem Bildschirm in rasender Geschwindigkeit größer, bis dieser nichts als züngelnde Flammen darstellte. Es rumste, toste, dröhnte. Die Schwerkraft veränderte ihre Richtung um 90 Grad. Martens Hintern verlor den Kontakt zur Stahlfläche, auf der er bis dato gesessen hatte. Der Lieutenant kullerte durch den Panzerinnenraum, vorbei am Fahrer. Er klatschte schmerzvoll gegen den Waffenbediener, was dem ein Aufstöhnen entlockte. Darauf knallte Marten gegen die Seitenwand des Mark Red und blieb auf ihr liegen.

Alle Knochen in seinem Körper taten weh. Sein Verstand versuchte noch zu begreifen, was geschehen war. Er hob den Kopf, sein Nacken dankte es ihm mit neuerlich peinvollen Impulsen. Perkins' Mannschaft hing teilweise bewusstlos in ihren Sitzen, allein die Gurte hinderten sie daran, auf Marten herabzufallen. Ihre Arme baumelten in der Luft, die Schwerkraft suchte sie gen Marten zu ziehen. Perkins fielen Münzen aus der Tasche, die Pennys trommelten einem Regenschauer gleich um Marten herum auf den Stahl der Panzerwand.

Perkins ächzte, hustete. Benommen schaute er sich um, schien seine Lage nicht vollends zu begreifen. Apathisch löste er seinen Gurt und stürzte Marten augenblicklich entgegen. Er klatschte neben dem Lieutenant gegen die Seitenwand.

»Was zum …?«, verlieh er seiner Desorientierung Ausdruck.

»Delta Sierra für Control«, knackte Stearns Stimme aus Martens Funkgerät. »Delta Sierra für Control. Wir haben vier Mark Red verloren. Hitzestrahlbeschuss wirkungslos! Lege Deckungsfeuer und beginne mit der Bergung der … Oh Scheiße …!«

»Was ist los?«, hakte Riensch nach.

»Ich …«

Stearn musste irgendetwas sehen, was ihn derart aus der Bahn warf, dass er vergaß, die Sprechtaste seines Funkgerätes loszulassen. Stattdessen übertrug der Funkkreis nun die Befehle, die er seiner Mannschaft entgegenbrüllte: »Alle Waffen klar! Feuer! FEUER NACH EIGENEM ERMESSEN!«

Marten warf einen Blick auf die Bildschirme. Einer war schwarz, ein Riss zog sich quer durch sein Glas. Die anderen drei aber funktionierten, zeigten, was sich außerhalb des Panzers abspielte. Marten begriff erst jetzt rundweg, dass Perkins' Panzer auf der Seite lag. Eine der Seitenkameras zeigte entsprechend nichts als verdorrte Wiese in Großaufnahme, eine andere wies steil ins grünlich leuchtende Firmament hinauf. Die Frontkamera aber zeigte, um 90 Grad verdreht, die beiden Tripods, die zur Verteidigung ihrer Kapseln gegen die Mark Red angetreten waren. Die rundlichen Gebilde fielen aus den Käfigen zu Boden, wo sofort drei Beine aus einem jedem erwuchsen. Mini-Tripods! Tausende! Ihre Beine gerieten in Bewegung, einem mittelalterlichen Heer gleich galoppierten sie den zusammengeschossenen Forces-Kräften entgegen.

*

»Und dieses Mal haben die größere Baumaschinen mitgebracht oder wie?«, fragte Desmond. Das Gespräch mit Stroker gewann zunehmend an Brisanz, die Argumente des alten Mannes hatten etwas für sich. Es fiel ihm ob seiner Kopfschmerzen, den Hitzewallungen, dem quälenden Durst und dem Nasenbluten dennoch schwer, der Konversation zu folgen.

Stroker fixierte Desmond mit eindringlichem Blick. »Natürlich nicht, Dickerchen! Mach die Augen auf! Dieses Mal haben die Fleischbälle ihr Militär geschickt, deshalb sind ihre Maschinen auch mit Raketen und EMP ausgestattet statt mit Insektenspray und Gasbrennern zur Unkrautvernichtung. Und genau das versetzt mich in eine Heidenangst. Wir können nicht einmal erahnen, was die Marsianer gegen uns ersonnen haben, und ich fürchte, ihre Pläne sind längst im Gange und richten irreparablen Schäden an. Wenn sie sogar mich gezielt auszuschalten versuchen, zeugt das nur davon, wie viel sie über uns wissen.«

»Sie lesen möglicherweise in Internetforen mit.«

»Oder sie wissen von den regelmäßigen Kontakten, die ich zu U04 gepflegt habe. Seit Frankfurt hatten wir stündlich telefoniert. Groves war zwar ein ebenso unverbesserlicher Fan vom Hitzestrahl wie alle anderen Militärheinis auch, ansonsten aber war er bereit, mir zuzuhören.«

»Wer zum Teufel ist Groves?«

»Das ist nicht wichtig.«

»Dann hören Sie auf, mich mit diesem Namen zu teasern!«

Desmond überlegte, woher er frisches Wasser bekommen konnte. Sein Blick fiel auf den Flughafen.

»Also … kann ich in New York auf deine Unterstützung bauen?«, tastete Stroker vor.

»Ja doch, ja doch. Und jetzt lassen Sie uns endlich reingehen!«

*

Der Lärm des Kampfes hallte als dumpfe Kakofonie im Inneren des umgekippten Mark Red wider. Es war, als würde draußen eine ganze Armee von Paukentrommlern auflaufen. Marten war schwindelig, auf allen vieren kroch er auf die hintere Ausstiegsluke zu. Er erfasste den Sicherungshebel, entriegelte und stieß sie auf. Sofort blies ihm das schwüle Klima einen Schwall stickige Luft entgegen. Gleichzeitig verwandelten sich die dumpfen Paukenschläge in ein ohrenbetäubendes, kreischendes, schrilles Crescendo, in ein Konzert der kleinen und großen Kriegswaffen. Ein Tripod feuerte unter infernalischem Bullern seine Raketenbatterie ab, die flammenden Geschosse bohrten sich zwischen Stearns Wagen in die Erde. Die Detonationen hoben den Untergrund an, erdende Ballons blähten sich auf. Ein Lastwagen wurde von den enormen Drücken angehoben und auf die Seite geschleudert. Dazwischen rasten die Mowag Piranha umher, suchten den Einschlägen zu entgegen. Ein EMP zischelte, ein Mark Red erstarb augenblicklich. Diejenigen Hitzestrahlpanzer, die noch nicht ausgeschaltet waren, übten sich im Rückwärtsfahren, während ihre Kaliber-.50 aus allen Rohren feuerten. Marten, sich aus dem Panzer lassend und über den sandigen Grund kriechend – welke Grashalme stachen ihm in die Finger –, folgte mit dem Blick den glühenden Projektilen, die die Nebenwaffen der fliehenden Mark Red ausspuckten. Sie trafen auf eine bläulich schimmernde Wand; auf eine sich bewegende, aus Hunderten – nein, Tausenden Maschinen – bestehende Wand, die einer Monsterwelle gleich den so böse zusammengeschossenen Forces-Truppen entgegenbrandete. Tausende, Zehntausende Miniatur-Tripods, zusammengeschlossen zu einem den Horizont verdeckenden Metallorganismus, zu einem vielarmigen, todbringenden Kraken, wuselten durcheinander und rasten, einander überrollend und überrennend, auf die Menschen zu, als würden sie ein Wettrennen darüber veranstalten, wer sie als Erstes erreichen würde. Marten verschluckte sich beim Anblick der Tripod-Lawine, die immer weiter in die Höhe wuchs und die schier unaufhaltsam auf ihn und seine Kameraden zurollte. All die vielen kleinen Tripods schmolzen zu einem riesenhaften Gefüge zusammen, die Waffen der Forces-Soldaten stocherten in diesem herum, Projektile aller Größen prasselten auf es ein, schossen einzelne Mini-Tripods aus ihm heraus. Es war, als würde man einem tausendköpfigen Ladon ein einzelnes Haupt abschlagen. Marten sah mit einem Blick, dass sie keine Chance hatten. Er schüttelte sich wie ein nasser Hund, seine Sinne kehrten endgültig zu ihm zurück. Er stellte sich auf wackelige Füße, unterzog seine Waffe einem Prüfblick, dann sah er, dass Härti unter der eingedrückten Ladefläche des quer liegenden Lastwagens voraus hervorkroch. Der Sergent-chef rieb sich den blutenden Schädel, schien selbst nicht völlig zu begreifen, wie um ihn geschah. Nebst ihm robbten weitere Soldaten aus dem Laster, einige waren verletzt.

Einmal noch fixierte Marten die Tripod-Welle, die hoch und höher wuchs und drohte, sich auf den Lastwagen herniederzustürzen. Einer der Mowag Piranha fuhr an den Lkw heran, aus allen Rohren feuernd, doch das aus Tripods geschaffene Monstrum schluckte die Kugeln, als wären es Bonbons. In Martens Rücken kämpfte sich ein schnaufender Perkins aus dem Mark Red.

»Schnappen Sie sich Ihre Leute und sehen Sie zu, dass Sie wegkommen!«, brüllte Marten gegen den Höllenlärm an, der wie ein viel zu lauter Beat auf das Trommelfell einhämmerte. Im Getöse konnte er die eigene Stimme nicht hören, Perkins aber schien verstanden zu haben. Er nickte zerknirscht, wandte sich um und begann damit, seine Mannschaft aus dem Panzer zu pulen. Gleichzeitig öffnete sich die Dachluke, der Fahrer kraxelte über diese aus dem Tank.

Marten hingegen rannte los, sprintete todesmutig dem Lastwagen entgegen. Härti holte nacheinander seine Soldaten aus dem Fahrzeug, zog sie grob auf die Beine, drückte ihnen Waffen in die Hand und wies ihnen brüllend Stellungen zu. Nach und nach bildete sich so etwas wie eine Abwehrlinie der Forces-Soldaten – eine lächerliche Abwehrlinie angesichts der Tripod-Welle, die auf sie zuwallte: Ein paar Soldaten feuerten ihr Sturmgewehr ab, ihr Feuer verpuffte schier wirkungslos im Ziel. Marten wurde schwindlig beim Anblick der offensichtlich tobenden, blutdürstenden Tripods, die mit einem Affenzahn auf die Menschen zustürzten und über die ihre großen Brüder als drohende Türme hinausragten. Er erreichte Härti, riss reflexartig seine Waffe hoch und entleerte das Magazin in Richtung der Mini-Tripods. Auch seine Geschosse verschwanden in der schwarzen, glänzenden Masse, wurden einfach von ihr verschluckt. Grüne Blitze zischelten über deren Oberfläche.

Geier entsprang dem Mowag Piranha, dessen Bordgeschütz und Insassen ohne Unterlass feuerten. Das tausendfache Knallen der Waffen schmerzte im Kopf, die Mündungen glühten bereits, Störungen häuften sich, Soldaten zogen verzweifelt am Verschluss ihres Karabiners.

Mit einem Blick zählte Marten die dem umgestürzten Laster entkommenen und nun in Stellung liegenden Soldaten durch, stellte erleichtert fest, dass niemand fehlte und dass sie alle mehr oder weniger einsatzfähig waren.

Marten stutzte. Einer fehlte doch.

»Wo ist Hadi?«, fragte er lauthals.

»Hat sich abgesetzt! Der Huso ist einfach losgerannt!«, hetzte Härti.

Marten mahlte mit dem Kiefer.

»Rein mit euch in den Wagen!«, rief Geier gegen das Dröhnen der Schlacht an. Sie brachte ihr Sturmgewehr in Anschlag, feuerte blindlings auf die wütende Meute der Mini-Tripods. Diese verringerten in ihrem Zentrum die Geschwindigkeit, die beiden Seiten legten an Tempo zu, schickten sich an, die Forces-Soldaten einzukreisen. Die großen Kampfläufer jenseits der Minis und ihr Schlagabtausch mit dem Gros des Regiments verschwanden endgültig hinter der tausendbeinigen Welle.

Die Forces-Soldaten wichen überschlagend zurück, sie schossen und rannten im Wechsel, bis sie den Mowag Piranha erreicht hatten. Einer nach dem anderen verschwanden sie über die Rampe im Radpanzer, bis nur noch Geier, Härti und Marten übrig blieben. Schulter an Schulter standen sie zwischen dem Radpanzer und dem quer liegenden Lastwagen und feuerten, was die Waffen hergaben. Die Flanken der Tripod-Flut langten mit einem Mal vor wie die vorschnellenden Arme eines Riesen. Und dann sah Marten zu drei Seiten nur noch Tripods. Sie wirbelten umher, wuselten pfeilschnell durcheinander.

»Sie … sie schließen uns ein!«, brüllte Geier, ihre Stimme flatterte.

»Schnell! SCHNELL!«, befahl Marten. Sie rannten zur Rampe des Piranha, als mit einem Mal ein großes Objekt die Sonne verdunkelte. Marten legte den Kopf in den Nacken. Er sah den riesenhaften Fuß eines Tripods, der auf ihn herniederrauschte. Er packte Härti und Geier, zerrte sie zur Seite weg. Sie rannten. Der Fuß stampfte auf, ein urweltliches Beben ging von ihm aus, zog durch den Untergrund und erfasste die Forces-Soldaten. Der Radpanzer hüpfte unter dem Aufschlag.

»Scheiße!«, kreischte Geier. Der Tripod bückte sich zu den Forces-Soldaten herab, als wollte er diese aus der Nähe betrachten. Marten blickte direkt in die augenartigen Gebilde, die auf der Hülle zwischen der Raketenbatterie und den EMP-Lanzen angebracht waren. Er hatte das Gefühl, in das Gesicht eines gigantischen Insekts zu schauen.

»Mu-u!«, ging der Furcht einflößende Ruf des Marsianers von der Maschine aus, so laut, dass die Schallwellen Marten als spürbare Macht ins Gesicht bliesen. Er, Härti und Geier hielten sich die Ohren zu. Der Tripod erhob sich wieder und sein Fuß, der in einem Moment robust wie eine steinerne Säule und im nächsten beweglich wie ein Gummiseil erschien, wirbelte in die Höhe, hielt inne und sauste erneut auf die Erde hernieder. Marten, Härti und Geier warfen sich hin. Marten schmeckte Sandkörner auf der Zunge. Das Tripod-Bein peitschte nach dem Mowag Piranha, erfasste den Radpanzer und hob ihn mit Leichtigkeit in die Luft. Das 10-Tonnen-Fahrzeug wirbelte umher, drehte sich wild um die eigene Achse. Der Soldat im MG-Turm klammerte sich an seiner Waffe fest, hielt den Abzug durchgedrückt. Das MG rotzte entsprechend ohne

Pause, die Kugeln eierten nach allen Richtungen fort. Ein glühendes Projektil verirrte sich zu Marten, sirrte auf ihn zu und schlug nur Zentimeter vor ihm in den Boden ein, Sandpartikel spritzten ihm ins Gesicht.

Der Piranha landete auf dem Rücken, der MG-Schütze und einige aus den Luken ragende Soldaten wurden samt Waffenturm zwischen dem Erdengrund und dem Panzerstahl zerdrückt. Der große Dreibeiner schien mit seinem Werk zufrieden, er wandte sich ab, stapfte über die Wände aus seinen kleinen Brüdern hinweg und brachte Tod und Verderben über die Reste des Hornet-Regiments. Und zu Wänden hatten sich die Mini-Tripods tatsächlich zusammengetan – zu meterhohen, lebendigen, flink durcheinander quirlenden Wänden. Marten und seine Kameraden waren eingeschlossen, die Tripods – Tausende an der Zahl – bildeten einen bläulich schimmernden Ring um sie herum. Und dieser Ring verkleinerte sukzessive seinen Durchmesser, einer Schlinge gleich zog er sich zu. Die Geräuschkulisse war, als hielte jemand ein Mikrofon in eine über und über mit Mehlwürmern gefüllte Kiste und würde deren Krabbeln, Fressen und Schaben in millionenfacher Lautstärke wiedergeben. Marten drehte sich der Magen um. Er drückte den Magazinhalter, ließ das Magazin aus seiner MP fallen und schob das nächste nach. Es war sein vorletztes. Er zielte, feuerte. Die Projektile sprangen der lebendigen Wand entgegen, grünlich blitzte es, wo sie im Gewusel verschwanden.

Geier stürzte an den umgeworfenen Piranha heran, aus dem verwundete Soldaten krochen. Härti und Marten folgten schießend.

»Das war's«, erkannte der Gruppenführer. Die Tripod-Schlinge zog sich enger zu, hatte sich zu allen Seiten bis auf 25 Meter an den Radpanzer herangearbeitet. Marten half den verletzten Soldaten aus dem Wagen, musste feststellen, dass im Innenraum einige Tote lagen.

»Granaten fassen!«, brüllte er die erschöpften und völlig desorientierten Kameraden an. Benommene Blicke schlugen ihm entgegen. Marten aber war kein Typ, der aufgab. Marten hatte einen Plan. Er rüttelte seine Leute wach, drückte ihnen Sturmgewehre und Handgranaten in die Hand. Ein L85A2 und zwei G36 waren mit Granatwerfermodulen versehen.

»Granaten laden!«, brüllte er gegen den Lärm der Tripods an und wies auf die Werfermodule. »Der Rest zückt Handgranaten!« Er zog sich entsprechend ein »Ei« vom Koppel und hielt es in die Höhe, um zu verdeutlichen, was er von seinen Soldaten verlangte.

»Auf mein Kommando sprengen wir uns den Weg frei!«

Seine Soldaten nickten ungeordnet, ihre Auslaugung im Verbund mit zahlreichen Verletzungen suchte sie zu Boden zu drücken. Härti stellte sich demonstrativ an Martens Seite, zückte ebenfalls eine Granate, entfernte den Splittermantel und zog den Splint.

»Du darfst ruhig warten, bis ich das Zeichen gebe«, bemerkte Marten trocken.

»Ich hab doch die Sicherung, Trainer. Ich hab die Sicherung«, grinste Härti. Er nestelte mit seiner Granate herum. »Ich hab sie doch nicht.«

»Einmal mit Profis arbeiten!«, raunzte Marten, fuhr herum, wies in eine Richtung und brüllte: »Granaten: Feuer!«

Die Handvoll einsatzbereiter Soldaten schleuderte Handgranaten in die befohlene Richtung respektive feuerten sie ihre Granatwerfermodule ab. Sie warfen sich hin, vor ihnen ereigneten sich mannigfaltige Lichtblitze im Tripod-Gewusel. Der Schall fegte ohrenbetäubend über sie hinweg, mit ihm kamen die Splitter. Sie prasselten geräuschvoll auf den Stahl des Radpanzers ein. Ein winziges Fragment bohrte sich in Geiers Helm, sie schrie auf, wedelte mit den Armen.

»Los!«, befahl Marten, als die Stelle, die sie mit Explosivmitteln bearbeitet hatten, in einem Konglomerat aus Rauch und Staub verschwand. Die Soldaten hievten sich die Verwundeten auf den Rücken, auch Härti schnappte sich einen Bewusstlosen. Unter Martens Führung stürmten sie der Stelle entgegen, wo sie hoffentlich eine Lücke in die Tripod-Armada gerissen hatten. Der Rauch verflüchtigte sich und gab den Blick auf eine stete, schier undurchdringliche Wand aus sich wild bewegenden Mini-Dreibeinern frei. Marten stockte, starrte ungläubig dorthin, wo schwarze Flecken den Erdboden verzierten, die Stück für Stück von der durcheinanderquirlenden Tripod-Armee auf ihrem Vormarsch überdeckt wurden. Metallteile, die im verdorrten Gras lagen, zeugten davon, dass die Granaten wohl einige der Drohnen erwischt hatten, doch es hatte nicht ausgereicht, eine Bresche in ihre Front zu schlagen.

Marten und Härti wechselten einen Blick der Verzweiflung, seine Soldaten schritten rückwärts, zurück zum Radpanzer. Wo sollten sie hin? Marten schaute sich um, Tripods zu allen Seiten! Er hatte keinerlei Ideen mehr. Ihnen blieb einzig, sich im Piranha zu verschanzen und die angreifenden Drohnen durch die Einstiegsrampe zu kanalisieren, um ihnen ihr Leben so teuer wie möglich zu verkaufen. Mehr war nicht drin.

Eine tiefe, ihn in seinem Innersten erschütternde Trauer erfasste ihn. Er musste unweigerlich an Lisa denken, wünschte sich von Herzen, noch einmal mit ihr sprechen zu können, die Wogen glätten zu dürfen. Er wollte nicht im Streit mit ihr aus dem Leben scheiden, doch diese Wahl hatte er nicht. Er hatte es verbockt, hatte seine Ehe verbockt. Statt auf Lisa einzugehen, hatte er sich hinter den Regularien der Forces versteckt. Sie wusste nicht einmal wirklich, wo er war. Was er hier tat! Sie würde vielleicht niemals erfahren, wie er gestorben war … und er würde sie nicht beschützen können vor den Marsianern, die nach der Ausrottung aller Menschen strebten. Diese Erkenntnis setzte ihm am meisten zu. Die Marsianer waren auf dem Vormarsch. Was auch immer die Landungen in Frankfurt, in Macau und in Sydney bewirken sollten, hier im Jemen hatten sie es nicht mit einer kleinen Expeditionstruppe zu tun. Hier im Jemen war die marsianische Hauptstreitmacht gelandet. Und sie waren ausgezogen, die Erde zu erobern.

Marten betete jede erdenklich höhere Macht an, die Forces und die Nationen der Erde würden einen Weg finden, die Aliens zurückzuschlagen, sie zu besiegen. Wenn es für ihn schon keine Zukunft gab, Lisa sollte eine haben. Sie musste eine haben. Marten hatte die letzten Wochen dafür gekämpft und es bekümmerte ihn fürchterlich, dass seine Mission hier und jetzt enden würde. Er machte entsprechend ein trauriges Gesicht, blickte in die Mienen seiner Soldaten, seiner Kameraden. Geier liefen ungehemmt die Tränen, Härti prüfte seine Waffe, sagte: »Wir nehmen möglichst viele von diesen Mistviechern mit, würde ich sagen …« Er meinte, was er sagte. Er schaute Marten in die Augen, Emotionen ließen seine eisenharte Fassade erbeben. »Prof, es war mir eine Ehre«, raunte er mit brüchiger Stimme. Das bedrohliche Zischeln und metallische Wuseln der Tripods kam immer näher.

»Es war mir eine Ehre«, gab Marten zurück. »Es war mir eine Ehre, in einem so vortrefflichen Haufen Dienst tun zu dürfen!«

Die Soldaten nickten einander zu, Geiers Tränenfluss versiegte. Sie griffen ihre Waffen nach, stellten sich Rücken an Rücken auf, die Verwundeten in ihrer Mitte. Sie waren bereit für das letzte Gefecht. Sie blickten auf einen dunklen Ring aus durch- und übereinander drängelnden, krabbelnden und springenden Tripods. Die ungezählten, filigranen Beine erinnerten an Aale, die sich zu einem gewaltigen Schwarm zusammengeschlossen hatten und die nun dicht auf dicht durcheinanderschwammen. Der Ring, den sie bildeten, war unüberwindbar und er zog sich enger zusammen, immer enger. Keine fünfzehn Meter trennte die Forces-Soldaten mehr von den marsianischen Drohnen, gleichzeitig wuchsen die Wände des Rings immer höher hinaus, drohten sie sich über den Köpfen der Menschen zu einer Kuppel zusammenzuschließen und diese somit völlig von der Außenwelt abzuschneiden.

Es wurde dunkel im Inneren des Rings, nur noch wenige Sonnenstrahlen drangen durch die Lücke über den Köpfen der Forces-Soldaten ins Innere.

»Kati, bring die Verwundeten in den Panzer!«, befahl Marten. Geier nickte. »Der Rest feuert auf mein Zeichen! Haut alles raus!«

Ein mörderisches Donnern erklang, ein Geräusch, als würde eine Armee von Schmieden auf ihren Ambossen herumkloppen. Im nächsten Augenblick blähte sich der Tripod-Ring an einer Stelle, ehe eine silberne Fläche diesen durchstieß. Erst verstand Marten nicht. Seine Augen zeichneten zwar auf, wie sich der Kühlergrill eines Lastwagens durch die Tripod-Armada bohrte, wie kurz darauf die gesamte Fahrerkabine sichtbar wurde, über die Dutzende Tripods hinwegwirbelten, von der Wucht des Aufpralls von den Beinen gerissen. Auf die Windschutzscheibe einprasselnde Marsianermaschinen fügten dieser Risse zu, es schepperte und knallte in brutaler Lautstärke. Tripods gerieten unter die übergroßen Räder, wurden von diesen überrollt, unter ihnen zerquetscht, zermahlen und die Bruchstücke mitgeschleift. Gleichsam knallten Tripods gegen die Seitenspiegel, umschlangen sie mit ihren Beinen, rissen sie ab. Stück für Stück wurde die ganze Sattelzugmaschine sichtbar, die sich mit der puren Kraft ihres PS-starken Antriebs einen Weg ins Innere des Rings erzwang.

Marten blinzelte ungläubig, als er den Fahrer hinter dem zersprungenen, nur durch Folien zusammengehaltenen Verbundsicherheitsglas der Windschutzscheibe erkannte: Es war Hadi. Der ehemalige Al-Qaida-Kämpfer stieg in die Eisen, die Bremsscheiben quietschten. Metallteile zertrümmerter Tripods kullerten durch den Sand, zerfetzte Maschinenteile klemmten zwischen Rädern und Unterwagen.

»Rein!«, rief er den UN-Recken zu und die ließen sich das nicht zweimal sagen. Die Tripods waren für einen Augenblick wie geschockt, agierten tatsächlich wie ein Organismus, der getroffen worden war. Dann aber brachen sie über den Radpanzer, den Truck und die Soldaten herein. Marten und Härti zwängten sich zu Hadi in die Fahrerkabine, die anderen hoben die Verwundeten auf die Sattelplatte und sprangen selbst hinterher. Hadi startete durch, ehe der Schwarm der kleinen Tötungsmaschinen den Truck erreicht hatte. Deren wütende Karbatschenhiebe verliefen ins Leere.

Hadi brachte die Sattelzugmaschine auf Touren. Er hielt direkt auf die Tripods zu, traf auf die Wand auf, die diese bildeten. Es schepperte, polterte, bullerte. Umherschlagende Stelzen wirbelten fortgeschleuderten Schlangen gleich durch die Luft, die scharfkantigen Füße verkratzten den Lack, stanzten Löcher ins Blech, sprengten die Seitenscheiben. Marten und Härti duckten sich zusammen, ein Schauer feinster Glassplitter hagelte auf sie ein. Die Soldaten auf der Sattelplatte schrien, ihre Waffen belferten. Neongrüne Blitze umzuckten das Fahrzeug. Hadi drückte das Gaspedal bis zum Bodenblech durch. Er sah nichts als Tripods, die gegen die Windschutzscheibe drängten. Der Motor röhrte unter der Leistung, die ihm abverlangt wurde. Doch der Truck durchbrach abermals den Ring. Die Tripods verhielten sich wie eine zähflüssige, schwarze Masse, die die Sattelzugmaschine Stück für Stück freigab. Durch die Energie des Aufpralls fortgeworfene Maschinen und deren Einzelteile regneten in einem Radius von 25 Metern zur Erde hernieder, rasiermesserscharfe Bruchstücke bohrten sich ins Erdreich und blieben stecken.

Marten, Hadi und Härti lauschten dem Trümmerhagel, der auf dem Dach der Fahrerkabine trommelte. Doch es war noch nicht vorbei. Drei Riesentripods wandelten jeweils in einem Abstand von mehreren Hundert Metern zueinander über die Ebene, sie jagten die Überlebenden der Forces-Kräfte, die sich Hals über Kopf abzusetzen versuchten. Von den Mark Red war kein einziger mehr übrig, der einstige Stolz Großbritanniens und Prestigegeber der Forces lag zerschossen und rauchend vor dem Krater, den die marsianischen Kapseln ins Erdreich gerissen hatten.

Hadi hing verbissen über dem Lenkrad. In Schlangenlinien brauste er direkt auf einen der riesenhaften Kampfmaschinen zu. Dessen Beine hoben und senkten sich, während er über die vertrocknete Wiese schritt.

»Was machst du da?«, raunzte Härti, dessen Augen sich auf den massiven Füßen verhafteten, denen sie sich mit einem Affenzahn näherten. Die Tachonadel kletterte der 100 entgegen.

»Nah ranfahren«, erklärte Hadi und musste dabei gegen das Dröhnen des Motors anbrüllen. »Dann können ihre Waffen nicht wirken.«

»Das ist zu nah! Das ist zu nah!« Härti riss die Hände vors Gesicht.

»ALU-U!«, stieß der Tripod-Leib hoch über ihnen seinen martialischen Schrei aus. Der Schall erfasste den Truck, erfasste gleichsam seine Insassen, stauchte sie zusammen. Hadi zerrte am Lenkrad, umschiffte die wild aufstampfenden Füße, die die Sattelzugmaschine teilweise nur um Meter verfehlten.

»Du wahnsinniger Hund! Du blöder Affe! Ich glaub's nicht, die kriegen uns!« Härti kam aus dem Kreischen nicht mehr heraus. Marten blieb stumm, doch waren seine Muskeln aufs Äußerste angespannt. Zitternd folgte er den herniederrauschenden Füßen, denen Hadi immer wieder auswich, als hätte er in seinem Leben noch nichts anderes gemacht.

Er ließ den Tripod hinter sich, brauste davon. Über den Rückspiegel beobachtete er die marsianische Kampfmaschine und achtete tunlichst darauf, dass sie im Schatten dieser blieben, sodass die anderen beiden Dreibeiner nicht auf sie schießen konnten. Marten wurde bewusst, dass Hadi den Feind genau studiert hatte, dass er exakt wusste, was er tat.

»Baujahr 79 und dieselbetrieben«, trompetete Hadi und klopfte auf den Kunststoff des Armaturenbretts, als hätte er persönlich die Sattelzugmaschine konstruiert. »Das Arschloch soll es mal mit seinem EMP versuchen!«

Das »Arschloch« aber hatte gar nicht vor, die EMP-Wirkung der beiden von seinem Korpus abstehenden Lanzen zu entfesseln. Stattdessen richtete es seine Raketenbatterie auf die Sattelzugmaschine aus. Ein urweltliches Scheppern erklang. So musste es sich angehört haben, als die Erde entstand. Vier umhereiernde Geschosse verließen den schwarzen Kasten an der Flanke des Kesselkörpers. Sie trudelten dem Truck hinterher. Hadi sah sie über den Rückspiegel, riss das Lenkrad herum. Der Truck brach nach links aus, die Raketen wühlten sich neben ihm in den Untergrund und vergingen zu tosenden Explosionen. Feuerbälle stäubten auf, deren Höllenhitze wurde bis in die Fahrerkabine hinein spürbar.

»Pass auf, wir haben noch Leute hinten drauf!«, trötete Marten in seiner Ohnmacht. Er stemmte sich hoch, versuchte durch das winzige Rückfenster einen Blick auf die Sattelplatte zu erhaschen, doch war dies nicht möglich.

»Das ist nicht so einfach, wie es aussieht!«, knirschte Hadi. Er holte alles aus dem Truck heraus, der Abstand zum Tripod wurde immer größer. Dieser entschied sich offenbar dagegen, die Verfolgung aufzunehmen. Marten wusste, dass die Höchstgeschwindigkeit der großen Kampfläufer auf 70 bis 90 Stundenkilometer geschätzt wurde. Somit hätte die Marsmannmaschine keine Chance, den Truck einzuholen. Seine Bewaffnung war auch unvorteilhaft, um bewegliche Objekte zu treffen, ihm fehlte eindeutig eine Flachfeuerwaffe, etwas wie eine Maschinenkanone. In puncto Bewaffnung waren die Menschen ihren marsianischen Opponenten weit voraus. Leider aber verpuffte die Wirkung der menschlichen Waffen an der überlegenden Schildtechnologie der Marsianer.

Sie gewannen an Land. Marten ließ Hadi das Tempo drosseln, als die Köpfe der Tripods hinter dem Horizont verschwanden. Die Marsianer schienen darauf bedacht, ihre Landezone zu schützen, statt Fliehenden nachzusetzen.

Hadi steuerte die Sattelzugmaschine in eine felszerklüftete Landschaft hinein, die ihnen Schutz versprach. Er lenkte den Truck unter einen Felsvorsprung, welcher einem natürlichen Unterstand glich. Er stand noch nicht ganz, da riss Marten bereits die Tür auf und stürzte nach draußen, um nach den Kameraden auf der Sattelplatte zu sehen.

*

Härti blieb mit Hadi zurück in der Fahrerkabine. Der geringschätzige Blick, mit dem der Sergent-chef den ehemaligen Al-Qaida-Kämpfer stets bedacht hatte, war verschwunden. Dankbarkeit glänzte in den Augen des Gruppenführers.

»Verdammte Axt, du bist tatsächlich zurückgekehrt!«, staunte er.

Hadi wandte sich Härti zu, sah ihn mit neutralem Gesichtsausdruck an, aus dem der Gruppenführer absolut nichts herauszulesen vermochte.

»Ohne den ehrenwerten Lieutenant Rick Marten ist mein Leben keinen Pfifferling wert. Er ist mein einziger Fürsprecher. Ich musste ihn retten«, erklärte er tonlos.

»Du hast gerade einen zweiten Fürsprecher dazugewonnen«, erwiderte Härti und nickte. »In der Tat. Ahmed Hadi, ich habe mich in dir getäuscht.«

Sie hörten Marten spitz aufschreien. Härti und Hadi sprangen reflexhaft aus dem Truck. Der Sergent-chef sah seinen Zugführer neben der Sattelplatte stehen. Marten sank auf die Knie, seine schroffen, mit Verletzungen übersäten Hände vergruben sich im Sand. Die Sattelplatte leuchtete blutrot. Sie war leer.

Härtis Herz pumpte wild. Die Knie wurden auch ihm weich. Er schluckte einen fetten Schleimpfropfen runter, der ansonsten seine Luftröhre verklebt hätte. Mit zitternden Beinen trat er an seinen Zugführer heran, legte ihm die Hand auf die Schulter. Etwas drückte von innen gegen Härtis Augen, er zog die Nase hoch, spürte plötzlich die ganze Erschöpfung, die wie Betonplatten auf seinen Schultern lastete, konnte fühlen, wie die Verluste der zurückliegenden Kämpfe seine Seele zu zerreißen drohten. Marten drehte sich um, in seinen aufgequollenen Augen stand das Wasser. Auf der anderen Seite der Sattelplatte erschien Hadi, sah das mit Blut beschmierte Metall und senkte sein Haupt.

# XXIII. Das Massaker vom Chestnut-Tümpel

Als ich erwachte, hatte sich der Mantel der finsteren Nacht über das Land gelegt. Zuallererst wurde ich mir der unregelmäßigen Atmung meines Kompagnons gewahr, der neben mir gegen den kalten Stein des Kirchturms lehnte. Donavan war schwer getroffen, ein Splitter hatte sich durch seinen Oberleib gebohrt und ihm schwere innere Wunden beigebracht. Ich sprang sofort auf die Beine und sah im Schummerlicht des Mondes, dass die Augen meines Offizierskameraden geschlossen waren. Sein Körper aber rang sichtlich um sein Fortbestehen und mir war unklar, ob er diesen Kampf ohne fremde Hilfe zu gewinnen vermochte. Zu meiner Erleichterung stellte ich fest, dass die Blutung versiegt war. Mehr konnte ich im Augenblick nicht für ihn tun. So beschloss ich, mich ungeachtet der Gefahren, die uns drohten, den Verwundeten einmal mehr auf meine Schultern zu laden und mich aufzumachen, um ihm medizinische Hilfe zuteilwerden zu lassen. Zuvor jedoch nutzte ich die Fenster des Kirchturms, um mir einen Überblick über die Lage zu verschaffen. Mir dämmerte, dass unseren großartigen Streitkräften die Kontrolle über Mayford entrissen worden war, dass wir uns nunmehr hinter den feindlichen Linien aufhielten, was die uns bevorstehende Reise umso gefahrvoller erscheinen ließ. Ich konnte jedoch keine einzige der Kampfmaschinen des Gegners ausmachen, weder nah noch in der Ferne. Der Nordausläufer Mayfords befand sich im Würgegriff des Dampfes, gar unheimlich muteten die Giebeldächer an, die Inseln gleich aus dem pulsierenden, schwarzen Meer hervorstachen. Es war unser großes Glück, dass der Marsmensch das Gebiet um den Kirchturm herum, allgemein den Süden Mayfords und sein Zentrum, vom schändlichen Gas gereinigt hatte. So vermochten wir, gefahrlos aus unserem Versteck hinabzusteigen und uns auf den langen Weg zu begeben, der zweifelsohne vor uns lag.

Den Eindruck, den ich in jenen Nachtstunden von Mayford und dessen Umgebung erhielt, erschütterte mich wahrlich in meinen Grundfesten. Es war gespenstisch still, kein Geschöpf – weder Mensch noch Tier – gab auch nur einen Laut von sich. Wahrlich hatte der Marsmann mit seinem widerwärtigen Gas alles Leben abgetötet. Ich will nicht verschweigen, dass die absolute Stille jener Nacht mir die Gänsehaut auf die Oberarme trieb und mein treues, englisches Herz schwer machte. Ich schwor mir, Rache zu nehmen für die unsäglichen Zerstörungen, die der Feind über unsere schöne Heimat gebracht hatte. Das völlige Fehlen jeglichen Geschützdonners ließ in mir indes nicht die Hoffnung aufkeimen, das Königreich habe den es so hinterhältig überfallenen Feind besiegt, zu mächtig hatte sich mir der Marsmensch präsentiert. So fürchtete ich eher, die Außerweltlichen haben unsere Truppen weiter zurückgedrängt – und fürwahr, ich sollte mit dieser Einschätzung richtigliegen.

Während ich samt Donavan auf meinen Schultern Mayford hinter mir ließ, wuchs in mir die Sorge um London und Ihre Majestät heran. Einem Kraken mit eiskalten Tentakeln gleich kroch sie unter meine Haut und bestimmte über Stunden meine Gedanken. Auch fror ich, meine Verletzungen brannten wie Feuer, Hunger und Durst plagten mich. Am frühen Morgen, das erste Tageslicht verwandelte die Schwärze der Nacht in unterschiedliche Grauschattierungen, machte ich bei einer Pfütze Rast und trank aus ihr wie ein niederes Tier. Der Durst trieb mich doch zu derart unwürdigem Verhalten und ohne die Stärkung durch das Wasser hätte ich den weiteren Weg nicht geschafft, zumal Leutnant Donavan auf meinen Schultern ein drückendes Zusatzgewicht darstellte.

Wir wandelten gen Nordosten und waren gezwungen, den Straßen zu folgen. Mit dem verehrten Herrn Leutnant auf meinen Schultern hätte ich einen Marsch durchs Gelände nicht durchgestanden. Schon so spürte ich überdeutlich die Schwächung, die die Strapazen der vergangenen Tage für meinen Leib bedeuteten, und es ist wohl alleinig durch meinen ungebrochenen Willen als Offizier Ihrer Majestät zu erklären, dass ich an jenem Montagmorgen über die Kräfte meines Körpers hinauswuchs. Von Zeit zu Zeit setzte ich den Verwundeten ab, ruhte und prüfte seine Vitalfunktionen. Donavans Atmung ging flach, aber gleichmäßig. Von dem Begehren beseelt, meinen alten Freund und Kameraden rasch zu einem Arzt zu bringen, ging ich Meile um Meile durch eine Landschaft, die der Marsianer samt und sonders vom Menschen befreit hatte. Plagegeistern gleich jagte und vernichtete er unsereins, abermals kam mir die Existentia der niederen Kreaturen in den Sinn, mit denen auch wir zeit unseres Lebens im Clinch liegen. Ist es nicht wahr, dass wir die Fliege töten, die durch unsere Stube summt, alleinig, weil uns ihr Summen behelligt? Und ist es nicht ebenso wahr, dass wir die Ameise und das Gewürm ausrotten, wo es unseren gepflegten Garten mit seiner bloßen Gegenwart zu beschmutzen wagt? Der Kampf gegen die Marsianer jedenfalls fühlte sich nicht minder an wie jener oben beschriebene Zwist zwischen Mensch und Getier, nur in vertauschten Rollen. In einem Krieg jedenfalls haben wohl beide Parteien realistische Chancen auf den Sieg oder zumindest darauf, dem Gegner Schaden beizubringen. (Man denke an die Wilden in den Kolonien, denen die Anerkennung zuteilwerden muss, dass auch sie zeitweise in der Lage sind, dem mächtigen Großbritannien Widerstand zu leisten. Und auch wenn sie von den britischen Truppen regelmäßig niedergerungen werden, gehe ich fest davon aus, dass auch sie der Stolz des kampferprobten Kriegers durchflutet.) Und auch wenn ich eingangs erwähnt habe, dass der Mensch wohl in der Lage ist, den Kampf gegen den Marsianer zu führen, haben die bereits beschriebenen Fehler in der Truppenführung und die allgemeine Massenpanik doch dazu geführt, dass der Marsianer zu jedem Zeitpunkt die absolute

Oberhand behielt, und eben aus diesem Grunde fühlte es sich damals an, als würden wir gejagt werden, statt einen ordentlichen Kampf auszufechten.

Lassen Sie mich an dieser Stelle, verehrte Leser, in aller gebotenen Kürze abhandeln, was zeitgleich zu meiner und Leutnant Donavans Odyssee geschah: Sonntag, der 16. Juni, stand ganz im Zeichen der marsianischen Offensive, die, von ihren Landezonen ausgehend, nach allen Richtungen vorgetragen wurde und unsere Truppen zurückdrängte. Gleichsam die Bewegungen der Marsmänner kreisförmig von ihren Landezonen abgingen, war doch ein Schwerpunkt gegen London zu erkennen, der darauf schließen ließ, dass der Feind wohl wusste, wo das Machtzentrum des Planeten lag, und er dieses gezielt auszuschalten begehrte.

Am Montagmorgen brach Panik in London aus, schauerliche Szenen ereigneten sich in den Straßen und Gassen, und viele Menschen starben in den Stunden der kopflosen Flucht ganz ohne Einwirkung der Marsmenschen. Deren Kriegsmaschinen spazierten seit Sonntagfrüh bereits am äußersten Südrand Londons umher und lieferten sich Scharmützel mit dort aufgepflanzten Geschützen. Doch erst in der Nacht und mit Ankunft der vierten Kapsel wagten sie sich bis in die Stadt vor und begannen dort ihren Eroberungsfeldzug. Es schmerzt meine englische Seele, daran denken zu müssen, dass unsere schöne Kapitale in der Hand des Feindes lag, doch für viele Tage traf dies zu. Während dieser Zeit spürte der Feind Tausende Londoner auf, die sich versteckt hielten, und ermordete sie.

Als Nächstes möchte ich von einer Begebenheit berichten, die mich nachdrücklich erschüttert hat. Gegen Vormittag – meine Taschenuhr war während des Gefechtes mit den Marsmännern zersprungen und mein Zeitgefühl allgemein getrübt, weshalb ich keine genaueren Zeitangaben zu tätigen imstande bin – erreichten wir den Chestnut-Tümpel nordöstlich von Mayford und wurden Zeuge eines ganz und gar schrecklichen Anblicks. Noch heute beginnen meine Finger zu zittern und mein Herz zu trommeln, wenn ich an jenes Bild denke, welches sich uns damals bot: Ein Marsmann muss dort gewütet und eine fliehende Menschenmenge mit seinem Hitzestrahl erfasst haben. Verkümmerte und verkohlte Leichen säumten das Ufer des Tümpels, ich schätzte die Zahl der Toten auf über 200 (wir wissen heute, dass es 217 waren). Auch Gäule und anderes Nutzvieh waren abgeschlachtet worden. Es herrschte ein bestialischer Gestank vor, der nicht auszuhalten war. So hielt ich mich auf Abstand, doch musste ich den Herrn Leutnant für den Augenblick ins Gras ablegen, um mich zu sammeln. Winzige Körper waren unter den Getöteten, bis auf die Knochen verbrühte Kinder in den Armen ihrer Mütter! Säuglinge, zu schwarzen Knochenbündeln zusammengeschmolzen, lagen auf der abgefackelten Wiese verstreut und legten Zeugnis ab von der Gnadenlosigkeit des Marsmannes. Es ist dieses Bild, das sich in meinen Geist eingebrannt hat, das mich zeit meines Lebens begleiten wird und das in mir die Abscheu weckt über jene Gruppierungen von Pazifisten und anderen unenglischen Vorstellungen, die Partei ergreifen für den Marsianer, gar um Verständnis für seine Taten werben und von dem lachhaften Glauben beseelt sind, wir Menschen hätten durch unsere Weltallforschung den Marsmann unwissentlich beleidigt und in Rage versetzt. Allen selbst ernannten Freunden des Marsmannes sollen die Fotografien vorgehalten werden, die im Nachgang des Krieges von dem Massaker am Chestnut-Tümpel angefertigt worden sind! Unter den Toten befinden sich 67 Buben und Mädchen! Wer unschuldige Kinder Englands dahinmetzelt wie Wilde, der verdient mein Verständnis nicht, sondern einzig meine Geringschätzung.

Ich musste bald weiter, musste weg von dem schrecklichen Leichenfeld. Mit Donavan auf den Schultern folgte ich dem Flusslauf, einem Nebenarm der Wey, der den Tümpel passierte. Auf Höhe des Willow-Tümpels fand ich einen Marketenderkarren mit gebrochener Deichsel, an dessen Waren ich mich bediente. Selbstredend ließ ich als der ehrenwerte Offizier, der ich bin, ein paar Pennys als Ausgleich beim Karren zurück!

Das erste Mal seit Tagen nahm ich nun jedenfalls Nahrung zu mir und flößte auch dem treuen Donavan ein paar Schlucke Wasser ein. Er erwachte darüber, doch verdrehte er die Augen und erkannte er nicht die Situation, in der wir uns befanden. Auch war er nicht ansprechbar.

Ich selbst spürte neue Lebenskräfte in mir, richtete mich auf und blickte mich um. Ich beobachtete den Flusslauf und sah rote Stränge, dick wie Menschenarme, die von der Strömung getrieben wurden. Ich vermochte mir damals noch keinen Reim auf diese Entdeckung zu machen und sollte erst viel später erfahren, dass es sich um Ableger jenes Gewächses handelte, dass die Marsianer mit sich brachten, um unsere Erde nach ihrem Gusto umzugestalten und ein Mars-ähnliches Habitat aus ihr zu formen. Jenes Gewächs jedenfalls ist der Beweis: Der Marsmann war gekommen, um zu bleiben. Um sich auf unserem Territorium niederzulassen.

# XXIV. Walther Desmond

Mit offenem Mund starrte Desmond auf den großen Bildschirm, der im Terminal hing und tonlos eine Dauernachrichtensendung abspulte. Sein Schweißfluss war zu einem Wasserfall geworden, der, vom Schädel ausgehend, ihn vollends durchnässte. Sein Shirt hätte er auswringen können, die Hose ebenfalls. Er stank bestialisch und hatte noch immer großen Durst. Was ihm im Augenblick allerdings den Magen umdrehte, waren nicht die Auswirkungen der Grippe, die ihn erwischt haben musste, sondern die Bilder, die über den Fernsehschirm flimmerten. Der Krieg im Jemen geriet zu einer Randnote in der ausgestrahlten Nachrichtensendung, denn just vergingen sich die Marsianer einmal mehr an der westlichen Welt: Desmond verstand kein Albanisch, beim Serbischen vermochte er nicht einmal das Schriftbild zu entziffern. Die zweisprachigen Newsticker in Verbindung mit den in Dauerschleife gesendeten Bilder waren dennoch eindeutig: Toronto. Nach einer Minute der Schockstarre nahm sich Desmond endlich seines Smartphones an, das Display wies Dutzende entgangene Anrufe und noch mehr Nachrichten aus. Seine Exfrau und Mixxel7 kämpften erbittert um seine Aufmerksamkeit – wann war Desmond je von zwei Frauen gleichzeitig begehrt worden?

Erneut starrte er auf den TV-Schirm, das Telefon in seiner Hand zeigte einen neuerlich eingehenden Anruf an. Toronto … das lag sechs Stunden von New York entfernt. Sämtliche Flüge in die Region waren gestrichen worden, Desmond aber hatte Glück, seine durch Mathisen priorisierte Maschine der US Air Force würde trotz des Krieges in Nordamerika abheben. Ohne auf das Display zu schauen, nahm er den Anruf entgegen, hielt sich das Gerät ans Ohr.

»Ja?«

»Toronto, Walther! TORONTO!« Es war seine Ex.

»Hallo, Sharon.«

»Steck dir dein ›Hallo‹ sonst wohin und beweg deinen Arsch hierher! Die Kinder flippen aus vor Angst! Was glaubst du eigentlich, was du da tust?«

Sharon klang hysterisch, aufgekratzt. Verängstigt. Ihr Wutgeschrei war nur eine Fassade, welches ihre wahre Gefühlslage überdecken sollte, das erkannte Desmond sofort. Normalerweise würde es ihm eine diebische Freude bereiten, jene Fassade anzubohren, bis sie zu bröckeln begann. Üblicherweise endeten derartige Psychospielchen mit Geschrei oder Geheule. Er war im Augenblick jedoch nicht für Streit zu haben, so erwiderte er ganz sachlich: »Ich arbeite.«

Sharon musste erkannt haben, dass es eine Chance auf eine normale Unterhaltung ohne Vorhaltungen und gegenseitige Schuldzuweisung gab. Sie ergriff die Gelegenheit beim Schopfe, sagte aufgelöst: »Walther … ich bitte dich … kannst du herkommen?«

»Ja«, antwortete er, rieb sich die nasse, kochend heiße Stirn, prustete angestrengt Luft aus und wusste selbst noch nicht, wie er das würde bewerkstelligen können und ob er das überhaupt bewerkstelligen wollte. »Ich bin unterwegs.«

»Danke. Melde dich bitte!«

»Ja, das mache ich.«

»Bye.«

»Bye.«

Desmond legte auf. Sofort vibrierte sein Telefon erneut. Es war Mixxel7.

Das darf doch nicht wahr sein!

»Ja?«

»Wally!« Sie war den Tränen nahe.

»Ich habe es gerade eben in den Nachrichten gesehen.«

»Das ist quasi direkt vor der Haustür ...« Sie schluchzte. »Wally, es tut mir leid, wenn ich geradeheraus frage, aber: Kannst du herkommen? Ich habe schreckliche Angst, hab mich mit meiner Tochter zu Hause verbarrikadiert. Wir können die Kampfjets hören, die in Richtung Toronto fliegen!«

Desmonds Herz machte einen Satz. Und dann gleich noch einen. Ein wohliges, kribbelndes Gefühl verdrängte für einen Moment sein elendes Befinden.

»Natürlich«, hauchte er. »Mach dir keine Sorgen, alles wird gut. Ich bin unterwegs.«

»Danke, Wally.«

»Gerne.«

Desmond legte auf, starrte für einige Sekunden auf sein Handy, auf die vielen Push-Nachrichten, die das Display belagerten. Er versuchte seine Gedanken zu ordnen, doch es gelang ihm nicht.

»Bist du fertig, Casanova?«, fragte Stroker sichtlich amüsiert.

»Halten Sie die Klappe!«

»Mir recht ... wenn wir endlich in dieses verdammte Flugzeug steigen.« Stroker wies mit dem Daumen auf einen Offizier der US Air Force, der artig im Hintergrund wartete.

»Sir«, sagte dieser, nachdem er bemerkt hatte, dass sich die Aufmerksamkeit der beiden Gäste auf ihn vereinigte. »Der Kapitän möchte in 15 Minuten abheben. Wenn Sie mir dann bitte folgen würden ...«

Er wartete geduldig, bis die beiden zu ihm aufgeschlossen hatten, darauf musterte er Desmond von oben bis unten.

»Sind Sie okay, Sir?«

»Ja. Ja, verdammt, ich bin okay.« Wahnwitzige Kopfschmerzen verdrängten das wohlige Gefühl, das die Einladung von Mixxel7 in ihm ausgelöst hatte. Es war, als bohrte ein Gnom von innen seine Schädeldecke an. Im Hintergrund, dort, wo sich Ankommende eines innereuropäischen Fluges stauten, brach Geschrei los. Priština hatte verfügt, fiebrige Passagiere nicht mehr einreisen zu lassen, und die kosovarischen Behörden setzten diesen Beschluss mit demonstrativer Härte um. Einige wenige wurden von der Menge abgesondert und von Bewaffneten wie Rindviecher zusammengetrieben.

Der US-Offizier blieb davon unbeeindruckt.

»Folgen Sie mir«, wies er Desmond und Stroker an.

# XXV. Rick Marten

Sie befanden sich irgendwo nördlich von Dhamar. Die gesamte Kompanie war auf eine Handvoll einsatzbereiter Soldaten zusammengeschmolzen, von den Fahrzeugen war ihnen nur noch ein einziger Mowag Piranha geblieben. Mit dem hatte Stearn sie eingesammelt und war dann eine ganze Zeit lang einfach durch die Wüste gefahren, ohne ein Ziel zu haben. Der Wagen pfiff aus dem letzten Loch, die Mängelliste war lang: Das ABC-Klimasystem war ausgefallen, die automatischen Löschanlagen zeigten einen Defekt an, das hydropneumatische Federsystem hatte einen Schlag abbekommen, die Servolenkung setzte immer wieder aus, der Waffenturm war verzogen und ließ sich nur noch bedingt drehen.

Stearn hatte den Radpanzer schließlich in einer begrünten Felsspalte geparkt und die wenigen Überlebenden hatten sich im Transportraum versammelt. Sie saßen schweigend zusammen und lauschten den Funksprüchen, die auf der Forces-Frequenz, die auch das Regiment nutzte, übertragen wurden.

»Kilo One, hier Two! Hier Two! Sie umzingeln uns! Diese Mistviecher spazieren einfach über die Berge!«

»Weichen Sie gen Südsüdost aus, Auffangstellung Nordpol.«

»Negativ, negativ! Sie …«

»Kilo Two?«

»Hie…a Foxt…sfa…Wage…P-Beschu…«

»Wiederholen Sie letzten Spruch, konnte sie nicht aufnehmen!«

»H…ima Fo…Ausfall zwei…gen du…EM…«

»Ich verstehe Sie nicht, es ist zu laut!«

»HIER LIMA FOXTROT. AUSFALL ZWEI WAGEN DURCH EMP-BESCHUSS!«

»Wie ist Ihr Standort?«

»SÜDLICH FLUGFELD. MEHRERE TRIPODS HABEN DIESES … Warten Sie.«

»Kilo Two? Konnte Ihren letzten Spruch nicht aufnehmen.«

»HIER LIMA FOXTROT! Tripods pusten saudische Jets aus dem Himmel. Luftangriff fehlgeschlagen, ich wiederhole: fehlgeschlagen!«

»Brechen Sie ab, kommen Sie da raus! … KILO TWO, KILO TWO? HÖREN SIE MICH, KOMMEN?«

»Hier Grizzly. Kilo Two kann nicht mehr antworten …«

»Kilo One verstanden. Kommen Sie da raus, Grizzly …«

»Negativ, Kilo One. Sie haben uns eingekesselt und wir haben zu viele Verwundete, als dass wir noch bewegungsfähig wären …«

»Feind hat Oscar-Stellung überrannt! Hört mich jemand? SIE SIND ÜBERALL!«

»Wir verkaufen denen unser Leben so teuer wie möglich …«

»Grizzly … kommen Sie da raus …«

Martens Gesicht war aschfahl, die Augen versanken in schwarzen Gruben, Barthaare sprossen aus seinen Wangen. Die Kameraden sahen nicht besser aus: Stearn, Riensch, Härti, drei Briten … und Hadi. Der Rest lag mit schweren Verwundungen im Lazarett … oder war tot. Die 4. Kompanie des No. 18 Joint Special Mechanized Regiments galt als vernichtet, das gesamte Regiment war im Kampf um die Landezone außerhalb von Sanaa hart getroffen worden. Und übte sich nun in heilloser Flucht. Sämtliche menschliche Truppen flohen, Sanaa und Dhamar waren gleichsam aufgegeben worden.

Marten blickte abwechselnd in die Gesichter seiner Kameraden, Hadi fiel in der britischen Uniform gar nicht weiter auf. Härti sah todmüde aus. Rienschs Augen waren aufgequollen, ihr Haar struppig, die Lippen trocken. Sie trug eine Labello-Schicht nach der anderen auf, der ganze Wagen stank bereits nach dem Pflegelippenstift. Stearn sah um Jahre gealtert aus. Wortlos zog der Capitaine das Satellitentelefon aus seinem Chestrig und legte es zwischen die Soldaten auf den Boden.

»In zehn Minuten rollen wir und suchen den Anschluss ans Regiment. Wer wen anrufen möchte, macht das jetzt.«

Marten richtete sich mühsam aus seiner Sitzschale auf. Er grapschte das Telefon, öffnete die Rampe und trat in die schwüle Nachmittagswärme, die zwischen den Felsen herrschte. Er schlich um einen Felsen herum, der mit Grasbüscheln übersät war, und wählte eine Nummer.

»Ja? Süle am Apparat«, meldete sich sein Schwiegervater am anderen Ende der Leitung, die mehr schlecht als recht zustande kam und ob des heftigen technischen Rauschens den Eindruck erweckte, als würde sie jeden Augenblick wieder zusammenbrechen.

»Rick hier«, hauchte Marten. Zu ausformulierten Sätzen fehlte ihm die Kraft.

»Mein Gott … Rick!«

Sie schwiegen sich eine Zeit lang an.

»Du bist im Jemen?«

»Ja.«

»Hör zu, ich weiß, dass du da unten durch die Hölle gehst, aber …«

»Ist Lisa da?«

»Das … das wollte ich dir gerade sagen. Es geht ihr nicht gut, Rick.«

»Was soll das heißen?« Er war augenblicklich hellwach. Sein Herz beschleunigte, neuerlicher Schweißfluss setzte ein.

»Sie hat dieses Fieber, von dem in den Nachrichten zu hören ist. Die Ärzte sind ratlos, nichts schlägt an. Rick …« Die Stimme des Schwiegervaters drohte ihm zu versagen. Er musste kämpfen, um weitersprechen zu können, und jeder Silbe war sein emotionales Ringen anzuhören: »… die in der Tagesschau sagen, es gibt erste Tote.«

»Ist sie im Krankenhaus?«

»Nein … nein … alle Krankenhäuser sind völlig überlastet. Sie ist bei uns.«

Ricks Augen wurden feucht. Mit tränenerstickter Stimme bat er, sie sprechen zu dürfen.

»Ich sehe nach, ob sie wach ist.«

Die 45 Sekunden, die es dauerte, bis sein Schwiegervater das Gästezimmer erreicht hatte, kamen Marten wie drei Ewigkeiten hintereinander vor.

»Sie ist wach … Ich gebe sie dir.«

Marten lauschte dem Knacken und Klackern, als sein Schwiegervater das Telefon weiterreichte. Dann vernahm er ihr Atmen. Schwerfällig und rasselnd war es, als war jeder einzelne Atemzug eine große Kraftanstrengung für sie.

»Rick …«, zitterte sich ihre Stimme an die Oberfläche. Kein Vorwurf lag in ihrem Tonfall. Nur Freude darüber, ihren Mann sprechen zu können.

»Lisa …«

»Ich liebe dich, Rick …«

»Ich dich auch, Mäuschen …« Tränen zeichneten weiße Bahnen in sein verschmutztes Gesicht. Er hörte sie lautstark husten, hörte seinen Schwiegervater sagen, sie solle liegen bleiben.

»Ich … wünschte … du … du … könntest jetzt bei mir sein …«, sagte sie mit letzter Kraft.

»Nichts wünsche ich mir lieber, Mäuschen.«

# XXVI. Walther Desmond

Mathisen würde ihn zusammenfalten, doch das war ihm im Augenblick gleich. Desmond hatte Stroker alleine zum Office geschickt, hatte sich daraufhin am Flughafen ein Auto gemietet und sich sogleich auf den Weg gemacht. Er versuchte sich selbst über seine Entscheidung zu täuschen, gab gedanklich vor, noch immer mit sich zu ringen, dabei hatte er sich bereits in dem Moment entschieden, in dem sie ihn gefragt hatte. Hatte sich für Mixxel7 entschieden. Gegen seine Exfrau. Gegen die Kinder.

Der marsianische Angriff auf Toronto war abgeschlagen worden, sechs Tripod-Wracks säumten die Innenstadt und das Ufer des Lake Ontario. Auch das war Desmond gleich. Sie hatte ihn eingeladen und er würde diese Chance nicht verstreichen lassen.

Die sechsstündige Fahrt nach Rouses Point war eine einzige Tortur gewesen. Desmond stank widerwärtig, er war körperlich geschwächt, seine Konzentrationskraft ließ immer weiter nach. Er wäre mehrfach beinahe hinter dem Lenkrad eingeschlafen und stillte seinen immensen Durst seitdem hauptsächlich mit Red Bull und Kaffee. Das Fieber aber ließ nicht nach, sein Kopf leuchtete feuerrot, auf seiner hohen Stirn glänzte der Schweiß. Er litt unter einer ordentlichen Portion Realitätsverlust, anders war es nicht zu erklären, dass er nicht daran dachte, Mixxel7 in seinem Zustand verschrecken zu können. Er wollte nur zu ihr, dieser eine Wunsch verdrängte alle anderen Gedanken, verdrängte jede Rationalität und ließ ihn irgendwie sogar die fürchterliche Autofahrt überstehen. Eingetrocknete Blutkleckse verunreinigten sein zu enges Shirt, er hatte noch mehrfach Nasenbluten gehabt.

In seinem Kopf war nur ihre Stimme und das Abbild einer wahren Sexgöttin, das Desmonds Fantasie sich dazu ausmalte. Blondes Haar, üppiger Vorbau, quasi eine junge Version von Pamela Anderson.

Er steuerte den gemieteten Cadillac auf eine Einfahrt, die dringend der Pflege eines Gärtners bedurfte. Grashalme und Disteln sprossen zwischen den Fugen empor. Hausnummer 132, er war hier richtig. Er stellte das Fahrzeug hinter einem schäbigen Kleinwagen von GM ab, in den der Rost Löcher fraß. Desmond trank die letzte Dose Red Bull aus, es war die siebte seit seiner Landung. Sein Herz tickerte wie eine Nähmaschine. Er wischte sich mit dem Ärmel über den Mund und registrierte nicht das frische Blut, das daran kleben blieb. Seine Blase drückte brutal.

Die Fassade des Hauses war wettergegerbt und mit einem grünen Schleier überzogen. Die Haustür öffnete sich, eine Frau erschien im Rahmen und zögerte herauszutreten. Walther Desmond, diese verlotterte Gestalt, die sich aus dem Mietwagen zwängte, machte sichtlich einen verstörenden Eindruck auf sie.

Er hingegen sah sie an … und war hin und weg. Sie war etwas breiter als das Bild, das er sich von ihr gemacht hatte, mochte auf die 100 Kilogramm zugehen. Sie war bildhübsch, ihr Körper kurvenreich, ihre feinen Gesichtszüge hatten etwas Kindliches an sich. Desmond registrierte nicht den Argwohn, mit dem sie in seiner erbärmlichen Erscheinung forschte. Breit lächelnd lief er auf sie zu, sackte auf die Knie. Ein roter Schwall sprühte aus seinem Mund auf die Steinplatten, die den Weg zum Haus einfassten. Als Desmonds Stirn die Blutpfütze berührte, war er bereits weggetreten.

Er starb, ehe die Rettungskräfte eintrafen.

# Epilog

Martin Scheren war 53 Jahre alt und arbeitete für ein formidables Düsseldorfer Geldhaus. Zeit seines Lebens hatte er den digitalen Finanzmärkten vertraut und sein Geld entsprechend angelegt. Er hatte über die Jahrzehnte hinweg ein kleines Vermögen angehäuft, hatte bei der Auswahl von Fonds, Indizes und Aktien oftmals den richtigen Riecher bewiesen. Verluste hatte er nur selten eingefahren, und wenn, hatten sich diese in Grenzen gehalten, da Scheren sein Depot aktiv managte, sprich: Verluste realisierte, statt sich der Vogel-Strauß-Taktik hinzugeben.

2002 hatte er ein großes Apple-Aktienpaket zu 1,68 Euro Stückpreis akquiriert, das er noch immer hielt. 2006/2007 hatte er das Potenzial von Nintendos neuer Konsole »Wii« richtig beurteilt und innerhalb eines Jahres sein Geld verdreifacht. 2015 hatte er, nachdem Volkswagen gestanden hatte, Dieselwerte manipuliert zu haben, kurz nach dem großen Kurssturz zugeschlagen und binnen Monaten eine ordentliche Rendite erwirtschaftet. Hinzu kamen die richtigen ETF, außerdem eine gesunde Durchmischung mit Anleihen- und Rentenfonds, um Marktschwankungen abzufedern. Bei einer derart erfolgreichen finanziellen Biografie konnte Scheren es verkraften, dass er im Zuge der Griechenlandkrise mit der National Bank of Greece einmal ordentlich ins Klo gegriffen und einige Tausend Euro versenkt hatte. Selbst heuer, nach zwei heftigen und mehreren kleinen Börsenbeben, verursacht durch die Angriffe der Marsianer, befand sich sein Depot im grünen Bereich. Dick im grünen Bereich.

Wie gesagt, Scheren hatte zeit seines Lebens den digitalen Märkten vertraut, war immer ein Verfechter der Digitalisierung gewesen. Als Anfang der 2010er Jahre vonseiten der Bundesbank und der EZB erstmals Vorstöße erkennbar wurden, Bargeld abzuschaffen oder seine Nutzung zumindest einzuschränken oder zu erschweren, hatte Scheren das nicht gestört. Er zahlte stets mit Plastikgeld, sehnte für Deutschland amerikanische Verhältnisse herbei, wo der Kaffee für 80 Cent im Diner mit der Kreditkarte bezahlt werden konnte. Kritiker der Volldigitalisierung des Geldwesens hatte er nie ernst genommen. Bis jetzt.

Sein gesamtes Geldvermögen belief sich auf 182000 Euro, dies waren die addierten Werte seiner Depots, seiner Festgelder, seiner Spar- und Girokonten. In der Tasche hatte Scheren keine 35 Euro in bar.

Ein Arbeitskollege Scherens philosophierte gerne über den Zusammenbruch des Finanzsystems, über Währungscrashs und Bank Runs. Er sorgte vor, bunkerte mehrere Tausend Euro in bar daheim in einem Tresor, tauschte sein Geld darüber hinaus regelmäßig beim Edelmetallschalter gegen Gold- und Silberplättchen um, die dazu gedacht waren, mit ihnen in Krisenzeiten bezahlen zu können. Scheren hatte ihn dafür stets belächelt. Bargeld daheim vermehrte sich schließlich nicht und die Lagerung größerer Mengen von Edelmetallen hielt er für kaum erstrebenswert. Das Finanzsystem funktionierte, hatte zeit seines Lebens funktioniert, warum sollte sich daran etwas ändern? Verweise auf Griechenland oder Zypern – immerhin keine Drittweltländer, sondern Mitgliedsstaaten der Europäischen Union – hatte er nie gelten lassen. In Deutschland sei eine ähnliche Situation undenkbar, Deutschland sei zu stark und stabil, daran hatte er immer geglaubt. Was war er nur für ein Narr gewesen.

Das Finanzministerium und die Bundesbank versuchten die aktuelle Situation herunterzuspielen, doch es war allzu offensichtlich, was ins Rollen gekommen war … in ganz Europa. Alle wichtigen Börsen hatten den Handel eingestellt und die Verfügbarkeit des auf den Konten liegenden Geldes war stark eingeschränkt worden. »Enteignung« nannten das böse Zungen.

Und so stand Martin Scheren nun da, in einer langen Reihe mehr oder weniger geduldig anstehender Kunden, und wartete darauf, dass die Mitarbeiterin am Schalter ihm das Tageslimit von 500 Euro auszahlen würde.

Scheren hatte über 100000 Euro in seinem Depot, doch solange der Handel ausgesetzt war, war das nur eine digitale Zahl, die er via Banking-App begutachten konnte. Er hatte auch fast 20000 Euro auf seinem Girokonto herumliegen, doch was nutzte ihm dieses Vermögen, wenn er doch nur 500 Euro bekommen würde? Egal wie sich das aus rechtlicher Sicht schimpfte, für Scheren fühlte es sich wie Enteignung an. Jetzt war er es, der von jenem Arbeitskollegen belächelt wurde, welcher Geld und Edelmetalle im Wert von 10000 Euro zu Hause zur Verfügung hatte, welcher sich vorerst zumindest aus finanzieller Sicht keine Sorgen machen brauchte.

Sorgen gemacht hatte sich Scheren bis vor Kurzem auch nicht. Dann hatte sich die marsianische Landung bei Frankfurt ereignet und er war unruhig geworden, hatte aber an seinem Glauben an die Stabilität der Finanzwelt festgehalten, hatte sich geradezu daran geklammert. Erst der Macau-Vorfall und in der Folge die turbulenten Bewegungen an den Finanzmärkten sowie die verzweifelten Versuche der Regierungen und Notenbanken, da gegenzusteuern, hatte in ihm ein Umdenken angestoßen. Er hatte einige Tage gebraucht, dann aber hatte er erkannt, dass er bei anhaltendem weltweiten Chaos möglicherweise bald auf Bargeld oder sogar harte Werte angewiesen sein würde. Gleichzeitig griffen die Marsianer Sydney an, fast zeitgleich Toronto. Ein globaler Krieg kündigte sich an.

Und so stand Martin Scheren nun Schlange in einer Bank, viele Hunderttausend Menschen taten es ihm weltweit gleich. Sein Plan war es gewesen, 10000 Euro in bar abzuheben und zur Hälfte in Goldpellets umzusetzen. Die Blitzentscheidung von EU und EZB, die Geldverfügbarkeit ab sofort auf 500 Euro täglich zu beschränken, hatte ihn auf dem Weg zur Bank wie ein Schlag getroffen.

Scheren war beunruhigt. Er hatte seine Krawatte ein Stück weit geöffnet, um seinem schweißnassen Hals frische Luft zukommen zu lassen. Daheim warteten seine langjährige Freundin und ihr Sohn auf ihn. Ohne Geld würde er nicht für sie sorgen können … und 500 Euro waren für ihn ein Witz.

Die Geldautomaten aber waren abgeschaltet worden, die Volksbank hatte sogar den zweiten Geldschalter geöffnet, der seit Jahren vor sich hin staubte – Menschen wie Martin Scheren sei Dank. 182000 Euro Geldvermögen … dieser Tage war das nunmehr eine Zahl, wertlos in der bitteren Realität.

Die in der Schlange stehenden Kunden verfielen in unruhiges Gemurmel, ein Kind lachte und rannte zwischen den Beinen seiner Eltern umher. Sorgenfalten bestimmten die Mienen der Menschen. Angst ist ein zu starkes Wort, um die Stimmung zu beschreiben, die unter den Wartenden herrschte, wohl aber hielt eine allgemeine Beklommenheit die Menschen in ihrem Bann.

Quälend langsam vergingen die Minuten. Die Wartezeit gab Scheren Gelegenheit, weiter über die derzeitige Situation nachzudenken … sich weiter hineinzusteigern in seine jähen Existenzängste. Was, wenn die Landungen der Marsianer nur ein Vorgeschmack waren auf das, was noch kommen würde? Was, wenn die Außerirdischen Krieg über Europa bringen würden? Vor Scherens geistigem Auge brach seine Welt zusammen, eine Welt, die er liebte, die aus Aktienkurven, spannenden Projekten im Beruf, Business Cases und Quartalszahlen bestand.

Endlich war er an der Reihe, er vermochte sich nicht zu erinnern, wann er das letzte Mal am Bankschalter gestanden hatte. Die Dame im Glaskasten wirkte angegriffen, übermäßiger Kaffeekonsum ließ ihre Lider zucken.

»Ja?«, fragte sie nur und ließ jede Kundenfreundlichkeit vermissen. Scheren konnte es ihr nicht verübeln. Er reichte ihr seine Girokarte, sagte mit verbrauchter Stimme: »Die 500 Euro bitte.«

Die Bankangestellte tippte die Kontonummer ein, ließ sich darauf Scherens Ausweis zeigen. Sie klickte wiederholt mit der Maus, runzelte die Stirn, während sie auf ihren Bildschirm blickte, und lief plötzlich kreidebleich an.

»Ist was?«, fragte Scheren unruhig.

»Öhem …«, stammelte die Bankangestellte, eine Strähne fiel ihr ins leichenblasse Gesicht. Sie starrte immerzu auf ihren Bildschirm, es war Scheren, als vermiede sie bewusst den Blickkontakt.

»Entschuldigung?«, fragte er nach. Seine innere Unruhe steigerte sich. Seine Finger krampften sich um das Portmonee.

»Ja … ich … hab hier … hab hier … einen … technischen Fehler.«

»Großartig!«

»Ich … nun … ich …« Fahrig wandte sich die Bankangestellte um, schien nach einem Kollegen Ausschau zu halten.

»Frau Rumeln«, rief sie hörbar verzweifelt. »Frau Rumeln!« Sie winkte aufgeregt. Im Hintergrund löste sich eine Dame im dunklen Hosenanzug aus einer hitzigen Debatte. Die Frau hinter Scheren in der Schlange ließ vernehmlich Luft entweichen.

Frau Rumeln kam herbeigeeilt, warf einen Blick auf den Bildschirm … und erstarrte zur Salzsäule.

»Was ist denn?« Scheren wurde nervös, um das Mindeste zu sagen. Er reckte den Kopf, versuchte einen Blick auf den Bildschirm im Glaskasten zu erhaschen. Unmöglich!

»Entschuldigen Sie bitte.« Frau Rumeln setzte ein ganz und gar falsches Lächeln auf. »Wir haben gerade eine kleine technische Herausforderung zu meistern«, log sie. »Ich möchte Sie bitten, einen Moment vorne im Wartebereich Platz zu nehmen.«

»Wollen Sie mich …«, begann Scheren sich zu echauffieren, ehe er innehielt. Aus dem resoluten Gesichtsausdruck von Frau Rumeln konnte er ablesen, dass die Dinge in dieser Filiale nach ihren Regeln funktionierten … oder gar nicht. Murrend ließ er sich auf den Wartebereich verweisen, pflanzte sich in einen Ledersessel und zückte sein Smartphone. Während er die Volksbank-App aufrief, beobachtete er Frau Rumeln und die Bankangestellte, die, abgeschirmt im Glaskasten, eine erregte Diskussion führten. Frau Rumeln hatte dabei einen Telefonhörer am Ohr, schien darauf zu warten, dass derjenige, den sie anrief, das Gespräch annahm. Die Mitarbeiterin wandte sich schließlich dem nächsten Kunden zu.

Endlich hatte die App geladen – aufgrund der Marsianerangriffe waren einige Netze lahmgelegt. Scheren wischte einen Hinweis weg, der aufploppte und die Kunden darüber informierte, dass aufgrund der aktuellen Entwicklungen der eingeräumte Dispositionsrahmen nicht weiter genutzt werden könne. Als auf dem Display die Liste seiner Konten samt Kontoständen aufleuchtete, verschluckte er sich vor Schreck. Er musste husten, würgte beinahe. Mit zitterndem Finger tippte er sein Girokonto an, dass als Saldo »0 Euro« auswies. Noch vor einer Stunde hatte er 19392,88 Euro auf dem Konto gehabt und aufgrund der aktuellen Beschränkungen war es unmöglich, so viel Geld innerhalb so kurzer Zeit abzubuchen. Auch standen seine Sparkonten alle auf »0«. Einzig die Festgelder und das Depot wiesen die ihm bekannten Stände aus, doch waren diese auch eingefroren. Unerreichbar für ihn, obwohl es sich um sein Geld handelte.

Martin Scheren, der sich zeit seines Lebens am Finanzsystem bereichert hatte, blieb beinahe das Herz stehen, als er die Bewegungen seines Girokontos aufrief. Er starrte ungläubig auf die letzte Überweisung, ausgeführt erst vor einer halben Stunde mit einem Wert von 19392,88 Euro – unmöglich eigentlich! Das Geld war an ein Scheren unbekanntes Konto in den USA gegangen, der Verwendungszweck lautete: »For you, my brother … JIHAD to Belgium!«

Scheren glitt das Smartphone aus den Fingern. Es klatschte auf den Fliesenboden, das Display brach. In diesem Moment ging vorne am Schalter ein Tumult los. Ein stämmiger Kerl, der eine Armeejacke trug und eine gefüllte Aldi-Tüte bei sich hatte, polterte in tosender Lautstärke: »Wie … weg? Ich will jetzt mein Geld!«

Die käsige Bankangestellte hinterm Schalter versuchte zu beschwichtigen, wedelte ganz desperat mit den Armen. Eine ältere Frau, die am zweiten Schalter bedient wurde, wandte sich dem Kerl in der Armeejacke zu, trompetete: »Was? Bei Ihnen auch? Die Frau hier will mir erzählen, meine Konten seien leer. Das ist eine bodenlose Frechheit!«

»Gib mir mein Geld, Alte!«, wütete derweil der Armeejackenträger. »Oder ich garantiere hier für nichts mehr!«

Die Menschen in der Schlange begannen zu schimpfen und zu drängeln. Die Stimmung schlug um, Frau Rumeln, noch immer das Telefon am Ohr, sah aus, als hätte sie einen Geist gesehen. Der Mann in der Armeejacke tobte und wischte mit einer Handbewegung einen Haufen Prospekte zu Boden.

Scheren las sein Smartphone auf, blickte auf den gesprungenen Bildschirm. Eine Eilmeldung vom Handelsblatt trudelte ein: »Zahlreiche Banken weltweit melden Unregelmäßigkeiten in ihren Finanzströmen. Mehr in Kürze.«

# Buch 3: Herrschaft der Marsianer

# I. St. Tönis

Die Deutsche Wespe, eine effiziente, todbringende Jägerin, hatte die Witterung aufgenommen. Zielstrebig schnitt ihr stromlinienförmiger, in schwarz-gelben Warnfarben leuchtender Körper durch die Luft, während sie in tiefere Gefilde hinabtauchte. Ihre Beine waren eng an den Körper angelegt, die schmalen Flügel schlugen in enormer Geschwindigkeit, was die Wespe blitzschnell voranbrachte. Die feinen Sensilla an ihren Fühlern, mikroskopische Härchen, die selbst die feinsten Gerüche aus der Atmosphäre filterten, fahndeten nach dem Ursprung des herrlichen Geruchs, der die Wespe just zu ihrem Kurswechsel verleitet hatte. Die schwarzen, im Sonnenlicht glitzernden Facettenaugen waren auf der Jagd nahezu unbrauchbar und so verließ sich die grazile, anmutige und doch so tödliche Jägerin ganz auf ihren Geruchssinn. Dank ihm vermochte sie die Herkunft des köstlichen Fleischgeruchs ganz genau einzugrenzen. Die Jägerin schoss in noch tiefere Gefilde hinab, jagte summend jenem Aroma nach, der ihr eine ertragreiche Nahrungsquelle versprach. Ihre Umgebung manifestierte sich in ihrer Wahrnehmung als eine Abfolge bunter Schichten – jede Schicht bestand aus einem anderen Duft. Es fiel ihr nicht schwer, ihr Ziel aus diesem Geruchsgemenge herauszufiltern und es gezielt anzusteuern. Und so sirrte sie wie eine Patronenkugel auf das tote Fleisch zu. Erst als sie ganz nah war und den in ihrer Wahrnehmung lilafarbenen Duftschleier umherschwirrender Gräserpollen durchbrach, bremste sie ihren Flug herunter. Ihre Flügel veränderten die Schlagzahl, drehten sich leicht ein, dann schwebte sie wenige Zentimeter über ihrer Entdeckung. Das Odeur von verwesendem Fleisch haftete sich nun in verführerischer Intensität an ihre Sensilla. Für die Wespe gab es nur noch die schmackhafte Nahrung unter ihrem Leib. Gierig ließ sie sich auf diese herniedersinken. Sie fuhr ihre Beine aus, die Füße berührten das aufgerissene, mit blutigem Matsch garnierte Fell. Sie hatte eine getötete Feldmaus ausfindig gemacht, diese befand sich in einer grauen, eintönigen Wüste. Ihr Kadaver war ungewöhnlich flach, die Innereien und das Fleisch schienen aus einer Seite des Körpers regelrecht herausgequetscht worden zu sein. Die Wespe aber interessierte sich nicht für derartige Details. Wie eine gut funktionierende Maschine kroch sie über das Fell, fand eine Stelle, wo das Fleisch freigelegt war, und zögerte nicht, ihre rasiermesserscharfen Mandibeln in es hineinzutreiben. Klingen gleich schnitten diese einen fetten Brocken heraus. Die Jägerin sammelte das Fleisch nicht für sich selbst, sondern für die Larven ihres Volkes. Unter Zuhilfenahme ihrer Vorderbeine drehte sie den Fleischklops zwischen ihren Mandibeln und verbiss sich schließlich in ihm. Schon begannen ihre Flügel erneut zu schlagen, die Wespe verlor keine Zeit. Sie erhob sich über den Mäusekadaver, das Zusatzgewicht machte sich bemerkbar, zog sie nach unten. Die Wespe aber war solch eine Schlepperei gewohnt, leicht trudelnd stieg sie wieder in höhere Gefilde hinauf – und entkam in letzter Sekunde einem schwarzen, riesenhaften Ding, das mit einem Mal herangeprescht kam und gnadenlos über den bereits geschundenen Mäusekadaver hinwegmangelte. Es war, als wollte es ihn regelrecht in den harten, grauen Untergrund hineindrücken. Fleisch und Blut blieben an dem schwarzen Ding kleben, das seinen Weg schier unaufhaltsam fortsetzte. Weniger als eine Sekunde später rauschte ein weiteres schwarzes Ding über die Maus hinweg. Dazu erklang ein ohrenbetäubendes Geräusch wie das Brummen einer Hummel in tausendfacher Verstärkung. Ein silbriges Ding knatterte und spie giftig gefärbte Wolken aus.

»Was ist mit dir?«, fragte Eduard besorgt und mit gleichzeitig aufgeregter Stimme. Er rutschte auf dem Beifahrersitz hin und her und klammerte sich am Handgriff fest. Eduard war wie seine Kollegin Sabrina Rettungssanitäter. Beide trugen ihre weiß-orange Arbeitskleidung und rasten in ihrem Rettungskrankenwagen wie der Blitz über die Krefelder Straße zurück nach St. Tönis hinein – zurück zum Krankenhaus. Sie hatten den nächsten Todkranken – den nächsten Sterbenden – hinten drin, der Schleim und Blut kotzte, bis er an inneren Blutungen zugrunde gehen würde. Selbst die Chirurgen im überfüllten Alexianer-Krankenhaus, in denen sich die Patienten in allen Zimmern und auf den Gängen stapelten, würden diesem armen Teufel vermutlich nur beim Sterben zuschauen können. So erging es den meisten, nur die allerwenigsten sprachen auf unterschiedlichste Medikamententherapien an. Die Ärzte mussten dies jedes Mal aufs Neue nach der Methode Trial and Error herausfinden – und nicht wenige Präparate schadeten den Todkranken mehr, als dass sie halfen. Auch das musste erst ausprobiert werden. Die Hinweise verdichteten sich, dass man es mit ein und demselben Krankheitserreger zu tun hatte – mit einem bis dato vollkommen unbekannten Virus, auf das jeder Mensch individuell reagierte. Der Schluss lag nahe, dass die Marsianer dahintersteckten, doch auch diese Erkenntnis änderte nichts daran, dass die Opferzahlen in die Höhe schossen und der Mensch mit seiner hochmodernen Medizin dem Sterben tatenlos zusehen musste. Und so brach sich eine weltweite Tragödie Bahn, während ein eiligst aufgestelltes internationales Militärbündnis im Jemen den Kampf mit der Invasionsstreitmacht der Außerirdischen aufnahm.

Als wären die Herausforderungen mit der Epidemie und der außerirdischen Invasion nicht groß genug, waren zu allem Überfluss vitale Systeme des Alltags komplett ausgefallen oder spielten verrückt. Die Finanzwelt stand kopf, zig Trilliarden in Euro, Dollar, Yen und anderen Währungen sprangen von Konto zu Konto. Viele Kommunikationsstrukturen waren lahmgelegt, so das Internet und zahlreiche Mobilfunknetze. Die Energieversorgung war elektronisch angegriffen und vielerorts beeinträchtigt worden; in Belgien liefen die Reaktorblöcke des Kernkraftwerks Tihange heiß. Es drohte eine nukleare Katastrophe, nicht nur in Mitteleuropa, sondern überall dort, wo

Atomkraftwerke das Landschaftsbild verschandelten. Sie alle waren zum Ziel von Angriffen geworden, jedes einzelne von ihnen. Und den betroffenen Firmen fehlte die Manpower, sich der Schadensbegrenzung anzunehmen, denn ihre Fachkräfte lagen krampfend und sterbend in den Straßen. Schon jetzt hatte die Epidemie weltweit mehr als zwei Millionen Todesopfer gefordert, die Zahl schoss sekündlich in die Höhe. Schätzungsweise 17 Millionen Menschen galten als infiziert. Auf allen Kontinenten waren Fälle gemeldet worden. Am heftigsten waren jene Nationen betroffen, die es zuvor bereits mit den Marsianern zu tun bekommen hatten: Deutschland, China, Australien, Kanada.

»Was ist mit dir?«, kreischte Eduard nun panisch und offenbarte dabei seinen russischen Spätaussiedlerakzent, den er sonst so gut zu verbergen vermochte. Sein Blick bohrte sich in die Kollegin hinein, die regelrecht apathisch über dem Lenkrad hing und offensichtlich nur noch vom Anschnallgurt davon abgehalten wurde, in den Fußraum zu sacken. Der RTW raste mit 70 Sachen über die Krefelder Straße. Er geriet zunehmend ins Schlingern, Sabrina schien die Kontrolle über das Fahrzeug zu entgleiten. Eduard öffnete den Mund und stieß einen schrillen Schrei aus. Rechter Hand quoll Rauch über die Mehrfamilienhäuser empor. Ein Hubschrauber klebte über der Siedlung, der Rotor verwirbelte den Qualm zu Kringeln. Auf der Gegenfahrbahn, getrennt durch einen Mittelstreifen mit auf Kies gebetteten Straßenbahnschienen, fuhren zwei Polizeiwagen mit heulendem Martinshorn und blinkendem Blaulicht.

»Sabrina!«, brüllte Eduard, schnellte vor und betätigte das Martinshorn, als er sah, dass sie mit einer Mordsgeschwindigkeit auf die Kreuzung zusteuerten. Seine Kollegin drehte den Kopf, blickte ihn aus trüben, blutunterlaufenen Augen an. Das war nicht nur die Müdigkeit, die da aus ihren Zügen sprach – sie beiden waren seit 28 Stunden ohne Pause auf den Beinen. Es war mehr –, Sabrina war krank. Ihre Wangen hatten jede Farbe verloren, ihr Haar war schweißnass, Strähnen klebten zusammen. Wie ein Löwe, dem man ein Betäubungsmittel verabreicht hatte und der noch gegen dessen Wirkung ankämpfte, blinzelte sie nun heftig, schüttelte sich und pendelte mit dem Oberleib hin und her.

»Halt an!«

Der Wagen geriet stärker ins Schlingern, Sabrina hatte endgültig die Kontrolle verloren.

»Was treibt ihr beiden da vorne?«, ließ sich die Notärztin aus dem Behandlungsabteil vernehmen.

Eduard ignorierte die Frage, starrte stattdessen mit weit aufgerissenen Augen auf die kirschroten Bahnen, die Sabrina aus den Nasenlöchern rannen. Eine Sekunde später krachte der Rettungswagen ungebremst in ein parkendes SUV. Es schepperte gewaltig, das SUV machte einen Satz nach vorne, indes faltete sich der Motorraum des RTW regelrecht zusammen. Die Notärztin schrie. Eduard spürte einen kräftigen Ruck, als ihn der Anschnallgurt davon abhielt, durch die Frontscheibe zu fliegen. Im nächsten Augenblick löste der Airbag aus und knallte ihm wie ein Faustschlag ins Gesicht. Der RTW kam quer auf der Straße zum Stehen, Glas- und Lacksplitter flitzten über den Asphalt.

## II. Brandon William Stroker

Ein 14-stöckiger, antiquiert erscheinender Bau wuchs an der 110. Straße, Ecke Malcom X Boulevard, in die Höhe. Die zahlreichen Fensterscheiben, die die Klinkerfassade durchbrachen, glänzten orangefarben im Sonnenlicht. Hohe Mauern, versehen mit Stacheldraht, riegelten das Gebäude ab. Die Eingangspforte war mit angestrengt dreinblickenden Sicherheitsleuten besetzt, daneben befand sich ein Hinweisschild, versehen mit dem hellblauen Logo der UN, darunter der Schriftzug: »Niederlassung des Earth Protection Forces Office der Vereinten Nationen.« Buntscheckige Menschenmassen schoben sich vor dem Mauerwerk über den Gehweg. Mehr noch als an einem normalen Werktag in New York waren die Menschen in Eile begriffen, manch einer rannte. Ein älterer Herr rempelte einen Passanten an, stieß ihn um. Jene Krankheit verbreitete sich von Toronto aus in rasender Geschwindigkeit, und auch wenn sie an der Ostküste der USA noch nicht so destruktiv grassierte wie weiter nördlich, wo das öffentliche Leben vollständig zum Erliegen zu kommen drohte, so waren auch in New York sämtliche Krankenhäuser an die Grenzen ihrer Leistungsfähigkeit angelangt.

In der Ferne fielen Schüsse. Die Krankheit mochte mit ihren unsichtbaren Griffeln nach dem Big Apple greifen, derzeit aber setzte vor allem das Tohuwabohu, das im weltweiten Finanzsystem herrschte, alle Regeln des gesellschaftlichen Miteinanders außer Kraft. Binnen Stunden war das globale Vermögen in Milliarden Transaktionen schier willkürlich verschoben worden. Schulden hatten sich binnen eines Wimpernschlages aus sämtlichen Aufzeichnungen gelöscht, Banken sahen sich mit dem technischen Kollaps konfrontiert. Nichts funktionierte mehr. Aktien- und Wechselkurse fuhren Achterbahn in einer Größenordnung, die die Finanzkrise von 2008 wie eine mickrige Kurskorrektur erscheinen ließ, der Dollar hatte gegenüber dem Euro binnen Minuten um 4000 Prozent an Wert zugelegt. Milliarden flossen in Bitcoin und andere Kryptowährungen ab. Die Aktie der schweizerischen Novartis war binnen Minuten auf den schier unvorstellbaren Kurswert von 400000 Franken geklettert, nur um noch vor Aussetzen des Handels auf unter 15 Franken zu fallen.

Earth-Protection-Forces-Office-Abteilungsleiter Morten Mathisen trat ans Fenster, von wo aus er einen Blick auf den Central Park werfen konnte. Dieser erstrahlte in saftigem Grün, er bildete eine grüne Insel in der hochgewachsenen Betonwüste New Yorks. Sirenengeheul hing über der Stadt. Der Däne steckte sich eine Zigarette an, inhalierte genießerisch einen Zug, dann wandte er sich seinem Gast zu: Brandon William Stroker.

Der alte Kauz sieht ganz frisch und drahtig aus für sein Alter, fand Mathisen.

Stroker ließ eine gewisse Abneigung gegenüber was auch immer erkennen.

»Bitte erklären Sie mir das noch einmal: Wo ist Desmond?«, sagte Mathisen geradeheraus.

»Bei seiner Freundin. Irgendwo an der kanadischen Grenze.«

»Er geht nicht ans Telefon.«

»Vielleicht ist er mit ihr gerade … beschäftigt.«

»Es ist mir egal, ob er gerade eine Palme pflanzt oder vor seinen dämlichen Spielen hockt. Wenn mein Name auf dem Display seines Handys auftaucht, steht der Kerl gefälligst im Achtung, nimmt den Anruf an und bittet vielmals um Entschuldigung, bevor ich überhaupt angefangen habe, ihn mit Vorwürfen zu überschütten!« Mathisen redete sich in Rage – falsch: Er mimte seine Wut, um gegenüber der Legende Stroker den abgebrühten Chef heraushängen zu lassen. In Wahrheit hatte ihn der Fettsack Desmond tief beeindruckt. Er hatte es doch tatsächlich geschafft, eine der bedeutendsten Größen in Sachen Alien-Tech nicht nur aufzuspüren, sondern auch nach New York zu bringen. Mathisen hätte nicht damit gerechnet … nicht damit, dass Stroker noch lebte, und erst recht nicht damit, dass Desmond ihn finden würde. Da war es fast schon egal, dass sich der Dicke aus dem Staub gemacht hatte.

»Ich glaube«, sagte Stroker todernst, »Ihr Mitarbeiter braucht Hilfe … in vielerlei Hinsicht. Schicken Sie ihn mal zum Check-up ins Krankenhaus, wenn er wieder hier auftaucht.«

»Ach, papperlapapp!« Mathisen winkte ab. »Was Desmond braucht, ist ein Tritt in den Allerwertesten. Und was Sie angeht …«

Stroker schaute sich etwas nervös um. Es schien ihm wohl nicht zu behagen, sich innerhalb der Grenzen einer Nation aufzuhalten, die ihn aufgrund von Terrorismusvorwürfen einsperren wollte. Mathisen aber hatte Wort gehalten, Stroker war weder beim Check-in am Flughafen noch auf dem Weg zur 110. Straße behelligt worden.

Der Däne zog an seiner Zigarette, seine trüben Augen fixierten den alten Haudegen. Dessen silbernes, schütteres Haar bedeckte nur unvollständig die mit Altersflecken übersäte Kopfhaut. Keine Frage, Stroker befand sich im letzten Fünftel seines Lebens und dennoch ging von dem alten Knacker ein beinahe jugendlicher Esprit aus, der Mathisen verblüffte. Stroker jedenfalls war nicht in den 1990ern stecken geblieben im Gegensatz zu den meisten seiner Altersgenossen. Stroker war im Internet zu Hause, hatte sich in seinem Exil im Kosovo verschiedene Programmiersprachen angeeignet und überdies seine Leidenschaft für die Marsianer nie aufgegeben. Bis zuletzt hatte er sich mit U04-Enthusiasten getroffen, oft junge Nerds und Fantasten aus der ganzen Welt – und Mathisen begann zu begreifen, dass er dies vor allem getan hatte, um aktuelle Trends aufzugreifen und sich mit der größtmöglichen IT-Expertise zu umgeben. Stroker war wahrlich ein gerissener Lebenskünstler, dem auch im hohen Alter niemand etwas vormachte. Mathisens Respekt für sein Gegenüber wuchs gewaltig, er mochte sich plötzlich gar nicht mehr vorstellen, Stroker könne an terroristischen Aktionen beteiligt gewesen sein. Der Däne kam sich mit einem Mal ganz mickrig vor. Die Züge in seinem Gesicht erweichten, er versuchte sich an einem Lächeln, was Stroker zu keiner Regung veranlasste.

»… wir sind froh, dass Sie hier sind«, sagte er mit entwaffnender Offenheit. »Die Forces stellen hier in New York ein internationales Expertengremium zusammen, das die aktuelle Situation und die Strategie der Marsianer erfassen und Gegenmaßnahmen erarbeiten soll. Mehr als 80 Staaten und 230 Organisationen haben bereits umfassende Unterstützung zugesagt.« Mathisen räusperte sich. »Ich bin zum Leiter dieser Sondereinheit ernannt worden und möchte Sie in meinem Gremium haben.«

»Fein.« Stroker verschränkte demonstrativ die Arme. »Und was sollen das für Experten sein?«

Mathisen setzte sich an seinen PC, tippte etwas in die Tastatur und drehte schließlich den Bildschirm, sodass Stroker eine lange Excel-Tabelle einsehen konnte.

»Carl Aktinson, Museumsleiter in Spiritus …«, las er wahllos einen der vielen Namen laut vor, und dann: »General de Brigada Marina Silva, Leiterin der Departamento de Defensa Extranjera der spanischen Streitkräfte …« Stroker blickte auf. »Soll das ein Witz sein?«

»Keineswegs.« Mathisen setzte sich. Nach allem, was sich in den letzten Tagen ereignet hatte, war er bereit, sich Stroker uneingeschränkt zu offenbaren. Keine Spielchen mehr, kein Theater. Nur die Wahrheit … denn die Wahrheit war: Es sah nicht gut aus. Und wenn sich die cleversten Köpfe der Welt nicht rasch etwas einfallen ließen, würde diese Runde an die Marsianer gehen, dessen war Mathisen sich sicher. Und eine dritte Runde würde es dann nicht geben …

Der Däne jedenfalls hatte begriffen, dass er Stroker unterschätzt hatte. Er hatte zunächst nicht verstehen wollen, was ein Mann, der dem Tode näher war als seiner letzten natürlichen Erektion, zu einer hoch technisierten Fragestellung beitragen konnte. Nun, Stroker war definitiv nicht irgendein alter Sack, der seine Zeit mit Kuchenessen und TV-Soaps verbrachte. Stroker war nicht weniger als ein Genie. Die kurze Unterredung, die Mathisen bereits am frühen Morgen mit ihm geführt hatte, hatte ausgereicht, ihn davon zu überzeugen.

Dann war da die marsianische Invasion im Jemen; dieses Mal hatten sie es nicht mit einem örtlich begrenzten Angriff mit unbeträchtlichen Kräften zu tun, nicht mit einer Selbstmordmission; es würde keinen einfachen Sieg geben – wobei es überdies noch zu beweisen galt, dass die Menschheit in Deutschland, Macau und anderswo tatsächlich Siege eingefahren hatte –, nein, weder war Mathisen derart von der Stärke seiner eigenen Spezies überzeugt, wie viele Militärs dies waren, noch war er so einfältig zu glauben, die Marsianer würden sich ohne Sinn und Verstand in einen solchen Feldzug stürzen … nicht ein zweites Mal jedenfalls. Sie hatten nicht 120 Jahre lang gewartet, hatten die Erde nicht ausgiebig beobachtet, die Menschen studiert und ihre Pläne gegen sie geschmiedet, um sich jetzt von den irdischen Streitkräften die Hucke vollhauen zu lassen. Etwas war im Busch und die groß angelegte Invasion, die in diesen Stunden im Jemen ihren Lauf nahm, deutete darauf hin, dass sich das Zeitalter der Menschen seinem Ende entgegenneigte – wenn ebenjene Menschen nicht schleunigst aufwachten. Aktuelle Satellitenbilder zeigten, wie sich im Zentrum der marsianischen Streitmacht das rote Kraut auszubreiten begann, was ein starkes Indiz dafür war, dass der Marsianer gekommen war, um zu bleiben.

Wie gewöhnlich hatten die Militärs dieser Erde nur eine Antwort auf die Invasion im Jemen parat: Draufhauen, und zwar so oft und so lange, bis der letzte Marsianer im Höllenfeuer des Krieges verpufft war. In seltener Einigkeit begannen sich die Militärmaschinerien dieses Planeten auf den Krieg einzustellen; ein alle Religionen, Weltanschauungen und lokalen Konflikte ignorierendes Bündnis bildete sich heraus. Das war gut, doch Mathisen wusste, dass es nicht reichen würde. Schon jetzt war von mehreren Hundert Tripods die Rede, was bereits eine Streitmacht war, die nicht mal eben hinfortgewischt werden konnte. Zudem deuteten erste Berichte darauf hin, dass die Marsianer noch immer weitere Kräfte anlandeten. Niemand konnte sagen, über wie viele dieser Furcht einflößenden Maschinen die Außerirdischen verfügten. Es könnten Tausende sein, Hunderttausende. Dagegen würden selbst gewaltige Armeen wie die der Vereinigten Staaten oder Chinas kein Land sehen … Mathisen fürchtete, würde man die Verteidigung des Planeten Erde allein den Militärs und ihrer Logik vom Recht des Stärkeren überlassen, würden sich die Menschen schneller in der Rolle des Ungeziefers wiederfinden, als ihnen lieb sein konnte. Die Marsianer waren zweifelsohne mächtig, doch die vermeintlichen Siege gegen sie hatten die Menschheit blind für mögliche Gefahren gemacht. Gerade die Krankheit und die Angriffe auf das Finanzsystem und die Kommunikationsstrukturen bewiesen doch, dass die Marsianer etwas im Schilde führten, dass sie sehr genau wussten, was sie taten – und dass bis dato alles für sie nach Plan verlief.

Nein, Mathisen brauchte Leute wie Stroker, die querdachten, die sich nicht auf militärische Stärke verließen. Er öffnete eine E-Mail und ein daran angehangenes Dokument, das eine Karte des westlichen Jemen mit der derzeitigen Ausbreitung der Marsianer darstellte.

»Lassen Sie mich ganz unmissverständlich sein«, bat Mathisen und klang dabei beinahe ehrfürchtig. Und dann legte er dem alten Mann in seltener Offenheit seine Gedanken und Ängste preis. Stroker nickte von Zeit zu Zeit, er hörte jedenfalls aufmerksam zu und schien Mathisens Aufrichtigkeit zu schätzen.

»Also«, schloss Mathisen, nachdem er knappe acht Minuten lang ohne Punkt und Komma gesprochen hatte. »So wie die Dinge liegen, glaube ich nicht an einen militärischen Sieg über die Marsianer. Wenn wir nichts unternehmen, werden die Fleischbälle vom Jemen aus ihren Siegeszug beginnen.« Mathisen hielt inne und forschte schweigend in Strokers Miene, die nicht mitteilte, was in dem alten Kauz vor sich ging.

»Und?«, fragte der Däne ungeduldig.

»Na gut, wollen wir es probieren.«

»Sie sind also dabei?«

»Ich bin dabei.«

»Und aus Ihrem schelmischen Grinsen darf ich schließen, dass Sie bereits einen Plan haben?«

»Den habe ich … schon seit 30 Jahren.«

»Was brauchen Sie?«

»Eine ganze Division der besten IT-Fachleute. Mindestens.«

# III. Jemen

»Alu-u«, dröhnte der Ruf einer marsianischen Maschine über die weiten Ebenen und Kaffeefelder, die hier im Westen des Jemens das Bild der Landschaft prägten. Forces-Commandant Carlos Reis, der aus dem brasilianischen Santa Cruz do Sul stammte und dessen haselnussbraune Haut in der Mittagshitze glänzte, drückte mit dem Zeigefinger auf den Tragus seines linken Ohrs. Den Hörer des Funkgeräts presste er gegen die andere Ohrmuschel, um die Stimme am anderen Ende der Leitung trotz des Schlachtlärms verstehen zu können. Eine Rotte türkischer F-35-Kampfjets pfefferte in diesem Augenblick druckvoll über Reis hinweg, sie brauste der gegnerischen Front entgegen. Die Marsianer hatten Hunderte Tripods im Jemen angelandet und noch immer wuchs ihre Streitmacht. Grüne Blitze flackerten über den Horizont, die Maschinen des Feindes bewegten sich wandelnden Türmen gleich hinter einer Hügelkette entlang, allein ihr Kesselkopf ragte darüber empor. Die internationale Gemeinschaft stellte eiligst eine militärische Opposition auf die Beine, aus allen Teilen der Welt erreichten Truppenkontingente den Jemen, um den Kampf gegen die Marsianer aufzunehmen. Ein Zusammenschluss aus Forces-Kräften, der OVKS, der NATO, des TIAR sowie zahlreicher Einzelstaaten trat an, dem Marsmann die Erde nicht kampflos zu überlassen. Nie zuvor war die Menschheit derart geschlossen aufgetreten.

Reis, den die plötzliche Krankheit seines Chefs jäh in die Verantwortung des Bataillonskommandeurs katapultiert hatte, konzentrierte sich auf die Stimme im Funkkreis, die, von technischen Störgeräuschen begleitet, versuchte, ihm die aktuellen Lageentwicklungen durchzugeben: »... Durchbruch bei ... die Franzosen ...«

»Was?«, brüllte Reis in den Hörer hinein. »Konnte Sie nicht aufnehmen ... wiederholen Sie!«

»Sektor 7, mon Commandant«, berichtete die Stimme am anderen Ende und war für diesen kurzen Moment tatsächlich glasklar zu verstehen. »Die Franzosen und das II. Bataillon befinden sich auf dem Rückzug.«

Reis blickte auf die Karte, die vor ihm im Staub ausgebreitet lag. Hubschraubertriebwerke dröhnten, mehrere niederländische und britische Kampfhubschrauber fegten im Konturflug über seine Position hinweg. Ihr Auftrieb wirbelte den Sand auf, dass sich Reis mit einem Mal im Zentrum eines wütenden Sturms befand. Er kniff die Augen zusammen, Sandpartikel prasselten als Minigeschosse auf sein Gesicht und die Arme ein. Ein Windstoß erfasste seine Karte, wirbelte sie hinfort. Schon waren die Hubschrauber auf und davon. Der Sturm legte sich, Sand und Dreck bildeten einen feinen Schleier in der Luft, hinter dem die Welt wie hinter einem dünnen Seidentuch verborgen blieb. Reis hustete. Ein klebriger Staubfilm setzte sich auf seiner

Zunge fest, ein ekelerregender Geschmack breitete sich in seinem Mundraum aus.

»Mon Commandant?«, fragte die Stimme am anderen Ende der Leitung. Während des Überflugs der Hubschrauber hatte sie noch irgendetwas gesagt, Reis aber hatte nicht ein Wort verstanden.

»Sektor 7?«, fragte er lautstark nach und übertönte dabei entfernten Kanonendonner.

Es knallte polyfon in seinem Rücken. Die vier ägyptischen Panzerhaubitzen vom Typ M109 waren just in Stellung gegangen, die Kanoniere hatten ihr Rohr auf das Ziel ausgerichtet. Die Ägypter hatten mit ihrem Feuersegen begonnen. Jeder Abschuss entfachte eine physisch spürbare Gewalt, die wie eine Tsunami wuchtvoll über Reis hinwegrollte. Der Forces-Offizier duckte sich zusammen, presste den Hörer gegen die Ohrmuschel und verstand schon wieder kein Wort. Jeder Schuss pustete Schmauchschwaden aus dem Rohr der Panzerhaubitzen, das ganze Fahrzeug erzitterte unter dem Rückstoß, kranzförmig stäubten Wolken aus Sand um es herum auf, die sich ausbreiteten und bald auch Reis einhüllten. Die Geschosse flitzten davon, jagten den Tripods in der Ferne entgegen. Tomahawks, abgefeuert von der US-Navy, brachen durch die dünne Wolkendecke und senkten sich ebenfalls auf die Marschrouten der Marsianer hernieder.

»Alu-u!«, klang erneut der Ruf der außerirdischen Kampfmaschinen im Getöse der Bataille. Ein Tripod verschwand hinter einem Vorhang aus Flammensäulen. Grün blitzende Lichtgebilde zuckten über den Horizont.

»Sektor 7!«, bestätigte die Stimme am anderen Ende endlich.

»Verstanden«, schrie Reis gegen das mörderische Crescendo an, während die Panzerhaubitzen Lage um Lage abfeuerten. »Ich rücke mit dem I. Bataillon nach!«

Jeder Abschuss hämmerte wie eine unsichtbare Faust auf seine Ohren ein. Er wischte sich eine dicke Staubschicht aus den Augen, blinzelte, dann wandte er sich um und gab ein Handzeichen. Einer seiner Unterführer erhob sich, erwiderte die nonverbale Ansprache seinerseits durch eine Geste. Sogleich zeigte sich das gesamte Bataillon, das bis dato in Erdfalten und Felsspalten verborgen und somit für das Auge unsichtbar ausgeharrt hatte. Gut 200 Soldaten, über und über mit militärischer Ausrüstung behangen und schwer bewaffnet, hatte Reis zu seiner Verfügung. Das war weit entfernt vom Soll, doch viele waren der mysteriösen Krankheit anheimgefallen – einige bereits in der Heimat, andere nach ihrer Ankunft hier im Jemen. Vier der infizierten Kameraden waren bis dato verstorben, andere rangen zur Stunde mit dem Tode. Eine Soldatin seines Bataillons befand sich nach 20 Stunden im Koma augenscheinlich auf dem Wege der Besserung; es war schlichtweg verrückt, wie unterschiedlich die Krankheit bei jedem einzelnen Menschen verlief. Und doch war sich die Wissenschaft verhältnismäßig einig mit ihrer ersten Vermutung, es mit ein und demselben, bisher unbekannten Erreger zu tun zu haben. Sein Ursprung war außerirdisch; man brauchte keinen Doktor in Humanmedizin vorweisen zu können, um darauf zu kommen.

Reis fasste sein Sturmgewehr IA2 neu, raffte sich auf, schob seinen Helm zurecht. Der Rucksack, das Tragegestell samt Munitionstaschen und dem Funkgerät sowie seine Waffen bildeten ein erhebliches Zusatzgewicht, das im Zusammenwirken mit dem heißen, trockenen Klima des Jemens an seinen Körperkräften zerrte. Schweiß floss über sein Gesicht und vermengte sich mit dem Staub auf seiner Haut zu einer breiigen Masse. Seine Zunge war angeschwollen, die Schleimhäute gereizt.

»Vorwärts!«, krächzte er mit angegriffener Stimme und wies in Richtung Nordnordost. Er stiefelte los, stapfte seinem Bataillon vorweg. Seine Soldaten folgten ihm zugweise in langen Reihen. Sie formten einen bunten Haufen, Menschen aus 19 verschiedenen Nationen dienten in Reis' Einheit. Etwas mehr als ein Viertel waren Brasilianer, die mit ihrer dunkelgrünen Tarndruckuniform, deren Muster für den südamerikanischen Regenwald konzipiert worden war, auffielen wie bunte Hunde. Andere trugen Wüstentarnanzüge, einige wenige steingraue Waffenröcke. Das Königreich Lesotho hatte es bis zu diesem Tag nicht geschafft, seine sechs Mitglieder des Regiments ordentlich auszustatten, jene Basotho hatten bei ihrem Dienstantritt nicht einmal Stiefel besessen. Sie traten entsprechend mit einem bunten Sammelsurium an Uniformteilen und Ausrüstung an, darunter Schuhwerk aus Belgien und Sturmgewehre aus Russland.

Reis war alles andere als unerfahren. Mit seinen 38 Jahren hatte er in der Heimat an zahlreichen Einsätzen gegen kriminelle Banden teilgenommen und sich dabei manche Schießerei mit den Kartellen Südamerikas geliefert. Bei der Besetzung der Favelas in Rio im Jahre 2017 – das war kurz vor seiner Versetzung zu den Forces gewesen – hatte er das ganze Elend der in Armut lebenden Menschen hautnah mit angesehen: Säuglinge, die zwischen Abfall und Kot aufwuchsen und deren Mutter an der Heroinnadel hing. Ganze Generationen gingen in den Armenvierteln der brasilianischen Städte vor die Hunde. Reis aber musste sich auf das Hier und Jetzt konzentrieren, die Herausforderungen in der Heimat hatten zu warten. Er astete einen Hang hinauf, indes schlugen am Horizont geräuschvoll grün schimmernde Blitze ein. In einigen Kilometern Entfernung wandelten Tripods gemächlich durch die Landschaft, als befänden sie sich auf einem Spaziergang. Weitere Tomahawks schlugen zwischen ihnen ein, rissen beigefarbene Ballons aus dem Grund.

Reis erreichte die Kuppe des Hangs, warf sich hin, versuchte die Lage im Tal voraus zu erfassen. Sein Bataillon ging in seinem Rücken in Stellung, die Waffenmündungen wiesen in sämtliche Himmelsrichtungen. Deutlich sah der brasilianische Forces-Offizier französische Radpanzer und Sagaie-Panzerjäger mit ihrer überdimensionierten Kanone, die viele Höhenmeter tiefer gelegen als stählerne Opposition gegen die vorrückenden Marsmänner auffuhren. Die Rohre der Panzerjäger spien Feuerblitze, glühende Geschosse sprangen den

Tripods entgegen und zerplatzten an deren Energieschilden. Zwischen den Wagen der Franzosen wuselten Soldaten zu Fuß umher. Maschinengewehre belferten, Sturmgewehre klopften. Das waren die Soldaten vom Schwesterbataillon, die gemeinsam mit den Franzosen angriffen.

Der brasilianische Forces-Offizier biss sich auf die Unterlippe, er hatte sich zu viel Zeit gelassen. Er befand sich hier oben, während die Kameraden vom II. Bataillon dort unten bereits in den Pulverdampf eintauchten. Der Abstieg ins Tal würde ob der steilen Felswände mindestens 20 Minuten in Anspruch nehmen. Es war doch etwas ganz anderes, ein Bataillon statt einer Kompanie zu befehligen. Reis hatte seinen Chef allzu oft verwünscht, nun jedoch hätte er ihn gerne an seiner Seite gehabt.

Ein weiteres Problem war die schwierige Koordination der unterschiedlichen Streitkräfte. Die nationalen Militärs und die Forces mochten Hand in Hand im Jemen arbeiten, doch hörte die Freundschaft dort auf, wo es um konkrete militärische Pläne und Befehle ging. Kaum jemand wollte seine Soldaten unter ausländisches Kommando stellen und nur wenige Nationen erklärten sich bereit, sich den Forces unterzuordnen, welche eigentlich die Gesamtleitung übernehmen sollten. Ein Wirrwarr aus eigenmächtigen, bilateralen und multilateralen Aktionen war die Folge, bei denen man nie wissen konnte, was im nächsten Augenblick rechts und links von einem passierte.

Die Tripods im Tal, es waren derer drei, feuerten ihrerseits ihre Raketenwerfer ab. Wild durcheinanderwirbelnd rauschten die Flugkörper den Menschen entgegen und schlugen zwischen ihnen ein. Reis wusste mittlerweile, dass jene Raketenbatterien bei Weitem nicht die gefährlichste Waffe des Feindes war – als viel wirkungsvoller hatte sich sein EMP-Strahl erwiesen, der vor allem den hoch technisierten Streitkräften schnell das Wasser abgrub. Hochmoderne, Milliarden US-Dollar schwere Kampfjets stürzten wie Steine aus dem Himmel, Hightech-Kampfpanzer wie der russische T-14 blieben einfach liegen und verkamen zu nutzlosem Alteisen, waren sie einmal dem marsianischen EMP ausgesetzt.

Reis zückte sein Fernglas.

»Wo sind die Australier?«, brummelte er und suchte die Nordseite des Tals ab. Er fand sie. Sechs M1 Abrams-Tanks standen bewegungslos auf weiter Flur, Rauchsäulen stiegen von ihnen auf. Einer der Kampfpanzer war umgeworfen worden wie ein Spielzeug. Der Plan hatte vorgesehen, jene drei Tripods, die sich von der marsianischen Hauptstreitmacht abgesondert hatten, hier im Tal zu stellen und zu vernichten. Nun waren die Australier offensichtlich ausgeschaltet, den Tripods stand der Rückweg zu ihrer Hauptstreitmacht jedenfalls frei. Noch aber dachten die Außerirdischen nicht an Rückzug, und warum auch? Sie verpassten den Franzosen und Forces-Soldaten dort unten im Tal soeben eine gehörige Abreibung. Einige der französischen Fahrzeuge blieben ohne ersichtliche Schäden liegen. Forces-

Soldaten wichen vor den nahenden Kampfmaschinen aus. Ein schweres Maschinengewehr entsandte goldene Bindfäden zu einem Tripod-Kessel hinauf, die von dessen Schild absprangen und wegtrudelten wie benommene Glühwürmchen. Mit einem Mal machte einer der marsianischen Dreibeiner einen Satz auf die Menschen zu, winzige Objekte lösten sich dabei unter seinem Leib, fielen zu Boden und verselbstständigten sich: Tripods im Miniaturformat.

Hunderte.

Die französischen Panzerwagen vereinigten ihr Feuer auf die ihnen entgegengaloppierende Armee von Mini-Tripods und vermochten es tatsächlich, deren Formation aufzureißen. Die außerirdischen Maschinen zerstoben zu Grüppchen, viele ihrer Kampfgefährten blieben als Schrotthaufen im Wüstensand zurück. Blitzschnell formierten sie sich neu, bildeten mehrere Keile, die den Menschen schon wieder entgegenjagten. Weitere Salven der französischen Panzerjäger als auch das Dauerfeuer aus den schweren Maschinengewehren der Radpanzer konnten nicht verhindern, dass die Mini-Tripods die Linien ihrer Widersacher erreichten. Sogleich setzten sie zur Jagd auf die Forces-Soldaten an, fielen regelrecht über sie her, wie sich ein Tiger über sein wehrloses Beutetier hermacht. Das Geschrei der um ihr Leben kämpfenden Soldaten wurde übertönt von den dumpfen Abschüssen der ägyptischen Artillerie und dem polyphonen Knallen zahlreicher Kampfflugzeuge, die hoch am Himmelsdom die Schallmauer durchbrachen.

»Fendela!«, rief Reis aus voller Lunge nach seinem Melder. »Fendela!«

Der junge Soldat aus dem Norden Brasiliens sprang auf die Beine, wetzte in langen Sätzen auf Reis zu und hockte sich neben ihn in den Staub.

»Rufen Sie das Hauptquartier an. Wir brauchen sofort Luftunterstützung!«

Fendela nickte und wandte sich einem großen Funkgerät zu, das er auf dem Rücken trug. Reis seufzte tief. Die hellen Tränen der Empörung schossen in seine Augen, als er erneut das Massaker betrachtete, das sich dort unten im Tal zutrug. Sein Bataillon würde es nicht rechtzeitig hinunter schaffen – und selbst wenn doch … was konnte es schon ausrichten gegen die riesenhaften Dreibeiner der Marsianer? Diese ragten im Hintergrund der Schlacht wie metallgewordene Menetekel in den Himmel empor und wankten hin und her, als wiegten sie sich im Wind.

Reis verfluchte sich für seine eigene Feigheit. Gelähmt lag er im Staub der jemenitischen Wüste und schaute dem II. Bataillon bei dessen Vernichtung zu.

Die großen Tripods schoben sich näher an das Gemetzel heran und setzten schließlich ihre andere gefährliche Waffe ein: ihre äußerst flexiblen und gleichzeitig doch nahezu unzerstörbaren Beine, die sie zu schwingen vermochten wie eine Peitsche. Schon wischte ein Tripod mehrere französische Panzerfahrzeuge hinfort, als wögen diese nicht mehr als ein Blatt Papier. Ein Sagaie hob unter der Wucht eines Treffers ab, wurde durch die Luft geschleudert, drehte sich wie verrückt um die eigene Achse und schlug mit dem Turm voran auf die Erde auf. Er überschlug sich noch einige Male, ehe er völlig zerbeult auf dem Dach liegen blieb. Die an verbogenen, gebrochenen Achsen hängenden Räder drehten in der Luft aus.

Reis fasste Fendela ins Auge, der den Kopf just in diesem Augenblick reckte.

»Die Inder fliegen einen Angriff!«, rief der Melder und schien seine eigene Aussage nicht zu glauben. Reis aber hob erleichtert den Daumen, da hörte er bereits, wie sich mehrere Kampfhubschrauber unter schlagenden Rotoren näherten.

»Kokospalme, hier Persienlöwe 2«, sprach Kampfhubschrauberpilot und Captain der Indischen Streitkräfte Chetan Kanwar ins Funkgerät. Er hielt den Steuerknüppel seiner Maschine fest umschlossen und steuerte die Mi-24 Hind-E mit ruhiger Hand über einen Höhenrücken hinweg, auf dem ein bunter Haufen Forces-Soldaten in Stellung lag. Die Frauen und Männer dort unten drehten den Kopf nach seinem mächtigen Kampfhubschrauber, der mit Maschinenkanonen, einer Gatling Gun, Bordmaschinengewehren, gelenkten Panzerabwehrraketen und Raketenbehältern bis unter die Zähne bewaffnet war. Kanwar flog ins Tal hinab. Vor ihm erhoben sich drei Tripods, die im Kampf mit Bodentruppen standen. Grüne Blitze umzuckten die kesselförmigen Körper, Explosionen forderten die Energieschilde heraus. Die Dreibeiner versuchten mit ihren Klumpfüßen, die Menschen zu zertrampeln. Einer trat einen Panzerwagen durch die Luft, als wollte er mit ihm ein Tor im Fußball erzielen.

Der indische Hubschrauberpilot sah gleich, dass die Kameraden dort unten in arge Bedrängnis gerieten. Einer der Tripods stand mitten unter französischen Panzerfahrzeugen, trat mit seinen Beinen nach ihnen, wischte mit einem Streich eines hinfort.

»Persienlöwe 2 ruft alle. Angriffsformation, alle Waffen grün. Wir schnappen uns den vorderen von diesen Dämonen. Feuer konzentrieren.«

Hinter Kanwars Hubschrauber tauchten zwei weitere Hinds auf, deren Piloten seinen Befehl bestätigten. Kanwars Operator schaltete die Waffen scharf, meldete Feuerbereitschaft und hielt sich bereit, den Zauber des mächtigen sowjetischen Kampfhubschraubers zu entfesseln.

Kanwar leckte sich über die Lippen, die Muskeln in seinen Oberarmen spannten sich wie Stahlseile. Er befand seit zwei Tagen im Jemen, und wenn er bis dato etwas gelernt hatte, dann war das vor allem zweierlei:

1. Die dreibeinigen Dämonen konnten von der einen auf die andere Sekunde eine unsichtbare, elektromagnetische Macht entfesseln, die Hubschrauber wie Steine aus den Wolken fallen ließ.
2. Die Energieschilde der Angreifer waren nur durch eine massive Konzentration von Feuerkraft zu knacken.

Kanwar wollte nichts riskieren. Seine Einheit hatte mit fünf Hind-E in den Jemen verlegt, von denen nach nur zwei Tagen nur noch drei übrig geblieben waren. Beim Anblick der im Tal wütenden Dreifüßer rollten Schweißperlen über seine Stirn. Der Schub der Geschwindigkeit löste ein Kribbeln in seinem Magen aus.

»Feuer!«, knirschte er. Wie ein Pianist, der Rachmaninows Drittes Klavierkonzert schmetterte, haute sein Operator in die Tasten und entfesselte den Feuerzauber der Hind. Aus den Raketenbehältern sprühten Flammen, Feststoffkörper rasten dem Tripod entgegen. Auch die anderen Hind stimmten in den Beschuss mit ein. Vom Boden sah es aus, als handelte es sich bei den Kampfhubschraubern um fliegende Festungen, die mit dem Waffenarsenal einer ganzen Garnisonsmannschaft das Feuer eröffneten. Beinahe verschwanden sie in den dichten Schmauchwolken, die ihre Waffenanlagen beim Schießen produzierten. Sie wurden von den Rotoren erfasst und verweht.

Gatlings knatterten, Maschinenkanonen böllerten, gelenkte Raketen jagten ihrem Ziel entgegen. Nur einen Wimpernschlag später tanzten die Einschläge über den Körper des Tripods. Er stieß einen gequälten, verzerrten Schrei aus, während sich flammende Gebilde über ihn stülpten. Als die Lohen verpulverten, wurde der Tripod wieder sichtbar. Er wankte. Riesige Löcher klafften in seinem Kesselleib.

»Abdrehen, zurück zu Kokospalme!« Das war Kanwar.

Die drei Hinds beschrieben einen Bogen, um die Kursänderung einzuleiten. Einer der anderen beiden Tripods drehte sich ihnen zu, richtete seinen EMP-Stachel auf sie aus, doch da waren die mächtigen Kampfhubschrauber bereits hinter dem Höhenrücken verschwunden.

Der getroffene Tripod kippte, als eines seiner Beine wegknickte. Wie in Zeitlupe stürzte die turmhohe Maschine in den Wüstenstaub.

Sergent Seko Guano, Unteroffizier im französischen Heer, hatte im ersten Moment noch mitten im Schlachtengetümmel gesteckt, im nächsten warf der gigantische Tripod seinen Schatten über ihn. Er sah die riesenhafte Maschine wie in Zeitlupe fallen, genau auf sich zu. Seine aus dem dunkelhäutigen Gesicht hervorstechenden Augäpfel öffneten sich weit, fixierten die drohende Gefahr. Und dann rannte er, Instinkte übernahmen die Kontrolle. Raus aus dem Schatten, nur raus! Guano sprang in den rettenden Sonnenschein, als in seinem Rücken der Tripod mit einem ohrenbetäubenden Knall niederging. Zwischen tosenden Abschüssen und dem Rattern vollautomatischer Waffen ließ sich der Jubel der Forces-Soldaten vernehmen. Eine RPG fauchte, eine Granate trudelte einem der beiden verbliebenen Tripods entgegen. Sie detonierte, ohne Schaden anzurichten, grüne Blitze durchdrangen die Detonationswolke.

Guano rappelte sich auf und spuckte Sand. Einige Körner blieben auf seiner Zunge kleben. Mit einem Prüfblick vergewisserte er sich der Unversehrtheit seiner Waffe, einer Pistole. Als Fahrer eines Radpanzers war er im allerletzten Augenblick aus seinem Fahrzeug ausgebootet, ehe ein Tripod dieses mit einem Peitschenhieb hatte abheben lassen, und war seitdem zu Fuß unterwegs. Verschleiert vom Pulverdampf und umgeben von Wracks, Sterbenden, Toten und Kämpfenden, war er eine Zeit lang umhergeirrt, war beinahe von einem

Sagaie-Panzerjäger überrollt und schließlich um ein Haar vom fallenden Tripod zerquetscht worden.

Guano war ein Getriebener der Ereignisse. Er taumelte einige Meter durch den dichten Schleier aus Staub, der sich im Zuge der Kämpfe gebildet hatte. Etwas abseits krauchte ein beschädigter Mini-Tripod durch den Dreck. Zwei seiner drei Beine waren abgerissen, die Hülle aufgebrochen. Wie ein Wesen, das in den letzten Zügen seines Lebens lag, zuckte das marsianische Maschinending jählings und schabte mit seinen abgerissenen Beinstümpfen über den steinigen Untergrund. Guano wandte sich ab, lief ziellos einige Meter. Er blieb dann wieder stehen, lauschte dem Motorenbrummen der Panzerwagen seiner Einheit. Viele konnten nicht mehr übrig sein.

»Hier, hier!«, brüllte ihm jemand auf Englisch zu. Forces-Soldaten hatten sich hinter einem Felsen verschanzt und winkten ihm, ein Mann visierte mit seinem Sturmgewehr steil in den Himmel hinauf und feuerte. Guano eilte auf die Soldaten zu, da erklang dieses fürchterliche Scheppern, das er bereits zuvor vernommen hatte und das das Losschlagen der marsianischen Raketenbatterie bedeutete. Es war ein mechanisches Scheppern, eines, das das Blut in den Adern gefrieren ließ. Es war, als würde eine ganze Containerladung Kochtöpfe aus Gusseisen eine Steintreppe hinunterpoltern.

Instinkte regierten Guano. Er warf sich hin und schlug sich den Ellbogen an. Er unterdrückte den Drang zu fluchen – seine streng christliche Erziehung beherrschte ihn.

Irgendwo auf dem Schlachtfeld schlug sie in diesem Augenblick ein, die fürchterliche Raketensalve des Feindes. Flammensäulen schossen aus dem Grund, eine Staubdecke fetzte über Guano hinweg. Für einen Moment glaubte er, sich im Auge eines Sandsturms zu befinden. Ein dichter Schleier versperrte ihm die Sicht. Die Forces-Soldaten hinter dem Felsen gereichten zu schattenhaften Figuren. Guano sprang auf die Füße, spurtete auf sie zu. Ihre Gesichter schälten sich deutlich erkennbar aus dem sandigen Vorhang. Guano sprintete um den Felsen herum, ließ sich in dessen Schutz auf den Boden plumpsen und rieb sich feine Staubpartikel aus den Augen, die ihn ärgerten. Schlussendlich hob er den Kopf, betrachtete die insgesamt sechs Forces-Soldaten, die eine dunkelgrüne Pixeltarnuniform trugen. Ein kleiner Patch auf dem Oberarm wies auf ihr Herkunftsland hin: Kanada.

Erleichtert öffnete Guano den Mund, begann wie selbstverständlich auf Französisch draufloszuplappern. Fast 20 Sekunden lang redete er ohne Punkt und Komma, ehe er innehielt und sein Blick auf eine Forces-Soldatin fiel, die zu Füßen ihrer Kameraden lag. Dunkles Blut quoll ihr aus den Ohren, der Nase und dem Mund. Ein Kamerad hockte weidlich hilflos neben ihr, ein blutgetränktes Tuch in Händen haltend.

»Sie kommen!«

Ein Pulk Mini-Tripods brach aus dem aufgewirbelten Sandschleier, der die Sicht auf unter 100 Meter begrenzte, und jagte auf die Stellung der Forces-

Soldaten zu. Diese brachten ihre Sturm- und Maschinengewehre vor, drückten den Abzug durch. Mündungsfeuer blitzte. Den Minis fegte augenblicklich ein Bleiteppich entgegen, der sie erfasste und auseinandernahm. Grünliche Lichterscheinungen flimmerten durch den Sandschleier, Metallteile wirbelten umher. Guano krümelte sich im Schutze des Felsens zusammen, presste die Handflächen gegen die Ohren. Das schier unerträgliche Wummern der Kriegswaffen bereitete ihm physische Schmerzen.

»Feuer einstellen!«, brüllte einer der Soldaten, der die Dienstgradabzeichen eines Sergent-chefs auf der Uniform trug. »Spart Munition!«

»Was ist mit ihr?«, fragte Guano intuitiv und zeigte auf die blutüberströmte Forces-Soldatin.

»Sie hat die Krankheit«, sagte einer der Männer beifällig, dann presste er sein Ohr gegen den Hörer eines Funkgeräts.

»Ist plötzlich zusammengebrochen«, ergänzte ein anderer und musste gegen den Lärm anbrüllen. Guano packte die Panik. Mit hektischen Bewegungen rappelte er sich hoch, wäre dabei beinahe weggerutscht.

»Die Krankheit?«, rief er entsetzt.

»Bleib hier!«, forderte ihn der Sergent-chef auf. Guano aber kannte kein Halten mehr, die Krankheit ängstigte ihn mehr als die Kriegsmaschinen der Marsianer. Er rannte los, kopflos, wie von der Tarantel gestochen. Mit einem Mal manifestierte sich über seinem Kopf ein riesenhaftes, dunkles Objekt. Es sauste auf ihn hernieder. Der Fuß eines Tripods zermalmte Guano einem Steinblock gleich unter sich. Der Franzose war tot, ehe er begreifen konnte, was geschah.

Die Forces-Soldaten erschraken, rissen ihre Handwaffen herum und schossen auf den riesigen, bläulich schimmernden Fuß, als könnte ihn das beeindrucken. Zum bläulichen Schein gesellten sich nun grüne Lohen.

»Alu-u!«, dröhnte es markerschütternd über ihnen im Sandnebel. Und dann entschwand der Fuß so schnell, wie er gekommen war, in den Schleier aus Staub, der die Forces-Soldaten umgab und sie gefühlt von der Außenwelt abschnitt.

Das Knattern eines alten Zweitakters schob sich in die donnernde Geräuschkulisse hinein und im nächsten Augenblick brach ein Soldat auf einem Motorrad durch den Vorhang aus Sand.

»Achtung!«, brüllte einer der Forces-Soldaten, nachdem er sich eine Carl-Gustaf-Bazooka auf die Schulter gehoben hatte. Er betätigte den Abzug, eine Flammenzunge zischelte vorne wie hinten aus der Rohröffnung. Die Forces-Soldaten duckten sich zusammen, die Granate jagte davon, mitten in eine zweite Gruppe herannahende Mini-Tripods hinein, und verging zu einem gierigen Flammenball, der die kleinen Tötungsmaschinen einhüllte.

Der Mann auf dem Motorrad betätigte die Bremsen bis zum Anschlag, riss seine Maschine herum und warf sich samt ihr in den Dreck.

Blitzschnell lösten sich die freigesetzten Flammen in Luft auf und gaben den Blick auf einen schwarzen Kranz am Boden frei, der umringt war von beschädigten und zerfetzten Maschinen. Einige versuchten weiterhin, ihren Auftrag auszuführen, krabbelten den Forces-Soldaten angeschlagen entgegen. Feine Lanzen fuhren aus ihrem Kesselleib.

Die menschlichen Soldaten machten kurzen Prozess. Mit MG- und Sturmgewehrfeuer schickten sie die übrigen Minis über den Maschinenjordan, indes stieß der Tripod hoch über ihrem Kopf einen weiteren, dröhnenden Ruf aus. Er stapfte wild umher und trat nach den letzten Fahrzeugen der Franzosen. Die 90-mm-Kanone eines Sagaie-Panzerjägers fauchte, im Sandschleier leuchtete gedämpft eine Explosion auf, deren flackernder Schein für eine Sekunde den Blick auf ein umherschwingendes Tripod-Bein preisgab.

»Was ist das für eine Scheiße?«, brüllte einer der Kanadier und stopfte ein neues Magazin in seine Waffe. »Wo bleibt Reis mit dem I. Bataillon?«

»Der hat sicherlich wieder die Hose voll!«

»Wir verrecken hier!«

Jener Soldat, der sich um die Kranke kümmerte, war weidlich überfordert mit seiner Aufgabe. Hilflos versuchte er den immer üppigeren Blutfluss aus Ohren und Nase aufzuhalten, indem er die Öffnungen mit Tüchern verstopfte.

»Atmet sie noch?«, fragte der Sergent-chef, während zwei seiner Männer schon wieder nahende Mini-Tripods unter Feuer nahmen. Hülsen klimperten über den Wüstengrund. Keine Antwort.

»Verflucht, ob sie noch atmet?«, kreischte er schrill in seiner Aufregung, drückte den Kameraden zur Seite und legte sein Ohr auf die Brust der Kranken. In diesem Moment rappelte sich der Motorradfahrer hoch, klopfte den Staub von seiner Maschinenpistole und eilte den Forces-Soldaten entgegen.

»Sind Sie der Boss hier?«, brüllte er in gebrochenem Englisch.

»Was?« Der Sergent-chef sah aus, als hätte er einen Geist gesehen. Seine Wangen hatten jede Farbe verloren, er war augenscheinlich entkräftet oder am Limit seiner Leidensfähigkeit angelangt. Oder beides.

»Wer hat hier das Sagen?«

»Wer sind Sie?«

»Korporal Lewan Schengelia, georgisches Panzerbataillon.«

»Was wollen Sie?«

Einer der Soldaten begann damit, die Kranke zu reanimieren. Ungeachtet des vielen Blutes und der Ansteckungsgefahr bedeckte er ihre Nase mit seinen Lippen, blies und begann anschließend zu pumpen.

»Wir konnten Sie über Funk nicht erreichen«, erklärte Schengelia. »Sie müssen hier sofort weg! Unsere Panzer stoßen durch das Tal in Richtung Hauptquartier der Fleischbälle vor.«

»Was?«, brüllte der Sergent-chef gegen den irren Krach an. Auch Schengelia musste schreien, um gehört zu werden.

»Fünf Minuten, dann schlagen wir los.« Der Georgier hob zur Unterstützung seiner Aussage die Hand, alle Finger ausgestreckt. »Wir werden hier ohne Rücksicht alles kurz und klein schlagen. Also seht zu, dass ihr wegkommt!«

Schengelia machte auf dem Absatz kehrt, sprintete zu seinem Feuerstuhl zurück, las diesen auf und brauste davon. Zurück blieben verdutzt dreinblickende Forces-Soldaten. Derjenige, der sich um die Kranke kümmerte, pumpte noch immer wie verrückt.

Schengelia bewegte den Gasdrehgriff, um sein Motorrad auf Touren zu bringen. Er peste davon, entfernte sich vom Schlachtgetümmel, der Abgasgestank stieg ihm in die Nase. In seinem Rücken tosten die Abschüsse und stampften die Kriegsmaschinen der Marsianer. Er brach nach kurzer Fahrt aus der Staubwolke, die das Gefecht verhüllte, und fand sich in Verhältnissen wieder, die ihn bis zu den entfernten Hügelkämmen blicken ließen. Schengelia brauste direkt auf eine Gruppe von Kampfpanzern zu. Einer nach dem anderen zwängten sich diese durch eine enge Schlucht ins Tal, wo sie nebeneinander in einer langen Feuerlinie Aufstellung nahmen. Es handelte sich um uralte sowjetische T-55, das einstige Arbeitstier der Panzertruppen des Warschauer Pakts. Sie waren dunkelgrün-grau lackiert mit markant orangefarbenen Flächen im Muster. Auf das Rohr der 100-mm-Kanonen hatten die georgischen Panzersoldaten Grüße für die Marsianer gepinselt, »Fleischballschaschlik« und »Segen aus Gori« standen dort im schwungvollen Mchedruli-Alphabet geschrieben.

Die Panzerkommandanten streckten ihren Oberkörper aus der Kuppel. Der Bataillonskommandeur, dem ein bauschiger, schneeweißer Schnurrbart auf der Oberlippe klebte und der höchstselbst einen der Tanks befehligte, winkte Schengelia zu. Der Korporal korrigierte seinen Kurs, hielt direkt auf den Panzer des Kommandeurs zu.

»Sind die informiert, Korporal?«, wollte dieser ohne Umschweife wissen.

»Jawohl, Herr Colonel.«

»Gut. Ich will nicht länger warten, sonst schnappen uns diese Möchtegernsoldaten von den sogenannten Forces noch den ganzen Ruhm weg.«

Kurz fasste der Kommandeur den gewaltigen Staubball ins Auge, der einen guten Teil des Tals verdeckte und aus dem schemenhaft der Kesselleib zweier Tripods ragte. Grünlicher Dampf stieg zischelnd auf, während die marsianischen Maschinen auf und nieder durch den Schleier trampelten.

Der Kommandeur verschwand unter Luke, kurz darauf fuhr die Panzerformation an. Tank nebst Tank rollte sie dem Schlachtfeld entgegen. Schengelia beschleunigte wieder, steuerte sein Motorrad zwischen den Panzern hindurch.

Colonel Lado Zazalaschwili zupfte sich an seinem weißen Schnurrbart herum – eine Angewohnheit, die seine Nervosität abbildete. Er tauchte in seine Kuppel ab, schloss die Luke. Über die Winkelspiegel konnte er einen begrenzten Ausschnitt der Umgebung im Blick behalten und ebendieser Ausschnitt zeigte die beiden aus dem Staubmantel ragenden Kesselkörper des Gegners. Verdammte Scheiße, waren die riesig!

Zazalaschwili holte sich einen der Kesselleiber über sein Beobachtungsgerät in fünffacher Vergrößerung heran. Er vermochte die glatte Oberfläche zu erkennen, die EMP-Lanze und die rechteckige Raketenbatterie. Am gefährlichsten aber waren zweifelsohne die flexiblen Gliedmaßen des Gegners, die auch jetzt hie und da mächtigen Riesenschlangen gleich aus dem Staub emporschossen und wieder in ihm verschwanden.

»Der Gegner befindet sich in optimaler Reichweite«, meldete der Richtschütze über den Bordfunk. »Wenn wir näher heranfahren, wird der Winkel zu steil, Herr Colonel.«

Zazalaschwili musste unweigerlich schlucken. Doch durfte er seine Furcht gegenüber seinen Männern nicht zeigen. So wechselte er die Frequenz, drückte die Funktaste und meldete sich bei den Kommandanten seines Bataillons: »Imeretien für alle.«

Mehrere F-16 der thailändischen Luftwaffe brausten in diesem Augenblick dröhnend über die georgischen Panzer hinweg.

»Alle Einheiten: halt. Feuerzusammenfassung auf Marsianermaschine rechts. Statusmeldung an mich.«

Mit einem Ruck stoppte sein Panzer, dass es ihn gegen die Stahlblende der Kuppel zog. Nur wenige Sekunden verstrichen, ehe sämtliche Kommandanten Feuerbereitschaft gemeldet hatten.

Beinahe ehrfürchtig wisperte Zazalaschwili seine nächsten Befehle ins Funkgerät, dabei war er 2008 in Zchinwali dabei gewesen. Dies war beileibe nicht seine erste Schlacht, nicht das erste Mal, dass er dem Sensenmann tief in die Augen sah. Und doch war es etwas anderes, gegen haushohe, dreibeinige Maschinen aus den Weiten des Universums anzutreten. Da wünschte er sich fast die Osseten und Russen als Gegner zurück … aber nur fast.

»Feuerüberfall auf drei …«, raunte er in den Äther. Gebannt starrte er auf die in der Staubwolke wütenden Kesselleiber, um deren Füße herum es ohne Unterbrechung blitzte.

»… zwei …«

Einer der Tripods drehte sich blitzschnell, kurz darauf flog ein französischer Radpanzer in hohem Bogen aus dem staubigen Schleier. Er schlug hart auf dem Wüstensand auf, überschlug sich mehrfach, blieb irgendwann völlig zerbeult liegen.

»… eins …«

Zazalaschwili musste unweigerlich daran denken, dass der Feiertag zur Entschlafung der Gottesmutter kurz bevorstand. Er hoffte, bis dahin wieder daheim zu sein, um diesen wichtigen Tag zusammen mit seiner Familie zu begehen – ein frommer Wunsch, der sich mit großer Wahrscheinlichkeit nicht erfüllen würde. Erinnerungen an die zurückliegenden Feste durchschossen seinen Geist … Erinnerungen an die reichlich gedeckte Tafel, die Musik und den Umtrunk mit Vater Zinsadse.

»… Feuer!«

Die 20 Kampfpanzer vom Typ T-55 feuerten absolut zeitgleich ihre Hauptwaffe ab. 20 glosende Granaten rasten dem rechten Tripod entgegen und deckten diesen ein. Die Einschläge lösten ein Feuerwerk grünen Lichtes aus. Und dann wurden die aufgerissenen Löcher in der Hülle der Marsmannmaschine sichtbar. Sie wankte vor und zurück, sackte zusammen und verschwand im staubigen Gemenge. Es tat einen dumpfen Knall, der an eine Bergwerksexplosion erinnerte.

Ungezügelter Jubel brach auf allen Kanälen aus. Zazalaschwili hustete, der Schmauch und die Hitze vom Abschuss sammelten sich in seiner Kuppel. Die Lüftung böllerte wie bescheuert. Der Panzeroffizier verengte die Augen zu Schlitzen, fixierte den zweiten Tripod. Dieser geriet in Wallung, galoppierte auf Zazalaschwilis Panzer zu und brach jäh aus dem Schleier. Seine Beine bewegten sich derart schnell, dass es dem menschlichen Auge Schwierigkeiten bereitete, ebenjene Bewegungen aufzuzeichnen. Im Bauch von Zazalaschwilis T-55 erklangen metallische Geräusche, als der Verschluss die nächste Granate schluckte.

»Geladen!«, trompetete der Ladeschütze atemlos, sein schweißgeflutetes Gesicht glänzte in der dünnen Innenraumbeleuchtung.

»Imeretien an alle: Feuer auf eigenes Ermessen. Feuer frei, knallt diesen Bastard ab!«

Die Kanonen der T-55 spien Feuer und Schmauch, Granaten fauchten dem Tripod entgegen, doch war es schwierig, die Maschine auf ihrem wilden Ritt zu treffen und verschlechterte sich der Winkel mit jedem Meter, den der Marsianer gutmachte. Einschläge ließen giftgrüne Leuchtschlangen über seine Gliedmaßen eiern. Andere Schüsse gingen daneben, verschwanden im Nebelschleier und lösten darin Lichtgewitter aus.

»Feuer!«, wiederholte Zazalaschwili heiser. »Feuer, Feuer!«

Mit einem Mal blieb der Tripod stehen und senkte die Spitze seiner EMP-Lanze auf die georgischen Tanks herab. Ein Zischen, kaum hörbar im Schlachtgetümmel. Zazalaschwili blickte sich erst misstrauisch um, dann packte ihn die blanke Verwunderung.

»Alles in Ordnung?«, fragte er seinen Richtschützen. Der bejahte die Frage über die Bordsprechanlage, die so konzipiert worden war, dass sie einen im Zuge eines nuklearen Angriffs freigesetzten EMP-Stoß überstehen konnte. Der Rest im Panzer funktionierte rein mechanisch, elektronische Systeme dienten nur der Unterstützung, so zum Beispiel das automatische Feuerlöschsystem und der elektrische Anlasser.

Zazalaschwili musste plötzlich lachen. Er prustete drauflos, schallend und laut. Er stieß seine Kommandantenluke auf, zeigte sich der marsianischen Maschine und streckte ihr provozierend den Mittelfinger entgegen.

»Niemand legt sich mit Georgien an!«

In diesem Augenblick erklang ein urgewaltiges Scheppern, als würde der Herrgott persönlich oben in den Wolken riesige Eisentöpfe gegeneinanderschlagen.

Zazalaschwili erschrak, ließ sich zurück auf seinen Sitz fallen und schrie schon ins Funkgerät, dass seine Stimme in sämtlichen Lautsprechern übersteuerte: »Ausweichen!«

Die Feuerlinie der T-55 brach auf. Manch Panzer ruckte an, beschleunigte, strebte dem Tripod entgegen. Andere Fahrer legten den Rückwärtsgang ein. Die Tanks zogen Wolken aus Staub hinter sich her, zwischen die nun die Raketengeschosse des Tripods knallten. Ein T-55 erhielt einen Treffer direkt in die Raupe. Das Laufwerk platzte auf wie eine überreife Tomate, Laufrollen flogen umher, die Gleiskette riffelte auf. Die Antriebsräder wühlten sich in den Untergrund ein. Mehr Schaden aber richteten die Raketen unter Zazalaschwilis Einheit nicht an, zu ungenau waren die außerweltlichen Raketen.

Dafür war der Tripod nun beinahe nah genug, um seine umherschwingenden Beine als Peitsche zu benützen. Der Kesselleib senkte sich zunächst zur Erde hernieder, die Beine pressten sich dafür wie Sprungfedern zusammen. Im nächsten Augenblick bereits schoss der Tripod in die Luft hinauf. Die gewaltige Maschine vollführte wahrhaftig einen Sprung durch die Luft. Unwirklich sah das aus, beinahe urkomisch, wie das tonnenschwere Metallkonstrukt durch die Luft segelte. Im nächsten Augenblick landete es zwischen den georgischen Panzern. Damit hatte Zazalaschwili im Leben nicht gerechnet.

»Abstand gewinnen!«, raunzte er noch ins Funkgerät hinein, da war es bereits zu spät. Wuchtvoll schwang der Tripod eines seiner Beine und rasierte damit die Panzer, wie eine Kinderhand Spielzeug vom Tisch fegte. T-55 gingen fliegen, knallten zurück auf die Erde, überschlugen sich.

»MU-U«, trötete die Marsianermaschine dazu – in einer Lautstärke, dass ihr durchdringender Ruf selbst im Innenraum von Zazalaschwilis Panzer unerträglich widerhallte. Der Panzeroffizier glaubte, man hätte ihm die übergroßen Lautsprecher einer Beschallungsanlage direkt an die Ohren gebunden und den Sound voll aufgedreht. Er presste sich die Handflächen auf die Ohrmuscheln, doch dieser dröhnende Ruf drang mühelos in seine Gehörgänge ein und wirkte wie Nadelstiche auf sein Trommelfell.

»Verfluchter Hund!«, knirschte Zazalaschwili. Der Tripod verwandelte sich in einen wutentbrannten Gorilla, der lästige Ameisen zu zertreten versuchte. Astronomischen Dampfhammern gleich schossen seine Klumpfüße wiederholt auf die Erde hernieder, versuchten die Panzer zu erwischen. Zazalaschwilis Fahrer ließ den Tank auf der Stelle rotieren, was ordentlich Staub aufwirbelte. Wie hinter einem seidenen Vorhang verborgen sah Zazalaschwili über seine Winkelspiegel, wie in der rotierenden Welt dort draußen einer seiner Panzer vom Klumpfuß der Marsmannmaschine erfasst wurde. Jener gewiss tonnenschwere Fuß raste mit seinem ganzen Gewicht auf den Panzer hernieder, traf ihn, hämmerte gegen den Panzerstahl, drückte den ganzen Tank einige Zentimeter ins Erdreich hinein. Ein urgewaltiger Knall ertönte, die pure Gewalt entfesselte ihre Wirkung. Schon stieg der Fuß wieder in höhere Gefilde empor. Der Panzer fuhr erneut an, eiernd und metallisch knarzend. Sein Rohr war nach unten gebogen, die Mündung wies gen Erdreich. Der Scheinwerfer auf dem Turm war zerstört, ebenso das Maschinengewehr. Zazalaschwili hielt den Atem an, als der Fuß ein zweites Mal mittig auf den Panzer traf, dessen Fahrt stoppte und ihn erneut in den Untergrund hineinprügelte. Es war, als wäre der Panzer eine Walnuss, die der Tripod zu knacken versuchte. Zweimal noch rauschte der gewaltige Fuß, der allein der Masse einer Eigentumswohnung entsprechen musste, auf den Tank hernieder, ballerte regelrecht auf ihn ein. Jeder Treffer ließ einen kolossalen Knall entstehen, der über das Tal rollte. Die Laufwerke nahmen Schaden, Rollen und Kettenglieder verbogen, doch einem sowjetischen Kampfpanzer konnte das Wasser so schnell nicht abgegraben werden. Gerade verschwand der Fuß wieder im diesigen Schleier, da beschleunigte der Panzer, quälte sich mit knackenden und schleifenden Ketten voran. Mit einem Mal schwang der Tripod-Fuß wie ein Pendel von der Seite heran und wischte den Panzer hinfort. Die Wucht des Einschlags ließ ihn über die eigene Querachse kippen.

Trauer und Wut fluteten gleichermaßen Zazalaschwilis Brust. Via Funk gab er eine ganze Flut von Befehlen durch, versuchte die Kontrolle über das Gefecht wieder an sich zu reißen, versuchte gleichwohl, seine Tanks Abstand zum Tripod gewinnen zu lassen – doch keine Chance, die Alienmaschine hatte verstanden, dass die georgischen Kampfwagen im Nahkampf chancenlos waren. Und so ging sie zuerst jene Panzer an, die sich zu entfernen versuchten. Zazalaschwilis Bataillon schmolz dahin, schon lag die Hälfte seiner Kästen zerstört in der Landschaft herum.

Vier Explosionen stäubten an der Hülle des Kesselleibes auf, die unmittelbar vom grünen Schimmer gefressen wurden. Zazalaschwili riss sein Luk auf.

»Klopf, klopf!«, schallte eine deutsche Stimme durch den Funkkreis, ehe sie ins Englische wechselte und sich vorstellte: »Oberleutnant Chromer, Panzerbataillon 203, German Army, zu Ihren Diensten, Herr Colonel. Mein Deckname lautet Waschbär.«

Im Südwesten schoben sich vier grün-braune, flache Objekte über einen Höhenrücken. Sie spuckten im nächsten Augenblick Feuer, dann ereigneten sich neuerliche Explosionen auf der Hülle des Tripods. Dieser ließ blitzartig von den Georgiern ab. Zazalaschwili verschnaufte.

»Hier Imeretien. Freut mich, Sie zu sehen«, erwiderte er diesem Chromer-Typen und vermochte dabei seine Erleichterung nicht zu verbergen. »Sie sind mit einem ganzen Bataillon vor Ort?« Angestrengt blickte der georgische Panzeroffizier nach dem Südwesten, ließ den Blick über die Kuppe schweifen, sah dort aber weiterhin nur vier Leopard-2A6-Panzer auffahren.

»Nein, nur wir vier.« Eine traurige Note schlich sich in Chromers Stimme ein. »Den Rest hat die Krankheit dahingerafft.«

Es fehlte die Zeit für weiteren Small Talk. Der Tripod, der sich nun dem Dilemma ausgesetzt sah, entweder von den Georgiern oder von den Deutschen beschossen zu werden, entschied sich dafür, die Leopard-Panzer zuerst auszuschalten. Schon preschte er wie ein tollwütiger Bulle auf sie zu.

Chromers Tanks gaben eine weitere Salve ab. Lichtschlangen auf der Tripod-Hülle.

Zazalaschwili schaltete pfeilschnell. Er sammelte seine Tanks, ließ Bereitschaft für einen neuerlichen Feuerüberfall herstellen.

»Waschbär?«, rief er seine deutschen Kameraden an.

»Hört.«

»Sie wissen, was ein Feuerüberfall ist?«

»Na, hören Sie mal! Wir Deutschen haben das quasi erfunden!«

»Dann halten Sie sich bereit. Auf mein Zeichen pusten wir diese wandelnde Windmühle um.«

»Verstanden. Lock and load, Baby.«

Abermals verengte Zazalaschwili die Augen, fokussierte er sich auf den davoneilenden Tripod. Es war schlichtweg atemberaubend, wie diese riesenhafte Maschine auf ihren drei Beinen ein Tempo von vielen Hundert Stundenkilometern erreichte. Zazalaschwili wartete, bis ihr Oberkörper im Visier der Hauptkanone lag, dann erteilte er die Order zum Feuern.

T-55 und Leopard 2A6 schossen gleichzeitig. Lichter zuckten über die georgische Panzerfront als auch über den Höhenrücken im Südwesten, als schlüge dort jeweils der Blitz ein. Dem Tripod jagten Granaten aus zwei Himmelsrichtungen entgegen. Sie trafen. Krepierten. Grüne Lohen sprangen über die Hülle, zischelten durch die Feuerbälle. Mehrere Granaten durchdrangen den Schild und zerfetzten den Kesselleib. Die Beine knickten augenblicklich weg, der ganze Tripod sackte zusammen, sein aufgerissener Oberkörper klatschte mit einem Donnerhall auf den Wüstensand.

»So muss das!«, frohlockte Chromer. Zazalaschwili aber war nicht zum Feiern zumute, zu viele gute Soldaten waren im Felde geblieben. Mit einem Blick in die Winkelspiegel wurde er der umgeworfenen, zerbeulten Panzer gewahr. Und die Schlacht war noch lange nicht geschlagen. Im Norden, jenseits einer felsigen Hügelkette, befand sich eine lange Reihe von Tripods auf einer gemütlichen Wanderung, so erschien es. Allein ihre Kesselleiber überragten die Erhebungen, gemächlich verschoben sie sich nach links, während die Luftwaffen und Artillerien dieser Erde ihre tödliche Munition über ihnen ausschütteten. Es funkelte zwischen den Tripods, japanische Kampfhubschrauber kreisten um sie herum, argentinische und iranische Jabos donnerten im Verbund über sie hinweg und kippten ihre Bombenlast über ihnen aus. Weit im Norden stürzten israelische Kampfflugzeuge wie vom Blitz getroffen aus den Wolken.

Die deutschen Leopard-Panzer rollten ins Tal herunter, wo sie sich mit Zazalaschwilis Panzern vereinigten. Während der georgische Bataillonskommandeur im Schutze der Tanks mit Chromer zusammentraf und ihn herzlich begrüßte, wie er es sonst nur bei guten Freunden tat, suchten seine Männer die Panzerwracks nach Überlebenden ab.

Die Fahrer ließen die Motoren laufen. Es stank nach Diesel und Benzin, nach Kordit, nach Feuer und Rauch. Der Georgier rümpfte die Nase. Sein Hirn versuchte ihm weiszumachen, sich auf einem fremden Planeten mit giftiger Atmosphäre zu befinden. Die ganze Sache kam ihm so unwirtlich vor.

»Freut mich«, feixte Chromer, wischte sich eine dunkle Strähne aus der Stirn und löste sich aus der Umarmung Zazalaschwilis.

»Die Freude ist ganz auf meiner Seite«, strahlte der Georgier.

»Bevor wir uns jetzt gegenseitig einen runterholen, schlage ich vor, wir sehen zu, dass wir diesen Krieg gewinnen.« Chromer drehte sich um, fummelte eine Karte aus seiner Panzerkombi und hielt sie ausgebreitet gegen die Wanne seines Leopard-Panzers.

»Die NATO will einen Vorstoß auf diesen Scherbenhaufen unternehmen, den die Fleischbälle ›Hauptquartier‹ nennen, und zwar hier.«

Wie schon während der »Probeangriffe« zuvor hatten die Marsianer auch dieses Mal im Zentrum ihrer Landezone eine Art Kuppel errichtet, deren Beschaffenheit an eine Anhäufung riesiger Porzellanscherben erinnerte – nur dass sie dieses Mal von gigantischen Ausmaßen war. Sie erstreckte sich über einen Durchmesser von mehreren Kilometern und um sie herum wimmelte es nur so vor Toolboxes sowie großen und kleinen Tripods.

»Wir fahren durch diese Senke – ein Nadelöhr, ich weiß –, aber wir treffen vor Ort auf US-Infanteristen, die uns die Flanken freihalten. Jenseits der Senke vereinigen wir uns mit den Panzerkräften von elf Nationen, um gemeinsam eine Bresche in die Front dieser wandelnden Kloschüsseln zu schlagen.« Chromer zeigte seine weiß-glänzenden Zähne. »Na, wie sieht es aus? Wollen Sie mitspielen?«

Ein wölfisches Grinsen huschte über Zazalaschwilis Lippen.

»Dann packen Sie Ihre Sachen, die Party steigt in T minus drei.«

Wenig später rollten acht T-55, vier Leopard 2A6 und ein französischer Panzerjäger, der den Angriff der Tripods überstanden und sich der deutsch-georgischen Formation kurzerhand angeschlossen hatte, gen Nordosten, was für sich schon ein absonderliches Bild abgab. Oberleutnant Chromer führte die Kolonne an. Die Georgier hatten eine Tankbesatzung samt Panzer zurückgelassen, um die vielen Verwundeten in Sicherheit zu bringen.

Trotz all der hochmodernen Elektronik in seinem Tank verließ sich Oberleutnant Chromer noch immer am liebsten auf seine eigenen Augen. So streckte er sich aus der Kuppel, lauschte dem entfernten Grollen und Orgeln von Artillerieschlägen und sondierte die Umgebung, die aus steiniger Wüste bestand, so weit das Auge blickte. Sein Tank mangelte über einen

Höhenrücken und gab bald den Blick auf ein weiteres Tal rechter Hand preis. Sogleich erkannte Chromer, dass ein einzelner Tripod dort unten umherwatschelte.

»Halbrechts, 4000, Feind«, pflanzte sich die Meldung ruckzuck innerhalb der Panzerkolonne fort. Chromer erkannte, dass es sich bei dem Tripod in der Ferne mitnichten um eine der großen Kampfmaschinen handelte, sondern um eines der kleineren Exemplare, welche in augenscheinlich unveränderter Form bereits 1901 gegen England zum Einsatz gekommen waren. Niemand wusste mit Gewissheit, warum die Marsianer diese Maschine weiterhin einsetzten – und warum sie dies nur hier im Jemen taten. Eine Theorie besagte, dass es sich bei den kleinen Tripods wahrhaftig um Baumaschinen handelte, die der Marsianer nie für den Kampf konzipierte hatte – sondern höchstens zur Ungeziefervernichtung. Genau das könnte im Jahre 1901 geplant gewesen sein: eine großangelegte Beseitigung von Ungeziefer, um das Land danach, unbehelligt durch irdische Arten, nach dem Gusto der Marsmenschen zu formen. Die Menschen dürften für die Marsianer damals nur eine von zahlreichen gefährlichen Spezies des Planeten gewesen sein, ohne ihnen einen herausgehobenen Stellenwert zuzuschreiben, wie es der Mensch gerne für sich in Anspruch nahm.

Die Marsianer, die vielleicht ein sehr vorsichtiges Volk waren, hatten die Menschheit nach ihrem Rückschlag in England möglicherweise intensiv beobachtet und studiert und waren zu dem Schluss gekommen, nun Kampfmaschinen einsetzen zu müssen, um die menschlichen Streitkräfte der Gegenwart schlagen zu können.

Chromer entschied, dass es nicht lohnte, die Kolonne für ein einzelnes Ziel halten zu lassen.

»Waschbär an Bärenbau«, meldete er sich beim Brigadestab und gab die Koordinaten des »1901ers« durch mit der Bitte, eine andere Einheit möge sich darum kümmern. Die Panzer derweil setzten ihren Weg fort. Jenseits des nächsten Höhenrückens blitzte es, als tobte dort ein heftiges Gewitter. Und freilich, ein Gewitter tobte dort droben, ein menschen- und marsmanngemachtes Stahlgewitter. Grüne Lichter flitzten über das Firmament.

»Hier«, sagte Capitaine Stearn und drückte seinen Zeigefinger gegen den Flachbildschirm, dass die Darstellung an der Stelle zu flimmern begann. Leonie Riensch ließ die Maus über den Tisch fliegen, zentrierte die Entdeckung auf dem Echtzeitsatellitenbild, das sich alle zwei Sekunden aktualisierte.

»Ist deutlich zu erkennen. Das Mistvieh ist alleine unterwegs, den kriegen wir klein.«

Stearn zog das an seiner Uniformbluse befestigte Funkgerät näher an seinen Mund heran.

»Delta One, hier Control.«

»Delta One hört«, knackte Lieutenant Rick Martens Stimme aus dem Lautsprecher. Die 4. Kompanie des No. 18 Joint Special Mechanized Regiments war nicht mehr groß genug, als dass es noch lohnen würde, sie in mehrere »Deltas« zu unterteilen. Weit mehr als die Hälfte ihrer Soldaten waren tot, verwundet oder krank. Lieutenant Marten führte einen kümmerlichen Rest Forces-Kämpfer an, der nicht einmal die Stärke eines Zuges erreichte. Und sie verfügten nur noch über ein einziges Fahrzeug, das zudem beschädigt war. Aus diesem Grund war Martens Trupp zu Fuß unterwegs, die Funkunterhaltung transportierte neben der Stimme des Lieutenants auch das dumpfe Brummen entfernter Kämpfe. Riensch machte ein Gesicht wie sieben Tage Regenwetter.

»Hier Control. Einzelner 1901er drückt sich in Sektor 2-8 herum. Der will sich wohl hinter unsere Linien schleichen, um uns in den Rücken zu fallen.«

»Verstanden, einmal Bleigewitter frei Haus. Kommt sofort.«

»Gut.« Stearn dachte einen Augenblick lang nach. »Und Delta?«

»Sí, Señor?«

»Halten Sie da draußen die Ohren steif!«

»Wir machen unseren Job. Delta One Ende.«

Marten änderte die Frequenz und unterrichtete seine Nachbareinheiten, eine südafrikanische Infanteriedivision und eine saudi-arabische Spezialeinheit, über den neuen Auftrag.

»Gut«, ließ er sich schlussendlich vernehmen und fasste die kleine Gruppe deutscher und britischer Forces-Soldaten ins Auge, die ihn umringten. Härti lächelte verschmitzt, aber müde.

»Wir bilden zwei Stoßtrupps. Härti übernimmt Trupp Nummer zwo. Sabine, Elliot, ihr und eure Männer kommen mit mir mit. Frank und William heften sich samt Anhang an Härtis Fersen.«

»Was ist mit mir?«, fragte Hadi. Der irakische Söldner stach in seiner britischen Uniform nicht weiter aus der kleinen Forces-Truppe heraus. Seine haselnussbraunen Augen fixierten Marten, sie transportierten eine Aufforderung. Seine Hände hielten ein G36.

»Er kommt mit mir mit«, preschte Härti vor und nickte dem Iraker anerkennend zu. Hadi deutete eine Verbeugung an.

»Nicht, dass du mir gleich noch die Schuhe putzt«, frotzelte Härti.

»Im Irak haben wir Frauen für derlei Aufgaben.«

»Ich weiß, ich weiß. Eine fürs Schuheputzen. Eine fürs Kochen. Eine fürs Großziehen der Blagen. Eine, die auf dem Feld schuften darf. Eine, die angekettet im Keller vergammelt, weil sie auf der Straße einen fremden Mann für eine viertel Sekunde angesehen hat, und eine oder zwei fürs Vögeln. Richtig?«

»Du hast die vergessen, die den ganzen Tag im Teehaus sitzt und mit ihren Freundinnen tratscht.«

Härti und Hadi grienten einander an.

»Haben wir es dann?«, fragte Marten und rollte mit den Augen.

»Wir haben es«, gab Härti zu verstehen.

»Sehr schön. Härti übernimmt alle Panzerfäuste bis auf zwei. Zangenformation. Wir machen uns bemerkbar und Härti zieht dieser wandelnden Suppenschüssel einen über den Schädel.«

»Der Klassiker«, freute sich der Gruppenführer, indes trommelten die Kriegswaffen nah und fern. »So haben schon unsere Großväter Krieg geführt …«

»Und keine Alleingänge! Wir ziehen das gemeinsam durch.«

»Ich stehe auf Kombinationsspiele, Trainer.«

»Dann los!«

Härti sammelte die ihm zugewiesenen Soldaten, im nächsten Augenblick entfernten sie sich im Laufschritt. Marten seufzte tief, zupfte sich den Handschuh von den Fingern und bemerkte, dass seine Hand zitterte. Rasch verbarg er sie wieder unter dem Handschuh.

Vor der Soundkulisse fallender Bomben, umhersausender Jets und zischender Raketensalven ließ sich Martens Trupp über scharfkantige Felsen in ein Tal hinab. Der Lieutenant rannte auf eine Felswand zu, warf sich mit seinem ganzen Körpergewicht dagegen, dass seine Ausrüstung schepperte, und atmete einen Augenblick lang durch. Vorsicht drückte er sich bis an die Kante der Wand heran und lugte um die Ecke. Vor ihm entfaltete sich das Tal, dessen Sohle mit steinigem Wüstenboden, aus dem Grund ragenden Felsen und trockenem Gestrüpp bedeckt war. Und da war sie, die dreibeinige Maschine des Feindes: Sie war etwas höher als ein zweistöckiges Haus und sah aus wie ein Konstrukt aus einem Steampunk-Universum. Unbedarft watschelte sie zwischen den Felsen umher, einer ihrer Arme trug einen Behälter mit einem Trichter daran.

»Gotcha«, wisperte Marten, ehe er sich seinem Trupp zuwandte und mit wenigen Worten allerhand Befehle ausgab. Sogleich machten sich seine Soldaten ans Werk. Im Nu gingen sie zwischen den Felsen in Stellung, brachten Maschinen- und Sturmgewehre vor, legten sich Handgranaten, Zusatzmagazine und Wechselrohre bereit und meldeten Marten schließlich Feuerbereitschaft.

»Dann wollen wir der Blechschüssel mal zeigen, dass wir mit ihrer Existenz nicht einverstanden sind«, sagte Marten, ehe er aus voller Lunge brüllte: »Feuer frei!«

Die Forces-Soldaten entfachten ein Feuerwerk sondergleichen. Glühende Geschosssalven sprangen dem Tripod entgegen. Dieser fuhr wie der Blitz herum, richtete die bauchige Öffnung des Trichters auf die Angreifer aus.

»Achtung!«, schrie Marten mit belegter Stimme. »Deckung!«

Die Forces-Soldaten tauchten zwischen den Felsen ab, als der unsichtbare Hitzestrahl diese traf. Marten presste seinen Leib gegen den warmen Stein und konnte spüren, wie die Irrsinnshitze auf die gegenüberliegende Seite traf und über den Felsen hinwegrollte. Jene Hitze griff mit heißen Fingern nach ihm, dass sich sein Schweißfluss verzehnfachte und ihn das Gefühl übermannte, in Flammen zu stehen. Das Atmen fiel ihm schwer, mit jedem Zug bahnte sich ein Schwall kochend heiße Luft einen Weg in seinen Rachen. Marten musste gegen einen inneren Zwang ankämpfen, aufzustehen und fortzulaufen. Ein giftiger Gestank stieg ihm gleichzeitig in die Nase, setzte pochende Kopfschmerzen frei. Er hustete, würgte, rang, auf allen vieren in der Felsspalte ausharrend, erbittert nach Luft. Es war ein furchtbares Gefühl, er kam sich vor wie die Ameise in ihrem Bau, welcher gerade mit kochendem Wasser geflutet wurde. Er biss die Zähne aufeinander. Fester. Es knirschte in seinem Kiefer. Er rutschte mit der oberen Zahnleiste ab. Ein ekelhaftes, reibendes Geräusch erklang in seinem Kopf. Marten ballte die Hände derart fest zu Fäusten, dass seine Fingernägel durch den Stoff der Handschuhe hindurch schmerzhaft in seine Handinnenflächen drückten. Wenige Augenblicke nur dauerte das Spektakel, dann zog der Hitzestrahl weiter, strich die Stellungen der anderen Forces-Soldaten ab. Marten konnte hören, wie seine Kameraden stöhnten.

Er riskierte schließlich einen Blick, streckte dazu seinen hochrot leuchtenden Kopf aus der versengten Deckung und sah just in diesem Augenblick Härti und einen seiner Soldaten zwischen Felsen auf der gegenüberliegenden Seite des Tripods auftauchen. Hubschrauberrotoren klopften dazu, immer lauter. Panamaische Bell UH-1D, jene berühmte »Vietnam-Helikopter«, zogen in V-Formation über das Tal hinweg.

Härtis Soldat hievte sich die Panzerfaust auf die Schulter, visierte den Tripod-Kesselkörper an, der an einen Menschenkopf mit Kapuze erinnerte. Er betätigte den Abzug. Feuer und Schmauch platzten vorne und hinten aus dem Panzerfaustrohr. Der Gefechtskopf fetzte dem Tripod entgegen. Verfehlte! Um einen Meter bloß! Er trudelte davon, sein Flug beschrieb bald einen Bogen. Abseits von Martens Position schlug er auf dem Grund auf und entlud sich in einem Blitz. Der Tripod wirbelte herum. Schon war der Trichter seines Hitzestrahlbehälters direkt auf Härti und dessen Soldaten ausgerichtet. Wie gelähmt starrten die beiden Forces-Männer in die außerweltliche Waffenmündung hinein. Marten biss sich vor Schreck auf die Zunge, wollte schreien, doch aus seinem Mund drang kein Laut. Da sprang Hadi zwischen den Felsen hervor, warf sich auf Härti und seinen Soldaten, riss beide zu Boden und in die Deckung einer Senke. Nur einen Wimpernschlag später färbte sich eine lange Bahn im Gelände rußschwarz. Buschwerk ging in Stichflammen auf. Das war das Gefährliche am Hitzestrahl: Man verstand erst, dass er abgefeuert wurde, wenn die ungeheure Hitze ihr tödliches Werk entfaltete.

Marten betätigte die Sendetaste seines Funkgerätes, rief in den Lautsprecher: »Härti!«

»Uns geht es gut«, hustete der Gruppenführer. »Bin nur ordentlich getackelt worden.« Technisches Rauschen unterbrach die Unterredung, ehe Härtis Stimme wieder durch den Äther wallte: »Wäre er nicht Terrorist geworden, es hätte vielleicht für eine Eishockeykarriere gereicht.«

Marten wollte kein Risiko mehr eingehen.

»Panzerfaust 1 und 2: Feuer!«, plärrte er. Zwei seiner Forces-Soldaten zeigten sich samt Panzerabwehrwaffe zwischen den Felsen. Sie verschoben sich aufs offene Gelände, sodass ihnen der Rückstrahl nichts anhaben konnte. Sie feuerten ihre Waffe ab, die beiden Gefechtsköpfe rasten dem Tripod entgegen. Einer saß. Ein Blumenstrauß aus Funken verdeckte den kesselartigen Körper. Die Maschinenbeine verloren an Spannung, brachen ein. Der Tripod legte sich der Länge nach auf den Wüstensand und blieb reglos liegen.

»Wrack sichern«, ordnete Marten hustend an. Er sah Sterne, der Beschuss durch den Hitzestrahl wirkte in ihm noch immer nach. Und dennoch gönnte er seinen Soldaten und sich keine Verschnaufpause. Hier im Jemen ging es um alles, um die Zukunft der Menschheit. Pausen waren da nicht vorgesehen.

Die Forces-Soldaten näherten sich, die Waffe im Vorhalt, dem niedergeworfenen Tripod aus zwei Himmelsrichtungen. Marten linste unter dem Rand seines Helms hervor ins Vorfeld. Schweiß rann ihm in die Augen, brannte dort. Die Sonne knallte brutal auf den Jemen hernieder. Die bläuliche Eisen-Mangalgrah-Legierung der außerirdischen Maschine blitzte zwischen den Felsen hervor, rasiermesserscharfe Splitter funkelten im gleißenden Licht. Es sah aus, als wäre das Umfeld des gefällten Tripods mit Feenstaub überzogen.

Marten fasste seine MP7 nach, während er sich Schritt um Schritt näherte. Die Maschinenpistole wurde schwer in seinen Armen.

»Bewegung beim Tripod!«, rief Härti von der anderen Seite des Wracks herüber. Marten zuckte zusammen. Er sah Härtis Trupp nicht, war selbst bereits zu nah am Wrack, dass dieses ihm die Sicht versperrte. Seine gereizten Augen suchten hin und her rollend den Maschinenkörper ab, doch konnte er nichts ausmachen.

»Marsianer!«, brüllte Härti. »Ha, wir haben einen!«

Marten wurde gewahr, wie Härti und dessen Trupp zwischen den Wrackteilen auftauchte und wieder verschwand. Das Klappern von Ausrüstungsgegenständen beim Rennen erfüllte das Tal. Aus Furcht, dass ihm die Situation aufgrund Härtis Impulsivität entglitt, startete Marten ebenfalls durch. Er wetzte auf das Wrack zu, überkletterte ein quer liegendes Bein, dann sah er es. Härti und dessen Soldaten hatten ihre Waffe bereits auf es ausgerichtet, näherten sich langsam, und von ihm ging auch keinerlei Gefahr mehr aus.

Es war verletzt, schlimm verletzt. Es mochte des Todes sein, Marten konnte es nicht sagen. Das außerirdische Wesen hatte wohl zu fliehen versucht, war ob seiner unvorteilhaften Physiologie aber nur einige Meter weit gekommen. Vom zerstörten Tripod-Körper, bei dem eine große, beschädigte Klappe offen stand, führte eine Spur aus dunklem Schleim zum Außerirdischen, der hörbar schwer atmend und am Ende seiner Kräfte sich in der jemenitischen

Mittagshitze wand. In seine Haut waren Löcher gerissen, aus denen ebenfalls dunkler Schleim waberte, welcher in der Sonne glitzerte und bereits zu trocknen begann. Der gedrungene Leib mit den winzigen, tentakelartigen Greifern und dem Vogelschnabel war nicht gemacht für diese Gefilde – war überhaupt nicht gemacht für irgendeine Form der körpereigenen Existenz. Es war schon verrückt. Mit seinen Tripods aller Größen, Flugscheiben und Toolboxes war der Marsmann ein brandgefährlicher Gegner. Ohne all diese Hilfsmittel war er genauso hilfsbedürftig wie ein menschliches Kleinkind.

Der Marsianer erkannte, dass jede weitere Flucht zwecklos war. Er hielt inne, frischer Schleim drückte sich aus den Löchern in seiner ledrigen Haut. Er ächzte, rasselnde Geräusche drangen aus seinem Mund.

Hadi richtete sein Sturmgewehr auf das Wesen aus dem Weltraum.

»Nicht«, sagte Marten und hob die Hand. »Den tüten wir ein und lassen ihn ausfliegen. Wir wollen so viele von diesen Kerlen wie möglich lebendig gefangen nehmen.«

Hadi nickte, senkte sein Gewehr. Härti und Marten traten näher an das Alienwesen heran. Dessen Scheibenaugen erschienen vollkommen starr, wie bunt bemalte Porzellanteller.

»Was für ein Riesenhaufen dampfender Scheiße«, ließ sich Härti vernehmen und pfiff durch die Zähne.

Marten aber hatte die Neugier gepackt. Es war nicht seine erste Begegnung mit einem leibhaftigen Marsianer, vor eineinhalb Wochen bereits hatte er daran mitgewirkt, einen anderen 1901er niederzuringen. Damals hatte er dessen Piloten aber nur aus der Entfernung erspähen können.

Und nun stand er direkt vor einem Marsianer!

Ein modriger Geruch wie von nassen Klamotten, die seit Tagen in einem Plastikbeutel steckten, stieg ihm in die Nase. Dann entdeckte er ein kleines metallisches Ding, das im sich stetig öffnenden und schließenden Schnabel der Kreatur aufblitzte. Martens Gedankenapparat begann sogleich zu ackern, die vielen Zahnrädchen seines Geistes griffen ineinander, während er sich durch sein geballtes Wissen über die Marsianer wühlte. Zeit seines Lebens hatte er sich mit diesem Themenkomplex beschäftigt. Er kannte alle Schriften, sämtliche Exponate, jeden Film, jeden Expertenkommentar. Und jüngst hatte er sein Wissen um zahlreiche höchst interessante Erfahrungen erweitert. Eine jener Erfahrungen drängte sich nun wieder in den Vordergrund: Vor einigen Wochen waren er und Härti durch eine unsichtbare Pforte mitten in der Wüste in eine Art getarnte Tripod-Halle hineingefallen, dessen Atmosphäre offensichtlich nicht mit Sauerstoff angereichert gewesen war – jedenfalls nicht mit ausreichend Sauerstoff, als dass ein Mensch darin hätte überleben können. Ferner wusste Marten, dass bis zu diesem Tag nicht alle Geheimnisse der marsianischen Physiologie gelüftet worden – oder zumindest der Öffentlichkeit bekannt gemacht worden waren. Die Royal Army war nach der Invasion von 1901 sehr gründlich darin gewesen, sämtliche Kadaver einzusammeln – und hielt sie seitdem unter Verschluss mit Ausnahme einiger ausgestopfter Exemplare, die verschiedenen Museen übergeben worden waren. Eine besonders bekannte Episode aus diesem Teil der Geschichte entspann sich um den englischen Ministerpräsidenten Stanley Baldwin, der anlässlich der Olympiade in Berlin im Jahre 1936 einen Adolf Hitler gewidmeten Marsianer an das Hygienische Museum in Dresden übergeben ließ. Da Marsianer nicht so recht in die Ideologie der Nationalsozialisten passen wollten, verbreitete das Dritte Reich die Vorstellung, Großbritannien habe den Vorfall von 1901 mit gigantischem Aufwand inszeniert, um vom Niedergang seines Empires abzulenken. Nicht wenige glaubten, Baldwin habe Hitler das Exponat aus diesem Grund mit höchstmöglicher Öffentlichkeitswirksamkeit zukommen lassen. Jedenfalls versauerte der Marsianer bis ins Jahr 1945 hinein im Lager des Museums und wurde dann bei den verheerenden Luftangriffen auf Dresden rückstandslos vernichtet.

»Du denkst schon wieder zu viel«, unterbrach Härti breit grienend Martens Gedankengänge.

»Und du denkst in der Regel zu wenig«, konterte der Lieutenant.

»Deshalb passen wir beide so gut zusammen.«

Marten lachte.

»Oh, oh, wenn das Lisa wüs…« Härti brach ab, erschrak, forschte in Martens Zügen. Der unvollendete Satz traf den Lieutenant sichtlich. Er setzte eine verdrängte Erkenntnis frei, die sich sogleich wie eine Ratte durch Martens Eingeweide fraß.

Lisa war krank.

Und er hatte seit bald zwei Wochen keinen Kontakt mehr zu ihr oder ihren Eltern gehabt. Sie konnte bereits tot sein oder auf dem Weg der Besserung, beim Verlauf dieser mysteriösen Krankheit konnte das niemand mit Bestimmtheit sagen. Marten aber hatte mit sich vereinbart, zunächst seinen Auftrag hier im Jemen abzuschließen. Er wurde gebraucht im Kampf gegen die Marsianer, durfte nicht abgelenkt sein. Erst danach konnte er sich um seine Frau kümmern – selbst wenn er täglich mit ihr oder ihren Eltern telefonieren würde, was würde das ändern? Er konnte nichts für sie tun. Und so blieb nur die Hoffnung.

»Worüber hast du denn nachgedacht?«, fragte Härti rasch, um Marten abzulenken. Es funktionierte.

»Ich glaube«, sagte er und wies auf den Schnabel des Marsianers, »die können in unserer Atmosphäre nicht atmen. Er scheint da ein Gerät im Schnabel zu haben.«

Härti nickte. Seine Neugierde und sein Interesse an Entdeckungen hielten sich in der Regel in Grenzen.

Marten wandte sich nun ab, forderte via Funk einen Transport für den Marsianer an. Wenig später erschienen zwei US-Hubschrauber vom Typ Black Hawk am Himmel, die sich rasch näherten.

»Ich werd' verrückt«, moserte Härti. »Wenn wir Luftunterstützung brauchen, sind die Kollegen stets beschäftigt. Aber kaum gibt es einen Marsianer einzusacken, können die gar nicht schnell genug hier sein.«

Während der eine Black Hawk über dem gefällten Tripod kreiste und seine Bordgunner grimmig dreinblickend hinter ihren M60-Maschinengewehren klemmten, landete der zweite Hubschrauber etwas abseits. Ruckzuck breiteten die Amerikaner ein Außenlastnetz im Wüstensand aus. Anschließend schlüpften sie in Schutzanzüge, in denen sie sich dem Marsianer näherten. Sie packten ihn und rollten die schwer atmende Kreatur wie einen Heuballen auf das Netz. Nur Minuten später erhob sich der Black Hawk bereits wieder in die Lüfte und die beiden Helikopter suchten das Weite.

Marten betrachtete den niedergestreckten Tripod, derweil bauschte sich der Schlachtenlärm im Nordosten zu einem wahren Crescendo auf. In immer schrilleren Tönen lärmten die Kriegswaffen, dazwischen hämmerten Artilleriegeschütze dumpf in die Aufmarschräume der Marsianer hinein. Marten schaute über den Höhenrücken hinweg, der ihm den Blick auf die Geschehnisse im Norden verstellte. Im Gewölk dahinter blitzte es, Kampfjets flirrten umher, die Rufe der Tripods dröhnten über das Land. In immer größerer Intensität wummerten, belferten und orgelten die Waffen. Die NATO versuchte unter massivem Kräfteeinsatz einen Durchbruch durch die Front der Marsianer zu erzwingen.

Bald glühten förmlich sämtliche Leitungen der menschlichen Streitkräfte. Marten und seine Soldaten standen um das Hochleistungsfunkgerät versammelt und lauschten schweigend den Meldungen, die gehetzt aus den Lautsprechern drangen. Es waren fast ausschließlich Hilferufe. Abermals blickte Marten nach dem Nordosten, wo jenseits der Erhebungen eine Schlacht wütete, deren Geräuschkulisse an ein tobendes Sommergewitter erinnerte.

Der Lieutenant biss die Zähne aufeinander, setzte eine Meldung an Control ab, dann verkündete er: »Packt euren Kram zusammen, wir rücken ab. Vielleicht können wir helfen.«

Es gab keine Proteste, nicht mal ein Murren. Schweigend formierten sich seine Soldaten, um sich abermals in Lebensgefahr zu begeben.

Sie marschierten gen Höhenrücken und kämpften sich bald den steilen Hang hinauf. Die Anstrengung war brutal, Marten spürte jeden Knochen im Körper. Zudem ließ der Hunger ein Loch in seinem Magen entstehen, ob des Durstes schwoll seine Zunge an.

Sie hatten die Steigung zur Hälfte überwunden, da ereignete sich jenseits des Höhenrückens eine Abfolge gewaltiger Explosionen, die sich über die Kuppe hinaus aufblähten. Marten warf sich instinktiv hin. Er starrte in die Flammenbälle hinein, die hoch zum Himmel hinaufschossen. Sie spiegelten sich auf seiner Iris wider.

Ein dunkles Objekt rollte in Schleichfahrt über die Kuppe des Höhenrückens, rollte auf Marten zu. Es war ein Leopard-Panzer der

Bundeswehr und er stand lichterloh in Flammen. Ein Mann zwängte sich im letzten Augenblick aus der Turmluke, sprang auf in lodernde die Wanne, stolperte, stürzte und landete im Sand. Der Panzer rollte quietschend an Marten und seinen Soldaten vorbei, in seinem Inneren knisterten Flammen. Violette Lohen schlugen aus der geöffneten Fahrerluke.

Der Panzersoldat rappelte sich hoch, im grellen Sonnenlicht verkam er zur Schattengestalt. Er wankte einen Schritt, dann stürzte er zurück in den Sand. Marten sprang auf, rannte ihm entgegen, erreichte ihn. Er hatte es mit einem Oberleutnant zu tun, völlig entkräftet und der Bewusstlosigkeit nahe. Marten kniete sich neben ihn. Der Oberleutnant riss die Augen auf, packte den Forces-Offizier mit einer Hand.

»Sie sind alle tot«, wisperte er. »… alle tot …«

Jenseits des Höhenrückens wüteten weitere Detonationen, dazwischen erklang der Ruf des Marsianers.

»Alu-u! Alu-u!«

Kampfjets fielen aus den Wolken, ein Hubschrauber stürzte ab. Jedes Aufschlagen einer menschlichen Flugmaschine auf den Wüstensand hallte krachend über das Land.

Und dann erhob sich ein gewaltiger Tripod über den Höhenrücken. Es sah aus, als würde er Marten und dessen Soldaten direkt ansehen. Bemitleiden.

Dröhnend stieß er seinen Ruf aus, Marten musste sich die Ohren zuhalten.

»Rückzug!«, brüllte er. In diesem Augenblick schoss ein zweiter Tripod jenseits des Höhenrückens empor. Und dann ein dritter.

»Rückzug!«

# IV. Brandon William Stroker

Missfällig unterzog Stroker die exakt 150 Mitarbeiter des Forces Office, die sich im großen Besprechungssaal der New Yorker-Niederlassung eingefunden hatten, einer oberflächlichen Betrachtung. Der Däne Mathisen sowie die Standortleiterin, eine gewisse Xhemile al-Ghmadi, hielten sich im Hintergrund. Al-Ghmadi trug einen in verschiedenen Rottönen strahlenden Hijab. Sie war eine stämmige Frau, ihr Körper in ein langes Gewand gehüllt, das ihre Fülle verbarg. Sie schien vor Stolz beinahe zu platzen angesichts der halben Armee von »Hackern«, wie sie die aus aller Welt eiligst und unter schärfsten hygienischen Bedingungen eingeflogenen Forces-Mitarbeiter bezeichnete.

»Es wären doppelt so viele, hätten sich nicht derart viele angesteckt«, hatte Mathisen ihm mit einer Zigarette zwischen den Zähnen versichert. Das hatte fast wie eine Entschuldigung geklungen. Immerhin traute Stroker dem Dänen genug Weitsicht zu, um zu begreifen, dass jene IT-Mitarbeiter, die al-Ghmadi unter Zuhilfenahme von Général Sakurai in New York zusammengekratzt hatte, nicht sonderlich viel ausrichten würden. Er hatte Mathisen bereits gefragt, wo die externen Kräfte abgeblieben waren, von denen er zuvor noch vollmundig gesprochen hatte. Der Däne hatte zur Antwort traurig mit den Schultern gezuckt.

Stroker massierte seinen Nasenrücken. Er spürte sein Kreuz auf unangenehme Weise, die Aufregung der zurückliegenden Tage machte ihm zu schaffen. Er strengte sich an, seine körperlichen Gebrechen hinter einer unbewegten Fassade zu verbergen. Langsam setzte er sich auf den Stuhl, der vor den vielen Mitarbeitern aufgestellt worden war. Er zog den Laptop zu sich heran, der vor ihm auf einem Tisch stand, klappte den Bildschirm hoch und presste die Power-Taste. Während ein buntes Tulpenfeld auf dem Screen erschien und Stroker zur Eingabe des Passworts aufgefordert wurde, hielt al-Ghmadi eine kurze Rede vor den Angestellten. Es gehe um nicht weniger als um die Behauptung des Planeten Erde … es war das übliche Blabla, leere Phrasen, die den Sauerstoff nicht wert waren, der benötigt wurde, um sie zu artikulieren. Zu allem Überfluss sprach al-Ghmadi auf eine hochtrabende, bedeutungsschwere Art, als drohte sie jeden Augenblick an der Wichtigkeit der eigenen Person zu ersticken. Stroker rümpfte die Nase und starrte auf den Bildschirm. Erst als er seine Brille aus der Hemdtasche kramte und sie auf seine Nase setzte, verwandelte sich der unlesbare Brei unter der Passwortleiste in die Worte »Passwort vergessen«. Stroker war lange über den Punkt hinaus, das Altsein zu verabscheuen. Mehr noch verschaffte ihm seine Betagtheit hier in New York einen Vorteil, der Türen öffnete: Seine Gegenüber unterschätzten ihn für gewöhnlich und entwickelten sogleich eine Abneigung gegenüber der Vorstellung, er als Greis von außerhalb solle ein IT-Expertenteam anführen.

Jene Abweichung wich auf dem Fuße, stellte Stroker einmal zur Schau, was in ihm steckte. Und es bereitete ihm bisweilen eine diebische Freude, wenn es seinem Gegenüber vor lauter Verblüffung die Sprache verschlag. So hatte es sich mit al-Ghmadi verhalten, der erst ungeniert die Gesichtszüge entglitten waren, als Mathisen sie einander vorgestellt hatte. Umso beeindruckter zeigte sie sich, seitdem Stroker sich vor ihren Augen und binnen weniger Minuten Zugang zum Intranet der Forces verschafft hatte, ohne über einen berechtigen User-Account oder ein Passwort zu verfügen. Und so würde es auch mit diesen »Hackern« ablaufen.

Ein schelmisches Grinsen huschte Stroker über die Lippen. Nachdem das Windows-Betriebssystem vollständig hochgefahren war, steuerte er sogleich ein Netzwerk an, das er zuvor angelegt und mit dem er sämtliche Laptops verbunden hatte, die auf dem Tisch vor einem jeden Anwesenden bereitstanden.

Al-Ghmadi tat es in diesem Augenblick schon wieder, sie nahm das böse H-Wort in den Mund, als sie sagte: »Sie, liebe Kollegen und Kolleginnen, sind die fähigsten Hacker, die unsere Behörde aufzubieten hat.«

Stroker bezweifelte das nicht einmal, dennoch war er davon überzeugt, dass höchstens ein halbes Dutzend von ihnen über nennenswerte Fähigkeiten verfügte. Die halbe Weltwirtschaft kämpfte mit harten Bandagen um IT-Fachkräfte, und das Forces Office mit seinem angestaubten Image und der unterdurchschnittlichen Bezahlung war nicht gerade prädestiniert dafür, herausragende Expertise anzulocken. Einmal noch ließ er den Blick schweifen, nahm die unterschiedlichsten Charaktere in Augenschein, die al-Ghmadi und Mathisen ihm vor die Nase gesetzt hatten: Kerle in ihren Fünfzigern, die in ihrer langjährigen Beamtenlaufbahn einen Bierbauch und eine dazu passende bierernste Miene entwickelt hatten. Viele unscheinbare Gestalten waren unter ihnen, die selbst in dieser Situation, grell ausgeleuchtet von Leuchtstoffröhren und umgeben von ebenso unscheinbaren Menschen, mit der Masse derart zu verschmelzen drohten, dass Stroker ihr Gesicht in dem Augenblick wieder vergaß, in dem es aus seinem Sichtfeld geriet.

»Ich übergebe das Wort nun an Mister Brandon Stroker, der, da bin ich mir sicher, keiner weiteren Vorstellung bedarf.«

Stroker erhob sich, gegen den Schmerzherd in seinem unteren Rücken ankämpfend. Die ganze Situation kam ihm so unwirtlich und auf eine Art auch urkomisch vor. Hier war er nun, im Herzen jener Organisation, die ihn vor vier Wochen noch verhaftet und an die Sicherheitsorgane der Vereinigten Staaten ausgeliefert hätte, hätte sie ihn in die Finger bekommen. Hier war er, in einem Raum, in dem sich die vergilbten Tapeten aus den 60er-Jahren von den Wänden pellten und das Mobiliar einen muffigen Geruch absonderte, der ein bisschen an eine Friedhofsgruft erinnerte. Hier stand er nun und die Blicke von gut 150 Menschen, denen er nicht viel mehr als das Schreiben von Access-

Datenbanken oder das Erstellen von WordPress-Websites zutraute, vereinigten sich auf ihn. Er musste aufpassen, nicht lauthals draufloszulachen.

»Jetzt hört mir mal zu«, krächzte Stroker. Seine Stimme klang weniger kraftvoll, als er sich dies wünschte. »Ich brauche Leute, die querdenken können. Wenn sich aus euch Flitzpiepen auch nur fünf herauskristallisieren, die halbwegs zu etwas zu gebrauchen sind, können wir uns alle glücklich schätzen.«

Al-Ghmadi sah aus, als hätte sie einen Geist gesehen. Mathisen amüsierte sich sichtlich.

»Ich habe einen kleinen Test vorbereitet«, fuhr Stroker fort. »Ihr habt zehn Minuten Zeit, um euren Laptop ans Laufen zu bekommen. Die Zeit läuft ab jetzt.«

Stroker drückte auf ENTER, und schon begann das Programm, das er geschrieben hatte, sein zerstörerisches Werk auf den Laptops der »Hacker«. Es handelte sich nicht einmal um einen Virus, sondern bloß um eine VBA-Datei, die in Endlosschleife Kopien von sich selbst aufrief und gleichzeitig eine fehlerhafte HTML-Anwendung anzusteuern versuchte. Wie gesagt, Stroker benötigte Menschen, die querdenken konnten.

In zahlreichen Gesichtern bildeten sich nun große Fragezeichen, als die Forces-Angestellten das Zerstörungswerk erblickten, das auf ihrem Rechner seinen Lauf nahm. Stroker beobachtete einen derben übergewichtigen Kerl, dessen erster Lösungsansatz darin bestand, wie bescheuert auf dem Escape-Button herumzuhämmern. Wäre es nicht so traurig, würde er sich darüber beömmeln.

»Ich warte draußen«, sagte Stroker weiter. »Wer fertig ist, kommt mit seinem Laptop zu mir.«

*

»Das war doch ein Test, den sie gar nicht hätten schaffen können!«, beschwerte sich al-Ghmadi, während sie eine Strähne zurück unter ihr Kopftuch stopfte.

»Falsch. Fähige Leute hätten die Nummer in drei Minuten gelöst«, erwiderte Stroker, der sich setzen musste. Das lange Stehen war nichts mehr für ihn. Er, Mathisen und al-Ghmadi hatten sich in ein kleines, leer stehendes Büro zurückgezogen, während im Sitzungssaal 148 IT-Versager darauf warteten, ihre Rückflugtickets ausgehändigt zu bekommen. Ganze zwei Mitarbeiterinnen hatten ihren Laptop binnen Minuten wieder lauffähig bekommen – und damit Strokers Erwartungen an das Personalpotenzial der Forces bereits übertroffen: Adele Jackson war eine 49-jährige Buchhalterin vom New Yorker-Standort, die sich in ihrer Freizeit mit Programmiersprachen beschäftigte. Ob HTML, PHP, VBA, C++ oder Java, Jackson war ein Naturtalent. Äußerlich war ihr das kein Stück anzusehen. Mit ihrer dunklen

Haut, den gut 40 Pfund Übergewicht auf den Rippen, dem kurzen Kraushaarschnitt, dem Blumenmusterkleid und den breiten Ohrringen und Ketten aus Gold erinnerte sie eher an eine Hausfrau aus Harlem denn an eine Programmiererin. Ebenso begeistert zeigte sich Stroker von Nicky Stückl, einer 21-jährigen Anwärterin, die für das Wiener Büro arbeitete. Stückls blondes Haar ragte ihr wie dünne Bindfäden aus der Baseballkappe, ihre Oberarme waren über und über mit bunten Tätowierungen übersät, zudem blinkten in ihrem Gesicht Piercings an allen möglichen Stellen. Große Kulleraugen, die etwas Freches an sich hatten, sahen sich stets suchend um. Ob Nicky wirklich etwas auf dem Kasten hatte, galt es noch herauszufinden, doch Stroker gefiel ihre pragmatische Natur. So war sie als Einzige auf die Idee gekommen, den fest verschraubten Akku aus dem Laptop auszubauen, um somit die Abschaltung zu erzwingen – Stroker hatte durch eine Schadsoftware den Task-Manager und das Herunterfahren blockiert. Keine drei Minuten hatte sie gebraucht, ehe sie offenkundig gelangweilt und wenig interessiert samt einsatzbereitem Laptop bei Stroker aufgetaucht war.

»Ich verbitte mir, meine Mitarbeiter als unfähig zu bezeichnen«, polterte al-Ghmadi, die zunehmend wütend wurde. »Wir brauchen jeden, den wir kriegen können, wollen wir Ihren Plan in die Tat umsetzen!«

»Wieder falsch«, sagte Stroker, den das Streitgespräch mehr anstrengte, als er zugeben wollte. »Ich komme mit fünf kompetenten Köpfen weiter als mit 150 Nulpen.«

»Sie wollten doch, dass ich Gott und die Welt in Bewegung setze!«

»Um mir die Besten herauszupicken. Das war von Anfang an der Plan.«

»Und den Rest soll ich einfach wieder zurückschicken? Wissen Sie eigentlich, was das kostet?«

Stroker wandte sich Mathisen zu und schüttelte entschieden mit dem Kopf. »Wir haben Marsianer im Jemen und die Frau redet allen Ernstes von Kosten?«

»Ich vertraue ihm«, sagte der Däne und steckte sich die nächste Zigarette an, was al-Ghmadi mit einem missfälligen Blick quittierte. »Lassen wir ihn machen.«

»Herrscht hier nicht Rauchverbot?«, fragte Stroker provozierend.

»Verklagen Sie mich«, grinste Mathisen trocken und inhalierte einen Zug.

»Ich weigere mich, unsere beste Expertise in Sachen IT unverrichteter Dinge nach Hause zu schicken!« Al-Ghmadi erinnerte auf ihre trotzige Art an ein kleines Kind.

»Kommen Sie mal mit«, sagte Stroker und erhob sich. Ehe al-Ghmadi begriff, war der alte Mann bereits durch die Tür verschwunden. Er kehrte in den Sitzungssaal zurück. Seine Anwesenheit genügte, um die Aufmerksamkeit aller auf sich zu vereinigen. Mittlerweile hatte eine ganze Reihe von Mitarbeitern das Problem mithilfe des Akkutricks gelöst.

»Test Nummer 2«, rief Stroker mit belegter Stimme. »Sie bauen eine Excel-Anwendung, die sich automatisch die Ergebnisse der Fußball Champions

League aus dem Internet lädt, diese absteigend nach erzielten Treffern ordnet und anschließend in eine Access-Datenbank ausgibt.«

Fast alle Anwesenden starrten ganz perplex auf ihren Laptop. Einige begannen zögerlich damit, eine leere Excel-Tabelle aufzurufen. Andere versuchten via Google herauszufinden, was eine Champions League sei.

»Mister Stroker?«, fragte ein Kerl mittleren Alters aus der ersten Reihe. »Eine Access-Datenbank?«

»Ja.«

»Access … das ist diese Office-Anwendung mit dem roten Symbol, oder?«

Stroker wandte sich al-Ghmadi zu, und obgleich er nichts sagte, drückte sein Gesicht klar aus: »Ich habe es Ihnen doch gesagt.« Er drehte sich wieder um, stürmte aus dem Sitzungssaal und zurück ins leer stehende Büro. Er passierte dabei Jackson und Stückl, die auf gammeligen Stühlen auf dem Gang warteten. Jackson – wie konnte es anders sein? – strickte ein Paar Säuglingssöckchen. Aus den Kopfhörern, die in Stückls Ohren steckten, drang dröhnend Heavy-Metal-Musik. Stroker konnte die beiden jetzt schon leiden. Er trat in das kleine Büro, in dem Mathisen wartete, mittlerweile in eine Wolke aus blauem Dunst gehüllt.

Hinter Stroker knallte die Tür, nachdem al-Ghmadi schnaubend eingetreten war.

»Ich weigere mich, sie nach Hause zu schicken!«, insistierte sie mit erhobener Stimme.

»Hören Sie«, konterte Stroker. »Sie wollen mich haben? Fein! Dann spielen wir nach meinen Regeln. Keiner von diesen Stümpern da draußen setzt auch nur einen Fuß in mein Team. Ihnen passt das nicht? Auch okay. Ich setzte mich in den nächsten Flieger, jette zurück ins Kosovo und sehe der Welt beim Brennen zu.« Stroker lachte heiser auf. Die Laute, die er dabei produzierte, hatten etwas Diabolisches an sich. »Wer weiß, vielleicht sterbe ich sogar eines natürlichen Todes, ehe die Marsianer den Balkan erreichen.«

»Der alte Knacker hat recht«, schnappte Mathisen, dem es offenkundig Gaudi bereitete, al-Ghmadi Konter zu geben. »Und wir brauchen ihn. Keiner kennt sich so gut mit AT aus wie er – zumindest niemand, der für uns greifbar wäre.«

»Danke.« Stroker nickte. »Was ich aber brauche, sind ein paar mehr Leute, die etwas draufhaben.«

»Soll ich mir die vielleicht aus den Rippen schneiden?« Al-Ghmadi verschränkte widerborstig die Arme.

Stroker hatte längst erkannt, dass sich mit Mathisen weit besser arbeiten ließ als mit der Standortleiterin, weshalb er sie zu ignorieren begann. Stattdessen wandte er sich direkt dem Dänen zu: »Starten Sie einen Aufruf, aber nicht öffentlich, sonst rennen uns sämtliche U04-Freaks die Bude ein. Sprechen Sie gezielt Firmen an, die über das nötige Know-how verfügen. Apple, Microsoft, Wirecard, ZTE und wie sie heißen.«

»Und Sie glauben, die überlassen uns einfach ihre besten Leute?«, überlegte Mathisen, der nicht abgeneigt schien.

»Nehmen Sie meinetwegen ein paar Bilder aus dem Jemen zur Unterstreichung ihrer Bitte mit. Machen Sie denen klar, dass die Marsianer nicht hier sind, um sich das neuste iPhone zu holen.«

# V. Rick Marten

Marten blickte auf, als sechs A-10-Thunderbolt-II-Kampfflugzeuge auf ihrem Weg gen Marsianerfront über ihn hinwegdonnerten. Die amerikanischen Erdkampfflugzeuge mit den beiden markant hinter den Flügeln angeordneten Mantelstromtriebwerken waren im Konturflug unterwegs, keine 500 Meter trennten sie von der Erde, weshalb ihr Überflug besonders laut war. Marten schaute ihnen einen Moment lang nach, in der Ferne dröhnte die Schlacht.

Es sah nicht gut aus.

Die Kampfmaschinen der Marsianer traten in immer größerer Zahl auf, sie schlugen die angeschlagenen menschlichen Streitkräfte schier mühelos zurück. Dhamar und Sanaa waren gefallen, Rada'a und Mabar ebenso. Viel mehr Flüchtlinge als üblich waren unterwegs, allerorts in den von Menschen kontrollierten Gebieten kristallisierten sich Schwerpunkte einer humanitären Katastrophe heraus, die das bisherige Leid des jemenitischen Volkes noch in den Schatten stellte. Greise, Frauen, Kinder verdursten in der Gluthitze; es mangelte an Lebensmitteln, Medikamenten, Zelten, kurz: an allem. Zudem war das Vorgehen der verschiedenen menschlichen Streitkräfte in Bezug auf die Bevölkerung sehr unterschiedlich. So einig sich die Militärs in ihrer Kriegsführung gegen die Marsianer waren, so sehr stritten sie über Maßnahmen, um der Zivilbevölkerung zu helfen. Soldaten der Vereinigten Arabischen Emirate hatten jüngst das Feuer auf Hungernde eröffnet, die ein Vorratslager zu stürmen versucht hatten.

Mit der Flüchtlingsmisere wuchsen auch neue Sicherheitsrisiken heran. Örtliche Islamisten-Milizen befanden sich ebenso wie die Bevölkerung auf der Flucht vor den Marsianern, sie mochten sich unter die Flüchtlingstrecks gemischt haben und auf diese Weise längst unerkannt in die Linien der internationalen Gemeinschaft eingesickert sein. Ihren Hass auf ihre Feinde hatten sie mit der Ankunft der Marsianer vermutlich nicht abgelegt.

Martens Soldaten hatten sich zwischen Felsspalten abseits einer unbefestigten Rollbahn versteckt. Riensch klemmte am Funkgerät, wartete gebannt darauf, dass das Codewort durchgegeben wurde.

Marten kletterte auf einen Felsvorsprung, sah den Thunderbolts nach, bis diese hinter einer Bodenwelle verschwunden waren. Im entfernten Grollen von Artillerieschlägen erschollen die Rufe der Marsianer, die Marten das Blut in den Adern gefrieren ließen. Sein Leben lang hatte er sich ausgemalt, wie es sein würde, den Marsmenschen wahrhaftig gegenüberzutreten – mit eigenen Augen zu erblicken, was er nur aus Museen, von Zeichnungen, Fotografien und Bildern her kannte. Nun wünschte er sich, all die Verschwörungstheoretiker, die nicht an die Außerirdischen hatten glauben wollen, hätten recht gehabt.

Riensch schaute auf, sagte aufgeregt: »Das Codewort! Es wird gerade durchgegeben!«

Marten nickte.

Riensch presste sich den Hörer des Funkgeräts mit aller Macht gegen die Ohrmuschel. »Codewort, erste Wiederholung.«

Marten starrte angestrengt gen Osten, während in seinem Rücken allmählich die Sonne unterging. Der große Feuerball überzog das Land mit einem tiefroten Glutschimmer.

»Das war die zweite Wiederholung. T minus 30, Rick!«, rief Leonie. Die anderen Forces-Soldaten linsten verstohlen in ihre Richtung. Marten blieb auf dem Felsvorsprung stehen, die Maschinenpistole locker am langen Arm haltend, und betrachtete die Horizontlinie. Dort droben in der Ferne lärmten die Marsianer auf ihrem Vormarsch. Im Geiste zählte der Lieutenant die Sekunden herunter.

»Darf ich fragen, was du da machst?«, fragte Riensch entsetzt. Marten reagierte nicht.

»Rick? Rick! Rick Marten!« Keine Reaktion. Rienschs Wangen färbten sich kirschrot. »Rick!«

Endlich drehte sich Marten um. Riensch erschrak. In den Augen ihres Zugführers loderte ein wildes Feuer.

»Ich will es sehen«, wisperte er, und dann: »Geh in Deckung!«

Sie hatten keine Schutzausrüstung dabei, doch die Russen konnten auch nicht warten, bis jeder ausreichend Abstand gewonnen hatte. Im Krieg gab es sowieso keine absolute Sicherheit und so war der Schutz der Felsspalten die beste Wahl, um das folgende Ereignis möglichst unbeschadet zu überstehen.

Riensch verdrehte die Augen, entschied wohl, dass jedes weitere Einreden auf diesen Dickkopf von Zugführer Perlen vor die Säue waren, und tauchte daraufhin zwischen den Felsen ab.

Marten derweil verengte die Augen, drückte seine Sonnenbrille hoch und blickte angestrengt gen Osten. Er war mit dem Zählen bei »2« angelangt, da geschah es: In weiter Ferne kletterte stumm und majestätisch eine gigantische Staubwolke über den Höhenrücken empor. Sie berührte das Gewölk, tauchte in es ein. Es handelte sich um eine taktische Atomwaffe der russischen Streitkräfte, von deren Einsatz sich die Militärs einen Durchbruch durch die Linien der Marsianer versprachen. Sollte die taktische Kernwaffe zu keinem Erfolg führen, würden wohl bald die dicken Brummer vom Himmel regnen. Ob wenigstens die etwas gegen die Marsianer ausrichten konnten? Unbekannt. Und dann war da noch die Frage, wofür man einen Planeten gegen eine außerirdische Invasion behauptete, wenn man danach nicht mehr auf ihm leben konnte. Gut, solange es sich »nur« um den Jemen handelte, war der Einsatz von Atomwaffen in Ordnung, da waren sich die internationalen Militärs relativ einig. Aber was, wenn die Marsianer ihren Landekopf ausdehnen würden, was, wenn sie bald durch Asien und Europa marschieren würden? Es war fraglich, ob die führenden Militärs den großen roten Knopf dann immer noch so leichtfertig drücken würden.

Der Pilz in der Ferne wuchs und wuchs. Endlich drehte Marten sich um, schlüpfte in eine Felsspalte und duckte sich zusammen. Nur Sekunden später echote der Schall der Explosion als urgewaltiger Donnerschlag, gefolgt von einer brachialen Druckwelle, die einem mörderischen Orkan gleich über das Land und die zwischen den Felsen verborgenen Forces-Soldaten hinwegfegte. Der Wind fauchte brutal. Marten fühlte sich, als befände er sich in einer laufenden Flugzeugturbine. Er krümelte sich zusammen, lauschte dem Geräusch von Dreck und Steinen, die der Wind über seine Felsspalte hinwegsausen ließ. Drei Sekunden dauerte das Spektakel, dann war alles vorüber. Vom einen auf den anderen Augenblick kehrte die Windstille zurück. Marten hob den Kopf, hielt noch einen Moment lang inne. Er spürte seinen Herzschlag in der Kehle. Langsam richtete er sich auf, kletterte zurück auf den Felsvorsprung. In der Ferne wuchs noch immer, nun mit einem sonoren Brummen unterlegt, der Atompilz.

»Gut, die Show ist vorbei«, raunzte er. »45 Minuten Pause, danach marschierten wir nach Nordnordwest ab, um uns den Resten des Regiments anzuschließen.«

»Die Betonung liegt auf ›Reste‹«, sagte Härti.

»Klappe zu!«

»Ich hab es doch nicht böse gemeint, Prof.«

Marten riss sich den Helm vom Schädel, ließ ihn in eine etwas breitere Felsspalte fallen und sprang hinterher. Ein schmerzhaftes Ziehen zuckte bei der Landung durch seinen Fuß. Er ignorierte die Pein, suchte sich ein mehr oder weniger gemütliches Plätzchen und ließ sich dort nieder. Er kramte eine Zigarettenpackung aus seiner Kampfweste und öffnete sie. Missfällig betrachtete er die beiden einsamen Glimmstängel, die darin auf ihren Einsatz warteten. Super Tucanos der angolanischen Streitkräfte, moderne Propellerkampfflugzeuge, sirrten weit oben gen Südosten. Eine italienische Drohne blitzte darüber im Gewölk. Der ob der atomaren Detonation freigesetzte EMP dürfte bereits passe sein, weshalb sich nun Aufklärungsflugzeuge und Drohnen aus allen Himmelsrichtungen näherten, um das Ausmaß der Zerstörungen zu dokumentieren.

»Alu-u«, kreischte in der Ferne eine Marsmannmaschine, die das nukleare Inferno unbeschadet überstanden haben musste. Marten wischte sich durch sein schweißnasses Haar. Dreckpartikel hatten sich in seinem Bart verfangen und er konnte noch immer seine Schulterverletzung spüren. Er verzog das Gesicht zu einer schmerzverzerrten Fratze. Er war hundemüde, jeder Knochen in seinem Körper sendete einen Schmerzimpuls aus. Jeder Knochen? Ach was, jede einzelne Zelle überschüttete sein Nervensystem mit Schmerzen. Die Macht seines inneren Schweinehundes wuchs. Wenn er daran dachte, dass er in 45 Minuten bereits wieder auf den Beinen sein würde, graute es ihm. Doch er würde es durchstehen, würde alles durchstehen, was dieses Arschloch von Leben ihm entgegenwarf. Marten war eine Kämpfernatur, jemand, der sich nicht kleinkriegen ließ. Notfalls würde er sein Marschziel auf den wund gescheuerten Knien erreichen.

Er ballte die Hände zu Fäusten, was in den Fingerknöcheln schmerzte. Er rieb sich schließlich durchs Gesicht, in dem sich Schweiß und Staub zu einer grauen Pappmasse verbunden hatten. Aus blutunterlaufenen Augen starrte er seine Maschinenpistole an, die mit beigefarbenen Sprenkeln übersät war.

Er stieß einen langen, befreienden Seufzer aus. Dann drängten sich die Gedanken an Lisa wieder in den Vordergrund.

Wie ging es ihr?

Lebte sie noch?

Es waren jene Fragen, die Marten nicht stellen wollte, solange der Krieg im Jemen lief. Sein Unterbewusstsein stellte sie dennoch und sein Verstand lieferte erschreckende Antworten. Plötzlich überkam Marten der Drang, sofort aufzuspringen und loszumarschieren. Bloß etwas tun, bloß beschäftigt sein mit körperlichen Leiden, mit Aufträgen, mit dem Kampf. All das lenkte ihn von der bitteren Realität ab.

Lisa musste tot sein. Oder im Sterben liegen. Die eine Person, die er liebte, für die er sterben würde … war des Todes. Und er war nicht für sie da. Er wusste, dass es vielen seiner Kameraden genauso ging. Sie alle hatten Angehörige daheim und wussten nicht, wie es um sie stand.

Marten biss sich auf die Zunge. Eine ihn erdrückende Kraft wühlte sich durch seinen Brustkasten, höhlte ihn aus. Er stand kurz davor, in sich zusammenzusacken und lauthals zu weinen. Martens Fäuste zitterten.

»Hey, Rick«, hörte er Hadi sagen. Der Exmilizionär bat mit einer Geste darum, sich neben ihn setzen zu dürfen. Marten nickte ganz apathisch. Er neigte den Kopf, musterte den Iraker. Und ihm wurde mit einem Mal klar, auf welch hohem Niveau er und seinesgleichen mitunter über ihr Leben lamentierten. Forces-Soldaten empfanden es als außerordentliche Belastung, einige Wochen lang von ihren Angehörigen getrennt zu sein. Und dann war da Hadi. Der Mann hatte seine Frau und seine Kinder seit mehr als einem Jahr nicht gesehen und dann war es nicht einmal so, als lebten sie in Sicherheit zwischen Kindergeburtstagen, dem Disney Channel und einer ordentlichen Arztversorgung. Im Irak herrschte Krieg. Und dennoch war Hadi hier und tat, was er tun musste, ohne zu murren, ohne seine wahre Gefühlswelt nach außen zu kehren. Welche Ängste um seine Familie mochte er ausstehen? Dies wusste niemand außer ihm selbst.

Marten hatte plötzlich sehr viel Bewunderung für den Iraker übrig. Dass dieser einer terroristischen Vereinigung als Söldner gedient hatte, rückte für ihn gedanklich in weite Ferne.

»Wie geht es dir?«, fragte der Lieutenant aus einem Impuls heraus – irgendwie musste er sich schließlich von seinem eigenen Gedankenmartyrium ablenken.

Hadi nickte knapp und wirkte reserviert. Die beiden Männer schwiegen eine Zeit lang vor sich hin. Marten lauschte den entfernten Abschüssen, von denen jeder einzelne als dumpfe Schallwelle über das Land rollte. Tripod-Füße stampften in der Fremde. Hin und wieder erdröhnte einer ihrer gedehnten Kampfrufe.

»Ich mache mir Sorgen«, offenbarte Hadi schließlich, während er sein Huawei-Smartphone zwischen den Fingern drehte. Riensch besaß das gleiche Modell – und wie alle Handys von Martens Truppe verfügte auch es über keinerlei Akkuleistung mehr – oder war tot ob eines marsianischen EMP-Treffers. Ihre Smartphones waren zu Ballast geworden, allein die Hoffnung auf eine Rückkehr in ihr altes Leben verleitete die Soldaten dazu, die Geräte weiter mit sich herumzuschleppen.

»Die irakische Grenze befindet sich 2000 Kilometer von hier«, sagte Hadi mit bitterem Unterton. »Für die Marsianer quasi ein Katzensprung … sie müssten nur durch Saudi-Arabien durch und es sieht derzeit nicht danach aus, als könnten wir sie daran hindern.«

Er seufzte. Zweifel zerfraßen ihn, Zweifel, die weit über das Gesagte hinausgingen.

Marten legte den Kopf schief und taxierte sein Gegenüber. »Lass nicht den Kopf hängen«, versuchte er zu beschwichtigen. »Wir werden schon dafür sorgen, dass die Fleischbälle den Jemen nicht verlassen. Als letztes Mittel decken wir sie großflächig mit Kernwaffen ein.« Vorgegaukelt hoffungsvoll, Marten glaubte selbst nicht wirklich daran.

»Ja?« Die Antwort des Irakers kam beinahe zynisch, jedenfalls ungewohnt streitlustig für seine sonst zurückhaltende Natur. In seinen Augen flackerte etwas. »Wie würdest du dich fühlen, wenn in – sagen wir – Polen Atombomben vom Himmel regnen?«

Schweigen. Marten wusste nicht, was er darauf antworten sollte.

»Für euch ist diese Region nicht mehr als militärische Spielmasse«, warf Hadi Marten in einem Ausbruch der Gefühle vor. Seine Pupillen glitzerten im Licht der Abendsonne. Er verschwand zur Hälfte in einem besonders dunklen Schatten, den der Fels über ihm spannte. »Die Menschen hier interessieren euch nicht!«

»Das stimmt nicht. Meine Leute und ich riskieren unser Leben, um die Menschen hier zu beschützen.«

»Ihr riskiert euer Leben, um die Marsianer daran zu hindern, aus der Arabischen Halbinsel auszubrechen. Ihr kämpft hier nur, weil es euch lieber ist, wenn das Schlachtfeld ›Jemen‹ heißt – weil es kein Schwein interessiert, was aus den Menschen vor Ort wird.«

Hadi tat so, als meinte er mit jenen Menschen vor Ort die Jemeniten, dabei sprach er tatsächlich von seinem eigenen Volk, von den Irakern, die seit Jahrzehnten bereits zwischen den Interessen des Westens und anderer Mächte zerrieben wurden. Ein Leben in Frieden und Eintracht war ihnen bisher verwehrt worden. Die Iraker waren dazu verdammt, neidvoll nach Europa und Nordamerika zu schauen, wo diejenigen, die für Instabilität, Krieg und Zerstörung im Irak mitverantwortlich waren, ein sorgloses Leben in Saus und Braus führten, während sie selbst den Dreck von der Straße lecken mussten, wollten sie nicht verhungern, und überdies in ständiger Angst lebten, von einer Bombe in Fetzen gerissen zu werden.

»Große Worte für jemanden, der bis vor wenigen Wochen noch einer Terrormiliz als Handlanger gedient hatte«, erwiderte Marten, der Hadis Standpunkt dennoch nachvollziehen konnte. Der Mann prangerte an, dass er ein Leben zwischen Staub und Blut führen musste, während Marten in Geborgenheit und Überfluss aufgewachsen war.

Hadi verkniff das Gesicht. »Was ich getan habe, diente allein dem Überleben meiner Familie«, sagte er, ohne eine Entschuldigung zu implizieren.

»Und dem Tode wie vieler Unschuldiger dienten deine Taten?«

Marten blickte Hadi mit hartem Gesichtsausdruck an. Der Iraker ertrug den Blick stoisch.

»Es ist für jemanden, der Krieg nur aus dem Fernsehgerät kennt, vielleicht schwer vorstellbar, aber hier unten heißt es noch immer: Fressen oder gefressen werden. Ich würde dieses eherne Naturgesetz verraten, würde ich mich nicht für Zweiteres entscheiden, meinst du nicht?«

Erstaunlich, Marten fand weder den Versuch einer Rechtfertigung noch den Wunsch nach Absolution in Hadis Statement. Der Iraker war sich seiner Sünden vollends bewusst und gab sich keinen Illusionen hin, die Schuld, die er auf sich genommen hatte, eines Tages begleichen zu konnen. Auch das beeindruckte den deutschen Forces-Offizier. Gleichzeitig wollte er lieber nicht darüber nachdenken, was Hadi alles auf dem Kerbholz haben mochte.

»Du kannst gehen, wenn du möchtest«, hörte er sich stattdessen sagen. »Du hast keinen Eid abgeleistet, bist mir nichts schuldig. Wenn du zu deiner Familie zurückkehren möchtest, dann mach das.«

»Ich weiß.« Hadi schüttelte nun entschieden den Kopf. »Doch ich bleibe. Ich kämpfe hier nicht für Staaten, nicht für die internationale Gemeinschaft. Ich kämpfe allein für die Zukunft meiner Familie.«

Marten presste die Lippen zu einem schmalen Strich zusammen.

»Nun gut.« Er studierte das Ziffernblatt seiner Armbanduhr. Sinnlos, sie war stehen geblieben. »Es geht bald weiter. Wir sollten zumindest versuchen, für 20 Minuten die Augen zuzumachen.«

»Eine Frage habe ich noch, wenn ich darf.«

»Ja?«

»Du hast dieses Lesegerät bei dir.«

»Ja …«

»Was liest du?«

Marten kramte den Kindle aus seiner Tasche.

»Nichts«, erwiderte er mit einem trostlosen Grinsen auf den Lippen. Er drehte das Gerät. »Das Ding ist auch tot.« Wie beifällig schleuderte er es in den Sand.

»Und was hast du zuletzt gelesen?«

# VI. Das rote Kraut

Ich mag, so viel sei an dieser Stelle gesagt, mit dem Vorurteil aufräumen, wir Menschen wären von vornherein machtlos gegenüber diesen scheußlichen Wesen und unser Verhältnis zu ihnen verhielte sich wie das des Insektes zum Stiefel. Es ist mitnichten so. Unser glorreiches Heer und ebenso unsere Marine haben einige schöne Erfolge gegen die Kriegsmaschinen des Feindes erzielt. Es war nur so, dass wir vollkommen unvorbereitet getroffen worden waren. Doch wehe den Marsleuten, sollten sie noch einmal die Attacke gegen unser Königreich wagen! Unsere Armee ist nun vorbereitet und weiß, wie sie die Angreifer zu packen hat. Über dieses Thema jedenfalls wird später noch zu referieren sein.

Ich bin mir jedenfalls ganz und gar sicher, dass der Schlüssel zu einer erfolgreichen Abwehr einer möglichen zweiten Invasion alleinig in dem zügigen, entschlossenen Vorgehen gegen ihre Luftschiffe liegt, und zwar hart nach deren Landung. Zu diesem Zwecke müssen besonders schnelle Truppen herausgebildet werden, die jederzeit an jedem Ort einzugreifen vermögen. Vor allem müssen sich die großen Männer, die Staatsoberhäupter und Königshäuser unserer Welt Gedanken darüber machen, wie auf den weniger zivilisierten oder nur sehr mittelalterlich besiedelten Gebieten unseres Planeten mit raschen Militärschlägen gegen einen erneuten Landungsversuch vorgegangen werden kann. Auf eine Art war es ja noch unser Glück, dass der außerirdische Gegner über England herniederging statt über der Sahara oder den weiten Steppen der Mongolei. Wer hätte sich ihnen dort in den Weg stellen können?

Es gilt zudem als sicher, dass die Marsianer nicht zufällig auf englischem Boden landeten, sondern ganz bewusst die größte Militär- und Wirtschaftsmacht unseres Erdenrunds gleich zu Beginn erledigen wollten, ehe sie den Rest überrollen. Ebenso würden unsere irdischen Truppen agieren, ebenso würden sie im Kriege den Schwerpunkt der Kämpfe dort bilden, wo die Vernichtung des stärksten Gegners in Aussicht steht.

Denke ich an meinen eigenen Verband zurück, so darf ich feststellen, dass uns weder der Kampfgeist noch der Mut fehlte, um den Marsianern entgegenzutreten. Auch bin ich überzeugt, dass wir mit dem richtigen Vorgehen durchaus Erfolge gegen die Angreifer hätten erzielen können. Es waren dies die fehlende Vorbereitung, die falsche Maßgabe der Führung und die verworrene Informationslage, durch die meine Batterie im Zuge ihrer ersten und einzigen Schlacht gegen den außerweltlichen Feind einen ungewöhnlich hohen Blutzoll zu zahlen hatte, nämlich 92 Prozent an Gefallenen und Schwerverwundeten (auf die anderen Einheiten Ihrer Majestät, die die Last der ersten Kämpfe trugen, trifft dies ebenso zu: auf das 2. Bataillon des West Surrey Regiments mit 89 Prozent Verlusten nach dem ersten

Zusammenstoß, auf das Carrdigan-Regiment mit ebenfalls 92 Prozent Verlusten). Die Verlustzahl der 24 Feldbatterie belegt zum einen, dass die Mannen meiner Einheit tatsächlich bis zum Allerletzten in ihren Stellungen ausgeharrt hatten. Zum anderen aber bezeugt sie auf eindrucksvolle Weise, dass es für uns eben ein großes Unglück war, so früh in der Phase dieses kurzen Krieges gegen die fremden Invasoren zum Einsatz gekommen zu sein. Natürlich mag man erörtern, hätte es uns nicht getroffen, dann wohl eine andere Einheit. Dies trifft zu, soll aber nicht Gegenstand der Diskussion sein. Es ist überdies durch eine groß angelegte Untersuchung des HQD nachgewiesen worden, dass die Verlustzahlen unsererseits mit Voranschreiten des Krieges proportional abnahmen, da wir Menschen eben sehr schnell in der Lage sind, uns neuen Begebenheiten anzupassen. Erlitten die als Erste in den Kampf geworfenen Verbände noch allesamt Verluste von um die 90 Prozent der Iststärke (was aus militärischer Sicht der vollständigen Vernichtung dieser Verbände gleichkommt), so beliefen sich unsere Verluste bei der Schlacht von Mitcham vom 1. Juli 1897, die gemeinhin als das letzte Aufeinandertreffen menschlicher und marsianischer Streitkräfte gilt, auf noch 41 Prozent. Es sei dazu erwähnt, dass auch diese Schlacht, wie alle Scharmützel zwischen uns und den Angreifern, mit einer Niederlage für Britannien endete.

Doch noch mal: Wir haben unsere Opponenten falsch angepackt, sind gegen sie zu Felde gezogen, wie wir es gegen menschliche Widersacher getan hätten. Um die Marsianer zu besiegen, darf man aber nicht nach menschlichen Maßgaben vorgehen – man muss sich vielmehr die Denkweise der Außerweltlichen zu eigen machen.

Wir Briten jedenfalls haben unsere Lektion auf bitterliche Weise gelernt. Während ich mit dem verehrten Leutnant Donavan auf meinen Schultern und am Ende meiner Kräfte angelangt durch das Heideland südlich des Willow-Tümpels umherirrte, setzten die Marsmänner ihren Eroberungsfeldzug mit gnadenloser Effizienz fort. Wir Menschen verkamen zunächst doch zum Gewürm, das zertreten wurde unter den Füßen der Marsmannmaschinen. Die Royale Armee Ihrer Majestät vermochte keinen Stich zu landen gegen die außerweltlichen Invasoren und so zogen diese bald durch die Straßen Londons und lösten unter der Bevölkerung einen Exodus nie gekannten Ausmaßes aus.

Auch wenn es mir als Offizier der Krone ein Anliegen ist, Zeit- und Ortsangaben akkurat wiederzugeben, um dem verehrten Leser einen tadellosen Bericht über meine Erlebnisse wiederzugeben, so muss ich doch gestehen, dass mir dies ab dem Montagabend kaum mehr möglich ist. Meine Taschenuhr ist in der Hitze des marsianischen Strahls wie gesagt unbrauchbar worden, mein Zustand allgemein bedingte es zudem, dass ich nunmehr funktionierte, statt aktiv und mit menschlichem Bewusstsein zu handeln. Ich war selbst verwundet, ausgehungert und halb verdurstet. Das Tragen meines Kameraden über derart weite Strecken hatte mir die Kraft aus den Gebeinen gesogen. In meiner Erinnerung verschwimmen all die Begebenheiten der Zeit nach dem

Montag zu einer grauen Masse, aus der sich nun noch einige prägende Ereignisse herauspicken und klar fassen lassen. Von diesen mag ich im Folgenden berichten. Der Rest der Reise des verehrten Herrn Donavan (der ob seiner Verfassung gar keine Erinnerungen mehr an jene Tage in sich trägt) sowie meiner Person muss im Diffusen bleiben, so leid es mir tut. Mich persönlich schmerzt es am allermeisten, dass mir in meiner Erinnerung offensichtlich ganze Tage abhandengekommen sind. So entsinne ich mich nur noch, dass ich zumeist während der Nachtstunden auf den Beinen war, irrlichternd, Donavan tragend oder auch mal hinter mich herschleifend. Tagsüber verkrochen wir uns in einem Unterschlupf, geschützt vor den Augen des Feindes – den wir eine lange Zeit nicht zu sehen bekamen, wohl aber war hin und wieder Geschützdonner in weiter Ferne zu vernehmen. Einzelne Augenblicke aus jenen Tagen des unwürdigen Dahinsiechens blitzen noch heute klar wie Fotografien in meinem Geist auf, dazwischen entfaltet sich eine große Leere, die ich nicht mehr zu füllen vermag.

Ich entsinne mich, wie ich aus einem Bachlauf trank. Ich entsinne mich ferner, wie ich die Kammer eines verlassenen Bauernhofs aufbrach, wo ich nebst etwas zu essen die Lysoltinktur fand, mit der ich Donavans und meine Wunden bedachte. Dem Herrn Leutnant ging es zu dieser Zeit bereits etwas besser, er war wach und ansprechbar und konnte, solange ich ihn stützte, auf eigenen Beinen stehen. Ein Glück! Ich hätte ihn vermutlich keinen Meter weiter tragen können!

Ich entsinne mich, wie das rote Kraut in einer Geschwindigkeit um sich griff, die wir von irdischen Pflanzen her nicht kennen. Montagmittag noch hatten wir an den Ufern eines Nebenarms der Wey einzelne, rot leuchtende Stränge ausgemacht, die, landeinwärts kommend, sich wild kräuselnd nach dem kühlen Nass ausstreckten. Einen Tag später ließ sich jenes Kraut bereits allerorts beobachten. Dicke Stränge überlagerten unser heimisches Gesträuch, erstickten es unter ihrer schieren Masse. Rote Bindfäden zwirbelten sich um Bäume, reichten bis in die Kronen hinauf. Es war ein abscheulicher Anblick! Nicht nur focht der Marsmann mit dem Menschen um die Vorherrschaft über England, auch trug die marsianische Natur mit der irdischen einen erbarmungslosen Kampf auf Leben und Tod aus.

Bald darauf war uns bewusst, dass unser heimisches Gewächs in jenem Kampf chancenlos dastand. Es wurde niedergedrückt, überwuchert und ausgequetscht von dem roten Teufelszeug! Selbst Tiere fielen ihm zum Opfer. Pferde auf der Koppel erstickten jämmerlich unter einem roten Dach; ich sah mit eigenen Augen einen umwickelten Maulwurf, der den Todeskampf verloren hatte. Und das Kraut breitete sich weiter aus, schnell, effektiv, tödlich.

Als Leutnant Donavan und ich auf einen Bauernhof zuhielten, hatten wir bereits seit einer ganzen Zeit keinen einzigen Kanonenabschuss mehr vernommen. Eine gespenstische Stille hielt das Umland in seinem Bann. Es sang kein Vogel, es wieherte kein Gaul, es war überhaupt nichts zu hören außer dem Säuseln des Windes, dem selbst die Marsianer keinen Einhalt zu gebieten vermochten.

Wer Beckham/Hill/Lycett aufmerksam studiert hat, weiß um den Fortgang des Krieges in jener Woche, die die marsianische Herrschaft über den Londoner Raum zementierte (wenn diese auch nur von kurzer Dauer war). Die Stadt jedenfalls war verloren, Tausende der Mordlust der Außerweltlichen zum Opfer gefallen. Die Streitkräfte der Krone versammelten ihre Truppen außerhalb Londons und versuchten, einen undurchdringlichen Abwehrring zu etablieren. Wo die Marsianer diesen jedoch herausforderten, durchbrachen sie ihn auch. Ganze Regimenter wurden vernichtet im schwarzen Dampf. Längst hatte das Kriegsamt, dessen Personal nach Birmingham evakuiert worden war, den Ernst der Lage erkannt, alle verfügbaren Reservisten einberufen und Verstärkungen aus den Überseebesitzungen des Empires angefordert. Jäh machten sich indische, afrikanische, ozeanische und amerikanische Getreue auf den Weg ins Mutterland, um dieses gegen die feigen Angreifer zu verteidigen. Sie sollten jedoch nur noch regungslose Maschinen vorfinden, von denen keine Gefahr mehr ausging, und Marsianer, die längst des Todes waren.

Der verehrte Leutnant Donavan und ich wandelten durch eine mehrheitlich von der Farbe Rot durchsetzte Landschaft, betraten die Stube des Bauernhofs und blieben dort viele Stunden lang. Ich glaube, wir blieben am Ende einen ganzen Tag und eine ganze Nacht dort, aßen und tranken und stärkten uns für den weiteren Marsch zurück zur eigenen Truppe.

Als wir die Stube etwa eine Stunde vor Einbruch der Dunkelheit wieder verließen, hatte sich die Landschaft abermals in fürchterlichem Ausmaß verändert. Wir erkannten unser schönes England nicht wieder. Wo einst saftiges Heideland den Boden unseres geliebten Vaterlandes bedeckte, wucherten nun die Triebe des Roten Krauts. Einige von ihnen waren zu Strängen herangewachsen, dick wie ein Menschenbein. Wiesen und Sträucher waren von ihnen bedeckt, selbst Bäume hatten sich in emporragende Wachtürme des roten Teufelszeugs verwandelt. Feine Lianen umschlangen den Stamm, durchdrangen die Krone, umwickelten jeden Zweig, dass sie dem Baum die Luft zum Atmen raubten. Es roch nach Erde und nach etwas, das ich nicht näher zu definieren vermochte. Ein rötlicher Staub lag in der Luft, es war, als blickten wir durch einen seidenen Schleier. Und in weiter Ferne sahen wir sie schließlich: die Dreifüßer des Feindes. Zwei an der Zahl stapften unbehelligt von jedem englischen Gewehr durch die rote Pampe. Jeder Schritt wirbelte blutroten Staub auf. Sie ließen ihren Kesselleib rotieren, blickten sich augenscheinlich um.

Donavan drängte darauf aufzubrechen und so ließen wir uns in den Schutz eines Straßengrabens hinab und durchmaßen diesen auf unserem weiteren Weg. Ich will gerne zugeben, dass mein Herz in jener Stunde schwer ward. Trauer und Wut fochten in ihm einen wilden Kampf der Emotionen aus. Mich beseelte der unbedingte Wunsch, zurückzuschlagen, den Feind bekämpfen, der so feige über unser schönes England hergefallen war. Dies bestärkte mich in meinem Bestreben, zurück zur Truppe zu finden, um die unwürdige Existentia als niedere Kreatur und Flüchtling zu beenden.

# VII. Brandon William Stroker

Das Geräusch, das verursacht wurde, wenn viele Finger über Tastaturen flogen, erfüllte das Großraumbüro im 11. Stock, das Stroker und Mathisen für ihr Team in Beschlag genommen hatten. Al-Ghmadi hatte sich demonstrativ von ihnen abgekapselt und sich stattdessen mit ihren »Hackern« im zweiten Stock eingenistet, um Strokers Plan auf eigene Faust umzusetzen.

Wahrscheinlich versuchten sie zur Stunde gemeinschaftlich herauszufinden, wie man die Einstellungen im Internetbrowser veränderte. Stroker musste beim Gedanken daran grinsen. Er setzte sich auf eine Schreibtischplatte und überblickte die gut 35 Personen, die Mathisen auf dem gesamten amerikanischen Kontinent und im östlichen Asien rekrutiert hatte. Viele von ihnen trugen einen Mundschutz, eine Programmiererin hatte sich gar einen Ganzkörperschutzanzug übergestreift. Sie sah aus, als wäre sie direkt dem Film E.T. entsprungen.

Derartige Schutzmaßnahmen ergaben aber Sinn. Dort draußen grassierte die Krankheit immer heftiger und so hatte Stroker angeordnet, dass niemand das Stockwerk betreten oder verlassen dürfe. Mathisen hatten ausreichend Nahrungsmittel und Wasser anliefern, desinfizieren und auf der Etage verstauen lassen. Solange Stroker und seine Leute hier sein würden, würden sie zwar nicht wie die Könige leben, aber sie würden überleben.

Sirenengeheul lag über der Metropole New York. Die Krankheit machte auch vor den Behörden nicht halt, ganze Polizeizüge waren ihr anheimgefallen, entsprechend fehlten die Cops auf der Straße. Manche nutzten die Gunst der Stunde für ausschweifende Plünderungen. Dieser Tage fielen in der großen Stadt zwischen Hudson und East River mehr Schüsse als üblich.

Die externen IT-Experten hatten sich zu kleinen Teams zusammengefunden. Jackson hockte inmitten einer Gruppe junger, wie geleckt erscheinender Programmierer von Facebook. Sie stach hervor wie ein leuchtender Christbaum, doch hatte sie die Jungspunde, die allesamt von Harvard oder vergleichbaren Universitäten stammten, bereits durch ihre Fähigkeiten beeindruckt, weshalb sie vollends bei ihnen aufgenommen worden war. Gleichzeitig füllte sie das Klischee als sorgende Mutter und Hausfrau aus, so mahnte sie die Jungs an, stets genug zu trinken, und sorgte dafür, dass sie alle 90 Minuten eine bildschirmfreie Pause einlegten, um »keine viereckigen Augen zu bekommen«. Stroker amüsierte sich darüber, wie die smarten Programmierer an Jacksons Rockzipfel hingen.

Nicky Stückl hingegen verfügte tatsächlich nur über rudimentäre Kenntnisse in einigen Standardprogrammiersprachen, ihre Qualitäten lagen anderswo. Als Organisationstalent mit einer scharfsinnigen Auffassungsgabe half sie Stroker dabei, das Arbeitsvolumen sinnvoll auf die Teams zu verteilen.

Strokers Team war dabei aus freien Stücken hier. Das Finanzsystem war vollständig zusammengebrochen. Die Forces konnten ihnen somit kein Geld zahlen, niemand konnte im Augenblick irgendjemandem Geld zahlen. Die Wirtschaft aber, die im herrschenden Chaos bereits Billiarden an US-Dollar verloren hatte, war gewillt, ihre beste Expertise herzugeben, um den Marsianern das Handwerk zu legen. Tatsächlich hatte die Erwähnung des Namens Stroker ausgereicht, um Interesse und die Zuversicht zu wecken.

Stroker klatschte in die Hände. »Freunde?«, quietschte er. »Freunde?«

Niemand schenkte ihm Gehört, ein jeder war in seinen Bildschirm oder ein Gespräch mit dem Nebenmann respektive der Nebenfrau vertieft. Hilflos kratzte sich Stroker am Kopf. Mathisen wollte gerade losbrüllen, da packte Stückl einen leeren Mülleimer aus Blech und schleuderte ihn einmal quer durch den Raum. Das schepperte ordentlich. Alle reckten den Kopf.

»Geht doch«, schmatzte Stückl und schob ihren Kaugummi mit der Zunge von der einen auf die andere Mundseite. Stroker nickte ihr dankend zu.

»Wenn ich kurz um ihre Aufmerksamkeit bitten darf … Wir haben Sie mit dem recht wagen Versprechen hergelockt, dass wir einen Plan haben. Erst einmal vielen Dank dafür, dass Sie unserem Aufruf gefolgt sind. Lassen Sie mich ausführen, was mir vorschwebt.« Stroker holte Luft und fragte sich, ob er seiner neuen Rolle gewachsen sei. Stückl blickte ihn aus ihren großen Augen an.

»Im Jahre 1901 mussten die irdischen Militärs tatenlos dabei zusehen, wie der Marsianer seinen Eroberungsfeldzug begann. Es waren am Ende die kleinsten und unscheinbarsten Wesen, die ihn aufgehalten haben – für unsere irdischen Bakterien war es ein Leichtes, in die Körper der Marsianer einzudringen und dort ihrer Zerstörungswut freien Lauf zu lassen. Unsere außerweltlichen Feinde hatten über keinerlei Antikörper oder Abwehrmechanismen gegen unsere Bakterien verfügt – Abwehrmechanismen, die jedem menschlichen Säugling bereits im Mutterleib eingeimpft werden.«

Die Männer und Frauen hörten ihm aufrichtig, ja beinahe ehrfürchtig zu. Es erschien Stroker, als wäre er auch unter gestandenen Fachleuten eine Instanz für sich, nicht nur unter Freizeit-Alienjägern. Diese Erkenntnis beruhigte ihn. Stroker war zu alt, um sich noch darum zu scheren, was andere von ihm hielten. Er sah allerdings die ganze Operation in Gefahr, würde er das Vertrauen seiner Untergebenen nicht gewinnen können.

Seine Zunge löste sich, seine Sprache verselbstständigte sich. Mit kräftiger Betonung und frischem Elan trug er seinen Plan vor: »Wir müssen davon ausgehen, dass der Marsianer die letzten 120 Jahre genutzt hat, um sich gebührend auf seine Rückkehr vorzubereiten. Berichten aus dem Jemen zufolge befinden sich leibhaftige Fleischbälle vor Ort, sie werden sich in der Zwischenzeit aber auf die irdischen Verhältnisse medizinisch und/""oder technisch eingestellt haben. Jedenfalls dürfen wir nicht darauf hoffen, dass uns unsere mikroskopischen Freunde noch einmal zu Hilfe eilen. Nein«, Stroker räusperte sich, »dieses Mal sind wir auf uns gestellt.«

»Glauben Sie nicht, die US-Army wird den Fleischbällen in den Arsch treten?«, fragte ein drahtiger Kerl, der einem mittelständischen IT-Unternehmen angehörte.

»Die Tatsache, dass die Russen und Franzosen sie derzeit mit Atombomben zupflastern und ihre Tripods aus den Pilzwolken heraustreten, als handelte es sich um nicht mehr als Sandstürme, stimmt mich nicht unbedingt zuversichtlich. Die Schilde ihrer Kampfläufer sind brutal gut, allein direkte Treffer können ihnen etwas anhaben. Stehen sie weit genug abseits, überleben sie die Druckwelle, die Hitze und auch den EMP unbeschadet.«

»Dann sollen die halt anfangen, die dicken Brummer zu schmeißen.«

»Ich weiß nicht, ob Ihnen das aufgefallen ist, aber wir planen, nach der Abwehr der Invasion weiter auf diesem Planeten zu wohnen.«

»Und wie wollen Sie das anstellen? Ich meine, Sie sind eine Legende und alles, keine Frage, aber ich sehe nicht, was wir paar Leute hier erreichen können.«

Stroker lächelte hintergründig.

»Der unbemannte Tripod bildet das Rückgrat der marsianischen Streitkräfte. Mein Plan in aller Kürze: Wir dringen in die marsianischen Systeme ein, überschreiben die Kontrollen und richten die Tripods gegen ihre Herren.«

Strokers Mitarbeiter zeigten sich skeptisch. Einige hoben demonstrativ eine Augenbraue, andere verfielen in angestrengtes Nachdenken. Mathisen drückte seine Zigarette in einem Aschenbecher aus und verschränkte, mit dem Hintern gegen eine Tischkante gelehnt, die Arme.

Stroker indes genoss den Augenblick der Spannung, zögerte seine Auflösung noch einige Sekunden lang hinaus, ehe er endlich seinen verwegenen Plan mitteilte: »Ich glaube, ich darf das sagen, jetzt, wo es eh zerstört ist. Und falls nicht, kann mich London mal kreuzweise.« Stroker stieß ein abgehacktes Lachen hervor. »U04 existierte. Tatsächlich habe ich in den letzten Monaten wieder eng mit den Leutchen dort zusammengearbeitet. Der Leiter der Einrichtung«, Stroker hielt einen Moment lang inne, »Lieutenant General Groves, stand mit mir in engem Kontakt und hat mir Zugriff auf einen Server von U04 gewährt. Groves …« Abermals musste Stroker innehalten. In seinem Magen bildete sich ein schmerzhafter Knoten. »… vertraute mir. Er war ein guter Freund.«

»Hab ich es doch gewusst«, frohlockte ein japanischer Programmierer. »Und es waren die Marsianer, die den Komplex haben hochgehen lassen?«

»Davon ist auszugehen.«

»Aber wie soll das gehen?«, schaltete sich nun einer der Jungs von Facebook ein. »Ich meine, Sie kennen nicht zufällig das WLAN-Passwort der Marsianer, oder? Wie also kommen wir in ein vollkommen funktionsfremdes System rein?«

»Indem wir uns einfach einklinken.« Stroker zeigte die Zähne.

»Einfach so?«

»Einfach so. Sehen Sie, kurz vor der Explosion ist U04 einer der Mini-Tripods zugegangen und intensiv untersucht worden. Dabei haben unsere britischen Freunde etwas herausgefunden: Sie übertragen und empfangen Funkdaten im Dauerbetrieb. Die erste Theorie von Groves' Leuten lautete, dass der Marsianer klassisch via Funk kommuniziert. Auch ich habe dies zunächst geglaubt. Dann hat mir Mister Mathisen freundlicherweise Zugang zum Informationsnetzwerk der Forces verschafft. Auch wenn die Forces der letzte Schnarchladen sind, sind nicht einmal die drumherum gekommen, in den letzten Wochen massig Infos zu sammeln. Gleicht man die während der gescheiterten Landungen in Australien und Co. aufgespürten Sendemuster mit jenen ab, die wir im Jemen orten, ergibt sich ein beeindruckendes Bild.«

Die Anwesenden beugten sich vor, Stroker genoss ihre ungeteilte Aufmerksamkeit.

»Die Marsianer arbeiten mit einer funkgestützten Datencloud. Jede einzelne ihrer Maschinen dient als Relais und Nutznießer zugleich. Es ist davon auszugehen, dass die Fleischbälle überhaupt keine hardwareseitig installierten Programme nutzen, sondern dass sie ihr Betriebssystem und alles, was die so brauchen, bei Bedarf direkt aus der Cloud abgreifen.«

»Effizient.«

»Bingo! Es ist das, was wir über unseren Gegner begreifen müssen: Er ist in allem, was er tut, höchst rational und effizient, was ihn für uns erst so gefährlich macht. Wir sind emotionsgeladene Vollidioten und nicht mehr als Würmer im Vergleich zu den Marsianern. Mit exakt dieser Demut müssen wir an unsere Aufgabe herangehen und vor allem eines begreifen: Was ich euch hier anbiete, ist daran mitzuwirken, der Menschheit eine Chance zu geben, diesen Krieg zu überleben. Eine Chance wohlgemerkt, keine Garantie – aber immerhin eine Chance. Und zwar wohl die einzige Chance, denn das, was die Militärs da unten im Jemen veranstalten, wird die Marsianer nicht aufhalten. Die lachen sich wahrscheinlich gerade schlapp, so wie wir uns schlapp lachen, wenn die Ameisensoldaten ausschwärmen, nachdem wir Wasser in ihren Bau gekippt haben.«

»Das ist ja alles schön und gut. Aber noch mal: Kennen Sie den WLAN-Schlüssel?«

Stroker schürzte die Lippen. »Es gibt keinen.«

»Was?«

»Die Marsianer senden vollkommen unverschlüsselt.«

»Sind die dumm? Worauf warten wir dann noch?«

»So einfach ist es nicht. Erst einmal brauchen wir jemanden, der nah genug an die Marsianer herankommt, um uns Zugang zu verschaffen.«

# VIII. Rick Marten

»Richardt von der 1. sagt, in Berlin habe es eine große Explosion gegeben«, erzählte Riensch niedergeschlagen und starrte auf ihr totes Smartphone. Sie alle hatten keine Verbindung mehr in die Heimat und so pflanzten sich üble Gerüchte fort, die niemand von ihnen verifizieren oder falsifizieren konnte.

»Und es soll Ausschreitungen geben … in allen größeren Städten und sogar auf dem Land. Plünderungen und alles. Und bereits mehr als 600000 sollen krank sein. Vielleicht sogar eine Million. Ärzte, Polizisten, Feuerwehrleute … alle sind krank. Zu Hause geht es drunter und drüber.« Sie seufzte. »Und wir sitzen hier.« Sie hob einen Stein auf, schleuderte ihn gegen einen Felsen. In weiter Ferne kreischten herniederregnende Tomahawk-Marschflugkörper.

»Also ich bin fein damit, wie die Dinge stehen«, verkündete Härti. Hadi wohnte der Unterhaltung teilnahmslos bei.

»Nur weil deinen Eltern das Haus abbezahlt worden ist?«

»Ja, genau.«

»Du denkst auch nur bis zur eigenen Nasenspitze, was?«, moserte Riensch. »Vielleicht sind deine Eltern längst tot!«

Hinter Härtis Stirn begann es zu arbeiten, anscheinend dachte der Sergentchef zum ersten Mal ernsthaft über diese Möglichkeit nach. Riensch erkannte, was sie angerichtet hatte, und schob rasch ein »Sorry« hinterher. Härti winkte ab. »Mein Vater ist ein totaler Hypochonder. Beim ersten Aufkommen der Krankheit wird der sich gleich daheim verbarrikadiert haben. Hat eh Vorräte für mehrere Monate im Keller.« Härti grinste breit. »Und überhaupt. Kann es kaum erwarten, meinen Kontostand zu checken. Die Marsianer sollen ja richtige Robin Hoods sein. Nehmen es den Großen und geben es den Kleinen. Die Apple-Aktie zum Beispiel soll doch um 4000 Prozent gefallen sein, der Konzern ist faktisch pleite, weil er sein Vermögen an Millionen von Menschen verteilt hat.«

»Schon mal darüber nachgedacht, dass die Millionen auf deinem Konto keinen feuchten Furz mehr wert sind nach dem, was die Marsianer mit unserem Finanzsystem angestellt haben?«, brummelte Marten beifällig, ohne zu seinen Soldaten aufzublicken. Seine Augen fokussierten das Funkgerät auf seinem Schoß.

»Dass du mir immer meine Träume zerstören musst, Prof.«

»Das ist eine meiner Aufgaben als fürsorglicher Vorgesetzter.«

»Und? Was hat der alte Griesgram erzählt?«, wollte Härti nun wissen. Marten hatte soeben eine Funkunterhaltung mit Stearn geführt.

»Wir haben einen neuen Auftrag.«

»Es geht weiter, immer weiter, was?«, seufzte Härti und reckte kraftlos die Faust. Rienschs Augen flimmerten.

»Na dann, auf in den Kampf!«, fügte der Gruppenführer an und erhob sich schwerfällig und stöhnend. »Gott, ich fühle mich wie 70.«

»Nein, dieses Mal ist es anders. Wir haben einen Spezialauftrag.«

»Spezialauftrag, heh? So einen Spezialauftrag wie damals, als wir das erste Mal hier unten waren und in ein verdammtes Wespennest gestochen haben? Oder so einen Spezialauftrag wie in Darmstadt, wo man uns quasi ohne Rückendeckung gegen drei Tripods ins Feld geschickt hat? Oder so ein Spezialauftrag wie – oh Wunder! – wieder im Jemen, wo wir einen Mini bergen sollten und am Ende des Tages in den Griffeln von al-Quaida gelandet sind, die uns live und in Farbe einen Kopf kürzer machen wollten? Redest du von dieser Art Spezialauftrag?«

»Jepp.«

»Na dann los!«

*

»Al-Hudaida liegt hier, an der Westküste. Knapp 400000 Einwohner, die Hälfte von ihnen tot oder auf der Flucht. Dafür stapeln sich in den ausgebombten Ruinen, die einst eine florierende Stadt am Roten Meer waren, Flüchtlinge ohne Ende. Da sich die Marsianer derzeit vor allem in Richtung Norden und Osten ausbreiten, geht das Oberkommando davon aus, al-Hudaida noch einige Tage lang halten zu können – vielleicht sogar für eine ganze Woche. Zeit genug, heißt es aus New York.«

Marten hatte eine Karte des Jemen auf dem Wüstenboden ausgebreitet und tippte mit dem Zeigefinger auf al-Hudaida. Links der Stadt entfaltete sich als hellblaue Fläche das Rote Meer.

»Das Regiment richtet einen Außenposten nordöstlich der Stadt ein – unser Zielpunkt.«

Härti schüttelte den Kopf. »Die wollen uns verarschen, oder?«

»Nein.« Martens Augen funkelten. Ihm hatte ein Name genügt, um uneingeschränkt an die Mission zu glauben, die ihnen übertragen worden war: Brandon William Stroker. Die Forces hatten den alten Kauz doch tatsächlich irgendwo ausgegraben und ihn zum Leiter einer neu gegründeten technischen Abteilung ernannt, die gleich mit einer vielversprechenden Operation steil aus der Kurve geschossen kam. Stroker war ein Macher, das war Marten schon immer klar gewesen. Gleichzeitig wollte er nicht recht glauben, dass die AT-Legende schlechthin irgendetwas mit der Aktion in Singapur zu tun gehabt hatte. Und selbst wenn … Marten, der dieser Tage selbst mit einem Exterroristen zusammenarbeitete, konnte kaum etwas dagegen einwenden. Wenn sich außerirdische Welteneroberer anschickten, die Menschheit auszulöschen, nahm man, was man kriegen konnte.

»Das ist ein Himmelfahrtskommando«, erklärte Härti.

»Das ist eine Chance, das Ruder in diesem Krieg herumzureißen«, setzte Marten entgegen.

»Und was haben wir davon?«

»Ich weiß es nicht. Aber ich weiß eines. Wenn Brandon Stroker seine Finger im Spiel hat, habe zumindest ich keine weiteren Fragen. Der Mann ist eine Instanz, und wenn er einen funktionstüchtigen Mini verlangt, bringe ich ihm einen.«

»Wir werden dabei draufgehen«, sagte Härti. »Diese Minis mit ihren Lanzen und Herzstillstandsimpulsen. Wie sollen wir das anstellen?«

»Wir improvisieren. Und wir verlieren keine weitere Zeit.« Marten klatschte theatralisch in die Hände. »Packt eure Zeltbahnen aus. Leonie, du und Sabine begebt euch auf die Suche nach robusten Stöcken, die ordentlich was aushalten. Und bleibt in Sichtweite!«

Die angesprochenen Soldatinnen nickten.

»Ziehen wir jetzt so eine Art McGyver-Nummer durch, Prof?«, fragte Härti.

»Jep. Wir ziehen eine McGyver-Nummer durch.«

# IX. Aufeinandertreffen zwischen Farnham und Godalming

Wie Hunde, die von ihrem Herrchen verstoßen worden waren, schlichen wir durch die über und über mit rotem Kraut bedeckte Landschaft. Wir vermochten uns nur am Stand der Sonne zu orientieren, um grob gen Südwesten zu marschieren, wo wir zu hoffen wagten, bald auf die eigene Truppe zu stoßen. Jedoch fehlte vom Geschützdonner mittlerweile jede Spur, als hätte sich die Frontlinie bereits sehr weit von London wegbewegt.

Heute wissen wir natürlich, dass der Marsmann nach seiner erfolgreichen Eroberung Londons innegehalten hat, statt die Besetzung weiterer Gebiete der Krone voranzutreiben. Im Großraum der britischen Kapitale leben mehr als sechs Millionen Menschen, mit denen der Marsianer auf die eine oder andere Art umgehen musste. Allerorts verstopften Flüchtlingstrecks Straßen und Gassen – auch dann noch, als die royalen Streitkräfte längst ihren taktischen Rückzug auf eine Frontlinie außerhalb Londons eingeleitet hatten. Die Flüchtlinge behinderten jede militärische Operation, was mit dafür verantwortlich war, dass in jenen Tagen im Juni 1901 keine entschiedenen Aktionen gegen die außerweltliche Opposition unternommen worden waren. Millionen von Menschen müssten aufgenommen, versorgt und auf das Hinterland verteilt werden. Es konnte auch nicht geschossen werden, solange Frauen und Kinder im Zielgebiet umherwanderten – teilweise kreuchten und fleuchten sie zwischen den Beinen der marsianischen Maschinen hindurch! Oftmals waren diese umringt von menschlichen Knäueln, sodass sich jeder Schuss verbat! Den Marsianern jedenfalls schien es wie erwähnt nicht daran gelegen zu sein, den weiteren Vorstoß rasch einzuleiten, vielmehr nahmen sie sich die Zeit, um im Großraum London ihr mörderisches Werk zu vollbringen. Wie Wells und andere dies treffend beschreiben, sammelten sie Menschen regelrecht ein, ganz so, wie ein Großwildjäger in Afrika oder dem fernen Asien Tiere für den zoologischen Garten einfängt. Viele wurden getötet, indem ihnen das Blut aus dem Leib gesogen wurde. Auch dies wird von Wells treffend dargestellt. Noch streitet sich die Fachwelt über den Sinn dieses Tuns; Wells geht davon aus, dass sich die Marsianer von unserem Blute ernährten. Da frage ich: Wovon hatten sich die Marsianer ernährt, ehe sie einen Fuß auf unseren Planeten setzten? Es darf wohl kaum davon ausgegangen werden, dass sie andernorts in den Weiten des Universums Menschen als Nahrungsmittel zu ihrer Verfügung haben. Auch dürfte jedem klar denkenden Mann bewusst sein, dass der edle Lebenssaft des Menschengeschlechtes in seiner biologischen Komplexität einzigartig ist. Es muss daher ausgeschlossen werden, dass sich der Marsmann gleichwohl von menschlichem und tierischem Blut ernährt – Tiere wird er fürwahr auch auf anderen Himmelskörpern antreffen.

Nein, vielmehr bin ich beseelt von der Überzeugung, dass der Marsmann Menschen sammelte und tötete zu einem Zwecke: um sie zu erforschen. Er wird mehr über unsere physiologischen Eigenschaften und unsere Möglichkeiten erfahren wollen und so glaube ich, war es seine Absicht, im Großraum London ein Lager zu errichten, uns Menschen vor Ort im Zuge der Feldforschung zu untersuchen und auf der Grundlage der dadurch gewonnenen Erkenntnisse seinen weiteren Feldzug zu planen und durchzuführen.

Der verehrte Herr Leutnant Donavan und ich befanden uns zu jener Zeit – während der letzten Tage der marsianischen Herrschaft – weiterhin in der Grafschaft Surrey, die sich in der Hand des Feindes befand. Dieser konzentrierte, wie wir heute wissen, einen großen Teil seiner Streitmacht auf den Großraum London, was erklärt, warum wir in Surrey so lange unbehelligt blieben, während einzelne Dreifüßer bis an die Küste vorgedrungen waren und dort Unheil stifteten. Ich erinnere mich an eine Nacht – es war die erste Nacht, in der Donavan einige Schritte unternehmen konnte, ohne von mir gestützt zu werden –, in der der Himmelsdom wiederholt grünlich aufleuchtete und ein grüner Schimmer den nördlichen Horizont in seinen Bann zog. Zweifelsohne war dies ebenfalls das Werk der Marsianer, auch wenn wir seinen Zweck nicht begreifen. Jedenfalls durchdrang das Schillern die Dunkelheit, machte die Nacht beinahe zum Tage. Die Konturen vom Roten Kraut, dessen Sprosse selbst an Häusern und Mauern emporwucherten und diese unter sich verschwinden ließen, glommen im grünen Schein.

Es war am frühen Morgen, als Donavan und ich ein Versteck aufsuchten: eine verlassene Laube am Wegesrand, in der ein Landwirt sein Werkzeug aufbewahrte. Wir brachen das Schloss auf, hinterlegten als Entschädigung die letzten Pennys, die wir bei uns trugen, und bereiteten unsere Bettstatt aus Stroh. Donavan schlief bald darauf erschöpft ein. Mein tapferer Offizierskamerad hatte die Beschwernisse unseres Marsches trotz seiner üblen Verwundungen ohne auch nur eine Silbe des Jammers durchgestanden, doch vermochte er nicht vollends zu verbergen, in welch grässlichem Zustand er sich befand. Immerhin schien die Gefahr für sein Leben gebannt, die Lysoltinktur hatte die Wunden gesäubert und desinfiziert, sodass der Körper den Heilungsprozess einzuleiten vermochte. Er befand sich auf dem Weg der Besserung, hatte aber noch einen weiten Weg vor sich, zudem verlangsamten die Strapazen unserer Reise den Prozess. Meine eigenen Wunden waren zu jenem Zeitpunkt gut verheilt. Wo ich mich verbrüht hatte, lösten sich die zerstörten Hautschichten, während darunter unversehrte Haut zum Vorschein kam. Auch der Streifschuss am Bein machte sich nicht mehr bemerkbar.

Ich lag neben Donavan im Stroh, freilich durchdrang auch mich eine große Müdigkeit, doch wälzte ich mich herum und vermochte nicht einzuschlafen. Erinnerungen und Gedanken hielten mich im Würgegriff und so kreisten sie in meinem Geist, kreisten in immer schnellerer Geschwindigkeit. Irgendwann – wärmende Sonnenstrahlen fielen durch die Spalte zwischen den Brettern, aus denen die Laube gemacht war – entschied ich mich dazu, die Gegend auszukundschaften. Ich zückte meinen Revolver, verließ die Laube und betrat den roten Planeten, in den sich die Erde zumindest hier in England verwandelt hatte. Im gleißenden Sonnenschein glänzte das rote Kraut, das allerorts meterdick den Boden bedeckte. Es war nicht mehr möglich, sich zu bewegen, ohne auf seine Stränge zu treten.

Ich kann es nicht mit Sicherheit sagen, glaube aber, es war Freitag, als ich die Laube verließ, um die Gegend zu erkunden. Eine gute Stunde wandelte ich umher, lauschte immer wieder in die beängstigende Stille hinein, von der Hoffnung beseelt, Kanonenschüsse zu hören. Leider blieb diese Hoffnung unerfüllt. Mehrmals musste ich über mannshohe, ineinander verknäulte Stränge des marsianischen Gesträuches klettern, die mir den Weg verstellten. Wo meine Stiefel auftraten, knisterte und knackte das Kraut.

Ich erreichte eine Kreuzung mit einem Wegweiser, der mir endlich Auskunft über meinen Standort erteilte. Wir befanden uns zwischen Farnham und Godalming im Südwesten der Grafschaft. Erfreut darüber, auf dem richtigen Weg zu sein, wollten wir dem marsianischen Einzugsgebiet entrinnen, begab ich mich zurück zur Laube. Rechter Hand befand sich ein Wohnhaus, aus dessen Fenstern das rote Kraut herausquoll. Selbst über das Giebeldach schlangen sich einige Triebe! Kurz verlor ich mich im Anblick des von dem feindlichen Gewächs eroberten Grundstücks, als sich hinter dem Haus wie aus dem Nichts ein Dreifüßer erhob. Er wandte mir seinen Kesselleib zu und ich wusste sogleich, dass er mich entdeckt hatte. Er stieß einen dröhnenden Schlachtruf aus.

Ich zögerte nicht, sondern visierte den Leib der Maschine an und feuerte meinen Revolver darauf ab. Klar erkannte ich, dass ich traf. Ein metallisches Kreischen erklang beim Einschlag, feine Funken bildeten sich. Die Kugel aber hatte der seltsam bläulich schimmernden Oberfläche der Maschine nicht mehr als einen Kratzer beigebracht. Die Maschine ließ eines ihrer Beine vorschnellen, machte dann einen Satz und stapfte durchs Kraut auf mich zu. Ich erkannte gleich, dass ich chancenlos war angesichts dieses Monsters. Brannte mein Herz auch auf den Kampf und war ich bereit, den Tod auf dem Feld der Ehre zu sterben, so verstand ich, dass es Verschwendung gewesen wäre, einen Offizier der Krone in einem sinnlosen Duell zu opfern. So machte ich kehrt und rannte drauflos. In meinem Rücken zischte und blitzte es, erneut hallte der Ruf des Marsmenschen über das Land. Ich rannte, so schnell mich meine Füße trugen, hielt auf einen Straßengraben zu. Schreie wurden laut und ich glaubte, dass sich der Marsmann von mir entfernte. Ich erreichte den Graben, ließ mich in diesen hinab und lugte über seinen Rand hinweg auf die Straße. Da sah ich nun, dass sich eine große Gruppe von mindestens 20 Menschen – manch Weib trug ein schreiendes Kind auf dem Arm – auf der

Flucht vor der außerweltlichen Maschine einen Weg durch die vom roten Kraut durchsetzten Äcker zu bahnen versuchte. Der Dreifüßer aber setzte ihnen nach, bald musste ich mit ansehen, wie seine Arme nach den Fliehenden griffen, diese packten und durch die Luft schleuderten. Die Schreie ebbten ab und ich verstand, dass es nichts gab, was ich gegen das schreckliche Massaker unternehmen konnte. Mit klopfendem Herzen ließ ich mich in die Deckung des Grabens hinab und verschnaufte. Die bebenden Schritte des Marsmannes entfernten sich, verkamen bald zu einem Hall in der Ferne. Ein letzter, spitzer Frauenschrei brandete auf, riss abrupt ab. Danach nichts mehr … Stille. Mir gefror das Blut in den Adern.

Gebettet im roten Kraut blieb ich eine ganze Zeit lang liegen und erholte mich, als mir plötzlich etwas gewahr wurde. Ich stutzte ob meiner Entdeckung, dann näherte ich mir ihr vorsichtig. Lange betrachtete ich sie: Es handelte sich um einen Strang des roten Krauts, der durchsetzt war von grauen Flecken, die ihn alt und krank erscheinen ließen. Bei näherer Betrachtung bemerkte ich, dass auch andere Stränge einzelne graue Stellen aufwiesen – im saftigen Rotton fiel mir dies zunächst nicht auf.

Mit der Mündung meines Revolvers berührte ich eine der grauen Stellen. War das Kraut ansonsten widerstandsfähig und biegsam, vermochte ich mit der Revolverspitze nun ein Loch in es hineinzudrücken. Es zerfaserte regelrecht, zerbröselte unter dem Druck, den ich auf es ausübte.

Zu jenem Zeitpunkt vermochte ich mir noch keinen Reim auf meine Entdeckung zu machen.

# X. Rick Marten

Das No. 18 Joint Special Mechanized Regiment hatte nach notdürftigen Reparaturen und Nachführungen aus der Heimat insgesamt 22 Radpanzer vom Typ Boxer und Mowag Piranha V für den Angriff zusammenkratzen können. Als Ziel waren drei Tripod-Kampfmaschinen ausgewählt worden, die sich um einige Kilometer vom Gros der marsianischen Streitkräfte abgesetzt hatten und folglich auf sich gestellt durch die Landschaft wandelten. Ihre schweren Klumpfüße zertrampelten bestellte Felder, die das Land bis zum Horizont in Rechtecke unterschiedlicher Größen aufteilten. Wassergräben umrahmten ein jedes Feld, auf dem junge Hirsepflanzen der brutalen Hitze trotzten. Mit jedem Schritt verschwand der untere Teil des Tripod-Fußes in den fein säuberlich angelegten Nutzpflanzenreihen, und stieg er wieder daraus empor, so entwurzelte er zahlreiche Hirsestängel und schleuderte sie fort. Die Tripods hinterließen Schneisen der Verwüstung in der bestellten Landschaft. Sie trugen jeweils einen käfigartigen Behälter unter ihrem Kesselleib, der über und über mit schwarzen Kugeln gefüllt war – es handelte sich um Mini-Tripods.

Um Tausende Mini-Tripods.

Dem Regiment stand ein höllischer Kampf bevor. Sein Kommandeur hatte eine Aufteilung der Wagen in zwei Angriffskeile befohlen und ebendiese beiden Keile preschten, einer aus dem Nordwesten, einer aus dem Westen kommend, den Tripods entgegen. Die schweren Radpanzer wühlten sich durchs mannshohe Hirsegewächs, pflügten ihrerseits Schneisen in es hinein. Die Bordwaffen richteten sich auf die Tripods aus, ihre Bediener warteten gebannt auf den Feuerbefehl. Schützen fuhren über Luke, visierten den dreifüßigen Gegner an. Dieser begriff just, dass er zum Ziel geworden war. Die Tripods wandten sich den menschlichen Angreifern zu, einer von ihnen stieß in brachialer Lautstärke einen Ruf aus: »Alu-u! Alu-u!« Der Klang fegte als dröhnende Schallwelle über das Land, fegte den Radpanzern entgegen. Er entwickelte eine physische Gewalt, die die über Luke fahrenden Soldaten erfasste, ihnen wie unsichtbare Hände ins Gesicht griff. Die enorme Lautstärke drillte sich wie ein Bohrkopf in ihre Gehörgänge, verursachte unerträgliche Schmerzen und löste ein Fiepen aus. Manch Soldat nahm die Hände vom Sturmgewehr, presste sie mit aller Gewalt gegen die Ohren, biss dazu die Zähne aufeinander. Der basshaltige, wie eine Beschallungsanlage für Diskotheken in hundertfacher Lautstärke wirkende Höllenlärm verursachte abartige Kopfschmerzen, die kaum auszuhalten waren. Die Soldaten bissen die Zähne aufeinander, fassten ihren Feind wütend ins Auge. Nur noch wenige Sekunden mussten verstreichen, und Menschen und Marsianer würden sich abermals messen. Noch bevor die Sonne untergegangen sein würde, würde diese epische Auseinandersetzung zweier grundverschiedener Völker weitere Todesopfer hervorgebracht haben.

Eine US-Aufklärungsdrohne vom Typ Global Hawk schwebte über dem Geschehen, drehte hoch oben im Gewölk ihre Kreise. Sie lieferte der zuständigen Forces-Kommandozentrale wertvolle Informationen. Auf den Luftbildern, aufgenommen aus mehreren Tausend Meter Höhe, wurden den Geschehnissen am Boden – dem drohenden Aufeinandertreffen von Mensch und außerweltlicher Maschine – die Geschwindigkeit genommen. Aus der Luft betrachtet sah es aus, als kröchen die Radpanzer regelrecht auf die turmhohen Dreifüßer zu. Jedes Fahrzeug hinterließ eine dunkle Spur im hellgrünen Landschaftsbild, insgesamt 22 dieser Spuren prangten Narben gleich in den Feldern und sie alle wiesen auf die drei Tripods und wuchsen ihnen weiter entgegen. Die Maschinen der Marsmänner änderten nun ihren Kurs, stapften ihrerseits mit wie Peitschen schwingenden Beinen den Menschen entgegen. So stellte sich ihre Spur in den Hirsefeldern als sehr viel breitere, dafür aber nicht durchgängige Bahn dar, die sich erst quer verlaufend zu den Spuren der Radpanzer durchs Grün zog und an einer Stelle dann einen Knick um exakt 90 Grad vollzog.

Radpanzer und Tripods rauschten einander entgegen. Und dann begannen die menschlichen Waffen zu sprechen. Es blitzte und zuckte bei den Radpanzern. Granatmaschinenwaffen und schwere Maschinengewehre spuckten Projektile, die als leuchtende Erscheinungen den Tripods entgegenflitzten und auf deren Schilde einhämmerten. Grüne Lichterschlangen zischelten über die Oberfläche von Kesselkörper und Beinen hinweg. Die Tripods setzten ihrerseits ihre Fernwaffen ein. In einer Reihe Aufstellung nehmend, zielten sie mit ihrer EMP-Lanze und den Raketenbatterien auf die Angreifer und feuerten beide Waffen ab. Die Radpanzer aber waren flink und die Fahrer fuhren nun Schlingerkurse, sie wichen gekonnt den herantrudelnden Raketengeschossen aus. Um sie herum platzten erdbraune Fontänen aus dem Grund, die schwarz versengte Löcher in die Hirselandschaft sprengten. Die EMP-Strahlen trafen nur einen Boxer, grillten dessen elektronischen Systeme. Der Rest überstand den Beschuss unbeschadet und die Maschinen der Marsianer begriffen, dass diese Schlacht im Nahkampf entschieden werden würde.

»Alu-u!«, erdröhnte ihr Ruf kampflustig über die Felder. »Alu-U!« Problemlos übertönte er das Brummen und Aufbrausen der schwer ackernden Radpanzermotoren und das Fauchen, Klopfen und Knallen der menschlichen Waffen.

»ALU-U!« Und für einen Augenblick gab es auf der Welt nichts anderes als den mörderischen Krach dieses Rufes.

Die Tripods setzten sich in Bewegung, schneller und schneller werdend. Grünlicher Dampf entwich den unzähligen Gelenken ihrer Beine. Geradewegs galoppierten sie den Radpanzern entgegen, mit jedem Aufstampfen und Emporschnellen ihrer Füße rissen sie nun ganze Wagenladungen von

Hirsepflanzen aus dem Erdreich. Die Gewächse wirbelten umher, regneten in einem Durchmesser von 50 Metern zurück auf die Erde.

Und dann trafen Menschen und Marsianer aufeinander. Die Beine der Tripods schlugen wild umher, ihre Klumpfüße ballerten wie Dampfhämmer gegen das Erdreich, dass es sich anfühlte, als wäre die Region von einem heftigen Erdbeben erfasst worden. Ein jedes kraftstrotzendes Aufstampfen einer Tripod-Gliedmaße löste neuerliche Erschütterungen aus, die so stark waren, dass die tonnenschweren Radpanzer ein Stück weit in die Höhe hüpften und ihre Fahrer gegenlenken mussten. Der Aufschlag war jedes Mal brutal, schüttelte die gesamte Besatzung durch, würfelte in den Innenräumen Menschen und Ausrüstung durcheinander.

Verbissen und stoisch setzten die Forces-Soldaten ihren Angriff fort. Sturmgewehre und Bordwaffen spien Feuer, sie rotzten alles raus, warfen den Kampfmaschinen entgegen, was sie hatten. Es reichte nicht aus, die Schilde zu durchdringen. Projektile prasselten zu Hunderten dagegen, wurden von grünlichen Lichtblitzen gefressen. Die Radpanzer fuhren in Kreisbewegungen um die Tripods herum, umkreisten sie und deckten sie dabei weiterhin mit wütendem Beschuss ein, was ein Feuerwerk sondergleichen auslöste. Die Tripods zeigten sich von dem Bombardement völlig unbeeindruckt. Gehüllt in grell blitzende Sphären aus Flammen und Rauch traten sie nach den Radpanzern, wie ein Kind nach umherwuselnden Käfern tritt.

Ein Boxer peste Schlieren fahrend durch das Hirsefeld; der Fahrer sah ob der vielen Pflanzen, die ihn wie eine zum Appell angetretene Armee umgaben, kaum, wohin er sein Fahrzeug steuerte. Ein Tripod-Fuß brauste von oben auf es zu. Der Fahrer hing über dem Lenkrad wie ein Koch über seinem Eintopf, rührte regelrecht, riss sein Fahrzeug auf diese Weise herum, wich haarscharf dem gewaltigen, aus massivem Metall bestehenden Klumpfuß aus. Dieser hämmerte gegen den Untergrund, dass ein urgewaltiges Beben vom Aufprall ausging, das nicht nur die Hirsegewächse in Schüttelanfälle versetzte, Risse im Erdreich entstehen ließ und den davonbrausenden Boxer um einige Zentimeter abheben ließ, sondern das sich auch als unangenehmes Kribbeln in der Magengegend der Insassen manifestierte. Der Kopf der im Boxer hockenden oder über Luke mitfahrenden Soldaten wackelte beim Rückprall des Radpanzers aufs Feld wild hin und her. Ein Mann betätigte vor Schreck sein G36. Das Sturmgewehr spuckte Schmauchwölkchen aus. Leuchtspurgeschosse sirrten nach allen Richtungen davon, da der Mann sein Gewehr kaum im Zaum zu halten vermochte. Gleichzeitig ließ der Waffenbediener die GraMaWa seines Boxers sprechen; Sprenggeschosse, fast so dick wie Fäuste, spritzten dem Tripod entgegen und verpufften an dessen Schild. Der Fahrer drückte das Gaspedal aufs Bodenblech durch, seine Finger verkrallten sich im Lenkrad. Die Sicht war durch die Sehschlitze auf einen kleinen Ausschnitt der Welt dort draußen eingegrenzt und ebendieser Ausschnitt ließ nicht zu, dass er den nächsten Tripod-Fuß kommen sah, der einer Abrissbirne gleich auf den Boxer herniedersauste und direkt neben ihm einschlug, dieses Mal mit noch mehr Wucht als zuvor. Eine Gewalt, als würde ein Heer von Dämonen aus dem Erdreich emporsteigen und gegen die Bodenplatte des Boxers drücken, sorgte dafür, dass die schweren Reifen des Radpanzers jeden Kontakt zur Erde verloren. Der Radpanzer, seitlich getroffen, wurde herumgeschleudert und landete auf dem Dach. Die über Luke befindlichen Soldaten wurden zerdrückt. Die übrige Fahrtenergie ließ den Radpanzer eine Furche in das Feld hineinschaben, ehe er endlich zum Stehen kam. Seine Räder streckten sich der Sonne entgegen und drehten sich langsamer werdend.

Zwischen platt getrampelten und umherfliegenden Hirsegewächsen bauschten sich mit jedem Aufstampfen eines Tripod-Fußes immer größere Staubwolken auf, die die marsianischen Kampfmaschinen bald ganz bekleideten. Es blitzte und funkelte im dreckigen Schleier, die dreibeinigen Maschinen waren darin schemenhaft zu erkennen. Ihre Beine wirbelten umher, versuchten, weitere Radpanzer zu erwischen. Einige der Fahrzeuge brachen aus dem irren Reigen aus, gewannen Abstand zu den Tripods, ehe die Fahrer in die Eisen stiegen. Die Panzer schlitterten noch einige Meter über das Feld, mähten dabei an Gewächsen um, was noch nicht umgemäht war. Laderampen senkten sich, Soldaten, bewaffnet mit Panzerfäusten und großkalibrigen M82-Präzisionsgewehren, booteten aus, fanden sich blitzartig zu kleinen Trupps zusammen. Sofort beschleunigten die Radpanzer wieder, kehrten um, reihten sich ein ins Gemenge und das Chaos des Nahkampfes.

Die Trupps zu Fuß formierten sich zwischen abgeknickten Hirsepflanzen. Männer und Frauen hievten sich je eine Panzerfaust auf die Schulter, zielten und feuerten. Gefechtsköpfe sprangen den Tripods entgegen, detonierten zwischen ihren Beinen. Die Radpanzer feuerten weiterhin aus allen Rohren, sie deckten die marsianischen Kriegsdrohnen mit Kugeln aller Kaliber ein – wirkungslos. Ihr Beschuss war zu schwach, zu unkoordiniert, um die Tripods zu Fall zu bringen. Und dies war auch gar nicht das Ziel.

Ein junger Caporal holte alles aus seinem Mowag Piranha heraus. Er riss das Lenkrad herum, der Schweizer Radpanzer rutschte über den trockenen Untergrund, als er die Richtung änderte und im nächsten Augenblick bereits wieder auf einen der Tripods zuraste. 730 PS schoben die 18 Tonnen Gewicht mühelos durch das zertrampelte Hirsefeld. Der Motor röhrte kraftstrotzend, der Wagen beschleunigte auf mehr als 60 Stundenkilometer. Der Caporal hielt das Lenkrad so fest umklammert, dass seine Fingerknöchel schmerzten. Er blickte durch den schmalen Sehschlitz auf die Beine des Tripods, die vor ihm in den Himmel wuchsen. Der Kesselleib befand sich in zu großer Höhe, war außer Sichtweite. Der Caporal prügelte den Radpanzer weiter auf den Tripod zu, der seine Füße wie wild geworden anhob und auf die Erde herniederfahren ließ. Jeder Aufschlag knallte dumpf, vom Klumpfuß ging dann eine unterirdische Druckwelle aus, die das trockene Land aufriss, die Hirse durchschüttelte und selbst die Forces-Soldaten in ihrem Radpanzer erfasste. Alle Sinne des Caporals konzentrierten sich auf die umherwirbelnden Füße. Ein Treffer – und würde die gewaltige Eisen-Mangalgrah-Konstruktion den Wagen auch nur streifen –, es wäre wie der Zusammenstoß mit der entfesselten Macht einer Büffelherde, die panisch vor einem Rudel Löwen floh. Es wäre wie der Kuss eines Bulldozers in voller Fahrt, ein Treffer würde den Mowag Piranha V zusammenfalten wie der Balg eines Akkordeons. Und so waren die Nerven des Caporals aufs Äußerste gespannt, zeichneten sich die Muskeln seiner Oberarme wie Stahlseile unter der Uniformbluse ab, während er sich den wie Pendeln umherschwingenden Tripod-Beinen näherte. Er fuhr Schlangenlinien, wollte ein möglichst schwer zu berechnendes Ziel abgeben. Und dann geschah es endlich: Sein Gruppenführer riss den Arm hoch, zeigte durchs schmale Sichtfenster auf die Kugeln, die einem Regenschauer gleich zwischen den Tripod-Gliedmaßen zu Boden fielen.

»Luken zu!«, rief der Gruppenführer. Blitzschnell tauchten seine Soldaten im Wagen ab und versiegelten sämtliche Luken. Der Fahrer ließ den Radpanzer zwischen den Beinen der gigantischen Alienmaschine hindurchtauchen, im nächsten Augenblick bereits prasselten die Mini-Tripods auf das Dach ein. Es hörte sich an wie ein Hagelschauer kochtopfgroßer Körner. Ein fürchterliches Bollern und Rumpeln tönte durch den Innenraum des Piranhas, als Hunderte der kleinen Kesselkörper dagegenhämmerten und über ihn hinwegkullerten. Der Fahrer sah für einen Augenblick nichts als Kugeln, die vor seinem Sichtfenster zu Boden stürzten. Er stellte sich aufs Gaspedal, der Motor rief den letzten Rest seiner 530 Kilowatt Leistung ab, schob den Wagen raus aus der Zone, in der die Minis zu Boden regneten. Die schweren Räder erfassten zahlreiche der Miniatur-Tripods, bollerten über sie hinweg, zermalmten und zerrieben sie unter ihrem Gewicht. Der Wagen hüpfte und schüttelte sich, die Soldaten im Inneren stürzten durcheinander, hielten sich verzweifelt irgendwo fest. Der Caporal hinterm Lenkrad stieß einen Schrei aus und erschrak vor sich selbst. Er rührte weiter am Lenkrad, riss den Radpanzer abermals herum, dann bemerkte er, wie von den Kesselleibern der anderen beiden Kampfmaschinen ebenfalls Tausende Mini-Tripods abfielen. Der Caporal verlangte dem Piranha alles ab, machte Boden gut, entfernte sich ein Stück weit von den Tripods, als ihm und seinen Kameraden gewahr wurde, dass einige der Mini-Tripods auf ihrem Wagen herumturnten. Trotz des Motorensounds und des Hämmerns der Waffen waren sie zu hören, die feinen metallischen Geräusche, die erklangen, wenn die kleinen Biester mit ihren Beinchen über das Dach wieselten, wohl auf der Suche nach Öffnungen oder Schwachstellen, durch die sie sich einen Weg ins Innere bohren konnten. Den Männern und Frauen im Piranha standen die glänzenden Schweißperlen im Gesicht, ängstlich schauten sie zur Decke auf, lauschten sie den kratzenden, klimpernden Geräuschen, die die Tötungsmaschinen im Handtaschenformat verursachten.

Via Funk rief der Gruppenführer einen in der Nähe kreisenden Boxer an und die Deutschen ließen sich nicht lange bitten. Sie schwenkten ihr Fahrzeug herum, brausten dem Piranha entgegen. Die Schützen über Luke und die Schnellfeuerwaffenanlage strichen das britische Fahrzeug ab. Fürchterlich klopfend schlugen die Projektile gegen die Panzerung, kreischend wurden sie abgeleitet. Von außen sah es aus, als würde das deutsche Fahrzeug sein britisches Pendant mit Glühwürmchen besprühen, die von diesem abprallten und nach allen Richtungen wegeierten. Dazwischen blitzten grünliche Erscheinungen auf und dann zerriss es die ersten Mini-Tripods im Stahlgewitter. Stück für Stück fegte der Kugelhagel die Maschinen vom Radpanzer.

»Ungeziefer beseitigt«, meldete der deutsche Gruppenführer. Sein britischer Kamerad bedankte sich artig. Zur gleichen Zeit spülte der Regimentskommandeur eine Flut neuer Befehle in den Äther: Die Minis seien entfesselt, nun gelte es, kontrolliert auszuweichen. Die Chinesen befänden sich bereits in der Luft, würden in weniger als zwei Minuten vor Ort sein. Eile sei geboten.

Die Radpanzer lösten sich von den Tripods, diese schlugen noch immer wütend nach ihnen, während sich ihre winzigen Brüder zu gewaltigen Gebilden zusammenschlossen, die wie ein kollektiver Organismus, wie eine riesenhafte, schwarze und grün schimmernde Raupe durch die Hirsefelder krauchten, den Radpanzern hinterher. Forces-Soldaten zu Fuß wurden eiligst eingesammelt, Verwundete aus Fahrzeugwracks geborgen. Unter stetem Feuer, das an den Schirmen der Tripods verpulverte, zog sich das Regiment zurück.

Aus der Vogelperspektive, also für die Operatoren der Aufklärungsdrohne, die das Geschehen seit der ersten Minute im Blick behielten, bot sich ein ähnliches Bild wie bereits zu Beginn des Angriffes. Eine Armada von Radpanzern, die sichtbar zusammengeschmolzen war, entfernte sich von den Dreifüßern. Sie teilte sich bald in zwei Gruppen auf, welche mit Höchstgeschwindigkeit und auf dem kürzesten Weg davonrauschten. Die Felder selbst waren im Gegensatz zum Beginn der Schlacht vollkommen verheert. Wracks lagen in den Hirsereihen verstreut, Ackerflächen von der Größe mehrerer Fußballfelder waren verwüstet worden, die Pflanzen waren zertreten, regelrecht platt gewalzt. Anhand der Spuren in der Hirse konnte der Verlauf des Kampfes nachempfunden werden.

Abermals schepperten die Raketenbatterien der Tripods, abermals klang dies, als würden 1000 Tschinellen in einem geschlossenen Raum gespielt werden. Schier ungezielt kreiselten die Geschosse, feurige Schweife hinter sich herziehend, den Radpanzern nach, schlugen um sie herum ein, brachten den Hirsefeldern weitere Wunden bei, rissen Erdreich und Gesträuch haushoch aus dem Grund und schütteten es über den Radpanzern aus. Die Fahrzeuge brachen durch die braunen Wände, die sich vor ihnen auftürmten, und eilten weiter. Der Abstand zu den schwarzen Raupen, zu denen sich die Mini-Tripods zusammengeschlossen hatten, wuchs mit jeder Sekunde.

»Mandschurenkranich ruft seine Freunde aus Deutschland und Großbritannien«, erklang im Funkkreis eine englische Stimme mit starkem asiatischen Spracheinschlag.

»Mandschurenkranich, ich höre Sie klar und deutlich. Wie ist Ihr Status?«, fragte der Kommandeur des No. 18 Joint Special Mechanized Regiments.

»Hier Mandschurenkranich, erreichen Zielgebiet in T−20. Bleiben Sie auf Stand-by … und genießen Sie die Show.«

»Verstanden … Stand-by … Show genießen.«

Die Radpanzer vergrößerten den Abstand zu den Marsianern weiter, und bedachten sie dabei mit allem, was sie hatten. Granaten und Projektile flogen den Marsianern und den über die Felder krauchenden »Raupen« entgegen. Giftgrün leuchteten die außerweltlichen Schutzschirme, dennoch wurden einige Minis aus ihrer Formation herausgeschossen. Blau glänzende Metallfetzen verteilten sich auf den Äckern.

Wenige Wimpernschläge später dröhnte unter ohrenbetäubendem Donnerhall und aus dem Süden herankommend eine gewaltige Flotte chinesischer Kampfjets heran. Die Forces-Soldaten reckten den Kopf, staunten ob der zahlreichen Flugzeuge, die auf die Tripods zusteuerten. 32 Maschinen zählte der aufmerksame Beobachter. Schon lösten sich Luft-Boden-Raketen unter den Rümpfen und Tragflächen. Die Piloten der chinesischen Luftwaffe ließen nichts anbrennen und feuerten gleich eine volle Breitseite ab. Mehr als 60 Raketen schnellten den marsianischen Tripods entgegen.

»Alu-u!«, stießen diesen ihren mechanisch klingenden Ruf aus, und wüsste man es nicht besser, man würde glauben, eine wütende Note wäre in diesen eingezogen. »Alu-U!«, röhrten die Tripods den neuerlichen Angreifern zu.

Ein gewaltiger, greller Lichtblitz machte die Forces-Soldaten für Sekunden blind. Den Bruchteil einer Sekunde später verschwanden die Marsianer hinter einer Wand aus Feuersäulen. Für einen Augenblick war nichts mehr von ihnen zu sehen. Die lohenden Flammengebilde schlossen sich zu einem Feuerball epochalen Ausmaßes zusammen, der aufstäubte und sich über alle drei Tripods stülpte. Weitere Raketen schlugen ein, nährten das Gebilde aus Feuer und Tod. Dann zischten die Kampfjets darüber hinweg, lenkten nach dem Süden ein und waren Sekunden später bereits verschwunden.

»Mandschurenkranich wünscht frohe Jagd«, verabschiedete sich der chinesische Kommandant.

*

Lieutenant Rick Marten kletterte auf das Dach des Pick-up-Trucks und zückte seinen Feldstecher, um das Inferno, das sich seinen Augen bot, aus der Nähe zu betrachten. Er befand sich mit seinem Trupp gute zwei Kilometer vom

Kampfgeschehen entfernt, verborgen in den Hirsegewächsen. Er hatte in einem verlassenen Dorf in der Nähe zwei Pick-ups mitgehen lassen, um an Mobilität zu gewinnen. Diese parkten inmitten der Hirse, Spuren aus platt gemangelten Pflanzen zeugten von ihrem Anfahrtsweg.

Marten presste die Gummiwülste der Fernglasoptik gegen seine Augenhöhlen und nahm nicht ohne Genugtuung die Flammen in Augenschein, die die marsianischen Maschinen verschlangen. Ein seltsam zuckendes Tripod-Bein durchbrach in diesem Augenblick die flammende Wand, reckte sich empor, zitternd, und stürzte dann wie ein gesprengter Industrieschornstein zurück auf die Erde, wo es unter einem dumpfen Knall der vollen Länge nach zum Liegen kam. Exorbitante Mengen von Staub schossen empor, fegten einer Tsunami gleich über die Hirsefelder. Der dreckige Schleier aber verflüchtigte sich rasch wieder, schon blitzten die Umrisse der gefällten Tripods durch ihn hindurch. Alle drei waren vernichtet worden, ihre Gliedmaßen lagen teilweise ineinander verknäult im Hirsemeer, in dem mittlerweile zahlreiche Lücken klafften. Marten sondierte noch eine Zeit lang das Vorfeld, während die Stimme des Regimentskommandeurs aus dem Lautsprecher drang: »Drei Tripods erledigt. Bleiben die Minis … Delta One, wie ist Ihr Status?«

»Lock and Load, mon Commandant.« Marten wandte sich um, unterzog den kümmerlichen Rest seiner Kompanie einer Betrachtung. Ein Dutzend Soldaten waren übrig, von ursprünglich weit über 100. Wären sie damals über den Frankfurter Flughafen aus Deutschland abgereist statt über Köln/""Bonn und hätten sie überdies die letzten Wochen nicht abseits jedweder Zivilisation hier draußen im Jemen verbracht, die Krankheit hätte vermutlich den Rest der Einheit dahingerafft. Die wenigen Fälle, die es hier unten gab, wurden von den irdischen Streitkräften sogleich unter Quarantäne gestellt. Hier im Jemen hatte die internationale Gemeinschaft die Krankheit im Griff, die oftmals tödlich, manchmal auch glimpflich verlief, denn während etwa 85 Prozent der Infizierten binnen Tagen an ihr starben, zog sich der Kampf bei den übrigen 15 Prozent über Wochen hin. Zwar überlebten diese Glücklichen manches Mal das außerweltliche Virus, doch trugen sie es für die Dauer des Kampfes in sich und steckten weitere Menschen an. Die Experten gingen davon aus, die Marsianer hätten die Krankheit absichtsvoll geschaffen, statt sie unbedacht mit auf die Erde gebracht zu haben – es könnte sich um eine erweiterte Form der Französischen Grippe handeln. In den großen Städten jedenfalls regierte das Chaos, in immer neuen Wellen steckten sich Menschen an. Die Marsianer mussten ganz genau wissen, wie sie die Menschheit effektiv treffen und schwächen konnten. Auch ihr Angriff auf das Finanzsystem bewies dies.

Und selbst hier unten im Jemen blieben die irdischen Militärs nicht von den Auswirkungen verschont. Mancherorts verweigerten Soldaten den Dienst, weil ihr Staat nicht länger in der Lage war, sie zu bezahlen. Die an der Operation im Jemen beteiligten Streitkräfte mussten aufgrund der Krankheit und anderer Ausfälle von Anfang an auf rund 20 Prozent ihrer Iststärke verzichten – zusätzlich zu den Schwierigkeiten, große Mengen an Gerät und Versorgungsgütern über Kontinente hinweg zu bewegen, wenn ganze Branchen wie die Logistikbranche global dem Kollaps nahe waren, da die Arbeitnehmer krank und die Buchhalter verwirrt waren. Keine Frage, die Marsianer hatten teuflische Pläne gegen die Menschheit geschmiedet. Diese stand am Scheideweg und es bedurfte einer gewaltigen Kraftanstrengung, um sich gegen die außerirdischen Invasoren erfolgreich zur Wehr zu setzen.

Marten fasste die Mini-Tripods ins Auge. Die Masse von ihnen hatte das Purgatorium aus Licht und Zerstörung überstanden. Die großen, maschinenhaften Raupen, zu denen sie sich zusammengeschlossen hatten, krauchten einander entgegen und verschmolzen schließlich zu einem einzigen, riesenhaften, aus Abertausend umherwirbelnden Lanzen und Gliedmaßen bestehenden Wurm, der vergeblich den Radpanzern des Regiments hinterherkroch. Es sah aus, als wäre er aus in Wallung geratene Flüssigkeit gemacht, aus einer wandelnden Geleemasse, derart viel Bewegung herrschte im »Wurm«.

»Verstanden, Delta«, sagte der Regimentskommandeur. »Halten Sie sich bereit, auf mein Zeichen! Wir gehen jetzt rein und dünnen ihre Reihen aus.«

Marten streckte sich, stellte sich auf dem Dach des Pick-ups auf die Zehenspitzen. Das durchlöcherte Meer aus Hirsegewächsen überblickend, sah er in einiger Entfernung, wie die Radpanzer des Regiments weitläufige Bögen beschrieben, ehe sie dem dunklen Wurm entgegenrasten. Marten drehte sich abermals zu seinen Untergebenen um. Diese hielten sich auf der Ladefläche und in der Fahrerkabine der Pick-ups verteilt bereit. Waffenmündungen wiesen über die Seitenwände der Ladefläche hinaus. Härti und Hadi hatten den großen Kescher in Beschlag genommen, den sie aus Zeltplanen und dicken Stöcken gefertigt hatten. Er war so groß, dass es zwei Soldaten benötigte, um ihn zu führen. Die Zeltplanen hatten sie in mehreren Lagen übereinander vernäht, sodass der Kescher nicht nur bockschwer war, sondern so schnell auch nicht zerrupft werden konnte. Sie hatten mehrere Stöcke miteinander mit Draht zusammenfassen müssen, um zwei Stiele und einen Rahmen zu schaffen, der stark genug war für die bevorstehende Unternehmung.

»Ist das nicht scheißgefährlich, was wir hier vorhaben?«, fragte Härti schmatzend. Schmatzend, da er auf einem Hartkeks herumkaute.

»Was meinst du?«

»Ich meine, dass diese Minis für die Atomexplosionen in Porton Down und im Kosovo verantwortlich sind. Was, wenn wir eines von diesen Viechern einfangen und es dann auf den roten Knopf drückt?«

»Die Führung geht davon aus, dass es verschiedene Typen der Minis mit unterschiedlicher Zusammensetzung gibt. Nicht alle tragen nukleare Sprengköpfe in sich, weil diese auch eine Menge Platz in Beschlag nehmen würden, so die Vermutung.«

»Die Vermutung? Aha. Wir haben also keinen Plan, ob wir nicht gleich versuchen werden, eine laufende Atombombe einzufangen, die uns dann um die Ohren fliegt.«

»Nee, haben wir nicht. Probleme damit?«

»Nope. Das wird lustig, da bin ich mir ganz sicher.«

»Na dann ist ja gut.«

Voraus blitzte und funkelte es auf den Hirseäckern, als die Radpanzer des Regiments damit begannen, den aus Mini-Tripods bestehenden Wurm zu beschießen. Geschosse aller Kaliber klatschten gegen diesen, lösten Lichtschlangen aus, die grün fluoreszierend über dessen Oberfläche sprangen. Hier und da schlugen Projektile durch und rissen einzelne Miniatur-Tripods aus der Formation heraus. Glitzernde Metallteile fetzten umher, der Wurm strebte schier verzweifelt den ihn umkurvenden Radpanzern nach.

In Tausenden Kilometern Entfernung beugte sich der Pilot der über dem Einsatzgebiet des No. 18 Joint Special Mechanized Regiments kreisenden Global-Hawk-Drohne über jenen Bildschirm, der in Echtzeit das übertragene Kamerabild darstellte. Er ließ den Mauszeiger nur so durch die Systeme fliegen, schaltete den Bildmodus um und fasste abermals seine Entdeckung ins Auge. Kein Zweifel, die Marsianer schickten Verstärkung. Und diese Verstärkung legte ein mörderisches Tempo vor, galoppierte geradewegs über die Tiefebenen des westlichen Jemens. Der Operator fasste seiner Gehilfin an die Schulter und diese drückte das Mikrofon ihres Headsets gegen den Mund, ehe sie die Meldung wie ein Maschinengewehr in den Äther hämmerte. Die menschlichen Streitkräfte hatten nicht ausreichend Luftstreitkräfte zur Verfügung, um eingreifen zu können. Zu viele Punkte der stetig wachsenden Frontlinie mussten aus der Luft gesichert werden, zudem forderten die Krankheit und die EMP-Strahlen der Marsianer ihren Tribut. Manche in den Jemen verlegte Luftflotten verfügten gerade noch über eine Handvoll Flugzeuge.

»Hier Delta One, habe verstanden«, bestätigte Marten weniger als eine Minute später eine eingehende Meldung von Stearn.

Tripods befanden sich auf dem Weg zu ihnen.

Acht Stück.

Das war eine Streitmacht, der das Regiment nicht gewachsen war. Marten kniff die Augen zusammen und presste die Lippen zu einem schmalen Strich aufeinander, während er das Vorfeld observierte, wo die Radpanzer um den ihnen hilflos ausgelieferten »Wurm« zirkelten und ihn mit wütendem Feuer eindeckten. Granaten zerplatzten an dessen Oberfläche, grünlich zischelten die Energieschilde. Das Ziel hinterließ eine Spur zerstückelter Minis, während er verzweifelt den ihm immer wieder davonbrausenden Radpanzern nachkroch.

»Delta One?«, ließ sich der Regimentskommandeur über Funk vernehmen.

»Hab's schon gehört …«, knirschte Marten.

»Wir haben noch zwei Minuten. Maximal.« Das klang niedergeschlagen. Geradewegs defätistisch. Marten traf die Befürchtung, der Kommandeur spiele mit dem Gedanken, die Mission abzubrechen.

»Schießen Sie die Minis zu Klump, dann erledigen wir unseren Part«, insistierte der Lieutenant, dabei hatte er seinem Kommandeur natürlich nichts zu sagen. Der war auch gleich anderer Meinung: »Vergessen Sie's! Zu wenig Zeit. Wir brechen ab und treffen uns am Sammelpunkt Oskar. Bestätigen Sie?«

»Wir brechen ab, ist das Ihr Ernst?«

»Positiv, Delta One. Ziehen Sie sich zurück.« Als hätte der Kommandeur geahnt, dass Marten mit dem Gedanken an Befehlsverweigerung spielte, fügte er hinzu: »Das ist ein Befehl.« Im Hintergrund bollerte, mit reichlich Störrauschen aus dem Äther unterlegt, die GraMaWa des Boxers. Sturmgewehre knallten, was immer wieder die Stimme des Kommandeurs übertünchte.

Marten sah, wie die Radpanzer abdrehten und sich feuernd zurückzogen. Sternschnuppen gleich sprangen Leuchtspurgeschosse von ihnen zu den Mini-Tripods über, deren Formation nun in sich zerfiel. Einer Armee von Spinnen gleich zerstoben die Tripods blitzartig in alle Richtungen, was es nun viel schwerer machte, sie zu treffen.

Marten presste Ober- und Unterkiefer aufeinander, bis es schmerzte. Seine Finger strichen über den rauen Kunststoffgriff der MP7. Er sah auf die Boxer- und Piranha-Wracks, die allerorts aus der Hirse ragten. Marten drehte sich schlussendlich seinen Soldaten zu, sah Männer und Frauen, die zum Äußersten bereit waren. Härti nickte entschlossen und Marten nickte zurück.

»Hier Delta One, konnte letzten Spruch nicht aufnehmen«, sagte Marten mit einer Gelassenheit in der Stimme, die ihn selbst überraschte.

»Verflucht, Delta!«, wütete der Kommandeur, dessen Worte mit dem Aufbrausen des Motors um die Hoheit über die Geräuschkulisse kämpften. »Versuchen Sie Ihr Spiel gar nicht erst bei mir, ich warne …«

Mit einem Mal brach die Stimme ab, das entfernte Raunen der Schlacht geriet wieder in den Vordergrund von Martens Wahrnehmung. Der Lieutenant nahm die Hand vom Funkgerät, das er soeben ausgeschaltet hatte. Dann sprang er vom Pick-up-Dach, landete mit beiden Stiefeln im Staub.

»Alles klar, Mädels«, ließ er sich vernehmen. »Macht euch bereit, wir fangen uns so einen wandelnden Kochtopf.«

Seine Soldaten luden ihre Waffen durch, prüften letztmalig ihre Ausrüstung. Grimmige Mienen vereinigten sich auf Marten. Der öffnete die Tür eines Pick-ups, nahm auf dem Beifahrersitz Platz und rückte sich den Helm zurecht. Riensch saß hinter dem Steuer, in ihren Zügen vermengten sich Furcht und Tatkraft zu einer verzerrten Grimasse. Hadi und Härti hockten mit ihrem Kescher auf der Ladefläche des zweiten Pick-ups.

»Das wird ein wilder Ritt«, flüsterte Marten. Riensch pflichtete ihm wie apathisch bei.

»Aber wenn Stroker einen Mini braucht, hat das einen Grund. Und wenn wir jetzt abbrechen, war alles für nichts und wir verlieren weitere Zeit«, erklärte Marten, als müsste er sich selbst überzeugen.

Wieder pflichtete ihm Riensch bei.

»Und Zeit bedeutet weitere Tote, weitere Geländegewinne für die Fleischbälle, weitere …«

»Legen wir jetzt los oder willst du mir einen Knopf an die Backe labern?«, beschwerte sich Riensch. »Lass es uns einfach durchziehen, Mann!«

Sie starteten die Motoren, brummend erwachten diesen zum Leben, pusteten den Staub, der sich im Auspuff angesammelt hatte, heraus. Der Gestank von Abgasen breitete sich aus. Marten klemmte sich die Maschinenpistole zwischen die Knie und entsendete ein stummes Stoßgebet gen Himmel. Er hoffte inständig, er könne durch seine Aktion den Regimentskommandeur zur Umkehr zwingen. Auf sich gestellt, würde Martens Trupp gegen die Minis rasch in große Bedrängnis geraten.

Er massierte seinen Nasenrücken, dann blickte er gegen die grüne Wand aus Hirsepflanzen, die sich vor dem Pick-up aufbaute.

»Das wird ein Blindflug«, erkannte Riensch. Marten aber wusste, dass es keine Bessere gab, um den Wagen durch den Irrsinn zu lenken, der ihnen bevorstand. Leonie Riensch war schon immer eine Draufgängerin gewesen. Vor ihrer Zeit beim Bund und schließlich bei den Forces hatte sie sich mit ihrem aufgemotzten Corsa an illegalen Straßenrennen quer durchs Ruhrgebiet beteiligt. Zweimal schon hatte sie ihren Führerschein abgeben müssen.

»Du machst das schon«, wollte Marten seiner Kameradin Mut zusprechen.

»Du kannst mich mal an meinem gebärfreudigen Becken knutschen«, erwiderte die brummelnd.

»Na, das muss ich erst mit Lisa abklären«, sagte Marten und versuchte sich an einem Lächeln, was ihm nicht gelang. Eine Welle des Unwohlseins spülte durch seinen Magen.

Riensch drehte ihm nun den Kopf zu, schlug die Augen mit den übergroßen Wimpern auf und sah ihn ganz unschuldig an.

»Weißt doch, dass ich nicht beiße.«

»Ja … da bin ich mir nicht so sicher.«

Plötzlich klopfte Härti gegen das Seitenfenster und starrte verständnislos und wie der Ochs vorm Berge ins Fahrzeug hinein.

»Sagt mal, wird das heute noch was?«, knurrte der Gruppenführer.

»Ja, ja, ist ja gut«, versetzte Marten und winkte ab. »Setz dich wieder ins Auto, es geht los!«

»Jetzt wirklich?«

»Jetzt wirklich.«

Härti kletterte schnell wie der Blitz zurück auf die Ladefläche seines Pick-ups, dann starteten die beiden Fahrer auch schon durch. Marten zog die geöffnete Schnalle des Anschnallgurtes herunter und hielt sich daran fest, während er dabei zusah, wie der Kühlergrill die grüne Wand niederwalzte. Die Reihen von Hirsepflanzen wurden am unteren Halm von der Stoßstange erfasst und nach vorne gedrückt, sodass es aussah, als versuchten die Pflanzen vor dem Wagen zu flüchten, ehe dieser sie unter sich begrub und über sie hinwegdonnerte. Und hinter jeder Reihe baute sich gleich die nächste auf. Hinter dem Pick-up schwangen die biegsamen Halme zurück und kehrten halbwegs in ihre Ausgangsposition wieder, nur dass sie nun schief waren, viele Halme geknickt oder abgebrochen. Die beiden Pick-ups fügten dem Ackerland auf diese Weise weitere Schäden zu, sie zogen Schneisen in die Felder hinein auf ihrem Weg zu den Mini-Tripods.

Aus Sicht der Global-Hawk-Drohne stellte sich die Szene einmal mehr wie in halber Geschwindigkeit dar. Scheinbar gemächlich rollten die beiden Pick-ups einer Stelle im Ackerland entgegen, die sich abseits der gefällten Tripods befand und auf der sich ein wildes Gewusel abspielte, sodass es aus der Luft aussah, als tummelten sich dort Abermillionen von übergroßen Ameisen.

Marten zückte sein kleines Funkgerät, jenes, das die Größe und Form eines Handys aus den ersten Jahren des neuen Jahrtausends hatte und dessen Reichweite gerade langte, um mit dem anderen Pick-up in Kontakt zu bleiben.

»Haltet euch bereit«, pustete er ins Mikrofon. »Gleich geht es rund.«

»Alu-u!«, erklang der Ruf eines Marsianers aus dem Osten. Marten drehte den Kopf in die entsprechende Himmelsrichtung, sah aber nichts als Halme, fein säuberlich zu Reihen angeordnet. Dann, wie aus dem Nichts, erhob sich der Kesselleib einer außerirdischen Kampfmaschine über das Land, er blitzte zwischen den Hirsepflanzen hindurch und es sah aus, als schaute er sich um, als bemühte er sich, die Situation zu erfassen.

Etwas stach Marten ins Herz.

»Die sind schon hier?«, hörte er sich fragen.

»Vielleicht«, sagte Riensch, während sie das Lenkrad zwischen ihren Fingern zu zerdrücken versuchte und den verbissenen Blick nicht aus dem mit Hirsehalmen versperrten Vorfeld nahm, »ergibt es Sinn, einfach mal auf den Chef zu hören?«

Die Fahrt war holprig, der unebene Untergrund sorgte für eine nicht enden wollende Abfolge von Erschütterungen. Riensch und Marten hüpften auf ihren Sitzen auf und nieder.

»Stroker braucht diesen Mini«, versetzte Marten empört. »Aber die Flitzpiepen da oben sind alle nicht bereit, Risiken einzugehen!«

Riensch beschleunigte weiter, die Tachonadel kletterte der 60 entgegen. Es knallte und bollerte jedes Mal, wenn ein Rad des Wagens in eine Vertiefung im Boden oder einen quer verlaufenden Wassergraben geriet. Marten wurde auf seinem Sitz ordentlich hin und her geschleudert, er klammerte sich umso verkrampfter an der Schnalle des Anschnallgurtes fest. Linker Hand funkelte der zweite Pick-up hinter einigen Hirsereihen hindurch. Noch immer bewegten sie sich vollkommen blind durchs Gestrüpp und immer wieder war der

Kesselleib einer marsianischen Kampfmaschine zu erkennen, der in einiger Entfernung über dem Ackerland zu schweben schien und sich nun allmählich nach links verschob.

»Stroker … Stroker … Stroker … ich höre nichts anderes mehr von dir«, maulte Riensch.

»Weißt du überhaupt, welche Bedeutung dieser Mann hat?« Martens Stimme klang, als würde er auf einer Rüttelplatte stehen, während er sprach.

»Nicht so richtig. Und es ist mir auch völlig egal. Ich …« Weiter kam Riensch nicht, denn als ihr Pick-up die nächste Gewächsreihe umnietete, tauchte dahinter keine neue Hirsewand auf, sondern eine Fläche von der Größe mehrerer Fußballfelder, auf der nahezu jeder Halm niedergemacht und zertreten war. Zerstückelte Reste von Hirsepflanzen bedeckten den Boden und Tausende von Miniatur-Tripods wiederum bedeckten die Hirse.

»Ach du Scheiße!«, quietschte Riensch und zerrte schon am Lenkrad. Ihr Pick-up brach nach links aus und fräste ihm nächsten Augenblick bereits eine Schneise der Zerstörung in die umherwieselnden Maschinen der Marsianer hinein. Es schepperte gewaltig. Metallteile spritzten empor, allerorts schillerten die Energieschilde. Tripods wurden von der Stoßstange, den Vorderrädern oder den Kotflügeln erfasst und durch die Energie des Aufeinanderprallens zerfetzt. Viele gerieten buchstäblich unter die Räder, wurden unter ihnen zerrieben. Doch auch der Pick-up trug Schäden davon. Der Kühlergrill zerdellte und zerbeulte und sprang schließlich ab, die vorderen Scheinwerfer barsten unter Treffern. Es war, als wären sie in ein Meer aus flüssigen Maschinen hineingefahren. Marten starrte mit aufgerissenen Augen aus dem Seitenfenster, sah nichts als wuselnde Gliedmaßen, Lanzen und Kesselkörper. Kollektiv drängten die Tripods auf ihn zu. Die hinteren schoben einfach, sodass sich die vorderen Reihen häuften und Türme bildeten, die an dem vorbeirauschenden Pick-up emporragten und hinter ihm wieder in sich zusammenfielen. Die Spitze einer Gliedmaße klatschte wie ein Peitschenhieb gegen das Seitenfenster. Riensch erschrak und schrie auf. Die an einen Stativfuß erinnernde Spitze rutschte entlang des Glases und hinterließ einen tiefen Kratzer. Auf der Ladefläche begannen die Soldaten damit, ihre Magazine in die Tripod-Flut zu entleeren. Hülsen wirbelten aus den Waffen, um den Pick-up herum changierten und flackerten die marsianischen Energieschilde. Emporschießende Lanzen und Füße zerkratzten den Lack, rissen das Blech der Verkleidung auf. Mit Feuerwaffen und Stangen erwehrten sich die Forces-Soldaten ihrer Haut. Eine Soldatin brach unvermittelt zusammen. Herzstillstand, sie war sofort tot. Eine Berührung hatte ausgereicht.

»Scheiße!«, brüllten die Forces-Kämpfer auf Deutsch und Englisch durcheinander, während sie um ihr Leben kämpften.

»Guck, dass du hier herauskommst!«, schrie Marten. »Nach links! Nach links!« Die Situation drohte ihm zu entgleiten. Er hatte nicht vorgehabt, mitten durch die feindliche Maschinenarmada hindurchzurauschen, sondern seitlich daran vorbei, um sich ein einzelnes Exemplar herauszupicken.

»Mach ich ja!«, knirschte Riensch und rührte ihr Lenkrad. »Das ist, als würde ich auf Schienen fahren!«, fügte sie an, gefolgt von einem Aufschrei, als mehrere von der Stoßstange erfasste Tripods über die Motorhaube und weiter die Windschutzscheibe bollernd hinwegrollten.

»Verfluchte Kacke!«, stieß sie hervor. »Wenn wir das überleben, bringe ich dich um!«

Marten riss den Kopf zur Seite, sah zunächst einen einzelnen Riesen-Tripod auf dem Höhenrücken stehen, der das Ackerland nach dem Osten hin begrenzte. Scheinbar ungerührt stand er dort und ließ sich von einer Predator-Drohne bombardieren. Explosionen pflanzten sich über seinen Kesselkörper hinweg fort und wurden rasch von grünen Lichterschlangen vertilgt. Dann fiel Martens Blick auf den anderen Pick-up, der unter den wachsamen »Augen« der marsianischen Kampfmaschine etwas abseits von Rienschs Wagen ebenfalls durch das schwarze Maschinenmeer pflügte. Ohnmächtig sah er mit an, wie Härti, Hadi und die anderen auf der Ladefläche verzweifelt Lanzen und Gliedmaßen aus allen Richtungen abwehrten. Mit Eisenstangen schlugen sie nach den Angreifern, während zwei Briten jeweils den Gurt eines MG3 in das wild fuchtelnde und drängelnde Tripod-Konglomerat entleerten. Die Schnellfeuerwaffen hielten grausige Ernte unter den Maschinen, Einzelteile und Fragmente schossen grünlich funkelnd umher. Dann bildete sich unter dem Pick-up-Truck im Bruchteil einer Sekunde eine Traube aus Minis. Diese schossen kollektiv empor, drängten gegen den Unterboden des Wagens.

Martens Herz setzte einen Schlag aus.

Die linke Seite des Pick-ups hob ab. Die Männer auf der Ladefläche purzelten wild schreiend durcheinander. Einer der Briten wurde von der Fläche gerissen, verschwand nur einen Wimpernschlag später im wilden Tripod-Gewühl. Marten konnte erkennen, wie metallene Gliedmaßen nach ihm griffen, ihn umwickelten und ins Gemenge zogen. Der Pick-up rollte wild schlingernd auf zwei Rädern weiter, noch hatte sich die Schwerkraft nicht entschieden, ob sie ihn umkippen oder zurück auf alle vier Reifen setzen wollte. Zwei Sekunden lang steuerte der Fahrer sein Auto auf zwei Rädern, durchfurchte auf diese Weise weiter das Tripod-Feld, dann stürzte der Wagen zurück in seine Ausgangsposition.

Schwein gehabt!

Marten fiel ein großer Brocken vom Herzen. Im Hintergrund tauchte neben dem Riesen-Tripod nun ein zweiter auf, während sich der erste in Bewegung setzte. In Richtung der Forces-Soldaten in Bewegung setzte.

»Wir müssen hier weg!«, rief er, während Riensch mit dem Lenkrad um die Oberhand über das Auto rang.

»Ich versuch …«, begann sie und ließ ihre Stimme nahtlos in einen Schrei übergehen, als unter großem Krachen ein Mini über die zerbeulte und zerkratzte Motorhaube sprang und mit allen drei Stativfüßen voran gegen die Windschutzscheibe stieß. Die Füße durchstachen das Glas, blieben darin stecken, hielten den Tripod davon ab, vom Fahrtwind davongerissen zu werden. Schon schlug er wie toll mit seiner Lanze gegen die Scheibe. Marten reagierte reflexartig und pumpte das ganze Magazin seiner MP in den Tripod hinein, was dessen Schild aktivierte. Grün flackerte es, während die Projektile abgeleitet wurden, zurücksprangen und durch die Fahrerkabine flogen.

»BIST DU SCHEIßE?«, blökte Riensch, während sie sich hinter ihrem Lenkrad zusammenduckte und sich Querschläger um sie herum in die Sitzbank und die Armarturen bohrten.

Der Verschluss von Martens Maschinenpistole klickte, die Kugeln hatten den Schild der Mördermaschine nicht durchschlagen. Diese aber steckte unweigerlich im Sicherheitsverbundglas der Windschutzscheibe fest, die all die Scherben mittels einer zwischen den Glasschichten angebrachten Haftfolie zusammenhielt. Die rasiermesserscharfen Enden der Stativfüße wiesen bedrohlich auf Marten. Der presste seinen Rücken instinktiv ins Sitzkissen, während er das geleerte Magazin aus dem Schacht seiner Waffe gleiten ließ. Es verschwand polternd im Fußraum.

Der Mini wand seinen Kesselleib hin und her, soweit dies seine biegsamen, doch festgesetzten Gliedmaßen zuließen. Nahezu ulkig sah das aus, wie er in der Windschutzscheibe hing und kreiselnde Bewegungen vollführte. Seine Lanze hämmerte gegen das tausendfach gesprungene Glas, holte schließlich aus, sauste mit der Spitze voran auf die Scheibe zu, stieß ein Loch in sie hinein und strebte Martens Brust entgegen. Der schrie unweigerlich auf, presste seinen Leib noch stärker in den Sitz hinein. Nur weg von der tödlichen Lanzenspitze! Diese schlängelte durch den Innenraum, fuchtelte hin und her, war aber weder lang genug, um Riensch zu erreichen, noch reichte es für Marten.

»Verflucht noch eins!«, brüllte Riensch in Todesangst, während sich ihr Pick-up scheppernd, bollernd, polternd durch das Meer aus Maschinen wühlte. »Schmeiß das Ding raus!«

Martens Augen fixierten allein die vor seiner Nase umherwirbelnde Lanzenspitze. Einem Impuls folgend ließ er seine Hand vorschnellen und griff unterhalb der todbringenden Spitze zu. Blitzschnell hatte er eine Rolle Panzerband zur Hand – extrastarkes Klebeband der Bundeswehr. Er spürte die Kraft der Maschine, mit der sie sich seinem Griff zu entziehen versuchte. Sie arbeitete gegen ihn und Marten überkam das Gefühl, er würde versuchen, einen Elefantenrüssel festzuhalten, obwohl der Elefant dies nicht wollte. Unglaublich, welche Kraft in der hauchdünnen Lanze steckte. Da wurde ihm schlagartig bewusst, wie groß der technische Vorsprung der Marsianer tatsächlich war.

»Was machst du da?«, stöhnte Riensch, mit dem Lenkrad kämpfend.

Marten steckte sich das Ende des Panzerbandes in den Mund, packte die Lanze nun mit der zweiten Hand am Schaft und bog die Spitze gegen deren Widerstand herum. Dies entlockte ihm ein Ächzen, die spindeldürre Lanze wehrte sich mit aller Macht. Dass man sich nicht mit Maschinen anlegte, hatte er eigentlich bereits als Kind gelernt, als er seinem defekten Röhrenfernseher mit Schraubendreher und ohne elektronisches Grundverständnis zu Leibe gerückt war und dieser sich mit einer Stichflamme bedankt hatte. Sei es drum, Rick Marten war lernresistent. Und gegen beide Hände von ihm kam die dünne Lanze nicht an. Ruckzuck hatte er die zurückgebogene Spitze mit einigen Lagen Tape umwickelt und auf diese Weise am Schaft fixiert. Die Lanze versuchte daraufhin, sich zurückzuziehen, passte nun jedoch nicht mehr durch das winzige Loch in der Scheibe, durch das sie hineingelangt war. Wiederholt hämmerte sie dagegen, das Sicherheitsverbundglas aber hielt. Beinahe zufrieden blickte Marten auf sein Werk, außerhalb des Autos kreiselte der Mini-Tripod hilflos in der Luft.

Riensch starrte ihren Zugführer ganz entgeistert und aus irre funkelnden Augen an.

»Wenn wir mit der Nummer durch sind, sollten wir meinen Sitz abwaschen«, bemerkte sie und riss den Wagen nach links herum, um sich irgendwie einen Weg aus der Maschinenflut zu bahnen.

Auf der Ladefläche kämpften die Kameraden ums nackte Überleben. Marten sah noch, wie der andere Pick-up mit zerfetzten Reifen und zerkratzter Karosserie die Tripods überwand und in der Hirse verschwand. Dahinter thronte der Leib eines großen Dreibeiners über der Szenerie, er bewegte sich gemächlich auf das Ereignis im Hirsefeld zu, senkte nun seine EMP-Lanze. Hinter ihm stapften zwei weitere Tripods über das Feld, sie pusteten US-Drohnen aus dem Himmel. Allerorts regneten diese hernieder, unbemannte Luftfahrzeuge detonierten in den Hügelketten, Rauchfahnen hingen bald wie Säulen, die in den Himmel hinaufstiegen, über der Landschaft. Das 111th Reconnaissance Squadron verlor binnen Minuten sämtliche Luftfahrzeuge.

Riensch vermochte es, den Pick-up von den Mini-Tripods zu lösen. Der Wagen preschte aus der Maschinenflut heraus, riss noch einige der kleinen Biester mit sich, die durch die Energie zerfetzt und zerkleinert wurden und in einem Umkreis von 50 Metern als Metallhagel zur Erde herabregneten. Große Brocken prasselten geräuschvoll gegen das Dach des Fahrzeugs. Marten lauschte den Einschlägen, während er gehetzt ein neues Magazin in seine Waffe schob. Er blickte in den Rückspiegel, sah, wie sich die Minis hinter dem Wagen zu einer Art Walhai auftürmten, dessen weit geöffnetes Maul den Forces-Soldaten nachstrebte, um diese zu verschlingen. Die Männer und Frauen auf der Ladefläche ballerten aus allen Rohren, schossen Stücke aus dem Monstrum heraus, während es in allen Grüntönen schillerte. Der Anblick erschien Marten mit einem Mal so fernab der Realität, so unwirklich. Sein Verstand versuchte ihm einzureden, die zum Ungeheuer verschmolzenen

Maschinen außerweltlichen Ursprungs seien nichts anderes als computergenerierte Spezialeffekte aus den Traumschmieden Hollywoods, die ein gut aufgelegtes CGI-Team in die Landschaft animiert hatte.

»Nicht zu schnell! Wir verlieren sie!«, schrie er Riensch an, als diese den Pick-up erneut in die Hirse eintauchen ließ. Abermals plättete die verbeulte Stoßstange Reihe um Reihe der hochgewachsenen Halme, abermals rumpelten die Räder nacheinander über einen quer verlaufenden Wassergraben hinweg, abermals furchte das Auto eine Spur der Zerstörung in den Acker hinein. Es gab sowie kaum noch etwas zu ernten.

»Spreche ich Suaheli? Nicht so schnell!«

Riensch warf einen Blick in den Rückspiegel, sah die Armada von Minis, die ihrem Auto einer Monsterwelle gleich nachjagte, sah das Walfischmaul, weit geöffnet, das den gesamten Spiegel vereinnahmte und sich erst allmählich entfernte.

»Woahr«, versetzte sie atemlos und auf dem Gaspedal stehend. »Das überlege ich mir noch mal.«

Marten wurde durchgeschüttelt, als würde er auf einer Industriewaschmaschine im Schleudergang sitzen. Er klammerte sich am Haltegriff über dem Seitenfenster fest, spürte die Seen aus Schweiß, die sich unter seinen Achseln bildeten. Das Adrenalin jagte durch seine Venen, verstärkte seine Sinne, putschte ihn auf, als hätte er einen brutalen Drogencocktail intus. Vergessen war die staubtrockene Hitze, die Erschöpfung, der Durst und die schmerzenden Knochen. Vergessen war das wassermelonengroße Hämatom im Schulterbereich, das sich ansonsten bei jeder Bewegung bemerkbar machte. Sein Körper hatte in den Überlebensmodus umgeschaltet und in diesem gab es nur noch Kampf oder Flucht. Alle Sinne waren auf diese beiden Handlungsoptionen hin geschärft und blendeten aus, was ihnen nicht zuträglich war. Kurzatmig hockte Marten auf seinem Sitz, blickte abwechselnd durch die zerschmetterte Windschutzscheibe mit dem darin steckenden Tripod auf die Hirsereihen, die eine nach der anderen fielen, und durch den Rückspiegel auf die sich langsam entfernende Armada von Miniatur-Tripods, die ihre Walhaiformation aufgab und in ihre Bestandteile zerfiel.

Marten atmete einmal durch, diesen Luxus gönnte er sich. Mehr als drei Sekunden Verschnaufen aber waren nicht drin. Er musste zusehen, dass er den Rest seines Trupps fand und in Sicherheit brachte. Er nestelte an seinem Funkgerät herum.

»Härti?«, sagte er etwas zu laut in Richtung des Mikrofons, jede Regel der Funkbetriebssprache ignorierend. »Härti, melde dich!«

»Trainer?«, antwortete sogleich die Stimme des Gruppenführers, unterlegt mit allerhand technischem Rauschen und tosendem Lärm.

»Wo seid ihr?«

»Wir …« Härti brach ab. Die Leitung war tot. Marten drehte am Lautstärkeregler und am Frequenzschalter und brauchte noch einen Augenblick, um zu begreifen, dass sein Funkgerät nicht länger funktionierte. Er schnellte vor, drückte den Einschalter des Autoradios. Nichts.

»Scheiße!«, raunzte er, riss den Kopf herum und sah einen der Tripod-Kesselleiber zwischen den Hirsehalmen hindurchblitzen.

»Die müssen uns erwischt haben!«

Riensch drehte das Lenkrad, während sie ob der brutalen Fahrt über Stock und Stein auf ihrem Sitz auf und nieder hüpfte. Der Helm rutschte ihr ins schweißnasse Gesicht, sie zog ihn sich wieder hoch. Die Soldaten auf der Ladefläche klammerten sich an den Seitenwänden fest. Hülsen und leere Gurtkästen gingen fliegen, verteilten sich auf dem Acker. Riensch mähte Halmreihe um Halmreihe um, bis sie auf eine Schneise traf, die einer der Radpanzer des Regiments gezogen haben musste. Sie stieg in die Eisen, die Soldaten auf der Ladefläche stürzten in Richtung Fahrerkabine. Auch Marten wurde von der Bremsenergie gepackt und nach vorne gezogen. Er sah die messerscharfen, zuckenden Tripod-Füße, die in der Windschutzscheibe steckten, rauschte genau auf sie zu. Er duckte sich, duckte sich haarscharf unter ihnen hindurch und knallte mit dem Helm gegen das Armaturenbrett.

»Anschnallen, mein Guter«, sagte Riensch trocken, während sie, der Schneise nach dem Westen folgend, den Wagen wieder anfahren ließ. Kurz drehten die Räder durch, ließen sie Dreckklumpen wegspritzen, dann machte der Pick-up einen Satz und raste im nächsten Augenblick davon.

»Paragraph 21a Straßenverkehrsordnung, Absatz 1«, rezitierte Riensch.

Die Situation hatte sich deutlich entspannt, weder wurden sie von den Minis verfolgt noch schienen die großen Tripods ein weitergehendes Interesse an ihnen zu haben.

»Du kennst den Paragrafen?«, wunderte sich Marten, der sich beeilte, den Anschnallgurt anzulegen.

»Ich kenne das ganze verdammte Ding auswendig«, erinnerte ihn Riensch und verzog die Mundwinkel.

Es klapperte nun urgewaltig, dann löste sich ein Schwarm Raketengeschosse aus der Batterie eines Tripods und trudelte der Erde entgegen. Die flammenden Geschosse verschwanden zwischen der Hirse und detonierten einen Wimpernschlag später, was eine Abfolge dumpfer Schallwellen über Martens Pick-up hinwegrollen ließ. Im nächsten Augenblick stäubten gewaltige, braune Wolken aus dem Ackerland empor. Marten biss sich auf die Unterlippe.

»Wir müssen …«, begann er, doch Riensch würgte ihn gleich ab: »Vergiss es!«

Marten starrte durchs völlig zerkratzte Seitenfenster auf die über der Hirse stehenden Explosionswolken.

»Es gibt nichts, was wir tun können«, appellierte Riensch an seine Vernunft. »Die Fleischbälle zerpflücken uns.« Ihre Stimme: resolut. Keine Macht der

Erde würde sie dazu bewegen umzukehren. Und Marten begriff, dass sie recht hatte.

»Wenn Härti clever ist, wird er sich zum Treffpunkt begeben. Und das sollten wir auch tun.«

Marten nickte wie lethargisch. Dann sackte er in seinem Sitz zusammen, seine Körperspannung hörte mit einem Mal einfach auf zu funktionieren. Die Auslaugung war brutal und meldete sich nun, wo der Stress allmählich abflaute, mit unvermittelter Härte zurück.

»Ab zum Treffpunkt«, presste er mit schwacher Stimme aus sich heraus. »Sehen wir zu, dass wir Land gewinnen.«

Während der Pick-up mit dem in der Windschutzscheibe feststeckenden, verzweifelt wackelnden Tripod das Ende des Hirsefeldes erreichte und kurz darauf zwischen den Felsen verschwand, welche das Ackerland umrahmten, stapften mittlerweile sechs Tripods durch das grüne, zerrissene Land. Sie schwärmten aus.

*

Riensch steuerte den Pick-up in eine Felsspalte, breit wie eine Doppelgarage. Sie sah aus, als würde sie jeden Augenblick über dem Lenkrad kollabieren.

Kaum erstarb das Geräusch des Motors, öffnete Marten die Tür und kletterte aus dem Fahrzeug. Drei Mann sprangen von der Ladefläche.

»Elliot und Weiß haben es nicht geschafft«, sagte der einzige Brite. Die Leiche der Soldatin Weiß ruhte auf der Ladefläche. Ihre Haut verfärbte sich allmählich gelb, ansonsten sah sie aus, als würde sie friedlich schlafen.

»Ich weiß.«

»Und das für nichts und wieder nichts!«

»Falsch.« Ein schwaches Grinsen stahl sich auf Martens Lippen. »Wir haben eines innen.«

Er führte seine Kameraden zur Motorhaube, wo diese staunend den im Sicherheitsverbundglas der Windschutzscheibe feststeckenden Miniatur-Tripod in Augenschein nahmen. Dieser wand sich noch immer hin und her, geräuschlos ließ er seinen kesselförmigen Körper kreisen. Von Zeit zu Zeit entwich ein wenig grünlicher Dampf dort, wo die Gliedmaßen in den Leib hineinwuchsen. Die Lanze mit ihrer zurückgebogenen und mit Klebeband umwickelten Spitze versuchte unentwegt, durch das Sicherheitsglas auszubrechen, sie schlug dagegen, doch ragte sie nicht weit genug ins Fahrzeug hinein, um ausreichend Schwung und ergo ausreichend Wucht aufzubauen. Alle zwei Sekunden ertönte ein helles Klopfen, wenn die Lanze neuerlich gegen das Glas hämmerte.

»Kleiner Bastard«, sagte einer der Forces-Soldaten. »Was machen wir mit ihm?«

»Erst einmal bleibt er, wo er ist. Wir müssen Härti finden, danach tüten wir den Mini ein und bugsieren ihn geradewegs nach al-Hudaida.«

»Na hoffentlich weiß Stroker, was er da tut.«

»Da kannst du Gift drauf nehmen.«

Marten zückte sein Fernglas, entfernte sich vom Fahrzeug und suchte sich eine gedeckte Stellung zwischen den Felsen, von der er aus in Richtung Nordwesten spähen konnte – dort nämlich musste sich irgendwo in Sichtweite der Treffpunkt befinden. Ein markanter Drachenbaum, der aus der steinigen Wüste emporragte wie ein Fremdkörper und dessen in Rosetten zusammenstehenden Laubblätter ihm seine unverwechselbare Form verliehen, befand sich dort und war nicht zu übersehen.

Marten sondierte angestrengt das Vorfeld, ließ den Blick weit nach rechts und links schweifen und holte sich manche Geländeabschnitte mit dem Fernglas näher heran. Nichts. Die Region war menschenverlassen und es erschien ihm, als hätte ihr selbst die Tierwelt den Rücken gekehrt. Er seufzte. Eine gewaltige Erschöpfung machte seine Knochen schwer wie Blei und versuchte ihn mit Gewalt ins Koma zu befördern. Unvermittelt trafen ihn seine bis dato verdrängten Emotionen, überrollten ihn wie eine Lokomotive unter Volldampf. Es fühlte sich an, als würde ihm ein tonnenschwerer Betonblock den Brustkasten eindrücken. Er krümmte sich zusammen, seine Gefühlswelt manifestierte sich in der Realität als schmerzhafte Magenkrämpfe. Er atmete schwer, ballte die Hände zu Fäusten. Mit zittrigen Fingern zündete er sich seine letzte Zigarette an.

Was, wenn es Härti und die anderen nicht geschafft hatten? Er hatte bereits zu viele Verluste verkraften müssen. Aber Härti? Er glaubte, über den Tod seines Freundes nicht hinwegkommen zu können … nicht, wenn er ihn in ebenjenen Tod geschickt hatte.

Er hatte den Befehl des Regimentskommandeurs verweigert, hatte seine Soldaten abermals auf eigene Faust in den Kampf geführt. Ja doch, sie hatten ihren Auftrag ausgeführt, hatten tatsächlich einen Mini-Tripod funktionstüchtig eingefangen.

Aber zu welchem Preis?

Marten überkamen Zweifel an Strokers Vorhaben. Der Mann war weit über 80 Jahre alt, hatte sich mit großer Wahrscheinlichkeit in den 90ern bereits aus dem technischen Fortschritt ausgeklinkt und war seitdem in seinem Exil zwischen Tee, Fernsehen und 4-Uhr-Kuchen versauert. Was konnte er schon zu dem epischen Konflikt zwischen Menschen und Marsianern beitragen? Es musste längst andere Kompetenzen in Sachen Alientech geben.

Marten schnipste die glühende Zigarette fort, die er nicht einmal zur Hälfte geraucht hatte. Er konnte sie nicht ertragen. Seine Gedanken kreisten, erreichten die nukleare Explosion in Porton Down, die sich häufenden Todesfälle von Leuten, die auffallend oft für mysteriöse Abteilungen bedeutender Streitkräfte arbeiteten. Die Marsianer hatten das wirklich sauber angestellt, hatten die größte menschliche AT-Expertise vorsorglich ausgeschaltet, gleichzeitig das Finanzsystem derart ins Wanken gebracht, dass der Alltag weltweit gehörig durcheinandergewirbelt wurde. Die verfluchten Fleischbälle wussten ganz genau, was sie taten. Dann die Krankheit …

… Lisa …

In Martens Bauchregion bildeten sich fette Klumpen. Was tat er hier? Wie konnte er im Jemen sein, wenn ihn die Liebe seines Lebens brauchte? Er drehte sich um, sah dorthin, wo hinter Felsen verborgen seine Soldaten bei dem geschundenen Pick-up auf ihn warteten. Auch sie hatten Familie, Freunde, Kinder in der Heimat. Auch sie wussten nicht, wie es um sie stand. Sie hatten mit Stearn vereinbart, das Satellitentelefon nicht wieder zu verwenden, um sich von dem Chaos, das daheim herrschte, nicht vereinnahmen zu lassen. Ändern konnten sie sowieso nichts daran.

Dennoch fraß die Ungewissheit Löcher in Martens Magen. Sie agierte wie eine Schar Mehlwürmer, die sich durch seine Eingeweide wühlte und ihn Stück für Stück bei lebendigem Leib verspeiste.

Er krümmte sich heftiger. Biss die Zähne aufeinander, dass ein Knirschen in seinem Kopf erklang. Er erreichte ein absolutes emotionales Tief und befand sich zu allem Überfluss mitten in der Wüste des Jemen, zusammen mit einer Handvoll Soldaten, ohne Funkgerät, ohne Vorräte, mit einem Auto, das vielleicht keine 50 Meilen mehr schaffen würde. Von Härti fehlte jede Spur.

Marten zweifelte an seiner Kompetenz als militärischer Führer, als Mensch.

Lisa.

Der Gedanke an sie brachte ihn um.

Er sah aus trüben, blutunterlaufenen Augen auf. Vor der Netzhaut stand ein flüssiger Vorhang. Seine Sicht war verschwommen. Er klimperte mehrmals mit den Lidern, um sie wieder klar zu bekommen. Und dann sah er plötzlich, in circa einem Kilometer entfernt, vier Gestalten, die in einer Reihe auf den Drachenbaum zuwankten. Die Erschöpfung sprach aus ihrer Gangart. Die Silhouetten von Helmen und Waffen wiesen sie als Soldaten aus.

»Härti!« Beinahe hätte Marten geschrien. Er sprang hoch, ungeahnte Glücksgefühle durchströmten ihn, beflügelten ihn, kitzelten die letzten Kraftreserven aus seinen müden Gliedern heraus. Er raste wie von der Tarantel gestochen zurück zum Wagen, wo seine Kameraden die gefallene Soldatin Weiß mittlerweile beerdigt hatten. Ihr Helm, thronend auf frisch aufgehäufter Erde, markierte die Stelle. Ein Soldat hatte sich außerdem des Minis angenommen. Dessen Füße und die Spitze der Lanze hatte sich in dicke Klumpen aus Klebeband verwandelt.

Augenblicke später saßen sie im Pick-up, Riensch drehte den Zündschlüssel. Tatsächlich brauchte der Motor einen Moment, um anzuspringen. Marten ließ seine Finger knacken. Riensch kuppelte in den ersten Gang, trat das Gaspedal, steuerte den Wagen aus den Felsen heraus und drehte dessen zerdellte und zerkratzte Schnauze dem Drachenbaum zu, da ereignete sich eine kurze, aber heftige Erschütterung, als wäre in unmittelbarer Nähe die Internationale Raumstation ISS auf die Erde aufgeschlagen. Der Pick-up hüpfte. Auf dem Armaturenbrett liegende Hülsen rollten umher, klimperten in den Fußraum. Im nächsten Augenblick bereits stülpte sich ein großer Schatten über das Auto und die Forces-Soldaten. Marten sah erst durch die Rückscheibe auf die Ladefläche, wo seine Soldaten ängstlich zum Himmel hinaufblickten. Eilfertig kurbelte er das Seitenfenster runter, streckte den Kopf hinaus, schaute nach oben … und erstarrte. Ein Tripod stapfte gemütlich über sie hinweg, als befände er sich auf einem Sonntagnachmittagsspaziergang. Er steuerte auf den Drachenbaum zu, einer seiner massiven Klumpfüße rauschte nah an den Felsen vorbei, zwischen denen die Forces-Soldaten in ihrem Auto hockten. Beim Drachenbaum glitzerten Mündungsfeuer, über die Oberfläche des Tripods zischelten grüne Schlangen.

»Alu-U!«, dröhnte die Maschine der Außerirdischen und hielt nun zielstrebiger auf Härtis Trupp zu. Marten biss sich auf die Unterlippe, Riensch blickte ihn ratlos aus ihren großen Augen an. Beim Drachenbaum tat es einen Knall, eine Wolke aus weißem Schmauch bildete sich, dann sprang ein Panzerfaustgefechtskopf einem der Klumpfüße des Tripods entgegen, doch verfehlte ihn. Er flog noch ein gutes Stück weiter, begann zu trudeln, ehe er sich der Erde entgegenneigte und in einem gewaltigen Blitz mündete.

»Rick«, sagte Riensch ungeduldig. »Was sollen wir machen?«

Marten dachte angestrengt nach. Härti war chancenlos und er musste ihm helfen, doch verfügte er weder über Panzerabwehrhandwaffen noch durfte er riskieren, dass der Mini im Kampf beschädigt oder gar zerstört würde.

»Rick«, wiederholte Riensch eindringlich, während im Vorfeld ein MG und mehrere Sturmgewehre knallten. Der Beschuss ließ den Tripod völlig unbeeindruckt. Dieser stoppte nun und schon erklang das mörderische Scheppern seiner Raketen. Das Geschosskonglomerat eierte Härti entgegen und löste eine Sequenz von Fontänen aus, die unter dumpfem Lärm aus dem steinigen Wüstengrund stiegen. Der Drachenbaum schüttelte sich und ging in Flammen auf. Von Härti aber war nichts zu sehen, auch schoss dort vorne niemand mehr.

Marten biss sich derart heftig auf die Lippe, dass es blutete.

»Rick!«, insistierte Riensch auf Anweisungen.

»Fahr, fahr!«, verlangte der plötzlich. »Holen wir sie da raus.«

»Dachte schon, du kneifst.«

»Da kennst du mich aber schlecht.«

»Tse.«

Riensch stieg aufs Gaspedal, der Wagen ruckte an, der Antrieb brüllte untertourig auf, als sie den ersten Gang bis beinah 50 Stundenkilometer zog. Endlich kuppelte sie, ein gehöriger Ruck ging durch den Pick-up.

»Füße! Riesige Füße!«, rief Marten und wies durch die zerdepperte Windschutzscheibe, die es nicht leichter machte zu erkennen, was sich vor dem Wagen abspielte.

»Sehe ich«, entgegnete Riensch mit der abgebrühten Coolness einer Rennfahrerin. Gekonnt ließ sie das Lenkrad in ihren Händen rotieren. Der Wagen brach nach rechts aus, schlitterte durch den Sand, schlitterte beinahe gegen einen der Tripod-Füße, der wie eine Säule aus Stahlbeton ins Firmament hinaufragte. Im allerletzten Augenblick bekamen die Reifen den Untergrund zu packen, und ließen den Pick-up wieder Speed aufnehmen. Er verfehlte den Fuß nur um Zentimeter.

»Herrgottszeiten!«, presste Marten aus sich heraus und klammerte sich an der Halterung oberhalb des Seitenfensters fest.

»Ganz ruhig, Alter«, sagte Riensch. »Ich hab schon hinterm Steuer gesessen, da wusstest du noch nicht mal, wie man ›Auto‹ schreibt.«

»Ich bin älter als du.«

»Aber ich war frühreif.«

Gekonnt navigierte Riensch den Pick-up zwischen den Füßen des Tripods hindurch, raste aus seinem Schatten heraus und hielt direkt auf den lichterloh brennenden Drachenbaum zu. Rauchende Krater prangten daneben im Erdreich, von Härti und dessen Soldaten war weit und breit nichts zu sehen.

»Komm schon, Kumpel«, wisperte Marten. »Lass mich nicht hängen.«

Riensch kuppelte, drehte das Lenkrad, der Wagen raste in Schlangenlinien über den Wüstensand und zog eine gehörige Staubwolke hinter sich her. Rechts und links rauschten die Tripod-Füße hernieder, prügelten den Untergrund, dass es krachte und heftige Beben durchs Erdreich zogen.

»Komm schon«, wiederholte Marten und suchte beflissen die Gegend um den Drachenbaum herum ab. Er reckte dafür den Kopf nach links und nach rechts, um am Mini-Tripod vorbei und durch die tausendfach gesplitterte Scheibe irgendwie das Vorfeld einsehen zu können.

»Da!«, sagte Riensch plötzlich, als sich ein behelmter Kopf in einem Krater zeigte. Er winkte. Es war Härti.

Marten wäre vor Erleichterung am liebsten in sich zusammengefallen.

Riensch gab Gas, der Motor des Pick-ups röhrte untertourig, rasselte und klapperte. Die Forces-Soldatin steuerte ihn in Zickzackfahrt an den Krater heran, während in ihrem Rücken der Tripod wütend aufstampfte und dann abermals seine Raketenbatterie sprechen ließ. Riensch bremste abrupt, die Soldaten auf der Ladefläche flogen schreiend durcheinander. Die Reifen arretierten, rutschten über den Sand. Der Pick-up brach nach links aus, drehte sich um 180 Grad und blieb mit der Klappe der Ladefläche voran exakt vor dem Krater stehen, in dem sich Härti versteckt hielt. Ein triumphaler Gesichtszug eroberte Leonie Riensch, während um den Wagen herum Ballons aus Erde aus dem Grund stiegen und ihn mit Dreckbrocken bewarfen.

»Und die haben dir den Führerschein abgenommen?«

»Ja, ich weiß. Unverständlich, was?«

Härti und seine Leute asteten aus dem Krater, Hadi schleppte einen blutüberströmten Schwerstverwundeten zum Pick-up. Zusammen mit Martens Truppsoldaten quetschten sie sich auf die Ladefläche. Härti hämmerte sogleich mit der Faust gegen die Rückscheibe der Fahrerkabine.

»Hey, Trainer!«, brüllte er. Seine Stimme drang gedämpft durch das Glas. »Das mit dem Kescher war eine blöde Idee. Hat nicht funktioniert.«

»Kein Ding«, sagte Marten und wies auf die Klebebandballen vor ihm. »Wir haben uns anders zu helfen gewusst.«

Härti hob fragend eine Augenbraue, da schmetterte der Tripod erneut seinen schallenden Ruf: »ALU-U!«

»Alle Mann festhalten!«, versetzte Riensch, kuppelte und ließ das Auto wieder Tempo aufnehmen. »Weiter geht die Wahnsinnsfahrt.«

»Alu-u«, erdröhnte der Ruf des Tripods ein weiteres Mal über die Ebene.

»Ich glaube, der will sein Junges zurückhaben.«

Marten betrachtete die Klumpen aus Klebeband, die der Mini-Tripod ihm entgegenstreckte.

»Wie in Jurassic Park 2, was?«, meinte er.

»Schätze schon.«

Die Soldaten auf der Ladefläche klammerten sich aneinander fest, während sich die holprige Fahrt durchs Gelände fortsetzte. Riensch trat den Boliden ordentlich, er knirschte und knarzte unter der Belastung, der Motor verursachte ein mittlerweile stark klapperndes Geräusch, das sich alles andere als gesund anhörte. Zu allem Überfluss näherte sich die Tankanzeige dem rot gekennzeichneten Reservebereich. Marten breitete eine Karte auf seinem Schoss aus.

»Wir befinden uns nördlich der Haraz-Berge. Irgendwo links – ein gutes Stück im Westen – muss sich eine befestigte Straße befinden, die uns direkt nach Al-Hudaida führt.«

»Wie weit?«, brüllte Riensch gegen das Lärmen des Motors und das Stampfen des Tripods an.

»130 Kilometer etwa.«

»Dann will ich hoffen, dass du gut zu Fuß bist!«

»Erst einmal müssen wir die laufende Blechschüssel loswerden!«

Marten blickte durch die Rückscheibe auf den dem Anschein nach wutentbrannten Tripod, der nun seine Beine nacheinander vorschnellen ließ und somit in Windeseile zur Höchstgeschwindigkeit auflief. Zwei Füße befanden sich stets gleichzeitig in der Luft, dass es tatsächlich aussah, als würde er einen 100-Meter-Sprint absolvieren. Der Tripod machte rasch Boden gut.

»Drück aufs Gas!«, befahl Marten, während auch die Kameraden auf der Ladefläche angesichts der sich nähernden Marsianermaschine wild rufend mehr Tempo einforderten.

»Ich stehe quasi auf dem Pedal«, gab Riensch zurück, deren Finger beinahe krampfend das Lenkrad umklammert hielten. »Aber das ist nicht gerade ein AMG, okay?«

Marten beobachtete, wie die Tachonadel in quälender Langsamkeit der 80 entgegenkraxelte, während der Pick-up über unebenes Terrain bretterte. Abermals klammerte sich der Lieutenant an der Griffhalterung fest und leckte sich über die ausgetrockneten, aufgesprungenen Lippen. Er hatte großen Durst, doch verspürte er davon im Augenblick wenig. Das Adrenalin machte all die körperlichen Leiden vergessen – nur würden diese später umso heftiger wieder über ihn hereinbrechen. Nach einem Gefecht, das mit einer rauschähnlichen Ausschüttung von Stresshormonen verbunden war, trat stets eine überwältigende Erschöpfung verbunden mit Gliederschmerzen und Unwohlsein ein – es war der Kater des Krieges. Nur musste Marten dieses »später« erst einmal erreichen. Im Augenblick sah er seine Überlebenschancen mit dem heranspurtenden Tripod dahinschmelzen.

»Drück auf die Tube!«, blökte er, als täte Riensch nicht schon genau das. Sie steuerte auf eine Bodenwelle zu, brauste darüber hinweg. Die Vorderreifen verloren für eine Sekunde den Kontakt zum Untergrund und schlugen umso härter wieder auf. Martens Helm knallte gegen die Decke der Fahrerkabine. Die Soldaten auf der Ladefläche hielten sich verzweifelt irgendwo fest. Ein Rucksack ging fliegen, wurde vom Fahrtwind erfasst und weit fortgetragen, ehe er in einem Vorhang aus Dreckpartikeln verschwand, den der Tripod auf der wilden Verfolgungsjagd fabrizierte. Bedrohlich überragte der Kesselleib ebenjenen Vorhang, während die massiven Füße immer wieder daraus hervorsprangen, auftrampelten und neuen Staub emporschleuderten.

»Schneller.«

»Wenn du hier irgendwo den Knopf für die Lachgaseinspritzung findest, sag mir Bescheid«, knirschte Riensch, die sich auf das Gelände zu konzertieren versuchte, was ob der zerstörten Windschutzscheibe nicht einfach war.

»Bescheid sagen kannst du …«

»Ich warne dich, mein Lieber, lass bloß deine dummen Bundeswehrsprüche stecken!«

Härti organisierte auf der Ladefläche die dicht zusammengedrängten Soldaten und sorgte dafür, dass diese ihre Maschinen- und Sturmgewehre vorbrachten. Sogleich begannen die Kriegswaffen ohrenbetäubend durcheinanderzuschnattern. Glitzernde Geschosse flogen dem Tripod entgegen, lösten grünlich changierende Blitze im Staubschleier aus.

»Haut alles raus!«, brüllte Härti, während ihm die kochend heißen Hülsen, die Hadis Waffe auswarf, gegen den Helm sprangen und davon abprallten. Sie kullerten über den Schwerstverwundeten, doch konnten sie im Augenblick keine Rücksicht auf ihn nehmen.

Der Tripod rückte näher an den Pick-up heran. Immer näher. Gleich hatte er ihn. Schon verursachte jedes Aufstampfen seiner Füße ein kleines Erdbeben, der Wagen sprang dann vom Boden weg, als wäre er ein Magnet, der sich von einem zweiten Magneten abstieß. Härti wurde von solch einer Erschütterung überrascht, während er sein G36 abfeuerte – und schoss einem Kameraden versehentlich das MG aus der Hand. Dieser schrie auf und ließ die Waffe los, die daraufhin über die Ladeflächenklappe kippte und in den Wüstensand klatschte.

Der Beschuss verpuffte wirkungslos im Ziel. Und der Tripod hatte den Pick-up beinahe erreicht. Härti und die anderen konnten ob des steilen Winkels schon nur noch auf die Füße schießen. Diese schillerten grün unter den Einschlägen. Querschläger sirrten davon.

»Auf mein Zeichen drehst du den Karren um und fährst dem Tripod entgegen!«, schrie Marten.

»Ich soll was?«

»Hast du eine bessere Idee? Der hat uns gleich!«

»Das ist Selbstmord.«

»Ist es so oder so.«

»Wenn ich dabei draufgehe, bringe ich dich um!«

»Hauptsache, du hörst endlich auf zu labern und fängst an zu fahren!«

»Anfangen zu fahren, sagt der!«, echauffierte sich Riensch künstlich.

Marten klopfte gegen das Glas der Rückscheibe. »Festhalten da hinten!«

»Gut, dass du uns drauf hinweist!«, meckerte Härti.

Riensch kuppelte, betätigte die Handbremse und riss das Lenkrad herum. Der Wagen stellte sich quer, schlitterte unter jaulendem Motor über den Untergrund, ehe Riensch ihn eine weitere 90-Grad-Drehung vollführen ließ. Im nächsten Augenblick bereits jagte sie dem Tripod entgegen. Füße, groß wie Einfamilienhäuser, rauschten auf den Pick-up hernieder. Riensch kurbelte am Lenkrad, nach links, nach rechts, immer wieder. Der Wagen bewegte sich in Schlangenlinien, während er weiter beschleunigte. Knapper, als Marten es lieb war, hämmerten die Tripod-Füße neben ihm auf den Boden ein. Jeder Schlag ließ den Wagen einen Satz machen, knirschend donnerte er dann zurück auf den Wüstensand. Ein schleifendes Geräusch setzte ein, es hatte seinen Ursprung unterhalb des hinteren Teils der Ladefläche. Riensch ließ ihr Auto in die Staubwolke eintauchen. Für Sekunden sah sie nichts, fuhr vollkommen blind, ehe sich der Schleier lichtete und Marten die Bergkette in der Ferne ausmachen konnte.

»Ich glaube, die Achse hat was abbekommen!«, rief Härti, so laut er konnte.

In diesem Augenblick sprang das Reservelämpchen an. Immerhin hatten sie ihrem Verfolger ein Schnippchen geschlagen, mehr als 20 Sekunden aber hatten sie nicht gewonnen. Entsetzt beobachtete Marten, wie der Tripod quasi auf der Stelle und ohne Geschwindigkeitsverlust seine Laufrichtung umkehrte. Hier offenbarte sich einmal mehr die Überlegenheit der marsianischen Technik. Schon hastete er dem Pick-up wieder hinterher. Der in der Frontscheibe feststeckende Mini-Tripod rotierte ununterbrochen.

»Das gibt es doch nicht!«

»Rick …«, säuselte Riensch mit hoher Stimme, die ihre Anspannung, ja steigende Panik transportiere. »Mir gehen die Ideen aus.«

Das Wummern, das im Südosten einsetzte, ging ob der brenzligen Verfolgungsjagd beinahe unter. Marten brauchte einige Sekunden, um zu begreifen, was geschah. Dann sah er die glühenden Granaten, die dem Tripod entgegenfetzten und die oberen Beinpartien sowie den Körper eindeckten, was ein grün schimmerndes Blitzlichtgewitter auslöste.

»Alu-U!«, schallte der basshaltige Tripod-Kampfruf wie eine physische Macht über das Land ob der neuen Gefahr, der er sogleich seine Aufmerksamkeit zuwandte. Schon schepperte seine Raketenbatterie, trudelten mehrere Geschosse gen Südosten, wo sie krepierten. Und dann erkannte Marten die Radpanzer des Regiments, die zwischen den in die Höhe schießenden Fontänen hindurchbrachen und wild feuernd dem Tripod entgegenstrebten. Mehrere Kampfjets sausten über die Szenerie hinweg, beschrieben in weiter Ferne einen Bogen und schickten sich an zurückzukehren, um den Tripod zu bombardieren. Nahezu gleichzeitig tauchten niederländische Kampfhubschrauber hinter einem Höhenkamm auf. Mit klopfenden Rotoren näherten sie sich. Ihre Bordkanonen belferten, ihre Raketenwerfer pufften. Ein Konglomerat glosender Geschosse jagte dem Tripod entgegen, schlug ein und provozierte heftigste Reaktionen des Energieschildes. Der Tripod tat einen Schritt auf die Panzer des Regiments zu, die ihn weiter unter Feuer nahmen.

»Weg!«, brüllte Marten Riensch ins Ohr, als er die heranschnellenden Kampfjets ins Auge fasste. »Weg!«

»Was glaubst du, was ich hier mache?«

Ihr Pick-up vergrößerte die Entfernung zum Tripod, über dessen Kesselleib in dieser Sekunde die Kampfflugzeuge hinwegdonnerten. Der marsianische Dreifüßer verschwand hinter einer Kette exorbitanter Explosionen. Es sah aus, als versuchten die Flammen nach den Wolken zu greifen. Für einen Augenblick war der Tripod gar nicht mehr zu sehen, dann kam er hinter dem Inferno zum Vorschein. Erst schattenhaft, kristallisierte er sich langsam heraus. Schwankend. Mit aufgerissenem Kessel. Einen Schritt unternahm er noch, dann knickten seine Beine weg und er brach in sich zusammen wie ein Kartenhaus bei einem Windstoß. Erneut echote beim Aufschlag des mächtigen Leibes auf den steinigen Grund ein dumpfer Knall über die Landschaft, dann kehrte eine geradewegs gespenstische Ruhe ein, die allein vom Säuseln des Windes, dem Rattern der Motoren und entfernten Brummen der Hubschrauber aufgebrochen wurde.

Riensch stoppte den Pick-up. Marten fixierte die gewaltige, sich aufbauschende Staubwolke, die den gefällten Tripod rasch völlig umhüllte. Es sah aus, als bräche hier mitten in der planen Wüste ein Vulkan aus.

Marten schnaufte, der Schweiß hatte seine Kleidung völlig durchtränkt.

»Das war die zweitkrasseste Fahrt meines Lebens«, sagte Riensch mit geschwächter Stimme und ließ ihren Kopf auf das Lenkrad sinken. Ihr Oberkörper hob und senkte sich in schneller Geschwindigkeit, doch allmählich vermochte sie es, ihre Atmung wieder in den Griff zu bekommen.

»Okay«, antwortete Marten, schloss die Augen und massierte seine Nasenflügel. Sein Herz klopfte ihm im Hals, es war ein ekelhaftes, ihm die Kehle zuschnürendes Pochen.

»Okay«, wiederholte er. »Fahr uns zum Regiment.«

*

Als Riensch das Bremspedal trat, blockierten die Räder, und der Pick-up glitt mit ungleichmäßig im Leerlauf knatternden Motor über den Wüstensand, ehe er knarzend stehen blieb – 20 Meter vom vordersten Radpanzer des Regiments entfernt.

Plötzlich sprang die Motorkontrollleuchte an. Riensch und Marten sahen erst verdutzt auf das LED-Lämpchen, dann blickten sie einander an und brachen in schallendes Gelächter aus.

»Na, jetzt aber ab in die Werkstatt!«, prustete Marten. Ihm war eigentlich gar nicht zum Frohsinn zumute, doch konnte er sich dem Lachflash nicht erwehren.

»Na, ist ja schön, dass ihr da vorne Spaß habt!«, raunzte Härti von hinten.

Die Forces-Soldaten kletterten aus ihrem Fahrzeug, eilten den Radpanzern entgegen. Diesen entstiegen der Regimentskommandeur und Stearn. Beide hatten ihren Panzerzerstörblick aufgesetzt, mit dem sie Marten zu durchbohren suchten. Jemand nahm sich des Verwundeten an.

»Ich könnte Sie festnehmen lassen!«, war dann auch das Erste, was Stearn dem Lieutenant entgegenschleuderte, als sie sich zwischen den Radpanzern und dem Pick-up mit dem rotierenden Mini-Tripod in der Frontscheibe trafen. Marten scheute den Augenkontakt nicht. Dafür aber neigte nun Stearn den Kopf, lehnte sich nach links und blickte an Marten vorbei auf den Pick-up. Er grunzte in einer Mischung aus Wut und Zufriedenheit, dann fiel sein Blick wieder auf Marten. Seine kleinen Augen funkelten bedrohlich, die Härte wich nicht aus seinen Zügen. Dennoch sagte er nun: »Gute Arbeit!«

Der Regimentskommandeur zeigte die Zähne, nickte und fügte an, er sei froh, dass die Verluste des heutigen Tages nicht umsonst gewesen seien. Darauf presste Marten die Lippen aufeinander.

»Alles klar!«, rief der Regimentskommandeur schließlich aus. »Packen wir den Minikessel ein und dann ab nach al-Hudaida. Je eher unsere Freunde in New York ihre Arbeit aufnehmen können, desto schneller werden sie uns Ergebnisse liefern!«

*

Die Fahrt über die schlechten, teilweise zerstörten Straßen des Jemen beanspruchte mehr als zwei Stunden. Marten war in einen der Mowag Piranha geklettert, während Soldaten des Regiments die Windschutzscheibe aus dem Pick-up herausgetrennt und samt Tripod abtransportiert hatten, und war ohne Umschweife eingeschlafen. Die gesamte Fahrt verging wie im Fluge. Als der Radpanzer anhielt und sich die Soldaten aus ihren Sitzen zu lösen begannen, erwachte er. Das Gefühl, seine Augen nur für wenige Sekunden geschlossen zu haben, erschlug ihn förmlich. Eine tief schürfende Müdigkeit saß noch immer in seinen Gliedern, die ihn fertigzumachen versuchte. Er kämpfte gegen ihr verführerisches Angebot an, indem er den Gurt löste und sich schwerfällig erhob. Rasch trank er einen Schluck aus einer Wasserflasche und stopfte sich einen Hartkeks aus einer Einmannpackung in den Mund, dann schlurfte er hinter den Kameraden her nach draußen. Es fehlte nicht mehr viel und er würde seine Maschinenpistole am Tragegurt über den Boden schleifen, derart erschöpft war er. Der Schlaf hatte ihm gefühlt null Komma null Erholung gebracht.

Draußen war es bereits dunkel. Deutsche und englische Stimme erschollen zwischen den Radpanzern. Marten folgte apathisch einem Trupp Soldaten, die die Windschutzscheibe mit dem wild kreisenden Mini-Tripod darin zu einem mit großen Scheinwerfern ausgeleuchteten Platz zwischen verlassenen Lehmhütten brachten. Nebst Forces- und US-Soldaten, mehreren großen Kommandozelten, ratternden Generatoren, einem Fahrmischer sowie allerorts verlaufenden Kabelbäumen befand sich mittig eine quadratisch ausgehobene Grube von etwa eineinhalb Metern Tiefe. Das grelle Scheinwerferlicht stach Marten in den Augen, dass er sie zusammenkniff, während er gedankenlos und innerlich leer dem Tragetrupp hinterherschlappte. Auch Härti, Hadi und Riensch folgten ihm. Der Glast der Scheinwerfer fiel weißen Schleiern gleich in die Grube ein, Dampfwolken brachen sich darin. Es roch nach Abgasen, nach Diesel und Öl. Es war kalt oder Marten fror vor lauter Auslaugung. Er rieb sich die Arme und beobachtete, wie die Träger zusammen mit weiteren Soldaten die Windschutzscheibe vorsichtig in die Grube hinabließen. Daraufhin entfernten sie sich, jemand winkte dem Fahrmischer zu. Dessen Antrieb erwachte brummend zum Leben, der Fahrer winkte aus dem Führerhäuschen, ehe er rückwärts an die Grube heranfuhr. Der Rückfahrwarner des Lastwagens piepte gleichmäßig, bis das Fahrzeug am Grubenrand zum Stehen kam. Die aus der Trommel ragende Rutsche reichte darüber hinaus. Jemand erteilte Kommandos, Sekunden später ergossen sich viele Kubikmeter Beton in die Grube. Bald verschwand die Windschutzscheibe unter dem grauen Gold. Erneut erschollen Kommandos, der Betonfluss versiegte. Marten näherte sich der Grube. Nur noch der obere

Teil vom Kesselleib des Mini-Tripods ragte aus der grauen, zähflüssigen Masse. Stearn tauchte in Martens Rücken auf, sein Gesicht war grimmig und starr wie eh und je.

»Wenn wir wieder zu Hause sind«, grummelte er, »unterhalten wir beide uns mal eindringlich über Befehl und Gehorsam.«

»Wäre er nicht gewesen, hätten Sie jetzt keine Teufelsmaschine«, schaltete sich Hadi ein. Stearn wies die Bemerkung mit einer abfälligen Handbewegung ab. »Der Tag, an dem ich meinen moralischen Kompass von einem Terroristen bestimmen lasse, muss erst noch kommen.« Das kam messerscharf und transportierte unverhohlen die Abscheu, die der Capitaine gegenüber Hadi verspürte. Falls diese den Iraker traf, ließ er sich das nicht anmerken. Seine Miene war wie eingefroren.

»Ahmed ist ein Guter«, ergriff Härti Partei für ihn. Auch Martens Lebensgeister erwachten, er wandte sich Stearn zu. Sein Gesichtsausdruck festigte sich, die Spannung kehrte in seine Glieder zurück. Auf gute Soldaten ließ er nichts kommen und er hatte sich noch immer zwischen seine Untergebenen und seine Vorgesetzten gestellt.

»Ahmed Hadi hat uns mehr als einmal den Arsch gerettet«, sagte er mit fester Stimme. »Wir haben ihm viel zu verdanken.«

»Haben Sie schon einmal darüber nachgedacht, was der Kerl alles auf dem Kerbholz hat?«

Stearn und Marten lieferten sich ein Blickduell. Hadi folgte dem Disput wie versteinert.

»Ich kann nur beurteilen, was ich selbst gesehen habe. Und da hat sich Hadi stets tadellos verhalten.«

Stearn schnaufte verächtlich. Marten fuhr fort: »Und bei allem Respekt, Sir, verbitte ich mir diesen geringschätzigen Ton gegenüber meinen Soldaten. Sie haben ein Problem mit Hadi? Fein! Klären Sie das mit mir, statt ihn vor versammelter Mannschaft anzumachen.«

»Ich bin nicht glücklich darüber, dass wir einen Terroristen in unseren Reihen haben.« Stearn offenbarte unumwunden seine innere Zerrissenheit, die Schärfe jedenfalls war aus seiner Stimme gewichen. Hadi sagte kein Wort zu seiner Verteidigung.

»Ich hingegen bin froh über jeden einzelnen fähigen Kämpfer, der mich gegen die Fleischbälle unterstützt. Schauen Sie sich um, wir können jede Hilfe gebrauchen.«

Stearns Blick streifte noch einmal den Iraker, dann fuhr er herum, stieß einen undefinierbaren Laut aus und entschwand in die Düsternis, die außerhalb der Scheinwerferlichtkegel herrschte.

Marten hingegen nickte Hadi zu, wollte ihm so seine Anerkennung zollen. Es tat ihm leid, dass der Iraker auf offene Ablehnung stieß, ändern aber konnte er auch nichts daran. So setzte er sich in Bewegung, schlenderte kraftlos über den ausgeleuchteten Platz und spähte in die Zelte hinein, in denen die IT-

Experten von Forces und US-Streitkräften ihre Computersysteme aufgebaut hatten. Männer und Frauen, umrahmt von grell schimmernden Bildschirmen, ließen ihre Finger über die Tastatur flitzen. X elektronische Gerätschaften veranstalteten ein sirrendes und surrendes Konzert, dass man meinen könnte, man sei von übergroßen Fluginsekten umgeben.

Marten blieb vor einem Zelteingang stehen, sah unverhohlen hinein, beobachtete die Kameraden dabei, wie diese zusammen mit einem zivilen Analysten und eingeengt zwischen Hochleistungsfunkgeräten, mobilen Servern und Computerterminals ihre Aufmerksamkeit einem großen Bildschirm schenkten.

»Da«, sagte der Analyst, lockerte seine Krawatte und zeigte auf eine Zeile in einer umfangreichen Tabelle.

»Es sendet wie erwartet unverschlüsselt. Aufzeichnung läuft?«

»Aufzeichnung läuft, Sir.«

»Ausgezeichnet. Laden Sie unverzüglich alles hoch.«

»Upload startet.«

»Gut. Melden Sie mir, wenn er durch ist.« Der Analyst klatschte in die Hände. »Der Rest von euch zieht sich den Finger aus dem Arsch und fängt an einzupacken. Um 0200 will ich auf der Bahn sein, also Tempo, Jungs!«

»Yes, Sir«, kam die Antwort wie aus einer Kehle. Die Uniformträger machten sich ohne Umschweife ans Werk, zupften Kabel aus elektronischen Geräten, schafften Kisten heran und befüllten deren mit Schaumstoff ausgekleidetes Inneres mit ebenjenen Geräten. Marten schaute sich um, sah, wie die US-Soldaten sich überall daranmachten zusammenzupacken. Schon fiel das erste Zelt in sich zusammen, als einige GI die Heringe herauszogen, im nächsten Augenblick bereits falteten sie die Zeltbahnen zusammen. Kommandos tönten, während eine Traube aus Zivilisten und Soldaten einen frei stehenden Server letztmalig auf seine Funktion hin prüfte. Eine große Antenne ragte von ihm auf, ragte weit in den Nachthimmel empor. Per Kran wurde eine Glocke über den Server gestülpt, sämtliche Mechanismen, die der Kühlung dienten, wurden eingeschaltet. Marten entfernte sich, ihm rumpelten mehrere Fahrmischer entgegen, die bis zur Oberkante mit Schnellbeton gefüllt waren. Sie stoppten abseits der Grube, die Fahrer hielten sich für weitere Anweisungen bereit. Schon wurde einer von ihnen zum frei stehenden Server unter der Glocke herangewunken. Rückwärts näherte er sich in seinem Truck und nur Sekunden später floss der flüssige Beton in rauen Mengen. Stück für Stück verschwand die Glocke unter ihm.

Was die US-Amerikaner hier leisteten, war pfeilschnelle Präzisionsarbeit. Und das Gelände wurde nicht grundlos zubetoniert. Erste Auswertungen ließen zwar den Schluss zu, dass es zwei unterschiedliche Typen von Mini-Tripods gab: eine Sorte, die als »Spy« bezeichnet wurde und neben einem nuklearen Sprengkopf auch über stark erhitzbare Gliedmaßen verfügte, um sich damit wie mit einem Schneidbrenner durch Hindernisse zu fressen; sowie eine

Variante, die auf derlei Gimmicks verzichtete, dafür aber mit einem stärkeren Schild ausgestattet war. Gesichert aber waren diese Erkenntnisse keineswegs, weshalb die Führung auf Nummer sicher gehen wollte. Würde der Tripod unter meterdicken Betonschichten verborgen liegen, würde dies die Auswirkung einer möglichen taktischen Atomexplosion zumindest abschwächen.

Marten jedenfalls zeigte sich beeindruckt, dann traf ihn die Erschöpfung erneut mit voller Härte. Er setzte sich auf den Boden, atmete flach. Ihm war ganz schummrig vor Augen. Er war am Limit seiner Leistungsfähigkeit angelangt, körperlich wie seelisch. Im Sitzen schlief er ein, während die Welt vor seinen Augen unter Massen aus flüssigem Beton verschwand.

# XI. Brandon William Stroker

»Wir haben die Daten«, jubelte ein junger Programmierer von AT&T und reckte die Faust in die Höhe. Er navigierte durch verschiedene Ordner und Programme, ohne auch nur einmal die Maus zu berühren, dann warf er die Darstellung seines Bildschirms mit einer Handbewegung an eine leere Wand, wo nun eine Abfolge von Codezeilen erschien. Es war augenscheinlich, dass die marsianischen Systeme nach denselben Grundsätzen funktionierten wie die menschlichen. Das kam nicht von ungefähr. Stroker hatte zuletzt in engem Kontakt mit General Groves von U04 gestanden und wusste daher von dem Mini-Tripod und dessen Systemen, deren Analyse gerade erst begonnen hatte – ehe die Forschungseinrichtung in Porton Down dem Erdboden gleichgemacht worden war. An den Computersystemen der Marsianer hingegen forschten die Briten bereits seit Ende der Invasion von 1901. In den damals auf der Erde eingesetzten Toolboxen, Luftschiffen und Läufern waren dieselben marsianischen Hochleistungscomputer verbaut, die U04 nun in jenem Mini ausgemacht hatte und auf denen auch ihre modernen Kampf-Tripods fußten. Sir Ted Russells, britischer Physiker, hatte im Jahre 1923 Charles Babbages Entwurf einer Turing-mächtigen Rechenmaschine, der sogenannten Analytical Engine, mit der Prozessorbeschaffenheit und der den marsianischen Systemen zugrundeliegenden binären Logik kombiniert und somit den ersten programmierbaren, funktionstüchtigen Computer erschaffen. Lange war dieser unter Verschluss geblieben, erst durch einen deutschen Spion war Russells Computer zu weltweiter Bekanntheit gelangt – und Konrad Zuse zu seinem viel beachteten Nachbau inspiriert worden. Es waren allerdings John Presper Eckert und John William Mauchly gewesen, jene Computerpioniere aus den USA, die während des Zweiten Weltkriegs im Rahmen der alliierten Kooperation umfangreiche Einblicke in die Arbeit von U04 erhalten hatten und auf dieser Grundlage ihren berühmten Universal Automatic Calculator erfanden. Somit hatte die marsianische Systemlogik von Anfang an Einzug gehalten in die Computerwelt der Menschen – und bildete bis in die Gegenwart hinein die Grundlage aller Programmiersprachen und Prozeduren. Die nun heruntergeladenen Daten bestätigten Stroker in seiner Einnahme – tatsächlich hatte der Marsianer nicht ein Jota an seinen Systemen verändert oder weiterentwickelt. Es dürfte tatsächlich ein Leichtes sein, sie zu infiltrieren und auf eine Art zu verändern, dass die Menschheit die Kontrolle über die marsianischen Kriegsdrohnen an sich reißen konnte.

»Es ist, wie du gesagt hast, Brandon«, rief jemand, als läse er Strokers Gedanken. »Die Fleischbälle übertragen vollkommen unverschlüsselt.«

Das Tickern von Tastaturtasten erfüllte den großen Raum. Nun war das Team um Stroker in seinem Element. Staunend und auch spöttisch, nahm es die vom Server heruntergeladenen Datensätze in Augenschein.

»Da ist keine Firewall. Kein AV, kein gar nichts«, frohlockte eine Programmiererin.

»Die Tür steht weit offen. Das ist der reine Wahnsinn.«

»Freunde!« Stroker versuchte vergeblich, seine gebrechliche Stimme zu erheben. »Freunde, bitte!«

»Hey, ihr Nerds!«, plärrte Nicky Stückl und vereinigte die Aufmerksamkeit aller auf sich.

»Hat die uns gerade Nerds genannt?«

»Danke«, lächelte Stroker, ehe er sich an sein Team wandte. »Wie ich es prognostiziert habe, ist der Zugang ein Kinderspiel. Entscheidend wird es sein anzudocken. Wie besprochen ist daher das wichtigste Element der Präcompiler. Wir entwickeln acht verschiedene Versionen in der Hoffnung, dass mindestens einer von ihnen die Brücke zum marsianischen System zu schlagen vermag.«

»Dude, das heißt Präprozessor«, griente einer der Facebook-Jungs und glaubte daraufhin, Stückl zuzwinkern zu müssen. »Präcompiler sagt seit den 90ern niemand mehr.«

»Sehr gut, wieder etwas gelernt«, freute sich Stroker aufrichtig über diese Eingabe.

»Hey, Sweetie«, fuhr nun der Kerl von Facebook fort und wandte sich direkt an Stückl. Sommersprossen leuchteten auf seinen Wangen, sein naturroter Haarschopf wurde durch ein Stirnband zusammengehalten. Sein T-Shirt stellte ein berühmtes Meme zur Schau: einen älteren Herrn, der sich an einem Lächeln versuchte, das allerdings wirkte, als empfände er dabei einen beträchtlichen Schmerz. Es war, als versuchte der Kerl krampfhaft, jedes einzelne Klischee zu erfüllen.

»Wie wäre es?«, fuhr er schmatzend fort. »Wenn das alles hier vorbei ist, drehen wir zwei eine kleine Runde in meinem Jaguar. Na?«

»Klar«, sagte Stückl und griente keck. »Meld dich einfach, sobald du volljährig bist.«

Das Team brach in schallendes Gelächter aus, der Kerl von Facebook aber bekam ganz rote Ohren. Krampfhaft versuchte er, einen schmissigen Konter zu formulieren, mehr als undefinierbare Laute aber mochte er nicht hervorzubringen. Eine Kollegin, die neben ihm saß, klopfte ihm höhnisch auf die Schulter.

Als sich das Team zu beruhigen begann, ergriff Stroker erneut das Wort: »Wir verfahren weiter wie abgemacht: Adrian und sein Team analysieren das Ausgangsmaterial, alle anderen Gruppen basteln an ihren Präprozessoren. Shenmi, wie steht es um den Wurm?«

»Ready to go«, antwortete die Angesprochene, eine junge Chinesin. »Wir haben auf bestehende Muster zugegriffen, um Zeit zu sparen, und stimmen gerade die Feinheiten ab respektive bauen noch ein paar perfide Gemeinheiten ein. Wir programmieren verschiedene Versionen, um sicherzugehen, dass wir eine nachhaltige Wirkung erzielen.«

»Klingt ausgezeichnet. Haltet euch ran. Jede Stunde, die wir hier verplempern, sterben dort unten im Jemen Menschen. Wir legen eine Nachtschicht ein, morgen früh will ich durch sein.«

Das Team machte sich wieder an die Arbeit. Es roch nach Kaffee, nach Schweiß und Sandwiches. Müll und geleerte Tassen häuften sich auf den Tischen, das aber war im Augenblick zweitrangig. Die untergehende Sonne schnitt mit grellroten Strahlen in das von Strokers Team vollständig besetzte Stockwerk hinein; sie brachen sich im Fensterglas und überzogen die Einrichtung mit einem rötlichen Glanz. Sirenengeheul lag draußen in der Luft, es riss einfach nicht ab.

Während sich das Team auf seine Aufgaben konzentrierte, setzte sich Stroker hinter seinen Schreibtisch, starrte einen Augenblick lang abwesend auf den schillernden Screen seines Notebooks und schüttelte sich dann. Die Müdigkeit traf ihn härter, als er dies zugeben wollte. Was würde er darum geben, noch mal ein paar Jahre jünger zu sein? Er war so voller Ideen und Tatendrang, allein sein Körper setzte ihm immer engere Grenzen. Er goss sich Kaffee aus einer Kanne ein, dabei wusste er, dass er bereits zu viel Koffein intus hatte und sein Herz bald zu rebellieren beginnen würde. Sein Arzt im Kosovo hatte ihm ob seiner angeschlagenen Pumpe empfohlen, ganz auf Koffein zu verzichten, doch Stroker war in dieser Hinsicht ein lupenreiner Junkie. Schlimm genug, dass er rein körperlich nicht mehr in der Lage war, Energydrinks zu kippen. Vor zwei Jahren hatte er von einem Red Bull derartiges Kammerflimmern bekommen, dass Elis und Saimir ihn ohne Umschweife ins Krankenhaus gefahren hatten. Stroker hatte zwischenzeitlich geglaubt, dass es das gewesen war. Seitdem blieb er zumindest den Energydrinks fern – äußerst ungern allerdings.

Er seufzte. Alt zu werden war einfach eine Scheißangelegenheit.

Stückl bewegte sich auf ihn zu, sie pflanzte ihren Pfirsichhintern auf die Tischplatte seines Schreibtischs und blinzelte ihn aus ihren großen Katzenaugen an.

»Kaugummi?«, fragte sie kauend und hielt Stroker eine Dose unter die Nase.

»Warum eigentlich nicht?« Stroker schob sich ein Dragée in den Mund.

»Du bist ziemlich okay für so ein Großväterchen«, feixte Stückl.

»Ähem … danke … schätze ich.«

»Aber eine Sache kapier ich nicht«, meinte Stückl nun und musterte Stroker ausgiebig. »Die Fleischbälle bauen diese irrsinnigen Maschinen mit ihren Tentakeln und alles. Die haben Raumschiffe und wahrscheinlich ausgeklügelte Tarnmechanismen, mit denen sie sich auf dem Mars erfolgreich vor uns verstecken. Das Verhältnis von denen zu uns gleicht doch dem von Ameisen zu einem Kerl mit einer Flasche Insektenvernichtungsmittel. Verstehst du, was ich meine?«

Stroker nickte langsam.
»Warum dann keine Firewall? Warum schützen die ihre Systeme nicht? Die müssten es doch besser wissen.«
»Ich habe da so eine Theorie, was die Marsianer anbelangt.«
»Na, dann hau mal raus, Alter.«
»Na ja, eigentlich sind es zwei Theorien. Zum einen bin ich davon überzeugt, dass den Marsianern das kompetitive Umfeld fehlt, in dem wir Menschen herangewachsen sind.«
»Das was?«
»Hast du eine Antivirensoftware auf deinem Rechner?«
»Ich verstehe die Frage nicht … natürlich habe ich den Windows Defender aktiviert. Ist doch reiner Selbstmord, ohne so was ins Internet zu gehen.«
»Richtig. Und warum?«
»Soll das jetzt eine rhetorische Frage sein?« Stückl klimperte mit den Wimpern. »Weil du dir sonst allen möglichen Scheiß auf deinen PC lädst!«
»Richtig. Aber warum?«
»Wie, warum? Na weil … na, weil da eben jede Menge Scheiß durchs Internet schwirrt.«
»Worauf ich hinausmöchte, ist, dass es dort draußen Leute gibt, die sich einen Spaß daraus machen, Würmer zu schreiben, welche einem dann den PC lahmlegen. Oder die einem tatsächlich schaden wollen … die auf Kreditkartendaten abzielen … wobei die aktuell ziemlich wertlos sind, schätze ich.« Ein freudloses Schmunzeln huschte über Strokers Lippen.
»Na klar, hab ich doch gesagt.«
»Der Punkt ist, liebe Nicky, dass wir es gewohnt sind, uns in einer kompetitiven Umgebung – man könnte sie auch als ›feindlich‹ bezeichnen – zu behaupten. Wir Menschen schlagen einander seit 10000 Jahren den Kopf ein. Wir kämpfen beständig gegeneinander – auf allen Ebenen, in allen Lebensbereichen. Egal ob Mobbing in der Schule, Betrüger im Web oder Kriege, die Millionen betreffen. Der Mensch ist ein Raubtier – und am liebsten fällt er über seinesgleichen her.«
Stückl schien Stroker in diesem Punkt zuzustimmen. Sie blies ihren Kaugummi wiederholt zu einem rosafarbenen Ballon auf, der irgendwann platzte und wieder von ihrer Zunge eingesammelt wurde.
»Ich gehe fest davon aus, dass der Marsianer dergleichen innere Streitigkeiten nicht kennt. Im Gegenteil deutet vieles darauf hin, dass seine Spezies in sich geeint ist – und es schon immer gewesen ist.«
»So ähnlich wie Kommunisten?«
Stroker lachte. »Ich denke, was die marsianische Gemeinschaft ausmacht, ist für uns Menschen nur schwer fassbar, weil wir ein vergleichbares Konzept weder kennen noch leben. Selbst auf der untersten Stufe des Zusammenlebens findet unter uns Menschen ein ständiger Kampf statt – Familienmitglieder

lästern übereinander, gönnen anderen den Erfolg nicht und so weiter. Das Ellbogenverhalten ganzer Staaten kommt nicht von ungefähr.«

»Okay.«

»Die Marsianer hingegen kennen dergleichen nicht. Und haben aus diesem Grund niemals digitale Abwehrmaßnahmen entwickelt – einfach deswegen, weil ihnen die Erfahrung mit Cyberangriffen fehlt. So, wie wir uns vor dem Jahre 1901 nicht vorstellen konnten, von außerirdischen Mächten besucht zu werden, so können sich die Marsianer nicht ausmalen, dass sich jemand an ihren Systemen vergeht.«

Stroker atmete durch, das viele Reden strengte ihn an. Dennoch war es ihm ein Anliegen, seine Gedanken weiterzugeben. In Nicky Stückl erkannte er eine fähige Frau, die in der Lage war, seine Theorien aufzugreifen, wenn er nicht mehr sein sollte. Es brachte ja nichts, all seine Erkenntnisse mit ins Grab zu nehmen.

»Schau dir an, wie die Invasion von 1901 verlaufen ist – mit welchen Mitteln und auf welche Weise der Marsianer sie durchgeführt hat. Eine Invasion war das wirklich nur aus der menschlichen Perspektive heraus, setzt dieser Begriff doch zwei mehr oder weniger gleichwertige Parteien voraus, was de facto nicht vorlag. Der Marsianer spricht daher wohl eher von einem Besiedlungsversuch, der furchtbar schiefgegangen ist. Wir sollten nicht vergessen, dass wir Menschen am Scheitern der Marsianer im Jahre 1901 keinen Anteil gehabt haben. Auch dass er direkt damit begonnen hat, in den eroberten Gebieten seine heimischen Pflanzen anzusiedeln, spricht dafür, dass er sich eher als Gärtner denn als Kämpfer sieht … oder sah.«

»Aber dieses Mal haben die Fleischbälle ihre Armee mitgebracht, was?«

»Ich würde es etwas anders formulieren.« Stroker legte eine Kunstpause ein. »Und zwar folgendermaßen: Der Marsianer hat die letzten 120 Jahre damit zugebracht, überhaupt militärische Einheiten hervorzubringen, die er gegen uns einsetzen kann. Sieh mal Nicky, was da damals in England passiert ist – und das ist entscheidend, leider haben es die meisten aber immer noch nicht begriffen –, jedenfalls, was da damals geschehen ist, war mitnichten eine militärische Operation gegen uns Menschen.« Stroker lächelte schwach. »Nein, ganz und gar nicht. Es liegt in der Arroganz des Menschen begründet zu glauben, eine höher entwickelte Spezies würde tatsächlich Krieg gegen uns führen.«

»Ist das nicht Wortklauberei? Ist doch wayne, wie wir das nennen?«

»Nein, ganz und gar nicht. Es ist sogar sehr wichtig, um das richtige Verständnis für die Geschehnisse zu entwickeln.« Stroker räusperte sich, um sein brüchiges Stimmorgan in der Spur zu halten. »Wenn du mit einer Ameisenplage auf deiner Terrasse zu tun hast, rufst du auch nicht die NATO. Nein, du rückst den Biestern mit Insektenspray und anderen Gemeinheiten zu Leibe. Genau dasselbe ist 1901 in England passiert. Die Marsianer haben ein Besiedelungskommando auf unseren Planeten entsandt. Ich gehe davon aus, dass sie ihre Tripods und Toolboxen geschaffen haben, um ihnen als eine Art verlängerter Körper zu dienen, der es ihnen ermöglicht, Arbeiten aller Art auszuführen, die sie ob ihrer eigenen Physiologie ansonsten nicht bewerkstelligen können. Der Hitzestrahl und das Giftgas erdachten sie zur Verteidigung gegen die irdische Flora und Fauna … also unter anderem gegen uns; denn der Marsianer an sich wäre allem irdischen Leben auf Gedeih und Verderb ausgeliefert. Er ist für den rauen Überlebenskampf der Spezies nicht gewappnet, der auf unserem Planeten seit jeher ausgefochten wird.

Mitnichten aber hat der Marsianer aus seiner Perspektive heraus Krieg gegen uns geführt. Schau dir doch bloß die Chronik der Ereignisse an! Die royalen Streitkräfte wurden bei Woking vernichtend geschlagen, die englische Flotte hat wenig später bei Essex ordentlich auf den Deckel bekommen. Das war kein Krieg damals – das war ein Massaker. Und wären uns unsere mikroskopischen Freunde nicht zu Hilfe gekommen, die marsianischen Tripods hätten die ganze Welt erobert, ohne dass die großen Nationen der damaligen Zeit etwas dagegen hätten unternehmen können.«

»Aber warum warten die dann 120 Jahre für ihren zweiten Versuch und schauen uns in der Zwischenzeit dabei zu, wie wir Raketen, Kampfjets und Panzer entwickeln? Ich würde mal behaupten, dass eine Armee 1901er-Tripods gegen unsere heutigen Militärs keine Chance mehr hätte.«

»Korrekt.« Strokers trockene Lippen zuckten. »Was mich zu meiner zweiten Theorie bringt, die – jetzt kann ich ja offen darüber sprechen, denn es interessiert sowieso niemanden mehr – auch die Jungs und Mädels von U04 teilten.« Eine betrübte Nuance schlich sich in Strokers Züge ein. »Es ist nun einmal so, dass die Marsianer gänzlich anders funktionieren als wir Menschen. Wir Menschen arbeiten nach zwei Prinzipien: Geschwindigkeit und Trial-and-Error.«

»Okay.«

»Was meine ich damit? Ganz einfach: Stoßen wir auf eine Entdeckung, streben wir danach, sie möglichst sofort einzusetzen. Wir nehmen Fehler, Rückschläge, furchtbare Auswirkungen in Kauf, weil wir einfach nicht warten können. Es liegt in unserer Natur.« Stroker gab etwas in die Tastatur seines Laptops ein und drehte Stückl dann den Bildschirm zu. Fragend nahm sie den hölzernen Apparat in Augenschein, den dieser darstellte und der an ein Radio aus den 50er Jahren erinnerte.

»Das ist ein Pedoskop. Als Wilhelm Conrad Röntgen seine berühmten Röntgenstrahlen entdeckte, ahnte zunächst niemand, welche Gefahren von ihnen ausgehen. Geradezu sorglos haben etliche Wissenschaftler damit experimentiert, Hunderte hat schließlich der Krebs dahingerafft.« Er tippte nun auf den Screen. »Mit diesem Pedoskop wurden im letzten Jahrhundert mittels Röntgenstrahlen Füße in Schuhgeschäften vermessen. Es gab auch Röntgenkabinen auf Jahrmärkten.« Stroker verstellte die Stimme, sprach nun wie ein Marktschreier: »Fertigen Sie ein Foto Ihres eigenen Skeletts an – mit unserer magischen Fotografiekabine! Sie werden aus dem Staunen nicht mehr herauskommen!«

Stückl lachte herzhaft.

»Oder schau dir an, wie die ersten Atombombentests abliefen. Wissenschaftler befanden sich ohne jede Schutzausrüstung in Sichtweite zur Explosion, später hat die US-Armee ganze Divisionen einer nuklearen Explosion ausgesetzt, um die Männer an den Anblick zu gewöhnen. Heute lachen wir darüber und wissen es besser. Aber Geschichte wiederholt sich, sag ich dir. Wir kleistern dieser Tage unsere eigene Wohnung mit etlichen Signalen zu, die in Dauerschleife senden – Bluetooth, WLAN, Handystrahlen –, und wir haben keinen Schimmer, welche Langzeitfolgen damit einhergehen. Möglicherweise werden die nachfolgenden Generationen uns dafür belächeln, so wie wir die Menschen des 19. Jahrhunderts für ihre Röntgenkabinen belächeln. Das Wesen des Menschen jedenfalls – sein Erfinderdrang gepaart mit einer gefährlichen Ungeduld – hat über die Jahrhunderte hinweg Millionen von Todesopfern eingefordert. Es ist dies die Art und Weise, wie wir eben ticken. Und natürlich lassen wir uns dazu verleiten, alles aus dieser Perspektive heraus zu betrachten – so glauben wir zwangsläufig, dass auch der Marsianer sein müssen wie wir –, denn was wir sind, ist schließlich ›normal‹. Doch so einfach ist es nicht, fürchte ich.«

Stückl nickte nachdenklich. Stroker hatte das Gefühl, bei ihr an der richtigen Adresse zu sein. Auch Desmond hatte er seine Gedanken bereits dargelegt, doch war er sich bei dem übergewichtigen Forces-Heini nicht sicher, ob dieser in der Lage war, etwas daraus zu machen. Wer lieber zu seiner Wannabe-Freundin fuhr, während das Schicksal der Menschheit auf dem Spiel stand, der setzte womöglich seine Prioritäten falsch. Stroker griff nach einem Glas Wasser, spürte, wie das kühle Nass seine Kehle hinabrann, in der sich ein grässliches Kratzen breitgemacht hatte.

»Die Marsianer aber sind nicht wie wir«, sagte er und legte so viel Betonung, so viel Gewicht in diese Aussage, wie es seine schwächliche Stimme zu tun vermochte. »Das ist die zentrale Erkenntnis, die wir jeder Überlegung zugrunde legen müssen. Der Marsianer probiert nicht einfach aus, geht keine Risiken ein, wenn es nicht sein muss. Er ist so grundverschieden von uns Menschen. Er plant jeden Schritt sorgsam. Er lässt sich Zeit. Wenn es sein muss, lässt er sich auch 120 Jahre lang Zeit. Ich bin mir heute sicher, der Marsianer hat am ersten Tag nach der gescheiterten Invasion von 1901 damit begonnen, seinen jetzigen Feldzug vorzubereiten. Akribisch hat er jedes Detail geplant, hat uns ausgespäht, regelrecht studiert. Und wie es erscheint«, seufzte Stroker nun, »ist Teil seines Plans, jeden auszuschalten, der befähigt wäre, ihre Pläne zu vereiteln.«

»Du bist noch am Leben«, bemerkte Stückl lässig.

»Es ist nicht so, dass sie es nicht versucht hätten«, grinste Stroker, fast schon stolz auf diesen Umstand. Seine Bemerkung weitete die Augen seiner Gesprächspartnerin.

»Ich bin jedenfalls davon überzeugt, dass die Fleischbälle ihre großen Kampfmaschinen erst in den zurückliegenden 120 Jahren entwickelt haben. Die fehlenden Arme verdeutlichen, dass es sich bei ihnen wahrhaftig um Gerätschaften handelt, die allein für den Kampf hergestellt worden sind. Dass sie vollkommen automatisiert funktionieren – ich glaube, unsere Militärs würden sie als Drohnen bezeichnen –, ist ein Hinweis darauf, dass der Marsianer seine Artgenossen nicht als zu verheizendes Kanonenfutter ansieht, wie wir es allzu oft tun, wenn Generäle Tausende Leben gegen einen Geländeabschnitt eintauschen oder wir einen Scheiß auf minderjährige Minenarbeiter in Afrika geben, die unter lebensfeindlichen Bedingungen seltene Erden schürfen, damit unsereins sein Mittagessen via Smartphone mit der Welt teilen kann.

Für den Marsianer ist jedes einzelne Mitglied seiner Gesellschaft – und auch jede einzelne Maschine – wertvoll. U04 ging davon aus, dass ihre Population auch bedeutend kleiner ist als unsere. Die gescheiterte Invasion von 1901 muss ein gewaltiger Schlag für sie gewesen sein.«

»Ich dachte, der Marsianer plant alles akribisch?«

»Das tut er, gewiss. Doch wie heißt es so schön? Kein Plan überlebt den ersten Kontakt mit der Realität. Der Marsianer ist uns überlegen, so wie wir der Tierwelt überlegen sind. Und dennoch unterschätzen wir mitunter die Gefahr und es kommt zur Tragödie, wenn zum Beispiel ein berühmter Tierfilmer auf einen hochgiftigen Stachelrochen tritt. Du verstehst?«

Stückl nickte.

»Wie gesagt hatten meine Vorfahren anno dazumal keine Schnitte gegen die Marsianer gehabt. Und dennoch haben wir ihnen Verluste beigebracht. Allein die HMS Thunder Child hat vor ihrer Versenkung zwei Dreifüßer erledigt – und mit großer Wahrscheinlichkeit dabei die marsianischen Piloten gekillt. Das Risiko solcher Rückschläge wollten die Marsianer beim zweiten Mal unbedingt minimieren, was erklärt, wieso sie die Energieschilde und überdies große und kleine Drohnen entwickelt haben. Der Marsianer selbst wagt sich vermutlich nur noch im Schutze seiner Kriegsmaschinen auf die Erde. Mit Entsetzen wird er mit angesehen haben, wie die Menschheit in wahnwitziger Geschwindigkeit technisch vorangeschritten ist. Was sind schon 100 Jahre für einen Marsianer, der eine geschätzte Lebenserwartung von 2000 bis 8000 Jahren hat? Und in solch einem zeitlichen Wimpernschlag von 120 Jahren schreitet der Mensch von der Dampfmaschine zu Computersystemen und Düsenjets voran. Ich gehe sogar davon aus, dass wir die Marsianer ganz schön unter Zeitdruck gesetzt haben. Je länger sie warten, desto stärker werden wir, dies werden sie rasch begriffen haben. Ich glaube, das ist auch der Grund, weshalb sie mit diesen Raketenbatterien eine recht unvollendete, da ungenaue

Waffe in petto haben. Dem Marsianer, der jeden Aspekt geduldig und ergiebig studiert, der sich Zeit lässt, der nicht handelt, ehe er nicht jede Wägbarkeit genaustens untersucht hat, ist die Zeit durch die Tentakelbürsten geronnen. Mit Entsetzen wird er beobachtet haben, wie wir – eben noch mit Pferdekutschen über das Land fahrend – plötzlich die erste Atombombe zünden. Unser ständiger Zwist untereinander beschleunigt unseren technischen Fortschritt – etwas, das wiederum der Marsianer vielleicht gar nicht kennt.«

»Mit den Bakterien hat er damals aber eine fette Wägbarkeit vergessen«, überlegte Stückl.

»Aus meiner Zeit bei U04 weiß ich, dass auch das nur die halbe Wahrheit ist. Tatsächlich fanden meine Landsleute im Blut der sichergestellten Marsianerkörper ungezählte Antikörper gegen irdische Krankheiten. Es ist erstaunlich, wie gut vorbereitet sie waren – wie exakt sie unseren Planeten schon über eine lange Zeit hinweg studiert haben mussten. Von Groves weiß ich, dass es das Noma-Virus gewesen ist, das unsere Freunde aus dem All dahingerafft hat, eine sehr seltene Krankheit, die er ob Millionen verschiedener Bakterien und Viren schlichtweg übersehen haben muss. Groves' Leute vertraten die Theorie, dass einem aus Afrika zurückgekehrten Soldaten das Noma-Virus anhaftete und er sich folglich auf die Marsianer übertrug, in denen er fruchtbare Wirte fand. Es ist also alles andere als Bestimmung gewesen, dass die Marsianer damals zugrunde gegangen sind. Es ist wohl viel eher einem äußerst glücklichen Zufall zu verdanken.«

Stückl griff Strokers Gedanken auf und spann sie weiter: »Ich habe mir schon die ganze Zeit den Kopf darüber zerbrochen, warum die Marsianer ihre Computersysteme nicht schützen. Immerhin müssen diese Biester unsere Systeme genau kennen und infiltriert haben, sonst hätten sie nicht derart gezielt Attacken gegen uns fahren können«, begann sie. »Das bedeutet, sie müssen auch auf Firewalls und andere Abwehrmaßnahmen gestoßen sein und diese überwunden haben.«

»Davon ist auszugehen.«

»Da habe ich mich immer gefragt, warum die Fleischbälle unsere Schutzmaßnahmen nicht analysieren und kopieren … aber wenn die einfach zu lahm sind …«

Stroker griente. »Du kannst Gift darauf nehmen, dass der Marsianer unsere Systeme genaustens studiert und daran arbeitet, eigene Schutzmaßnahmen zu implementieren. Aber das wird noch einige Dekaden dauern. Der Marsianer tut nichts überstürzt, er wägt stets genau ab, testet umfangreich, rechnet alle möglichen Szenarien durch. Und unsere Computersysteme nach heutigem Maßstab gibt es erst seit etwas mehr als 20 Jahren. Für den Marsianer ist so ein Zeitraum nicht mehr als ein Augenblick.« Stroker zeigte seine Zähne. »Vermutlich haben sie irgendwo sogar einen dauerhaften Zugang in unsere Kommunikationsnetze gelegt … es ist fest davon auszugehen, dass sie wissen, was wir vorhaben.«

»Warum tun sie dann nichts dagegen?«

»Noch mal: Der Marsianer handelt niemals überstürzt. Er tut sich unglaublich schwer darin, einmal geschmiedete Pläne zu verwerfen. Das ist überhaupt unser großer Vorteil: Unsere Impulsivität und Kurzsichtigkeit sind Eigenschaften, die dem Marsianer ganz und gar unbekannt sind – weshalb er es nicht vermag, auf unsere Schnellschüsse zu reagieren.«

»Die Tatsache, dass er mit einem unausgereiften Raketensystem – wie du sagtest, ich habe von so was ja keinen Plan – und ohne Firewall für ihre Supercomputer ihren zweiten Invasionsversuch wagen, lässt deine Theorie aber ganz schön alt aussehen.« Stückl verschränkte die Arme und blies ihren Kaugummi erneut zur Blase auf.

Stroker schmunzelte. »Dann passt sie ja zu mir. Aber im Ernst: Es passiert genau das, was ich sage. Wir Menschen sind von Entwicklungsschritt zu Entwicklungsschritt gesprungen und die Marsianer müssen uns dabei mit großer Sorge beobachtet haben. Sie haben ihr Verhaltensmuster mit dieser zweiten Invasion also wohl durchbrochen und ›überstürzt‹ gehandelt – zumindest nach ihren Maßstäben. Und zwar aus der Angst heraus, dass wir in vielleicht 50 Jahren technologisch an ihnen vorbeigezogen sein werden.«

»Pfft … in 50 Jahren. Dann werde ich ja … über 50 sein.«

»Und ich ungefähr 150. Es gibt jedenfalls etwas, von der die Welt nichts weiß. Etwas, das U04 bis zuletzt geheim gehalten hat.«

Stückl sah Stroker auffordernd an. »Du wirst mich jetzt aber nicht teasern und es dann für dich behalten, oder?«

»Keine Sorge, die Zeit der Geheimnistuerei muss endlich ein Ende finden. Auch deshalb erzähle ich dir von alledem. Und wenn das hier vorbei ist, werde ich mich hinsetzen, alles, was ich weiß, aufschreiben und im Internet veröffentlichen.«

»Jetzt spuck schon aus, wovon die Welt nichts weiß!«

»Du hast doch sicher Wells' Buch gelesen?«

»Nö.« Sie grinste rotzfrech.

»Aber in Die Chronik des Krieges gegen die Tentakelmänner hast du wenigstens mal reingeschaut, oder?«

»Was für ein Ding?«

»Charles Wings Buch kennst du?«

»Gibt's da einen Film zu?«

»David Allisters Zusammenfassung?«

»Was es nicht auf Netflix gibt, kennt Nicky nicht.«

»Hast du jemals ein Buch gelesen?«

»In der Schule mussten wir mal eins lesen. Hab mir eine Zusammenfassung auf YouTube gegeben.«

»Du bist wirklich unglaublich.«

»Bücher sind halt so 1980.«

»Okay.« Stroker strich sich über den Nasenrücken. »Ich merke, zwischen uns liegen mindestens sieben Generationen. Jedenfalls beschreibt Wells ein menschenähnliches, vertrocknetes Wesen, das die Marsianer mit auf die Erde gebracht haben.«

»Ich weiß. Futter für die Fleischbälle.«

»Du hast es also doch gelesen?«

»Nee«, Nicky rollte mit den Augen. »Hallo? Zusammenfassung auf Wikipedia anyone?«

»Okay, okay.« Stroker hob die Hände, als wollte er sich ergeben. »Jedenfalls ist es das, was die öffentliche Wissenschaft bis heute glaubt – weil sie nie Hand anlegen durfte an eines dieser Wesen. U04 hat bis zuletzt sämtliche Exemplare unter Verschluss gehalten – und sie sind wohl samt und sonders bei der Explosion vernichtet worden. Selbst Groves hat noch geglaubt, eine Bekanntmachung werde eine weltweite Panik auslösen.«

»Und was sollen sie nun gewesen sein?«

Stroker schaute Stückl tief in die Augen. »Es waren Menschen.«

Seine Gesprächspartnerin erschrak, für eine Sekunde verflüchtigte sich die zur Schau gestellte Coolness aus ihrem Antlitz.

»Menschen?« Sie vergaß sogar, ihr Kaugummi zu kauen.

»Ja, Menschen. Mumifizierte Menschen, um genauer zu sein. Menschen, deren Alter U04 auf bis zu 600 Jahre bestimmen konnte. Die Marsianer haben uns über Jahrhunderte hinweg beobachtet, und wenn einem das klar wird, denkt man ganz anderes über sie. Sie wissen genau, was sie tun. Sie haben über Jahrhunderte hinweg Proben auf der Erde gesammelt, unbemerkt von unserer primitiven Spezies. Sorgsam haben sie ihre Pläne gegen uns geschmiedet. Verinnerlicht man das, begreift man auch, dass 120 Jahre für den Marsianer ein sehr kurzer Zeitraum sind. Er sah sich wohl gezwungen, seine zweite Invasion einzuleiten, ohne sie sorgfältig zu Ende zu planen …«

»Und dennoch treten uns die Fleischbälle ordentlich in den Arsch.«

In Strokers Augen funkelte ein bedrohliches Licht. »Aber wir werden zurücktreten.«

»Das hoffe ich.«

Stroker forschte einen Augenblick lang schweigend in den weichen Zügen seines Gegenübers. Nicky Stückl gab die Unnahbare, versuchte dies durch eine verschlossene Gesichtspartie, ständiges Kaugummikauen und einen stets etwas abwesenden Blick zu untermauern. Stroker aber konnte die Österreicherin nichts vormachen.

»Was ist deine Motivation?«, fragte er mit väterlicher Stimme und lächelte sie an.

»Was meinst du, Mann?« Stückl blies ihren Kaugummi zu einem rosafarbenen Ballon auf, ließ ihn platzen und häufte sie ihn mit der Zunge wieder zu einem Klumpen an, ehe ihr müder Blick Strokers Antlitz streifte –

bloß nicht zu lang, so als fürchtete sie, ihre Fassade dann nicht mehr aufrechterhalten zu können.

»Wofür tust du das? Warum hast du dich freiwillig für den Test gemeldet?«

»Nur so.«

»Erzähl keinen Scheiß!« Stückl erschrak über Strokers Wortwahl, diese hätte sie von einem Mann seines Alters wohl nicht erwartet.

Sie druckste herum, dann fiel ihre Maske. Ihr Blick glich plötzlich dem eines hilflosen Kindes, das im Gewühl seine Mutter verloren hatte.

»Meine Freundin hat ihren Marschbefehl erhalten. Ist mit dem Bundesheer in den Jemen geflogen.«

»Deine Freundin?«

»Hast schon richtig verstanden, Alter«, grinste Stückl. »Ich schlafe mit ihr.«

»In Ordnung.« Stroker hob lachend die Hände. »So genau wollte ich das gar nicht wissen.«

»Jedenfalls kann ich nicht in Wien hocken und weiter Akten stapeln, während meine Perle ihr Leben riskiert.«

»Das kann ich nachvollziehen. Danke für deine Ehrlichkeit.«

»Wäre halt geil, wenn sie in drei oder vier Wochen zurück nach Hause kommt statt in drei oder vier Teilen, du verstehst?« Sie lachte künstlich. Unsicher.

# XII. Rick Marten

»Tempo! Bewegt euch!«, brüllte Marten aus heiserer Kehle, während er an der Spitze seiner Einheit einen Höhenrücken hinaufstürmte, hinter dem die ersten Sonnenstrahlen des Tages glitzerten.

Verbrauchte Atemluft platzte im Sekundentakt aus seinem Mund, der Anstieg war anstrengend, sein Rucksack und sein Chestrig drückten ihm unangenehm auf den Oberleib.

»Los!«, rief er seinen Soldaten zu, drehte sich um, sah, wie ihm Riensch, Hadi, Härti und die anderen nacheilten. Rechter Hand preschten Radpanzer des Regiments zur Spitze des Höhenrückens hinauf, wo ihre Räder schließlich blockierten und sie, über den Untergrund schlitternd, bald zum Stehen kamen. Abschüsse von Haubitzen fauchten über das Land, eine jede Salve, die aus einem Dutzend Rohren gleichzeitig abgegeben wurde, ließ einen urgewaltigen Donnerhall entstehen, der einige Sekunden als abklingendes Echo in der Luft kleben blieb. Die M101-Geschütze der kamerunischen Armee befanden sich auf dem Höhenkamm, aufgereiht wie an der Perlenkette, und nahmen die heranrückenden Tripods unter Feuer. Die Marsianer hatten jüngst das Dorf al Marawi'ah eingenommen und ihre Kräfte danach für den Sturm auf al-Hudaida zusammengezogen. Eine Streitmacht von mehr als 35 Dreibeinern näherte sich der Hafenstadt. Die Forces und die internationalen Militärs warfen alle zur Verfügung stehenden Einheiten in die Schlacht, doch es war fraglich, ob dies genügen würde.

Marten erreichte schnaufend die Spitze des Höhenrückens. In einiger Entfernung befand sich eine der kamerunischen Haubitzen, die just in diesem Augenblick einen weiteren Schuss abgab. Schmauch fetzte aus dem Rohr, umhüllte als Wolke das Geschütz samt Bedienmannschaft, ehe er sich auflöste. Der Druck der Entladung hämmerte als physische Macht gegen Martens Brustkasten, dass der Lieutenant für eine Sekunde glaubte, in einen Windkanal geraten zu sein.

»Alu-u!«, erdröhnten die Rufe der Marsianer über das Schlachtfeld. Und Marten sah sie. In weiter Ferne trampelten sie durch ein Tal, in langen Reihen strebten sie den menschlichen Verteidigern entgegen. Die Granaten der kamerunischen Haubitzen krepierten zwischen ihren Füßen, manche Geschützbedienung landete einen direkten Treffer, dann bildete sich ein Feuerball auf Höhe eines Kesselleibs, der sogleich von grünen Lichtergebilden zerpflückt wurde. Marten wurde gleich bewusst, dass sie es mit einer Übermacht zu tun hatten, die sie nicht würden aufhalten können. Nicht hier und nicht in al-Hudaida. Er biss sich auf die Zunge – etwas zu feste, denn ein Schmerzblitz zuckte durch seinen Mundraum. Er schmeckte Blut.

Er wusste, was auf dem Spiel stand. Ging al-Hudaida samt dem einbetonierten Mini verloren, war alles umsonst gewesen.

Dann waren seine Kameraden für nichts und wieder nichts gestorben.

Die Marsianer jedenfalls schienen Lunte zu riechen, nie zuvor waren sie derart zielgerichtet mit einem solchen Kräfteansatz gegen ein einzelnes Ziel vorgegangen. Sonst hatten sie die Frontlinie immer mehr oder weniger gleichzeitig und ohne erkennbaren Schwerpunkt in alle Richtungen ausgedehnt.

Es war, als wollten sie die jemenitische Hafenstadt um jeden Preis erobern.

Mehrere Schützenpanzer vom Typ Combat Vehicle der dänischen Streitkräfte rasselten nebst Marten über den Höhenrücken, der Turm mit der 35-mm-Maschinenkanone Bushmaster richtete sich auf die heranrückenden Marsianer aus. Marten presste die Luft aus seiner Lunge, da begannen die MK zu belfern. Als dumpfes Hämmern, das ohrenbetäubend in den Gehörgängen widerhallte, knallten die Abschüsse. Goldenen Bindfäden gleich flog die MK-Munition den Tripods entgegen. Mehrere österreichische Pandur-Mannschaftstransporter fuhren hinter Martens Trupp auf, stoppten, während die Schützen an der 12,7-mm-Browning die marsianische Streitmacht ins Visier nahmen. Ruckzuck öffneten sich die hinteren Klappen, asteten schwer bewaffnete Soldaten des Bundesheeres aus den Transportpanzern und gingen unter den heiseren Kommandos eines Vizeleutnants rundherum in Stellung. In der Ferne zog ein Transporthubschrauber der aserbaidschanischen Armee am Firmament entlang, er brachte einen Infanterietrupp direkt ins Kampfgebiet. Düsenjäger grollten in großer Höhe. Es handelte sich um Schweizerische Mirage III von der Fliegerstaffel 4 aus Payerne.

Marten spuckte eine breiige Mischung aus Speichel und Staub aus. Der Sand war brutal, feine Körner prasselten ihm ins Gesicht, klimperten gegen die Plexiglasscheibe seiner Staubschutzbrille. Die marsianischen Maschinen wirbelten mit jedem Schritt Staub auf, der vom Wind erfasst und fortgerissen wurde, und die Einschläge von Granaten ließen Fontänen aus Schmutz emporsteigen. Das Schlachtfeld drohte unter einer Glocke aus Dreck zu versinken.

Marten drehte sich um, rief seinen Soldaten gegen den brutalen Lärm zu: »Stellung! Macht euch zur Abwehr bereit.« Das Rattern der Panzerketten, das Krachen der Bushmaster-Maschinenkanonen, das Klopfen von Hubschrauberrotoren und das Knallen der Jets am Himmelsdom sorgten dafür, dass er seinen Befehl zweimal wiederholen musste. Er brüllte sich regelrecht die Kehle aus dem Leib, spürte, wie sich ein peinvolles Kratzen im Hals bildete.

Härti sprintete an Marten heran, blieb japsend neben ihm stehen, stützte sich einen Moment lang auf den Oberschenkeln ab, ehe er die marsianische Armee in der Ferne in Augenschein nahm, über der eine riesenhafte Tupolew Tu-160 der russischen Luftwaffe einem Wal der Lüfte gleich einen Bombenteppich auskippte. Braune Kaskaden spritzten zwischen den Füßen der Tripods auf, gewaltige Feuerbälle griffen nach den Kesselleibern. Sie verpulverten und die marsianischen Dreifüßer setzten ihren Weg unbehelligt fort.

»Endspiel«, kommentierte Härti zwischen mehreren exaltierten Atemzügen. »Deutschland gegen Kanada.« Er sah Marten schmerzlich an. »Und wir sind Deutschland!«

Der Lieutenant nickte apathisch, kniff die Augen zusammen und wunderte sich über einen Tripod, dessen Gang nicht gleichmäßig und zielgerichtet war wie bei den anderen, sondern der in abgehackte Bewegungsmuster verfiel. Doch was machte das schon, wenn eine Maschine nicht ordentlich funktionierte? Eine von einhundert …

# XIII. Der Sieg der Highlander

Ich habe über die Zeitspanne nach meiner Begegnung mit dem Dreifüßer wieder ein klareres Gefühl von Zeit und Raum. Ich kehrte noch am selben Tage zur Laube zurück, Donavan war bereits wach und wunderte sich über meine Abwesenheit. Ich berichtete ihm von meiner Begegnung sowie von meiner Heldentat, bei der ich todesmutig einen Schuss auf das Monster aus Eisen abgefeuert hatte. Ich erntete Donavans Hochachtung und erzählte ihm anschließend auch von dem schrecklichen Verbrechen, dessen sich der Marsmann unter meinen Augen schuldig gemacht hatte. Wenn ich nunmehr, mit der Distanz der Jahre und nach einer Abkühlung meiner Emotionen daran zurückdenke, empfinde ich es als eine Schande, dass sich der Marsmensch durch seinen späteren Virentod einem ordentlichen Gerichtsprozess entzogen hat. Allein für den feigen Angriffs- und Vernichtungskrieg, den er vom Zaume gebrochen hat, für die vielen Zehntausend Toten und den angerichteten Schaden, der einer Hochrechnung des Schatzamtes Seiner Majestät zufolge die unvorstellbare Summe von 928 Millionen Pfund Sterling beträgt, gehört den außerweltlichen Aggressoren der Prozess gemacht! Es ist vom Vorsitzenden des Richterrates, Sir Linus Walsh, im Jahre des Herrn 1902 angeregt worden, einen solchen Prozess in Abwesenheit der Angeklagten zu führen (denn zweifelsohne waren die Marsmänner nicht mit ihrer gesamten Population in unserem schönen England gelandet, ebenso wenig wie wir Briten eine neue Kolonie mit unserer gesamten Bevölkerung besetzen, sondern nur mit einer militärischen Expeditionstruppe, die mächtig genug ist, um unserem Anspruch auf die Besitzung Geltung zu verleihen). Ich goutiere den Gedanken, die Marsmänner in Abwesenheit zu verurteilen. Sollten unsere Völker in ferner Zukunft jemals den Kontakt miteinander aufnehmen, hätten wir Briten dann die Befugnis, Reparationen zu verlangen.

Leutnant Donavan und ich vereinbarten, in den Abendstunden aufzubrechen. So begaben wir uns auf den Weg, marschierten die ganze Nacht hindurch und vernahmen in den frühen Morgenstunden zu unserer großen Freude Kanonendonner! Wir bemerkten, wie der graue Himmelsvorhang in einigen Meilen Entfernung unter mannigfaltigen Abschüssen aufblitzte – es musste dem Laien als ein Gewittersturm erscheinen, der erfahrene Artillerist aber erkannte sogleich, wenn seinesgleichen an der Arbeit war. Donavan und ich konnten unser Glück kaum fassen. Tatsächlich wurden wir, wie wir später erfuhren, Zeuge der Schlacht von Frensham, die vom 21. Juni bis zum 23. Juni tobte und mit einer bitteren Niederlage für das Empire endete. Ich kann mit Sicherheit sagen, dass wir am vorletzten Tage des dreitägigen Ringens in es hineingeraten waren. Jedenfalls hatte das Kriegsamt in seinem Streben nach einem Sieg im Kampf gegen die Invasoren große Truppenkontingente im Südosten Surreys zusammengezogen, von der Hoffnung beseelt, mit ihnen in den Großraum London hineinstoßen zu können. Dieser Erfolg ist ihm verwehrt geblieben. Die Maschinen der Marsmänner erlaubten es dem Gegner, eine bewegliche Kriegsführung an den Tag zu legen, deren Geschwindigkeit unsere Truppen überforderte. Je nach Quelle hatte der Marsmann zwischen vier und sechs seiner Dreifüßer eingesetzt und mit ihnen unter massivem Einsatz von Giftgas und des Hitzestrahls das gesamte V Korps in Schach gehalten! Nach drei Tagen zähen Ringens und erbitterter Kämpfe erreichte der Blutzoll überwältigende Ausmaße. Korpskommandeur und Generalleutnant Sir Herbert van Dyk nahm seine Truppen schweren Herzens zurück. Erreicht hatte er nichts, nicht ein Marsmann ward beschädigt worden.

Leutnant Donavan beschleunigte seinen Schritt, obgleich ihm die Wunden nach wie vor zusetzten. So eilten wir, als der Tag hereinbrach, dem Gefecht in der Ferne entgegen. Bald sahen wir grüne Lichtersäulen zum Firmament aufsteigen, sie mischten sich unter das Gewitter der Kanoniere. Rauchentwicklung, genährt aus mehreren Bränden, versah die Sichtgrenze mit einem feinen Vorhang.

Wir waren, wie wir noch feststellen sollten, ins Einzugsgebiet der Highlander-Kanoniere hineingeraten – genauer ins Gebiet des 19. Regiments der Royalen Artillerie. Bald schon erblickten wir einen Marsmann, der nebst Hitzestrahlbehälter mit einem Giftgasrohr durch das rot gefärbte Heideland stolzierte, es hob und eine Granate abfeuerte, die jenseits einer Hügelkette und somit außerhalb unserer Sichtweite herniederging. Jener Marsmann aber stand selbst unter Beschuss! Deutlich nun war das Grollen der Kanonen zu hören und sahen wir auch die Fontänen, die sich rechts und links des Dreifüßers aus dem Grund erhoben und teilweise über den Kesselleib hinauswuchsen. Jeder Einschlag zerfetzte das marsianische Kraut, das den Grund überwuchert hatte, weshalb allerorts schwarze Inseln aus der roten Welt hervorstachen.

Donavan und ich hielten uns nach dem Süden, um nicht direkt ins Feuer der Kameraden hineinzugeraten. Wir tauchten in einen dichten Wald ein, kämpften uns durchs Gestrüpp in der Hoffnung, das Schlachtfeld linksseitig umgehen zu können. Der Ruf des Marsianers echote wiederholt über das Land und bald darauf vernahmen wir fürchterliche Schreie verbrühter englischer Soldaten. Durch die Bäume blitzten pulsierende, schwarze Gebilde hindurch, die sich in einiger Entfernung ausbreiteten und alles Organische unter sich erstickten. Mit Wehmut stellten wir fest, dass das Feuer der Highlander spürbar abebbte, jedes Mal, wenn der mit Hitzestrahl und Giftgasrohr ausgestattete Marsmann eine seiner beiden Waffen sprechen ließ. Dichter Qualm quoll zum Himmelszelt empor, der Wind verwehte die Flammen, die nunmehr einige Waldstücke erfasst hatten und lichterloh brennen ließen. Der Hain, in dem wir uns befanden, blieb, dem Herrn sei es gedankt, vom marsianischen Feuer verschont, doch wehte jede Brise Aschepartikel bis zu uns herüber. Auch war im Unterholz vom roten Kraut nichts zu sehen. Oh, war es ein Hochgefühl, der marsianischen Albtraumwelt entflohen und zurück in gewohnten Gefilden zu sein! Trotz der tobenden Schlacht entzücke uns der Anblick weltlich grüner Gewächse.

Wir kannten in jener Stunde keine Rast, arbeiteten uns unter größer Anstrengung und trotz unserer Leiden durchs Gestrüpp. Und wir hatten Glück: Jener Hain war ein lang gezogenes Waldstück, das bis in das Stellungssystem der Highlander hineinreichte. Die Kanoniere waren halbkreisförmig in Position gegangen, um die Marsmenschen ins Kreuzfeuer zu nehmen. Dichter Qualm waberte voraus durch den Wald. Wir mussten innehalten, wollten wir nicht ersticken. Deutlich donnerten die Kanonen, sie mussten ganz in der Nähe abgefeuert worden sein, denn jäh spürte ich den Luftdruck eines jeden Abschusses. Es tat nun einen ungeheuren Knall, der gar den Untergrund erschütterte und uns zusammenzucken ließ. Der Qualm aber verlegte uns den weiteren Weg. Einer schwarzen Mauer gleich baute er sich vor uns auf und ließ uns nicht passieren. Wir rannten entlang des Qualms, entfernten uns dabei von dem Marsmann, auf den der Beschuss Wirkung zeigte. Zwar blieben Treffer aus, doch zog er sich zurück. Er hatte nach seinem Dafürhalten wohl genug Schaden unter den Highlandern angerichtet und fürwahr: Allein diesem Scharmützel fielen 36 Prozent ihrer Mannstärke zum Opfer – es zeigt dies das ungleiche Kräfteverhältnis zwischen Mensch und Maschine und hebt noch einmal die unbedingte Notwendigkeit meines Appells für eine künftige Kriegsführung gegen sie hervor: Wir müssen den Marsmenschen in seinem Trichter stellen und vernichten, dürfen ihm niemals wieder die Chance zuteilwerden lassen, seine dreifüßigen Maschinen aufzubauen und gegen uns einzusetzen. Ich bin durchflutet von der Überzeugung, dass unsere glorreiche Armee auch jene 64 Marsmänner, die England zu betreten gewagt hatten, letztlich vernichtet hätte – es hätte jedoch einen langen Atem und einen noch höheren Blutzoll vorausgesetzt. Um ebendies zu verhindern, muss der Gegner, sollte er jemals zurückkehren, schon bei seiner Ankunft geschlagen werden. Jeder einzelne Trichter ist einem Bombardement auszusetzen, das den Beschuss der Festung von Ghnazi im Jahre 1839 in den Schatten stellen muss. Nur auf diese Weise kann vereitelt werden, dass der Marsmann seine Maschinen gegen uns zum Einsatz bringt. Es ist nämlich vor allem die Beweglichkeit des Feindes, die unserem Militär zu schaffen macht. Solange er aber in seinem Krater sitzt, solange er an diesen einen Punkt gefesselt ist, solange haben wir den Vorteil auf unserer Seite. Nur müssen wir jenen Vorteil auch nutzen.

Stunden vergingen, in denen wir nach einer Möglichkeit suchten, zu unseren Kameraden zu gelangen. Schließlich erreichten wir die Stellungen der 3 Batterie. Deren Männer harrten in einem Hain aus, der vom Hitzestrahl gestreift worden war. Baumkronen waren verbrannt und verkohlt, die Highlander aber hatten im Zusammenwirken mit der örtlichen Feuerwehr das Feuer löschen können, ehe es auf das Unterholz überzugreifen und den gesamten Forst anzustecken vermochte. Leider war Fortuna der 3 Batterie in der zurückliegenden Schlacht nicht geneigt gewesen, denn die Hitze hatte nach dem Munitionslager gegriffen und dieses in einer spektakulären Explosion aufgehen lassen; dies hatte jenen Knall hervorgebracht, den wir zuvor vernommen hatten. Umherfliegende Trümmer und Splitter hatten zahlreiche Männer getötet, zwei Kanonen waren zudem zerstört worden. Das Bild, welches sich uns bot, war von entsprechender Niedergeschlagenheit geprägt. Keineswegs waren die Highlander in der Lage, dem weichenden Gegner nachzusetzen, vielmehr mussten sie froh um den Umstand sein, nicht samt und sonders in dessen Feuer vernichtet worden zu sein. Nun nutzten sie die unverhoffte Feuerpause, um sich neu zu organisieren und die Verwundeten abzutransportieren. Allerorts lagen Leichname verstreut, es fehlte die Zeit, sich auch ihrer anzunehmen. Manch Toter erinnerte an einen friedlich Schlafenden, er war im dichter werdenden Rauch zusammengesunken.

Auch Donavan und mir fiel das Atmen schwer. Die Luft war vom Schmauch und vom Ruß geschwängert, bald brannten feine Partikel in meiner Lunge und verstopften meine Atemwege, dass ich hustete und würgte. Ich hielt mir ein Taschentuch vor Mund und Nase, blinzelte mit tränenden Augen in den Rauch hinein, der die Stellungen der 3 Batterie vereinnahmte, und musste achtgeben, nicht auf einen der zahlreichen Toten oder Sterbenden zu treten. Pferdekarren transportierten fürchterlich zugerichtete Männer ab, die armen Gäule schrien und wehrten sich gegen ihre Zügel ob der Rauchentwicklung. Peitschen mussten geschwungen werden, um die Tiere an ihre Dienstpflicht zu erinnern.

Wir entdeckten einen Hauptmann unter den Highlandern; Major Eduard Tillich, Erster Offizier der 3 Royalen Batterie. Wir meldeten uns ordnungsgemäß zurück, legten in aller gebotenen Kürze unseren Bericht dar und bekundeten unseren Willen, trotz unserer Verwundungen am Fortgang der Kämpfe teilnehmen zu wollen. Derweil krachten die Kanonen der Highlander-Batterien erneut, die Waldluft wurde mit frischem Schmauch angesammelt. Unsere schottischen Kameraden sendeten dem ausweichenden Marsmann ihre Grüße nach.

Zu unserem Bedauern verbat Tillich unseren sofortigen Einsatz, obwohl das Regiment ob seiner Ausfälle zwei fähige Offiziere gut hätte gebrauchen können! Der verehrte Herr Major ließ nach einem Untergebenen rufen, der uns kurz darauf in den rückwärtigen Raum des Regiments führte, wo wir per Pferdekarren ins Lazarett gebracht werden sollten. Jenes Lazarett war bei Petersfield lokalisiert. Ich protestierte, musste mich der Order letztlich aber fügen.

Noch am Abend begaben wir uns zusammen mit anderen Verwundeten auf den Weg nach Petersfield. Mit der Fahrt auf einem Pferdekarren, zusammengedrängt zwischen blutenden, stöhnenden, sterbenden Gemeinen, begann eine unwürdige Episode, die ich dem geneigten Leser gerne erspare. Es ist doch stets ein fürchterlicher Zustand, in einem Lazarett auszuharren, umgeben vom Siechtum und Defätismus jener, denen die Kriegsgöttin nicht hold gewesen war. Gar frevlerische Gedanken sind mir während der Tage in Petersfield zu Ohren gekommen, manch Gemeiner befand sich in einem geistig verachtenswerten Zustand, dass er nicht einmal mehr Rücksicht auf Offiziere in seiner Nähe nahm und seine wehrzersetzenden Gedanken frei herausposaunte! Freilich erntete er Zuspruch unter manch verirrter Seele, scharfe Zurechtweisungen meinerseits bewirkten immer nur für kurze Zeit Besserung. Zu meinem Entsetzen musste ich beobachten, wie die fehlgeleiteten Ideen und Gedanken jenes Mannes, der törichterweise in der Pariser Kommune ein Vorbild zu sehen schien, sich im Lazarett ausbreiteten wie eine Epidemie. Die Ärzte und Schwestern, alle Hände voll zu tun mit Schwerverwundeten, deren Zahl täglich anstieg, taten nichts gegen den Geist der offenen Revolte, der die Zelte des Lazarettes bald beherrschte. Von Unfähigkeit der Führung und des Offiziersstandes wurde in aller Offenheit gesalbadert, dass ich mich in meiner Ehre beschmutzt fühlte! Donavan war zu diesem Zeitpunkt leider nicht mehr vor Ort, er war zeitig verlegt worden und ich sollte ihn erst nach dem Kriege wiedertreffen.

So kam es jedenfalls, dass mein Aufenthalt im Lazarett einen ganz und gar unwürdigen Abschnitt meiner Soldatenlaufbahn darstellt – und da ich das Herz eines jungen Mannes, der meinen Text liest, nicht mit Berichten aus ebendiesem Abschnitt verunreinigen möchte, springe ich zu meiner Entlassung vor. Zunächst aber sei mir noch die Anmerkung gestattet, dass ich neben stetigen Disziplinierungen exakt Buch geführt habe über die Entgleisungen jenes Querulanten (die er in seinem späteren Kriegstribunal auf die Auswirkungen der Medikamente schob, welche ihm verabreicht worden waren, um die Schmerzen ob der Amputation beider Füße zu lindern). Zu meinem Entzücken darf ich verkünden, dass meine Aufzeichnungen dazu beigetragen haben, die Verbrechen des Mannes zu ahnden. Im Namen Seiner Majestät wurde er am 12. Dezember 1901 gehängt!

# XIV. Brandon William Stroker

Stroker hatte jedes Gefühl für die Tageszeit verloren. Als er auf dem Feldbett erwachte, von denen Al-Ghmadi jede Menge in einem Nebenraum hatte aufstellen lassen, wunderte er sich darüber, dass ihn durch die Fensterfronten eine tiefschwarze Nacht anstarrte. Er mühte sein knackendes Skelett aus dem Bett, erhob sich nicht ohne ein Stöhnen und bemerkte missfällig, dass seine Hände schlotterten, als wären sie an einen Stromkreis angeschlossen. Er schlurfte zunächst ins Badezimmer, sprenkelte sich etwas Wasser ins Gesicht und spülte sich den Mund aus. Danach betrat er jenen Raum, in dem seine Teams rund um die Uhr arbeiteten. Jedem Team hatte er eine Aufgabe zugeordnet und pro Team waren stets mindestens zwei Personen wach, die mit klitzekleinen Augen und angestrengt wirkender Miene hinterm Rechner hockten und Eingaben in die Tastatur tätigten. Geleerte Energydrinks hatten sich zwischen ihnen zum Mount Red Bull aufgetürmt. Chipstüten knisterten, einige bevorzugten aber auch Obst. Al-Ghmadi sorgte für einen steten Nachschub an Nahrungsmitteln und Getränken. Wie man im Haus so munkelte, hatte sie ihre »Hacker« nach und nach wieder nach Hause geschickt und es stillschweigend aufgegeben, Strokers Plan auf eigene Faust umzusetzen.

Wenn man vom Teufel spricht … die Standortleiterin stand mit verschränkten Armen im Eingangsbereich und unterhielt sich in gedämpfter Lautstärke mit Nicky Stückl.

»… 30 Flaschen Wasser, mehr Kaffee, und können Sie zum Frühstück etwas Warmes zu Essen organisieren?«, hörte er Stückl sagen.

»Natürlich«, nickte al-Ghmadi, die ganz und gar geläutert wirkte. Stroker winkte der Standortleiterin mit seiner zitternden Pranke zu, ehe er sich an sein Notebook setzte und es aus dem Schlafmodus erwachen ließ. Er blickte dabei durch die breite Fensterfront auf den Nachthimmel, der sich um die New Yorker Niederlassung des Forces Office spann wie ein schwarzes Tuch, in welches weiß funkelnde Glitzersteinchen eingewebt waren. Noch immer heulten sporadisch Sirenen, blaues und rotes Licht blitzte in den Häuserschluchten auf, die den Central Park umgaben.

Auch die Etage selbst war abgedunkelt, allein einige schwache Lampen sowie die zahlreichen Bildschirme kämpften gegen die Dunkelheit an. Leise sirrten die elektronischen Geräte vor sich hin. Kabel schlängelten sich über den Teppichboden, verbanden sich zu verknäulten Kabelbäumen. Netzteile belagerten Mehrfachsteckdosen. Sie glühten regelrecht, man konnte sie kaum anfassen.

Schweigend näherten sich al-Ghmadi und Stückl, schauten Stroker erwartungsschwer an.

»Guten Morgen!«, brummte der, dessen Laune nach dem Aufstehen in der Regel nicht die Beste war. Er riss sich zusammen.

»Wie sieht es aus, Nicky?«

»Wir bereiten alles für die Testreihe vor, dann können die fünf Würmer mal zeigen, was sie draufhaben.«

»Sie leisten hier wirklich gute Arbeit«, gab al-Ghmadi unumwunden zu.

»Danke«, knurrte Stroker, der sich von der Übersicht auf seinem Laptopbildschirm ablenken ließ.

»Wie lange noch, bis wir sie rüberschicken können?«, fragte die Standortleiterin.

»Sechs Stunden. Vielleicht acht.« Stroker sah al-Ghmadi nicht an, sondern scrollte durch die Datensätze seiner Teams und erfreute sich an den hochpräzisen Ergebnissen. Wüsste er es nicht besser, er würde glauben, seine Leute hätten noch nie etwas anderes getan, als Schadsoftware zu programmieren. Exakt auf die marsianischen Systeme abgestimmt, würde diese deren Systemroutinen überschreiben und Kontrolle über die Drohnen erlangen. Fortan würden die marsianischen Kampfmaschinen von New York aus gesteuert werden, statt den Befehlen marsianischer Algorithmen zu folgen.

Stroker ging davon aus, dass die enorme Geschwindigkeit der Prozessoren und Arbeitsroutinen der marsianischen Computer – eine Geschwindigkeit, von der die Menschheit auch im zweiten Jahrzehnt des neuen Jahrtausends nur träumen konnte – für eine noch viel schnellere Ausbreitung der Viren sorgen würde. Sämtliche Gerätschaften der Marsianer waren miteinander vernetzt und kommunizierten am laufenden Band. Es dürfte höchstens Sekunden dauern, ehe die gesamte Invasionsstreitmacht infiziert worden war. Und wenn Strokers Theorie bezüglich des marsianischen interstellaren Kommunikationsfunknetzes zutraf, würden sie sich Zugriff zu sämtlichen Systemen verschaffen können, selbst zu jenen, die sich räumlich jenseits der Kármán-Linie befanden. Er dachte dabei an Basen, Sonden, Raumschiffe. Die blitzartige Kommunikation der marsianischen Systeme in Echtzeit – eine beeindruckende technologische Errungenschaft – wurde letztlich zur größten Gefahr für den Marsianer selbst. Je länger Stroker darüber nachdachte, desto sicherer war er sich, dass sie den Feind mit ihrem Virus nachhaltig würden besiegen können. Trafen zudem seine Theorien über die Verhaltensweisen der Außerirdischen zu, würden diese Jahrhunderte brauchen, um sich von einem solchen Schlag zu erholen.

Al-Ghmadi verzog die Mundwinkel, sie schien unglücklich mit Strokers Antwort.

»Braucht das wirklich noch so lange?«, fragte sie vorsichtig nach.

»Hören Sie, es ist nicht gerade so, als würden wir hier einen simplen Batch-Wurm zusammenschustern«, erwiderte Stroker grantig.

Al-Ghmadi klimperte mit den Wimpern. »Aha«, presste sie hervor.

»Das ist Präzisionsarbeit, die Tausende Subroutinen umfasst – pro Programm. Und wir müssen die ganze Nummer auf alle Eventualitäten hin testen. Wenn bei der Übertragung etwas schiefläuft und der Marsianer von der Sache Wind bekommt, schaltet er womöglich seine Netzwerke ab. Das dürfte seine Streitkräfte in ihrer Koordinierungsfähigkeit einschränken, würde sie aber nicht ausschalten, denn wir wissen, dass jede Drohne autark funktionieren kann, selbst die kleinen. Für uns aber wäre das schlicht eine Katastrophe. Nein, eine zweite Chance gibt es bei dieser Nummer nicht. Es muss beim ersten Mal perfekt funktionieren; die Tripods müssen den Marsianern unterm Hintern wegbrechen, ehe die merken, was die Stunde geschlagen hat. In jedem anderen Fall können wir … kann die Menschheit einpacken.« Stroker räusperte sich, das viele Reden strengte ihn an. »Also, nein, es geht nicht schneller.«

»Ich habe eben mit Général Sakurai telefoniert«, offenbarte al-Ghmadi und strich dabei mit zwei Finger entlang des Randes ihrer Hijab. »Die Marsianer rücken schneller vor, als uns lieb ist. Die Front der internationalen Streitkräfte ist aufgerissen. Unsere Truppen befinden sich auf dem Rückzug … auf der Flucht, so hat es der verehrte Général ausgedrückt. Al Marawi'ah ist gefallen.«

»Verzeihen Sie, meine Ortskenntnisse der jemenitischen Provinz sind etwas eingerostet …«

»Al Marawi'ah liegt 20 Kilometer östlich von al-Hudaida. Und die Marsianer scheinen den Braten zu riechen, sie marschieren mit Mann und Maus gegen die Hafenstadt. Sakurai und die internationalen Streitkräfte versuchen verzweifelt, einen letzten Verteidigungsring um die Stadt herum zu errichten … aber der verehrte Général ist alles andere als zuversichtlich.«

»Ich habe gleich gesagt, die Stadt befindet sich zu nah an der Front!«

»Die USA haben auf al-Hudaida bestanden.«

»Allein das hätte schon zu denken geben müssen … haben die den Server einbetoniert?«

»Ja … aber Général Sakurai befürchtet, dass die Marsianer sein Signal aufgespürt und ihn zum Ziel auserkoren haben. Ihr Vorstoß ist besorgniserregend zielgerichtet. Sie könnten den Server ausgraben und zerstören.«

Stroker nickte, dachte nach, dann erwiderte er: »Wir dürfen die Testreihen nicht verkürzen … gerade jetzt wäre es fahrlässig, vorschnell zu handeln. Der Ausgang dieses Krieges steht auf dem Spiel. Verlieren wir al-Hudaida, verlieren wir letztendlich nur ein paar Tage. Dann müssen die Forces halt noch mal ran und einen neuen Tripod einfangen und die Army kann woanders einen neuen Receiver aufstellen – außerhalb der Reichweite der Fleischbälle. Al-Hudaida zu verlieren, wäre bedauerlich, weiter nichts.«

»Bedauerlich?« Al-Ghmadi zeigte sich schockiert. »Es würde zu weiteren Todesopfern kommen! Wissen Sie, was es gekostet hat, die marsianische Maschine in die Hand zu bekommen?«

»Wie ich sagte: bedauerlich.«

Al-Ghmadi schien sich dieser Logik schweren Herzens zu beugen. Sie stopfte sich eine Strähne zurück unter ihr Kopftuch und ließ ein Seufzen entweichen.

»Wichtig ist allein, dass dieser Standort in unserer Gewalt bleibt. Aber ich glaube, bis die Marsianer an der Ostküste landen, werden noch ein paar Wochen ins Land ziehen, nicht?«

Al-Ghmadi blickte drein, als hätte sie einen Geist gesehen. Draußen erklangen neuerlich Schüsse – eine allzu gewohnte Geräuschkulisse für New York dieser Tage. Banden zogen brandschatzend und marodierend durch die Stadt und lieferten sich regelrechte Straßenschlachten mit der Polizei. Die Nationalgarde war längst aktiviert worden, doch es brannte allerorts in den USA – zu viele Krisenherde auf einmal, um sie alle bedienen zu können.

Stroker ließ die Standortleiterin links liegen, wandte sich stattdessen Stückl zu.

»Wie weit ist Jackson?«, fragte er.

»Die Verbindung zum Mini steht, das abgefuckte Mistding sendet nach wie vor pausenlos. Und wir haben uneingeschränkten Zugriff auf seine Systeme.« Stückl grinste, mit ihren blutunterlaufenen Augen und einem wilden Zucken um die Mundpartie hatte sie etwas Diabolisches an sich.

»Und die Testwürmer?«

»Wir laden gerade alles hoch und checken noch mal die Einsatzroutinen.«

Strokers Teams hatten für den Testlauf abgewandelte Formen der Schadprogramme geschrieben, die zwar denselben Routinen folgten, dabei allerdings nur vorgaben, das System anzugreifen.

»Sehr gut. Wir …«

Stroker hielt inne, horchte auf. Noch immer hallten Schüsse durch die New Yorker Nacht. Sie waren nah, und es wurden immer mehr. Ihr Sound bauschte sich zum grollenden, bohrenden Crescendo auf. Es hörte sich beinahe an, als spielte sich eine waschechte Schlacht direkt vor der Eingangspforte des Forces Office ab. Er kam gar nicht mehr dazu, seine Gedanken zu ordnen, denn just in diesem Augenblick erloschen sämtliche Lampen und deaktivierten sich alle Bildschirme, die neben dem Netzteil nicht zusätzlich an einem Akku hingen. Ein schreckhaftes Raunen ging durch den Raum, Strokers Teams blickten einander ängstlich flüsternd an. Sie waren in vollkommener Dunkelheit verschwunden, nur hie und da leuchtete der Screen eines Laptops gegen die Finsternis an. Er wirkte dann wie eine Insel des Lichts inmitten von Schatten. Strokers Blick fiel auf Stückl, die direkt neben ihm stand und in der Dunkelheit auf ihre Umrisse reduziert war.

Er konnte hören, wie sich ihre Atmung beschleunigte. Al-Ghmadi rührte sich nicht, war wie gelähmt. Allein die weiß in ihrem Gesicht schimmernden Augen stocherten ruhelos in der Düsternis herum.

Es dauerte nur Sekunden, dann sprang das Notstromaggregat an. Erleichterung machte sich breit, die Männer und Frauen unter Strokers Rigide atmeten kollektiv auf. Es dauerte weitere Sekunden und der Notstrom fiel ebenfalls aus. Erneut war es stockduster.

Stroker hielt den Atem an und lauschte für einen Augenblick dem etwas zu lauten Pochen seines eigenen Herzschlags. Er war noch nicht zu alt, um Furcht zu verspüren, und jene Furcht kroch in diesem Augenblick einer schleimigen Schnecke gleich seine Kehle herauf. Seine weichen Knie wurden noch eine Ecke weicher, er schwankte leicht. Seine zittrigen Hände produzierten nasskalten Schweiß, der ihn sofort frieren ließ. Ihm war mit einem Mal, als umspielte ihn eine Brise, die unangenehm kühle Luft transportierte. Er schlotterte, kämpfte die Angst nieder. Er spürte, dass Stückl ihn ansah.

»Sie sind hier«, flüsterte Stroker, dessen Verstand die Situation messerscharf erfasste.

»Unmöglich!«, stieß die Standortleiterin angsterfüllt hervor.

»Warum jagen die nicht einfach das Gebäude in die Luft?«, fragte Stückl mit glasklarer Stimme. Al-Ghmadi drehte sich erschrocken zu ihr um.

»Die wollen sichergehen, dass ich hier bin. Wollen sichergehen, dass sie mich erwischen. So war es im Kosovo auch.«

Salven aus Maschinenpistolen und menschliche Schreie drangen dumpf durch die feuerfeste Tür, die ins Treppenhaus führte. Noch trug sich der Kampf auf den untersten Stockwerken zu, doch die Marsianer bahnten sich Stück für Stück einen Weg nach oben. Allein die Geräuschkulisse machte dies deutlich. Jeder Schuss war ein bisschen lauter, ein bisschen näher als der davor. Bald waren deutlich die verzweifelten Rufe der Forces-Soldaten zu vernehmen. Eine US-kanadische Mischeinheit war zum Schutz der New Yorker Niederlassung abgestellt worden. Eine Spezialeinheit, ein Haufen ganz harter Knochen, der den infanteristischen Kampf in allen Lebenslagen perfektioniert hatte. Er wurde in diesen Sekunden regelrecht abgeschlachtet, und Stroker und seine Leute bekamen die grausigen Geschehnisse als ein Hörspiel präsentiert, das unter die Haut ging. Herzergreifende Schreie pflanzten sich durch das Gebäude fort.

»Was passiert hier?«, fragte al-Ghmadi mit einer Panik in der Stimme, die Stroker verdeutlichte, dass er sich auf die Standortleiterin nicht verlassen konnte.

»Wir werden angegriffen«, antwortete er gelassener, als er es selbst für möglich gehalten hätte. Er schaute sich um, sah schemenhaft die Gesichter seiner Teams hinter den Licht spendenden Laptopbildschirmen schimmern. Erst jetzt wurde ihm das ganze Ausmaß der Katastrophe bewusst, welche die Marsianer durch ihren unerwarteten Auftritt heraufbeschworen. Kamen sie hier zum Erfolg, würden sie Strokers Projekt und jeden Hinweis darauf aus der Menschheitsgeschichte tilgen. Stroker wollte zwar nicht glauben, dass er der einzige kluge Kopf auf dem Planeten war, der es sich in den Kopf gesetzt hatte, die Marsianer nicht physisch, sondern im Cyberspace zu bezwingen. Er war aber vielleicht der einzige Mensch, der auch die Ressourcen und die nötige

Unterstützung genoss, um dieses Vorhaben in die Tat umzusetzen. Noch mal: Würden die Marsianer hier und in dieser Nacht zum Erfolg kommen, war es das. Keine zweite Chance, keine Rettung in letzter Sekunde. Die Militärs dieser Erde würden ebenso verzweifelt wie zwecklos gegen den Vormarsch der Marsianer ankämpfen – und irgendwann untergehen.

»Haben wir Waffen hier?«, raunzte Stroker. Al-Ghmadi rührte sich nicht, war wie in einer anderen Welt abgetaucht. Stroker packte sie an den Schultern, schüttelte sie durch, so heftig er konnte. Sein Schulterblatt knackte dabei, sendete einen Schmerzreiz ans Gehirn, doch die Aktion hatte sich gelohnt. Die Standortleiterin schreckte auf, ihre in der Finsternis glänzenden Augen erfassten Stroker. Sie schüttelte ängstlich mit dem Kopf.

»Die sind gleich hier!« Stückl.

Stroker schaute dorthin, wo, in völliger Dunkelheit verborgen, die Tür zum Treppenhaus lag. Das Knattern von Maschinenpistolen und das Rufen der Soldaten schraubten sich Stockwerk für Stockwerk herauf.

»Wir müssen … müssen …«, brabbelte Stroker undeutlich, fuhr herum, tigerte einen Moment lang ziellos umher, ehe er stehen blieb und seine Teams fixierte, die noch immer zu Salzsäulen erstarrt hinter ihren Rechnern hockten und erst allmählich begriffen, in welcher ausweglosen Situation sie sich befanden.

Stückl redete derweil auf die ganz apathisch gewordene al-Ghmadi ein, verlangte den Schlüssel für die Feuerschutztür. Endlich rührte sich die Standortleiterin, kramte in ihrem Handtäschchen, fischte einen dicken Schlüsselbund heraus, wollte ihn Stückl reichen, ließ ihn fallen. Die Wienerin fluchte unflätig, hob den Schlüsselbund auf und sprintete auf die Tür zum Treppenhaus zu, die sich nebst vier Aufzugtüren in der Mitte der Etage befand und zusammen mit den Aufzügen den einzigen Zugang bildete.

»Sind das … sind das die Marsianer?«, fragte einer der Jungs von Facebook.

Jackson sprang als Erste auf und formulierte, was auch Stroker in diesem Augenblick dachte: »Was sitzen wir hier herum? Los! Laden wir alles hoch, bevor es zu spät ist!« Sie sagte das im vollen Bewusstsein, in einer Stunde nicht mehr am Leben zu sein, Stroker spürte das. Er nickte ihr anerkennend zu, auch wenn sie das in der Dunkelheit nicht sehen konnte. Dann vermochte er es endlich, die Abermillionen von Gedanken zu ordnen, die auf sein Hirn einprasselten. Nun sah er alles klar vor sich, hatte die Angst abgeschüttelt und war bereit zu handeln.

»Hochladen! Alles! Jetzt!«, plärrte er.

»Was ist mit den Tests?«, fragte jemand.

»Scheiß auf die Tests! Wir müssen unsere Ergebnisse sichern!«

»Mein Akku hält nur 'ne knappe Stunde«, meinte jemand, der den Ernst der Lage wohl noch nicht ganz begriffen hatte.

Ein unbeugsames Grienen umspielte Strokers Lippen.

»Das wird reichen«, sagte er. »Haben wir ein Netz?«

»Das WLAN ist platt. Kein Netz … hier geht nichts!«

Jackson blickte auf, ihre weiß strahlenden Augen fokussierten Stroker.

»Hotspot!«, spuckte sie ihre Idee wie einen Kirschkern aus.

»Bin schon dabei … Hotspot steht … Passwort ist jjkhz6h.«

»Bin drin!«

»Alter, mein Datenvolumen …«

»Entzückend.«

Stückl stürzte auf die Feuerschutztür zur Treppe zu, riss diese auf, trat hindurch und fand sich im schmalen Treppenhaus wieder. Die Kakofonie des Kampfes trommelte nun mit ungebrochener Lautstärke auf ihre Ohren ein, das Treppenhaus wirkte wie ein Trichter, verstärkte den Krach, dass er schmerzhaft in den Gehörgängen widerhallte. Stückl biss sich auf die Zunge und klammerte sich am Geländer fest. Sie beugte sich vor, blickte hinab in die schwarze Tiefe, in der Mündungsfeuer blitzten und aus der fürchterliche Schreie empordrangen. Eine Handvoll Gestalten hastete wild schreiend die Stufen hoch, erreichte Stückl. Sie erkannte Abteilungsleiter Mathisen. Der schmächtige Däne versuchte, die Gruppe mit seiner kraftvollen Stimme zusammenzuhalten und anzutreiben.

»Nicky!«, rief er, als er die Wienerin erkannte.

»Los!«, brüllte sie. »Rein hier! Ich verbarrikadiere die Tür!«

Nur wenige Stockwerke unter ihnen spielte sich der fürchterliche Kampf ab. Nach und nach fielen ihm die Forces-Soldaten zum Opfer, Stufe um Stufe kämpfte sich der Gegner das Treppenhaus hinauf. Grüne Lichterschlangen schillerten in den Tiefen des Treppenhauses, dann fauchten mehrere Granatenexplosionen. Stückl meinte, das ganze Gebäude schüttelte sich unter den Entladungen.

Mathisen stellte lautstark sicher, dass die zivilen Mitarbeiter – ängstlich wimmernde Männer und Frauen – durch die Tür schlüpften. Derweil tauchte ein halbes Stockwerk tiefer ein verschwitzter und schwer atmender kanadischer Soldat auf, der ein Minimi-Maschinengewehr in Händen trug. Er winkte Stückl zu, deren Schatten im Blitzlichtgewitter des Kampfes an den Wänden flackerte.

»Es sind zu viele!«, brüllte er in vollem Bewusstsein, dass sein Schicksal besiegelt war. »Verbarrikadiert euch! Wir erkaufen euch noch ein paar Minuten!«

Stückl wäre beinahe das Herz stehen geblieben. Sie kämpfte gegen ihre eigene Furcht an, die sie zu lähmen drohte, die einem Ungeheuer gleich durch ihre Eingeweide kroch und ihrem Herzen Stiche versetzte. Sie wandte sich um und stürzte an Mathisen vorbei zurück in den Flur der Etage. Der Däne eilte ihr nach.

»Abschließen!«, bellte er sogleich, nachdem er die Tür zugeschlagen hatte.

»Was ist mit den Soldaten?«

»Schließ die gottverdammte Tür ab, verflucht! Die machen ihren Job, damit wir unseren machen können!«

Stückl drehte den Schlüssel im Schloss, mit einem metallischen Klacken verriegelte die Tür. Dumpf wummerten Schüsse und das Schreien von Soldaten durch das massive Türblatt. Für einen Augenblick drohte Stückl zusammenzubrechen. Sie musste sich gegen die kalte Eisentür lehnen, musste von ihr gestützt werden. Ihr Herz bollerte in einer Geschwindigkeit, als versuchte es aus ihrer Brust auszubrechen.

Mathisen sank japsend zu Boden, kramte eine Zigarette aus der Brusttasche und schob sie sich zwischen die Lippen. Die Zivilisten, die er mitgebracht hatte, drängten sich ängstlich bei den Aufzügen zusammen, sie weinten und beklagten ihre Situation. Niemand beachtete sie.

»Gott sei Dank ist hier oben die Sprinkleranlage abgeschaltet«, murmelte Mathisen und zückte sein Feuerzeug.

Zur gleichen Zeit erteilte Stroker eine ganze Flut von Anweisungen an seine Teams. Er war weitsichtig genug, um zu erkennen, dass es keinen Ausweg aus ihrer Lage gab. Es galt daher, ihre Arbeitsergebnisse zu retten.

»Der Server ist down«, meldete Jackson, die wie all die anderen gehetzt auf der Tastatur und der Maus herumtippte. Angestrengte Mienen fokussierten sich alleinig auf die in der Dunkelheit changierenden Bildschirme – neben einer Taschenlampe, deren Lichtkegel scharf durch das herrschende Schwarz schnitt, die einzigen Lichtquellen auf der Etage. Die Silhouetten von Köpfen und Oberkörpern schälten sich aus dem schwachen Licht.

Einer von den Facebook-Jungs erlitt einen Nervenzusammenbruch, rollte sich unter seinem Schreibtisch zusammen und brabbelte unverständliches Zeug, der Rest aber konzentrierte sich einzig auf die Mission. Der Eifer und die Aufopferungsbereitschaft der Programmierer rührte Stroker – doch ihm blieb keine Zeit für Sentimentalitäten. Zeit … ja Zeit war etwas, das ihm gegenwärtig wie Sandkörner durch die Finger rann. Er fuhr herum, fasste die Feuerschutztür zum Treppenhaus ins Auge, vor der die Glut zweier Zigaretten glomm – auch Stückl genehmigte sich eine. Jene zivilen Mitarbeiter, die Mathisen mitgebracht hatte, rannten vor den Aufzügen wild durcheinanderkreischend und weinend umher und erinnerten an eine aufgescheuchte Horde Bonobos.

»Nicky!«, rief Stroker mit krächzender Stimme. Seine körperlichen Leiden waren für den Augenblick in den Hintergrund getreten, zu wichtig war seine Aufgabe. Ihm war bewusst, dass er sich für den Rest seines Lebens über Altersgebrechen keine Gedanken mehr zu machen brauchte.

»Fang diese Leute ein und sorg dafür, dass die die Klappe halten!«

Beide Glutpunkte in der Dunkelheit stiegen auf, wankten den umherrennenden Mitarbeitern entgegen. Bald waberte Stückls und Mathisens Gebrabbel durch das Stockwerk, während sie auf die der Panik anheimgefallenen Office-Mitarbeiter einredeten.

Stroker wanderte zwischen seinen Teams auf und ab, sah ihnen über die Schulter, wie sie mit allerhand Erfindergeist einen Zugang zum Forces-Netzwerk herstellten. Derweil wummerten im Treppenhaus noch immer die automatischen Waffen. Der Kampf trug sich nur noch ein oder zwei Stockwerke tiefer zu. Strokers Puls beschleunigte. Jackson schüttelte den Kopf.

»Wir kommen nicht rein«, sagte sie. Auch andere Mitglieder der Teams schüttelten verzweifelt den Kopf, während sie auf ihrer Tastatur herumhämmerten.

»Keine Chance, mit einem öffentlichen Zugang reinzukommen.«

»Dann verschafft euch Zugang! Ich habe doch nicht umsonst die besten Programmierer der nördlichen Halbkugel einbestellt!«

»Wie viele Stunden haben wir?«

Stroker sah zur Feuerschutztür. Direkt dahinter begann nun ein Maschinengewehr ohrenbetäubend zu belfern. Mehrere Rufe drangen durch das feuerfeste Material.

»Fünf Minuten«, beantwortete Stroker die Frage.

»Willst du mich verarschen? Es ist nicht gerade so, dass es für so was eine Scriptkiddie-Anwendung zum Download gibt. Wir müssen überhaupt erst die Subroutinen auslesen, um … nein, Alter, keine Chance.« Mehrere Programmierer pflichteten dieser Einschätzung bei. Kurz überkam Stroker eine tief greifende Niedergeschlagenheit, die ihn auf den Boden zu drücken versuchte. Er spürte seinen Herzschlag im Hals, ihm wurde schummrig. Zum ersten Mal seit seiner fluchtartigen Ausreise aus dem Kosovo wurde ihm gewahr, dass er seitdem seine Bluthochdrucktabletten nicht mehr eingenommen hatte. Ein Kopfschmerz, der seinen Schädel gefühlt an den Rand des Zerplatzens brachte, verstärkte sich. Schwindel schüttelte ihn durch. Seine Kehle war mit einem Mal ganz trocken, seine Zunge verschleimte. Er musste sich mit einer Hand auf einer Tischplatte abstützen und sich auf seine Atmung konzentrieren.

Mit einem Mal verstummte die Schießerei im Treppenhaus und es ward still – gespenstisch still. Allein das Klimpern der Tastaturen, Klicken der Mäuse und halblaute Wimmern der von Mathisen und Stückl zusammengetriebenen Mitarbeiter belebten die Geräuschkulisse. Al-Ghmadi stand noch immer da wie angewurzelt, sie hatte sich seit Beginn des Angriffes nicht bewegt. Dann zog ein lang gezogener, herzbewegender Schrei durch das Treppenhaus.

Erneut Stille.

Nun waren sogar die panischen Mitarbeiter verstummt, hatten Strokers Leute für eine Sekunde die Arbeit eingestellt und schauten erschrocken in Richtung Treppenhaus. Ihre bestürzten Gesichter leuchteten hinter den Screens.

Und dann waren hinter der Feuerschutztür neuerliche Geräusche zu vernehmen: ein polyfones Kratzen, ein Schaben, als würde eine Schar von Hausmeistern das Türblatt mit Laubrechen bearbeiten.

Sie waren da. Es waren viele.

Stroker fand zu neuer Kraft zurück, schüttelte den Schwächeanfall ab.

»Kommt schon, ladet alles hoch!«, rief er seinen Teams zu.

»Wir kommen nicht auf den Server! Ich lade schon alles in eine Dropbox, aber wie sollen die Forces davon erfahren?«

Stroker dachte angespannt nach.

»Mathisen!«

Der Däne riss sich die Krawatte vom Hals, dann rannte er auf Stroker zu. Derweil intensivierte sich das Kratzen jenseits der Feuerschutztür. Stückl organisierte den Widerstand: Gemeinsam mit einigen Mitarbeitern, die ihre Panikattacke überwunden hatten, begann sie damit, Regale und Kommoden vor die Tür zum Treppenhaus zu schieben.

»Mathisen!«, schnaufte Stroker. »Wir laden die Viren in eine Dropbox, aber müssen jemandem den Link geben. Wen können Sie anrufen?«

»Ich hab da jemanden.« Der Däne hob den Zeigefinger, griff sich in die Hosentasche, erstarrte. »Fuck!«, knirschte er. »Mein verschissenes Handy liegt natürlich unten in meinem Büro!« Wütend warf er seine halb gerauchte Zigarette zu Boden und trampelte sie aus. Zur selben Zeit schoben Stückl und einige andere mehr und mehr Einrichtungsgegenstände vor die Tür. Sie riefen einander hastig Kommandos zu, während auf der anderen Seite mittlerweile eine Armee von Mini-Tripods gegen das feuerbeständige Material drängen musste. Sie waren deutlich zu hören, ihre Beinchen kratzten und schlugen gegen das Material.

»Wie lautet die Nummer?«, fragte Jackson und zückte ihr Handy.

»Ja, glaubst du, ich hab die auswendig auf der Pfanne?«, blaffte Mathisen. Er trat an eines der Festnetztelefone heran, hob den Hörer hoch. Natürlich, es war tot.

»Wie lautet der Name?«, fragte Jackson, die die Suchleiste ihres Browserfensters bereits angeklickt hatte. Mathisen sprang an sie heran. Gemeinsam suchten sie die Kontaktdaten von einer Reihe von Forces-Amtsträgern heraus. Das Internet gab ausschließlich Festnetznummern preis. Mathisen rief eine nach der anderen an, ohne dass jemand abhob. In seinem steigenden Zorn stapfte er mit großen Schritten durch die Dunkelheit, während er dem Freizeichen lauschte.

»Scheiße!«, wisperte Stroker, dann laut und an den Dänen gewandt: »Versuchen Sie es weiter!«

»Ich bin dran.«

»Ist alles online …«, meldete einer der Programmierer. »Jetzt müssen wir nur noch den Link weitergeben.«

Stroker beobachtete Mathisen, der bei seinen Versuchen, jemanden zu erreichen, schnaubend zwischen den Schreibtischen umhertigerte. Er selbst ließ den Dänen nun Däne sein, drehte sich um und hastete auf Stückl zu, die zusammen mit einigen anderen einen regelrechten Turm aus Möbeln vor der Feuerschutztür aufgehäuft hatte.

»Braucht ihr noch irgendetwas?«, fragte er.

»Einen Big Mac und ’ne Coke«, japste Stückl, die in der herrschenden Finsternis nicht mehr als ein Scherenschnitt war.

»Ich nehme einen Royal TS mit doppelt Ketchup«, trällerte ein kräftiger Kerl. Stroker musste unweigerlich schmunzeln. Dann stieg ihm ein ungewöhnlicher Geruch in die Nase … es roch verbrannt und überdies irgendwie giftig. Der Gestank verschärfte sich, er wurde stechend und löste erneut pochende Kopfschmerzen in ihm aus. Stroker fasste sich an die Schläfen.

»Wonach riecht das hier?«

Stückl schnüffelte. Die graue Scheibe, die ihr Gesicht in der Finsternis darstellte, war mit einem Mal wie eingefroren. Stroker sprang, einem Impuls folgend, an die Wand heran, spähte hinter die Barrikade aus Mobiliar auf die Feuerschutztür. Hinter den Einrichtungsgegenständen gerade eben zu erahnen bildete sich ein glühender Kreis im feuerfesten Material der Tür, von dem zweifelsohne der Gestank ausging. Der Kreis weitete sich, wurde immer größer.

»Die versuchen, sich durch die Tür zu schneiden!«, quietschte Stroker. Er sah zu Mathisen hinüber, der sich noch immer bemühte, jemanden zu erreichen, und dabei immer unflätiger fluchte.

»Diese überbezahlten Idioten!«, tobte der Däne. »Nie ist jemand zu erreichen!« Eine Nachricht auf einem Anrufbeantworter konnte er nicht hinterlassen, die Forces verbaten flächendeckend den Einsatz von Anrufbeantwortern, da diese regelmäßig von U04-Freaks mit überlangen Nachrichten zugekleistert worden waren.

»So eine Scheiße!«, erfüllte die kraftvolle Stimme des Dänen den Raum.

Stückl war die Erste, die daran dachte, sich auf den Kampf vorzubereiten. Sie griff einen Stuhl, schleuderte ihn zu Boden, stemmte sich gegen die Rückenlehne und riss diese mit einem beherzten Ruck ab. Das Metallkonstrukt, das danach noch von dem Stuhl übrig war, schwang sie nun bedrohlich wie eine Keule, was ihr in der vom Lichtkegel einer Taschenlampe durchbrochenen Finsternis den Anschein eines im Schatten lauernden Wikingers verlieh.

»Sollen sie kommen!«, brüllte sie ihre Wut über die Erkenntnis hinaus, die Nacht nicht zu überleben. Al-Ghmadi brach zusammen, ohne dass jemand Notiz davon nahm. Dafür folgten nun mehr und mehr der vormals panischen Forces-Mitarbeiter Stückls Beispiel. Sie zerlegten die Einrichtung, brachen improvisierte Waffen daraus heraus und gesellten sich an die Seite der

Wienerin. Halbkreisförmig nahmen sie um die Barrikade Aufstellung – es waren Umrisse kampfbereiter Krieger in der Düsternis.

»Lasst sie nicht vorbei!«, pulverte Stückl ihren Kampfgeist auf. Der giftige Gestank derweil nahm Überhand und das Glosen in der eigentlich feuerfesten Tür leuchtete bereits durch das aufgetürmte Mobiliar hindurch, dass deren Konturen zu glimmen begannen.

»Reißen wir diese Wichser in Stücke!«, rief Stückl mit belegter Stimme.

Stroker machte auf dem Absatz kehrt, hastete atemlos zu Mathisen zurück. Während der Däne wetternd seine Runden drehte und noch immer niemand erreicht hatte, versammelten sich die Programmierteams um Stroker. Er konnte die Gesichter nicht erkennen, starrte gegen lauter Gespenstwesen in der Nacht.

»Unsere Arbeit hier ist getan«, sagte Jackson mit gefestigter Stimme.

Stroker nickte.

Einen Augenblick lang lauschten sie den Flüchen Mathisens und dem polyfonen Schaben und Scharren Hunderter Maschinenbeine gegen die Feuerschutztür. Der stechende Gestank waberte wie eine giftige Wolke durch den Raum, er zog in die Atemwege ein, breitete sich im Gehirn wie Hefe aus, der drohte die Gefäße zum Platzen zu bringen. Stroker rieb sich die pochende Stirn. Draußen intensivierte sich das Geheul von Sirenen, Einsatzkräfte näherten sich aus allen Himmelsrichtungen, doch Stroker gab sich keinen falschen Hoffnungen hin.

Jackson ließ einen undefinierbaren Laut entweichen, ehe sie mit der Selbstsicherheit eines Weltmeisters im Schwergewichtsboxen ausrief: »Meinen schwarzen Arsch kriegen diese Teeschüsseln auf Beinen jedenfalls nicht umsonst!« Sie marschierte mit bebenden Schritten zu einem Jackenständer, zog die Stange daraus heraus und drehte sie zwischen ihren Fingern, wie ein Jedi-Ritter sein Lichtschwert rotieren ließ.

»Sollen sie kommen!«, fauchte sie kampfeslustig. »Die werden schon sehen!«

Strokers Leute bewaffneten sich, nahmen Aufstellung neben Stückl und den anderen. Zurück blieb Stroker, dessen gebrechlicher Leib vor Anstrengung zitterte und der kaum mehr in der Lage war, eine Schlagwaffe zu führen, geschweige denn, an einem Nahkampf teilzunehmen. Seine Schulter schmerzte noch immer von der Schrotflinte, die er im Kosovo auf den Miniatur-Tripod abgefeuert hatte. Ein Hämatom, das in sämtliche Couleurs des Farbkreises leuchtete, zog sich über seinen halben Oberleib. Er rieb sich abermals die Stirn, stieß einen Seufzer aus und sah, wie Mathisen wutentbrannt das Handy durch den Raum pfefferte.

»Idioten!«, ließ sich der Däne vernehmen. »Alle miteinander!« Er stampfte auf Stroker zu.

»Ich erreiche niemanden. Und mir fällt auf Anhieb auch keiner mehr ein.« Niedergeschlagen. Und unendlich zornig. Der Däne knirschte mit den Zähnen.

Ob seiner zierlichen Figur konnte man in der Dunkelheit fast den Eindruck gewinnen, ein Kind vor sich zu haben.

Stroker ließ den Blick schweifen. Deutlich schimmerte nunmehr ein Licht in der verbarrikadierten Feuerschutztür. Es konnte nicht mehr lange dauern, sie hatten noch eine Minute.

Stroker ballte die Hände zu Fäusten. Sie waren beinahe am Ziel, hatten die Viren programmiert und hochgeladen. Doch sollten sie es nicht schaffen, irgendjemanden davon in Kenntnis zu setzen, versauerten die Dateien, bis die Marsianer die Serverräume der Dropbox Incorporation in San Francisco einreißen würden. Mathisen las sein Handy auf, begann damit, den Link per WhatsApp und SMS an Freunde und Verwandte zu versenden.

»Ich habe wenig Hoffnung, dass sich einer von den Flitzpiepen bewegt«, sagte er dazu.

Stroker musste sich setzen. Sie standen so kurz vor ihrem Ziel und waren doch gescheitert. Und mit ihnen war vermutlich die gesamte Menschheit gescheitert. Stroker schüttelte den Kopf, fasste die schemenhaften Gestalten ins Auge, die sich im Flur auf ihren letzten Kampf einstellten. Stückl wandte sich ab, der Display ihres Smartphones beleuchtete ihr Gesicht.

»Franzie, Baby … ich liebe dich«, hauchte sie mit tränenerstickter Stimme ins Mikrofon. »Pass auf dich auf da unten.«

Strokers Augen weiteten sich.

»Nicky!«, schrie er und wedelte mit den Armen wie ein ungeduldiges Kind. »Nicky!«

Er spurtete auf Stückl zu, dass jeder Knochen in seinem Leib schmerzvoll knirschte. »Nicky!«, quiekte er mit beinahe versagender Stimme.

»Da!«, schrie jemand angstgelähmt und vereinigte die Aufmerksamkeit aller auf sich. »Sie kommen durch die Aufzugschächte!«

Der Lichtkegel der Taschenlampe wirbelte herum, leuchtete den Bereich vor den Aufzügen aus. Feine Lanzen schoben sich durch den Spalt einer Aufzugtür und drückten sie auf. Nur einen Wimpernschlag später sprang der erste Miniatur-Tripod mit wild peitschenden Beinen in den Flur. Seine Lanze schwang bedrohlich umher. Jackson stürzte auf ihn zu, einige andere auch. Mit Stuhlbeinen und zweckentfremdeten Gegenständen schlugen sie auf den Mini ein, prügelten ihn zurück in den Aufzugschacht, wo er in die Tiefe stürzte. Zwei Menschen aber lagen nun reglos auf dem Teppichboden. Jackson und andere machten sich an der Aufzugtür zu schaffen, versuchten sie wieder zu schließen, da hieben bereits weitere Beine und Lanzen aus dem Aufzugschacht. Ein kräftiger Kerl wurde gepackt und in den Schacht hineingezogen. Sein lang gezogener Schrei entfernte sich. Überhaupt brach nun ein fürchterliches Gebrüll los. Eine weitere Aufzugtür öffnete sich, mehrere Minis krabbelten Spinnen gleich in den Flur und sprangen ohne Umschweife die dort lauernden Verteidiger an. Was sich nun Bahn brach, war kein Kampf – es war ein Massaker. Menschliche Leiber fielen im

Sekundentakt zu Boden, schlugen auf dem Teppich auf, blieben liegen. Grüne Funken sprühten zwischen den auf und nieder fahrenden Schlagwaffen. Menschen schrien in ihrer Wut und Verzweiflung durcheinander. Ein Mini-Tripod sprang gegen eine Wand, hämmerte seinen Leib ohne ersichtlichen Grund immer wieder gegen den Putz, der unter den Schlägen zerbröselte, ehe er zuckend im Kreis marschierte.

»Sie dürfen dich nicht sehen«, schrie Stückl und riss Stroker mit sich zu Boden. »Sonst zünden die gleich ihre Ladung!« Ehe er sich versah, packte sie ihn an der Schulter und zerrte ihn hinter eine Säule. Stroker sah noch, wie die feuerfeste Tür zu glimmender Schmelzmasse zerfiel, die Barrikade Feuer fing und zig Miniatur-Tripods durch die zischelnden Flammen sprangen.

Das Abschlachten nahm seinen Lauf. Die Menschen kämpften tapfer und standen doch auf verlorenem Posten, während immer mehr der außerweltlichen Angreifer über die geöffneten Aufzugschächte und durch das Treppenhaus ins Stockwerk eindrangen. Bald wuselte es vor metallischen Beinen und umherflitzenden Kesselleibern. Es sah aus, als würden sie die Menschen zwischen sich einfach zerdrücken. Die Taschenlampe fiel zu Boden, kullerte über den Teppich. Ihr Lichtkegel tanzte umher und darin spielte sich das ganze Drama des Augenblicks ab, während es grünlich blitzte und schillerte. Hier und da ragte noch ein menschlicher Arm oder ein Kopf aus dem metallischen Gemenge, hieb ein zum Schlagstock umfunktioniertes Stuhlbein auf einen Kesselleib ein, ohne Schaden anzurichten. Das Geschehen glich einem Kampf zwischen Fliege und Fliegenklatsche. Blitzartig breiteten sich die Tripods aus, einer dunklen Masse gleich fluteten sie das Stockwerk. Ihr Zischeln und Scharren, Schaben und Kratzen war allgegenwärtig, schwoll zu einer regelrechten Kakofonie an, die alles andere übertönte. Selbst die Schreie der letzten Überlebenden gingen darin unter. Mathisen stürzte sich mit einer Kippe im Mund ins Gemenge und lag Sekunden später ohne Vitalzeichen auf dem Teppichboden.

»Scheiße!«, stieß Stückl mit Tränen in den Augen aus. »Ich muss ihnen helfen!«

»Nein!«, japste Stroker. Seine knöcherne Pranke fasste sie am Ärmel. Sie hielt inne. Ihre Augen trafen sich in der Dunkelheit.

»Deine Freundin … «, hauchte Stroker, da verließen ihn die Kräfte. Stückl verstand, tippte schon auf ihrem Smartphone herum.

»Verfluchter Mist, wo ist der Link?«, stöhnte sie. Ihre Finger flogen immer ruheloser über das Touchdisplay.

»Ich find ihn nicht!« Pure Verzweiflung.

Die Tripods derweil hatten ihr Werk vollendet, hatten den letzten Verteidiger getötet. Sie strebten der Säule entgegen, hinter der Stroker und Stückl verborgen lagen. Die Wienerin schüttelte den Kopf, Tränenperlen glitzerten auf ihren Wangen.

»Ich finde den Link nicht …«, weinte sie.

Mit einem Mal erklang ein wilder Ruf. Stroker sah eine Person im Dunkeln, die einen schweren Gegenstand trug – einen Rollcontainer oder etwas Ähnliches. Todesmutig stürzte sie auf die Tripod-Armee zu, schleuderte ihr den Gegenstand entgegen. Es war Al-Ghmadi. Die marsianischen Maschinen fielen über sie her. Die Standortleiterin starb schweigend.

»Ich finde ihn nicht!« Hastig, ja panisch flitzten Stückls Finger über den Touchscreen. Die Tripod-Armada zerstob, verteilte sich pfeilschnell auf der gesamten Etage, erreichte die Säule, erreichte Stroker und Stückl. Für einen Augenblick meinte Stroker, die Maschinen hielten inne, sahen ihn direkt an.

Mitten in New York, am Rande des Central Parks, ereignete sich eine nukleare Explosion – geradezu mickrig im Vergleich zu jenen Bomben, die im Jahre 1945 in Japan gezündet worden waren, und doch gewaltig genug, um einen ganzen Block und Teile des berühmten Parks in einem gigantischen Krater verschwinden zu lassen. In einem Umkreis von elf Meilen platzten sämtliche Fensterscheiben.

# XV. Rick Marten

Die Tripods erhoben sich Bohrtürmen gleich über das Land. Ihre Raketenbatterien schepperten infernalisch, ein Konglomerat aus flammenden Geschossen zwirbelte sich den menschlichen Verteidigern entgegen.

»Deckung!«, schrie der Forces-Lieutenant und warf sich auf den Bauch. Er schlug mit dem Gesicht auf, schluckte Sand. Staubkörner klebten auf seinen Lippen, auf der Zunge, überall. Er spuckte. Der Lärm der Schlacht war mörderisch, ließ ihn das eigene Wort nicht mehr verstehen. Es rumste und krachte, und nun detonierten allerorts die todbringenden Geschosse der Marsianer. Ballons aus Sand und Steinen bildeten sich, wuchsen hoch hinaus, ehe sie in sich zusammenfielen. Es war, als befände Marten sich im Auge eines Sandsturms. Enorme Kräfte zerrten an ihm, versuchten ihm den Helm vom Kopf zu reißen. Ein Schwall Dreck bedeckte ihn unter sich, mühsam kämpfte er sich zurück an die Oberfläche, wischte den Schmutz von seiner Maschinenpistole. In den Bohrungen und Spaltmaßen hatte dieser sich längst festgesetzt. Härti lag neben ihm, schreiend – er sagte irgendetwas. Marten sah die weit aufgerissenen Augen, die Silben formenden Lippen, doch da war nur der ohrenbetäubende Lärm, das Wummern und Belfern und Dröhnen des Kampfes und dann noch ein wildes Fiepen in seinen Ohren, das ihn glauben ließ, man habe ihm einen schrill bimmelnden Radiowecker direkt ins Gehirn eingepflanzt.

Härti stoppte, riss sein G36 hoch und gab eine lange Salve ab, die als glimmende Bindfäden einem entfernten Tripod entgegenflog, ohne auch nur den Hauch einer Chance zu haben, Schaden im Ziel anzurichten. Der Gruppenführer wies nun mit der Hand in dieselbe Richtung, in die er geschossen hatte. Marten rieb sich Sandkörner aus den Augen, kniff sie zusammen, ehe er dem Fingerzeig folgte. Dann sah er es, sah die ungezählten Miniatur-Tripods, die von ihren großen Brüdern in schwarzen Konglomeraten zur Erde herabfielen und sich dort blitzschnell sammelten. Schon stoben sie den menschlichen Verteidigern entgegen. Der außerirdische Gegner war nicht mehr als eineinhalb Kilometer entfernt. Ihnen blieben nur Minuten, ehe die Minis wie ein Schwarm Piranhas über sie herfallen würden.

Marten rappelte sich hoch, der durch die Explosionen entstandene Schleier aus Staub und Schmutz begann sich zu verflüchtigen. Deutlich waren nun die zerschlagenen Geschütze der Kameruner zu erkennen. Rauchende Radpanzerwracks des österreichischen Bundesheeres säumten das Schlachtfeld. Weitere Marsianerraketen flogen heran, detonierten zwischen den Kamerunern, die verbissen gaben, was sie hatten: Ihr Leben, mehr war ihnen kaum geblieben. Die letzte Haubitze zerfetzte in einer urgewaltigen Entladung, die die Munition erfasste und in einer Kette von Detonationen vergehen ließ. Eine Stichflamme, groß wie ein mehrstöckiges Wohnhaus, zischelte in die Höhe, in ihr krachte es ununterbrochen. Brennende Gebilde flogen aus der Lohe, rauschten nach allen Richtungen davon, einige flogen weit zum Himmel hinauf, als wollten sie die Reise zum Mond antreten. Sie zogen weiße Schweife hinter sich her. Es sah aus, als entfaltete sich ein exorbitanter Blumenstrauß aus Flammen.

Hadi war schon wieder auf den Beinen, sprintete auf einen Radpanzer des Bundesheeres zu, der von den jüngsten Einschlägen in Mitleidenschaft gezogen worden war. Getroffen und qualmend rollte der Wagen noch einige Meter, ehe er stoppte. Die hinteren Klappen öffneten sich, zwei lichterloh in Flammen stehende Soldaten sprangen heraus. Marten sah, wie Hadi einen von ihnen packte, zu Boden schleuderte und ihn zwang, sich darauf hin und her zu wälzen. Sogleich fing sein Ärmel Feuer, Hadi klopfte es aus.

»Die Minis!« Härti schob sich in Martens Blickfeld und brüllte ihm direkt ins Ohr. »Die Minis! Wir müssen hier weg!« Marten legte den Kopf schräg, blickte hinab ins Tal, aus dem der Feind heraus angriff. Die Miniatur-Tripods rollten einer schwarzen, metallischen Flut gleich auf ihn zu. Es waren Tausende.

Irgendjemand sagte irgendetwas im Funkkreis. Marten verstand kein Wort. Er rückte sich seinen Helm zurecht.

Lisa.

Ihm wurden die Knie weich, er schüttelte den Gedanken an seine todkranke Frau ab, schüttelte sich wie ein Hund, der ins Wasser gesprungen war.

»Alles im Lot?«, fragte Härti. Marten nickte, dann wies er auf Hadi, der den zweiten in Flammen stehenden Österreicher löschte.

»Hol eine Karre!«, wies Marten an. Der von Dutzenden Explosionen entfachte Wind riss seinen Befehl hinfort.

»Was?«

Marten packte Härti am Schlafittchen, zog ihn zu sich heran.

»EINE KARRE!«, schrie er.

Härti hob den Daumen, entfernte sich. Und auch Marten setzte sich in Bewegung, astete Hadi und dem zerstörten Radpanzer entgegen. Da der Iraker bereits mit den beiden ausgebooteten Soldaten zugange war, hielt Marten gleich auf die offen stehenden Heckklappen zu, als eine wankende Gestalt aus dem Fahrzeug torkelte, sich den Helm vom Schädel riss, damit ihr blondes, zu einem zerzausten Zopf zusammengebundenes Haar preisgab und schließlich entkräftet auf die Knie sackte. Mit einem Satz war Marten bei ihr. Er blickte in ein junges, mit Ruß verschmiertes Gesicht. Er hatte eine blutjunge Frau vor sich. Keine Verschmutzungen dieser Welt konnten ihre weiblichen Züge verbergen. Eine blonde Strähne fiel ihr ins Gesicht. Große Katzenaugen starrten Marten ängstlich an. Er packte sie an der olivfarbenen Uniform, zog sie zurück auf die Füße. Ihr Namensband wies sie als »Kollarz« aus.

»Hilfe kommt!«

Er fixierte die Tripods, deren mächtiger Kesselleib aus dem Tal in einiger Entfernung emporragte. Es schien, als schwebten sie über der jemenitischen Wüste.

»Alu-U!«, erschollen ihre grollenden Rufe über das Land. Die Österreicherin erwachte aus ihrem Delirium, drehte den Kopf, fasste angsterfüllt den Gegner ins Auge. Marten nutzte die Gelegenheit, um den Radpanzer auf weitere Überlebende hin zu untersuchen. Nach 20 Sekunden wusste er, dass dies Zeitverschwendung gewesen war. Er fasste Kollarz an der Hand, die benommen und orientierungslos einige Schritte machte, und zog sie mit sich, weg von den Tripods, weg von der Flutwelle der Minis, die in wenigen Augenblicken den Höhenkamm, den die Menschen so verzweifelt zu halten versuchten, unter ihrer Masse verschwinden lassen würden. Riensch und einige andere kamen Hadi zu Hilfe, stützten die beiden anderen überlebenden Soldaten des Bundesheeres. Dann gaben sie Hackengas, rannten, so schnell es ihnen mit den Verwundeten möglich war.

Weg. Nur weg! Es war die einzige Möglichkeit, diesen Wahnsinn zu überleben.

Marten bis sich auf die Zunge, in seinem Rücken schlugen weitere Geschosse ein, ließen das Tal hinter einem Vorhang aus Dreck verschwinden. Die Atmung des Lieutenants beschleunigte, sein Herz tickerte wie ein Zweitakter. Er war erschöpft, um das Mindeste zu sagen. Er rannte unbeholfen und musste dann auch noch darauf achten, Kollarz nicht zu verlieren. Seine Sicht verlor an Sättigung, er blinzelte kräftig. Kopfschmerzen setzten ein, kündeten davon, dass er schon viel zu lange nichts mehr getrunken hatte. Weiße Partikel begannen damit, die Ränder seines Blickfeldes aufzufressen, das sich bald auf einen schmalen Ausguck verengte. Er rannte blindlings. Sein Körper funktionierte wie eine Maschine, ohne dass sein Bewusstsein noch aktiv Befehle erteilte. Er taumelte nun mehr, als dass er rannte, taumelte und zerrte die Österreicherin mit sich, die schwer atmete, sich verschluckte, hustete, würgte. Hadi und die anderen tauchten in einen staubigen Schleier ein, verschwanden für Sekunden aus Martens Sichtfeld. Die Sonne blinzelte durch den dichten Partikelteppich hindurch, wie eine Lampe durch ein seidenes Tuch scheint. Der Boden begann zu vibrieren, heftige Erschütterungen übertrugen sich auf Marten, schüttelten ihn durch. Er blieb stehen, verengte die Augen, spürte, wie Sandkörner winzigen Geschossen gleich auf sein Gesicht einprasselten. Dann machte er breite Objekte aus, die sich auf ihn zubewegten. Im nächsten Augenblick bereits brachen einige T-72-Kampfpanzer aus der Staubwand, kleine rot-weiß-schwarze Flaggen mit dunkelgrünem Spruch Allāhu Akbar in arabischer Schrift darin flatterten an den Antennen. Die Panzer gehörten der Republik Irak und sie rollten der marsianischen Streitmacht rücksichtslos entgegen. Hadi musste beiseitespringen, um nicht über den Haufen gefahren zu werden. Mit quietschenden Ketten passierten die Tanks Marten und Kollarz. Der Lieutenant winkte einem der grimmig dreinblickend über Luke fahrenden Kommandanten zu, dann hastete er weiter, ließ die Panzer hinter sich. Schon donnerten deren Kanonen, tackerten deren Maschinengewehre. Die Geschosse flitzten den Marsianern Sternschnuppen gleich entgegen. Grünlich schillerte der Horizont.

Marten und die Österreicherin schlossen zu den anderen auf; Kollarz schien zu sich zurückzufinden, schüttelte die Benommenheit wie einen bösen Fluch ab. In diesem Augenblick kamen zwei GTK Boxer herangesaust. Die Räder blockierten, die Radpanzer schlitterte noch ein paar Meter über den Untergrund, ehe sie unweit von Marten und den anderen zum Stehen kamen. Sogleich öffneten sich die Heckrampen. Härti stürzte aus einem der Fahrzeuge heraus und wetzte auf Marten zu. Dem Forces-Lieutenant fehlten die Worte. In seinem Rücken gewitterten erneut die Kanonen der Panzer, dass ihn die Schallwellen als physisch spürbare Macht berührten. Er zuckte merklich zusammen.

Härti grinste Hadi an und wies mit dem Daumen auf die Panzer.

»Freunde von dir?«

Hadi winkte ab. »Das wüsste ich!«

»Wie ist die Lage?«, wollte Marten wissen. Die Österreicherin war wieder vollends bei der Sache, mit fixen Handgriffen prüfte sie ihr Steyr Aug auf Ladezustand und Funktion, ehe sie sich zu den Forces-Soldaten gesellte und lauschte, was Härti verkündete. Die beiden anderen Soldaten des Bundesheeres waren schlimmer dran. Hadi und Riensch schafften sie in einen der Radpanzer, der daraufhin sogleich losbrauste.

»Wir machen ’nen Schuh«, verkündete Härti, ohne Zeit zu verlieren. »Sammeln uns östlich von hier, bauen eine neue Verteidigungslinie auf. Die Iraker decken freundlicherweise unseren Rückzug.«

Marten bemerkte, wie die wenigen übrig gebliebenen Fahrzeuge des Bundesheeres das Weite suchten. Unter aufbrausenden Motoren verschwanden sie im staubigen Schleier, den die Schlacht produziert hatte.

»Schon was aus New York gehört?«

Härti schüttelte den Kopf.

»Verdammt, die sollen sich nicht so viel Zeit lassen!«

»Vielleicht haben wir die Daten, bis wir unseren Sammelpunkt erreicht haben«, überlegte Härti. »Aber jetzt sollten wir erst einmal zusehen, dass wir uns dünnemachen, Prof!«

Marten nickte. Hinter ihm nahmen die Iraker zwischen den zerschlagenen Geschützen der Kameruner Aufstellung. Einige überlebende Kanoniere humpelten davon. Die 125-Millimeter-Hauptwaffe der Kampfpanzer krachte und schickte ein neuerlich glühendes Geschoss auf die Reise, das die Tripods mit grünen Gittern aus Licht ummantelte.

Marten und die anderen stiegen in den Boxer ein, quetschten sich regelrecht in das Mannschaftsmodul hinein. Sie schlossen die Heckklappe und der Fahrer verlor keine Zeit. Marten klammerte sich, eingeengt zwischen anderen

Soldaten, am Munitionsrack fest, während ihn die holprige Fahrt ordentlich durchschüttelte. So bekam er nicht mehr mit, wie sich die Iraker schlugen. Diese hatten sich auf einer Breite von mehreren Kilometern auf dem Höhenrücken positioniert. Es handelte sich um die einzige Panzerdivision des Landes, um die 9., die vor zwei Wochen noch in der Heimat den Islamischen Staat aus einer Grenzprovinz vertrieben hatte. Nun aber rumpelten die 50 Jahre alten Tanks nicht mehr gegen bewaffnete Halbstarke in die Schlacht, die ihnen nicht viel mehr als ihren fanatischen Glauben und den Willen, für ihre Meister in den Tod zu gehen, entgegenzusetzen hatten, sondern gegen Maschinen von einem anderen Stern. Die Iraker stemmten sich trotzig und stolz gegen ihre miserable Gewinnquote, die an den Tankantennen angebrachten Nationalfahnen flatterten im Wind.

»Ḥaiya ʿalā ḫair al-ʿamal!«, knackte die Stimme des Divisionskommandeurs auf sämtlichen Frequenzen. »Auf zum besten Tun!« Der schiitische Zusatz zum Gebetsruf war zum Schlachtruf der 9. Panzerdivision geworden. Und mit diesem Schlachtruf auf den Lippen sahen die irakischen Panzermänner ihrem Untergang entgegen. Sie würden nicht weichen, nicht einen Meter. Wollten die Aliens al-Hudaida nehmen, war dies nur über ihre Leichen zu machen.

Der Divisionskommandeur gab die Jagd frei, ein jeder Panzerkommandant suchte und bekämpfte daraufhin selbstständig sein Ziel. Zugführer zogen das Feuer ihrer Einheiten auf einzelne Tripods zusammen. Zwischen grün schillernden Säulen blinkte und blitzte das Land unter den Einschlägen der mächtigen 125-Millimeter-Geschosse. Sprenggranaten brachten dem Land tiefe Wunden bei, rissen die Erde unter den Füßen der Tripods entzwei. Antitank-Wuchtgeschosse suchten die Energieschilde der Marsianer mit roher, kinetischer Gewalt zu durchdringen. Ein Reigen aus flammenden Blumensträußen bedeckte die außerweltlichen Maschinen. Ein Dreifuß geriet ins Wanken, aus seiner aufgebrochenen Hülle purzelten Metallteile in die Tiefe. Jubel pflanzte sich durch sämtliche Funkkanäle fort.

»Allah ist groß!«, riefen die Panzermänner einander zu. Viele von ihnen bezeichneten sich als fromme Muslime, anders als die radikalsten Strömungen des Islam sahen sie in den Marsianern allerdings keine Abgesandten Allahs, sondern eine ganz und gar weltliche Angelegenheit. Gott mochte ihnen Stärke und Mut verleihen, beseitigen aber mussten sie die außerirdischen Invasoren schon selbst.

Es gab ein epochales Bild ab, wie die irakische Panzerdivision den Höhenkamm besetzt hielt, wie die Kanonen im Sekundentakt donnerten, wie bei jedem Abschuss eine dichte, graue Wolke herausgeblasen wurde, die sich flugs über den ganzen Panzer stülpte und diesen für Sekunden verhüllte, wie die Projektile den Tripods als glühende Gebilde entgegenfetzten, einschlugen und die gesamte Horizontlinie grünlich zum Changieren brachten. Außerweltliche Raketengeschosse krepierten um die T-72 herum, Säulen aus Erde wurden emporkatapultiert. Die stählerne Haut der Panzer aber war dick, beinahe nicht zu durchdringen. Im Inneren saßen die Besatzungen, lauschten dem Klopfen und Zwitschern der Splitter. Die Marsianer feuerten ihre EMP-Strahlen ab, erste Funkgeräte fielen aus. Die Panzer aber feuerten weiter, die Motoren liefen noch. Die Koaxial-MG ratterten, ihre Salven schnitten als grell leuchtende Feuerzungen in die herangaloppierenden Mini-Tripods hinein, zerpflückten viele von ihnen – zu wenige. Es war nicht weniger als eine Flutwelle, die den irakischen Panzern entgegenrauschte, eine dunkle, im Sonnenlicht bläulich schimmernde Flutwelle, bestehend aus Tausenden außerirdischen Maschinen. Vor, hinter, übereinander schraubten sie sich den Panzern entgegen, rannten, rollten, walzten als ein gewaltiger Maschinenorganismus den Hang hinauf. Die Turmschützen klemmten hinter den schweren NSW-Maschinengewehren. Ihre Garben hämmerten in die heranrauschenden Maschinenmassen hinein. Es war, als würde man Steine in eine Tsunami werfen. Ein jedes Geschoss maß 14 Zentimeter und wog 51 Gramm, wo es traf, da zerfetzten und zerspellten die Miniatur-Tripods. Hunderte wurden zerstört, Hunderte von Tausenden, die die irakischen Panzer zu erreichen und zu überrennen drohten.

Zu spät gab der Divisionskommandeur den Befehl, kämpfend auszuweichen. Die Maschinenflutwelle hatte die ersten Tanks erreicht, spülte über sie hinweg. Die Feuer speiende Kanone und das blitzende MG verschwanden unter Schichten aus marsianischen Maschinen, die sogleich ihr grausiges Werk begannen. Ganze Panzer waren wie vom Erdboden verschluckt, waren wie verschollen unter dem dunklen, tausendbeinigen Gewimmel.

Wen es noch nicht erwischt hatte, der legte eilfertig den Rückwärtsgang ein. Aus allen Rohren feuernd, versuchten die Iraker, Distanz zum Gegner zu wahren, doch die Minis setzten ihnen blitzartig nach. Wo sie mit ihren feingliedrigen Beinen ein Kettenlaufwerk berührten, zerschmolzen die Glieder binnen kürzester Zeit und verbogen die Laufrollen. Dann riffelte die Kette auf, wühlten sie die Räder im Untergrund fest, drehte sich der Tank und blieb bewegungsunfähig liegen. Es war das Todesurteil für die Mannschaft. Tripods stülpten sich wie eine Käseglocke über den Panzer, Tausende Beine drängten gegen den Stahl. Minuten später zogen die marsianischen Maschinen weiter, gaben den Blick frei auf das, was sie angerichtet hatten. Mit glühenden Löchern und geschmolzenen Raupen versehene Panzerwracks säumten den Höhenkamm. Alle Insassen waren tot – elendig verbrüht in der Affenhitze, die sich im Inneren des Panzers entwickelt hatte, als ihn die Minis wie einen Kochtopf erhitzt hatten.

Die Division der Iraker wurde binnen kürzester Zeit übel dezimiert. Kuwaitische Apache-Kampfhubschrauber sausten heran, sechs an der Zahl. Sie jagten längst über den Höhenrücken hinweg, hämmerten mit Raketenwerfern und Maschinenkanonen in die Mini-Tripods hinein, die das Land wie eine dunkle, im Tageslicht schimmernde Glasur überzogen. Stichflammen zischelten aus dem Maschinenmeer empor, Hunderte wurden von den Detonationen zerstückelt. Die gerissenen Löcher in der Formation aber schlossen sich binnen Sekunden, der Beschuss verkam zum Tropfen auf dem heißen Stein. Die Kuwaitischen Hubschrauber drehten bei, zogen mit der Gewissheit ab, die Iraker nicht gerettet zu haben. In dieser dunkelsten Stunde der Menschheit standen die Nationen zusammen, stemmten sie sich gemeinsam gegen die drohende Niederlage, die unvermeidlich mit dem Niedergang des Menschengeschlechts verknüpft war. Und so hegten die kuwaitischen Piloten keinerlei Häme, als sie mit ansahen, wie am Boden die Panzer der Iraker zerlegt wurden. Einer der großen Tripods in der Ferne reckte seinen Kesselleib nach den abziehenden Hubschraubern, richtete seine Lanze auf sie aus. Schon versagten bei einem Apache sämtliche Systeme. Triebwerk und Rotor stellten ihre Arbeit ein, der Hubschrauber verlor an Höhe und zerschellte wenig später im Wüstensand.

Gemächlich marschierten die größeren Tripods ihren Brüdern im Miniaturformat nach – gemächlich, denn sie hatten scheinbar alle Zeit der Welt. Mit stoischer Gelassenheit ließen sie den Artilleriebeschuss über sich ergehen, der aus allen Himmelsrichtungen auf sie einprasselte. Die US-Navy feuerte nahezu das gesamte Arsenal an Marschflugkörpern der 5. Flotte auf die Marsianer ab, die nach al-Hudaida drängten, doch sie war nicht allein. Russische, iranische, saudische, türkische, ägyptische, indische, französische und italienische Schiffe lagen im Golf von Aden und im Roten Meer dicht beisammen und entfesselten ein Feuerwerk, das seinesgleichen suchte. Mitnichten beschossen sich die Schiffe gegenseitig und so war vor der Küste des Jemen eine Allianz entstanden, die vor zwei Monaten noch undenkbar gewesen wäre.

Marschflugkörper schraubten sich zu Hunderten ins Firmament hinauf. Der Himmelsdom wurde zerschnitten von ihren Schweifen. Und so hagelten die zerstörerischen Lenkflugkörpern zu Hunderten auf den Vormarsch der Marsianer hernieder. Tripods verschwanden hinter flammenden Wänden. Ein Dreibeiner zerbrach unter mehreren direkten Treffern. Grünlicher Dampf vermengte sich mit ölfettigem Rauch. Die Kampfmaschine kippte um wie ein gefällter Baum, beim Aufschlag schallte ein dumpfer Knall über das Land. Ein Tripod war somit gefällt, einer von Hunderten. Mehr und mehr und immer mehr der riesenhaften Maschinen marschierten gegen die menschlichen Verteidiger al-Hudaidas.

Es war aussichtslos. Auch ein Raid südkoreanischer und nordkoreanischen Kampfflugzeuge vermochte zwar eine Schneise der Verwüstung in die vorrückenden Außerirdischen zu brennen, diese aber hatte ihre Reihen schon wieder geschlossen, als die Flugzeuge außer Sichtweite waren.

Und so zogen die Tripods weiter, strebten der jemenitischen Hafenstadt entgegen, als gebe es für sie nur ein Ziel, nämlich ihren einbetonierten Bruder aus den Fängen ihrer menschlichen Gegenspieler zu befreien.

Jener GTK Boxer, der Marten, dessen Soldaten und die Österreicher aufgenommen hatte, befand sich zu dieser Zeit bereits auf der Rollbahn. Es handelte sich um eine der wenigen asphaltierten Straßen im Land, entsprechend ruhig war die Fahrt. Zu zehnt hockten sie wie die Legehennen im Transportmodul zusammen. Der Gestank von Feuer und Schweiß stieg dem Lieutenant in die Nase.

Schweigen herrschte im Radpanzer, ein jeder gab sich der eigenen Erschöpfung hin. Allein das gleichmäßige Brummen des Motors bestimmte die Geräuschkulisse.

»Für Sie.« Der Fahrzeugkommandant reichte Marten ein TETRA-Digitalfunkgerät. Die ganze Auslaugung forderte in diesem Augenblick ihren Tribut. Marten konnte sich kaum mehr auf den Beinen halten, selbst die sanften Vibrationen der Fahrt drohten ihn umzuwerfen. Mühsam klammerte er sich am Sitz des Kommandanten fest. Seine Sicht drehte sich, sein Magen fuhr Achterbahn. Er drückte sich das Funkgerät gegen den Mund, stöhnte ein verbrauchtes »Ja?« ins Mikrofon.

»Delta One?«, drang Stearns Stimme laut und deutlich aus dem Äther.

»Nee, hier ist der Weihnachtsmann.«

»Sparen Sie sich Ihre Witzchen!«

»Wenn der sich nicht den lieben langen Tag den Arsch in der Einsatzzentrale platt sitzen würde, würde er sich solche Sprüche klemmen«, brummelte Härti angefressen.

»Wie ist die Lage?«, kam Marten sogleich auf das Wesentliche zu sprechen.

»Beschissen! Wir haben keinen Kontakt mehr zu der irakischen 9. Die Aufklärungsbilder lassen nichts Gutes vermuten.«

»Okay.«

»Egal, was wir ihnen entgegenwerfen, die Marsianer räumen es mit einer Leichtigkeit aus dem Weg, die uns verzweifeln lässt.«

»Ach, sagen Sie bloß.«

Stearn erkannte wohl, dass es im Augenblick der Sache zuträglicher war, Martens Kommentar zu ignorieren. Stattdessen erklärte er: »OVKS und NATO ziehen ihre Bodentruppen vor der Hafenstadt zusammen. Fahren Sie durch zum Sammelpunkt Charlie-November und melden Sie sich dort zurück. Sie werden das 14. portugiesische Infanterieregiment unterstützen. Die NATO hat den Oberbefehl über die Operation übernehmen, die Forces ordnen sich dem Bündnis unter.«

»In Ordnung. Und dann?«

»Wir legen einen dichten Verteidigungsring um die Stadt und sorgen dafür, dass sie in unserer Hand bleibt.«

»Natürlich.« Wenig optimistisch.

»Delta One Ende.«

Hätte Marten Platz gehabt, würde zu seinen Füßen kein Schwerverwundeter liegen, er wäre auf den Boden gesackt, so aber musste er sich weiter auf den

Beinen halten, die ihm wie Konstruktionen aus Pudding erschienen. Sie schlotterten.

»Ankunft in 15 Minuten«, meldete der Kommandant.

»Und dann geht es gleich weiter«, stöhnte Härti.

»Es muss doch eine Möglichkeit geben, sie aufzuhalten«, sagte Hadi ernüchtert. Sie alle waren am absoluten Tiefpunkt angelangt. Marten fehlte die Kraft, um den Sorgen seiner Soldaten noch etwas entgegenzusetzen. Er starrte auf die an seinem Körper hinabbaumelnde Maschinenpistole, auf seine Hände, die derbe zitterten, als wäre er an einen Stromgenerator angeschlossen. Die Müdigkeit war wie ein Dämon, der ihn in ein schwarzes Loch zu zerren versuchte. Er stank nach Schweiß und Feuer, nach Blut und Schmierfetten, nach Staub und Urin. Er besah sich seine Handvoll Soldaten, mehr war von seinem Zug nicht übrig geblieben. Sie alle waren verschmutzt, die Uniformen an Ärmeln und Knien abgewetzt, Waffen und Gesichter waren mit einer dicken Dreckkruste überzogen, Lippen blutig aufgesprungen. Und die Marsianer befanden sich weiterhin auf dem Vormarsch, gönnten den menschlichen Verteidigern keine Atempause. Warum auch, handelte es sich schließlich um Maschinen. Maschinen brauchten keine Verschnaufpause, keinen Schlaf. Maschinen marschierten und kämpften, solange es ihnen befohlen wurde – tagelang, wochenlang. Das könnte überhaupt der größte Knackpunkt am Abwehrkampf sein: Die Marsianer kannten keine Rast, ihre Offensivkräfte marschierten und marschierten und würden wohl fortmarschieren, bis sie alle Kontinente erobert hatten.

Marten besann sich schließlich darauf, dass er als Vorgesetzter nicht nur die Verantwortung über sich selbst trug. Er hob den Kopf, was allein schon einiger Anstrengung bedurfte, und betrachtete seine Soldaten, soweit das in dem dichten Gedränge möglich war.

»Alles in Ordnung?«, fragte er mit brüchiger Stimme. Hadi nickte, sein Gesichtsausdruck war grimmig, spiegelte die ganze Entschlossenheit des Irakers. Überhaupt wirkte er von allen noch am frischesten. Vermutlich hatte er am ehesten gelernt, mit Entbehrungen umzugehen. Riensch nickte auch, sie sah aus, als stünde sie den Tränen nahe.

»Fühle mich ein bisschen wie in der Overtime«, säuselte Härti japsend. Das rang Marten tatsächlich ein Grinsen ab, das als Ahnung eines Gesichtsausdrucks über seine Lippen huschte. Daraufhin musste auch Härti grienen.

»Aber im Ernst, Trainer«, begann er plötzlich mit tiefer Stimme und fasste Marten fordernd ins Auge. »Ist die Nummer noch zu gewinnen?«

»Was meinst du?«

»Al-Hudaida … du weißt so gut wie ich, dass die Hafenstadt nicht zu halten ist. Und wir müssen aufpassen, dass uns die Fleischbälle nicht sämtliche Ausweichrouten abschneiden und wir in der Stadt festsitzen.«

»Wir werden nicht festsitzen!«, erwiderte Marten. »Wir werden diese Mistkerle aufhalten, hier und heute.«

»Dein Wort in Gottes Gehörgang.«

Nun schaltete sich Hadi ein, indem er Härti brüderlich die Hand auf die Schulter legte: »Wir müssen nur durchhalten, bis dieser … dieser …« Hilfe suchend wandte er sich an Marten.

»Stroker«, half der aus.

»… genau … dieser Stroker-Kerl sich in die Systeme der Marsianer gehackt hat.«

»Dafür aber brauchen wir den Mini«, insistierte Marten. »Wir brauchen quasi ein Gateway ins marsianische Netz. Alles ist vorbereitet, die Relais und der ganze andere technische Firlefanz. Wir warten nur noch auf die Jungs in New York und schon werden sich die Tripods gegen ihre Meister wenden.« Marten holte tief Luft. »Fällt aber al-Hudaida, ist der Mini futsch und wir dürfen noch mal auf die Jagd gehen. Willst du das? Willst du, dass Sabine und die anderen für nichts gestorben sind? Jeder Tag Verzögerung bedeutet Tausende weitere Tote. Wir müssen sie aufhalten, hier und heute.«

Härti feixte. »Ich wollte es nur noch mal aus deinem Mund hören. Dann treten wir den Tentakelmännern mal in den Allerwertesten!«

»Das will ich hören.«

Marten fasste neuen Mut. Ja, sie hatten noch eine Chance. Stroker musste nur endlich in die Tasten hauen.

Der Wagen verlangsamte spürbar seine Fahrt, bog dann ab und beschleunigte wieder. Das unterdrückte Rauschen des Fahrtwindes und das ebenmäßige Summen des Motors drohte Marten in den Schlaf zu wiegen. Er schloss die Augen, war für mehr als eine Minute weg, ehe er sie wieder aufriss, weil er glaubte, in eine Grube zu stürzen. Sein Herz klopfte wie verrückt, als hätte er gerade einen Sprint absolviert.

»Delta One, hier spricht Control«, knackte Stearns Stimme aus dem Funkgerät. Er klang niedergeschlagen. Mehr als niedergeschlagen. Eine böse Vorahnung wühlte sich durch Martens Brust. Auch Härti und die anderen Forces-Soldaten blickten ängstlich auf.

»Es gibt …« Stearn brach ab.

»Spucken Sie es aus!«

»Es gibt schlechte Neuigkeiten.«

»Ja?« Am Boden zerstört.

»In New York ist es zu einer Explosion gekommen.«

»Okay.« Marten ahnte es bereits, wollte es aber nicht wahrhaben.

»Eine Explosion nuklearen Ausmaßes. Mehrere Zehntausend Tote, so die Schätzungen.«

»Stroker?«

»Es hat das Forces Office erwischt.« Mehr brauchte der Capitaine nicht zu sagen. Marten fühlte sich, als hätte er schwere Steinblöcke gefressen. Nun konnte er sich nicht länger auf den Beinen halten, er plumpste zwischen seinen Soldaten auf den Hintern, landete auf den Beinen des Verwundeten und starrte mit leerem Blick gegen die Stiefel seiner Kameraden. Härti erschrak, wollte zu ihm, doch Marten signalisierte ihm mit einer Handbewegung, dass er in Ordnung sei.

Schweigen beherrschte den Innenraum ob dieser Hiobsbotschaft. Die Hoffnung auf einen baldigen Sieg war dahin. Der Krieg würde weitergehen, noch lange, lange weitergehen. Aller Mut, den Marten auf der Fahrt wieder gefasst hatte, war dahin; er fühlte sich wie ein Depressiver während einer schweren Sinnkrise.

»Delta? Sind Sie noch da?«

Marten drückte die Funktaste, sagte aber lange nichts, ehe er ein schwaches »Ja« hauchte.

»Hören Sie: An den Befehlen ändert sich nichts. Erreichen Sie den Sammelpunkt, melden Sie sich bei den Portugiesen und richteten Sie sich zur Verteidigung der Stadt ein.«

»Was macht das für einen Unterschied?«

»Ich weiß, dass die Lage deprimierend ist«, sagte Stearn eindringlich. »Aber die Evakuierung ist noch nicht abgeschlossen. Es befinden sich noch immer über 80000 Menschen in der Stadt!«

»Was?« Diese Information hauchte Marten frische Lebensgeister ein. Er konnte förmlich spüren, wie die Kraft in seine Glieder zurückkehrt.

»Die Marsianer stoßen in einer Geschwindigkeit vor, die uns alle überrascht hat. Wir beschleunigen die Evakuierung, werden aber mindestens zwölf weitere Stunden benötigen. Kaufen Sie uns Zeit, Delta One.«

Marten nickte, erhob sich. Jeder Knochen in seinen Körper schien zu knacken. »Verstanden, Control. Sie können sich auf uns verlassen!« 80000 Zivilisten ... Marten würde nicht eher ruhen, ehe diese Menschen in Sicherheit gebracht worden waren. Alles, was danach kommen würde, musste warten. Sie würden schon einen Weg finden, den Marsianern das Handwerk zu legen.

Tatsächlich tummelte sich im Hafen von al-Hudaida ein buntes Gemenge unterschiedlichster Schiffe. Vom Kreuzfahrtdampfer über Tanker bis hin zu Fischerbooten waren alle Größen und Formen vertreten und jedes einzelne Schiff wurde vollgestopft mit Zivilisten und verließ dann unter Volllast den Hafen. Die Göschen von mehr als 90 Nationen flatterten durcheinander.

»Das weiß ich«, schloss Stearn mit väterlicher Stimme. »Und danke für Ihren Einsatz.« Seltene Worte vom Capitaine, die Marten guttaten.

»Wir tun, was wir können.«

»Ich weiß. Control Ende.«

Marten erhob seine Stimme: »Ihr habt den Mann gehört. Nutzt die letzten Minuten, um euch was zwischen die Zähne zu schieben. Sobald der Wagen steht, geht es wieder ans Eingemachte. Rechnet nicht damit, dass sich die Fleischbälle zu viel Zeit lassen werden. Härti?«

»Hier, Trainer!«

»Munitionsausgleich durchführen, wir teilen uns in zwei Trupps auf. Du bist Truppführer 2.«

»Sehr gerne.«

»Wie viele Panzerfaustpatronen haben wir noch?«

»Sechs.«

»Fantastisch. Gleichmäßig auf beide Trupps aufteilen.«

»Zu Befehl, mon Lieutenant!«

»Wir sind so ziemlich die Einzigen, die zwischen den Einwohnern al-Hudaidas und diesen wandelnden Kloschüsseln stehen, also will ich dienstfreudige Gesichter und Einsatzbereitschaft bis zum Letzten sehen!«

»Dienstfreudige Gesichter und Einsatzbereitschaft … ich schaue mal, ob wir davon noch was dahaben«, scherzte Härti. Riensch, Hadi und die anderen zeigten sich für den bevorstehenden Abwehrkampf motiviert. Marten hatte sie wieder einmal angesteckt, seine Soldaten würden ihm bis in die Hölle folgen.

»Ankunft in drei Minuten«, meldete der Fahrzeugkommandant.

*

Exakt drei Minuten später bremste der Boxer seine Fahrt ab und kam mit einem spürbaren Ruck zum Stehen. Die Rampe senkte sich, ließ das gleißende Sonnenlicht in den Innenraum einfallen. Marten kniff die Augen zusammen, blinzelte an behelmten Köpfen und Waffenmündungen vorbei nach draußen.

Der Boxer leerte sich, die Soldaten sammelten sich draußen, wo Härti sie sofort zum Munitionsausgleich verdonnerte. So standen sie beisammen, zählten und tauschten Patronen. Die Mannschaft des Radpanzers eilte mit den beiden Verwundeten davon.

Marten schritt als Letzter über die Rampe ins Freie, die Hitze schlug ihm wie eine Heizdecke, die über ihn gestülpt wurde, ins Gesicht. Er wollte gerade zu seinen Soldaten aufschließen, da vernahm er ein Schluchzen in seinem Rücken. Er drehte sich um und wurde der Österreicherin Kollarz gewahr, die ihren Sitz im Boxer nicht verlassen hatte. Ganz aufgelöst starrte sie auf ihr Smartphone. Tränen malten weiße Bahnen in ihr rußgeschwärztes Gesicht. Sachte trat Marten an sie heran, hörte dabei, wie blechern eine sanft klingende Frauenstimme aus dem Lautsprecher des Smartphones drang: »Franzie, Baby … ich liebe dich. Pass auf dich auf da unten.« Kollarz berührte den Touchscreen, und die Nachricht tönte erneut durch den Innenraum des Radpanzers.

Marten hockte sich neben Kollarz, forschte einen Augenblick lang in ihrem Antlitz. Ihre Lippen bewegten sich wellenförmig.

»Du heißt Franzie?«

Sie nickte, ohne von ihrem Smartphone aufzuschauen.

»Franziska«, sagte sie mit tränenerstickter Stimme. Ihr österreichischer Spracheinschlag war nicht zu verkennen.

»Hi! Ich bin Rick.« Er streckte ihr die Hand aus und lächelte milde. Zögerlich ergriff Kollarz sie, ihr Händedruck war schlaff, kraftlos. In der Ferne grollten Einschläge, die sich langsam, aber sicher an al-Hudaida heranfraßen. Die Tripods legten ein bisher ungekanntes Tempo vor. Ihr Ruf war bereits bis hierher zu hören.

»Ist alles in Ordnung?«

Kollarz schüttelte den Kopf, starrte wieder auf ihr Smartphone.

»Du hast viel durchgemacht … es tut mir leid um deine gefallenen Kameraden.«

Keine Reaktion. Innerlich verfluchte Marten die Österreicherin dafür, in Emotionalitäten auszubrechen. Sie alle würden sich am liebsten hinsetzen und drauflosheulen. Aber das war nun mal nicht drin. Äußerlich ließ sich Marten nichts anmerken.

»Ist das deine Mutter?«, fragte er, als Kollarz die Sprachnachricht erneut abspielte.

Sie schüttelte den Kopf.

Herrgott, muss ich der alles aus der Nase ziehen?!

»Meine Freundin …«, presste sie schließlich zwischen zwei stoßartigen Atemzügen hervor. »Sie war in New York …«

»Hey.« Marten legte ihr eine Hand auf den Schenkel, endlich sah sie ihn an. Und dann musste er plötzlich an Lisa denken. Es fiel ihm schwer, den Gedanken an seine Frau wieder aus seinem Kopf zu bekommen. Er zwang sich zu sagen: »New York ist riesig. Sie wird schon nicht in der Nähe dieser Explosion gewesen sein … die Wahrscheinlichkeit ist verschwindend gering …«

Wieder schüttelte Kollarz den Kopf.

»Du verstehst nicht«, klagte sie dann. Ihre Tränen flossen ungebremst, der Bereich um ihre Augen quoll regelrecht auf. »Sie war Forces-Mitarbeiterin. Sie hat für irgend so einen Stroker an einer Waffe gegen …«

Marten hörte ihr nicht länger zu. Als der Name »Stroker« gefallen war, war es um ihn geschehen. Er setzte sich neben sie, starrte auf ihr Smartphone, auf die WhatsApp-Konversation, in die die Sprachnachricht ihrer Freundin eingebettet war. Es handelte sich um die vorletzte Mitteilung, die ihre Freundin ihr geschickt hatte. Gute zehn Minuten später hatte die App einen unkommentierten Dropbox-Link von besagter Franzie empfangen.

»Was ist das?«, unterbrach er Kollarz harsch, die sich gerade ein wenig gefangen hatte und in schneller werdender Sprache von jenem vierten Date berichtete, bei dem sie gemerkt habe, dass Franzie ihre Seelenverwandte sei. Die Österreicherin brach ab, starrte Marten konsterniert an. Der bestand auf eine Antwort, wies dazu mit dem Finger auf den Link.

»Was ist das?«

Kollarz zuckte mit den Achseln, rieb sich die Flüssigkeit aus den blutunterlaufenen Augen.

»Vielleicht ein Fehler?«, fragte sie mit klangloser Stimme.

»Was ist in dem Ordner?«

»Nur ein paar Dateien. Kann ich aber nicht öffnen. Und überhaupt, was geht … hey!«

Marten riss ihr das Smartphone einfach aus der Hand. Ein Blick auf den Empfangsbalken beruhigte ihn: H+, und das wenige Kilometer außerhalb einer zerbombten Stadt im Jemen. In Deutschland kam er im Herzen mancher Großstädte nur auf einen mickrigen Edge-Empfang. In Sachen Internetverbindung war seine Heimat wirklich ein Dritte-Welt-Land, aber das war eine andere Geschichte. Marten tippte auf den Link.

»Sag mal, was machst du denn da?«, beschwerte sich Kollarz, doch Marten wandte sich von ihr ab, sodass sie keine Chance hatte, ihr Smartphone zu erreichen. »Weißt du, was mich das kostet, von hier aus ins Netz zu gehen?«

Ungeduldig wartete der Lieutenant darauf, dass der Ordner endlich lud … und nahm danach mit klopfendem Puls die sechs Dateien in Augenschein, die dort lagerten. Sechs Dateien … wie Stroker es beabsichtigt hatte. Das konnte kein Zufall sein. Marten stürmte aus dem Radpanzer, drängte sich in den Halbkreis seiner Soldaten. Aufgeregt wie ein kleines Kind hielt er Härti das Smartphone unter die Nase. Dann erklärte er sich. Die Augen seiner Soldaten wurden größer und größer.

»Jackpot!«, triumphierte Härti.

»Ich weiß … wir haben wirklich ein Scheißglück.«

»Und jetzt? Wie kriegen wir die Daten ins Marsianernetz?«

Marten zuckte mit den Achseln. »Aber das wissen die Amis in al-Hudaida!«

»Die, die gerade ihre Sachen packen?«

»Wir müssen uns sputen. Härti, du …« Marten hielt inne, als ein Marsianerkampfruf die Luft erfüllte. Er war nah, gefährlich nah. Der Forces-Lieutenant wurde hektisch. Nachdem er seine Befehle an die Männer und Frauen erteilt hatte, drehte er sich um und rief Stearn über Funk an.

»Control, hier Delta One.«

»Control hört.«

»Hier Delta One. Wir haben die Dateien! Strokers Viren! Allerdings als Link auf einem privaten Handy … ich sende Ihnen den Link jetzt zu … geben Sie den unverzüglich an die Amis weiter und sorgen Sie dafür, dass die Jungs vor Ort bleiben!«

Stearn schwieg ungewöhnlich lange, ehe er kleinlaut mit einer Antwort herausrückte: »Das geht nicht.«

»Wie? Das geht nicht?«

»Ich befinde mich in Zabid … nicht mehr in al-Hudaida.«

Marten konnte es nicht fassen, völlig entgeistert starrte er auf das Funkgerät. Zabid befand sich 70 Kilometer südlich von al-Hudaida, weit außerhalb der

Kampfzone. Stearn hatte sich also bereits in Sicherheit gebracht, während seine Soldaten vor den Toren der jemenitischen Hafenstadt um ihr Leben kämpfen sollten.

»Bei allem Respekt, Sie sind ein Arschloch!«, raunzte Marten ins Funkgerät. »Delta One Ende!«

»Endlich sagt es mal jemand«, griente Härti, ehe er innehielt und der zum Crescendo anschwellenden Geräuschkulisse lauschte. Marten schnaufte verächtlich. Der Feind war sehr nah.

Kampfjets fegten lärmend über die Forces-Soldaten hinweg, schossen gen Osten davon, wo sie einen Bombenteppich über den heranstürmenden Dreifüßern ausschütteten. Marten blickte gegen ansteigendes Gelände, dahinter schossen grüne Lichtsäulen ins Gewölk hinauf.

»Wie konnten die so schnell hier sein?«

Artilleriegeschütze donnerten in der Nähe, ein jeder Knall hallte als epochale Stoßwelle über das Land. Granaten regneten auf die Tripods hernieder. Jenseits des Hangs blitzte es grün, zischte und dröhnte es.

Ein portugiesischer Offizier bewegte sich in seiner grün-beige-braun-gefleckten Uniform im Laufschritt auf Marten zu. Sein Gesicht war mit grüner und brauner Tarnschminke vollständig bedeckt, das G3 trug er lässig am langen Arm. Vor Marten nahm er Aufstellung, nickte ihm mit zusammengebissenen Zähnen zu.

»Ihr seid die Jungs vom Joint Special Mechanized Regiment?«, fragte er in passablem Englisch.

»Was davon noch übrig ist, ja.«

»Mário do Paço Quesado, Capitão im 14. Regiment.« Der Portugiese drehte den Kopf nach dem Osten und verzog den Mund. »Wir können hier jede helfende Hand gebrauchen.«

»Do Paço Quesado?«, fragte Marten nach. »Wie der Archäologe?«

Sein Gegenüber zeigte sich beeindruckt. Um dies zu verdeutlichen, pfiff er durch die Zähne.

»Unser Lexikon«, mischte sich Härti stolz ein und zeigte dazu auf Marten.

»War mein Großvater«, erklärte do Paço Quesado.

»Nice.«

»Wir können hier wie gesagt jede helfende Hand gebrauchen; der Feind landet frische Kräfte direkt vor unseren Stellungen an!« Do Paço Quesado wies auf die grünen Lichtsäulen, die immer wieder für Sekunden aufblinkten und wie eine Verbindung zwischen Himmel und Erde wirkten.

»Wir konnten eine erste Attacke zurückschlagen, jedoch war das nicht allein unser Verdienst. Drei marsianische Maschinen sind während des Angriffs ausgefallen, der Gegner zog sich daraufhin zurück.«

»Was meinen Sie mit ›ausgefallen‹?«

»Kommen Sie, ich zeige es Ihnen!«

Marten folgte dem Portugiesen, der einen Hang erklomm, von dessen Spitze aus sich das Gelände weiträumig überblicken ließ. Dann sah Marten es: In weiter Ferne standen drei marsianische Maschinen direkt vor den portugiesischen Stellungen herum, als wären sie eingefroren. Beobachtungstürmen gleich ragten sie aus der Landschaft.

»Komisch«, kommentierte Marten. »Jedenfalls habe ich schlechte Neuigkeiten für Sie.«

»Raus damit. Ich bin schlechte Neuigkeiten mittlerweile gewohnt.«

»Wir können nicht bleiben. Und wir brauchen ein Auto von Ihnen.« Marten erklärte seinem Gegenüber kurz und knapp die Lage. Dieser zeigte sich gedankenvoll.

»Ich gebe Ihnen einen meiner Bravia-Radpanzer plus Fahrer und Gunner.«

»Ausgezeichnet, ich danke Ihnen. Bringen Sie Kollarz schnellstmöglich nach al-Hudaida zu den Amis. Wir treffen sie dort!«

Der Portugiese nickte, dann gab er Marten die Hand. Die beiden Offiziere sahen einander in die Augen, wünschten sich stumm Hals- und Beinbruch. Marten tippte kurz auf Kollarz' Smartphone herum, dann wandte er sich der Österreicherin zu, die sich gesammelt hatte und deren Tränen versiegt waren.

»Alles okay?«, fragte er.

»Wenn du den Fleischbällen aufs Maul hauen willst, kannst du auf mich zählen.«

»Ausgezeichnet. Wir sehen uns in der Stadt.«

Ein portugiesischer Radpanzer kam herangebraust und kam etwas abseits zum Stehen. Ein Schütze klemmte hinter der 20-Millimeter-Kanone.

»Dein Taxi«, grinste Marten. Kollarz sprintete darauf zu.

»Okay, und nun zu euch Hübschen …«, rief der Forces-Lieutenant, drehte sich zu seinen Soldaten um und ließ dabei Kollarz' Smartphone in der Brusttasche seines Chestrigs verschwinden.

»Er hat mich hübsch genannt«, trällerte Riensch entzückt. Sogar Hadi zeigte die Zähne. Marten jedenfalls war zufrieden; der Tiefpunkt war überwunden, sie hatten neue Hoffnung geschöpft – Hoffnung auf einen Sieg über die außerweltlichen Angreifer. Schon drückte der Fahrer des portugiesischen Radpanzers das Pedal auf Bodenblech. Der Wagen machte einen Satz und jagte davon.

»Wir machen los, fahren auf schnellstem Wege zu unserem Mini. Dazu …« Marten hielt inne, ein weiterer Marsianerruf schallte geräuschvoll über das Land, dieses Mal so verflucht nah, dass der Lieutenant glaubte, den Luftzug spüren zu können. Er blickte gen Osten, da erhob sich jenseits des Hangs ein mächtiger Tripod wie aus dem Nichts.

»Wo kommt denn der her?«, kreischte Riensch.

Die Portugiesen eröffneten aus allen Rohren das Feuer. Das 14. Regiment hatte sich hier auf einer Breite von mehreren Kilometern eingegraben, allerorts lugten behelmte Soldatenköpfe und Waffenmündungen aus Erdlöchern.

Letztere spien nun Feuer. Sturm- und Maschinengewehre bespritzten den Tripod mit ihren Salven, Maschinenkanonen, die auf eingegrabene Radpanzer montiert waren, stiegen in das Konzert der Vernichtung mit ein. TOW-Raketenwerfer, aufgebockt auf einem Stativ, fauchten, als sie jeweils eine drahtgesteuerte Lenkrakete in die Freiheit entließen, deren Feststoffantrieb mit einem zweiten Knall zündete. Mehrere von ihnen trudelten dem Tripod entgegen, während die Portugiesen auch Panzerabwehrhandwaffen abfeuerten, namentlich LAW-Raketenwerfer und Carl-Gustav-Panzerbüchsen. Ein glühender Schwarm Geschosse aller Kaliber flitzte über Martens Kopf hinweg, hagelte auf den Tripod ein, ließ ihn hinter einer Wand aus Feuer und grünen Blitzen verschwinden. Sein Energieschild vermochte mit der Masse an Treffern nicht fertigzuwerden. Er flackerte noch einmal grell in einem letzten Aufbäumen gegen seinen Untergang, dann brach er in sich zusammen. Geschosse klatschten gegen den Kesselleib, stanzten Löcher hinein, zerfetzten die empfindliche Elektronik im Inneren. Sprengköpfe detonierten, rissen die Hülle auf.

»Ailou-ou«, leierte der getroffene Tripod, dessen Körper von Flammenbällen umhüllt wurde. Er geriet ins Wanken, sank schließlich in sich zusammen.

Jenseits des Hangs erhoben sich weitere Tripods, die die jüngsten Lichtersäulen auf die Erde transportiert hatten. Marten verengte die Augen zu Schlitzen. Die Portugiesen sahen sich mit einem Mal einer Übermacht gegenüber, die sie nicht bewältigen konnten. Und doch feuerten sie trotzig ihre Waffen ab, dachten gar nicht an einen Rückzug. Geschosse aller Größen prasselten auf die Tripods ein, Detonationen tosten. Schon schepperten die außerweltlichen Raketenbatterien, im nächsten Augenblick schraubten sich zwischen den Stellungen der Portugiesen Erdfontänen in die Höhe. Australische Kampfhubschrauber näherten sich, ließen ihre Bordwaffen sprechen. Glühende Leuchtspurgeschosse zischelten den Tripods entgegen, Raketen trafen auf ihre Schilde. Große Teile der marsianischen Front verschwanden für Sekunden hinter einem dichten Vorhang aus Feuer und Rauch. Ein Dreifüßer taumelte getroffen, ehe er gegen eine Felsformation knallte und diese mit seinen Beinen umschlang, als wären sie gute Freunde, die sich nach einem Trinkgelage in den Armen lagen.

Marten verstand gleich, dass es aussichtslos war. Die Marsianer waren zu zahlreich und ihre Tripods schickten sich bereits an, über den Hang zu steigen und die portugiesischen Stellungen einfach platt zu trampeln. Gleichzeitig verstand der Forces-Lieutenant, was do Paço Quesado und seine Kameraden hier taten: Sie erkauften Zeit. Sie tauschten ihr Leben gegen die Chance ein, den Fortbestand der Menschheit zu sichern. Sicherlich dachten sie dabei auch an ihre Familien daheim in Portugal – in Porto, Coimbra, Lissabon oder sonst wo.

Marten würde sie nicht enttäuschen.

»Rein ins Auto, bewegt euch! Los, los, los!«, trieb er seine Soldaten an. Sekunden später saßen sie im GTK Boxer. Dessen Besatzung war gerade erst zurückgekehrt, die Heckklappe schloss sich. Marten stellte sich neben den Sitz des Kommandanten, hielt sich an dessen Lehne fest und erteilte seine Befehle. Der Waffenbediener lud die 20-Millimeter-Maschinenkanone fertig, der Fahrer startete den Motor. Der keilförmige Radpanzer beschleunigte unter aufheulendem Antrieb.

»Keine Fisimatenten, kein Stopp im Drive-in! Bringen Sie uns auf dem schnellsten Weg nach al-Hudaida.«

»Verstanden, mon Lieutenant.«

Marten stellte sich unter die linke mittlere Luke. »Raus mit euch!«, rief er seinen Soldaten zu, während er selbst das Luk öffnete und seinen Oberleib nach draußen streckte. Neben ihm erschien erschienen Härti und Riensch über Luke.

Der Lärm der Schlacht bohrte sich schmerzvoll in Martens Ohren. Er sah Geschosse über sich hinwegflitzen, auch marsianische Raketen eierten durch die Luft und schlugen auf Höhe der portugiesischen Linien ein. Der Fahrer ließ die Kupplung kommen und drückte das Gaspedal aufs Bodenblech durch. Mit einem Satz setzte sich der Radpanzer in Bewegung, passierte im nächsten Augenblick die Stellungen der Portugiesen. Marten sah angespannt dreinblickende Soldaten aus ihren Deckungslöchern ragen, die mit zusammengebissenen Zähnen abfeuerten, was sie hatten. Dann schlugen marsianische Raketen ein, und einige Löcher und Verbindungsgräben verschwanden unter emporkletternden Ballons aus Erde und Schmutz, die rasch auseinanderfielen und im Umkreis als dreckiger Regenschauer auf das Land zurückprasselten. Portugiesen wurden begraben unter Schwallen aus Erde, wühlten sich mühsam zurück an die Oberfläche. Das, was sich zwischen ihnen und den Marsianern abspielte, glich einer wahnwitzigen Lasershow.

»Drück auf die Tube!«, brüllte Marten in den Bauch des Radpanzers hinein, ehe er seine Maschinenpistole hochriss und auf die Tripods, von denen sich der Boxer mit 60 Stundenkilometern rasch entfernte, einen Feuerstoß abgab. Als könnte er damit irgendetwas ändern. Die marsianischen Maschinen stapften wie eine wandelnde Wand auf die Portugiesen zu, die ersten wüteten bereits in den menschlichen Abwehrlinien, zertrampelten Radpanzer, als handelte es sich um Spielzeug. Kampfhubschrauber, Düsenjäger und unbemannte Drohnen zischten aus allen Himmelsrichtungen heran, entluden ihre tödliche Fracht über den Marsianern. Sie vermochten es, eine der Kampfmaschinen zu Fall zu bringen, mit einem gewaltigen Donnerhall legte sie sich im portugiesischen Stellungssystem lang. Eine Staubwolke gigantischen Ausmaßes erhob sich vom Ort des Geschehens, hüllte Teile des Schlachtfeldes ein. Die Marsianer aber waren zu zahlreich, traten in geschlossener Reihe auf und überzogen die Portugiesen mit wütendem Raketenbeschuss.

Marten beobachtete, wie mehrere Helikopter aus den Wolken stürzten und hinter einer Felsformation verschwanden, wo Sekunden später ölfettige Flammenzungen emporleckten. In diesem Augenblick begann die 20-Millimeter-Maschinenkanone des GTK Boxer zu belfern; sie entfachte ein tiefes, gegen die Ohren drückendes Wummern. Martens Augen folgten den goldenen Schnüren, die im steilen Winkel aufstiegen und von einem Kesselleib abprallten, der just in diesem Augenblick die portugiesischen Stellungen mit einem großen Schritt überstieg und zur Verfolgung des Forces-Radpanzers ansetzte. Die Portugiesen feuerten mit dem Mut der Verzweiflung auf dessen Füße, Querschläger sprangen blitzend vom Energieschild weg. Granaten detonierten zwischen ihnen. Ein zweiter Tripod hieb mit einem Peitschenschlag auf einen halb eingegrabenen Radpanzer ein, dieser wurde von der kinetischen Energie gegen den Untergrund gehämmert, dass seine Stoßfedern aufs Äußerste beansprucht wurden und den Wagen auf und ab hüpfen ließen. Ein verwundeter Portugiese krauchte daraufhin aus der Dachluke und rutschte seitlich vom Radpanzer. Er schlug ungebremst zwischen den Rädern auf und blieb reglos liegen.

Marten riss seine Augen weit auf. Während eine Armada von Riesen-Tripods in den Stellungen der Portugiesen wütete und die Südeuropäer regelrecht auseinandernahm, während nun zu allem Überfluss auch noch Tausende dunkle Objekte von den Kesselleibern der großen Kampfmaschinen in die Tiefe fielen, über das sandige Erdreich purzelten und sich schließlich bei jedem einzelnen drei Beine und eine Lanze entfalteten, während ebendiese Objekte mit einem Mal wuselnd und zielgerichtet wie eine Horde Spinnen in die Deckungslöcher und Gräben der Portugiesen einfielen, hielt der Forces-Lieutenant die Mündung seiner Maschinenpistole hoch. Wirklich visieren brauchte er nicht, der sie verfolgende Tripod füllte beinahe sein ganzes Sichtfeld aus.

»Alu-Ou!«, stieß er scheinbar Wut schnaubend aus. Mit vorschnellenden Beinen galoppierte er dem GTK Boxer nach und erinnerte dabei fast an eine Cartoonfigur, deren Arme und Beine im Rennen zur rotierenden Scheibe verschmolzen. Marten entleerte sein Magazin, was weniger als eine Sekunde dauerte. Der lange Feuerstoß zischelte dem Tripod entgegen, wurde an dessen Oberfläche von changierenden Lichterscheinungen gefressen. Grünlicher Dampf entwich den Beingelenken der marsianischen Maschine, jeder Schritt war ein urgewaltiges Aufstampfen, das an einen Donnerhall oder eine heftige Erschütterung bei einem Erdbeben erinnerte und den Boxer jedes Mal einen Satz machen ließ. Marten, Härti und Riensch wurden entsprechend in ihren Luken wild umhergeschleudert, hatten Mühe, sich außerhalb des Fahrzeugs zu halten.

»Das bringt doch nichts!«, brüllte Riensch, die mit ihrem G36 draufhielt. Auch die Maschinenkanone des Boxers ballerte weiter, bis ein Klicken ertönte, sich der Waffenbediener zeigte und sie mit flinken Handgriffen nachlud.

Der Tripod machte Boden gut, astete dem Boxer in einem wahnwitzigen Tempo nach. Marten wechselte sein Magazin, ließ das entleerte dabei einfach in den Bauch des Radpanzers fallen, indes beugte er sich runter und brüllte aus voller Lunge: »Drück auf die Tube!«

»Was meinst du, was wir hier machen?«, schrie der Kommandant angestrengt. Dann wandte er sich seinem Funkgerät zu, gab in schneller Folge seine Koordinaten durch. Auf dem Monitor des Waffenbedieners blitzte der Tripod in allen Grüntönen – und näherte sich weiter.

»Rick!«, schrie Riensch panisch und verfeuerte die letzten Patronen aus ihrem Magazin. Kochend heiße Hülsen flogen ihr um die Ohren, prallten von ihrem Helm ab. »RICK! Gleich hat der uns!«

Und da war es schon geschehen. Mit einem gewaltigen Satz hechtete der Tripod an den Boxer heran, versuchte diesen unter seinen Klumpfüßen zu zerquetschen. Auf der Erde einschlagenden Meteoriten gleich donnerten sie rechts und links des Boxers gegen den Wüstensand. Der Fahrer fuhr einen Schlingerkurs, die Fliehkräfte wirbelten Marten hin und her. Er klammerte sich am Lukenrand fest, über ihm verdeckte der Kesselleib des Marsianers die Sonne. Und dieser stampfte auf wie ein Kind, das seinen Willen nicht bekommen hat. Die Erde bebte, der Radpanzer vibrierte. In seinem Inneren kullerten Soldaten und Ausrüstungsgegenstände durcheinander. Nun hielt der Tripod kurz inne – und es war, als sehe er dem davonbrausenden Boxer mit seinen augenartigen Gebilden nach, die zwischen Raketenbatterie und EMP-Lanzen saßen. Er richtete jene Lanzen auf den Radpanzer aus. Ein lautes Zischen tönte. Der Fahrzeugkommandant hatte soeben seinen Funkspruch beendet und wunderte sich nun, dass kein technisches Rauschen mehr aus dem Lautsprecher drang. Auch war der Bildschirm des Waffenbedieners tot und hatte er die Kontrolle über den MK-Turm verloren. Marten streckte den Kopf in den Innenraum, fixierte den Kommandanten.

»Scheiße!«, stieß der hervor, ehe er schloss: »Aber ich habe die Bestätigung noch erhalten.« Er sah auf, rief: »Rein mit euch, Luken zu! Alle Mann festhalten, das wird eine knallharte Nummer!«

Marten sah noch, wie eine Rotte Kampfflugzeuge aus großer Entfernung herangebraust kamen, dann duckte er sich unter Luke weg und schloss den Deckel. Er blickte in Hadis sanfte Gesichtszüge, nichts schien den Iraker aus der Ruhe bringen zu können. Dann verschwand dessen Antlitz in perfekter Dunkelheit, nachdem auch Riensch ihren Lukendeckel geschlossen hatte. Die gesamte Innenraumbeleuchtung war ausgefallen, Marten sah die eigene Hand nicht mehr vor Augen, war zu nichts weiter verdammt, als dem heftigen Rumoren dort draußen und dem aufbrausend brummendem Motor zu lauschen. Es knallte mehrfach, ehe sich eine Abfolge von Explosionen so laut entlud, dass es Marten vorkam, als hätte er sich eine Beschallungsanlage, die auf Vollast lief, an den Schädel gebunden. Er presste sich die Handflächen mit aller Kraft gegen die Ohrmuscheln, biss die Zähne ob des Schmerzes zusammen, der durch sein Innenohr zuckte. Der Bass der Detonationen erfasste ihn, schüttelte ihn. Es schepperte und klapperte, der Lärm war unbeschreiblich und kaum auszuhalten. Eine unsichtbare Macht zerrte am Boxer, als versuchte sie ihn umzustoßen. Der Wagen wackelte hin und her, abermals flog im Innenraum alles durcheinander.

»Das ist doch nicht die Möglichkeit!«, brüllte Härti und klang dabei ob der fortwährenden Erschütterungen, als würden 10000 Volt durch seine Adern strömen. Marten hingegen konnte es nicht mehr aushalten, eingepfercht zu sein im finsteren Mikrokosmos des Radpanzers und nicht zu wissen, was draußen vor sich ging. Er öffnete den Lukendeckel wieder, gleißendes Sonnenlicht knallte ihm ins Gesicht. Er sah zunächst die abziehenden Kampfflugzeuge, dann den Tripod, dessen Oberfläche grünlich schillerte. Dampf entwich zischelnd, als er niederstürzte, zwei seiner Beine hatten sich in zerfetzte, unkontrolliert umherwabbelnde Metallgebilde verwandelt. Der Fahrer des Boxer kitzelte die letzten Leistungsreserven aus seinem Wagen heraus, er stand quasi auf dem Gaspedal. Der Tripod stürzte ihm der vollen Länge nach hinterher und stieß dabei einen entsetzlich verzerrten Ruf aus. Marten sah noch, wie der Kesselleib auf dem Untergrund aufschlug, wie er im nächsten Augenblick bereits hinter einer monströsen Staubwolke verschwand, dann fuhr das unbeschädigte Bein, diese Peitsche von astronomischer Größe, in den Himmel empor, beschrieb einen Bogen, holte weit aus und rauschte im nächsten Augenblick schon auf den Boxer zu. Marten ließ sich zurück in den Innenraum plumpsen; die Zeit reichte nicht mehr, den Deckel zu schließen.

»Alle Mann festhalten!«, brüllte er aus heiserer Kehle und umwickelte dabei seinen Arm mit dem Anschnallgurt eines Sitzes.

Im nächsten Augenblick traf der Klumpfuß des Tripods mit der Wucht einer Abrissbirne den Radpanzer gegen die Seite. Der Boxer hob ab, alle acht Räder verloren den Kontakt zum Boden. Im Inneren schrien die Soldaten wild durcheinander, jeder klammerte sich irgendwo fest, während sich der Boxer, durch die Luft wirbelnd, wie verrückt um die eigene Längsachse drehte. Martens Hintern löste sich vom Bodenblech, am Anschnallgurt hängend knallte er mit den Stiefeln gegen die Decke, wäre mit ihnen um ein Haar aus der geöffneten Luke nach draußen gerutscht. Durch diese drang glitzerndes Sonnenlicht in wechselnder Intensität in den Innenraum. Marten spürte, wie er mit allerhand Ausrüstungsgegenständen, mit Munitionspäckchen und Helmen bombardiert wurde. Das durch die Luke dringende Licht verschwand schlagartig, als der Radpanzer mit einem gehörigen Rums verkehrt herum aufschlug. Unter metallischem Knarzen setzte er seine Reise auf dem Dach liegend fort, grub dabei eine Furche in den sandigen Untergrund hinein. Marten knallte mit Wucht gegen das Dach, blieb darauf liegen, während Hülsen, Magazine und Waffen auf ihn einhagelten und ihm allerhand blaue Flecken einhandelten. Die Heckklappe sprang erst einen Spalt weit auf, riss dann ab und wehte davon wie ein Blatt Papier. Der Boxer blieb letztendlich stehen, die Energie des Treffers war aufgebraucht.

Marten schmeckte Blut, er hatte sich kräftig auf die Zunge gebissen. Während der Motor des Radpanzers mit einem gluckernden Röcheln erstarb, machte sich ein polyfones Stöhnen und Jammern im Inneren des Radpanzers breit. Gleichzeitig donnerte es draußen in regelmäßigen Abständen. Es hörte sich an, als würde ein übergroßer Dampfhammer immer wieder auf einen Amboss einschlagen.

Ein dumpfer Schmerz breitete sich in Martens Schulter aus. Seine Finger zitterten. Er vermochte sie nicht mehr zur Faust zu schließen. Er sah sich um, durch die aufgerissene Heckklappe drang ausreichend Sonnenlicht ins Innere ein. Noch immer hämmerte es draußen und jeder Hammerschlag klang ein Stück näher als der zuvor. Martens Lebensgeister erwachten. Er blickte in den vorderen Teil des Fahrzeugmoduls. Der Kommandant lag reglos und mit böse verdrehtem Nacken respektive Kopf unter seinem Sitz auf dem Dach – er war dummerweise nicht angeschnallt gewesen. Sein Waffenbediener hing stöhnend und auf dem Kopf in seinem Sitz, allein der Gurt hielt ihn in dieser Position. Er löste die Schnalle seines Helms, dieser knallte auf das Blech des Dachs.

Draußen hämmerte es ungebrochen, mit jedem Schlag erbebte die Erde. Marten konnte es in seinen Eingeweiden spüren. Es näherte sich. Langsam. Unerbittlich.

Marten rappelte sich auf alle viere hoch. Er machte sogleich mehrere Schmerzherde aus, die auf Verletzungen hindeuteten. Neben seiner Schulter tat seine linke Hand weh und seine Hüfte sendete einen dumpfen Schmerz aus. Doch er konnte sich bewegen, seine Gliedmaßen funktionierten noch, wie sie sollten. Reichlich benommen kroch er aus dem Radpanzer, zupfte sich die Handschuhe von den Händen und spürte mit einem Mal den heißen Wüstensand zwischen seinen Fingern. Er sackte darüber zusammen, blieb keuchend liegen. Er drohte zu hyperventilieren, dann stülpte sich eine gewaltige Erschöpfung über ihn. Diese beruhigte zwar seine Atmung, verwandelte seine Arme und Beine jedoch gleichzeitig in tonnenschwere Fremdkörper, die an seinem Torso klebten. Ausgestreckt lag er im Wüstensand, die Sonne brannte ihm auf den Pelz. Es fühlte sich an, als halte ihm jemand einen Schneidbrenner in den Nacken. Und doch tat er nichts dagegen, blieb einfach liegen, schwer atmend, schnaufend. Mit jedem Zug atmete er Sandkörner ein, die in seiner Luftröhre kratzten. Er hustete, würgte, war völlig orientierungslos in dieser Welt, wusste nicht mehr, wo und wer er war.

Die völlige Entkräftung hatte letztlich ihren Tribut verlangt. Beschwerlich drehte er sich auf den Rücken, blinzelte nun direkt in den gleißenden Feuerball, der oben am Himmelszelt stand. Seine Augen tränten, glänzende Perlen säuberten schmale Bahnen auf seinen verdreckten Wangen.

Und da war es immer noch, dieses stumpfe Hämmern, gleichmäßig, alle neun Sekunden ein Schlag, der die Erde erschütterte und Marten ebenfalls.

Hinzu kam ein schweres Schaben, als würde ein Riese einen Container durch eine Sandgrube ziehen. Marten verstand nicht, in welcher Gefahr er schwebte. Seine Gedanken kreisten um andere Dinge, glitten davon wie eine Schar Segelflugzeuge, zerstoben in alle Richtungen. Er hatte Mühe, einen von ihnen zu fassen und festzuhalten. Begriffe, Situationen, Sinneswahrnehmungen aus der Vergangenheit – alles schwirrte vor seinem geistigen Auge umher und ließ sich doch nicht festnageln. Er jagte ihnen nach, verzweifelt und hilflos.

Und dann wurde er von einem Gedanken erfasst und durchflutet. Sein im Delirium begriffenes Bewusstsein konzentrierte seine ganze verbliebene Kraft auf dieses eine »Segelflugzeug«, das ihn mit der Wucht einer Büffelherde traf und überrollte.

Lisa.

Glück und Trauer kämpften in seinem Hirn um die Oberhand. Er wollte sie einmal noch sehen dürfen, einmal noch mit ihr sprechen, ihre weiche Haut und ihren gleichmäßigen Herzschlag spüren – auch wenn sie sich dann für immer von ihm trennte. Sie sollte nur leben dürfen, sollte die schreckliche Krankheit überstehen. Selbst in seiner Verfassung begriff er, dass dies ein frommer Wunsch war.

Lisa.

Die Gedanken an sie rissen seinen Brustkasten entzwei. Ihre kraftvolle, trainierte Statur setzte sich vor seinem geistigen Auge zusammen. Sie lächelte, warm und frech. Ihre blauen Augen glitzerten wie das Meer.

Er liebte sie.

Sie streckte ihm die Hand aus und er ergriff sie. Weich war sie und warm. Zusammen schlenderten sie barfuß über den Strand von Great Yarmouth, der feine Sand umgab seine Zehen wie eine wärmende Decke. Muschelsplitter pikten. Möwen kreischten um die Wette, die Wellen rauschten und in der Dünenlandschaft wiegten sich der Sanddorn und die Stranddisteln im lauen Wind. Ein kleiner Junge, keine zwei Jahre alt, tauchte wieder und wieder seine winzige Hand in den weißen Sand, langte zu und erfreute sich dann daran, wie die Körner in feinen Linien durch seine Finger rieselten. Er giggelte quietschend, schaute auf, fixierte Rick und Lisa und lachte sie geradeheraus an. Seine Zähne glänzten im Sonnenlicht, seine Augen strahlten, der Mund war weit geöffnet, ein glucksendes, fröhliches Lachen drang heraus.

Er lachte sie an. Marten wurde ganz schwer ums Herz. Er wusste, dass dies ein Traum war. Und er wollte, dass es aufhörte. Dass sich der Traum verflüchtigte, den er mit bemerkenswerter Klarheit als solchen begriff. Da war dieses Hämmern: laut, gleichmäßig, lebensbedrohlich. Es wollte ihn, wollte ihn vertilgen, zerquetschten. Die marsianische Maschine war auf dem Weg. Doch Marten schaffte es nicht, aus seinem Tagtraum zu erwachen.

*

Ich bin ein Löwe. Die hohle Phrase spülte einem Strom gleich durch Hadis Gedanken. Er brauchte einen Augenblick, ehe er begriff, in welcher Situation er sich befand. Verkehrt herum saß er in einem der Sitze im Fahrzeugmodul des GTK Boxer und ebendieser GTK Boxer lag auf dem Dach. Allein der Anschnallgurt hielt Hadi davon ab, aus seinem Sitz zu fallen. Er schüttelte sich, die Realität brach über das Szenario herein, dass seine Wunschvorstellung erschaffen hatte: Tel Keppe, zehn Kilometer außerhalb der Stadtgrenze von Mossul. Hadi trat durch die verwitterte Holztür in die kleine Lehmhütte. Seine Familie lebte in einfachen Verhältnissen. Zwar brachte er als Söldner übermäßig viel Geld nach Hause, doch die Medikamente, die Hassan beständig benötigte, um nicht zu ersticken, fraßen das alles wieder auf. Seine Frau Meriam sah ihn an, das Glück über das Wiedersehen sprang aus ihren Augen. Kein Vorwurf lag ihn ihnen, keine Anklage für das, was er tat. Schaute er in den Spiegel, war das anders. Darum mied Hadi Spiegel.

Ehe er Meriam in die Arme schließen konnte, überfielen ihn seine Kinder. Nazik, Haidar, Hussain und Hassan stürzten sich quiekend und freudig glucksend auf ihn, umarmten ihn, rangen ihn nieder. Nazik weinte. Hassan musste auf sein mobiles Beatmungsgerät achtgegeben, weshalb er etwas vorsichtiger war. Das war er immer. Hadi aber achtete darauf, dass er nicht benachteiligt wurde, strich ihm nun mit der Hand über den Schopf.

Wie groß sie geworden waren! Hadi hatte Mühe, seine Emotionen im Zaum zu halten. Er umarmte sie alle gleichzeitig, schlang seine Arme um sie, spürte ihre kleinen Herzschläge gegen seine Brust.

Er verdrängte die Wut auf die Ungerechtigkeit dieser Welt. Er war Teil dieser Ungerechtigkeit, auf beiden Seiten – auf der einen, weil seine Familie im Staub lebte, während viele anderen Menschen auf diesem Erdenrund ein würdevolles Leben führen durften; es war ihr Geburtsrecht. Doch stand er als Söldner für lokale Warlords gleichzeitig auch auf der anderen Seite der Ungerechtigkeit, trug er doch zu einem System bei, das die Schwachen schikanierte, ausbeutete … tötete.

Hassans Behandlung verschlang Unsummen, mehr als eine Million Dinar im Monat.

Sollte er seinen Jungen etwa sterben lassen?

Hadi wischte den Traum an daheim beiseite. Es war ein Traum, es blieb ein Traum, seit über einem Jahr schon. Die Realität traf ihn wie ein Faustschlag in die Weichteile. Er war wieder voll da, seine Sinne erfassten blitzartig die Umgebung, sein Verstand analysierte die auf ihn einprasselnden Eindrücke.

Ein bedrohliches Hämmern schob sich in den Vordergrund von Hadis Wahrnehmung. Mit jedem dumpfen Schlag näherte es sich ein Stück weit. Alle neun Sekunden ein Schlag. Es klang wie ein Maschinenhammer von astronomischer Größe, der Hadi unter sich zu zerquetschen suchte. Der Iraker schaute sich um, ignorierte die Pein, die der Druck in seinem Schädel verursachte, da das Blut dort hineinlief.

Er sah Riensch und Härti und die anderen. Sie waren teilweise nicht angeschnallt gewesen und entsprechend durcheinandergewürfelt worden. Härti lag bewusstlos unter Hadi auf dem Dach, Blut quoll aus seinem Mund. Auch Riensch rührte sich nicht. Der Waffenbediener strampelte ungelenk in seinem Sitz, schien aber auch noch mit der drohenden Bewusstlosigkeit zu kämpfen. Marten war weg.

Wieder ein heftiger Hammerschlag. Der ganze Radpanzer vibrierte im Takt. Hadis Herzschlag beschleunigte. Er öffnete seinen Gurt, streckte eilfertig seine Arme aus und fing so seinen Sturz auf das Dach des Boxer ab. Kurz sah er sich um. Mit einer Handbewegung stellte er fest, dass Riensch und Härti am Leben waren. Der nächste Hammerschlag erschütterte den Radpanzer heftiger. Der Waffenbediener stöhnte unterdrückt. Hadi griff ein G36, an das ein Granatenabschussgerät montiert war. Er steckte zwei befüllte Ersatzmagazine sowie zwei zusätzliche Granaten für das Abschussgerät in die Taschen seines britischen Koppeltragesystems, dann hetzte er nach draußen. Der grelle Sonnenschein stach ihm in den Augen. Er kniff diese zusammen, daraufhin fand er Marten vor, der sich im Wüstensand wand wie ein Regenwurm. Hadi verstand sofort, dass mit dem Forces-Lieutenant im Augenblick nicht zu rechnen war.

Neben dem gleichmäßigen Hämmern war es ausgesprochen ruhig. Nur in der Ferne trommelten und grollten die Waffen des Krieges. Der nächste Schlag ließ neuerlich den Untergrund beben. Es war ein Beben, das sich in Hadis Gedärmen fortpflanzte und ein Kribbeln auslöste.

Der Iraker drehte sich um und erblickte die Ursache der Hammerschläge:

Hinter dem GTK Boxer hatte sich eine gewaltige Staubwolke aufgebauscht, sie erinnerte an eine braunbeige Wand, die einem seidenen Tuch gleich verschleierte, was hinter ihr lag. So war der zerfetzte Tripod nur zu erahnen.

Zerfetzt? Ja. Aber längst nicht ausgeschaltet. Wie ein Käfer noch mit den Beinen strampelte, während er im tödlichen Griff der Gottesanbeterin von ihren rasiermesserscharfen Mundwerkzeugen zerkleinert wurde, so arbeiteten auch jene Bestandteile des Tripods weiter, die noch funktionierten. Der aufgesprengte Kesselleib und zwei zerrissene Beine lagen unbeweglich im Sand, das dritte Bein aber war unbeschädigt und es schien wild entschlossen, den Radpanzer der Forces-Soldaten unter sich zu zerdrücken. In gleichmäßigen Bewegungen schnellte der Klumpfuß in die Höhe empor und sauste zurück auf die Erde hernieder, was besagtes Hämmern verursachte. Wieder schlug der Klumpfuß auf den Grund auf, wieder erschütterten die ausgelösten Vibrationen Hadi. Der Boxer wackelte sichtbar. Und das funktionstüchtige Bein zog nun die beiden anderen sowie den Kesselkörper hinter sich her, näherte sich somit dem Radpanzer ein gutes Stück.

Hadis Herz setzte einen Schlag aus.

Zwei Züge brauchte das funktionstüchtige Bein noch, um den Radpanzer mit den Forces-Soldaten zu erreichen und sie unter dem Gewicht seines Fußes zu

Klump zu verarbeiten. Hadi konnte die Männer und Frauen unmöglich alle rechtzeitig in Sicherheit bringen. Erneut schnellte der Klumpfuß in die Luft empor. Hadi ließ keine weitere Sekunde verstreichen. Er riss sein Sturmgewehr hoch, visierte, feuerte. Die Salven, die er abgab, stanzten winzige Löcher ins Bein des Tripods. Der Schild war abgeschaltet, doch vermochte seine Waffe nicht ausreichend Schaden anzurichten. Erneut hämmerte der Klumpfuß auf das Erdreich ein, er schlug keine 20 Meter vom Radpanzer entfernt auf. Staub schoss empor, nährte den Schleier. Hadis Puls pumpte wie wild. Ihm rann die Zeit wie Sand durch die Finger. Er klappte das Leitervisier des Abschussgerätes auf, visierte, drückte ab. Die Granate krepierte links des Klumpfußes im Staub. Der Schall der Explosion echote über das Land, Splitter brachten der bläulich schimmernden Hülle des Fußes einige Beschädigungen bei. Dieser aber blieb funktionstüchtig. Das Bein richtete sich erneut auf. Mit zittrigen Fingern lud Hadi die nächste Granate. Sekunden später donnerte der Fuß erneut wie eine Dampframme gegen den Untergrund. Die Erschütterungen waren nun so heftig, dass sie Hadi umzuwerfen drohten. Marten krauchte stöhnend durch den Staub, schien die Gefahr aber nicht zu begreifen. Hadi zielte, feuerte. Die Granate traf oberhalb des Fußes, riss das Bein auf. Metallteile wirbelten umher. Der Fuß jedoch schraubte sich erneut in die Höhe, der Treffer hatte nicht ausgereicht. Hadi sprang zur Seite, vollführte eine Bauchlandung. Er hatte versagt, der Klumpfuß würde jede Sekunde auf den Radpanzer herniederrauschen.

Und dann tat es den nächsten Schlag in seinem Rücken, dieses Mal gedehnter. Er löste ein waschechtes Erdbeben aus, so fühlte es sich an. Hadi fuhr herum, feinste Staubpartikel bliesen ihm zu Abermillionen ins Gesicht. Er spuckte Sand, hustete Sand, atmete Sand. Die Körner bombardierten gleichsam seine Augen. Er kniff diese zusammen, spürte, wie sie winzigen Geschossen gleich gegen seine Lider hagelten. Zwei Sekunden dauerte der Spuk, dann war alles vorüber. Entgegen dem juckenden Schmerz öffnete Hadi die Augen und sah das Tripod-Bein, das bewegungslos und der Länge nach nur Meter von ihm entfernt im Dreck lag – im Grunde sah er nur den Klumpfuß, er baute sich vor ihm auf wie eine meterhohe Mauer. Und er rührte sich nicht mehr. Die Maschine war erledigt.

Hadi rieb sich den Staub aus den Augen. Er vernahm Geräusche aus dem Radpanzer. Härti fluchte unflätig und rappelte sich hoch. Riensch jammerte. Hadi spürte, wie ihm der Schweiß in Bahnen über das Gesicht rann. Seine Uniform war durchnässt, als hätte er in ihr ein Bad genommen. Mit noch immer schlotternden Fingern fummelte er die nächste Granate ins Abschussgerät, daraufhin wanderte er das riesenhafte Tripod-Bein mit festem Schritt ab. Bläulich schimmerte es im staubigen Schleier, noch immer entwich hie und da zischend grüner Dampf. Es roch giftig nach Schießpulver und schmorendem Kunststoff. Nach einer halben Minute hatte sich Hadi versichert, dass von der außerweltlichen Maschine keine Gefahr mehr ausging. Im Laufschritt kehrte er zum Radpanzer zurück.

*

Als Marten zu sich gekommen war, hatte es einen epochalen, lang gezogenen Knall gegeben und daraufhin hatte er sich kurzzeitig im Zentrum eines Sandsturms geglaubt. Nun war auch das vorüber und Marten stellte sich sachte auf seine wackeligen Füße. Die Welt drehte sich in seinem Kopf – oder drehte sie sich tatsächlich? Er konnte das noch nicht klar bestimmen. Er wandte sich um, seine vor Überreizung schmerzenden Augäpfel fixierten den auf dem Dach liegenden Radpanzer, aus dem in diesem Augenblick Härti und Riensch torkelten, dass es aussah, als würden sie nach einer durchzechten Nach den Weg zurück nach Hause suchen. Sie hielten sich aneinander fest, stürzten beinahe gemeinsam zu Boden. Riensch drehte sich zur Seite, übergab sich. Auch Marten musste gegen einen Würgereiz ankämpfen, sie mussten sich allesamt eine Gehirnerschütterung eingehandelt haben. Hadi tauchte wie aus dem Nichts neben ihm auf, stützte ihn. Marten spürte den warmen Atem des Irakers neben sich – und war froh, dass er da war. Er drückte Hadis Oberarm, dann blinzelten beide gegen den Staubvorhang, der sich zu lichten begann. Bohrtürmen gleich wurde dahinter die Front der Marsianer sichtbar. Die außerirdischen Kampfmaschinen waren nur wenige Kilometer entfernt, thronten auf dem Land, wandelten zielgerichtet auf Marten und Hadi – auf al-Hudaida – zu. Es waren viele, Hunderte. So weit das Auge blickte: Marsianermaschine nebst Marsianermaschine. Ihre Schritte hallten als vielstimmiges Klanggewitter über die Landschaft. Marten glaubte, ein Vibrieren im Untergrund zu verspüren.

»Wir müssen weiter«, wisperte er, drehte sich um und fasste eine kaum erkennbare Struktur ins Auge, die im Westen aus dem Boden wuchs. Er nahm das Zeiss-Rotpunktvisier seiner Maschinenpistole zu Hilfe, holte sich die Strukturen mit dessen Vergrößerung heran. Er erkannte zerbombte weiße und beigefarbene Wohnblöcke: al-Hudaida. Die Stadt war so nah – und doch noch Kilometer entfernt. Marten fasste in seine Tasche, spürte Kollarz' Smartphone darin.

Sie mussten es schaffen! Sie mussten es einfach schaffen! Sie standen zu kurz vorm Ziel, um es nicht zu schaffen.

Marten fasste Hadi klar ins Auge. »Mein Freund … bereit für den letzten Ritt?«

Im Hintergrund ertönte ein anhaltendes Grollen, als eine Salve Tomahawk-Raketen in die Marschformation der Marsianer hineinfuhr. Grünlich blitzte es hinter dem Staubvorhang.

Hadi nickte.

»Wo immer du hingehst«, versetzte er. »Ich folge dir.«

Nun nickte Marten.

»Vergiss uns mal nicht!«, rief Härti. Riensch fügte kämpferisch an: »Ja vergiss uns …« Sie brach ab, spie den Rest ihrer letzten Mahlzeiten als übel riechende Masse in den Wüstensand. Als sie geendet hatte, wischte sie sich einige Bröckchen aus dem Mundwinkel und fuhr mit heiserer Stimme fort: »… mal nicht!«

Nun musste alles ganz schnell gehen. Die Marsianer befanden sich ungebrochen auf dem Vormarsch, keine militärische Macht dieser Erde würde sie aufhalten. Marten und die anderen pulten die übrigen Forces-Soldaten aus dem Fahrzeug. Der Fahrer war tot, war in seinem durch den Treffer zusammengestauchten Modul wie eine Fliege unter dem Daumen zerdrückt worden. Auch für den Kommandanten kam jede Hilfe zu spät.

Der Rest war einigermaßen einsatzbereit; ein gebrochenes Handgelenk, einige Quetschungen und Hämatome würden sie nicht davon abhalten, die Stadt zu erreichen.

Marten sah, wie eine lange Kolonne von Militärfahrzeugen die Hauptstraße befuhr, den Marsianern entgegen. Im staubigen Schleier blinkten Abschüsse schwerer Geschütze und auch zwischen den Wohnblöcken im Westen waren Mündungsfeuer zu erkennen. Die Menschen breiteten einmal mehr ihren Bombenteppich über den Marsianern aus und ebenjene Marsianer juckte das einmal mehr sonderlich wenig. Kampfjets dröhnten nun hoch oben im Gewölk.

»Lasst alles hier, was ihr nicht unbedingt braucht!«, bestimmte Marten und riss sich, um seiner Order Nachdruck zu verleihen, den Helm vom Schädel. Die Soldaten entledigten sich ihrer Koppeltragesysteme, der defekten Funkgeräte und anderer Ausrüstungsgegenstände. Allein ihre Waffe, Ersatzmagazine und Handgranaten führten sie noch mit sich, stopften sich die Taschen ihrer Uniform damit voll.

Dann joggten sie los. Für Marten wurde es der aufreibendste Lauf seines Lebens. Nie zuvor hatte er sich ausgelaugter gefühlt, nie zuvor war der innere Schweinehund mächtiger gewesen, hatte er ihn mit mehr Wucht von seiner sportlichen Aktivität abbringen wollen. Doch Marten biss sich durch. Jede Zelle seines Körpers sendete Schmerzreize aus, er aber biss sich durch. Während voraus die Außenbezirke al-Hudaidas höher und höher aus dem Grund emporragten, während er immer deutlicher die Wohnblöcke ausmachen konnte – die zahlreichen Durchbrüche, der der Bürgerkrieg im Jemen in diese hineingesprengt hatte –, intensivierte sich das letzte Gefecht um die Hafenstadt. Am Himmel wimmelte es nun vor Luftfahrzeugen; Helikopter flogen mit klopfenden Rotoren Luftangriffe. Kampfjets stürzten ab, schraubten sich mit schwindelerregender Geschwindigkeit in die Tiefe, vergingen schließlich zu gierigen Flammenbällen. Piloten baumelten am Fallschirm. Und überall donnerten Geschütze aller Kaliber, flitzten glühende Geschosse durch die Luft. Ein Ring aus dreibeinigen, grünlich schillernden Monstern hatte sich um die Hafenstadt al-Hudaida gelegt – ein Ring, der sich mit jedem Wimpernschlag enger zog.

Und Marten, Hadi, Härti, Riensch und die anderen rannten noch immer – rannten wortwörtlich um ihr Leben. Endlich erreichten sie die Außenbezirke der Stadt. Marten erkannte Haubitzen, die zwischen Wohnblöcken und Trümmerhaufen standen. Dunkelhäutige Männer mit entblößtem Oberkörper luden Granate um Granate, zielten, feuerten. Ein Offizier schnarrte Kommandos. Marten steuerte japsend auf die Kanoniere zu. Er fühlte sich, als würde er jeden Augenblick seine Lunge ausspucken müssen, sie brannte fürchterlich. Er keuchte, schnappte nach Luft wie ein Fisch auf dem Trockenen. Er hielt sich die Seite, stolperte mehr, als dass er rannte. Doch er hielt sich auf den Beinen, sie alle hielten sich irgendwie – einander stützend und schiebend – auf den Beinen.

Die Haubitze feuerte ein weiteres Mal, der Druck der Entladung pustete Marten und seine Kameraden um. Stöhnend richteten sie sich wieder auf. Marten hörte französische Rufe, ein Offizier ließ das Feuer einstellen. Schon waren mehrere Männer zur Stelle, die die Forces-Soldaten aus der Gefahrenzone zerrten. Ehe Marten sich versah, fand er sich einem groß gewachsenen Kerl gegenüber, dessen weiße Augen aus dem schwarzen Gesicht hervorstachen. Marten erkannte, dass er es mit einer multinationalen Forces-Truppe aus Afrika zu tun hatte – Artilleristen, die ihren Stützpunkt in Benin hatten.

»Capitaine Houngbédji«, stellte sich der Mann hörbar verstimmt vor. Marten erklärte kurz und knapp, was auf dem Spiel stand. Houngbédji begriff, sein Gemütszustand veränderte sich schlagartig. Er pfiff einem Untergebenen zu, der zwischen Ruinen verschwand und eine halbe Minute später in einem Jeep vorgefahren kam. Die Forces-Soldaten drängten sich auf den offiziell vier Sitzplätzen zusammen, dann trat der Fahrer das Gaspedal. Der Jeep setzte sich mit aufheulendem Motor in Bewegung.

Der Mann kannte den Weg, steuerte seinen Wagen gekonnt durch die engen, verwinkelten und oftmals mit Trümmern übersäten Straßen. Nachdem Marten seine Atmung einigermaßen unter Kontrolle bekommen hatte, drehte er den Kopf und sah zwischen den vorbeisausenden Gebäudezeilen die heranrückenden Marsianer hindurchblitzen.

Sie waren nah. Es waren viele.

»Schneller!«, verlangte er auf Französisch. Und der Fahrer tat wie ihm geheißen. Marten klammerte sich, eingeklemmt zwischen Härti und Riensch, am Leder des Sitzes fest, während der Jeep mit bald 80 Sachen durch eine Gasse bretterte, die kaum breiter war als das Fahrzeug selbst.

»Alu-u!«, klangen die Rufe der Marsianer. »ALU-U«, lärmten sie wie das Typhon eines Schlachtschiffes.

»Schneller!«, rief Marten entgegen seiner Furcht vor einem Unfall. Der Fahrer aber verstand sein Handwerk, drückte weiter auf die Tube.

»Wie lange noch?«

»Zwei Minuten.«

Der Fahrer stieg in die Eisen, die Bremsenergie zog Marten nach vorne, dass er fast auf den Schaltknüppel gestürzt wäre. Mit bis zum Bersten gespannten Oberarmmuskeln vereitelte er dies. Sein Herz klopfte wie verrückt. Schon stand der Fahrer wieder auf dem Gaspedal, jagte der Jeep durch die nächste beengte Gasse, rumpelte über Trümmer und Müll hinweg, dass es immer wieder knallte. In nicht allzu weiter Ferne schepperten die Raketenbatterien der Marsianer. Einschläge in den äußeren Wohnblöcken. Diese schüttelte sich, Mauerwerk brach in sich zusammen.

»Schneller!«, brüllte Marten.

»Was hat das überhaupt noch für einen Sinn?«, sinnierte Härti urplötzlich. »In New York ist niemand mehr da, um die Kontrolle über die Tripods zu übernehmen.«

»Scheißegal«, plärrte Marten. »Hauptsache, die Dinger stehen erst mal still und die Fleischbälle machen große Augen!«

Der Fahrer ließ die Gasse hinter sich, steuerte den Wagen auf eine mehrspurige Hauptstraße. Autowracks säumten den weiteren Weg, dann aber erblickte Marten endlich jenen Platz, wo er vor nicht allzu langer Zeit den Mini-Tripod abgeliefert hatte. Dieser war verschwunden unter meterdickem Beton.

»Da!«, rief er erquickt, während die Freude in jede seiner Körperfasern einzog. »Da!«

»Ich weiß!«, sagte der Fahrer.

»Wir sind im letzten Drittel«, kommentierte Härti, drehte den Kopf und nahm die außerhalb der Stadt wandelnden Tripods in Augenschein. »Und es steht 2:2. Jetzt wird es spannend!«

Marten registrierte, dass die Zelte der Amerikaner noch standen. Allerdings machte er auch Lastwagen der US-Army aus, die eiligst mit allerhand technischem Material beladen wurden. Soldaten wuselten hektisch umher.

»Nein!«, schrie er, als könnten sie ihn hören. »Los, schneller!«

Der Fahrer kitzelte Höchstleistungen aus dem Motor heraus, die Tachonadel überkletterte die 100. Marten und die anderen Forces-Soldaten hielten sich aneinander fest. Schon rauschte rechter Hand eine marsianische Raketensalve in ein mehrstöckiges Gebäude, das erst in Schwingungen geriet, dann wie ein Kartenhaus in sich zusammenfiel. Dies klang wie eine Steinlawine, die einen Hang hinabrollte.

Der Fahrer bremste ab. Der Wagen stand noch nicht ganz, da sprang Marten bereits raus. Mit der gesunden Hand zupfte er sich das Smartphone aus der Tasche und rannte den Amerikanern brüllend und mit den Armen rudernd entgegen. Diese reckten verdutzt den Kopf nach den Neuankömmlingen.

»Trainer!«, rief Härti ihm noch nach und winkte dazu wild mit den Händen. Schließlich, als Marten sich nach ihm umsah, wies er gen Nordosten, wo sich mehrere Tripods unter wütendem menschlichen Abwehrfeuer anschickten, die Stadt zu betreten. Marten nahm die Beine in die Hand, raste wie von der Tarantel gestochen auf einen Pulk amerikanischer Soldaten zu, der ob der nahenden Marsianer in immer größere Hektik geriet. Der Lieutenant verschaffte sich ihre Aufmerksamkeit, erklärte ihnen mit knappen Worten, was Phase war. Einer der Männer rief über Funk den zuständigen Zivilleiter der Operation herbei. Bei diesem handelte es sich um einen untersetzten Mann, der in seiner staubigen Stoffhose und dem vom Schweiß an seiner Haut klebenden Hemd samt Krawatte in der Trümmerwüste al-Hudaidas inmitten von Soldaten, Kriegswaffen und außerirdischen Kampfmaschinen in etwa so fehl am Platze erschien wie ein Gorilla beim Treffen des örtlichen Bücherklubs.

»Geben Sie mir das Handy«, forderte der Mann, nachdem Marten auch ihn ins Bild gesetzt hatte.

»Alu-u!«, dröhnten die Rufe der Tripods durch die Gassen der Stadt. Das würde eine verdammt knappe Nummer werden, doch Strokers Team hatte zugesichert, dass die Anwendung aufgrund der hohen Datenverarbeitungsleistung der marsianischen Computer blitzschnell ihre Wirkung entfalten würde.

Marten überreichte das Smartphone. Sein Gegenüber unterzog es einem kurzen Prüfblick, schaute dann noch einmal genauer hin, drückte sämtliche Tasten, dann zuckte er mit den Schultern.

»Ist aus«, verkündete er und reichte Marten das Telefon zurück. Und den traf die Erkenntnis wie ein Blitzschlag: der EMP-Strahl! Kollarz' Smartphone war unwiederbringlich zerstört worden.

Martens Herz setzte einen Schlag aus. Und dann noch einen. Sein Gegenüber taxierte nervös die Kesselleiber der Marsianermaschinen, die über die mehrstöckigen, durchlöcherten Wohnblöcke hinausragten, welche den einbetonierten Mini umgaben. Auf ihrem Marsch nach al-Hudaida wackelten sie hin und her. Grünlich blitzten sie unter dem Abwehrfeuer der menschlichen Militärs. Die Geräuschkulisse hatte sich zu einem einzigen Gewittersturm verdichtet.

»Was ist jetzt?«, wollte der Amerikaner wissen.

Marten schaute sich Hilfe suchend um, doch er fand Kollarz nicht. Vielleicht hatte sie es nicht einmal in die Stadt geschafft. Langsam schüttelte er den Kopf, sagte: »Wir haben einen EMP abbekommen.«

»Scheiße! Dann sollten wir zusehen, dass wir hier verschwinden.«

Der Amerikaner wandte sich ab, eilte zu einem der Lastwagen.

Marten aber hatte die Nase voll vom Weglaufen. Er erfasste den Spannhebel seiner MP, lud diese fertig, was ein metallisches Klicken erzeugte. Seine Soldaten hatten bereits zu ihm aufgeschlossen.

»Richtet euch zur Verteidigung ein«, brummelte Marten mit einer Stimme, die auch von einem Zombie hätte stammen können. »Kampflos überlassen wir denen die Stadt nicht.«

Härti nickte. Die Forces-Soldaten prüften ihre Waffen, zeigten sich zum letzten Gefecht entschlossen. Marten ignorierte die fragenden Blicke.

»Alu-U!«, schallte es vielstimmig über die Dächer der Stadt. Hunderte Tripods näherten sich aus mehreren Himmelsrichtungen. Im Hintergrund tuckerte ein Radpanzer an die amerikanischen Lastwagen heran und blieb stehen.

»Wir bilden zwei Trupps und beziehen Stellung in diesem Gebäude sowie in der Ruine da vorne. Kreuzfeuer auf mein Zeichen, Zielverteilung von links nach rechts. Danach weichen wir schießend aus«, befahl Marten. Härti teilte die Soldaten auf.

Im Hintergrund verließ eine Soldatin den Radpanzer. Der Wind wehte Fetzen einer vertrauten Stimme an Martens Ohr heran. Wie vom Schlag getroffen machte er auf dem Absatz kehrt, sah Kollarz mit dem amerikanischen Zivilmitarbeiter sprechen.

Er rannte los. Er hatte sie noch nicht erreicht, da überreichte sie dem Amerikaner bereits den Papierfetzen, den er ihr in weiser Voraussicht mitgegeben hatte, nachdem er den Dropbox-Link und die Zugangsdaten darauf notiert hatte.

»10 Minuten«, verkündete der Amerikaner. Ein Captain der umstehenden US-Soldaten rief daraufhin: »Ich habt den Mann gehört! Sorgen wir dafür, dass er seine Zeit bekommt.«

»Hooah!«, schmetterte es ihm aus heiseren Kehlen entgegen.

Binnen weniger Augenblicke hatten sich die US-Soldaten in mehrere Stoßtrupps aufgeteilt, die im nächsten Moment bereits auf die äußeren Wohnblöcke zuhielten und in diesen verschwanden. Der Zivilleiter der Operation hingegen setzte sich auf die Ladefläche eines Trucks, klappte einen Laptop auf und begann, wild auf der Tastatur herumzutippen, während einige Helfer eilfertig technische Geräte abluden und aufbauten. Ein Generator wurde angeschmissen, sein Rattern ging im Lärm des Kampfes vollständig unter.

»Sorgen wir dafür, dass der Mann die Zeit bekommt, die er benötigt!«, knirschte Marten. »Mir nach!«

Er eilte einem der Wohnblöcke entgegen, die den äußeren Rand des Außenbezirks bildeten, seine Soldaten folgten ihm. Ausgeblichene Plakate von Präsident Abed Rabbo Mansur Hadi zierten die Außenfassade des Erdgeschosses.

»Ein Freund von dir?«, scherzte Härti mit Blick auf Hadi.

Marten betrat das dreistöckige Gebäude durch die Eingangstür. Lange bevor die Marsianer einen Fuß auf jemenitischen Boden gesetzt hatten, war dieser Wohnblock bereits durch einen menschengemachten Konflikt in Mitleidenschaft gezogen worden. Im Flur war ein Teil der Decke eingestürzt, zertretene Einrichtungsgegenstände, zerdeppertes Geschirr, Klamotten, aufgehäufte Trümmer und Spielsachen lagen umher und alles war überzogen mit einer zentimeterdicken Staubschicht. Die Rufe der Marsianer hallten dumpf im Inneren des Wohnblocks wider, welcher einem Geisterhaus glich. Auch war deutlich das Aufstampfen ihrer Klumpfüße zu vernehmen. Javelin-Panzerabwehrwaffen der Amerikaner knallten, Raketen klatschten gegen die Energieschilde der Marsianer, explodierten mit gewaltigem Knall, dessen Schall durch die leer stehenden Wohnungen echote. Marten kämpfte den in seiner Brust aufkeimenden Grusel nieder, flitzte ins Treppenhaus, nahm dort immer zwei Stufen auf einmal auf seinem Weg nach oben. Seine Soldaten folgten auf dem Fuße. Marten kannte keine Erschöpfung mehr, keinen inneren Schweinehund. Er jagte die Treppen hoch, Adrenalin en masse flutete durch seine Venen, sorgte für den nötigen Treibstoff, um ihn an sein Ziel zu bringen.

Auf der zweiten Etage rauschte er wie ein D-Zug den Flur entlang, seine Stiefel flogen nur so über den Steinboden.

»Warte, Prof!«, japste Härti hinter ihm.

Doch Marten wartete nicht. Er stürmte eine der leer stehenden Wohnungen, beachtete die umherliegenden Matratzen, das Kochgeschirr, die abgewetzten Tücher und die feinen Einschusslöcher in der Außenwand nicht. Blindlings hechtete er auf ein Fenster zu, während sich die Schlacht dort draußen mit jeder Sekunde intensivierte. Längst regneten wieder Marschflugkörper aus dem Firmament herab … iranische, israelische, russische, türkische – einmal im Leben waren sich die menschlichen Nationen über ihr Ziel einig. Kampfpanzer waren zwischen den Wohnblöcken und Ruinen des Außenbezirks aufgefahren, ihre gewaltige Hauptkanone spie Feuer, ihre Maschinengewehre eröffneten das Feuer. Panzerhaubitzen verschossen ihren Munitionsvorrat aus dem Zentrum al-Hudaidas heraus. Düsenjäger und Hubschrauber entluden ihre todbringende Bombenlast über den Angreifern. EMP-Lanzen zischten, Raketenbatterien schepperten. Zwischen den Wohnblöcken des Außenbezirks stäubten Staubwolken empor, die die Gebäude überragten und umhüllten.

Marten fasste die gewaltige Armee der Tripods ins Auge. Sie wankten al-Hudaida zielstrebig entgegen. Zielstrebig und schier unaufhaltsam. Bis zur Horizontlinie nichts als Tripods. Zwischen ihnen schossen Säulen aus Feuer und Dreck in die Höhe, manch Kampfmaschine verschwand zeitweise hinter Wänden aus aufgeworfener Erde, während die Militärs der Menschheit mit ihrem ganzen Waffenarsenal auf die außerirdischen Invasoren einschlugen. Es nützte nichts. Einzelne Dreifüßer gingen in die Binsen – hier versagte ein Energieschild und riss ein Gefechtskopf ein Loch in den Kesselleib, dort wurde einem Tripod durch eine Feuerzusammenfassung ein Bein weggesprengt. Mehrere marsianische Kampfläufer lagen bereits zerstört im jemenitischen Staub. Grünliche Lichtsäulen monströsen Ausmaßes schossen über die Sichtgrenze hinaus in den wolkenlosen Himmel hinauf. Der Marsianer landete mehr und mehr Kräfte an, es musste sich um Tausende Dreifüßer handeln, die mit verbissener Entschlossenheit gegen al-Hudaida marschierten. Es waren zu viele … eine überwältigende Übermacht, der die Menschheit nichts entgegenzusetzen hatte.

Martens Soldaten positionierten sich an den Fenstern und dann belferten ihre Waffen. Feuerstöße flogen den marsianischen Angreifern entgegen, prallten wie Pingpongbälle von deren Energieschilden ab.

»Das ist nicht zu schaffen!«, trötete Riensch, ihre Feststellung ging im Lärm unter.

Marten stopfte sein vorletztes Magazin in die Maschinenpistole, sein Handgelenk schmerzte dumpf. Ihm wurde gewahr, wie sich eine Heerschar von Miniatur-Tripods unter dem Kesselleib ihrer großen Brüder löste und zu Boden fiel. Blitzschnell sammelten sie sich, dass es mit einem Mal aussah, als wäre der Wüstensand außerhalb der Stadtgrenze mit einer dunklen, hie und da grün schillernden Glasur überzogen. Und ebenjene Glasur setzte sich schon in Bewegung. Von unzähligen filigranen Beinen getragen, strebte sie den Wohnblöcken entgegen.

»Feuer!«, schrie Marten unnötigerweise. Seine Handvoll Soldaten hielt bereits drauf, mit allem, was sie hatten. Womöglich erledigten sie sogar einzelne Minis, das war in dem Gewimmel dort unten einfach nicht auszumachen. Härti schleuderte eine Handgranate ins Gemenge, die sich zu einem Lichtblitz entlud. Es schien, als wurde ebenjener Blitz einfach von der Tripod-Armada aufgefressen. Verzweifelt mussten die Forces-Soldaten dabei zusehen, wie die Minis ihren Wohnblock erreichten und über Fenster und Durchbrüche ins Gebäude eindrangen. Einige hämmerten wuchtvoll gegen die Wand, blieben liegen, zappelten mit den Beinen. Andere drehten sich unten im Kreis, waren wie benommen, als versagten ihre Routinen. Das Gros aber presste sich einer Knetmasse gleich, auf die großen Druck ausgeübt wurde, ins Gebäude hinein.

»Verfluchte Scheiße!«, donnerte Härti.

Draußen überrannten die Minis Kampfpanzer und Infanteriestellungen gleichermaßen.

»Sie sind hier!«, schrie Härti. »Sie sind hier!«

»Sollen sie kommen«, schnaufte Hadi wütend.

Tatsächlich war zu hören, wie sich ein tausendbeiniges Gewimmel und Gewusel das Treppenhaus hinaufarbeitete. Marten betätigte den Magazinhalter, das leere Stangenmagazin fiel aus der Waffe. Er lud letztmalig durch, 20 Schuss waren ihm geblieben. Dann hatte er noch seine Back-up-Pistole mit drei Magazinen – und ein Kampfmesser. Er ließ das Fenster Fenster sein, preschte zurück auf den Flur, da brachen die Minis bereits vom Treppenhaus her in diesen ein. Wie eine Flutwelle ergossen sie sich in den düsteren Gang und strebten Marten entgegen.

Der Forces-Lieutenant bemerkte, wie sich Härti, Hadi, Riensch und die anderen an seine Seite begaben. Sie hoben ihre Waffen, die unendliche, nicht aufzuhaltende Flut von Tötungsrobotern schoss ihnen entgegen.

»Es war mir eine Ehre«, wisperte Härti, ehe ihm die Stimme versagte.

Marten nickte, seine Gedanken kreisten um Lisa. Er war dankbar für die Zeit, die er mit ihr hatte verbringen dürfen. Einmal noch dachte er an Great Yarmouth zurück, an die Strandkrabbe, vor der Lisa sich erschrocken hatte – an den kleinen Jungen, der nicht aufhörte, sich am Sand zu erfreuen. An große Pläne, die er und Lisa gehabt hatten, ehe ihnen die Marsianer in die Quere gekommen waren. Marten seufzte, dann betätigte er den Abzug. Sie alle betätigten den Abzug. Ein dichter Teppich aus Blei schoss den Tripods entgegen, riss an vorderster Front einige entzwei, doch wurden die Trümmer sogleich vom Gros der Streitmacht verschluckt.

Die ausgeworfenen Hülsen aus Rienschs Waffe prasselten gegen Martens Arm. Er selbst entleerte seine MP, warf sie zu Boden, zückte seine Pistole und feuerte weiter. Ein grünes Blitzlichtgewitter stach ihm in den Augen.

»Laden!«, schrie Härti und lud durch. »Letztes!«

Marten schoss und schoss und schoss. Seine Kugel verschwanden schier wirkungslos in diesem unendlichen Moloch von Kampfrobotern. Es war ausweglos.

Die Mini-Tripods begannen, sich seltsam zu verhalten. Statt zielgerichtet den Flur heraufzuwetzen, rollten und sprangen sie plötzlich wild über- und durcheinander. Es war, als wären sie alle zeitgleich verrückt geworden. Martens Augen zeichneten dies auf, doch konnte er es nicht fassen. Erst als seine Pistole nur noch ein Klicken produzierte, während der Schlitten in der hinteren Stellung arretierte, hielt er inne. Nur Meter von ihm entfernt spielte sich ein aberwitziges Schauspiel ab. Die Minis erschienen wie vom Wahnsinn besessen. Sie knallten gegeneinander, fielen zu Boden, ruderten schier hilflos mit ihren Beinen und Lanzen. Draußen tat es einen dumpfen, gedehnten Knall. Marten stürzte zurück ans Fenster und sah, wie von einem gefällten Tripod eine urgewaltige Staubwolke ausging. Und er war nicht der einzige. Überall nun gerieten marsianische Kampfmaschinen ins Wanken, ehe sie in sich zusammensackten wie eine Sandburg im Wattenmeer, die von der Flut umspült wurde. Manch eine Maschine wandelte schier ziellos umher, stolperte über ihre eigenen Beine, küsste schließlich den Boden.

Härti trat an Martens Seite heran, verengte die Augen.

»Dieser verfluchte Teufelskerl!«, ließ er sich vernehmen. Marten nickte, war zu keiner Antwort imstande. Zu sehr überwältigte ihn, was er sah.

Was hunderttausend Tonnen Sprengstoff nicht vermocht hatten, vollbrachten nun wenige Megabyte Daten: Sie besiegten die marsianische Streitmacht, als wäre dies keine große Sache.

Hadi tauchte hinter Marten und Härti auf, beobachtete das Geschehen aus geweiteten Augen.

»Ist das Stroker?«, wollte er wissen.

»Ja …«

Die Tripods im Flur und im Treppenhaus mochten verrückt geworden sein, doch noch immer versperrten sie den Weg nach draußen und die Forces-Soldaten wagten es nicht, zu nah an sie heranzutreten. Riensch fand schließlich ein Seil in einer leer stehenden Wohnung, über das sie sich nach draußen abseilten.

Der Sonne strahlte mit all ihrer Macht auf Martens Kopf. Schweißperlen rollten ihm über das Antlitz. Er kraxelte als Letzter aus dem Gebäude. Er und seine Soldaten gaben acht, sich von den Minis fernzuhalten, die draußen überall herumkullerten, zu Grüppchen zerstoben und manchmal auch einfach liegen blieben.

Marten beobachtete, wie in weiter Ferne zwei Tripods, die sich noch auf den Beinen zu halten vermochten, von den vereinigten Luftwaffen der Menschheit zum Teufel gejagt wurden. Eine andere Kampfmaschine trabte wie ein Wahnsinniger im Kreis.

»Da sind Sie ja!«, vernahm er eine englische Stimme hinter sich. Er drehte sich um, sah den zivilen Operationsleiter der Amerikaner, der sich im Gänsemarsch näherte.

»Ja?« Mehr brachte Marten in seiner Entkräftung nicht hervor. Der Amerikaner achtete tunlichst darauf, den Minis nicht zu nahe zu kommen, erreichte schließlich Marten und nahm fragend die sterbende Marsianerstreitmacht in Augenschein. Er kratzte sich am Kopf, starrte Marten dann direkt an.

»Waren Sie das?«, wollte er wissen.

»Was?« Marten verstand nur Bahnhof.

»Ob Sie das gemacht haben.« Der Amerikaner machte eine Armbewegung, als wollte er die ganze Welt umschließen.

»Ich dachte, Sie haben den Virus hochgeladen?«, fragte Härti krächzend. Der Amerikaner aber schüttelte entschieden den Kopf.

»Die Server von Dropbox sind down. Keine Chance.« Er legte eine Kunstpause ein, sagte dann nebulös: »Wir waren das nicht.«

Marten betrachtete die dahinsiechenden Maschinen des Feindes, die zu keiner kontrollierten Aktion mehr in der Lage schienen. Er verstand nichts, doch überwog die Erleichterung. Und so bewegten er und die anderen sich noch für eine ganze Zeit nicht vom Fleck und – und genossen den Anblick der in sich zusammenfallenden feindlichen Streitmacht. Niemand sprach ein Wort.

# XVI. Die Rückeroberung der britischen Kapitale

Es sollte bis zum 28. Juni dauern, ehe einer der Ärzte meiner Entlassung endlich zustimmte, und dies auch erst, nachdem ich mehrfach nachdrücklich darum gebeten hatte. Ich befand mich zu diesem Zeitpunkt bereits wieder in einem körperlich hervorragenden Zustand, daher gereichte es für mich zur seelischen Zerreißprobe, untätig auf einem Feldbett auszuharren, während meine Kameraden im Felde der Ehre um die Zukunft Englands rangen. Ich spürte den Drang in mir, zur Front zurückzukehren und meine Pflicht als Offizier der Krone zu erfüllen.

Ich wurde per Eisenbahn und zusammen mit vielen Hundert anderen Genesenen über Oxford nach Watford im Norden Londons gebracht, ein Gebiet, das die Streitkräfte Seiner Majestät den Marsianern entrissen haben, wie man uns erklärte. Dies war ein Umstand, der uns sehr wohl aufhorchen ließ! Es machten Gerüchte die Runde, dass sich der Marsianer auf dem Rückzug befand, dass er an allen Fronten zurückgedrängt wurde und ins Stadtgebiet Londons auswich. Ferner verbreitete sich die Nachricht von zahlreichen niedergestreckten Dreifüßern wie ein Lauffeuer. Es war jedenfalls etwas ins Rollen gekommen, das spürten wir alle. Unser Heer hatte sich gesammelt und reorganisiert und schlug nach Wochen des Chaos nun mit geballter Macht zurück. Nun bekam der Marsmensch die geballte Stärke Britanniens zu spüren!

Was die weitere Verwendung meiner Person anbelangte, so wurde ich einer aus dem Boden gestampften Division zugeteilt, die als Verstärkungsdivision 2 in die Annalen jenes Krieges eingehen sollte. Das Kriegsamt sammelte unter insgesamt zwei Verstärkungsdivisionen alle Soldaten, die von ihrer Einheit getrennt oder deren Einheit vernichtet worden war. Entsprechend waren wir ein bunter Haufen, nichtdestoweniger verfügten wir über einen Kampfeswillen und eine Vergeltungslust, die ihresgleichen suchten.

In Watford wurde mir eine Infanteriekompanie, bestehend aus 80 Gewehren und einem weiteren Offizier zugeteilt. Leutnant Winston Butler war ein junger, siegeshungriger Kerl, den ich manches Mal zügeln musste, der mir in der kurzen Zeit unserer Zusammenarbeit aber hervorragende Dienste als meine rechte Hand leistete.

Wir schreiben mittlerweile den 31. Juni. Der geneigte Leser wird wissen, dass sich der Niedergang der marsianischen Streitmacht zu diesem Zeitpunkt bereits in vollem Gange befand – jener Niedergang zog sich bis in den Juli hinein. Auch wenn unsere Streitkräfte in den letzten Junitagen Erfolge erzielten, kristallisierten sich die wahren Umstände der Situation für uns noch nicht so eindeutig heraus, wie sich die Ereignisse heute darstellen. Kurz: Wir waren auf der Hut und rechneten zu jedem Zeitpunkt mit einem Kampf.

Tatsächlich erhielt unser Bataillon in den frühen Morgenstunden des 31. Junis den Befehl, weiter nach London vorzurücken. Wir ließen Watford hinter uns und schwärmten in großen Schützenreihen über die Felder und Wiesen aus, die sich zwischen jener Stadt und der englischen Kapitale erstreckten.

Ach, was war es für ein wohltuender und erhabener Anblick, Tausende britische Soldaten auf einen Schlag zu erblicken, die mit ernster Miene und festem Schritt zur Rückeroberung Londons antraten! Ich marschierte an der Spitze meiner Kompanie, den Revolver in der Faust. Leutnant Butler wich mir nicht von der Seite und hatte stets ein Auge darauf, dass die Männer die Formation hielten. Eine wie gesagt bunte Truppe marschierte in meinem Rücken; Infanteristen, Heeresmusiker, Artilleristen, Kavalleristen und Soldaten anderer Waffengattungen tummelten sich in meiner Einheit. Das landschaftliche Bild vertauschte sich rasch mit den bebauten Flächen einer Vorstadt. Wir erreichten gegen Mittag Edgware, wo eine der marsianischen Kapseln niedergegangen war. Der Trichter war selbstredend längst geräumt, doch zeugte das Umland von den Kämpfen, die zunächst um ihn stattgefunden hatten, ehe sich die Streitkräfte der Krone zurückzogen. Halb Edgware war den Flammen zum Opfer gefallen, bis zur Unkenntlichkeit verkohlte Leichname säumten den Distrikt, auch Hunde und Gäule waren von den Lohen vertilgt worden. Die meisten Häuser waren bis auf ihre Grundfesten niedergebrannt. Munitionskisten, herumliegende Gewehre und Stichwaffen sowie Transportkarren verdeutlichten, dass unsere Kameraden in diesem Gebiet gekämpft hatten.

Über eine Stunde lang marschierten wir durch jene Ödnis und wurden immer wieder Zeuge abscheulicher Bilder. Ich erhöhte das Tempo, um diesen Ort des Schreckens rasch zu überwinden.

Wir ließen gegen Nachmittag – die Taschenuhr meines Leutnants zeigte 3 Uhr an – Edgware hinter uns und drangen tiefer ins Herz Londons vor.

Das Bild der Stadt veränderte sich. Spuren unserer Streitkräfte verschwanden und wir fanden Stadtteile vor, die samt und sonders unbeschädigt waren mit Ausnahme des aufgerissenen Pflasters, das den Fußtritten der Dreifüßer nicht standgehalten hatte. Gar scheußlich war der Anblick der vielen Leichen! Der Marsianer hatte in seiner Mordlust die Bevölkerung ganzer Distrikte dahingemeuchelt, sein Giftgas hatte sie zu Hunderten erstickt. Wir fanden Straßenzüge vor, die über und über mit toten, in der Abendsonne gelb schimmernden Körpern bedeckt waren. Es stank beträchtlich, manch Gemeiner meiner Kompanie konnte nicht mehr an sich halten und übergab sich. Vom Marsmenschen aber fehlte nach wie vor jede Spur.

Ich spürte, wie der Anblick all der Toten die Moral meiner Männer angriff, und so besprach ich mich eiligst mit Leutnant Butler. Wir kamen überein, dass der verehrte Herr Leutnant mit einem kleinen Vorauskommando den weiteren Weg auskundschaftete, um auf diese Weise jene Straßen zu vermeiden, die mit gar allzu entsetzlichen Bildern aufwarteten.

In langer Kolonne bewegte sich meine Kompanie auf das Zentrum Londons zu. Als sich die Sonne anschickte, hinter dem Horizont zu verschwinden, und die Stadt drohte in Dunkelheit zu versinken, ließ ich meine Soldaten in einigen verlassenen Häusern ein Nachtlager errichten. Ich teilte Wachen ein, stimmte mich noch einmal mit Butler ab, danach gönnte auch ich mir einige Stunden Schlaf in einem richtigen Bett – eine Wohltat!

Die Wache weckte uns gegen 4 Uhr morgens. Eilfertig machte sich die Kompanie für den Abmarsch bereit, auch unsere Schwesterkompanien waren schon wieder auf den Beinen. Allerorts hallte das Klappern von Ausrüstung und Waffen durch die Straßen. Kommandos erschollen. Ich trommelte meine Männer auf der Straße zusammen. Wie am Vortage schon herrschte neben den Geräuschen, die wir verursachten, eine beklemmende Stille. Der Marsianer war wie vom Erdboden verschluckt, was uns allmählich unruhig werden ließ. Lockte er uns möglicherweise gar in einen Hinterhalt?

Hinterhalt oder nicht, wir waren wild entschlossen, die Rückeroberung Londons weiter voranzutreiben. Und wahrlich, wir sollten an diesem Tag noch auf die Marsianer treffen!

Gegen 10 Uhr erreichten wir als Speerspitze des Bataillons Barnsbury. Wir bewegten uns in Kolonne die St. Johns Street gen Süden entlang, die Gewehre geschultert, als ein erdbebenartiger Donner uns und die Häuserzeilen erschütterte. Ich hob meine Hand und Butler ließ sogleich die Kompanie haltmachen. Sekundenlang lauschte ich der Stille, ehe diese abermals von einem Donner unterbrochen wurde – es war dies das Aufstampfen eines Maschinenfußes! Ich realisierte, dass sich der Marsmann auf der Parallelstraße zur St. Johns Street bewegen musste, als gehöre ganz London allein ihm! Wild entschlossen, seinem Treiben ein Ende zu bereiten, befahl ich meinen Männern, in die Häuserzeile einzudringen, die uns vom Feind trennte. Wir suchten nach Durchbrüchen auf die andere Seite, fanden auch einige Türen auf sämtlichen Etagen vor. Durch die Wohnungen guter englischer Bürger schleichend, brachten wir uns an den Fenstern in Position. Die Gewehre und Pistolen waren geladen, die Männer erwarteten meinen Feuerbefehl. Ich positionierte Butler im Erdgeschoss, um von dort aus den Feuerkampf zu führen, während ich selbst die Treppen hinaufeilte, um mir einen besseren Überblick zu verschaffen.

Auf flinken Füßen durchmaß ich ein liederlich gehegtes Schlafgemach im Dachgeschoss. Vom Fenster aus konnte ich sehen, was draußen auf der Straße geschah, wie dieses Monstrum aus Eisen über das Kopfsteinpflaster der Pagest Street wandelte. Es schwang seinen Hitzestrahlbehälter und stieß einen geradewegs gequält klingenden Ruf aus.

80 Gewehrmündungen waren auf das Ungetüm aus dem Weltall ausgerichtet, die Schützen erwarteten meinen Feuerbefehl. Ich aber zögerte, nicht aus Furcht, dies will ich mit Nachdruck betonen, mein englisches Herz und mein strammer Geist als Offizier Seiner Majestät verbieten, dass eine solche niedere Empfindung mein Handeln bestimmt. Wohl aber war mir etwas Ungewöhnliches aufgefallen. Die ganze Pagest Street hinunter erkannte ich eine lange Reihe von Schäden an den uns gegenüberliegenden Hausfassaden, die sich zur Kette verbanden. Es sah aus, als habe eine Eisenbahn die jeweils oberen Stockwerke gerammt – exakt auf der Höhe, auf der auch der marsianische Kesselleib über seine drei Beine hinausragte.

Dann wurde mir gewahr, wie sehr der Dreifüßer schwankte. Im nächsten Augenblick bereits donnerte sein Kesselleib erneut gegen die Fassade, drückte die Steinmauer ein und ließ Fensterscheiben zerspringen. Es tat einen gehörigen Knall. Butler fragte wiederholt nach meinem Schießbefehl, den ich aber verweigerte. Vor unseren Augen stürzte der Dreifüßer schlussendlich um und blieb reglos liegen. Entgeistert fasste ich die gegnerische Maschine ins Auge, die nun der Länge nach das Kopfsteinpflaster säumte. Unter meinen Männern brach sich der Jubel Bahn.

Und dann wurde ich meines Gegners doch noch mit eigenen Augen gewahr. Eine Art Klappe öffnete sich und dahinter kam, schwer atmend und offensichtlich am Ende seiner Kräfte angelangt, ein Marsmann zum Vorschein. Das über den Rücken gespannte Ohr blieb uns verborgen, doch sahen wir das Gesicht mit dem tintenfischartigen Schnabel und den pulsierenden Scheibenaugen und auch die Fühlerbündel, die darunter aus seinem Leib herausragten und sich wild kräuselten. Da stand ich nun meinem Feind gegenüber, von Angesicht zu Angesicht – endlich! Die Haut des Marsmanns schimmerte kränklich grau. Ich durfte dennoch kein Risiko eingehen, zudem musste ich den Feind allein aus Fürsorgepflicht meinen Soldaten gegenüber erledigen lassen. So befahl ich einem meiner Scharfschützen, einen gezielten Schuss abzugeben. Das Gewehr knallte, die Kugel traf den Marsmann unterhalb des linken Scheibenauges. Eingeklemmt in seiner Maschine war er zu keiner Bewegung imstande, nicht einmal zu einem Zucken, doch erloschen sichtbar seine Scheibenaugen, so wie eine Kerze im Regen erlischt. Als der Schall des Abschusses verhallt war, konnten wir nicht länger Atemgeräusche vernehmen. Erneut jubelten meine Getreuen, hatten wir schließlich den ultimativen Beweis erbracht, dass auch der Marsmensch ein Wesen aus Fleisch und Blut ist, das getötet werden kann.

*

Meine Begegnung mit dem Marsmann in Barnsbury sollte meine einzige Begegnung mit einem lebenden Exemplar bleiben – unser Feind starb in kürzester Zeit unter unseren Augen weg. Ich will darum nicht viele Worte über den weiteren Vorstoß ins Herz von London hinein verlieren, auch nicht über die Schäden und Bilder unaussprechlicher Verbrechen, die uns auf dem weiteren Weg begegneten, habe ich doch Ähnliches bereits geschildert und gereichte es rasch zu einem wiederholenden, meine Seele marternden Muster. Auch die Sicherung der marsianischen Hinterlassenschaften und Aufräumarbeiten spare ich aus, liefern sie doch keine neuen Erkenntnisse. So möchte ich ohne Zeitverzug zu meiner Analyse der Geschehnisse jenes Junis 1901 übergehen …

# XVII. Rick Marten

Der Krieg war aus, die Außerirdischen besiegt. Ihre Streitmacht war binnen kürzester Zeit auseinandergefallen.

Einmal mehr war der Marsianer einer Kleinigkeit zum Opfer gefallen, die er in seinen Plänen nicht bedacht hatte. Einmal mehr hatte der Mensch keinen Anteil am Untergang der außerweltlichen Invasoren gehabt – keinen bewussten Anteil zumindest. Denn eines verstanden die sogenannten Experten unter den Menschen allmählich: Weder hatten die irdischen Militärs mit ihren Bomben, Panzern und Flugzeugen die Marsianer bezwungen noch hatte Strokers List zum Sieg geführt. Nein, der Mensch war in seiner Machtfülle begrenzter, als er dies zugeben wollte. Er war dem Marsianer in allen Belangen unterlegen, war ihm ausgeliefert. Und der Marsianer hätte sein Vernichtungswerk vollendet, hätte seine menschlichen Widersacher bis auf das letzte Individuum ausgerottet, gäbe es nicht jene winzige Kleinigkeit, die er trotz seiner unermesslichen Weitsicht nicht bedacht hatte: 1901 waren es mikroskopische Viren gewesen, die die Außerirdischen befallen und vernichtet hatten – eine Naturgewalt, der sich auch der Mensch allzu oft beugen musste.

Dieses Mal war der Marsmann dagegen gewappnet gewesen, kein irdischer Krankheitserreger konnte ihm mehr etwas anhaben. Kein organischer Krankheitserreger zumindest. Denn die seit Anbeginn der Zeit geeinten Marsianer hatten bei aller akribischen Vorbereitung ihres Feldzuges nicht mit der allgemeinen Hinterhältigkeit des Menschen gerechnet. Dieser nämlich erschuf nicht nur, sondern zerstörte in gleichem Maße. Und so hatten sich die marsianischen Systeme, nachdem die Außerirdischen sich Zugriff zu den menschlichen Datennetzen verschafft hatten, mit Millionen Terabyte Schadsoftware infiziert – Schadsoftware, die auf boshafte und irrationale Weise wütete, wie der Marsianer es niemals für möglich gehalten hätte. Jahrzehnte der Analyse hatten den Außerirdischen zwar begreiflich gemacht, dass der Mensch Programme entwickelte, die alleine dem Zweck dienten, anderen Programmen Schaden zuzufügen, doch hatten sie die Dimension der menschlichen Heimtücke niemals wirklich erfasst. Die irdischen Computerviren fraßen sich durch ihre überhastet entwickelten Firewalls wie Mehlwürmer durch eine Scheibe Brot. Die Marsianer hatten letztlich den gleichen Fehler begannen wie auch der Mensch; sie hatten die Dinge aus ihrer Perspektive heraus betrachtet, in der es keine Zwietracht und keine Bosheiten untereinander gab. Auch waren sie es nicht gewohnt, überstürzt zu handeln. Die Geschwindigkeit, mit der sich der Mensch fortentwickelte, hatte sie überrumpelt.

Nach immer zahlreicheren Ausfällen einzelner Komponenten ihrer Systeme und Streitmacht hatten die Marsianer letztlich die Kontrolle über ihre Maschinen verloren. Hilflos mussten sie mit ansehen, wie die

Errungenschaften ihres überlegenen Geistes von primitiven Schadprogrammen zerstört wurden.

Die marsianische Streitmacht im Jemen war Geschichte und weitere Aufenthaltsorte der Außerirdischen oder ihrer Maschinen auf der Erde waren dem Menschen nicht bekannt. Im Jemen begannen die internationalen Militärs damit, sich einen Überblick über das Chaos zu verschaffen. Spezialkräfte der Forces schnitten die Marsianer aus ihren umgestürzten Tripods und Kuppel und trieben sie in Auffangeinrichtungen zusammen – die Menschen machten mehrere Hundert Gefangene. Unter der gemeinsamen Führung von NATO und OVKS wurde die Sicherung und Bergung der marsianischen Maschinen koordiniert.

Für Marten und die verbliebene Handvoll Soldaten seiner Kompanie war die Mission beendet. Das No. 18 Joint Special Mechanized Regiment hatte einen dergestalt hohen Blutzoll erbracht, dass die Führung entschied, es aus dem Jemen herauszuziehen. So warteten die Forces-Soldaten auf ihren Marschbefehl.

Stearn schien ein schlechtes Gewissen zu haben. »Führen von vorn« war ein Prinzip, von dem der Capitaine wohl noch nie gehört hatte. Marten nahm ihm das allerdings nicht übel. Er war letztlich froh, dass Heft des Handelns im Trubel der Kämpfe selbst in der Hand gehabt zu haben, statt sich von so einem Briefmarkensammler wie Stearn etwas sagen lassen zu müssen. Der britische Offizier jedenfalls wurde nicht müde, seine Soldaten nach ihrer Befindlichkeit zu befragen und dafür zu sorgen, dass sie mit Lebensmitteln, Tabak und abendlich einer Dose Bier versorgt wurden.

Martens Soldaten hatten es sich in einem Eisenwarenladen in al-Hudaida eingerichtet – einem winzigen Ort inmitten einer Trümmerwüste, der den Krieg unbeschadet überstanden hatte. Hadi trug nicht länger eine britische Uniform, sondern hatte sich ein langes Gewand übergeworfen und in einem Bündel einige Dinge für die Reise zusammengetragen, die ihm bevorstand. Als Marten gerade von dem wohl schönsten Telefonat seines Lebens in den Laden zurückkehrte, sah er, wie Hadi sich anschickte, Abschied zu nehmen. Einige der Soldaten schüttelten ihm reichlich reserviert die Hand – sie hatten nie vergessen, womit der Iraker einst seinen Lebensunterhalt bestritten hatte. Auch Stearn gehörte dazu, der Capitaine hatte deshalb im Vorfeld einen heftigen Streit mit Marten ausgefochten. Dass Hadi nun offenbar gehen durfte, war ein Zeichen dafür, dass Stearn nichts Belastbares gefunden hatte. Marten konnte sich ein hämisches Grinsen nicht verkneifen, als er seinem Capitaine das Satellitentelefon zurückgab. Das Gesicht des Briten wirkte wie versteinert.

Hadi und Härti umarmten sich herzlich, danach klopfte der Gruppenführer den Iraker ab.

»Grüß mir deine Familie, du alter Sausack«, verabschiedete sich der Gruppenführer hörbar gerührt. Leonie Riensch zeigte sich regelrecht emotional und nahm Hadi lange in den Arm.

»Pass auf deine Kids auf«, flüsterte sie ihm ins Ohr. Sie konnte höchstens erahnen, wie hart es war, im Irak aufzuwachsen.

Schließlich trat Hadi Marten unter die Augen.

»Ich möchte mich auf den Weg machen«, sagte er tonlos und presste die Lippen zu einem schmalen Strich zusammen. Tatsache, Hadi fiel der Abschied schwer – und dass, obwohl er nicht nur Zuspruch von den Forces erfahren hatten.

»Das heißt, die Flitzpiepen haben nichts gefunden?«, schlussfolgerte Marten und bedachte Stearn mit einem Ich-habe-es-Ihnen-doch-gesagt-Blick. Der Capitaine brummelte: »Der EMP hat den Handychip gegrillt und unsere Experten können auch nichts wiederherstellen. Der Backgroundcheck verlief ebenfalls ergebnislos. Kein internationaler Haftbefehl. Nichts. Wir haben vier Ahmed Hadis in der Datenbank, aber drei davon sind tot und der vierte passt sehr offensichtlich nicht auf unseren Mann.«

Marten schüttelte mit dem Kopf. »Einige von uns haben dem Mann sein Leben zu verdanken, ich eingeschlossen. Und Sie behandeln ihn wie einen Kinderschänder!« Er hatte großen Lust, seinen Streit mit Stearn wieder aufleben zu lassen. Die Glückshormone, die im mörderischen Tempo durch seine Venen jagten und ihn innerlich aufpulverten, trugen ihr Übriges dazu bei. Im Augenblick meinte er, unbesiegbar zu sein.

»Es ist in Ordnung«, versuchte Hadi zu beschwichtigen. »Ich kann das verstehen.« Marten forschte in dem wettergegerbten, von einem Leben der Entbehrungen gezeichneten Gesicht des Irakers. Er fand keinen Vorwurf in dessen Zügen.

Stearn wandte sich ab. Er wusste, wann er verloren hatte, und räumte das Feld.

»Ich danke dir«, sagte Marten, ehrlich betrübt darüber, mit Hadi einen hervorragenden Soldaten ziehen zu lassen. Doch es gab keine Möglichkeit, ihn auf legalem Wege bei den Forces aufzunehmen. Und Hadi hätte das wohl auch nicht gewollt.

Die beiden gaben sich die Hand, Hadi hatte einen festen Händedruck, seine rauen Finger fühlten sich an, als wären sie mit winzigen Widerhaken versehen. Sie sahen sich in die Augen, nickten einander anerkennend zu. Daraufhin machte Hadi auf dem Absatz kehrt und verließ ohne ein weiteres Wort den Eisenwarenladen. Marten schaute ihm nach, bis er um die Ecke gebogen war. Härti trat schließlich an seine Seite.

»Weißt du?«, philosophierte der Gruppenführer mit starkem Kölner Spracheinschlag. »Weißt du, ich bin froh, dass sein Handy fratze ist.« Härtis Seitenblick streifte Marten. »Will lieber nicht wissen, was wir darauf alles gefunden hätten.«

Marten aber war im Augenblick allgemein zu sehr von Glückshormonen aufgeputscht, um weiter über Härtis Worte nachzudenken.

# XVIII. Rick und Lisa Marten

Entgegen der Anweisungen der Flugbegleiter stand Rick Marten im Gang wie ein Sprinter am Startblock, bereits seine Tasche unterm Arm. Das Geschnatter der Stewardess prallte wirkungslos von ihm ab, und auch dass sie ihn nun am Arm fasste und ihm zurechtweisend in die Augen schaute, löste keine Verhaltensänderung in ihm aus. Schließlich stand das Flugzeug, die Warnsignale waren erloschen und die Flugbegleiterin ließ aufatmend – und leise fluchend – von Marten ab. Der Lieutenant der Forces ließ keine weitere Sekunde verstreichen. Beinahe rannte er zum Ausgang und trat auf die Fluggasttreppe. Gleißender Sonnenschein schlug ihm entgegen. Er blinzelte und dann erblickte er sie. Sie stand unten auf dem Rollfeld respektive saß sie in einem Rollstuhl. Sie war noch schwach, doch kehrten ihre Kräfte stufenweise zurück. Ihr Vater stand hinter ihr, sein silbernes Haar glänzte im Tageslicht. Auch Martens Eltern waren da, warteten gebannt auf die Rückkehr ihres Sohnes aus dem Krieg im Jemen. Eine ganze Traube von Angehörigen hatte sich auf dem abgesperrten Rollfeld des Londoner Flughafens Heathrow versammelt. Bobbys war allerorts zu sehen, Pressevertreter warteten geduldig hinter den Absperrungen auf ihre Gelegenheit, jemanden für ein Interview abzugreifen. Fotografen fingen den Augenblick ein, als die »Helden aus dem Jemen« aus ebendiesem Land heimkehrten.

Nun gab es bei Marten kein Halten mehr. Er drückte sich ohne Rücksicht auf Verluste an der am Ausgang postierten Flugbegleiterin vorbei, ignorierte ihre Beschwerde und spurtete die Treppe hinunter.

Lisa sah abgehärmt und ausgezehrt aus, die Krankheit hatte in ihrem Körper fürchterlich gewütet. Doch sie gehörte zu den rund 17 Prozent, die die Infektion überstanden hatten. Der Rest war an ihr zugrunde gegangen, langsam und leidvoll. Es gab viele Millionen Todesopfer weltweit – und die vereitelte Invasion der Marsianer hatte die Menschheit nachhaltig ins Chaos gestürzt. Das Finanzsystem lag am Boden, Trillionen an Firmen- und Staatswerten waren vernichtet worden, die wahllose Verschiebung der weltweiten Vermögen hatte das Vertrauen der Menschen in die Währungen so nachhaltig erschüttert, dass vielerorts – selbst innerhalb der sogenannten Industrienationen – zum Tauschhandel zurückgekehrt wurde. Dann sah sich die Menschheit mit einer globalen Nuklearkatastrophe konfrontiert, die ihresgleichen suchte. 117 Reaktoren drohten zu überhitzen oder hatten bereits einen kritischen Zustand erreicht, ganze Landstriche in Europa, aber auch in Pakistan, China, den USA und anderswo wurden evakuiert. Wahrlich, die Marsianer waren besiegt, die Probleme aber noch lange nicht gelöst.

Das aber war für Marten im Augenblick ohne Bedeutung. Dass er sich von seinem gerade erst erhaltenden Sold nicht mal mehr ein Snickers leisten konnte? Geschenkt!

Ein Silberstreif am Horizont war die große internationale Zusammenarbeit dieser Tage. Unter dem Dach der Vereinten Nationen arbeiteten sämtliche Staaten weltweit an gemeinsamen Lösungen. Peu à peu wurden die Finanzsysteme zurückgesetzt und neu auf den Weg gebracht. Keine Frage, es stand ein jahrelanger Prozess bevor. Doch die Menschheit bestand fort, durfte weiterleben, was waren da schon ein paar Dollar und Euro?

Rick beugte sich stürmisch zu Lisa hernieder und schloss sie in die Arme. Für einen Augenblick vergaß er die Welt um sich herum: die anderen Angehörigen, die ihre Lieben begrüßten; die klickenden Kameras; Stearn, der abseits stand und das Treiben wie ein Zuschauer beobachtete. Wie immer war für ihn niemand gekommen.

Marten vergaß in diesem Augenblick all das. Sein Herz klopfte wie ein Presslufthammer und er spürte auch ihres heftig schlagen. Ihr warmer Atem strich an seinem Hals entlang, ihre Tränen befeuchteten sein Hemd. Er streichelte ihren Schopf – wie schön es sich anfühlte!

»Es tut mir leid«, hörte er sie sagen, mit schwacher, abgekämpfter Stimme.

»Es ist okay«, flüsterte er ihr ins Ohr. »Mir tut es leid.«

»Ich liebe dich, Rick.«

»Ich liebe dich auch, Mäuschen.«

»Lass uns … lass uns nach Hause gehen, ja?«

»Ja.«

Lisa und Marten ließen sich fast vier Minuten Zeit, ehe sie sich voneinander lösten. Daraufhin umarmte er seinen Schwiegervater und seine Eltern. Kurz ließ Marten den Blick über die Menschentraube schweifen, in dessen Zentrum er sich aufhielt. Da war Härti, der freudestrahlend von seinem kleinen Bruder in Empfang genommen wurde. Da war Leonie Riensch, die ihren Freund abknutschte wie ein notgeiler Teenager. Da waren all die anderen, die ihre Lieben erleichtert in die Arme schlossen. Da war aber auch eine ganze Ansammlung dunkel gekleideter Menschen, die geduldig den Moment erwarteten, in denen der Sarg mit ihrem Angehörigen ausgeladen wurde.

Marten erkannte Kathrin Geiers Ehemann im Gemenge, die Kinder hatte er vorsichtshalber daheim gelassen.

Was Hadi wohl tat? Hatte er seine Familie bereits erreicht?

Marten packte Lisa plötzlich, hob sie aus dem Rollstuhl.

»Huch!«, quietschte sie.

Er sagte: »Ja, lass uns nach Hause gehen.«

Wahrlich, sie hatten viel verloren. Aber nicht alles.

**Du möchtest mehr spannende Military Fiction von Tom Zola lesen? Halte auf Amazon nach diesen Büchern/E-Books Ausschau:**

- **Bundeswehr vs. Aliens – V-Fall Erde Trilogie**
  *Wenn fiese Außerirdische die Erde angreifen, rücken die Soldaten der Bundeswehr aus. Rasch finden sie sich im Höllenfeuer des Krieges wieder. Der außerirdische Feind scheint unbesiegbar ...*
  *Ähnlich wie Die Weltenkrieg Saga ist auch V-Fall Erde rasant, brutal und actionreich!*

- **Showdown auf der Avenue Schoelcher**
  *Tom Zolas neuer Militär-Thriller! Erlebe hautnah, wie Französische Fremdenlegionäre im Kongo ums nackte Überleben kämpfen, als sie in die Wirren eines grausamen Bürgerkriegs gezogen werden*

Eine Veröffentlichung der EK-2 Publishing GmbH

Friedensstraße 12
47228 Duisburg
Registergericht: Duisburg
Handelsregisternummer: HRB 30321
Geschäftsführerin: Monika Münstermann

E-Mail: info@ek2-publishing.com
Website: www.ek2-publishing.de

Alle Rechte vorbehalten

Titelbild: Mark Freier
Autor: Tom Zola
Umschlaggestaltung: Jill Marc Münstermann

1. Auflage, Mai 2020

ISBN Print: 978-3-96403-078-8
ISBN E-Book: 978-3-96403-077-1

Printed in Poland
by Amazon Fulfillment
Poland Sp. z o.o., Wrocław

62613948R00343